T0204182

Contemporánea

Thomas Mann (1875–1955), genial ensayista y narrador alemán, nació en Lübeck (Alemania) en el seno de una familia de la alta burguesía. En 1891, tras la muerte de su padre, se trasladó a Múnich e inició una intensa actividad literaria, sobre todo en revistas, hasta que a los veinticinco años publicó su primera novela, *Los Buddenbrook* (1901), con la que adquirió fama mundial. Sus siguientes obras –«Tonio Kröger» (1903), *Alteza real* (1909) y *La muerte en Venecia* (1912)– reflejaron su intento por aprehender el mundo a través de valores estéticos. En las postrimerías de la Primera Guerra Mundial publicó «Señor y perro» (1918) y *Consideraciones de un apolítico* (1918), obra que causó consternación en los círculos intelectuales al enarbolar la bandera del imperialismo alemán y atizar el odio contra Francia. Sin embargo, los movimientos revolucionarios de la Europa de posguerra lo llevaron a adoptar posiciones socialdemócratas. Reflejo de esta etapa de transición es la novela *La montaña mágica* (1924), obra cumbre de la literatura universal. Más adelante publicó «Mario y el mago» (1929) y tuvo lugar la conferencia «Sufrimientos y grandeza de Richard Wagner» (1933). Desde ese mismo año, su vida consistió en un permanente exilio entre Zúrich y California. Convertido ya en un ferviente defensor de la democracia como ensayista, recurrió en su obra narrativa al mito para tratar los problemas del mundo moderno y defender los principios humanistas ante el peligro de una nueva barbarie. De esa etapa son la tetralogía José y sus Hermanos (1933-1943), *Carlota en Weimar* (1939), *Doctor Faustus* (1947) y *Confesiones del estafador Félix Krull* (1954). Es autor también de un importante *Diario* que refleja su vida y la de su tiempo. En 1929 la Academia Sueca le concedió el Premio Nobel de Literatura.

Thomas Mann

La montaña mágica

Traducción de
Isabel García Adánez

DEBOLS!LLO

Papel certificado por el Forest Stewardship Council®

MIXTO
Papel | Apoyando la
silvicultura responsable
FSC® C117695

Penguin
Random House
Grupo Editorial

Título original: *Der Zauberberg*

Primera edición: enero de 2020
Décima reimpresión: octubre de 2023

© 1924, 1952, S. Fischer Verlag, Frankfurt
© 2020, Penguin Random House Grupo Editorial, S. A. U.
Travessera de Gràcia, 47-49. 08021 Barcelona
© 2005, Isabel García Adánez, por la traducción, cedida por Ediciones Edhasa
Diseño de la cubierta: Penguin Random House Grupo Editorial / Sergi Bautista
Imagen de la cubierta: © Pep Boatella

Printed in Spain – Impreso en España

ISBN: 978-84-663-5240-6
Depósito legal: B-22317-2019

Impreso en Liberdúplex
Sant Llorenç d'Hortons (Barcelona)

P 3 5 2 4 0 B

Intenciones del autor

Queremos contar la historia de Hans Castorp, no por él mismo (pues el lector ya llegará a conocerle y verá que es un joven sencillo aunque simpático), sino porque su historia, por ella misma, nos parece muy digna de ser contada (aunque en favor del muchacho recordaremos que ésta es su historia, su peripecia, y que no cualquier historia le ocurre a cualquiera). Esta historia se remonta a un tiempo muy lejano; por así decirlo, ya está completamente cubierta de una preciosa pátina, y, por lo tanto, es necesario contarla bajo la forma del pasado más remoto.

Esto, en principio, no es un inconveniente sino más bien una ventaja, pues para contar una historia es necesario que haya pasado; y podemos decir que, cuanto más tiempo hace que pasó, más adecuada resulta para ser contada y para el narrador, esa voz que, murmurando, evoca lo que érase una vez sucedió. Sin embargo, ocurre con ella lo mismo que ocurre hoy en día con los hombres, y por supuesto también con los narradores de historias: es mucho más antigua que la edad que tiene; es más, su edad no puede medirse por días, como tampoco el tiempo que pesa sobre ella puede medirse por las veces que la Tierra ha girado alrededor del Sol desde entonces. En una palabra, en realidad no debe su grado de antigüedad al tiempo; y ésta es una observación que pretende aludir y señalar la extraña dualidad natural de este elemento.

Pero para no oscurecer artificialmente una situación que de por sí está clara, debemos señalar que la extrema antigüedad de nuestra historia se debe a que se desarrolla antes del gran vuelco, del gran cambio que hizo tambalearse hasta los cimientos de nuestra vida y de nuestra conciencia... Se desarrolla —o, para evitar sistemáticamente el presente: se desarrolló— en otro tiempo, en el pasado, antaño, en el mundo anterior a la Gran Guerra, con cuyo estallido comenzaron muchas cosas que, en el fondo, todavía no han dejado de comenzar. Esta historia se desarrolla, como decimos, antes de todo eso, aunque quizá no mucho antes. Pero ¿acaso no es tanto más profundo y más perfecto el carácter legendario de una historia cuanto más cerca del «antaño» se desarrolla? Además, también podría ser que esta nuestra historia, por su propia naturaleza, incluso tuviera ciertas cosas en común con los cuentos.

La contaremos en detalle, exacta y minuciosamente; pues ¿cuándo ha dependido lo amena o lo larga que se nos hiciera una historia del tiempo que requiere contarla? Al contrario, sin temor al reproche de haber sido meticulosos en exceso, nos inclinamos a pensar que sólo es verdaderamente ameno lo que ha sido narrado con absoluta meticulosidad.

Así pues, el narrador no podrá terminar la historia de Hans Castorp en un abrir y cerrar de ojos. Los siete días de una semana no serán suficientes, y tampoco le bastarán siete meses. Lo mejor será que no se pregunte de antemano cuánto tiempo transcurrirá sobre la Tierra mientras la historia le mantiene aprisionado en su red. ¡Dios mío, tal vez sean incluso más de siete años!

Y, dicho esto, comencemos.

1

Un modesto joven se dirigía en pleno verano desde Hamburgo, su ciudad natal, a Davos Platz, en el cantón de los Grisones. Iba allí a hacer una visita de tres semanas.

Pero desde Hamburgo hasta aquellas alturas, el viaje es largo; demasiado largo, en verdad, con relación a la brevedad de la estancia proyectada. Se pasa por diferentes comarcas, subiendo y bajando desde lo alto de la meseta de la Alemania meridional hasta la ribera del mar suabo, y luego, en buque, sobre las olas saltarinas, por encima de abismos que en otro tiempo se consideraban insondables.

Pero el viaje, que durante tanto tiempo transcurre con facilidad y en línea recta, comienza de pronto a complicarse. Hay paradas y contratiempos. En Rorschach, en territorio suizo, se vuelve a tomar el ferrocarril; pero sólo se consigue llegar hasta Landquart, pequeña estación alpina donde hay que cambiar de tren. Es un tren de vía estrecha, que obliga a una espera prolongada a la intemperie, en una comarca bastante desprovista de encantos; y desde el instante en que la máquina, pequeña pero obviamente de una tracción excepcional, se pone en movimiento, comienza la parte realmente arriesgada del viaje, iniciando una subida brusca y ardua que parece no ha de tener fin. Pues Landquart aún se halla situado a una altura relativamente moderada; aquí comienza el verdadero ascenso a la alta montaña, por un camino pedregoso salvaje y amenazador.

Hans Castorp —éste es el nombre del joven— se encontraba solo, con su maletín de piel de cocodrilo, regalo de su tío y tutor, el cónsul Tienappel –para llamar por su nombre ya también a éste–, su capa de invierno, que se balanceaba colgada de un gancho, y su manta de viaje enrollada, en un pequeño departamento tapizado de gris. Estaba sentado junto a la ventanilla abierta y, como en aquella tarde el frío era cada vez más intenso, y él era un joven delicado y consentido, se había subido el cuello de su sobretodo de verano, de corte amplio y forrado de seda, según la moda. Junto a él, sobre el asiento, reposaba un libro encuadernado, titulado: *Ocean Steamships*, que había abierto de vez en cuando al principio del viaje; ahora, en cambio, estaba ahí abandonado, y el resuello anhelante de la locomotora salpicaba su cubierta de motitas de carbón.

Dos jornadas de viaje alejan al hombre –y con mucha más razón al joven cuyas débiles raíces no han profundizado aún en la existencia– de su universo cotidiano, de todo lo que él consideraba sus deberes, intereses, preocupaciones y esperanzas; le alejan infinitamente más de lo que pudo imaginar en el coche que le conducía a la estación. El espacio que, girando y huyendo, se interpone entre él y su punto de procedencia, desarrolla fuerzas que se cree reservadas al tiempo. Hora tras hora, el espacio crea transformaciones interiores muy semejantes a las que provoca el tiempo, pero que, de alguna manera, superan a éstas.

Al igual que el tiempo, el espacio trae consigo el olvido; aunque lo hace desprendiendo a la persona humana de sus contingencias para transportarla a un estado de libertad originaria; incluso del pedante y el burgués hace, de un solo golpe, una especie de vagabundo. El tiempo, según dicen, es Lete, el olvido; pero también el aire de la distancia es un bebedizo semejante, y si bien su efecto es menos radical, cierto es que es mucho más rápido.

Así habría de experimentarlo Hans Castorp. No tenía la intención de tomar este viaje particularmente en serio, de dejar que afectase a su vida interior. Más bien pensaba realizarlo rápidamente, hacerlo porque era preciso, regresar a su casa siendo el mismo que había partido y reanudar su vida exactamente en el mismo punto en que había tenido que abandonarla por un instante. Ayer aún estaba absorbido por completo por el curso ordinario de sus pensamientos, ocupado en el pasado más reciente, su examen, y en el porvenir inmediato: el comienzo de sus prácticas en la empresa Tunder & Wilms (astilleros y talleres de maquinaria y calderería), y había lanzado su mirada más allá, de las tres semanas siguientes, con toda la impaciencia que su carácter le permitía. Sin embargo, tenía la sensación de que las circunstancias exigían su plena atención y que no era admisible tomarlas a la ligera. Sentirse transportado a regiones donde no había respirado jamás y donde, como ya sabía, reinaban condiciones de vida absolutamente inusuales, peculiarmente sobrias y frugales, comenzó a agitarle, produciendo en él cierta inquietud. La patria y el orden habían quedado no sólo muy lejos, sino que básicamente se encontraban a muchas toesas debajo de él, y el ascenso continuaba, agrandando el abismo cada vez más. En el aire, entre esas cosas y lo desconocido se preguntaba lo que sería de él allá arriba. ¿No sería imprudente y malsano que él, que había nacido y estaba habituado a respirar a tan sólo unos metros sobre el nivel del mar, se dejara llevar a esas regiones extremas sin pasar al menos unos pocos días en un lugar intermedio? Deseaba llegar, pues pensaba que, una vez arriba, se viviría como en todas partes y nada le recordaría, como ahora en aquella atroz subida, en qué esferas impropias se encontraba. Miró por la ventanilla. El tren serpenteaba sinuoso por un estrecho desfiladero; se veían los primeros vagones, y la máquina, que de tan duro esfuerzo vomitaba masas oscuras de humo, verdes y negras, que se llevaba el viento. A la derecha, el agua murmuraba en las profundidades; a la izquierda, entre bloques de rocas, oscuros abetos se dibujaban contra un cielo gris pétreo. Después venían varios túneles negros como pozos y, al hacerse de nuevo la luz, se abrieron profundísimos abismos con pequeñas aldeas en el fondo. Volvían a cerrarse y aparecían nuevos desfiladeros con restos de nieve en sus grietas y hendiduras. Se detuvieron ante pequeñas y miserables casetas de estación, en terminales que el tren abandonaba en sentido inverso, lo cual producía una enorme confusión, pues ya no era posible saber en qué dirección se iba ni recordar los puntos cardinales. Surgían grandiosas perspectivas del universo de picos y cordilleras de la alta montaña que allí se alzaba y se desplegaba, sagrado y fantasmagórico; y, ante la mirada de veneración del viajero que se acercaba y adentraba en él, se abrían y volvían a perderse tras un recodo del camino. Hans Castorp se dijo que, si no se equivocaba, debía de haber dejado atrás la zona de los árboles frondosos, y también la de los pájaros cantores; y esta idea de final, de empobrecimiento, hizo que, presa de un ligero vértigo y mareo, se cubriese la cara con las manos durante dos segundos. Enseguida se le pasó. Comprendió que la subida había terminado, y que habían superado el desfiladero. En medio de un valle, el tren rodaba ahora más fácilmente.

Eran aproximadamente las ocho; aún había luz. En la lejanía del paisaje apareció un lago: el agua era gris y los negros y espesos bosques de abetos bordeaban sus orillas y se extendían por las laderas de las montañas, esparciéndose, perdiéndose paulatinamente y dejando tras ellos una masa rocosa y desnuda cubierta de bruma. Se detuvieron cerca de una pequeña estación; era el pueblo de Davos, según oyó Hans que se anunciaba. Faltaba muy poco para llegar al final de su viaje. De pronto, oyó junto a él el campechano acento de Hamburgo, la voz de su primo Joachim Ziemssen que decía:

—¡Muy buenas! ¿No vas a bajar?

Y al mirar por la ventanilla, vio en el andén a Joachim en persona, con un capote oscuro, sin sombrero y con un aspecto tan saludable como no lo había tenido nunca. Joachim se echó a reír y dijo:

—¡Baja de una vez! ¡No seas tímido!

—¡Pero si aún no he llegado! —exclamó Hans Castorp, perplejo y sin moverse de su asiento.

—Claro que has llegado. Éste es el pueblo de Davos. El sanatorio está más cerca desde aquí. He traído un coche. Anda, dame tus cosas.

Y, riendo, confuso por la agitación de la llegada y por volver a ver a su primo, Hans Castorp le tendió por la ventana su bolso de viaje y su abrigo de invierno, su manta de viaje junto con el bastón y el paraguas, y finalmente también el *Ocean Steamships*. Luego atravesó corriendo el estrecho pasillo y saltó al andén para saludar propiamente a su primo, o —por así decirlo— saludarlo en directo; sin excesos, como era habitual entre personas de costumbres frías y bruscas. Aunque parezca extraño, siempre habían evitado llamarse por sus nombres por mero temor a una excesiva cordialidad. Como tampoco era adecuado llamarse por sus apellidos, se limitaban al «tú». Era una costumbre establecida entre primos.

Un hombre de librea y gorra con galones observaba cómo se estrechaban la mano repetidamente —el joven Ziemssen en una postura militar— un poco cohibidos; luego se aproximó para pedir el talón del equipaje de Hans Castorp, pues era el conserje del Sanatorio Internacional Berghof y se mostró dispuesto a ir a recoger la maleta grande del visitante a la estación de Davos Platz, ya que los señores irían en el coche directamente a cenar. Como el hombre cojeaba visiblemente, lo primero que Hans preguntó a Joachim fue:

—¿Es un veterano de guerra? ¿Por qué cojea de ese modo?

—¡Ésa sí que es buena! —contestó Joachim con cierta amargura—. ¡Veterano de guerra! Está mal de la rodilla, o mejor dicho estaba, porque le extirparon la rótula.

Hans Castorp reaccionó lo más deprisa que pudo.

—¡Ah, es eso! —exclamó alzando la cabeza y volviéndose disimuladamente mientras andaba—. ¡No pretenderás hacerme creer que también tú sigues mal! ¡Cualquiera diría que aún llevas la espada puesta y acabas de regresar del campo de maniobras! —Y miró de reojo a su primo.

Joachim era más ancho y alto que él; un modelo de fuerza juvenil que parecía hecho para el uniforme. Era uno de esos tipos muy morenos que su rubia patria también produce no pocas veces, y su piel, oscura de por sí, había adquirido por el aire y el sol un color casi broncíneo. Con sus grandes ojos negros y el pequeño bigote sobre unos labios carnosos y bien perfilados, se hubiera dicho que era realmente guapo de no tener las orejas de soplillo. Esas orejas habían sido su única preocupación, el único gran dolor de su vida, hasta cierto momento. Ahora tenía otros problemas. Hans Castorp siguió hablando:

—Supongo que regresarás conmigo enseguida. No veo ningún impedimento.

—¿Regresar contigo enseguida? —preguntó el primo, y volvió hacia Castorp sus grandes ojos, que siempre habían sido dulces pero que durante los últimos cinco meses habían adquirido una expresión cansina, casi triste—. ¿Qué quieres decir con enseguida?

—Pues dentro de tres semanas.

—¡Ah, crees que vas a volver a casa enseguida! —contestó Joachim—. Espera un poco, acabas de llegar. Tres semanas no son prácticamente nada para nosotros, los de aquí arriba; claro que para ti, que estás de visita y sólo vas a quedarte tres semanas, son mucho tiempo. Comienza, pues, por aclimatarte; no es tan fácil, ya te darás cuenta. Además, el clima no es lo único peculiar entre nosotros. Verás cosas nuevas de todas clases, ¿sabes? Respecto a lo que dices sobre mí, no voy tan deprisa; lo de «regreso dentro de tres semanas» es una idea de allá abajo. Es verdad que estoy moreno, pero se debe a la reverberación del sol en la nieve, y esto no significa nada, como Behrens siempre dice. En la última revisión me anunció que como poco tenía para unos seis meses.

—¿Seis meses? ¡Estás loco! —exclamó Hans Castorp.

Acababan de subir al coche amarillo que les esperaba en una plaza pedregosa delante de la estación, que era poco más que un cobertizo, y mientras los dos caballos bayos comenzaban a tirar, Hans Castorp, indignado, se agitaba sobre el duro cojín del asiento.

—¿Seis meses? ¡Si ya llevas aquí casi seis meses! Nadie dispone de tanto tiempo...

—¡Oh, el tiempo! —exclamó Joachim, y movió la cabeza de arriba abajo varias veces, sin preocuparse de la sincera indignación de su primo—. No puedes ni imaginar cómo abusan aquí del tiempo de los hombres. Tres meses son para ellos como un día. Ya lo verás. Ya te darás cuenta. —Y añadió—: Aquí le cambia a uno el concepto de las cosas.

Hans Castorp no dejaba de mirarle de reojo.

—¡Pero si te has recuperado de un modo magnífico! —dijo, meneando la cabeza.

—¿Sí? ¿Eso crees? —respondió Joachim—. ¿A que sí? Yo también lo creo —añadió, y se incorporó en el asiento, aunque enseguida volvió a relajarse hacia un lado—. Es verdad que me siento mejor —explicó—, pero a pesar de todo, no estoy completamente bien. Aquí arriba, a la izquierda, donde antes se oía una especie de estertor, ahora sólo suena una especie de soplo ronco; eso no es nada grave, pero en la parte inferior el soplo es aún muy fuerte, y en el segundo espacio intercostal también se oyen ruidos.

—¡Estás hecho un erudito en la materia! —dijo Hans Castorp.

—Sí, y bien sabe Dios que el saber no ocupa lugar; aunque ya me gustaría haberlo olvidado volviendo al servicio activo —contestó Joachim—. Pero todavía expectoro —añadió, y encogiéndose de hombros con gesto dejado a la vez que brusco, mostró a su primo un objeto que sacó a medias del bolsillo interior de su abrigo y que se apresuró a guardar de inmediato: era una botellita plana de cantos redondeados de cristal azul con tapón de metal.

—La mayoría de nosotros, los de aquí arriba, lo tomamos —dijo—. Incluso lo llamamos por un nombre especial, una especie de apodo, bastante acertado, por cierto. ¿Vas viendo el paisaje?

Era lo que Hans Castorp hacía y afirmó:

—¡Grandioso!

—¿Te parece? —preguntó Joachim.

Habían seguido un trecho del camino labrado de manera irregular que transcurría en paralelo a la vía del tren, en dirección al valle; luego habían girado a la izquierda y cruzado la estrecha vía, atravesando un curso de agua, y ahora traqueteaban por un camino en ligera pendiente hacia las laderas boscosas de la montaña; hacia el lugar donde, en una meseta ligeramente saliente y cubierta de hierba, en un edificio alargado con la fachada principal orientada hacia el sudoeste y una torre en forma de cúpula, el cual, de tantos balcones como tenía, de lejos parecía agujereado y poroso como una esponja, acababan de encenderse las primeras luces. Anochecía rápidamente. El suave manto rojizo del crepúsculo, que por un momento había dado vida al cielo cubierto, había palidecido de nuevo, y en la naturaleza reinaba ese estado de transición descolorido, inanimado y triste, que precede directamente a la entrada definitiva de la noche. En el valle habitado, muy extendido y un tanto serpenteante, se encendían luces por todas partes, tanto en el fondo como aquí y allá en ambas laderas, sobre todo en la de la derecha, que se ensanchaba y sobre la cual se veían diversas construcciones formando bancales. A la izquierda algunos senderos subían a través de los prados y se perdían en la oscuridad musgosa de los bosques de coníferas. El decorado de las montañas más lejanas, al fondo, en la salida del valle, a partir de donde éste se estrechaba, era de un azul sobrio, de pizarra. Como se había levantado el viento, se empezó a sentir el fresco de la noche.

—No, francamente no me parece que esto sea tan formidable —dijo Hans Castorp—. ¿Dónde están los glaciares, las cimas blancas y los imponentes gigantes de la montaña? Me parece que, después de todo, estas montañas no son muy altas.

—Sí lo son —contestó Joachim—. En casi todas partes, se ve el límite de los árboles; se perfila con una nitidez sorprendente; donde se acaban los abetos, se acaba todo; tras ellos no hay nada, pura roca, como ves. Al otro lado, a la derecha del Schwarzhorn, ese pico de ahí, se distingue incluso un glaciar. ¿Ves el color azul? No es muy grande, pero es un glaciar auténtico, el glaciar de la Scaletta. El Pic Michel y el Tinzenhorn, en aquella grieta (no puedes verlos desde aquí), permanecen todo el año cubiertos de nieve.

—Nieves perpetuas —dijo Hans Castorp.

—Sí, perpetuas, si quieres. Sin duda, todo esto está a gran altura, y nosotros mismos nos hallamos a una altura espantosa. Nada menos que mil seiscientos metros sobre el nivel del mar. En estos niveles, las alturas de las montañas ya no se perciben.

—Desde luego. ¡Menuda subida! Tenía el corazón en un puño, te lo aseguro. ¡Mil seiscientos metros! Son casi cinco mil pies, echando el cálculo. En mi vida había estado tan arriba.

Invadido por la curiosidad, Hans Castorp aspiró una larga bocanada de ese aire desconocido para probarlo. Era fresco... nada más. Carecía de aroma, de sustancia y de humedad; se respiraba fácilmente y no le decía nada al alma.

—¡Magnífico! —exclamó cortésmente.

—Sí, este aire tiene buena reputación. Por otra parte, el paisaje no presenta esta noche su mejor cara. A veces tiene mejor aspecto, sobre todo cubierto de nieve. Pero uno acaba por cansarse de verlo. Todos nosotros, los de aquí arriba, estamos indeciblemente cansados, puedes creerme —dijo Joachim, y su boca se contrajo en una mueca de asco que parecía exagerada y mal contenida y nuevamente le afeaba.

—Hablas de una forma muy peculiar —dijo Hans Castorp.

—¿Peculiar? —preguntó Joachim con cierta inquietud volviéndose hacia su primo.

—No, no, perdóname; sólo me ha dado esa impresión por un momento —se apresuró a decir Hans Castorp.

Había querido referirse a la expresión «nosotros, los de aquí arriba», que Joachim había empleado cuatro o cinco veces y que, por su manera de decirla, de algún modo le parecía angustiosa y extraña.

—Nuestro sanatorio está todavía a más altura que la aldea. Mira —continuó diciendo Joachim—. Cincuenta metros. El prospecto asegura que hay cien, pero no son más que cincuenta. El sanatorio más elevado es el de Schatzalp, al otro lado. Desde aquí no se ve. En invierno tienen que bajar sus cadáveres en trineo porque los caminos no son practicables.

—¿Sus cadáveres? ¡Pero...! ¡Qué me dices! —exclamó Hans Castorp.

Y, de pronto, se echó a reír, con una risa violenta e incontenible que sacudió su pecho y desencajó su rostro, un tanto reseco por el viento frío, en una calladamente dolorosa mueca grotesca.

—¡En trineo! ¿Y me lo dices así, tan tranquilo? ¡En estos cinco meses te has vuelto un cínico!

—No hay nada de cinismo —replicó Joachim encogiéndose de hombros—. ¿Por qué? A los cadáveres no les importa... Por otra parte, es muy posible que uno se vuelva cínico aquí arriba. El mismo Behrens también es un viejo cínico, y un tipo famoso, dicho sea de paso; antiguo miembro de una hermandad estudiantil y cirujano notable, según parece; te caerá bien. Después tenemos a Krokovski, su ayudante, un espécimen muy temido. En el prospecto se hace especial hincapié en su actividad. Practica la disección psíquica con los enfermos.

—¿Qué? ¿Disección psíquica? ¡Eso es repugnante! —exclamó Hans Castorp, y ahí ya la risa se apoderó de él por completo.

No podía contenerla; después de todo lo que había oído, lo de la disección psíquica fue la gota que colmó el vaso, y reía tan fuerte que las lágrimas le resbalaban por la mano con que se cubría los ojos, inclinado hacia delante. Joachim también reía a gusto –parecía sentarle bien–, y así fue que los dos jóvenes descendieron de excelente humor del coche que, al final, muy despacio, por un empinado y serpenteante camino de entrada les había conducido hasta la puerta del Sanatorio Internacional Berghof.

LA NÚMERO TREINTA Y CUATRO

Nada más entrar, a la derecha, entre el portón de entrada y la puerta cortavientos, se encontraba la garita del portero, y de allí, vestido con la misma librea gris que el hombre cojo de la estación, salió a su encuentro un criado con aire francés que, hasta ese momento, había estado leyendo periódicos sentado junto al teléfono; y los acompañó a través del vestíbulo bien alumbrado, a la izquierda del cual se encontraban los salones. Al pasar, Hans Castorp lanzó una mirada y vio que estaban vacíos.

–¿Dónde están los huéspedes? –preguntó a su primo.

–Hacen la cura de reposo –respondió éste–. Hoy me han dado permiso para salir, pues quería ir a recibirte. Normalmente también me echo un rato en la terraza después de cenar.

Faltó poco para que la risa se apoderara de nuevo de Hans Castorp.

–¡Cómo! ¿En plena noche os tumbáis en la terraza? –preguntó con voz titubeante.

–Sí, así nos lo ordenan. De ocho a diez. Pero ahora ven a ver tu cuarto y a lavarte las manos.

Entraron en el ascensor, cuyo mecanismo eléctrico accionó el criado francés. Mientras subían, Hans Castorp se enjugaba los ojos.

–Estoy roto y agotado de tanto reír –dijo respirando por la boca–. ¡Me has contado tantos disparates! Tu historia de la disección psíquica ha sido demasiado, no debías haberme dicho eso. Además, sin duda, estoy un poco fatigado por el viaje. ¿No tienes los pies fríos? Al mismo tiempo noto que el rostro me arde; es desagradable. Cenaremos enseguida, ¿verdad? Creo que tengo hambre. ¿Se come decentemente aquí arriba?

Caminaban sin hacer ruido por la alfombra de coco del estrecho pasillo. Las pantallas de vidrio lechoso del techo difundían una luz blanquecina. Las paredes brillaban, blancas y duras, recubiertas de una pintura al aceite parecida a la laca. Vieron pasar a una enfermera, con cofia blanca y un binóculo sujeto en la nariz cuyo cordón se había pasado por detrás de la oreja. Al parecer, era una monja protestante, sin verdadera vocación por su oficio, curiosa y tan alterada como agobiada por el aburrimiento. En dos puntos del pasillo, en el suelo, ante las puertas lacadas de blanco y numeradas había unos grandes recipientes en forma de globo, panzudos y de cuello corto, sobre cuyo significado Hans Castorp olvidó preguntar en aquel momento.

—¡Aquí está tu habitación! —dijo Joachim—. Número 34. A la derecha está mi cuarto y a la izquierda hay un matrimonio ruso, un poco desastrado y ruidoso, eso hay que reconocerlo, pero, en fin, lo siento, no ha sido posible arreglarlo de otro modo. ¡Bien! ¿Qué te parece?

La puerta era doble, con perchas en la pared del hueco interior. Joachim había encendido la lámpara del techo y, a su luz temblorosa, la habitación daba la sensación de ser alegre y tranquila, con sus muebles blancos y funcionales, su papel de la pared también blanco, fuerte y lavable, su suelo de linóleo limpio y brillante y sus cortinas de lino adornadas con bordados sencillos y agradables, de gusto moderno. La puerta del balcón estaba abierta, se veían las luces del valle y se escuchaba una lejana música de baile. El buen Joachim había colocado unas flores en un pequeño búcaro sobre la cómoda; las que buenamente había encontrado en la segunda floración de la hierba: un poco de aquilea y algunas campánulas, cogidas por él mismo en la ladera.

—¡Qué encantador por tu parte! —exclamó Hans Castorp—. ¡Qué habitación más alegre! Con mucho gusto me quedaré aquí algunas semanas...

—Anteayer murió en ella una americana —dijo Joachim—. Behrens aseguró enseguida que la habitación estaría lista antes de que tú llegaras y que, por tanto, podrías disponer de ella. Su prometido estaba con ella; un oficial de la Marina inglesa, aunque no demostró mucho valor. A cada momento salía al pasillo a llorar, como si fuera un chiquillo. Luego se frotaba las mejillas con *cold-cream*, porque iba afeitado y las lágrimas le quemaban la piel. Anteayer por la noche la americana tuvo dos hemorragias de primer orden y ahí se acabó todo. Pero ya se la llevaron ayer por la mañana, y después, naturalmente, hicieron una fumigación a fondo con formol, ¿sabes? Por lo visto es excelente en estos casos.

Hans Castorp registró este relato sin prestar atención pero excitado. Con la camisa remangada, de pie ante el amplio lavabo, cuyos grifos niquelados brillaban bajo la luz eléctrica, apenas lanzó una mirada fugaz a la cama de metal blanco, puesta de limpio.

—¿Fumigaciones? De eso se habla mucho ahora —respondió locuaz y un tanto fuera de lugar mientras se lavaba y secaba las manos—. Sí, metilaldehído; ni las bacterias más resistentes lo aguantan... H_2CO. Pero escuece la nariz, ¿no? Evidentemente, la limpieza más rigurosa ha de darse por sentado.

Dijo «sentado» articulando muy bien la terminación, mientras que su primo, desde su época de estudiante, se había acostumbrado a la pronunciación más relajada, y continuó diciendo con gran locuacidad:

—Bueno, quería añadir que... Quizá el oficial de Marina se afeitaba con maquinilla, supongo, y con esos trastos uno se despelleja más fácilmente que con una navaja bien afilada; ésa es al menos mi experiencia; yo las uso alternadamente. Sí, sobre la piel irritada, el agua salina escuece... debía de tener la costumbre de usar *cold-cream* en el servicio militar, no me parece nada raro...

Y siguió parloteando, dijo que tenía doscientos María Mancini (su cigarro preferido) en la maleta, que había pasado la inspección de la aduana cómodamente, y luego le transmitió saludos de diversas personas de su ciudad natal.

—¿No encienden la calefacción? —preguntó de pronto, y fue hacia el radiador para apoyar las manos.

—No, nos mantienen bien frescos —contestó Joachim—. Mucho frío tendría que hacer para que encendieran la calefacción en agosto.

—¡Agosto, agosto! —exclamó Hans Castorp—. ¡Pero si estoy helado, completamente helado! Tengo frío en todo el cuerpo, aunque el rostro me arde. Mira, toca, ya verás qué caliente...

La idea de que le tocasen la cara no se ajustaba al temperamento de Hans Castorp y a él mismo le resultó desagradable. Por otra parte, Joachim no se dio por aludido, limitándose a decir:

—Eso es por el aire y no significa nada. El propio Behrens tiene todo el día las mejillas azules. Algunos no se habitúan nunca. Pero apresúrate, de lo contrario, no nos darán de cenar.

Cuando salieron, volvieron a ver a la enfermera, que les lanzó una mirada miope y curiosa. Sin embargo, en el primer piso, Hans Castorp se detuvo de pronto, inmovilizado por un ruido absolutamente escalofriante que les llegó desde escasa distancia, tras un recodo del pasillo; un ruido no muy fuerte, pero de una naturaleza tan particularmente repugnante que Hans Castorp hizo una mueca de estupor y miró a su primo con los ojos como platos. Se trataba, con toda seguridad, de la tos de un hombre, pero de una tos que no se parecía a ninguna de las que Hans Castorp había oído; es más, era una tos en comparación con la cual todas las que conocía le parecían dar muestra de una magnífica vitalidad;

una tos sin fuerza, que no se producía por medio de las habituales sacudidas, sino que sonaba como un chapoteo espantosamente débil en el viscoso lodo de la podredumbre orgánica.

—Sí —dijo Joachim—, tiene mala pinta. Es un noble austríaco, ¿sabes? Un hombre elegante, de la alta sociedad. Y mira cómo está. Sin embargo, todavía sale a pasear.

Mientras continuaba su camino, Hans Castorp sacó a colación la tos de aquel caballero.

—Has de tener en cuenta —dijo— que jamás había oído nada semejante, que es absolutamente nuevo para mí, y, claro, eso siempre impresiona. Hay tantas clases de tos, toses secas y toses blandas; y se dice en general que las toses blandas, con todo, son mejores y menos malas que esas que parecen ladridos. Cuando en mi juventud —«en mi juventud», dijo— tenía anginas, ladraba como un lobo, y todos estaban satisfechos cuando la cosa se reblandecía, aún me acuerdo. Pero una tos como ésa es algo totalmente nuevo, al menos para mí... casi no es una tos viva. No es seca, pero tampoco se puede decir que sea blanda; sin duda no es ésta la palabra apropiada. Es como si al mismo tiempo se mirase en el interior del hombre. ¡Qué sensación produce! Parece un auténtico lodazal.

—Bueno, basta ya —dijo Joachim—; lo oigo cada día, no hay necesidad de que me la describas.

Pero Hans Castorp no pudo dominar la impresión que le había causado aquella tos; afirmó repetidas veces que era como si estuviera mirando el interior de aquel caballero, y cuando entraron en el restaurante, sus ojos, fatigados por el viaje, brillaban de excitación.

EN EL RESTAURANTE

El restaurante era luminoso, elegante y agradable. Estaba inmediatamente a la derecha del vestíbulo, enfrente de los salones y, según explicó Joachim, era frecuentado principalmente por los huéspedes nuevos que comían fuera de los horarios habituales o por los que recibían visita. También se celebraban allí los cumpleaños, las partidas inminentes, así como los resultados favorables de las revisiones generales. A veces se organizaban fiestas por todo lo alto —dijo Joachim— y se servía hasta champán. En ese momento sólo se encontraba en el restaurante una señora sola, de unos treinta años, que leía un libro y al mismo tiempo canturreaba, tamborileando suavemente con el dedo corazón de la mano derecha sobre el mantel. Cuando los jóvenes tomaron asiento, se cambió de sitio para darles la espalda. Era muy tímida —explicó Joachim, en voz baja— y siempre se sentaba a comer con un libro. Al parecer, ya había ingresado en el sanatorio para tuberculosos de muy joven y, desde entonces, no había vuelto a vivir en sociedad.

—¡Entonces tú, comparado con ella, no eres más que un joven principiante, a pesar de tus cinco meses, y lo seguirás siendo cuando tengas un año entero a tus espaldas! —dijo Hans Castorp a su primo, tras lo cual Joachim tomó la carta e hizo aquel gesto de encogerse de hombros que antes de estar allí no había hecho nunca.

Habían elegido la mesa elevada junto a la ventana, el lugar más agradable. Se sentaron junto a la cortina de color crema, uno frente a otro, con sus rostros iluminados por la luz de la lamparilla de mesa de pantalla roja. Hans Castorp juntó sus manos recién lavadas y se las frotó con una sensación de agradable espera, como solía hacer al sentarse a la mesa, tal vez porque sus antecesores tenían el hábito de rezar antes de la sopa. Les sirvió una amable camarera un tanto gangosa, vestida de negro con delantal blanco y con una cara grande y de tono exageradamente saludable; y a Hans Castorp le hizo mucha gracia cuando se enteró de que allí llamaban a las camareras *Saaltöchter*. Pidieron una botella de Gruaud Larose que Hans Castorp devolvió para que la pusieran a enfriar. La comida era excelente. Había crema de espárragos, tomates rellenos, asado con toda suerte de guarniciones, un postre de dulce particularmente bien preparado, tabla de quesos y fruta. Hans Castorp cenó mucho, aunque su apetito resultó ser menor de lo que esperaba. Pero tenía la costumbre de comer en abundancia, incluso cuando no tenía hambre, por consideración a sí mismo.

Joachim no hizo muchos honores a la comida. Dijo que estaba harto de aquella cocina; que les pasaba a todos allí arriba, y que era costumbre protestar de la comida, pues cuando se estaba instalado allí para siempre... No obstante, bebió el vino con placer, e incluso con cierta pasión y, con sumo cuidado por evitar expresiones demasiado sentimentales, manifestó repetidas veces su satisfacción por tener alguien con quien poder hablar con sensatez.

—Sí, es magnífico que hayas venido —dijo, y su voz tranquila revelaba emoción—. Te aseguro que para mí se trata casi de un acontecimiento. Supone un auténtico cambio, una especie de cesura, de hito en esta monotonía eterna e infinita...

—Pero el tiempo debe de pasar para vosotros relativamente deprisa —dijo Hans Castorp.

—Deprisa y despacio, como quieras —contestó Joachim—. Quiero decir que no pasa de ningún modo, aquí no hay tiempo, no hay vida —añadió moviendo la cabeza, y de nuevo echó mano al vaso.

También Hans Castorp bebía, a pesar de que sentía el rostro caliente como el fuego. Sin embargo, en el cuerpo seguía teniendo frío, y en todos sus miembros latía una especie de desasosiego extrañamente eufórico que, al mismo tiempo, le atormentaba un poco. Hablaba de forma atropellada, se trabucaba con frecuencia, y, haciendo un gesto de desprecio con la mano, cambiaba de tema. Cierto es que Joachim también estaba muy animado, y la conversación continuó con mayor libertad y desenfado cuando la señora que canturreaba y tamborileaba se puso en pie y se marchó. Mientras comían gesticulaban con sus tenedores, se daban aires de importancia con la boca llena, reían, asentían con la cabeza, se encogían de hombros y, antes de haber tragado, ya volvían a hablar. Joachim quería saber cosas de Hamburgo y había llevado la conversación hacia el proyecto de canalización del Elba.

—¡Hará época! —dijo Hans Castorp—. Hará época en el desarrollo de nuestra navegación... Es de una importancia incalculable. Hemos invertido cincuenta millones de presupuesto en una única derrama, y puedes estar seguro de que sabemos exactamente lo que hacemos.

A pesar de la importancia que atribuía a la canalización del Elba, abandonó de inmediato este tema de conversación y pidió a Joachim que le contase más cosas de la vida de «allí arriba» y de los huéspedes, a lo que su amigo atendió con rapidez, pues se sentía feliz al poder desahogarse y hablar con alguien. No pudo menos que repetir la historia de los cadáveres que había que bajar en trineo y aseguró una vez más que era absolutamente cierto. Como a Hans Castorp volvió a darle un ataque de risa, también se echó a reír, y pareció hacerlo de buena gana, contando luego otras cosas divertidas para seguir alimentando aquel buen humor. Por ejemplo, que a su misma mesa se sentaba la señora Stöhr, una mujer muy enferma, esposa de un músico de Cannstadt; y que era la persona más inculta que jamás había conocido. Decía «desinfeccionar», y, además, muy convencida. Al ayudante Krokovski le llamaba «fomulus». Había que morderse la lengua para no reírse. Además, era una cotilla —como, por otra parte, lo eran casi todos allí arriba— y decía de otra señora, la señora Iltis, que llevaba un «esterilete».

—Lo llama «esterilete». ¡Eso es buenísimo!

Y, medio tumbados, recostados en los respaldos de las sillas, reían tanto que les vibraba la barriga, y los dos, casi al unísono, comenzaron a tener hipo.

Entretanto, Joachim se entristeció pensando en su infortunio.

—Sí, estamos sentados aquí riendo —dijo con una expresión dolorosa, interrumpido a veces por las contracciones del diafragma— y, sin embargo, no se puede prever, ni siquiera aproximadamente, cuándo podré marcharme, pues cuando Behrens dice: «Otros seis meses», sin duda hay que contar con que será mucho más. Pero es muy duro, ¿no crees que es muy triste para mí? Ya me habían admitido y al mes siguiente podía examinarme para oficial. Y aquí estoy, languideciendo con el termómetro en la boca, contando las tonterías de esa ignorante señora Stöhr y perdiendo el tiempo. ¡Un año es muy importante a nuestra edad, comporta tantos cambios y progresos en la vida de allá abajo! Pero he de hibernar aquí dentro, como en una ciénaga; sí, como en el interior de un agujero podrido, y te aseguro que la comparación no es exagerada...

Curiosamente, Hans Castorp se limitó a preguntar si era posible allí encontrar *porter*, cerveza negra, y, al mirarle su primo con cierta expresión de sorpresa, se dio cuenta de que estaba a punto de dormirse, si no lo había hecho ya.

—¡Te estás durmiendo! —dijo Joachim—. Ven, es hora de irse a la cama, los dos.

—Todavía no, de ninguna manera —replicó Hans Castorp con lengua de trapo.

Sin embargo, siguió a Joachim un poco inclinado, con las piernas rígidas como quien literalmente se muere de cansancio; aunque luego hizo un gran esfuerzo cuando, en el vestíbulo, ya prácticamente en penumbra, oyó decir a su primo:

—Ahí está Krokovski. Creo que tendré que presentártelo rápidamente.

El doctor Krokovski estaba sentado a plena luz, ante la chimenea de uno de los salones, directamente junto a la puerta corredera abierta, leyendo un periódico. Se puso en pie cuando los jóvenes se aproximaron a él, y Joachim, adoptando una actitud militar, dijo:

—Permítame, señor doctor, que le presente a mi primo Castorp, de Hamburgo. Acaba de llegar.

El doctor Krokovski saludó al nuevo huésped con una cordialidad desenfadada, en un tono decidido y animoso, como si quisiese dar a entender que con él no había lugar a la timidez, sino sólo a una alegre confianza. Tenía unos treinta y cinco años; era ancho de espaldas, gordo, mucho más bajo que los dos jóvenes que se hallaban de pie ante él —con lo cual tenía que echar hacia atrás y ladear un poco la cabeza para mirarles a los ojos—, y extraordinariamente pálido, de una palidez hiriente, casi fosforescente, aumentada si cabe por el oscuro ardor de sus ojos, por el espesor de sus cejas y por una barba bífida bastante larga en la que ya se veían algunas canas entreveradas. Llevaba un traje negro cruzado, ya un tanto usado, zuecos negros tipo sandalia con calcetines gruesos de lana gris, y luego una camisa de cuello blanco vuelto, de las que Hans Castorp sólo había visto en Danzig, en el escaparate de un fotógrafo, que confería al doctor Krokovski un aire de bohemio. Sonrió cordialmente, mostrando sus dientes amarillentos entre la barba, estrechó con fuerza la mano del joven y dijo, con voz de barítono y un acento extranjero un tanto lánguido:

—¡Sea bienvenido, señor Castorp! Espero que se adapte pronto y que se encuentre bien entre nosotros. ¿Me permite preguntarle si ha venido como paciente?

Era conmovedor observar los esfuerzos de Hans Castorp para mostrarse amable y dominar sus deseos de dormir. Le fastidiaba estar tan bajo de forma y, con el orgullo desconfiado de los jóvenes, creyó percibir en la sonrisa y la actitud tranquilizadora del ayudante las señales de una indulgente mofa. Contestó diciendo que pasaría allí tres semanas, mencionó sus exámenes y añadió que, a Dios gracias, se hallaba completamente sano.

—¿De verdad? —preguntó el doctor Krokovski, inclinando la cabeza a un lado como para burlarse y acentuando su sonrisa—. ¡En tal caso es usted un fenómeno completamente digno de ser estudiado! Porque yo nunca he encontrado a un hombre enteramente sano. ¿Me permite que le pregunte a qué exámenes se ha presentado?

—Soy ingeniero, señor doctor —contestó Hans Castorp con modesta dignidad.

—¡Ah, ingeniero! —Y la sonrisa del doctor Krokovski se relajó, perdiendo por un instante algo de su fuerza y cordialidad—. Admirable. ¿Y, dice, pues, que no va a necesitar ningún tipo de tratamiento médico, ni físico ni psíquico?

—No, muchísimas gracias —dijo Hans Castorp, que estuvo a punto de retroceder un paso.

En ese momento la sonrisa del doctor Krokovski apareció de nuevo victoriosa y, mientras estrechaba la mano del joven, exclamó en voz alta:

—¡Pues que duerma usted bien, señor Castorp, con la plena conciencia de su salud de hierro! ¡Duerma bien y hasta la vista! —Y, diciendo estas palabras, se despidió de los dos jóvenes y volvió a sentarse con su periódico.

Ya no había nadie de servicio en el ascensor, de modo que subieron la escalera a pie, silenciosos y un poco turbados por el encuentro con el doctor Krokovski. Joachim acompañó a Hans Castorp hasta la número 34, donde el portero cojo no se había olvidado de depositar el equipaje del recién llegado, y continuaron charlando durante un cuarto de hora, mientras Hans Castorp sacaba sus pijamas y objetos de tocador, fumando un cigarrillo suave. Aquella noche no llegaría a fumarse su habitual puro, lo cual le pareció extraño y bastante insólito.

—Sin duda su presencia impone —dijo, y mientras hablaba lanzaba el humo que había aspirado—. Pero está pálido como la cera. Eso sí, su calzado... ¡amigo, es horroroso! ¡Calcetines grises de lana y sandalias! ¿Crees que al final se ofendió?

—Es algo susceptible —dijo Joachim—. No deberías haber rechazado tan bruscamente sus cuidados médicos, al menos el tratamiento psíquico. No le gusta que se prescinda de eso. Yo tampoco gozo demasiado de su estima porque no suelo hacerle muchas confidencias. Pero de vez en cuando le cuento algún sueño para que tenga algo que diseccionar.

—Bueno, pues entonces acabo de echarle un jarro de agua fría —dijo Castorp algo molesto, pues estaba descontento consigo mismo por haber podido ofender a alguien, al tiempo que el fuerte cansancio volvía a apoderarse de él—. Buenas noches —dijo—, me muero de sueño.

—A las ocho vendré a buscarte para ir a desayunar —dijo Joachim, y se marchó.

Hans Castorp realizó sus abluciones nocturnas superficialmente. Le venció el sueño apenas apagó la lamparilla de la mesa de noche, pero se sobresaltó un momento al recordar que alguien había muerto dos días antes en aquella misma cama.

«Sin duda no habrá sido el primero —se dijo, como si eso pudiese tranquilizarle—. Es un lecho de muerte, un lecho de muerte común y corriente.» Y se quedó dormido.

Pero apenas lo hubo hecho comenzó a soñar y soñó casi sin interrupción hasta la mañana siguiente. Sobre todo veía a Joachim Ziemssen, en una posición extrañamente retorcida, descender por una pista oblicua en un trineo. Mostraba la misma palidez fosforescente que el doctor Krokovski, y delante del trineo, iba el caballero austríaco de la alta sociedad, que tenía un aspecto muy borroso, como el de alguien a quien sólo se ha oído toser. «Eso nos tiene completamente sin cuidado, a nosotros los de aquí arriba», decía el retorcido Joachim, y luego era él y no el caballero quien tosía de aquella manera tan atrozmente viscosa. Eso hizo romper a llorar amargamente a Hans Castorp, que comprendió que debía correr a la farmacia para comprar crema facial. Pero la señora Iltis estaba sentada en medio del camino, con su hocico puntiagudo, sosteniendo en la mano algo que debía de ser, sin duda, su «estilete», pero que no era otra cosa que una maquinilla de afeitar. A Hans Castorp entonces volvió a darle un ataque de risa y, de este modo, experimentó un auténtico vaivén de emociones, hasta que la luz de la mañana entró por los postigos a medio abrir de su balcón y le despertó.

2

SOBRE LA JOFAINA BAUTISMAL Y LAS DOS CARAS
DEL ABUELO

Hans Castorp no conservaba más que vagos recuerdos de su
casa paterna, ya que apenas había conocido a su padre y a
su madre. Murieron durante el breve intervalo que separaba su quinto de su séptimo aniversario; primero la madre, de
un modo absolutamente inesperado y en la víspera de un parto,
a causa de una trombosis causada por una flebitis; de una
embolia (como decía el doctor Heidekind) que en un instante
le había provocado un paro cardíaco; en aquel momento, se
estaba riendo sentada en la cama, y simplemente pareció que
se había caído para atrás de tanto reírse; pero lo que sucedió
es que se había muerto. No fue fácil de comprender para Hans
Hermann Castorp, el padre, y como sentía un gran cariño
hacia su esposa, y tampoco era precisamente un hombre fuerte,
no consiguió superar el golpe. Desde aquel momento, quedó
trastornado y mermado en sus capacidades; en su enajenación,
cometió errores en los negocios que acarrearon notables
pérdidas a la empresa Castorp e Hijo; en la segunda primavera
que siguió a la muerte de su mujer, contrajo una pulmonía
durante una inspección a los almacenes del ventoso puerto, y
como su corazón destrozado no pudo soportar la intensa fiebre,
falleció al cabo de cinco días, a pesar de todos los cuidados que
el doctor Heidekind le prodigó y, en presencia de un numeroso
cortejo de sus conciudadanos, fue a reunirse con su esposa en
el panteón de la familia Castorp, que estaba muy bien situado
en el cementerio de Santa Catalina, con vistas al Jardín Botánico.

Su padre, el senador, le sobrevivió cierto tiempo, aunque no mucho, hasta que murió (por cierto, murió igualmente víctima de una pulmonía, y tras largos tormentos y luchas, pues, a diferencia de su hijo, Hans Lorenz Castorp era de una naturaleza difícil de abatir y profundamente arraigada en la vida); y en este breve período, apenas año y medio, el huérfano Hans Castorp vivió en la casa de su abuelo, una casa en la explanada construida a principios del siglo anterior en un solar angosto, siguiendo el estilo del clasicismo nórdico, pintada de un color grisáceo indefinido, y con columnas truncadas a ambos lados de la puerta de entrada, situada en el centro de una planta baja a la que se accedía por una escalera de cinco peldaños; una casa que contaba con dos pisos superiores además de la entreplanta, cuyas ventanas llegaban hasta el suelo y estaban defendidas por rejas de forja.

Allí no había más que salones, contando el luminoso comedor, decorado con estuco y cuyas tres ventanas, con cortinas de color rojo vino, daban al pequeño jardín situado detrás de la casa, donde, durante aquellos dieciocho meses, el abuelo y el nieto comían juntos todos los días a las cuatro, servidos por el viejo Fiete, que llevaba pendientes en las orejas, botones de plata en el frac y una corbata de batista como la que usaba el propio dueño de la casa, en cuyas lazadas también hundía la barbilla afeitada igual que éste y a quien el abuelo tuteaba, hablando en dialecto con él no para bromear —pues no era amigo de bromas—, sino con toda naturalidad y porque, en general, ésta era su costumbre con las gentes del pueblo, trabajadores del puerto, carteros, cocheros y criados. Hans Castorp disfrutaba oyéndole, y con no menos placer escuchaba las respuestas de Fiete, también en dialecto, cuando éste, al servir por la izquierda, se inclinaba y se giraba por detrás de su señor para hablarle a la oreja derecha, por la que el senador oía mucho mejor que por la izquierda. El anciano comprendía, asentía y seguía comiendo, muy erguido entre el alto respaldo de caoba de la silla y la mesa, apenas inclinado sobre el plato;

enfrente de él, su nieto contemplaba en silencio, con profunda e inconsciente atención, los gestos mesurados y cuidados con que las hermosas manos blancas, delgadas y ancianas del abuelo, con sus uñas ligeramente abombadas y triangulares y su sortija de sello verde en el índice derecho, componía un bocado con carne, verdura y patata en la punta del tenedor, para llevarlo a su boca con una ligera inclinación de cabeza. Hans Castorp miraba sus propias manos, aún torpes, y sentía que en ellos ya estaba latente aquella capacidad para sostener y manejar el cuchillo y el tenedor como su abuelo algún día.

Otra cuestión era si también llegaría a envolver su barbilla en una corbata como la que llenaba la ancha abertura del peculiar cuello de la levita del abuelo, cuyos largos picos rozaban sus mejillas. Pues para ello debería ser tan viejo como él, y, además, ya nadie, a excepción del propio abuelo y el viejo Fiete, llevaba aquellos cuellos y corbatas. Era una lástima, pues al pequeño Hans Castorp le gustaba especialmente ver cómo el abuelo apoyaba la barbilla en aquella blanquísima corbata de lazo; incluso desde el recuerdo, siendo ya adulto, seguiría gustándole: había algo en aquel uso que aprobaba desde el fondo mismo de su ser.

Habiendo terminado de comer y metido sus servilletas en los servilleteros de plata −una tarea que Hans Castorp realizaba entonces con bastante dificultad porque las servilletas eran tan grandes como pequeños manteles−, el senador se levantaba de la silla, que Fiete retiraba, y dando cortos pasitos se dirigía a su «gabinete» en busca de un puro; y a veces, su nieto le seguía.

Este «gabinete» debía su existencia al hecho de que el comedor se había construido con tres ventanas y ocupaba toda la anchura de la casa, por lo que no había quedado espacio suficiente para tres salones, como era lo habitual en las casas de este tipo, sino sólo para dos, si bien uno de ellos, el que era perpendicular al comedor y tenía una sola ventana que daba a la calle, habría resultado demasiado poco elegante. Por eso habían construido un tabique cortando aproximadamente una cuarta parte del espacio, la que constituía, pues, aquel «gabinete» estrecho y con luz de claraboya, sombrío y tan sólo amueblado con algunos objetos: una estantería en la que se encontraba la cigarrera del senador, una mesa de juego, cuyo cajón contenía objetos tentadores —como naipes de whist, dados, fichas de juego, pequeños ábacos para marcar los puntos, un pizarrín con trocitos de tiza, boquillas de cartón y otras cosas—, y finalmente, en el rincón, una vitrina rococó de palosanto, cuyos cristales, por la parte interior, estaban cubiertos por cortinillas de seda amarilla.

—Abuelo —decía a veces el joven Hans Castorp al entrar en el gabinete, poniéndose de puntillas para acercarse a la oreja del anciano—, enséñame la jofaina bautismal, por favor.

Y el abuelo, que, de todas formas, ya había echado hacia atrás el faldón de su larga y blanda levita y sacado un manojo de llaves del bolsillo, abría la vitrina, de cuyo interior salía un inconfundible olor, agradable y misterioso, que el joven aspiraba. Allí dentro se guardaban toda suerte de objetos fuera de uso y, precisamente por eso, fascinantes: un par de candelabros de plata combados; un barómetro roto, con figuritas talladas en la madera; un álbum de cromos; una licorera de cedro; un pequeño turco, duro al tacto bajo su vestido de seda multicolor, con un mecanismo de relojería en el cuerpo que en otros tiempos le había permitido andar sobre la mesa, pero que, desde hacía años, ya no funcionaba; una antigua maqueta de un barco y, al fondo, hasta una ratonera. El anciano, sin embargo, sacaba del compartimiento del centro una jofaina redonda de plata, muy ennegrecida, que se hallaba sobre una bandeja también de plata, y mostraba los dos objetos al muchacho, separando uno de otro y volviendo cada uno una y otra vez entre explicaciones ya muchas veces oídas.

Originariamente, la jofaina y el plato no pertenecían al mismo juego, como enseguida se veía y como el niño volvía a oír cada vez; pero –como decía el abuelo– habían sido reunidos por el uso desde hacía unos cien años, es decir, desde la compra de la jofaina. Era bonita, de forma sencilla y elegante, muestra del austero gusto reinante a principios del siglo pasado. Lisa y sólida, reposaba sobre un pie redondo y estaba bañada en oro en el interior, aunque el paso del tiempo no había dejado de aquel oro más que un pálido resplandor amarillento. Como único adorno, tenía una corona en relieve de rosas y hojitas dentadas en el borde superior. En cuanto a la bandeja, en la cara interior se podía leer su antigüedad, mucho mayor. «1650» rezaban unos números muy recargados, y enmarcaban la cifra todo tipo de ornamentos sofisticadísimos, realizados a la «manera moderna» de otra época, voluptuosos y caprichosos; escudos y arabescos a caballo entre estrellas y flores. En el reverso de la bandeja, en cambio, en los distintos tipos de letra correspondientes, estaban grabados los nombres de los cabezas de familia que, en el transcurso de los tiempos, habían sido propietarios del objeto: ya eran siete, y junto a cada uno figuraba también el año de la transmisión de la herencia, y el anciano de la corbata de lazo se los iba señalando uno tras otro a su nieto con la punta del índice en el que llevaba el anillo. Allí estaban el nombre de su padre, el de su abuelo y el de su bisabuelo, y luego el prefijo se doblaba, se triplicaba, y hasta se cuadruplicaba en la boca del narrador, y el joven, con la cabeza inclinada hacia un lado, con la mirada muy fija en actitud reflexiva o también soñadora y relajada y con los labios devotamente entreabiertos, escuchaba ese «tatara-tatara», ese sonido oscuro que evocaba la tumba y el paso del tiempo, que sin embargo, reflejaba los indisolubles y devotamente conservados lazos entre el presente, su propia vida y el pasado remotísimo, y que producía en él un extraño efecto, tal y como se manifestaba en su rostro. Al oír aquel sonido creía respirar un aire frío y con cierto olor a moho, el aire de la iglesia de Santa Catalina o de la cripta de San Miguel; sentir en sus oídos el aliento de esos lugares en los que, con el sombrero en la mano, parece imponerse caminar con devoción, inclinándose y tambaleándose ligeramente para no apoyar los tacones de las botas; creía también oír el silencio lejano y pacífico de esos lugares de profundos ecos; el sonido de aquellas sílabas hacía que en su interior se mezclasen la conciencia de lo sagrado y la conciencia de la muerte y de la historia, y, de algún modo, el joven tenía la sensación de que todo aquello le hacía bien; es más, era muy posible que le hubiera pedido que le mostrara la jofaina por amor a ese sonido para escucharlo y repetirlo una vez más.

Luego el abuelo volvía a colocar la jofaina sobre la bandeja y dejaba que el muchacho se asomase a su interior, liso y ligeramente dorado que brillaba bajo la luz que caía desde el techo.

—Pronto hará ocho años —dijo— que te sostuvimos sobre ella y el agua con la que fuiste bautizado cayó dentro. El sacristán de la parroquia de San Jacobo, Lassen, fue quien la vertió en la cuenca de la mano del pastor Bugenhagen y de ella resbaló por encima de tu cabeza hasta la jofaina. La habíamos calentado para que no te asustases y llorases y, en efecto, no lo hiciste, sino todo lo contrario: estuviste chillando antes, de tal manera que Bugenhagen a duras penas pudo hacer su sermón; sin embargo, en cuanto sentiste el agua te callaste, y creo que fue por respeto hacia el Santo Sacramento, o así lo espero. Dentro de unos días hará cuarenta y cuatro años que tu padre recibió el bautismo y que el agua resbaló sobre su cabeza y cayó aquí dentro. Fue aquí, en esta casa, su casa paterna, en la sala de al lado, ante la ventana del centro, y fue el viejo pastor Hesekiel quien le bautizó, el mismo a quien los franceses estuvieron a punto de fusilar cuando era joven porque había predicado contra sus rapiñas y sus tributos de guerra; también él se halla desde hace mucho tiempo en la casa del Señor. Y hace setenta y cinco años que me bautizaron a mí; en la misma sala, y aquí sostuvieron mi cabeza sobre la jofaina, exactamente como está ahora, colocada sobre la bandeja, y el pastor pronunció las mismas palabras que contigo y con tu padre, y el agua clara y tibia resbaló de la misma manera por mis cabellos (entonces no tenía muchos más que ahora), y cayó también ahí, en esa jofaina dorada.

El niño alzó la mirada hacia el delgado rostro de anciano del abuelo que ahora se inclinaba de nuevo sobre la jofaina, como lo había hecho en aquella hora ya muy lejana de la que hablaba en ese momento, y la sensación que había experimentado otras veces se apoderó de él; aquella peculiar sensación, como soñada y también como de pesadilla de que todo se mueve y no se mueve nada, de cambiante permanencia que no es sino un constante volver a empezar y una vertiginosa monotonía; una sensación que ya le era conocida de otras veces y cuya repetición había esperado y deseado; en parte se debía a este deseo el que hubiera pedido que le mostrasen aquella pieza, que pasaba de generación en generación sin que el tiempo pasase por ella.

Cuando más tarde el muchacho pensaba en ello, le parecía que la imagen de su abuelo se había grabado en él con una huella más profunda, clara y significativa que la de sus padres; lo cual quizá se debiera a la simpatía y a una afinidad física particular, pues el nieto se parecía al abuelo todo lo que un rapaz de mejillas rosadas puede parecerse a un canoso y rígido septuagenario. Ahora bien, sobre todo era algo importante para el abuelo, que sin duda había sido la figura de mayor carácter, la personalidad pintoresca de la familia.

Lo cierto es que el tiempo había pasado de largo ante la manera de ser y de pensar de Hans Lorenz Castorp incluso mucho antes de su muerte. Había sido un hombre profundamente cristiano, miembro de la Iglesia reformista, de una férrea postura tradicionalista tan empecinado en que la clase social con acceso a los puestos de gobierno no dejase de ser la aristocracia como si hubiese vivido en el siglo XIV, cuando la menestralía, venciendo la tenaz resistencia de los patricios, ya libres desde antiguo, había comenzado a conquistar los puestos y votos en el seno del consejo de la ciudad, y, en resumidas cuentas, un hombre que se cerraba en banda ante toda innovación. Su actividad coincidió con una época de intenso desarrollo y grandes cambios de diversas índoles; con una época de progreso a marchas forzadas que constantemente había exigido enorme audacia y espíritu de sacrificio en la vida pública. Pero Dios sabe que, por su parte, el viejo Castorp no había contribuido a que el espíritu de los tiempos modernos celebrase sus brillantes y celebérrimas victorias. Había concedido mucha mayor importancia a las tradiciones atávicas y las antiguas instituciones que a las temerarias ampliaciones del puerto y otras desalmadas aberraciones propias de las grandes ciudades; había frenado y conciliado los espíritus allí donde había podido y, si por él hubiera sido, la administración tendría todavía ese aspecto idílicamente rancio que, en su día, presentaba su propia oficina.

Tal era la imagen que el anciano, durante su vida y después de ella, daba a sus conciudadanos, y aunque el pequeño Hans Castorp no entendía nada de los asuntos políticos, sus ojos infantiles que lo miraban todo en silencio hacían poco más o menos las mismas observaciones —observaciones mudas y, por consiguiente, faltas de crítica, sólo llenas de vida, que, más tarde, convertidas en recuerdo consciente, habrían de conservar carácter incondicionalmente positivo, hostil a todo análisis y a todo comentario—. Como ya se ha dicho, la simpatía estaba de por medio, ese lazo afectivo y esa afinidad que no es nada raro que salte una generación. Los hijos y los nietos observan para admirar y admiran para aprender y desarrollar el potencial que, por herencia, llevan dentro.

El senador Castorp era delgado y alto. Los años habían curvado su espalda y su nuca, pero él se esforzaba en compensar esa inclinación procurando andar erguido, y, al hacerlo, su boca, cuyos labios no podían ya apoyarse en los dientes, sino en las encías vacías, pues no se ponía la dentadura postiza más que para comer, se contraía hacia abajo con un gesto tan digno como esforzado, y a eso –como, sin duda, también al intento de disimular un leve temblor de la cabeza– se debían aquella postura tan sumamente rígida y aquella peculiar corbata que le sujetaba la barbilla y tanto gustaba al pequeño Hans Castorp.

Le encantaba la caja de rapé, una cajita alargada de carey con incrustaciones de oro de la que siempre se servía con los dedos, por lo que utilizaba pañuelos rojos cuyas puntas solían asomar por el bolsillo trasero de su levita. Si esto era una pequeña debilidad a su parecer, todo el mundo lo interpretaba como una evidente concesión a su avanzada edad, una ligereza de las que, ya sea con plena conciencia y sonriendo o de un modo dignamente inconsciente, trae consigo la vejez; en cualquier caso, era la única que la aguda mirada del joven Hans Castorp pudo ver jamás en su abuelo. Pero tanto para el niño de siete años como más tarde para el adulto, en el recuerdo, la imagen diaria y familiar del anciano no era su imagen verdadera. En realidad era diferente, mucho más bello y recto que de ordinario, tal y como aparecía en un retrato de tamaño natural que en tiempos había estado colgado en la habitación de los padres del niño y que luego se trasladó con el pequeño Hans Castorp a la casa de la explanada, donde fue colocado encima del sofá de seda roja en el salón recibidor.

La pintura mostraba a Hans Lorenz Castorp vestido con el uniforme oficial de senador de la ciudad, ese serio e incluso monacal atuendo de un siglo anterior cuyo pomposo uso se había transmitido y conservado en una comunidad solemne a la vez que temeraria con el fin de que, a través de ese ceremonial, el pasado se convirtiera en presente y el presente en pasado, dando así testimonio de la indisoluble continuidad de las cosas y de la honorabilísima fiabilidad de su firma. El senador Castorp aparecía de cuerpo entero, de pie sobre un piso de baldosas rojizas, en una perspectiva de columnas y arcos góticos; con la barbilla inclinada y la boca contraída hacia abajo; los ojos, azules y de mirada juiciosa, con bolsas en los lacrimales, puestos en la lejanía; vistiendo un ropón negro de aspecto sacerdotal que le llegaba hasta pasadas las rodillas y que, abierto en la parte de delante, mostraba un ancho ribete de piel en todo el borde. De unas amplias mangas abullonadas y bordadas salían otras más estrechas y largas, de tela lisa, y unos puños de encaje le cubrían las manos hasta los nudillos. Las delgadas pantorrillas del anciano estaban enfundadas en unas medias de seda negra, los pies en zapatos con hebillas de plata. En el cuello llevaba, en cambio, una ancha gola almidonada y rizada, bajada en la parte delantera y levantada a ambos lados, de debajo de la cual aún salía una chorrera de batista plisada que caía sobre el chaleco. Bajo el brazo llevaba el antiguo sombrero de ala ancha, cuya copa acababa casi en punta.

Era un retrato excelente, obra de un artista notable, pintado con buen gusto en el estilo de los viejos maestros, a lo cual se prestaba el modelo, y evocaba en quienes lo contemplaban toda clase de imágenes hispanoholandesas de fines de la Edad Media. El pequeño Hans Castorp lo había observado con frecuencia, sin una visión de experto, como puede suponerse, pero sí con cierto criterio general, incluso bastante profundo; y aunque no hubiese visto a su abuelo en persona tal y como la tela le representaba más que una sola vez —y por un instante, con motivo de una llegada en cortejo al Ayuntamiento—, no podía dejar de considerar el cuadro como la apariencia verdadera y auténtica del abuelo, viendo en su abuelo de todos los días, por así decirlo, una especie de interino, sólo provisional e imperfectamente adaptado a su papel. Pues lo que había de distinto y extraño en su apariencia ordinaria se debía, sin duda, a esta adaptación imperfecta y tal vez un poco torpe en la que quedaban restos e indicios de su otra cara, la pura y verdadera, que no se borraban completamente. Así, por ejemplo, el cuello postizo y la corbata blanca alta y de lazo estaban pasados de moda; sin embargo, era imposible aplicar ese epíteto a aquella maravillosa prenda en la cual no era sino un mero sucedáneo: la golilla española. Ocurría lo mismo con el inusual sombrero de copa redondeado que el abuelo llevaba para salir a la calle y que, en aquella realidad superior, correspondía al sombrero de fieltro de ala ancha del cuadro; y también con la larga y holgada levita de paseo, cuyo modelo y esencia era, a los ojos del pequeño Hans Castorp, la toga bordada y ribeteada en piel.

Él aprobó, pues, de todo corazón, que el abuelo luciese aquel aspecto con toda su autenticidad y su perfección el día en que hubo de despedirse de él para siempre. Fue en el salón, en el mismo donde tantas veces habían comido sentados a la mesa uno frente al otro. Hans Lorenz Castorp se hallaba tendido sobre el túmulo, dentro del ataúd con incrustaciones de plata y rodeado de coronas. Había luchado mucho y tenazmente contra la pulmonía, si bien, según parecía, sólo se había sentido en casa en la vida de este mundo porque se había adaptado a ella; y ahora estaba allí tendido, no se sabía si como vencedor o como vencido, pero, en todo caso, con una expresión de rigurosa satisfacción y muy cambiado, con la nariz más afilada por haber luchado tanto en su lecho de muerte; la parte inferior del cuerpo estaba envuelta en un sudario sobre el que habían colocado una rama de palma, la cabeza levantada por unos almohadones de seda, de manera que su barbilla reposaba agradablemente en la abertura delantera de su golilla de gasa, y entre las manos, semicubiertas por los puños de encaje, cuyos dedos, en una postura fingidamente natural, no podían ocultar el frío y la muerte, había sido colocado un crucifijo de marfil que sus párpados cerrados parecían contemplar fijamente.

Hans Castorp había visitado a su abuelo varias veces al principio de la enfermedad, pero luego ya no lo había vuelto a ver. Le habían evitado el espectáculo de la lucha que, por otra parte, se desarrollaba casi siempre por la noche; únicamente se había visto afectado de un modo indicado por la atmósfera angustiada de la casa, por los ojos enrojecidos del viejo Fiete, por las idas y venidas de los médicos; sin embargo, el resultado, ante el cual se encontraba en el comedor, podía resumirse diciendo que el abuelo había sido solemnemente liberado de aquella condición de interino en la vida y por fin había regresado a su forma verdadera y digna de él; era un hecho que había que aceptar, a pesar de que el viejo Fiete llorase y moviese la cabeza sin descanso, y aunque el propio Hans Castorp llorara como lo había hecho en presencia de su madre muerta repentinamente y de su padre, a quien, poco tiempo después, también vio difunto, como un extraño mudo para siempre.

Era, pues, la tercera vez que, en tan poco tiempo y a una edad tan temprana, la muerte obraba sobre el espíritu y los sentidos —principalmente sobre los sentidos— del pequeño Hans Castorp; aquella visión y aquella impresión ya no eran nuevas para él sino todo lo contrario, le resultaban muy familiares y, como en las dos ocasiones anteriores, aunque ésta es un grado aún mayor, se mostró muy tranquilo y dueño de sí mismo, en modo alguno a merced de los nervios a pesar de que sentía una aflicción natural. Ignorando el significado práctico que esos acontecimientos habían de tener en su vida, o infantilmente indiferente a ello, confiando en que el mundo ya cuidaría de él de un modo u otro, ante aquellos ataúdes había dado muestras de una frialdad igualmente infantil y de una atención objetiva que, en la tercera circunstancia, dadas su sensación y expresión de gran experiencia en la materia, no estaba exenta de cierta precocidad (al margen de las lágrimas provocadas por la emoción o el contagio del llanto de los demás, como una reacción normal). En los tres o cuatro meses después de que muriera su padre, había olvidado la muerte; ahora la recordaba, y todas aquellas sensaciones tan singulares de entonces se reproducían exactamente igual, al mismo tiempo y con enorme fuerza.

Actualizadas y explicadas en palabras, sus impresiones se podían resumir del modo siguiente: la muerte era de una naturaleza piadosa, significativa y tristemente bella, es decir, espiritual; pero, al mismo tiempo, también poseía una segunda naturaleza, casi contraria, muy física y material que, desde luego, no se podía considerar bella, ni significativa, ni piadosa, ni siquiera triste. La naturaleza solemne y espiritual se expresaba en la suntuosa mortaja y ataúd del difunto, las magníficas flores y las palmas que, como se sabe, significaban la paz celestial; además, y más claramente todavía, en el crucifijo entre los fríos dedos de lo que fuera el abuelo, en la figura del Cristo bendiciendo de Thorwaldsen, que se hallaba en la cabecera del féretro, y en los dos candelabros que se alzaban a ambos lados, los cuales, en aquella ocasión, habían adquirido igualmente un carácter sacro. Todas aquellas disposiciones claramente hallaban su sentido y su buen fin en la idea de que el abuelo había adoptado su forma definitiva y verdadera para siempre. Pero además, como muy bien captó el pequeño Hans Castorp, aunque no quiso reconocerlo, todo aquello, y especialmente a su vez, la enorme cantidad de flores (y, entre éstas, en particular de nardos) tenía otro sentido y otro fin más prosaico: mitigar ese otro aspecto de la muerte que no es ni bello ni realmente triste, sino más bien casi indecente, bajo, indignamente físico; hacer olvidar o impedir tomar conciencia de la muerte.

A esa segunda naturaleza de la muerte se debía que el abuelo difunto pareciese tan alejado que en realidad ya ni siquiera pareciese el abuelo, sino más bien un muñeco de cera, de tamaño natural, que la muerte había cambiado por la persona y al que ahora se rendían tan píos y fastuosos honores. El que allí yacía, o mejor dicho: lo que se hallaba allí tendido no era, pues, el abuelo, sino sus restos mortales que, como bien sabía Hans Castorp, no eran de cera, sino de su propia materia, pero sólo de materia vacía, y precisamente eso era lo indecente y ni siquiera triste; tan poco triste como lo son las cosas que conciernen al cuerpo y sólo a él. El pequeño Hans Castorp contemplaba esa materia lisa, cérea y caseificada, de que estaba hecha aquella figura mortuoria de tamaño natural, con el rostro y las manos del que había sido su abuelo. Una mosca acababa de posarse sobre la frente inmóvil y comenzaba a agitar la trompa. El viejo Fiete la espantó con precaución, evitando tocar la frente, con expresión sombría, como si no debiera ni quisiera saber lo que hacía; expresión de respeto que, sin duda, se debía al hecho de que el abuelo ya no era más que un cuerpo inerte. Pero al poco de levantar el vuelo, la mosca volvió a posarse un instante sobre los dedos del abuelo, cerca del crucifijo de marfil. Y mientras esto ocurría, Hans Castorp creyó respirar, con mayor claridad que hasta aquel momento, aquella emanación débil pero tan particularmente penetrante que conocía de otras veces —la cual, para su vergüenza, le recordaba a un compañero de clase aquejado de un desagradable mal y por esa causa evitado por todos—, y que los nardos tenían por objeto encubrir, sin conseguirlo a pesar de su hermosa opulencia y su fuerte olor.

Se acercó varias veces al cadáver: una vez sólo con el viejo Fiete; otra con su tío Tienappel, comerciante de vinos, y sus dos tíos James y Peter; y luego una tercera vez, cuando un endomingado grupo de obreros del puerto permaneció unos instantes ante el cadáver para despedirse del antiguo jefe de la casa Castorp e Hijos. Luego tuvo lugar el entierro, durante el cual la sala se llenó de gente, y el pastor Bugenhagen, de la iglesia de San Jacobo, el mismo que había bautizado a Hans Castorp, ataviado con la golilla española, pronunció la oración fúnebre, y después, en el coche —el primero de un larguísimo cortejo que seguía a la carroza—, se mostró muy amable con el pequeño Hans Castorp; y después, también esa pequeña etapa de su vida terminó, y cambió de casa y de entorno, y ya lo hacía por segunda vez en su joven existencia.

En casa de los Tienappel y sobre el estado moral de Hans Castorp

No fue para su desgracia, pues a partir de aquel día vivió en la casa del cónsul Tienappel, su tutor, y no le faltó nada, ni en el terreno personal ni en lo referente a la defensa de sus demás intereses, de los que él aún no sabía nada. El cónsul Tienappel, tío de la difunta madre de Hans, administró el patrimonio de los Castorp, puso en venta los inmuebles, se encargó de liquidar la empresa Castorp e Hijos, Importación y Exportación y consiguió sacar unos cuatrocientos mil marcos, que eran la herencia de Hans Castorp y que el cónsul Tienappel invirtió en valores seguros, cobrando cada principio de trimestre, a pesar de su afecto de familiar, un dos por ciento de comisión legal.

La casa de los Tienappel estaba situada al fondo de un jardín en el camino de Harvestehud y daba a una extensión de césped, en la que no era tolerada mala hierba alguna, a unas rosaledas públicas y al río. A pesar de poseer un buen coche de caballos, todas las mañanas el cónsul Tienappel iba a pie a su despacho en el centro de la ciudad para hacer un poco de ejercicio, pues a veces sufría de una ligera congestión en la cabeza, y a las cinco de la tarde regresaba de la misma manera, después de lo cual se comía en casa de los Tienappel con todo refinamiento. Era un hombre influyente que vestía con los mejores tejidos ingleses; tenía los ojos saltones, de un azul acuoso, ocultos tras los lentes de montura de oro; la nariz espléndida; la barba gris de marinero, y un diamante resplandeciente en el delgado dedo meñique de su mano izquierda. Su mujer había fallecido hacía mucho tiempo. Tenía dos hijos, Peter y James, de los cuales uno estaba en la Marina y muy poco en casa; el otro trabajaba en el negocio del padre y por lo tanto era el heredero oficial de la empresa. La casa era gobernada, desde hacía muchos años, por Schalleen, la hija de un orfebre de Altona, que llevaba manguitos blancos almidonados.

Cuidaba de que tanto el desayuno como la comida comprendiesen un abundante surtido de entremeses, con cangrejos y salmón, anguila, pechuga de ganso y *tomato catsup* para el *roast-beef*; vigilaba con atención a los criados ocasionales que el cónsul Tienappel contrataba cuando tenía invitados, y fue ella quien, como pudo, hizo de madre del pequeño Hans.

Hans Castorp creció en un clima espantoso, entre el viento y la niebla; creció dentro de un impermeable amarillo, si así puede decirse, y lo cierto es que se sentía bien. No obstante, siempre fue un poco anémico, como pudo comprobar el doctor Heidekind, quien prescribió que, antes de almorzar, al regresar de clase, se le diese cada día un buen vaso de *porter*, bebida, como es bien sabido, fuerte, que el doctor consideraba de un gran valor reconstituyente para la sangre y que, en cualquier caso, dulcificó de un modo apreciable el espíritu de Hans Castorp, ayudándole a superar su tendencia a «soñar despierto», como decía su tío Tienappel, es decir, a quedarse con la boca abierta contemplando las musarañas sin ningún pensamiento sólido. Pero por lo demás era un chico sano y normal, bastante bueno jugando al tenis y remando, a pesar de que en vez de remar prefería instalarse con una rica bebida en la terraza del club náutico de Uhlenhorst en las noches de verano, escuchar la música y contemplar las barcas iluminadas, entre las que nadaban los cisnes sobre el espejo irisado del agua. Y cuando hablaba, serena y razonable, aunque en un tono un tanto hueco, monótono y con un dejo de dialecto norteño —es más, con sólo mirarle, con su rubia corrección, su rostro de corte refinado y rasgos en cierto modo arcaicos, en el cual un orgullo heredado e inconsciente se manifestaba en forma de adusta melancolía—, nadie podía poner en duda que Hans Castorp era un puro y auténtico prototipo del lugar, y que allí se encontraba como pez en el agua. Él mismo, de habérselo planteado, no lo hubiera dudado ni un momento.

El ambiente del gran puerto de mar, ese ambiente húmedo de comercio internacional y bienestar que había sido el aire vital de sus padres, era respirado por él como algo natural, de pleno acuerdo y de buen grado. Con el olfato acostumbrado a las emanaciones del agua, el carbón y el alquitrán, y a los intensos olores de los ultramarinos amontonados, veía cómo en los muelles del puerto las imponentes grúas de vapor imitaban la tranquilidad, inteligencia y fuerza gigantesca de elefantes domesticados transportando toneladas de sacos, fardos, cajas, toneles y bombonas, de las bodegas de los buques anclados a vagones de ferrocarril o a los almacenes de los muelles. Veía a los comerciantes con sus impermeables amarillos, como el que él llevaba, acudiendo en tropel a la Bolsa a mediodía, donde según le habían dicho se jugaba fuerte, y donde más de uno se veía obligado a repartir invitaciones a toda prisa para una gran cena, a fin de salvar su crédito. Veía (y éste habría de ser su campo de interés en el futuro) el bullicio en los astilleros, los mastodónticos cuerpos de los transatlánticos varados, altos como torres, con la quilla y la hélice al descubierto, sostenidos por vigas recias como árboles, monstruosamente indefensos fuera del mar, invadidos por ejércitos de enanos ocupados en fregar, martillear y pintar; veía alzarse los esqueletos de los buques en construcción bajo los diques de construcción envueltos en una niebla humeante; veía a los ingenieros, con sus planos y libros de cálculos en la mano, dar órdenes a los obreros. Todos aquellos rostros eran familiares a Hans Castorp desde la infancia, y no despertaban en él más que entrañables sensaciones de bienestar especialmente intensas cuando, los domingos a mediodía, almorzaba en el pabellón de Alster con James Tienappel o su primo Ziemssen (Joachim Ziemssen) panecillos calientes de carne ahumada, acompañados de un vaso de oporto añejo, y permanecía retrepado en su silla fumando con deleite un cigarro puro. En esto no se engañaba: le gustaba vivir bien; es más, a pesar de su aspecto anémico y refinado, estaba fuerte y profundamente apegado, como un ansioso recién nacido a los pechos maternos, a los más elementales placeres de la vida.

Cómodamente y no sin dignidad llevaba sobre sus hombros esa supuesta cultura superior que la clase alta, en cuyas manos está la democracia de las ciudades libres, transmite a sus hijos. Iba acicalado como un bebé y se vestía en el sastre que gozaba de la confianza de los jóvenes de su clase. Su ropa blanca, esmeradamente marcada, que contenían los cajones ingleses de su armario, era cuidada con verdadero mimo por Schallen; incluso cuando Hans Castorp marchó a estudiar fuera, continuó enviándosela para que la mandase lavar y zurcir (pues siempre decía que, salvo en Hamburgo, en Alemania no sabían planchar la ropa blanca). Una arruga en el puño de una de sus bonitas camisas de color le hubiera causado un enorme disgusto. Sus manos, aunque quizá desprovistas de una forma muy aristocrática, mostraban una piel fresca y cuidada, ornadas con un anillo de platino y con el sello de su abuelo, y sus dientes, un tanto débiles y deteriorados en diversos puntos, habían sido reparados con oro.

De pie y al andar sacaba un poco el vientre, lo cual no daba precisamente una impresión de apostura, pero sus maneras excelentes en la mesa eran notables: con la espalda muy recta se volvía cortésmente hacia el vecino con el que estaba charlando (siempre sensato y con cierto deje norteño), y mantenía los codos bien pegados al cuerpo mientras trinchaba un ala de pollo o extraía hábilmente la carne rosada del caparazón de una langosta con el instrumento adecuado. Su primera necesidad al terminar la comida era el aguamanil aromatizado; la segunda, el cigarrillo ruso, que no pagaba aduana pero se conseguía fácilmente de contrabando. A este cigarrillo seguía un cigarro de una sabrosa marca de Bremen llamada María Mancini, de la que ya se hablará más adelante y cuyas aromáticas sustancias se aliaban de una manera muy satisfactoria con las del café. Hans Castorp solía guardar sus provisiones de tabaco de las nefastas influencias de la calefacción central, conservándolas en la bodega, adonde bajaba todas las mañanas para rellenar su petaca con la dosis diaria. De mala gana hubiese comido mantequilla presentada en un solo bloque y no en forma de caracolillos.

Como se ve, procuramos recoger todo aquello que puede prevenir en su favor, pero le juzgamos sin exageración y no le hacemos ni mejor ni peor de lo que era. Hans Castorp no era un genio ni un imbécil, y si para definirle evitamos la palabra «mediocre» es por una serie de razones que no guardan relación ni con su inteligencia ni con su persona en sí: es por respeto hacia su destino, al cual nos sentimos inclinados a conceder una importancia más que personal. Tenía bastante cabeza para cumplir con las exigencias del bachillerato de ciencias sin necesidad de excesivo esfuerzo, que, por otra parte, tampoco hubiera estado dispuesto a realizar en ninguna circunstancia y por ningún motivo, no tanto por temor a sufrir algún daño, sino porque no veía motivo alguno para resolverse a ello, o más exactamente, ninguna razón indispensable; y es precisamente por eso por lo que no queremos llamarle mediocre, porque, de alguna manera, era consciente de esa falta de motivos.

El hombre no sólo vive su vida personal como individuo, sino que, consciente o inconscientemente, también participa de la de su época y de la de sus contemporáneos, así que, por más que considerase las bases generales e impersonales de su existencia como bases inmediatas, dadas por naturaleza, y permaneciese alejado de la idea de ejercer cualquier crítica contra ellas, como era el caso del buen Hans Castorp, era muy posible que sintiese su bienestar moral ligeramente afectado por sus defectos. El individuo puede tener presentes toda clase de objetivos personales, de fines, de esperanzas, de perspectivas, de los cuales extrae la energía para los grandes esfuerzos y actividades; ahora bien, cuando lo impersonal que le rodea, cuando la época misma, a pesar de su agitación, en el fondo está falta de objetivos y de esperanzas, cuando ésta se le revela como una época sin esperanzas, sin perspectivas y sin rumbo, y cuando la pregunta sobre el sentido último, inmediato y más que personal de todos esos esfuerzos y actividades –pregunta planteada de manera consciente o inconsciente, pero planteada al fin y al cabo–, no encuentra otra respuesta que el silencio del vacío, resultará inevitable que, precisamente a los individuos más rectos, esta circunstancia conlleve cierto efecto paralizante que, por vía de lo espiritual y moral, se extienda sobre todo a la parte física y orgánica del individuo. Para estar dispuesto a realizar un esfuerzo considerable que rebase la medida de lo que comúnmente se practica, aunque la época no pueda dar una respuesta satisfactoria a la pregunta «¿para qué?», se requiere bien una independencia y una pureza moral que son raras y propias de una naturaleza heroica, o bien una particular fortaleza de carácter. Hans Castorp no poseía ni lo uno ni lo otro, y no era, por lo tanto, más que un hombre mediocre, eso sí, en uno de los sentidos más honrosos del término.

Todo esto no solamente se refiere a la actitud del joven durante sus años de escuela, sino también durante los que siguieron, cuando ya había elegido la profesión burguesa que ejercía. En lo que se refiere a su carrera escolar consignaremos que incluso tuvo que repetir más de un curso. Pero, en general, su origen, la urbanidad de sus costumbres y un talento notable, ya que no una pasión, por las matemáticas, le ayudaron a franquear esas etapas, y al terminar el bachillerato elemental, decidió continuar con el superior, principalmente –la verdad sea dicha– porque eso suponía prolongar un estado de cosas habitual, provisional e indeterminado que le permitiría ganar tiempo para reflexionar sobre lo que quería ser, pues se hallaba muy lejos de saberlo; ni siquiera lo sabía en el último curso, y cuando, finalmente, tomó una decisión (aunque casi sería mucho decir que él mismo se decidió), le dio la sensación de que lo mismo hubiera podido elegir un camino diferente.

Eso sí, una cosa estaba clara: siempre había sentido una gran afición por los barcos. Cuando era niño había llenado las páginas de sus cuadernos con dibujos a lápiz de barcas de pesca, gabarras cargadas de legumbres y veleros de cinco palos, y cuando, a los quince años, gozó del privilegio de asistir a la botadura de un nuevo paquebote postal de dos hélices, el *Hansa*, en los astilleros Blohm & Voss desde un lugar privilegiado, hizo una acuarela bastante lograda y muy rica en detalles de la esbelta nave, que el cónsul Tienappel colgó en su despacho particular y en la cual el verde vidrioso y transparente del mar tempestuoso estaba tratado con tanto esmero y habilidad que alguien dijo al cónsul Tienappel que aquello revelaba talento y que Hans Castorp podría llegar a ser buen pintor de marinas, apreciación que el cónsul pudo repetir a su pupilo sin temor a mayores consecuencias, pues Hans Castorp se limitó a reírse ante la idea sin pensar un solo momento en locuras de bohemio y en pasar hambre por ellas.

—No puede decirse que seas rico —le decía algunas veces el tío Tienappel—. La parte principal de mi fortuna en su día irá a parar a James y a Peter, es decir, que todo quedará en casa, y Peter percibirá su pensión. Lo que te pertenece está bien invertido y te produce una renta segura. Pero vivir de las rentas, hoy en día, no es nada fácil, salvo que se tenga al menos cinco veces lo que tú posees; así que, si quieres llegar a ser algo aquí en la ciudad y vivir como estás acostumbrado, es preciso que te hagas a la idea de que debes ganar bien, hijo mío.

Hans Castorp se hizo a la idea y se preocupó de tener una profesión que le permitiese quedar en buena posición ante sí mismo y ante los demás. Y cuando hubo elegido —fue a instancias del viejo Wilms, de la casa Tunder & Wilms, que, un sábado por la noche, jugando al whist, dijo al cónsul Tienappel: «Hans Castorp debería estudiar ingeniería naval, sería una excelente idea y podría entrar en mi casa; yo no dejaría de preocuparme de él»—, entonces dio gran importancia a su profesión, considerando que, sin duda, sería un trabajo duro y terriblemente complicado, pero también una profesión notable, importante y de gran prestigio, y en todo caso infinitamente preferible, para su pacífica persona, a la de su primo Joachim Ziemssen, hijo de la hermana de su difunta madre, que quería ser oficial a toda costa. Joachim Ziemssen, por otra parte, estaba un poco débil del pecho, aunque precisamente por eso, el ejercicio de una profesión al aire libre, que no exigía ninguna tensión ni ningún esfuerzo intelectual, le era conveniente, como pensaba Hans Castorp, no sin cierto desprecio. Pues sentía un gran respeto hacia el trabajo, aunque personalmente el trabajo le fatigaba un poco.

Insistimos aquí en reflexiones que ya hemos esbozado antes y que apuntaban a la idea de que los efectos negativos, consecuencia de la época en que vive un individuo, pueden repercutir también en su organismo físico. ¿Cómo hubiera podido Hans Castorp no respetar el trabajo? Habría sido antinatural. Dadas las circunstancias no podía menos que considerarlo lo más respetable del mundo. En el fondo, no había nada respetable aparte del trabajo; era el principio al cual uno obedecía o no obedecía, era el absoluto de la época que, por así decirlo, respondía de sí mismo. Su respeto hacia el trabajo era, pues, de naturaleza religiosa y, hasta donde él era consciente, indiscutible. Otra cuestión muy distinta era que lo amase; a eso no podía llegar, por profundo que fuese su respeto, por la sencilla razón de que no estaba hecho para trabajar. Un trabajo duro irritaba sus nervios, lo agotaba enseguida, y Hans Castorp reconocía con franqueza que, en realidad, amaba mucho más el tiempo libre, en que no tenía que soportar el plúmbeo peso del esfuerzo, tiempo a su entera disposición, no sujeto a un programa de obstáculos que había que vencer a regañadientes. Esta contradicción en su actitud hacia el trabajo necesariamente debía ser resuelta. ¿Había que suponer que tanto su cuerpo como su espíritu —primero el espíritu y, por medio de éste, también el cuerpo— hubiesen estado mejor dispuestos y hubiesen sido más resistentes al trabajo si, en el fondo de su alma, allí donde ni él mismo era consciente, hubiese podido creer en el trabajo como en un valor absoluto, como en un principio que respondía por sí mismo, y tranquilizarse con este pensamiento? Surge aquí de nuevo la cuestión de su mediocridad o de si era algo más que mediocre, cuestión a la que no vamos a dar ninguna respuesta concluyente. Pues no pretendemos, en modo alguno, hacer un panegírico de Hans Castorp y damos pie a suponer que, en su vida, el trabajo sencillamente entorpecía un poco su tranquilo disfrute de los María Mancini.

No fue considerado apto para el servicio militar. Su ser íntimo sentía repugnancia hacia él y supo cómo eludirlo. Es posible también que el capitán médico, el doctor Eberding, que frecuentaba la villa del camino de Harvestehud, hubiese oído decir al cónsul Tienappel que el joven Castorp consideraba esta obligación de tomar las armas como una lamentable interrupción de sus recién comenzados estudios universitarios fuera de la ciudad.

Su cabeza, que trabajaba lenta y tranquilamente (pues Hans Castorp había conservado, incluso fuera de Hamburgo, la sedante costumbre de desayunar un vasito de *porter*), se llenó de geometría analítica, cálculo diferencial, mecánica, proyección y de grafoestática; calculaba el desplazamiento con carga y sin carga, la estabilidad, el desplazamiento de la carga y el metacentro, a pesar de que esto con frecuencia le costaba mucho. Sus dibujos técnicos, sus planos de ensamblaje, sus trazados de líneas de flotación y sus secciones longitudinales no eran del todo tan buenos como su representación pictórica del *Hansa* en alta mar, pero cuando se trataba de apoyar la representación abstracta por medio de elementos más accesibles a los sentidos, de lavar sombras a tinta china y de presentar los cortes transversales en colores, Hans Castorp superaba en habilidad a la mayoría de sus compañeros.

Cuando regresaba a casa de vacaciones, muy limpio, muy bien vestido, con un bigotito rubio rojizo en su adormilado rostro de joven patricio, y claramente en vías de alcanzar una posición considerable, la gente que participaba en los asuntos municipales, y que también estaba enteramente al tanto de los familiares y personales en una ciudad libre, la mayoría, es decir, sus conciudadanos, le miraban de arriba abajo y se preguntaban qué cargo público llegaría a desempeñar en su día el joven Castorp. Pues en su familia había tradición, su apellido era antiguo y de buena casta, y un día u otro era casi seguro que acabarían contando con su persona como un factor político. Entonces sería miembro elector o elegido del Consejo de la Ciudad, y elaboraría leyes, y participaría en las preocupaciones de la soberanía ocupando algún cargo honorífico; pertenecería a alguna comisión de Hacienda, de la Administración o, tal vez, de Obras Públicas y Urbanismo, y su voz sería escuchada y tenida en cuenta. Hasta despertaba curiosidad a qué partido se afiliaría en su día el joven Castorp. Las apariencias podían ser engañosas, aunque en realidad tenía un aire completamente diferente de aquel que suele tenerse para que los demócratas cuenten con uno, y el parecido con su abuelo era innegable. ¿Acaso se parecería a éste en todo y se convertiría en un reaccionario, en un elemento conservador? Era muy posible, pero también lo era lo contrario. Al fin y al cabo, era ingeniero, un futuro constructor de buques, un hombre de mundo y de la técnica. Era, pues, posible que Hans Castorp se uniera a los radicales, que se presentara como un hombre de acción, un profano destructor de viejos edificios y de bellos paisajes, libre de ataduras como un judío inmisericorde, como un norteamericano, dispuesto a romper sin contemplaciones con la tradición tan dignamente transmitida en aras de una dudosa mejora de las condiciones de vida naturales, y a embarcar al Estado en temerarios experimentos. Todo era posible. ¿Habría heredado la opinión de que sus ilustrísimas del Ayuntamiento, ante las cuales presentaba armas la pareja de guardias, lo sabían todo mucho mejor que el vulgo? ¿O estaría dispuesto a apoyar a la oposición en la asamblea? En sus ojos azules, bajo sus cejas de un rubio rojizo, no podía leerse ninguna respuesta a todas estas preguntas planteadas por los curiosos conciudadanos, y sin duda, tampoco la tenía él mismo: Hans Castorp, la página en blanco.

Cuando realizó el viaje durante el cual le hemos encontrado, había cumplido veintitrés años. Ya tenía tras él cuatro semestres de estudios en la Escuela Politécnica de Danzig, y había pasado otros cuatro en las Universidades técnicas de Braunschweig y Carlsruhe; acababa de pasar su primer examen de reválida, sin esplendor y sin aplausos pero de un modo satisfactorio, y se disponía a entrar en la casa Tunder & Wilms como ingeniero voluntario para recibir una formación práctica en los astilleros. Pero, al llegar a este punto, su camino dio un giro en la siguiente dirección:

Había tenido que estudiar mucho y con mucha constancia para su examen y, al volver a casa, parecía mucho más fatigado que de costumbre. El doctor Heidekind le reñía cada vez que le encontraba, y le exigía un cambio de aires completo. Para ese caso —decía—, no era suficiente con ir a Norderney o a Wyk, en el Foehr, y, en su opinión, consideraba que Hans Castorp, antes de empezar en los astilleros, haría bien en pasar algunas semanas en la alta montaña.

—Me parece muy bien —declaró el cónsul Tienappel a su sobrino, pero si se hacía así, sus caminos se separarían durante el verano, pues ni un tronco de cuatro caballos lograría arrastrar al cónsul a la alta montaña. Ese clima, por otra parte, no le convenía; tenía necesidad de una presión atmosférica razonable, de lo contrario, corría el peligro de sufrir algún desarreglo. Hans Castorp decidió, pues, marchar solo a la alta montaña. ¿Por qué no iba a visitar a Joachim Ziemssen?

Era una propuesta muy natural. En efecto, Joachim Ziemssen estaba enfermo, pero no enfermo como Hans Castorp, sino de un modo verdaderamente desafortunado; incluso se había llevado un buen susto. Toda su vida había sufrido catarros y fiebres, y un día tuvo un vómito de sangre, y a toda prisa hubo de marchar a Davos, para su enorme contrariedad y desolación, pues estaba a punto de ver cumplidos sus deseos. Durante algunos semestres, a instancias de los suyos, había estudiado derecho, pero cediendo a una necesidad irresistible, cambió de intención y se presentó como aspirante a oficial, siendo admitido. Y, he aquí que, desde hacía cinco meses, se encontraba en el Sanatorio Internacional Berghof (médico jefe: consejero áulico doctor Behrens), aburriéndose mortalmente, según consignaba en las tarjetas postales. Si Hans Castorp, antes de entrar en la casa Tunder & Wilms, quería hacer algo por su salud, nada más indicado que ir a visitar a su querido primo allá arriba, lo cual resultaría sumamente agradable tanto para el uno como para el otro.

Era pleno verano cuando se decidió a marchar. Ya habían llegado los últimos días de julio.

Y salió para pasar allí tres semanas.

3

DIGNIDAD OFENDIDA

Como estaba muy cansado, Hans Castorp había temido que se le pegasen las sábanas, pero se levantó mucho antes de lo necesario y le sobró tiempo para realizar minuciosamente sus cuidados matinales –cuidados de hombre altamente civilizado cuya práctica exigía una palangana de caucho, un cuenco de madera provisto de jabón verde de lavanda y su correspondiente brocha– y de compaginar estos hábitos de limpieza e higiene con deshacer su equipaje y terminar de instalarse. Mientras pasaba la navaja plateada a lo largo de sus mejillas cubiertas de perfumada espuma, recordaba sus confusos sueños y meneaba la cabeza sonriendo con indulgencia ante tanto disparate, con el sentimiento de superioridad de un hombre que se afeita a la luz del día y de la razón. No había descansado lo suficiente, pero se sentía fresco como el nuevo día.

En tanto se secaba las manos, con las mejillas empolvadas, el calzoncillo de hilo escocés y sus zapatillas de tafilete rojo, salió a la terraza, una terraza corrida y sólo cortada por mamparas de cristal que, sin llegar del todo hasta la barandilla, marcaban la subdivisión de los distintos cuartos. La mañana era fresca y nublada. Inmóviles jirones de niebla cubrían las montañas a ambos lados del sanatorio, mientras que una gran masa de nubes, blancas y grises, descansaba pesadamente sobre las montañas más lejanas. Aquí y allá se vislumbraban pedacitos de cielo azul, formando manchas o rayas, y cuando un rayo de sol atravesaba las nubes, el blanco de la aldea brillaba al fondo del valle en contraste con los oscuros bosques de abetos de las laderas. En algún lugar se celebraba un concierto matinal, sin duda en el mismo hotel de donde, la noche anterior, había llegado el son de una música. A lo lejos se oían los acordes de un coral y, después de una pausa, comenzó una marcha. Hans Castorp, que amaba la música con todo su corazón porque le producía el mismo efecto que la *porter* del desayuno —es decir, una tranquilidad que invitaba a la somnolencia—, escuchaba con satisfacción, con la cabeza inclinada hacia un lado, la boca abierta y los ojos un poco enrojecidos.

Abajo se veía el serpenteante camino que conducía al sanatorio, por el que había llegado la víspera. La húmeda hierba de la ladera estaba cubierta de gencianas estrelladas de tallo corto. Una parte de la plataforma, rodeada de un seto, formaba un jardín. Había caminos de grava, arriates con flores y una gruta artificial al pie de un soberbio abeto. Una terraza cubierta con una techumbre de cinc en la que había unas *chaise-longues* se abría hacia el sur, y junto a ella se elevaba un mástil pintado de color teja, en lo alto del cual a veces se izaba la bandera: una bandera de fantasía, verde y blanca, con el emblema de la medicina, un caduceo, en el centro.

Una mujer paseaba por el jardín; era una dama de cierta edad y aspecto sombrío, casi trágico. Iba completamente vestida de negro, y un velo del mismo color envolvía sus cabellos grises revueltos; caminaba sin descanso con un paso regular y rápido, con las piernas ligeramente torcidas y los brazos rígidos, colgando hacia delante, y miraba fijamente al frente con unos ojos negros como el carbón, enmarcados por blandas bolsas en las ojeras y una frente surcada de arrugas. Aquel rostro marchito, de una palidez meridional, y aquella gran boca torcida con un gesto de patetismo, recordaron a Hans Castorp el retrato de una famosa actriz de tragedia que había visto una vez, y le resultó siniestro ver cómo aquella mujer de negro, pero tan pálida, sin darse cuenta ajustaba sus largos pasos cansinos al compás de la música que llegaba de lejos interpretando una marcha.

Meditabundo y compasivo, Hans Castorp la contempló desde la galería y le pareció que aquella triste aparición oscurecía el sol de la mañana. Casi al mismo tiempo, en cambio, percibió otra cosa, algo sensible al oído: ruidos procedentes del cuarto de sus vecinos de la izquierda —un matrimonio ruso, según los informes de Joachim— y que no armonizaban en modo alguno con aquella mañana clara y fresca, ya que parecían más bien ensuciarla de un modo viscoso. Hans Castorp recordó que ya por la noche había oído algo análogo, pero su cansancio le había impedido prestar atención. Era una especie de lucha acompañada de risas ahogadas y de resuellos cuyo carácter escabroso no podía escapar al joven, aunque, al principio, por no pensar mal, se esforzara en darle una explicación inocente. Se hubiera podido dar otros nombres a esa bondad de corazón; por ejemplo, el nombre un poco insulso de pureza del alma, o el bello y grave nombre de pudor, o los despectivos nombres de temor a la verdad o mojigatería, o incluso los de aversión mística y beatería. Había un poco de todo ello en la actitud de Hans Castorp hacia los ruidos de la habitación vecina, y su rostro se ensombreció con expresión de dignidad ofendida, como si no hubiese debido ni quisiera saber nada de lo que oía: expresión de moralidad que no era nada auténtico, pero que, en ciertas circunstancias, solía adoptar.

Con esa cara, pues, se retiró de la terraza, metiéndose en su habitación para no prestar atención por más tiempo a procesos que le parecían serios e incluso estremecedores, a pesar de que se manifestaran por medio de risas ahogadas. Pero ya dentro de su habitación, se oía con mayor claridad todavía lo que ocurría del otro lado de la pared. Era una persecución entre los muebles; una silla cayó al suelo con estrépito, luego otra, se agarraban, se daban azotes y besos y a esto se unían los acordes de un vals, las frases desgastadas y melodiosas de un estribillo que, desde la lejanía, acompañaban la escena invisible. Hans Castorp se quedó de pie, con la toalla en la mano, y escuchando contra su voluntad. De pronto, sus empolvadas mejillas se ruborizaron, pues lo que había visto venir vino efectivamente y el juego había pasado, sin duda, al terreno de los instintos animales.

«¡Por Dios! –pensó, volviéndose de espaldas para terminar de asearse con movimientos intencionadamente ruidosos–. En fin, son marido y mujer. ¡Dios mío, si no hay nada que decir! ¡Pero por la mañana, en pleno día, eso es demasiado! Tengo la impresión de que ayer por la noche tampoco pararon. Después de todo, están enfermos, puesto que están aquí, al menos uno de ellos, aunque más les valdría un poco de moderación. Aunque lo realmente escandaloso –pensaba con irritación– es que las paredes sean tan delgadas que permitan oírlo todo. ¡Es intolerable! ¡Una construcción barata, naturalmente, una construcción vergonzosamente barata! ¡Quizá más tarde vea a esa gente e incluso seamos presentados! Sería sumamente embarazoso.» Y, en este momento, Hans Castorp se sorprendió al darse cuenta de que el rubor que se había extendido por sus mejillas recién afeitadas se resistía a desaparecer, o al menos, la sensación de calor que lo había acompañado. Persistía, y no era otra cosa que aquel ardor seco en el rostro que ya había sufrido la noche anterior y se había desvanecido durante el sueño, pero que en aquella circunstancia había vuelto. Este hecho no le predispuso favorablemente hacia el matrimonio de la habitación contigua, sino que, apretando los labios, masculló una dura palabra de censura contra ellos, y cometió el error de refrescarse el rostro con agua una vez más, lo que agravó notablemente el mal. Por esta causa su voz sonó un tanto malhumorada cuando contestó a su primo, que había golpeado la pared llamándole, y, al entrar Joachim, no dio precisamente la impresión de un hombre descansado y feliz de despertarse.

—Buenos días —dijo Joachim—. ¿Cómo has pasado tu primera noche aquí? ¿Estás contento?

Ya estaba dispuesto para salir, llevaba traje de sport, botas gruesas, y colgado del brazo el abrigo, en cuyo bolsillo lateral se distinguía el bulto del frasquito plano. Como el día anterior, no llevaba sombrero.

—Gracias —contestó Hans Castorp—. Vamos tirando. No quiero precipitarme en mis juicios. He tenido sueños confusos, y además esta casa presenta el inconveniente de que las paredes oyen; y eso es un poco desagradable. ¿Quién es esa mujer enlutada que está en el jardín?

Joachim comprendió inmediatamente de quién se trataba.

—¡Ah! Es *Tous-les-deux* —dijo—. Todos la llamamos así, pues es lo único que se le oye decir. Es mexicana, ¿sabes? No habla una sola palabra de alemán y el francés lo chapurrea de mala manera. Llegó hace cinco semanas con su hijo mayor, un caso completamente desesperado que va a durar muy poco... ya lo tiene por todas partes, está perdido, infectado hasta la médula, por lo visto; según Behrens, al final se parece poco más o menos al tifus, en cualquier caso, un horror para los afectados. Hace unos quince días vino el segundo hijo a ver por última vez a su hermano, un muchacho guapísimo, igual que el otro; ambos son unos muchachos guapísimos, de ojos ardientes; las mujeres estaban entusiasmadas con ellos. Pues bien, parece ser que el menor ya tosía un poco antes de subir aquí, pero aparte de eso, estaba completamente sano. Pero en cuanto llegó aquí arriba le subió la temperatura a 39,5, fiebre muy alta, ¿comprendes? Se mete en la cama, y si se levanta habrá tenido más suerte que cabeza, como dice Behrens. De todos modos, era más que necesario y urgente que subiese aquí... Desde entonces la madre no deja de deambular por allí, cuando no se halla a la cabecera de sus camas, y si se le dirige la palabra no contesta más que «*Tous les deux!*», pues no sabe decir otra cosa y, de momento, no hay nadie que entienda español.

—¡Vaya! —exclamó Hans Castorp—. ¿Crees que también me dirá eso a mí cuando seamos presentados? Sería extraño, quiero decir, sería gracioso y siniestro al mismo tiempo —añadió, y sus ojos volvieron a sentir la pesadez y el ardor de la víspera, como si hubiese estado llorando mucho rato, y también volvió a ellos aquel brillo que habían adquirido al oír la tos del caballero austríaco. En general, le parecía que hasta ese momento no había encontrado una relación entre el presente y el día anterior, que en ese momento volvía a estar en el mundo, lo cual, de entrada, no había ocurrido inmediatamente después de despertarse. Humedeció su pañuelo con un poco de agua de lavanda y se restregó la frente y la zona de debajo de los ojos, y luego manifestó que ya estaba listo.

—Si te parece bien podemos ir *tous les deux* a desayunar —dijo bromeando, con un sentimiento de arrogancia exagerado, por lo que Joachim le miró con dulzura y sonrió de una forma extraña, con una melancolía un tanto burlona, según le pareció a Hans. ¿Por qué? Sólo él lo sabría.

Cuando Hans Castorp se aseguró de que llevaba su provisión de tabaco, tomó el bastón, el abrigo y el sombrero; el sombrero también —aunque por pura cabezonería, pues estaba demasiado arraigado en su forma de vida y sus civilizadas costumbres para adaptarse con tanta facilidad y sólo por tres cortas semanas a costumbres nuevas y extrañas— y, así pues, salieron del cuarto y bajaron la escalera. Mientras atravesaban los pasillos, Joachim le señalaba esta o aquella puerta, citando los apellidos de sus ocupantes: apellidos alemanes y otros que sonaban extranjeros, de toda suerte de lugares, y añadiendo algún breve comentario sobre su carácter y sobre la gravedad de su caso.

También se cruzaron con varias personas que subían de

desayunar, y cuando Joachim daba los buenos días a alguien, Hans Castorp se quitaba el sombrero cortésmente. Se sentía impaciente y nervioso como un joven que está a punto de ser presentado a muchas personas desconocidas y que al mismo tiempo se siente importunado por la clara sensación de tener los ojos turbios y el rostro colorado, lo cual, por otra parte, no era del todo cierto, pues más bien estaba pálido.

—Antes de que se me olvide —dijo de pronto con ciego entusiasmo—. Estaré encantado de que me presentes a la dama del jardín si surge la ocasión; no tengo ningún inconveniente. Si me dice *tous les deux*, no me importa; estoy preparado, sé lo que significa y qué cara he de poner. Pero no quiero, en modo alguno, entrar en relación con el matrimonio ruso, ¿oyes? Te lo pido expresamente. No tienen ninguna educación, y si no tengo más remedio que vivir durante tres semanas al lado de ellos, al menos no quiero conocerlos; tengo todo el derecho a prohibir del modo más terminante que...

—Bien —dijo Joachim—. ¿Es que te han molestado? Es verdad que, en cierto modo, son unos bárbaros, en dos palabras: están sin civilizar, ya te lo había dicho. Él baja al comedor con una chaqueta de cuero tan zarrapastroso que me extraña que Behrens no haya intervenido todavía. Y ella tampoco es la más limpia, que se diga, a pesar de su sombrero de plumas. Por otra parte, puedes estar enteramente tranquilo, se sientan muy lejos de nosotros, en la mesa de los rusos vulgares... Porque hay una mesa para rusos distinguidos. No hay muchas probabilidades de que coincidáis aunque quisieras. En general, aquí arriba no es fácil trabar amistades por el mero hecho de haber tantos extranjeros entre los internos. Yo mismo, con todo lo que llevo aquí, conozco personalmente a muy poca gente.

—¿Quién de los dos está enfermo? —preguntó Hans—. ¿Él o ella?

—Él, según creo; sí, él sólo —dijo Joachim, visiblemente distraído, mientras dejaban los abrigos en las perchas del guardarropa, a la entrada del comedor. Luego entraron en la luminosa sala, de techo ligeramente abovedado, donde se oían el rumor de las voces y el golpeteo de los cacharros, y las criadas iban y venían llevando jarras humeantes.

Había siete mesas dispuestas en el comedor, la mayoría colocadas a lo largo y únicamente dos de través. Eran bastante grandes, para diez personas cada una, aunque algunas estaban dispuestas con menos cubiertos. Con sólo dar unos pasos en diagonal a través de la sala, Hans Castorp llegó a su sitio. Le habían colocado en el lado derecho de la mesa del medio, entre las dos transversales. De pie, desde detrás de su silla, Hans Castorp se inclinó con rígida cortesía hacia sus vecinos de mesa, a quienes con mucha ceremonia presentó Joachim y a quienes apenas miró, como tampoco retuvo sus nombres en absoluto. Sólo el nombre y la persona de la señora Stöhr llamaron su atención, y también que tenía la cara colorada y los cabellos grasientos de un rubio ceniza. La expresión de su rostro revelaba una ignorancia tan cerril que explicaba perfectamente sus célebres disparates. A continuación, Hans se sentó y observó con satisfacción que el desayuno se consideraba allí una comida importante.

Había tarros de mermelada y miel, cuencos de arroz con leche y gachas de avena, fuentes de huevos revueltos con carne fiambre y mantequilla en abundancia. Alguien alzó una campana de vidrio bajo la que rezumaba un queso suizo para cortar un pedazo. En el centro de la mesa había un frutero con frutas frescas y secas. Una camarera vestida de blanco y negro preguntó a Hans Castorp qué deseaba beber: cacao, café o té. Era menuda como un niño, con una cara alargada y vieja; una enana, reconoció él horrorizado. Miró a su primo, pero como éste se limitó a encogerse de hombros y fruncir el entrecejo con indiferencia, como si quisiese decir «Bueno, ¿y qué?», se hizo a la idea y pidió té, con una amabilidad particular, puesto que era una enana quien le interrogaba, y comenzó a comer arroz con leche con canela y azúcar mientras su mirada recorría los otros platos que deseaba probar y los comensales de las siete mesas: los compañeros de destino y fatigas de Joachim, que estaban todos enfermos en su interior y desayunaban charlando.

La sala estaba decorada en ese estilo moderno que dota a la sencillez más austera de cierto toque fantástico. La habitación no era muy ancha en proporción a su longitud y estaba rodeada de una especie de pasillo, en el que había diversos aparadores y que se abría en amplios arcos hacia la parte interior de las mesas. Las columnas, revestidas hasta media altura de madera de sándalo barnizada y por arriba encaladas de la misma manera que la parte superior de los muros y el techo, estaban ornadas con plintos, motivos sencillos y curiosos que se repetían en los grandes arcos que formaba el techo. Decoraban la sala varias arañas eléctricas de metal pulido, formadas por tres aros superpuestos unidos por un coqueto entramado, en cuya parte inferior colgaban campánulas de vidrio traslúcido como si fueran pequeñas lunas. Había cuatro puertas de cristal: dos en la parte más ancha y opuesta al sitio de Hans Castorp, por las que se accedía a una veranda, una tercera delante a la izquierda que daba al vestíbulo, y luego aquella por la que habían entrado, pues esa mañana Joachim le había conducido por otra escalera y otro pasillo distintos de los de la noche anterior.

Tenía a su derecha una criatura insignificante, vestida de negro, de piel de melocotón y mejillas débilmente coloreadas, de quien pensó que sería modista o costurera, sin duda porque desayunaba exclusivamente café y pan con mantequilla y él siempre había asociado a las modistas con el café con leche y el pan con mantequilla. A su izquierda se sentaba una señorita inglesa, también de bastante edad, muy fea, con los dedos esqueléticos y congelados, que leía cartas de su casa escritas con una letra muy redonda, mientras bebía un té de color sangre. A su lado estaba Joachim, y a continuación la señora Stöhr, con una blusa de lana escocesa. Mantenía la mano izquierda, con el puño cerrado, cerca de la cara, y mientras comía, se esforzaba visiblemente en poner un gesto distinguido al hablar, metiendo el labio superior y dejando a la vista sus largos y estrechos dientes de conejo. Un joven de fino bigotillo y una expresión en la cara como si tuviese algo repugnante en la boca, se sentó junto a ella y desayunó en el silencio más absoluto. Llegó cuando Hans Castorp ya estaba sentado, saludó con un gesto de la barbilla, sin pararse y sin mirar a nadie, y se sentó, dejando claro con su actitud que no tenía intención alguna de entrar en tratos con el nuevo huésped. Tal vez estaba demasiado enfermo para preocuparse de esas reglas sociales sin importancia e interesarse por lo que le rodeaba. Por unos instantes tuvo enfrente a una joven rubia, extraordinariamente delgada, que vació una botella de yogur en su plato, se lo tomó con la cuchara y se marchó inmediatamente.

La conversación en la mesa no era muy animada. Joachim charlaba por pura cortesía con la señora Stöhr, informándose acerca de su salud y enterándose, con el correspondiente gesto de lamentarlo, de que éste dejaba mucho que desear. Ella se quejaba de «flojera». «¡Estoy tan floja!», decía arrastrando las sílabas y haciendo melindres que revelaban su escasa finura. Al levantarse ya tenía 37,3, ¿cuánto tendría por la tarde? La costurera confesó tener la misma temperatura, pero afirmó, por el contrario, que se sentía agitada, tensa y desasosegada, como si se hallara en vísperas de un acontecimiento especial y decisivo, cuando no era el caso en absoluto, sino que se trataba de una agitación puramente física sin ninguna causa psíquica. Sin duda, no se trataba —como había supuesto Hans— de una costurera, pues se expresaba en un lenguaje muy correcto e incluso culto. Por otra parte, Hans Castorp encontraba ese desasosiego, o cuando menos la confesión de esos sentimientos, como una cosa de algún modo inconveniente, casi repelente, viniendo de una criatura tan gris e insignificante. Preguntó primero a la costurera y luego a la señora Stöhr desde cuándo se encontraban allí arriba (la primera vivía en el sanatorio desde hacía cinco meses, la segunda desde hacía siete); reunió luego sus escasos conocimientos de inglés para averiguar, por boca de su vecina de la izquierda, qué clase de té bebía (era té de escaramujo) y si estaba bueno, hecho que ella confirmó casi con pasión; luego lanzó una mirada hacia la sala, donde la gente entraba y salía, pues el desayuno no era una comida que se hiciese rigurosamente en común.

Había sentido un ligero temor de recibir impresiones terribles, pero se sentía defraudado: todo el mundo parecía lleno de actividad en aquel comedor, no tenía la sensación de hallarse en un lugar de sufrimiento. Unos jóvenes bronceados, de ambos sexos, entraron canturreando, charlaron con las criadas e hicieron honor al desayuno con un extraordinario apetito. También había personas de más edad, matrimonios, una familia entera con sus hijos, que hablaban ruso, y también muchachos adolescentes. Casi todas las mujeres llevaban camisas ajustadas de lana o seda, de ésas que llaman suéters, blancas o de color, con cuello vuelto y bolsillos a los lados, y quedaba muy bonito cuando se detenían a charlar con las manos metidas en ellos. En algunas mesas se mostraban fotografías unos a otros, sin duda vistas recientes tomadas por aficionados; en otras se cambiaban sellos. Se hablaba del tiempo, de cómo se había dormido, de la temperatura que había marcado el termómetro por la mañana. La mayoría estaban de buen humor, sin una razón concreta, probablemente sólo porque no tenían ningún problema inmediato y se veían reunidos en gran número. Cierto es que también había quien permanecía sentado a la mesa con la cabeza apoyada en las manos, mirando fijamente al vacío. A éstos se les dejaba en paz y nadie se ocupaba de ellos.

De pronto, Hans Castorp se estremeció, irritado y ofendido. Acababan de dar un portazo, era la puerta de la izquierda que se abría directamente al vestíbulo; alguien había dejado que se cerrase sola o la había cerrado de golpe, y Hans Castorp odiaba aquel ruido desde hacía mucho tiempo. Tal vez ese odio provenía de su educación, tal vez constituía una idiosincrasia congénita; en suma, odiaba los portazos y la habría emprendido contra quien se permitiera darlos en su presencia. Además, la parte superior de aquella puerta era toda de pequeños cristales, lo cual hizo el impacto aún más ruidoso.

«¡Pero bueno! –pensó Hans Castorp, furioso–, ¿a qué viene ese maldito estrépito?»

Por otra parte, como en aquel momento la costurera le estaba dirigiendo la palabra, no tuvo tiempo de comprobar quién era el culpable. No obstante, unas arrugas aparecieron entre sus cejas rubias y su rostro se alteró con gesto de profundo desagrado mientras le contestaba.

Joachim preguntó si ya habían pasado los médicos.

–Sí, han hecho su primera ronda –respondió alguien. Casi acababan de salir de la sala cuando habían llegado los dos primos.

–Entonces marchémonos, no vale la pena esperar –dijo Joachim–. Ya encontraremos otra ocasión para presentarnos durante el día.

Pero en la puerta prácticamente se toparon con el doctor Behrens, que llegaba a paso ligero seguido del doctor Krokovski.

–¡Cuidado, señores! –exclamó Behrens–. Este encuentro hubiera podido terminar mal para los respectivos callos de nuestros pies.

Hablaba con marcado acento sajón, abriendo mucho la boca y como mascando las palabras.

–Hombre, al fin le conozco –dijo a Hans Castorp, a quien Joachim presentó juntando los tacones–. Encantado.

Y tendió al joven una mano tan grande como una pala. Era un hombre huesudo que medía unos tres palmos más que el doctor Krokovski; tenía todo el cabello blanco, la nuca saliente, grandes ojos azules, prominentes y llenos de venitas que le lloraban constantemente, la nariz respingona y un bigote recortado que estaba torcido porque también el labio superior lo estaba hacia un lado. Lo que Joachim había dicho de sus mejillas se confirmaba plenamente: eran azules; también su cabeza parecía de un color bastante fuerte en contraste con la amplia bata blanca de cirujano que llevaba: una especie de mandil que le llegaba hasta las rodillas y dejaba ver el pantalón de rayas y un par de pies colosales calzados con zapatos amarillos de cordones, bastante usados. El doctor Krokovski también llevaba el uniforme profesional, pero su bata era negra, de tela brillante, cortada en forma de camisa y con elástico en los puños que realzaba mucho su palidez. Se atuvo estrictamente a su papel de ayudante y no tomó parte alguna en los saludos, pero una ligera mueca de su boca revelaba que su posición de subalterno le parecía impropia.

—¿Primos? —preguntó el doctor Behrens, señalando con la mano a uno y a otro mientras les miraba con sus azules ojos vidriosos—. Entonces ¿éste también va para oficial? —dijo a Joachim designando a Hans Castorp con la cabeza—. ¡Dios nos libre! Me he dado cuenta de inmediato. —Y se dirigió directamente a Hans Castorp—: Usted tiene más aire de civil, de persona tranquila, con menos ganas de guerra que este soldadote. Creo que sería mejor enfermo que él, puedo apostarlo. Al instante, soy capaz de intuir quién será buen enfermo y quién no, pues es preciso talento para ello. Se necesita talento para todo y este Mirmidón no tiene el menor atisbo de él. En el campo de maniobras no lo sé, pero para estar enfermo no sirve. ¿Me creerá si le digo que quiere marcharse? Siempre quiere marcharse, me insiste y me atosiga y arde de impaciencia por que le hagan picadillo allá abajo. ¡Qué impaciencia...! Ni siquiera está dispuesto a concedernos ni seis mesecitos de nada. Con lo bien que se está en nuestra casa, dígalo usted mismo, Ziemssen, reconózcalo. ¿A que aquí se está de maravilla? En fin, su señor primo nos apreciará mucho mejor que usted y sabrá divertirse. Las mujeres, desde luego, no escasean, aquí tenemos damas deliciosas. Al menos, vistas por fuera, muchas de ellas son muy seductoras. ¡Pero debe procurar tener mejor color, de lo contrario, las damas no le harán ningún caso! Verde es sin duda el árbol de oro de la vida, pero como color de piel no sienta muy bien. Completamente anémico, sí señor –añadió acercándose sin cumplidos a Hans Castorp y bajándole uno de los párpados con el dedo índice y el corazón–. En efecto, completamente anémico, como le decía. ¿Sabe qué le digo? No ha sido ninguna tontería abandonar por algún tiempo a ese querido Hamburgo a su propia suerte. Es, en verdad, un lugar al que debemos mucho. Gracias a su meteorología, tan alegremente húmeda, nos proporciona cada año un hermoso contingente. Pero si me permite que le dé un consejo absolutamente desinteresado (*sine pecunia*, ¿sabe usted?), haga, mientras esté aquí, todo lo que haga su primo. En su caso no se puede hacer nada más inteligente que vivir por algún tiempo como si tuviese una ligera *tuberculosis pulmonum* y producir unas pocas proteínas. Lo de las proteínas aquí arriba es muy curioso... Aunque el metabolismo general sea más alto, el cuerpo sigue acumulando las proteínas... En fin, ¿ha dormido bien, Ziemssen? Sí, supongo que sí, ¿verdad? ¡Y ahora a pasear! ¡Pero no más de media hora! ¡Y luego dele una caladita al cigarro de mercurio! Y tenga la amabilidad de anotar la temperatura, Ziemssen, ¡con exactitud! ¡Hágalo a conciencia! El sábado quiero ver su curva. Que su señor primo se tome también la temperatura. Eso nunca hace daño... Buenos días, señores, diviértanse. Buenos días... Buenos días...

Y el doctor Krokovski se unió a su jefe, que caminaba balanceando los brazos con las palmas de las manos hacia atrás, preguntando a derecha e izquierda si todo el mundo había dormido bien, cosa que todos aseguraban haber hecho.

Burla, viático, carcajadas interrumpidas

–¡Qué hombre tan simpático! –dijo Hans Castorp mientras salían afuera por el portón después de saludar amistosamente al conserje cojo, que estaba clasificando cartas en su garita. El portón estaba situado en el ala suroeste del edificio blanco encalado, en cuya parte central había un piso más de altura que en las laterales, y que estaba coronado con un reloj de torre con tejado de cinc color pizarra. Al salir de la casa no había que pasar por el jardín cerrado, sino que se accedía directamente al campo, a las praderas de las laderas de la montaña, sembradas de abetos medianos y pinos retorcidos hacia el suelo.

El camino que tomaron —en realidad, era el único transitable además de la carretera que descendía hasta el valle— les condujo en ligera cuesta hacia la izquierda por detrás del sanatorio, pasando por las cocinas y las dependencias de servicio, donde vieron grandes depósitos de metal llenos de basura colocados junto a las rejas del sótano. Se prolongaba unos metros en esa dirección y hacia un marcado recodo para elevarse luego en una pendiente más pronunciada hacia la derecha, siguiendo la ladera poco cubierta de bosque. Era un sendero duro, teñido de un tono rojizo, un poco húmedo, a lo largo del cual se encontraban de vez en cuando algunas rocas. Los dos primos no eran los únicos paseantes. Algunos huéspedes que habían terminado de desayunar justo después que ellos les seguían a corta distancia, y grupos enteros que ya regresaban les salían al encuentro con paso torpe a causa de la pendiente.

—¡Un hombre muy simpático! —repitió Hans Castorp—. Tiene una manera muy espontánea de expresarse; me divierte oírle. Lo del «cigarro de mercurio» para designar el termómetro ha sido buenísimo, lo capté enseguida. Pero si me lo permites, encenderé uno de verdad —añadió deteniéndose—. No puedo aguantar más. Desde ayer a mediodía no he fumado nada decente... ¿Me permites?

Y de su petaca de cuero, ornada con un monograma de plata, sacó un María Mancini, un buen ejemplar de la capa superior de la caja, un poco aplastado como a él le gustaba;

cortó la punta con una pequeña guillotina que llevaba colgando en la cadena del reloj, encendió el mechero de bolsillo e inspirando profundamente con deleite prendió el puro.

–Bueno –dijo–, por mi parte ya podemos continuar el paseo. Con tus ansias por salir de aquí, supongo que no fumas, ¿no?

–Nunca fumo –respondió Joachim–. ¿Para qué iba a fumar, y además aquí?

–No lo entiendo –dijo Hans Castorp–. No comprendo que se pueda vivir sin fumar. Sin duda, es privarse de lo mejor de la vida y, en todo caso, de un placer sublime. Cuando me despierto, me alegro de pensar que podré fumar durante el día, y cuando como, tengo el mismo pensamiento. Sí, en cierto modo, podría decirse que sólo como para poder fumar después, aunque exagere un poco. Un día sin tabaco sería para mí el colmo del aburrimiento, sería un día absolutamente vacío y sin alicientes, y si por la mañana tuviese que decirme «Hoy no podré fumar», creo que no tendría valor para levantarme. Te juro que me quedaría en la cama. Mira, cuando se tiene un puro que arde bien (por supuesto, no puede tener ningún poro o tirar mal, eso es un fastidio tremendo), uno se halla al abrigo de todo, no puede ocurrirle nada desagradable, así de simple, nada desagradable. Es como tumbarse a la orilla del mar: se está tumbado y punto, ¿no es verdad? No hay necesidad de nada, ni de trabajo ni de distracciones... ¡Gracias a Dios, se fuma en todo el mundo! Que yo sepa, este placer no es desconocido en ninguna parte, en ninguno de los sitios a los que uno puede ir a parar. Incluso los exploradores que parten hacia el Polo Norte se aprovisionan de tabaco para afrontar sus peripecias, y ese gesto siempre me pareció muy simpático cuando lo leí. Puede que las cosas le vayan mal a uno (supongamos, por ejemplo, que me encontrase en un estado lamentable); pues bien, mientras tenga mi buen cigarro sé que podré soportarlo todo, que me ayudará a vencer las adversidades.

–Sin embargo –dijo Joachim–, tanta dependencia es un síntoma de debilidad. Behrens tiene toda la razón; no eres más que un civil. Lo dijo como un elogio, pero es un hecho: eres un civil sin remedio. Por otra parte, estás bien de salud y puedes hacer lo que te dé la gana –añadió, y sus ojos parecieron cansados de repente.

–Sí, si no fuese por mi anemia –dijo Hans Castorp–. Ya fue bastante que me dijera que tengo la cara verde. Pero es cierto, yo mismo lo veo y en comparación con todos vosotros tengo un color casi verdoso; en casa no me había llamado la atención. Ha sido muy amable al darme consejos desinteresados, *sine pecunia*, como ha dicho. Intentaré seguirlos y ajustar mi manera de vivir a la tuya. Por otra parte, ¿qué otra cosa podría hacer aquí arriba entre vosotros? No puede perjudicarme producir proteínas, a pesar de que suena un poco repugnante, reconócelo.

Joachim tosió un par de veces mientras caminaban. La subida parecía fatigarle, después de todo. Cuando le dio la tos por tercera vez, se detuvo con el ceño fruncido:

–Adelántate –dijo.

Hans Castorp se apresuró a seguir su camino sin volver la cabeza. Luego fue acortando el paso y terminó por detenerse, pues le pareció que había ganado demasiada ventaja a Joachim. Pero no volvió la cabeza.

Un grupo de huéspedes de ambos sexos se aproximó. Los había visto bajar por el camino llano desde arriba, desde media altura de la pendiente. Ahora descendían a grandes pasos, directamente hacia él, y oía sus respectivas voces. Eran seis o siete personas de diferentes edades, unas muy jóvenes, otras no tanto. Los contempló con la cabeza un poco ladeada, pensando en Joachim. Llevaban la cabeza descubierta y estaban muy bronceados; las mujeres iban vestidas con suéters de color, los hombres en su mayoría sin abrigo e incluso sin bastón, como gente que con toda sencillez, con las manos en los bolsillos, sale a pasear por delante de su casa. Como descendían, lo cual no exige un esfuerzo real, sino sólo el de frenar un poco con las piernas rígidas a fin de no verse obligado a correr o tropezar, y que en realidad es como dejarse caer, su forma de andar tenía algo de alado y alocado que se contagiaba a sus rostros, a toda su apariencia; uno se sentía deseoso de pertenecer a su grupo.

Ya estaban cerca de él. Hans Castorp vio sus rostros en detalle. No todos estaban bronceados, dos mujeres destacaban por su palidez: una era delgada como un palo y su cara tenía el color del marfil; la otra, más bajita y gorda, tenía la cara afeada con manchas rojas. Todos le miraron esbozando la misma sonrisa impertinente. Una jovencita alta, vestida con un suéter verde, el cabello mal peinado y los ojos medio guiñados, pasó tan cerca de Hans Castorp que casi le rozó con el brazo. Y al mismo tiempo silbó... ¡Qué locura! No había silbado con la boca, pues ni siquiera redondeó los labios, todo lo contrario: los mantuvo completamente cerrados. El silbido había salido de su propio interior mientras le miraba con cara de tonta y los ojos entornados. Fue un silbido sumamente desagradable, ronco, chirriante, y al mismo tiempo hueco y prolongado que, al terminar, bajaba de tono —con lo cual recordaba a esos cerditos de goma de las ferias, que suenan como un gemido cuando se les aprieta y se desinflan—, y, no se sabía cómo, había escapado de su pecho. Luego desapareció con los demás.

Hans Castorp se quedó de pie, inmóvil, mirando a lo lejos. Luego se volvió con precipitación y comprendió que aquel escalofriante silbido debía de tratarse de una broma, una broma pesada, pues se dio cuenta, por el movimiento de sus hombros, de que aquellos jóvenes se alejaban riendo, y hasta un joven rollizo, de gruesos labios, que al llevar las manos en los bolsillos de su pantalón se levantaba la chaqueta de una manera bastante impropia, se volvió descaradamente hacia él y también rio. Entretanto, le había alcanzado Joachim. Saludó al grupo según su costumbre de caballero, juntando los tacones e inclinándose con los pies juntos; luego, mirándole con dulzura, se acercó a su primo.

—¡Qué cara pones! —observó.

—Ha silbado —respondió Hans Castorp—. Esa chica ha silbado con el vientre al pasar por mi lado. ¿Cómo explicas eso?

—¡No, hombre! —exclamó Joachim, y rio despreocupadamente—. ¿Cómo va a silbar con el vientre? ¡Qué disparate! Es la Kleefeld, Herminie Kleefeld; silba con su neumotórax.

—¿Con qué? —preguntó Hans Castorp.

Se sentía excitadísimo y no sabía bien por qué. No sabía si reír o llorar cuando añadió:

—¡No esperarás que comprenda vuestra jerga!

—Pero sigamos —dijo Joachim—, también te lo puedo contar mientras paseamos. Parece que has echado raíces en el suelo. Es un término de la cirugía, como habrás imaginado; una operación que se realiza con bastante frecuencia aquí arriba. Behrens tiene una práctica notable... Cuando un pulmón está muy deteriorado, ¿comprendes?, y el otro está sano, o relativamente sano, se dispensa al enfermo de su actividad por algún tiempo, para darle un descanso... Es decir, te hacen un corte aquí, en el costado, no sé exactamente dónde, pero Behrens es un maestro en este género de operaciones. Luego insuflan gas, nitrógeno, ¿sabes?, y así el pulmón caseificado queda inutilizado. El gas, naturalmente, no se mantiene mucho tiempo. Es preciso renovarlo cada quince días, poco más o menos; es como si le inflasen a uno, ya te lo puedes imaginar. Y cuando este proceso se repite durante un año o más y todo sale bien, el pulmón puede sanar gracias al reposo. No siempre, por supuesto, y por lo visto hasta es un asunto peligroso. Pero al parecer, se han obtenido muy buenos resultados por medio del neumotórax. Se lo han hecho a todos esos que acabas de ver, incluida la señorita Iltis (la de las manchas rojas), y la señorita Levy, la delgada, ¿te acuerdas? Ésa guardó cama muchísimo tiempo. Se han hecho amigos todos, pues el neumotórax une a los hombres de manera natural, y se llaman a sí mismos la «Sociedad Medio Pulmón», por ese nombre se les conoce. Ahora bien, el orgullo de la sociedad es esa Herminie Kleefeld, porque sabe silbar con el neumotórax; es una habilidad particular que no posee nadie más. No puedo decirte cómo lo hace, ella misma tampoco sabe explicarlo con claridad. Cuando ha estado caminando deprisa puede silbar desde dentro, y lo hace para asustar a la gente, sobre todo a los enfermos recién llegados. Creo que así malgasta nitrógeno, pues han de inflarla de nuevo cada ocho días.

Hans Castorp se decantó por echarse a reír. Al oír las explicaciones de Joachim, su congoja se inclinó hacia el lado del humor. Mientras andaban, se cubría los ojos con la mano, se inclinaba y una risa ahogada y nerviosa sacudía sus hombros.

—Supongo que la sociedad estará registrada —logró decir, pues a fuerza de contener la risa su voz parecía un gañido casi inaudible—. ¿Tienen estatutos? Es una lástima que no formes parte de ella. Hubierais podido admitirme como miembro honorario o como invitado. Deberías pedirle a Behrens que te inmovilizara un pulmón. Tal vez tú también podrías silbar si te esforzaras en ello, pues seguro que es posible aprender... ¡Es lo más desternillante que he oído en mi vida! —añadió con un profundo suspiro—. Sí, perdona que hable así, pero tus amigos neumáticos parecen los primeros en estar de muy buen humor. Lo contentos que bajaban... ¡Cuando pienso que forman la «Sociedad Medio Pulmón»! ¡Pfiuu! Va la chica y me silba... yo pienso: «¡Está chiflada!», y resulta que es puro afán de alardear, puro orgullo. ¿Por qué se sienten tan orgullosos? ¿Quieres decírmelo?

Joachim buscaba una respuesta.

—¡Dios mío —dijo—, son tan libres...! Quiero decir que son tan jóvenes que para ellos el tiempo no tiene importancia. Y luego, lo más probable es que se mueran. ¿Por qué iban a poner cara seria? A veces pienso que estar enfermo y morir no son algo tan serio, sino una especie de paseo sin rumbo; en realidad, las cosas serias no se encuentran más que en la vida de allá abajo. Creo que lo comprenderás cuando hayas pasado más tiempo entre nosotros.

—Sin duda —dijo Hans Castorp—. Estoy completamente seguro. Siento un enorme interés por vosotros, los de aquí arriba, y cuando se siente interés por algo, no se tarda mucho en comprenderlo. Pero ¿qué me pasa? ¡No me sabe a nada! —dijo mirando su cigarro—. Desde hace un rato me pregunto qué es lo que me pasa y ahora me doy cuenta de que es este María Mancini lo que no acaba de gustarme. Te aseguro que sabe a papel maché, te aseguro que me siento como si tuviese el estómago sucio. ¡Es incomprensible! Es verdad que he desayunado de una manera excepcionalmente copiosa, pero ésa no puede ser la causa, pues, cuando se ha comido mucho, el puro, en principio, sabe mucho más rico. ¿Crees que se deberá a mis agitados sueños? Tal vez por eso estoy destemplado. No, tengo que tirarlo —añadió, después de una nueva tentativa—. Cada calada es una decepción, no tiene sentido forzarme a terminarlo.

Y, tras dudar un momento, arrojó el cigarro por la pendiente al bosque de pinos húmedos.

—¿Sabes lo que ocurre? —preguntó—. Estoy seguro de que todo guarda relación con ese maldito ardor que siento en la cara desde que me he levantado. El diablo sabe por qué, pero tengo la impresión de que estoy ruborizado todo el tiempo. ¿Tú sentiste lo mismo al llegar?

—Sí —dijo Joachim—, al principio también me sentía un poco raro. ¡Pero no le des importancia! Ya te he dicho que no es tan fácil aclimatarse a este lugar. Pero se te pasará. Mira este banco, qué oportuno. Vamos a sentarnos un rato y luego regresaremos; tengo que hacer la cura de reposo.

El camino, ahora muy llano, se prolongaba en dirección a Davos-Platz, poco más o menos a una tercera parte de la altura de la ladera y, entre pinos altos, gráciles e inclinados por el viento ofrecía una hermosa vista del pueblo, cuyas casitas blancas relucían sobre el fondo de montañas. El rústico banco en que se sentaron se apoyaba en la escarpada pared de roca. Cerca de ellos, un arroyuelo descendía chapoteando y murmurando hacia el valle por una especie de acequia hecha con maderos.

Con la punta de su bastón de montaña, Joachim comenzó a señalar a su primo los nombres de las cimas de las montañas que, en la parte sur, parecían cerrar el valle. Pero Hans Castorp tan sólo lanzó una mirada fugaz a aquellas cumbres; estaba inclinado hacia delante, y, a su vez, dibujaba signos en la arena con su bastón de paseo, típicamente urbano y con puño de plata. Su interés iba por otros derroteros.

—Yo quería preguntarte... —comenzó—. La persona que ocupaba mi habitación acababa de morir cuando yo llegué. ¿Se han registrado muchos casos desde tu llegada?

—Varios, sin duda —respondió Joachim—. Pero eso se trata con mucha discreción, ¿sabes? No te enteras, o sólo casualmente, cuando ya ha pasado. Todo sucede en el más absoluto secreto, cuando alguien muere, y se hace por consideración hacia los demás pacientes, sobre todo hacia las señoras, que podrían sufrir ataques de nervios. Traen el ataúd de madrugada, cuando todos están durmiendo, y luego no vienen a buscarlo más que a determinadas horas; por ejemplo, durante las comidas.

—¡Hum! —exclamó Hans Castorp, y continuó dibujando en el suelo—. ¿Así que todo se desarrolla entre bastidores?

—Puede decirse así... aunque, espera, recientemente, hace poco más o menos ocho semanas...

—Entonces no digas recientemente —interrumpió Hans Castorp cortante e intrigado.

—¿Cómo...? Está bien... ¡Qué meticuloso eres! Era un cálculo aproximado. Hace, pues, algún tiempo me encontré entre bastidores por casualidad. Lo recuerdo como si fuese hoy. Fue cuando llevaron el viático, el Santo Sacramento, es decir, la Extremaunción, a la pequeña Hujus, una católica, Bárbara Hujus. Cuando llegué, todavía no guardaba cama y era una chica muy alegre, exultante y casi alocada, lo propio en una mozuela de quince años. Pero luego se apagó muy rápidamente, acabó por no levantarse. Su habitación se hallaba a tres puertas de la mía. Llegaron sus padres y poco después el cura. Vino cuando todo el mundo estaba tomando el té de la tarde, y no había un alma en los pasillos. Pero yo me retrasé un cuarto de hora, pues, imagínate, me había dormido durante la cura de reposo y no oí el gong. Por lo tanto, en aquel instante decisivo no me hallaba con los demás. Me perdí entre bastidores, como tú dices, y en tanto cruzo el pasillo, me los encuentro de frente con casulla de puntillas y una cruz en alto, una cruz de oro y un farol que uno de ellos llevaba delante, como llevan el chinesco en las orquestas de jenízaros.

—¡Menuda comparación! —dijo Hans Castorp con no poca severidad.

—Eso fue lo que me pareció. Se me ocurrió contra mi voluntad. Pero escucha. Entonces vinieron hacia mí, uno, dos, uno, dos, a paso ligero; eran tres, si no me equivoco: delante el hombre de la cruz, luego un cura con gafas y finalmente un muchacho con un incensario. El cura llevaba el viático contra su pecho, e inclinaba la cabeza con gesto de suma devoción; para ellos es lo más sagrado.

—Precisamente por eso —dijo Hans Castorp—, me extraña que se te ocurra hablar de cascabeles.

—Sí, sí, pero espera un momento; si hubieras estado allí tampoco habrías sabido qué cara poner al recordarlo. Fue para no olvidarlo nunca...

—¿Por qué?

—Mira. Yo me preguntaba cómo debía comportarme en tales circunstancias. Si hubiese llevado sombrero me lo hubiera podido quitar...

—¿Lo ves? —volvió a interrumpir un instante Hans Castorp–; hay que llevar sombrero. Ya me ha llamado la atención que no llevéis sombrero aquí arriba. Es preciso llevarlo para que uno pueda descubrirse en las circunstancias indicadas. ¿Y qué pasó?

–Me apoyé contra la pared –dijo Joachim– en una actitud respetuosa y me incliné ligeramente cuando pasaron junto a mí. Era precisamente frente a la habitación de la pequeña Hujus, la número 28. Creo que el sacerdote se alegró de que les saludase; dio las gracias amablemente y se quitó el bonete. En aquel instante se detuvieron, el monaguillo llamó a la puerta con el incensario, luego abrió y cedió el paso a su superior. Y ahora, procura imaginar la escena y mi horror, mis sensaciones. En el momento en que el sacerdote franquea el umbral de la puerta comienzan a oírse gemidos y gritos de auxilio como nunca has oído... tres, cuatro veces seguidas, y luego un alarido ininterrumpido, continuo, gritos lanzados por una boca abierta como un pozo: ¡aaah! Aquel grito encerraba un dolor, un horror y una protesta indescriptibles, y por encima de todo se oían espeluznantes súplicas; y de golpe se convierte en un sonido vacío y sordo, como si ella hubiese desaparecido bajo la tierra y su voz viniese de las profundidades de un sótano...

Hans Castorp se había vuelto bruscamente hacia su primo.

–¿Era la Hujus? –preguntó irritado–. ¿Y por qué los gritos parecían proceder de un sótano?

–Se había escondido bajo las mantas –dijo Joachim–. ¡Imagina lo que sentí! El sacerdote permanecía de pie cerca de la puerta, pronunciando palabras tranquilizadoras. Parece que le estoy viendo: al hablar movía ligeramente la cabeza hacia delante y luego la erguía de nuevo. El que llevaba la cruz y el monaguillo seguían en el umbral sin poder entrar. Era una habitación como la tuya y la mía; la cama estaba a la izquierda de la puerta, contra la pared, y a la cabecera había dos personas, los padres, por supuesto, que también se inclinaban hacia la cama diciendo palabras de consuelo, pero no se veía más que una masa informe que suplicaba, pataleaba y protestaba de una manera espantosa.

—¿Pataleaba?

—¡Con todas sus fuerzas! Pero no le sirvió de nada; había llegado el momento de administrarle la Extremaunción. El cura se dirigió hacia ella, entraron también los otros dos y la puerta se cerró. Pero antes pude ver lo siguiente: la cabeza de la pequeña Hujus emerge de debajo de las mantas por un segundo, con sus claros cabellos rubios revueltos, y mira fijamente al cura con ojos abiertos hasta salirse de sus cuencas, unos ojos tan pálidos, absolutamente desprovistos de color; luego, entre gritos de dolor, desaparece de nuevo bajo la colcha.

—¿Y hasta hoy no me lo cuentas? —preguntó Hans Castorp después de un breve silencio—. No comprendo por qué no me lo dijiste ayer mismo. ¡Dios mío, qué fuerza no debía de tener todavía para defenderse de este modo! Se necesitan muchas fuerzas para eso. No se debería avisar al cura hasta que uno estuviese muy débil.

—Lo estaba —contestó Joachim—. Sí, habría mucho que contar; es difícil empezar... Estaba muy débil; no era sino el miedo lo que le infundía tanta fuerza. Sentía un pavor terrible porque se daba cuenta de que iba a morir. Era una muchacha muy joven, así que debemos excusarla. Pero también hay hombres que se comportan de ese modo, lo cual, naturalmente, es una muestra de debilidad intolerable. En esos casos Behrens sabe cómo tratarles, sabe encontrar el tono adecuado en tales circunstancias.

—¿Qué tono? —preguntó Hans Castorp frunciendo el ceño.

—«¡Haga usted el favor de comportarse!» —contestó Joachim—. Al menos, eso es lo que le dijo recientemente a uno; lo sabemos por la enfermera jefe, que estaba allí y le ayudó a sujetar al moribundo. Era uno de esos que, en su última hora, hacen una escena espantosa y no quieren morir de ninguna manera. Entonces Behrens le llamó al orden: «¡Haga usted el favor de comportarse!», dijo, y el enfermo se calmó al instante y murió completamente en paz.

Hans Castorp se dio una palmada en el muslo y, apoyándose en el respaldo del banco, elevó la mirada al cielo.

—¡Eso sí que es demasiado! —exclamó—. ¡Decirle a un enfermo que se comporte...! «¡Haga el favor de comportarse!» ¡A un moribundo! ¡Es terrible! Un moribundo es, en cierto modo, digno de respeto. Me parece que una cosa así... Eso no se hace... ¡Creo que un moribundo es, por así decirlo, sagrado! ¡No se le puede tratar de esta manera!

—Estoy de acuerdo —concedió Joachim—. Pero si se comporta con tal cobardía...

—¡No! —persistió Hans Castorp con una violencia totalmente desproporcionada a la resistencia que ofrecía su primo—. No, jamás dejaré de creer que un moribundo es más respetable que cualquier tipejo que va por la vida paseando, riendo y ganando dinero sin privarse de nada. Es intolerable —y su voz tembló de un modo muy extraño—, así, sin más, es intolerable... —Y, de repente, sus palabras se ahogaron en la risa que se había apoderado de él y le dominaba; la misma risa de la víspera, una risa nacida de las profundidades, desmesurada, que sacudía todo su cuerpo, que le hacía cerrar los ojos y brotar lágrimas de entre sus párpados apretados.

—¡Chis! —hizo Joachim de pronto—. ¡Cállate! —dijo dando un codazo para apartar disimuladamente a su primo, que no paraba de reír.

Hans Castorp, a través de las lágrimas, levantó la vista.

Por la parte izquierda del camino venía un extranjero, un señor elegante y moreno, con un bigote negro cuidadosamente rizado y un pantalón a cuadros claros, el cual, cuando estuvo cerca, intercambió con Joachim un saludo matinal —el del caballero fue conciso y biensonante— y se detuvo ante él con los pies cruzados, apoyado en su bastón, en actitud graciosa.

Su edad era difícil de calcular; debía de tener entre treinta y cuarenta años, pues, aunque su aspecto general daba una impresión de juventud, sus sienes ya estaban surcadas por hilos plateados y, poco más arriba, el cabello le clareaba visiblemente. Su frente mostraba profundas entradas a ambos lados de la fina y pequeña raya del peinado, pareciendo así mucho más amplia. Vestía un pantalón ancho a cuadros amarillo claros y una levita que era como una especie de sayal demasiado largo, con dos hileras de botones y amplias vueltas: muy lejos de ser elegante; además, el cuello duro, de puntas redondeadas, estaba un poco deshilachado en los bordes por haber sido lavado demasiadas veces, la corbata negra parecía muy usada, no llevaba gemelos, según dedujo Hans Castorp por cómo le caían las mangas sobre las muñecas. Sin embargo, se dio perfecta cuenta de que se hallaba en presencia de un caballero: la expresión refinada del rostro, la naturalidad, la armonía de la postura del extranjero no ofrecían lugar a duda al respecto. Con todo, aquella mezcla de dejadez y encanto, aquellos ojos negros y el poblado y rizado bigote recordaron a Hans Castorp a unos músicos extranjeros que por Navidad tocaban por las calles de su ciudad y, mirando hacia arriba con sus ojos aterciopelados, tendían su sombrero para que la gente les arrojase monedas desde las ventanas. «Un organillero», pensó. Por eso no se sorprendió en modo alguno por el nombre que oyó cuando Joachim se levantó del banco y, con cierta timidez, hizo las presentaciones:

—Mi primo Castorp... El señor Settembrini.

Hans Castorp también se había levantado para saludar, y en su rostro aún se leían las huellas de su reciente ataque de risa. El italiano rogó cortésmente a los dos jóvenes que no se molestaran y les obligó a sentarse de nuevo mientras él permanecía de pie en su graciosa postura. Sonreía, observando a los dos primos, sobre todo a Hans Castorp, y el gesto sutil y un poco sarcástico de la comisura de sus labios, ligeramente hundidos y curvados hacia arriba bajo el espeso bigote, justo donde empezaban sus hermosas puntas rizadas, producía un efecto especial, que, en cierto modo, invitaba a la lucidez de espíritu y a mostrarse atento, con lo cual Hans Castorp despertó de la nebulosa de su risa y se sintió avergonzado.

Settembrini dijo:

—Los señores están de buen humor. Sin duda tienen motivos, todos los del mundo. ¡Una mañana espléndida! El cielo es azul, el sol sonríe. —Y con un gesto liviano y elegante del brazo, elevó su pequeña mano amarillenta hacia el cielo, mientras lanzaba una mirada oblicua y alegre en la misma dirección—. Casi se podría olvidar dónde estamos.

Hablaba sin ningún tipo de acento y sólo la precisión de su pronunciación revelaba que se trataba de un extranjero. Sus labios articulaban las palabras con cierto placer. Daba gusto oírle.

—¿Ha tenido el señor un viaje agradable? —preguntó dirigiéndose a Hans Castorp—. ¿Le han comunicado ya el veredicto? Quiero decir: ¿ha tenido ya lugar esa siniestra ceremonia de la primera consulta?

Si realmente hubiera deseado una respuesta, habría tenido que guardar silencio y esperar, pues había hecho la pregunta y Hans Castorp se disponía a contestar. Pero el extranjero siguió preguntando:

—Supongo que habrá ido bien. Por las ganas que tiene de reírse... —y se interrumpió un momento, mientras la curva de sus labios se acentuaba— se podrían deducir conclusiones diversas. ¿A cuántos meses le han condenado nuestros Minos y Radamante? —La palabra «condenado» sonaba particularmente ridícula en su boca—. ¡Déjeme adivinar...! ¿Seis? ¿Nueve directamente? ¡Aquí, desde luego, no escatiman con eso...!

Hans Castorp rio sorprendido, intentando recordar quiénes eran Minos y Radamante. Luego respondió:

—¿Cómo...? No, no... Se equivoca, señor Septem...

—Settembrini —corrigió el italiano, con gracia y precisión, haciendo una reverencia un tanto cómica.

—Señor Settembrini, le ruego me dispense. Usted se equivoca. Yo no estoy enfermo. Sólo he venido a visitar a mi primo y descansar un poco aprovechando la ocasión.

—¡Ah, caramba! ¿Entonces no es usted de los nuestros? ¿Está sano? ¿Sólo está aquí de paso, como Ulises en el reino de las Sombras? ¡Qué audacia descender a las profundidades, el mundo insignificante y absurdo de los muertos...!

—¿A las profundidades, señor Settembrini? ¡Lo que me faltaba por oír! Si he tenido que hacer una ascensión de unos dos mil metros para llegar hasta ustedes...

—Eso es lo que usted cree. Palabra de honor: no es más que una ilusión —dijo el italiano haciendo un gesto decidido con la mano—. Somos criaturas que han caído muy bajo, ¿no es verdad, teniente? —preguntó volviéndose hacia Joachim, que se regocijó por ser tratado así, aunque se esforzó en disimularlo respondiendo con aire reflexivo:

—Debe de ser que estamos un poco amodorrados. Pero después de todo, quizá logremos recuperarnos.

—Sí, les veo bien capaces. Usted es un hombre sensato —dijo Settembrini—. ¡Vaya, vaya, vaya! —repitió tres veces pronunciando muy bien la «v» y volviéndose de nuevo hacia Hans Castorp; luego chasqueó suavemente la lengua y exclamó—: ¡Ya veo, ya veo, ya veo! —añadió esta vez, también con tres espléndidas uves mirando tan fijamente a la cara al recién llegado que sus ojos quedaron fijos y como muertos. Después, cuando volvieron a cobrar vida, prosiguió—: Así que ha subido voluntariamente a vernos, a nosotros, los que hemos caído tan bajo, y quiere procurarnos el placer de su agradable compañía. ¡Eso está bien! ¿Y cuánto tiempo piensa quedarse? Sí, sé que la pregunta es muy directa, pero desearía saber cuánto tiempo fija uno por sí mismo cuando es él quien decide y no Radamante.

—Tres semanas —dijo Hans Castorp con cierta vanidad al darse cuenta de que despertaba cierta envidia.

—*O Dio!* ¡Tres semanas! ¿Lo ha oído, teniente? ¿No es acaso hasta un poco impertinente decir: «vengo para pasar tres semanas y luego me marcho»? Nosotros no conocemos esa medida de tiempo llamada semana; permítame, señor, que se lo diga. Nuestra unidad temporal más pequeña es el mes. Contamos a largo plazo, es éste un privilegio de las sombras. Tenemos algunas unidades más, y todas son de una índole similar. ¿Puedo preguntarle qué profesión ejerce allí abajo, en la vida, o, mejor dicho: para qué profesión se prepara? Como ve, aquí no reprimimos nuestra curiosidad. También la curiosidad forma parte de nuestros privilegios.

—Con mucho gusto —dijo Hans Castorp, y le informó como deseaba.

—¡Ingeniero naval! ¡Pero eso es magnífico! —exclamó Settembrini—. No le quepa duda de que me parece admirable, aunque mis propias aptitudes estén orientadas en una dirección muy diferente.

—El señor Settembrini es escritor —dijo Joachim con timidez—. Ha escrito la necrología de Carducci para unas publicaciones alemanas... Carducci, ya sabes... —Y se mostró entonces aún más cohibido, ya que su primo le miraba sorprendido y parecía decirle: «¿Qué sabrás tú de Carducci? Igual de poco que yo, según creo».

—Así es —dijo el italiano, asintiendo con la cabeza—. He tenido el honor de narrar a sus compatriotas la vida de ese gran poeta y librepensador cuando ésta tocó a su fin. Le conocí, y puedo llamarme su discípulo. En Bolonia estuve sentado a sus pies. Es a él a quien debo toda mi cultura y alegría de espíritu. Pero hablábamos de usted... ¡Un ingeniero naval! ¿Sabe que su persona se crece ante mis ojos? De pronto, le veo como el representante de todo un mundo: el del trabajo y el genio práctico.

—Pero, señor Settembrini, si no soy más que un estudiante que acaba de comenzar...

—Por supuesto, y todo principio es difícil. En general, todo trabajo que merezca tal nombre es difícil, ¿no es verdad?

—Sí, ¡el diablo lo sabe! —exclamó Hans Castorp, y sus palabras salieron del fondo de su corazón.

Al punto, Settembrini levantó las cejas.

—¡Incluso invoca usted al diablo para enfatizar sus palabras! —dijo—. ¿A Satán en persona? ¿Sabe que mi gran maestro le dedicó un himno?

—¿Cómo dice? —preguntó Hans Castorp—. ¿Al diablo?

—Al mismísimo. En mi país se canta a veces, en circunstancias solemnes. *O salute, o Satana, o ribellione, o forza vindice della ragione...* ¡Un himno magnífico! Pero es poco probable que usted se refiriera a ese diablo, pues vive en perfecta armonía con el trabajo. El diablo al que usted invocaba, ése que siente horror al trabajo porque tiene muchos motivos para temerle, debe de ser ese otro del que se dice que no hay que darle ni el dedo meñique...

Todo aquello resultaba bastante extraño al buen Hans Castorp. No comprendía el italiano, y lo demás tampoco le parecía inteligible. Le sonaba, en cierto modo, a sermón dominical, aunque fuera dicho en un tono frívolo y medio en broma. Miró a su primo, que bajó los ojos, y luego dijo:

—Señor Settembrini, usted toma mis palabras literalmente. Lo que he dicho del diablo no era más que una manera de hablar, se lo aseguro.

—Hay que tener espíritu —dijo Settembrini mirando a lo alto con aire melancólico. Luego, recuperando el ánimo y retomando la conversación con gracia y buen humor, prosiguió—: En cualquier caso, deduzco de sus palabras que ha elegido usted una profesión tan dura como honrosa. ¡Por Dios!, yo soy un humanista, un *homo humanus*, y no entiendo nada de ingenierías, por sincero que sea el respeto que les profeso. Pero imagino que la teoría de su oficio debe exigir una mente despejada y lúcida, y su práctica, un hombre con lo que hay que tener, ¿no es así?

—En efecto, estoy totalmente de acuerdo —dijo Hans Castorp, esforzándose sin querer en expresarse con elocuencia él también—. Hoy en día, las exigencias son tremendas; más vale no pensar hasta qué punto lo son, pues en verdad se correría el peligro de descorazonarse. No, no es ninguna broma. Y cuando no se es persona fuerte... Cierto es que sólo estoy aquí de visita, pero, desde luego, de fuerte no tengo nada, y mentiría si dijese que el trabajo no me cuesta un gran esfuerzo. Por el contrario, me fatiga bastante, he de confesarlo. En el fondo, sólo me encuentro realmente bien cuando no hago nada.

—Por ejemplo, ¿en este momento?

—¿En este momento? ¡Hace aún tan poco tiempo que estoy aquí...! Me siento un poco confuso, ya se imaginará...

—¡Ah!, confuso...

—Sí, no he dormido bien, y además el primer desayuno ha sido verdaderamente demasiado copioso... Estoy acostumbrado a un desayuno más frugal, pero el de hoy, según parece, ha sido excesivo para mí, *too rich*, como dicen los ingleses. En una palabra, me siento un poco decaído y el cigarro de esta mañana no me ha sabido a nada, ¡figúrese! Esto nunca me ocurre, a menos que esté seriamente enfermo, y hoy le he notado una especie de sabor a cuero. He tenido que tirarlo, no tenía sentido fumármelo por obligación. ¿Me permite que le pregunte si es usted fumador? ¿No? Entonces no puede imaginar la decepción y el fastidio que puede producir eso cuando, desde joven, uno es muy aficionado a fumar, como en mi caso...

—No tengo experiencia alguna en ese terreno —contestó Settembrini—; por cierto, tal inexperiencia me agrada bastante. Numerosas mentes nobles y sensatas han detestado el tabaco. Tampoco a Carducci le gustaba. Aunque, en este asunto hallará gran comprensión en Radamante. Es un adepto de su vicio.

—Hombre, lo que se dice vicio, señor Settembrini...

—¿Por qué no? Hay que llamar a las cosas por su nombre y con valor. Esto fortifica y eleva la vida. Yo también tengo vicios.

—¿De modo que el doctor Behrens es un aficionado al tabaco? ¡Qué hombre tan agradable...!

—¿Lo dice en serio? ¿Es que ya se han conocido?

—Sí, hace un momento, al salir. Ha sido una especie de consulta médica, pero completamente *sine pecunia*, ¿sabe? De entrada se ha dado cuenta de que estoy bastante anémico y me ha aconsejado que siga el mismo régimen de vida que mi primo, que repose mucho en la terraza y que también me tome la temperatura. Eso ha dicho.

—¿De verdad? —exclamó Settembrini—. ¡Excelente! —añadió, mirando al cielo, y rio echando la cabeza hacia atrás—. ¿Cómo decía la ópera de su maestro?: «¡Sí, yo soy el cazador de pájaros, siempre estoy alegre!». En fin, todo esto es muy divertido. Sin duda seguirá su consejo. ¿Por qué no hacerlo? ¡Menudo demonio es ese Radamante! Y, en efecto, está «siempre alegre», aunque a veces sea un poco a la fuerza. Está inclinado a la melancolía. Su vicio no le sienta bien (claro que, de lo contrario, no sería vicio); el tabaco le pone melancólico y por eso nuestra respetable enfermera jefe le ha guardado las provisiones bajo llave y no le da más que una pequeña dosis cada día. Pero a veces sucumbe a la tentación de robarla y entonces cae en la melancolía. En una palabra: es un alma atormentada. ¿Conoce ya a nuestra enfermera jefe? ¿No? ¡Qué fallo! Hace usted mal en no correr a conocerla. Pertenece a la estirpe de los Von Mylendonk, señor mío. Se distingue de la Venus de Médicis en que allí donde la diosa muestra los senos, ella suele llevar un crucifijo.

—¡Ja, ja, es buenísimo! —rio Hans Castorp.

—Se llama Adriática.

—¡Encima eso! —exclamó Hans Castorp—. ¡Mire que es raro! Von Mylendonk y Adriática. Suena como si hubiera muerto hace tiempo. Casi parece medieval.

—Señor mío —contestó Settembrini—, aquí hay muchas cosas que «casi parecen medievales», como ha tenido usted a bien decir. Por mi parte, estoy convencido de que nuestro Radamante no ha nombrado jefa de su palacio de los horrores a ese fósil más que por una necesidad estética de conservar el estilo del lugar, porque es un artista, ¿lo sabía? Pinta al óleo. ¿Qué esperaba? Eso no está prohibido, ¿no es cierto? Cada cual es libre... La señora Adriática dice a quien quiere escucharla, y a los que no quieren también, que a mediados del siglo trece una Mylendonk fue abadesa de un convento de Bonn, en el Rin. Es probable que ella misma naciese poco tiempo después de esa época.

—¡Ja, ja, ja! ¡Qué cáustico es usted, señor Settembrini!

—¿Cáustico? ¿Quiere decir, malicioso? Sí, soy un poco malicioso —dijo Settembrini—. Lo que lamento es estar condenado a malgastar mi maldad en cosas tan miserables. Espero que no tenga nada en contra de la maldad, mi querido ingeniero. A mi parecer, es el arma más brillante de la razón contra las fuerzas de las tinieblas y la fealdad. La maldad, señor, es el espíritu de la crítica, y la crítica es el origen del progreso y la ilustración.

Y, a continuación, comenzó a hablar de Petrarca, llamándole «el padre de los nuevos tiempos».

—Es hora de que vayamos a la cura de reposo —medió Joachim.

El literato había acompañado sus palabras con graciosos gestos de la mano. Luego puso fin a su pantomima señalando a Joachim con el dedo y diciendo:

—Nuestro teniente nos llama a cumplir con el deber. Vamos, pues. Hemos de ir por el mismo camino: «Hacia la derecha, que conduce a los muros de Dios, el Poderoso». ¡Ah Virgilio, Virgilio! Señores míos, es insuperable. Creo en el progreso, sin duda, pero Virgilio dispone de epítetos que ningún escritor moderno posee...

Y mientras emprendían el camino de regreso, comenzó a recitar versos latinos pronunciados a la italiana; aunque interrumpió sus declaraciones cuando se cruzaron con una joven que debía de vivir en la aldea, y no era precisamente guapa, y comenzó a sonreír y canturrear maliciosamente:

—La, la, la... La, la, la. ¿Dulce mariquita, quieres ser mi amor? Miren, «su mirada brilla con un resplandor furtivo» —citó (Dios sabe de dónde) y, con la mano, envió un beso hacia la turbada muchacha, que ya les daba la espalda.

«Es un verdadero pícaro», pensó Hans Castorp, y eso mismo siguió pensando cuando Settembrini, después de aquel acceso de galantería, comenzó a despotricar otra vez. La tenía especialmente tomada con el doctor Behrens; hizo un mordaz comentario sobre los pies tan enormes que tenía y luego dijo que el título de consejero áulico le había sido concedido por un príncipe enfermo de tuberculosis cerebral. Toda la comarca hablaba aún de la licenciosa vida que había llevado este príncipe; pero Radamante había hecho la vista gorda, y bien gorda, y claro, favor con título se paga.

—¿A que no sabían quién inventó la temporada de verano? Pues fue él solito. ¡Concedámosle todo el mérito! Antes sólo pasaban el verano en este valle los más fieles de entre los fieles. Pero «nuestro humorista», con su incorruptible clarividencia, se dio cuenta de que este lamentable hecho únicamente era fruto de un prejuicio. Expuso, pues, que al menos en lo respectivo a su instituto, la cura de verano no sólo era recomendable, sino particularmente eficaz y casi indispensable. Supo difundir su teoría entre el pueblo, redactó artículos divulgativos y los publicó en la prensa. Desde entonces el negocio marcha tan bien en verano como en invierno. ¡Es un genio! —dijo Settembrini—. ¡Intuición! —añadió, y luego arremetió contra todos los sanatorios del lugar, alabando con ironía la mentalidad comercial de sus propietarios. Por ejemplo, el profesor Kafka... Cada año, en la crítica temporada del deshielo, en la que numerosos pacientes querían marcharse, el profesor Kafka se veía en la necesidad de salir de viaje durante ocho días, prometiendo firmar el alta a todos a su regreso.

Pero permanecía ausente durante seis semanas, y esos pobres desgraciados esperaban en vano, con lo cual (dicho sea de paso) aumentaban sus facturas. Hacían ir a Kafka incluso hasta Fiume, pero él no se ponía en camino sin que le asegurasen al menos cinco mil francos suizos y, entre una cosa y otra, pasaban al menos otros quince días. Luego, al día siguiente de la llegada del maestro *celebrissimo*, el enfermo moría. En cuanto al profesor Salzmann, éste acusaba al profesor Kafka de no tener limpias las jeringuillas y contagiar infecciones a sus enfermos. «Su coche lleva neumáticos de caucho», decía Salzmann, «para que sus muertos no le oigan.» A lo que Kafka replicaba que en el sanatorio de Salzmann administraban a los pacientes «el reconfortante fruto de la vid en tales cantidades» (eso sí, con la misma intención de engrosar las facturas), que los enfermos morían como moscas, pero no de tisis, sino de cirrosis...

Siguió chismorreando, y Hans Castorp reía de buena gana, sin malicia, con aquel torrente de venenosas invectivas. La facundia del italiano le resultaba particularmente agradable, tan espontánea, correcta y limpia de todo dialecto. Las palabras brotaban de sus labios como si fueran nuevas, firmes, brillantes; saboreaba los giros y formas cultos y certeros que utilizaba —es más, incluso la flexión gramatical de las palabras— con un gozo manifiesto, contagioso y parecía tener una mente demasiado lúcida y aguda como para equivocarse una vez siquiera.

—Habla usted con tanta gracia, señor Settembrini —dijo Hans Castorp—, con tal vivacidad... que no sé cómo expresarlo...

—Plásticamente, ¿verdad? —respondió el italiano, mientras se daba aire con el pañuelo a pesar de que hacía más bien fresco—. Ésa debe de ser la palabra que busca. Usted quiere decir que yo hablo de una manera plástica. Pero ¡alto ahí! —exclamó—. ¿Qué veo? ¡Por allí pasean nuestros jueces de los infiernos! ¡Qué visión!

Los tres habían doblado ya el recodo del camino en su paseo de vuelta. ¿Sería por la charla de Settembrini? ¿Por la pendiente del camino? ¿O en realidad no se habían alejado tanto del sanatorio como Hans Castorp creyera al principio? Pues, cuando recorremos un camino por primera vez, nos parece mucho más largo que cuando ya nos es conocido. En cualquier caso, el regreso se le había hecho cortísimo.

Settembrini tenía razón, los dos médicos paseaban por el terreno que se extendía detrás del sanatorio. El doctor Behrens iba delante, con su bata blanca y su prominente nuca, agitando las manos como si fueran remos, y detrás de él el doctor Krokovski, con su sobretodo negro, mirando a su alrededor con gesto tanto más orgulloso cuanto que el protocolo de la profesión le obligaba a mantenerse siempre detrás de su jefe en horas de servicio.

—¡Ah, Krokovski! —exclamó Settembrini—. Por allí va, y conoce todos los secretos de nuestras damas. Les ruego observen el refinado simbolismo de su atuendo. Viste de negro para indicar que el ámbito específico de sus estudios es la noche. No tiene en su cabeza más que un solo pensamiento, y ese pensamiento es de lo más impuro. Mi querido ingeniero, ¿cómo es posible que todavía no hayamos hablado de él? ¿Le conoce?

Hans Castorp asintió.

—No me diga que... Comienzo a sospechar que también le ha caído bien.

—No lo sé, señor Settembrini. Sólo he coincidido con él unos instantes. Además, yo no sé juzgar con rapidez. Comienzo por mirar a la gente y pensar: ¿De manera que eres así? Pues bueno...

—¡Menuda tontería! —respondió el italiano—. Es preciso juzgar. Para eso nos ha dado la naturaleza ojos y cerebro. Hace un momento le pareció que yo hablaba maliciosamente; pero tal vez lo hacía con cierta intención didáctica. Nosotros, los humanistas, tenemos una vena didáctica... Señores míos, el lazo histórico entre el humanismo y la pedagogía explica el lazo psicológico que existe entre ambas. No hay que desposeer a los humanistas de su función de educadores..., no se les puede arrebatar, pues son los únicos depositarios de una tradición: la de la dignidad y belleza humana. En su día, los humanistas reemplazaron a los sacerdotes que, en tiempos turbios y hostiles a los hombres, pudieron arrogarse la dirección de la juventud. Desde entonces, señores míos, no ha surgido ninguna clase nueva de educadores. La enseñanza humanística (y llámeme usted retrógrado, mi querido ingeniero), en términos generales, *in abstracto*, me parece fundamental, ustedes me entienden...

Incluso en el ascensor continuó con lo mismo y no calló hasta que los dos primos llegaron al segundo piso. Él continuó hasta el tercero, donde, según contó Joachim, ocupaba una pequeña habitación que daba a la parte trasera del edificio.

—¿Es que no tiene dinero? —preguntó Hans Castorp, que acompañó a Joachim a su habitación, exactamente igual a la suya.

—No. No debe de tener —dijo Joachim—. Como mucho, lo justo para pagar su estancia aquí. Su padre ya era escritor, ¿sabes?, y creo que también su abuelo.

—Siendo así... —dijo Hans Castorp—. ¿Y está muy enfermo?

—Según creo, no es nada grave, pero sí persistente, y recae una y otra vez. Está enfermo desde hace años; de vez en cuando se marcha, pero pronto tiene que volver a filas.

—¡Pobre hombre! Es una lástima, porque parece morirse de ganas de trabajar. Además, es extraordinariamente locuaz, y con qué facilidad cambia de un tema a otro. Con aquella jovencita se mostró algo descarado, y eso me molestó un poco. Pero lo que ha dicho luego sobre la dignidad humana ha sido realmente notable, parecía que estaba haciendo un discurso en algún acto solemne. ¿Frecuentas su compañía a menudo?

Pero Joachim ya sólo pudo contestar con dificultad y de una manera confusa. Había sacado un pequeño termómetro de un estuche de cuero rojo con forro de terciopelo que se hallaba sobre su mesa y se había introducido en la boca el extremo inferior, lleno de mercurio. Lo mantenía bajo la lengua en el lado izquierdo, con lo cual el instrumento de cristal salía oblicuamente de su boca. Luego se aseó, se cambió de zapatos y se puso una casaca parecida a una *litevka* de uniforme; cogió de la mesa una especie de tabla de gramática y un lápiz, además de un libro: una gramática rusa —estudiaba ruso porque, según decía, esperaba sacarle alguna ventaja profesional— y así equipado salió a la terraza, se tendió en una *chaise-longue* y se tapó ligeramente los pies con una manta de pelo de camello.

Ese abrigo era casi innecesario, pues desde hacía un cuarto de hora la capa de nubes había empezado a desvanecerse más y más, y el sol comenzó a lucir con un calor tan estival y deslumbrante que Joachim protegió su cabeza con una especie de sombrilla de lona blanca, que, por medio de una pequeña y práctica varilla, podía acoplarse al brazo de la silla y girarse según la posición del sol. Hans Castorp alabó el invento. Quería esperar el resultado de la toma de temperatura y, entretanto, se puso a observar todo el proceso, y también el saco de piel que había en un rincón del balcón —del que Joachim se servía en los días de frío—. Con los codos apoyados en la barandilla, miró luego al jardín, donde el pabellón común se hallaba ahora lleno de pacientes que leían, escribían o charlaban echados en sus tumbonas. Por lo demás, sólo se veía una parte del interior, unas cinco sillas.

—Pero ¿cuánto dura esto? —preguntó Hans Castorp, volviendo la cabeza.

Joachim mostró siete dedos.

—¡Pero si ya han pasado siete minutos!

Joachim negó con la cabeza. Algo después se sacó el termómetro de la boca, lo miró y dijo:

—Sí, cuando se cuentan los minutos el tiempo pasa muy lentamente. Me gusta mucho tomarme la temperatura cuatro veces al día, porque en ese momento uno se da verdadera cuenta de lo que es realmente un minuto... o siete; mientras que de un modo terrible aquí se ignoran los siete días de la semana.

—Dices «realmente», pero no tiene sentido decir «realmente» —objetó Hans Castorp. Estaba sentado con una pierna sobre la balaustrada, y en el blanco de sus ojos se veían venillas rojas—. El tiempo no posee ninguna «realidad». Cuando nos parece largo es largo, y cuando nos parece corto es corto; pero nadie sabe lo largo o lo corto que es en realidad.

No solía filosofar y, sin embargo, en aquel momento sentía la necesidad de hacerlo. Joachim replicó:

—¿Cómo que no? ¿Acaso no podemos medirlo? Tenemos relojes y calendarios, y, cuando pasa un mes, pasa para mí, para ti y para todos nosotros.

—Atiende un instante —dijo Hans Castorp, e incluso se llevó el dedo índice a la altura de sus enrojecidos ojos—. ¿Entonces, un minuto dura lo que tú crees que dura cuando te tomas la temperatura?

—Un minuto siempre dura lo mismo... Dura el tiempo que emplea la aguja del segundero en describir su círculo completo.

—Pero en eso no tarda siempre lo mismo... según nuestra apreciación. En realidad, insisto: en realidad —repitió Hans Castorp, apretándose la nariz con el dedo con tanta fuerza que se le doblaba la punta—, en realidad se trata de un movimiento, un movimiento en el espacio, ¿no es cierto? ¡Espera! Medimos el tiempo por medio del espacio. Pero eso es como si quisiésemos medir el espacio en función del tiempo, lo cual no se le ocurre más que a gente desprovista de rigor científico. De Hamburgo a Davos hay veinte horas de ferrocarril... Sí, claro, en tren. Pero a pie, ¿cuánto hay? ¿Y en la mente? ¡Ni siquiera un segundo!

—Pero, hombre... —replicó Joachim—. ¿Qué te pasa? Creo que te está afectando estar aquí, entre nosotros.

—Calla. Hoy estoy muy lúcido. ¿Qué es el tiempo? —preguntó Hans Castorp, y se dobló la punta de la nariz con el dedo tan fuerte que se le quedó blanca, sin sangre—. ¿Me lo quieres decir? El espacio lo percibimos con nuestros sentidos, por medio de la vista y el tacto. ¡Bien! ¡Pero a través de qué órgano percibimos el tiempo? ¿Me lo puedes decir? ¿Lo ves? ¡Ahí te he pillado! Entonces ¿cómo vamos a medir una cosa de la que, en el fondo, no podemos definir nada, ni una sola de sus propiedades? Decimos: el tiempo pasa. ¡Bueno, pues que pase! Pero en lo que se refiere a medirlo... ¡Espera! Para poder medirlo sería preciso que transcurriese de una manera uniforme, ¿dónde está escrito que lo haga? A nosotros no nos da esa sensación, desde luego, tan sólo aceptamos que lo hace para garantizar un orden, y nuestras medidas no son más que puras convenciones, si me permites...

—De acuerdo —dijo Joachim—; por consiguiente, no es más que una pura convención el que yo tenga cuatro décimas de más en mi termómetro. Pero a causa de estas cinco rayitas debo permanecer aquí como un lisiado, sin poder prestar servicio. ¡Eso es repugnante!

—¿Tienes 37,5?

—Parece que vuelve a descender.

Y Joachim anotó la cifra en su gráfico de temperaturas.

—Ayer por la noche tenía casi 38; fue por tu llegada. A todos los que reciben visitas les sube la fiebre. Pero a pesar de eso, resulta agradable.

—Bueno, voy a dejarte —dijo Hans Castorp—. Sigo dándole muchas vueltas a esto del tiempo; diría que es algo muy complejo. Pero no quiero incomodarte con eso si, de todos modos, tienes unas décimas. Guardaré mis pensamientos y ya volveremos a hablar de ello, tal vez después del almuerzo. Cuando sea la hora de almorzar me llama. También voy a hacer mi cura de reposo, que daño no hace, ¡gracias a Dios!

Y, a continuación, pasó al otro lado de la mampara de vidrio, al balcón de su cuarto, donde también encontró una tumbona extendida junto a una mesita; cogió su *Ocean Steamships* y su estupenda y mullida manta de viaje de cuadros rojos y verdes, y se tumbó en la silla.

También él se vio obligado a abrir la sombrilla de la pulcra habitación enseguida, pues el calor del sol resultaba insoportable estando echado. Aunque Hans Castorp pudo comprobar que se estaba inusualmente a gusto así; no recordaba haber encontrado nunca una *chaise-longue* tan cómoda. La estructura, algo anticuada —si bien sólo por capricho, pues evidentemente la silla era nueva—, era de una brillante madera rojiza, y el colchón, cubierto con una funda de loneta fina y, en realidad, compuesto por tres gruesos almohadones, se extendía desde los pies a la cabecera. Además, a la altura de la nuca había una almohada de rulo, ni demasiado dura ni demasiado blanda, cubierta de lino bordado y sujeta con un cordón, cuyo efecto era especialmente reconfortante. Hans Castorp apoyó un brazo en el ancho reposabrazos de la tumbona, entornó los párpados y se entregó al reposo sin recurrir al *Ocean Steamships* para distraerse. A través de los arcos de la galería, el paisaje —árido y desnudo pero soleado— parecía un cuadro dentro de un marco. Hans Castorp lo contempló pensativo. De pronto se acordó de algo y dijo en alta voz, rompiendo el silencio:

—¡Pero si la que nos sirvió el desayuno era una enana...!

—¡Chis! —susurró Joachim—. Habla más bajo. Sí, era una enana, ¿y qué?

—Nada. Es que todavía no lo habíamos comentado.

Luego siguió ensimismado en sus pensamientos. Habían dado las diez cuando se echó. Pasó una hora. Una hora normal, ni larga, ni corta. Al cabo de esta hora resonó un gong por toda la casa y el jardín, al principio lejos, luego más cerca, y finalmente, de nuevo lejos.

—El almuerzo —dijo Joachim, y se oyó cómo se levantaba.

También Hans Castorp dio por terminada su cura de reposo y entró en la habitación para arreglarse un poco. Los dos primos se encontraron en el pasillo y bajaron juntos. Hans Castorp exclamó:

—¡Qué a gusto se estaba! ¡Qué tumbonas tan cómodas! Si puedo comprar una me la llevaré a Hamburgo; es como estar en el cielo. ¿O crees que Behrens las hizo construir a medida según sus indicaciones?

Joachim no lo sabía. Se quitaron la chaqueta y entraron por segunda vez en el comedor, donde nuevamente repiqueteaban platos y cubiertos.

El comedor entero estaba inundado de un blanco resplandeciente: delante de cada cubierto había un vaso grande de leche, de medio litro al menos.

—Oh, no —dijo Hans Castorp tras sentarse de nuevo en su esquina de la mesa, entre la costurera y la inglesa, y desplegar la servilleta resignado ante el segundo desayuno a pesar de que aún le pesaba en el estómago el primero—. Oh, no —dijo—, que Dios me asista, no puedo con la leche, y menos ahora. No tendrán *porter*, ¿verdad? —preguntó dirigiéndose primero a la enana con mucho tacto y cortesía.

Por desgracia no tenían. Pero ella prometió traerle cerveza de Kulmbach y, en efecto, así lo hizo. Era una cerveza negra, espesa, con una espuma morena, que reemplazaba perfectamente a la *porter*. Hans Castorp la bebió con avidez en un vaso alto de medio litro. Comió fiambre con pan tostado. De nuevo había gachas de avena, y de nuevo mucha mantequilla y fruta. Él no hizo más que contemplar los platos, sintiéndose incapaz de comer nada. También se dedicó a observar a los pacientes... La masa comenzaba a diferenciarse, y poco a poco iban perfilándose las individualidades.

Su mesa estaba completa, a excepción del sitio que se hallaba enfrente de él y que, según le dijeron, era el «sitio del doctor», pues, en la medida que se lo permitían sus ocupaciones, los médicos compartían las comidas comunes y cambiaban de mesa cada vez; por eso se reservaba un asiento en la cabecera de cada una. Esa vez faltaban los dos médicos; se decía que estaban operando. De nuevo entró el joven del bigote, inclinó la barbilla y se sentó con una expresión preocupada y hermética. De nuevo ocupaba su lugar la muchacha rubia y delgada, y tomaba cucharadas de yogur como si no se alimentase de otra cosa. A su lado, había esta vez una anciana menuda y vivaracha que no paraba de hablar en ruso al joven taciturno, que, a su vez, la miraba con nerviosismo y no respondía sino asintiendo con la cabeza y con aquella expresión de tener mal sabor de boca. Enfrente de él, al otro lado de la anciana, estaba sentada otra joven. Era muy hermosa, de cutis sonrosado y pechos generosos, cabellos castaños y agradablemente ondulados, ojos marrones y redondos, ojos de niña, y en su linda mano lucía un pequeño rubí. Reía mucho y también hablaba en ruso, sólo en ruso. Según oyó Hans Castorp se llamaba Marusja. Además, se dio cuenta de que Joachim bajaba los ojos con una expresión severa cuando ella reía o hablaba.

Settembrini entró por la puerta lateral y, acariciándose el bigote, se dirigió a su sitio, en la cabecera de la mesa que hacía ángulo con la de Hans Castorp. Apenas se sentó, sus compañeros de mesa se echaron a reír a carcajadas. Sin duda, habría dicho alguna maldad. Hans Castorp también reconoció a los miembros de la Sociedad Medio Pulmón. Herminie Kleefeld se dirigió con ojos inexpresivos a su mesa, allá lejos, frente a una de las puertas de la galería, y saludó con una mueca al joven de labios carnosos que por la mañana se había levantado los faldones de la chaqueta de un modo tan poco decoroso. La ebúrnea señorita Levy se sentaba entre otra gente desconocida, al lado de la rolliza señora Iltis, la de las manchas en la cara, en la mesa dispuesta en ángulo a la derecha de la de Hans Castorp.

—Ahí vienen tus vecinos —le dijo Joachim en voz baja, inclinándose hacia él.

El matrimonio pasó muy cerca de Hans Castorp de camino a la última mesa de la derecha, la «mesa de los rusos pobres», donde ya había sentada una familia, con un muchacho muy feo, devorando grandes cantidades de *porridge*. El marido era de complexión débil y tenía las mejillas grises y hundidas. Vestía una cazadora de cuero marrón y bastas botas de fieltro con hebilla. Su mujer, igualmente era menuda y grácil, llevaba un sombrero de traviesas plumas y caminaba a pasos de pajarito sobre sus minúsculos botines de tacón alto. Un boa de plumas sucio envolvía su cuello. Hans Castorp los miró con una falta de consideración extraña en él y que a él mismo le pareció brutal; pero esa misma brutalidad le produjo de repente cierto placer. Sus ojos eran a la vez fríos y penetrantes. Cuando, al instante, la puerta de cristales de la izquierda se cerró con un enorme estrépito, al igual que durante el primer desayuno, Hans Castorp no se estremeció como antes, sino que tan sólo hizo una mueca de desidia; y, cuando fue a volver la cabeza hacia aquel lado, pensó que era demasiado esfuerzo y que no valía la pena. Así que tampoco esta vez pudo comprobar quién andaba dando portazos tan alegremente.

Lo cierto es que la cerveza matinal, que ordinariamente no le producía más que una somnolencia muy moderada, esta vez le había aturdido y paralizado completamente. Sufría sus efectos como si hubiese recibido un golpe en la frente. Los párpados le pesaban como el plomo, su lengua ya no era capaz de articular ni los más sencillos pensamientos cuando, por cortesía, intentaba charlar con la inglesa. Incluso tenía que hacer un gran esfuerzo para cambiar la dirección de sus miradas, y a esto se añadía el insoportable escozor de su rostro, que entretanto había llegado al mismo grado de intensidad que la víspera; le parecía que sus mejillas estaban hinchadas, respiraba con dificultad, su corazón golpeaba como un martillo envuelto en un trapo, y si, con todo, podía soportar todas aquellas sensaciones, era porque su cabeza se encontraba en el mismo estado que si hubiese aspirado dos o tres bocanadas de cloroformo.

Sólo se dio cuenta de que el doctor Krokovski se había por fin sentado a la mesa, enfrente de él como en un sueño, y eso que le había mirado fijamente repetidas veces mientras conversaba en ruso con las señoras de su derecha, no sin que las jóvenes (tanto la floreciente Marusja como la delgada devoradora del yogur) bajasen ante él los ojos con un aire sumiso y pudoroso. Sea como fuere, Hans Castorp mantuvo la compostura, guardó silencio —como es de suponer— y hasta logró emplear cuchillo y tenedor con suma corrección.

Cuando su primo le hizo un gesto con la cabeza y se levantó, él también lo hizo, e inclinándose hacia sus compañeros de mesa sin mirarles, salió con paso seguro detrás de Joachim.

—¿A qué hora se hace la próxima cura de reposo? —preguntó cuando salían del edificio—. Es lo mejor que hay aquí, por lo que veo. Ojalá estuviera otra vez en mi maravillosa tumbona. ¿Vamos muy lejos?

UNA PALABRA DE MÁS

—No —dijo Joachim—. De todas formas, yo no puedo ir muy lejos. A esta hora tengo la costumbre de bajar al pueblo y, si tengo tiempo, llego hasta Davos Platz. Hay tiendas y gente, y se puede comprar lo que uno necesita. Antes de la comida hay una hora para tumbarse, y luego reposamos de nuevo hasta las cuatro, así que no te preocupes.

Bajaron tomando el sol por el camino de subida al sanatorio y franquearon el torrente y los estrechos raíles, quedando ante ellos la ladera derecha del valle: el pequeño Schiahorn, los *Grüne Türme* y el *Dorfberg*, según fue enumerando Joachim. Al otro lado, a cierta altura, se veía el cementerio de Davos Dorf, rodeado de una tapia, y Joachim lo señaló también con la punta del bastón. Luego llegaron a la carretera que, como si formara un piso por encima del valle, descendía a lo largo de los bancales de la ladera.

Cierto es que aquello no era propiamente una aldea; en cualquier caso, no quedaba de ella más que el nombre. El balneario, extendiéndose cada vez más hacia la entrada del valle, se la había comido, y la parte habitada que llevaba el nombre de Dorf, «aldea», desembocaba sin transición en la otra parte llamada «Davos Platz». A ambos lados había hoteles y pensiones, todos ellos bien provistos de galerías, balcones y terrazas de reposo, así como pequeñas casas particulares en las que se alquilaban habitaciones; aquí y allá se veían edificios nuevos. En algunos lugares no se había construido y la carretera permitía ver los despejados prados del fondo del valle...

Hans Castorp, tentado una vez más por su amado vicio, había encendido otro cigarro y, probablemente gracias a la cerveza que acababa de tomarse, logró percibir, para su inefable satisfacción, algún ápice del anhelado aroma: en muy contados momentos y muy débilmente, eso sí; requería cierto esfuerzo nervioso sentir siquiera una sombra del acostumbrado placer, pues el repugnante sabor a cuero predominaba por encima de todo. Incapaz de resignarse a su impotencia, luchó durante algún tiempo para obtener aquel placer que unas veces se le escapaba y otras sólo se le ofrecía muy de lejos, como burlándose de él, hasta que por fin, cansado y asqueado, tiró el cigarro. A pesar de su ligera embriaguez se sentía obligado, por cortesía, a entablar conversación, y con tal fin se esforzó en recordar aquellas ideas geniales sobre el tiempo que había querido expresar antes. Pero, según pudo comprobar, resultó que se había olvidado por completo de todo aquel «complejo» y que en su cabeza no quedaba ya ni el más mínimo pensamiento sobre el tiempo. Así pues, comenzó a hablar de cuestiones fisiológicas, y, además, de una manera un tanto peculiar.

—¿Cuándo te toca tomarte la temperatura otra vez? —preguntó—. ¿Después de comer? Sí, está bien. En ese momento el organismo se halla en pleno funcionamiento, tendrá que notarse. Pero, oye, eso que ha dicho Behrens de tomarme la temperatura yo también sería broma, ¿no? Settembrini también se ha reído mucho porque no tenía ningún sentido. Además, ni siquiera tengo termómetro.

—Hombre... —dijo Joachim—, eso es lo de menos. Sólo tienes que comprarte uno. Aquí venden termómetros en casi todas las tiendas.

—Pero ¿para qué? ¡No! Acepto lo de la cura de reposo, pero tomarse la temperatura sería excesivo para un visitante: eso os lo dejo a vosotros, los de aquí arriba. Ojalá supiera... —añadió Hans Castorp, poniéndose las dos manos sobre el corazón como un enamorado— por qué tengo estas palpitaciones tan fuertes; es muy inquietante, me preocupa desde hace algún tiempo. Se tienen palpitaciones cuando uno espera alguna alegría extraordinaria o cuando tiene miedo; en resumen: ante las emociones fuertes, ¿no? Pero cuando el corazón se desboca por sí solo sin causa ni razón, por voluntad propia, se me antoja casi escalofriante; entiéndeme, es como si el cuerpo siguiese su propio camino y ya no guardara relación alguna con el alma; en cierto modo, como si fuera un cuerpo muerto que, en cambio, no lo estuviese del todo (lo cual es imposible) y tuviese una vida propia e independiente: le siguen creciendo el cabello y las uñas y, según me han dicho, sigue desarrollándose en él una actividad física y química de lo más intensa...

—¿Qué dices? —le reprendió Joachim—. ¿Una intensa actividad? —Y con estas palabras tal vez se vengaba un poco de la observación que había hecho su primo por la mañana acerca del estandarte.

—¡Pero si es así! ¡Es una actividad muy intensa! ¿Qué te horroriza tanto? —preguntó Hans Castorp—. Además, era sólo un comentario. Lo que quería decir es que resulta escalofriante y doloroso que el cuerpo viva por cuenta propia y sin relación alguna con el alma, como sucede con mis inmotivadas palpitaciones. Intento encontrarles un sentido, un estado de ánimo que corresponda, un sentimiento de alegría o miedo que las justifique; al menos eso es lo que a mí me pasa, ya que sólo puedo hablar por mí...

—Sí, sí —dijo Joachim con un suspiro—, algo parecido ocurre cuando se tiene fiebre. Ahí también reina una «intensa actividad» en el cuerpo, como tú has dicho, y es posible que entonces busquemos inconscientemente una emoción, un estado de ánimo que diera cierto sentido a tal actividad. Pero estamos hablando de cosas desagradables —añadió con voz temblorosa, y se interrumpió; ante lo cual Hans Castorp se limitó a encogerse de hombros, exactamente como se lo había visto hacer la víspera a Joachim.

Caminaron en silencio durante un rato. Luego Joachim preguntó:

—Y bien, ¿qué tal te cae la gente de aquí? Me refiero a los de nuestra mesa.

Hans Castorp adoptó una expresión de indiferencia y superioridad.

—Por Dios —dijo—, no me parecen demasiado interesantes. En las otras creo que sí hay gente más interesante, aunque tal vez sólo sean figuraciones mías. La señora Stöhr debería lavarse el pelo, lo tiene muy graso. Y esa «Mazurka» o como se llame, me parece un poco boba. No hace más que meterse el pañuelo en la boca de tanto como se ríe.

Joachim se echó a reír al escuchar la deformación del nombre.

—¡Mazurka! ¡Eso es buenísimo! Se llama Marusja, que creo que es lo mismo que María. Sí, ciertamente es demasiado frívola —añadió— y eso que tiene todos los motivos para estar mucho más seria; su caso es de los graves.

—No lo parece —dijo Hans Castorp—. Tiene muy buen aspecto. Nadie diría que está enferma del pecho.

E intentó cambiar una mirada pícara con su primo, pero descubrió que el rostro bronceado de Joachim tenía un color terroso, como el que adquieren los rostros quemados por el sol cuando se quedan sin sangre, y que torcía la boca con un peculiar gesto de dolor. Aquella expresión despertó en el joven Hans Castorp un pavor indefinido y le decidió a cambiar de tema e informarse sobre otras personas, intentando olvidar enseguida tanto a Marusja como la expresión del rostro de Joachim, cosa que consiguió por completo.

La inglesa que tomaba infusión de escaramujo se llamaba miss Robinson. La costurera no era costurera, sino profesora en un liceo para señoritas de buena familia, en Königsberg, y por eso se expresaba con tanta corrección. Era la señorita Engelhart. Por lo que se refiere a la anciana vivaracha, Joachim no sabía cómo se llamaba, a pesar de que llevaba mucho tiempo allí. En cualquier caso, tía abuela de la joven del yogur, con quien vivía permanentemente en el sanatorio. Pero el enfermo más grave de toda la mesa era el doctor Blumenkohl, León Blumenkohl, de Odesa: aquel joven de rostro preocupado y hermético. Llevaba años allí...

Ahora paseaban por un auténtico centro urbano: la *Hauptstrasse*, calle principal de un punto de encuentro internacional, como bien podía verse. Se cruzaron con huéspedes del balneario, en su mayoría gente joven, caballeros vestidos de sport y sin sombrero y señoras de blanco, también con la cabeza descubierta. Se oía hablar ruso e inglés. A derecha e izquierda había tiendas con vistosos escaparates, y Hans Castorp, cuya curiosidad luchaba con una ardiente fatiga, obligaba a sus ojos a mirar, y se detuvo largo tiempo ante una tienda de moda para caballero para asegurarse que los modelos expuestos estaban a la altura.

Luego llegaron a una glorieta con una galería cubierta en la que tocaba una banda. Era el Gran Hotel. En las pistas de tenis se jugaban varios partidos. Jóvenes de largas piernas y bien rasurados rostros, vestidos con pantalón de franela recién planchado y con las mangas subidas hasta el codo, corrían sobre sus suelas de caucho ante bronceadas jovencitas vestidas

de blanco que tomaban impulso para saltar hacia el sol y devolver de un golpe la blanquísima pelota. Había una especie
de polvillo blanco sobre las cuidadas pistas. Los dos primos se
sentaron en un banco para seguir el juego y criticar.

—¿No juegas? —preguntó Hans Castorp.

—Lo tengo prohibido —contestó Joachim—. Debemos guardar reposo, reposo y más reposo... Settembrini dice que
vivimos en horizontal, que somos líneas horizontales. Es uno
de sus chistes malos... Esos que juegan están sanos, o lo hacen
a pesar de tenerlo prohibido. También es verdad que no
juegan muy en serio, es más bien para lucir su vestuario... Y
a propósito de cosas prohibidas, aquí también se practican
otros juegos, como el póquer, ¿sabes?, en algún que otro hotel,
a la ruleta. Entre nosotros la pena establecida para los que
juegan es la expulsión, es la máxima vergüenza. Sin embargo,
aún hay quienes se escapan después de haberse cerrado nuestras
puertas para ir a apostar. Por lo visto, el príncipe que concedió
el título a Behrens lo hacía todas las noches.

Hans Castorp apenas le oía. Tenía la boca entreabierta,
pues aunque no estaba resfriado le costaba respirar por la nariz.
Su corazón martilleaba a contratiempo de la música, lo cual
le atormentaba. Y presa de aquella sensación de desorden y
lucha interior comenzaba a adormecerse cuando Joachim le
recordó que era hora de regresar.

Recorrieron el camino de vuelta casi en silencio. Hans
Castorp tropezó un par de veces en llano y sonrió con un aire
melancólico, meneando la cabeza. El portero cojo los acompañó
en el ascensor hasta su piso. Se separaron ante el número 34
con un breve «hasta luego». Hans Castorp cruzó su habitación
para salir al balcón, dejándose caer pesadamente en la tumbona;
luego, sin molestarse siquiera en adoptar una posición más cómoda, cayó en un estado de duermevela, penosamente animado
por las rápidas palpitaciones de su corazón.

No sabía cuánto tiempo había pasado. Cuando llegó el momento, sonó el gong. Pero todavía no marcaba la hora de la comida, sino que sólo recordaba que había que prepararse, como Hans Castorp sabía; así pues, permaneció tendido hasta que la vibración del metal retumbó y se alejó por segunda vez. Cuando Joachim pasó por su habitación para recogerle, Hans Castorp aún pretendía cambiarse de ropa, pero Joachim no se lo permitió. Detestaba y despreciaba la falta de puntualidad. ¿Cómo se iban a realizar progresos y recuperar la salud para poder volver al servicio —dijo— si ni siquiera se tenían energías para respetar los horarios de las comidas? Por supuesto, tenía razón, y Hans Castorp no pudo sino recordarle que él no estaba enfermo y que, en cambio, se moría de sueño. Se limitó a lavarse rápidamente las manos, y ambos bajaron al comedor por tercera vez en el día.

Afluían a él los huéspedes por las dos puertas principales. Entraban también por las puertas de la galería, que estaban abiertas, y pronto se hallaron todos sentados a las siete mesas, como si jamás las hubiesen abandonado. Tal era al menos la impresión que tenía Hans Castorp; una impresión puramente onírica e irracional, por supuesto, que su obnubilado cerebro, sin embargo, no pudo evitar por unos instantes y que incluso le resultó un tanto placentera; pues en el curso de la comida intentó recuperarla y obtuvo cada vez una ilusión perfecta. La anciana vivaracha se dirigía de nuevo en su particular galimatías al doctor Blumenkohl, que la escuchaba con expresión pensativa sentado diagonalmente frente a ella. Su delgada sobrina comía, por fin, algo que no era yogur, a saber: la espesa crema de avena que las criadas habían servido en los platos, aunque no tomó más que algunas cucharadas y se dejó el resto. La hermosa Marusja se llevó a la boca el pañuelo, que despedía un suave olor a mandarina, para ahogar su risa. Miss Robinson leía las mismas cartas de caligrafía redondeada que había leído por la mañana. Al parecer, no sabía una sola palabra de alemán y no tenía intención alguna de aprenderlo. Por caballeresca deferencia, Joachim dijo algo sobre el tiempo en inglés, a lo que ella contestó con monosílabos al tiempo que masticaba, para sumirse de nuevo en el silencio. En cuanto a la señora Stöhr, enfundada en su blusa de lana escocesa, aquella mañana había sido sometida a un reconocimiento médico y daba cuenta de ello con una afectación vulgar, subiendo el labio superior y dejando a la vista sus dientes de conejo. Se quejaba de que, a la derecha, en la parte superior, todavía notaba ruidos; además, bajo el hombro izquierdo, su respiración era muy débil; así pues, debería permanecer allí otros cinco meses, según le había dicho el «viejo». En su ignorante vulgaridad llamaba al doctor Behrens el «viejo». Por otra parte, estaba indignada porque aquel día el «viejo» no se hallara sentado a su mesa. Según la *tournée* —se refería sin duda al turno— ese día tocaba comer allí, pero de nuevo, el «viejo» se había sentado a la mesa vecina de la izquierda (en efecto, allí se encontraba el doctor Behrens juntando sus enormes manos sobre el plato). Claro, ésa era la mesa de la rolliza señora Salomon, de Amsterdam, que todos los días acudía muy escotada al comedor, y, claro, eso le debía de causar gran placer al «viejo», aunque ella, la señora Stöhr, no lo comprendía, ya que en las visitas médicas él tenía ocasión de ver cuanto quisiera del cuerpo de la señora Salomon. Más adelante refirió en un tono de confidencia que, la noche anterior, en la sala de reposo —que se hallaba en la terraza del tejado— alguien había visto apagar la luz, y con una intención que la señora Stöhr calificó de «transparente». El «viejo» se había dado cuenta y se había enfadado tanto que le habían oído en todo el sanatorio. Naturalmente, esta vez tampoco se había descubierto al culpable, aunque no era necesario haber ido a la universidad para adivinar que había sido el capitán Miklosich, de Bucarest, para quien nunca estaba lo bastante oscuro cuando se hallaba en compañía de una mujer; un hombre completamente inculto, por más que llevara corsé; un depredador por naturaleza, sí: un «depredador», repitió la señora Stöhr con voz ahogada mientras el sudor perlaba su frente y su labio superior. En cuanto a las relaciones que el capitán mantenía con la mujer del cónsul general Wurmbrandt, de Viena, todo Davos estaba enterado, desde el pueblo a la plaza; así que era absurdo hablar de «relaciones secretas». Pues no sólo acudía el capitán a la habitación de la mujer del cónsul a veces ya por la mañana, cuando ella se encontraba aún acostada, asistiendo luego a su *toilette*, sino que el martes anterior no había salido de ella hasta las cuatro de la madrugada... La enfermera del joven Franz, el paciente del número 19, que hacía poco había tenido problemas con el neumotórax, le había sorprendido *in fraganti*, y en su turbación él se había equivocado de puerta, de manera que había entrado en el cuarto del abogado Paravant, de Dortmund... Finalmente, la señora Stöhr se entregó a prolijas consideraciones sobre un «instituto cósmico» que había allá abajo, en el pueblo y donde ella compraba su colutorio dental. Joachim mantenía la vista clavada en su plato.

La comida era tan excelente como copiosa. Contando la sustanciosa sopa, comprendía nada menos que seis platos. Después del pescado venía un sólido plato de carne con diversas guarniciones; luego un plato especial de verdura, carne de ave asada, un postre especial de natillas, tan rico o más que el de la víspera y, finalmente, queso y fruta. Cada fuente pasaba dos veces, y no en vano. Se llenaban los platos y se comía en las siete mesas; un apetito feroz reinaba bajo aquel techo, un hambre canina que hubiera sido observada con placer si, de algún modo, no hubiera resultado al mismo tiempo inquietante, repugnante incluso.

No sólo la manifestaban las personas alegres que charlaban y se tiraban bolitas de pan, sino también los taciturnos y los sombríos que, entre plato y plato, apoyaban la cabeza en las manos y miraban al vacío. Un adolescente, en la mesa de la izquierda, un colegial a juzgar por su edad, con las mangas demasiado cortas y gafas de redondos y gruesos cristales, iba cortando en pequeños pedazos todo lo que amontonaba en el plato, y lo reducía, antes de comérselo, a una papilla informe; luego se inclinaba sobre ello y comenzaba a devorar, pasándose ocasionalmente la punta de la servilleta por debajo de las gafas para secarse los ojos, no se sabía si de lágrimas o sudor.

Durante aquella comida principal se produjeron dos incidentes que despertaron el interés de Hans Castorp, en la medida que su estado lo permitía. En primer lugar, la puerta de cristalera volvió a dar un portazo —fue cuando comían el pescado—. Hans Castorp se estremeció, molesto, y con ansiosa rabia se dijo que esa vez tenía que conocer al culpable. No sólo lo pensó, sino que lo articuló en voz baja, tan en serio lo había tomado.

—¡Tengo que saberlo! —murmuró con una pasión tan exagerada que miss Robinson y la institutriz le miraron extrañadas.

Y, a tiempo, se volvió hacia la izquierda y abrió cuanto pudo sus ojos inyectados en sangre.

Era una mujer quien atravesaba la sala, más bien una joven, de mediana estatura, vestida con un suéter blanco y una falda de color, con el cabello rubio rojizo peinado en dos trenzas recogidas. Hans Castorp apenas pudo ver nada del perfil de su rostro. Andaba sin hacer ruido, lo cual no dejaba de ser una enorme contradicción frente a su estrepitosa entrada; se desplazaba con un singular sigilo y con la cabeza un poco inclinada hacia la última mesa de la izquierda, la que estaba justo en perpendicular a la galería, la mesa de los rusos distinguidos, y ocultaba una mano en el bolsillo de su ajustado suéter mientras se llevaba la otra a la nuca para arreglarse el peinado. Hans Castorp miró esa mano, pues se fijaba mucho en las manos de la gente y solía observar esa parte del cuerpo cada vez que le presentaban a alguien. Aquella mano no era una mano especialmente femenina, una mano bien cuidada y refinada, como las de las mujeres de la clase social de Hans Castorp. Era una mano bastante ancha, con los dedos cortos; tenía algo de pueril y primitivo, parecía la mano de una colegiala. Sus uñas obviamente no conocían la manicura, estaban cortadas fatal, como las de una colegiala, y la piel de los bordes parecía un poco encallecida, como si se diese al pequeño vicio de morderse las uñas. Hans Castorp más bien lo intuyó, pues en realidad no lo había visto... la distancia era demasiado grande. La joven saludó con la cabeza a sus compañeros de mesa y se sentó, volviendo la espalda a la sala, al lado del doctor Krokovski, que presidía aquella mesa. Luego se volvió, aún con la mano en los cabellos, y miró un momento a los comensales, lo cual permitió ver a Hans Castorp que tenía anchos pómulos y ojos pequeños. El vago recuerdo de algo y de alguien le conmovió ligera y fugazmente al ver aquello...

—¡Una mujer, naturalmente! —murmuró Hans Castorp para sí, aunque de nuevo lo hizo tan claramente que la institutriz, la señorita Engelhart, entendió lo que decía. La frágil solterona sonrió turbada.

—Es la señora Chauchat —dijo—. ¡Es tan descuidada! Una mujer fascinante.

Y al mismo tiempo el rosa aterciopelado de las mejillas de la señorita Engelhart subió de tono, como le ocurría siempre que abría la boca.

—¿Francesa? —preguntó Hans Castorp con severidad.

—No, es rusa —respondió la señorita Engelhart—. Tal vez su marido sea francés o de origen francés, no lo sé.

Hans Castorp, aún irritado, preguntó si era aquel caballero de hombros caídos de la mesa de los rusos distinguidos. Y la institutriz le respondió que no, que no estaba allí, que no había ido nunca y no le conocían.

—¡Debería cerrar la puerta como Dios manda! —dijo Hans Castorp—. Siempre da un portazo. ¡Qué poca educación...!

El segundo incidente consistió en que el doctor Blumenkohl abandonó la sala por unos instantes... y eso fue todo. De repente, la expresión de repugnancia de su rostro se acentuó, se quedó mirando a un punto concreto más inquieto que de costumbre y después, con un gesto discreto, echó su silla hacia atrás y salió. Y en ese momento se hizo patente la enorme incultura de la señora Stöhr, pues, posiblemente, por la mera satisfacción de saberse menos enferma que Blumenkohl, no pudo evitar glosar su salida con un comentario entre compasivo y despectivo.

—¡El pobre! —exclamó—. Poco le falta para estar criando malvas. ¡Otra vez tiene que ir a hacer una visita a «Enrique el azul»!

Y dijo aquella expresión tan grotesca, «Enrique el azul», sin ningún reparo, con gesto cerril e ignorante, y Hans Castorp sintió una mezcla de horror y risa cuando la oyó. Por otra parte, el doctor Blumenkohl volvió al cabo de unos minutos con la misma discreción con la que había salido, se sentó de nuevo y siguió comiendo. También comía mucho: repetía de cada plato, sin decir palabra y con una expresión preocupada y hermética.

Terminó la comida. Gracias a la habilidad del servicio —la enana se movía con especial rapidez— no habría durado más de una hora cumplida. Hans Castorp, respirando con dificultad y sin saber cómo había subido, se encontró de nuevo tendido sobre su excelente *chaise-longue*, en el balcón, pues al terminar la comida había cura de reposo hasta la hora del té. Ésta era incluso la más importante del día y se observaba severamente. Entre las dos mamparas de cristal esmerilado que le separaban de Joachim, por un lado, y del matrimonio ruso por el otro, descansó en un estado de duermevela, con el corazón palpitante y respirando por la boca. Cuando usó su pañuelo vio que estaba manchado de sangre, pero no tuvo fuerzas para inquietarse, a pesar de su naturaleza aprensiva y sus manías hipocondríacas. De nuevo había encendido un María Mancini y esta vez se lo fumó entero con esperanzas de que le supiese a algo. Mareado y angustiado, fantaseaba sobre las extrañas circunstancias en que se encontraba allí arriba. Dos o tres veces su pecho se estremeció sacudido por una risa interna, pensando en la espeluznante expresión de que se había servido la inculta señora Stöhr.

El señor Albin

En el jardín, la bandera con el caduceo ondeaba al viento. El cielo volvía a estar cubierto y uniforme. El sol había desaparecido y se había levantado un frío casi desapacible. La sala de reposo parecía llena, el alboroto de risas y voces llegaba desde el piso de abajo.

—Señor Albin, se lo ruego, haga el favor de guardar ese cuchillo, no vaya a ocurrir una desgracia —se oyó suplicar en broma a una aguda voz de mujer.

—Querido señor Albin, por amor de Dios, apiádese de nuestros nervios y llévese de nuestra vista ese instrumento criminal —intervino otra; tras lo cual, un joven rubio que estaba sentado de lado en la primera tumbona con un cigarrillo en la boca, replicó con tono impertinente:

—¡Jamás! ¡Creo que las señoras me permitirán jugar un poco con mi cuchillo! Sí, claro, es un cuchillo muy afilado. Lo compré a un mago ciego en Calcuta. Se lo tragaba e inmediatamente su lazarillo iba a desenterrarlo a cincuenta pasos de distancia. ¿Quieren verlo? Corta mucho más que una navaja de afeitar. Basta con tocar la hoja y la carne se corta como manteca. Esperen, se lo mostraré de cerca...

Y el señor Albin se puso de pie. Todas prorrumpieron en estridentes gritos.

—¡Pero, bueno! Está bien, iré por mi revólver, tal vez les interese más —dijo el señor Albin—. ¡Un arma formidable! De una fuerza de percusión... Voy a buscarla a mi cuarto.

—¡Señor Albin, señor Albin, no haga eso! —rogaron varias

voces gallináceas. Pero el señor Albin ya salía de la sala de reposo en dirección a su cuarto; era muy joven y desgarbado, con una cara rosada e infantil, enmarcada por unas pequeñas patillas.

—Señor Albin —exclamó una mujer tras él—, es mejor que busque su abrigo y se lo ponga. Hágalo por mí. Ha pasado seis semanas en cama con neumonía y ahora está aquí, al aire libre, a cuerpo, ni siquiera se tapa, y, encima, fuma cigarrillos. Eso es tentar a Dios, señor Albin, se lo aseguro.

Pero él no hizo más que reír con sarcasmo mientras se alejaba, y a los pocos minutos, volvió con su revólver. Las mujeres volvieron a chillar aún más excitadas que antes, y se oyó cómo algunas de ellas, al intentar saltar de la silla, se enredaron con la manta y cayeron al suelo.

—Miren qué pequeño es y cómo brilla... —dijo el señor Albin—; y si aprieto aquí, muerde. —Se oyeron nuevos chillidos—. Está cargado, por supuesto —aclaró el señor Albin—. En el tambor hay seis balas y a cada disparo se introduce una en la recámara. Por otra parte, no lo he comprado para jugar —añadió cuando se dio cuenta de que el interés decaía; luego se metió el revólver en el bolsillo interior de su chaqueta y volvió a sentarse en su tumbona, cruzando las piernas, mientras encendía otro cigarrillo—. ¡No lo he comprado para jugar! —repitió, y apretó los labios.

—¿Para qué, pues? ¿Para qué? —preguntaron unas voces temblorosas que imaginaban lo peor.

—¡Qué horror! —exclamó de pronto una de ellas, diferenciándose sobre las demás.

El señor Albin asintió con la cabeza.

—Veo que comienzan a entender —dijo—. En efecto, para eso mismo me lo he comprado —añadió a la ligera después de dar una intensa chupada a su cigarrillo y volver a expulsar el humo, a pesar de su reciente neumonía—. Lo tengo para el día en que todo esto empiece a resultarme demasiado aburrido, y en el cual tendré el honor de despedirme de ustedes con mis

mayores respetos. Es muy sencillo. Lo he estudiado detenidamente y ya sé cuál es la mejor manera de liquidar el asunto.
—Al pronunciar la palabra «liquidar» se oyó un grito—. El
corazón queda descartado; además, apuntar ahí no me resultaría
muy cómodo... Prefiero eliminar la conciencia en su mismo
centro, injertando una pequeña y hermosa bala en este órgano
tan interesante...

Y el señor Albin señaló con el dedo índice su cabeza rubia
de cabellos cortados al rape.

—Hay que apoyarlo aquí —sacó de nuevo el revólver
cromado de su bolsillo y se golpeó suavemente la sien con
el cañón—, aquí, sobre la arteria. Incluso sin espejo es muy
fácil...

Se escucharon múltiples protestas y súplicas entre las cuales
aun se mezcló un violento sollozo.

—Señor Albin, señor Albin, ¡apártese ese revólver de la
sien! ¡Da angustia verlo! ¡Señor Albin, usted es joven, se cu-
rará, volverá a la vida y gozará de la estima de todos, se lo
aseguro! Póngase el abrigo, échese a descansar, siga su tratamiento. No despida de mala manera al masajista cuando venga
a darle friegas con alcohol. Deje de fumar, señor Albin, es-
cúchenos, se lo suplicamos por amor a su vida, ¡a su joven y
preciosa vida!

Pero el señor Albin no se conmovía por nada.

—No, no —dijo—, déjenme, ya está bien, se lo agradezco.
Jamás he negado nada a una mujer, pero comprenderán que
es inútil intentar detener la rueda de mi destino. Estoy aquí
desde hace tres años. Estoy harto y no tengo ganas de seguir
más este juego. ¿Qué me pueden reprochar? ¡Incurable, señoras
mías, mírenme, tal como me ven estoy desahuciado! Ni el
mismo consejero áulico, por mera cuestión de honor, se atreve
ya a ocultarlo. Concédanme, pues, gozar del poquito de libertad
que de ello resulta. Es como en el colegio, cuando ya estaba
decidido que ibas a repetir curso y ya no te preguntaban la
lección ni tenías que hacer nada. En esa feliz situación me en-

cuentro. No tengo necesidad de hacer nada, ya no cuento, me río de todo... ¿Quieren chocolate? ¡Sírvanse! Tengo montones de chocolate en mi cuarto. Ocho bomboneras, cinco tabletas de Gala Peter y cuatro libras de chocolate Lindt. Me lo enviaron las damas del sanatorio durante mi neumonía.

Una potente voz de bajo llamó al orden desde alguna parte. El señor Albin se echó a reír; era una risa frívola y desgarrada al mismo tiempo. Luego reinó el silencio en la sala de reposo, un silencio tan profundo como si el sueño o los fantasmas lo hubiesen invadido todo, y las palabras del señor Albin resonaron extrañas a través de este silencio. Hans Castorp escuchó atentamente hasta que se extinguieron por completo y, aunque no terminaba de ver si el señor Albin era un fanfarrón o no, no pudo evitar cierto sentimiento de envidia hacia él. El símil de la vida escolar le había causado una viva impresión, pues él mismo había tenido que repetir el segundo curso y recordaba aquella sensación de dejadez un tanto humillante, aunque también divertida y agradable, de la que disfrutó durante el cuarto trimestre, una vez pudo abandonar la competición y reírse «de todo». Como sus pensamientos eran confusos, es difícil dar detallada cuenta de ellos. En suma, pensaba que el honor tenía importantes ventajas, pero que el deshonor tenía las mismas; es más, que las de éste eran casi ilimitadas. Y mientras intentaba ponerse en el lugar del señor Albin e imaginar cómo sería liberarse definitivamente del peso del honor y disfrutar eternamente las ventajas sin límites del deshonor, un extraño sentimiento de gozo salvaje se apoderó de él, y los latidos de su corazón se aceleraron aún más por unos instantes.

SATÁN HACE PROPOSICIONES INDECENTES

Luego se quedó traspuesto.

Por su reloj de bolsillo, eran las tres y media cuando le

despertó una conversación al otro lado de la mampara de cristal. El doctor Krokovski, que a aquella hora hacía su ronda sin la compañía del médico jefe, hablaba en ruso con el matrimonio maleducado, se informaba, al parecer, del estado del marido y les pedía la tabla de las temperaturas. Luego, en cambio, no continuó su visita a lo largo de la veranda, pues evitó el cuarto de Hans Castorp y volvió por dentro para entrar en el cuarto de Joachim por la puerta del pasillo. Hans Castorp se sintió un poco molesto al darse cuenta de que el doctor Krokovski daba un rodeo para no verle y le dejaba allí tumbado, a pesar de que no deseaba en modo alguno encontrarse con él cara a cara. Claro, él estaba sano y no se le tenía en cuenta —pensó—, y allí arriba, entre aquella gente, quien tenía el honor de estar sano no ofrecía el menor interés y no contaba para nada; y eso irritaba al joven Castorp.

Tras pasar dos o tres minutos con Joachim, el doctor Krokovski continuó su visita a lo largo del balcón. Hans Castorp oyó decir a su primo que ya era hora de levantarse y prepararse para la merienda.

—Está bien —dijo, y se levantó.

Pero sentía un ligero mareo por haber permanecido tanto tiempo echado y aquel desasosegado duermevela había encendido de nuevo su rostro, a pesar de que por lo demás se sentía escalofriado, tal vez por no haberse tapado bastante.

Se lavó la cara y las manos, se atusó el cabello y la ropa y se encontró con Joachim en el corredor.

—¿Has oído a ese señor Albin? —preguntó mientras bajaban juntos por la escalera.

—Naturalmente —dijo Joachim—. A ese tipo habría que meterle en cintura. Nos amarga la siesta con su cháchara y excita a las señoras hasta el punto de retrasar su curación durante semanas. Es una grave insubordinación. Pero ¿quién va a denunciarlo? Por otra parte, sus disparates son muy bien recibidos, pues sirven de distracción a la mayoría.

—¿Crees posible —preguntó Hans Castorp— que diga en serio lo de «liquidar el asunto», como él dice, y que se pegue un tiro en la cabeza?

—Hombre, imposible no es —contestó Joachim—. Aquí ocurren estas cosas. Dos meses antes de mi llegada, un estudiante que llevaba aquí mucho tiempo se ahorcó en el bosque de ahí enfrente después de un reconocimiento general. Durante mis primeros días, aún se hablaba del asunto.

Hans Castorp bostezó excitado.

—Ya veo. Yo tampoco me encuentro muy bien entre vosotros —explicó—. He de reconocerlo. Es posible que no pueda quedarme, ¿sabes?, que me vea obligado a marcharme. ¿Te enfadarías conmigo?

—¿Marcharte? ¡Ni se te ocurra! —exclamó Joachim—. No digas tonterías. ¡Si acabas de llegar! ¿Cómo puedes juzgar si no llevas aquí más que un día?

—¡Dios mío! ¿Aún no ha pasado mi primer día? Tengo la sensación de estar aquí arriba desde hace tiempo, desde hace mucho tiempo...

—No empieces otra vez con tus divagaciones sobre el tiempo —dijo Joachim—. Ya me mareaste bastante esta mañana.

—No te preocupes, lo he olvidado todo —respondió Hans Castorp—. El planteamiento entero. Por otra parte, no tengo la cabeza muy clara en este momento, ya se me ha pasado. Así que ahora nos toca la merienda...

—Sí, y luego daremos un paseo hasta el banco de esta mañana.

—¡Vayamos, pues! Pero espero que no volvamos a encontrarnos con Settembrini. Creo que hoy no estoy para más conversaciones filosóficas, eso ya te lo aviso.

En el comedor se servían las bebidas habituales a esas horas. Miss Robinson tomaba su infusión de escaramujo, de color rojo sangre, mientras su sobrina comía yogur. También había leche, té, café, chocolate y hasta caldo de carne; y, en todas las mesas, los pacientes que después de la copiosa comida habían pasado dos horas echados, se afanaban en untar mantequilla sobre grandes rebanadas de bizcocho de pasas.

Hans Castorp había pedido té y mojaba bizcochos. Probó también un poco de mermelada. Observó atentamente el bizcocho de pasas, pero se estremeció literalmente ante la idea de comérselo. Por cuarta vez volvía a ocupar su sitio en el comedor, en aquel salón abigarrado y anodino al mismo tiempo, con sus siete mesas. Un poco más tarde, hacia las siete, se sentaría allí por quinta vez, en esta ocasión para cenar. El intervalo, corto e insignificante, fue aprovechado para pasear hasta el banco de la ladera escarpada de la montaña, cerca del riachuelo —el camino estaba muy concurrido a aquella hora, de modo que los dos primos tuvieron que saludar muy a menudo a otros enfermos—, y para una corta cura de reposo en el balcón. Hans Castorp tiritaba.

Para cenar se cambió de traje y, sentado entre miss Robinson y la institutriz, tomó sopa juliana, carne asada y empanada con guarnición, dos trozos de una tarta que llevaba de todo: masa de hojaldre, crema de mantequilla, chocolate, compota y mazapán, y un excelente queso sobre una rebanada de pan negro. De nuevo acompañó las viandas con una botella de cerveza Kulmbach. Pero cuando se hubo bebido la mitad de aquel enorme vaso, se dio cuenta de que el lugar que le convenía era la cama. Le zumbaba la cabeza, los párpados le pesaban como el plomo, el corazón le latía como un pequeño tambor y, para mayor tormento, imaginaba que la hermosa Marusja, inclinada hacia delante y ocultando su rostro con la mano del anillo del rubí, se reía de él; y eso que él había hecho toda clase de esfuerzos para no darle ningún motivo. Como de muy lejos, oía la voz de la señora Stöhr contando o porfiando algo que le pareció tan disparatado que le asaltaron terribles dudas sobre si habría oído bien o si acaso no había sido su propia mente la que había transformado aquellas palabras en disparates. Según decía la buena señora, sabía preparar veintiocho salsas de pescado diferentes, y tenía el valor de confesarlo a pesar de que su marido le había advertido que no hablase de ello: «¡No hables de eso! —le había dicho—. Nadie te creerá, y si lo hacen, pensarán que es ridículo». Sin embargo, ese día, ella quería confesar abiertamente que sabía preparar nada más y nada menos que veintiocho salsas de pescado distintas. Al pobre Hans Castorp le pareció espantoso, sintió un escalofrío, se llevó la mano a la frente y olvidó masticar y tragar el pedazo de pan negro con queso Chester que tenía en la boca. Aún seguía con él en la boca cuando se levantaron de la mesa.

Salieron por la puerta de cristales de la izquierda, aquella puerta fatal que solía cerrarse de un portazo y que daba directamente al vestíbulo. Casi todo el mundo salió por el mismo sitio, pues resultaba que a aquella hora, después de la cena, tenía lugar una especie de reunión en el vestíbulo y en los salones cercanos. La mayoría de los pacientes permanecía en pie, charlando en pequeños grupos. En algunas mesas plegables, abiertas para la ocasión, se jugaba al dominó o al bridge, y entre los jugadores —sólo gente joven— se hallaban el señor Albin y Herminie Kleefeld. En el primer salón había unos cuantos aparatos ópticos curiosos: en primer lugar, un estereoscopio, una especie de linterna mágica a través de cuyas lentes se veían las fotografías dispuestas en el interior, como por ejemplo un gondolero veneciano que parecía un autómata; en segundo lugar, un caleidoscopio en forma de catalejo que ponía en movimiento una fantasmagoría multicolor de estrellas y arabescos mientras se accionaba suavemente una ruedecilla; finalmente, un tambor móvil en el que se introducían bandas cinematográficas y por cuyas rendijas se veía a un molinero que se pegaba con un deshollinador, a un maestro que castigaba a un alumno, o las acrobacias de un equilibrista en la cuerda floja y una parejita de campesinos bailando una alemanda. Hans Castorp, con sus manos heladas sobre las rodillas, pasó bastante tiempo curioseando cada uno de aquellos artilugios. Luego estuvo un rato junto a la mesa de bridge, en la que el incurable señor Albin barajaba las cartas con una sonrisa desdeñosa en los labios y ademanes de hombre de mundo por encima del bien y del mal. Sentado en un rincón de la habitación estaba el doctor Krokovski, enfrascado en una cordial y espontánea conversación con un grupo de señoras, entre las que se encontraban la señora Stöhr, la señora Iltis y la señorita Levy. Los habituales de la mesa de «los rusos distinguidos» se habían retirado al pequeño salón adyacente, que sólo estaba separado de la sala de juego por unas cortinas, y formaban allí una especie de club privado. Además de madame Chauchat, lo constituían un caballero lánguido, de bigote rubio y gestos displicentes, pecho cóncavo y ojos saltones; una joven muy morena, muy original y con gran sentido del humor, que llevaba pendientes de oro y el cabello revuelto y lanoso; el doctor Blumekohl, que se había unido a ellos, y dos jovencitos de hombros caídos. Madame Chauchat llevaba un vestido azul con cuello blanco de encaje. Formaba el centro del círculo, sentada en el sofá detrás de una mesa camilla al fondo de la pequeña sala, y volvía el rostro hacia la sala de juego. Hans Castorp, que no podía evitar mirar con reproche a aquella mujer impertinente, pensaba: «Me recuerda a alguien y no sabría decir...». Un individuo alto, de unos treinta años, cuyos cabellos comenzaban a clarear, tocó tres veces seguidas la marcha nupcial del *Sueño de una noche de verano*, al pequeño piano marrón y, a petición de algunas damas, comenzó a tocarla una cuarta, después de haber mirado fijamente a los ojos a todas y cada una de ellas.

–¿Me permite preguntarle cómo se siente, señor ingeniero? –preguntó Settembrini, quien, paseando distraídamente con las manos en los bolsillos entre los huéspedes, se había aproximado a Hans Castorp.

Seguía llevando su levita gris y su pantalón de cuadros claros. Sonrió al dirigir la palabra a Hans Castorp, y éste volvió a sentir una especie de lucidez repentina a la vista de aquellos finos labios que se curvaban con gesto burlón bajo los bigotes negros de puntas retorcidas. Hay que decir que miró al italiano con una expresión bastante estúpida, con la boca entreabierta y los ojos enrojecidos.

—¡Ah, es usted! —dijo—. El caballero que hemos encontrado esta mañana... junto al banco... Por supuesto, le he reconocido enseguida. ¿Sabe que al verle —continuó diciendo aun a sabiendas de que no debía hacerlo— le tomé por un organillero? Fue un completo disparate, claro —añadió al ver que Settembrini le lanzaba una mirada fría y penetrante—, en una palabra: ¡una enorme tontería! Todavía no comprendo por qué razón...

—No se preocupe, no tiene importancia —contestó Settembrini tras observar al joven en silencio por un momento—. Y ¿cómo ha pasado el día de hoy, el primero de su estancia en este lugar de recreo?

—Gracias por su interés. Supongo que conforme al reglamento. Principalmente en «posición horizontal», como gusta usted de decir.

Settembrini sonrió.

—Es posible que me haya expresado así en alguna ocasión —dijo—. Y bien, ¿le parece divertida nuestra forma de vida?

—Divertida, aburrida, según... —respondió Hans Castorp—. A veces resulta difícil distinguir ambos conceptos. Sin embargo, no puedo decir que me haya aburrido. Hay que reconocer que reina gran animación aquí arriba, entre ustedes. Se oyen tantas cosas nuevas y curiosas. Y, sin embargo, no tengo la sensación de llevar aquí sólo un día sino mucho tiempo, como si ya me hubiese vuelto más viejo y sabio... o así me lo parece.

—¿Más sabio? —inquirió Settembrini, y arqueó las cejas—. ¿Me permite una pregunta...? ¿Cuántos años tiene?

Y, hete aquí que, por extraño que parezca, Hans Castorp no pudo recordar la edad que tenía. En aquel momento, no supo decir la edad que tenía por más que se esforzó hasta la desesperación en recordarlo. Para ganar tiempo hizo que Settembrini le repitiera la pregunta y luego dijo:

—Yo, pues... tengo veinticuatro años. Bueno, pronto cumpliré veinticuatro. Le ruego que me disculpe, estoy cansado —dijo—, y le aseguro que cansancio es poco para expresar cómo me encuentro. ¿Ha tenido alguna vez la sensación de estar soñando, saber que se está soñando, querer despertar y no conseguirlo? Eso es exactamente lo que me pasa. Será que tengo fiebre; de lo contrario, no lo entiendo. ¿Se puede creer que tengo los pies helados hasta las rodillas? Claro que las rodillas ya no son los pies. Discúlpeme, estoy tremendamente confundido; aunque tampoco tiene nada de extraño cuando, en la misma mañana de su llegada, le silban a uno por el..., por el... neumotórax, y luego escucha las cosas que dice ese tal señor Albin... y, para colmo, en posición horizontal. Imagínese, es como si ya no pudiera fiarme de mis cinco sentidos, y he de decir que eso me perturba mucho más que el calor que siento en la cara y el frío que siento en los pies. Dígame abiertamente: ¿cree posible que la señora Stöhr sepa preparar veintiocho salsas de pescado? No me refiero a si es capaz de prepararlas (de eso no me cabe duda), sino a si realmente lo ha dicho hace un momento en la mesa o si es que yo lo he imaginado.

Settembrini le miraba. Parecía que no le escuchaba. De nuevo, sus ojos se habían «quedado clavados», fijos en una dirección y ciegos, al igual que por la mañana, dijo tres veces: «¡Vaya, vaya, vaya!», con una expresión a la vez soñadora y burlona, haciendo silbar las consonantes.

—¿Veinticuatro ha dicho? —preguntó luego.

—No, veintiocho —contestó Hans Castorp—. ¡Veintiocho salsas de pescado...! No son salsas en general, no, son salsas para pescado exclusivamente. ¡Eso es lo escalofriante del asunto!

—Mi querido ingeniero —dijo Settembrini, indignado y con un tono de reproche—, tranquilícese y déjeme en paz con esas sandeces. No sé nada de ello, ni quiero saberlo. ¿Veinticuatro años ha dicho? Hum... Permítame que le haga una nueva pregunta y una proposición sin que sirva de precedente... Como su estancia aquí no parece convenirle y no se siente bien entre nosotros, ni física ni psíquicamente, si no me engaño, ¿qué le parecería si renunciase a envejecer aquí, es decir, si hiciera las maletas esta misma noche y escapara mañana por la mañana en el expreso regular?

—¿Cree que debo marcharme? —preguntó Hans Castorp—. ¡Si acabo de llegar! ¡Hombre, no! ¿Cómo puedo juzgar el primer día?

Al pronunciar estas palabras miró casualmente hacia la otra habitación y vio de frente a la señora Chauchat, con sus ojillos pequeños y sus pómulos anchos. «¿A quién me recordará...?», pensó. Pero su cabeza fatigada no supo contestar a esta pregunta a pesar de sus esfuerzos.

—Naturalmente, no me resulta fácil adaptarme a ustedes, los de aquí arriba —continuó diciendo—. Era previsible, pero tirar la toalla sólo por sentirme confundido y acalorado, creo que me avergonzaría, que me tacharía a mí mismo de cobarde; además, no tendría sentido, no sería razonable... Usted mismo lo ha dicho...

De repente, hablaba acaloradamente, con agitados movimientos de hombros, y como si intentase convencer al italiano de que retirase formalmente su propuesta.

—Me descubro ante la razón —respondió Settembrini—. También me descubro ante el valor, por supuesto. Lo que usted dice es razonable, sería difícil oponer un argumento de fuerza. También he visto casos de adaptación asombrosos. Por ejemplo, el año pasado, el de la señorita Kneifer, Ottilie Kneifer, perteneciente a una excelente familia, hija de un alto funcionario del Estado. Llevaba al menos año y medio aquí, y se había adaptado tan perfectamente que cuando se recuperó (pues, en efecto, a veces se cura uno aquí arriba) no quería marcharse de ninguna manera. Rogó encarecidamente al médico jefe que la retuviese aquí, le dijo que no podía ni quería irse a casa, que ésta era su casa y que aquí se sentía feliz; pero como había mucha demanda y se necesitaba su habitación, sus ruegos fueron vanos y todos estaban de acuerdo en darle el alta. De pronto, Ottilie volvió a tener fiebre, le subió la curva de la temperatura de un modo alarmante. Pero descubrieron el engaño cambiándole el termómetro por una «enfermera». ¿Sabe lo que es eso...? No, claro que no. Es un termómetro sin cifras que el médico verifica personalmente midiendo la columna de mercurio y anotando él mismo la temperatura en la tabla. Ottilie, señor mío, tenía 36,9. Así pues, no tenía fiebre. Luego decidió bañarse en el lago (eso fue a principios de mayo, por las noches helaba y el agua estaba extremadamente fría, a unos pocos grados nada más), y permanecía bastante tiempo en el agua con idea de contraer alguna enfermedad. Y ¿cuál fue el resultado? Continuó completamente sana. Se marchó tristísima y desesperada, impasible ante las palabras de consuelo de sus padres. «¿Qué voy a hacer allá abajo?», repetía. «¡Éste es mi hogar!» No sé qué habrá sido de ella... Pero me parece que no me está escuchando, mi querido ingeniero. Parece tener dificultades para mantenerse en pie, si no me engaño. Teniente, aquí tiene a su primo —dijo volviéndose hacia Joachim, que se acercaba en ese momento—. Llévele a la cama. Es razonable y valiente pero esta noche está un poco débil.

—No, no —aseguró Hans Castorp—, lo he oído todo. Ya sé que «la enfermera muda» es una columna de mercurio sin cifras. ¡Como ve, me he enterado de todo!

A pesar de eso, entró en el ascensor con Joachim al mismo tiempo que otros pacientes. La vida social había terminado por aquel día, y todos se dirigieron a las salas comunes y a los balcones para la cura de reposo nocturna. Hans Castorp acompañó a Joachim a su habitación. El suelo del pasillo, cubierto con una alfombra de fibra de coco, se mecía suavemente bajo sus pies como un barco, pero no le resultó desagradable.

Se sentó en el gran sillón floreado de la habitación de Joachim —había uno igual en la suya— y encendió un María Mancini. Le supo a cola, a carbón y a otras cosas, pero no a lo que debía saber. A pesar de todo, siguió fumando mientras contemplaba cómo Joachim se preparaba para su cura de reposo, poniéndose su *litevka* y un abrigo viejo encima para luego salir al balcón con la lamparilla de su mesita de noche y la gramática rusa, instalarse en la tumbona, encender la lamparilla y, con el termómetro en la boca, comenzar a envolverse con asombrosa destreza en dos gruesas mantas de pelo de camello que había sobre la tumbona. Hans Castorp estaba realmente asombrado ante tan hábiles movimientos. Joachim comenzó echándose por encima las mantas, una después de otra, y luego se envolvió en ellas primero a lo largo, hasta los hombros, de izquierda a derecha; después los pies doblando la parte de abajo, y finalmente de derecha a izquierda hasta formar un paquete perfecto del que sólo asomaban la cabeza, los brazos y los hombros.

—Te das una maña increíble —dijo Hans Castorp.

—Es cuestión de práctica —contestó Joachim, sujetando el termómetro entre los dientes al hablar—. Tú también lo aprenderás. Es imprescindible que mañana compremos unas mantas para ti. Podrás usarlas también cuando vuelvas allá abajo, y aquí, entre nosotros, son indispensables, sobre todo teniendo en cuenta que no tienes cobertor de pieles.

—Pero si no tengo ninguna intención de echarme por las noches en la terraza —declaró Hans Castorp—. No, de ninguna manera, ya mismo te lo digo. Me parecería absurdo. Todo tiene sus límites. Además, de alguna manera tendré que demostrar que sólo estoy entre vosotros de visita. Me quedaré un rato contigo a fumarme el cigarro, como debe ser. La verdad es que me sabe a rayos, pero sé que es un buen puro y por hoy me contentaré con eso. Pronto serán las nueve; en realidad, es una pena que aún no lo sean. Cuando den las nueve y media podré meterme en la cama sin llamar demasiado la atención.

Sintió un escalofrío... uno, y luego varios seguidos. Hans Castorp se levantó de un salto y fue a mirar el termómetro colgado de la pared, como si tratase de sorprenderlo *in fraganti*. Según Réaumur la habitación estaba a nueve grados. Tocó el radiador y vio que estaba frío y muerto. Masculló unas palabras desordenadas que venían a decir, que, por más que fuera agosto, era una vergüenza no encender la calefacción, pues lo importante no eran los meses del calendario, sino la temperatura reinante, y ésta era tan baja que uno se helaba como un perro. No obstante, sus mejillas ardían. Se sentó y se levantó varias veces; murmurando, pidió permiso a Joachim para tomar el edredón de su cama y, sentado en el sillón, se abrigó las piernas. Permaneció así, temblando de frío y con la cara ardiendo, y se forzó a terminar de fumarse el repugnante cigarro. Le asaltó un malestar atroz; pensó que no se había sentido tan mal en toda su vida.

—¡Qué miseria! —murmuró. Y, sin embargo, por un instante le invadió también un sentimiento de esperanza y alegría exultante que, una vez pasó, le dejó sin otra ilusión que la de esperar que volviera. Pero no volvió, sólo quedó el inmenso malestar. Terminó, pues, por levantarse definitivamente, tiró el edredón de Joachim sobre la cama, y, torciendo la boca, farfulló algo como «Buenas noches», «¡Espero que no mueras de frío!» y «Ya vendrás a buscarme para el desayuno»; luego, tambaleándose por el pasillo, se dirigió a su habitación.

Al desnudarse se puso a canturrear, pero no era de alegría. De un modo maquinal, casi inconsciente, cumplió con los requisitos de la higiene nocturna, vertió unas gotas de su botellita de viaje de dentífrico rojo pálido en el vaso, se enjuagó discretamente, se lavó las manos con un jabón muy bueno y suave que olía a violeta y se puso su camisón largo de batista, con las iniciales H. C. bordadas en el bolsillo. Luego se metió en la cama y apagó la luz, dejando caer su ardiente y turbada cabeza sobre la almohada del lecho de muerte de la americana.

Se había acostado plenamente convencido de que se quedaría dormido de inmediato, pero resultó que se equivocaba; sus párpados, que hacía tan sólo un momento apenas podía mantener abiertos, ahora no querían cerrarse de ninguna manera, y se abrían solos, temblando con desasosiego en cuanto trataba de cerrar los ojos. «Claro, no es mi hora de acostarme», se dijo. Sin duda, había permanecido echado demasiado tiempo durante el día. Además, parecía que fuera estaban sacudiendo una alfombra... lo cual era poco verosímil y, de hecho, resultó no ser el caso en absoluto, pues los golpes que Castorp creía oír en el exterior, fuera de sí y muy lejos, como si alguien sacudiese una alfombra con un atizador de mimbre trenzado, no eran sino su propio corazón.

La habitación aún no estaba completamente a oscuras; el resplandor de las lamparillas de las terrazas (la de Joachim y la del matrimonio de la mesa de los rusos pobres) entraba por la puerta abierta de la veranda. Y mientras permanecía boca arriba intentando mantener los ojos cerrados, a Hans Castorp de pronto le vino a la cabeza una de las impresiones que había vivido durante el día; una observación que, por miedo y delicadeza, había tratado de olvidar de inmediato. Era la expresión que había adoptado el rostro de Joachim al hablar de Marusja y de sus cualidades físicas, aquella manera tan horrible de torcer la boca y aquellas manchas blanquecinas que le salían en las bronceadas mejillas. Hans Castorp comprendió perfectamente lo que aquello significaba. Lo comprendió desde una perspectiva nueva, tan profunda e íntima que el supuesto sacudidor de alfombras de allá afuera redobló tanto la velocidad como la intensidad de sus golpes y casi no dejaba oír la serenata nocturna procedente de Davos Platz, pues había un nuevo concierto en el hotel de abajo; una melodía de opereta cuadriculada y banal llegaba hasta él, a través de la noche, y Hans Castorp la silbaba susurrando (pues se puede silbar susurrando), mientras llevaba el compás con sus gélidos pies bajo el edredón de pluma.

Evidentemente, aquello no era lo más apropiado para dormirse, y Hans Castorp ya no sentía ningún deseo de hacerlo. Desde que había entendido de un modo nuevo y tan intenso por qué el rostro de su primo había cambiado de color, el mundo también le parecía nuevo, y aquel sentimiento de esperanza y alegría desbordante renació en lo más hondo de su ser. Además, esperaba algo sin plantearse exactamente qué. Pero cuando oyó que sus vecinos de la izquierda y la derecha habían terminado su cura y se disponían a sustituir su posición horizontal al aire libre por la misma posición en el interior, se dijo, muy convencido, que la pareja de bárbaros lujuriosos se estarían quietos. «Hoy dormiré tranquilo —pensó—. Esta noche se estarán quietos, estoy más que seguro.»

Pero no lo hicieron y, pensándolo bien, Hans Castorp tampoco había estado tan convencido; es más, a decir verdad, él personalmente no habría comprendido que se acostaran sin más y le dejasen dormir en paz. A pesar de todo, se deshizo en manifestaciones —mudas, eso sí— del más profundo asombro ante lo que oía. «¡Es inaudito! —exclamó sin voz—. ¡Qué monstruosidad! ¿Quién hubiera creído posible algo semejante?» Y, entremedias, sus labios acompañaban susurrando la banal melodía de opereta que llegaba hasta él.

Luego se quedó dormido. Pero con él vinieron también los aberrantes sueños —aún más aberrantes que la noche anterior—, en los que se sobresaltó más de una vez, asustado o angustiado ante alguna situación sin pies ni cabeza. Soñaba con el doctor Behrens, con sus rodillas torcidas y sus brazos rígidos, colgando de los hombros como los de un autómata, paseando por el jardín, ajustando sus largos pasos cansinos al compás de una lejana música marcial. Al detenerse el médico jefe ante Hans Castorp, llevaba unas gafas de gruesos cristales redondos y balbuceaba palabras sin sentido. «Un civil, naturalmente», decía y, sin pedir permiso, le bajaba el párpado a Hans Castorp tirando de él con los dedos índice y corazón de su enorme mano. «Un honorable civil, por lo que veo.

Pero no le falta talento, desde luego. No le falta talento para una cremación colectiva... No creo que escatime con el tiempo, con esos hermosos años de servicio aquí arriba, entre nosotros. En fin, caballeros, pónganse en marcha, a pasear...», exclamaba metiéndose sus dos enormes índices en la boca y silbando de una manera tan extrañamente armoniosa que desde diversas direcciones acudieron volando la institutriz y miss Robinson –pero en miniatura–, y se posaron sobre sus hombros, del mismo modo en que se sentaban en el comedor: a derecha e izquierda de Hans Castorp respectivamente. Y así, el médico jefe se marchó dando saltitos, enjugándose los ojos con un pañuelo por debajo de los cristales de las gafas, aunque en realidad no se sabía lo que quería enjugar, si sudor o lágrimas.

Luego soñó que estaba en el patio del colegio, donde durante tantos años había pasado los recreos y que pedía prestado un lápiz a madame Chauchat, que también estaba allí. Ella le daba un lápiz rojo gastado hasta la mitad y provisto de un capuchón de plata, y le advertía con una voz agradablemente ronca que se lo tenía que devolver sin falta al terminar la clase y, al mirarle con aquellos ojos achinados de color indefinido, entre verde, azul y gris, sobre los anchos pómulos, Hans Castorp salió violentamente de su sueño y despertó, pues por fin había descubierto y no quería olvidar a quién le recordaba con tanta viveza. Se apresuró a poner a buen recaudo su descubrimiento, pues sabía que el sueño y el soñar no tardarían en volver y, en efecto, al instante se encontró en la necesidad de escapar del doctor Krokovski, que le perseguía para hacer con él una disección psíquica, lo cual inspiraba a Hans Castorp un miedo atroz, un miedo ciertamente irracional. Huía del doctor cojeando, a través de los compartimientos del balcón con sus mamparas de cristal, y, arriesgando su vida, saltaba al jardín; corría hacia el oscuro mástil de la bandera y, en su desesperación, comenzaba a trepar por él cuando despertó sudoroso, justo en el momento en que su perseguidor le agarraba por una de las perneras del pantalón.

Sin embargo, apenas se calmó un poco y volvió a dormirse, siguió soñando lo siguiente: Intentaba empujar con el hombro a Settembrini, que estaba de pie y sonreía, con su gesto refinado, seco e irónico; y era precisamente esa sonrisa que se dibujaba allí donde el bigote se curvaba graciosamente hacia arriba lo que tanto molestaba a Hans Castorp. «Usted me molesta —se oía decir claramente a Settembrini—. Márchese; no es más que un organillero, usted estorba aquí.» Pero no había manera de que Settembrini se moviese del sitio y Hans Castorp también seguía allí de pie, reflexionando sin saber qué hacer, cuando, de manera totalmente inesperada, se le encendió una luz y comprendió lo que era el tiempo en realidad: una «enfermera muda», nada más que eso, una columna de mercurio sin cifras para los tramposos. Y entonces despertó con la firme intención de comunicar esta idea a Joachim al día siguiente.

La noche transcurrió en medio de tales aventuras y descubrimientos, y también Herminie Kleefeld, el señor Albin y el capitán Miklosich, que llevaba a la señora Stöhr en la boca y, a su vez, era traspasado con una lanza por el procurador Paravant, desempeñaron su disparatado papel en el sueño. Sin embargo, hubo un sueño que se repitió dos veces durante aquella noche, y ambas exactamente en la misma forma, la última de ellas ya de madrugada: Estaba sentado en la sala de las siete mesas cuando, de pronto, la puerta de cristales se abrió con un enorme estrépito y entró madame Chauchat con un suéter blanco, una mano en el bolsillo y la otra en la nuca. Pero en vez de dirigirse a la mesa de los rusos distinguidos, aquella mujer sin modales se dirigía sin decir palabra hacia Hans Castorp y le tendía la mano para que se la besase, pero no el dorso de la mano, sino la palma; Hans Castorp besaba aquella palma tan poco refinada, un poco ancha, de dedos cortos y piel callosa alrededor de las uñas. De nuevo le invadió de pies a cabeza aquella sensación de salvaje dulzura que había experimentado al pensar en liberarse del peso del honor y disfrutar de las infinitas ventajas del deshonor. Esa sensación volvió a tener Hans Castorp en su sueño, sólo que ahora con muchísima más intensidad.

4

UNA COMPRA NECESARIA

–¿Ya se os ha acabado el verano? –preguntó irónicamente Hans Castorp a su primo al tercer día.

El tiempo había empeorado de un modo muy brusco.

El segundo día que el visitante había pasado entero allá arriba había sido de un esplendor verdaderamente estival. El azul profundo del cielo brillaba por encima de las copas puntiagudas de los abetos, mientras que el pueblo, en el fondo del valle, resplandecía con una claridad diáfana, y el tintineo de los cencerros de las vacas que, deambulando aquí y allá, pacían la hierba corta y templada por el sol de las laderas, daba al ambiente una alegría pastoril.

Ya desde la hora del desayuno las señoras aparecieron vestidas con ligeras blusas de lino, algunas de ellas incluso con manga corta, lo cual no acababa de favorecer a todas (a la señora Stöhr, por ejemplo, le sentaba especialmente mal, ya que sus brazos eran demasiado gruesos y flácidos y las ropas vaporosas, sin duda, no estaban hechas para ella).

También la sección masculina del sanatorio había tenido en cuenta el espléndido tiempo a la hora de elegir sus trajes. Las chaquetas de alpaca y los trajes de hilo habían hecho su aparición y Joachim se había puesto un pantalón de franela de color marfil y una chaqueta azul, combinación que le confería un aire completamente militar. En lo que se refiere a Settembrini, había manifestado varias veces su intención de cambiar de traje.

–¡Diablos! –exclamó mientras paseaba después del almuerzo en compañía de los dos primos por una de las calles del pueblo–. ¡Cómo quema el sol! ¡Debería haberme cambiado de ropa!

Sin embargo, por más que lo dijera expresamente, seguía con su larga levita de anchas solapas y su pantalón a cuadros. Probablemente, éste era todo su vestuario.

Mas, al tercer día, pareció que la naturaleza había sido cambiada y que todo orden había quedado trastornado. Hans Castorp no daba crédito a lo que veía. Todo había empezado después de la comida; los internos llevaban veinte minutos de cura de reposo cuando el sol se ocultó en un instante; feas nubes de color barro cubrieron las cúspides del sudoeste y un viento extraño y frío, que penetraba hasta la médula de los huesos como si llegase de regiones glaciales y desconocidas, comenzó a barrer el valle. La temperatura descendió de golpe y se inauguró una nueva situación climatológica.

—Nieve —se oyó la voz de Joachim al otro lado de la mampara de cristales.

—¿Qué significa eso de «nieve»? —preguntó Hans—. Supongo que no estarás insinuando que ahora va a nevar.

—No me cabe duda —contestó Joachim—. Conocemos ese viento. Cuando sopla, podemos estar seguros de que pasearemos en trineo.

—¡Tonterías! —manifestó Hans Castorp—. Si no me equivoco, estamos a principios de agosto.

Pero Joachim estaba en lo cierto, pues conocía bien el entorno. Minutos más tarde estalló una formidable tempestad de nieve acompañada de incesantes truenos... un torbellino tan espeso que todo parecía envuelto en un vapor blanco y apenas se veían el pueblo y el valle.

Continuó nevando durante toda la tarde. Encendieron la calefacción central y, en tanto Joachim no abandonó la cura, recurriendo a su saco de pieles, Hans Castorp tuvo que refugiarse en el interior, acercó su sillón al radiador caliente y, meneando la cabeza con frecuencia, se dedicó a contemplar aquel vendaval. A la mañana siguiente había dejado de nevar, pero a pesar de que el termómetro en el exterior marcaba algunos grados sobre cero, aún quedaban varios centímetros de nieve, de modo que un perfecto paisaje invernal se extendía ante los ojos sorprendidos de Hans Castorp. Habían apagado de nuevo la calefacción. La temperatura de la habitación era de seis grados.

—¿Ya se ha acabado vuestro verano? —preguntó con una amarga ironía Hans Castorp a su primo.

—No se sabe —contestó Joachim con objetividad—. Si Dios quiere, aún gozaremos de hermosos días de verano. Incluso en septiembre esto es perfectamente posible. La cuestión es que aquí las estaciones no difieren mucho unas de otras, ¿sabes? Tienden a mezclarse sin tener en cuenta el calendario. A veces, en invierno, el sol es tan ardiente que uno rompe a sudar y tiene que desabrocharse el abrigo durante el paseo; y en verano... en fin, tú mismo ves lo que puede pasar aquí en verano. Y luego la nieve, que lo desbarata todo. Nieva en enero, pero no nieva menos en mayo, y en agosto también nieva, como habrás comprobado. En resumen: puede decirse que no pasa un mes sin que nieve, eso aquí es como una máxima. Hay días de invierno y días de verano, días de primavera y días de otoño, pero las estaciones propiamente dichas no existen aquí arriba.

—¡Pues menuda confusión! —dijo Hans Castorp.

Con chanclos y abrigo de invierno, bajó al pueblo en compañía de su primo, con objeto de comprarse mantas para la cura de reposo, pues era evidente que con aquel tiempo tan malo su manta de viaje resultaba insuficiente. Incluso se preguntó si sería oportuno comprar un saco de piel, aunque enseguida lo descartó, pues la idea le horrorizó.

—¡No, no! —dijo—. ¡Con las mantas será suficiente! Además, podré darles uso allá abajo. Las mantas son necesarias en todas partes, eso no tiene nada de particular ni sorprendente. Pero un saco de piel es algo demasiado especial, entiéndeme, si me comprase uno tendría la impresión de que me instalo aquí definitivamente, de que, en cierto modo, soy uno de los vuestros. En una palabra: no vale la pena comprar un saco de piel sólo para unas semanas.

Joachim estaba de acuerdo y, así pues, en una bonita y surtida tienda del barrio inglés, compraron dos mantas de pelo de camello semejantes a las de Joachim, de un modelo particularmente largo y ancho, de agradable suavidad y color natural, e hicieron que se las enviasen de inmediato al Sanatorio Internacional Berghof, habitación número 34. Hans Castorp habría de estrenarlas aquella misma tarde.

Evidentemente, habían bajado después de la segunda comida, ya que los horarios del sanatorio no ofrecían otra ocasión para ir al pueblo. Ahora, llovía, y la nieve de las calles se había transformado en una especie de barro resbaladizo. Al regresar, se encontraron con Settembrini que también se dirigía al sanatorio, con paraguas aunque sin sombrero. El italiano tenía un color amarillento y era obvio que se sentía melancólico. Con palabras tan concisas como bien formuladas, se lamentó del frío y de la humedad, y de lo mucho que le hacían padecer. ¡Si al menos encendiesen la calefacción! Pero esos miserables que mandaban en el sanatorio la apagaban en cuanto cesaba de nevar. Una regla absurda, ¡un insulto al sentido común! Y cuando Hans Castorp objetó que sería porque la temperatura baja en las habitaciones formaba parte de los principios del tratamiento y que de esa forma tal vez se pretendía evitar que los enfermos se acostumbrasen mal, Settembrini contestó con el más crudo sarcasmo:

—¡Y tanto que es por los principios del tratamiento! ¡Los sagrados e intangibles principios del tratamiento!

Sin duda, Hans Castorp se había referido a ellos en el tono que convenía, el de la religiosa disciplina y la sumisión. Sin embargo, lo sorprendente —aunque sorprendente en un sentido positivo— era comprobar que los principios más respetados eran justo los que coincidían con los intereses financieros de las autoridades del lugar, mientras que se hacía la vista gorda ante los que no respondían tanto a dichos intereses... Y, mientras los primos reían, Settembrini les habló de su difunto padre en relación con el calor que tanto echaba en falta.

—Mi padre —dijo en tono soñador y arrastrando las sílabas—, mi padre era un hombre tan refinado que tenía el alma y el cuerpo igualmente sensibles. ¡Cómo le gustaba su pequeño y cálido estudio en invierno! Le gustaba muchísimo, y siempre había que mantenerlo a veinte grados mediante un braserito, y cuando en los días húmedos o de viento del norte se entraba en él desde el vestíbulo de la casa, el calor lo arropaba a uno como un mullido abrigo, y los ojos se llenaban de lágrimas de gozo. El pequeño gabinete estaba atestado de libros y manuscritos, algunos de gran valor y, en medio de aquellos tesoros del espíritu, se le veía a él, con su camisón de franela azul, de pie ante su pequeño atril, consagrado a la literatura. Era bajito y menudo (mediría una cabeza menos que yo, ¡imagínense!), pero sus sienes estaban enmarcadas por espesos cabellos grises y su nariz era tan larga y afilada... ¡Qué romanista, señores! Uno de los primeros de su tiempo, un conocedor de nuestra lengua como no ha habido muchos, un estilista latino como ya no los hay, un *uomo letterato* a la manera de Boccaccio... Desde lejos los eruditos venían a hablar con él, de Haparanda, otro de Cracovia... viajaban a propósito hasta Padua, nuestra ciudad, para manifestarle su admiración, y él los recibía con cordial dignidad. También era un escritor notable que, en sus ratos de ocio, escribía cuentos en la más elegante prosa toscana; un maestro del *idioma gentile* —añadió Settembrini, henchido de satisfacción y como dejando que las sílabas de su idioma materno se fundieran lentamente sobre su lengua al tiempo que movía la cabeza de un lado a otro.

»Cultivaba un pequeño jardín, siguiendo el ejemplo de Virgilio —prosiguió—, y todas sus palabras eran sanas y bellas. Eso sí, era imprescindible que en su pequeño estudio hiciese calor, de lo contrario, tiritaba y podía llegar a llorar de rabia si se le hacía pasar frío. Y ahora, mi querido ingeniero, y usted, teniente, imaginen lo que yo, hijo de mi padre, debo de sufrir en este lugar maldito y bárbaro donde el cuerpo tiembla de frío aun en pleno verano y donde el alma está expuesta al tormento de perpetuas humillaciones. ¡Y, créanme, es muy duro! ¡Y vaya gente nos rodea! Ese loco siervo del demonio, ese consejero áulico, Krokovski —y, al pronunciar aquel nombre, pareció que Settembrini aún tenía que morderse la lengua—, ese confesor impúdico que me odia porque mi dignidad humana me prohíbe someterme a sus viles prácticas... ¡Y en mi mesa! ¡Con qué compañía estoy condenado a comer! A mi derecha se sienta un cervecero de Halle (se llama Magnus), con un bigote que parece un manojo de heno. "A mí ni me hable de literatura", dice. "¿Qué nos ofrece? ¿Bellos personajes? ¡De qué me sirven a mí esos bellos personajes! Soy un hombre práctico, y esos bellos personajes casi nunca se encuentran en la vida real." ¡Ésa es la idea que tiene de la literatura! Bellos personajes... ¡Madre de Dios! Su mujer se sienta enfrente de él y pierde albúmina a la vez que se hunde cada vez más en la estupidez. Es patética...

Sin que se hubieran puesto de acuerdo, Joachim y Hans Castorp opinaron lo mismo sobre estas palabras, las encontraron ofensivas y venenosas, aunque al mismo tiempo divertidas e incluso instructivas, con aquella gracia tan aguda e irreverente. Hans Castorp se rio de buena gana del «manojo de heno» y los «bellos personajes», o más bien de la manera desesperadamente cómica como Settembrini lo contaba. Luego dijo:

—Sí, Dios mío, en este tipo de instituciones, las clases sociales se hallan un poco revueltas. No se puede elegir a los compañeros de mesa. ¿Adónde nos llevaría eso? En mi mesa también hay una de esas señoras..., la señora Stöhr, creo que la conocen, ¿verdad? Hay que reconocer que es de una ignorancia supina, y a veces no sabe uno hacia dónde mirar cuando abre la bocaza. Y no para de quejarse de su temperatura y de sentirse demasiado débil; y yo creo que, por des-

gracia, se trata de un caso bastante grave. Es desconcertante...
tan enferma y tan estúpida. No sé si me explico con claridad,
pero me parece realmente singular que uno sea estúpido y
para colmo esté enfermo; creo que estas dos cosas reunidas
son lo más triste del mundo. Uno no sabe qué cara poner,
pues a un enfermo hay que tratarle con respeto y seriedad,
¿no es así? La enfermedad, en cierto modo, tiene algo de
noble, si me permiten expresarlo así. Pero cuando entra en
juego la estupidez y salta con lo del «fomulus» y el «instituto
cósmico», uno no sabe si reír o llorar; es un dilema para el
sentimiento humano, algo tan penoso que no tengo palabras
para describirlo. Es decir, creo que esto no concuerda; no tenemos costumbre de representarnos ambas cosas reunidas.
Consideramos que una persona estúpida debe estar sana y ser
normal, y que la enfermedad hace al hombre distinguido, inteligente y especial. Eso es lo que se piensa por regla general.
¿O no? Tal vez haya hablado más de la cuenta —terminó diciendo—. Es que, como ha salido el tema... —Y se quedó turbado.

También Joachim parecía un poco confundido, y Settembrini permaneció en silencio, arqueando las cejas, como
quien, por cortesía, espera que su interlocutor dé por terminada la conversación. En realidad, su intención era sacar
totalmente de quicio a Hans Castorp antes de contestar:

—Sapristi! Mi querido ingeniero, hace usted gala de unas
dotes filosóficas que jamás le hubiera supuesto. Según su teoría, usted no debe de estar tan bien de salud como aparenta,
pues es evidente que tiene una buena cabeza. Pero permítame
que le diga que no puedo suscribir sus deducciones, que las
rechazo y me opongo a ellas con verdadera hostilidad. Yo
soy, como puede ver, un poco intolerante en lo que se refiere
a las cosas del espíritu, y prefiero que me traten de pedante a
dejar de combatir argumentos que me parecen tan dignos de
refutación como los que acaba de desarrollar ante nosotros...

—Pero señor Settembrini...

–Permítame... Ya sé lo que va a decir. Usted quiere excusarse afirmando que no lo ha dicho muy en serio, que estas ideas en realidad no son propiamente suyas, sino que no ha hecho más que tomar al azar una de las posibles opiniones que, por así decirlo, flotan en el aire, para especular un poco sin comprometerse. Eso es muy propio de su edad, en la que todavía no se tiene una postura firme, viril, y uno se complace en ir experimentando con toda suerte de puntos de vista. *Placet experiri* –añadió, pronunciando la «c» de «placet» a la italiana–. ¡Qué expresión tan acertada! Lo único que me asombra es el hecho de que su afán de experimentación se oriente precisamente en esa dirección. Dudo que sea casualidad en concreto. Temo que exista en usted una inclinación que amenaza con convertirse en un rasgo de carácter si no se combate. De ahí que me vea obligado a corregirle. Usted ha dicho que la enfermedad unida a la estupidez es la cosa más lamentable que hay en el mundo. Eso puedo aceptarlo. Yo también prefiero un enfermo inteligente a un imbécil tísico. No obstante, protesto ante su idea de considerar la unión de la enfermedad con la estupidez como una especie de fallo estilístico, una muestra de mal gusto de la naturaleza, un «dilema para el sentimiento humano», según usted ha tenido a bien decir; así pues, parece considerar la enfermedad como algo tan noble y respetable que no puede armonizarse en modo alguno con la estupidez. Tal fue, según creo, la expresión de que se sirvió. ¡Pues bien, no estoy de acuerdo! La enfermedad no tiene nada de noble, no tiene nada de respetable: esta idea, por ella misma, es enfermiza, o conduce a la enfermedad. Tal vez despierte aún más su repulsa si le digo que la enfermedad es vieja y fea. Se remonta a los tiempos dominados por la superstición, en los que la visión del hombre era fruto de un pensamiento degenerado que le privaba de toda dignidad; a los tiempos dominados por el miedo, en los que la armonía y el bienestar eran considerados sospechosos y diabólicos, mientras que la enfermedad se entendía como una especie de pasaporte hacia el cielo. Pero la razón y la Ilustración disiparon estas sombras que pesaban sobre el alma de la humanidad, aunque no del todo, pues la lucha todavía continúa. Y esta lucha, señor mío, se llama trabajo, trabajo terrenal, trabajo por la tierra, por el honor y los intereses de la humanidad; y, renovadas en la lucha de cada día, esas fuerzas liberarán definitivamente al hombre y lo conducirán por los caminos de la civilización y el progreso hacia una luz cada vez más clara, dulce y pura.

«¡Dios mío! —pensó Hans Castorp, estupefacto y avergonzado—. ¡Parece el aria de una ópera! ¿Y eso es la respuesta a lo que yo he dicho? Aunque se me hace un tanto duro. Todo el tiempo a vueltas con el trabajo, cuando no creo que tenga nada que ver...»

Y dijo en voz alta:

—Muy bien, señor Settembrini. Se expresa usted tan bien que es un placer escucharle. No se puede hablar de una manera más... plástica; quiero decir...

—Un retroceso —volvió a intervenir Settembrini, al tiempo que elevaba su paraguas sobre la cabeza de un transeúnte—, un retroceso intelectual hacia el pensamiento de aquellos tiempos oscuros y atormentados. Créame, ingeniero, eso sí que es una enfermedad; una enfermedad investigada hasta la saciedad y para la que la ciencia posee varios nombres: uno de ellos tiene su origen en el lenguaje de la estética y la psicología y el otro en la política; pero son términos académicos que no sirven para nada y de los cuales usted puede prescindir perfectamente. Pero como en la vida espiritual todo guarda relación con todo y una cosa se desprende de otra, como no podemos entregar al diablo el dedo meñique sin que enseguida nos coja la mano y luego se lleve al hombre entero... Como, por otra parte, de un principio sano sólo puede nacer algo sano (sea cual fuere tal principio), no puede usted olvidar nunca que la enfermedad, lejos de ser algo noble, algo demasiado respetable para poder estar unido a la estupidez en el peor de los casos, en realidad es sinónimo de humillación; es más, es una humillación del hombre que duele, que hiere la propia idea, hacia la que, a título individual, podemos tener ciertas atenciones y cierto respeto, pero que, si pretendemos honrarla como una categoría espiritual, no constituye sino una aberración (¡no olvide esto nunca!), es una aberración y el comienzo de toda aberración mental. Esa señora a quien ha aludido y cuyo nombre renuncio a recordar...

—La señora Stöhr.

—Muchas gracias... En pocas palabras, considero que el caso de esa mujer ridícula no pone al sentimiento humano ante un dilema, como usted decía. Está enferma y es estúpida, ¡por Dios!, es la miseria en persona; pero eso es muy sencillo, lo único que se puede hacer es compadecerla y encogerse de hombros. El dilema, señor mío, lo trágico, comienza allí donde la naturaleza fue lo bastante cruel para romper, o impedir desde el principio, la armonía del individuo dando un alma noble y llena de ganas de vivir a un cuerpo incompatible con la vida. ¿Conoce usted a Leopardi, ingeniero, o usted, teniente? Fue un desgraciado poeta de mi país, un hombre jorobado y enfermizo, un alma grande por naturaleza pero constantemente rebajada por la miseria de su cuerpo y arrastrada a los bajos fondos de la ironía, cuyas lamentaciones desgarran el corazón. ¡Escuche esto!

Y Settembrini comenzó a declamar en italiano, dejando que las bellas sílabas se fundieran en su boca, volviendo la cabeza de un lado a otro y cerrando de vez en cuando los ojos, sin preocuparse de que sus acompañantes no comprendieran una sola palabra. Obviamente, lo que le importaba era disfrutar él mismo de su excelente memoria y su pronunciación, y hacer alarde de ellas ante sus oyentes. Finalmente añadió:

—Pero ustedes no comprenden, sólo oyen palabras sin percibir su doloroso significado. El tullido Leopardi, señores, dense cuenta de esto, se vio sobre todo privado del amor de las mujeres, y sin duda por eso no pudo evitar que su alma se marchitase. El brillo de la fama y la virtud palidecieron, la naturaleza se tornó malvada ante sus ojos (por otra parte, la naturaleza es realmente malvada, estúpida y malvada; en eso le doy la razón) y se desesperó. Es terrible decirlo, pero perdió la fe en la ciencia y en el progreso. Y esta es la tragedia, señor ingeniero. Aquí tiene su «dilema para el sentimiento humano», no en esa mujer cuyo nombre no quiero ni esforzarme en recordar... No me hable de la «espiritualización» que puede resultar de la enfermedad. ¡Por el amor de Dios, no lo haga! Un alma sin cuerpo es tan inhumana y espantosa como un cuerpo sin alma. Por cierto, lo primero es una rara excepción y lo segundo es el pan nuestro de cada día. Por regla general es el cuerpo el que domina, el que acapara toda la vida y se emancipa del modo más repugnante. Un hombre que lleva una vida de enfermo no es más que un cuerpo; eso es lo que va *contra natura*, lo humillante, pues en la mayoría de los casos tal hombre no vale mucho más que un cadáver...

—¡Es extraño! —exclamó de pronto Joachim inclinándose hacia delante para mirar a su primo, que caminaba al otro lado de Settembrini—. Hace poco dijiste algo muy parecido.

—¿Ah, sí...? —dijo Hans Castorp—. Sí, es posible que se me pasara por la cabeza algo parecido.

Settembrini permaneció en silencio durante unos pasos y luego dijo:

—Tanto mejor, señores; tanto mejor si es así. No pretendía exponer ningún tipo de filosofía original, eso no es asunto mío. Si nuestro ingeniero, por su parte, ha hecho ya observaciones análogas, esto no hace más que confirmar mi suposición de que es un diletante en materias filosóficas que, como todos los jóvenes de talento, va tanteando las posibles posturas ante el mundo. Este joven de talento no es una hoja de papel en blanco; es, por el contrario, una hoja sobre la que ya ha sido escrito todo con tinta simpática, tanto lo bueno como lo malo, y es cosa del educador fomentar el desarrollo de lo bueno y, mediante la intervención adecuada, eliminar lo malo que trata de manifestarse. ¿Han comprado ustedes algo? —preguntó luego con un tono diferente, a la ligera.

—No, nada de particular; es decir... —respondió Hans Castorp.

—Hemos comprado unas mantas para mi primo —contestó Joachim con indiferencia.

—Para la cura de reposo, para este frío de perros... Ya sabe que debo hacer lo mismo que ustedes durante algunas semanas —dijo Hans Castorp, riendo y mirando al suelo.

—¡Ah, mantas! ¡La cura de reposo! —exclamó Settembrini—. ¡Ah! ¡Ah! ¡Vaya, vaya! En efecto, *Placet experiri* —repitió con su pronunciación italiana, y se despidió de ellos, pues, saludados por el conserje cojo, acababan de entrar en el sanatorio, y Settembrini se dirigió hacia los salones para leer los periódicos antes de comer, según dijo. Parecía que tenía intención de hacer novillos de la segunda cura de reposo.

—¡Dios nos libre! —exclamó Hans Castorp cuando se encontró en el ascensor con Joachim—. Es un auténtico pedagogo; él mismo dijo hace poco que tenía una vena pedagógica. Hay que andarse con mucho cuidado con él; por poco que uno diga una palabra de más, le suelta una clase magistral; pero vale la pena oírle de lo bien que habla. Cada palabra que sale de su boca es tan redonda y apetitosa que, cuando le escucho, pienso en panecillos calientes.

—Más vale que no se lo digas. Creo que sufriría una decepción si se enterara de que piensas en panecillos al escuchar sus enseñanzas.

—¿Tú crees? No lo tengo tan claro. Siempre me da la impresión de que sus lecciones no son lo único que le importa; si acaso, será sólo en segundo término, pues lo principal para él es la forma de hablar; cómo hace saltar y rodar sus palabras, ágiles como pelotas de goma, y creo que no le desagrada, ni mucho menos, que se lo digan explícitamente. Es evidente que el cervecero Magnus es un poco idiota, con sus «bellos personajes», pero Settembrini debería habernos dicho qué es, en suma, lo importante en literatura. No he querido preguntárselo para no ponerme en evidencia, ya que no soy nada experto en esta materia y hasta ahora no había conocido a ningún literato. Pero si lo importante no son los bellos personajes, deben de ser, pues, las bellas palabras, tal es mi impresión cuando hablo con Settembrini. ¡Qué vocabulario usa! No le importa hablar de «Virtud». ¡Por favor! En mi vida había yo pronunciado esta palabra, e incluso en el colegio decíamos siempre «Valor» cuando leíamos *virtus* en los libros. He de admitir que algo se revolvió en mi interior. Además, me pone nervioso cuando se pone a despotricar de todo, del frío, de la señora Magnus porque pierde albúmina, en resumen, de todo. Es un renegado nato, me di cuenta enseguida. Arremete contra todo por norma y eso, en cierto modo, es muestra de abandono, no puedo evitar pensar así.

—Eso es lo que dices —respondió Joachim pensativo—. Pero por otro lado, también revela un orgullo que no tiene nada de abandono, sino todo lo contrario. Me parece que es un hombre que se tiene en bastante consideración o que tiene en bastante consideración al hombre en general, y esto es lo que me gusta de él. En eso me parece muy digno.

—Sí, tienes razón —admitió Hans Castorp—, incluso tiene algo de severo. En realidad, a veces uno se siente sumamente incómodo porque se ve... fiscalizado; y sí, es una buena forma de expresarlo. ¿Será posible que todo el tiempo haya tenido la sensación de que desaprobaba el que me hubiese comprado mantas para echarme como vosotros, de que tenía algo en contra e incluso estaba preocupado en cierto modo?

—No —dijo Joachim, extrañado y pensativo—. ¿Por qué razón? No creo.

A continuación, con el termómetro en la boca, se dirigió con todos sus bártulos a la cura de reposo, mientras Hans Castorp se dispuso a cambiarse de ropa y asearse para la comida, de la que no les separaba ya más que una hora escasa.

Cuando volvieron a subir después de la comida, el paquete de mantas estaba ya en la habitación de Hans Castorp, sobre una silla, y en aquel día hizo uso de ellas por primera vez. Su experto primo le enseñó el arte de empaquetarse como lo hacían todos y como todo recién llegado debía aprender. Se extendían las mantas, una después de otra, sobre el asiento de la tumbona, de tal manera que sobrase un buen trozo por los pies. Luego se tendía uno encima y se comenzaba por envolverse en la manta interior, primero a lo largo hasta los hombros, luego doblando la parte inferior por encima de los pies, para lo cual había que incorporarse sin separar las piernas y tapárselos con la manta doble, y luego otra vez a lo largo pero con el otro lado, teniendo en cuenta que, para conseguir un paquete sin arrugas y lo más perfecto posible, había que hacer coincidir bien el doblez de los pies con el lateral de la manta. Se procedía luego de la misma forma con la manta exterior, que era algo más difícil de manejar, y Hans Castorp, que además de novato no era muy mañoso, se quejó un poco mientras se estiraba y se incorporaba siguiendo las indicaciones de su primo. Joachim aseguró que sólo algunos veteranos sabían envolverse en las dos mantas a la vez con sólo tres movimientos de auténtica precisión; pero ésa era una habilidad rara y envidiada que no sólo requería largos años de aprendizaje, sino también cierto talento natural. Hans Castorp no pudo menos que reírse al oír esta expresión mientras se dejaba caer hacia atrás con la espalda dolorida, y Joachim, quien al principio no comprendió lo que había de cómico en ella y le miró con gesto inseguro, luego también se echó a reír.

—Está bien —dijo, cuando Hans Castorp estuvo tendido en la silla, como un gran rollo de tela, con la blanda almohada bajo la nuca y agotado de tanta gimnasia—; aunque ahora es-

tuviésemos a veinte grados bajo cero no podría pasarte nada.
—Y se marchó al otro lado de la mampara de cristal para empaquetarse él también.

A Hans Castorp le pareció dudoso lo de estar a prueba de veinte grados bajo cero, pues sin lugar a dudas tenía frío; varios escalofríos recorrieron su cuerpo mientras se entretenía mirando, a través de los arcos de madera de la galería, la neblina cargada de humedad que parecía a punto de convertirse en tormenta de nieve en cualquier momento. No dejaba de ser extraño que, a pesar de aquella humedad, continuase teniendo las mejillas secas y ardientes, como si se hallara en una habitación caldeada en exceso. Se sentía ridículamente fatigado por los ejercicios que había realizado con las mantas, y, en efecto, el *Ocean Steamships* temblaba en sus manos cuando se dispuso a leerlo. Pensó que, después de todo, no debía de encontrarse tan bien de salud, que estaba completamente anémico, como había dicho el doctor Behrens, y por eso sentía tanto frío. Sin embargo, aquellas sensaciones tan desagradables eran compensadas por lo cómodo que se sentía, por las cualidades difíciles de analizar y casi mágicas de la tumbona, que Hans Castorp de nuevo constataba con sumo placer. ¿Sería por la calidad del colchón, por la idónea inclinación del respaldo, por la altura y anchura ideales de los brazos, o sencillamente por la consistencia de la almohada? En cualquier caso, nada podía garantizar el feliz reposo del cuerpo mejor que aquella excelente tumbona. Así pues, la satisfacción reinaba en el corazón de Hans Castorp al pensar que disponía de dos horas para estar tranquilo sin hacer nada, las dos horas sagradas de la cura principal, que, a pesar de no ser más que un invitado allá arriba, consideraba una imposición harto oportuna. Pues él era de naturaleza paciente, podía pasarse horas sin hacer nada y, como el lector recordará, le gustaba el ocio; ocio que ninguna actividad —por absorbente que sea— elimina, consume o hace olvidar. A las cuatro les tocaba el té con bizcocho y compota, después un poco de ejercicio al aire libre y luego un nuevo período de reposo en la tumbona; a las siete la cena, que, como todas las comidas, ofrecía sus tensiones y curiosidades y que era esperada con alegre impaciencia; más tarde algún vistazo a la caja del estereoscopio, el caleidoscopio y el tambor cinetoscópico... Hans Castorp ya sabía de memoria el programa del día, aunque hubiera sido excesivo afirmar que estaba «adaptado».

En el fondo constituye una aventura singular esta «adaptación» a un lugar extraño, este total cambio de hábitos, a veces penoso, que, en cierta manera, se produce automáticamente pero con la clara intención, en cuanto se haya asimilado (o al poco tiempo), de volver a cambiar y retomar el estado y las costumbres de siempre. Uno interpreta esta fase como un paréntesis, un breve interludio en el transcurso principal de la existencia cuyo fin viene a ser «recuperarse», es decir: someter a un proceso de renovación y cambio al organismo que, por un estilo de vida monótono, corre el peligro o ya está a punto de oxidarse, acostumbrarse mal y volverse insensible. Pero ¿cuál es realmente la causa de ese debilitamiento y esa oxidación del organismo que resultan de la monotonía? No se trata de un cansancio y un desgaste físico y químico, fruto de las exigencias de la vida (pues para remediarlo bastaría con el reposo), sino más bien de algo espiritual: la conciencia del paso del tiempo, que, ante la monotonía ininterrumpida, corre el riesgo de perderse y que está tan estrechamente emparentada y ligada a la conciencia de la vida que, cuando la una se debilita, es inevitable que la otra sufra también un considerable debilitamiento. Se han difundido muchas teorías erróneas sobre la naturaleza del hastío. En general, se piensa que, cuando algo es nuevo e interesante, «hace pasar» el tiempo, es decir, lo abrevia, mientras que la monotonía y el vacío entorpecen su marcha y hacen que se estanque. No obstante, esto no es del todo exacto. Cierto es que la monotonía y el vacío pueden dar la sensación de estirar el momento, las horas, de manera que se «hagan largas» y aburridas; pero no es menos cierto que, en el caso de grandes o grandísimas extensiones de tiempo, lo que hacen es abreviarlas, neutralizarlas hasta reducirlas a algo nimio. A la inversa, un acontecimiento novedoso e interesante es sin duda capaz de hacer más corta y fugaz una hora e incluso un día, pero, considerando el conjunto, confiere al paso del tiempo una mayor amplitud, peso y solidez, de manera que los años ricos en acontecimientos transcurren con mayor lentitud que los años pobres, vacíos y carentes de peso, que el viento barre y que pasan volando. Lo que llamamos hastío, pues, es consecuencia de la enfermiza sensación de brevedad del tiempo provocada por la monotonía. Los grandes períodos de tiempo, cuando transcurren con una monotonía ininterrumpida, llegan a encogerse en una medida que espanta mortalmente al espíritu. Cuando un día es igual que los demás, es como si todos ellos no fueran más que un único día; y una monotonía total convertiría hasta la vida más larga en un soplo que, sin querer, se llevaría el viento. La costumbre hace que la conciencia del tiempo se adormezca o, mejor dicho, quede anulada, y si los años de la niñez son vividos lentamente y luego el resto de la vida se desarrolla cada vez más deprisa y se acelera, también se debe a la costumbre. Sabemos perfectamente que introducir cambios y nuevas costumbres es el único medio del que disponemos para mantenernos vivos, para refrescar nuestra percepción del tiempo, en definitiva, para rejuvenecer, refortalecer y ralentizar nuestra experiencia del tiempo y, con ello, renovar nuestra conciencia de la vida en general.

Éste es el objetivo del cambio de aires o lugar, del viaje de recreo: la recuperación que permite lo episódico, la variación. Los primeros días de permanencia en un lugar nuevo transcurren a un ritmo juvenil, es decir, robusto y desahogado, y esta fase comprende unos seis u ocho días. Pero luego, en la medida en que uno se «adapta», comienza a sentir cómo se van acortando; quien aprecia la vida o, mejor aún, quien desea apreciarla, percibe con horror cómo los días se van haciendo ligeros y fugaces de nuevo, y la última semana −por ejemplo, de cuatro− posee una rapidez y fugacidad terribles. Evidentemente, el rejuvenecimiento de nuestra conciencia del tiempo se hace patente al salir otra vez de esta nueva rutina y se manifiesta cuando retomamos nuestra vida de siempre. Los primeros días en casa después de haber estado fuera nos parecen también nuevos, desahogados y juveniles, pero eso es sólo al principio, pues uno se acostumbra más deprisa a la regularidad que a su interrupción, y cuando nuestro sentido del tiempo ya está marcado por la edad, o −y esto es signo de una debilidad congénita− no ha estado nunca muy desarrollado, se vuelve a adormecer rápidamente y, al cabo de veinticuatro horas, es como si nunca nos hubiésemos marchado y el viaje no hubiese sido más que el sueño de una noche.

Hemos incluido aquí estas anotaciones porque el joven Hans Castorp barruntaba algo parecido cuando, al cabo de unos días, dijo a su primo (mirándole con los ojos enrojecidos):

−Mira que es curioso que al principio el tiempo se nos haga tan largo en un lugar nuevo. Es decir... Bueno, no estoy insinuando en modo alguno que me aburra, todo lo contrario, me estoy divirtiendo muchísimo. Pero cuando miro hacia atrás, en retrospectiva, tengo la sensación de llevar aquí arriba quién sabe cuánto tiempo, y de que ha pasado toda una eternidad desde el día en que llegué y, de entrada, no me di cuenta de que ya había llegado, y tú me dijiste: «¿No vas a bajar?», ¿lo recuerdas? Esto no tiene nada que ver con las medidas objetivas ni con el sentido común; es pura cuestión de percepción. Naturalmente, sería estúpido decir: «Tengo la sensación de que llegué aquí hace dos meses». Eso no tendría sentido. No puedo decir más que «hace mucho tiempo».

−Sí −contestó Joachim, con el termómetro en la boca−. Yo también me aprovecho de ello en cierto modo, puedo aferrarme a ti desde que estás aquí arriba.

Y Hans Castorp se rio de que Joachim hubiese dicho aquello sin más, sin mayor explicación.

No, no se había adaptado en modo alguno, ni en lo que se refería al conocimiento de la vida de aquel lugar en toda su peculiaridad, un conocimiento imposible de adquirir en tan pocos días (como se decía a sí mismo e incluso sostenía contradiciendo a Joachim, ni siquiera en tres semanas), ni en lo que se refería a la adaptación de su organismo a aquellas condiciones atmosféricas tan particulares de «los de allí arriba», pues esa adaptación se le hacía difícil, sumamente difícil; es más, parecía no querer producirse en absoluto.

La jornada cotidiana estaba claramente dividida y organizada al detalle y era fácil habituarse a la rutina en cuanto uno se aprendía las normas. Sin embargo, en el marco de la semana y de unidades de tiempo más amplias, los días sí presentaban ciertas variaciones regulares que se iban descubriendo poco a poco, pues cada una de ellas no se podía apreciar como tal hasta que no se repetía algún otro elemento. En cuanto al conocimiento diferenciado de los objetos y rostros que le rodeaban a diario, Hans Castorp aún tenía que aprender a cada paso a observar más de cerca las cosas que al principio había mirado superficialmente y a captar las novedades con una sensibilidad juvenil.

Por ejemplo, aquellos recipientes panzudos de cuello corto que había en los pasillos delante de algunas puertas y que le habían llamado la atención desde el día de su llegada, contenían oxígeno, según explicó Joachim en respuesta a sus preguntas. Contenían oxígeno puro, a seis francos la bombona, y aquel gas vivificador era administrado a los agonizantes a través de un tubo para reanimarlos y darles fuerzas en sus últimas horas. Detrás de las puertas ante las cuales se hallaba, pues, una de estas bombonas, había enfermos agonizantes o «*moribundi*», como dijo el doctor Behrens un día que Hans

Castorp se cruzó con él en el primer piso. El doctor, con su bata blanca y sus mejillas azules, avanzaba por el pasillo a grandes zancadas, y ambos subieron juntos por la escalera.

—Y bien, señor espectador imparcial —dijo Behrens—. ¿Qué le parece? ¿Podemos contar con la aprobación de sus escrutadores ojos? Nos complace, nos complace. Sí..., nuestra temporada de otoño tiene buenos padrinos... También he de reconocer que no he reparado en gastos para conseguirlo. Desde luego, es una pena que no quiera pasar el invierno entre nosotros, pues no pretendía usted permanecer aquí más de ocho semanas, según he oído. ¿Tres, nada más? ¡Eso es una mera visita de compromiso, hombre! Para eso no hace falta ni quitarse el abrigo. En fin, usted sabrá, pero es una verdadera pena que no pase el invierno aquí, ya que la *hante-vollée* —dijo bromeando y con un pésimo acento—, la alta sociedad internacional de allá abajo, de Davos Platz, sólo viene en invierno, y le aseguro que debería verlo, eso sí le resultaría instructivo. Es de morirse de risa ver a los caballeretes saltando sobre sus esquíes. Y luego las señoras... ¡Ni le cuento, las señoras! Con unos atuendos coloridos cual aves del paraíso, no le digo más, y ¡qué poderío...! Pero es hora de que asista a mi *moribundus* —añadió— aquí, en la habitación número 27. Un caso terminal, ¿sabe? Le queda un rato... Cinco docenas de bombonas de oxígeno ha sorbido entre ayer y hoy, el muy tragón. Pero creo que antes de mediodía ya estará *ad penates*... Y bien, mi querido Reuter —dijo al entrar en la habitación—, ¿qué tal si descorchamos otra...?

Cerró la puerta y sus palabras se perdieron tras ella. Sin embargo, Hans Castorp pudo vislumbrar, al fondo de la habitación, sobre la almohada, el perfil de cera de un joven con perilla que había vuelto sus grandes pupilas lentamente hacia la puerta.

Era el primer moribundo que Hans Castorp veía en su vida, pues sus padres y su abuelo habían muerto, por así decirlo, a sus espaldas. ¡Con qué dignidad reclinaba la cabeza sobre la almohada el joven de la perilla! ¡Cómo había cambiado la expresión de sus grandes ojos al volverse lentamente hacia la puerta! Hans Castorp, todavía absorto en aquella visión fugaz, intentaba, sin darse cuenta, reproducir aquella mirada tan reveladora y lenta, con aquellos ojos tan grandes como los que tenía el moribundo, mientras se dirigía hacia la escalera. Y fue con esos ojos con los que miró a una señora que, detrás de él, había salido de una habitación y le adelantó en el rellano. De entrada, no reconoció a madame Chauchat. Ella sonrió sin decir nada al ver aquellos ojos, luego se atusó el moño con la mano y bajó la escalera delante de él, sin ruido, sigilosamente, y con la cabeza un poco inclinada hacia delante.

Apenas trabó ninguna amistad durante esos primeros días, y durante el tiempo que siguió, tampoco. El plan de la jornada, en general, no se prestaba a ello. Además, Hans Castorp tenía un carácter reservado, se sentía como un visitante y un mero «espectador imparcial allá arriba», en palabras del doctor Behrens, y se contentaba gustoso con la conversación y la compañía de Joachim. Cierto es que la enfermera se volvía varias veces para mirarles cada vez que se encontraban en el pasillo. Joachim, quien ya antes le había concedido algunos instantes de charla, tuvo que presentársela a su primo. Con el cordón de las gafas por detrás de las orejas, hablaba con un tono no sólo amanerado sino casi atormentado y, en un examen más profundo, daba la impresión de que la tortura del tedio había afectado a su inteligencia. Se hacía muy difícil librarse de ella, porque daba muestra de un miedo enfermizo ante el final de la conversación, y cuando los jóvenes hacían ademán de marcharse, se aferraba a ellos con palabras y miradas ansiosas, esbozando una sonrisa tan desesperada que, por compasión, permanecían un rato más con ella. Hablaba largo y tendido de su padre, que era abogado, y de su primo, que era médico, sin duda para causar buena impresión y hacer gala de que procedía de la clase culta. En cuanto a su paciente del otro lado de la puerta, era hijo de un fabricante de muñecas de Coburgo llamado Rotbein y, recientemente, la dolencia del joven Fritz se había extendido al intestino. Dijo que eso era muy duro para todos los implicados (como bien podían suponer los caballeros), y mucho más para quien descendía de una familia de académicos y tenía la fina sensibilidad de las clases más altas. Pero, claro, no se le podía dar la espalda... También les contó que, aunque no pudieran creerlo, hacía unos días, al regresar de una breve salida para comprar únicamente un poco de polvo dentífrico, se había encontrado al enfermo sentado en la cama ¡ante un vaso de espesa cerveza negra, un salami, un trozo de tosco pan moreno y un pepinillo! Su familia le había enviado todas aquellas delicias del país para que se reconstituyese. Pero al día siguiente, como era de esperar, estaba más muerto que vivo. Él mismo precipitaba su fin. Evidentemente, la liberación sería sólo para él, no para ella —sor Berta se hacía llamar; Alfreda Schildknecht, en realidad—, pues la enviarían a cuidar a otro enfermo en un estado más o menos avanzado, allí o en otro sanatorio; tal era la perspectiva que se abría ante ella, no tenía otra.

—Sí —asintió Hans Castorp—, su profesión debe de ser muy penosa, pero imagino que tendrá ciertas satisfacciones.

—Sí, satisfacciones tiene, pero es muy penosa.

—Bueno, deseamos que el señor Rotbein mejore.

Y los dos primos se dispusieron a marcharse.

Pero ella volvió a aferrarse a ellos con sus palabras y miradas, y daba tanta lástima ver los esfuerzos que hacía para retener un poco más a los dos jóvenes que hubiese sido cruel no concederle al menos un momento más.

—Duerme —dijo—. No me necesita... Por eso he salido un rato al pasillo...

Y entonces comenzó a quejarse del doctor Behrens y del tono con que la trataba, un tono demasiado familiar teniendo en cuenta su origen. Prefería al doctor Krokovski, de quien dijo que tenía «un alma grande». Luego volvió a su padre y a su primo. Su cerebro no daba para más. En vano luchó por retener un instante a los dos primos, elevando la voz súbitamente y casi gritando cuando quisieron marcharse, cosa que finalmente hicieron; se escabulleron de ella y, por fin, siguieron su camino. Con el cuerpo inclinado hacia delante y la mirada ansiosa, la hermana les siguió con la vista como si hubiese querido retenerlos con la fuerza de sus ojos. Luego, un suspiro escapó de su pecho, y se metió de nuevo en la habitación de su paciente.

Excepto con ella, Hans Castorp no trabó conocimiento aquellos días más que con la pálida dama de negro, aquella mexicana que había visto en el jardín y a quien llamaban *Tous-les-deux*. En efecto, él también oyó de su boca aquella lúgubre fórmula que se había convertido en su apodo; pero como estaba preparado, se mantuvo en una actitud correcta y más adelante pudo sentirse contento de sí mismo. Los primos se encontraron con ella ante la puerta principal en el momento de salir, después del primer desayuno, para dar el paseo reglamentario de la mañana. Iba envuelta en un echarpe negro de cachemira y andaba con las rodillas dobladas a grandes e inquietas zancadas que la agotaban. El velo, con el que cubría sus cabellos canosos y que se anudaba bajo la barbilla, realzaba la palidez de su rostro blanquecino y envejecido, con aquella boca enorme, contraída por el sufrimiento.

Joachim, como de costumbre sin sombrero, la saludó inclinándose, y ella le agradeció el saludo lentamente, al tiempo que, al mirarle, las arrugas se marcaban aún más en su angosta frente. Se detuvo al ver una cara nueva y, asintiendo con la cabeza sin decir nada, esperó a que se acercasen los dos jóvenes, pues, al parecer, consideraba necesario enterarse de si el desconocido estaba al tanto de su suerte y, en tal caso, de su opinión al respecto. Joachim le presentó a su primo. Por debajo del echarpe, ella tendió la mano al visitante, una mano delgadísima, amarillenta, de venas sarmentosas y adornada con sortijas, mientras continuaba mirándolo y moviendo la cabeza. Luego vino lo que Hans esperaba:

—*Tous les deux, monsieur* —dijo—. *Tous les deux, vous savez...*

—*Je le sais, madame* —contestó Hans Castorp con voz queda—. *Et je le regrette beaucoup.*

Las flácidas bolsas que enmarcaban sus ojos negros azabache eran las más grandes y pesadas que había visto nunca en un ser humano. Desprendía un olor suave pero marchito. Él sintió que su corazón se llenaba de ternura y pesar.

—*Merci* —dijo la dama en un tono estridente que no dejaba de chocar con la fragilidad de su persona, y una de las comisuras de su enorme boca se torció trágicamente. Luego volvió a esconder la mano bajo la mantilla, inclinó la cabeza y echó a andar de nuevo. Hans Castorp dijo, alejándose a su vez:

—Como ves, no ha sido tan difícil, me he entendido estupendamente con ella. Siempre sé entenderme con esta clase de personas. Creo que estoy hecho para tratar con ellas. ¿No te parece? Incluso creo que, en conjunto, me entiendo mejor con las personas tristes que con las alegres. Dios sabe a qué se debe. Tal vez al hecho de que soy huérfano y perdí a mis padres tan pronto. Con todo, cuando la gente está seria y triste, y la muerte anda al acecho, no me siento incómodo ni cohibido; al contrario, me encuentro en mi elemento, mejor que cuando todo marcha bien, eso va menos con mi carácter. Estos días pensaba que es una estupidez por parte de todas estas mujeres temer tanto a la muerte y a todo cuanto tiene que ver con ella, hasta el punto de ocultarles todo y llevar el Santo Sacramento a los moribundos cuando ellas están comiendo. ¡Eso es pueril! ¿A ti no te gusta ver un ataúd? A mí me encanta ver alguno de vez en cuando. Me parece que un ataúd es un mueble hermoso, incluso cuando está vacío; claro que, cuando hay alguien dentro, me parece verdaderamente solemne. Los entierros tienen algo de edificantes, y más de una vez he pensado que, para buscar recogimiento, debería ir uno a un entierro en vez de a la iglesia. La gente va bien vestida, de luto riguroso, se quita el sombrero y todos se comportan con enorme respeto, nadie se atreve a gastar bromas de mal gusto, como ocurre siempre en la vida cotidiana. Me gusta mucho ver que la gente muestra recogimiento en algunas ocasiones. A veces me he preguntado si hubiera debido hacerme pastor; creo que, en cierto modo, no me hubiera ido mal del todo... ¡Espero no haber cometido ningún error en francés al hablar con ella!

–No –dijo Joachim–. «*Je le regrette beaucoup*» es perfectamente correcto.

¡POLÍTICAMENTE SOSPECHOSA!

La jornada normal sufría ciertas variaciones regulares. La primera se dio un domingo, concretamente un domingo con música en vivo en la terraza, pues cada dos semanas acudía una banda, y marcando así la quincena durante cuya segunda mitad había llegado Hans Castorp.

Había llegado un martes y era por tanto el quinto día, un día primaveral después de aquella extraña tempestad y recaída en el invierno; un día delicado y fresco, con nubes limpias en el cielo azul claro y un sol moderado sobre las laderas y el valle, que habían recobrado su verdor estival, pues las primeras nieves estaban condenadas a fundirse rápidamente.

Era evidente que todos se esmeraban en observar y distinguir aquel domingo; la administración y los huéspedes se apoyaban en tal esfuerzo. Con el té de la mañana se sirvió una tarta casera y junto a cada cubierto había un jarroncito con flores, clavelinas silvestres y algunas rosas de los Alpes, que los caballeros se prendían en la solapa (el procurador Paravant, de Dortmund, incluso se había puesto chaqué negro y chaleco de lunares), los atuendos de las señoras destacaban por lo festivo y vaporoso. Madame Chauchat acudió a desayunar con una mañanita de finísimo encaje, de manga corta, con la que, mientras cerraba la puerta de cristales con su habitual portazo, hizo su aparición en el comedor antojándose casi atractiva a sus ocupantes, antes de dirigirse con paso sigiloso a su mesa, y que le sentaba tan bien que la vecina de mesa de Hans Castorp, la institutriz de Königsberg, se mostró entusiasmada con ella. Incluso el indeseable matrimonio de la mesa de los rusos pobres había tenido en cuenta el día del Señor: el marido había cambiado su cazadora de cuero por una especie de levita corta y las botas de fieltro por unos zapatos de cuero; ella, además del zarrapastroso boa que no se quitaba nunca, llevaba una blusa verde con seda y con cuello de volantes... Al verles, Hans frunció el entrecejo y se ruborizó, lo que le ocurría con mucha frecuencia.

Inmediatamente después del segundo desayuno comenzó el concierto en la terraza. La banda, compuesta por toda suerte de instrumentos de viento, alternó piezas solemnes y alegres casi hasta la hora de comer. Durante el concierto, la cura de reposo no era estrictamente obligatoria. Cierto es que algunos disfrutaron de aquel regalo para los oídos desde sus respectivas terrazas, y también en la explanada del jardín había tres o cuatro tumbonas ocupadas; sin embargo, la mayoría de los huéspedes permaneció sentada a las pequeñas mesas blancas del porche, mientras que los más desenfadados, que tal vez encontraban demasiado formal sentarse, se instalaron en los escalones de piedra que conducían al jardín y dieron rienda suelta a sus ganas de divertirse. Eran jóvenes enfermos de ambos sexos que Hans Castorp ya conocía de vista o incluso por sus nombres. Herminie Kleefeld se hallaba entre ellos, así como el señor Albin, que ofrecía a todo el mundo una gran caja de chocolatinas adornada con flores, aunque él, en vez de comer, se limitaba a fumar con rostro paternal cigarrillos con una boquilla dorada. A éstos se sumaban −entre otros− el jovencito de labios carnosos de la Sociedad del Medio Pulmón; la señorita Levy, delgada y ebúrnea como de costumbre; un joven de cabello rubio ceniciento al que llamaban Rasmussen y que siempre iba con las manos a la altura del pecho colgando como dos lánguidas aletas; la señora Salomon, de Amsterdam, una mujer corpulenta vestida de rojo que igualmente se había unido a la juventud y detrás de la cual estaba sentado el joven de cabellos ralos que tocaba fragmentos del *Sueño de una noche de verano* al piano, rodeando sus puntiagudas rodillas con los brazos y con su triste mirada clavada en la bronceada nuca de la mujer; una señorita pelirroja que venía de Grecia; otra joven de origen desconocido, que guardaba un asombroso parecido con un tapir; el colegial tragón de las gruesas gafas; otro muchacho de quince o dieciséis años que llevaba un monóculo y que, mientras tosía, se llevaba a la boca la uña del dedo meñique, larga cual espátula, y que, sin duda, era un imbécil redomado.

El joven de la uña larga contó a Joachim en voz baja que, a su llegada, estaba aún muy poco enfermo, que no tenía fiebre, que sólo había sido enviado allá arriba por precaución de su padre, que era médico y que, según la opinión del médico jefe, debía permanecer allí unos tres meses. Sin embargo, ahora que habían transcurrido esos tres meses, tenía entre 37,8 y 38 grados y estaba seriamente enfermo. Claro que llevaba una vida tan alocada que era para matarlo.

Los dos primos se habían sentado solos a una mesa, pues Hans Castorp fumaba para acompañar la espesa cerveza negra del almuerzo, que se había sacado fuera, y, de vez en cuando, encontraba algo de placer en su cigarro. Un poco aturdido por la cerveza y por la música, que, como siempre, le hacía bostezar y ladear ligeramente la cabeza, contemplaba con los ojos enrojecidos aquella despreocupada vida de balneario; y el hecho de saber que todas aquellas personas sufrían en su interior un deterioro irremediable y que la mayoría de ellas tenía algunas décimas de fiebre no le disgustaba en absoluto, es más, se diría que otorgaba a todo ello un carácter especial, extraordinario, cierto atractivo moral. La gente bebía limonada gasificada en las mesitas y se hacía fotos en las terrazas. Otros cambiaban sellos, y la griega pelirroja hizo un retrato del señor Rasmussen en su cuaderno, aunque luego no quiso enseñárselo y, entre carcajadas que dejaban ver unos dientes muy separados, se giraba bruscamente a un lado y a otro de tal modo que él no consiguió arrancarle el cuaderno de las manos. Herminie Kleefeld, con los ojos entornados, estaba sentada en un escalón y llevaba el compás con un periódico enrollado, mientras permitía que el señor Albin le prendiese un ramito de flores silvestres en la blusa. El joven de labios carnosos, acurrucado a los pies de la señora Salomon, hablaba con la cabeza vuelta hacia ella, mientras el pianista al que clareaba el cabello seguía impertérrito, mirando su nuca.

Llegaron los médicos y se mezclaron con los pacientes; el doctor Behrens con su bata blanca y el doctor Krokovski con su bata negra. Pasaron entre las mesitas y el médico jefe supo tener una broma afable para cada una de ellas, dejando así una estela de alegría a su paso; luego subieron hacia el grupo de jóvenes, cuyo sector femenino, dándose codazos y mirándose de reojo, de inmediato se agrupó en torno al doctor Krokovski, mientras el médico jefe, haciendo honor al domingo, mostraba a los caballeros un curioso truco que sabía hacer con los cordones de sus zapatos: apoyó su enorme pie en uno de los escalones superiores, se deshizo la lazada, con un habilísimo gesto, sacó el cordón con una sola mano y, sin ayudarse de la otra, consiguió volver a hacer el lazo, esta vez entrecruzando el cordón en los agujeros, con tal maestría que todos quedaron asombrados y varios intentaron imitarle en vano.

Más tarde, también Settembrini apareció en la terraza. Procedente del comedor, llegó apoyándose en su bastón, vestido una vez más con su levita de paño y su pantalón amarillento, con su aire refinado, despierto y crítico. Miró a su alrededor y se aproximó a la mesa de los primos diciendo: «¡Ah, bravo!»; luego pidió permiso para sentarse.

—Cerveza, tabaco y música —dijo—. ¡Aquí está su patria! Veo que le gustan a usted los ambientes patrióticos, ingeniero. Está usted en su elemento, me alegro de veras. Déjeme compartir la armonía de su estado.

A Hans Castorp le cambió la cara. Ya lo había hecho antes al divisar al italiano. Dijo entonces:

—Llega tarde al concierto, señor Settembrini, está a punto de terminar. ¿No le gusta la música?

—Si me la imponen, no —contestó Settembrini—. No según el calendario; no cuando huele a farmacia y me la prescriben con receta médica. Todavía doy importancia a mi libertad, o al menos a ese resto de libertad y dignidad humana que aún conservamos. Vengo a estos conciertos de visita, al igual que hace usted entre nosotros; paso un cuarto de hora y sigo mi camino. Eso me proporciona una ilusión de independencia. No digo que sea algo más que una ilusión, pero ¿qué quiere usted...? ¡Con tal de que brinde cierta satisfacción! El caso de su primo es distinto. Para él es como estar de servicio. ¿No es verdad, teniente, que usted considera que esto forma parte de sus obligaciones? ¡Oh, no se esfuerce, sé que conoce el truco para conservar su orgullo aun en la esclavitud! Un truco desconcertante. No todo el mundo en Europa entiende de eso. ¿Me preguntaba acerca de la música? ¿Si soy amante de la música? Pues bien, cuando usted dice «amante de la música» —en realidad, Hans Castorp no recordaba si lo había dicho así—, la expresión no está mal elegida, encierra un matiz de tierna frivolidad. Bien, pues... lo acepto. Sí, soy amante de la música, lo cual no significa que la aprecie particularmente, tal y como aprecio y amo, por ejemplo, la palabra, el vehículo del espíritu, el instrumento, el resplandeciente arado del progreso... La música... es lo no articulado, lo equívoco, lo irresponsable, lo indiferente. Tal vez quieran objetar que puede ser clara. Pero la naturaleza también, al igual que un simple arroyuelo puede ser claro, ¿y de qué nos sirve eso? No es la claridad verdadera, es una claridad ilusoria que no nos dice nada y no compromete a nada, una claridad sin consecuencias y, por tanto, peligrosa, puesto que nos seduce y nos amansa... Concedan ustedes esa magnanimidad a la música. Bien..., así inflamará nuestros afectos. ¡Pero lo importante es poder inflamar nuestra razón! La música parece ser el movimiento mismo, pero a pesar de eso, sospecho en ella un atisbo de estatismo. Déjeme llevar mi tesis hasta el extremo. Siento hacia la música una antipatía de índole política.

Hans Castorp no pudo contenerse y se dio una palmada en la rodilla a la vez que exclamaba que en su vida había oído nada semejante.

—Considérelo a pesar de todo, ingeniero —dijo Settembrini sonriendo—. La música es inapreciable como medio supremo de provocar el entusiasmo, como fuerza que nos eleva y nos arrastra hacia delante, cuando encuentra un espíritu preparado para sus efectos. Sin embargo, la literatura debe haberla precedido. La música sola no hace avanzar el mundo. La música sola es peligrosa. Para usted personalmente, ingeniero, no me cabe duda de que es peligrosa. La expresión de su cara me lo reveló cuando llegué.

—¡Ah, mi cara...! ¡No se fíe de mi cara, señor Settembrini! No puede imaginar hasta qué punto me desfigura el aire de aquí arriba. Me está costando aclimatarme mucho más de lo que creí.

—Me temo que se equivoca.

—¡Qué va! ¿Por qué? ¡Ni yo mismo sé por qué me siento siempre tan fatigado y ardiendo!

—Pues yo pienso que debemos estar agradecidos a la dirección por estos conciertos —dijo Joachim con aire reflexivo–. Usted considera el asunto desde una perspectiva más elevada, señor Settembrini, por así decirlo, como escritor, y en ese sentido no puedo contradecirle. A pesar de todo, creo que debemos mostrarnos agradecidos por un poco de música. Yo no soy especialmente melómano, y además las obras interpretadas no son nada del otro mundo, ni clásicas ni modernas; es música para banda, sin más. A pesar de todo, no deja de ser un cambio agradable unas pocas horas de algo diferente, quiero decir: estructura el tiempo y llena ese tiempo en concreto, confiriéndole un sentido propio frente al resto de horas, días y semanas que pasan con una monotonía escalofriante. Mire, cada una de esas piezas musicales sin pretensiones durará unos siete minutos, ¿no es verdad? Pues bien, esos minutos tienen entidad propia, tienen un principio y un final, se destacan, en cierto modo, quedan a salvo de la rutina que lo arrastra todo sin darnos cuenta. Además, esas obras por sí mismas también están estructuradas, en función de las frases musicales, y éstas a su vez se dividen en compases, de manera que siempre ocurre algo y cada instante adquiere un sentido propio en el cual uno puede orientarse, mientras que en otros casos... No sé si me he explicado...

–¡Bravo! –exclamó Settembrini–. ¡Bravo, teniente! Ha definido a la perfección un aspecto incontestablemente moral de la música, a saber: que estructura el tiempo a través de un sistema de proporciones de una particular fuerza y así le da vida, alma y valor. La música saca al tiempo de la inercia, nos saca a nosotros de la inercia para que disfrutemos al máximo del tiempo... La música despierta..., y en este sentido es moral. El arte es moral en la medida en que despierta a las personas. Pero ¿qué pasa cuando ocurre lo contrario: cuando anestesia, adormece y obstaculiza la actividad y el progreso? La música también puede hacer eso, es decir, ejercer la misma influencia que los estupefacientes. ¡Un efecto diabólico, señores míos! El opio es cosa del diablo, pues provoca el embotamiento de la razón, el estancamiento, el ocio, la pasividad... Les aseguro que la música encierra algo sospechoso. Sostengo que es de una naturaleza ambigua. Y no es ir demasiado lejos si la califico de políticamente sospechosa.

Continuó disertando en ese tono, y Hans Castorp le escuchaba pero no lograba comprenderle del todo, en primer lugar a causa del cansancio, y luego también porque le distraía la ligereza en el trato que mostraban los jóvenes de la escalera. ¿Era posible lo que veía...? ¡La señorita con cara de tapir se dedicaba a coserle un botón de la rodilla del pantalón de deporte al joven del monóculo! Y eso al tiempo que su respiración se hacía pesada y febril por el asma y que el muchacho tosía y se llevaba a la boca aquella espátula que era la uña de su meñique. Ambos estaban enfermos, y sin embargo aquella actitud daba fe de que reinaban unos usos sociales harto peculiares allí arriba, entre los jóvenes.

La banda tocaba una polca...

HIPPE

De este modo el domingo fue un día distinto. La tarde, además, se destacó por las excursiones en coche que realizaron varios grupos de huéspedes; después del té, diversos coches de dos caballos subieron hasta lo alto de la curva y se detuvieron ante la puerta principal para recoger a quienes los habían solicitado. Casi todos eran rusos; mujeres rusas, para ser exactos.

—Los rusos siempre salen de paseo en coche —dijo Joachim a Hans Castorp.

Estaban ante el portón de entrada y observaban a los excursionistas para distraerse.

—Van a Clavadell, o al lago, o al valle del Flüela, o a Klosters. Ésas son las excursiones que hay. Si quieres, también podemos ir algún día. Pero creo que por ahora tienes bastante con aclimatarte y no necesitas emprender nada más.

A Hans Castorp le pareció bien. Tenía un cigarrillo en la boca y las manos en los bolsillos del pantalón. En tal postura miraba cómo la menuda y animosa anciana rusa, acompañada de su delgada sobrina nieta, tomaba asiento en un coche con otras dos damas: eran Marusja y madame Chauchat. Ésta se había puesto un fino guardapolvo con cinturón, pero no llevaba sombrero. Se sentó al lado de la anciana dama al fondo del coche, mientras que las muchachas se instalaron de espaldas a la marcha. Las cuatro estaban muy contentas y no paraban de hablar en su lengua, esa lengua tan dulce y que parece no tener aristas. Hablaban y reían de la manta del coche, con la que a duras penas intentaban taparse todas juntas, de las frutas confitadas rusas que la anciana tía llevaba en una cajita de madera forrada de algodón y puntillas de papel y que ya comenzaba a circular... Hans Castorp distinguía con facilidad la voz velada de madame Chauchat. Como siempre, cada vez que aquella mujer despreocupada aparecía ante sus ojos, confirmaba aquel parecido que no había logrado identificar hasta que surgió en uno de sus sueños. Sin embargo, la risa de Marusja, la mirada de sus ojos redondos y castaños que se asomaban puerilmente por encima del pañuelito que le tapaba la boca, y su opulento pecho, el cual, en contra de lo que parecía, se encontraba gravemente enfermo en su interior, le recordaron otra cosa muy distinta, algo estremecedor que había observado hacía poco; así pues, dirigió la vista hacia Joachim sin mover la cabeza. Gracias a Dios, el rostro de éste no estaba tan manchado como aquel otro día, y tampoco sus labios se habían contraído en aquella horrenda mueca. Joachim miraba a Marusja en una actitud y con unos ojos que no tenían nada de militares; por el contrario, le hacían tan triste y ensimismado que a nadie se le hubiera ocurrido pensar que no era un civil cualquiera. En aquel instante, en cambio, recuperó la compostura y miró rápidamente a Hans Castorp, quien, a su vez, apenas tuvo tiempo de rehuir la mirada y desviarla hacia cualquier parte. Sentía cómo su corazón se agitaba sin razón alguna, por su propio capricho, como siempre le ocurría allí arriba.

El resto del domingo no ofreció nada extraordinario, a excepción tal vez de las comidas, que, como no podían ser más abundantes que de costumbre, al menos se distinguían por la especial delicadeza de los platos. (Para comer, por ejemplo, hubo *chaud-froid* de gallina, trufado con cangrejos y cerezas troceadas; acompañando el helado, repostería en cestillos de azúcar y, como colofón, piña natural.) Por la noche, después de tomarse su cerveza, Hans Castorp sintió que sus miembros estaban extenuados, más temblorosos y pesados que los días anteriores y, hacia las nueve, dio las buenas noches a su primo, se apresuró a taparse con el edredón hasta la barbilla y se durmió como si le hubiesen pegado una paliza.

Ya el día siguiente, el primer lunes que el visitante pasaba allí arriba, trajo una nueva variación en el orden del día que, en lo sucesivo, vería repetirse periódicamente: una de las conferencias que el doctor Krokovski daba cada quince días en el comedor para todos los pacientes adultos del sanatorio Berghof que entendieran alemán y no estuvieran moribundos.

Se trataba, según informó Joachim a su primo, de un ciclo de lecciones magistrales, una especie de cursillo de divulgación científica que llevaba el título general de: «El amor como factor patógeno». Este instructivo pasatiempo tenía lugar después del segundo desayuno y, según dijo también Joachim, no se toleraba —o al menos estaba muy mal visto— que se dejase de asistir, por lo cual se consideraba una increíble impertinencia que Settembrini, a pesar de que hablaba el alemán mejor que nadie, no sólo no acudiese jamás a las conferencias sino que, además, hiciera comentarios despectivos sobre ellas. En lo que se refiere a Hans Castorp, estaba decidido a ir, en principio por mera cortesía, aunque luego también por una curiosidad manifiesta. Sin embargo, antes cometió una equivocación, un craso error: se le ocurrió salir a dar un largo paseo por su cuenta, del cual se resintió hasta un punto que nunca hubiera supuesto.

—¡Ahora vas a ver! —fueron sus primeras palabras, cuando Joachim entró en su habitación por la mañana—. Es evidente que no puedo continuar así. Estoy más que harto de pasarme el día en posición horizontal; con esta vida se queda uno sin sangre en las venas. Tu caso es completamente distinto, tú estás en tratamiento y no quiero ser una mala influencia para ti. Pero tengo ganas de dar un largo paseo, directamente después del desayuno, si no te importa que salga un rato al mundo, hacia donde me conduzca el azar. Llevaré algunas provisiones y así no dependeré de nada. Ya veremos si soy otro hombre cuando regrese.

—Muy bien —dijo Joachim, al darse cuenta de que los deseos y propósitos de su primo eran serios—. Pero no te excedas, te lo aconsejo. Aquí las cosas son muy distintas de allá abajo. Procura estar de regreso a la hora de la conferencia.

En realidad aquella idea del joven Hans Castorp no sólo obedecía a razones físicas. Le daba la sensación de que el horrible calor que notaba en la cabeza, el mal sabor de boca que tenía casi todo el tiempo y las caprichosas palpitaciones de su corazón no se debían tanto a sus dificultades de aclimatación como a otros factores, por ejemplo: las indecorosas actividades del matrimonio ruso de la habitación contigua; los comentarios que hacía en la mesa la señora Stöhr, estúpida y enferma a la vez; la tos pastosa del caballero austríaco que oía todos los días en los pasillos; las afirmaciones del señor Albin; las impresiones que había recibido acerca del trato entre los jóvenes enfermos; la expresión del rostro de Joachim cuando miraba a Marusja, y otras tantas cosas por el estilo. Pensó que sería bueno escapar del círculo vicioso del sanatorio Berghof, respirar profundamente al aire libre y hacer ejercicio para así tener al menos un motivo al que achacar por qué estaba tan cansado por las noches. En tan enérgica disposición se separó de Joachim cuando, después del desayuno, éste se dispuso a emprender su obligado paseo diario hasta el banco del arroyuelo, y, meneando alegremente el bastón, tomó su propio camino carretera abajo.

Hacía una mañana fresca y cubierta; serían las ocho y media. Como se había propuesto, Hans Castorp aspiró profundamente el aire puro de la mañana, ese aire fresco y ligero que penetra sin esfuerzo, carente de humedad, de contenido, de recuerdos... Franqueó el torrente y los raíles del tren de vía estrecha, encontró el camino irregularmente urbanizado y enseguida volvió a abandonarlo para adentrarse por un sendero a través de los prados que, tras un corto tramo en llano, conducía por la ladera derecha de la montaña en una fuerte pendiente. Esa subida alegró a Hans Castorp, su pecho se ensanchó, se echó el sombrero hacia atrás con el puño del bastón y, cuando contempló el paisaje desde cierta altura y divisó a lo lejos el lago por el que había pasado a su llegada, se puso a cantar.

Cantaba lo que le iba viniendo a la cabeza, toda suerte de canciones sentimentales y populares, las típicas de los cancioneros de estudiantes, y entre ellas una que contenía los siguientes versos:

Que los bardos canten al amor y al vino,
pero con más frecuencia a la virtud...

Al principio cantó en voz baja, luego a pleno pulmón. Su voz de barítono dejaba bastante que desear, pero aquel día le pareció bella y se entusiasmaba más y más a medida que iba cantando. Si la melodía le resultaba demasiado aguda, apelaba al falsete, y aun éste continuaba pareciéndole bello. Cuando le fallaba la memoria, salía del paso poniendo a la música palabras y sílabas sin sentido que, como hacen los cantantes de ópera, pronunciaba con los labios redondeados y esplendorosas erres vibrantes; y pasó a inventar tanto el texto como la melodía y a acompañar su improvisación con gestos operísticos de los brazos. Como resulta muy trabajoso subir y cantar al mismo tiempo, pronto comenzó a faltarle el aliento. Ahora bien, por puro idealismo, por amor a la belleza del canto, resistió como un valiente y, entre frecuentes suspiros, siguió cantando hasta su último aliento, hasta que, finalmente, a punto de quedarse sin respiración, ciego, sin ver más que borrosas chispas de color y con el pulso desbocado, se dejó caer al pie de un grueso pino, víctima, tras aquel ataque de euforia, del más profundo desaliento, de una resaca rayana en la desesperación.

Cuando, una vez recobradas las fuerzas, se puso en pie para reanudar el paseo, la nuca le temblaba con tal fuerza que, a pesar de su juventud, movía la cabeza como antaño hiciera el viejo Hans Lorenz Castorp. Aquel fenómeno le recordó cariñosamente a su difunto abuelo y, sin interpretarlo como una contrariedad, se imaginó, complacido, imitando también el elegante cuello alto con corbata de lazo mediante el cual el anciano trataba de controlar su temblor y que tanto le había gustado de niño.

Subió aún más haciendo zigzag. Le atrajo el son de los cencerros y, en efecto, encontró un rebaño que pacía en las cercanías de una cabaña de madera, cuyo tejado estaba sujeto con piedras. Dos hombres con barba caminaban hacia él y, al llegar casi hasta él, se separaron.

—¡Bueno, adiós y mil gracias! —dijo uno al otro con voz profunda y gutural y, cambiándose el hacha de hombro, emprendió el descenso campo a través, entre los pinos del valle, haciendo crujir las hojas del suelo a su paso.

En la soledad de la montaña, aquellas palabras, aquel «¡Adiós y mil gracias!», resonaron, y Hans Castorp, quien entre la ardua subida y el canto ya venía enajenado, las percibió como el eco de algo soñado. Las repitió en voz baja, de un modo muy especial, intentando imitar el habla gutural, solemne a la vez que tosca del montañés; luego siguió ascendiendo, dejando atrás la cabaña alpina, pues quería alcanzar la linde del bosque. Sin embargo, tras echar un vistazo al reloj, renunció a su propósito.

Tomó un sendero a la izquierda que, primero en terreno llano y luego cuesta abajo, conducía a la aldea. Se internó en un bosque de coníferas de altos troncos y, mientras lo atravesaba, incluso volvió a cantar un poco en voz baja aunque sin esforzarse, pues al bajar le temblaban las rodillas de un modo todavía más inquietante que antes. En cambio, al salir del bosque, para su sorpresa, se encontró ante la espléndida vista que se le ofrecía: un paisaje íntimamente cerrado sobre sí mismo, de una plasticidad tan serena como grandiosa.

Por la vertiente de la derecha, un torrente descendía por su lecho pedregoso y llano, deshaciéndose en espuma sobre unos bloques de roca escalonados, a modo de bancales, y luego fluía lentamente hacia el valle, por debajo de un pintoresco puentecillo rústico con barandilla de madera. El fondo del valle tenía el color azul de una especie de campánulas perennes que crecían por todas partes. Imponentes pinos, de troncos gigantescos y armoniosos, se veían aislados o en pequeños grupos al fondo del barranco y en las laderas; había uno al borde del torrente que tenía las raíces en la misma roca, de manera que salía torcido y grotesco, rompiendo la perfecta simetría del cuadro. El mágico murmullo de la soledad del bosque impregnaba aquel hermoso lugar apartado del mundo. Al otro lado del torrente Hans Castorp divisó un banco para descansar.

Cruzó el puentecillo y se sentó a contemplar el hermoso espectáculo del torrente, el fluir del agua convertida en espuma; a escuchar aquel rumor idílico y uniforme, monótono y a la vez lleno de incontables voces distintas. Hans Castorp amaba el murmullo del agua tanto como la música, quizá incluso más. Pero apenas se sentó, comenzó a sangrarle la nariz, hasta el punto de que no pudo evitar mancharse el traje. La hemorragia era violenta, persistente, y pasó al menos media hora yendo y viniendo sin cesar del banco al torrente para aclarar su pañuelo, empaparlo en agua fresca y tenderse de nuevo en el banco de madera con el pañuelo húmedo en la nariz. Permaneció tendido hasta que la hemorragia se detuvo, con las manos cruzadas detrás de la cabeza, las rodillas dobladas, los ojos cerrados y los oídos llenos de rumores. No sentía un excesivo malestar, sino más bien la tranquilidad producida por aquella abundante sangría, como si su actividad vital hubiese quedado extrañamente disminuida, pues, al respirar, tuvo la impresión de no necesitar hacerlo de nuevo y, con el cuerpo inmóvil, dejó que su corazón palpitase unas cuantas veces antes de aspirar de nuevo, superficial y perezosamente, más tarde de lo normal.

De pronto se encontró transportado a aquel estado primigenio del alma de cuyo arquetipo había surgido un sueño que había tenido algunas noches atrás, modelado después según sus impresiones más recientes. Y fue una sensación tan fuerte, tan infinita, se vio tan enteramente transportado a aquel momento y a aquel lugar del pasado, hasta el punto de perder la conciencia del tiempo y del espacio, que se hubiera dicho que era un cuerpo inanimado el que yacía en el banco, junto al torrente, mientras que el verdadero Hans Castorp se hallaba muy lejos, en un tiempo y un espacio remotos, y además en una situación arriesgada y singularmente embriagadora a pesar de su sencillez...

Tenía trece años, era alumno de tercer curso de bachillerato, un muchacho de pantalón corto, y estaba en el patio, charlando con otro chico de su misma edad pero de otra clase. Era una conversación que Hans Castorp había entablado bastante azarosamente, pero que a pesar de su forzosa brevedad –pues giraba en torno a un objeto muy concreto que se prestaba a pocos comentarios–, le satisfacía enormemente. Estaban en el recreo entre la penúltima y la última clase, entre la de historia y la de dibujo para el curso de Hans Castorp. En el patio –que tenía el suelo de baldosas rojas y estaba rodeado por un muro, rematado con tejas y con dos puertas de entrada–, los alumnos deambulaban en filas, formaban grupos o se apoyaban, medio sentados, en los saledizos esmaltados del muro del edificio. Se escuchaba un fuerte bullicio. Un profesor con sombrero de ala ancha vigilaba a los alumnos mientras se comía un bocadillo de jamón.

El chico con el que hablaba Hans Castorp se apellidaba Hippe y se llamaba Pribislav. Curiosamente la «r» se pronunciaba como una «ch», había que decir «Pchibislav», y aquel extraño nombre casaba a la perfección con el aspecto del colegial, que no era nada común, sino más bien un tanto exótico. Hippe, hijo de un historiador y profesor del liceo y, por consiguiente, alumno modélico y adelantado en un curso a Hans Castorp, aunque no mucho mayor que él, era natural de Mecklemburgo, y su persona constituía sin duda el producto de una antigua mezcla de razas, de una alianza de sangre germánica y wendoeslava o eslavo-wéndica. En realidad era rubio (llevaba los cabellos cortados al rape). Sus ojos grises azulados, o azules grisáceos –pues se trataba de un color un tanto indefinido y de múltiples matices– presentaban sin embargo una forma particular: eran achinados y, de cerca, incluso se veían en posición un poco oblicua; luego, bajo esos ojos, se destacaban unos pómulos muy marcados. En su conjunto, un rostro nada feo, al contrario, más bien atractivo, pero que le había valido entre sus camaradas el apodo de «el Tártaro». Por otra parte, Hippe llevaba ya pantalón largo y una chaqueta azul muy entallada y abrochada hasta arriba, en cuyo cuello solían almacenarse algunas motas de caspa.

El caso era que Hans Castorp se había fijado en el tal Pribislav desde hacía tiempo; le había elegido entre la multitud de conocidos y desconocidos del patio del colegio, se interesaba por él, le seguía con la mirada... ¿podría decirse que le admiraba? Sea como fuese, le observaba con especial atención y, ya de camino al colegio, se ilusionaba con la idea de verle con sus compañeros de clase, verle hablar, verle reír y distinguir de lejos su voz, que siempre tenía agradablemente tomada, como velada y un poco ronca. Cierto es que no había razón suficiente para tal interés, como no fueran aquel nombre pagano, aquella cualidad de alumno modélico (lo cual, desde luego, no significaba nada), o finalmente aquellos ojos de tártaro –unos ojos que, cuando miraban de reojo, de una manera muy especial, que no tenía por objeto el ver nada, se tornaban misteriosos bajo una sombra tan oscura como seductora–. Pero tampoco era menos cierto que Hans Castorp no se preocupaba demasiado en justificar racionalmente sus sensaciones y, menos aún, del nombre que hubiera podido dárseles. De amistad no podía hablarse, puesto que ni siquiera «conocía» a Hippe. Pero, en primer lugar, nada obligaba a dar un nombre a aquellos sentimientos cuando ni siquiera se planteaba que pudieran verbalizarse. En segundo lugar, un nombre implica –si no una relación crítica hacia el objeto designado– una definición, es decir, una clasificación dentro del orden de lo conocido y habitual, mientras que Hans Castorp estaba inconscientemente convencido de que algo tan íntimo como aquello debía guardarse de una vez por todas de las definiciones y las clasificaciones.

Justificados o no, aquellos sentimientos tan alejados de un nombre y cualquier forma de articulación, eran de una fuerza tal que Hans Castorp llevaba casi un año –esto era aproximado, pues en realidad era imposible determinar su inicio– alimentándolos en silencio, lo cual, al menos, daba muestras de la fidelidad y constancia de su carácter (si se tiene en cuenta lo largo que es, en proporción, un año a esa edad). Desgraciadamente, las palabras que designan un rasgo de carácter siempre encierran un juicio moral, bien sea en forma de elogio o de crítica, si bien todo juicio, en el fondo, tiene ambas caras. La «fidelidad» de Hans Castorp, de la que él no se sentía particularmente orgulloso, consistía –dicho sin valoración alguna– en una cierta pesadez, lentitud y obstinación, en un espíritu conservador por principio que consideraba las condiciones y las relaciones de la vida tanto más dignas de estima y de ser perpetuadas cuanto más perdurables eran de por sí. De ese modo, se inclinaba a creer en la duración infinita del estado en el que él mismo se hallaba, estimándolo precisamente por eso y sin ninguna intención de cambiar. Así pues, se había acostumbrado de todo corazón a aquella relación, muda y desde la distancia, con Pribislav Hippe, y la veía básicamente como uno de los pilares inamovibles de su vida. Amaba la excitación que le causaba, la tensión de si se encontrarían ese día, si el otro pasaría cerca de él, si tal vez le miraría... amaba las calladas y tiernas pequeñas satisfacciones que le producía su secreto, e incluso las decepciones obligadas, la más grande de las cuales era que Pribislav «faltase», pues entonces el patio parecía desierto y el día quedaba privado de todo su sabor, aunque persistiera la esperanza.

Aquello duró un año, hasta llegar al punto culminante de la aventura que vamos a relatar; luego duró otro año más gracias a la fidelidad conservadora de Hans Castorp, y luego se terminó. Y, además, se terminó sin que él se diese cuenta de que los lazos que lo ligaban a Pribislav Hippe se aflojaban y se deshacían del todo, como tampoco se había dado cuenta de su formación.

Por otra parte, Pribislav abandonó la escuela y la ciudad debido a un traslado de su padre, aunque Hans Castorp apenas se enteró; ya le había olvidado por entonces. Se puede decir que la figura del «Tártaro» había aparecido en su vida como surgida de la niebla, volviéndose cada vez más límpida y tangible, hasta llegar a aquel instante de máxima proximidad y corporeidad: aquel día en el patio; luego había permanecido algún tiempo así, en primer plano, y se había ido desvaneciendo poco a poco sin la tristeza de las despedidas, para sumirse de nuevo en la niebla.

Pero aquel instante concreto, aquella situación arriesgada, aquella aventura en la que Hans Castorp se vio enfrentado, aquella conversación, una verdadera conversación con Pribislav Hippe, se produjo del siguiente modo:

Era la hora de la clase de dibujo y Hans Castorp se dio cuenta de que había olvidado el lápiz. Cada uno de sus compañeros iba a necesitar el suyo, pero él conocía a algunos muchachos de otras clases a quienes pedir prestado uno. Sin embargo, pensó que a quien más conocía de todos era a Pribislav Hippe, con quien tanto tiempo de relación silenciosa llevaba ya; y, en un arranque de determinación, decidió aprovechar la ocasión —y lo llamó «ocasión»— y pedirle el lápiz. Ni se le ocurrió que fuese a ser una situación un tanto peculiar, que en realidad no conocía a Hippe; o no le preocupó, cegado de repente por una extraña falta de reparos. Y así fue que, entre el habitual jaleo del patio, se encontró realmente ante Pribislav Hippe y le dijo:

—Perdona, ¿puedes prestarme un lápiz?

Y Pribislav lo miró con sus ojos de tártaro por encima de los pómulos salientes y con su voz agradablemente ronca, sin extrañarse, o al menos dar muestra de ello, le respondió:

—Con mucho gusto —dijo—. Pero me lo tienes que devolver sin falta después de la clase.

Y sacó el lápiz del bolsillo; un portaminas plateado con una anilla que había de correrse hacia arriba para que la punta roja saliese del fino cilindro de metal. Le explicó el sencillo mecanismo mientras las cabezas de ambos se inclinaban sobre él.

—¡Pero no lo rompas! —añadió.

¿Qué insinuaba? Como si Hans Castorp hubiese tenido la intención de no devolver el lapicero o de no tener cuidado con él.

Luego se miraron sonriendo y, como no había nada más que decir, se volvieron, se dieron la espalda y se separaron.

Eso fue todo. Pero Hans Castorp no se había sentido nunca tan contento como durante aquella clase de dibujo en que usó el lápiz de Pribislav Hippe... y, además, con la perspectiva de tener que devolverlo a su dueño, un placer que, a fin de cuentas, no era sino la consecuencia lógica y natural de lo anterior. Se tomó la libertad de sacar punta al lápiz y conservó tres o cuatro de las virutas rojas en un cajón interior de su pupitre durante casi todo un año; nadie habría sospechado la importancia que tenían. Por otra parte, la devolución del lápiz se llevó a cabo de la forma más sencilla, enteramente de acuerdo a las intenciones de Hans Castorp, es más: para cierto orgullo de éste, en su estado de enajenación y euforia por el trato íntimo con Hippe.

—¡Toma —dijo—, muchas gracias!

Pribislav no dijo nada, se limitó a revisar fugazmente el mecanismo y a guardar el lápiz en el bolsillo...

No volvieron a hablar nunca más, pero al menos aquella vez, gracias al arrojo de Hans Castorp, había sucedido...

Abrió los ojos, confundido ante la viveza de su ensoñación. «Creo que he soñado —pensó—. Sí, era Pribislav... Hacía mucho tiempo que no pensaba en él. ¿Dónde habrán ido a parar las virutas del lápiz? El pupitre está en el desván, en casa de mi tío Tienappel. Deben de estar todavía en el cajoncito interior de la izquierda. No las saqué jamás. Ni siquiera me acordé de tirarlas... Era Pribislav en carne y hueso, nunca hubiera creído que volvería a verle con tanta claridad. ¡Cómo se parecía a esa mujer del sanatorio! ¡A la de aquí arriba! ¿Por eso me interesa tanto ella? O es al revés: ¿Por eso me interesó tanto él en tiempos? ¡Tonterías! ¡Menudas tonterías! Por cierto, tengo que irme y, además, lo antes posible.»

Sin embargo, permaneció un rato tendido, soñando y recordando. Luego se puso en pie.

—¡Adiós, pues, y mil gracias! —dijo, y sonrió mientras los ojos se le llenaban de lágrimas.

Se dispuso a iniciar el camino de regreso, se volvió a sentar de golpe pero con el sombrero y el bastón en la mano, pues se dio cuenta de que las rodillas no le sostenían.

«¡Vaya! —pensó—. Pues no me puedo ir... Sin embargo, a las once en punto debo estar en el comedor para la conferencia.

Los paseos son aquí muy agradables, pero, según parece, tienen también sus dificultades. De todos modos, no puedo quedarme aquí. Lo que ocurre es que estoy un poco anquilosado de estar tumbado; en cuanto me mueva, mejoraré.»

E intentó de nuevo ponerse en pie y, con gran esfuerzo, lo consiguió.

A pesar de aquella partida orgullosa, el regreso fue harto penoso. Varias veces tuvo que descansar al borde del camino al sentir que el rostro se le quedaba blanco, que le corría un sudor frío por la frente y que la taquicardia le impedía respirar. Logró descender por el serpenteante sendero a durísimas penas y, cuando llegó al valle cercano al sanatorio, vio con entera claridad que era incapaz de recorrer el hermoso tramo que le quedaba hasta el Berghof por su propio pie y, como no había tranvías ni ningún coche de alquiler, rogó a un hombre que conducía una carreta llena de cajas vacías en dirección hacia el pueblo que le dejase subir. Recorrió el camino espalda con espalda con el carretero, con las piernas colgando por la parte trasera del vehículo, cabeceando, medio traspuesto y también por culpa de los botes que daba la carreta, bajo la mirada sorprendida de los transeúntes; se bajó cerca del paso a nivel, pagó sin mirar si era mucho o poco y subió apresuradamente por el camino del sanatorio.

—*Dépêchez-vous, monsieur!* —le dijo el portero francés—. *La conférence de monsieur Krokovski vient de commencer.*

Hans Castorp dejó el bastón y el sombrero en el guardarropa y, mordiéndose la lengua, se coló con cautelosa premura por la puerta de cristales, apenas entreabierta, y entró en el comedor, donde los internos, en sillas dispuestas en hilera, escuchaban al doctor Krokovski, quien —de levita para la ocasión— disertaba de pie, detrás de una mesa cubierta con un tapete y sobre la cual habían colocado una frasca de agua, en la parte más estrecha del salón.

Un asiento libre, en un rincón cercano a la puerta, atrajo felizmente su mirada. Se deslizó hasta él, sentándose de lado, y puso cara de estar allí sentado desde el principio. El público, que seguía los labios del doctor Krokovski como hipnotizado, apenas reparó en él; afortunadamente, pues Hans Castorp ofrecía un aspecto espantoso. Su rostro estaba pálido como el lino y llevaba el traje manchado de sangre, de modo que parecía un asesino que acabase de cometer un crimen. Por supuesto, la dama que se hallaba sentada delante de él volvió la cabeza y le miró de arriba abajo con los ojos entornados. Era madame Chauchat. La reconoció con cierta irritación. ¡Qué fatalidad! ¿Es que no iba a tener ni un momento de paz? Él que esperaba poder sentarse tranquilamente y reponerse un poco, y ahora caía justo detrás de aquella mujer. ¿De qué le servía esta casualidad, que en otras circunstancias tal vez hubiera considerado feliz, ahora que se encontraba molido y sin resuello? La presencia de madame Chauchat imponía nuevos esfuerzos a su corazón y le tendría en vilo durante toda la conferencia. Ella le había mirado con los ojos del propio Pribislav, había observado su rostro y las manchas del traje (con bastante descaro, por cierto; como era de esperar en una mujer que daba portazos). ¡Qué modales tan horribles! No se parecía en nada a las mujeres de los círculos en que se movía Hans Castorp; aquellas mujeres que volvían la cabeza hacia los caballeros con quienes compartían la mesa con la espalda recta como una tabla y hablando con boquita de piñón. Madame Chauchat se dejaba caer sobre la silla como un fardo; con la espalda curva y los hombros caídos hacia delante; además, estiraba el cuello de manera que las vértebras de la nuca le asomaban por encima de la escotada blusa blanca. También Pribislav habría estirado así la cabeza. Claro que él era un alumno modélico que vivía rodeado de distinciones (aunque, sin duda, ésta no había sido la razón por la que Hans

Castorp le pidió prestado el lápiz), mientras que era evidente que la actitud negligente de la Chauchat, su manera de dar portazos y el descaro de su mirada estaban en relación con su enfermedad; es más: daban fe de esa libertad, de esas ventajas poco honrosas pero, a cambio, casi ilimitadas de las que alardeaba el joven señor Albin...

Los pensamientos de Hans Castorp se enmarañaron mientras miraba la espalda relajada de madame Chauchat; de pronto dejaron de ser pensamientos para convertirse en una especie de ensoñación, en la que retumbaba a lo lejos la voz lánguida de barítono del doctor Krokovski, con sus erres fangosas. Pero el silencio que reinaba en la sala, la profunda atención que mantenía a todo el mundo en tensión, se apoderó de él y le despertó por completo de su sopor.

Miró a su alrededor... Junto a él estaba sentado el pianista de cabellos ralos, con la cabeza echada hacia atrás, la boca entreabierta y los brazos cruzados, escuchando con atención. Algo más lejos, la institutriz, la señorita Engelhart, con los ojos ansiosos y manchas rojas en las mejillas, ardor que se encontraba también en los rostros de otras damas en las que se fijó Hans Castorp, por ejemplo, en el de la señora Salomon —sentada al lado del señor Albin—, y en el de la mujer del cervecero, la señora Magnus, la que no asimilaba las proteínas. En el rostro de la señora Stöhr, un poco más atrás, se dibujaba una expresión de exaltación ignorante que daba lástima verla, mientras que la señorita Levy, la del cutis de marfil, reclinada en la silla con los ojos semicerrados y las manos abiertas en el regazo, hubiera podido pasar perfectamente por un cadáver de no ser por la respiración, fuerte y acompasada, que hacía elevarse su pecho, lo cual recordó a Hans Castorp a una muñeca de cera con un mecanismo de relojería en el pecho que había visto una vez en una feria.

Varios internos se llevaban la mano hueca a la oreja, o sólo iniciaban ese gesto, quedándose con la mano levantada a medio camino, como si el exceso de atención los hubiera paralizado. El procurador Paravant, un hombre moreno de apariencia robusta, se limpiaba la oreja con el dedo índice para oír mejor, y luego la orientaba de nuevo hacia el aluvión de palabras del doctor Krokovski.

Pero ¿de qué hablaba el doctor Krokovski? ¿Qué argumentación estaba desarrollando? Hans Castorp procuró concentrarse para coger el hilo, lo que no consiguió enseguida porque se había perdido el principio y luego otro tanto pensando en la espalda curva de madame Chauchat. Habla del poder... de ese poder... En resumen: estaba hablando del poder del amor. ¡Naturalmente! El tema figuraba en el título general del ciclo de conferencias y, además, ¿de qué otra cosa hubiera podido hablar el doctor Krokovski, puesto que ésta era su especialidad? Era bastante extraño para Hans Castorp asistir de pronto a una conferencia sobre el amor, cuando todas a las que había asistido sólo trataban temas como el mecanismo de las transmisiones de a bordo de los buques. ¿Cómo era posible tratar un asunto tan íntimo y delicado en pleno día, ante damas y caballeros? El doctor Krokovski utilizaba un lenguaje medio poético y medio doctoral, con una frialdad inmisericordemente científica y, al mismo tiempo, con un tono cadencioso y musical, que pareció un poco inadecuado al joven Hans Castorp; aunque tal vez fuera ese tono lo que explicase el ardor de mejillas de las damas y la improvisada limpieza de orejas de los caballeros.

Lo más curioso era que el orador siempre empleaba la palabra «amor» en un sentido sutilmente ambiguo, de manera que nunca se sabía del todo a qué se refería, si a un sentimiento piadoso o a una pasión carnal... y ese vaivén producía una especie de mareo. En su vida había oído Hans Castorp pronunciar esa palabra tantas veces seguidas como aquel día en aquel lugar y, pensándolo bien, se dio cuenta de que él mismo jamás la había pronunciado, ni la había oído en una boca ajena. Quizá se equivocaba. En cualquier caso, no le pareció que la palabra ganase nada por ser repetida tantas veces. Por el contrario, aquellas dos sílabas, aquella consonante labial y aquella vocal redonda acabaron por parecerle repugnantes; las asociaba a una imagen como de leche aguada, a algo blanco azulado, flácido (sobre todo en comparación con las otras alusiones a la fuerza del doctor Krokovski). Era indudable que éste sabía decir cosas bien atrevidas sin que el público se marchara escandalizado. En modo alguno se contentaba con describir cuestiones bien conocidas pero habitualmente silenciadas en aquel tono cadencioso tan seductor; desmantelaba toda falsa ilusión, mostraba todo a la fría luz de la razón sin dejar espacio alguno a la fe sentimental en la dignidad del cabello cano o en la pureza angelical de la tierna infancia. Por otra parte, aunque se hubiese puesto levita, seguía llevando su blusón de cuello suelto y sus sandalias con calcetines grises, lo cual le daba un aire idealista, de hombre de principios, que —con todo— inspiró cierto temor a Hans Castorp.

Apoyándose en citas de libros y hojas sueltas que tenía sobre la mesa, en ejemplos y anécdotas, e incluso a veces recitando versos, el doctor Krokovski habló de formas aberrantes del amor, de variantes asombrosas, torturadas y aun siniestras de su naturaleza y su omnipotencia. De todos los instintos naturales —aseguraba—, era el más voluble y sensible, poseía una inclinación natural al extravío y una funesta perversión, lo cual no tenía nada de extraño, pues ese poderoso impulso era muy complejo y —por armónico que pareciese el conjunto— su misma esencia estaba compuesta por infinidad de facetas, por infinidad de perversiones. Ahora bien —prosiguió el doctor Krokovski—, dado que no era aceptable —y con razón— deducir que la perversión de las partes era sinónimo de perversión del todo, se imponía hacerse cargo de que la perversión de las diversas facetas estaba relacionada con la rectitud del conjunto, ya fuera en parte o, si cabe, en su totalidad. Así lo exigía la propia lógica; y así habían de tenerlo presente sus oyentes. Era el efecto armonizador y represivo de la resistencia moral y de ciertos correctivos, del instinto hacia la decencia y hacia el orden (y estuvo a punto de decir «burgués») lo que permitía una integración de esas partes pervertidas en un todo recto y útil: un proceso cada vez más frecuente y deseable cuyo resultado, en cambio (como añadió en tono despectivo), no competía al médico ni al filósofo. Pero, en otros casos, dicho proceso no tenía lugar, se resistía y debía resistirse siempre; y ¿quién podía decir de tales casos que no fueran tal vez más nobles, más valiosos desde un punto de vista moral? Porque, en estos casos, ambas constelaciones de fuerzas –por una parte, el impulso amoroso; por otra, los impulsos contrarios, entre los cuales cabe hacer especial mención el de la vergüenza y el asco– poseen una intensidad y una pasión que desborda todos los límites burgueses habituales; y porque la lucha entre ellas impide alcanzar esa pacificación, compensación y represión de los instintos desenfrenados que conduce a la armonía y a la vida amorosa de acuerdo con la norma.

Esa lucha entre las fuerzas de la castidad y el amor –pues de una lucha se trataba–, ¿cómo terminaba? Aparentemente con la victoria de la castidad. El temor, el decoro, el asco escrupuloso y el trémulo deseo de pureza han reprimido el amor y lo han mantenido encadenado a las tinieblas, concediendo que –a lo sumo– se realizasen y se tomase conciencia de sus desordenados impulsos en parte, pero desde luego, no con toda su fuerza y en su ingente pluralidad. Por ende, esa victoria de la castidad sólo es aparente, una victoria pírrica, dado que el impulso amoroso no se puede domeñar, no se puede violentar; el amor reprimido no muere; vive y, aun en la más secreta oscuridad, aspira a realizarse; rompe la mordaza de la castidad y vuelve a salir a la superficie, si bien en una forma diferente, irreconocible...

–¿Bajo qué forma y qué máscara reaparece, pues, el amor no admitido y reprimido? –preguntó el doctor Krokovski, y recorrió las filas del público con la mirada como si realmente esperase una respuesta de sus oyentes. Pero era él quien debía formular la respuesta después de haber dicho ya tantas otras cosas. Nadie excepto él lo sabía, sin duda él tenía una respuesta: se leía en su rostro. Con sus ojos ardientes, su palidez de cera, su barba negra y sus sandalias de monje con calcetines grises, parecía encarnar él mismo aquel combate entre la castidad y la pasión de que había hablado. Al menos ésta era la impresión de Hans Castorp mientras, como todo el mundo, esperaba con la mayor impaciencia enterarse bajo qué forma reaparecía el amor reprimido. Las mujeres apenas respiraban. El procurador Paravant se volvió a meter el dedo en la oreja para que, en el instante decisivo, estuviese bien abierta y receptiva.

Luego el doctor Krokovski dijo:

—Bajo la forma de la enfermedad. —El síntoma de la enfermedad era el reflejo de una actividad amorosa reprimida, toda enfermedad una metamorfosis del amor.

Ahora ya lo sabían, aunque no todos eran capaces de asimilarlo. Un suspiro recorrió la sala, y el procurador Paravant asintió con gesto de aprobación, mientras el doctor Krokovski continuó desarrollando su tesis. Hans Castorp, por su parte, bajó la cabeza para reflexionar sobre lo que había oído y preguntarse si lo comprendía. Mas como carecía de práctica en tales esfuerzos mentales y, además, estaba poco lúcido después de su extenuante paseo, su atención era fácil de distraer y, de hecho, inmediatamente le distrajo la espalda que tenía delante, el brazo que era su prolongación y se elevaba para después echarse hacia atrás y atusar los cabellos trenzados, justo ante los ojos de Hans Castorp.

Era agobiante tener aquella mano tan cerca de los ojos, no se podía evitar mirarla, observarla con todos sus defectos y particularidades humanas, como si se estudiase a través de una lupa. No, no tenía absolutamente nada de aristocrático aquella mano regordeta, de colegiala, con las uñas cortadas de cualquier manera; ni siquiera se tenía la certeza de que los

bordes estuviesen limpios, y los padrastros estaban todos mor-
didos, eso sí era evidente.

La boca de Hans Castorp se contrajo en una mueca de
asco, pero sus ojos continuaron fijos en la mano de madame
Chauchat, y por su mente se cruzó el vago recuerdo de lo
que el doctor Krokovski había dicho sobre las reticencias burguesas que se oponen al amor... El brazo era más bello; aquel
brazo lánguidamente doblado detrás de la cabeza que casi
estaba desnudo, pues la tela de las mangas era más delgada que
la de la blusa —una ligerísima gasa—, de modo que el brazo se
veía a través de una vaporosa veladura sin la cual posiblemente
hubiera parecido menos grácil. Era al mismo tiempo tierno
y carnoso... y fresco, según parecía. Ante aquel brazo no podía
haber lugar a resistencias burguesas de ningún tipo.

Hans Castorp soñaba, con la mirada fija en el brazo de
madame Chauchat. ¡Cómo se vestían las mujeres! Enseñaban
la nuca, el escote, transfiguraban sus brazos con gasas trans-
parentes... Y eso lo hacían en el mundo entero para excitar
el deseo de los hombres. «¡Dios mío, qué bella es la vida!
—pensó—. Y es bella, precisamente, por cosas tan sencillas como
que las mujeres se vistan de forma seductora; pues, en efecto,
eso era un hecho dado por supuesto y tan comúnmente reconocido que uno apenas lo tenía en cuenta y convivía con
ello sin prestarle especial atención. Sin embargo, sí debería
prestársele atención —se dijo Hans Castorp— para encontrar
verdadero placer a la vida y darse cuenta de que es una realidad
deliciosa y, en el fondo, casi fabulosa. Es lógico, las mujeres
tienen derecho a vestirse de una manera deliciosa y mágica
con un fin determinado, sin faltar por eso a las reglas del
decoro; después de todo, se trata de la próxima generación,
de la reproducción de la especie humana. ¡Elemental! Ahora
bien, cuando la mujer está enferma, cuando su cuerpo es incompatible con la maternidad, ¿qué ocurre entonces? ¿Tiene
algún sentido que lleve mangas de gasa para despertar en los
hombres la curiosidad sobre su cuerpo, un cuerpo carcomido

en su interior? Obviamente, no tiene ningún sentido, y debería considerarse indecoroso, y hasta prohibirse. Pues, cuando un hombre se interesaba por una mujer enferma, no era la razón la que entraba en juego, sino... sino algo similar a lo que, en tiempos, había sentido en silencio por Pribislav Hippe. Qué estúpida comparación, qué vergüenza recordarlo. Pero le había venido a la cabeza de pronto, involuntariamente.»

Por otra parte, sus divagaciones se vieron interrumpidas en ese punto, principalmente porque volvió a atraer su atención el doctor Krokovski, que había elevado la voz de un modo impresionante. Allí estaba, de pie, con los brazos abiertos y la cabeza ladeada, detrás de la mesa y, a pesar de su levita, ¡casi parecía Nuestro Señor Jesucristo en la cruz!

Resultó que, al terminar la conferencia, el doctor Krokovski hacía propaganda activa a favor de la «disección psíquica» y que, con los brazos en cruz, invitaba a todo el mundo a acudir a él. «Venid a mí —parecía decir—, todos los que estáis afligidos y cargados de penas.» Y no ponía en duda que todos los de allí arriba, sin excepción, estaban afligidos y cargados de penas. Habló del dolor escondido, del pudor y la pena, de los efectos liberadores del análisis; ensalzó la iluminación del inconsciente, preconizó la transformación de la enfermedad en un sentimiento consciente, exhortó a la confianza y prometió la curación. Luego dejó caer los brazos, enderezó la cabeza, reunió los textos de los que se había servido durante la conferencia y, abrazando su bloque de papeles con la izquierda, cual si fuera un profesor, se alejó por el corredor con la cabeza bien alta.

Todos se pusieron de pie, echaron hacia atrás las sillas y emprendieron lentamente la salida por donde el doctor había abandonado la sala. Era como si todos le siguieran en un movimiento concéntrico, acercándose a él desde todos los lados, con gesto vacilante y como sin voluntad propia, movidos por una extraña atracción, igual que las ratas tras el flautista de Hamelín. Hans Castorp permaneció de pie en medio del tumulto, apoyando una mano en el respaldo de su silla.

«Yo sólo estoy aquí de visita —pensó—, estoy bien de salud, a Dios gracias, no formo parte de esto, y en la próxima conferencia ya no estaré aquí.»

Vio salir a madame Chauchat con su paso arrastrado y la cabeza estirada hacia delante. «¿También se prestará a la disección espiritual?», se preguntó, y el corazón comenzó a palpitarle... No se había dado cuenta de que Joachim se acercaba a él a través de las sillas y dio un respingo cuando su primo le dirigió la palabra.

—Llegaste en el último momento —dijo Joachim—. ¿Fuiste muy lejos? ¿Qué tal la excursión?

—¡Oh, muy bien! —respondió Hans Castorp—. Sí, fui bastante lejos. Pero debo confesar que no me ha sentado tan bien como esperaba. Se ve que era demasiado temprano, o tal vez nunca debí hacerlo. Creo que, por ahora, no lo volveré a repetir.

Joachim no preguntó si la conferencia le había gustado, y Hans Castorp no dijo nada al respecto. Como de mutuo acuerdo, tampoco después hicieron la menor alusión a ella.

Dudas y reflexiones

Al llegar el martes, nuestro héroe llevaba ya una semana entre aquella gente de las alturas y, por consiguiente, al regresar de su paseo de la mañana encontró en su habitación la factura de su primera semana, una factura cuidadosamente redactada, dentro de un sobre verduzco con una cabecera ilustrada (una atractiva reproducción del edificio del Berghof) y decorado con una pequeña columna de texto en la parte superior izquierda: un extracto del prospecto del sanatorio en el que, en negrita, se hacía referencia al «tratamiento psíquico según los principios más modernos». En lo que se refiere a la factura, se consignaba exactamente un total de 180 francos, de los cuales 12 diarios correspondían a la manutención y los cuidados médicos y 8 a la habitación; además, se incluía una suma de 20 francos como «tarifa de ingreso» y 10 francos por la desinfección de la habitación; redondeaban la suma otros gastos menores, como la colada, la cerveza y el vino de la primera noche.

Hans Castorp no encontró nada que objetar cuando examinó la factura con Joachim.

—Es cierto —dijo— que no hago uso de los cuidados médicos, pero eso es cosa mía; están incluidos en el precio de la pensión y no puedo exigir que se me deduzcan. Sería imposible. En cuanto a la desinfección, debe de ser un precio medio; no creo que hayan gastado diez francos de H_2CO en fumigaciones contra el contagio de la americana. En suma, debo reconocer que es más barato que caro, teniendo en cuenta lo que ofrecen.

Antes del segundo almuerzo, fueron juntos a la «oficina» para pagar la factura.

La «oficina» estaba en la planta baja. Siguiendo el pasillo pasando el vestíbulo, el ropero, las cocinas y los cuartos de servicio, la puerta no tenía pérdida, ya que, además, tenía un rótulo de porcelana. Con gran interés, Hans Castorp trabó conocimiento con el centro administrativo de la institución.

En efecto, era una verdadera oficina, aunque pequeña. Había una mecanógrafa escribiendo y tres secretarios inclinados sobre sus escritorios, en tanto, en la habitación de al lado, un caballero de aspecto distinguido que debía de ser el jefe o el director trabajaba sentado ante una mesa americana, y sólo miraba a los clientes por encima de las gafas, con gesto frío y examinador. Mientras les despachaban, les cobraban, les extendían un recibo y les devolvían el cambio de un billete, Hans Castorp y su primo guardaron una actitud seria, discreta y circunspecta —se diría incluso sumisa—, la actitud propia de dos jóvenes alemanes que profesaban gran respeto a las instituciones, la administración pública o cualquier lugar relacionado con asuntos burocráticos. Sin embargo, una vez fuera, al dirigirse al comedor para desayunar y durante el resto del día, charlaron a gusto sobre la organización del Instituto Berghof, y fue Joachim quien, en calidad de residente informado, contestó a las preguntas de su primo.

El consejero áulico Behrens no era ni mucho menos el propietario ni el usufructuario de la institución, aunque pudiera dar esa impresión. Por encima y detrás de él había poderes invisibles, que precisamente sólo se manifestaban hasta cierto grado, bajo la forma de una oficina: un consejo de administración y una sociedad de accionistas a la que no debía de estar nada mal pertenecer, pues —según afirmó saber de buena tinta Joachim—, a pesar de los elevados sueldos de los médicos y de una gestión muy liberal, la sociedad distribuía cada año unos dividendos muy apreciables a sus miembros.

El médico jefe no era, por tanto, un hombre independiente, sino únicamente un agente, un funcionario, un pariente de las instancias superiores; el primero y mejor situado —eso sí—, el alma de la institución, que ejercía una influencia decisiva sobre toda la organización, incluida la intendencia; sin embargo, como médico director, naturalmente estaba al margen de toda actividad relacionada con la parte comercial de la empresa. Se sabía de él que era oriundo del noroeste de Alemania, y también que hacía años había conseguido aquel puesto sin proponérselo y sin haberlo planeado; había llegado allá arriba por su mujer, cuyos restos mortales descansaban desde tiempo atrás en el cementerio del pueblo (aquel pintoresco cementerio de Davos Dorf situado en la vertiente de la derecha, más allá de la entrada del valle). Había sido una mujer encantadora, aunque asténica y de ojos saltones, a juzgar por las fotografías que se encontraban por todas partes en las habitaciones del médico jefe, y por los cuadros nacidos de su propio pincel de aficionado que adornaban las paredes. Tras darle dos hijos, un niño y una niña, su cuerpo ligero y consumido por la fiebre había sido trasladado a aquellas regiones, donde terminó de languidecer y consumirse en pocos meses. Se decía que Behrens, que la adoraba, sufrió un golpe tan duro que por algún tiempo fue presa de la melancolía y las extravagancias, y que, por ejemplo, llamaba la atención en la calle porque se reía solo, gesticulaba y hablaba consigo mismo. Luego no había vuelto a su lugar de origen; se quedó allí, quizá porque no quiso alejarse de la tumba de su mujer, aunque el factor determinante fue menos sentimental: él mismo se vio afectado por la enfermedad y, según su propia opinión científica, aquél era su lugar. Así pues, se instaló allí como uno de esos médicos que comparten los sufrimientos de quienes reciben sus cuidados; no como alguien que, a salvo de la enfermedad, la combate desde su condición de hombre libre e intacto, sino como quien porta sus signos en su propio cuerpo. Un caso peculiar, desde luego, pero bastante más frecuente de lo que se cree y que, como todo, tiene sus ventajas e inconvenientes. La camaradería del médico y el enfermo es, por supuesto, positiva, y hay quien piensa que sólo el que sufre puede ser guía y salvador de los que sufren. Pero ¿acaso puede ejercer un verdadero dominio espiritual sobre una fuerza quien se cuenta entre sus esclavos? ¿Puede proporcionar la liberación quien también está esclavizado? El médico enfermo no deja de ser una paradoja, un fenómeno problemático desde el punto de vista del sentir más inmediato. ¿Acaso la experiencia personal no confunde y enturbia su conocimiento intelectual de la enfermedad más que enriquecerlo y conferirle una mayor fuerza moral? No mira a la enfermedad cara a cara con la frialdad del adversario, se ve constreñido, no es totalmente imparcial y, con todas las precauciones convenientes, cabe preguntarse si quien forma parte del universo de los enfermos puede interesarse por el tratamiento o simplemente por la conservación de los demás en la misma medida y grado que un hombre sano.

Hans Castorp manifestó parte de estas dudas y reflexiones mientras hablaba con Joachim sobre el Berghof y su médico jefe, pero Joachim apuntó que ya no se sabía si el doctor Behrens seguía enfermo. Probablemente llevara años curado...

Hacía mucho tiempo que había comenzado a ejercer, primero como particular, y pronto había adquirido una gran fama por su habilidad para diagnosticar a partir de la auscultación y por su excelente ojo clínico en las dolencias neumológicas. Luego había sido contratado en el Berghof, el instituto al que tan estrechamente ligado estaba ya desde hacía casi una década. Su vivienda estaba situada en el extremo del ala noroeste del sanatorio (el doctor Krokovski tampoco vivía lejos de allí), y aquella dama de rancio abolengo, de la que Settembrini había hablado de un modo tan sarcástico y que Hans Castorp no había visto más que fugazmente, la enfermera mayor, se encargaba de llevar su pequeña casa de viudo. Por lo demás, el médico jefe estaba solo, pues su hijo iba a la universidad en Alemania y su hija se había casado con un abogado establecido en la Suiza francesa. El joven Behrens iba a veces durante las vacaciones, Joachim le había visto una vez desde que estaba allí y aseguraba que las damas del sanatorio se agitaban mucho con su visita, que les subía la fiebre, que los celos daban lugar a riñas y peleas en las salas de reposo y que la consulta especial del doctor Krokovski se veía más frecuentada...

Para sus consultas privadas, el médico asistente disponía de una sala especial, que estaba situada —como la gran sala de consulta, el laboratorio, el quirófano y la sala de rayos X— en los luminosos sótanos del sanatorio. Hablamos de sótano porque la escalera de piedra que conducía allí desde el entresuelo ciertamente daba la impresión de que se descendía, si bien no era más que una ilusión. En primer lugar, porque el entresuelo estaba situado a bastante altura y, en segundo, porque el Berghof había sido construido en la falda de la montaña, en un terreno en declive, con lo cual las habitaciones que componían este «sótano» se abrían al jardín y al valle. Estas circunstancias contradecían y, en cierto modo, compensaban el efecto y el sentido de la escalera, ya que se creía descender por ella hacia un subterráneo, cuando en realidad, una vez allí, se encontraba uno al nivel de la tierra o, como mucho, a dos palmos de profundidad. Esta impresión divirtió a Hans Castorp cuando, una tarde que su primo bajó a que el masajista le pesase, le acompañó a aquel mundo «subterráneo». Reinaban allí una claridad y una limpieza totalmente asépticas; todo era blanco, incluso el brillante esmalte de las puertas, una de las cuales correspondía a la consulta del doctor Krokovski —como podía leerse en la tarjeta de visita fijada a ella con una chincheta— y hacia la cual bajaban dos escalones desde el pasillo, de modo que la habitación adquiría el aspecto de una celda. Esta puerta estaba situada a la derecha de la escalera y al fondo del pasillo, y Hans Castorp se fijó especialmente en ella mientras iba y venía por el corredor esperando a Joachim. También vio salir a alguien, una dama que había llegado hacía poco y cuyo nombre aún no conocía, una mujer menuda y grácil, peinada con ricitos sobre la frente y con pendientes de oro. Se inclinó para subir los escalones, recogiéndose la falda, mientras apretaba el pañuelo contra su boca con una mano llena de sortijas y miraba hacia el vacío con ojos acuosos y extraviados. Con presurosos pasitos que hacían crujir sus enaguas almidonadas se dirigió hacia la escalera, se detuvo de repente como si acabase de recordar algo, volvió a ponerse en movimiento y desapareció, siempre agachada y con el pañuelo sobre los labios.

Cuando se abrió la puerta, Hans Castorp advirtió que tras ella reinaba una oscuridad mucho mayor que en el corredor blanco; la aséptica luminosidad de éste no parecía extenderse hasta allí. Era una especie de penumbra, un profundo crepúsculo, lo que inundaba el gabinete de análisis del doctor Krokovski, como pudo ver Hans Castorp.

Durante las comidas en el bullicioso comedor, el joven Hans Castorp se sentía un poco turbado porque, desde aquel paseo que realizara por iniciativa propia, le había quedado el temblor de cabeza de su abuelo; de hecho, se le manifestaba casi siempre en la mesa, no había forma de impedirlo y era difícil disimularlo. Además de apoyar la barbilla en el cuello de la camisa, recurso que tampoco podía prolongarse mucho, inventó algunos otros medios para disfrazar su debilidad; por ejemplo, procuraba mover la cabeza al hablar, tanto a un lado como al otro; o bien se agarraba a la mesa con el brazo izquierdo cuando se llevaba la cuchara a la boca con el derecho; o incluso apoyaba el codo entre plato y plato y descansaba la cabeza en la mano, por más que lo considerase una grosería mayúscula que sólo podía tolerarse entre enfermos por encima de todo protocolo. En cualquier caso, todo ello le resultaba penoso y casi le amargaba las comidas, momentos que, por otra parte, solía apreciar mucho a causa de las incidencias y las curiosidades que traían consigo.

El caso era —y Hans Castorp lo sabía muy bien— que aquel vergonzante fenómeno contra el que luchaba no sólo era de origen físico, no sólo era fruto del aire de allá arriba y del esfuerzo por aclimatarse, sino que reflejaba una excitación interior y guardaba una relación directa con dichas incidencias y curiosidades.

Madame Chauchat llegaba casi siempre con retraso a la mesa y, hasta que no lo hacía, Hans Castorp no podía dejar de mover los pies, pues esperaba el estrépito de la puerta de cristales que acompañaba inevitablemente a su entrada, y ya sabía que se sobresaltaría y que sentiría cómo se le helaba el rostro, lo cual, en efecto, le ocurría. Al principio se volvía cada vez con irritación, acompañando a la descuidada dama con mirada furiosa hasta la mesa de los rusos distinguidos; incluso mascullaba alguna que otra invectiva, alguna palabra de indignación. Pero ya no hacía nada de eso; por el contrario, inclinaba la cabeza sobre el plato y se mordía los labios o, con un movimiento brusco, se volvía intencionadamente hacia el otro lado, pues pensaba que, al no estar él tampoco libre de lacra, no tenía derecho a encolerizarse, a censurar nada, más bien se consideraba una especie de cómplice de aquella conducta y en parte responsable de ella ante los demás. En una palabra: sentía vergüenza, y hubiese sido inexacto afirmar que sentía vergüenza ajena por madame Chauchat, ya que la sentía como algo propio, sentía vergüenza ante los demás, de lo cual, por otra parte, hubiera podido prescindir completamente, pues a nadie en todo el comedor le preocupaban en absoluto ni los portazos de madame Chauchat ni la vergüenza de Hans Castorp, a excepción tal vez de la institutriz, la señorita Engelhart, sentada a su derecha.

Aquella mísera criatura había advertido que, gracias a la susceptibilidad de Hans Castorp respecto a los portazos, se había establecido cierta relación afectiva entre su joven vecino de mesa y la rusa, es más: de que el carácter de la relación en sí carecía de importancia frente al hecho de haber surgido, y, por último, de que la fingida indiferencia del joven –muy mal fingida, por cierto, dada su falta de talento y de práctica en el arte de fingir– no era síntoma de un debilitamiento de tales lazos sino todo lo contrario, indicaba que la relación se hallaba en un estadio avanzado. Sin pretensiones ni esperanzas para su propia persona, la señorita Engelhart se deshacía en elogios y maravillas sobre madame Chauchat, y lo curioso fue que Hans Castorp, si no de inmediato sí después de un tiempo, captó perfectamente sus celestinescas intenciones y se sintió asqueado, pero no pudo evitar que le influyesen y le obnubilasen.

–¡Pardiez! –exclamaba la vieja señorita–. ¡Ya está aquí! No hay necesidad de alzar los ojos para saber quién ha entrado. Naturalmente, es ella... ¡Y qué delicioso modo de andar! Parece una gatita contoneándose hacia su plato de leche. Me encantaría que pudiéramos cambiarnos el sitio para que usted tuviera ocasión de contemplarla. Comprendo que no quiera volver la cabeza hacia ella continuamente, pues Dios sabe lo que acabaría por imaginar si se diera cuenta... Ahora saluda a su gente... Tendría que verlo, ¡es una delicia contemplarla! Cuando sonríe y habla, como en este momento, aparece un hoyuelo en su mejilla, pero no siempre, sólo cuando ella quiere. Sí, es un encanto de mujer, una niña mimada, por eso es tan despreocupada. Uno no puede evitar amar a estas personas aunque no quiera, pues, cuando nos enfadan a causa de su dejadez, el mismo enfado es un motivo más que nos une a ellas, y es un verdadero gozo enfadarse y, a pesar de todo, no poder evitar amar...

Así murmuraba la institutriz, tapándose la boca con la mano sin que los demás pudiesen oírla, mientras que el rubor aterciopelado de sus mejillas recordaba la anormal temperatura de su cuerpo; y aquellas palabras incitantes penetraban al pobre Hans Castorp hasta la médula. Cierta falta de independencia hacía necesaria la presencia de una tercera persona que le confirmase que madame Chauchat era una mujer deliciosa, y además, el joven deseaba que alguien ajeno a él le diese ánimos para entregarse a sentimientos a los que su razón y su conciencia oponían una molesta resistencia.

Por otra parte, aquellas observaciones eran bastante poco provechosas en un sentido objetivo, pues, a pesar de tener la mejor intención del mundo, la señorita Engelhart no sabía nada concreto respecto a madame Chauchat; en todo caso, sabía lo mismo que los demás pacientes del sanatorio. No era amiga suya, ni siquiera podía decir que tuviese con ella una relación superficial, y lo único que podía alegar como ventaja a los ojos de Hans Castorp era el hecho de ser natural de Königsberg —un lugar bastante cercano a la frontera rusa— y de saber algunas palabras de ruso, méritos bastante insignificantes, pero que Hans Castorp estaba dispuesto a considerar como vínculo personal con madame Chauchat en el más amplio sentido de la palabra.

—No lleva anillo —apuntó él—, no lleva alianza, según veo. ¿Cómo es posible? ¿No me había dicho que estaba casada?

La institutriz se vio en un apuro, como si hubiera caído en una trampa de la que tuviera que salir por algún lado, y se sentía responsable de madame Chauchat frente a Hans Castorp hasta tal punto que dijo, como excusándola:

—No debe usted darle mucha importancia a eso. Sé de buena tinta que está casada. No hay duda alguna. Si se hace llamar señora no es para gozar de una consideración mayor, como hacen ciertas señoritas extranjeras cuando alcanzan la madurez. Todos sabemos positivamente que su marido está en alguna parte de Rusia. Todos lo saben... Su nombre de soltera es otro, un nombre ruso y no francés, terminado en «ano-v» o en «uko-v», la verdad es que lo he olvidado. Si quiere me puedo informar, seguro que aquí hay muchas personas que lo saben. ¿Alianza...? Pues no, no la lleva, ya me había llamado la atención. ¡Qué sé yo! Tal vez no le favorezca, tal vez piense que le hacen la mano más ancha, tal vez opina que llevar alianza es demasiado burgués y conservador. Un anillo de ésos tan lisos, como una argolla para las llaves..., ella es demasiado despegada para eso... Sé que las mujeres rusas tienen una manera especial de ser, todas son muy liberales y despegadas... Además, esa clase de anillos tiene algo desagradable, intimidan... ¿No constituyen acaso un símbolo de sujeción? ¡Me atrevería a decir que dan a las mujeres un carácter casi monjil, de princesas intocables e inaccesibles! No me extraña que no le guste a madame Chauchat. Una mujer tan encantadora, en la flor de la vida... Probablemente no tiene ni motivos ni ganas de hacer gala de sus lazos conyugales ante todo caballero que le dé la mano...

¡Con qué ardor defendía la institutriz la causa de madame Chauchat! Hans Castorp la miró a la cara asustado, pero ella sostuvo la mirada con una mezcla de azoramiento y estupor. Luego, los dos guardaron silencio un momento para tranquilizarse. Hans Castorp se puso a comer reprimiendo el temblor de su cabeza. Finalmente, dijo:

—¿Y el marido? ¿No se preocupa de ella? ¿Nunca viene a verla aquí arriba? ¿A qué se dedica?

—Es funcionario. Funcionario de la administración rusa en un distrito perdido, el Daguestán, ¿sabe usted? Al este, más allá del Cáucaso. Está destinado allí. No, le digo que nunca le ha visto nadie por aquí, a pesar de que ya hace tres meses que ha vuelto con nosotros.

—¿De modo que no es la primera vez que está aquí?

—¡Oh, no! —exclamó—. Es la tercera. Y en los intervalos también permanece en lugares como éste. En realidad, es ella quien va a visitar al marido, no muy a menudo, una vez al año, por algún tiempo. Se puede decir que viven separados y que ella le visita de vez en cuando.

—Bueno, si está enferma...

—Enferma está, de eso no hay duda. Pero no hasta ese punto. No tan gravemente enferma como para verse obligada a vivir siempre en sanatorios y separada de su marido. Deben de existir otras causas. Aquí tendemos a pensar que hay otras razones. Tal vez no le gusta el Daguestán, más allá del Cáucaso, en una comarca tan salvaje y lejana; eso no tiene nada de sorprendente, aunque también hay que reconocer que alguna culpa tendrá el marido de que a ella no le guste estar a su lado. Tiene apellido francés, pero es funcionario ruso, y créame, los funcionarios rusos son tipos de lo más rudo. Una vez vi uno; tenía una barba gris, del color del hierro, y una cara colorada... Son, además, muy, muy fáciles de corromper y harto aficionados al vodka, ¿sabe?, esa especie de aguardiente... Para guardar las apariencias lo acompañan con algo de comer, unas setas en conserva o un pedacito de arenque, y luego beben... sencillamente, en exceso. Y a eso le llaman tentempié...

—Le atribuye usted todos los defectos —dijo Hans Castorp–. No sabemos a ciencia cierta si la culpa de que no vivan juntos no es de ella. Hay que ser justos. Viéndola así, sin más, con esos modales y esos portazos... no me parece un ángel precisamente. No me lo tome usted a mal, se lo ruego, pero no me fío de ella... Y usted no es imparcial, está llena de prejuicios a su favor...

Ésa fue la postura que adoptó. Con una inteligencia que, en el fondo, no le era propia, hizo como si la adoración de la señorita Engelhart por madame Chauchat no significara lo que –como aquélla muy bien sabía– significaba en realidad, sino como si tal adoración no fuese sino una particular visión suya, una divertida manía de la vieja solterona de la que él, el imparcial Hans Castorp, desde la fría distancia de la ironía, estaba en situación de mofarse. Y como estaba seguro de que su cómplice admitiría y toleraría aquella descarada tergiversación de la realidad, se arriesgaba a hacerlo.

–Buenos días, señorita –le decía–. ¿Ha pasado buena noche? Espero que haya soñado con su bella Minka... ¡Pero si se ruboriza usted en cuanto la nombro! ¡Está completamente loca por ella, no me lo niegue!

Y la institutriz, que efectivamente se había ruborizado y se inclinaba sobre su taza, le respondía dándoselas de ofendida:

–Nada de eso, señor Castorp, no está bien de su parte que me incomode con sus indirectas. Todo el mundo se dará cuenta de que hablamos de ella y de que usted me dice cosas que me hacen sonrojarme.

Los dos compañeros de mesa jugaban a un extraño juego. Ambos sabían que decían una mentira encima de otra, que Hans Castorp, con tal de poder hablar de madame Chauchat, se burlaba de la institutriz y de su predilección por ella; burlas que, por otra parte, le proporcionaban un placer malsano y retorcido y a las que la solterona se prestaba gustosa: en primer lugar, porque así lo exigía su papel de Celestina; en segundo, porque, para dar gusto al joven, de verdad había desarrollado cierta devoción por la señora Chauchat y, en último término, porque también ella disfrutaba terriblemente ruborizándose con sus bromitas. Ambos sabían cuál era el juego del otro; como sabían que el otro también sabía esto, y todo ello era retorcido y sucio. Por más que Hans Castorp sintiera repugnancia por los asuntos retorcidos y sucios, por más que, también en ese caso, la sintiera, continuaba recreándose en aquella suciedad, tranquilizándose con la idea de que sólo estaba allí de visita y pronto se marcharía. Con fingida indiferencia, hablaba del físico de aquella mujer tan «dejada», comprobaba que, vista de frente, parecía mucho más hermosa y más joven que de perfil, que sus ojos estaban demasiado separados y que su atuendo dejaba bastante que desear, mientras que sus brazos eran en verdad bellos y «tiernos». Y, cuando decía estas cosas, se esforzaba en disimular el temblor de su cabeza para comprobar al mismo tiempo que la institutriz no sólo se daba cuenta de sus varios esfuerzos, sino que también a ella —y esto era lo que más repugnancia le daba de todo— le temblaba la cabeza.

Lo de llamar «bella Minka» a madame Chauchat tampoco había sido más que una estrategia y una muestra de ingenio en modo alguno natural; era la excusa para seguir preguntando:

—He dicho «Minka», pero ¿cómo se llama en realidad? Usted está encaprichada con ella, así pues, debe de conocer su nombre de pila...

La institutriz hizo como si hiciera memoria.

—Lo sé, espere —dijo—. Lo sabía... ¿No se llama Tatania...? No, no es así; y tampoco es Natasha. ¿Natasha Chauchat...? No, no, no es lo que oí. ¡Ya lo tengo...! Avdotia, se llama Avdotia. O algo parecido. Porque Katienka no se llama... ni tampoco Ninotchka... En fin, no me acuerdo. Pero puedo enterarme fácilmente, si le interesa.

Y, en efecto, al día siguiente sabía el nombre. Se lo dijo a la hora del almuerzo, al son del habitual portazo. Madame Chauchat se llamaba Clavdia.

Hans Castorp no lo entendió de entrada. Hubo que repetirle y deletrearle el nombre. Luego lo repitió él varias veces mirando con sus ojos enrojecidos hacia madame Chauchat, como comprobando si le sentaba bien.

—Clavdia —dijo—. Sí, sí, así debe llamarse. Le sienta bien...

No disimuló su contento por tan íntima información, y, a partir de entonces, siempre habló de «Clavdia» para referirse a madame Chauchat.

—Me parece que su Clavdia hace bolitas con la miga del pan. Eso no es muy fino, que se diga...

—Depende de quién lo haga —contestó la institutriz—; en Clavdia resulta muy propio.

No cabe duda de que las comidas en el salón de las siete mesas tenían un gran encanto para Hans Castorp. Lamentaba cuando una tocaba a su fin, aunque se consolaba pensando que en dos horas o dos horas y media estaría sentado de nuevo en el mismo lugar; y cuando se veía de nuevo allí, era como si nunca se hubiera movido. ¿Qué ocurría en el intervalo? ¡Nada! Un corto paseo hasta la cascada o hasta el barrio inglés, y un breve reposo en la *chaise-longue*. No constituía una interrupción grave, ningún obstáculo que mereciese ser tenido en cuenta. Habría sido diferente si se hubiera interpuesto el trabajo, alguna preocupación o algún problema, cosas que no son fáciles de apartar del pensamiento. Pero no había nada de eso en la vida inteligente y felizmente organizada del Berghof. Cuando Hans Castorp se levantaba de la mesa, ya lo hacía con la ilusión de la siguiente comida (en la medida en que la palabra «ilusión» designaba aquel estado expectante en el que vivía hasta que llegaba cada nuevo encuentro con la enferma madame Clavdia Chauchat). O quizá era una palabra demasiado ligera, demasiado placentera, sencilla y común. Es posible que el lector se incline a pensar que tales expresiones placenteras y comunes resultan apropiadas a la persona de Hans Castorp y a su vida interior, pero recordamos que, como joven juicioso y de principios, no podía sentir simple «ilusión» por volver a ver y sentir cerca a madame Chauchat. Y, como hemos de tener esto en cuenta, insistimos en que él mismo, de haberle mencionado esta palabra, la habría rechazado encogiéndose de hombros.

Sí, sentía desprecio hacia ciertas expresiones, y éste es un detalle que merece ser anotado. Iba y venía con las mejillas ardientes y tarareaba; tarareaba para sí mismo, pues tenía la sensibilidad a flor de piel y sentía ganas de cantar. Canturreaba una canción que había oído Dios sabe dónde, en alguna velada o quizá en algún concierto benéfico, cantada por una débil vocecilla de soprano, y ahora había rescatado del fondo de su memoria; era una linda estupidez de canción que comenzaba:

> *Mágicas son las emociones*
> *que obra en mí una palabra tuya...*

Y Hans Castorp estaba a punto de añadir:

> *que viniendo de tus labios*
> *penetra en mi corazón...*

cuando de pronto se encogió de hombros y exclamó: «¡Esto es ridículo!», y rechazó aquella cancioncilla por su sensiblería de mal gusto; intentando apartarla de su mente con una severidad teñida, a la vez, de melancolía. Aquella cursilería podía complacer a cualquier joven que hubiese «entregado su corazón», como se acostumbraba a decir, con nobles intenciones, buenas perspectivas de porvenir y, después de todo, con placer a cualquier damisela sana del valle, y que luego diese rienda suelta a sus emociones: nobles, placenteras e ilusionadas con el porvenir.

No obstante, para él y su relación con madame Chauchat —la palabra «relación» es suya, nosotros declinamos toda responsabilidad—, una copla de semejantes características resultaba totalmente inadecuada. Así pues, recostado en su tumbona, sintió la necesidad de emitir un juicio estético al respecto —«¡Qué estupidez!»—, pero se contuvo con gesto contrariado, a pesar de que, por el momento, era lo más apropiado que se le ocurría.

Había algo que le proporcionaba gran satisfacción cuando se hallaba echado: escuchar atentamente su corazón, que latía agitada y perceptiblemente en el silencio que prescribía la casa y que reinaba en todo el Berghof durante la principal cura de reposo. Latía de manera obstinada e indiscreta, como le venía ocurriendo casi siempre desde su llegada allá arriba; ahora, en cambio, ya no le impresionaba tanto como en los primeros días. Ya no se podía decir que latiera por su propia cuenta, sin razón ni relación alguna con el alma. Ahora ya existía una relación, o no era difícil establecerla. La actividad exaltada del cuerpo podía achacarse a una exaltación interior. Hans Castorp sólo necesitaba pensar en madame Chauchat —y pensaba en ella— para encontrar el sentimiento que correspondía a sus palpitaciones.

ANGUSTIA EN AUMENTO. LOS DOS ABUELOS Y UN PASEO EN BARCA A LA CAÍDA DE LA TARDE

Hacía un tiempo espantoso. En este sentido, Hans Castorp estaba teniendo mala suerte durante su breve estancia en aquellas comarcas. No nevaba, pero llevaba días y días cayendo una lluvia pesada y fea, espesas nieblas cubrían el valle y unas tormentas ridículamente superfluas —pues de por sí ya hacía tanto frío que incluso habían encendido la calefacción en el comedor— descargaban con un estrépito por todo el lugar, que retumbaba.

—¡Qué lástima! —dijo Joachim—. Pensé que quizá podríamos ir algún día a tomarnos el almuerzo al Schatzalp, o hacer alguna otra excursión, pero me parece que no va a ser posible. Esperemos que tu última semana sea mejor.

Pero Hans Castorp respondió:

—Qué le vamos a hacer. No soy muy amigo de las excursiones. Bastante mal me sentó ya la primera que hice. Como mejor me repongo es con la rutina, sin grandes variaciones. Los cambios son para los que vienen a pasar mucho tiempo aquí, pero yo, con mis tres semanas, ¿para qué quiero variaciones y sorpresas?

Y así era; sentía que su vida en el Berghof era plena y estaba llena de actividad. Si albergaba esperanzas, tanto su realización como la decepción de no verlas realizadas se producirían allí, y no en el Schatzalp o donde fuese. No era el tedio lo que le atormentaba; todo lo contrario, comenzaba a temer que el fin de su estancia llegase con demasiada rapidez. Transcurría la segunda semana, dos tercios de su tiempo se habrían consumido bien pronto, y cuando llegase la tercera semana tendría que empezar a pensar en hacer la maleta. Aquella sensación de que los días eran largos y de que el tiempo cundía mucho, fruto de la novedad, había quedado atrás. Ahora, los días comenzaban a volar, y eso que cada uno de ellos se componía de largas esperas expectantes e incontables vivencias calladas y secretas... Sí, el tiempo es un singular enigma, un fenómeno muy difícil de explicar.

¿Es necesario narrar en mayor detalle esas sensaciones secretas que retardaban y aceleraban a la vez el curso de los días de Hans Castorp? En el fondo, todo el mundo las conoce, pues, en su inane sensiblería, eran las mismas que las del resto de los mortales; las mismas que se hubieran desarrollado en uno de esos casos más razonables y con mejores perspectivas de futuro en los que habría resultado adecuada la estúpida coplilla: «Mágicas son las emociones...».

Era imposible que madame Chauchat no se diera cuenta de los lazos que empezaban a ligar determinada mesa con la suya; por otra parte, Hans Castorp deseaba con desenfreno que se enterase, cuanto más, mejor. Empleamos el término «desenfreno» porque Hans Castorp era perfectamente consciente del carácter irracional de su caso. Pero quien llega al extremo a que él había llegado —o al que estaba a punto de llegar—, desea que la otra parte tenga conocimiento de su estado, por absurdo y descabellado que esto sea. Así es el hombre...

Así pues, después de volverse dos o tres veces hacia la mesa de Hans Castorp —ya fuera como por casualidad o movida por un extraño magnetismo— y toparse de frente con los ojos del joven todas ellas, madame Chauchat miró hacia él una cuarta vez, ésta sí claramente adrede, y de nuevo se encontró con su mirada. A la quinta no le pilló *in fraganti* porque él se había despistado un instante, pero enseguida se dio cuenta de que madame Chauchat le miraba y sus ojos respondieron con tanta precipitación que ella hubo de volver la cabeza sonriendo. Como consecuencia de aquella sonrisa le invadieron, a partes iguales, la desconfianza y el entusiasmo. Si ella le juzgaba pueril, se engañaba. Él sentía una enorme necesidad de refinar el procedimiento. A la sexta ocasión, cuando él adivinó, sintió, cuando supo interiormente que ella le miraba, fingió observar con penetrante desagrado a una dama cubierta de pústulas que se había acercado a la mesa para hablar con la tía rusa; se mantuvo así, con firmeza de hierro al menos dos o tres minutos, y no cedió hasta que estuvo seguro de que aquellos ojos de tártara le habían abandonado. Fue una fantástica comedia que no solamente invitaba sino que prácticamente obligaba a madame Chauchat a descubrir el juego, a fin de que la gran sutileza y dominio de Hans Castorp la hiciesen reflexionar...

Y ocurrió lo siguiente: durante un descanso en una comida, madame Chauchat se vuelve con indolencia e inspecciona la sala. Hans Castorp está alerta, y sus ojos se encuentran. Mientras se miran —la enferma, de una manera burlona y simulando desinterés; Hans Castorp, con una firmeza excitada (incluso aprieta los dientes mientras le mantiene la mirada)–, la servilleta cogida de madame Chauchat está a punto de resbalar de sus rodillas y caer al suelo. Se estremece nerviosa y alarga la mano, pero él también se sobrecoge y está presto a saltar de la silla, tratando de precipitarse ciegamente en su ayuda salvando los ocho metros de distancia entre mesa y mesa, e incluso otra mesa que los separa, como si constituyese una catástrofe el que la servilleta cayese al suelo... A centímetros del suelo, ella consigue atraparla pero, desde esa postura, agachada, con la servilleta de una punta y el gesto ensombrecido, obviamente irritada por el absurdo arrebato de pánico que acaba de sufrir y del que, según parece, le echa la culpa, aún se vuelve a mirarle una vez más, percibe la cara de espanto del joven, dispuesto a lanzarse como el más valiente en pos de la servilleta, y le da la espalda sonriendo.

Tras aquel incidente, Hans Castorp pudo celebrar un triunfo indiscutido, pero no sin represalias, pues, durante dos días enteros –es decir, durante diez comidas–, madame Chauchat no se volvió ni una vez para mirar a su alrededor e incluso renunció a su habitual «entrada triunfal» en el comedor. Fue duro. Pero como aquel cambio de actitud de la dama estaba relacionado con él, la existencia de una relación entre ellos, aunque fuese bajo una forma negativa, era innegable y, por lo tanto, suficiente.

Hans Castorp constató que Joachim tenía toda la razón al comentar que no era en modo alguno fácil trabar relaciones allí, a no ser con los compañeros de mesa. En efecto, después de la cena, durante la hora escasa que daba pie a hacer cierta vida social –hora que con frecuencia se veía reducida a unos veinte minutos–, madame Chauchat se sentaba siempre con su círculo del comedor: el señor del pecho hundido, la señora del jocoso cabello lanoso, el silencioso doctor Blumenkohl y los jóvenes de hombros caídos, todos ellos al fondo del pequeño salón que parecía estar reservado a la mesa de los rusos distinguidos. Por otro lado, Joachim siempre tenía prisa en marcharse con objeto de no abreviar la cura de reposo de la noche, según decía, y quizá también por otras razones fisiológicas que no explicaba pero que Hans Castorp sospechaba y respetaba.

Hemos reprochado a Hans Castorp el carácter desenfrenado de sus deseos, pero cualesquiera que fuesen, no aspiraba en ningún caso a entablar relaciones sociales con madame Chauchat y, en el fondo, estaba de acuerdo con las circunstancias que a ello se oponían. Los lazos que sus miradas y sus gestos habían establecido entre él y la rusa eran de una naturaleza por encima de lo social, no obligaban a nada y no pretendían hacerlo en absoluto. Pues, en un grado considerable, eran bien compatibles con el rechazo social por parte de él, y el hecho de que asociase las palpitaciones de su corazón al pensamiento de «Clavdia» no bastaba ni con mucho para que él, el nieto del mismísimo Hans Lorenz Castorp, vacilase en su convicción de que, en realidad –y esto quiere decir: más allá de aquella relación secreta–, no tenía absolutamente nada que ver con aquella desconocida que vivía separada de su marido y se pasaba la vida de sanatorio en sanatorio sin anillo de casada, hacía alarde de unos modales imposibles, daba portazos, amasaba bolitas con la miga del pan y, sin duda, se comía las uñas; de que sus vidas estaban separadas por un abismo insondable y de que con ella no saldría ileso de ninguna de las críticas que era el primero en sancionar. Hans Castorp era demasiado sensato para tener orgullo personal, pero llevaba escrito en la frente y en sus ojos soñolientos un orgullo más universal y que se remontaba a otros orígenes. De dicho orgullo procedía aquel sentimiento de superioridad del que no podía ni quería olvidarse ante la manera de ser y de comportarse de madame Chauchat. Es curioso que no tomara especial conciencia de aquel sentimiento de superioridad en un sentido mucho más amplio –o tal vez lo hizo entonces por primera vez– hasta que no oyó a madame Chauchat hablar en alemán. Se encontraba ésta de pie en el comedor al terminar una comida, con las manos en los bolsillos del suéter, y –como captó Hans Castorp al pasar– se esforzaba por mantener una conversación con otra enferma, probablemente una compañera de la cura de reposo. Y eran tan encantadores sus esfuerzos por hablar la lengua alemana, la lengua materna de Hans Castorp, que despertaron en él un orgullo repentino y hasta ese día insospechado, aunque al mismo tiempo despertaron el deseo de sacrificarlo en aras del entusiasmo que le producía oírla hablar con tan deliciosa lengua de trapo.

En una palabra: Hans Castorp no consideraba su relación secreta con aquel desastrado miembro de los habitantes de allá arriba más que como una aventura de vacaciones que jamás podría aspirar a ser aprobada por el tribunal de la razón –de su propia conciencia razonable–, en primer lugar, porque madame Chauchat estaba enferma, sin fuerzas, febril y carcomida en su interior, circunstancia indudablemente ligada al carácter dudoso de su entera existencia, así como a la prudente voluntad de mantener las distancias de Hans Castorp... No; intentar trabar una relación seria con ella era una idea descabellada. Además, ¿no acabaría todo sin ninguna consecuencia, para bien o para mal, antes de una semana y media, cuando comenzara su trabajo en Tunder & Wilms?

Sin embargo, en espera de eso, había empezado a considerar las emociones, tensiones, satisfacciones y decepciones que resultaban de su tierna relación con la enferma como el verdadero sentido y esencia de sus vacaciones allí; a no vivir más que por ellos y a dejar que de su desarrollo dependiera su humor, bueno o malo. La situación era muy propicia, pues allí se convivía en un espacio limitado y de acuerdo a horarios y costumbres vinculantes e idénticas para todos, con lo cual, aunque madame Chauchat se hallara alojada en un piso distinto del suyo –en el primero, para más señas (por cierto, hacía su cura de reposo, según se enteró Hans Castorp por medio de la institutriz, en una de las salas comunes, la situada en la azotea, donde el capitán Miklosich había apagado la luz aquella noche)—, ya sólo con las cinco comidas diarias, entre otras múltiples ocasiones, las posibilidades de encontrarse eran frecuentes, por no decir inevitables, de la mañana a la noche. Y esto, al igual que la ausencia de preocupaciones y esfuerzos, le parecía maravilloso a Hans Castorp, a pesar de que verse encerrado con tan favorable circunstancia también le resultara un tanto angustioso.

No obstante, aún trataba de hacerla más favorable maquinando todo lo maquinable para mejorar su suerte. Como madame Chauchat llegaba generalmente con retraso a la mesa, él procuró hacer lo mismo a fin de encontrarla por el camino. Se vestía lentamente, nunca estaba listo cuando Joachim iba a buscarle, dejaba que su primo se adelantara y decía que ya le seguiría. Guiado por el instinto propio de su estado, esperaba el tiempo que le parecía indicado y luego bajaba rápidamente al primer piso. Desde allí, no continuaba descendiendo por la misma escalera, sino que iba por otra, para lo cual había de recorrer casi todo el pasillo y pasar frente a la puerta de una habitación que le era bien conocida: la número 7. Durante el camino, mientras atravesaba aquel pasillo de una escalera a otra, se le ofrecía —por así decirlo— una probabilidad a cada paso, pues dicha puerta podía abrirse en cualquier momento... y así sucedía muchas veces: la puerta se cerraba con estrépito detrás de madame Chauchat, que salía de su cuarto sigilosamente y se deslizaba hacia la escalera. Luego descendía delante de él, atusándose los cabellos con la mano, o bien Hans Castorp marchaba delante y notaba su mirada clavada en la espalda, con una angustia como si le arrancasen los miembros y le corriesen hormigas por la espalda; sin embargo, deseoso de mantenerse firme en su posición, como si ignorase su presencia y llevase una vida totalmente independiente de ella, metía las manos en los bolsillos de la chaqueta, hacía como que relajaba los hombros o carraspeaba con fuerza, golpeándose el pecho con el puño... todo para manifestar su indiferencia.

En dos ocasiones, su audacia le llevó todavía más lejos. Cuando estaba ya sentado a la mesa decía a su primo con aire contrariado, palpándose los bolsillos:

—Vaya, he olvidado el pañuelo. Tendré que volver a subir.

Y subía, para que Clavdia y él se encontrasen, lo cual encerraba un peligro aún mayor y al mismo tiempo un atractivo mil veces más fuerte que cuando iba delante o detrás de ella.

La primera vez que realizó esta maniobra, ella midió sus fuerzas con él, sosteniendo una mirada más bien impertinente y exenta de timidez mientras estaban lejos, aunque cuando se fueron acercando, ella volvió la vista con indiferencia y pasó por su lado de tal modo que el resultado de tal encuentro cara a cara no mereció gran consideración. Por el contrario, la segunda vez, ella le miró y no sólo de lejos, sino durante todo el tiempo: le miró a la cara con gesto firme e incluso un poco sombrío, y hasta se volvió hacia él tras pasar por su lado. Aquella mirada caló al pobre Hans Castorp hasta la médula. Por otra parte, no había motivo para tenerle lástima, puesto que era él quien así lo había querido y preparado. Con todo, aquel encuentro le afectó profundamente tanto mientras ocurría como después, a título retrospectivo, pues precisamente cuando hubo pasado se dio clara cuenta de cómo había ocurrido. Jamás había tenido el rostro de madame Chauchat tan cerca de él, con ocasión de contemplarlo con todo detalle; había podido distinguir las pequeñas guedejas de pelo que escapaban de su trenza rubia, de un tono rojizo metálico y recogida de nuevo alrededor de la cabeza. Unos palmos nada más habían mediado entre su rostro y el de ella, aquel rostro de facciones tan extrañas y al mismo tiempo tan familiares para él, que constituían lo que más le gustaba en el mundo: facciones exóticas y llenas de carácter (pues sólo lo que nos es extraño nos parece tener carácter), de un exotismo nórdico y misterioso, que incitaba a la exploración en la medida en que sus rasgos y proporciones eran difíciles de determinar. Sin duda, lo más característico eran los pómulos, muy marcados, salientes, que enmarcaban aquellos ojos excepcionalmente separados uno del otro, a flor de rostro y un tanto oblicuos, endulzando la concavidad de las mejillas, las cuales a su vez subrayaban directamente el perfil de los carnosos labios. Y luego los ojos, aquellos ojos alargados con aquel corte sencillamente mágico, ojos de tártaro (eso es lo que creía Hans Castorp), de un gris azulado o de un azul grisáceo que era el color de las montañas remotas y que a veces, cuando miraban de lado con una intención que no era ver adquirían un brillo nocturno, prohibido y seductor... Aquellos ojos de Clavdia que le habían contemplado de muy cerca con una mirada indiscreta y oscura, y que, por la forma, el color y la expresión se parecían de una manera sorprendente y escalofriante a los de Pribislav Hippe. «Se parecían» no terminaba de ser la expresión apropiada; más bien eran los «mismos» ojos, como también la anchura de la mitad superior del rostro, aquella nariz un poco chata..., todo, hasta la blancura rosácea de la piel, aquel color sano de las mejillas que en madame Chauchat, sin embargo, no era sino una mera ilusión de salud, pues, como en todos los demás pacientes de allá arriba, sólo era el resultado superficial de la cura de reposo al aire libre; todo era igual que en Pribislav, y así le había mirado éste cuando se cruzaban en el patio de la escuela.

Aquello era estremecedor en todos los aspectos. Hans Castorp estaba entusiasmado ante tal coincidencia y, al mismo tiempo, sentía algo parecido al temor, a una angustia creciente y similar a la que le producía saberse encerrado en un lugar exiguo en las circunstancias más propicias. También el hecho de volver a encontrar allí arriba a Pribislav, olvidado desde hacía tanto tiempo, en la persona de madame Chauchat y de que le mirase con sus ojos de tártaro despertaba en él la sensación de no poder escapar de lo inevitable... inevitable tanto en un sentido positivo como todo lo contrario. Le llenaba de esperanza y, a la vez, le resultaba siniestro, una amenaza; y entonces le invadió un profundo sentimiento de desamparo. En su interior luchaban fuerzas indeterminadas, instintivas, que hubiesen podido calificarse como un proceso de orientación, de tanteo, de búsqueda de ayuda, consejo y apoyo. Pensó una por una en qué personas quizá podrían brindarle alguna de estas cosas.

Contaba con Joachim, el bueno y honorable Joachim, cuyos ojos habían adquirido una expresión triste durante esos últimos meses, y que a veces se encogía de hombros con esa violencia resentida que antes jamás había manifestado. Joachim, con su «Enrique azul» en el bolsillo, como solía llamar a ese utensilio la señora Stöhr con aquella cara de descaro cerril que tanto horrorizaba a Hans Castorp. Tenía, pues, al buen Joachim, al que no dejaba de suplicar al doctor Behrens para que le dejara marcharse, volver a la «llanura», al «terreno llano», como llamaban allí al mundo de los sanos con un ligero pero perceptible desdén; volver al servicio militar que tanto anhelaba. A fin de lograrlo lo antes posible y de ganar un poco del tiempo que aquí se perdía tan alegremente, se aplicaba con total diligencia en cumplir la obligación de guardar reposo; lo hacía para restablecerse cuanto antes, sin cuestionar nada, aunque también un poco por el simple hecho de cumplir con la obligación, pues aun tratándose de reposar, era un «deber» como cualquier otro y, para Joachim, el deber era el deber. Por eso cada noche, al cuarto de hora después de la cena, insistía a su primo en abandonar la reunión para empezar la cura nocturna, y así, en cierto modo, su precisión militar era una buena ayuda para Hans Castorp, cuyo espíritu de civil bien se hubiera inclinado por participar un rato más en la reunión, con la mirada puesta en el saloncito de los rusos, por más que ello careciese de sentido y de futuro. Claro que, si Joachim tenía tanta prisa en abreviar la velada, también era debido a otra razón; razón silenciada pero bien conocida por Hans Castorp desde que se diera cuenta de por qué la cara de Joachim se cubría de manchas al tiempo que palidecía y por qué su boca, en ocasiones, se transformaba en una mueca tan singularmente lastimosa. Era porque Marusja, la eternamente risueña Marusja con su pequeño rubí en el dedo y su perfume de azahar, la del pecho espléndido por fuera y carcomido por dentro, solía asistir a estas reuniones, y Hans Castorp comprendió que eso era lo que alejaba a Joachim, que se sentía demasiado atraído hacia ella, atraído de una manera terrible. ¿No estaba Joachim tan aprisionado como él, tal vez de un modo todavía más insalvable y angustioso, teniendo en cuenta que, para colmo de males, tenía que compartir mesa cinco veces al día con Marusja, la del pañuelito perfumado con esencia de naranja? En cualquier caso, estaba demasiado ocupado en sus propios problemas como para poder ayudar a Hans Castorp. Su huida diaria de la vida social sin duda le honraba, pero esto era muy poco tranquilizador para Hans Castorp, y a menudo incluso le parecía que el buen ejemplo de Joachim, con relación a su diligente cumplimiento del deber de reposar y de las instrucciones de experto que le daba sobre éste, tenían algo de sospechoso.

Hans Castorp no llevaba allí ni dos semanas pero tenía la impresión de que hacía mucho más tiempo, y aquel régimen de vida de «los de allá arriba» que con tanta aplicación observaba Joachim a su lado había comenzado a adquirir a sus ojos una intangibilidad casi sagrada e indiscutible, de modo que el mundo de allá abajo, en el «terreno llano», visto desde arriba, casi le parecía un mundo extraño y vuelto del revés. Había adquirido ya una destreza aceptable en el manejo de las dos mantas, por medio de las cuales en los días fríos uno se transformaba en un paquete compacto, en una verdadera momia; poco le faltaba para igualar a Joachim en la pericia y el arte de envolverse según las reglas, y casi se sorprendía al pensar que allá abajo nadie sabía nada de tal arte ni de tales reglas. Desde luego, era sorprendente pero, al mismo tiempo, Hans Castorp se extrañaba de extrañarse por algo así, y ese desasosiego causante de inquietud, causante de que se revolviese interiormente en busca de consejo o apoyo, nacía de nuevo en él.

Pensaba en el doctor Behrens y en aquel consejo «absolutamente desinteresado» de que viviese como los pacientes e incluso se tomase la temperatura. Pensaba en Settembrini, que se había echado a reír a carcajadas al enterarse del consejo y luego había citado un pasaje de *La flauta mágica*. Sí, pensó en ellos a título de prueba, para ver si eso le confortaba. El doctor Behrens tenía canas... podría haber sido el padre de Hans Castorp... Además, era el director del sanatorio, la más alta autoridad (una autoridad casi paternal, justo lo que necesitaba el joven Hans Castorp). Y, sin embargo, por más que lo intentase, no lograba pensar en el doctor Behrens con una confianza filial. Después de todo, éste había enterrado allí a su mujer, había sufrido un dolor que le había trastornado temporalmente, y luego se había quedado porque aquella tumba le retenía y porque él mismo se había contagiado ligeramente. ¿Lo habría superado? ¿Estaría curado y unívocamente resuelto a curar a los enfermos para que pudiesen regresar cuanto antes a las «tierras llanas» y cumplir con sus correspondientes obligaciones? Sus mejillas tenían siempre un extraño color azulado, y, en el fondo, parecía que siempre tuviera fiebre. Aunque tal vez fuera una mera ilusión y el color de su rostro se debiera sencillamente al frío: el propio Hans Castorp sentía lo mismo día sí, día no, una especie de calor seco sin llegar a tener fiebre, según podía juzgar sin termómetro... Cierto es que cuando uno oía hablar al consejero áulico, no podía evitar pensar que, en efecto, tenía fiebre; había algo raro en su manera de hablar: sonaba muy seguro de sí mismo, alegre y jovial, pero también se intuía en su voz algo extraño, cierta exaltación, sobre todo si uno se fijaba en sus mejillas azuladas y sus ojos lacrimosos, que parecían seguir llorando a su mujer. Hans Castorp recordó lo que Settembrini había dicho acerca de la «melancolía» y la «inmoralidad» del doctor, y recordó también que el italiano le había llamado «un alma confusa». Podía haberlo dicho por malicia o por fanfarronería; de todos modos, estimaba muy poco edificante pensar en el doctor Behrens.

Claro que también tenía a Settembrini, el contestatario por naturaleza, fanfarrón y «*homo humanus*», como él mismo se definía; el hombre que con su torrente de palabras le había reprochado que calificase la unión entre la enfermedad y la estupidez de «paradoja» y «dilema para la sensibilidad humana». ¿Podía recurrir a él? ¿Era provechoso pensar en Settembrini? Hans Castorp recordaba muy bien cómo, estando inmerso en alguna de las muchas y desmesuradas ensoñaciones que llenaban sus noches allá arriba, le había indignado la sonrisa socarrona del italiano —aquella sonrisa que se dibujaba bajo la hermosa curva de sus bigotes— y recordaba haberle tachado de «charlatán» y haber intentado separarse de él porque era un incordio. Pero eso había sido en sueños, pues el Hans Castorp despierto era otro Hans Castorp muy distinto, más lúcido que el de los sueños. Tal vez despierto fuera todo diferente; tal vez sí le convenía recapacitar sobre el carácter moderno de Settembrini —con su rebeldía y su espíritu crítico—, a pesar de su verborreica impertinencia. Él mismo se había definido como pedagogo; era obvio que deseaba ejercer su influencia... y el joven Hans Castorp deseaba de todo corazón ser influido, lo cual, por otro lado, no significaba en modo alguno que estuviera dispuesto a dejarse convencer por Settembrini para hacer las maletas de inmediato y marcharse antes del tiempo señalado, como éste le había propuesto con entera seriedad unos días atrás.

«*Placet experi*», pensaba sonriendo, pues, sin que pudiera considerarse un *homo humanus*, su latín aún llegaba hasta ahí. Así pues, no perdía de vista a Settembrini y escuchaba con gusto —y no sin atención crítica— todo lo que el italiano decía durante sus encuentros, por ejemplo, durante los paseos de rigor hasta el banco situado en la falda de la montaña o hasta Davos Platz, o en otras ocasiones, como cuando terminaban las comidas. Settembrini se levantaba de la mesa el primero y, con su pantalón a cuadros y un palillo entre los dientes, vagaba a través del salón de las siete mesas para terminar, con manifiesto desprecio por las reglas y costumbres, yendo un instante a la mesa de los primos. El italiano se tomaba esa libertad, se plantaba allí en una actitud graciosa y empezaba a hablar con las piernas cruzadas, gesticulando con su palillo. O arrimaba una silla a uno de los rincones de la mesa, entre Hans Castorp y la institutriz, o bien entre Hans Castorp y la señorita Robinson, y contemplaba cómo los nueve comensales devoraban los postres a los que él parecía haber renunciado.

—¿Puedo unirme a tan selecto círculo? —preguntaba, estrechando la mano a los dos primos y saludando a las demás personas con una reverencia—. Ese cervecero de la mesa del fondo..., por no hablar del aspecto desesperante de la cervecera. ¡Oh, el señor Magnus...! Acaba de darnos una conferencia psico-sociológica. ¿Quieren oír lo que dice? «Nuestra querida Alemania es un gran cuartel; sí, ciertamente. Pero encierra grandes virtudes, y no cambiaría nuestra rectitud por la cortesía de otros. ¿De qué sirve la cortesía si me engañan como a un enano...?» Y otras cosas por el estilo. Casi me da un ataque. Además, tengo enfrente a una pobre criatura con la piel de las mejillas llena de manchas, una vieja solterona de Transilvania que no para de hablar de su «cuñado», un tipo del que nadie sabe ni quiere saber nada. En una palabra, no he podido resistirlo más y he puesto pies en polvorosa.

—Ha huido con armas y bagajes —dijo la señora Stöhr—, no hace falta que me lo jure.

—Exactamente —exclamó Settembrini—, con armas y bagajes. Veo que aquí soplan otros vientos. No hay duda de que he llegado a buen puerto. Conque una huida... ¡Ah, si todo el mundo supiese hablar con tanta propiedad...! Pero ¿me permite que le pregunte por los progresos de su preciosa salud, señora Stöhr?

La falta de naturalidad de la señora Stöhr era terrible.

—¡Ay, Señor! —suspiró—. ¡Siempre igual! Usted mismo lo

sabe. Avanza una dos pasos y retrocede tres. Resiste una aquí cinco meses y llega el viejo y le prescribe otros seis. ¡Ay!, es el suplicio de Tántalo. Uno va empujando y empujando, y cuando cree haber llegado arriba...

—Pero ¡qué amable de su parte! Concede al fin a ese pobre Tántalo un poco de variación. Por un día, le imagina empujando la famosa roca. Esto sí que es tener buen corazón... Pero ¿cómo es eso que dicen, señora mía? Se oyen cosas misteriosas acerca de usted. Historias de dobles, de cuerpos astrales... Yo no había creído nada hasta ahora, pero por lo que veo... no sé qué pensar...

—Me parece que el señor quiere divertirse a mi costa.

—¡Ni mucho menos! Le aseguro que no es mi intención. ¡Pero tranquilíceme primero sobre ciertos aspectos oscuros de su existencia y luego podremos hablar de diversiones! Ayer por la noche, entre las nueve y media y las diez, salí a hacer un poco de ejercicio en el jardín y miré hacia las terrazas; en la de usted estaba encendida la lamparita eléctrica, y lucía en la oscuridad. Usted, por lo tanto, hacía su cura de reposo, como lo ordenan el deber, la razón y el reglamento. «He aquí a nuestra linda enferma», me dije a mí mismo, «que observa fielmente las prescripciones para poder volver lo antes posible a los brazos del señor Stöhr.» Pero ¿qué me acaban de decir? Pues que a la misma hora la vieron en el *cinematografo* —Settembrini pronunció esta palabra a la italiana—, en el *cinematografo* del Casino, y después en la confitería, tomando vino dulce y no sé qué clase de pastelillos, y para más datos...

La señora Stöhr se echó a reír e intentó disimular tapándose la boca con la servilleta, dio sendos codazos a Joachim Ziemssen y al callado doctor Blumenkohl y guiñó un ojo con pícara complicidad y una coquetería tonta hasta la saciedad. Por las noches solía engañar a las enfermeras de guardia dejando encendida la lamparita de su terraza mientras se escabullía del sanatorio y bajaba a divertirse al barrio inglés.

Su marido la esperaba en Cannstatt. Por otra parte, no era la única paciente que recurría a este sistema.

—... para más datos —continuó Settembrini—, degustaba usted los pastelillos en compañía de... en compañía del capitán Miklosich, de Bucarest. Se asegura que lleva corsé, pero ¡por Dios!, ¿qué importancia puede tener eso? Se lo ruego, señora mía, ¿dónde estaba? ¿Acaso tiene usted un doble? Será que estaba dormida y mientras la parte terrenal de su ser realizaba la cura en solitario, la parte espiritual se divertía en compañía del capitán Miklosich y sus pastelillos...

La señora Stöhr se partía de risa y gesticulaba como si alguien le hiciese cosquillas.

—Cualquiera sabe si no hubiera preferido la opción contraria —preguntó Settembrini sin recato alguno—. Es decir, tomarse los pastelillos sola y hacer la cura de reposo en compañía del capitán Miklosich...

—¡Ji, ji, ji...!

—¿Conocen los señores la historia de anteayer? —inquirió sin transición el italiano—. Alguien fue secuestrado, se lo llevó el diablo o, más exactamente, su señora madre, una dama de mucho carácter, según me pareció... Se trata del joven Schneermann, Anton Schneermann, el que se sentaba allí delante, en la mesa de la señorita Kleefeld. Como pueden ver, su sitio está vacío. Pronto será ocupado, eso no me preocupa, pero Anton se ha esfumado como por arte de magia, se lo ha tragado la tierra antes de que pudiese darse cuenta. Llevaba aquí año y medio, con sus dieciséis años; le acababan de imponer seis meses más. Y ¿qué ocurre? No sé quién haría llegar unas letras a la señora Schneermann, pero, en cualquier caso, siempre se enteró de las costumbres de su vástago *in Baccho et caeteris*. Entra en escena sin avisar, una auténtica matrona, tres cabezas más alta que yo, con el cabello cano, furibunda. Sin decir palabra, da un par de bofetadas al señor Anton, le agarra del cuello y lo mete en el tren. «Si se va a morir», exclamó, «también puede morirse allá abajo.» ¡Y hala, a casa!

Todos los que le oían se reían, pues Settembrini contaba las cosas con mucha gracia. Estaba muy bien informado de las últimas noticias, aunque no dejaba de mostrarse escéptico y sarcástico hacia la vida en común en el sanatorio. Lo sabía todo. Conocía los nombres y más o menos el estado físico de los recién llegados. Contaba que, el día anterior, a fulanito o a zutanita le habían extraído una costilla, y sabía de muy buena tinta que, a partir del otoño siguiente, ya no serían admitidos enfermos que tuviesen más de 38,5 de fiebre. Contó también que, la noche anterior, el perrito de la señora Kapatsulias, de Motilene, se había sentado sobre el interruptor de la lámpara de la mesita de noche de su dueña, provocando una auténtica catástrofe, sobre todo porque la señora Kapatsulias no fue encontrada sola, sino en compañía del asesor Düstmund, de Friedrichshagen. El propio doctor Blumenkohl no pudo evitar sonreírse al oír esta historia; la linda Marusja estuvo a punto de asfixiarse con su pañuelo perfumado con esencia de naranja, y la señora Stöhr chilló de risa mientras se apretaba el lado izquierdo del pecho con las dos manos.

Sin embargo, cuando se hallaba solo con los primos, Lodovico Settembrini gustaba de hablar de sí mismo y sus orígenes, ya fuera a la hora del paseo, ocasionalmente en las reuniones vespertinas, o también después del almuerzo, cuando la mayoría de los huéspedes habían salido del comedor y los tres caballeros permanecían un rato sentados en un extremo de la mesa, mientras las sirvientas retiraban los platos y Hans Castorp fumaba su María Mancini, cuyo sabor comenzaba a apreciar de nuevo durante esta tercera semana. Con espíritu crítico, extrañado pero dispuesto a dejarse influenciar, escuchaba las historias del italiano, que le abrían un mundo singular y totalmente nuevo.

Settembrini hablaba de su abuelo, que en Milán había sido abogado, pero sobre todo un gran patriota, una especie de agitador, un orador y publicista político, un contestatario —al igual que su nieto, aunque su espíritu de oposición se había hecho patente en causas más grandes y arriesgadas—. Mientras que Lodovico, como él mismo observaba con amargura, se veía reducido a burlarse de la vida y los habitantes del Sanatorio Internacional Berghof, a ejercer sobre ellos su crítica mordaz y a protestar en nombre de una humanidad hermosa y llena de energía, el abuelo había dado muchos quebraderos de cabeza a los gobiernos, había conspirado contra Austria y la Santa Alianza, que en aquel tiempo tenían a su patria desmembrada bajo el yugo de una vil servidumbre, y había sido un miembro muy activo de ciertas sociedades difundidas por Italia: «un *carbonaro*», decía Settembrini bajando súbitamente la voz, como si hoy todavía resultara peligroso hablar de eso.

En resumen, aquel Giuseppe Settembrini aparecía en los relatos de su nieto y ante los que le escuchaban como si hubiese llevado una existencia oscura, apasionada y sediciosa, como si hubiese sido un cabecilla y un conspirador y, con todo el respeto que los primos se esforzaban en manifestar por cortesía, no conseguían disimular una leve expresión de antipatía desconfiada, incluso de estupor. Sin duda los acontecimientos evocados eran de una naturaleza bastante singular: lo que oían se refería a una época lejana, había pasado casi un siglo, ¡y era historia! Y era justo por la historia —concretamente por la historia antigua—, por lo que conocían el fenómeno de la defensa de la libertad a toda costa y del indómito odio a la tiranía; eso sí, lo conocían en teoría y jamás imaginaron que llegaran a verlo tan de cerca, encarnado en alguien conocido. Así pues, aquel espíritu revolucionario y aquellos manejos de conspirador del abuelo Settembrini, como pronto supieron, estaban estrechamente ligados a un profundo amor a su patria, a la que deseaba ver libre y unida. Es más, aquellos actos sediciosos habían sido el fruto y la consecuencia de su sentimiento patriótico y, por extraña que pareciese a ambos primos tal mezcla de espíritu revolucionario y patriotismo —pues ellos tenían la costumbre de identificar el patriotismo con un sentido conservador del orden–, no podían dejar de reconocer que, en las circunstancias y en la época de referencia, la rebelión quizá había sido el reflejo del verdadero deber cívico y la lealtad a las instituciones el de una funesta indiferencia hacia los problemas de la vida pública.

El abuelo Settembrini no sólo había sido un patriota italiano, sino también conciudadano y co-combatiente de todos los pueblos sedientos de libertad, ya que tras el fracaso de cierto golpe de mano y de una tentativa de golpe de Estado en Turín, en la que había participado de palabra y de obra, logrando escapar por muy poco de las garras de los esbirros del príncipe Metternich, había empleado sus años de destierro en combatir y derramar su sangre en España por la Constitución y en Grecia por la independencia del pueblo helénico. En este país había venido al mundo el padre de Settembrini –sin duda, por eso había llegado a ser tan gran humorista y aficionado a la Antigüedad clásica–, nacido de una madre de sangre alemana, pues Giuseppe se había casado con la muchacha en Suiza y ella le había acompañado en sus posteriores aventuras. Más tarde, después de diez años de destierro, al fin había podido volver a su país y establecerse como abogado en Milán. No obstante, no por ello renunció a empujar a la nación –por medio de la palabra oral y escrita, en verso y en prosa– a la libertad y la instauración de una república unificada e indivisible, a concebir programas revolucionarios en un tono apasionado y dictatorial, o a proclamar, en un estilo claro, la unión de los pueblos liberados como base de la felicidad universal. Un detalle que mencionó el nieto Settembrini causó especial impresión al joven Hans Castorp, a saber, que el abuelo Giuseppe siempre se presentaba ante sus conciudadanos vestido de negro, pues decía que llevaba luto por Italia, su patria, esclavizada e infeliz. Al oír eso, Hans Castorp, que ya había trazado varias comparaciones en su mente, no pudo evitar acordarse de su propio abuelo, quien igualmente, durante todo el tiempo en que su nieto le había conocido, había vestido de negro, si bien por un motivo muy diferente del de este otro: recordó aquellos atuendos pasados de moda en los que el verdadero espíritu del abuelo –un espíritu de otra época también– había tratado de adaptarse al presente de un modo provisional y subrayando siempre este desfase esencial hasta que, finalmente, la esencia y la apariencia volvieran a conciliarse en la obligada solemnidad de su entierro (con gola española bien almidonada). ¡Qué dos abuelos tan diferentes! Hans Castorp reflexionaba sobre esto mientras sus ojos adquirían una expresión fija y meneaba prudentemente la cabeza, un movimiento que podía interpretarse como una muestra de admiración hacia Giuseppe Settembrini aunque también como un signo de extrañeza y desaprobación.

Por otra parte, evitaba juzgar lo que le resultaba extraño, y se atenía a la mera comparación y constatación. Le parecía estar viendo la estrecha cabeza del viejo Hans Lorenz inclinándose sobre la concha dorada de la jofaina bautismal –aquella pieza atávica que pasaba invariablemente de padres a hijos–, con la boca redondeada, pues sus labios formaban el prefijo alemán «ur», aquel sonido sordo y grave que evocaba los lugares en los que se imponía una devota solemnidad. Y luego veía a Giuseppe Settembrini agitando la bandera tricolor en una mano, blandiendo el sable con la otra, e invocando el cielo con sus negros ojos, lanzándose contra la falange del despotismo a la cabeza de una tropa de revolucionarios. Sin duda, ambas actitudes tenían su belleza y honor, y Hans Castorp se preocupaba tanto más de mostrarse equitativo, cuanto que personalmente no era del todo imparcial. El abuelo Settembrini había combatido por unos derechos políticos, mientras que todos estos derechos habían pertenecido en su origen a su propio abuelo, o al menos a sus antepasados, y había sido la canalla quien se los había ido arrancando por medio de la violencia o de la retórica a lo largo de los cuatro últimos siglos.

Y he aquí que tanto el uno como el otro habían ido vestidos de negro, el abuelo del norte y el abuelo del sur, los dos con el fin de marcar una estricta distancia entre ellos y su nefasto presente. Ahora bien, mientras el primero lo había hecho por piedad, en honor del pasado y de la muerte, a los que pertenecía su naturaleza, el segundo había obrado por rebeldía, en honor de un progreso enemigo de toda piedad. Ciertamente eran dos mundos distintos, dos puntos cardinales opuestos, pensaba Hans Castorp, y, en cierto modo, se veía a sí mismo entre ambos polos, mirando con ojos críticos ya hacia el uno, ya hacia el otro, al tiempo que Settembrini hablaba. Y le pareció que eso ya le había ocurrido antes. Recordó un solitario paseo en barca a la caída de la tarde, en un lago de Holstein, a finales del verano de hacía unos años. Serían las siete de la tarde, el sol se había puesto y una luna casi llena ya se había elevado al este por encima de las riberas cubiertas de espesos arbustos. Durante diez minutos, mientras Hans Castorp remaba sobre el agua tranquila, había reinado una placidez de ensueño, casi onírica. Al oeste aún resplandecía el pleno día, una luz brillante y límpida; pero cuando volvía la cabeza veía una noche de luna llena, mágica e impregnada de húmedas nieblas. Aquella extraña dualidad sólo había durado un cuarto de hora, antes de que triunfaran la noche y la luna, en tanto, para feliz sorpresa de Hans Castorp, sus ojos deslumbrados y engañados pasaban de una a otra luz y de un paisaje a otro, del día a la noche y de la noche al día. De eso se acordaba ahora.

Sea como fuere —se decía— con semejante vida y una actividad tan intensa, era imposible que el abogado Settembrini llegara a ser un gran jurista. No obstante, el principio mismo de la justicia le había inspirado, como ponía de relieve su nieto, desde su infancia hasta el fin de sus días; y, aunque en ese momento no tuviese la mente muy clara y su organismo estuviese demasiado ocupado en procesar los seis platos de comida del sanatorio Berghof, Hans Castorp se esforzaba en comprender lo que Settembrini quería decir cuando llamaba a ese principio «la fuente de la libertad y el progreso». Por este último concepto, Hans Castorp había entendido hasta entonces algo así como el desarrollo de las grúas de vapor en el siglo XIX, y ahora descubría que Settembrini concedía bastante importancia a esas cosas, como también hiciera su abuelo. El italiano rendía un gran tributo a la patria de sus dos oyentes por haberse inventado allí la pólvora –que había hecho saltar por los aires la coraza del feudalismo–, así como la imprenta, que había difundido, mejor dicho: había permitido difundir las ideas democráticas. Alababa, pues, a Alemania por estos inventos y por sus méritos del pasado, pero se sentía obligado –casi moralmente– a conceder la palma a su propio país, puesto que había sido el primero, mientras los demás pueblos todavía vivían sumidos en la oscuridad de la superstición y la servidumbre, en desplegar la bandera de la ilustración, la cultura y la libertad.

Aun así, si Settembrini reverenciaba el proceso de la técnica y los transportes –el campo profesional de Hans Castorp–, como ya manifestara en su primera conversación con los primos en el banco del recodo, no parecía, sin embargo, que fuese por el valor de estos ámbitos en sí, sino más bien por su repercusión en el perfeccionamiento moral del hombre, pues se complacía en otorgarles ese tipo de importancia. Al subyugar la naturaleza cada vez más, estableciendo comunicaciones, redes de transporte y de telégrafo, salvando las diferencias climáticas, la técnica se revelaba como el medio más fiable de acercamiento entre los pueblos y de conocimiento recíproco en aras de alcanzar una armonía entre los hombres, destruir los prejuicios y avanzar hacia la unificación universal. La raza humana había salido de la sombra, del miedo y el odio, pero ahora progresaba hacia un estadio último de simpatía, luz interior, bondad y felicidad; y en ese camino la técnica era el vehículo más útil.

Claro que, al hablar así, mezclaba en un solo aliento categorías que Hans Castorp no estaba acostumbrado a considerar más que por separado. «Técnica y moral», decía, e incluso afirmaba que el primero en revelar el principio de igualdad y unión entre los pueblos había sido el Salvador del cristianismo, y que, después, la imprenta había favorecido fuertemente su expansión hasta que la Revolución francesa lo había elevado a la categoría de ley. Por alguna razón que no alcanzaba a determinar, todo aquello parecía enormemente confuso al joven Hans Castorp, a pesar de que el señor Settembrini lo resumía en términos muy claros y rotundos. Una sola vez —decía—, una sola vez en su vida, al comienzo de su madurez, se había sentido completamente feliz su abuelo: en los días de la Revolución de Julio en París. En voz alta y públicamente había proclamado entonces que algún día los hombres compararían aquellos tres días con los seis de la creación del mundo. En ese instante, Hans Castorp no pudo evitar dar un puñetazo en la mesa y experimentar la más profunda de las sorpresas. Se le antojaba una terrible exageración el que se pudieran comparar los tres días del verano de 1830, en los cuales los parisienses se dieron una nueva constitución, con los seis días en los cuales Dios separó la tierra de las aguas y creó los astros eternos, así como las flores, los árboles, los peces, los pájaros y toda la vida; más tarde, al comentarlo con su primo Joachim, manifestó expresamente que incluso le había escandalizado.

Sin embargo, estaba tan dispuesto a «dejarse influir» en el pleno sentido de la palabra, es decir, a prestarse de buen grado a nuevas experiencias, que reprimió la protesta que su sentido de la decencia y del buen gusto ansiaban alzar contra la visión del mundo de Settembrini, diciéndose que lo que a él le parecía blasfemo podía ser calificado de audaz, y lo que juzgaba de mal gusto podía ser fruto de la generosidad y de un noble entusiasmo, al menos en ciertas circunstancias como, por ejemplo, cuando el abuelo de Settembrini había llamado a las barricadas el «trono del pueblo» y proclamado que era necesario «consagrar la pica de los ciudadanos sobre el altar de la humanidad».

Hans Castorp sabía por qué escuchaba a Settembrini; no podía explicarlo con palabras, pero lo sabía. Obedecía a una especie de sentido del deber, al margen de esa ausencia de responsabilidad propia de los viajeros y visitantes de vacaciones que no se detienen ante ninguna impresión y se dejan llevar por las cosas, con la conciencia de que mañana, o pasado mañana, abrirán sus alas y volverán al orden acostumbrado. Era, por consiguiente, una especie de voz de su conciencia —para ser más explícitos: de su mala conciencia— lo que le incitaba a escuchar al italiano, con las piernas cruzadas, fumando golosamente su María Mancini, o cuando los tres volvían de su habitual paseo por el barrio inglés al Berghof.

Según pensaba y afirmaba Settembrini, el mundo entrañaba la lucha entre dos principios: el poder y el derecho, la tiranía y la libertad, la superstición y el conocimiento, el principio de conservación y el principio de movimiento imparable: el progreso. Se podía definir al uno como el principio oriental; al otro como el principio europeo, pues Europa era la tierra de la rebeldía, la crítica y la actividad para transformar el mundo, mientras que el continente asiático encarnaba la inmovilidad y el reposo. No cabía duda alguna sobre cuál de esas dos fuerzas en pugna terminaría por alcanzar la victoria: la ilustración, el perfeccionamiento guiado por la razón. Porque la fuerza de la humanidad arrastraba sin cesar a nuevos países por el camino de la luz, conquistaba continuamente nuevos territorios dentro de la misma Europa y ya comenzaba a penetrar en Asia. Sin embargo, aún faltaba bastante para que su victoria fuese completa, y todos los que habían recibido la luz aún debían realizar grandes y nobles esfuerzos hasta que alumbrase el día en que las monarquías se hundieran, incluso en aquellos países que no habían tenido ni un auténtico «siglo XVIII» ni un auténtico 1789.

—Pero ese día llegará —dijo Settembrini, y sonriendo bajo su bigote—. Llegará, si no sobre las alas de la paloma, sobre las del águila, llegará con la aurora del hermanamiento de todos los pueblos, bajo el signo de la razón, la ciencia y el derecho. Traerá consigo la santa alianza de la democracia de los ciudadanos: esplendorosa contrapartida de la infame alianza de los príncipes y sus gabinetes, de los que el abuelo Giuseppe en persona fuera enemigo mortal; en una palabra: la República Universal.

Aunque para alcanzar ese objetivo ante todo era necesario acabar con el principio oriental de la servidumbre y con el nervio vital de su resistencia, es decir: Viena. Había que herir a Austria en la cabeza y destruirla, primero para vengarse del pasado, luego para preparar el camino al imperio del derecho y la felicidad sobre la tierra.

Este último giro y conclusión del elocuente discurso de Settembrini dejó de interesar totalmente a Hans Castorp. Este tipo de argumentos no le gustaban nada, incluso herían su sensibilidad, despertaban en él como un resentimiento personal o nacional cada vez que los oía. Por no hablar de Joachim Ziemssen, quien, cuando el italiano se adentraba por tales vericuetos volvía la cabeza con el ceño fruncido y dejaba de escuchar, advirtiendo de que ya era hora de ir a la cura o intentando desviar la conversación. Hans Castorp tampoco estaba dispuesto a prestar atención a semejantes desvaríos; aquello, sin duda, excedía los límites de las influencias que su conciencia le imponía experimentar y que, además, imponía como algo tan sumamente necesario que, cuando Settembrini iba a sentarse a su lado o se unía a ellos en sus paseos, era el propio joven quien invitaba al italiano a expresar sus ideas.

Esas ideas, ideales y tendencias, observaba Settembrini, eran en su caso una tradición de familia, pues los tres habían consagrado a ellas su vida y sus fuerzas: el abuelo, el padre y el nieto, cada cual a su manera. El padre, no menos que el abuelo Giuseppe, aunque no hubiese sido un agitador político ni un combatiente por la causa de la libertad, sino un erudito discreto y delicado, un humanista en su cátedra. Pero ¿qué era el humanismo? El amor a la humanidad, nada más, y por eso mismo el humanismo también era política, también era rebelión contra todo cuanto mancillara y deshonrara la idea de humanidad. Habían reprochado al padre de Settembrini que rendía un culto excesivo a la forma, pero, después de todo, sólo había cultivado esa forma —y su belleza— por respeto hacia la dignidad del hombre, en marcada oposición a la Edad Media, que no sólo había estado sumida en el desprecio del hombre y en la superstición, sino también en una especie de vergonzosa ausencia de formas bellas; y, ante todo, había reivindicado la libertad de pensamiento y el placer de vivir en la tierra, pues —según él— el reino de los cielos era mejor dejárselo a los gorriones. ¡Prometeo! Ése fue el primer humanista, y era idéntico al Satán en homenaje al cual Carducci había compuesto su himno... ¡Ah, si los primos hubiesen oído al viejo boloñés, enemigo de la Iglesia, cuando se burlaba y despotricaba contra la sensibilidad cristiana de los románticos, contra los cantos sagrados de Manzoni, contra el culto a las sombras y a la luz de luna de la poesía romántica que él llamaba la «pálida monja del firmamento»! *Per Baccho!*, eso hubiese sido un gran placer. Y también tendrían que haber oído cómo Carducci interpretaba la obra de Dante: le tenía en muy alta estima como en calidad de ciudadano de una gran metrópoli que había defendido la fuerza activa que transforma al mundo y lo mejora contra el ascetismo y la negación de la vida. No era la sombra enfermiza y mística de Beatrice lo que el poeta había querido honrar bajo el nombre de «*donna gentile e pietosa*»; por el contrario, había llamado así a su esposa que, en el poema, representaba el principio del conocimiento de las cosas terrenales y la actividad práctica en la vida...

Así pues, Hans Castorp había aprendido también muchas cosas sobre Dante, y de la mejor de las fuentes. No se fiaba del todo de sus nuevos conocimientos, a la vista de la fanfarronería de su maestro, pero valía la pena oír decir que

Dante había sido un activo y lúcido hombre de la gran ciudad. Y luego seguía escuchando cómo Settembrini hablaba de sí mismo y afirmaba que, en su persona, en el nieto Lodovico, confluían las inclinaciones de sus antepasados más inmediatos: la conciencia cívica y política de su abuelo y el humanismo de su padre, y que, gracias a eso, él había llegado a ser un literato, un escritor libre. Porque la literatura no era otra cosa: la unión del humanismo y la política, unión que se realizaba tanto más fácilmente, cuanto que el humanismo era en sí mismo política y la política no era más que humanismo. Aquí Hans Castorp escuchaba atentamente y se esforzaba en comprender, pues esperaba poder superar la ignorancia del cervecero Magnus, enterándose de por qué la literatura era algo más que «bellos caracteres». Settembrini preguntó a sus oyentes si habían oído hablar de Brunetto, Brunetto Latini, secretario municipal de Florencia en 1250, autor de un libro sobre las virtudes y los vicios. Él fue el primero en dar una educación a los florentinos, enseñándoles el arte de la palabra, así como el arte de dirigir su república según las reglas de la política. «¡Ahí lo tienen! –había exclamado Settembrini–. ¡Ahí lo tienen, señores míos!» Y habló del «verbo», del culto a la palabra, a la elocuencia, que consideraba el «triunfo del humanismo», puesto que la palabra constituía el mayor honor del hombre, y sólo ese honor confería dignidad a su vida. No sólo el humanismo, sino la humanidad en general, toda la dignidad humana, el respeto hacia lo humano y el respeto al hombre por el hombre mismo; todo eso era inseparable de la palabra, y se hallaba, por tanto, estrechamente ligado a la literatura... («¿Lo ves?», diría después Hans Castorp a su primo, «¿Ves cómo en la literatura sí son importantes las bellas palabras? Me di cuenta enseguida.») Y, de la misma manera, la política estaba ligada a la palabra o, más exactamente, nacía de la unión de la humanidad con la literatura, pues las bellas palabras daban a luz a las bellas acciones.

—Ustedes, en su gran país —dijo Settembrini—, tuvieron hace dos siglos un poeta, un viejo conservador maravilloso que concedía gran importancia a la bella caligrafía, pues creía que conducía a un bello estilo. Debería haber ido un poco más lejos diciendo que un bello estilo conduce a bellas acciones. Escribir bien casi supondría pensar bien, y esto no está muy lejos del obrar bien. Toda moralidad y todo perfeccionamiento moral nacen del espíritu de la literatura, de este espíritu de la dignidad humana que, a su vez, es también espíritu de la política y la humanidad. Sí, todo ello forma una unidad, es una misma fuerza y una misma idea y puede resumirse en un solo nombre. —¿Cuál era ese nombre? El nombre se componía de sílabas bien conocidas, si bien los dos primos no habían llegado a comprender aún su significado y su importancia. La palabra era: ¡civilización! Y al dejarla brotar de sus labios, Settembrini alzó la mano derecha, pequeña y amarillenta, como quien hace un brindis.

El joven Hans Castorp juzgaba todo eso muy digno de ser escuchado, aunque sin considerarse obligado a nada; más bien lo escuchaba a título de experimento. Digno de escucha era, en cualquier caso, y así lo afirmó incluso contradiciendo a Joachim Ziemssen, que en aquel momento, en cambio, tenía el termómetro en la boca y no pudo replicar de un modo articulado, y que luego se mostró demasiado ocupado en leer la cifra que marcaba el mercurio y apuntarla en su tabla de temperaturas como para disertar sobre las opiniones de Settembrini. Como ya hemos dicho, Hans Castorp tomaba buena nota de lo que oía y, en aquella peculiar etapa de formación que había emprendido, se mostraba abierto, lo cual demuestra lo mucho que el hombre despierto aventaja al soñador entontecido, como el que era aquel Hans Castorp que, incluso en su propia cara, había llamado a Settembrini «charlatán», intentando apartarlo de sí con todo su empeño porque «le incordiaba». Como hombre despierto, sin embargo, Hans Castorp escuchaba cortés y atentamente al italiano y se esforzaba sinceramente en conciliar y atenuar las reticencias que se alzaban en su interior contra las reflexiones y puntos de vista de su mentor. Porque no podemos negar que en su alma surgían ciertas reticencias: entre ellas, algunas venían de muy atrás, habían existido en él desde siempre, mientras que otras eran resultado de su actual circunstancia, de las experiencias, en parte directas y en parte silenciadas, que estaba viviendo allí arriba.

¡Cómo es el hombre! ¡Con qué facilidad puede engañarse su conciencia, encontrando en la supuesta voz del deber la licencia para la pasión! Hans Castorp escuchaba con atención a Settembrini y valoraba de buena fe sus consideraciones sobre la razón, la república y el estilo bello, dispuesto a dejarse influir por ellas, por sentimiento del deber, por amor a la rectitud y al equilibrio. Tanto más justificado consideraba entonces, como contrapartida, volver a dar rienda suelta a sus elucubraciones y ensoñaciones en una dirección completamente opuesta; es más: haciendo justicia a todas nuestras sospechas y todas nuestras observaciones, diremos que no escuchaba a Settembrini sino con el objeto de obtener de su conciencia una carta blanca que originariamente no le hubiese querido conceder. Y ¿cuál era ese polo opuesto al patriotismo, la dignidad humana y las bellas letras, hacia el que Hans Castorp creía poder dirigir de nuevo sus pensamientos y acciones? El polo opuesto era... Clavdia Chauchat, lánguida, enferma, con sus ojos de tártara; y, al pensar en ella (aunque, por otra parte, la palabra «pensar» no expresa con suficiente precisión el sentimiento que despertaba en él), Hans Castorp tenía la sensación de hallarse otra vez en aquella barca, en aquel lago de Holstein, dirigiendo su mirada deslumbrada y engañada de la luz cristalina de la orilla occidental hacia la noche de luna llena bañada en la niebla de los cielos orientales.

Las semanas de Hans Castorp se contaban de martes a martes, pues ése era el día en que había llegado. Hacía ya un par de días que había abonado su factura de la segunda semana, la modesta suma de unos 160 francos, modesta y justificada, en su opinión, incluso si no hubiese comprendido ciertas ventajas impagables de la estancia en el sanatorio —lógicamente, por el nuevo hecho de ser impagables— ni tampoco ciertos extras que, de haberlo querido la dirección, bien habrían podido incluirse en la factura —como, por ejemplo, los conciertos semanales en la terraza y las conferencias del doctor Krokovski—, sino única y exclusivamente el alojamiento y la manutención propiamente dichos, las múltiples comodidades de las instalaciones y las cinco formidables comidas.

—No es mucho; más bien resulta barato, no puedes quejarte de que te salga cara la estancia —dijo a su primo—. Necesitas un promedio de 650 francos mensuales para la habitación y la comida, contando con que el tratamiento médico está incluido en esta cifra. Bueno... Admite que aún gastes 30 francos mensuales en propinas, si eres un caballero y te gusta ver caras sonrientes a tu alrededor. Todo eso suma 680 francos. Bien. Me dirás que hay otros muchos pequeños gastos: bebidas, productos de aseo, puros; alguna excursión o algún paseo en coche... y luego, de vez en cuando, alguna factura del zapatero o del sastre. Perfecto... Contándolo todo no gastas mil francos al mes ni con la mayor voluntad de este mundo. Ni siquiera ochocientos. Todo ello no llega a diez mil francos anuales. Desde luego, no los supera. Eso te basta para vivir.

—¡Buen cálculo mental! —dijo Joachim—. No te imaginaba tan hábil en estos asuntos, y eso de que directamente hagas números para el año entero... qué generoso, veo que ya has aprendido algo aquí arriba. Por cierto, has calculado por alto. Yo no fumo puros, y tampoco creo que vaya a necesitar los servicios de un sastre. ¡No, gracias!

—¿Aún he calculado por alto? —preguntó Hans Castorp un poco confuso.

Al margen de la descabellada idea de incluir en la cuenta de su primo cigarros y trajes nuevos, la supuesta rapidez de cálculo que su primo le atribuía no era más que una falsa ilusión sobre sus dones naturales. Pues también en ese terreno, como en todos los demás, era más bien lento y carente de empuje; el hecho de que, en ese caso, hubiera sido capaz de ofrecer un balance tan preciso no era resultado de su espontánea brillantez, pues en realidad lo tenía preparado, preparado incluso por escrito: una noche, durante la cura de reposo (pues había acabado por echarse después de la cena como los demás), se había levantado de su excelente tumbona y, obedeciendo a un súbito impulso, había ido a su habitación a buscar papel y lápiz para echar la cuenta. Así pues, había comprobado que su primo —o más exactamente, que cualquier paciente del sanatorio— precisaba unos doce mil francos anuales para atender todas sus necesidades, y había constatado que, por lo que a él se refería, la vida allí se hallaba más que al alcance de su bolsillo, puesto que solía contar con unos 18.000 o 19.000 francos anuales para gastos.

Así pues, su segunda factura semanal había sido liquidada hacía tres días contra recibo y expresión de agradecimiento, lo cual significaba que, acorde con sus planes, se hallaba a la mitad de su tercera semana de permanencia en el sanatorio. El domingo siguiente asistiría una vez más a uno de los conciertos quincenales en la terraza y el lunes a una de las conferencias quincenales del doctor Krokovski, pero —se decía a sí mismo y a su primo— el martes o el miércoles partiría y dejaría a Joachim solo, al pobre Joachim, a quien Radamante sin duda había prescrito quién sabe cuántos meses más de estancia, y cuyos dulces y negros ojos se cubrían de un velo de melancolía cada vez que se hablaba de la ya próxima partida de Hans Castorp. ¡Dios Santo! ¡Qué cortas se habían hecho las vacaciones! ¡Sin saber cómo, habían volado, literalmente se las había llevado el viento! Sin embargo, habían pasado veintiún días juntos, un largo período al que, al principio, no se le veía el final. Y de pronto, no quedaban más que tres o cuatro insignificantes días, un resto sin importancia, con cierto peso todavía por las variantes periódicas de la jornada cotidiana, pero presidido ya por la idea del equipaje y la partida. Tres semanas no eran casi nada allá arriba. ¿Acaso no se lo habían advertido desde el primer día? Allí arriba, la mínima unidad temporal era el mes, había dicho Settembrini, y como la permanencia de Hans Castorp había sido menor, no podía ser considerada como tal, no había sido, en suma, más que una fruslería, «la visita del médico», en palabras del doctor Behrens. ¿Tendría alguna relación el que allí se acelerase el metabolismo con que también el tiempo pasara vertiginosamente? Aquella rapidez era un verdadero consuelo para Joachim a la vista de los cinco meses que le esperaban todavía (suponiendo que de verdad se terminase ahí su tratamiento). Sin embargo, durante aquellas tres semanas deberían haber prestado más atención al paso del tiempo, como se hacía al tomarse la temperatura, cuando los siete minutos prescritos se convertían en un período de tanta importancia. Hans Castorp sentía una sincera compasión hacia su primo, en cuyos ojos se podía leer la tristeza de perder pronto a su amigo; de hecho, sentía la más viva lástima hacia él al pensar que el pobre se quedaría solo allí arriba, sin él, que de nuevo viviría en terreno llano y desplegaría su actividad al servicio de la técnica de transportes que unía a los pueblos. Era una compasión casi ardiente que, en ciertos momentos, le causaba dolor en el pecho, y —en resumen— tan fuerte que a veces se preguntaba si realmente tendría valor de abandonar a Joachim. Hasta ahí llegaba su compasión, por lo cual comenzó a hablar cada vez menos de su partida. Era Joachim quien sacaba el tema de vez en cuando, pues Hans Castorp —como hemos dicho— callaba con tacto y delicadeza y parecía no quería pensar en ello hasta el último momento.

—Esperemos, al menos —dijo Joachim—, que te hayas recuperado aquí arriba, entre nosotros, y que al llegar a casa notes el cambio.

—Sí, saludaré a todo el mundo en tu nombre —contestó Hans Castorp— y les diré que volverás como mucho dentro de cinco meses. ¿Recuperado? ¿Me preguntas si me he recuperado durante estos días? Supongo que sí. Alguna recuperación se habrá dado, aunque haya estado aquí tan poco tiempo. Por otro lado, las impresiones recibidas han sido tantas y tan nuevas, nuevas en todos los aspectos, muy estimulantes pero también muy fatigosas, tanto moral como físicamente... Tengo la sensación de que todavía no las he asimilado ni me he aclimatado del todo, condición necesaria para todo descanso. El María Mancini, gracias a Dios, vuelve a ser el de siempre desde hace unos días y ya he vuelto a encontrarle el gusto. Ahora que, de vez en cuando, mancho de sangre el pañuelo, y creo que ya no conseguiré librarme de este condenado ardor en la cara y de estas absurdas palpitaciones hasta que me vaya. No, no se puede decir que me haya aclimatado. ¿Cómo iba a hacerlo en tan poco tiempo? Necesitaría una temporada más larga para aclimatarme y superar esas impresiones; entonces sí podría comenzar a recuperarme y a asimilar las proteínas. Es una lástima. Digo «lástima» porque seguramente ha sido un gran error no reservar más tiempo para mi estancia, pues no habría tenido problema en hacerlo. Más bien me da la sensación de que, al llegar a casa, necesitaré reponerme de estas vacaciones y dormir durante tres semanas de lo agotado que me siento a veces. Y, para colmo, hay que añadir este maldito catarro...

En efecto, parecía que Hans Castorp volvería al terreno llano con un resfriado de primer orden. Debía de haber cogido frío al hacer la cura de reposo y, siguiendo con las conjeturas, durante el reposo vespertino que guardaba desde hacía una semana, a pesar del tiempo lluvioso y frío que persistía en los días anteriores a su partida. Sin embargo, había comprobado que allí arriba no consideraban malo ese tiempo; el concepto de mal tiempo no existía en absoluto, no se temía a las inclemencias de ninguna clase, apenas se prestaba atención al tiempo que hacía, y el propio Hans Castorp, con la suave docilidad de su juventud, con su voluntad de adaptarse a las ideas y usos del entorno en que se hallaba, había comenzado a hacer suya esta indiferencia. Aun cuando llovía a cántaros, no se debía esperar que el aire fuese a ser menos seco. Porque, efectivamente, no lo era y uno seguía sintiendo la cabeza recalentada como si se hallase en una habitación caldeada en exceso o como si hubiera bebido demasiado vino. Por lo que se refiere al frío, que era considerable, hubiese sido poco sensato intentar escapar a él refugiándose en las habitaciones, pues mientras no nevase no encendían la calefacción y daba casi lo mismo echarse dentro del cuarto que en la terraza, con el abrigo de invierno y empaquetado en las dos hermosas mantas de pelo de camello, como mandaban los cánones del lugar. Todo lo contrario; esto último era mucho más agradable, era sencillamente lo más placentero que Hans Castorp recordaba haber sentido jamás; juicio que no estaba dispuesto a abandonar porque un literato cualquiera, y además *carbonaro*, lo tildase maliciosamente –y con segundas– de posición «horizontal». Sobre todo por las noches la encontraba especialmente agradable, cuando la lámpara encendida lucía a su lado sobre la mesita y, bien envuelto en las mantas, saboreaba de nuevo el María Mancini y disfrutaba de las indescriptibles ventajas de las tumbonas de allí, aunque eso sí: con la punta de la nariz helada y un libro –continuaba siendo el *Ocean Steamships*– entre las manos, también heladas y enrojecidas por el frío; contemplando por entre los arcos del balcón cómo las lucecillas, ya dispersas ya densamente agrupadas, iban adornando el valle, desde el cual, casi todas las noches y al menos durante una hora, le llegaba algún tipo de música, melodías conocidas, agradablemente veladas: fragmentos de óperas, de *Carmen*, de *El Trovador*, de *Freischütz*, luego valses bien construidos, pegadizas y ágiles marchas y alegres mazurcas. ¿Mazurca? Marusja era como se llamaba en realidad la muchacha del pequeño rubí; y, en el compartimiento contiguo, tras la gruesa mampara de cristal traslúcido, reposaba Joachim, con quien Hans Castorp cambiaba discretamente alguna palabra, procurando no molestar a los otros «horizontales». Joachim se sentía igual de a gusto en su compartimiento que Hans Castorp, a pesar de ser poco aficionado a la música y de no experimentar el mismo placer con aquellos conciertos nocturnos. ¡Peor para él! En lugar de eso leía su gramática rusa. Hans Castorp, en cambio, dejaba el *Ocean Steamships* sobre las mantas y se entregaba a la música, se recreaba en analizar la transparente profundidad de su estructura y sentía tan íntimo placer al captar melodías sugerentes y expresivas que no podía recordar sino con hostilidad lo que Settembrini afirmaba de la música: afirmaciones tan indignantes como, por ejemplo, que era políticamente sospechosa, lo cual, a juicio de Hans Castorp, no valía mucho más que la idea del abuelo Giuseppe sobre la Revolución de Julio y los seis días de la Creación.

Joachim no participaba, pues, de aquel amor por la música, como también le resultaba ajeno el placentero entretenimiento de fumar. Por lo demás, gozaba de su cura de reposo muy bien arropado, sosegado y protegido en su compartimiento. Era el fin de la jornada; por ese día todo había concluido, se podía estar seguro de que hoy ya no ocurriría nada más, de que ya no se vivirían más emociones fuertes, de que el músculo del corazón no habría de enfrentarse a más proezas. Al mismo tiempo, sin embargo, se tenía la certeza –fruto de lo limitado, favorable y repetitivo de las circunstancias– de que «mañana» todo volvería a empezar desde el principio. Y aquella doble certeza era sumamente reconfortante; unida a la música y al recuperado sabor del María Mancini, hacía de la cura de reposo de la noche un verdadero momento de felicidad para Hans Castorp.

No obstante, todo eso no había impedido que el visitante y novato se resfriase de un modo serio durante la cura (o donde fuera). Le amenazaba una fuerte congestión nasal, le atenazaba la cavidad frontal, tenía la úvula irritada y le dolía, y el aire no circulaba por el conducto que la naturaleza tenía destinado a ello, sino que penetraba con dificultad, frío, provocándole constantes accesos de tos. De la noche a la mañana, su voz había adquirido un timbre grave y aguardentoso, y —según decía— esa misma noche no había pegado ojo porque la asfixiante sequedad de garganta le había tenido de sobresalto en sobresalto.

—¡Qué mala suerte! —exclamó Joachim—. Y casi diría ¡qué fatalidad! Pues debes saber que aquí los resfriados no gustan nada, incluso se niega su existencia. Oficialmente, no son compatibles con el clima seco de la atmósfera, y uno sería muy mal recibido por Behrens si fuera a su consulta diciéndole que se ha resfriado. Claro que, en tu caso, es distinto..., al fin y al cabo, tú tienes derecho a estar constipado. Aunque convendría combatirlo de algún modo; allá abajo se conocen varios remedios, pero lo que es aquí dudo que nadie se interese por ellos. Aquí más vale no ponerse enfermo, porque a nadie le preocupa. Está demostrado, aún vas a tener ocasión de verlo con tus propios ojos. Cuando llegué, había una señora que se pasó toda la semana tapándose el oído con la mano y quejándose de fuertes dolores. Finalmente, Behrens la examinó: «Puede estar completamente tranquila», dijo. «No es tuberculosis.» ¡Y así quedó la cosa! En fin, veremos qué podemos hacer. Mañana temprano hablaré con el masajista cuando venga a mi habitación. Aquí hay que respetar el escalafón, él lo transmitirá y de esa manera quizá hagan algo por ti.

Así lo hizo Joachim, y el sistema del «escalafón» funcionó. El viernes, nada más llegar Hans Castorp de su paseo matinal, llamaron a su puerta y tuvo ocasión de conocer personalmente a la señorita Mylendonk, la «superiora», como la llamaban allí.

Hasta el momento sólo había visto de lejos a aquella persona aparentemente muy ocupada cuando, saliendo de la habitación de algún enfermo, atravesaba el pasillo para entrar en otra, o también cuando irrumpía fugazmente en el comedor hablando con su voz estridente. Esta vez, en cambio, la visita era para él: la enfermera acudía por su catarro. Llamó a la puerta con los nudillos huesudos, dura y brevemente, y entró antes de que él dijese «pase», deteniéndose un momento en el umbral para cerciorarse una vez más del número de habitación.

—Treinta y cuatro —exclamó sin bajar la voz—, eso es. Bueno joven, *on me dit que vous avez pris froid, I hear, you have caught a cold, Wy kashetsia, prostudilisi.* Al parecer se ha constipado. ¿En qué idioma debo hablarle? Veo que en alemán... ¡Ah, ya! La visita del joven Ziemssen, ya lo veo. Voy para el quirófano. Tengo allí uno al que hay que anestesiar y resulta que ha comido ensaladilla de judías. Si es que tiene una que estar en todo... Y usted, hijo, ¿dice que se ha constipado aquí?

Hans Castorp estaba estupefacto ante la manera de expresarse de aquella mujer de supuesto rancio abolengo. Se atropellaba al hablar, realizando extraños círculos de arriba abajo con la cabeza y como olfateando el aire, como hacen las fieras enjauladas, al tiempo que agitaba la mano derecha, cubierta de pecas y ligeramente cerrada pero con el dedo pulgar hacia arriba, como si hubiese querido decir: «Deprisa, deprisa, deprisa. No me escuche, dígamelo todo usted para que pueda marcharme enseguida».

Tendría unos cuarenta años, era de baja estatura, sin curvas, vestía una bata blanca de enfermera, ceñida con cinturón; sobre el pecho llevaba una cruz de granates. Bajo la toca se veía un cabello pelirrojo bastante pobre; sus ojos azules e inflamados, en los que destacaba, sobre todo, un orzuelo bastante avanzado, tenían una mirada inquieta; la nariz era respingona, la boca como de rana y el labio inferior un poco saliente, de manera que, al hablar, recordaba más bien a un besugo. Sin embargo, Hans Castorp la miró con la afabilidad discreta, tolerante y confiada que le era habitual.

—¿Qué clase de catarro es ése? —preguntó por segunda vez la enfermera jefe, esforzándose en mirarle de un modo penetrante (en vano, pues los ojos se le iban cada uno hacia un lado)—. No nos gustan esa clase de catarros. ¿Se constipa con frecuencia? ¿No se constipaba también mucho su primo? ¿Qué edad tiene? ¿Veinticuatro? Eso es cosa de la edad. ¿Y se le ocurre venir aquí y constiparse? Aquí arriba no debemos hablar de «constipados», honorable joven, eso son memeces de allá abajo. —La palabra «memez» tenía en su boca algo de espantoso y grotesco, pues la pronunciaba sacando mucho su labio inferior de besugo—. Tiene usted un espléndido catarro de las vías respiratorias, basta con verle los ojos. —Y de nuevo realizó aquel extraño intento de mirarle a los ojos con una mirada penetrante sin llegar a conseguirlo del todo—. Pero los catarros no tienen nada que ver con coger frío, sino con una infección que uno es propenso a sufrir; de lo que se trata, pues, es de averiguar si nos hallamos ante una infección inofensiva o no tanto. Todo lo demás son memeces. —De nuevo utilizó aquella escalofriante palabra—. Es posible que en usted sea una cosa de poca importancia —añadió, y le miró, sin que Hans Castorp supiera cómo, con su orzuelo a punto de reventar—. Tome, aquí tiene un antiséptico inofensivo. Tal vez le vaya bien. —Y sacó del bolsillo de cuero negro que pendía de su cinturón un paquetito que dejó sobre la mesa. *Formamint*—. Por otra parte, parece usted excitado, como si tuviese calentura. —Y no dejaba de mirarle a la cara, pero siempre con los ojos un poco desviados—. ¿Se ha puesto el termómetro?

Él negó con la cabeza.

—¿Por qué no? —preguntó la enfermera, y se quedó con ese gesto: con el labio inferior salido.

Él permaneció en silencio. El bueno de Hans Castorp era aún muy joven, y todavía conservaba la costumbre del escolar que guarda silencio cuando se encuentra de pie ante su pupitre y no sabe nada.

—¿No será usted de ésos que nunca se toman la temperatura?

—Sí, sí, señora superiora. Cuando tengo fiebre...

—¡Pero, hijo! Uno se pone el termómetro básicamente para saber si tiene fiebre. Y ahora, según su opinión, ¿tiene fiebre?

—No lo sé, señora superiora. No estoy seguro. Un poco febril y escalofriado sí que me siento desde que estoy aquí arriba.

—¡Ah, claro! ¿Y dónde está su termómetro?

—No tengo, señora. ¿Para qué? No estoy más que de visita. Yo estoy sano.

—¡Memeces! ¿Me ha mandado usted llamar porque se encuentra bien?

—No —respondió Hans Castorp cortésmente—, es porque estoy un poco...

—Resfriado. Aquí ya conocemos esa clase de catarros. ¡Tenga! —Y comenzó a hurgar de nuevo en su bolso hasta que sacó dos estuches alargados de cuero, uno negro y otro rojo, y los puso sobre la mesa—. Éste cuesta tres francos y medio y éste cinco francos. Naturalmente, le va a salir mejor el de cinco. Puede servirle toda la vida, si lo usa como es debido.

Sonriendo, el joven tomó el estuche rojo y lo abrió. Como una joya, el instrumento de cristal reposaba en la hendidura diseñada para tal efecto en el interior forrado de terciopelo rojo. Los grados estaban marcados con rayitas rojas y las décimas con rayitas negras. Las cifras también eran rojas. La parte inferior, que iba estrechándose, estaba llena de brillante mercurio. La columna estaba muy baja, marcando un grado muy inferior al del calor animal normal.

Hans Castorp sabía lo que se debía a sí mismo y a su prestigio.

—Me quedo con éste —dijo, sin siquiera prestar atención al otro—. El de cinco. ¿Puedo pagarlo...?

—¡Naturalmente! —exclamó la superiora—. No hay que regatear en las compras importantes. No hay prisa, se le anotará en la factura. Démelo. Para comenzar, vamos a hacerlo descender completamente, así...

Le quitó el termómetro de las manos, lo sacudió repetidas veces en el aire, e hizo descender la columna de mercurio hasta los 35 grados.

—Ya subirá, ya subirá el mercurio —dijo—. Tenga usted, su adquisición. Sin duda, ya conoce nuestras costumbres. Póngaselo debajo de esa lengua que Dios le ha dado durante siete minutos, cuatro veces al día, y cierre bien esa boca. Hasta la vista, hijo. Le deseo buenos resultados.

Y salió de la habitación.

Hans Castorp, que se había inclinado, se quedó de pie junto a la mesa, mirando a la puerta por donde la enfermera jefe había salido y al instrumento que le había dejado. «Así que ésta es la superiora Von Mylendonk... —se dijo—. A Settembrini no le gusta; es verdad que tiene cosas desagradables. El orzuelo es un horror, pero no lo tendrá siempre. Pero ¿por qué me ha llamado "hijo"? Es una expresión un poco rara, desenfadada. Y, encima, me ha vendido un termómetro; siempre debe de llevar unos cuantos en el bolso. Parece que aquí los hay por todas partes en todas las tiendas, incluso donde uno menos lo espera, según afirma Joachim. Aunque yo no he tenido que ir muy lejos, me lo han puesto en la mano literalmente.»

Sacó el frágil objeto del estuche, lo miró y luego se puso a dar vueltas por la habitación, con el termómetro en la mano. Su corazón latía deprisa y con fuerza. Se volvió hacia la puerta abierta de la terraza e hizo un movimiento brusco hacia la puerta de la habitación, como tentado de ir a visitar a Joachim, pero renunció enseguida a la idea y permaneció de pie junto a la mesa, y carraspeó, para constatar que estaba ronco. Luego tosió varias veces.

«Sí, debo comprobar si el catarro me produce fiebre», se dijo en silencio, y de inmediato se puso el termómetro en la boca, con la parte del mercurio bajo la lengua, de manera que el instrumento salía, apuntando hacia arriba, de entre los labios, bien apretados para no dejar pasar el aire. Luego miró su reloj de pulsera. Eran las nueve y treinta y seis minutos. Se dispuso a esperar que pasaran siete minutos.

«Ni un segundo más, ni un segundo menos –pensó–. Se pueden fiar de mí. No tendrán que cambiármelo por una "enfermera muda" como a la persona de la que habló Settembrini, Ottilie Kneifer.»

Y comenzó a pasear por la habitación sujetando el instrumento bajo la lengua.

El tiempo pasaba despacísimo, el plazo parecía infinito. Apenas habían transcurrido dos minutos y medio cuando miró las agujas, temiendo pasarse de tiempo. Hacía mil cosas, cogía objetos y los volvía a dejar, salía a la terraza procurando que no le viese su primo, contemplaba el paisaje, el alto valle, ya enteramente familiar para él en todas sus formas: sus picos, las siluetas de sus crestas y sus paredes rocosas, con el Brembühl a la izquierda, como un gran telón, cuya ladera descendía oblicuamente hacia la aldea, y cuyo flanco recubría el áspero Mattenwald; con las formaciones montañosas a la derecha, cuyos nombres también le eran familiares, y con la Alteinwand que, vista desde allí, parecía cerrar el valle por el lado sur. Miró hacia los caminos, hacia los arriates del jardín, hacia la gruta y el majestuoso pino; oyó un murmullo procedente del pabellón común y volvió a meterse en la habitación, esforzándose en corregir la posición del termómetro en su boca; luego, sacudiendo el brazo consiguió que la muñeca le asomase bajo la manga y dobló el codo para acercársela a la cara. A duras penas y, entre idas, venidas y múltiples trajines, transcurrieron al fin seis minutos. Pero como ahora, de pie en el centro de su habitación, empezó a perderse en un mar de sueños y a dejar vagar sus pensamientos, el último minuto se le escapó como de puntillas, con una ligereza felina. Un nuevo movimiento del brazo le reveló su secreta fuga, y quizá ya era demasiado tarde: ya había pasado un tercio del octavo minuto, cuando, diciéndose que no tenía importancia y que aquello no afectaría al resultado, en suma, se sacó el termómetro de la boca y lo miró con gesto turbado.

De entrada no supo cómo leerlo: el resplandor del mercurio se confundía con el reflejo luminoso del tubo aplanado de cristal; la columna parecía haber subido muy arriba, luego no se veía. Aproximó el instrumento a sus ojos, lo giró a un lado y a otro y no distinguió nada. Finalmente, tras un feliz movimiento, logró distinguir la imagen, la retuvo y se apresuró a interpretarla mentalmente. En efecto, el mercurio se había dilatado, y además considerablemente, la columna había subido bastante, se hallaba varias décimas por encima de la temperatura normal. Hans Castorp tenía 37,6.

Tener 37,6 en pleno día, entre las diez y las diez y media, era demasiado; era claramente «calentura»: fiebre resultante de una infección que había sido propenso a contraer; lo único que había que averiguar ahora era de qué clase de infección se trataba. 37,6... Joachim tampoco tenía más, nadie allí arriba pasaba de esa temperatura, a excepción de los que guardaban cama gravemente enfermos o moribundos, ni la Kleefeld con su neumotórax, ni... madame Chauchat. Naturalmente, en su caso era distinto, se trataba de una simple «fiebre catarral», como se decía allá abajo. Claro que tampoco era tan fácil trazar una diferencia, pues Hans Castorp dudaba que tuviese esta temperatura sólo desde que se había constipado, y lamentó no haber contado con un termómetro desde el principio, como le había sugerido el doctor Behrens. Su consejo había sido de lo más sensato, ahora lo comprendía, y Settembrini no había hecho bien en mofarse de ello... Settembrini, con sus ideas sobre la república y el bello estilo. Hans Castorp sintió desprecio por la república y por el bello estilo mientras continuaba examinando la cifra del termómetro, que los reflejos le habían hecho perder de vista un par de veces y que ahora ya sabía recuperar girando el instrumento en un sentido o en otro. Tenía 37,6... ¡y eso en plena mañana!

Estaba excitadísimo. Comenzó a andar de un lado a otro de la habitación con el termómetro en la mano, cuidando de mantenerlo en horizontal a fin de no modificarlo con alguna sacudida vertical; luego lo dejó sobre la repisa del lavamanos, cogió las mantas y el abrigo y se dispuso a comenzar su cura de reposo. Una vez sentado, se empaquetó hábilmente en ellas, tal como había aprendido, por ambos lados y por debajo, doblando una después de otra, y permaneció inmóvil esperando la hora del segundo desayuno y la entrada de Joachim. De vez en cuando sonreía, como si sonriera a alguien. De vez en cuando, su pecho se estremecía con un temblor angustioso y su resfriado le obligaba a toser de pecho.

Joachim le encontró todavía echado cuando, a las once, después de sonar el gong, entró a buscarle para ir a desayunar.

—¿Qué tal? —preguntó sorprendido, acercándose a la tumbona.

Hans Castorp permaneció en silencio un instante y, como con la mirada perdida, contestó:

—La última noticia es que tengo un poco de calentura.

—¿Qué significa eso? —preguntó Joachim—. ¿Te sientes acaso febril?

Hans Castorp hizo esperar un poco su respuesta, la cual, con cierta desidia, formuló como sigue:

—¿Febril, querido? Hace ya algún tiempo que me siento febril. Todo el tiempo, en realidad. Pero ahora ya no se trata de impresiones subjetivas, sino de una comprobación exacta. Me he tomado la temperatura.

—¿Que te has tomado la temperatura? ¿Con qué? —exclamó Joachim, asustado.

—Obviamente, con un termómetro —contestó Hans Castorp, en un tono cortante a la par que burlón—. La enfermera jefe me ha vendido uno. Lo que no me explico es por qué me llama siempre «criatura». Correcto no es, desde luego. Aunque enseguida me ha vendido un excelente termómetro, y si quieres convencerte de la temperatura que indica, está allí en la repisa del lavamanos. Ha subido mínimamente.

Joachim dio media vuelta y entró en la habitación. Cuando regresó, dijo con tono titubeante:

—Sí; marca 37 y cinco décimas y media.

—Pues ha bajado un poco —replicó apresuradamente Hans Castorp—; hace un momento eran 37,6.

—No se puede decir que eso sea «mínimo» a esta hora de la mañana —dijo Joachim—. ¡Menuda contrariedad!

Y se quedó de pie junto a la *chaise-longue* de su primo como se queda uno ante una «contrariedad», con los brazos pegados al cuerpo y la cabeza baja.

—Vas a tener que guardar cama.

Hans Castorp ya tenía su contestación preparada.

—No veo —dijo— por qué voy a tener que acostarme con 37,6 cuando tú y los demás tenéis la misma temperatura y os paseáis tranquilamente.

—Pero es distinto. En ti es un estado agudo, pero inofensivo. Tienes fiebre porque estás constipado.

—En primer lugar —replicó Hans Castorp, dispuesto a dividir su discurso en varias partes—, no comprendo por qué con una fiebre inofensiva (admitamos por un instante que exista tal cosa), por qué con una fiebre inofensiva es preciso guardar cama, y con otro tipo de fiebre no. Y en segundo lugar, ya te he dicho que el catarro no me ha dado más fiebre de la que ya tenía. Parto de la base —concluyó— de que 37,6 es igual a 37,6. Si vosotros podéis andar por ahí con esa temperatura, yo también.

—Pues cuando llegué tuve que guardar cama cuatro semanas —objetó Joachim—, y hasta que no se comprobó que la cama no hacía disminuir mi temperatura no me autorizaron a levantarme.

Hans Castorp sonrió.

–¿Y qué? –dijo–. Supongo que en tu caso es otra cosa. Además, creo que te contradices. Primero estableces una diferencia y luego confundes los términos. No son más que memeces...

Joachim giró sobre los tacones de sus zapatos y, cuando se halló de nuevo frente a su primo, éste vio que su rostro moreno se había oscurecido un poco más.

–No –dijo–, yo no confundo nada, eres tú quien lo complica todo. Sólo quiero decir que has cogido un resfriado tremendo, no hay más que oírte hablar, y que deberías meterte en la cama para abreviar el proceso, ya que quieres marcharte la semana próxima. Pero si no quieres, si te resistes a meterte en la cama, por mí no lo hagas. Yo no voy a darte órdenes. En cualquier caso, ahora tenemos que ir a desayunar. Y deprisa, vamos retrasados...

–Muy bien, vamos –dijo Castorp, y se sacudió las mantas.

Entró en la habitación para pasarse rápidamente el cepillo y, mientras lo hacía, Joachim volvió a mirar el termómetro al tiempo que también Hans Castorp le observaba de lejos a él. Luego salieron en silencio y se sentaron, una vez más, en sus respectivos sitios del comedor, que, como siempre a aquella hora, se veía inundado del resplandor blanquecino de los vasos de leche.

Cuando la camarera enana llevó a Hans Castorp su cerveza de Kumbach de cada día, él la rechazó con una grave expresión de renuncia. No, muchas gracias, hoy prefería no beber cerveza. No bebería nada, como mucho un sorbo de agua. Esto causó gran sorpresa entre sus vecinos de mesa. ¿Por qué? ¡Qué novedad! ¡Qué cosa más rara! ¿Por qué no tomaba cerveza?

–Tengo un poco de fiebre –respondió Hans Castorp con indiferencia–, 37,6. Una insignificancia.

Pero he aquí que todos los dedos le señalaron. Aquello era muy raro. Adoptaron un tono burlón, le observaron ladeando la cabeza y guiñando un ojo, y le amonestaron con el dedo índice, como si acabasen de descubrir algún asunto picante de alguien que, hasta ese día, hubiese presumido de virtuoso.

—¡Vaya, vaya! —dijo la institutriz, y sus mejillas se ruborizaron, mientras le amenazaba sonriendo—. ¡De qué cosas se entera una, es usted un pillín! Vaya, vaya...

—Vaya, vaya —repitió la señora Stöhr, y le señaló con su grueso dedo, acercándoselo a la nariz—. ¿Tiene calentura el señor visitante? ¡Qué bromista...! ¡Eso sí que no lo esperaba!

Incluso la anciana tía, al otro extremo de la mesa, le amonestó con el mismo gesto, adoptando una expresión a la vez burlona y consternada cuando recibió la noticia. La bella Marusja, que hasta entonces no le había prestado la menor atención, se inclinó hacia él y le miró con sus ojos redondos, oscuros, y también levantó el dedo, mientras mantenía el pañuelito perfumado de naranja sobre los labios. Ni siquiera el doctor Blumenkohl, a quien la señora Stöhr no tardó en poner al día, pudo impedir menear el dedo como todo el mundo, aunque —por supuesto— lo hizo sin mirar directamente a Hans Castorp. Únicamente la señorita Robinson se mostró indiferente y ajena a todo, como siempre; Joachim, muy correcto, permanecía con los ojos bajos.

Hans Castorp, halagado por tal despliegue de bromas, creyó necesario defenderse modestamente.

—Se equivocan —dijo—, se equivocan de veras. Mi caso es de lo más inofensivo. Estoy resfriado, eso es todo. Ya lo ven: me escuecen los ojos, tengo el pecho congestionado, paso tosiendo casi toda la noche. Es bastante desagradable...

Pero ellos no admitieron excusas; se reían y le hacían señas con la mano de que no insistiese, diciendo: «Ya, ya, excusas, cuentos... un pequeño resfriado... ¡Eso es lo que dicen todos!».

Acto seguido, como si se hubiesen puesto todos de acuerdo, exigieron a Hans Castorp que acudiese sin tardanza a la consulta. La noticia les había animado. De todas las mesas ésta fue, durante la comida, la más alegre. La señora Stöhr, con aquella enrojecida cara de tonta, enmarcada por el cuello de volantes de la blusa, y aquellas mejillas llenas de arrugas, se mostró de un hablador que rayaba en la desmesura y se deshizo en detalles acerca del placer de toser; es más: sostenía que era verdaderamente divertido y gustoso sentir cómo rebullía y aumentaba el cosquilleo en las profundidades del pecho, al tiempo que uno, con sumo esfuerzo, ejercía toda la presión que podía en la zona para contenerlo; era un placer parecido al de los estornudos, cuando los deseos de estornudar crecían hasta hacerse irresistibles y, con gesto enajenado, se aspiraba vehementemente, abandonándose al fin con deleite, olvidando el mundo entero ante la felicidad del estallido. Y a veces aun podía producirse dos o tres veces seguidas. Eran placeres de la vida que no costaban nada, lo mismo que rascarse los sabañones en primavera, cuando empezaban a picar dulcemente; rascarse hasta sangrar, con tal fruición cruel y lasciva que, de verse por casualidad en el espejo en ese momento, uno se encontraría con la grotesca imagen del demonio.

Tal fue el espeluznante lujo de detalles con que la inculta señora Stöhr amenizó el breve pero sustancioso tentempié, hasta que los dos primos se marcharon para dar su segundo paseo matinal hacia Davos Platz. Joachim estuvo todo el camino absorbido en sus propios pensamientos; Hans Castorp, resollando a causa de la congestión y carraspeando para aliviar su pecho dolorido. De regreso, Joachim dijo:

—Te propongo una cosa: hoy es viernes. Mañana, después del almuerzo, me toca el chequeo mensual. No es un chequeo completo; Behrens me da unos golpecitos en la espalda y manda tomar unas cuantas notas a Krokovski. Podrías acompañarme y pedir que te ausculten en un momento. Es ridículo, si estuvieses en tu casa sin duda llamarías a Heidekind. Y aquí que contamos con dos especialistas te paseas a tus anchas sin saber a qué atenerte, ni hasta qué punto estás enfermo ni si harías mejor en acostarte.

—Bien —dijo Hans Castorp—, como quieras. Naturalmente, puedo hacer eso. Y hasta será interesante para mí asistir alguna vez a una consulta.

Quedaron, pues, de acuerdo y, cuando llegaron arriba, a la entrada del sanatorio, la casualidad quiso que se encontrasen con el consejero Behrens, momento idóneo para exponerle su propósito.

Behrens salía del ala frontal del edificio, muy erguido y con el cuello estirado, con un sombrero de ala rígida a medio poner y un cigarro entre los labios, con las mejillas azules y los ojos lacrimosos: la actividad personificada. Se dirigía a su consulta particular en el pueblo, cumplida su tarea en el quirófano, según explicó.

—Muy buenas, caballeros —saludó—. Siempre están de paseo. ¿Han disfrutado viendo el mundo? Vengo de un combate desigual, con cuchillo y sierra; un asunto de envergadura, ¿saben? ¡Extirpación de una costilla! Antes, el cincuenta por ciento se nos quedaba en la mesa de operaciones. Ahora tenemos más éxito, aunque sigue habiendo quien hace el equipaje antes de tiempo, *mortis causa*. En fin, el de hoy, al menos, tenía sentido del humor y se mantuvo bien firme al pie del cañón... Es increíble, un tórax humano que deja de serlo. Todo vísceras, una cosa muy fea, una ligera alteración de las ideas por así decirlo. Bueno, ¿y ustedes qué? ¿Cómo va su preciosa salud? La vida es más divertida si se comparte, ¿no es verdad, Ziemssen, viejo zorro? ¿Y usted por qué llora, señor turista? —añadió dirigiéndose de pronto a Hans Castorp—. Aquí arriba está prohibido llorar en público. Es una norma de la casa. Si todos hicieran lo mismo...

—Es que estoy acatarrado, doctor —contestó Hans Castorp—. No sé cómo ha sido, pero he cogido un tremendo resfriado. También toso y tengo el pecho tomado.

—¿Ah, sí? —dijo Behrens—, entonces tal vez convendría consultar a un médico experto.

Los dos se echaron a reír y Joachim contestó, juntando los talones:

—Es lo que pretendíamos hacer, señor consejero. Mañana me toca el chequeo, y queríamos pedirle que tuviese la bondad de examinar al mismo tiempo a mi primo. Se trata de saber si podrá marcharse el martes...

—«C.D.» —exclamó Behrens—. «¡C.D.A.S.!» Completamente Dispuesto A Servirles. Por ahí deberían haber empezado. Desde el momento en que uno está aquí, al menos puede aprovecharse del servicio. Aunque, naturalmente, no es ninguna obligación. Mañana a las dos, inmediatamente después de la habitual «comilona».

—El caso es que también tengo un poco de fiebre —añadió Hans Castorp.

—¡No me diga! —exclamó Behrens—. ¡Qué novedad! ¿Cree que no tengo ojos para verlo?

Y con su formidable dedo índice se señaló los ojos enrojecidos, de un azul húmedo y lacrimoso.

—Por cierto, ¿cuánto tiene?

Hans Castorp citó la cifra con discreción.

—¿Por la mañana? ¡Hum, no está mal! Para empezar, no está mal. Bueno, mañana vienen los dos. Para mí será un honor. ¡Feliz ingesta de alimentos!

Y, con sus rodillas torcidas y remando con los brazos, emprendió el descenso por la pendiente del camino, mientras el humo de su cigarro flotaba detrás de él como una bandera.

—Ya está todo arreglado como deseabas —dijo Hans Castorp—. No ha podido ir mejor. ¡Ya tengo hora con el médico! Por lo demás, es muy probable que no me pueda hacer nada. Supongo que me recetará algún jugo de regaliz o alguna tisana para los bronquios, pero de todos modos es agradable contar con una buena atención médica cuando uno se siente como yo. Ahora que, esa manera de hablar tan especial... Al principio me hacía gracia, pero a la larga me resulta desagradable. «¡Feliz ingesta de alimentos!» ¡Qué jerga! Lo normal es decir «buen provecho», que en cierto modo, incluso es poético, como cuando se dice «el pan de cada día». Pero «ingesta» es pura fisiología, y pedir sobre eso la bendición del cielo es perverso. Tampoco me gusta verle fumar, me resulta inquietante, porque sé que le hace daño y le vuelve melancólico. Settembrini sostiene que su jovialidad es forzada, y Settembrini es un crítico, un hombre de buen criterio, eso hay que reconocerlo. Tal vez también yo debería razonar un poco más y no aceptar las cosas tal y como se presentan; tiene toda la razón. Aunque a veces se empieza juzgando, censurando e indignándose y luego pasa algo que no tiene nada que ver con el juicio racional y adiós a la rectitud moral, adiós a la república y al bello estilo, que de pronto se antojan cosas sin interés. —Mascullaba estas palabras de un modo confuso; como si él mismo tampoco tuviera muy claro lo que quería decir. Su primo se limitó a mirarle de reojo y dijo:

—Hasta la vista.

Y cada cual se dirigió a su habitación y a su correspondiente compartimiento de la terraza.

—¿Cuánto? —susurró Joachim al rato, a pesar de no haber visto si Hans Castorp había vuelto a ponerse el termómetro.

Y Hans Castorp contestó con un tono de indiferencia:

—Sin novedad.

En efecto, nada más entrar en la habitación, había cogido su maravillosa adquisición de la mañana de la repisa del lavamanos; con unas cuantas sacudidas, había borrado el 37,6, que ya había cumplido su papel y, cual enfermo experimentado, había salido a echarse en la tumbona con su cigarrillo de cristal en la boca. Sin embargo, a pesar de sus grandes expectativas y de haber conservado el instrumento bajo la lengua durante ocho minutos largos, el mercurio no había querido pasar de los 37,6, temperatura que, después de todo, era fiebre, aunque no más alta que la de la mañana.

Después de la comida, la columna brillante subió hasta 37,7. Por la noche, en cambio, cuando más cansado se sentía el enfermo por las emociones y novedades del día, se mantuvo en 37,5, y a la mañana siguiente, temprano, no marcó más de 37, para, a media mañana, alcanzar de nuevo la misma cifra que la víspera. Tales fueron los resultados que precedieron a la comida principal del día, tras la cual estaba programada la consulta.

Hans Castorp recordó más tarde que, durante aquella comida, madame Chauchat llevaba un suéter de color amarillo dorado, con grandes botones y bolsillos bordados, una prenda nueva —en cualquier caso, nueva para Hans Castorp—, y que, al entrar en el comedor, como siempre un poco tarde, la había exhibido unos instantes ante los comensales. Luego, como hacía cinco veces al día, se había dirigido a su mesa, se había sentado con suaves movimientos y había comenzado a comer charlando a la vez con sus vecinos. Como cada día, aunque éste con una atención particular, Hans Castorp la había visto mover la cabeza mientras hablaba, y de nuevo había tomado nota de la particular curva de su nuca y de sus hombros caídos, cuando había mirado hacia la mesa de los rusos distinguidos, por encima de Settembrini, sentado al extremo de la mesa que quedaba transversal entre las de ambos. Madame Chauchat, por su parte, no se había vuelto una sola vez hacia el comedor en toda la comida. No obstante, cuando sirvieron los postres y el gran reloj de péndulo, colocado en el lado más estrecho del salón, donde se hallaba la mesa de los rusos ordinarios, dio las dos en punto, para gran sorpresa de Hans Castorp, ocurrió lo siguiente:

Al tiempo que el reloj daba las dos campanadas —una y dos—, la graciosa enferma volvió la cabeza por encima del hombro e incluso giró un poco el cuerpo para dirigir su mirada abiertamente hacia Hans Castorp. No sólo vagamente hacia su mesa sino, sin equívoco posible, hacia él en persona, esbozando una sonrisa con los labios cerrados y con aquellos ojos achinados, iguales a los de Pribislav, como diciéndole: «Bueno, ya es la hora, ¿no vas?». (Pues cuando son sólo los ojos los que «hablan», tutean directamente, aunque los labios ni siquiera hayan llegado a pronunciar un «usted».) Y ése fue el extraño incidente que turbó y conmocionó a Hans Castorp hasta el fondo de su alma. Sin dar crédito a sus sentidos, obnubilado, miró primero a madame Chauchat a la cara; luego levantó los ojos por encima de su frente y sus cabellos, y se quedó con la vista clavada en el vacío. ¿Sabría que él tenía hora para consulta a las dos? ¡Lo parecía! Y, sin embargo, era tan poco verosímil como que también hubiese podido saber que, justo un minuto antes, se había preguntado si no debía decir al doctor Behrens, por mediación de Joachim, que su resfriado iba mucho mejor y que juzgaba innecesaria la consulta; una idea cuyas posibles ventajas se desvanecieron ante aquella sonrisa interrogante, para adquirir el color del fastidio más horrible. Un segundo más tarde, Joachim dejó la servilleta enrollada sobre la mesa y, levantando las cejas, hizo una seña a Hans Castorp, se inclinó ante sus vecinos y abandonó la mesa. Hans Castorp, tambaleándose en su fuero interno, aunque con un paso en apariencia firme y con la impresión de que aquella mirada y aquella sonrisa continuaban pesando sobre él, siguió a su primo y salió de la sala.

Desde el día anterior por la mañana no habían vuelto a hablar de su proyecto, y en ese momento caminaban uno al lado del otro en un acuerdo tácito. Joachim apretó el paso. La hora convenida había pasado y el doctor Behrens exigía puntualidad. Siguieron el pasillo del entresuelo, pasando por delante de la «oficina», y bajaron la escalera, de pulcro suelo de linóleo encerado, que conducía al supuesto sótano. Joachim llamó a la puerta situada al final de la escalera y que un rótulo de porcelana confirmaba como sala de consultas.

—¡Adelante! —exclamó Behrens acentuando fuertemente la primera sílaba.

Estaba en el centro de la habitación con la bata puesta, con el estetoscopio negro, con el que se daba golpecitos en el muslo, en la mano derecha.

—*Tempo, tempo* —dijo, y dirigió sus lacrimosos ojos hacia

el reloj–. *Un poco più presto, signori.* No estamos exclusivamente a la disposición de sus señorías.

El doctor Krokovski estaba sentado en un escritorio doble, delante de la ventana; pálido, con su acostumbrada bata negra y los codos sobre la mesa, sosteniendo la pluma con una mano y con la otra su barbilla; delante de él, varios papeles, sin duda el expediente del enfermo. Miró a los recién llegados con la falta de entusiasmo propia de quien sólo está allí como ayudante.

–A ver esa tabla... –dijo el doctor Behrens en respuesta a las disculpas de Joachim, y cogió la hoja de temperatura para echarle un vistazo mientras el paciente se apresuraba a desnudarse de cintura para arriba y colgar lo que se iba quitando en la percha de árbol que había junto a la puerta.

Nadie prestó atención a Hans Castorp. Éste permaneció un instante de pie contemplándolos, luego se sentó en una pequeña butaca algo anticuada con borlas en los brazos, al lado de una mesilla sobre la que había una frasca de agua. Estanterías cargadas de carpetas y gruesos volúmenes de medicina cubrían las paredes. Excepto eso, no había más muebles que una *chaise-longue* de respaldo abatible, cubierta con una loneta blanca y cuyo almohadón, a su vez, estaba protegido con un pañito de papel.

–Coma siete, coma nueve, coma ocho... –dijo Behrens hojeando las tablas semanales de Joachim, en las que éste había anotado fielmente las temperaturas tomadas cinco veces al día–. Siguen sobrándole algunas décimas, mi querido Ziemssen, no puede presumir de haber mejorado mucho desde el otro día. –«El otro día», había sido hacía cuatro semanas–. No está limpio, no, no está limpio. Claro que tampoco es cosa de un día para otro... Aquí magia no hacemos...

Joachim asintió con la cabeza y sus hombros desnudos se estremecieron, aunque también hubiese podido objetar que no estaba allí precisamente desde la víspera.

—¿Y cómo van esos puntos en el *hilus* derecho, donde siempre se escuchaba un sonido más agudo? ¿Mejor? ¡Vamos, venga aquí! Daremos unos golpecitos.

Y comenzó la auscultación.

El doctor Behrens, con las piernas separadas, el tronco inclinado hacia atrás y el estetoscopio bajo el brazo, empezó dando unas palmaditas en el hombro derecho de Joachim; golpeaba con un movimiento de la muñeca, sirviéndose del potente dedo corazón de la mano derecha a modo de martillo y apoyando la izquierda en la espalda del enfermo. Luego descendió bajo el omóplato y golpeó de lado en el centro y en la parte inferior de la espalda, después de lo cual Joachim, que ya conocía la rutina, levantó el brazo para dejar que le golpease también bajo la axila. El mismo proceso se repitió en la parte izquierda y, una vez terminado, el doctor le ordenó que se diera la vuelta para examinarle el pecho. Primero dio unos golpecitos en la parte inferior del cuello, cerca de la clavícula, y por debajo de las costillas, primero a la derecha, luego a la izquierda. Cuando hubo golpeado lo suficiente, pasó a auscultar, apoyando el estetoscopio en el pecho y la espalda de Joachim, en todos los puntos donde había golpeado. Al mismo tiempo, mandaba a Joachim que respirase o tosiese adrede, más o menos fuerte, lo cual parecía fatigar mucho a éste, pues se quedaba sin resuello y los ojos se le llenaban de lágrimas. El doctor Behrens, por su parte, recogía con un lenguaje técnico y conciso todo lo que iba escuchando con el fin de que su ayudante lo apuntase, de tal modo que Hans Castorp no pudo evitar acordarse de las visitas al sastre: cuando el atildado caballero le toma a uno las medidas para un traje, acercando la cinta métrica al torso, los brazos, las piernas, etcétera, de acuerdo al orden que impone la profesión, y dicta las medidas resultantes a su aprendiz, encorvado sobre la mesa.

—Corto, acortado —dictaba el doctor Behrens—. Vesicular... —y de nuevo— vesicular... —Aquello parecía ser buena señal—. Ronco... —Y hacía una mueca—. Muy ronco... Ruido. —Y el doctor Krokovski lo anotaba todo como el aprendiz del sastre las medidas dictadas por su maestro.

Hans Castorp, con la cabeza inclinada hacia un lado, seguía los acontecimientos sumido en una contemplación meditativa del torso de Joachim, cuyas costillas (gracias a Dios, todavía las tenía todas) se movían bajo la piel tersa al respirar hondo, resaltando aún más su estómago hundido, aquel esbelto torso de efebo, de un moreno amarillento y ligeramente cubierto de vello negro en el esternón, y aquellos brazos curiosamente robustos, uno de los cuales lucía una cadenita de oro en la muñeca.

«Ésos son brazos de gimnasta –pensó Hans Castorp–. Siempre le ha gustado hacer gimnasia, mientras que a mí no me ha atraído jamás... sin duda, tiene que ver con sus deseos de ser militar. Siempre ha prestado atención a su cuerpo, mucho más que yo, o al menos de otra manera. Porque yo siempre he sido un civil, mucho más interesado en bañarme en agua caliente, comer y beber bien, en tanto él ha cultivado más su fuerza y sus dotes masculinas. Y ahora, de pronto, su cuerpo ha pasado a primer plano, se ha hecho independiente y ha adquirido importancia por la enfermedad. Está enfermo y no termina de quedarse limpio y recuperar su energía, con lo mucho que el pobre Joachim ansía ser soldado allá abajo. Su constitución es perfecta, es como un verdadero Apolo de Belvedere, excepto por los pelos negros. Pero por dentro está enfermo y su cuerpo está caliente por la enfermedad; porque la enfermedad hace al hombre más corpóreo, lo convierte enteramente en cuerpo.» Y mientras divagaba así, de pronto se estremeció y lanzó una rápida mirada desde el torso desnudo de Joachim hasta sus ojos negros y dulces, que la respiración forzada y la tos hacían lagrimear y que durante la auscultación miraban al vacío con una expresión triste, por encima de Hans Castorp.

Entretanto, el doctor Behrens había terminado.

–Ya está, Ziemssen –dijo–. No va mal, dentro de lo que

cabe. La próxima vez —eso era cuatro semanas después— seguro que ha mejorado en todos los aspectos.

—¿Cuánto tiempo cree usted, señor consejero, que...?

—¡Ya estamos con las prisas! En este estado no podría apretar las clavijas a sus reclutas. Unos seis mesecitos, le dije el otro día. Si esto le consuela, cuéntelos desde la otra visita, pero considérelos como un mínimo. Al fin y al cabo, no se está tan mal aquí arriba; podría usted ser un poco más amable. Esto no es una cárcel, no es una... mina siberiana. ¿O pretende insinuar que nuestra casa se parece a algo de eso? Bueno, Ziemssen, ¡rompan filas! ¡El siguiente, si se siente con ánimos! —exclamó mirando al techo.

Al mismo tiempo alargó el brazo para tender el estetoscopio al doctor Krokovski, que se puso en pie y lo cogió para auscultar él también a Joachim y constatar lo aprendido.

También Hans Castorp se había incorporado de golpe y, con la mirada fija en el consejero, quien, con las piernas separadas y la boca abierta, parecía sumido en sus pensamientos, se apresuró a prepararse. Estaba nervioso y no acertaba a quitarse la camisa, de pequeños lunares y con gemelos en los puños, así que, finalmente, se la sacó por la cabeza. Y allí quedó, de pie ante el doctor Behrens, blanco, rubio y frágil; un cuerpo mucho más civil al lado del de Joachim Ziemssen.

Sin embargo, el doctor Behrens, todavía sumido en sus pensamientos, le hizo esperar. El doctor Krokovski volvió a sentarse y Joachim ya comenzaba a vestirse cuando Behrens por fin se decidió a percatarse de la presencia de ese otro «que se sentía con ánimos».

—¡Ah, es usted! —dijo y, con su enorme mano, agarró a Hans Castorp por el antebrazo, le atrajo hacia sí y le miró con ojos penetrantes. Pero no le miró a la cara, como se mira a una persona, sino al cuerpo; le dio la vuelta, como se hace con un cuerpo, y también le miró la espalda.

—¡Hum! —exclamó—. Vamos a ver cómo suena usted.

Y, como antes, comenzó a darle golpecitos.

Golpeó en los mismos puntos en que había examinado a Joachim, insistiendo especialmente en algunos. Para comparar, golpeó primero cerca de la clavícula y luego un poco más abajo.

—¿Lo oye? —preguntó volviéndose hacia el doctor Krokovski.

Y el doctor Krokovski, sentado cinco pasos más allá, ante su mesa de trabajo, confirmó con un movimiento de cabeza que lo oía; y bajó la barbilla con gesto serio, hasta tocar el pecho, de manera que la barba se le aplastaba y las puntas se doblaban hacia arriba.

—¡Respire hondo! ¡Tosa! —ordenó el consejero, que ahora había cogido el estetoscopio de nuevo; y, durante ocho o diez largos minutos, Hans Castorp procuró hacerlo así mientras el doctor le auscultaba. No pronunciaba palabra alguna, no hacía más que apoyar el estetoscopio aquí y allá y escuchar repetidas veces en aquellos puntos donde antes había golpeado. Luego se puso el instrumento bajo el brazo, apoyó ambas manos sobre la espalda de Hans Castorp y miró al suelo, entre éste y él mismo.

—Bien, Castorp —era la primera vez que se dirigía al joven llamándole por su apellido—, la cosa va *praeter-propter*, como siempre supuse. Desde el principio me dio de ojo, ahora puedo decírselo, Castorp. Desde el principio, desde el mismo momento en que tuve el inmerecido honor de conocerle, supuse (y lo supuse con bastante certeza) que usted en el fondo era uno de los nuestros, y que acabaría por darse cuenta, como tantos otros que han venido aquí de visita, que no han mirado esto con arrogancia y que, un buen día, han descubierto que harían bien (y no sólo que «harían bien», ya me entiende) en pasar aquí una temporadita para algo más que curiosear.

Hans Castorp había cambiado de color, y Joachim, que se estaba abotonando los tirantes, permaneció inmóvil tal y como estaban y escuchó.

—Usted tiene aquí a un primo bien simpático —prosiguió el doctor, y señaló con la cabeza hacia donde estaba Joachim mientras se columpiaba sobre los talones—, y del que espero que pronto pueda hablar de su enfermedad en pasado. Sin embargo, aun cuando llegue ese momento, no dejará de ser cierto que su primo legítimo «ha estado» enfermo, con lo cual, a priori, como diría el filósofo, esto arroja cierta luz sobre su caso, mi querido Castorp...

—En realidad somos primastros, señor consejero...

—Bueno, bueno. Supongo que no querrá renegar de él a estas alturas. Primo o primastro, seguirá siendo consanguíneo suyo. ¿Por qué parte?

—Por parte de madre, señor consejero. Es hijo de la segunda esposa de...

—¿Y su señora madre está bien de salud?

—No, está muerta. Murió cuando yo era niño...

—¡Ah!, ¿y de qué?

—De una trombosis, doctor.

—¿Trombosis? Bueno, ya hace mucho tiempo de eso... ¿Y su señor padre?

—Murió de neumonía —dijo Hans Castorp—, y mi abuelo también —añadió.

—¡Ah! ¿También? ¡Vaya con sus antepasados! En lo que a usted se refiere, ha sido siempre un poco anémico, ¿verdad? Aunque ni el trabajo físico ni el intelectual le fatigan fácilmente... ¿O sí? ¿Tiene palpitaciones con frecuencia? ¿Sólo desde hace algún tiempo? Bien... Y, además de eso, tiene una marcada tendencia a contraer catarros de pecho, ¿no? ¿Sabe que ya ha estado enfermo anteriormente?

—¿Yo?

—Sí, estoy hablando con usted... ¿Oye usted la diferencia?

Y el doctor Behrens golpeó alternativamente a la izquierda de la parte superior de su pecho y luego un poco más abajo.

—El sonido es un poco más sordo aquí que allí —dijo Hans Castorp.

—Muy bien. Debería hacerse especialista. Así pues, aquí hay una pequeña obstrucción respiratoria, y las obstrucciones respiratorias provienen de antiguas lesiones en las que ya se ha producido la esclerosis, o si lo prefiere, que ya están cicatrizadas. Es usted un enfermo veterano, Castorp, pero aquí no reprochamos a nadie el que no se haya enterado antes. El diagnóstico precoz es difícil, principalmente para nuestros señores colegas de allá abajo. No quiero decir que aquí tengamos el oído más fino, pero la experiencia hace mucho. Es el aire lo que nos ayuda a oír, ¿comprende? Es este aire enrarecido de aquí arriba.

—Claro, claro... —dijo Hans Castorp.

—¡Bien, Castorp! Ahora, escúcheme con atención, hijo mío. Voy a decirle unas palabras de la máxima importancia. Si no tuviese usted nada más, ¿me entiende...?, si no tuviese más que esas obstrucciones respiratorias y esas cicatrices en sus conductos respiratorios y todo se limitase a esas pequeñas calcificaciones, con sus lares y sus penares le enviaría a su casa, y no me preocuparía ni un instante de usted. ¿Me entiende? Pero como no es así, según lo que hemos comprobado, y ya que está usted entre nosotros, no merece la pena que se ponga en camino. No tardaría en volver.

Hans Castorp sintió que la sangre volvía a su corazón hasta martillearle el pecho; Joachim seguía de pie, con las manos en los botones de atrás de los tirantes, y había bajado los ojos.

—Porque, además de esas obstrucciones respiratorias, aquí arriba tenemos un sonido ronco, casi es un ruido, que sin duda proviene de un punto sin cicatrizar. Todavía no quiero hablar de un foco de infección, pero seguramente es un punto más, y si continúa usted viviendo como acostumbra allí abajo, querido mío, el día menos pensado todo el lóbulo del pulmón se irá al diablo.

Hans Castorp estaba de pie, inmóvil; su boca se contraía sin que pudiera evitarlo y hasta se veían los golpes de su corazón contra las costillas. Miró a Joachim, cuyos ojos no pudo encontrar, y luego de nuevo al doctor Behrens, a sus ojos azules y llorosos y a su bigotito retorcido en las puntas.

—Como confirmación objetiva —continuó Behrens— podemos sumar su temperatura, 37,6 a las diez de la mañana; y esto corresponde bastante a las observaciones acústicas.

—Yo creía —dijo Hans Castorp— que esa fiebre únicamente era fruto de mi resfriado.

—Y el resfriado —replicó el consejero—, ¿de dónde proviene? Deje que le diga una cosa, Castorp, y atiéndame bien, pues, por lo que sé, no le falta a usted materia gris. El aire de aquí arriba es bueno «contra» la enfermedad, usted debe de saberlo. Y ésa es la verdad. Pero al mismo tiempo, este aire, que también es bueno «para» la enfermedad, comienza por acelerar su curso, revoluciona el cuerpo, hace estallar la enfermedad latente... y su catarro es precisamente una de esas explosiones. Yo no sé si habrá tenido fiebre allá abajo, pero en todo caso, sí la ha tenido aquí desde el primer día, y no sólo a causa de su constipado. ¿A que es así?

—Sí —dijo Hans Castorp—, eso creo yo también.

—Usted enseguida se sintió un poco febril, como borracho —afirmó el consejero—. Son las toxinas creadas por los microbios las que producen esa alteración del sistema nervioso central, ya me entiende, y por eso se le colorean a uno las mejillas. Comenzará por meterse en la cama, Castorp. Veremos si algunas semanas de cama le quitan la «borrachera». Lo demás ya llegará a su tiempo. Tomaremos una bella panorámica de su interior. Seguramente le gustará echar un vistazo dentro de su propio cuerpo. Pero prefiero decírselo de entrada: un caso como el suyo no se cura de la noche a la mañana, no se pueden esperar éxitos de reclamo y curas maravillosas. Intuí de inmediato que usted sería mejor paciente, que tenía mucho más talento para la enfermedad que ese general de brigada de ahí, que ya quiere largarse en cuanto tiene unas décimas menos. Como si «¡En su lugar! ¡Descansen!» no fuese una orden tan válida como «¡A sus puestos!». El reposo es el primer deber del ciudadano, y la impaciencia no hace más que perjudicarle. No me decepcione, Castorp, y no desengañe mi conocimiento de los hombres, se lo ruego. Y ahora: ¡De frente! ¡Marchen! ¡A la reserva los dos!

Con estas palabras, el consejero puso fin a la conversación y se sentó a su mesa de trabajo para, como hombre sobrecargado de ocupaciones, aprovechar el ínterin hasta la consulta siguiente en escribir algunas cosas. El doctor Krokovski, en cambio, se puso en pie, se dirigió hacia Hans Castorp y, con la cabeza ladeada hacia atrás y una amplia sonrisa que dejaba ver sus dientes amarillentos entre la barba, le estrechó cordialmente la mano derecha.

5

SOPA, ETERNIDAD Y CLARIDAD REPENTINA

Nos encontramos ante un fenómeno acerca del cual el narrador hace bien en expresar su propia sorpresa, a fin de que el lector no se sorprenda a su vez mucho más de lo necesario. En efecto, mientras que nuestro relato de las tres primeras semanas de Hans Castorp entre las gentes de allí arriba (veintiún días de pleno verano a los que, según las previsiones humanas, debería haberse limitado dicha estancia) ha devorado cantidades de espacio y tiempo cuya extensión no hace sino corresponder a nuestras propias expectativas, más o menos confesadas, las tres semanas siguientes de su visita a ese lugar, en cambio, apenas nos llevarán en líneas, palabras e instantes lo que aquéllas exigieron en páginas, pliegos, horas y días de labor: en un momento, como podremos ver, esas tres semanas volarán y quedarán sepultadas en el olvido.

Esto podría, pues, causar extrañeza, y, sin embargo, está justificado y corresponde a las leyes de la narración y la escucha. Porque está justificado y corresponde a tales leyes el hecho de que el tiempo nos dé la sensación de ser largo o breve, de alargarse o contraerse, al igual que le sucede al héroe de nuestra historia, al joven Hans Castorp, sorprendido por el destino de un modo tan tremendo. Y puede ser útil, a la vista de ese gran misterio que es el tiempo, preparar al lector para otras maravillas y fenómenos curiosos que irá encontrando en su compañía. De momento, basta con que todo el mundo recuerde la rapidez con que transcurre una serie, una «larga» serie de días cuando los pasamos enfermos en la cama: el mismo día se repite sin cesar, pero como siempre es el mismo, en el fondo, es poco adecuado hablar de «repetición»; sería preciso hablar más bien de «monotonía», de un ahora perpetuo, o de eternidad. Te traen la sopa al mediodía del mismo modo en que te la trajeron ayer y te la traerán mañana. Y, en ese mismo instante, te envuelve una especie de intuición, sin saber cómo ni de dónde procede; te entra vértigo mientras ves llegar la sopa, las formas temporales se te vuelven borrosas, se funden unas en otras, y lo que se te revela como verdadera forma del ser es un presente atemporal en el que te traen la sopa, te traen la sopa, te traen la sopa... Por otra parte, hablar del tedio en relación con la eternidad sería paradójico, y queremos evitar las paradojas, sobre todo en la historia de nuestro héroe.

Así pues, Hans Castorp guardaba cama desde el sábado por la tarde porque el doctor Behrens, la autoridad suprema en el mundo que nos rodea, así lo había ordenado. Allí estaba, con sus iniciales bordadas en el bolsillo del camisón y las manos cruzadas detrás de la cabeza, en su cama blanca y limpísima, lecho de muerte de la americana y, sin duda, de muchas otras personas, y miraba el techo de la habitación con ojos ingenuos y llorosos por el resfriado, considerando lo excepcional de su estado. Esto no quiere decir, por otro lado, que, antes de resfriarse, sus ojos tuvieran una visión de las cosas clara y libre de equívocos, pues en su interior, por simple que fuese su naturaleza, estaba muy turbado, dudoso y terriblemente confundido. Tan pronto estallaba en unas carcajadas de euforia tan desmedidas que, allí tumbado como estaba, se le paraba el corazón y le dolía de gozo y de esperanza como no le había dolido nunca, como palidecía de nuevo de horror y de angustia, y entonces eran los propios latidos de su conciencia los que retumbaban a un galope desbocado sobre sus costillas.

El primer día, Joachim le dejó descansar todo el tiempo y evitó toda conversación. Con suma delicadeza, un par de veces entró en la habitación del enfermo, hizo un gesto con la cabeza y, como mandan las leyes de la buena educación, le preguntó si necesitaba algo. También hay que decir que le era muy fácil comprender y respetar el recelo que sentía Hans Castorp ante la idea de tener que dar explicaciones, puesto que él mismo la compartía y, además, en su opinión, se encontraba en una situación mucho más penosa que él.

Sin embargo, el domingo por la mañana, al regresar de su paseo matinal, que había tenido que dar solo como en otros tiempos, no pudo ya aplazar más la conversación en la cual trataría de abordar lo más urgente. Permaneció de pie, junto a la cama de su primo, y dijo suspirando:

—En fin. No se puede hacer otra cosa. Tendremos que dar una serie de pasos... Te estarán esperando en casa.

—Todavía no —dijo Castorp.

—No, pero sí en los próximos días, el miércoles o el jueves.

—¡Bah! —exclamó Hans Castorp—, no me esperan ningún día determinado. Tienen otras cosas que hacer que preocuparse de esperarme y de contar los días que faltan hasta mi regreso. Cuando llegue, el tío Tienappel dirá: «¡Hombre, has vuelto!», y el tío James diría: «¿Qué, te lo has pasado bien?». Y, si no voy, pasará bastante tiempo antes de que se den cuenta, puedes estar seguro. Naturalmente, a la larga habrá que avisarles...

—Claro, claro —dijo Joachim, y suspiró de nuevo—. ¡No sabes cuánto lo siento! Y ahora ¿qué va a pasar? Naturalmente, yo... me siento responsable, por así decirlo. Vienes a visitarme aquí arriba, te llevo a todas partes y, de pronto, te encuentras atrapado, y nadie sabe cuándo podrás marcharte y volver a tu puesto allá abajo. Debes comprender que esto me resulta sumamente doloroso.

—¡Qué cosas dices! —exclamó Hans Castorp, siempre con las manos detrás de la cabeza—. ¡Mira que preocuparte por eso! ¡Qué disparate! ¿Que vine aquí a visitarte? Cierto. Pero también vine para descansar por consejo de Heidekind. Bien, pues parece que tenía mucha más necesidad de reposo de lo que todos habíamos imaginado. Además, no debo de ser el primero que ha venido de visita y ha acabado de otra manera. Piensa, por ejemplo, en el segundo hijo de *Tous-les-deux*... la verdad es que no sé si vive todavía; igual se lo han llevado algún día mientras los demás comíamos. Cierto es que constituye toda una sorpresa para mí enterarme de que estoy enfermo. He de hacerme a la idea de ser un paciente en tratamiento, uno de vosotros, y no un mero invitado, como creía. Aunque, por otra parte reconozco que tampoco me sorprende tanto, pues en realidad nunca me he sentido muy sano; y cuando pienso en lo jóvenes que murieron mis padres... ¿De dónde iba yo a sacar, pues, una salud de hierro? Allá abajo nos dimos perfecta cuenta de que tú estabas un poco tocado y, aunque ahora ya estés casi repuesto, es muy posible que sea cosa de familia. Al menos Behrens ha insinuado algo así. En cualquier caso, estoy en cama desde ayer y me pregunto cómo me he encontrado siempre y cuál era mi visión de todo ello; de la vida, ¿sabes? De la vida y de sus exigencias. Siempre he sido un tanto taciturno y siempre he sentido cierto rechazo hacia los caracteres fuertes y enérgicos (de eso hablamos hace poco) y, como sabes, a veces he estado tentado de hacerme clérigo a la vista de mi interés por las cosas tristes y solemnes. Un paño negro con una cruz de plata o un RIP... *Requiescat in pace*... en el fondo, esas palabras me resultan más bellas y me identifico infinitamente más con ellas que con «¡Viva, a tu salud!», que se me hacen huecas y ruidosas. Creo que todo eso debe de provenir de que yo también estoy algo tocado, de que desde siempre he sido propenso a la enfermedad. Ahora se demuestra. Claro que, de ser así, puedo decir que ha sido una suerte haber venido aquí arriba y que me haya visto el médico. No tienes que reprocharte nada en absoluto. Ya lo has oído: si hubiese seguido allá abajo llevando la vida de siempre, lo más probable es que hubiese acabado con la pleura entera hecha fosfatina.

—Eso no se puede saber —dijo Joachim—. Ésa es la cuestión: que nunca se sabe lo que puede pasar. Se supone que, en algún momento, ya tuviste ciertos focos de los que nadie se preocupó y que se curaban solos, sin mayores secuelas que unas pocas calcificaciones sin importancia. A lo mejor habría sucedido lo mismo con esos otros puntos tiernos que te han descubierto casualmente aquí arriba... ¡Nunca se sabe!

—No, no se puede saber absolutamente nada —respondió Hans Castorp—. Y por eso tampoco hay razón para ponerse en lo peor, por ejemplo, en cuanto a la duración de mi convalecencia aquí arriba. Dices que nadie sabe cuándo podré marcharme de aquí y empezar mi trabajo en los astilleros, pero lo dices con pesimismo y ahí me parece que te precipitas, precisamente porque no se sabe lo que puede pasar. Behrens no ha fijado fecha alguna, es un hombre cauto y no se las da de adivino. Por lo demás, tampoco me han visto por rayos todavía, lo cual permitirá una conclusión objetiva; y quién sabe si entonces verán algo importante o si no me habré librado antes de la fiebre y puedo deciros adiós. Creo que será mejor que no nos anticipemos y que no nos lancemos a contar historias para no dormir en casa. Basta con que dentro de poco escribamos (puedo escribir yo mismo, con esta pluma, si me siento en la cama) diciendo que me he resfriado, que estoy en cama con fiebre y que, por ahora, no me encuentro en condiciones de viajar. Luego ya veremos.

—Muy bien —dijo Joachim—, por lo pronto será suficiente con eso. Para lo demás también podemos esperar un poco.

—¿Qué es «lo demás»...?

—¡No seas inconsciente! No has traído más que lo necesario para tres semanas en esa maleta. Necesitarás ropa blanca, ropa interior, camisas y prendas de invierno, y más zapatos. Además, tendrán que enviarte dinero aquí arriba.

—Eso será... —dijo Hans Castorp—, en caso de que me haga falta.

—De acuerdo. Esperaremos. Pero deberíamos... No —dijo Joachim, y, visiblemente excitado, comenzó a dar vueltas por la habitación—, no, no deberíamos hacernos ilusiones. Llevo demasiado tiempo aquí para no saber a qué atenerme. Cuando Behrens dice que hay un punto tocado y un ruido ronco... Aunque, naturalmente, podemos tomarnos cierto tiempo...

Así quedó el asunto por el momento, y volvió a imponerse el ritmo que marcaban las acostumbradas variaciones semanales y quincenales de la rutina; incluso en su situación, Hans Castorp tomaba parte en ellas si no disfrutándolas directamente, al menos por las informaciones que le proporcionaba Joachim cuando iba a verle y se sentaba un cuarto de hora junto a su cama.

La bandeja con la que le trajeron el desayuno el domingo por la mañana venía adornada con un ramo de flores y no habían dejado de enviarle la misma bollería fina que se sirvió aquel día en el comedor. Más tarde, el jardín y la terraza se animaron, y con alegres notas y el timbre nasal del clarinete comenzó el concierto quincenal, que Joachim escuchó desde la habitación de su primo: en la terraza, con la puerta abierta, Hans Castorp, a su vez, medio sentado en la cama, con la cabeza ladeada y la mirada ausente, se entregó con devoción a las armonías que llegaban a sus oídos, no sin decirse, para sus adentros, cuán absurdo era lo que decía Settembrini sobre el «carácter sospechoso» de la música.

Por lo demás, como ya hemos dicho, se informaba a través de Joachim de los sucesos y eventos sociales de aquellos días; le preguntó si el domingo se habían visto *toilettes* elegantes, mañanitas de encaje o prendas de ese tipo (aunque había hecho demasiado frío para encajes y puntillas) y si, por la tarde, se habían dado paseos en coche (en efecto, se habían dado: la Sociedad del Medio Pulmón había volado *in corpore* hacia Clavadell). El lunes quiso informarse sobre pormenores de la conferencia del doctor Krokovski cuando Joachim volvió de ella y, antes de comenzar la cura de la tarde, pasó a verle. Joachim se mostró poco locuaz y no muy dispuesto a dar cuenta de la conferencia, como tampoco había hablado mucho de la anterior con su primo. Éste, no obstante, insistió en conocer detalles.

—Estoy metido en la cama y, en cambio, pago la tarifa completa —dijo—. También quiero disfrutar un poco de las atracciones que aquí se ofrecen.

Recordó aquel lunes, quince días atrás, en el que había dado aquel paseo por cuenta propia que tan mal le había sentado, y conjeturó que tal vez había sido esa excursión la que había provocado semejante cataclismo en su cuerpo, haciendo brotar la enfermedad latente.

—¡Cómo habla la gente de aquí! —exclamó—. ¡Con qué solemnidad y corrección se expresa la gente del pueblo! A veces suena casi a poesía. «Adiós, pues, y mil gracias» —repitió imitando la manera de hablar del leñador que había visto aquel día—. Eso es lo que oí en el bosque y no podré olvidarlo en toda mi vida. Este tipo de cosas se suman a otras impresiones y recuerdos que resuenan en nuestros oídos hasta el fin de nuestros días. ¿Y qué, Krokovski ha vuelto a hablar del «amor»?

—Evidentemente —dijo Joachim—, ¿de qué iba a hablar? Es su tema por excelencia.

—¿Y qué ha dicho hoy?

—¡Oh!, nada de particular. Ya oíste cómo se expresa.

—Pero ¿qué cosas nuevas ha dicho?

—Nada particularmente nuevo. Hoy más bien nos ha dado una clase de química pura y dura —continuó diciendo Joachim de mala gana—. He hablado de una especie de envenenamiento, de autoenvenenamiento del organismo, que surge cuando se descompone una sustancia todavía desconocida y difundida por todo el cuerpo; los productos de esta descomposición nos causan una suerte de estado de embriaguez, el mismo que produce el consumo habitual de estupefacientes, de morfina o cocaína.

—¡Y de eso se ponen las mejillas coloradas! —exclamó Hans Castorp—. Mira, qué interesante... ¡Qué cosas sabe ese doctor! ¡Menudo genio! Dale tiempo y, uno de estos días, acabará descubriendo esa sustancia desconocida que se extiende por todo el cuerpo, y fabricará él mismo esos venenos solubles que nos producen embriaguez... Y así podrá emborracharnos a todos. Quizá ya lo ha intentado alguna vez. Cuando uno le oye hablar de tales cosas, casi llega a creer que hay algo de verdad en las historias de filtros de amor y cosas por el estilo que se leen en los libros de cuentos... ¿Ya te vas?

—Sí —dijo Joachim—, necesito echarme un poco. Desde ayer me está subiendo la fiebre. Al final, lo tuyo me ha afectado un poco.

Así pasaron el domingo y el lunes. Luego, una noche y una mañana formaron el tercer día de Hans Castorp en la «reserva», un día de diario sin nada de particular: el martes. Con todo, el martes era el día en que había llegado, ya hacía tres semanas enteras que estaba allí arriba, y, al fin, se sintió obligado a escribir e informar a la familia —o, de momento, por lo menos a su tío— de las circunstancias en que se encontraba. Con la almohada en la espalda, escribió en el papel de cartas del sanatorio, diciendo que, en contra de lo previsto, su partida se veía retrasada. Se hallaba en cama, con fiebre a causa de un resfriado que el doctor Behrens, un profesional extremadamente responsable, no tomaba a la ligera, pues lo relacionaba con la constitución física general de quien escribía. En efecto, desde su primer encuentro el médico jefe le había encontrado fuertemente anémico y, en suma, juzgaba más que insuficientes las vacaciones que Hans Castorp se había tomado para restablecerse. Añadía que muy pronto enviaría más detalles.

«Así está bien —pensó Hans Castorp—. No hay ninguna palabra de más y, sin duda, nos hará ganar algún tiempo.»

La carta fue entregada a un mozo que, evitando el rodeo de echarla al buzón, fue a llevarla al tren directamente.

Hecho esto, nuestro aventurero tuvo la sensación de que todo estaba en orden y, con gran sosiego a pesar de la molestísima tos y la congestión nasal, comenzó a vivir al día; comenzó a vivir ese día normal, dividido en tantas partes pequeñitas que, en su perpetua monotonía, no pasaba ni despacio ni deprisa y era siempre el mismo día. Por las mañanas, después de llamar a la puerta con potentes golpes, entraba el masajista, con las mangas arremangadas y mostrando unos brazos surcados de sarmentosas venas; un hombre vigoroso apellidado Turnherr, con ciertas dificultades para hablar, que –como a todos los pacientes– llamaba a Hans Castorp por el número de la habitación y le daba friegas de alcohol. Al poco de marcharse aparecía Joachim, ya vestido, para darle los buenos días a su primo, enterarse de la temperatura de las siete de la mañana y comunicar la suya propia. Mientras Joachim desayunaba abajo, Hans Castorp, con la almohada en la espalda, hacía lo mismo, con el apetito que provoca un cambio de vida, sin apenas molestarse por la breve visita de rigor de los médicos que, a aquella hora, ya habían pasado por el comedor y a toda prisa terminaban la ronda con los enfermos que guardaban cama y los moribundos. Con la boca llena de compota, informaba de que había dormido «de maravilla», observaba por encima del borde de su taza cómo el doctor, con los puños apoyados sobre la mesa que había en el centro de la habitación, revisaba velozmente la tabla de temperaturas que el enfermo dejaba allí después de tomársela, y le contestaba en un tono lánguido e indiferente, cuando se despedía. Luego encendía un cigarrillo y, antes de echar de menos a Joachim, ya le veía volver de su paseo matinal. Charlaban de nuevo, y el intervalo entre el primer desayuno y el segundo era tan corto –Joachim, en este tiempo, hacía su cura de reposo– que ni el botarate más falto de imaginación hubiera tenido tiempo de aburrirse. Tanto menos motivo podía tener Hans Castorp, quien ya tenía más que suficiente con dar vueltas a las impresiones de las tres semanas que había pasado allí, y aún podía hacer lo mismo con su situación presente y con la futura... con lo cual apenas le quedaba un rato para hojear los dos grandes volúmenes de una revista ilustrada que se había traído de la biblioteca del sanatorio y que cogían polvo sobre la mesita de noche.

Lo mismo ocurría con el intervalo en el que Joachim daba su segundo paseo hasta Davos Platz. Una horita escasa. Luego entraba de nuevo en la habitación de Hans Castorp, le contaba esto o aquello, cualquier cosa que le hubiera llamado la atención durante el paseo, y permanecía un momento de pie o sentado junto a la cama del enfermo antes de ir a la cura del mediodía. ¿Y cuánto duraba esa cura? ¡Otra horita de nada! Apenas había cruzado las manos detrás de la cabeza, apenas había mirado al techo y se había detenido un poco en algún pensamiento, y ya sonaba el gong llamando a todos los que ni guardaban cama ni estaban moribundos a prepararse para la comida principal.

Joachim se iba a comer y a Hans Castorp le traían la «sopa de mediodía». Un nombre de un simbolismo infantil en relación con lo que realmente representaba, pues Hans Castorp no se hallaba sujeto al régimen de enfermo. ¿Para qué iba a imponérsele ese régimen? Un régimen de enfermo, un régimen frugal, no era nada indicado en su caso. Guardaba cama y pagaba la tarifa completa; y lo que le sirven durante la eternidad perpetua de esa hora no es una simple «sopa de mediodía», sino la clásica comida de seis platos del Berghof en todo su esplendor, una comida suculenta todos los días de la semana; el domingo, una comida de gala, pantagruélica y espectacular, preparada por un cocinero de formación europea en la cocina de hotel de lujo con que contaba el sanatorio. La camarera encargada de atender a los enfermos que no podían salir de sus habitaciones se la servía en apetitosas bandejas cubiertas con brillantes campanas cromadas. Empujaba la mesita de enfermo —ese prodigioso invento que se mantiene en equilibrio sobre una sola pata—, por encima de su cama, y Hans Castorp comía como un marajá.

Apenas había terminado, Joachim aparecía de nuevo y, antes de que éste saliese a su terraza y el silencio de la larga cura de reposo de después de comer inundase el Berghof, ya eran casi las dos y media. Tal vez no lo eran; para ser exactos, serían las dos y cuarto. Sin embargo, esos cuartos de hora excedentes fuera de las unidades exactas no cuentan, sino que se los traga el tiempo cuando se calcula en fases amplias, como ocurre, por ejemplo, en los viajes, cuando se pasan largas horas en tren, o, en general, cuando uno se limita a esperar con la mente vacía, cuando no se aspira a otra cosa que a matar el tiempo y ver pasar las horas. Las dos y cuarto... es como si fueran las dos y media; que también es como si fueran las tres, por poner la hora entera más próxima. Las medias horas no son sino el preludio de las enteras, de modo que el gran trazo entre las tres y las cuatro se lleva por delante los treinta minutos intermedios: así funciona el razonamiento. Por eso, la duración de la cura de reposo principal se reducía, en definitiva, a una hora que, además, al final se veía reducida, acortada como las palabras apostrofadas. El apóstrofe, en este caso, era el doctor Krokovski.

En efecto, el doctor Krokovski ya no evitaba pasar por el cuarto de Hans Castorp en su ronda particular de la tarde. Por fin, el joven ocupaba un lugar como los demás, ya no era una categoría vacía, un hiato. Era un enfermo más, se le preguntaba y ya no se le dejaba de lado, como había ocurrido hasta entonces... para su enojo, quizá un enojo inconfesado y momentáneo, pero sufrido a diario. Fue el lunes cuando el doctor Krokovski apareció por primera vez en su habitación. Decimos «apareció», pues ésta es la palabra exacta que define la impresión extraña y un poco recelosa que Hans Castorp no pudo evitar en aquel momento. Estaba medio traspuesto cuando, sobresaltándose, se dio cuenta de que el médico ayudante estaba allí, en su habitación, sin haber cruzado la puerta, pues se dirigía hacia él desde la galería exterior. No había venido desde el pasillo, sino por las terrazas, de modo que parecía como si hubiera llegado volando. En cualquier caso, allí estaba, de pie, junto a la cama de Hans Castorp, pálido y vestido de negro, robusto y ancho de espaldas: ése era el apóstrofe que acortaba la hora y, entre su barba bífida, se le veían los dientes amarillentos cuando sonreía con aquel gesto enérgico tan típico en él.

—Parece que le sorprende el verme, señor Castorp —dijo el doctor Krokovski con una dulzura de barítono, como arrastrando las sílabas y con una «r» vibrante un tanto exótica, una «r» que no pronunciaba deslizando la lengua sobre el paladar, sino haciéndola chocar con los dientes superiores—. Me limito a cumplir un grato deber informándome sobre su estado. Sus relaciones con nosotros han entrado en una nueva fase. De la noche a la mañana, el huésped se ha convertido en un camarada —la palabra «camarada» inquietó un poco a Hans Castorp—. ¿Quién lo hubiese creído la primera vez que tuve el honor de saludarle y en que usted rectificó mi errónea teoría (entonces sí era errónea) afirmando que estaba completamente sano? Creo que entonces ya le expresé algunas dudas al respecto, pero le aseguro que no intuía nada de esto. No quisiera pasar por más perspicaz de lo que soy; aquel día yo no pensaba en ningún punto tierno en la pleura ni nada semejante; lo dije en otro sentido, más general, filosófico si quiere. Expresé mis dudas acerca de que las palabras «hombre» y «salud perfecta» fueran sinónimas. Incluso hoy, después del examen médico del otro día y difiriendo con mi querido y honorable jefe, no puedo dejar de pensar que ese punto vulnerable —y tocó ligeramente el hombro de Hans Castorp con la punta de los dedos— sea lo más importante. Para mí no es más que un fenómeno secundario... Lo orgánico siempre es secundario...

Hans Castorp se había estremecido.

—Y, por consiguiente, su catarro es a mis ojos un fenómeno de tercer orden —añadió el doctor Krokovski en voz muy baja—. ¿Qué opina usted? El reposo en la cama enseguida tendrá un efecto muy beneficioso. ¿Se ha tomado la temperatura?

Y a partir de estas palabras, la visita del ayudante se convirtió en una visita de control inofensiva, carácter que conservó durante los siguientes días de la semana. El doctor Krokovski entraba por la terraza a las cuatro menos cuarto —o quizá un poco antes—, saludaba al enfermo con enérgica cordialidad, hacía las preguntas médicas más corrientes, a veces entablaba una breve conversación de carácter más personal, hacía algunas bromas de «camarada» y, si bien todo aquello no dejaba de tener algo de sospechoso, uno termina por acostumbrarse a lo sospechoso, siempre que no exceda los límites de lo normal, y así pues, Hans Castorp no encontró nada que objetar a las sistemáticas visitas del doctor Krokovski, que ahora formaban parte del día y ponían un apóstrofe a la larga cura de reposo de después de la comida.

Eran, pues, las cuatro cuando el ayudante desaparecía de nuevo por la terraza... Media tarde, como quien dice. De pronto, antes de que se hubiese dado cuenta, era media tarde; tarde que se precipitó en el atardecer, pues en tanto se tomaba el té, ya fuera abajo en el comedor o en la número 34, se hacían las cinco, y cuando Joachim volvía de su tercer paseo y se asomaba al cuarto de su primo eran casi las seis, así que la cura de reposo previa a la cena se limitaba de nuevo a una hora y el tiempo era un adversario fácil de vencer en cuanto se tuvieron unos cuantos pensamientos rondando en la cabeza y, además, todo un *orbis pictus* en la mesita de noche.

Joachim se despidió para ir a cenar. A Hans Castorp le trajeron la cena. Hacía mucho que el valle se había llenado de sombras y, mientras Hans Castorp cenaba, la oscuridad invadió visiblemente la blanca habitación. Cuando terminó, permaneció ante la mesita con las fuentes del marajá todas vacías, apoyado en su almohada, y contempló el crepúsculo que avanzaba rápidamente, ese crepúsculo de hoy que era tan difícil de distinguir del de ayer, del de anteayer y del de hacía ocho días. Había caído la noche y parecía que apenas había transcurrido la mañana. Aquel día subdividido y artificialmente abreviado se había deshecho entre sus dedos, se había evaporado, como pudo comprobar felizmente sorprendido —o, en el mejor de los casos, pensativo—; porque el horror ante esta fugacidad es algo aún ajeno a su edad. Sus ojos no habían dejado de mirar el mundo del «todavía».

Un día —quizá habían pasado diez o doce desde que Hans Castorp guardaba cama— llamaron a la puerta a esa hora, es decir, antes de que Joachim hubiese subido de cenar y de la pequeña tertulia que seguía a la cena, y tras un dubitativo «Adelante», apareció en el umbral Lodovico Settembrini, al tiempo que un fogonazo de luz inundaba la habitación, pues el primer movimiento del visitante, aún con la puerta abierta, había sido dar la luz de la lámpara del techo, la cual, reflejada por el blanco del techo, al instante llenó la estancia de titilante claridad.

El italiano era el único de los habitantes del sanatorio por los que Hans Castorp había preguntado expresamente a Joachim. Éste, de todas formas, ya daba cuenta a su primo de los pequeños acontecimientos y variaciones de la rutina del Berghof en cuanto tenía ocasión de sentarse o quedarse de pie junto a su cama durante diez minutos —cosa que sucedía unas diez veces al día—, pero las preguntas que le hacía Hans Castorp en relación con ello solían ser de carácter general e impersonal. La curiosidad de quien permanecía aislado de la comunidad sólo buscaba saber si habían llegado nuevos huéspedes o si alguno de los habituales se había marchado; y parecía satisfacerle que sólo hubiese ocurrido lo primero. Había llegado uno «nuevo», un joven de rostro verdoso y huesudo al que habían sentado a la mesa de la joven Levy, la del cutis de marfil, y de la señora Iltis, justo a la derecha de la de los primos. Hans Castorp esperaba con impaciencia verle. ¿De modo que no se había marchado nadie? Joachim hizo gesto de que no, bajando los ojos. Y tenía que contestar a esta pregunta con frecuencia —cada dos días para ser exactos—, a pesar de que, hacía poco, con cierta impaciencia en la voz, había intentado dejar claro de una vez por todas que, por lo que él sabía, nadie se disponía a marcharse porque de allí no se marchaba uno tan fácilmente.

En cuanto a Settembrini, Hans Castorp había preguntado personalmente por él y había querido saber lo que «había dicho de lo suyo». ¿De qué? «Hombre, de que estoy en cama y parece que estoy enfermo.» Efectivamente, Settembrini había dicho algo al respecto, aunque no mucho. El mismo día en que Hans Castorp había desaparecido del comedor había preguntado a Joachim dónde estaba su primo, convencido de que éste se había marchado de Davos. Al oír la explicación de Joachim, no había contestado más que dos palabras: primero «*Ecco!*», luego «*Poveretto!*», es decir, «¡Ahí lo tenemos!» y «¡Pobrecillo!» (no hacían falta mayores conocimientos del italiano que los que poseían ambos jóvenes para comprender el sentido de tales exclamaciones). «¿Por qué *poveretto*? –preguntó Hans Castorp–. ¿No estaba también él atrapado allí arriba, con su amada literatura hecha de humanismo y política y alejado del mundanal ruido? No veo por qué ha de tenerme lástima desde lo alto de su grandeza, si yo voy a volver antes que él a ese mundo de allá abajo.»

Y ahora, el señor Settembrini estaba allí mismo, en la habitación repentinamente iluminada; Hans Castorp, que se había apoyado en los codos para volverse hacia la puerta, parpadeó repetidas veces para distinguir quién era y se ruborizó al reconocerle. Como siempre, Settembrini vestía su gruesa levita de anchas solapas y cuello un poco gastado y su pantalón de cuadros. Como venía de cenar, llevaba también su habitual palillo entre los dientes. La comisura de sus labios, bajo la hermosa onda del bigote, se curvaba con la sonrisa fina, fría y crítica que ya nos es familiar.

–¡Buenas noches, ingeniero! ¿Me permite preguntarle cómo se encuentra...? Si es así, necesitaremos un poco de luz –dijo señalando la lámpara del techo graciosamente con su pequeña mano–. Quizá estaba usted reflexionando... no desearía yo importunarle por nada del mundo. En su caso, comprendería perfectamente cierta tendencia a tal reflexión contemplativa, y para charlar ya tiene usted a su primo.

Como ve, soy bien consciente de que no me necesita. Sin embargo, viviendo aquí todos juntos en un espacio tan reducido, acabamos por sentir simpatía por nuestros compañeros, una simpatía espiritual, fraternal... Hace ya una semana cumplida que no se le ve el pelo. Supuse en verdad que se había marchado cuando vi que su sitio en el refectorio permanecía vacío. El teniente me dio la noticia... en fin, la mala noticia, no me crea descortés... En resumen: ¿Cómo está usted? ¿Qué hace? ¿Cómo se siente? ¡Espero que no estará demasiado abatido!

—¡Si es usted, señor Settembrini! ¡Qué amable por su parte! Ja, ja, ja... «refectorio»... Siempre con sus bromas... Siéntese, se lo ruego. No me molesta en absoluto. Estaba aquí, meditando; aunque eso es mucho decir, en realidad. Sencillamente, me daba demasiada pereza encender la luz. Muchas gracias, subjetivamente me encuentro en un estado normal. El reposo ha curado por completo mi catarro, aunque parece que se trata de un fenómeno secundario, según dicen todos. Claro que la temperatura aún no es la que debería, a veces tengo 37,5 y otras 37,7. Eso no ha variado mucho en estos días.

—¿Se toma la temperatura con regularidad?

—Sí, seis veces al día, igual que todos ustedes. Ja, ja, ja... perdóneme. Me hace gracia que haya llamado «refectorio» a nuestro comedor. Así se llama en los conventos, ¿no es cierto? En efecto, esto tiene algo de convento. Cierto es que nunca he estado en ninguno, pero así es como me lo imagino... Y ahora ya me sé al dedillo las «normas», y las cumplo religiosamente.

—Como un hermano devoto. Se puede decir que ya ha terminado su noviciado y ha hecho los votos. ¡Mi felicitación más solemne! Ya dice «nuestro comedor». Por otra parte, sin ofender su masculinidad, Dios me libre, usted me recuerda más a una monjita que a monje, a una novia de Cristo, un corderuelo, con esos grandes ojos que son la inocencia personificada. Con más de un corderuelo de ésos me he cruzado yo; y siempre me inspiran cierto... sentimentalismo. ¡Ah, sí, sí, su señor primo me lo ha contado todo! Así que, en el último momento, acudió a la consulta.

—Es que tenía fiebre. Compréndalo, señor Settembrini, con semejante catarro allá abajo habría llamado a mi médico. Y aquí que, por así decirlo, lo tenemos en casa... Habiendo aquí mismo dos especialistas, lo raro habría sido no ir...

—Claro, claro. ¿Y se había tomado la temperatura antes de que se lo ordenasen? Creo que se lo recomendaron desde el principio. ¿Fue la Mylendonk quien le endosó el termómetro?

—¿Endosar...? Bueno, como me vi en la necesidad, le compré uno.

—Claro, claro. Un negocio de lo más respetable. ¿Y cuántos meses le ha impuesto el jefe...? ¡Dios mío, si ya le hice esta misma pregunta una vez! ¿Lo recuerda? Acababa de llegar y me contestó con tanto arrojo...

—Claro que lo recuerdo, señor Settembrini. Cuántas nuevas experiencias he vivido desde entonces. Pero me acuerdo como si fuese hoy. Tenía usted ganas de broma aquel día y nos presentó al doctor Behrens como a un juez de los infiernos... Radamés... No, no, espere, ése es otro...

—¿Radamante? Es posible que de pasada le llamase así. No recuerdo todo lo que se me pasa por la cabeza.

—¡Radamante, eso! ¡Minos y Radamante! Y también nos habló de Carducci aquella vez...

—Permítame, mi querido amigo, que dejemos a Carducci al margen. En estos momentos, ese nombre me suena demasiado extraño en sus labios.

—Como usted prefiera —dijo Hans Castorp riendo—. He de reconocer que he aprendido muchas cosas acerca de él gracias a usted. En aquel momento no sospechaba nada y le contesté que sólo iba a pasar aquí arriba tres semanas, no imaginaba otra cosa. La Kleefeld acababa de saludarme silbando con su neumotórax, y estaba muy impresionado. Aunque también es verdad que ya ese día me sentí febril, pues, según me han dicho, el aire de aquí arriba no sólo es bueno para combatir la enfermedad, sino que también precipita su manifestación, lo cual (al parecer) es incluso necesario si uno quiere curarse.

—Es una hipótesis seductora. ¿También le ha hablado el doctor Behrens de esa ruso-alemana que tuvimos aquí durante cinco meses el año pasado... no; el anterior? ¿No? Pues debería haberlo hecho. Una mujer encantadora de origen ruso-alemán, casada, joven, madre. Venía del este, era del tipo linfático, anémica; aunque, por lo visto, tenía algo más grave. En fin... Llevaba un mes aquí cuando comenzó a quejarse de que se encontraba mal. ¡Paciencia, paciencia...! Pasa otro mes y continúa diciendo que no se siente mejor, sino peor. Le dicen que el único capacitado para juzgar cómo se siente es el médico, que ella puede describirlo, pero que eso importa muy poco. Que sus pulmones están bien. Pues bien... Ella se calla, guarda la cura de reposo y va perdiendo peso cada semana. Al cuarto mes se desmaya durante la consulta. «Eso no es nada», dice Behrens: «los pulmones están estupendamente». Cuando, al quinto mes, ya no puede ni andar, avisa a su marido en el este, y Behrens recibe una carta suya. «Personal» y «Urgente» ponía en el sobre con grandes letras. Yo mismo lo vi. «Bueno, sí...», dice Behrens, y se encoge de hombros, «puede ser que ella no soporte el clima de aquí arriba.» La mujer estaba fuera de sí. «¡Habérmelo dicho antes! ¡Eso me pareció desde el principio, y ahora estoy que me muero!» Es de esperar que, allá en el este, con su marido, habrá recobrado las fuerzas.

—¡Es fantástico! Cuenta usted las cosas tan bien, señor Settembrini... Cada una de sus palabras es tan plástica... A veces, me río yo solo recordando su historia de la muchacha que se bañaba en el lago y a la que tuvieron que dar la «enfermera muda». Desde luego, lo que no ocurra aquí arriba... Uno nunca se acuesta sin aprender algo nuevo. Por otra parte, mi propio caso es todavía incierto. El doctor Behrens dice que ha encontrado algunos puntos oscuros en mi pecho. Viejas cicatrices de haber estado enfermo sin saberlo; yo mismo he podido oírlos mediante sus golpecitos, y parece que ha descubierto otra zona tierna, no sé exactamente dónde. «Tierna» es una expresión bastante particular en este contexto. Pero hasta ahora no se trata más que de una percepción acústica, el diagnóstico absolutamente fiable no podrá hacerse hasta que me levante y se proceda a la radioscopia y la radiografía. Entonces lo sabremos positivamente.

—¿Eso cree...? ¿Sabe que la placa fotográfica suele presentar manchas que se interpretan como cavernas y que no son más que sombras y que, luego, allí donde realmente hay algo a veces no sale mancha alguna? ¡*Madonna*, la placa fotográfica! Hubo aquí en tiempos un joven numismático que tenía fiebre. Y como tenía fiebre, nadie dudó en ver claras cavernas en su placa fotográfica. Hasta pretendían haberlas oído. Se le trató como tísico y murió durante el tratamiento. La autopsia demostró que sus pulmones estaban totalmente sanos y que había muerto de no se sabe qué infección.

—Por Dios, señor Settembrini, habla de autopsias así, de entrada... Digo yo que todavía no llego a tanto...

—Ingeniero, es usted un bromista.

—Y usted un crítico y escéptico redomado, no me diga que no. No cree ni en las ciencias exactas. ¿Y su placa qué? ¿Presenta manchas?

—En efecto, salir, salen.

—¿Y está realmente enfermo?

—Pues sí, desgraciadamente estoy bastante enfermo —contestó Settembrini, y bajó la cabeza.

Se hizo un silencio que aprovechó para carraspear. Hans Castorp, tumbado como estaba, miró a su visitante reducido al silencio. Tuvo la sensación de que con aquellas dos preguntas tan simples había echado por tierra todas sus teorías, incluyendo la de la república y el bello estilo. Por su parte, no hizo nada para reanudar la conversación.

Al cabo de un momento, Settembrini se irguió de nuevo sonriendo.

—Dígame, ingeniero, ¿cómo ha tomado la noticia su familia?

—¿Qué noticia? ¿La del aplazamiento de mi regreso? ¡Oh! Mi familia, los míos no son más que tres tíos, un tío abuelo y los dos hijos de éste, que son para mí como primos. Ésos son los «míos», me quedé huérfano de padre y madre muy pronto. En cuanto a cómo han recibido la noticia, en realidad todavía no saben casi nada, no mucho más que yo mismo. Al principio, cuando tuve que guardar cama, les escribí que tenía un fuerte resfriado y que no estaba en condiciones de viajar. Y ayer, a la vista de que esto se está alargando un poco, les escribí de nuevo comunicándoles que mi catarro había llamado la atención del doctor Behrens sobre el estado de mis pulmones, y que éste insistía en que prolongase mi estancia aquí hasta que la cosa estuviera resuelta. Supongo que no se habrán alarmado en absoluto.

—¿Y su trabajo? Me habló usted de un puesto que iba a ocupar en cuanto regresara de sus vacaciones.

—Sí, como voluntario. He rogado que se me excuse temporalmente en el astillero. Comprenderá que tampoco allí se van a desesperar por mi ausencia. Se las pueden arreglar perfectamente sin el voluntario.

—¡Qué bien! Visto así, está todo arreglado. Pura flema, sí señor. En general, en su país son bastante flemáticos, ¿no es cierto?, aunque también enérgicos.

—Oh sí, enérgicos también, muy enérgicos —dijo Hans Castorp.

Y pensó en el ambiente en que vivía allá abajo, y se dio cuenta de que su interlocutor lo había descrito con sumo acierto. Flemático y enérgico era una buena definición.

—Por lo tanto —continuó Settembrini—, si hubiera de permanecer aquí mucho tiempo, no me cabe duda de que llegaríamos a conocer a su señor tío, quiero decir a su tío abuelo. Estoy seguro de que vendría a visitarle.

—¡Ni soñarlo! —exclamó Hans Castorp—. ¡Ni por todo el oro del mundo! Ni diez caballos conseguirían arrastrarle hasta aquí arriba. Mi tío es de constitución apoplética, casi no tiene cuello. No, no tolera las altas presiones; aquí arriba se encontraría mucho peor que la señora ruso-alemana, y correría peligro de sufrir un ataque en cualquier momento.

—Eso me decepciona. ¿Apoplético, dice? ¿De qué sirven, en tal caso, la flema y la energía? Su tío será rico, ¿verdad? ¿Usted también es rico? En su país todos son ricos...

Hans Castorp sonrió ante aquella generalización novelesca de Settembrini y, tumbado, miró a lo lejos, como si mirara aquel mundo familiar del que ahora estaba retirado. Recordaba, se esforzaba en juzgar imparcialmente; la distancia le animaba y le capacitaba para ello. Respondió:

—Hay quien es rico y quien no es rico. ¡Y tanto peor para quienes no lo son! ¿Yo? No soy millonario, pero tengo la vida asegurada. Soy independiente, tengo de qué vivir. Pero no hablemos de mí. Si usted hubiese dicho «allá abajo hay que ser rico» lo habría aceptado. Porque suponiendo que uno no fuese rico o que dejase de serlo, entonces ¡pobre desgraciado! «¿Le queda dinero a ese infeliz?», pregunta la gente. Textualmente y como se lo digo, con ese tono. Lo he oído con frecuencia y me doy cuenta de que se me ha quedado grabado. De algún modo, me debió de impresionar, a pesar de estar habituado; si no, no me acordaría. ¿O qué piensa usted? No, yo no creo que usted, usted que es un *homo humanus*, se encontrase a gusto entre nosotros. Incluso a mí, que allá abajo estoy en mi casa, me parece atroz, ahora me doy cuenta, y eso que personalmente nunca he sufrido nada similar. Nadie quiere ir a casa de quien no sirve en su mesa los mejores vinos, y sus hijas no encuentran marido. Así es la gente. Ahora que estoy aquí, en la cama, y veo las cosas desde cierta distancia, me parece terrible. ¿Qué palabras había empleado usted? ¡Flemáticos y... enérgicos! De acuerdo, pero ¿qué quiere decir eso? Quiere decir duros, fríos. ¿Y qué significa duros y fríos? ¡Crueles! Es un ambiente cruel el que reina allá abajo, un ambiente despiadado. Cuando se está así, tumbado, y se contemplan esas cosas desde la distancia, le entran a uno escalofríos.

Settembrini escuchaba y asentía con la cabeza. Continuó moviéndola incluso cuando Hans Castorp había llegado al final de sus críticas y callaba de nuevo. Luego respiró profundamente y dijo:

—No pretendo endulzar las formas particulares que la crueldad natural de la vida adopta en el seno de su sociedad. Sea como fuere, esa crítica a la crueldad no deja de ser una crítica bastante sentimental. Usted apenas se ha atrevido a formularla por miedo a sentirse ridículo, y si lo ha hecho es porque no se encuentra allí. Con razón prefiere dejar las críticas a la responsabilidad de los que no participan de esa afanosa vida dentro de la sociedad. El hecho de que la formule ahora hace patente cierto distanciamiento de esa vida por su parte; y me agradaría muy poco ver que va en aumento, pues quien se acostumbra a formular críticas fácilmente acaba perdiendo el contacto con la vida, con la forma de vida para la que ha nacido. ¿Sabe usted, ingeniero, lo que significa «perder el contacto con la vida»? Yo lo sé. Lo veo todos los días aquí arriba. Como mucho al cabo de seis meses, el joven que llega aquí (y casi todos los que vienen son jóvenes) pierde el interés por todo lo que no son sus flirteos y su temperatura. Y como mucho un año después, ya no son capaces de pensar en otra cosa y juzgan «cruel» cualquier otro pensamiento, o, más exactamente, equivocado e ignorante de la «realidad». A usted que le gustan las historias podría contarle algunas. Podría hablarle de cierto muchacho que pasó once meses aquí y al que tuve ocasión de conocer. Tenía unos años más que usted, tal vez bastantes más. Considerándole casi curado, los médicos hicieron el experimento de enviarle a su casa con los suyos, que, en este caso, no eran sus tíos, sino su esposa y su madre. Se pasaba el día tumbado con el termómetro en la boca y no se preocupaba de nada más. «Vosotras no lo entendéis», decía. «Hay que haber vivido allá arriba para saber cómo deben hacerse las cosas. Aquí abajo carecéis de principios fundamentales.» Finalmente su madre decidió por él: «Vuelve allá arriba, ya no sirves para nada». Y volvió a su «patria». Pues ya sabe usted que a este lugar se le llama «patria» cuando se ha vivido aquí. Para su joven esposa se había convertido en un extranjero. Ella desconocía esos principios fundamentales y renunció a él. Comprendió que en «su patria» encontraría una compañera que sí los compartiese, y que se quedaría allí arriba.

Hans Castorp había escuchado a medias. Seguía contemplando la luz de la bombilla que iluminaba la habitación, como si mirase a la lejanía. Se rio —a destiempo— y dijo:

—¿Llamaba a esto «patria»? Eso sí que es un poco «sentimental», como usted dice. Desde luego que sabe innumerables historias. Estaba pensando en lo que decíamos hace un momento sobre la dureza y la crueldad; he estado dándole vueltas en estos últimos días. ¿Sabe usted? Hay que ser bastante insensible para identificarse con la mentalidad de la gente de allá abajo y con preguntas como: «¿aún le queda dinero?»... y con la cara que ponen al decirlo. En realidad, nunca me ha parecido natural del todo, y eso que ni siquiera soy un *homo humanus*. (Ahora me doy cuenta de que siempre me había chocado. Tal vez se debiera a mi inconsciente propensión a la enfermedad el que no me resultase natural.) Yo mismo he oído esos puntos roncos, fruto de mis antiguas lesiones, y he aquí que Behrens pretende haber encontrado un puntito tierno. Aunque me pilló por sorpresa, en el fondo tampoco me extrañó tanto. Nunca me he sentido fuerte como un roble precisamente, y como mis padres murieron tan pronto y soy huérfano desde la infancia, de padre y madre, usted comprenderá...

Settembrini hizo un movimiento con la cabeza, los hombros y las manos a la vez que, en su peculiar lenguaje de graciosos gestos, quería decir: «Bueno, ¿y qué más...».

–Usted es escritor –dijo Hans Castorp–. Un literato... Debe, por tanto, comprender que, en tales circunstancias, uno no puede desarrollar una mentalidad fría y encontrar natural la crueldad de la gente, de la gente corriente, ¿me entiende?, de la gente que anda de acá para allá, ríe, gana dinero y se atiborra... No sé si me he expresado...

Settembrini se inclinó.

–Quiere usted decir... –matizó– que el contacto prematuro y repetido con la muerte conduce a una mentalidad especial que nos hace sensibilizar ante la dureza y la crueldad de la vida ordinaria; y, digámoslo claro: también ante su cinismo.

–¡Es exactamente eso! –exclamó Hans Castorp con sincero entusiasmo–. Lo ha expresado admirablemente. Ha puesto los puntos sobre las íes, señor Settembrini. ¡Contacto con la muerte! Ya sabía yo que usted, en su calidad de literato...

Settembrini levantó la mano, con la palma hacia él, ladeando la cabeza y cerrando los ojos; un gesto muy hermoso y suave que indicaba a su interlocutor que no interrumpiera y siguiera escuchando. Se mantuvo varios segundos en esa posición, aun después de que Hans Castorp se hubiera callado, y, un tanto cohibido, esperase el desenlace de la conversación. Finalmente, el italiano abrió sus ojos negros –ojos de charlatán– y prosiguió:

–Permítame, permítame, ingeniero, que le diga, e insisto sobre este punto, que la única manera sana y noble, es más, la única manera sensata y religiosa de contemplar la muerte es considerarla y sentirla como parte integrante, como la sagrada condición *sine qua non* de la vida, y no separarla de ella mediante alguna entelequia, no verla como su antítesis y, menos aún, tratar de resistirse de manera antinatural, pues eso sería justo lo contrario de lo sano, noble, sensato y religioso.

Los antiguos decoraban sus sarcófagos con símbolos de la vida y la fecundidad, incluso con símbolos obscenos. Según el concepto de religiosidad de los antiguos, lo sagrado y lo obsceno con frecuencia se daban la mano. Aquellos hombres sabían honrar a la muerte. Mire, la muerte es digna de honores en tanto es la cuna de la vida, el seno materno de la renovación. Sin embargo, vista como la antítesis de la vida y separada de ella se convierte en un fantasma, en una máscara horrenda o en algo peor todavía. Porque la muerte entendida como fuerza espiritual independiente es una fuerza enteramente depravada; cuya perversa seducción sin duda es sinónimo del más espantoso extravío del espíritu humano.

Al llegar ahí, Settembrini guardó silencio. Con esta tesis cerraba su discurso de un modo rotundo. Era un asunto muy serio para él; no lo había expuesto sólo para distraer a Hans Castorp y no había querido darle opción a replicar, sino que, al terminar su argumentación, había hecho la inflexión de la voz propia del punto final. Permaneció sentado, con la boca cerrada y las manos entrelazadas en el regazo, con una pierna cruzada sobre la otra y la mirada fija en el pie que quedaba en el aire y que se balanceaba muy ligeramente.

Hans Castorp, pues, también guardó silencio. Apoyado en su almohada, volvió la cabeza hacia la pared y empezó a tamborilear con los dedos sobre el edredón. Tenía la impresión de que acababan de echarle un sermón, de llamarle al orden, incluso de reñirle; y su mutismo encerraba buena parte de obstinación infantil. El silencio duró bastante tiempo.

Por fin, Settembrini alzó la cabeza y dijo, sonriendo:

—¿No se acuerda, ingeniero, de que ya una vez entablamos una discusión semejante, por no decir la misma? Estábamos charlando (creo que fue durante un paseo) sobre la enfermedad y la estupidez, cuya unión usted consideraba paradójica, y ello se debía a su veneración de la enfermedad. Yo califiqué esta veneración de manía siniestra que no hace sino deshonrar la idea de hombre y, para mi satisfacción, usted mostró cierta disposición a tener en cuenta mis argumentos. Hablamos también de la indiferencia y la falta de determinación espiritual de la juventud, de su libertad de elección y su tendencia a experimentar todos los puntos de vista posibles, y dijimos que no había necesidad de considerar dichos experimentos como opciones definitivas y universales. ¿Me permitirá que en el futuro...? —Y Settembrini, sonriendo, se inclinó en la silla, con ambos pies en el suelo, las manos juntas entre las rodillas y la cabeza ladeada—. ¿Me permitirá que... —y la voz le temblaba de emoción— le sea de ayuda en esos ejercicios y experimentos, y que le lleve un poco de la mano y le haga rectificar si, por casualidad, corriera usted el peligro de caer en funestas fijaciones?

—¡Con mucho gusto, señor Settembrini!

Hans Castorp se apresuró a rectificar su actitud distante, mezcla de apuro y testarudez, dejó de tamborilear con los dedos sobre el edredón y se volvió hacia el italiano con una amabilidad llena de sorpresa.

—Es incluso extraordinariamente amable por su parte... En verdad me pregunto si yo... Es decir, si en mi caso...

—Completamente *sine pecunia*, ya lo sabe —dijo Settembrini, poniéndose en pie—. En esta vida hay que ser dadivoso.

Se echaron a reír. Se oyó abrir la puerta exterior y, en ese mismo instante, también el picaporte de la puerta interior giró. Era Joachim, que volvía de la tertulia de la noche. Al ver al italiano se ruborizó, como le había ocurrido a Hans Castorp un momento antes, y el tono bronceado de su rostro se tornó aún más oscuro.

—¡Oh! Tienes visita —exclamó—. ¡Qué bien! Me han entretenido un poco. Me han obligado a jugar una partida de bridge... Bueno, lo llaman así oficialmente —dijo meneando la cabeza—; porque naturalmente es otra cosa muy distinta... he ganado cinco marcos...

—Mientras no se convierta en un vicio —dijo Hans Castorp—. Vaya, vaya... A mí, en cambio, el señor Settembrini

me ha hecho pasar un rato muy agradable mientras te esperaba. Aunque ésa no es una expresión afortunada. En todo
caso, «pasar el rato» se puede aplicar a vuestro supuesto bridge, mientras que el señor Settembrini ha ocupado mi tiempo
de una manera preciosa... Un hombre decente debería hacer
todo lo posible por salir cuanto antes de aquí, si el pasatiempo
es ese falso bridge. Sin embargo, por escuchar con frecuencia
al señor Settembrini y permitirle que me ayude con sus consejos, casi desearía tener fiebre indefinidamente e instalarme
aquí como en mi casa... Al final, aún tendrán que darme una
«enfermera muda» para impedir que os engañe.

—Le repito, ingeniero, que es usted un bromista —dijo el
italiano.

Se despidió del modo más cortés.

Al quedarse a solas con su primo, Hans Castorp suspiró.

—¡Qué pedagogo! —dijo—. Es un pedagogo humanista, hay
que reconocerlo. No deja de darte lecciones, bien en forma
de anécdotas o en una forma abstracta. ¡Y se termina hablando de unas cosas! Nunca hubiera imaginado que se pudiese
hablar de temas semejantes, o siquiera comprenderlos. Si le
hubiese encontrado allá abajo, seguramente no los hubiera
llegado a comprender.

A aquella hora, Joachim permanecía un poco más de tiempo con él. No le importaba sacrificar dos o tres cuartos de
hora de su cura de reposo de la noche. A veces jugaban al aje-
drez sobre la mesita de comer de Hans Castorp. Joachim había
subido un tablero de la zona común. Luego se dirigía al balcón,
con su abrigo y sus mantas y con el termómetro en la boca,
y Hans Castorp también se tomaba la temperatura por última
vez, al tiempo que una música ligera, a veces próxima y otras
más lejana, subía desde el valle, sumido en la noche. A las diez
terminaba la cura de reposo. Se oía a Joachim, se oía al matrimonio de la mesa de los rusos ordinarios... Y Hans Castorp
se ponía de lado en espera del sueño.

La noche era la mitad más difícil de la jornada, pues Hans

Castorp se despertaba con frecuencia y en ocasiones se desvelaba durante horas, porque el calor anormal de su sangre le impedía dormir o porque tantas horas tumbado durante la jornada habían alterado sus hábitos y necesidades de sueño nocturno.

Para compensar, las horas que sí dormía estaban saturadas de sueños muy variados y llenos de vida, sueños en los cuales podía recrearse aun estando ya despierto.

Y si, durante el día, era la detallada subdivisión y organización lo que hacía que el tiempo transcurriese muy deprisa, el mismo efecto producía durante la noche la desdibujada uniformidad de las horas que se iban sucediendo.

Cuando llegaba la mañana, constituía una distracción observar cómo la habitación se iba iluminando y renacía poco a poco de la oscuridad; cómo surgían y se formaban de nuevo los objetos, y cómo se hacía la luz en el exterior, a veces con un resplandor mortecino, otras de un rojo exultante. Y antes de que se diera cuenta, había llegado otra vez el momento en que el masajista, con sus enérgicos golpes en la puerta, anunciaba la entrada en vigencia del orden del día.

Hans Castorp no había traído calendario para sus vacaciones y, por consiguiente, no siempre estaba al corriente del día en que vivía. De vez en cuando, se lo preguntaba a su primo, quien no siempre estaba muy seguro al respecto. Sin embargo, los domingos, sobre todo los que había concierto —es decir, uno de cada dos—, constituían un punto de referencia y, echando la cuenta, al menos tenía la seguridad de que el mes de septiembre ya estaba muy avanzado, casi hasta la mitad. Fuera, en el valle, el tiempo desapacible y frío que había reinado desde la llegada de Hans Castorp al Berghof dio paso a unos espléndidos días de finales del verano mientras él guardaba cama; fueron muchos, incontables días en los que, cada mañana, Joachim entraba en su cuarto, vistiendo pantalón blanco, y le expresaba su enorme pesar porque ni el espíritu ni los jóvenes músculos pudieran disfrutar de un tiempo tan maravilloso. Era una «vergüenza», había llegado a decir un día en voz baja, que se los estuviera perdiendo de ese modo. Claro que, para consolarle, añadió que, de todas formas, tampoco hubieran podido hacer nada extraordinario por su propio pie, puesto que, a la vista de las experiencias, allí arriba tenía prohibido realizar fuertes ejercicios físicos. Y, después de todo, la puerta abierta de la terraza dejaba entrar en la habitación gran parte de aquellos cálidos rayos.

Pero al final del plazo que le había sido impuesto, el tiempo cambió de nuevo. Durante la noche era brumoso y frío, el valle desapareció bajo una tempestad de nieve húmeda, y el aliento seco de la calefacción central llenó la habitación.

Así era el día en que Hans Castorp, con motivo de la visita matinal de los médicos, recordó al doctor Behrens que guardaba cama desde hacía tres semanas y pidió permiso para levantarse.

—¿Qué me dice? ¿Ya le toca levantarse? —preguntó Behrens—. A ver. En efecto, es cierto. ¡Dios mío, cómo nos hacemos viejos! Me parece, por otra parte, que la cosa ha cambiado muy poco. ¿Cómo? ¿Ayer fue todo normal? Sí, excepto la temperatura de las seis de la tarde. Bueno, Castorp, tampoco quiero yo ser intransigente, voy a devolverlo al mundo de los humanos. Levántese y ande, amigo mío. Dentro de los límites indicados, naturalmente. Próximamente haremos ese retrato de su interior. Tome nota —dijo al doctor Krokovski al salir, señalando a Hans Castorp con su enorme dedo pulgar, mientras miraba al pálido ayudante, con sus ojos azules, lacrimosos y surcados por infinitas venillas.

Hans Castorp abandonó la «reserva». Con el cuello del abrigo subido y calzado con chanclos por primera vez, volvió a acompañar a su primo en su paseo hasta el banco del riachuelo y regresó, no sin haber comentado durante el camino cuánto tiempo le habría dejado Behrens en la cama si no le hubiese avisado él mismo de que el plazo había terminado.

Joachim, con la mirada sombría y la boca abierta como para lanzar un consternado «¡Ay!», dibujó en el aire un gesto que simbolizaba la incertidumbre.

«¡DIOS MÍO, LO VEO!»

Pasó una semana hasta que la enfermera jefe Von Mylendonk llamó a Hans Castorp a presentarse en el laboratorio de radiografía. Él tampoco insistió en que se dieran más prisa. Bastante ocupados estaban ya en el Berghof, era evidente que los médicos y el personal tenían muchísimo trabajo. Aquellos últimos días habían llegado nuevos pacientes: dos estudiantes rusos, de cabello muy espeso, vestidos con blusones negros cerrados hasta el cuello que no dejaban al descubierto ni el más mínimo borde de la camisa interior; un matrimonio holandés, que fue colocado en la mesa de Settembrini, y un mexicano jorobado, que sembraba el pánico entre sus compañeros de mesa con horripilantes accesos de disnea: de repente se agarraba como un poseso a su vecino, hombre o mujer, lo sujetaba con sus largas manos como con unas tenazas y lo arrastraba consigo, a pesar de su resistencia llena de espanto y sus gritos de socorro, a los dominios de su propia angustia. En una palabra, el comedor se hallaba casi lleno, si bien la temporada de invierno no comenzaba hasta octubre. Y la poca gravedad del caso de Hans Castorp, su «grado de enfermedad», apenas le daba derecho a exigir ningún trato preferente. La señora Stöhr, por ejemplo, por estúpida e inculta que fuese, sin duda estaba mucho más enferma que él, por no hablar del doctor Blumenkohl. Hans Castorp habría faltado al sentido de la jerarquía y del respeto si no se hubiera mostrado la discreta humildad que correspondía a un caso tan poco urgente como el suyo, sobre todo porque dicho sentido de la prioridad formaba parte del espíritu de la institución. Los enfermos leves no contaban demasiado, como había podido inferir de algunas conversaciones. Se hablaba de ellos con desdén y, según la escala que regía allí arriba, se les miraba por encima del hombro; y no solamente lo hacían los enfermos graves, sino también aquellos que a sí mismos se consideraban «leves». Con esto, en el fondo, mostraban cierto menosprecio de su propia persona, menosprecio que, sin embargo, se veía compensado por la dignidad personal de que podían hacer gala por el hecho de respetar la jerarquía. Un comportamiento muy humano. «Bah, ése —se decían— no tiene nada serio. Apenas tiene derecho a permanecer aquí. Ni una mala caverna tiene...» Éste era el espíritu que reinaba entre ellos; una forma muy especial de aristocracia. Hans Castorp lo suscribía por un respeto innato a la ley y las normas del orden que fuesen. «Dondequiera que fueres, haz lo que vieres», dice el refrán. Manifiesta muy poca educación el viajero que se burla de los usos y valores de los pueblos que le acogen, y las formas específicas de entender el honor son muchas y muy diversas. Incluso hacia Joachim, Hans Castorp mostraba cierto respeto y cierta consideración especial, no sólo porque tenía más antigüedad que él, le superaba, pues, en el escalafón, y le servía de guía y cicerone en aquel mundo, sino también porque incontestablemente era el «caso más grave» de los dos.

Como este código del honor estaba generalizado, todos sentían cierta inclinación a exagerar un poco su caso, con el fin de entrar a formar parte de esa aristocracia o de acercarse a ella. El mismo Hans Castorp, cuando le preguntaban en la mesa, añadía algunas décimas de fiebre a las que había registrado, y no dejaba de sentirse halagado cuando le señalaban con el dedo como a un muchacho más «pillín» de lo que parecía. Con todo, a pesar de estas pequeñas exageraciones, no dejaba de ser una persona de categoría inferior, de manera que la paciencia y la discreción respetuosa constituían la actitud más adecuada.

Al lado de Joachim, había reanudado la vida de sus tres primeras semanas, esa vida ya familiar, monótona y minuciosamente regulada que de nuevo iba sobre ruedas como el primer día, como si jamás hubiese sido interrumpida. De hecho, aquella interrupción no contaba; desde su primera reaparición en el comedor se dio perfecta cuenta de ello. Joachim, que –casi por sentido del deber– era un hombre muy detallista, había encargado unas flores para adornar el sitio del resucitado, pero los compañeros de mesa de Hans Castorp le saludaron sin protocolo alguno, y su recibimiento se distinguió bien poco del que recibía cuando la separación no había durado tres semanas sino tres horas. Y no era tanto por indiferencia hacia su sencilla y simpática persona, ni porque ellos estuvieran demasiado pendientes de sí mismos, es decir: de sus interesantes cuerpos, sino porque no tenían conciencia del paso del tiempo y de la duración de aquel intervalo. Hans Castorp tampoco encontró dificultad para integrarse, pues de nuevo se encontraba ocupando el extremo de la mesa, entre la institutriz y la señorita Robinson, como si hubiese estado sentado allí la víspera y no hubiera existido el tiempo intermedio.

Ahora bien, si en su propia mesa habían hecho poco caso de su forzoso apartamiento de la vida de la comunidad, ¿cómo iban a prestarle atención en el resto del comedor? Allí nadie se dio cuenta, con la única excepción de Settembrini, quien al final de la comida se acercó para saludarle a su manera bromista y cordial. Hans Castorp quiso creer que había habido otra excepción, y nos vemos obligados a exponer en detalle por qué. Creía haber visto que Clavdia Chauchat se había percatado de su reaparición; nada más entrar, como siempre con retraso y con su portazo habitual, la joven había posado sobre él sus ojos achinados, y los de Hans Castorp habían ido a su encuentro; y nada más sentarse, se había vuelto una vez hacia él: sonriendo por encima del hombro, como hiciera tres semanas atrás, el día que le tocaba acudir a la consulta. Había sido un gesto tan poco disimulado, tan descarado –tanto para con él como con los demás internos– que Hans Castorp no supo si debía alegrarse o interpretarlo como un signo de desprecio y enfadarse. En cualquier caso, el corazón le había dado un vuelco ante aquellas miradas que violaban y renegaban de las normas de la compostura social entre dos personas que no se conocen —como eran la enferma y él—, de una manera terrible y enloquecedora; le había dado un vuelco casi doloroso el corazón con tan sólo oír el ruido de cristales de la célebre puerta del comedor, pues ya esperaba ese momento con la respiración contenida.

Se impone añadir aquí que los sentimientos íntimos de Hans Castorp hacia la enferma de la mesa de los «rusos distinguidos», la vinculación de sus cinco sentidos y de su humilde ser con aquella persona de mediana estatura, de andares de gata y ojos de tártaro —en una palabra: su enamoramiento (atrevámonos a escribir esta palabra, a pesar de ser un término del mundo de «allá abajo», de las tierras llanas y de que pueda dar pie a pensar que la canción «Una sola palabra de tus labios» pueda aplicarse de alguna manera a este caso)— habían hecho grandes progresos en aquellas semanas de aislamiento. La imagen de madame Chauchat flotaba ante los ojos del joven cuando, despierto a destiempo, contemplaba cómo la habitación iba resurgiendo lentamente de la noche; o por las tardes, cuando el crepúsculo se convertía en oscuridad. (A aquella hora en que Settembrini había entrado en la habitación, encendiendo la luz de golpe, Hans Castorp creía estar viéndola ante sí con suma claridad, y ésa había sido la causa de su sonrojo al ver al humanista.) A todas las horas del día —de ese día minuciosamente subdividido y organizado—, había pensado en su boca, en sus pómulos, en sus ojos, cuyo color, forma y posición le partían el alma, en sus hombros caídos, en la postura de su cabeza, en aquella vértebra cervical que le asomaba por encima del cuello de la blusa, en sus brazos transfigurados por la finísima gasa... Y si en su momento guardamos el secreto de que a eso se debía que dichas horas se le pasaran tan deprisa, no fue sino por la simpatía que sentimos hacia el desasosiego de la conciencia que se entremezcla en la escalofriante dicha de tales imágenes y visiones. Pues, en efecto, encerraban terror, verdadera angustia, y también una esperanza que se perdía en lo infinito, en lo insondable y en la aventura más incierta; una alegría y un miedo que no tenía nombre, pero que a veces sobrecogía tan bruscamente el corazón del joven –tanto en un sentido figurado como real, físico– que éste se llevaba una mano a la región de ese órgano, la otra a la frente (cubriéndose los ojos) y murmuraba:

–¡Dios mío!

Pues detrás de aquella frente hervían pensamientos y pensamientos en potencia, y eran éstos los que conferían a las imágenes y visiones su dulzura exagerada y los que giraban en torno a la dejadez y la falta de escrúpulos de madame Chauchat, a su enfermedad, a la forma en que la enfermedad acentuaba y exageraba su cuerpo, en que la enfermedad transformaba la esencia en cuerpo, transformación que ahora él mismo –según le había dicho el médico– habría de experimentar. Detrás de su frente era consciente de la osada libertad con la que madame Chauchat, al volverse, rompía con todas las normas sociales del decoro obligado entre desconocidos, como si ni siquiera fuese necesario entablar antes una conversación... Y era justo eso lo que le hacía estremecer, como se había estremecido en la consulta, cuando se había apresurado a buscar los ojos de Joachim tras contemplar su pecho; con la diferencia de que, aquella vez, los motivos de su estremecimiento habían sido la compasión y la preocupación y ahora estaba en juego algo muy distinto.

Así pues, la vida en el Berghof, aquel pequeño mundo tan grato y ordenado, recobraba su curso uniforme. Hans Castorp, en espera de su radiografía, continuaba compartiéndola con el buen Joachim, haciendo lo mismo que él hora tras hora; y esa camaradería, sin duda, era beneficiosa para el joven. Porque, a pesar de no ser más que una camaradería de enfermos, en ella había un gran sentido del deber militar, un sentido del deber que –por supuesto, sin ellos darse cuenta– les llevaba a entender el cumplimiento de las normas del sanatorio como una obligación que venía a sustituir a esas otras obligaciones que les hubieran correspondido allá en las tierras llanas, y a ese trabajo real que habían dejado de realizar. Hans Castorp no era tan tonto como para no darse perfecta cuenta de ello, pero comprendía que aquella camaradería disciplinaba su espíritu de hombre civil; y tal vez fueran ese ejemplo y ese control interno de Joachim lo que le frenaban a la hora de dar un paso en falso o cometer algún desatino de cara al exterior. Pues se daba entera cuenta de lo mucho que debía de sufrir Joachim a diario por culpa de cierto perfume de azahar que iba acompañado de unos redondos ojos castaños, de un pequeño rubí, una risa demasiado fácil y unos pechos espléndidamente formados. Y la sensatez e integridad con que Joachim se resistía y huía de la influencia de aquel ambiente impresionaban a Hans Castorp, le imponían también a él cierto orden y cierta disciplina, impidiéndole –por así decirlo– «pedir prestado el lápiz» a la mujer de los ojos achinados, cosa que, sin esa edificante camaradería, hubiese estado bien dispuesto a hacer, a juzgar por la experiencia.

Joachim jamás hablaba de la risueña Marusja, y eso equivalía para Hans Castorp a una prohibición de hablar de Clavdia Chauchat. Lo compensaba con sus cuchicheos en la mesa con la institutriz, sentada a su derecha, si bien ahí jugaba a lanzarle bromas acerca de su debilidad por la grácil enferma hasta que la anciana se ruborizaba y él, en cambio, imitaba la digna actitud del abuelo Castorp apoyando su barbilla en el cuello o el lazo de la camisa. Y también le insistía para que tratara de enterarse de los nuevos e interesantes detalles sobre la situación personal de madame Chauchat, sobre sus orígenes, su marido, su edad y el carácter de su enfermedad. ¿Tendría hijos...?

–¡No, por Dios! ¿Cómo va a tener hijos una mujer como ésa? Sin duda le habrán prohibido tenerlos y, además, ¿cómo habrían sido esos hijos?

Hans Castorp tuvo que darle la razón. Por otra parte, ya era ahora demasiado tarde para tenerlos, se atrevió a decir con forzada frialdad.

A veces, de perfil, las facciones de madame Chauchat le parecían ya casi un poco endurecidas. ¿Tendría más de treinta años? La señorita Engelhart le contradijo convencida. ¿Cómo iba a tener Clavdia treinta años? Poniéndose en lo peor, tendría unos veintiocho. Y en cuanto a su perfil, prohibió a su vecino que dijese cosas así. El perfil de Clavdia Chauchat tenía la delicadeza y dulzura más juveniles, aunque era cierto, naturalmente, que era un perfil interesante y no tenía nada que ver con el de esas jovencitas fatuas del mundo de los sanos. Y para castigarle, la señorita Engelhart añadió que madame Chauchat solía recibir la visita de un caballero, un compatriota suyo que vivía en Davos Platz; le recibía por las tardes, en su habitación.

Aquello fue como un disparo al corazón. El semblante de Hans Castorp se demudó a pesar de todos sus esfuerzos, e incluso las fórmulas como: «¡No me diga!» y «¡Fíjate!», con las que trató de seguir la broma, sonaron desencajadas. Incapaz de tomar a la ligera la existencia de dicho compatriota de madame Chauchat, como había pretendido, volvió a insistir sobre él una y otra vez, sin poder evitar que los labios le temblaran.

—¿Y es joven?

—Joven y atractivo, según dicen —respondió la institutriz, pues no había tenido el gusto de verle con sus propios ojos.

—¿Enfermo?

—Si acaso, muy ligeramente.

—Esperemos... —dijo Hans Castorp con sarcasmo—, que al menos a ése se le vea algo más la camisa interior que a sus otros compatriotas, los de la mesa de los rusos ordinarios.

Para castigarle de nuevo, la señorita Engelhart contestó que sí, que por supuesto. Hans Castorp reconoció que era un asunto al que se debía dar importancia y encargó seriamente a la institutriz que se informase sobre la relación con ese compatriota que entraba y salía de la habitación de madame Chauchat; sin embargo, en lugar de eso, las noticias que le trajo unos días más tarde fueron completamente diferentes.

Se había enterado de que a Clavdia Chauchat «la estaban pintando», le estaban haciendo un retrato, y preguntó a Hans Castorp si él también estaba enterado. Caso de que no, haría bien en convencerse, pues ella lo sabía de buena tinta. Desde hacía algún tiempo, madame Chauchat posaba para que alguien pintase su retrato. ¿Y quién era el pintor...? ¡El doctor Behrens! El consejero imperial Behrens, que con ese fin la recibía casi diariamente en sus habitaciones privadas.

Esta noticia resultó para Hans Castorp mucho más demoledora que la anterior. Las bromas que hizo al respecto fueron muchas y muy amargas. Claro, claro, ya se sabía que el doctor pintaba al óleo. ¿Cómo podía extrañar eso a la institutriz? No estaba prohibido, todo el mundo era libre de hacerlo. ¿Conque en las habitaciones privadas del viudo? Era de esperar que al menos la señorita Von Mylendonk estaría presente en las sesiones... Claro que ella no tendría tiempo para eso.

–Y Behrens no debe tampoco de disponer de mucho más –dijo Hans Castorp con severidad. Pero a pesar de que parecía que con eso ya se había dado por zanjado el asunto, estaba muy lejos de olvidarlo y bombardeó a preguntas a la institutriz en busca de más datos: ¿Cómo era el retrato? ¿De qué formato? ¿Era un retrato de cara o de cuerpo entero? ¿A qué hora posaba? La señorita Engelhart, no obstante, no podía darle detalles al respecto, el joven había de tener paciencia y esperar los resultados de ulteriores investigaciones.

Tras recibir aquella noticia, Hans Castorp tuvo 37,7. Mucho más que las visitas que recibía madame Chauchat, le dolían y le inquietaban estas otras, las que hacía ella. De hecho, ya la vida privada de madame Chauchat de por sí había comenzado a producirle un profundo y doloroso desasosiego; cuánto más no habría de dolerle e inquietarle saber ahora que había en ella una actividad tan sospechosa como ésta. Cierto es que parecía muy probable que las relaciones del visitante ruso y su compatriota enferma fuesen de una naturaleza inocente y desapasionada. Pero hacía tiempo que Hans Castorp se inclinaba a pensar que eso de la inocencia y la ausencia de pasión eran «memeces», y, así pues, también se resistía a creer y convencerse de que aquella abyecta idea de asociar la pintura al óleo con una relación de otra índole entre aquel viudo, amante del lenguaje rebuscado, y la joven enferma de ojos achinados, era, en efecto, «otra memez». El gusto que el doctor había manifestado en la elección de su modelo respondía demasiado al suyo propio para poder atribuirle una inocente ausencia de pasión, que no parecían confirmar precisamente las mejillas azuladas y los ojos llorosos, surcados de venillas, del consejero imperial Behrens.

Un hecho que observó personalmente aquellos días, por pura casualidad, ejerció sobre él un efecto diferente, a pesar de que se trataba de una nueva confirmación de estos gustos compartidos. En la mesa perpendicular a la suya, la de madame Salomon y el adolescente comilón de las gafas, a la izquierda de la de los primos y justo al lado de la puerta de cristales, se sentaba un hombre de Mannheim, según había oído decir Hans Castorp, de unos treinta años, cabellos ralos, dientes llenos de caries y una peculiar forma de hablar, ralentizando las palabras; el mismo que, en ocasiones, durante la velada, tocaba en el piano (para más señas, casi siempre se trataba de la marcha nupcial de *El sueño de una noche de verano*). Se decía que era muy religioso, cosa frecuente y comprensible entre las gentes de allí arriba, según habían explicado a Hans Castorp. Todos los domingos asistía al servicio religioso de Davos Platz y pasaba las horas de reposo leyendo libros piadosos, en cuyas cubiertas se veían un cáliz o unas ramas de palma. Y he aquí que también él —y eso fue lo que Hans Castorp observó aquel día— tenía los ojos clavados en el mismo punto que él: en la grácil madame Chauchat; y, además, con una expresión tan hosca y penetrante que casi parecía la mirada de un perro.

Tras haberle visto una vez, Hans Castorp ya no pudo evitar constatar lo mismo a todas horas. Le veía por las noches, de pie en la sala de juegos, en medio de la gente perdidamente trastornado ante la visión de aquella mujer tan encantadora y tan fatal al mismo tiempo, que se hallaba sentada al otro lado, en el sofá del saloncito charlando con Tamara (así se llamaba la simpática joven del cabello lanoso), con el doctor Blumenkohl y con su vecino de mesa, el del pecho hundido y los hombros caídos. Le veía cómo se volvía, cómo fingía mirar hacia otro lado; luego, cómo, lentamente, volvía la cabeza por encima del hombro para mirarla de reojo y mordiéndose el labio superior con gesto doliente. Le veía palidecer y bajar los ojos, alzar la mirada a pesar de todo y mirar con áridos ojos de perro cuando la puerta se cerraba de un portazo y madame Chauchat se dirigía grácilmente hacia su sitio. Y más de una vez vio también cómo aquel pobre desgraciado, después de comer, se colocaba entre la puerta y la mesa de los rusos distinguidos para que madame Chauchat —que no le hacía ni caso— tuviera que pasar cerca de él y así devorarla con los ojos, con unos ojos tristes hasta el fondo del alma.

También este descubrimiento impresionó enormemente al joven Hans Castorp, por más que aquellas lamentables miradas ardientes del caballero de Mannheim no le inquietaran en la misma medida que el trato íntimo de Clavdia Chauchat con el consejero Behrens, un hombre que le superaba en edad, personalidad y posición social. Clavdia no prestaba atención alguna al pobre tipo de Mannheim; de no haber sido así, no se le habría escapado a la viva atención de Hans Castorp; y no era, por lo tanto, el horrible aguijón de los celos lo que atormentaba su alma. Sin embargo, experimentaba todos los sentimientos que experimenta el hombre embriagado por la pasión cuando descubre en otros su propia imagen, sentimientos que forman la más singular mezcla de repugnancia y secreta solidaridad. Es imposible analizarlo todo y profundizar en todo si queremos avanzar en nuestro relato. En cualquier caso, aquello era demasiado para él, fuera cual fuese la índole del sufrimiento que el hombre de Mannheim provocó al pobre Hans Castorp.

Así pasaron los ocho días previos a la radioscopia de Hans Castorp. No tenía conciencia de su paso, pero cuando, una mañana, a la hora del desayuno, recibió la orden de la superiora (ésta tenía ya un orzuelo nuevo, pues, obviamente no podía ser el mismo: sin duda ese mal tan tonto pero tan antiestético era cuestión de constitución) de presentarse por la tarde en el laboratorio, se dio cuenta de que, en efecto, los días habían pasado. Hans Castorp debía presentarse junto con su primo, media hora antes del té, pues aprovecharían para hacerle una nueva radiografía a Joachim, ya que la anterior podía considerarse desfasada.

Ese día, pues, acortaron la principal cura de reposo en treinta minutos, y a las tres y media en punto bajaron por la escalera de piedra que conducía a aquel sótano que en realidad no era tal y se sentaron, uno al lado del otro, en la salita de espera que separaba el gabinete de consultas del laboratorio de radiología. Joachim, que no esperaba nada nuevo, estaba completamente tranquilo; Hans Castorp, con una excitación febril, puesto que hasta aquel momento jamás había tenido ocasión de ver cómo era su organismo por dentro.

No estaban solos. Cuando ellos llegaron, ya había algunos pacientes en la salita, hojeando revistas muy manoseadas mientras esperaban su turno: un joven sueco muy alto que se sentaba a la mesa del comedor de Settembrini y de quien se decía que, cuando llegó en el mes de abril, se encontraba tan enfermo que habían puesto dificultades para admitirlo; ahora, en cambio, había engordado cuarenta kilos y estaba a punto de ser dado de alta; una mujer de la mesa de los rusos ordinarios, una madre escuálida con un niño más escuálido todavía, feísimo y con una nariz demasiado grande, llamado Sacha. Éstas eran las personas que llevaban esperando mucho más tiempo que los dos primos. Seguramente, tenían hora antes que ellos. Debía de haberse producido algún retraso en el laboratorio de radioscopia, de modo que había que resignarse a tomar el té frío.

En el laboratorio reinaba un gran ajetreo. Se oía la voz del doctor Behrens dando instrucciones. Serían las tres y media, tal vez un poco pasadas, cuando se abrió la puerta —un técnico de laboratorio que trabajaba allí lo hizo—, pero únicamente el gigante sueco tuvo la suerte de entrar. Sin duda, su antecesor se había marchado por otra puerta. Desde ese momento, el proceso se desarrolló con mayor rapidez. Al cabo de diez minutos se oyó cómo el escandinavo, completamente curado —¡qué mejor ejemplo de las maravillas que obraban aquel lugar y aquel sanatorio!—, se alejaba con paso enérgico por el pasillo, y la madre rusa, en compañía de Sacha, fueron recibidos. De nuevo, como ya ocurriera al entrar el sueco, Hans Castorp vio que en el laboratorio reinaba una penumbra artificial o, mejor dicho: una luz artificial, como también, por otro lado, en el gabinete de análisis del doctor Krokovski. Las contraventanas estaban cerradas para que no penetrase la luz del día y, a cambio, había unas lámparas eléctricas encendidas. En el momento en que pasaban Sacha y su madre y Hans Castorp les seguía con los ojos, se abrió la puerta del pasillo y el paciente siguiente entró en la sala de espera, antes de tiempo, dado que la consulta iba retrasada. Era madame Chauchat.

Era Clavdia Chauchat, quien de pronto, estaba allí, en la salita de espera. Hans Castorp, con los ojos como platos, la reconoció, y sintió claramente cómo la sangre se retiraba del rostro y la mandíbula inferior se aflojaba de tal modo que estuvo a punto de quedarse con la boca abierta. La entrada de Clavdia había sido tan repentina, tan inesperada... de pronto se encontraba compartiendo aquel espacio exiguo con los primos, cuando un momento antes no estaba allí. Joachim lanzó a Hans Castorp una mirada fugaz, y luego no sólo bajó rápidamente los ojos, sino que cogió de la mesa la revista que acababa de dejar y ocultó su rostro detrás de las hojas desplegadas. Hans Castorp no tuvo tanta determinación como para hacer lo mismo. Después de palidecer, se ruborizó y sintió que el corazón se le desbocaba.

Madame Chauchat se sentó cerca de la puerta del laboratorio, en un silloncito redondo de brazos recortados, un tanto rústico. Recostada en el respaldo, cruzó una pierna sobre la otra y miró al vacío, si bien, al saberse observada, sus «ojos de Pribislav» no podían evitar desviarse y mirar de reojo. Llevaba un suéter blanco y una falda azul, tenía un libro sobre las rodillas, un libro de la biblioteca del sanatorio, al parecer, y daba golpecitos con el pie que descansaba en el suelo.

Tan sólo un minuto y medio cambió de postura y miró a su alrededor, se puso en pie con la expresión un poco vaga del que no sabe dónde está ni a quién debe dirigirse, y comenzó a hablar. Preguntó algo, hizo una pregunta a Joachim, a pesar de que éste parecía absorbido por la revista, mientras que Hans Castorp permanecía sentado sin hacer nada. Madame Chauchat articulaba palabras y les prestaba la voz que salía de su blanca garganta. Era aquella voz no tanto grave sino agradablemente velada y con un punto un poquito estridente que Hans Castorp conocía desde hacía ya mucho tiempo y que una vez, incluso había oído de cerca: aquel día en que alguien se había dirigido a él para decir: «Con mucho gusto, pero me lo tienes que devolver sin falta después de la clase». Cierto es que en aquella ocasión había sonado mucho más clara y decidida; ahora las palabras salían un poco forzadas y entrecortadas. La que hablaba no tenía un derecho natural a emplearlas, simplemente las lanzaba —como ya Hans Castorp le había oído hacer algunas veces— con una especie de sentimiento de superioridad que, sin embargo, al mismo tiempo, estaba mezclado con un nervioso arrobamiento. Con una mano en el bolsillo del suéter de lana, y la otra en la nuca, madame Chauchat preguntó:

—Perdone, señor, ¿a qué hora estaba citado?

Joachim lanzó una mirada furtiva a su primo y, aunque estaba sentado, respondió juntando los tacones:

—A las tres y media.

Ella habló de nuevo:

—Yo, a las cuatro menos cuarto. ¿Qué ocurre? Son casi las cuatro... Acaban de entrar dos personas, ¿verdad?

—Sí, dos personas —contestó Joachim—. Las que estaban delante de nosotros. Parece que hay un retraso de media hora.

—¡Qué fastidio! —dijo ella, y con un gesto nervioso se atusó los cabellos.

—Ya lo creo —contestó Joachim—. Nosotros esperamos desde hace casi media hora.

Así conversaban, y Hans Castorp escuchaba como en sueños. Por una parte, el que Joachim hablase con madame Chauchat era casi como si lo hiciera él mismo, aunque, en el fondo, era completamente distinto. El «Ya lo creo» de su primo le había chocado mucho, pues le parecía una expresión grosera o, cuando menos, de una indiferencia sorprendente teniendo en cuenta las circunstancias. Claro que Joachim podía hablar; podía hablar con ella en general y quizá aquel desenfadado «Ya lo creo» implicaba incluso un ligero alarde de superioridad frente a él, el mismo aire de superioridad que Hans Castorp había adoptado delante de Joachim y Settembrini cuando éste le había preguntado cuánto tiempo pensaba permanecer allí arriba y él había contestado «Tres semanas».

Ella se había dirigido a Joachim, aun cuando éste se tapaba la cara con la revista, sin duda porque era el interno más antiguo de los dos, al que conocía de vista desde hacía más tiempo, pero también por otra razón: porque con él podía establecer un trato y un intercambio de palabras civilizado, porque entre ellos no había algo salvaje, profundo, espantoso y misterioso de por medio. Si ciertos ojos castaños unidos a un pequeño rubí y a un perfume de azahar hubiesen estado en la salita de espera junto a ellos, hubiera correspondido a

Hans Castorp llevar la conversación y decir «ya lo creo», pues él se habría sentido independiente y puro respecto a esa otra persona. «En efecto, es un verdadero contratiempo, señorita», habría dicho y, tal vez, con un gesto desenvuelto, hasta habría sacado el pañuelo del bolsillo para sonarse. «Le aconsejo que tenga paciencia. Nosotros nos encontramos en la misma situación.» Y Joachim se habría sorprendido de su desenfado, aunque probablemente sin desear estar en su lugar.

No, tal como estaban las cosas, Hans Castorp no estaba en modo alguno celoso de Joachim, a pesar de que pudiera hablar con madame Chauchat. Estaba de acuerdo con que ella se hubiera dirigido a su primo; al hacerlo se había atenido a las circunstancias, demostrando así que era muy consciente de la situación... El corazón de Hans Castorp latía con fuerza.

A la vista del frío tratamiento que recibió madame Chauchat por parte de Joachim, y en el que Hans Castorp incluso distinguió una ligera hostilidad de su primo hacia aquella compañera de enfermedad —hostilidad que le hizo sonreír a pesar de lo conmocionado que estaba—, Clavdia decidió dar una vuelta por la sala. Pero como faltaba espacio, se limitó a acercarse a la mesa, tomó una revista y volvió a la butaca de los brazos de estilo rústico.

Hans Castorp permanecía sentado y la miraba, hundiendo la barbilla en el cuello de lazo como hacía su abuelo, y pareciéndose de una manera verdaderamente ridícula al viejo. Madame Chauchat había vuelto a cruzar una pierna sobre otra de manera que se adivinaba su rodilla, e incluso toda la línea de la esbelta pierna, bajo la falda de paño azul. No era más que de mediana estatura —de una estatura idónea y muy agradable a los ojos de Hans Castorp—, y tenía las piernas relativamente largas y no era muy ancha de caderas. Ahora no estaba recostada en el respaldo, sino inclinada hacia delante, con los brazos cruzados y apoyados en el muslo, la espalda arqueada y los hombros caídos hacia delante, de modo que le marcaban las vértebras cervicales; es más: bajo el suéter ceñido incluso se reconocía la columna vertebral, y, como el pecho, que no era tan abundante y turgente como el de Marusja, sino más bien pequeño, como de niña, quedaba apretado entre ambos brazos. De pronto, Hans Castorp cayó en la cuenta de que también ella estaba allí esperando la radioscopia. El doctor Behrens la pintaba, reproducía su apariencia externa con óleos y pinceles sobre un lienzo. Ahora, además, en la penumbra, habría de dirigir sobre ella los rayos luminosos que le descubrirían el interior del cuerpo. Y al pensar en eso, Hans Castorp volvió la cabeza con un gesto de dignidad ofendida y con una expresión de discreción y superioridad moral, como creía obligado ante tal pensamiento.

No permanecieron mucho tiempo los tres juntos en la salita de espera. Parece ser que en el interior del laboratorio no habían hecho mucho caso de Sacha y su madre, y se apresuraban para recuperar el retraso. De nuevo, el ayudante de la bata blanca abrió la puerta.

Joachim lanzó su revista sobre la mesa al tiempo que se levantaba, y Hans Castorp le siguió hacia la puerta, no sin cierta zozobra. Un escrúpulo caballeresco había despertado en él y sentía la tentación de dirigir la palabra a madame Chauchat, ofreciéndole que pasase ella delante; tal vez hasta debía decírselo en francés, a ser posible... así que comenzó a buscar ansiosamente las palabras y la construcción de la frase. Por otra parte, no sabía si tales galanterías serían usuales allí arriba, y si la jerarquía del lugar no estaría por encima de todas las galanterías caballerescas. Joachim debía saberlo y, como no pareciese dispuesto a ceder el paso a la dama allí presente a pesar de la insistente y consternada mirada de Hans Castorp, éste le siguió y, pasando por delante de madame Chauchat, que sólo levantó la vista fugazmente, entró por la puerta del laboratorio.

Estaba demasiado conmocionado por lo que dejaba detrás de sí, por las aventuras de los diez últimos minutos, para tomar conciencia del cambio que se había producido al entrar en la sala de rayos. No veía nada o nada más que vagas sombras en aquella penumbra artificial. Oía todavía la voz agradablemente tomada con la que madame Chauchat había dicho «¿Qué ocurre...? ¿Acaba de entrar alguien...? ¡Qué fastidio...!», y el sonido de aquella voz le hacía estremecer, era como un dulce escalofrío que le corría por la espalda. Veía la rodilla que se dibujaba bajo la tela de la falda, veía las vértebras de la nuca bajo el nacimiento del pelo, de un rubio rojizo, aquella indómita pelusilla que se le escapaba del moño trenzado, y de nuevo sintió un escalofrío. Vio al doctor Behrens de espaldas a los que entraban, de pie delante de una especie de armario o de cabina, ocupado en contemplar una placa oscura que, con el brazo estirado, exponía contra la mortecina luz de la lámpara del techo. Pasando por su lado, entraron hasta el fondo de la habitación acompañados del ayudante, que se encargaba de los preparativos para la radioscopia y la radiografía. Reinaba allí un olor muy peculiar. Un aire enrarecido llenaba la estancia. Instalada entre las dos ventanas tapadas con cortinajes negros, la cabina dividía el laboratorio en dos partes de distinto tamaño. Se distinguían aparatos de medicina, cristales cóncavos, cuadros de mandos eléctricos, instrumentos de medida, una caja semejante a un aparato fotográfico sobre un chasis con ruedas, y placas de cristal alineadas en las paredes hasta el punto de que uno no sabía si estaba en el estudio de un fotógrafo, en una cámara oscura, en el taller de un inventor o en la cocina de una bruja entusiasta de la tecnología.

Joachim había comenzado a desnudarse de cintura para arriba. El ayudante, un joven suizo rechoncho y de rosadas mejillas, vestido con una bata blanca, pidió a Hans Castorp que hiciera lo mismo. La cosa iba deprisa, no tardaría en tocarle el turno... Mientras Hans Castorp se quitaba la chaqueta, Behrens salió de la cabina y pasó a la parte más amplia del laboratorio.

–¡Hombre! –dijo–. He aquí a nuestros Dióscuros, Castorp y Pólux... Nada de protestas, se lo ruego. Esperen, que no tardaremos nada en ver por rayos a ambos. ¿Acaso tiene miedo de abrirnos su fuero interno, Castorp? Tranquilícese, es todo muy estético... ¿Ha visto mi colección privada?

Y, agarrando a Hans Castorp por el brazo, le llevó delante de las hileras de placas de cristal negro que fue iluminando gracias a un interruptor. Las placas revelaron sus imágenes. Hans Castorp vio miembros: manos y pies, rodillas, muslos, piernas, brazos y caderas. Sin embargo, los redondeados contornos de aquellos fragmentos de cuerpo humano no eran más que una sombra borrosa; una niebla extraña, un fantasmagórico halo que envolvía un núcleo perfectamente reconocible, nítido y de un blanco refulgente: el esqueleto.

—¡Muy interesante! —dijo Hans Castorp.

—Por supuesto que es interesante —respondió el doctor Behrens—. ¡Útil lección práctica para los jóvenes! Anatomía visualizada, ¿comprende? El triunfo de los nuevos tiempos. Esto es un brazo de mujer, ya se habrá dado cuenta por su delicadeza. Con eso nos abrazan cuando se ponen tiernas, ya ve.

Y se echó a reír con la boca torcida, con lo cual se le torció también un lado del bigotito. Las placas se apagaron. Hans Castorp se volvió hacia donde estaban preparando la radiografía de Joachim.

Joachim estaba en la cabina de la que acababa de salir el doctor Behrens. Le habían sentado en una especie de taburete de zapatero, ante una plancha contra la cual apoyaba el pecho, además de rodearla mientras con los brazos; el ayudante, con movimientos similares al de amasar, corregía su postura echándole los hombros hacia delante y masajeando su espalda. Luego se colocó detrás del aparato como cualquier fotógrafo —un poco agachado y con las piernas abiertas para calibrar la imagen—, expresó su satisfacción y, apartándose, pidió a Joachim que respirase profundamente y que guardase el aire en los pulmones hasta que hubiese terminado. La espalda redondeada de Joachim se dilató, luego permaneció totalmente inmóvil. En ese momento, el ayudante accionó las palancas correspondientes del panel. Durante dos segundos entraron en acción las terribles fuerzas necesarias para atravesar la materia: corrientes de miles de voltios, de cien mil voltios, creyó recordar Hans Castorp. Apenas sometidas por el hombre, aquellas potentísimas corrientes buscaron una vía de escape. Sonaron descargas como disparos. Una chispa azul vibró en la punta de un aparato. Grandes relámpagos subieron crepitando a lo largo del muro. En algún lado, una luz roja, semejante a un ojo silencioso y amenazador, vigilaba la habitación, y, a la espalda de Joachim, un matraz se llenó de un líquido verde. Luego todo se fue tranquilizando, los fenómenos luminosos se desvanecieron y Joachim soltó el aire suspirando. Ya estaba...

—¡El próximo delincuente! —bromeó Behrens, y le dio un codazo a Hans Castorp—. ¡Sobre todo no alegue usted que está cansado! Tendrá una copia gratuita, Castorp. Así podrá proyectar sobre la pared los secretos que encierra su pecho para divertir a sus hijos y nietos.

Joachim se había retirado. El ayudante cambió la placa. El doctor Behrens instruyó personalmente al novato acerca de cómo debía sentarse y colocarse.

—¡Abrace la plancha! —ordenó—. ¡Abrácela! ¡Por mí, hágase la ilusión de que es otra cosa! Y estréchela bien contra su pecho, como si se sintiera muy feliz. Así, respire. ¡Alto! ¡Vamos! ¡Abrace con ganas!

Hans Castorp se quedó muy quieto, entornando los ojos, con los pulmones llenos de aire. A su espalda estalló la tempestad, crepitaron las chispas, relampaguearon las paredes, y luego se calmó todo. El objetivo había inmortalizado sus entrañas.

Se retiró, confuso y aturdido por lo que acababa de sucederle, si bien no había sentido en lo más mínimo cómo la corriente luminosa traspasaba su cuerpo.

—¡Buen chico! —dijo el doctor Behrens—. Ahora lo veremos con nuestros propios ojos.

Joachim, como todo un experto, ya se había colocado más cerca de la puerta, en uno de los aparatos de radioscopia: dejando a su espalda un mecanismo más voluminoso en cuya cúspide se veía una redoma de cristal, medio llena de agua, con un tubo de evaporación. A la altura de su pecho quedaba una pantalla cuadrada que se podía subir y bajar por unos raíles y, a su izquierda, en el centro de un panel de mandos, había un pequeño farol rojo. El consejero, sentado en un taburete, delante de la pantalla, la encendió. La lámpara del techo se apagó y únicamente la bombilla de color rubí quedó iluminando la escena. Luego, el maestro, con un gesto rápido y preciso, apagó también ésta, y la oscuridad más profunda envolvió el laboratorio.

—Primero se nos han de acostumbrar los ojos a la oscuridad —se oyó decir al consejero Behrens—. Se nos tienen que dilatar las pupilas, como a los gatos, para poder ver lo que queremos. Comprenderán perfectamente que, con nuestros ojos, habituados a la luz del día, no vemos nada. Para empezar, tenemos que olvidar la claridad, con sus imágenes nítidas y coloridas.

—Por supuesto —dijo Hans Castorp, de pie detrás del consejero, y cerró los ojos, pues con tanta oscuridad era completamente indiferente tenerlos abiertos o no—. Para empezar, nuestros ojos deben hacerse a la oscuridad; si no, no vemos nada, es lógico. Me parece bien, me parece muy apropiado que, antes de nada, nos recojamos así, como para una oración en silencio. Aquí estoy y he cerrado los ojos, me encuentro en un estado de agradable somnolencia. Pero ¿qué es ese olor que se percibe?

—Oxígeno —dijo el consejero—. El producto atmosférico de la tempestad que se ha producido dentro de la habitación, ya me entiende... Abra los ojos. Ahora sí que va a comenzar la magia.

Hans Castorp se apresuró a obedecer.

Se oyó cómo accionaban una palanca. Un motor se puso en marcha y empezó a zumbar furiosamente, elevando el tono, aunque fue de inmediato regulado con un segundo movimiento. El suelo vibraba a un ritmo constante. La pequeña luz roja, alargada y vertical, vigilaba la sala como una amenaza muda. En alguna parte chasqueó un relámpago. Y lentamente, con un reflejo lechoso, como una ventana que se ilumina, surgió de la oscuridad el pálido rectángulo de la pantalla ante la cual se encontraba el doctor Behrens en su taburete de zapatero, con los muslos separados, los puños apoyados sobre ellos y su nariz chata pegada a la placa que reproducía el interior de un organismo humano.

—¿Ve usted, joven? —preguntó.

Hans Castorp se inclinó por encima del hombro del doctor, pero antes elevó la cabeza hacia la dirección en que suponía que estaban los ojos de Joachim; ojos que debían de tener la misma mirada dulce y triste del día de la consulta.

—¿Te importa que mire?

—Mira, mira... —respondió Joachim en la oscuridad.

Y, con el ronroneo del motor que hacía vibrar el suelo y los chasquidos de las chispas de fondo, Hans Castorp se agachó para mirar por aquella pálida ventana, para mirar en el interior del esqueleto de Joachim. El esternón, que se solapaba con la columna vertebral, se veía como una densa columna de hueso. La parte trasera de las costillas, en un tono mucho más difuminado, aparecía entreverada con la parte delantera. En la parte superior se distinguían muy claramente las clavículas, como apuntando hacia arriba, y, bajo el suave contorno de la carne, los huesos de los hombros y el nacimiento de los brazos de Joachim. Toda la cavidad del pecho era luz, pero dentro de ella se dibujaban venas, manchas más oscuras y una zona negruzca de forma irregular.

—Una imagen muy nítida —dijo el doctor Behrens—, ésta es la delgadez conveniente, la de un joven militar. He tenido aquí verdaderas masas impenetrables. ¡No había manera de distinguir nada! Habría que descubrir unos rayos que atravesaran tales capas de grasa... Ésta es una imagen bien limpia. ¿Ve usted el diafragma? –Y señaló con el dedo el arco más oscuro que subía y bajaba en la parte inferior de la pantalla–. ¿Ve esos bultos, aquí a la izquierda, esas burbujas? Eso es la pleuresía que tuvo a la edad de quince años. Respire hondo –ordenó–. ¡Hondo he dicho! ¡Más!

Y el diafragma de Joachim se elevó tembloroso todo lo que pudo haciendo que se iluminase la parte superior de los pulmones, pero el consejero no se dio por satisfecho.

–¡Insuficiente! –dijo–. ¿Ve usted las glándulas del *hilus*, ve esas adherencias? ¿Ve esas cavernas? De aquí proceden los venenos que se le suben a la cabeza.

Sin embargo, la atención de Hans Castorp estaba absorbida por una especie de saco, una masa más densa que se movía como un animal y se veía, oscura, detrás de la columna central, a la derecha del espectador... que se dilataba regularmente y se contraía de nuevo, como una medusa flotando en el agua.

–¿Ve su corazón? –preguntó el consejero, levantando su enorme mano del muslo para señalar repetidas veces con el dedo aquella extraña masa que latía.

¡Cielos, era el corazón de Joachim, aquel corazón amante del honor, lo que Hans Castorp estaba viendo!

–Estoy viendo tu corazón –dijo con voz ahogada.

–Pues mira, mira... –respondió Joachim y, sin duda, sonreía resignado, allí en la oscuridad. El doctor Behrens, en cambio, les mandó callar y dejarse de sentimentalismos. Estudiaba las manchas y las líneas, aquella zona negruzca en la cavidad interior del pecho, mientras que Hans Castorp no se cansaba de mirar lo que podía haber sido el fantasma de Joachim, su esqueleto desnudo, aquellos huesos sin carne que no eran sino un *memento* de la muerte. Le invadió un sentimiento de profundo respeto mezclado con un profundo terror.

–Sí, sí, lo veo –repitió varias veces–. ¡Dios mío, lo veo!

Había oído hablar de una mujer, pariente de los Tienappel, muerta desde hacía mucho tiempo, que tenía la suerte o la desgracia de poseer un don particular: veía a las personas que iban a morir pronto en forma de esqueletos. Así veía ahora Hans Castorp al buen Joachim, aunque era gracias a la ciencia física y óptica, con lo cual no habría nada de paranormal y nada de que preocuparse y, además, todo sucedía con la expresa autorización del sujeto en cuestión.

Con todo, comprendía cuán lleno de melancolía debía de haber sido el destino de aquella tía suya, la vidente. Profundamente emocionado por todo lo que veía, es decir, por el hecho de ver aquello, le asaltaban tremendas dudas inconfesables, se preguntaba si todo aquello estaba bien, se preguntaba si aquel espectáculo en aquella oscuridad, entre aquellas chispas y aquellas corrientes, era verdaderamente lícito; y el enorme placer de la indiscreción se mezclaba en su pecho con sentimientos de emoción y piedad.

Claro que, unos minutos más tarde, sería él mismo quien se encontrase en la picota, en plena tempestad, mientras que Joachim, que habría recuperado su carne y su humanidad, comenzaría a vestirse de nuevo. De nuevo el consejero miraría a través del cristal lechoso: esta vez, el interior de Hans Castorp, y de sus exclamaciones a media voz, de sus diversas interjecciones se deduciría que lo que encontraba respondía a lo esperado. Aún tendría la amabilidad de ceder a los reiterados ruegos del paciente, y permitirle contemplar su propia mano a través de la pantalla luminosa. Y Hans Castorp vería lo que había esperado, aunque, en realidad, no estuviera hecho para ser visto por el hombre, y aunque él nunca hubiera creído que llegara a verlo: Hans Castorp vería el interior de su propia tumba. Vería el futuro fruto de la descomposición, gracias al poder lo vería anticipadamente; vería la carne que formaba su cuerpo descompuesta, aniquilada, convertida en una niebla evanescente, y en medio de ella —esmeradamente cincelado— vería el esqueleto de su mano derecha, en torno de cuyo anular flotaba, negra y fea, la sortija heredada de su abuelo: duro objeto terrenal con el que el hombre adorna su cuerpo, abocado a descomponerse y a dejarlo otra vez libre para que otra carne pueda lucirlo durante otro lapso de tiempo. Con los ojos de aquella tía lejana, de la familia Tienappel, vería ahora una parte de su propio cuerpo, la vería con penetrantes ojos de visionario y, por primera vez en su vida, comprendería que también él habría de morir una vez. Al comprender eso, adoptaría una expresión semejante a la que ponía cuando escuchaba música, una expresión bastante estúpida, adormilada y devota, con la boca entreabierta y la cabeza inclinada sobre el hombro.

El doctor Behrens dijo:

—Da cierta grima, ¿no es cierto? No cabe duda de que resulta un tanto siniestro.

Luego paró el mecanismo. El suelo dejó de vibrar, los fenómenos luminosos desaparecieron y la ventana mágica se envolvió de nuevo en las tinieblas. La lámpara del techo se encendió. Y, mientras Hans Castorp se apresuró a vestirse, Behrens informó a los jóvenes de sus observaciones; eso sí, teniendo en cuenta que eran legos en la materia.

En lo que se refería a Hans Castorp, la radioscopia había confirmado el diagnóstico de la auscultación con toda la precisión que podía exigir la ciencia. Se habían visto tanto las antiguas cicatrices como las recientes zonas «tiernas», así como unas «ramificaciones» que se extendían desde los bronquios hasta bastante dentro del pulmón. «Ramificaciones con nódulos», dijo el doctor. Hans Castorp podría comprobarlo por sí mismo en una pequeña diapositiva que, según lo convenido, le sería entregada próximamente.

—Por lo tanto, reposo, paciencia, disciplina: tomarse la temperatura, comer, echarse, esperar y tomar el té.

El doctor les volvió la espalda. Ellos se marcharon. Hans Castorp, al salir detrás de Joachim, miró por encima de su hombro. Conducida por el ayudante, madame Chauchat entraba en el laboratorio.

¿Cuál era en realidad la sensación del joven Hans Castorp? ¿Le parecía que las siete semanas que, demostrablemente y sin duda alguna, había pasado ya entre la gente de allí arriba no habían sido más que siete días? ¿O más bien le parecía que llevaba en aquel lugar mucho más tiempo del que había pasado de verdad? Se lo preguntaba tanto a sí mismo como a Joachim, pero no conseguía resolver el enigma. En el fondo, tenía ambas sensaciones; cuando miraba en retrospectiva el tiempo que había pasado en el sanatorio, le parecía a la vez de una brevedad y de una duración muy poco naturales, y el único aspecto de este tiempo que se le escapaba era su duración real (admitiendo, a priori, que el tiempo es algo natural y que es posible aplicarle la noción de realidad).

En cualquier caso, estaba a punto de comenzar el mes de octubre; de un día a otro llegaría. Para Hans Castorp era fácil calcularlo y, además, siempre se daba alguna referencia en la conversación entre los pacientes.

¿Sabe que dentro de cinco días estaremos de nuevo a primeros de mes? —oyó decir a Herminie Kleefeld dirigiéndose a dos jóvenes de su mesa: el estudiante Rasmussen y el joven de los labios carnosos llamado Gänser. Después de la comida principal, a modo de sobremesa, se hacía un poco de tertulia en el comedor, retrasando el momento de echarse a reposar.

—¡Uno de octubre! Lo he visto en el calendario de la oficina. Es el segundo que paso en este lugar de placer. Bueno, por fin ha pasado el verano, si es que hemos tenido verano, porque nos lo han robado... Como nos van robando la vida en general...

Y suspiró con su medio pulmón, meneando la cabeza y elevando hacia el techo aquellos ojos cegados por la estupidez.

—Alégrese, Rasmussen —añadió luego, y le dio una palmada en uno de sus caídos hombros—. ¡Cuéntenos algún chiste!

—Casi no me sé ninguno... —respondió Rasmussen, con los brazos encogidos y las muñecas relajadas a la altura del pecho, como si las manos fueran dos aletas— y, encima, no los recuerdo de lo fatigado que estoy siempre.

—Ni un perro —dijo Gänser entre dientes— querría seguir viviendo así.

Y se rieron encogiéndose de hombros.

Pero también Settembrini, con su palillo en la boca, se había acercado a Hans Castorp y dijo:

—No les crea, ingeniero, no les crea nunca cuando se quejan. Lo hacen todos, sin excepción, y en el fondo están aquí más a gusto que en su casa. Llevan una vida de zánganos y aún pretenden inspirar lástima. ¡Se creen con derecho a la amargura, la ironía y el cinismo! «¡En este lugar de placer!» ¿No es acaso un lugar de placer? Pues claro que lo es, pero en el sentido más ambiguo de la palabra. «Robado», dice esa mujer. «En este lugar de placer, robándole a una la vida.» ¿Qué sabrá ella? Enviadla de vuelta allá abajo y le aseguro que no vivirá más que para volver aquí arriba lo antes posible. ¡Ah, sí, la ironía! ¡Guárdese usted de la ironía que aquí prolifera, ingeniero! ¡Guárdese en general de esa actitud! Cuando no es una forma directa y clásica de la retórica, perfectamente inteligible para una mente sana, la ironía se convierte en una frivolidad, en un obstáculo para la civilización, en un sucio coqueteo con la desidia, en un vicio. Como la atmósfera en que vivimos parece ser muy favorable para el desarrollo de esa planta cenagosa, espero, o mejor dicho: me temo que usted me comprende.

En efecto, eran palabras que Hans Castorp habría oído como quien oye llover de habérselas dicho el italiano allá abajo, en el mundo de la llanura, siete semanas atrás. Sin embargo, su estancia allí arriba le había sensibilizado: sensibilizado en cuanto a su capacidad de comprensión intelectual, aunque también en el sentido de que habían despertado en él cierta simpatía hacia Settembrini, lo cual es mucho más significativo.

Pues, si bien en el fondo de su alma se sentía feliz de que Settembrini, después de todo lo que había sucedido, continuase hablándole como antes, instruyéndole e intentando ejercer cierta influencia sobre él, su capacidad de razonamiento aún llegaba más lejos de la mera comprensión y, al juzgar las palabras del italiano, se negaba, hasta cierto punto, a suscribirlas.

«¡Vaya, vaya! –pensaba–. Habla de la ironía en los mismos términos en que habla de la música. Ahora sólo falta que la califique de "políticamente sospechosa", para ser exactos: a partir del instante en que deja de ser "un medio de enseñanza directa y clásica". Pero ¿qué sería?, una ironía que "en ningún momento pudiera dar lugar al equívoco". Vamos, digo yo, puesto que también tengo derecho a opinar. ¡Una ridiculez de "maestro de escuela"!»

Tal es la ingratitud de la juventud en vías de formarse. Acepta regalos para luego sacarles los defectos.

No obstante, verbalizar directamente sus reservas le pareció demasiado osado. Limitó, pues, sus objeciones a la opinión de Settembrini sobre Herminie Kleefeld, que le había parecido injusta o que, por las razones que fuera, él quería interpretar como tal.

–Pero está enferma... –dijo–, y muy gravemente, por cierto. Tiene todos los motivos para estar desesperada. ¿Qué puede usted esperar de ella?

–Enfermedad y desesperación –dijo Settembrini– a menudo tampoco son más que distintas formas de frivolidad.

«¿Y qué pasa con Leopardi –pensó Hans Castorp–, que, probablemente, incluso perdió la fe en la ciencia y en el progreso? ¿Y usted mismo, señor maestro, acaso no está también enfermo y no ha venido a parar aquí arriba? No sé yo qué diría Carducci a esto.»

Y en voz alta añadió:

–Pero, bueno, hombre... Esa señorita puede pasar a mejor vida cualquier día de éstos... ¡Y llama usted a eso frivolidad! Tendrá que explicarse con mayor claridad. Si usted dijese: a veces la enfermedad es consecuencia de la frivolidad, eso ya sería más plausible...

—Pero que muy plausible —dijo Settembrini—. ¿Estaría usted de acuerdo con que me limitase a eso?

—O bien si usted dijese: la enfermedad es, en ciertas ocasiones, pretexto para la frivolidad... Eso también lo admitiría.

—*Grazie tante!*

—Pero ¿la enfermedad una forma de frivolidad? Es decir: no un fruto de la frivolidad, sino ella misma una frivolidad. ¡Eso es paradójico!

—¡Se lo ruego, ingeniero, déjese de retorcer las cosas! Desprecio las paradojas, las odio. Convengamos que todo cuanto he dicho respecto a la ironía también es aplicable a la paradoja, y aún con mayor razón. ¡La paradoja es la flor venenosa del estatismo, una aberración del espíritu en descomposición, la peor de las frivolidades! Además, compruebo que usted vuelve a defender la enfermedad...

—No, no... Lo que usted dice es interesante. Me recuerda a algunas de las cosas que dice el doctor Krokovski en sus conferencias. Él también considera la enfermedad orgánica como un fenómeno secundario.

—No es un purista.

—¿Qué tiene usted contra él?

—Eso mismo.

—¿No le gusta a usted el análisis que él hace?

—No siempre. A veces muchísimo, otras muy poco; eso depende, ingeniero.

—¿A qué se refiere?

—El análisis es bueno como instrumento para la ilustración y la civilización, es bueno en la medida en que destruye convicciones estúpidas, disipa prejuicios naturales y hace tambalearse los cimientos de la autoridad; en otros términos: es bueno en la medida en que libera, afina, humaniza y prepara a los siervos para la libertad. Es malo, muy malo, en la medida en que impide la acción, daña las raíces de la vida y es incapaz de darle una forma a esa vida. El análisis puede ser algo muy poco apetecible, tan poco apetecible como la muerte, de la que en realidad es parte... Está emparentado con la tumba y esa anatomía que la acompaña.

«Ahí queda eso», pensó Hans Castorp, como siempre que Settembrini exponía una de sus tesis. Pero se limitó a decir:

—Por cierto, el otro día aprendí lo que es la anatomía visualizada en ese sótano que en realidad no es tal sótano. Al menos Behrens la llamó así cuando nos miró por rayos.

—¡Vaya! ¿También ha pasado por esa etapa? ¿Y qué tal?

—Vi el esqueleto de mi mano —dijo Hans Castorp, esforzándose en evocar los sentimientos que había despertado en él aquella visión—. ¿Ha visto usted el suyo alguna vez?

—Pues no, mi esqueleto no me interesa en absoluto. ¿Y el diagnóstico médico?

—Vio ramificaciones. Ramificaciones con nódulos.

—¡Menudo diablo!

—Otra vez ya llamó así al doctor Behrens, ¿qué quiere decir?

—Puede estar seguro de que es un calificativo muy acertado.

—No; es usted injusto, señor Settembrini. Le concedo que el doctor tiene sus debilidades. Personalmente, su manera de hablar me resulta desagradable a la larga, es un tanto forzada, sobre todo cuando recuerdo que aquí sufrió el gran dolor de perder a su mujer. Pero, después de todo, ¿no es honorable y de gran mérito? En suma, es un bienhechor de la humanidad que sufre. Hace poco me lo encontré cuando salía de una operación, la extirpación de una costilla, un caso en el que se lo jugaba todo. Me causó una gran impresión verle volver de un trabajo tan difícil y útil y que él conoce tan bien. Estaba todavía muy excitado, y como recompensa había encendido un puro. Le envidié.

—Muy amable por su parte. ¿Y cuántos meses de condena le ha impuesto?

—No me indicó la duración.

—Eso tampoco está mal. En fin, vayamos a echarnos, íñgeniero. Marchemos a ocupar nuestros puestos.

Se separaron delante de la habitación número 34.

—¿Sube usted a la azotea, señor Settembrini? Debe de ser mucho más divertido reposar en compañía que solo. ¿Se divierten ustedes? ¿Son interesantes sus compañeros de cura?

—¡Bah, no hay más que partos y escitas!

—¿Quiere decir rusos?

—Y rusas... —dijo Settembrini, y la comisura de sus labios se curvó maliciosamente—. Hasta la vista, ingeniero.

Era obvio que lo había dicho con segundas intenciones, no cabía duda. Hans Castorp se metió en su habitación consternado. Entonces ¿Settembrini sabía lo que le pasaba? Le habría estado espiando como buen pedagogo, habría seguido la dirección de sus ojos. Hans Castorp estaba furioso contra el italiano y contra sí mismo, porque, por no haberse sabido dominar, se había expuesto a aquel aguijonazo.

Mientras preparaba la pluma y el papel para llevárselos a la terraza mientras reposaba —pues ya no era posible esperar más y había que escribir una carta a la familia: la tercera—, continuó irritándose, farfulló alguna que otra palabra contra aquel farsante y aquel filósofo de pacotilla, que se inmiscuía en lo que no le importaba, cuando él mismo piropeaba a las muchachas en plena calle. Desde luego, no se sentía en disposición de escribir... Aquel «charlatán», con sus indirectas, había acabado con su buen humor. De todos modos, necesitaba ropa de invierno, dinero, ropa blanca, zapatos, todo lo que se habría llevado de haber sabido que no iba a pasar allí arriba tres semanas de verano, sino una temporada de duración indefinida que, eso sí, abarcaría parte del invierno —si no sobre todo el invierno, teniendo en cuenta el concepto que se tenía del tiempo «entre nosotros, aquí arriba»—. Y eso —o al menos la posibilidad de que eso ocurriera— era lo que deseaba comunicar a los de allá abajo. Esta vez era un asunto serio, tenía que decir las cosas claras y no engañarse ni engañarles a ellos por más tiempo.

Con este espíritu escribió, procediendo como se lo había visto hacer muchas veces a Joachim, esto es: recostado en la tumbona, con la estilográfica y con una carpeta sobre las rodillas para apoyar el papel. Utilizó nuevamente el papel de cartas del sanatorio, del cual tenía una buena provisión en el cajón del escritorio, para dirigirse a James Tienappel, hacia quien sentía más afecto que hacia los otros dos tíos, y le rogó que pusiese al cónsul al corriente. Habló de un lamentable incidente, de temores que se habían confirmado, de la necesidad, comprobada por los médicos, de que pasara allí parte del invierno... o tal vez todo el invierno, pues los casos como el suyo solían ser muy persistentes —mucho más que otros de apariencia más grave—, y más valía atajarlos con firmeza y terminar con la enfermedad de una vez por todas. Desde este punto de vista —dijo—, era una verdadera suerte haber subido allí arriba y que, por casualidad, le hubiesen auscultado. De otro modo, se habría ignorado su estado durante no se sabe cuánto tiempo y era muy probable que tal descuido hubiera acabado pasándole factura. En cuanto a la duración del tratamiento, no sería de extrañar que tuviese que pasar allí todo el invierno, y difícilmente podría bajar de la alta montaña antes que Joachim. El concepto de tiempo era completamente diferente en aquel lugar; el mes era la unidad más pequeña y, además, uno solo prácticamente no contaba...

Hacía frío y Hans Castorp tuvo que escribir con el abrigo puesto, envuelto en las mantas y con las manos enrojecidas. A veces levantaba la vista del papel, que se iba llenando de frases sensatas y convincentes, y miraba el paisaje que ya le era familiar y que ya apenas se veía: aquel valle alargado, con las lejanas cumbres de cristal, su fondo salpicado de casitas que el sol hacía brillar de vez en cuando, las laderas rocosas o boscosas y las praderas de donde llegaban sonidos de cencerros. A cada momento escribía con más facilidad y no comprendía cómo había podido tener tanto miedo a redactar aquella carta. Al escribir, se convencía a sí mismo de que sus explicaciones eran absolutamente convincentes y que, sin duda, encontrarían una completa aprobación en casa de sus tíos. Un joven de su clase y en su situación se cuidaba cuando parecía necesario, y aprovechaba las comodidades especialmente hechas para las gentes de su condición. Eso era lo que había que hacer. Si hubiese vuelto al llano con una noticia como aquella, de inmediato le habrían enviado de vuelta al sanatorio. Pidió que se le mandasen las cosas que precisaba. Rogó también que le enviasen regularmente el dinero necesario. Una mensualidad de ochocientos francos cubriría todas sus necesidades.

Firmó. Ya estaba hecho. Aquella tercera carta para los de allá abajo era lo bastante extensa, tal vez no lo era según el concepto de tiempo que reinaba en el llano, pero sí según el que se hallaba en vigor allí arriba, en la alta montaña. Consolidaba la «libertad» de Hans Castorp. Ésa era la palabra que tenía en mente; no la pronunció, sino que sólo formó interiormente sus sílabas, pero pensaba en ella en su sentido más amplio, tal como había aprendido a hacer allí arriba, en un sentido que no tenía nada que ver con el que Settembrini le daba. Un repentino sentimiento de horror y excitación que ya le era conocido le invadió de repente, haciendo temblar su pecho al suspirar.

Sentía la cabeza pesada de tanto escribir y sus mejillas ardían. Cogió el termómetro de la mesita de noche y se tomó la temperatura, como si tratase de aprovechar la ocasión. El mercurio subió a 37,8.

—¿Lo veis? —exclamó Hans Castorp, y añadió la siguiente posdata: «Esta carta me ha fatigado. Tengo en este momento 37,8. Veo que, por el momento, es preciso que esté tranquilo. Debéis perdonarme si sólo os escribo de tarde en tarde».

Luego se tumbó y elevó su mano hacia el cielo, con la palma vuelta hacia fuera, igual que había hecho para verla a través de la pantalla luminosa. La luz del cielo, sin embargo, dejó intacta la forma viviente, su claridad hizo la materia incluso más sombría y más opaca, y únicamente los contornos exteriores se veían iluminados por un resplandor rojizo. Era la mano viva que Hans Castorp estaba acostumbrado a ver, a lavar y a utilizar, no aquel extraño esqueleto que había visto en la pantalla. La tumba abierta que el análisis le había dejado ver se había vuelto a cerrar.

Caprichos del mercurio

Octubre comenzó como suelen comenzar todos los meses. El comienzo en sí mismo es completamente discreto y silencioso, no presenta ningún signo especial, marca ninguna de fuego; el nuevo mes empieza a correr de una manera que escapa fácilmente a la atención cuando uno no se rige por un orden estricto. El tiempo, en realidad, no presenta ninguna cesura, no estalla una tormenta ni suenan las trompetas cada vez que se inicia un nuevo mes o un nuevo año, ni siquiera cuando se trata de un nuevo siglo; son los hombres quienes disparan cañonazos y tocan las campanas para celebrarlo.

En el caso de Hans Castorp, el primer día de octubre no difirió en nada del último de septiembre; el tiempo fue tan frío y desapacible como lo había sido entonces, y los días siguientes tampoco fueron distintos. Para la cura de reposo hacía falta el abrigo de invierno y las dos mantas de pelo de camello, no sólo por las noches, sino también durante el día. Los dedos que sostenían el libro se quedaban húmedos y rígidos, a pesar de que las mejillas ardían con un calor seco, y Joachim estuvo muy tentado de recurrir a su saco de pieles; si renunció a ello fue para no acostumbrarse a utilizarlo antes de tiempo.

No obstante, unos días más tarde —entre principios y mediados de mes— todo cambió, y un verano tardío estalló con tal esplendor que la sorpresa fue general. Lo cierto es que

Hans Castorp había oído alabar el mes de octubre de esos parajes. Durante dos semanas y media, un espléndido cielo azul brilló sobre la montaña y el valle, cada día era de un azul aún más límpido que el anterior, y el sol calentaba con tanta fuerza que todo el mundo volvió a sacar la ropa de verano más ligera, los vestidos de muselina y los pantalones de hilo que habían sido relegados, e incluso las grandes sombrillas que se fijaban directamente en uno de los brazos de la tumbona por medio de un ingenioso mecanismo −el palo tenía una serie de agujeros en los que se encajaba una pequeña pieza que, a su vez, mantenía la tensión de las varillas− y que, al mediodía, aún eran insuficiente protección contra los ardores del astro rey.

−Ha sido una suerte para mí seguir aquí y poder disfrutar de estos días −dijo Hans Castorp a su primo−. Con lo malo que ha sido. Ahora se diría que ya ha pasado el invierno y que se acerca otra vez el buen tiempo.

Tenía razón. Pocos signos indicaban la estación en la que realmente estaban, e incluso los que había eran poco significativos. Aparte de algunos arces plantados *ex profeso* allá abajo en Davos Platz, que desde hacía tiempo habían dejado caer sus hojas desalentados, no se veían más que árboles de hojas perennes que no daban al paisaje el aspecto propio de la estación, y únicamente el aliso de los Alpes, que tiene agujas blandas y las renueva como hojas, mostraba la típica calvicie otoñal. Los otros árboles que ornaban el paraje, altos o pequeños, eran coníferas eternamente verdes, resistentes al invierno, el cual, con una duración indefinida, podía traer tormentas de nieve durante todo el año; y únicamente el color parecido al del óxido en sus múltiples matices del bosque revelaba que, a pesar del ardor estival del cielo, el año se acercaba a su fin. Cierto es que, observando de cerca, las flores de los prados aportaban un silencioso indicio de la fecha que corría. Ya no se veían las orquídeas, las matas que aún adornaban las laderas cuando llegó nuestro visitante, ni tampoco florecía ya el clavel silvestre. Tan sólo crecían la genciana y el cólquico de tallo corto y, poniendo un toque de frescura al caluroso ambiente, una frescura que llegaba a hacer estremecer a quien se tumbaba en el campo a reposar, del mismo modo en que los escalofríos sacuden al enfermo que arde de fiebre.

Así pues, Hans Castorp no contaba con ese orden interior que permite al hombre llevar la cuenta del tiempo, tomar conciencia de su curso, subdividirlo, y nombrar sus unidades discretas. No se había dado cuenta del callado despertar del décimo mes. Solamente era capaz de captar lo sensible —el ardor del sol, que encerraba aquella secreta frescura—; una sensación cuya intensidad era nueva para él y le invitaba a una comparación culinaria: le recordaba —según comentó a Joachim— a una «*omelette et surprise*» una tortilla dulce y caliente rellena de helados. Decía con frecuencia cosas semejantes, pero las decía deprisa, como de pasada y con una voz temblorosa, como un hombre aterido de frío pero con la piel ardiente. Naturalmente, también pasaba largos intervalos en silencio, por no decir encerrado en sí mismo; pues si bien su interés estaba dirigido hacia el exterior, se canalizaba en un solo punto. Todo lo demás —hombres y cosas— se disolvía en una especie de nebulosa, en una nebulosa producto del cerebro de Hans Castorp y que el consejero Behrens y el doctor Krokovski sin duda hubieran calificado de «producto de las toxinas del cuerpo enfermo». El joven se lo repetía a sí mismo, sin que esta conciencia de su estado le proporcionase las mínimas fuerzas ni siquiera el más mínimo deseo de liberarse de su embriaguez.

Pues la embriaguez de que hablamos se basta a sí misma, y nada se le antoja más desagradable o más odioso que la sobriedad. Este estado de embriaguez incluso se resiste a cualquier impresión que pudiera disiparlo, se cierra en banda con tal de permanecer intacto. Hans Castorp sabía y anteriormente había comentado que madame Chauchat perdía mucho encanto vista de perfil; su rostro parecía entonces un poco duro y no tan joven. ¿Consecuencia? Evitaba mirarla de perfil, cerraba literalmente los ojos cuando ella, casualmente, de cerca o de lejos, le ofrecía ese ángulo. Le dolía. ¿Por qué? Ahí su sentido común debería haber aprovechado la oportunidad para imponerse... Pero ¿qué se puede esperar...? El joven palidecía de emoción cuando Clavdia Chauchat, en aquellos días magníficos, de nuevo acudía al segundo desayuno con aquellas blusas blancas de encaje que llevara en los días de calor, y que la hacían tan extraordinariamente atractiva cuando irrumpía en la sala con retraso y dando un portazo, sonreía y, con los brazos ligeramente levantados, cada uno a una altura, atravesaba el comedor siendo el blanco de todas las miradas.

Hans Castorp estaba entusiasmado, y no solamente por verla tan guapa, sino también porque aquello hacía más espesa la dulce nebulosa que flotaba en su cabeza, porque reforzaba aquel estado de embriaguez que se basta a sí mismo y no desea sino verse justificado y alimentado.

Ante semejante falta de sentido común, un observador tan suspicaz como Lodovico Settembrini habría hablado de frivolidad, «de una forma de frivolidad». Hans Castorp recordaba a veces las novelescas ideas sobre la «enfermedad y la desesperación» que éste había expuesto y que le habían parecido incomprensibles (o al menos eso había querido dar a entender).

Miraba a Clavdia Chauchat, con sus hombros relajados y su cuello estirado hacia delante; la veía llegar al comedor siempre con gran retraso, sin razón ni excusa, simplemente por falta de orden y por desidia; la veía, como consecuencia de ese mismo defecto fundamental, dando portazos por dondequiera que pasara; la veía hacer bolitas de miga de pan y a veces morderse los padrastros de las uñas... Entonces, un presentimiento sin palabras nacía dentro de él: si estaba enferma —y, sin duda, estaba enferma, casi desahuciada a juzgar por el tiempo que llevaba allí y las veces que había tenido que ingresar— su enfermedad era, si no del todo al menos en una buena parte, de naturaleza moral y, además, como afirmaba

Settembrini, dicha enfermedad no era la causa o la consecuencia de su «dejadez», sino que enfermedad y dejadez eran una misma cosa. Recordó también el gesto desdeñoso con el que el humanista había aludido a los «partos y escitas» con los cuales tenía que hacer su cura de reposo, un gesto de desprecio y de rechazo natural y espontáneo que no hacía falta justificar y que Hans Castorp conocía por sí mismo de otro tiempo, de aquel otro tiempo en el que él mismo mantenía la espalda rectísima en la mesa, odiaba los portazos con toda su alma y jamás se veía tentado de morderse las uñas (para empezar, porque a cambio tenía los María Mancini), aquel otro tiempo en el que no habría podido reprimir su estupor ante la mala educación de madame Chauchat ni tampoco cierto sentimiento de superioridad al oír a la extranjera de los ojos achinados intentando expresarse en alemán.

Ahora, sin embargo, dada la situación emocional en que se hallaba, Hans Castorp se había liberado completamente de tales prejuicios, y era más bien el italiano quien le ofendía, porque éste, en su ignorancia, había hablado en general de «partos y escitas» y con tal epíteto no se había referido ni mucho menos a los que se sentaban a la mesa de los rusos ordinarios en exclusiva, a aquellos estudiantes de cabellos demasiado espesos que no llevaban ropa interior y discutían sin cesar en esa lengua bárbara suya, la única que parecían conocer y cuya fonética sin aristas hacía pensar en un tórax sin costillas como el que el consejero Behrens había descrito recientemente. Era indudable que las costumbres de aquellas gentes pudieran despertar un rechazo bastante fuerte en un humanista como Settembrini. Comían con el cuchillo y ensuciaban los aseos de un modo indescriptible. Settembrini aseguraba que uno de los miembros de aquella mesa, un estudiante de medicina próximo a terminar la carrera, había demostrado no saber ni una palabra de latín (por ejemplo, no había sabido lo que era un *vacuum*); y, según la experiencia diaria de Hans Castorp, la señora Stöhr no mentía cuando contaba, en la mesa, que, cuando el masajista llegaba por las mañanas a la hora de las friegas, siempre se encontraba al matrimonio de la habitación número 32 en la cama.

Si todo eso era verdad, aquella evidente diferenciación entre «rusos distinguidos» y «rusos ordinarios» no existía, pues, en vano, y Hans Castorp se decía a sí mismo que todo cuanto podía hacer era encogerse de hombros ante un vil propagandista de la República y el bello estilo el cual, con toda su arrogancia y su frialdad –frialdad, sí, literalmente, a pesar de que también él tuviera fiebre y estuviera como borracho–, confundía burdamente a los rusos de ambas mesas bajo aquella etiqueta de «partos y escitas». El joven Hans Castorp comprendía perfectamente en qué sentido lo había dicho Settembrini. Él mismo ya había empezado a ver la relación entre la enfermedad de madame Chauchat y su «dejadez». Pero sucedía lo que un día había descrito a Joachim: al principio, uno siente irritación y rechazo pero, de pronto, surge «algo completamente diferente» y que «no tiene nada que ver con el sentido común...». ¡Y se acabó el rigor moral! Toda posible influencia pedagógica relacionada con la República y la oratoria le resbala. ¿Qué es ese «algo» –nos preguntamos, con el mismo espíritu de Lodovico Settembrini–, cuál es ese misterioso contratiempo que paraliza y anula el sentido común, que priva al hombre del derecho a usarlo, o mejor dicho: le insta a renunciar a tal derecho en aras de la más insensata enajenación? No pedimos saber su nombre, pues todo el mundo lo conoce. Nos preguntamos sobre su naturaleza moral y –lo confesamos francamente– no esperamos recibir una respuesta muy elocuente.

En el caso de Hans Castorp, la extraña naturaleza de dicho fenómeno se manifestó en la medida en que no sólo dejó de juzgar con sensatez, sino que por su parte comenzó a imitar ciertos aspectos de aquella forma de vida que le había embrujado. Quiso conocer los sentimientos que se experimentaban sentándose a la mesa de cualquier manera y con los hombros relajados, y vio que era un gran descanso para los músculos de la cintura. Luego probó a no esmerarse en cerrar las puertas por las que entraba, dejando que se cerrasen por sí mismas, y esto también le pareció bastante cómodo y admisible; correspondía al significado de aquel gesto de encogerse de hombros con que Joachim le recibiera antaño en la estación, y que tanto veía hacer a las gentes de allí arriba.

En pocas palabras: nuestro joven protagonista estaba perdidamente enamorado de Clavdia Chauchat. Usamos nuevamente esa palabra porque creemos haber disipado lo suficiente los malentendidos a que podría dar lugar. Y no era un amor tierno y sosegado como el que evocaba aquella cancioncilla sentimental, sino más bien una variante bastante atrevida y desazonadora de esa enajenación, una mezcla de frío y calor, como la que siente un hombre febril o la que puede provocar un día de octubre en la alta montaña. Lo que faltaba era justo ese punto de sosegada ternura que habría podido armonizar ambos extremos.

El amor de Hans Castorp se manifestaba, por una parte, con una inmediatez que hacía palidecer al joven y le desencajaba el rostro al ver la rodilla de madame Chauchat, la línea de su pierna, su espalda, su vértebra cervical asomando por encima del cuello de la blusa y sus brazos cruzados que comprimían sus pequeños pechos; en una palabra: su cuerpo, aquel cuerpo de una carnalidad terriblemente acentuada por la enfermedad, aquel cuerpo convertido doblemente en cuerpo. Por otra parte, también era un sentimiento sumamente fugaz y evanescente, una idea, no: un sueño; un sueño espantoso e infinitamente seductor de un joven que no habría sabido responder a ciertas preguntas, muy precisas aunque formuladas de manera inconsciente, sino con un completo silencio. Como todo el mundo, reivindicamos el derecho de hacer nuestras reflexiones personales respecto a los hechos aquí relatados, y nos atrevemos a suponer que Hans Castorp nunca hubiese rebasado el plazo que se había fijado originariamente para su permanencia en el sanatorio, ni siquiera hasta el punto en que nos hallamos, si su alma sencilla no hubiese encontrado en las profundidades del tiempo una respuesta, de algún modo satisfactoria, respecto al sentido y fin de la vida.

Por lo demás, su enamoramiento le infligía todo el dolor y le procuraba todas las alegrías que acompañan a este estado en todas las ocasiones y circunstancias. El dolor es penetrante, contiene un elemento de humillación, como todos los dolores, y responde a tal desequilibrio del sistema nervioso que corta la respiración hasta el punto de arrancar amargas lágrimas a un hombre adulto. Para hacer justicia también a las alegrías, añadiremos que éstas eran numerosas y, aunque se debieran a motivos insignificantes, no eran menos profundas que el dolor. Podían brotar en todo momento del día en el Berghof. Por ejemplo: a punto de entrar en el comedor, Hans Castorp se da cuenta de que el objeto de sus anhelos está detrás de él. El desenlace es conocido de antemano y es de lo más simple, pero le exalta interiormente hasta el punto de hacer saltar sus lágrimas. Los ojos de ambos se encuentran, los de Hans Castorp y esos ojos grisáceos cuya forma ligeramente achinada le fascina. Está fuera de sí e, inconscientemente, se aparta para dejarla pasar por la puerta. Con una levísima sonrisa y un «*merci*» a media voz, ella aprovecha el ofrecimiento −un simple gesto de cortesía− y entra en el comedor delante de él. Presa del embrujo de aquel fugaz contacto, se siente enloquecer de gozo por aquel feliz encuentro y por el hecho de que «una sola palabra de su boca», ese «*merci*», le haya sido directa y personalmente regalada. La sigue, se dirige con paso trémulo hacia su mesa, a la derecha de la puerta, y, mientras se deja caer en la silla, comprueba que Clavdia, tomando asiento a su vez al otro lado del salón, se vuelve hacia él con gesto de estar reflexionando sobre tal encuentro (o así se lo parece a él).

¡Qué increíble aventura! ¡Qué felicidad, qué gran triunfo y qué infinito regocijo! No, Hans Castorp nunca hubiera sentido la embriaguez de un gozo tan fantástico al mirar a cualquier jovencita sana a la que, en el mundo de allá abajo, con toda corrección, sosiego y con toda probabilidad de salir victorioso, hubiese podido «entregar su corazón», como rezaba nuestra –ya célebre– cancioncilla. Con una excitación febril saluda a la institutriz, que lo ha visto todo y se ha ruborizado, tras lo cual literalmente bombardea a la señorita Robinson con un torrente de palabras en inglés hasta tal punto carentes de sentido que ésta, poco acostumbrada a tales momentos de éxtasis, incluso se siente abrumada y le dirige una mirada llena de recelo.

Otra vez resulta que, durante la cena, los claros rayos del sol poniente caen sobre la mesa de los «rusos distinguidos». Han corrido las dobles cortinas de las puertas de la veranda, pero en alguna parte ha quedado una rendija a través de la cual la luz roja, fría pero deslumbrante, se abre camino para herir certeramente la cara de madame Chauchat de manera que, mientras charla con su compatriota de la derecha, el del pecho hundido, ella tiene que resguardarse con la mano. Es una molestia, pero tan ligera que nadie se preocupa; la propia interesada apenas es consciente de esa pequeña contrariedad. Hans Castorp, en cambio, recorre la sala con la mirada y se detiene un instante. Estudia la situación, sigue la dirección del rayo y localiza el punto por donde penetra el sol. Es por la ventana ojival, allá detrás, a la derecha, en el rincón entre una de las puertas de la galería y la mesa de los rusos ordinarios, bastante lejos del sitio de madame Chauchat y casi tan lejos de él mismo. Entonces toma una decisión. Sin decir palabra, se pone en pie, con la servilleta en la mano, atraviesa el comedor sorteando las mesas, cierra bien las dos cortinas de color crema, se cerciora –con una mirada por encima del hombro– de que la luz de poniente ha dejado de filtrarse y de que madame Chauchat ha quedado liberada y, luego, haciendo un ímprobo esfuerzo por parecer indiferente, vuelve a su sitio. Un joven atento que hace lo que hay que hacer ya que a nadie más se le ocurre hacerlo... Muy pocos se dieron cuenta de aquella intervención, pero madame Chauchat se sintió aliviada de inmediato y se dio la vuelta. Conservó esa postura hasta que Hans Castorp hubo ocupado de nuevo su sitio y, al sentarse, miró hacia ella. Entonces Clavdia le dio las gracias con una sonrisa llena de sorpresa y cordialidad, es decir: estiró el cuello, pero no ladeó la cabeza. Él acusó recibo con una ligera inclinación. Su corazón estaba petrificado, parecía haber dejado de latir. Más tarde, cuando todo hubo pasado, comenzó a martillear sin freno, y fue entonces cuando se dio cuenta de que Joachim tenía los ojos bajos, discretamente fijos en su plato; como también advirtió —a título pasado— de que la señora Stöhr había dado un codazo al doctor Blumenkohl y miraba de reojo a los demás intentando contener la risa...

Referimos hechos cotidianos, pero lo cotidiano se vuelve extraordinario cuando se desarrolla sobre una base fuera de lo ordinario. Entre Hans Castorp y madame Chauchat había tensiones y momentos de alivio en que tal tensión se relajaba, y si no exactamente entre ambos (pues no vamos a entrar en si madame Chauchat compartía los mismos sentimientos o hasta qué punto lo hacía), sí al menos en la imaginación y las emociones de Hans Castorp.

Después de comer, en aquellos espléndidos días, gran parte de los internos tenía la costumbre de salir a la terraza situada delante del comedor para tomar el sol en pequeños grupos. La veranda estaba, pues, muy animada durante un cuarto de hora y se creaba un ambiente similar al de los domingos en que había concierto allí, uno de cada dos. Los jóvenes, absolutamente ociosos, ahítos de platos de carne y de dulces y todos ligeramente febriles, charlaban, flirteaban y se lanzaban miraditas unos a otros. La señora Salomon, de Amsterdam, iba a sentarse contra la balaustrada, en el escaso espacio que quedaba entre las rodillas de Gänser, el de los labios tan carnosos, de un lado, y del otro el gigante sueco, el cual, aunque completamente restablecido, prolongaba su estancia allí para una pequeña cura suplementaria. La señora Iltis debía de ser viuda, pues disfrutaba, desde hacía poco, de la compañía de un «novio» de aspecto melancólico y sumiso, cuya presencia no impedía a la dama dejarse cortejar, al mismo tiempo, por el capitán Miklosich, un hombre de nariz ganchuda, bigote untado de pomada, pecho prominente y ojos amenazadores. Entre las habituales aficionadas al *solarium*, de diferentes nacionalidades, se encontraban figuras nuevas, recién llegadas el primero de octubre, cuyos nombres Hans Castorp aún desconocía, y también algunos caballeros del tipo del señor Albin: muchachos de diecisiete años que llevaban monóculo, un joven holandés con gafas, de cara rosada y con una pasión desmesurada por el intercambio de sellos, algunos griegos con mucha gomina en el pelo y ojos almendrados, muy dados a propasarse en la mesa, y dos jovencitos muy peripuestos e inseparables a los que apodaban «Max y Moritz», como a los célebres personajes de Wilhelm Busch, y que eran famosos por sus frecuentes escapadas nocturnas al pueblo. El mexicano jorobado, cuya ignorancia de las lenguas allí representadas otorgaba a su rostro la expresión de un sordo, tomaba fotografías sin cesar, arrastrando el trípode de un lado a otro de la terraza con una agilidad cómica. También aparecía el doctor Behrens para realizar su viejo truco del cordón del zapato. Y, en alguna parte, siempre en solitario, se ocultaba el devoto caballero de Mannheim, y —para repugnancia de Hans Castorp— sus ojos, de una tristeza infinita, miraban furtivamente en cierta dirección.

Por dar algún ejemplo de esas «tensiones y momentos de alivio», volvamos sobre una ocasión en la que Hans Castorp, sentado en una silla de jardín uno de aquellos días, charlaba animadamente con Joachim, quien a pesar de su resistencia lo había obligado a salir con él a la terraza e instalarse junto a la pared mientras madame Chauchat fumaba un cigarrillo con sus compañeros de mesa, de pie junto a la balaustrada, justo delante de ellos. En realidad, Hans Castorp hablaba para ella, para que ella le oyese. Clavdia le daba la espalda...

Como se ve, aludimos a un caso determinado. La conversación de Joachim no había sido suficiente para alimentar la locuacidad afectada de Hans Castorp, y, con toda intención, había trabado una nueva amistad. ¿Con quién? Con Herminie Kleefeld. Como por casualidad, había dirigido la palabra a la joven, se había presentado a sí mismo y a su primo y había acercado una silla para ella a fin de poder desempeñar mejor su papel en una escena con tres personajes.

¿Se acordaba –le preguntó– del modo tan diabólico en que le había asustado antaño, en aquel su primer paseo matutino? Sí, era él a quien ella había dado la bienvenida con aquel silbido tan impactante. Y, sin duda, había conseguido su propósito, pues –Hans Castorp no tenía reparo en confesarlo ahora– él se había quedado como si le hubieran asestado un mazazo en la cabeza. No tenía más que preguntar a su primo. ¡Ja, ja, ja, silbar con el neumotórax y asustar a los inocentes paseantes! Era un juego perverso, un abuso rayano en la desmesura... Ahora se tomaba la libertad de decírselo abiertamente, movido por su justo rencor...

Y mientras Joachim, consciente de no ser más que una figura secundaria en aquella comedia, permanecía sentado con los ojos bajos, y también la Kleefeld –al ver que Hans Castorp la miraba sin reparar en ella o incluso miraba hacia otro lado– empezaba a tener la indignante sensación de no ser más que un medio para un fin, Hans Castorp siguió hablando en un tono afectado, expresándose con rebuscamiento y con una voz agradablemente timbrada, hasta que por fin logró que madame Chauchat se volviese hacia quien tanto llamaba la atención y le mirase a la cara... aunque sólo por un instante. Porque fue una mirada en la que sus «ojos de Pribislav» resbalaron rápidamente sobre Hans Castorp, que se hallaba sentado con las piernas cruzadas, se detuvieron un instante en el botín amarillo que éste calzaba, con una expresión de indiferencia tan visiblemente intencionada que más bien parecía desprecio –eso: desprecio–, y se dirigieron de nuevo hacia otra parte, con patente flema y tal vez acompañados de una sonrisa.

¡Qué desgracia! ¡Qué terrible desgracia! De entrada, Hans Castorp siguió hablando febrilmente un rato más; luego, cuando tomó conciencia de aquella mirada a sus botines, enmudeció casi a mitad de una frase, y quedó sumido en una profunda consternación. La Kleefeld, aburrida y ofendida, se marchó.

No con cierto retintín, Joachim dijo:

—Ahora ya nos podemos marchar a hacer la cura de reposo.

Y un hombre derrotado, con los labios pálidos, le respondió que, en efecto, se podían ir.

Hans Castorp se resintió de aquel incidente durante dos días enteros, pues no ocurrió nada en el intervalo que hubiese podido actuar como un bálsamo en la ardiente herida. ¿Por qué le había mirado de aquel modo? ¿Por qué aquel desprecio hacia él? ¡En nombre de Dios y la Trinidad! ¿Acaso le consideraba ella un mequetrefe sano de allá abajo en busca de una mera distracción? ¿Le consideraría un ingenuo del mundo de la llanura, un tipo corriente, por así decirlo, que paseaba, reía, se llenaba el estómago y ganaba dinero; un alumno modelo de la vida que no buscaba nada más que los anodinos privilegios del honor? ¿Acaso era un simple turista que sólo iba a estar allí tres semanas y no podía formar parte de su círculo, o no había pronunciado ya los votos al descubrirse que poseía una lesión pulmonar tierna? ¿Acaso no se había situado ya en las filas, como «uno de nosotros, los de aquí arriba», con dos meses cumplidos a sus espaldas, y acaso el mercurio no le había subido a 37,8 la misma noche anterior...?

Pero era justamente eso lo que más le dolía: ¡El mercurio ya no subía! El terrible abatimiento de aquellos días trajo consigo un enfriamiento, una vuelta a la fría cordura, un relajamiento de la tensión fisiológica de Hans Castorp que, para su amarga vergüenza, se traducía en temperaturas muy bajas, apenas por encima de las normales; y le resultaba atroz comprobar que su consternación y su pena no hacían más que alejarle de la manera de sentir y de ser de Clavdia.

Con el tercer día llegó la dulce salvación; llegó por la mañana, muy temprano. Era un magnífico día de otoño, soleado y fresco, con los prados cubiertos de un rocío de plata. El sol y la luna menguante compartían lo más alto de un cielo purísimo. Los primos se habían levantado más pronto que de costumbre para hacer honor a tan bello día y prolongar su paseo matinal un poco más allá del límite reglamentario, siguiendo el sendero del bosque hasta el banco cercano al riachuelo. Joachim, cuya curva también mostraba un bienvenido descenso, había propuesto aquel sugerente infringimiento de la regla, y Hans Castorp no se había negado.

—Estamos curados —dijo—, sin fiebre y desintoxicados, es decir, prácticamente listos para regresar a la vida de allá abajo. ¿Por qué no íbamos a poder desfogarnos un poco?

Se marcharon con la cabeza descubierta —pues, desde que Hans Castorp había hecho sus «votos de enfermo», se había adaptado a la costumbre del lugar de salir sin sombrero, a pesar de la firmeza con que al principio se había opuesto a ello—, y con sus bastones de paseo. No acabarían de recorrer la cuesta arriba del sendero de tierra rojiza y se encontrarían a la altura de donde, aquel primer día, se cruzaron con la Sociedad Medio Pulmón, cuando, a cierta distancia, reconocieron a madame Chauchat caminando despacito; madame Chauchat toda de blanco: suéter blanco, falda de franela blanca y zapatos del mismo color. Su cabello rojizo brillaba al sol de la mañana.

Para ser exactos: Hans Castorp la había reconocido; Joachim no se percató hasta que no empezó a sufrir cómo su primo le arrastraba cuesta arriba a toda velocidad, pues tras quedarse casi paralizado un instante, había emprendido la marcha a un ritmo asfixiante para el pobre Joachim. Aquellas prisas repentinas le resultaban insoportables e irritantes; se le aceleró la respiración y comenzó a resollar. A Hans Castorp, sin embargo, que trotaba ciegamente hacia su objetivo y cuyos órganos parecían funcionar a la perfección, le importó bastante poco; y como Joachim había comprendido la coyuntura, frunció el ceño sin decir nada y siguió como pudo el paso de su primo, pues ahora sí que no debía en modo alguno dejarle adelantarse solo.

La espléndida mañana parecía haber devuelto la vida al joven Hans Castorp. Además, aquella breve fase de depresión le había servido para recuperar los ánimos y en su corazón brillaba la clara certeza de que había llegado el momento en que iba a romperse la maldición que pesaba sobre él. Siguió adelante apretando el paso y arrastrando a Joachim, que estaba sin aliento pero no oponía resistencia, y antes de dar la vuelta al camino, allí donde terminaba la cuesta y, hacia la derecha, conducía a lo largo de la ladera boscosa de la montaña, casi había alcanzado a madame Chauchat. Entonces Hans Castorp aminoró de nuevo la marcha para no llegar a la meta en un estado de fatiga que delatase su esfuerzo. Y, más allá de la curva, con la pendiente a un lado y la pared de la montaña al otro, en medio de los pinos, teñidos de un bello color cobre y entre cuyas ramas se colaban los rayos del sol, ocurrió la esperada maravilla: Hans Castorp, marchando a la izquierda de Joachim, adelantó a la encantadora enferma con paso viril y, en el momento en que pasaba por su derecha, la saludó «muy solícito» (¿por qué tan «solícito», después de todo?) con una sutil reverencia y un «Buenos días», pronunciado a media voz, y obtuvo de ella una contestación. Con un amable movimiento de cabeza y no sin cierta sorpresa, Clavdia le dio las gracias, diciendo a su vez «Buenos días» en la lengua de Hans Castorp. Le brillaban los ojos, y aquella mirada supuso algo muy diferente, más profundo y alentador que aquella otra que lanzara sobre sus botines; era una casualidad feliz y un auténtico giro de ciento ochenta grados hacia la mejor de las mejoras, un progreso inigualable que casi desbordaba los límites de lo verosímil: era la salvación.

Con alas en los pies, deslumbrado por una alegría desbocada, con el gran tesoro de aquel saludo, aquella palabra y aquella sonrisa en su haber, Hans Castorp incluso se adelantó al maltrecho Joachim, quien, en silencio y separado de su primo, miraba la caída de la pendiente.

Hans Castorp le había jugado una mala pasada a su primo, quien casi la veía como una traición y una maldad. El joven Castorp era muy consciente de ello. Cierto es que no había sido exactamente lo mismo que pedirle prestado un lápiz a un desconocido; en realidad, hubiese sido hasta de mala educación pasar al lado de una dama, con la que llevaba meses conviviendo bajo el mismo techo, sin manifestarle cortesía alguna. Además, ¿no había entablado Clavdia una conversación con ellos el otro día, en la sala de espera? Por ese motivo, Joachim no podía decir nada. No obstante, Hans Castorp comprendía perfectamente por qué Joachim, amante del honor por encima de todas las cosas, permanecía en silencio y miraba hacia otra parte, mientras que él se sentía tan ufano y henchido de entusiasmo ante el éxito de su maniobra. Ay, nunca se podría ser tan feliz allá abajo «regalando su corazón» a cualquier muchachita sana, obteniendo una respuesta favorable y aun a sabiendas de que la relación era mil veces más lícita, tenía mil veces más perspectivas de futuro e incluso sería mucho menos tormentosa... No, nadie podía ser tan feliz como él en aquel instante, con aquel tesoro que había conseguido y guardado en el momento propicio... Por eso, después de un rato, dio un fuerte golpe en el hombro a su primo y dijo:

—¡Vamos! ¿Qué te pasa? Hace un tiempo magnífico. Luego bajamos al Casino, ¿qué te parece? Con suerte, hay música. Tal vez toquen *Carmen*, el aria de don José... Pero ¿qué mosca te ha picado?

—No me pasa nada —dijo Joachim—. Aunque tú pareces estar muy excitado. Creo que ya no va a haber modo de que te baje la fiebre.

En efecto, no hubo modo. El humillante enfriamiento del organismo de Hans Castorp había quedado atrás bajo los efectos del saludo que había cambiado con Clavdia Chauchat; para ser exactos, era la conciencia de este hecho lo que le complacía más que nada. Sí, Joachim tenía razón. El mercurio volvía a subir. Cuando Hans Castorp, de vuelta de su paseo, se puso el termómetro, éste subió hasta 38 grados.

LA ENCICLOPEDIA

Si bien ciertas indirectas de Settembrini habían irritado a Hans Castorp, en el fondo tampoco podía extrañarse ni tenía derecho a acusar al humanista de espiarle para después aleccionarle. Hasta un ciego se habría dado cuenta de su estado; por otra parte, él mismo tampoco hacía nada por ocultarlo: cierta nobleza de espíritu y cierta ingenuidad le impedían fingir y ocultar penosamente sus sentimientos; y en eso al menos —y a favor suyo si se quiere— se distinguía del enamorado de los cabellos ralos, el hombre de Mannheim, y de su torturado disimulo. Recordamos y repetimos que el estado en que se encontraba suele ir de la mano de una imperiosa necesidad de confiárselo a alguien y confesarse con alguien, así como de un ciego egocentrismo y una verdadera ansia de llenar el mundo con la propia persona: un comportamiento tanto más fastidioso a nuestros ojos cuerdos cuanto más absurda, irracional y sin visos de futuro parece la historia. Es difícil describir cómo la gente en ese estado comienza a revelar su secreto; parece que no pueden decir ni hacer nada sin delatarse, sobre todo en una sociedad en la cual, como habrá notado el observador sagaz, únicamente se tenían dos cosas en la cabeza: en primer lugar, la temperatura, y en segundo... otra vez la temperatura, es decir: averiguar, por ejemplo, si la señora Wurmbrandt, de Viena, la esposa del cónsul, se consuela de los desmanes del veleidoso capitán Miklosich con el gigante sueco, completamente curado, o con el procurador Paravant, de Dortmund o, como tercera modalidad, con los dos a la vez. Pues era notorio que los lazos que, durante varios meses, habían unido al procurador y a madame Salomon, de Amsterdam, se habían disuelto en amistoso acuerdo, y que ésta, más de acuerdo con su edad, se había inclinado hacia las generaciones más jóvenes y había acogido en su seno a Gänser, el muchacho de los labios gruesos de la mesa de la Kleefeld, o —como decía la señora Stöhr imitando el lenguaje burocrático, aunque en términos bastantes plásticos—, «había tomado posesión de él». Todo el mundo estaba al corriente, de modo que el procurador tenía opción a elegir entre pegarse con el sueco por la esposa del cónsul general o llegar a un acuerdo pacífico con él.

Éstos eran, pues, los procesos que mantenían en ascuas a la sociedad del Berghof, particularmente a la febril juventud; procesos en los cuales el trasiego por la galería —ante las mamparas de cristal y a lo largo de la balaustrada—, desempeñaba un papel importante. Constituían el principal punto de interés e impregnaban el ambiente que reinaba en el lugar, pero decir esto aún no es describir con precisión el fenómeno ante el que nos encontrábamos. Porque Hans Castorp tenía la extraña sensación de que aquel asunto tan esencial, al que en todas partes se le concede cierta importancia —ya sea en serio o en broma— allí arriba se enfocaba, se juzgaba y se consideraba con tal gravedad y, a la vista de dicha gravedad, de un modo tan nuevo que el objeto mismo se revelaba bajo una luz totalmente nueva y, aunque no aterradora por ella misma, sí un tanto aterradora por su novedad. Al decir esto, nos ponemos serios y señalamos que si hemos tratado hasta ahora estas relaciones dudosas en un tono ligero y humorístico, ha sido por las mismas razones secretas por las cuales a veces se habla de este modo sin que ello implique que los asuntos tratados puedan tomarse a la ligera o a risa; desde luego, en el caso que nos ocupa, tal enfoque estaría más descaminado que ninguno.

Hasta entonces, Hans Castorp había creído que, como todo el mundo y dentro de una medida normal, sabía cómo interpretar este importante asunto que con tanta frecuencia es objeto de bromas, y no tenía motivo para pensar que pudiera ser de otro modo. Ahora, sin embargo, se daba cuenta de que, allá abajo, había visto muy poco, por no decir que había vivido en la más infantil de las ignorancias, mientras que, allí arriba, aquellas experiencias personales cuya naturaleza hemos intentado esclarecer con frecuencia y que, en algunos momentos, le habían arrancado la exclamación «¡Oh, Dios mío!», le hacían —eso sí, de forma subjetiva— capaz de percibir aquel matiz de gran novedad, de aventura insólita e inefable que dicho asunto adquiría entre las gentes del Berghof en general y para cada uno en particular. No es que allí no se bromease sobre ello. Ahora bien, allí arriba, la broma siempre parecía broma pesada, tenía algo de siniestra y ahogada, lo cual ponía de manifiesto tanto más claramente que no era más que una tapadera demasiado transparente para la angustia que se trataba de ocultar debajo o —por ser más explícitos— que no había manera de ocultar. Hans Castorp recordaba la palidez de Joachim cuando, por primera y última vez, había hecho alusión al físico de Marusja en el tono inocente del mundo de allá abajo. Recordaba también la palidez helada que se había extendido sobre su propio rostro cuando había liberado a madame Chauchat del molesto rayo de sol que se filtraba entre las cortinas del comedor, y recordaba que, muchos otros momentos, había visto esa palidez en muchos otros rostros: por lo general, en dos rostros a la vez, como, por ejemplo, había ocurrido justo en esos días pasados, en los de la señora Salomon y el joven Gänser, indicio de que entre ellos se venía gastando lo que la Stöhr describía con su desenfado habitual. Recordaba y —digamos— comprendía que, en tales circunstancias, no sólo hubiese sido muy difícil no «delatarse», sino que todo esfuerzo por conseguirlo hubiera sido en vano. En otros términos: la sinceridad de Hans Castorp no sólo obedecía a cierta nobleza de espíritu y cierta franqueza natural, sino a que el ambiente del lugar era todo menos alentador y propicio para el disimulo.

Si no hubiese existido la dificultad, señalada por Joachim desde el comienzo, para entablar amistades allí —una dificultad que principalmente se debía a que los dos primos ya formaban, en cierto modo, un partido propio o un grupo en miniatura, y a que Joachim, ansioso por reingresar en el ejército, no perseguía otro fin que curarse rápidamente y se oponía por principio a contactos o relaciones más íntimas con sus compañeros de enfermedad—, Hans Castorp habría encontrado y aprovechado muchas más ocasiones para manifestar sus sentimientos con una espontaneidad sin freno. A pesar de eso, una noche, Joachim le encontró en el salón a la hora de la tertulia, en compañía de Herminie Kleefeld, sus dos compañeros de mesa, Rasmussen y Gänser y, en cuarto lugar, el joven del monóculo y la uña del meñique larga, hablando con los ojos brillantes y la voz exaltada de las exóticas facciones de madame Chauchat, mientras sus interlocutores cambiaban miradas, se daban codazos y disimulaban la risa.

Fue una escena muy penosa para Joachim, pero era obvio que a su protagonista no le importaba en absoluto estar poniéndose en evidencia; es más: ¿estaba convencido de que lo justo era dar rienda suelta y manifestar sus sentimientos? En efecto, podía estar seguro de que todo el mundo se había enterado, y se hacía cargo de la maliciosa alegría ante la desgracia ajena que despertaba. No sólo sus vecinos de mesa, sino también los de las otras le miraban para divertirse con su repentina palidez y con sus rubores, cuando, nada más empezar la comida, se oía el consabido portazo. Claro que también eso le satisfacía, porque le daba la sensación de que, al despertar la atención general, aquel estado de enajenación mental en que se hallaba en cierto modo adquiría un mayor reconocimiento y se veía reforzado, lo cual venía a apoyar su causa, a alimentar sus vagas e irracionales esperanzas... se podría decir que hasta le llenaba de gozo. Por otro lado, la gente incluso se agrupaba literalmente para mirar a aquel pobre infeliz cegado de amor. Así ocurría, por ejemplo, después de comer, en la terraza, o el domingo por la tarde ante la garita del conserje, cuando los huéspedes bajaban a recoger el correo, que aquel día no se distribuía en las habitaciones. Todo el sanatorio sabía que allí había un joven fatalmente herido por las flechas de Cupido y cuyas emociones se leían en su rostro como en un libro abierto, y allí se reunían, pues, la señora Stöhr, la señorita Engelhart, la Kleefeld, aquel amigo suyo que recordaba a un tapir, el incurable señor Albin, el joven de la uña larga, y otros internos. Se quedaban allí de pie, apretando los labios con ironía, riéndose por la nariz y mirando cómo a Hans Castorp, a su vez, con una sonrisa ausente y apasionada, con aquel ardor en las mejillas que había sentido desde su primera noche allí y con aquel brillo que se había encendido en sus ojos al oír la tos del caballero austríaco, se le iba la vista en cierta dirección...

Era ciertamente muy amable por parte de Settembrini que, en tales circunstancias, se acercara a Hans Castorp para charlar un rato y preguntarle por su estado de salud; aunque cabe poner en duda que éste supiera apreciar y agradecer esta filantrópica falta de prejuicios. Pongamos que ocurriría, por ejemplo, en el vestíbulo, el domingo por la tarde. En la garita del conserje se amontonaban los huéspedes e iban alargando las manos hacia su correo. También Joachim estaba allí. Su primo se había quedado rezagado y trataba de cazar al vuelo —en el estado mental que ya hemos descrito— una mirada de Clavdia Chauchat, que pululaba por allí con sus compañeros de mesa, esperando que el tropel de recogedores de correo se disipase. Era un momento en que se mezclaban todos los internos, un momento que podía brindar grandes oportunidades y, por lo tanto, muy esperado y apreciado por el joven Hans Castorp. Ocho días atrás, había estado tan cerca de madame Chauchat junto al mostrador del conserje que ella incluso le había rozado y, con un rápido movimiento de cabeza, le había dicho «*Pardon*», después de lo cual, él, gracias a un febril dominio de sí mismo que no podía sino bendecir en su interior, había alcanzado a responderle:

—*Pas de quoi, madame!*

«¡Qué regalo de la vida —pensaba— que cada domingo por la tarde sistemáticamente nos entreguen el correo en el vestíbulo!» Se puede decir que se pasaba la semana esperando que llegase de nuevo aquella hora, y esperar significa: adelantar acontecimientos; significa percibir el tiempo y el presente no como un don, sino como un obstáculo, negar y anular su valor propio y pasarlos por alto. Se dice que esperar siempre se hace largo. Pero también puede afirmarse que se hace muy corto —de hecho, es así— porque la espera consume grandes cantidades de tiempo sin que quien espera las viva o las aproveche en sí mismas. Se podría decir que quien no hace más que esperar es como un animal que traga y traga ingentes cantidades de comida sin asimilar sus sustancias nutritivas y beneficiosas. Se podría ir más lejos y decir que del mismo modo en que un alimento no digerido no hace al hombre más fuerte, el tiempo que consume esperando tampoco le hace más viejo. Evidentemente, una espera ininterrumpida y absoluta no se da nunca.

Así pues, la semana se había consumido y había vuelto a llegar la hora del correo dominical, exactamente igual que la de hacía siete días. Nuevamente ofrecía las más excitantes oportunidades; cada minuto brindaba la posibilidad de establecer un trato social con madame Chauchat, posibilidades que comprimían y aceleraban el corazón de Hans Castorp aun sin necesidad de transportarlas al dominio de la realidad. Estos impulsos se veían frenados por un elemento de orden militar y otro de orden civil, a saber: por una parte, la constante presencia del íntegro Joachim y el sentimiento del honor y del deber de Hans Castorp mismo; por otra, sin embargo, la sensación de que las relaciones sociales con Clavdia Chauchat, relaciones dentro de la norma que obligaran a decir «usted», a inclinarse y tal vez incluso a hablar en francés, no eran necesarias, ni deseables, ni convenientes... Hans Castorp permanecía de pie en el vestíbulo y la miraba hablar y reír, exactamente como Pribislav Hippe había hablado y reído antaño, en el patio del colegio. Al hacerlo, los labios de Clavdia Chauchat se abrían mucho y sus ojos achinados quedaban reducidos a dos pequeñas rajitas por encima de los pómulos. Desde luego, no era un rostro «bello»; pero era como era, y ya se sabe que, para el enamorado, el juicio estético de la razón es tan poco justo como el juicio moral.

—¿Espera carta de alguien, ingeniero?

Sólo un aguafiestas podría hablar así. Hans Castorp se estremeció y se volvió hacia Settembrini, que se estaba de pie delante de él, sonriendo. Sonreía con aquella sonrisa fina y «humanista» con la que le había saludado aquella primera vez cerca del banco, al borde del arroyo y, al igual que entonces, Hans Castorp se ruborizó al verla. Sin embargo, con la de veces que había intentado deshacerse de aquel «charlatán» en sus ensoñaciones porque «en ellas, le estorbaba», el hombre despierto es mejor que el que sueña, y aquella sonrisa no sólo despertó en Hans Castorp cierta vergüenza y le devolvió momentáneamente a la cordura, sino que casi supuso para él un alivio por el que se sintió agradecido. Dijo entonces:

—¡Qué me dice de cartas, señor Settembrini! ¡Ni que fuera embajador! Si acaso, habrá alguna postal para alguno de nosotros. Mi primo ha ido a comprobarlo.

—A mí, el cojitranco ése ya me ha entregado mi modesta correspondencia —dijo Settembrini.

Y se llevó la mano al bolsillo lateral de su obligada levita.

—Noticias interesantes. Asuntos de un alcance literario y social innegable. Se trata de una obra enciclopédica en la que una institución humanitaria me hace el honor de invitarme a colaborar. En una palabra, un bello trabajo.

Settembrini calló un instante.

—¿Y sus asuntos? —preguntó luego—. ¿Cómo van? ¿Cómo marcha su proceso de aclimatación? Al fin y al cabo, no lleva usted aquí arriba, entre nosotros, tanto tiempo como para que la pregunta no esté aún a la orden del día.

—Gracias, señor Settembrini, sigo experimentando algunas dificultades. Es posible que persistan hasta el último día. Hay quien no se acostumbra nunca, según me contó mi primo cuando llegué. Pero uno se acostumbra a no acostumbrarse.

—Un proceso complicado —dijo con sorna el italiano—, una singular forma de adaptación. Naturalmente, la juventud es capaz de todo. No se acostumbra, pero echa raíces.

—Y, después de todo, esto tampoco es una cárcel siberiana.

—¡No! Oh, ya veo que le gustan las comparaciones con los países del Este... Es comprensible. Asia nos devora. Veo rostros tártaros allá donde mire...

Y Settembrini volvió discretamente la cabeza por encima del hombro.

—Ahí tiene usted al Gengis Khan —dijo—, ojos de lobo estepario, nieve y aguardiente, tiranía, casamatas y cristianismo. Habría que construirle un altar a Palas Atenea aquí, en el vestíbulo, como medida de defensa. Fíjese, ahí mismo, uno de esos Iván Ivanovich sin camisa interior ha empezado a pelearse con el procurador Paravant. Los dos quieren ser el primero en recoger su correspondencia. Yo no sé quién tiene razón, pero me da la impresión de que el procurador se halla bajo la protección de la diosa. Es un borrico, pero al menos sabe latín.

Hans Castorp se rio, cosa que Settembrini no hacía jamás. Era imposible imaginarlo riendo jovialmente, más allá de aquella fina y seca curvatura de sus labios. Miró reír al joven Castorp y luego le preguntó:

—¿Ya le han dado la diapositiva de su radiografía?

—Sí, ya la tengo —confirmó Hans Castorp dándose importancia—. Aquí está.

Y metió la mano en el bolsillo de su chaqueta.

—¿Y lo lleva en la cartera? Como una especie de documento de identidad, como un pasaporte o un carné de socio. Muy bien, déjemela ver.

Y Settembrini elevó la pequeña placa de cristal, enmarcada con una banda de papel negro, manteniéndola contra la luz entre el índice y el pulgar de su mano izquierda. Aquél era un gesto muy corriente allí arriba que se podía observar con frecuencia. Su rostro de ojos negros y almendrados hizo una leve mueca cuando examinó aquella especie de fotografía fúnebre, sin dejar traslucir si era consecuencia del esfuerzo para ver mejor o de otra cosa.

—Vaya, vaya... —dijo luego—. Aquí tiene su pasaporte, muchas gracias.

Y devolvió la pequeña placa a su propietario con gesto desganado: alcanzándosela de lado por encima del hombro y volviendo la cabeza.

—¿Ha visto las ramificaciones? —preguntó Hans Castorp—. ¿Y los nódulos?

—Ya sabe —contestó Settembrini— lo que pienso del valor de estos productos. También sabe que esas manchas y esas sombras, en su mayoría, son de origen fisiológico. He visto cientos de diapositivas que, poco más o menos, tenían el mismo aspecto que la suya y dejaban al criterio de cada cual la decisión de si valían o no como «carné de enfermo». Hablo como lego en la materia, pero a pesar de todo, como un lego con muchos años de experiencia a sus espaldas.

—¿Acaso su «carné de enfermo» presenta una imagen mucho peor?

—Bueno, un poco peor. Por otra parte, sé que nuestros amos y maestros no fundan su diagnóstico únicamente en esta miniatura... ¿Tiene usted intención de pasar el invierno con nosotros?

—¡Por Dios... sí! Empiezo a hacerme a la idea de que no saldré de aquí hasta que no lo haga mi primo.

—Es decir, que comienza a acostumbrarse a no... Usted lo formula de un modo muy gracioso. Espero que ya haya recibido su equipaje... ropa de abrigo, zapatos resistentes.

—Todo. Todo está arreglado, señor Settembrini. He

avisado a mis parientes y nuestra ama de llaves me lo ha enviado todo por correo urgente. Estoy listo para resistir al invierno.

—Esto me tranquiliza. Pero ¡alto! Necesitará un saco de piel... ¿En qué estaremos pensando? Este veranillo tardío es engañoso, de un momento a otro podemos hallarnos en pleno invierno. No olvide que pasará aquí los meses más fríos...

—Sí —dijo Hans Castorp—, el saco de dormir es sin duda imprescindible. Ya he pensado en ello y me he dicho que mi primo y yo bajaremos uno de estos días a Davos Platz para comprar uno. Claro que luego no vuelve uno a utilizarlo, pero aunque sea para entre cuatro y seis meses ya vale la pena.

—Vale la pena, vale la pena, ingeniero —repitió Settembrini en voz baja y aproximándose al joven—. ¿Sabe que da escalofríos ver la ligereza con que trata usted el tiempo? Más arriba, más abajo... ¡Qué más le da! Da escalofríos porque no es natural, porque es ajeno a su carácter y porque sólo es fruto de la gran disposición a aprender y adaptarse propia de su edad. ¡Ah, esa excesiva capacidad de adaptación de la juventud! Es la desesperación de los educadores porque, ante todo, está dispuesta a probar lo malo. No hable usted, joven, en el tono en que oye hablar aquí, sino de acuerdo con su manera de ser europea. Aquí se respira demasiada Asia en el aire, no en vano esto está saturado de tipos de la Mongolia moscovita. Esas gentes —y Settembrini hizo un movimiento hacia atrás con la barbilla, como señalando por encima del hombro— no deben influirle, no se deje infectar por sus conceptos; oponga su naturaleza, su naturaleza superior, contra la de ellos y no permita que pierda su valor sagrado lo que para usted, por su educación y su procedencia, para usted como hijo del mundo occidental, del divino Occidente —hijo de la civilización— es sagrado: por ejemplo, el tiempo. Esa ligereza, esa magnanimidad bárbara en el tratamiento del tiempo es típicamente asiática, sin duda, es la razón por la que los hijos de Oriente se encuentran tan a gusto aquí. ¿No se ha dado cuenta nunca de que cuando un ruso dice «cuatro horas» es como cuando uno de nosotros dice «una hora»? No es difícil intuir que la despreocupación de esa gente respecto al tiempo está relacionada con la desmesurada extensión de su país. Donde hay mucho espacio hay mucho tiempo. ¿No se dice acaso que ellos son el pueblo «que aún tiene tiempo» y que puede esperar? Nosotros los europeos no podemos presumir de lo mismo. Nuestro tiempo es tan escaso como el espacio de nuestro noble continente, recortado y subdividido con tanta finura; nosotros dependemos estrictamente de una cuidadísima administración tanto de lo uno como de lo otro, dependemos del aprovechamiento: aprovechamiento del tiempo y del espacio, ingeniero. Tome como ejemplo nuestras grandes ciudades, esos centros y hogares de la civilización, esos crisoles del pensamiento. En la misma medida en que el terreno sube de precio en ellas, en que malgastar el espacio se convierte en algo imposible, también el tiempo, ¡fíjese bien!, se vuelve cada vez más precioso. *Carpe diem!* Fue un hombre de ciudad quien dijo eso. El tiempo es un regalo de los dioses, entregado al hombre para que lo aproveche, ingeniero, para que lo aproveche en aras del progreso de la humanidad.

Por difícil que pudiera resultar la pronunciación alemana a un italiano, Settembrini articuló estas palabras, incluso las últimas, con agradable claridad, cadencia y –bien cabe decirlo– plasticidad. Hans Castorp no contestó más que con una reverencia escueta, rígida y contrita, como la que haría un alumno que acabara de recibir una buena lección de humildad. ¿Qué hubiera podido contestar? Aquella conversación tan sumamente personal que Settembrini había entablado con él, de espaldas a todos los demás internos y casi murmurando, había tenido un carácter demasiado objetivo, demasiado poco social; apenas se prestaba a la réplica, aunque ésta sólo hubiese dado muestra de aprobación. A un profesor no se le contesta: «¡Qué bien ha hablado usted!». Hans Castorp, en otro tiempo, lo hacía, como para mantenerse en un plano de igualdad social con Settembrini; pero el humanista nunca había hablado con tanta fuerza y poder de convicción, así que a Hans Castorp no le quedaba más recurso que asumir su inferioridad, apabullado como un escolar ante tan magistral lección de moral.

Se veía, por otra parte, en la expresión de Settembrini, que incluso en el silencio continuaba la actividad de su espíritu. Se mantenía muy cerca de Hans Castorp, de modo que éste tuvo incluso que echarse un poco hacia atrás, y los ojos negros del italiano estaban clavados en el rostro del joven con la fijeza ciega de un hombre absorbido por el pensamiento.

—Usted sufre, ingeniero —prosiguió—, sufre como un alma en pena. ¿Quién podría no darse cuenta al verle? Pero su actitud ante el sufrimiento debería ser una conducta europea, no la conducta de Oriente, de este Oriente débil y mórbido que tanto abunda en este lugar. La compasión y la paciencia infinitas son sus maneras de enfrentarse al dolor. ¡Ésa no deber ser nuestra manera, la de usted! Hablábamos hace un momento de mi correspondencia... Vea usted..., o mejor aún, venga. Aquí es imposible... Nos retiraremos, iremos a otra parte. Quiero hacerle algunas confidencias que... ¡Venga!

Y, dando media vuelta, arrastró a Hans Castorp fuera del vestíbulo, hasta el primer salón, el más cercano al portón de entrada, que estaba amueblado como sala de lectura y trabajo y en aquel momento se encontraba vacío. Las paredes, bajo la clara bóveda, estaban recubiertas por paneles de roble, numerosas estanterías, una mesa rodeada de sillas y cubierta de periódicos en el centro, y mesitas de escribir bajo los nichos de las ventanas. Settembrini se acercó a una de ellas. Hans Castorp le siguió. La puerta quedó abierta.

—Estos papeles —dijo el italiano al tiempo que, con mano alada, sacaba del bolsillo lateral de su levita un voluminoso fajo de papeles, diversos impresos y una carta, que deslizó entre sus dedos hasta ponerla ante los ojos de Hans Castorp para que éste pudiera leer el membrete en francés: «Ligue Internationale pour l'organisation du Progrès»— me los envían desde Lugano, donde se encuentra una de las sedes de la Liga. ¿Quiere conocer sus principios y objetivos? Se los expondré en dos palabras. La «Ligue pour l'organisation du Progrès» deduce de la doctrina evolucionista de Darwin el principio filosófico de que la vocación natural más profunda de la humanidad es la de perfeccionarse a sí misma. De ahí concluye también que es deber de todo el que quiera responder a esa vocación natural colaborar activamente en el progreso de la humanidad. Son muchos los que han respondido a este llamamiento, y el número de miembros de la Liga en Francia, Italia, España, Turquía e incluso Alemania, es considerable. Yo también tengo el honor de figurar como tal en sus registros. En su seno se ha elaborado un extenso programa de reforma que comprende todas las posibilidades presentes de perfeccionamiento del organismo humano. Se estudia el problema de la salud de nuestra raza y se examinan todos los métodos para combatir la degeneración, que es sin duda el más lamentable efecto secundario de la creciente industrialización. Además, la Liga persigue la fundación de universidades populares, la superación de la lucha de clases por medio de reformas sociales que puedan servir a este fin, y por último, la supresión de los conflictos entre los pueblos, de la guerra, por medio del desarrollo del derecho internacional. Como ve, las pretensiones de la Liga son altruistas y de muy amplio alcance. Varias revistas internacionales dan testimonio de su actividad, revistas mensuales que, en tres o cuatro lenguas distintas y de una manera muy interesante, informan del desarrollo y los progresos de la humanidad ilustrada. Se han formado también numerosos grupos locales en diversos países que por medio de debates abiertos y encuentros dominicales buscan llevar a cabo una labor civilizadora y educadora en el sentido del ideal progresista. Pero la Liga se dedica principalmente a ayudar a los partidos políticos progresistas de todos los países proporcionándoles materiales. ¿Me sigue usted, ingeniero?

—¡Perfectamente! —respondió Hans Castorp brusca y atropelladamente. Se sentía como si acabase de dar un resbalón pero aún consiguiera, de milagro, mantenerse en pie.

Settembrini pareció satisfecho.

—Supongo que le estoy abriendo perspectivas nuevas y sorprendentes.

—Sí, he de confesar que es la primera vez que oigo hablar de una iniciativa semejante.

—¡Ah! ¡Qué lástima que no haya oído hablar de ello antes! Tal vez todavía no sea demasiado tarde. ¿Querrá usted saber de qué tratan esos impresos? ¡Escúcheme! Esta primavera ha tenido lugar en Barcelona una solemne asamblea general de la Liga. Como sabe, esa ciudad puede enorgullecerse de mantener una relación particular con el ideal político del progreso. El congreso se prolongó durante una semana, con banquetes y celebraciones de todas clases. Dios mío, mi intención era ir, pues sentía el más ardiente deseo de tomar parte en las sesiones. Pero ese canalla de doctor me lo prohibió amenazándome de muerte, y claro, qué esperaba, he tenido miedo a la muerte y no he ido. Estaba desesperado, como puede comprender, ante esa broma cruel que me gastaba mi precaria salud. Nada es tan doloroso como cuando la parte animal y orgánica de nuestro ser nos impide servir a la razón. Tanto más grata me resulta esta carta de la filial de Lugano. ¿No siente curiosidad por conocer su contenido? Así quiero suponerlo. Le informo brevemente... La «Ligue pour l'organisation du Progrès», consciente de que su tarea consiste en cimentar la felicidad de la humanidad, o en otros términos, combatir y eliminar definitivamente el sufrimiento humano a través de una labor social bien orientada y eficaz; consciente por otra parte, de que esta tarea tan elevada sólo puede realizarse con el apoyo de la ciencia sociológica, cuyo fin último es el Estado perfecto, ha decidido, pues, en el congreso de Barcelona, la publicación de una obra en numerosos volúmenes que llevará el título de *Sociología del sufrimiento*, y en la que el sufrimiento de la humanidad, en todas sus categorías y variedades, será objeto de un estudio sistemático y exhaustivo. Y usted objetará: ¿para qué sirven las categorías, las clasificaciones y los sistemas? Y yo le contesto: la ordenación y el análisis sistemático constituyen el principio del dominio; el único enemigo temible es el que no conocemos. Hay que sacar a la especie humana de los primitivos estadios de miedo y apatía resignada, hay que conducirla a una fase más activa de la conciencia. Hay que ilustrarla y hacerle ver que sufre las consecuencias cuyas causas se deben analizar, reconocer y, entonces, combatir; que casi todos los sufrimientos del individuo se remontan a enfermedades del organismo social. ¡Bien! Tal es, pues, la finalidad de la «Patología Sociológica». En unos veinte volúmenes, en forma de diccionario, se estudiarán y enumerarán todos los casos de sufrimiento humano que se puedan imaginar, desde los más íntimos y personales hasta los más grandes conflictos de grupos, o el sufrimiento que se deriva de las luchas de clase y los conflictos internacionales: en una palabra, se expondrán los elementos químicos cuyas múltiples mezclas y combinaciones determinan los distintos tipos de sufrimiento humano y, tomando como directriz principal la dignidad y felicidad de los hombres, se propondrán los medios y las medidas que se consideren indicados para eliminar la causa de estos males. Destacados representantes de la intelectualidad europea, médicos, economistas y psicólogos tomarán parte en la redacción de esta enciclopedia del sufrimiento, y la sede central de Lugano se encargará de recopilar los diversos artículos. ¡Déjeme terminar! También las bellas letras han de estar bien representadas en esta gran obra, precisamente porque la literatura tiene como tema el sufrimiento humano. Así pues, se ha previsto un volumen aparte en el cual, para consuelo y enseñanza de los que sufren, se recogerán y analizarán brevemente todas las obras maestras de la literatura universal en que se tratan tales conflictos. Y ésa es la tarea que, en la carta que está usted viendo, se encomienda a este humilde servidor.

—¡Qué me dice, señor Settembrini! Permita que le felicite de todo corazón. Es un encargo importantísimo y, según creo, parece hecho a su medida. No me sorprende nada que la Liga haya pensado en usted. ¡Qué satisfecho debe de sentirse al poder contribuir a la lucha contra el sufrimiento humano!

—Es una tarea ardua —dijo Settembrini, preocupado— que exige una gran amplitud de miras y muchísimas lecturas. —Y su mirada parecía perderse en las insondables dimensiones de su tarea—. Tanto más teniendo en cuenta que la literatura siempre gira en torno al sufrimiento humano, con lo cual incluso algunas obras de segundo o tercer orden también tratan ese tema desde algún punto de vista. ¡No importa! ¿Qué digo? ¡Mejor! Por vasta que pueda ser esa tarea, no cabe duda de que al menos es de las pocas que puedo realizar en este maldito lugar, aunque espero no verme obligado a terminarla también aquí. No se puede decir lo mismo... —añadió arrimándose de nuevo a Hans Castorp y bajando la voz hasta convertirla en un murmullo—, no se puede decir lo mismo de los deberes que la naturaleza le impone a usted, ingeniero. Ahí es donde me proponía llegar y de lo que quería advertirle. Ya sabe cuánto admiro su profesión; pero como es una profesión práctica, no una profesión intelectual, usted no puede ejercerla aquí, al contrario de lo que me ocurre a mí. Usted sólo puede ser europeo allá abajo, combatir activamente el sufrimiento a su manera, fomentar el progreso, aprovechar el tiempo. Le he hablado de la tarea que le corresponde a usted para hacerle reflexionar, para devolverle a sí mismo, para aclarar sus conceptos, que obviamente comienzan a embrollarse por influencia del ambiente. Insisto una vez más: ¡Manténgase firme! Conserve su orgullo y no se extravíe en un medio que le es extraño. Evite empantanarse aquí, en esta isla de Circe; usted no es bastante Ulises para permanecer en ella impunemente. Acabará usted andando a cuatro patas, de hecho, ya está empezando a inclinar las extremidades anteriores, así que poco le falta para gruñir... ¡Vaya con cuidado!

Mientras exhortaba a Hans Castorp en voz baja, el humanista meneaba la cabeza con insistencia. Luego permaneció en silencio, con los ojos bajos y las cejas arqueadas. Era imposible contestarle en tono de broma o con alguna evasiva, como Hans Castorp tenía por costumbre y como, por un instante, pensó en hacer. Él también había bajado la mirada. Luego se encogió de hombros y susurró:

—¿Qué debo hacer?

—Lo que le dije.

—O sea, ¿marcharme?

Settembrini permaneció callado.

—¿Insinúa que debo volver a mi casa?

—Eso le aconsejé desde la primera noche, ingeniero.

—Sí, y entonces era libre de hacerlo, por más que juzgase poco razonable marcharme únicamente porque la presión de aquí arriba me afectaba un poco. Ahora, sin embargo, la situación ha cambiado por completo. Ha habido un examen médico tras el cual el doctor Behrens me ha dicho claramente que no valía la pena que me marchase, pues en poco tiempo me vería obligado a volver, y que si continuaba con la vida de siempre allá abajo, una parte del pulmón se iría al diablo.

—Lo sé, y ahora ya tiene su «carné de enfermo» en el bolsillo.

—Eso lo dice usted irónicamente... con esa ironía tan recta que no se presta a ninguna mala interpretación y que es una forma directa y clásica de la retórica... Como ve, recuerdo sus propias palabras... Pero ¿puede usted, a la vista de esa fotografía, después de la radioscopia y del diagnóstico del doctor, asumir la responsabilidad de aconsejarme que vuelva a mi casa?

Settembrini vaciló un momento. Luego se irguió, abrió los ojos, que, firmes y negros, fijó en Hans Castorp, y contestó en un tono no exento de cierta teatralidad y efectismo:

—Sí, ingeniero, asumo tal responsabilidad.

No obstante, también la actitud de Hans Castorp se había tornado más tensa. Se mantenía con los tacones juntos y miraba a Settembrini a la cara. Aquello era un auténtico duelo. Hans Castorp hacía frente a su contrario. La influencia de alguien cercano le «daba fuerzas». A su lado tenía a un pedagogo, pero no lejos de allí se hallaba cierta mujer de ojos achinados. Hans Castorp no intentó excusarse por lo que iba a decir, ni siquiera dijo «perdone usted». Exclamó:

—¡Vamos, es usted más prudente para consigo mismo que para con el prójimo! Usted no ha ido a Barcelona, al congreso por el progreso de la humanidad, y ha respetado la prohibición del médico. Ha tenido miedo a la muerte y se ha quedado aquí.

Hasta cierto punto, aquello descompuso la compostura de Settembrini. Sonrió con ostensible esfuerzo y dijo:

—Sé apreciar una respuesta rápida incluso cuando su lógica bordea el sofisma. Me repugnan esos odiosos duelos de fuerzas que tanto abundan aquí; si no fuera por eso le contestaría que estoy mucho más enfermo que usted, tan enfermo, por desgracia, que, si conservo alguna esperanza de poder abandonar alguna vez este lugar y volver al mundo de allá abajo, es engañándome a mí mismo. En el instante en que no me parezca decente mantener por más tiempo esa ilusión, abandonaré esta institución y, para el resto de mis días, ocuparé una habitación privada en alguna parte del valle. Será triste, pero como la esfera de mi trabajo es la más libre e intelectual, esto no me impedirá servir a la causa de la humanidad y hacer frente al espíritu de la enfermedad hasta mi último aliento. Ya he llamado su atención sobre la diferencia que, en este sentido, hay entre nosotros. Ingeniero, usted no es un hombre hecho para defender la mejor parte de sí mismo aquí arriba, lo vi desde nuestro primer encuentro. Me reprocha que no haya ido a Barcelona, que me haya sometido a las órdenes del médico para no perecer prematuramente. Pues sepa que lo he hecho con las mayores reticencias, salvando la más orgullosa y dolorosa protesta de mi espíritu contra el dictado de mi miserable cuerpo. ¿Está tan viva esa protesta en usted cuando se somete al dictado de las fuerzas que imperan aquí arriba, o es al cuerpo y a sus fatales inclinaciones a lo que obedece con tanta diligencia...?

—¿Qué tiene usted en contra del cuerpo? —interrumpió rápidamente Hans Castorp, mirando al italiano con los ojos muy abiertos, aquellos ojos azules cuya córnea estaba surcada por numerosas venitas rojas desde el día de su llegada. Esta loca temeridad le producía vértigo y lo notaba. «¿De qué estoy hablando? —pensaba—. Me acerco al borde del abismo, pero ahora estoy en pie de guerra contra él y, mientras me sea posible, no le dejaré decir la última palabra. Naturalmente, terminará venciendo él a pesar de todo, pero eso no me importa, siempre sacaré algún provecho. Voy a provocarle.»

Y, ya en voz alta, completó su objeción:

—¿No es usted humanista? ¿Cómo puede estar tan mal dispuesto contra el cuerpo?

Settembrini sonrió, esta vez sin esfuerzo y seguro de sí mismo, y dijo:

—¿Qué tiene usted en contra del análisis? ¿Acaso está usted mal dispuesto contra el análisis? Siempre me encontrará dispuesto a replicarle, ingeniero —añadió inclinándose y haciendo un gracioso gesto con la mano hacia el suelo, como si saludara galantemente—, sobre todo cuando sus objeciones dan pruebas de inteligencia. Se expresa usted con elegancia. Humanista... sí, ciertamente lo soy. Jamás podrá achacarme tendencias ascéticas. Reivindico, honro y amo el cuerpo, como reivindico, honro y amo la forma, la belleza, la libertad, la alegría y el placer; como reivindico el «mundo» de los intereses vitales frente a la sentimental huida del mundo, el Clasicismo frente al Romanticismo. Creo que mi postura es unívoca. Pero hay una fuerza, un principio que afirmo por encima de todo, que cuenta con mi más profundo respeto y amor, y esa fuerza, ese principio, es el espíritu. Por grande que sea mi rechazo al ver que se opone al cuerpo una especie de sospechoso constructo mental, de fantasma, al que llaman «el alma», considero que en esta dualidad entre el espíritu y el cuerpo, el cuerpo es el principio malo y diabólico, en tanto el cuerpo es naturaleza, y la naturaleza (entendida como antítesis del espíritu, de la razón, ¡repito!) es mala; es engañosa y nefasta. Me dice «¡Usted es humanista!». Indudablemente lo soy, pues soy un amigo del hombre, como lo era Prometeo, un amante de la humanidad y de su nobleza. Pero esa nobleza radica en el espíritu, en la razón, y por eso será insostenible todo reproche de oscurantismo cristiano...

Hans Castorp se puso a la defensiva.

—Usted elevará ese reproche en vano —insistió Settembrini—, cuando, algún día, el noble orgullo humanista tome conciencia de que la indisoluble vinculación del espíritu al cuerpo, a la naturaleza, es una humillación y un insulto. ¿Sabe que el gran Plotino nos legó una gran frase que reza: «siento vergüenza de tener cuerpo»? —preguntó Settembrini, exigiendo tan firmemente una contestación que Hans Castorp se vio obligado a reconocer que era la primera vez que lo oía—. Porfirio nos transmite sus palabras. Son absurdas si usted quiere. Pero el absurdo es la mayor honra del intelecto, y nada puede ser, en el fondo, más mezquino que tachar de absurdo el hecho de que el espíritu quiera defender su dignidad frente a la naturaleza y se niega a rendirse ante ella... ¿Ha oído hablar del terremoto de Lisboa?

—No. ¿Un terremoto? Claro, como aquí no leo el periódico...

—No me ha entendido, aunque, dicho sea de paso, es lamentable (y ya dice todo de este lugar) que haya dejado de leer la prensa. No me ha entendido: el fenómeno natural a que aludo no es reciente, ocurrió hace unos ciento cincuenta años...

—¡Ah, sí, espere! ¡Es cierto! He leído que Goethe, una noche, en su dormitorio de Weimar, dijo a su criado...

—¡No, hombre! ¡No es de eso de lo que quería hablar! —interrumpió Settembrini cerrando los ojos y agitando en el aire su pequeña mano morena—. Me está usted confundiendo distintas catástrofes. Usted se refiere al terremoto de

Messina. Yo estoy pensando en el que sufrió Lisboa en 1755.

—Perdone.

—Pues bien, Voltaire protestó contra él.

—¿Cómo dice? ¿Protestó?

—Sí, se sublevó. Se negó a admitir aquel hecho brutal, aquella fatalidad, y a someterse a ella. Protestó, en nombre del espíritu y de la razón, contra aquel escandaloso disparate de la naturaleza que asoló una ciudad floreciente y costó miles de vidas humanas. ¿Se sorprende? ¿Le hace gracia...? Sorpréndase si quiere pero, en lo que se refiere a la sonrisa, me permito la libertad de tomársela a mal. La actitud de Voltaire fue la de un verdadero descendiente de aquellos antiguos galos que lanzaban sus flechas contra el cielo... Ahí lo tiene, ingeniero, la rebelión del espíritu contra la naturaleza, su orgullosa desconfianza contra ella, su noble obstinación en el derecho a criticar ese poder maligno y contrario a la razón. Pues la naturaleza, a fin de cuentas, es un poder, y someterse al poder, adaptarse sin resistencia, es muestra de servilismo. Tome nota: adaptarse internamente. Y ahí tiene también ese humanismo que no quiere entrar en ninguna contradicción, que no se hace culpable de caer en la hipocresía cristiana cuando decide ver en el cuerpo el principio malo y adverso. La contradicción que usted cree percibir es, en el fondo, siempre la misma: «¿Qué tiene en contra del análisis?». Nada... cuando obedece al fin de la ilustración, la liberación y el progreso. Todo, cuando está impregnado del nauseabundo sabor de la tumba. Con el cuerpo ocurre lo mismo. Hay que honrarlo y defenderlo cuando se trata de su emancipación y su belleza, de la libertad de los sentidos, de la felicidad y del placer. Hay que despreciarlo cuando impide el movimiento hacia la luz en tanto es un principio de gravedad e inercia; hay que rechazarlo en la medida en que representa incluso el principio de la enfermedad y la muerte, tanto más cuanto que su espíritu específico es el espíritu de la perversión, el espíritu de la descomposición, la lujuria y la vergüenza...

Settembrini había pronunciado estas últimas palabras de pie, muy cerca de Hans Castorp, casi mecánicamente y muy deprisa, para terminar de una vez. Entonces llegaron refuerzos para el bando de Hans Castorp. Joachim, con dos tarjetas postales en la mano, entró en la sala de lectura; el discurso del literato quedó interrumpido, y la agilidad con que adoptó una actitud desenfadada y social impresionó profundamente a su discípulo, si es que podemos llamar así a Hans Castorp.

—¡Hola, teniente! Debe de haber estado buscando a su primo, perdóneme. Nos hemos enredado en una conversación y, si no me equivoco, aun hemos tenido una pequeña disputa. Su primo no deja de ser un buen argumentador, un contrincante bastante peligroso en el duelo verbal, cuando se trata de un asunto que le importa realmente.

HUMANIORA

Hans Castorp y Joachim Ziemssen, vestidos con pantalón blanco y chaqueta azul, se hallaban sentados en el jardín, después de comer. Era uno de esos días de octubre tan celebrados, un día cálido y ligero a la vez, alegre y seco, con un cielo azul fuerte digno del Mediterráneo por encima del valle, cuyas tierras, surcadas por caminos, todavía verdeaban alegremente en la parte más honda, y desde cuyas pedregosas laderas, cubiertas de bosque, llegaba el sonido de los cencerros de las vacas: ese pacífico tintineo metálico, ingenuamente musical, que flota claro y tranquilo a través del aire en absoluta calma y contribuye a crear la atmósfera de día de fiesta que reina en esas altas regiones.

Los primos estaban sentados en un banco, al borde del jardín, delante de un parterre con pequeños abetos plantados en círculo. El lugar estaba situado en el extremo noroeste de la plataforma cerrada que, elevada unos cincuenta metros por encima del valle, formaba esa especie de pedestal natural sobre el que estaba edificado el Berghof.

Permanecían en silencio. Hans Castorp fumaba. Sentía un ligero y secreto rencor contra Joachim porque éste, después de la comida, no había querido tomar parte en la tertulia de la galería y, contra su deseo, le había obligado a salir al tranquilo jardín a hacer tiempo hasta la cura de reposo. Era algo tiránico por parte de Joachim. Al fin y al cabo, no eran hermanos siameses. Podían separarse si cada uno quería hacer algo diferente. En realidad, Hans Castorp ya no estaba allí para hacer compañía a Joachim, sino que él también era un paciente. Se entregaba a su rencor y se consolaba con su María Mancini. Con las manos en los bolsillos de la chaqueta y los pies, calzados con zapatos marrones, estirados ante él, mantenía entre los labios el largo cigarro de color grisáceo que aún se encontraba en su primera fase de combustión —es decir: Hans Castorp todavía no había sacudido la ceniza de la punta—, y, tras la copiosa cena, disfrutaba del aroma al que, por fin, había vuelto a encontrar el gusto. Si su aclimatización a aquel lugar sólo consistía en que iba habituándose a no habituarse, a juzgar por su acidez de estómago, y por la sequedad de sus mucosas, que sangraban con facilidad, podía decirse que ya se había completado —al menos en apariencia—; sin darse cuenta y sin haber podido seguir el proceso paso a paso, en el transcurso de los días, de aquellos sesenta y cinco o setenta días, Hans Castorp había reencontrado todo el placer que aquel producto ya excitante ya relajante de una planta cultivada, secada y liada con mimo proporcionaba a su organismo. Se sentía feliz por haber recuperado aquella capacidad. La satisfacción moral multiplicaba la satisfacción física. Durante su larga permanencia en la cama había ahorrado unos doscientos cigarros de la provisión que había traído consigo, y todavía le quedaban algunos, pero, junto con su ropa blanca y su ropa de invierno, había hecho que Schalleen le enviase otras quinientas unidades de aquella excelente mercancía de Bremen para estar preparado ante cualquier eventualidad. Eran hermosas cajitas lacadas y adornadas con un mapamundi, muchas medallas y un pabellón de exposiciones dorado, rodeado de banderas ondeando al viento.

Hete aquí que, mientras permanecían allí sentados, apareció el doctor Behrens caminando a través del jardín. Aquel día había almorzado en el comedor, en la mesa de la señora Salomon, juntando sus enormes manos encima del plato como de costumbre. Luego debía de haberse entretenido en la terraza, gastando alguna de sus bromas a los presentes o, probablemente, haciendo el truco del cordón del zapato en honor a alguien que aún no lo había visto. Y ahora se aproximaba relajadamente por el camino de tierra, sin bata, vestido con un frac de cuadritos, el sombrero de ala rígida en la coronilla y fumando también él un cigarro muy negro del que hacía brotar grandes nubes de humo blanquecino. Su cabeza, con aquel rostro de mejillas azuladas y acaloradas, aquella nariz chata, aquellos ojos azules siempre húmedos y aquel bigote de puntas retorcidas, parecía pequeña en comparación con su larga silueta, ligeramente encorvada y torcida, y con las dimensiones de sus manos y sus pies. Estaba nervioso, se sobresaltó visiblemente al ver a los primos e incluso se quedó un poco desconcertado al verse en la obligación de saludarles. Lo hizo a su manera habitual, en tono jovial y con una de sus típicas expresiones, con un «¡Mira, mira, Timoteo!», deseándoles un feliz proceso digestivo y rogándoles que permanecieran sentados cuando hicieron ademán de levantarse para corresponder a su saludo.

—¡Déjenlo, déjenlo! No hacen falta tantos cumplidos con un hombre sencillo como yo. Es un honor que no me corresponde en modo alguno, sobre todo teniendo en cuenta que ambos están aquí como pacientes. No tienen necesidad de hacer eso. No hay nada que decir.

Y permaneció de pie ante ellos, con el cigarro entre el índice y el corazón de su gigantesca mano derecha.

–¿Qué tal le sabe ese montón de hojas secas, Castorp? Déjemelo ver, soy bastante entendido y aficionado. La ceniza es buena. ¿Qué clase de belleza morena es ésa?

–María Mancini. Fabricación de Banquett, de Bremen, doctor. Es muy barato, diecinueve pfenning la unidad, pero tiene un *bouquet* que no suele darse en otros del mismo precio. Sumatra-Habana, liado con una sola hoja, como puede ver. Me he acostumbrado a ellos. Es una mezcla muy variada y muy sabrosa, pero suave al paladar. Y todavía mejora si se mantiene la ceniza el mayor tiempo posible, como mucho la hago caer dos veces. Naturalmente, a veces salen mejores y otras peores, pero el control de fabricación debe de ser muy estricto, pues los María Mancini son de una calidad digna de confianza y se queman con una regularidad perfecta. ¿Me permite ofrecerle uno?

–Gracias, podemos hacer un cambio.

Y sacaron sus respectivas petacas.

–Éste sí que tiene carácter –dijo el consejero, alargando a Hans Castorp un puro de los suyos–. Un temperamento fuerte, mucha garra. San Félix, Brasil; siempre he sido fiel a este tipo. Un verdadero remedio contra las preocupaciones, que arde como el aguardiente y, sobre todo al final, tiene un toque fulminante. Se recomienda cierta prudencia en su consumo; no se puede encender un cigarro después de otro, no hay hombre que pueda con ello. Pero más vale una sola calada al día que un día entero fumando papel.

Ambos examinaron los regalos que acababan de intercambiar haciéndolos girar entre los dedos para examinar con precisión de expertos aquellos cuerpos esbeltos que tenían algo de orgánico y vivo, con sus pequeños nervios en paralelo como si fueran costillas, sus cicatrices, más o menos profundas, en los bordes de la hoja enrollada, sus venas en relieve, que parecían latir, las pequeñas asperezas de su piel y el juego de la luz sobre sus superficies y aristas. Hans Castorp expresó en voz alta esta sensación:

—Estos cigarros tienen vida. Parecen respirar. Una vez, en mi casa, se me ocurrió guardar un María Mancini en una caja de hojalata para protegerlo de la humedad. ¿Creerá usted que se me murió? ¡Se ahogó y se murió en el espacio de una semana! ¡Un triste cadáver correoso me quedó en la caja!

Y siguieron contándose sus experiencias sobre la mejor manera de conservar los cigarros, en particular los cigarros de importación. Al doctor Behrens le gustaban los cigarros importados, y le hubiera gustado fumar exclusivamente habanos de los más fuertes. Por desgracia, le sentaban fatal, y —según contó— dos pequeños Harry Clay que había fumado en una misma velada estuvieron a punto de causarle la muerte.

—Me los fumé con el café —dijo—, uno tras otro, sin darme cuenta. Bueno, pues apenas terminó, comienzo a preguntarme qué me pasa. Resulta que me noto muy raro, completamente trastornado, nunca había experimentado nada semejante. Me cuesta un triunfo llegar a mi casa y, una vez allí, veo que me va a dar un soponcio: siento las piernas heladas, un sudor frío en todo el cuerpo, el rostro pálido como la cera, el corazón disparado, un pulso tan pronto débil como un hilo y apenas perceptible, como al galope desbocado, ¿me entiende?, y el cerebro a punto de estallar... Estaba convencido de que iba a bailar el último baile. Digo bailar porque es la palabra que se me ocurrió entonces y la idónea para expresar mi estado. Pues, en el fondo, me sentía muy contento, aquello era una verdadera fiesta, a pesar del miedo atroz que sentía... mejor dicho: a pesar de que estaba enteramente poseído por el miedo. Claro que el miedo y la alegría no se excluyen mutuamente, todo el mundo lo sabe. El chaval que posee por vez primera a una muchacha se muere de miedo, y ella también, y eso no les impide estar muriéndose de placer al mismo tiempo. A fe mía, yo también estuve a punto de morirme, de poco me voy al otro barrio exultante de alegría. Sin embargo, la Mylendonk me sacó de aquel trance con sus remedios milagrosos: compresas heladas, fricciones con un cepillo, una inyección de alcanfor... y así fui salvado para la humanidad.

Hans Castorp, sentado —en su calidad de enfermo—, miraba, con cara de estar reflexionando, cómo los ojos de Behrens se llenaban de lágrimas mientras relataba aquel episodio.

—Usted se dedica también a la pintura, ¿no es verdad, doctor? —dijo de pronto.

El doctor Behrens pareció despertar de su ensoñación.

—¿Cómo dice, joven?

—Discúlpeme. Es lo que me han contado. Acaba de venirme a la cabeza.

—Bueno, entonces no puedo negarlo. Todos tenemos nuestras pequeñas debilidades. Sí, así es. *Anch'io sono pittore*, como solía decir cierto español.

—¿Paisajes? —preguntó Hans Castorp, seco y condescendiente. Las circunstancias le llevaban a adoptar ese tono.

—De todo un poco... —contestó el doctor, con falsa modestia—, paisajes, bodegones, animales... Ya puestos, uno se atreve con cualquier cosa.

—¿Y no pinta retratos?

—Bueno, alguno he hecho. ¿Es que quiere hacerme un encargo?

—Ja, ja, ja... No, no... Pero sería muy amable si nos enseñase alguna vez sus telas.

Joachim, por su parte, después de mirar estupefacto a su primo, se apresuró a asegurar que, en efecto, sería un placer verlas.

Behrens estaba encantado, más hinchado que un pavo real. Incluso se ruborizó de entusiasmo y esta vez sí que parecía a punto de echarse a llorar.

—¡Con muchísimo gusto! —exclamó—. ¡Con sumo placer! Ahora mismo, si ése es su deseo. Vengan conmigo, les ofreceré un café turco en mis habitaciones.

Y cogió del brazo a los jóvenes, los levantó de su banco

y los condujo, uno a cada lado, a lo largo del camino de tierra hacia sus habitaciones, las cuales –como ya es sabido– estaban situadas en el ala vecina, en la parte noroeste del Berghof.

–Yo mismo, en tiempos –dijo Hans Castorp–, hice mis pinitos con la pintura.

–¿Qué me dice? ¿Domina usted el óleo?

–No, no fui más allá de unas cuantas acuarelas. Un barco, una marina... niñerías. Pero me gusta mucho ver cuadros, y por eso me he tomado la libertad...

Joachim se sintió un poco tranquilizado por tal aclaración sobre aquella repentina curiosidad, tan chocante, de su primo. De hecho, Hans Castorp había hecho referencia a sus propias tentativas artísticas más para él que para el doctor.

Llegaron. Por aquel lado del edificio no había una entrada tan magnífica, enmarcada con faroles, como por la fachada principal. Unos pocos escalones de canto redondeado conducían a la puerta de madera de roble que el doctor abrió con una de las llaves de su cargado llavero. La mano le temblaba; decididamente, estaba nervioso. Entraron en un recibidor que hacía las veces de guardarropa y donde Behrens colgó su sombrero de ala rígida de una percha. Una vez dentro, en el corto pasillo –separado del resto del inmueble por una puerta de cristales y a cuyos lados se encontraban las habitaciones privadas del doctor Behrens–, llamó a la criada y le dio una serie de órdenes. Luego, entre frases graciosas, animó a sus huéspedes a entrar por una de las puertas que había a la derecha.

Vieron varias habitaciones amuebladas en un banal estilo burgués, que daban al valle y se comunicaban entre sí, separadas tan sólo por cortinas: un comedor de estilo «alemán tradicional», un salón-gabinete de trabajo –en el que había un escritorio arrimado a una pared en la que colgaban una gorra de estudiante y dos raquetas cruzadas, alfombras de lana, un sector con estanterías a modo de biblioteca y un tresillo–

y, por último, una salita de fumar decorada «a la turca». Por todas partes había cuadros colgados, los cuadros que pintaba el doctor Behrens... Con educado interés por aquel «museo», los ojos de los visitantes se fijaron en ellos de inmediato. Varios de ellos representaban a la difunta esposa del doctor: óleos, y también una fotografía que se veía sobre el escritorio. Era una rubia platino un tanto enigmática, vestida con finos y vaporosos vestidos, la cual, con las manos juntas cerca del hombro izquierdo —no apretadas, sino simplemente unidas hasta la primera articulación de los dedos—, miraba al cielo o mantenía los ojos bajos, ocultos tras unas largas y rizadas pestañas; eso sí: la difunta jamás miraba de frente, al espectador. Además de ella, los principales motivos de los cuadros eran paisajes alpinos: montañas bajo la nieve y bajo el verdor de los pinos, montañas sumidas en la niebla de las alturas, y montañas cuyos contornos secos y agudos se recortaban sobre un cielo de un profundo azul (como en los cuadros de Segantini). Había además cabañas alpinas, vacas sobre soleadas praderas, un bodegón con una gallina desplumada rodeada de hortalizas, cuadros de flores, de montañeses, y muchas otras cosas, todo ello pintado con osado diletantismo, con burdos pegotes de pintura —a menudo se hubiera dicho que la había aplicado directamente del tubo y había tardado mucho en secarse— que resaltaban más todavía los evidentes fallos.

Como en una exposición de pintura, los dos primos recorrieron las paredes, acompañados del dueño de la casa, que aquí y allá explicaba los temas pero que, con más frecuencia, permanecía en silencio, con la vanidosa devoción del artista por su propia obra; al tiempo que los visitantes, se extasiaba contemplando los cuadros.

El retrato de Clavdia Chauchat estaba colgado en el salón, en la pared de la ventana. Hans Castorp lo había visto nada más entrar, a pesar de que no tenía más que un lejano parecido con la retratada. Con toda intención, evitó el lugar y retuvo a sus compañeros en el comedor, donde pretendió admirar un paisaje del verde valle de Sergi, con sus glaciares azulados al fondo; después, por propia iniciativa, pasó primero a la salita de fumar, que igualmente examinó en detalle y alabando al talentoso pintor, y se fijó luego en la primera pared del salón, la del lado de la puerta, invitando algunas veces a Joachim a expresar su aprobación. Por fin se volvió y, escogiendo mucho sus palabras de sorpresa, preguntó:

—Esta cara, no nos es desconocida, ¿verdad?

—¿La reconoce? —inquirió Behrens.

—Claro, no hay lugar a engaño. Es la joven señora de la mesa de los rusos distinguidos, ésa de nombre francés...

—Exacto, la Chauchat. Me satisface que le encuentre cierto parecido.

—¡Es obvio! —mintió Hans Castorp, no tanto por hipocresía sino con la certeza de que, de no haber estado en antecedentes, no habría podido reconocer el modelo. Como tampoco Joachim hubiera podido reconocerla por sus propios medios; el buen Joachim que ahora, en cambio, comenzaba a ver claro en aquella oscura estratagema de Hans Castorp.

—¡Ah, sí! —dijo en voz baja, y se esmeró en comentar el cuadro con los otros. Su primo se estaba resarciendo a gusto de los malos ratos que la ausencia de madame Chauchat de la terraza le había hecho pasar.

Era un retrato tres cuartos de medio perfil, un poco menor que de tamaño natural, que representaba a la modelo con un gran escote y un sofisticado drapeado en torno a los hombros y el pecho, con un ancho marco negro con reborde dorado. Madame Chauchat parecía diez años mayor que en la realidad, como ocurre frecuentemente en los retratos de aficionados que intentan dar cierto carácter al modelo. En la cara, en general, sobraban rojos, la nariz estaba mal dibujada, el tono de los cabellos no estaba conseguido en absoluto, tendía demasiado al color paja; la boca parecía deformada y el encanto especial de la fisonomía no se había captado —o no se había sabido ver siquiera—; el artista había fracasado por haber exagerado torpemente todas las facciones. En conjunto, una verdadera chapuza, con un parentesco más que lejano con la retratada. No obstante, a Hans Castorp no le importaba en demasía el parecido con madame Chauchat, le bastaba con saber de la relación entre aquel lienzo y Clavdia. El retrato representaba a madame Chauchat; ella misma había posado en aquella habitación. Para él, era suficiente, y muy emocionado repetía:

—¡Madame Chauchat en carne y hueso!

—No diga eso —objetó el doctor Behrens—. Es un tanto tosco, no estoy nada convencido con el resultado, y eso que tuvimos al menos veinte sesiones. ¡Cualquiera retrata un rostro tan particular! Parece fácil captar su esencia, con esos pómulos tan marcados y esos ojos que parecen dos rajitas. ¡De fácil nada! Si se atiene uno al detalle, estropea el conjunto. Un auténtico rompecabezas. ¿La conoce? Tal vez uno no debería retratarla del natural, sino trabajar de memoria. ¿Me ha dicho que la conocía...?

—Sí y no, superficialmente, como se conoce aquí a la gente...

—A fe mía, yo la conozco más bien «por dentro», de manera subcutánea, ¿me entiende? La presión arterial, la tensión de los tejidos y el movimiento de la linfa... sobre eso estoy perfectamente informado, por determinadas razones, claro está. El conocimiento del aspecto exterior presenta dificultades más considerables. ¿La ha visto usted andar? Pues su rostro es como sus movimientos: felino, escurridizo. Fíjese, por ejemplo, en los ojos... y no hablo del color, que también tiene su trampa, me refiero a su posición, a su forma. Se diría que los párpados son achinados, oblicuos. Pero no es más que una impresión. Lo que le engaña es el epicanto, es decir, una particularidad de ciertas razas, un pliegue de la piel del puente de la nariz que cubre el ángulo interior del ojo. Si estira usted la piel por encima de la base de la nariz, le queda un ojo como el nuestro. Es una ilusión óptica algo inquietante, pero no por ello menos digno de respeto; pues, bien mirado, el epicanto nos aparece como una malformación atávica.

—¡Qué curioso! —dijo Hans Castorp—. No lo sabía, pero hacía tiempo que me interesaba conocer el misterio de esos ojos.

—¡Pura ilusión óptica! —confirmó Behrens—. Dibújelos oblicuos y hendidos sin más y estará perdido. Hay que reproducir esa posición oblicua y esa mínima abertura siguiendo el mismo procedimiento de la naturaleza; hay que recrear esa ilusión óptica, una ilusión dentro de la ilusión, y naturalmente, para eso es necesario conocer la existencia del epicanto. El saber no ocupa lugar. Mire esa piel, esa piel del cuerpo. ¿No le parece que está muy lograda?

—¡Logradísima! —exclamó Hans Castorp—. Parece de verdad: ¡Qué piel! Creo que jamás he visto una piel tan bien pintada. Parece que está uno viendo hasta los poros.

Y con la punta de los dedos, tocó ligeramente el escote del retrato, que resultaba demasiado blanco en contraste con el rojo exagerado de la cara, como una parte del cuerpo que no suele estar expuesta a la luz, con lo cual sugería —intencionadamente o no— la idea de la desnudez. Un efecto, en todo caso, bastante burdo.

No obstante, el elogio de Hans Castorp era justificado. La luminosa blancura mate de aquellos senos, delicados pero no pequeños, que se perdían entre los pliegues de la tela azulada, estaba recreada de una forma muy plástica; era obvio que habían sido pintados con mucha sensibilidad y que, a pesar de su estilo un poco dulzón, el artista había sabido plasmarlos con un realismo casi científico y una muy viva precisión. Había aprovechado la textura ligeramente granulosa del lienzo para reproducir la textura naturalmente irregular de la piel, dejando que la trama de la tela se adivinase por debajo de la pintura, sobre todo en la zona de las clavículas, que se destacaban con suavidad. Tampoco había olvidado el artista un lunar, en la parte izquierda, allí donde el pecho comenzaba a dividirse, y bajo las incipientes protuberancias se creía ver cómo latían numerosas venillas azuladas. Daba la sensación de que, ante la mirada del espectador, un estremecimiento de sensualidad apenas perceptible recorriera aquella desnudez. Yendo un paso más lejos: se podía imaginar que se percibía la respiración invisible de aquella carne, como si, al apoyar los labios en ella no se hubiera de respirar un olor a pintura y barniz, sino el olor de un cuerpo humano. Al decir esto, no hacemos sino revelar las impresiones de Hans Castorp; y, por predispuesto que él estuviese a recibir tales impresiones, hay que hacer constar objetivamente que, en efecto, el escote de madame Chauchat era la parte más conseguida del cuadro.

El doctor Behrens, con las manos en los bolsillos del pantalón, se balanceaba sobre la planta y la punta de los pies, y contemplaba alternativamente su obra y las caras de sus visitantes.

—Me complace enormemente, mi querido colega —dijo—; me satisface mucho que usted lo comprenda. De nuevo, insisto en que es bueno y no puede perjudicar el saber también qué pasa bajo la epidermis y así poder pintar lo que no se ve. En otros términos: no tener una visión de la naturaleza puramente lírica. Pongamos que uno, además de pintar, ejerce la profesión de médico: fisiólogo, anatomista; y que tiene un discreto conocimiento de lo que hay bajo esa superficie visible. Eso no puede tener más que ventajas, diga lo que se diga. Esta piel es orgánica, puede ponerla bajo el microscopio para comprobar su perfección científica. Usted no sólo está viendo las capas epiteliales y córneas de la epidermis, sino que también está captando lo que hay debajo, el tejido conjuntivo, con sus glándulas sudoríparas y sebáceas, sus vasos sanguíneos y sus papilas y, aún más abajo, la capa adiposa, ¿comprende?, ese tejido mullido que, con sus células grasas, determina las exquisitas formas femeninas. Porque todo lo que uno sabe y todo lo que piensa mientras pinta de algún modo se traduce en el cuadro. Le guía a uno la mano y produce su efecto, no se ve pero está ahí, y eso hace el conjunto mucho más plástico y real.

Hans Castorp ardía de entusiasmo por esta conversación: su frente había enrojecido, sus ojos expresaban una avidez infinita y, de pronto, no supo qué contestar, pues tenía demasiadas cosas que decir. Primero, se proponía colocar el cuadro en un lugar más favorable que aquella pared situada a contraluz; en segundo lugar, quería retomar las palabras del doctor Behrens sobre la naturaleza de la piel, que le interesaba vivamente; y en tercer lugar, quería intentar expresar un pensamiento filosófico general que se le había ocurrido y que, igualmente, parecía importantísimo. Mientras alargaba la mano para descolgar el retrato, comenzó diciendo apresuradamente:

—¡Claro, claro! Por supuesto, es muy importante. Yo quería... bueno, es decir, usted decía, doctor: «No tener una visión de la naturaleza lírica». Sería conveniente que, además de esta visión lírica (así lo ha expresado usted, según creo), además de la visión artística, existiesen todavía otras formas de relación; en una palabra: que se considerasen las cosas desde otra perspectiva, por ejemplo, desde la perspectiva médica. Esto es extraordinariamente acertado; perdóneme, doctor, quiero decir que es tan sumamente acertado porque, en el fondo, no se trata de visiones y perspectivas diferentes, sino, hablando con propiedad, de un mismo y único punto de vista o, como mucho, de matices, es decir, variedades de un mismo y único interés general, entre las cuales la actividad artística no es más que una parte y una muestra, si me permite expresarlo así. Pero perdóneme, voy a descolgar el cuadro, aquí está falto de luz, ya verá, voy a colocarlo allí, junto al sofá, seguro que allí se ve distinto... Quería decir, ¿de qué se ocupa la ciencia médica? Naturalmente, yo no entiendo nada de eso, pero en suma, ¿no se ocupa del hombre? ¿Y el derecho, la legislación, la jurisdicción? ¡También del hombre! ¿Y el estudio de las lenguas que, por lo general, suele estar ligado al ejercicio de la pedagogía? ¿Y la teología, la salvación de las almas, el sacerdocio espiritual? Todo ello se ocupa del hombre, no son más que variantes de un mismo y único interés importante y... fundamental, a saber: el interés por el hombre. En una palabra, son profesiones humanistas, y si se quieren estudiar, lo primero de todo es aprender las lenguas antiguas, ¿no es cierto? Tal vez le sorprenda que hable de esto yo, que soy un realista, un técnico. Pero he estado reflexionando mucho sobre ello mientras guardaba cama: desde luego, es maravilloso que, como base de cualquier profesión humanista, se cuente con el elemento formal, con la idea de forma, de la forma bella, ¿comprende? Eso otorga a todo un carácter noble y superfluo y, además, un punto de sensibilidad y... cortesía, ya que dicho interés se convierte en una especie de gusto por lo galante... Es decir, quizá me expreso con torpeza, pero ahí se ve cómo se mezclan lo intelectual y lo bello, que, sin duda, siempre han sido una misma cosa... En otras palabras: la ciencia y el arte. Y admitirá usted que también la labor artística incontestablemente forma parte de eso, como quinta facultad del hombre, por así decirlo; y que no es otra cosa que una profesión humanista, una de las diversas variantes del interés humanista, en la medida en que su objeto y finalidad esenciales son, una vez más, el hombre. Es verdad que, en mi juventud, nunca pinté más que barcos y agua, pero lo más interesante en pintura es, a mis ojos, el retrato, porque tiene como objeto inmediato el hombre y por eso, doctor, le pregunté enseguida si había usted hecho alguna tentativa en ese terreno... ¿No le parece que en este lugar estará mucho mejor?

Tanto Behrens como Joachim le miraban como preguntándose si no le daría vergüenza aquel discurso improvisado. Pero Hans Castorp estaba demasiado entusiasmado para sentirse cohibido por nada. Sostenía el retrato contra la pared, encima del sofá, y esperaba que le contestasen si estaba mejor iluminado en aquel lugar. Al mismo tiempo, la criada trajo una bandeja con agua hirviendo, un hornillo de alcohol y tacitas de café. El consejero le ordenó que lo llevase todo a la salita y, dirigiéndose a Hans Castorp, dijo:

—Pensando como piensa, debería interesarse más por la plástica que por la pintura... Sí, naturalmente, ahí tiene mejor luz, si usted cree que puede soportar tanta... Quiero decir por la escultura, porque es ésta la que se ocupa más exclusiva y netamente del hombre en general. Pero no nos distraigamos, que se nos evapora el agua del café.

—Muy cierto... la escultura —dijo Hans Castorp, mientras pasaba a la otra habitación y, olvidando colgar el cuadro o dejarlo sobre el sofá, se lo llevaba consigo—. Por supuesto, una Venus griega o uno de esos atletas... Ahí es donde más claramente se hace patente el elemento humanista. En el fondo es lo más verdadero que hay, la forma de arte más puramente humanista, pensándolo bien.

—En fin, en lo que se refiere a la pequeña Chauchat —apuntó el doctor Behrens— es más bien un motivo pictórico; creo que Fidias o ese otro escultor..., ése cuyo nombre tiene una terminación judía, habrían arrugado la nariz ante una fisonomía como la suya... Pero ¿qué hace usted? ¿Qué hace paseando ese armatoste?

—Gracias, voy a apoyarlo contra la pata de mi silla, aquí estará bien de momento... Los escultores griegos, no obstante, se preocupaban poco de la cabeza, lo que les importaba era el cuerpo, ése era tal vez el elemento propiamente humanista... ¿Y las curvas femeninas... decía usted que es grasa?

—¡Es grasa! —dijo en tono categórico el doctor Behrens, que había abierto una alacena y sacado lo necesario para preparar el café: un molinillo turco en forma de tubo, una cafetera alargada, el doble recipiente para el azúcar y el café molido; todo de metal—. Palmitina, oleína, estearina —añadió mientras echaba los granos de café de una lata dentro del molinillo y comenzaba a dar vueltas a la manivela—. Como ven, me lo preparo yo mismo, así sabe dos veces mejor... ¿Qué esperaba? ¿Que fuera ambrosía?

—No, ya lo sabía, pero es curioso oírlo explicar así... —dijo Hans Castorp.

Estaban sentados en el rincón, entre la puerta y la ventana, en torno a un trípode de mimbre que soportaba, a modo de mesa, una gran bandeja de cobre adornada con motivos orientales, sobre la cual, entre los útiles de fumar, había sido colocado el servicio de café. Joachim estaba junto a Behrens, en una cama turca llena de almohadones de seda, y Hans Castorp en un sillón de cuero, con ruedas, contra el cual había apoyado el retrato de madame Chauchat. A sus pies había una alfombra de muchos colores. El doctor removió el café y el azúcar en la cafetera, echó agua y la puso a hervir en el infiernillo de alcohol. Al verter el líquido marrón intenso en las tacitas, se formó un poco de espuma, y su sabor era tan dulce como fuerte.

—Y las de usted también, por cierto —dijo Behrens—. Sus curvas, si es que puede hablarse de ellas, también son grasa, aunque, obviamente, no en la misma medida que en las mujeres. En nosotros la grasa no constituye, en general, más que la vigésima parte del peso del cuerpo, mientras que en las mujeres es la decimosexta. Sin el tejido elástico de la dermis, no seríamos más que esperpentos. Con el paso de los años se pierde esa elasticidad, y entonces se produce la famosa y antiestética flacidez. Donde más cargado de grasa está ese tejido es en el pecho y el vientre de la mujer, y en los muslos, en una palabra: en las partes interesantes para el corazón y para la mano. También en las plantas de los pies se tiene grasa... y cosquillas.

Hans Castorp daba vueltas al molinillo de café entre las manos. Como el resto del servicio, era más de origen hindú o persa que de origen turco. El estilo de los dibujos grabados en el metal, cuyas superficies brillantes se destacaban del fondo mate, daban fe de ello. Hans Castorp contempló aquella decoración sin comprender, de entrada, qué representaba.

Cuando distinguió los motivos no pudo evitar ponerse como un tomate.

—Sí, es un juego de café sólo para caballeros —dijo Behrens—. Por eso lo guardo bajo llave. Mi perla de cocinera podría perder la cabeza. Pero me parece que a ustedes no puede hacerles mucho daño. Es el regalo de una paciente, una princesa egipcia que durante un año nos hizo el honor de permanecer entre nosotros. Fíjense, el dibujo se reproduce en todas las piezas. Curioso ¿verdad?

—Sí, lo es —respondió Hans Castorp—. Pero no me impresiona, naturalmente... Incluso se le podría dar una interpretación seria y solemne, si se quisiese, aunque, después de todo, tampoco es más que un servicio de café. Los antiguos hubieran representado algo así sobre sus ataúdes. Lo obsceno y sagrado era para ellos una misma y única cosa.

—Bueno, en cuanto a la princesa egipcia, creo que era más bien lo obsceno lo que importaba. Por cierto, todavía conservo unos excelentes cigarros que me regaló, una auténtica exquisitez que no ofrezco más que en ocasiones excepcionales.

Y sacó de la alacena una caja de colores vivos para ofrecer a sus huéspedes. Joachim no quiso y dio las gracias juntando los tacones. Hans Castorp se sirvió y encendió el cigarro, de un grosor y una longitud anormales, con una esfinge dorada en la vitola y, en efecto, exquisito.

—Díganos algo más de la piel, doctor, sea usted tan amable —rogó.

Había cogido de nuevo el retrato de madame Chauchat, lo había puesto sobre sus rodillas y lo contemplaba, arrellanado en la butaca, con el cigarrillo entre los labios.

—Pero no del tejido adiposo —prosiguió—; ahora ya sabemos a qué atenernos sobre eso. De esa piel humana, en general, que usted pinta tan bien.

—¿De la piel? ¿Le interesa acaso la fisiología?

—Sí, mucho. Siempre me ha interesado enormemente. Siempre he sentido una gran curiosidad por el cuerpo humano.

Me he preguntado a veces si debería haberme hecho médico; desde cierto punto de vista, creo que esto hubiera ido bien conmigo. Quien se interesa por el cuerpo también se interesa por la enfermedad, especialmente por la enfermedad, ¿no es cierto? Claro que eso tampoco demuestra nada, igualmente hubiera podido dedicarme a muchas otras cosas... Por ejemplo, hubiera podido hacerme sacerdote.

—¿Qué me dice?

—Sí, más de una vez se me ha ocurrido pensar que tenía vocación.

—Entonces ¿por qué se ha hecho ingeniero?

—Por casualidad. Creo que fueron más bien las circunstancias externas las que me decidieron.

—Así pues, ¿la piel...? ¿Qué quiere que le cuente de esa superficie de sus sentidos? Es como un cerebro externo, ¿comprende lo que quiero decir? Ontogénicamente hablando, tiene justo el mismo origen que nuestros supuestos órganos sensoriales superiores, los de aquí arriba, en nuestro cráneo: el sistema nervioso central. El sistema nervioso central, como usted bien sabrá, no es más que una forma evolucionada de la epidermis. En las especies inferiores, no hay diferencias entre el sistema nervioso central y el periférico: esos animales huelen y saborean por la piel, ¡imagínese! No tienen más sentidos que el de su piel... lo cual debe de ser harto agradable, si nos ponemos en su lugar. Por el contrario, en los seres tan diferenciados como usted y como yo, todo el estímulo que siente la piel se reduce a las cosquillas, porque no es más que un órgano de defensa y transmisión, aunque muestra una sensibilidad terrible hacia todo lo que se acerca demasiado al cuerpo. Incluso se prolonga mediante pequeños órganos táctiles, a saber: a los pelos. El vello del cuerpo, que no se compone más que de pequeñas células queratinosas que registran la menor aproximación antes de que la piel misma sea tocada. Entre nosotros, incluso es posible que la función defensiva y protectora de la piel no se reduzca sólo a cuestiones físicas... ¿Sabe usted cómo se ruboriza o cómo palidece?

—No exactamente.

—He de confesarle que ni nosotros mismos lo sabemos, al menos en lo que se refiere al rubor. De momento, sigue siendo un proceso sin aclarar, pues hasta ahora no ha podido demostrarse que junto a los vasos sanguíneos, existan músculos extensores que sean puestos en movimiento por los nervios vasomotores. Igual que no sabemos cómo se le eriza la cresta al gallo (por citar uno de tantos ejemplos de fanfarronería); es, por así decirlo, un misterio, sobre todo porque es un reflejo que obedece a factores psíquicos. Admitamos que hay relación entre la corteza cerebral y el centro vascular del cerebro. Y que como consecuencia de ciertos estímulos (por ejemplo, cuando uno se avergüenza profundamente), esas conexiones en juego y los nervios vasomotores actúan sobre el rostro, y los vasos sanguíneos se dilatan y se llenan, de manera que a uno se le pone la cabeza como un tomate, y se queda completamente congestionado y con la vista turbia. Por el contrario, en otros casos (cuando Dios sabe lo que nos espera, un placer muy peligroso, si usted quiere), los vasos sanguíneos de la piel se constriñen y la piel se torna pálida y fría, y uno, de tanta emoción, tiene el aspecto de un cadáver, con el blanco de los ojos del color del plomo y la nariz blanca y afilada. Y sin embargo, el nervio simpático hace latir el corazón como de costumbre.

—¡Ah!, ¿es así como ocurre? —dijo Hans Castorp.

—Poco más o menos así. Son reacciones, ¿comprende? Sin embargo, dado que todas las reacciones y todos los reflejos tienen una razón de ser, nosotros los fisiólogos suponemos que incluso esos efectos secundarios de fenómenos psíquicos son, en realidad, un medio de defensa, reflejos protectores del cuerpo... como el ponérsele a uno la carne de gallina. ¿Sabe por qué se le pone a uno la carne de gallina?

—Tampoco lo sé muy bien.

—Pues se debe a unas glándulas sebáceas que segregan una sustancia oleosa, ¿sabe?, un poco asquerosa, pensándolo bien, pero que conserva la piel suave para que no se rompa y desgarre con la sequedad y sea agradable al tacto. No se puede imaginar cómo sería posible tocar la piel humana si no existiera la colesterina. Pues bien, en torno a cada pelo de nuestro cuerpo hay glándulas sebáceas y pequeños músculos erectores, y cuando éstos se contraen le pasa a usted lo que le pasó a aquel muchacho del cuento, al que la princesa echó encima un balde lleno de peces; la piel se vuelve áspera como la lija, y cuando la excitación es demasiado fuerte, se activan también las glándulas sebáceas y se nos ponen los pelos de punta, tanto los de la cabeza como los del cuerpo, como a un puerco espín que se defiende. Entonces puede uno decir que sabe lo que es el terror.

—Bueno, yo —dijo Hans Castorp— ya lo he experimentado en varias ocasiones. Se me pone carne de gallina en circunstancias muy diversas. Lo que me sorprende es que las glándulas se exciten en circunstancias tan diferentes. Se me pone la carne de gallina si oigo arañar un cristal con un buril, y una música particularmente bella me produce el mismo efecto; y cuando comulgué el día de mi confirmación, no se me quitaron la piel de gallina y los escalofríos y cosquilleos en todo el día. Es extraño, y uno se pregunta por qué razón esos pequeños músculos se ponen en movimiento.

—Sí —dijo Behrens—. Un estímulo es un estímulo. El porqué del estímulo importa poco al cuerpo. Ya sea por el tacto de los peces o por la comunión, las glándulas sebáceas se excitan.

—Doctor —dijo Hans Castorp, y miró el retrato que tenía sobre las rodillas—, desearía saber... Usted hablaba hace un momento de los fenómenos interiores, del movimiento de la linfa y de cosas similares... ¿Qué es eso? Me gustaría saber algo más sobre el movimiento de la linfa, por ejemplo; si fuese tan amable de explicármelo, eso me interesa muchísimo.

—Le creo —replicó Behrens—. La linfa es lo más fino, lo más íntimo y delicado que hay en toda la actividad del cuerpo. Supongo que usted intuye algo así, puesto que me lo pregunta. Se habla de la sangre y sus misterios, pues se la considera como un fluido muy especial. Sin embargo, la linfa es la savia de las savias, la esencia, ¿sabe usted? Es como una leche sanguínea, un líquido absolutamente delicioso, y si se sigue una alimentación rica en grasa, presenta realmente el aspecto de la leche.

Y muy entusiasmado, en un lenguaje lleno de imágenes, comenzó a describir cómo la sangre —esa especie de caldo saturado de gases, de grasas, proteínas, hierro, azúcar y sales como consecuencia de la respiración y la digestión, ese fluido de un rojo intenso como el telón de los teatros que, a treinta y ocho grados, es impulsado por la bomba del corazón hacia todos los vasos y conserva el equilibrio, el metabolismo, el calor animal, en una palabra: nuestra preciada vida— no llega hasta las células directamente, sino que la presión con que circula hace que las paredes de los vasos destilen un extracto lechoso y lo infiltren en los tejidos, de tal manera que penetra por todas partes y llena cada poro, dilata y tensa el elástico tejido celular. Eso es la tensión de los tejidos, la *turgor*, y gracias a esa *turgor*, la linfa —después de haber recorrido amablemente las células y asegurado su nutrición— es reconducida por los vasos linfáticos, los *vasa lymphatica*, y vuelve a la sangre, a razón de un litro y medio cada día. —Describió luego el sistema de conductos y la circulación en los vasos linfáticos, habló del canal galactóforo, que recoge la linfa de las piernas, del vientre, del pecho, de un brazo y de un lado de la cabeza; y de los delicados ganglios que se forman en determinados puntos de los vasos linfáticos, llamados «ganglios linfáticos» y situados en el cuello, las axilas, las articulaciones de los codos o de las corvas, y en otros puntos no menos íntimos y delicados.

—Puede producirse hinchazón en esos ganglios —explicó

Behrens–, y es precisamente de ahí de donde hemos partido. La hinchazón de los ganglios linfáticos, por ejemplo en las articulaciones de las rodillas y de los codos, así como los tumores hidrópicos en la zona que sea siempre obedecen a una causa y no muy halagüeña, por cierto. En determinadas circunstancias, cabe interpretarlo como una obstrucción de los vasos linfáticos de origen tuberculoso.

Hans Castorp permaneció en silencio.

Luego dijo en voz baja:

–Sí... Veo que hubiera podido estudiar medicina. El canal galactóforo, la linfa de las piernas... Esto me interesa mucho. ¿Qué es el cuerpo? –exclamó de pronto como en un arrebato–. ¿Qué es la carne? ¿Qué es el cuerpo humano? ¿De qué se compone? ¡Explíquenoslo esta tarde, doctor! ¡Díganoslo de una vez para siempre y exactamente, para que lo sepamos!

–Agua –respondió Behrens–. ¿También se interesa por la química orgánica? En su mayor parte, el cuerpo humano se compone de agua, ni más ni menos. No se asuste. La sustancia seca apenas representa el veinticinco por ciento, del cual, a su vez, el veinte por ciento está hecho de lo mismo que la clara del huevo: de proteínas, si quiere expresarlo en términos un poco más nobles, a las que no se ha añadido más que un poco de grasa y sales. Eso es todo, poco más o menos.

–Pero esa especie de clara de huevo, ¿qué es?

–Una mezcla de elementos: carbono, hidrógeno, nitrógeno, oxígeno, azufre; a veces, también fósforo. Desde luego, usted manifiesta una tremenda sed de conocimientos. Muchas proteínas están combinadas con los hidratos de carbono, es decir, con glucosa y almidón. Con la edad, la carne se vuelve correosa, y eso es debido a que aumenta el colágeno en el tejido conjuntivo, ¿me sigue? Esa especie de gelatina que es el componente principal de los huesos y los cartílagos. ¿Qué más quiere que le explique? Tenemos en el plasma muscular otro tipo de proteína, el miosinógeno que, al morir, se coagula y se convierte en la fibrina muscular, provocando el *rigor mortis*.

—¡Ah, sí, la rigidez del cadáver! —exclamó Hans Castorp, encantado—. Muy bien, muy bien. Y luego viene el análisis general, la anatomía de la tumba.

—Sí, naturalmente. Lo ha dicho usted de una manera muy hermosa. Ahí sí que pasa de todo. Por así decirlo, se nos sale toda el agua. ¡Esa ingente cantidad de agua, figúrese! Y el resto de sustancias, sin vida, se conservan muy mal, se pudren, se descomponen en combinaciones más simples, en combinaciones orgánicas.

—Podredumbre, descomposición... —dijo Hans Castorp— viene a ser una forma de la combustión, eso es la combinación con el oxígeno, según tengo entendido.

—Así es, oxidación.

—¿Y la vida?

—También. También, joven. También es oxidación. La vida es una mera oxidación de las proteínas de las células, es de ahí de donde procede ese agradable calor animal, que a veces se siente en exceso. Sí, vivir es morir, ésa es la cruda realidad; *une destruction organique*, como dijo no sé qué francés con esa ligereza innata que los caracteriza. Por otra parte, la vida huele a eso. Si pensamos otra cosa, es porque nuestro juicio está deformado.

—Y cuando uno se interesa por la vida —dijo Hans Castorp— se interesa literalmente por la muerte. ¿No es cierto?

—Hombre... cierta diferencia entre las dos sí que hay. En la vida, durante la transformación de la materia, la forma persiste.

—¿Para qué conservar la forma? —dijo Hans Castorp.

—¿Cómo que «para qué»? Esa pregunta no tiene nada de humanista...

—La forma es una cosa muy relativa.

—Usted está disparado hoy. ¡Está hecho un revolucionario...! Pero voy a dejarles —dijo el consejero—. Me estoy poniendo melancólico. −Y se llevó una de sus enormes manos a los ojos−. Me coge así, de pronto. He tomado café con ustedes tan a gusto y ahora me siento melancólico. Les ruego que me excusen. Me ha gustado mucho encontrarme entre ustedes, he tenido un verdadero placer...

Los primos se habían puesto de pie. Se reprocharon el haber distraído al doctor durante tanto tiempo... Él los tranquilizó.

Hans Castorp se apresuró a llevar el retrato de madame Chauchat a la habitación cercana y a colgarlo de nuevo en su sitio.

Decidieron no volver al jardín. Behrens les indicó el camino por dentro del edificio, acompañándoles hasta la puerta de cristales. Su nuca parecía más saliente que de costumbre en el estado de ánimo que súbitamente le había invadido; guiñaba los ojos llorosos, y su bigote asimétrico, fruto de su habitual gesto de torcer la boca, prestaba a su rostro una expresión de dolor profundo.

Mientras atravesaban pasillos y escaleras, Hans Castorp dijo:

−Reconoce que ha sido una buena idea por mi parte.

−En cualquier caso, una variación −respondió Joachim−. Y habéis aprovechado para hablar de muchas cosas, eso sí que no lo niego. Aunque ya es hora de que, antes del té, pasemos veinte minutos reposando. Te parecerá que soy un picajoso con lo de la cura, con lo activo que estás últimamente... También es verdad que no la necesitas tanto como yo.

INVESTIGACIONES

Y así llegó el momento que había de llegar y que Hans Castorp, unos meses atrás, ni siquiera en sueños habría imaginado que viviría allí arriba: el invierno en la alta montaña, que Joachim ya conocía porque había ingresado a mediados del anterior, pero al que Hans Castorp tenía cierto miedo, a pesar de que estaba perfectamente equipado. Su primo intentaba tranquilizarle.

—Tampoco pienses que es tan terrible —dijo—, no es un invierno ártico ni mucho menos. El frío se siente poco gracias a la sequedad del aire y a la ausencia de viento. Si se abriga uno bien puede permanecer en la terraza sin pasar frío hasta muy entrada la noche. Resulta que se produce una inversión térmica, se invierte cuando se sobrepasa la altura de la niebla, en las capas más altas hace más calor; antes no se sabía. De hecho, se nota mucho más el frío cuando llueve. Pero ahora ya tienes tu saco de piel y también encienden la calefacción cuando hace falta.

Por otra parte, no podía decirse que les hubiese pillado por sorpresa ni que se hubiera producido un cambio brusco, el invierno llegó paulatinamente y, al principio, no pareció diferenciarse demasiado de algunos días fríos del verano. Durante varios días sopló el viento del sur; el sol calentaba con fuerza, el valle parecía más pequeño y angosto y, al fondo de éste, el decorado de los Alpes se veía muy cercano y nítido. Luego se formaron nubes, avanzaron desde el Pic Michel y desde el Tinzenhorn hacia el noroeste y el valle se oscureció. Después se puso a llover a cántaros. Más tarde, la lluvia se tornó como sucia, de un gris blancuzco, entremezclada con nieve; el valle fue sacudido por numerosas tormentas y, como eso duró bastante tiempo y en el intervalo había descendido notablemente la temperatura, la nieve no llegaba a derretirse del todo; estaba acuosa, pero persistía. El valle estaba cubierto por un manto blanco muy fino, húmedo, hecho jirones, sobre el cual se destacaban los perfiles negros de los árboles de las laderas de la montaña. En el comedor, los radiadores comenzaban a templarse.

Eso había sido a principios de noviembre, en la proximidad de Todos los Santos, nada nuevo. En agosto ya había pasado lo mismo y, desde hacía tiempo, la gente de allí arriba ya se había acostumbrado a no considerar la nieve como algo exclusivo del invierno. Constantemente y en todas las tormentas, aunque fuese muy poca, se veía nieve en alguna parte, pues siempre brillaba algún resto de ella en las grietas y los barrancos de la cadena rocosa del Rätikon, que parecía cerrar la entrada del valle, y siempre resplandecían nevadas las majestuosas cumbres más lejanas del sur. Esta vez, sin embargo, las nevadas y el descenso de la temperatura no fueron pasajeros. El cielo era como una pesada manta de un gris pálido que pesaba sobre el valle, se deshacía en copos que caían en silencio y sin descanso, con una abundancia exagerada y un poco inquietante, y de hora en hora aumentaba el frío.

Llegó una mañana en que Hans Castorp registró siete grados dentro de su habitación; al día siguiente no fueron más que cinco. Era la escarcha que, aunque aún moderada, se mantenía. Helaba durante la noche y continuaba helando durante el día, desde la mañana hasta la noche, al tiempo que seguía nevando (con breves interrupciones el cuarto, el quinto y el séptimo día). Ahora, la nieve se iba acumulando de un modo considerable y empezó a plantear dificultades. En el camino que conducía hasta el banco del arroyo, así como en el que llevaba hasta el valle, se habían tenido que abrir pistas con ayuda de palas, pero eran muy estrechas y sólo se podía transitar por ahí, con lo cual, cuando uno se cruzaba con alguien, no le quedaba más remedio que apartarse hacia el muro de nieve y hundirse hasta las rodillas. Una pequeña apisonadora de piedra, arrastrada por un caballo que un hombre conducía de la brida, pasaba el día entero allanando los caminos de allá abajo, y un trineo amarillo, que recordaba a una diligencia de Correos sacada de algún tiempo remoto, precedido de un rompehielos semejante a un arado que abría grandes surcos en la imponente masa blanca, unía el barrio del Casino y la parte norte llamada Davos Dorf.

El mundo, ese pequeño mundo apartado de todo de los de allí arriba, parecía envuelto en una gruesa capa de algodón; no había poste o saledizo que no pareciese llevar un gorro blanco; los escalones del Berghof habían desaparecido, transformándose en una gran rampa, y gruesos almohadones de extravagantes formas cargaban todas las ramas de los pinos. De cuando en cuando, alguno de aquellos macizos blancos resbalaba, se estrellaba en mil pedazos contra el suelo, y una nube o niebla blanca se extendía por entre los troncos. Las montañas de los alrededores estaban cubiertas de nieve, con múltiples zonas calvas en las regiones inferiores, bien mullidas las cimas que, con irregular contorno, se recortaban por encima de los árboles. Reinaba la penumbra y el sol no era más que un pálido resplandor detrás de aquel velo. Sin embargo, la nieve difundía una suave luz indirecta, una claridad lechosa que embellecía al mundo y a los hombres, incluso cuando éstos tenían la nariz colorada bajo sus gorros de lana blanca o de colores.

En las siete mesas del comedor, la llegada del invierno, de la gran estación de aquellos parajes, era el tema de conversación por excelencia. Se contaba que habían llegado muchos turistas y deportistas que llenaban los hoteles de Davos Dorf y Platz. Se calculaba el espesor de la nieve caída —sesenta centímetros— y se decía que era ideal para los esquiadores, que se estaba trabajando activamente para preparar la pista de *bobsleigh* que, en la otra ladera de la montaña, conducía de la Schatzalp al valle y que ya en pocos días podría ser inaugurada, siempre que el foehn no truncase esas esperanzas. Se mostraba alegría por presenciar el movimiento de los que estaban sanos, los huéspedes de allá abajo, que de nuevo comenzarían sus fiestas deportivas y sus campeonatos, a los cuales se tenía la intención de asistir, saltándose la prohibición del médico y la cura de reposo. Hans Castorp se enteró de que había un nuevo deporte, un invento de los países nórdicos: el *skikjöring*, una carrera cuyos participantes, sobre esquíes, iban arrastrados por caballos. Ver eso bien merecería escaparse del sanatorio. También se empezaba a hablar de la Navidad.

¡Navidad! No, Hans Castorp todavía no había pensado en eso. No le había costado decir y escribir que, según el médico, convenía que pasara el invierno allí arriba con Joachim. Claro que, por lo que ahora veía, eso significaba que también habría de pasar allí la Navidad, lo cual, sin duda, le resultaba un tanto angustioso, puesto que —y si bien no sólo por esa razón— jamás había pasado esos días fuera de su casa, alejado de su familia. ¡Oh, Dios mío, ésa era la idea que ahora debía afrontar! Ya no era ningún niño; a Joachim tampoco parecía importarle mucho y lo aceptaba sin lloriqueos... ¡Y dónde o en qué circunstancias no pasaría la Navidad la gente!

Con todo, le parecía un poco prematuro hablar de Navidad antes del primer domingo de Adviento, y faltaban aún seis semanas largas hasta entonces. Aunque, en el comedor, esas semanas no contaban, «se las comían»: proceso mental en el que Hans Castorp, por propia experiencia, ya participaba, aunque no con tanta agilidad como quienes llevaban mucho tiempo allí. En el curso del año, las fechas concretas, como Navidades, se veían como puntos de referencia y, a la vez, como una especie de «trampolines» en los que tomar impulso para saltar por encima de los intervalos vacíos. Todo el mundo tenía fiebre, tenía el metabolismo acelerado, todos los procesos y aspectos de su cuerpo se acentuaban y estimulaban allí arriba... Tal vez se debiera a que mataban el tiempo en su conjunto y con una rapidez vertiginosa. Hans Castorp no se hubiera sorprendido de que ya considerasen también la Navidad como una fecha pasada y hablasen directamente del Año Nuevo y el Carnaval... Pero, a pesar de todo, no se era tan superficial y desabrido en el comedor del Berghof. En la Navidad se hacía un alto, y aquella fiesta era buen motivo de preocupaciones y quebraderos de cabeza. Se deliberaba sobre el regalo común que, según la costumbre establecida en la casa, los pacientes entregaban la noche de Nochebuena al director, al doctor Behrens, y para el cual se había iniciado una colecta. El año anterior le habían regalado una maleta, según transmitieron los que estaban allí entonces. Esta vez se barajaban una nueva mesa de operaciones, un caballete, una pelliza, una mecedora, un estetoscopio con incrustaciones de marfil y, cuando preguntaron a Settembrini, por recomendación suya se añadió a la lista la suscripción a una obra enciclopédica titulada *Sociología del sufrimiento*, la cual, según dijo, aún se encontraba en preparación; propuesta que únicamente encontró aprobación por parte de un librero que se sentaba desde hacía poco en la mesa de la Kleefeld. No había manera de ponerse de acuerdo. Con los internos rusos, este acuerdo presentaba particulares dificultades. Se formaron dos bandos. Los moscovitas declararon que deseaban hacer un regalo a Behrens por su cuenta. La señora Stöhr pasó varios días de verdadera angustia porque, imprudentemente, había adelantado la cantidad de diez francos a la señora Iltis y ésta «se olvidaba» de devolvérselos. El tono con el que la señora Stöhr pronunciaba la palabra «olvidado» presentaba los matices más variados, pero todos ellos estaban calculados a la perfección para expresar la duda más profunda sobre la naturaleza de dicho «olvido», que persistía a pesar de las indirectas y los sutilísimos recordatorios, en los cuales la señora Stöhr −como ella misma reconoció− no dejaba de manifestar su incomodidad. En más de una ocasión, la señora Stöhr se declaró dispuesta a renunciar a su dinero y regalárselo a la señora Iltis: «Pago, pues, por mí y por ella −decía−. No soy yo quien se ha de avergonzar». Pero, finalmente, encontró una solución que se apresuró a comunicar a sus compañeros de mesa en medio de la risa general: había hecho que le pagasen los diez francos en la «administración», que, a su vez, los había puesto en la factura de la señora Iltis, de manera que la morosa deudora había sido burlada y el asunto resuelto de una vez.

Había dejado de nevar. El cielo se veía en parte despejado. Jirones de nubes de un gris azul filtraban los rayos del sol, coloreando el paisaje de un tono azulado. Luego el tiempo mejoró de forma espectacular. Reinaba un frío sereno, un esplendor invernal puro y límpido en pleno noviembre, y el panorama a través de los arcos de la galería —los bosques espolvoreados de blanco, los barrancos llenos de nieve blanda y esponjosa, el valle blanco soleado bajo el cielo azul resplandeciente— era magnífico.

Y luego, al caer la tarde, cuando salía la luna casi llena, el mundo entero se transformaba en un mundo encantado como por arte de magia.

Todo relucía con un brillo cristalino, todo eran pequeñas chispas de luz irisada, como los mil reflejos de un diamante. Los bosques se veían muy blancos y muy negros. En los parajes del cielo más alejados de la luna reinaba una profunda oscuridad bordada de estrellas. Sombras muy bien dibujadas e intensas, que parecían más reales e importantes que los objetos mismos, caían de las casas, los árboles y los postes telegráficos sobre la llanura resplandeciente. Unas horas después de la puesta del sol, la temperatura descendía a siete u ocho grados bajo cero. El mundo parecía envuelto en una pureza helada, su suciedad natural quedaba oculta, congelada, encerrada en el sueño de aquella muerte mágica.

Hans Castorp permanecía hasta muy avanzada la noche en su departamento de la galería, por encima del valle invernal y encantado, mucho más tiempo que Joachim, que se retiraba a las diez o poco más tarde. Había acercado su excelente tumbona —con sus tres cojines a modo de colchoneta y su reposacabezas redondo— a la balaustrada de madera, por la que se extendía una almohada de nieve. A su lado, sobre la mesita blanca, brillaba la lamparilla eléctrica y, junto a un montón de libros, había un vaso de leche mantecosa: la leche de después de cenar que subían a las nueve en punto a las habitaciones de todos los habitantes del Berghof, y a la que Hans Castorp añadía un chorro de coñac para darle mejor sabor. Ya había recurrido a todos los posibles medios de protección contra el frío, a su repertorio de prendas de abrigo al completo. Desaparecía hasta el pecho dentro del saco de pieles, que se podía abrochar y que había adquirido a tiempo en una tienda especializada del pueblo, y, por encima del saco, siguiendo el ritual, se empaquetaba en las dos mantas de pelo de camello. Además, llevaba un chaquetón corto de piel encima del traje, un gorro de lana, polainas de fieltro y gruesos guantes que, con todo, no impedían que se le helasen las manos.

Lo que le retenía allí fuera tanto tiempo, muchas veces hasta medianoche (hasta mucho después de que el grosero matrimonio ruso hubiese abandonado la terraza vecina), era, en buena parte, la magia de la noche invernal, sobre todo porque, hasta las once, podía escucharse la música que, desde más cerca o más lejos, subía del valle; aunque principalmente eran la inercia y la sobreexcitación, ambas unidas y a un mismo tiempo: por un lado, la pereza y la terrible fatiga de su cuerpo, que se oponía en firme a cualquier movimiento; por el otro, la agitación de su espíritu, al que ciertos estudios nuevos y absorbentes emprendidos por el joven no concedían sosiego alguno. El tiempo que hacía allí arriba le sentaba fatal y el frío ejercía sobre su organismo un efecto agotador. Comía mucho, aprovechando las formidables comidas del Berghof —en las cuales el ganso asado sucedía a un *rostbeaf* con guarnición—, y con ese apetito desmesurado que allí, sin embargo, era lo corriente y que en invierno parecía ser aún mayor que en la temporada estival. Al mismo tiempo, era presa de una somnolencia constante, hasta el punto de que, en las noches de luna, solía dar alguna cabezada sobre los libros que sacaba para leer en la terraza —y que más adelante describiremos— para, después de unos minutos de inconsciencia, continuar con sus investigaciones.

Hablar con animación —allí arriba se sentía inclinado a hablar más deprisa y con mucho menos recato del que mostrase antaño en el mundo de la llanura, e incluso a decir cosas bien atrevidas–, hablar, pues, animadamente con Joachim durante sus paseos a través de la nieve era algo que le extenuaba, produciéndole vértigos, temblores y una extraña sensación de aturdimiento y embriaguez. Y sentía la cabeza a punto de estallar de calor. Su curva de temperatura había subido desde principios del invierno y el doctor Behrens había dejado caer un comentario acerca de unas inyecciones a las que solía recurrir en casos de persistente fiebre y que ponía normalmente a dos terceras partes de los pacientes, incluido Joachim. A pesar de todo, Hans Castorp pensaba que aquella subida de la temperatura de su cuerpo guardaba una relación directa con aquella agitación y aquel ansia intelectual que le hacía quedarse echado en su tumbona hasta tan entrada la mágica noche helada. La propia lectura que tanto le cautivaba sugería tales explicaciones.

Se leía bastante en las terrazas comunes y en los compartimientos privados de las habitaciones del Sanatorio Internacional Berghof, mejor dicho: leían los novatos y los que sólo iban a pasar cortas temporadas, pues los enfermos que llevaban allí muchos meses o incluso años hacía tiempo que habían aprendido a matar el tiempo sin necesidad de ninguna actividad intelectual, gracias a una peculiar forma de virtuosismo interior; es más: afirmaban que aferrarse a los libros era muestra de torpeza y de estupidez. Si acaso, se podía poner uno sobre las rodillas o sobre la mesita, y eso ya era más que suficiente para sentirse provisto de lo necesario. La biblioteca del sanatorio, muy surtida de obras de divulgación y en muy diversos idiomas –una versión ricamente ampliada del repertorio habitual en la sala de espera del dentista–, estaba a disposición de todos. La gente también intercambiaba las novelas que sacaba prestadas de la biblioteca pública de Davos Platz. De vez en cuando surgía algún libro o algún texto que todo el mundo quería leer y por el que se peleaban todos, incluso los que habían abandonado la lectura (y, desde luego, la flema que éstos mostraban, era fingida). En la época a que nos referimos, circulaba de mano en mano un librillo mal editado, introducido por el señor Albin, que se titulaba El arte de seducir. El texto estaba traducido del francés muy literalmente, de modo que incluso se había conservado la sintaxis de dicha lengua, lo cual daba a la prosa cierta pomposidad y una elegancia muy sugerente. El autor exponía la filosofía del amor físico y la voluptuosidad desde una postura de paganismo mundano y epicúreo. La señora Stöhr lo leyó de las primeras y lo encontró «fascinante». La señora Magnus, la que no fijaba las proteínas, secundó esta opinión sin reservas. Su marido, el cervecero, hubiera querido sacar algún provecho de aquella lectura en varios sentidos, pero al final hubo de lamentar que su señora lo hubiese leído, ya que esas cosas «acostumbraban mal» a las mujeres y luego «menudas exigencias que se traían». Estas palabras hicieron que el interés por el opúsculo aumentase más todavía. Una noche, después de cenar, se produjo un altercado más que desagradable –por no decir violento– entre dos señoras de la sala de reposo común del piso de abajo, llegadas al Berghof en octubre –a saber: la señora Redisch, esposa de un industrial polaco, y una tal «viuda de Hessenfeld» de Berlín–, pues cada cual afirmaba estar la primera en la lista para leerlo, discusión que terminó con un ataque de nervios acompañado de fuertes chillidos por parte de una de ellas –debió de ser la Redisch, pero también pudo haber sido la Hessenfeld– y el consiguiente traslado del basilisco a su habitación. Hans Castorp no pudo evitar oírlo desde su terraza. Los jóvenes se apoderaron del tratado antes que las personas de más edad. Lo estudiaban en común, después de la cena, en la habitación de alguno de ellos. Hans Castorp vio cómo el joven de la uña larga se lo entregaba en el comedor a una paciente recién llegada, levemente enferma nada más: Fränzchen Oberdank, una jovencita de buena familia, de cabello rubio y peinado con una marcada raya, a la que su madre había traído pocos días atrás.

Tal vez había excepciones, algún interno que dedicara las horas de la cura de reposo a serias cuestiones intelectuales, a algún estudio útil, aunque no fuese más que para conservar el contacto con la vida de allá abajo, o dar al tiempo un poco de peso y profundidad a fin de que no fuese única y exclusivamente «tiempo». Tal vez, además de Settembrini, que se esforzaba en abolir el sufrimiento humano, y del buen Joachim, con sus gramáticas rusas, había alguien con alguna inquietud análoga, si no entre los habituales del comedor –lo cual era muy poco probable–, al menos entre los que se hallaban en la cama y tal vez entre los moribundos. Hans Castorp quería creerlo así.

Él, por su parte, como el *Ocean Steamships* ya no le decía nada, había pedido que, junto con la ropa de invierno, le enviasen de casa algunos libros relacionados con su profesión, obras técnicas sobre la construcción de buques. Sin embargo, esos volúmenes habían quedado relegados por otros que pertenecían a un sector y a una disciplina diferentes y por cuyos temas el joven Hans Castorp había empezado a interesarse. Eran obras de anatomía, fisiología, biología, escritas en diferentes lenguas: en alemán, francés e inglés; obras que le había enviado un librero, seguramente porque él se las había encargado en alguno de los paseos hasta Platz sin la compañía de Joachim (quien en ese momento habría sido llamado para ponerse la inyección o para pesarse). Joachim se sorprendió mucho al ver aquellos libros en manos de su primo. Le habían costado mucho dinero, como suele suceder con las obras científicas. Los precios aún estaban anotados en el interior de las tapas o en la cubierta. Preguntó por qué Hans Castorp, si deseaba leer obras de ese tipo, no se las había pedido prestadas al doctor Behrens, que poseía una selecta y bien surtida biblioteca. Hans Castorp, en cambio, contestó que deseaba tenerlas él también, que leía de un modo muy diferente cuando el libro le pertenecía; además, le gustaba señalar con lápiz algunos párrafos. Durante horas, Joachim oía el peculiar ruido del abrecartas que iba abriendo los pliegos en el departamento de su primo.

Los tomos eran pesados y poco manejables. Hans Castorp, echado, se apoyaba el borde inferior sobre el pecho, sobre el estómago. El libro le pesaba, pero podía soportarlo. Con la boca entreabierta, dejaba que sus ojos recorriesen de arriba abajo las eruditas páginas, que el resplandor rojizo de la pantalla de la lámpara iluminaba casi inútilmente, pues, de haber sido necesario, las hubiese podido leer a la espléndida luz de la luna; al mismo tiempo, también iba bajando la cabeza hasta que su barbilla reposaba sobre el pecho, posición en la que permanecía algún tiempo, reflexionando, adormilado o ya medio dormido, antes de levantar la cara de nuevo para emprender la página siguiente. Realizaba profundas investigaciones; leía mientras la luna seguía su órbita por encima del valle de la alta montaña, iluminado con mil reflejos, como un diamante de mil caras; leía libros sobre la materia orgánica, sobre las propiedades del protoplasma, esa sustancia tan sensible que se mantiene en un extraño estado entre la composición y la descomposición, y sobre el desarrollo de sus formas a partir de unas estructuras básicas muy simples pero siempre presentes; leía con ferviente entusiasmo acerca de los misterios sagrados a la vez que impuros de la vida.

¿Qué es la vida? No se sabía. Sin duda, tenía conciencia de ella, desde el momento que era vida, pero ella misma no sabía lo que era. Sin duda, la conciencia en tanto sensibilidad a ciertos estímulos se hacía patente incluso en las formas de vida inferiores y más primitivas; era imposible vincular la primera aparición de fenómenos conscientes a un determinado punto de su historia general o individual; asociar, por ejemplo, la conciencia con la existencia de un sistema nervioso. Las formas animales inferiores no tenían sistema nervioso, y ni mucho menos cerebro, y, sin embargo, nadie se hubiera atrevido a poner en duda su capacidad de reaccionar a deter-minados estímulos. Además, también se podía anestesiar momentáneamente la vida –la propia vida–, no sólo los órganos particulares de la sensibilidad que la constituían, no sólo los nervios. Con las sustancias adecuadas, se podía anular temporalmente la sensibilidad de toda materia dotada de vida, tanto del reino vegetal como del animal, se podían anestesiar los huevos o las células reproductoras con cloroformo o clorhidrato de morfina. La conciencia de uno mismo, pues, era una mera función de la materia organizada como forma de vida; y, en un grado más alto, esa función se volvía contra su propio portador, se convertía en tendencia a profundizar y explicar el fenómeno del que es fruto; en una búsqueda tan esperanzada como desesperanzada de la vida en pos del conocimiento de sí misma; en una constante indagación en su propio interior de la naturaleza, en vano al final, puesto que la naturaleza no puede traducirse en conocimiento, como tampoco la vida, en último término, puede explorarse a sí misma.

¿Qué era la vida? Nadie lo sabía. Nadie conocía el punto de la naturaleza del que nacía o en el que se encendía. A partir de ese punto, nada era inmediato ni estaba mal mediado en el dominio de la vida; la vida misma, parecía inmediata. Si algo se podía decir sobre este aspecto era lo siguiente: su estructura debía de ser de una índole tan evolucionada que el mundo inanimado no tenía ninguna forma que se le asemejase ni remotamente. Entre la ameba y el animal vertebrado mediaba una distancia muy pequeña, insignificante en comparación con la que existía entre el fenómeno más sencillo de la vida y esa naturaleza que ni siquiera merecía ser calificada de muerta, puesto que era inorgánica. Porque la muerte no era más que la negación lógica de la vida; pero entre la vida y la naturaleza inanimada se abría un abismo que la ciencia intentaba franquear en vano. Se intentaba salvarlo por medio de teorías, que el abismo se engullía sin perder nada de su profundidad ni extensión. Con tal de establecer un eslabón de unión llegaron a aceptar una teoría tan contradictoria como que una materia viva carente de estructura, organismos desorganizados, se fusionaban por sí mismos en una solución proteínica, como el cristal en el agua madre, cuando la diferenciación orgánica es la condición previa indispensable y la manifestación de toda vida, y cuando no se conoce ningún ser vivo que no deba su existencia a la concepción de unos padres. El júbilo de los científicos cuando se extrajo el caldo primordial de las profundidades del océano, se tornó vergüenza ante el craso error. Resultó que lo que se había creído protoplasma eran depósitos calcáreos. Así pues, a fin de no detenerse en sus investigaciones y reconocer que era un milagro –pues una vida que se compusiera de los mismos elementos y se descompusiera en los mismos elementos que la naturaleza inorgánica, sin formas intermedias, hubiese sido un milagro–, se vieron obligados a admitir una concepción inicial, es decir, a creer que lo orgánico nacía de lo inorgánico, lo cual, por otra parte, también era un milagro. Se continuaron admitiendo, entonces, grados intermedios y estados de transición, aceptando la existencia de organismos inferiores a todos los que se conocían, los cuales, a su vez, descendían de protoformas de vida aún más primitivas, protozoos que nadie vería jamás, porque eran de un tamaño inframicroscópico; y antes aún del nacimiento de éstos tenía que haberse dado la síntesis de las estructuras proteínicas...

¿Qué era, pues, la vida? Era calor, calor producido por un fenómeno sin sustancia propia que conservaba la forma: era una fiebre de la materia que acompañaba al proceso de incesante descomposición e incesante recomposición de moléculas de proteína de una estructura infinitamente complicada e ingeniosa. Era el ser de lo que en realidad no puede ser, de lo que únicamente se balancea, en precario equilibrio –con placer y dolor a un mismo tiempo– sobre el vértice dentro de este complejísimo y febril proceso de descomposición y renovación. No era materia y tampoco era espíritu. Era algo entre las dos cosas, un fenómeno que se hace visible en la materia, como el arcoíris sobre un salto de agua, o como la llama del fuego. Sin embargo, a pesar de no ser material, era sensual hasta la voluptuosidad y el asco, el impudor de la materia que se vuelve sensible a sí misma y a sus propios estímulos, era la forma impúdica del ser. Era un secreto y sensual movimiento en la casta frialdad del universo, un mínimo foco de impureza secretamente voluptuoso, de nutrición y excreción, un soplo excretor de anhídrido carbónico y sustancias nocivas de procedencia y naturaleza oscuras. Era el resultado de un proceso de compensación de su naturaleza inconsistente que obedecía a unas leyes intrínsecas, es decir: era la proliferación, el desarrollo, la formación de esa especie de materia esponjosa hecha de agua, proteínas, sales y grasas que llamamos carne y que luego se convierte en forma, en imagen elevada, en belleza, sin dejar de ser, con todo, la más pura esencia de la sensualidad y el deseo. Pues esta forma, esta belleza, no es de naturaleza espiritual como las obras de la poesía y la música; y tampoco se manifiesta a través de un material neutro y objetivo, capaz de representar el espíritu de una manera inocente, como es el caso de la forma y la belleza de las obras escultóricas. Todo lo contrario, se manifiesta y está construida por la sustancia que, no se sabe cómo, despierta la voluptuosidad, por la propia materia orgánica que se organiza y se descompone constantemente, por la carne que desprende un olor...

La imagen de la vida se revelaba a los ojos del joven Hans Castorp, que reposaba mirando al valle cristalino, envuelto en sus cálidas pieles y mantas, en la noche helada, iluminada por el resplandor del astro muerto. Flotaba ante él como una visión, desde algún punto del espacio, una figura fantasmal y, al mismo tiempo, muy real: la carnalidad, el cuerpo, de un blanco mate, con sus múltiples olores y vapores, pegajoso; la piel, con todas sus impurezas y defectos, manchas, papilas, durezas, grietas y zonas rugosas y escamosas, recubierta por los suavísimos remolinos del lanugo.

Flotaba en una especie de nebulosa, de halo, diferenciada

del frío de la materia inanimada, en una postura relajada, con las manos cruzadas detrás de la nuca, la cabeza coronada con un producto de su propia piel –frío, queratinoso y pigmentado–, y le miraba con los ojos bajos, unos ojos que, debido a un particular pliegue de la piel, parecían oblicuos; con la boca entreabierta y los labios un poco adelantados hacia quien la miraba, descargando el peso sobre una pierna de manera que se le marcaba el hueso de la cadera y apoyando la otra, un poco flexionada, sobre la punta del pie, casi rozando la cara interior de la que soportaba el peso. Allí estaba, de pie, ligeramente de lado, sonriendo, en una postura tan relajada como grácil, con los blanquísimos codos separados, simétricos... Como todo su cuerpo, estaba lleno de juegos de simetrías: a la acre oscuridad de las axilas le correspondía el místico triángulo en que culminaba la noche del regazo, como también los ojos formaban un triángulo con la roja abertura de la boca, y las rojas flores de los pechos con la suave hendidura vertical del ombligo. Un órgano central, así como los nervios motores que nacían en la médula espinal gobernaban el movimiento del vientre y el tórax, la cavidad pleuroperitoneal se dilataba y se contraía, el aliento –caliente y húmedo por la acción de las mucosas de los conductos respiratorios, saturado del anhídrido carbónico– se escapaba entre los labios tras haber provisto de oxígeno a la hemoglobina de la sangre en las celdas del pulmón para la respiración interna.

Pues Hans Castorp comprendía que aquel cuerpo vivo –con aquel trazado misteriosamente perfecto de nervios, venas, arterias y capilares, alimentado a través de la sangre, irrigado por la linfa; con su armazón interno hecho de huesos, ya largos y con una cavidad medular, ya cortos o planos, vértebras, etcétera, formados a partir de la sustancia fundamental impregnada de sales de calcio; con las cápsulas, tendones y ligamentos de sus articulaciones; con sus más de doscientos músculos; sus órganos centrales encargados de la respiración, la recepción de estímulos o la reacción a tales estímulos; con sus membranas, sus cavidades serosas, sus múltiples glándulas y con todo aquel sistema de grietas y conductos de su superficie interna, abierta al mundo exterior por una serie de orificios–, aquel yo, era una unidad de vida de orden superior, muy alejada ya de aquellas otras formas de vida ultrasimples que respiraban, se alimentaban e incluso pensaban a través de toda la superficie de su cuerpo. Comprendía que aquel cuerpo estaba formado por miríadas de microestructuras como aquéllas, las cuales, a su vez, procedían de una única célula que se había reproducido gracias a una infinita división, se había organizado, especializado y configurado de una manera específica para cumplir funciones específicas y había dado lugar a otras estructuras mucho más complejas que eran, a un mismo tiempo, condición previa y consecuencia de su crecimiento.

Aquel cuerpo que se le aparecía, aquel ser individual, aquel Yo viviente era, pues, una ingente pluralidad de individuos que respiraban y se alimentaban, que, al especializarse en determinadas funciones y adquirir, así, una atribución particular dentro del organismo, habían perdido su individualidad, su libertad y su vida independiente, se habían convertido en elementos interdependientes hasta tal punto que, si unos se limitaban a la percepción de la luz, el sonido, el roce o el calor, otros tenían la única misión de modificar su forma contrayéndose o de segregar jugos gástricos, y otros no se habían desarrollado más que para proteger a otros órganos, transportar fluidos, o simplemente para la reproducción. Dentro de aquella pluralidad orgánica que constituía el Yo superior había ciertas vacilaciones, ciertos casos en los que la multiplicidad de subindividuos sólo estaba estructurada en forma de unidad de vida superior de un modo muy circunstancial e incluso cuestionable. Nuestro investigador daba vueltas y más vueltas al fenómeno de las colonias de células, había descubierto que existían semiorganismos, algas cuyas células individuales sólo estaban recubiertas por una membrana y que a menudo se encontraban bastante alejadas entre sí, organismos multicelulares a pesar de todo, pero que, de haberles preguntado, no habrían sabido decir de sí mismos si querían ser considerados como una colonia de individuos unicelulares o como un único ser compuesto por muchas células, es decir: habrían vacilado entre el Yo y el Nosotros. Aquí la naturaleza mostraba un estado intermedio entre la asociación de innumerables elementos individuales –que formarían los tejidos y órganos de un Yo superior–, y la libre existencia individual de cada una de esas unidades: el organismo multicelular no era más que una de las manifestaciones posibles del proceso cíclico de la vida, una cadena de elementos que nacen unos de otros. El acto de fecundación, la fusión de dos células con un fin reproductor, era el origen de la estructura de todo individuo plural, al igual que se encontraba al comienzo de toda generación de seres elementales con vida propia y al igual que se remontaba a su propio origen. Porque este acto pervivía durante muchas generaciones que ya no tenían necesidad de él para multiplicarse a través de un continuo proceso de división hasta que llegaba un momento en que los descendientes nacidos sin esta unión sexual se veían necesitados de una nueva cópula y el círculo volvía a cerrarse. Así pues, aquella organización en forma de «estado» con que podía compararse la vida, fruto de la fusión de los núcleos de dos células que hacían las veces de «padres», era, sin embargo, una comunidad constituida por muchas generaciones de individuos celulares nacidos de la división, no de la cópula; su crecimiento era resultado de su multiplicación, y el ciclo de la concepción se cerraba cuando se habían constituido en él las células sexuales –elementos desarrollados con el único fin de la reproducción– y realizaban una nueva fusión de la que nacía una nueva vida.

Con un grueso libro de embriología apoyado en el pecho, nuestro joven protagonista seguía el desarrollo del organismo a partir del instante en que el espermatozoide –uno de los múltiples, el primero–, avanzando gracias al movimiento de su cola en forma de látigo, chocaba contra la membrana del óvulo y penetraba en la invaginación que el protoplasma de la corteza del óvulo había formado para recibirlo. En cuanto a las posibles manifestaciones de este proceso, la realidad de la naturaleza superaba con creces cualquier aberración o caricatura que se hubiera querido imaginar. Había especies en las que el macho era un parásito que vivía en el intestino de la hembra; otras en las que un brazo del macho depositaba el semen penetrando por la boca de la hembra y después de haberlo cercenado y vomitado ella escapaba sobre sus deditos con el único fin de dejar perpleja a la ciencia que, durante mucho tiempo, había considerado necesario referirse a él, en griego o en latín, como un ser vivo autónomo. Hans Castorp imaginaba la querella entre la escuela de los ovistas y la de los animalculistas, en la que los primeros sostenían que el huevo ya era un ser —una rana, un perro o un hombre en miniatura— completamente desarrollado, y que el esperma no había hecho más que determinar su desarrollo, mientras que los otros sostenían justo lo contrario: el espermatozoide, que —según ellos— poseía cabeza, brazos y piernas, era un ser vivo prefigurado al que el óvulo simplemente servía de terreno de alimentación; hasta que por fin se pusieron de acuerdo para atribuir los mismos méritos al huevo y a la célula fecundadora, pues ambas habían salido de células reproductoras originariamente idénticas. Veía el organismo unicelular del cigoto a punto de transformarse en un organismo multicelular a través de una infinita segmentación; veía cómo, al final de este período de segmentación, se formaba una invaginación, demarcada por el blastodermo: la blástula, estado anterior de la cavidad digestiva primaria: la gástrula. Ése era el origen del aparato digestivo, del embrión: forma primitiva de toda la vida animal, forma primitiva también de la belleza convertida en cuerpo, en carne. Sus dos capas celulares, el ectodermo y el endodermo, eran el origen de los órganos, de las glándulas, los tejidos, los órganos sensoriales y los miembros del cuerpo, que habrían de formarse por sucesiva diferenciación de dichas células. Una franja del ectodermo se engrosaba y se doblaba hacia dentro, formando un tubo cilíndrico que, al cerrarse por completo, se convertía en la médula espinal y en el encéfalo. Y, si el líquido fetal empezaba a densificarse, formando un tejido fibroso, cartilaginoso, cuando las células de la membrana, en lugar de mucina, producían colágeno, el siguiente paso era que, en ciertos puntos, las células de la membrana se impregnaban de las sales de calcio y las grasas de los líquidos circundantes y comenzaban a osificarse. El embrión humano se enroscaba sobre sí mismo, no se diferenciaba en nada de otros embriones, por ejemplo, el del cerdo —un tronco desproporcionado del que salían minúsculas extremidades informes, una carita de larva inclinada sobre un vientre hinchado...—, y su desarrollo era considerado por la ciencia, cuya imagen de la realidad era de un materialismo estremecedor, como una breve recapitulación de la evolución de todas las especies. Pasajeramente tenía vesículas bronquiales como las rayas. De los estados de desarrollo que había recorrido parecía necesario o plausible deducir que el primer hombre había ofrecido un aspecto muy poco humano en los tiempos primitivos. Su piel estaba provista de músculos que se contraían para protegerse de los insectos y cubierta de abundante pelo; tenía una mucosa pituitaria muy desarrollada; sus orejas, separadas, móviles y expresivas eran mucho más sensibles para captar el sonido que las nuestras. Sus ojos, protegidos por un tercer párpado lateral, se hallaban a ambos lados de la cara, a excepción del tercer ojo, el ojo del espíritu, cuyo resto latente es la glándula pineal y que, según se cree, podía mirar el cielo. Ese hombre poseía, además, un largo conducto intestinal, muchos dientes de leche y resonadores en la laringe que le permitían gritar; el macho llevaba los testículos en el interior del vientre.

La anatomía mostraba a nuestro investigador las diversas partes del cuerpo humano desprovistas de piel, diseccionadas;

le mostraba los músculos, tendones y fibras –superficiales, profundos y subyacentes–: los de los muslos, los del pie y, sobre todo, los del brazo y antebrazo; le enseñaba los cadenciosos y distinguidos nombres latinos con los que la medicina, esa variante del espíritu humanista, los había descrito y denominado; y le permitía penetrar hasta el esqueleto, cuya estructura le abría nuevas perspectivas sobre la unidad de todo lo que es humano, sobre la interconexión de todas las disciplinas. Pues esto, curiosamente, le recordaba a su verdadera profesión –o mejor dicho: antigua–, a la actividad científica de la que había dicho ser representante a las personas que le habían preguntado al llegar allí arriba (el doctor Krokovski, Settembrini). Para todo –con independencia de cuál fuera la materia–, en la universidad le habían enseñado nociones de estática, le habían hablado de los soportes flexibles, de la capacidad y de la construcción en aras de un aprovechamiento óptimo del material mecánico. Sin duda, hubiese sido pueril suponer que las ingenierías o que las leyes de la mecánica se aplicaban a la naturaleza orgánica, pero igual de descaminado hubiera sido afirmar que se deducían de ésta. Simplemente, se repetían y se demostraban. El principio del cilindro vacío rige la estructura de los huesos largos medulares, de manera que el mínimo exacto de sustancia sólida basta para cumplir las necesidades estáticas. Un cuerpo –había aprendido Hans Castorp en clase– que, respondiendo a determinadas condiciones de resistencia a la tracción y la compresión, sólo esté compuesto de varillas y bandas de un material resistente, puede soportar la misma tensión que un cuerpo macizo del mismo material. El fémur era como una grúa, construida por la naturaleza orgánica de acuerdo a los mismos principios dinámicos, con los mismos ángulos y ejes de giro que Hans Castorp hubiera tenido que calcular de haberse tratado del diseño de un aparato destinado al mismo fin. Lo comprobaba con satisfacción, pues ahora tomaba conciencia de que podía establecer una triple relación con lo que estaba aprendiendo, que la naturaleza orgánica —el fémur mismo, en última instancia— podía entenderse desde tres puntos de vista: el lírico, el médico y ahora también el técnico... Estaba entusiasmado. Y veía que, en el hombre, todas estas facetas eran una sola, que en realidad eran variantes de un mismo interés fundamental, diversas facultades del humanismo...

Sin embargo, el protoplasma continuaba siendo un absoluto misterio; parecía que a la vida le estaba vedado comprenderse a sí misma. La mayoría de los fenómenos bioquímicos no sólo eran desconocidos, sino que su propia naturaleza parecía resistirse a todo intento de análisis. No se sabía casi nada de la estructura, de la composición de esa unidad de vida llamada «célula». ¿De qué servía disecar las distintas partes del músculo muerto? No se podía analizar químicamente el músculo vivo: solamente las modificaciones que traía consigo el *rigor mortis* bastaban para invalidar todo el experimento. Nadie comprendía exactamente el metabolismo, nadie sabía nada del principio de la función nerviosa. ¿A qué debían las papilas gustativas el sentido del gusto? ¿A qué respondía la excitación de determinados nervios sensoriales en respuesta al olor de determinadas sustancias? ¿Qué hacía una sustancia susceptible de ser olida? El olor específico de los animales y los hombres se debía a que producían sustancias cuyos nombres aún no se habían descubierto. La composición de ese fluido que se llama sudor era poco conocida. Las glándulas que lo segregaban producían aromas que indudablemente desempeñaban un papel fundamental en los mamíferos y cuya significación en el caso del hombre aún estaba por descubrir. La función fisiológica de ciertas partes del cuerpo aparentemente importantes era una incógnita. Por ejemplo, el apéndice —que, en los conejos, siempre está lleno de una sustancia viscosa que nadie sabe cómo se renueva o cómo se vacía— parecía no servir para nada. En cambio, ¿qué sucedía con la materia blanca y gris del cerebro? ¿Qué sucedía en el tálamo óptico, que comunicaba con el nervio óptico y con la materia gris del cerebro? La médula cerebral y espinal era tan frágil que no había esperanza de llegar a conocer su estructura jamás. ¿Qué era lo que, durante el sueño, permitía que el córtex cerebral cesara su actividad momentáneamente? ¿Qué impedía al estómago digerirse a sí mismo, como, en efecto, se producía a veces en los cadáveres? La respuesta era: «la vida», una particular forma de resistencia del protoplasma vivo; y no fingía no darse cuenta de que aquélla era una explicación mística. La teoría de un fenómeno tan común como la fiebre estaba llena de contradicciones. El aumento del metabolismo tenía como consecuencia una producción de calor más intensa. ¿Por qué, en cambio, el calor del cuerpo no aumentaba como en otras circunstancias? ¿Acaso la interrupción de la actividad de las glándulas sudoríparas guardaba relación con determinados estados de contracción de la piel? Por otra parte, esto solamente se observaba en el caso de los escalofríos, pues, por lo demás, la piel permanecía caliente. «El golpe de calor» revelaba que el sistema nervioso central era el centro desde el cual se originaban tanto la aceleración del metabolismo como una particularidad de la piel que se calificaba de «anormal» porque no se sabía explicar.

Pero ¿qué eran todas aquellas incógnitas en comparación con la perplejidad que uno sentía ante fenómenos tales como la memoria, o de esa forma de memoria más amplia y más sorprendente aún que constituye la transmisión hereditaria de cualidades adquiridas? Era imposible concebir, ni siquiera intuir una explicación mecánica de ese trabajo realizado por la sustancia celular. El espermatozoide que transmitía al cigoto las innumerables y complejas particularidades de la especie y de la individualidad del padre, sólo era visible a través del microscopio, y ni siquiera el aumento más potente bastaba para mostrar que era algo más que un cuerpo homogéneo, ni para determinar su origen, pues la imagen era idéntica en todos los animales. A la vista de estas relaciones de organización cabía suponer que en la célula ocurría lo mismo que en el cuerpo superior que ésta engendraba, es decir: que ya la célula era también un organismo superior, el cual, a su vez, se componía de minúsculos cuerpos vivos, de unidades de vidas individuales. Se pasaba, pues, del elemento que se había supuesto era el más pequeño a otro elemento mucho más minúsculo todavía, y entonces surgía la necesidad de descomponer lo elemental en otros elementos más pequeños aún. No había duda: del mismo modo en que el reino animal estaba compuesto por diferentes especies de animales y del mismo modo en que el organismo animal-humano estaba formado por todo un mundo de células diferentes, cada una de las células estaba compuesta por un universo entero de unidades de vida elementales, de un tamaño muy inferior al límite visualizable en el microscopio, que se desarrollaban de forma autónoma —de acuerdo a la ley de que cada una sólo podía engendrar a otra igual a sí misma—, se multiplicaban y se agrupaban al servicio de la unidad inmediatamente superior a ellas respetando siempre el principio de división del trabajo.

Eso eran los genes, los bioblastos, los bioforos. Hans Castorp sintió gran satisfacción por ir conociendo sus nombres en aquella noche helada. En su excitación, ahora se preguntaba cuál podría ser su naturaleza elemental si se examinaban más de cerca todavía. Si eran portadores de vida, debían estar organizados, pues la vida está basada en la organización. Si estaban organizados, no podían ser elementales, pues un organismo no es elemental, es plural. Eran unidades de vida por debajo de la unidad de la célula, que componían al organizarse. Pero si esto era así, por más que su tamaño rayara en lo inimaginable, también éstas debían estar «organizadas», debían ser un «organismo» vivo; pues la noción de la unidad de vida era idéntica al concepto de conjunto orgánico de unidades más pequeñas e inferiores, de unidades de vida organizadas al servicio de una vida superior. Así pues, mientras el resultado de la división diera unidades orgánicas que poseyeran las propiedades de la vida —a saber: la asimilación, el crecimiento y la reproducción–, era una cadena infinita. Mientras se hablase de «unidades de vida», estaría fuera de lugar hablar de «unidades elementales», dado que el concepto de unidad comprendía la idea de unidad constituyente subordinada *ad infinitum*, y dado que la «vida elemental» –algo vivo, pero todavía elemental– no existía.

No obstante, aunque la lógica pareciese negar esta existencia, sí debía ser posible de alguna manera, porque no cabía destacar la idea de la generación espontánea –es decir, el nacimiento de la vida a partir de la ausencia de vida–, y porque, después de todo, en las profundidades orgánicas de la naturaleza tenía que existir alguna forma de franquear ese inmenso vacío, de salvar ese abismo entre la vida y la ausencia de vida que nadie era capaz de explicar en sus organismos superiores. En algún momento, la división tenía que llegar a unas «unidades» que, aun siendo compuestas, todavía no estuvieran organizadas y que mediasen entre la vida y la ausencia de vida: grupos de moléculas que constituyesen una transición entre el organismo vivo y la química pura. Ahora bien, al llegar a la molécula química, uno se encontraba de nuevo ante un abismo profundo, infinitamente más misterioso que el que abría sus fauces entre la naturaleza orgánica y la inorgánica: ante el abismo que separaba lo material de lo inmaterial, pues la molécula se componía de átomos, y el átomo ya era demasiado pequeño para poder ser considerado siquiera como una unidad mínima. Era una condensación tan pequeña, tan minúscula, tan primaria y tan transitoria de lo inmaterial, de lo «aún no material» pero «ya parecido a lo material» –es decir, a la energía– que aún no se podía considerar como material, sino más bien como un estado fronterizo e intermedio entre lo material y lo inmaterial. El problema de la generación espontánea se planteaba aquí de una forma todavía más enigmática y arriesgada que en el caso de la vida orgánica: se planteaba la generación espontánea de lo material a partir de lo inmaterial. De hecho, el abismo entre la materia y la no-materia era igualmente difícil –mucho más difícil– de salvar que el que separaba la naturaleza orgánica de la inorgánica. Tenía que existir necesariamente una química de lo inmaterial, de las combinaciones inmateriales a partir de las cuales habría surgido la materia, de la misma manera en que los organismos habían nacido de las combinaciones inorgánicas; y los átomos vendrían a ser como los protozoos y las mónadas de la materia; elementos de una naturaleza casi material pero aún no material del todo. Ahora bien, llegados a «lo que ni siquiera es mínimo», toda medida se escapa; «lo que ni siquiera es mínimo» es casi lo mismo que «inmensamente grande», y descender hasta el nivel del átomo es –sin exagerar– como asomarse directamente al abismo. Porque en el momento de la última división de lo material, el universo astronómico se abre de pronto ante nuestros ojos.

El átomo es un sistema cósmico cargado de energía, en el seno del cual gravitan los cuerpos en una rotación frenética alrededor de un centro semejante al Sol, y cuyos cometas recorren el aire a una velocidad de años luz y se mantienen en sus órbitas excéntricas por la fuerza del cuerpo central. Esto es una metáfora similar a la que designaba el cuerpo de los seres multicelulares como un «estado de células». La ciudad, el estado, la comunidad social organizada según el principio de la división del trabajo, no sólo eran comparables a la vida orgánica, sino que la repetían exactamente. De la misma manera, en lo más hondo de la naturaleza se reflejaba, en una proporción inversa llevada hasta el infinito, el universo estelar: el macrocosmos, cuyas constelaciones, grupos y figuras flotaban bajo la pálida luz de la luna ante los ojos de nuestro fascinado protagonista, envuelto en sus mantas en su terraza sobre el valle de diamante. ¿No era lícito pensar que tal vez ciertos planetas del sistema solar atómico –aquellas constelaciones y vías lácteas de los sistemas solares que componían la materia–, es decir: que tal vez alguno de aquellos cuerpos celestes intraterrestres se encontraba en un estado semejante al que hacía de la Tierra un lugar en el que podía haber vida? Para un joven aprendiz de científico un tanto perplejo cuyo rostro reflejaba uno de esos fenómenos de calentamiento «anormal», que ya no estaba, sin embargo, falto de experiencia en el terreno de lo prohibido, tal suposición no sólo no era nada disparatada, sino que incluso resultaba reveladora y, si cabe, una hipótesis lógica y verosímil. Objetar que los cuerpos estelares intraterrestres eran demasiado «pequeños» hubiese sido, obviamente, harto inadecuado, puesto que los conceptos de «grande» y «pequeños» habrían perdido toda vigencia —como muy tarde— en el momento en que se había revelado el carácter cósmico de aquellas otras «partes más pequeñas» de la materia; como también habrían perdido toda consistencia los conceptos de «interior» y «exterior». El mundo del átomo era un «exterior», como —muy probablemente— el planeta terrestre que habitamos, visto como organismo, era un profundo «interior». ¿No había llegado ya la desmesurada fantasía de algún sabio a hablar de «animales de la Vía Láctea», monstruos cósmicos cuya carne, huesos y cerebro se componían de sistemas solares? Entonces, si ocurría como Hans Castorp pensaba, todo volvía a comenzar desde el principio en el momento en que uno creía haber llegado al final. Y quién sabe si, en el fondo más secreto de su naturaleza, no se encontraba él mismo una vez más, cien veces más: él, el joven Hans Castorp, bien abrigado en su terraza, recostado en su cómoda tumbona, en una noche helada de luna clara, en la alta montaña, leyendo con los dedos entumecidos y la cara ardiente, estudiando la vida del cuerpo con un interés humanista y médico.

El volumen de anatomía patológica que sostenía inclinado hacia la luz roja de la lámpara le informaba, a través de un texto sembrado de ilustraciones, sobre la naturaleza de las asociaciones parasitarias de células y los tumores infecciosos. Eran tipos de tejidos de exuberante crecimiento que se formaban como consecuencia de la irrupción de células extrañas en el organismo que se había prestado a acogerlas y, de alguna manera —bien puede decirse que de una manera frívola, despreocupada–, se había ofrecido a alimentarlas. En realidad, el parásito no privaba de alimento al tejido que lo rodeaba, sino que, alimentándose como todas las células, producía combinaciones orgánicas que resultaban ser sumamente tóxicas y perjudiciales para las células del organismo que lo albergaba. Se había logrado aislar y hacer un extracto de las toxinas de algunos microorganismos, y había causado una enorme sorpresa ver que incluso dosis ínfimas de dichas sustancias, que, después de todo, formaban parte de las proteínas, introducidas en el organismo de un animal, traían consigo terribles infecciones y una rápida destrucción. La apariencia externa de esta corrupción era el crecimiento desmedido del tejido, la excrecencia patológica que resultaba de la reacción de las células al estímulo que les provocaban los bacilos instalados entre ellas. Se formaban nódulos del tamaño de granos de maíz, compuestos de células similares a las de las mucosas, entre las cuales y en las cuales se instalaban las bacterias; algunas de estas células eran inmensas, extraordinariamente ricas en protoplasma y podían tener muchos núcleos. Sin embargo, esta efervescencia conducía a una rápida ruina, pues de inmediato los núcleos de esas células monstruosas comenzaban a descomponerse y su protoplasma a solidificarse; nuevas zonas de tejidos eran invadidas por aquella afluencia extraña; se extendía la inflamación y terminaba afectando a los vasos vecinos; los glóbulos blancos se aproximaban atraídos por el desastre, la muerte por coagulación progresaba y, entretanto, las toxinas solubles de las bacterias habían envenenado los centros nerviosos; el organismo alcanzaba una temperatura elevada y, sin aliento, marchaba tambaleándose hacia su destrucción.

A todo esto se refería la patología, la ciencia de la enfermedad, el estudio centrado en el dolor del cuerpo pero, al mismo tiempo, centrado en la voluptuosidad. La enfermedad era la forma impúdica de la vida. ¿Y la vida? ¿No era quizá también una enfermedad infecciosa de la materia, al igual que lo que se denominaba generación espontánea de la materia podía no ser más que enfermedad, la proliferación de lo inmaterial? El primer paso hacia el mal, la voluptuosidad y la muerte había partido, sin duda, del punto en el que, provocada por el cosquilleo de una infiltración desconocida, se había producido esa primera condensación del espíritu, ese crecimiento patológico y desmesurado de un tejido que, en parte por placer, en parte como medida de defensa, había constituido el primer estadio de lo sustancial, la transición de lo inmaterial a lo material. Eso era el pecado original. La segunda generación espontánea, el paso de lo inorgánico a lo orgánico, ya no había sido más que una peligrosa gradación del cuerpo a la conciencia; lo mismo que la enfermedad del organismo era una exageración enloquecida y una acentuación desmesurada de su naturaleza física. La vida no era más que una progresión por el camino lleno de aventuras del espíritu que había perdido el pudor, un reflejo del calor que causaba la vergüenza en la materia despierta a la sensualidad y que se había prestado a acoger al desencadenante de todo aquel fenómeno...

Los libros estaban amontonados sobre la mesita, había uno en el suelo, al lado de la tumbona, sobre la alfombrilla de la terraza, y el que Hans Castorp había estado leyendo justo antes seguía apoyado sobre su estómago, le dificultaba la respiración, pero su cerebro no había dado orden a los músculos de retirarlo. Había leído la página de arriba abajo, la barbilla tocaba el pecho y los párpados se habían cerrado sobre sus cándidos ojos azules. Veía la imagen de la vida, sus miembros florecientes, la belleza manifestada en la carne. Esa belleza había retirado las manos de la nuca, había abierto los brazos y, en el interior —sobre todo bajo la delicada piel de la articulación del codo—, se transparentaban las venas azuladas, las dos ramas de las grandes venas y esos brazos eran de una dulzura inexpresable. Ella se inclinó hacia él, sobre él; Hans Castorp sintió su olor orgánico, sintió el latido de su corazón. La ardiente sensación de un abrazo rodeó su cuello y, mientras se derretía de placer y de terror, posó sus manos sobre la parte superior de aquellos brazos, allí donde la piel se tersa sobre el tríceps y es de una frescura exquisita, y sintió sobre sus labios la succión húmeda de un beso.

DANZA DE LA MUERTE

Poco después de Navidad murió el caballero austríaco... Pero antes se celebró la Navidad, esos dos días de fiesta o, contando desde Nochebuena hasta San Esteban, esos tres días, que Hans Castorp había esperado con cierta angustia y poco convencido de que fueran a desarrollarse de manera agradable, pero que luego habían llegado y se habían esfumado sin nada de particular, como días corrientes con su mañana, su mediodía y su noche (y con un tiempo algo más estable, pues empezó a derretirse la nieve), sin nada que los diferenciase en sí de los demás días del año: ahora bien, en lo exterior habían estado más rodeados de adornos y distinciones que de costumbre; durante el plazo señalado, habían estado especialmente presentes en la conciencia y en el corazón de la gente y, dejando tras de sí un leve poso de impresiones fuera de lo cotidiano, se habían convertido en un pasado más cercano o más lejano.

El hijo del doctor Behrens, llamado Knut, fue a pasar las vacaciones con su padre y fue alojado en sus habitaciones privadas. Era un guapo muchacho que, sin embargo, ya empezaba a encorvarse como su padre. En el ambiente se sentía la presencia del joven Behrens. Las mujeres se mostraban más risueñas, coquetas y susceptibles, y sus conversaciones giraban en torno a si se habían cruzado con Knut en el jardín, en el bosque o en el barrio del Casino. Por otra parte, él mismo recibió algunas visitas: unos cuantos compañeros de universidad subieron al valle, seis o siete estudiantes que se alojaron en la aldea, pero subían a comer a casa del doctor y hacían excursiones por la comarca todos juntos. Hans Castorp procuró no encontrarse con ellos. Evitaba a esos jóvenes, escapándose con Joachim si era preciso, pues sentía muy pocas ganas de saludarles. Todo un mundo separaba a los que formaban parte de «los de aquí arriba», de esa otra gente que iba de excursión, cantando y blandiendo sus bastones de paseo; no quería saber ni oír nada de ellos. Además, la mayoría de ellos parecían del norte, probablemente habría en el grupo algún conciudadano suyo y Hans Castorp sentía el mayor recelo hacia sus paisanos. A menudo imaginaba con verdadero horror la posibilidad de que llegara al Berghof alguien de Hamburgo, sobre todo desde que Behrens había dicho que esa ciudad proporcionaba al sanatorio un contingente de pacientes considerable. Tal vez se encontrara alguno entre los enfermos graves o los moribundos que nadie veía nunca. El único al que sí se veía en el comedor era un comerciante de mejillas hundidas que, desde hacía algún tiempo, se sentaba a la mesa de la señora Iltis, y que, según decían, era de Cuxhaven. Pensando en la vecindad de ambas ciudades, Hans Castorp se alegró de que el contacto entre los internos que no se sentaban a la misma mesa fuera prácticamente nulo y de que, además, su región fuera tan extensa y estuviera dividida en tantos distritos. La inocua presencia de aquel comerciante le tranquilizó en cierto modo ante el temor de que pudiera haber gente de Hamburgo por allí.

La Nochebuena se acercaba; un buen día se hizo inminente y, al siguiente, había llegado... Si aún faltaban seis semanas el día en que Hans Castorp se extrañó de que ya se hablase de Navidad... El mismo tiempo —hablando estrictamente en cifras— que sumaban sus vacaciones inicialmente previstas y luego las tres semanas que había pasado en cama. No obstante, aquellas primeras seis semanas le habían parecido un lapso de tiempo considerable, sobre todo la primera parte, según juzgaba ahora, a posteriori, mientras que una cantidad igual apenas tenía importancia en sus actuales términos. Ahora veía que la gente del comedor tenía razón al hacer tan poco caso de ese tiempo. Seis semanas, no tantas como días tiene cada una de ellas, no eran nada desde el momento en que se planteaba la cuestión de saber lo que era una de esas semanas, uno de esos pequeños circuitos de lunes a domingo, y de nuevo de otro lunes al siguiente domingo. Bastaba considerar el valor y la importancia de la unidad inmediatamente más pequeña para comprender que el total no podía sumar una diferencia muy grande o que trajese consigo una gran sensación de pérdida, de amputación, de aceleración o de eliminación del tiempo. ¿Qué era un día contado, por ejemplo, a partir del instante en que uno se sentaba a la mesa para almorzar hasta la vuelta de ese instante veinticuatro horas después? Nada, ¡a pesar de que fuesen veinticuatro horas! ¿Y qué era una hora pasada en la cura de reposo, en el paseo o en la comida, enumeración casi exhaustiva de las posibles actividades en las que emplear esa unidad de tiempo allí arriba? ¡Nada! El total de esos «nadas», lógicamente, tampoco merecía ser tenido en cuenta. La cosa no tenía importancia hasta que no se descendía a las unidades más pequeñas de la escala: esas siete veces sesenta segundos, durante los cuales se tenía el termómetro en la boca, a fin de poder prolongar la gráfica de la temperatura sí que se hacían muy largas y poseían un peso extraordinario; se dilataban hasta formar una pequeña eternidad, insertaban períodos de la más firme solidez en el fugaz transcurrir, en esa vertiginosa rapidez con que se esfumaban los grandes espacios de tiempo...

Las fiestas apenas alteraron el régimen habitual de los habitantes del Berghof. Algunos días antes habían colocado un hermoso abeto de Navidad a la derecha del comedor, cerca de la mesa de los rusos ordinarios, y su aroma llegaba a veces hasta los comensales entremezclado con el olor de los abundantes platos y hacía brillar los ojos de algunas personas en torno de las siete mesas. En la cena del veinticuatro de diciembre, el abeto apareció decorado con espumillón, bolas de cristal, piñitas doradas, pequeñas manzanas y toda suerte de caramelos, y las velas de colores permanecieron encendidas durante y después de la comida. Se decía que también en las habitaciones de los enfermos que guardaban cama habían puesto arbolitos navideños; cada uno tenía el suyo. El correo era abundante desde hacía algunos días; Joachim Ziemssen y Hans Castorp también habían recibido paquetes de su lejana ciudad natal, regalos cuidadosamente empaquetados que se hallaban ahora dispersos por el cuarto; prendas prácticas para la alta montaña, corbatas, lujosos artículos de marroquinería de cuero y níquel, y abundantes dulces de Navidad: nueces, manzanas y mazapanes, provisiones que los primos, de entrada, contemplaron con un aire dubitativo, como preguntándose cuándo llegaría el momento en que podrían comérselas. Hans Castorp sabía que era Schalleen quien había confeccionado su paquete, y que también había sido ella quien había hecho las compras de los regalos después de consultar a los tíos. Junto con los paquetes llegó una carta de James Tienappel, en su buen papel de cartas personal pero escrita a máquina. El tío expresaba —en nombre del tío abuelo y en el suyo propio— los más sinceros deseos de pronta mejoría y curación, a los que muy oportunamente añadía ya las felicitaciones por el cercano Año Nuevo, al igual que había procedido Hans Castorp al desear una feliz Navidad al cónsul Tienappel aprovechando que le escribía para informar de su estado de salud.

En el comedor, el árbol susurraba, brillaba, perfumaba el aire y mantenía despierta la conciencia de tan señalada fecha en los corazones y las mentes. Todo el mundo se había arreglado para la ocasión, los señores llevaban sus trajes de etiqueta, las señoras lucían las alhajas que las amantes manos de sus esposos les habían enviado desde el mundo de allá abajo. También Clavdia Chauchat había sustituido el suéter de lana, tan habitual en aquel lugar, por un vestido de fiesta que, sin embargo, era un tanto peculiar, más bien parecía un traje típico eslavo; era un traje claro, bordado y con cinturón, de inspiración folclórica rusa —o al menos balcánica, tal vez búlgara—, decorado con flecos dorados y cuyo vuelo confería a su silueta una redondez particularmente suave, muy acorde con lo que Settembrini llamaba «su fisonomía tártara» y en especial con sus ojos de «lobo estepario».

En la mesa de los rusos distinguidos reinaba una gran alegría; allí saltó el primer tapón de champán, que se bebía en casi todas las mesas. En la de los primos, fue la vieja quien lo pidió para su sobrina y para Marusja, y luego invitó a todo el mundo. El menú fue muy selecto y se cerró con los pasteles de requesón y golosinas navideñas, que luego se completaron con café y licores; de vez en cuando, al consumirse alguna de las velas se prendía alguna rama del abeto, provocando un pánico estridente y exagerado entre los comensales. Settembrini, vestido como siempre, se sentó un instante a la mesa de los primos al terminar la comida; bromeó con la señora Stöhr y pronunció algunas palabras acerca del Hijo del Carpintero y el Rabino de la humanidad, cuyo nacimiento se fingía celebrar esa noche. ¿Había vivido verdaderamente? No se sabía con certeza. Pero lo que, sin duda alguna, había nacido en aquellos tiempos y lo que entonces había comenzado su marcha victoriosa e ininterrumpida era la idea del valor del alma individual, así como la idea de igualdad; en una palabra: la democracia individualista. Desde este punto de vista Settembrini consentía en vaciar la copa que le habían ofrecido. La señora Stöhr tachó su manera de expresarse como «equívoca y desalmada». Se levantó de la mesa en señal de protesta y, como en general ya se empezaba a levantar todo el mundo, sus compañeros de mesa la siguieron.

La tertulia de esa noche tenía especial importancia y emoción a causa de la entrega de regalos al doctor Behrens, que se acercó a saludar durante media hora acompañado por Knut y la señorita Mylendonk. La ceremonia se llevó a cabo en el salón donde estaban los aparatos ópticos. El regalo especial de los rusos fue un objeto de plata, un enorme plato redondo, en el centro del cual habían mandado grabar las iniciales del doctor y cuya inutilidad total saltaba a la vista. En cambio, la *chaise-longue* que le habían comprado los demás internos al menos le serviría para tumbarse, aunque no tenía ni colchón ni almohadones y simplemente estaba forrada de tela. Pero tenía un respaldo abatible, y Behrens comprobó su comodidad de inmediato echándose en ella, con su inútil plato bajo el brazo, cerrando los ojos y poniéndose a roncar estrepitosamente, como si fuera el dragón Fafnir guardando su tesoro. Su ocurrencia provocó la carcajada general. Madame Chauchat también se rio de aquella escena, y sus ojillos se cerraron y su boca permaneció abierta, exactamente igual –pensó Hans Castorp– que cuando Pribislav Hippe reía.

En cuanto el doctor se retiró, de nuevo numerosos pacientes se sentaron a las mesas de juego. El grupo de rusos, como siempre, ocupó el saloncito. Algunos permanecieron de pie, en el comedor, en torno al árbol de Navidad, contemplando cómo se iban extinguiendo las velas en sus pequeñas palmatorias de metal, y comiéndose los caramelos colgados de las ramas. En las mesas, que ya estaban puestas para el desayuno del día siguiente, había gente sentada en diversas posturas, en solitario, sumida en el silencio.

El primer día de Navidad fue húmedo y brumoso. La alta montaña estaba en medio de un banco de nubes, según dijo Behrens. Allí arriba nunca había niebla. Nubes o niebla, la cuestión era que la humedad se notaba muchísimo. La nieve se iba deshelando en la superficie, se hacía porosa y pegajosa. Cuando uno se echaba a reposar en la terraza la cara y las manos se le entumecían más que en los días de hielo y sol.

El día se distinguió por una velada musical, un verdadero concierto, con sillas dispuestas en hileras y programas impresos ofrecidos a todo el mundo por la dirección del Berghof. Fue un recital de canto dado por una cantante profesional que se había establecido en Davos y también impartía lecciones de música. Llevaba dos medallas en la pechera de su vestido de fiesta, tenía unos brazos que parecían dos palos y una voz cuyo timbre, singularmente apagado, daba cuenta de las razones de su estancia en aquellos lugares de un modo deprimente. Cantó una canción que decía:

> *Conmigo llevo siempre*
> *mi amor...*

El pianista que la acompañaba también era de Davos...

Madame Chauchat estaba sentada en la primera fila, aunque aprovechó el descanso para retirarse, con lo cual Hans Castorp, a partir de aquel momento, pudo concentrarse y disfrutar tranquilo de la música (pues aquello era música, después de todo), siguiendo el texto de las canciones impreso en los programas. Por algún tiempo, Settembrini permaneció sentado a su lado y luego desapareció también, no sin antes hacer algunas mordaces y plásticas observaciones sobre el *bel canto* de aquella pobre lugareña y de manifestar satíricamente su satisfacción por que aquella velada se estuviera celebrando en tan feliz armonía y amor. A decir verdad, Hans Castorp se sintió aliviado cuando los dos se hubieron marchado, la bella dama de los ojos achinados y el pedagogo, y por fin gozó de toda la libertad para atender a las canciones. A él le parecía muy bien que, en todo el mundo y aun en las circunstancias más especiales, se hiciese música, incluso durante las expediciones polares.

El segundo día de Navidad, el veintiséis de diciembre, tan sólo se distinguió de un domingo corriente, o incluso de un día de entre semana, en la ligera conciencia que de su presencia se tenía, y cuando hubo transcurrido, la fiesta de Navidad ya formaba parte del pasado, o también: de un lejano porvenir, a distancia de un año; faltaban doce meses para cumplirse de nuevo el ciclo completo, o también: sólo siete meses más de los que Hans Castorp ya había pasado allí.

Sin embargo, inmediatamente después de la Navidad de ese año, antes del Año Nuevo, el caballero austríaco falleció. Los primos se enteraron por Alfreda Schildknecht, llamada hermana Berta, enfermera del pobre Fritz Rotbein, quien, con mucha discreción, les dio la noticia en el pasillo. Hans Castorp se sintió muy afectado, primero porque la escalofriante tos de aquel caballero había sido una de sus primeras impresiones en aquel lugar —entre las cuales, a su parecer, también se encontraba aquella sensación de calor en la cara de la que no se había librado desde entonces— y, segundo, por razones morales, casi se diría: espirituales. Retuvo largo rato a Joachim mientras entablaba una conversación con la enfermera, la cual, por su parte, agradeció mucho ese diálogo y ese cambio de impresiones (tanto que luego no había forma de despedirse de ella).

Era un milagro —decía ella— que el caballero hubiese logrado resistir hasta los días de fiesta. Siempre había mostrado una gran resistencia física, pero nadie se explicaba cómo podía respirar al final. Cierto era que, desde hacía muchos días, sólo se mantenía gracias a ingentes cantidades de oxígeno; sólo en el día anterior había consumido cuarenta botellas a seis francos cada una. Había salido muy caro, como los señores podían comprender... y, además, había que tener en cuenta que su esposa, en brazos de la cual había muerto, se quedaba sin recursos.

Joachim censuraba semejante gasto. ¿Para qué aquella prolongación del sufrimiento tan costosa y artificial en un caso completamente desesperado? Al enfermo no se le podía reprochar haber consumido ciegamente ese gas vivificante y precioso que le habían administrado, pero los que le trataban debían haber pensado con la cabeza y haber dejado que, en nombre de Dios, siguiera su inevitable camino con independencia de su circunstancia personal o, precisamente, a la vista de su circunstancia personal. ¿Acaso los vivos no tenían también sus derechos? Y siguió hablando en este tono, aunque Hans Castorp le replicó con energía. Reprochó a su primo que hablase casi como Settembrini, sin respeto ni pudor ante el sufrimiento. Después de todo, el caballero había muerto y ya no había nada que hacer excepto dar muestra de pesar; además, un agonizante tenía derecho a todos los respetos y honores. Hans Castorp no estaba dispuesto a ceder en eso. Esperaba al menos que Behrens no hubiera acabado gritando al caballero, regañándole sin piedad por no comportarse.

—No tuvo ocasión —dijo la Schildknecht—. Es verdad que el caballero, en el último momento, había hecho un pequeño intento de arrojarse de la cama, aunque la mera constatación de lo vano de tal intento había bastado para devolverle a la razón.

Hans Castorp fue a ver al difunto. Lo hizo en señal de rebeldía contra el principio del sanatorio de ocultar la muerte sistemáticamente, porque despreciaba ese deseo egoísta de ignorar, de no querer ver ni oír nada de los demás, y porque quería oponerse a esa costumbre con actos. En la mesa había intentado llevar la conversación hacia el fallecimiento del caballero, pero al no encontrar eco en sus compañeros, sino todo lo contrario, le habían invadido la vergüenza y la indignación. La señora Stöhr se mostró casi grosera. ¿A qué venía sacar semejante tema en la mesa? ¿No se lo habían enseñado de pequeño? El reglamento de la casa protegía a los pacientes para que esas historias no les afectasen en modo alguno, y ahora venía un lechuguino como él y soltaba el trapo, para colmo, en voz alta a la hora del asado y en presencia del doctor Blumenkohl, que cualquier día podía correr la misma suerte. (Eso lo dijo tapándose la boca con la mano.) Si se repetía, se quejaría. Fue entonces cuando el vapuleado Hans Castorp decidió (y así lo dijo expresamente) ir personalmente a presentar sus respetos a aquel compañero difunto, haciendo una discreta visita a su cuarto para rezar una breve oración, y logró convencer a Joachim de que le acompañase.

Por mediación de la hermana Alfreda entraron en la habitación del fallecido, que estaba situada en el primer piso, debajo de sus propias habitaciones. Les recibió la viuda, una mujer menuda, rubia, despeinada y visiblemente agotada de velar al enfermo por las noches, con un pañuelo sobre la boca, la nariz enrojecida y un grueso abrigo de lana con el cuello subido, pues hacía mucho frío en la habitación. Habían cerrado los radiadores y la puerta de la terraza estaba abierta.

En voz baja, los jóvenes expresaron su más sentido pésame; luego, invitados con un lánguido gesto de la mano, atravesaron la habitación, se acercaron a la cama con paso sigiloso, sin apoyarse en los tacones, y permanecieron ante el lecho del difunto en un contemplativo silencio. Cada uno a su manera: Joachim con los tacones juntos y un poco inclinado hacia delante, como presentando un saludo; Hans Castorp en una actitud más relajada, abandonado a sus pensamientos, con las manos cruzadas, la cabeza ladeada sobre un hombro y una expresión semejante a la que adoptaba cuando escuchaba música. La cabeza del caballero estaba bastante levantada y, en el extremo opuesto de la cama, sus pies hacían elevarse la colcha de tal manera que el cuerpo, esa larga osamenta y ese complejísimo circuito en el que un día se generó la vida, parecía casi plano como una tabla. En la zona de las rodillas habían colocado una corona de flores, y una rama de palma que se sobresalía de ella estaba a punto de tocar las grandes manos amarillentas y huesudas que reposaban entrecruzadas sobre el hundido pecho. Amarillo y huesudo era también el rostro, con el cráneo calvo, la nariz curva, los pómulos muy marcados y un hermoso bigote rojizo cuyo espesor resaltaba todavía más las dos cavernas grises y ásperas en que se habían quedado convertidas sus mejillas. Los ojos estaban cerrados de una manera poco natural, muy apretados: «Los han cerrado –pensó Hans Castorp–, no se han cerrado por sí solos: a eso se le llama el último tributo, aunque en realidad se hiciese más por consideración hacia los vivos que hacia el difunto». Además, había que hacerlo a tiempo, inmediatamente después de la muerte, pues una vez se forma la miosina en los músculos ya no se puede, y el muerto queda con los ojos abiertos para siempre y así resulta también imposible creer en la muerte como en un feliz «sueño».

Hans Castorp estaba en su elemento en más de un aspecto allí, de pie junto a la cama; controlaba la situación y, al mismo tiempo, sentía una compasión sincera. «Parece dormir», había dicho a modo de consuelo, si bien las diferencias eran obvias. Luego, en el tono apagado que exigía la circunstancia, entabló una conversación con la viuda y se informó de la terrible enfermedad de su esposo, de sus últimos días y sus últimos momentos y del traslado del cuerpo para ser enterrado en Carintia mediante una serie de preguntas que daban fe de su interés y su experiencia, en parte desde el punto de vista médico y en parte desde el moral o espiritual. La viuda, con un peculiar deje austríaco nasal y parsimonioso, a veces interrumpido por los sollozos, dijo que era muy loable que unos jóvenes mostrasen tanto interés por el dolor ajeno, a lo cual Hans Castorp contestó que su primo y él también se encontraban enfermos, y que, en lo que se refería a él, además, había estado junto al lecho de muerte de sus seres más queridos, pues era huérfano de padre y madre y, por consiguiente, estaba familiarizado con la muerte desde hacía tiempo.

Ella le preguntó a qué profesión se dedicaba. Él contestó que «había sido» ingeniero. «¿Había sido?» Sí, lo había sido en el sentido de que ahora se había presentado la enfermedad y, por ende, se le había impuesto una permanencia de una duración ilimitada allí arriba, lo cual constituía una especie de cesura o tal vez incluso un punto de inflexión en su trayectoria vital. Eso no se podía saber. (Joachim le miró con cara de espanto e incomprensión.)

—¿Y su primo?

—Iba a entrar en el ejército. Aspiraba a ser oficial allá abajo.

—¡Oh! —dijo ella—. La profesión militar, en efecto, imprime una seriedad especial; un soldado debe contar con que, en determinadas circunstancias, entrará en contacto directo con la muerte, y hace bien en habituarse a su terrible aspecto lo antes posible.

Luego se despidió de los jóvenes con cordial agradecimiento, actitud que inspiraba gran respeto, considerando su penosa situación y la elevada factura de oxígeno que su marido le había legado. Los primos subieron a sus habitaciones. Hans Castorp se mostró satisfecho de la visita y emocionado por las impresiones que había recibido.

—*Requiescat in pace* —dijo—. *Sit tibi terra levis. Requiem aeternam dona ei, Domine.* Mira, cuando se trata de la muerte o cuando se habla a los muertos o de los muertos, el latín recobra su vigencia, es la lengua oficial en estos casos, hace ver que la muerte es algo muy especial. Pero no es por hacer gala de humanismo por lo que se habla latín en su honor, la lengua de los muertos no es el latín escolar, ¿entiendes lo que te quiero decir? Tiene otro espíritu, se puede decir que es justo lo contrario. Es un latín sacro, la lengua de los monjes, de la Edad Media, un canto apagado, monótono, como si viniera de las profundidades de la tierra... A Settembrini no le gustaría nada, no es un lenguaje para humanistas, republicanos y pedagogos, es fruto de otro tipo de espíritu, del otro espíritu que existe. Yo pienso que hay que tener bien claras las diferentes orientaciones o actitudes del espíritu, mejor dicho. Hay dos: la actitud cimentada en la libertad y la cimentada en la piedad. Cada cual tiene sus ventajas, pero mi principal objeción contra la primera, la que defiende Settembrini, es que se cree en posesión exclusiva de la dignidad humana en todas sus facetas, y eso es exagerado. La segunda también tiene un fuerte componente de dignidad humana, a su manera, y fomenta una profunda decencia, integridad y un noble respeto por las formas, más incluso que la actitud «basada en la libertad», a pesar de que concede una atención especial a la debilidad y fragilidad del hombre y una gran importancia a la idea de la muerte y la descomposición. Recordarás la escena de *Don Carlos* de Schiller en la que el rey Felipe II se presenta ante la corte española de luto riguroso, con la insignia de la Orden de la Jarretera y el Toisón de Oro, y se quita muy lentamente el sombrero, que, por cierto, era muy parecido a los sombreros altos de nuestros días... Se lo quita así, hacia arriba, y dice: «Cubríos, Grandes de España», o algo parecido. Es un gesto tan sumamente mesurado... se puede describir así, desde luego es todo menos desenfadado o carente de maneras; al contrario, a continuación dice la reina: «en mi Francia todo era distinto»... Claro, a ella le resulta demasiado envarado y pomposo, preferiría algo más espontáneo, más humano. Pero ¿qué es «humano»? Humano es todo. El temor de Dios, la devota solemnidad y la rigurosa austeridad son una forma de humanidad muy digna, a mi parecer, y, por otra parte, el término de «humano» también puede ser una excusa para encubrir cualquier negligencia y falta de principios.

—En eso te doy la razón —convino Joachim—. Yo tampoco puedo con el relajamiento de las costumbres y la negligencia. La disciplina es fundamental.

—Claro, tú dices eso como militar, y admito que en el ejército entendéis de esas cosas. La viuda tiene razón al decir que vuestro oficio impone una seriedad especial, pues siempre tenéis que contar con lo peor y estar dispuestos a enfrentaros a la muerte. Tenéis un uniforme, ajustado e impecable, con cuello almidonado, que os da empaque. Y luego tenéis vuestra jerarquía y vuestro principio de obediencia, y os rendís honores unos a otros con pomposas fórmulas. Eso también se daba en el antiguo espíritu español, por devoción, y en el fondo me gusta bastante. Entre nosotros, los civiles, debería haber más de ese espíritu en nuestras costumbres y en nuestra manera de comportarnos; lo preferiría, me parecería apropiado. Creo que, tal y como son el mundo y la vida, deberíamos vestir siempre de negro, con una gola española bien almidonada en lugar de nuestros cuellos, y tratarnos unos a otros con seriedad, con solemnidad y guardando rigurosamente las formas, sin olvidar nunca la idea de la muerte... Eso es lo que me gustaría, lo que me parecería moral. Ya ves, ése es un error y una muestra de la estrechez de miras de Settembrini, otro error más... Celebro que la conversación me lleve a hablar de ello. No sólo cree tener el monopolio de la dignidad humana, sino también el de la moral, con su «actividad práctica» y sus «debates abiertos y progresistas de los domingos» (como si el domingo fuera precisamente el día más indicado para pensar en el progreso) y con sus intentos de erradicar sistemáticamente el sufrimiento humano. Por cierto, eso no lo sabes, pero me ha hablado de ello para instruirme. Pretende acabar con el sufrimiento humano de manera sistemática, gracias al análisis y a una enciclopedia. Y a mí que eso me parece inmoral... Por supuesto, no se lo voy a decir a él; me desarma con esa manera tan plástica de expresarse, cuando dice: «¡Se lo advierto, ingeniero!». Pero cada cual tiene derecho a pensar lo que quiera. «Majestad, conceda usted la libertad de pensamiento.» Pues aún he de decirte algo más —añadió. (Habían llegado a la habitación de Joachim y éste se disponía a acostarse.)–. Aquí se vive puerta con puerta junto a personas agonizantes y con los más terribles sufrimientos y martirios. Pues bien, no sólo se hace como si eso no fuera con uno, sino que encima nos protegen con sumo cuidado para que no entremos jamás en contacto con ello y veamos nada; seguro que hacen desaparecer el cadáver en secreto mientras desayunamos o almorzamos. Eso me parece inmoral. La Stöhr se puso furiosa cuando hablé de este fallecimiento. No soporto tanta frivolidad, y por más que sea una ignorante y crea que esa tonada de «*Leise, leise, fromme weise*» sea un tema del *Tannhäuser*, como soltó el otro día en la mesa, ya podía tener un poco más de moralidad... y los demás también. He decidido que, a partir de ahora, voy a ocuparme de los enfermos graves y los moribundos de esta casa; eso me hará mucho bien. De hecho, ya esta visita me ha hecho bien en cierto sentido. El pobre Reuter, el de la número 25, al que vi en los primeros días de mi estancia aquí, debe de haber abandonado este mundo hace tiempo, y se lo llevarían a escondidas. Cuando le vi ya tenía los ojos exageradamente grandes. Pero quedan muchos otros, el sanatorio está lleno; y luego están los que van llegando, y la hermana Alfreda o la superiora, o el mismo Behrens en persona, nos ayudarán con gusto a entrar en relación con algunos; no debe de ser muy difícil. Supón que, por ejemplo, llega el cumpleaños de algún moribundo y que nosotros nos enteramos... no faltan medios para saberlo. Pues bien, enviamos un ramo de flores a la habitación del enfermo (o enferma, según el caso), una atención de dos compañeros anónimos, nuestros mejores deseos para su curación, ya que la palabra curación, por pura cortesía, siempre está indicada. Naturalmente, el interesado acaba averiguando nuestro nombre, y él o ella, en su debilidad, nos envía a su vez un amable saludo, tal vez nos invita a que vayamos un instante a su habitación, y cambiamos unas palabras humanas con él antes de que muera. Ésa es mi idea. ¿No te parece bien? Yo, desde luego, así me lo he propuesto.

Joachim, en efecto, no tuvo mucho que objetar a tales proyectos.

—El reglamento de la casa lo prohíbe —dijo—; de algún modo, transgredes las normas. ¡Pero excepcionalmente y por una vez, es posible que Behrens te dé autorización! Puedes decir que lo haces por interés hacia la medicina.

—Algo de eso hay también —dijo Hans Castorp, pues era cierto que los motivos que habían inspirado su deseo eran muy complejos. La protesta contra el egoísmo generalizado no era más que uno de ellos. Otra de las cosas que le habían decidido era la necesidad de su espíritu de tomar en serio el sufrimiento y la muerte y poder honrarlos como creía que merecían, necesidad que esperaba satisfacer y fortalecer acercándose a los enfermos graves y a los agonizantes y que habría de compensar los innumerables insultos a que se hallaba expuesto cada día y a cada momento, así como a las ofensas que, en ciertas ocasiones, suponían ciertas afirmaciones de Settembrini. Los ejemplos eran muy numerosos. Si se hubiese preguntado a Hans Castorp, tal vez hubiera empezado por mencionar a algunas personas del Berghof que, según reconocían ellas mismas, no estaban enfermas en absoluto, habían ingresado voluntariamente, con el pretexto de una ligera fatiga pero en realidad para divertirse, y vivían allí porque la clase de vida de los enfermos les agradaba, como era el caso de la viuda Hessenfeld, acerca de quien ya hemos hecho una breve mención, una mujer vivaracha, cuya pasión era hacer apuestas. Apostaba con los caballeros, y apostaba sobre cualquier cosa: sobre si iba a hacer buen tiempo o a llover, sobre quién iba a llegar, sobre qué iban a poner de comer, sobre el resultado de las consultas generales y sobre el número de meses de tratamiento que se asignarían a cada uno, sobre quién ganaría los campeonatos de *bobsleigh*, patines o esquíes en el pueblo, sobre el resultado de las intrigas amorosas que se desarrollaban entre los huéspedes y sobre otras cien cosas más, a menudo ínfimas o indiferentes. Se apostaba el chocolate, el champán o el caviar que, extraordinariamente, se servían en el comedor durante las fiestas, dinero, los programas de cinematógrafo e incluso besos (que podían ser dados o recibidos); en una palabra, esta pasión suya animaba y llenaba de tensión la vida del comedor... Ahora bien, el joven Hans Castorp no pensaba que tales manejos pudieran tomarse en serio, es más: que su mera existencia era una ofensa a la dignidad de aquel lugar de sufrimiento.

Pues su más sincero deseo era proteger aquella dignidad y mantenerla ante sus propios ojos, por trabajoso que le resultara después de haber pasado casi medio año entre las gentes de allí arriba. Sus conocimientos, cada vez más amplios, acerca de las actividades, la vida y la mentalidad de los de allí arriba, no ayudaban en nada a su buena voluntad. Por ejemplo, había en el sanatorio dos jóvenes y delgados dandis, de diecisiete y dieciocho años respectivamente, apodados Max y Moritz, cuyas escapadas nocturnas diarias para tomarse unas copas o jugar al póquer alimentaban los cuchicheos de las señoras. Hacía poco, es decir, unos ocho días después del Año Nuevo (pues no hay que olvidar que, mientras narramos nuestra historia, el tiempo transcurre sin tregua y sigue su curso silencioso), durante el desayuno, corrió la voz de que, esa mañana, el masajista había encontrado a los dos jóvenes tendidos sobre sus camas vestidos, con el traje todo arrugado. Hans Castorp se rio como todo el mundo; pero si también sintió un poco de vergüenza ajena, no fue nada en comparación con las aventuras del abogado Einhuf, de Jüterborg, un cuarentón de barba en punta y manos cubiertas de vello negro que, desde hacía algún tiempo, se sentaba a la mesa de Settembrini, en el sitio que había dejado el sueco restablecido, y que no solamente volvía borracho todas las noches, sino que recientemente ni siquiera había regresado: le encontraron al día siguiente tumbado en la pradera. Tenía fama de ser un libertino peligroso y la señora Stöhr señalaba con el dedo a la joven —supuestamente prometida en el mundo de allá abajo— a quien, a determinada hora, se había visto entrar en las habitaciones de Einhuf vestida únicamente con un abrigo de pieles bajo el cual no parecía llevar más que un pantalón de punto. Aquello era un escándalo, no sólo en un sentido moral general, sino también escandaloso y ofensivo para Hans Castorp en particular, teniendo en cuenta sus esfuerzos espirituales. A esto se añadía que no podía pensar en la persona del abogado sin hacerlo también en Fränzchen Oberdank, aquella jovencita de buena familia peinada con raya a la que su madre había traído hacía sólo unas semanas. A su llegada, después de la consulta médica, Fränzchen Oberdank fue considerada como un caso leve; pero ya fuera porque ella hubiese cometido alguna imprudencia o porque era justo uno de esos casos en los que el aire de la alta montaña no era bueno para la enfermedad, o porque la pequeña se hubiese visto enredada en algún tipo de intriga o se hubiera llevado un disgusto que la había perjudicado, lo cierto es que, a las cuatro semanas de su llegada, al volver de una nueva consulta y entrar en el comedor, lanzó su pañuelo al aire y exclamó con una voz clara: «¡Hurra, debo permanecer aquí un año entero!», provocando una risa general en toda la sala. Sin embargo, quince días más tarde, circuló el rumor de que el abogado Einhuf se había portado como un canalla con Fränzchen Oberdank. Que conste, por otra parte, que esta expresión es nuestra, o quizá de Hans Castorp, pues los transmisores del mensaje no juzgaban el asunto tan nuevo como para calificarlo con palabras tan fuertes. Además, dieron a entender, encogiéndose de hombros, que para tales menesteres era necesario ser dos y que, sin duda, nada se había hecho sin el consentimiento y deseo de la interesada. Al menos ésa fue la actitud y opinión moral de la señora Stöhr ante el asunto en cuestión.

Karoline Stöhr era un ser espantoso. Si algo sacaba de quicio a Hans Castorp en sus bienintencionados esfuerzos espirituales era la manera de ser de aquella mujer. Sus continuas muestras de burricie disfrazada de cultura le bastaban. Decía, por ejemplo, «finiquitado» en lugar de «finado»; cuando quería reprocharle a alguien su desvergüenza le llamaba «insolvente», y su explicación de los fenómenos astronómicos que producen un eclipse de sol fue digna de figurar en alguna «antología del disparate». Las masas de nieve que bloqueaban los caminos eran un fastidio, una «verdadera capacidad», y un día provocó la estupefacción de Settembrini diciendo que estaba leyendo una obra sacada de la biblioteca del sanatorio que él seguro conocía y le interesaba, «*Benedetto Cenelli*, traducido por Schiller». Para mayor horror de Hans Castorp, que los consideraba una ordinariez del peor gusto, le entusiasmaban las muletillas del tipo: «¡Es el no-va-más!» o «¡No te lo vas a creer!». Y, como el epíteto de «fenomenal» que nuestra forofa de la última moda en palabras había utilizado durante mucho tiempo para decir «espléndido» o «extraordinario» había perdido su fuerza y su actualidad, se había prostituido −por así decirlo− y ya no significaba nada, todo empezó a ser «divino»: la pista para lanzarse en trineo, las natillas del postre y hasta la elevada temperatura de su cuerpo (idea que asqueaba a Hans Castorp más todavía, si cabe). A eso se añadía su desmesurado amor por los chismorreos. Por ejemplo, un día contaba que la señora Salomon tenía consulta con el doctor esa tarde y se había puesto su mejor ropa interior de encaje, ya que se la iban a ver; y no dejaba de ser cierto, pues el propio Hans Castorp tenía la impresión de que el procedimiento de la consulta, con independencia de sus consecuencias, resultaba de cierto agrado a las señoras, que aprovechaban para hacer uso de sus prendas más coquetas. No obstante, ¿qué podía pensarse cuando la señora Stöhr aseguraba que la señora Redisch, de Posnania, quien se sospechaba que padecía una tuberculosis en la médula espinal, tenía que pasearse delante del doctor Behrens durante diez minutos cada semana... completamente desnuda? Lo inverosímil de esa historia casi igualaba a lo repugnante, pero la señora Stöhr se obstinaba y juraba por los dioses que decía la verdad, aunque nadie se explicaba por qué la pobre ponía tanto empeño y entusiasmo, por qué porfiaba tanto en cosas como ésas, cuando sus propios asuntos le causaban tanta preocupación. Porque, otras veces, sufría ataques de angustia, de quejumbrosa cobardía, si, por ejemplo, creía sentirse más «asténica» o si le había subido la fiebre. Entonces se sentaba a la mesa sollozando, con las rojas mejillas inundadas de lágrimas, enjugándoselas con el pañuelo y diciendo que Behrens quería enviarla a la cama, pero que a ella le gustaría saber lo que él había dicho a sus espaldas, lo que tenía de verdad, lo que iba a ser de ella... ¡Encontrarse con la verdad cara a cara! Con gran espanto, un día cayó en la cuenta de que los pies de su cama miraban hacia la puerta y estuvo al borde de sufrir un ataque de nervios. De entrada, sus compañeros no vieron la razón de su cólera y su espanto. Hans Castorp, desde luego, no tenía ni la más remota idea. ¿Qué pasaba? ¿Por qué no podía estar así la cama? «¡Pero, por amor de Dios! ¿No lo comprende usted? ¡Con los pies por delante!» Presa de desesperación, armó un escándalo y fue necesario cambiar la cama de posición inmediatamente, a pesar de que, con el cambio, le daba la luz en plena cara y le impedía dormir.

Todo aquello no era serio y favorecía muy poco las aspiraciones espirituales de Hans Castorp. Por aquel entonces ocurrió un espantoso incidente en el comedor que produjo una impresión particularmente profunda en el joven. Un enfermo todavía bastante reciente, el profesor Popov, un hombre flaco y callado que se sentaba a la mesa de los rusos distinguidos en compañía de su novia, igualmente flaca y callada, fue presa de un violento ataque de epilepsia a la mitad de la comida, se revolvía en el suelo, junto a su silla, lanzando ese grito cuyo carácter demoníaco e inhumano se ha descrito tantas veces, y comenzó a sacudir las piernas y los brazos, desencajados con las más terribles convulsiones. Había una circunstancia agravante: acababan de servir el pescado, con lo cual se temía que Popov pudiera clavarse alguna espina. Se formó un desorden indescriptible. Las mujeres, con la señora Stöhr a la cabeza, pero sin que las señoras Salomon, Redisch, Hassenfeld, Magnus, Iltis, Levy o como se llamasen tuviesen nada que envidiarle, cayeron en respectivos ataques de histeria, hasta el punto de igualar al del profesor Popov. Sus chillidos dañaban los tímpanos. No se veían más que ojos nerviosamente cerrados, bocas abiertas y cuerpos retorcidos. Sólo una prefirió desmayarse en silencio. Más de una estuvo cercana a la asfixia, pues todo el mundo había sido sorprendido mientras masticaba o tragaba. Una parte de los enfermos se dio a la fuga

433

por las diversas puertas, incluso por las de la terraza, a pesar del frío húmedo que reinaba fuera.

Sin embargo, este incidente, aunque espantoso, era de una índole muy particular y chocante, que la inmensa mayoría asoció con algunas ideas de la última conferencia del doctor Krokovski. Pues éste, el lunes anterior, al desarrollar su visión del amor como agente patógeno, había hablado de la epilepsia y había descrito ese mal −en el que la humanidad, en tiempos preanalíticos, había visto una amenaza sagrada, profética, y una señal de la posesión del demonio− en términos semipoéticos, y despiadadamente semicientíficos: lo había descrito como un «equivalente del amor» y un «orgasmo del cerebro»; en una palabra: lo había presentado como un fenómeno tan sospechoso en cierto sentido que los asistentes a la conferencia no pudieron evitar ver el ataque del profesor Popov, patente ilustración de la conferencia, como una confesión sin mesura y un oscuro escándalo. Así pues, la despavorida huida de las mujeres pretendía denotar cierto pudor.

Por suerte, el doctor Behrens asistía a esa comida y fue él quien, con ayuda de la señorita Von Mylendonk y algunos jóvenes robustos, logró sacar al profesor, azul, como en éxtasis, rígido, desfigurado y echando espuma por la boca, fuera del salón, al vestíbulo, donde, por algún tiempo, se vio cómo le atendían los médicos, la superiora y otros miembros del personal hasta que se lo llevaron en una camilla. Al poco tiempo, en cambio, el profesor Popov, silencioso y satisfecho, volvió a sentarse entre los rusos distinguidos, junto a su igualmente silenciosa y satisfecha novia, y terminó de comer como si no hubiese pasado nada.

Hans Castorp había presenciado el incidente con todos los signos externos de deferente consternación pero, en el fondo −¡que Dios le ayudara!−, tampoco consiguió tomar aquello muy en serio. Cierto era que Popov se hubiese podido ahogar con un bocado de pescado pero, después de todo, no se había ahogado y, a pesar del desaforado éxtasis de su ataque, en el fondo de sí mismo había prestado un poco de atención. Ahora, en cambio, se encontraba allí de nuevo, completamente restablecido, terminaba de comer y se comportaba como si no acabase de ser presa del más mortífero frenesí. Probablemente ni se acordaba. Tampoco su apariencia servía para fortalecer el respeto que Hans Castorp sentía ante el sufrimiento. Esta apariencia, a su manera, se sumaba a las muestras de frivolidad a las que Hans Castorp se hallaba expuesto allí contra su voluntad y que se esforzaba en vencer —en contra de las normas— consagrándose a los enfermos graves y moribundos.

En el piso de los primos, no lejos de sus habitaciones, guardaba cama una jovencita, llamada Leila Gerngross, a quien —según las informaciones de la hermana Alfreda— no le quedaba mucho tiempo de vida. En el espacio de diez días había tenido cuatro violentas hemorragias y sus padres acababan de llegar para llevársela a casa todavía viva. Pero eso no parecía posible. El doctor Behrens declaró que la pobre pequeña no podía ser trasladada. Tendría dieciséis o diecisiete años. Hans Castorp estimó que era una ocasión de llevar a efecto su plan de las flores y los deseos de próxima curación. Obviamente, no era el cumpleaños de Leila, fecha que, según los pronósticos, ya no vería jamás, pues no era hasta mediada la primavera, según le habían informado. No obstante, eso no debía constituir ningún obstáculo para ofrecerle sus respetos y su compasión. En uno de sus paseos del mediodía por los alrededores del Casino, entró en una floristería y, respirando con el pecho emocionado el aire húmedo cargado de olor a tierra y a flores, compró una hermosa hortensia, que envió a la joven moribunda con una tarjeta anónima, «de parte de dos compañeros del sanatorio, con los más sinceros deseos de pronto restablecimiento». Estaba contento, agradablemente embriagado por el aroma de las plantas y la calidez del lugar que, después del frío exterior, hacía lagrimear sus ojos, con el corazón palpitante y la sensación de estar viviendo toda una aventura, una hazaña, una buena acción a través de aquella acción insignificante a la que él, en secreto, daba un alcance simbólico.

Leila Gerngross no tenía una enfermera particular, sino que estaba directamente al cuidado de la señorita Von Mylendonk y de los médicos. Sin embargo, la hermana Alfreda entraba en su habitación de vez en cuando y dio cuenta a los jóvenes del efecto que su atención había producido. En el limitado universo al que su estado la confinaba, la pequeña se había alegrado como una niña ante aquel testimonio de amistad procedente de unos desconocidos. Las flores estaban muy cerca de su cama, ella las acariciaba con los ojos y las manos, vigilando para que no les faltase agua y, aun cuando los más terribles accesos de tos la torturaban, permanecía con los ojos fijos en ellas. Sus padres, el mayor Gerngross —ya retirado— y su esposa, también se habían mostrado agradablemente impresionados y sorprendidos; y como ellos no podían adivinar el nombre de los amables caballeros porque no conocían a nadie allí, la señorita Schildknecht —como ella misma reconoció— no había podido contenerse y había sacado del anonimato a los primos como autores del obsequio. Ella les transmitió la invitación de los tres Gerngross para que acudiesen a verles y así recibir la expresión de su gratitud, así que, al día siguiente, los dos entraron en la cámara de dolor de Leila conducidos por la enfermera.

La moribunda era una criatura rubia sumamente encantadora, con los ojos color de miosotis que, a pesar de las espantosas pérdidas de sangre y de que ya no respiraba más que con un resto insuficiente de tejido pulmonar, ofrecía un aspecto frágil pero no patético. Les dio las gracias y charló un poco con ellos con una voz apagada aunque agradable. Un resplandor rosado invadió sus mejillas y permaneció en ellas. Hans Castorp, tras explicarle a ella y a sus padres su manera de obrar y, en cierto modo, excusarse por haberse tomado la libertad de enviarle las flores, hablaba con voz queda y emocionada, con tierna devoción. Faltó poco para que se arrodillase junto a la cama —en cualquier caso, sintió la necesidad—, y conservó largo tiempo la mano de Leila entre las suyas, a pesar de que aquella manita caliente estaba no sólo húmeda, sino verdaderamente mojada, pues la niña transpiraba de un modo anormal. Transpiraba de un modo tan intenso que su carne se habría agrietado y resecado haría ya tiempo si no hubiese compensado la pérdida de líquido bebiendo limonada, con verdadera avidez, de la frasca que se encontraba sobre la mesita de noche. Los padres, muy afligidos, siguieron la conversación, preguntando, a su vez, por el estado de salud de los primos o recurriendo a otros tópicos de la cortesía. El mayor era un hombre ancho de espaldas, de frente estrecha y bigotes erizados, un auténtico huno; saltaba a la vista que la fragilidad y la propensión a la enfermedad de su hijita no podían ser heredadas de él. La responsable era indudablemente la madre, una mujer menuda, de patente tipo tísico que, además, parecía llevar sobre su conciencia el peso de tan fatal herencia. Pues cuando Leila, al cabo de diez minutos, dio signos de fatiga, o más bien de sobreexcitación —el rosa de sus mejillas se había acentuado, mientras que sus ojos de miosotis brillaban con un resplandor preocupante— y los primos, advertidos por una mirada de la hermana Alfreda, se despidieron, la señora Gerngross les acompañó hasta la puerta y prorrumpió en acusaciones contra ella misma, lo cual emocionó singularmente a Hans Castorp. Era de ella, de ella sola de donde le había venido aquello a la niña —aseguró destrozada—, ella era la causante de que la pobrecita no pudiera superar aquella enfermedad; casarse y vivir, eso era todo lo que quería, y lo había conseguido: su marido no tenía la culpa de nada, era completamente inocente. Ella, sin embargo, también la había sufrido de joven, aunque eso sí —y lo podía asegurar—, sólo muy leve y pasajeramente. Luego se había curado por completo; así se lo aseguraron cuando quiso casarse; completamente sana y restablecida, había iniciado su vida conyugal junto a su querido esposo, un hombre fuerte como un roble, quien, por su parte, jamás había pensado en problemas semejantes. Pero con todo lo puro y fuerte que era su marido, su herencia no había podido impedir la desgracia, pues en su hija —y esto era lo espantoso—, aquel mal enterrado y olvidado había reaparecido y, como no podía vencerlo, agonizaba, mientras que la madre había triunfado y llegado a la edad en que podía considerarse a salvo. Aquella pobre niña se moría, los médicos no daban ya esperanza alguna, y ella sola era la culpable por haber estado enferma de joven.

Los jóvenes trataron de animarla con frases sobre la posibilidad de un cambio feliz. Sin embargo, la mujer del mayor suspiró una vez más y les dio las gracias por todo, por las hortensias y porque con su visita habían distraído a su niña y le habían proporcionado un poco de felicidad. La pobrecita estaba allí sola en su tormento mientras que otras muchachas disfrutaban de la vida y bailaban con apuestos muchachos, deseos que la enfermedad no mataba, por otra parte. ¡Ellos le habían llevado algunos rayos de sol! ¡Ay, Dios, los últimos! Esas hortensias habían sido para ella como un éxito en el baile, y aquella conversación con dos caballeros tan apuestos había sido para ella como un agradable y fugaz *flirt*; una madre se daba perfecta cuenta de esas cosas.

Esto último, en cambio, impresionó desagradablemente a Hans Castorp, sobre todo porque —para colmo— la señora Gerngross no pronunció bien la palabra «flirt», es decir, a la manera inglesa, sino con una «*i*» alemana, y eso le irritó sobremanera. Además, él no era un caballero apuesto; sino que había ido a visitar a la pequeña Leila en señal de protesta contra el egoísmo que reinaba allí arriba y movido por un interés tanto médico como moral. En resumen, se había llevado una pequeña desilusión por el modo en que habían interpretado la visita —en la medida en que la opinión de la madre pudiera ser relevante—, pero estaba muy animado e impresionado por el desenlace de su plan. Dos eran en especial las impresiones que quedaron grabadas en su memoria y en su alma: el olor a tierra y a plantas de la floristería y la humedad de la mano de Leila. Y, una vez dado el primer paso, el mismo día convino con la hermana Adela que también harían una visita a un enfermo que ésta tenía a su cuidado, Fritz Rotbein, el cual se aburría mortalmente con su enfermera, a pesar de que —si sus síntomas no engañaban— no le quedaba mucho tiempo de vida.

En contra de su voluntad, el buen Joachim tuvo que acompañarle de nuevo. La determinación y el espíritu caritativo de Hans Castorp fueron más fuertes que la resistencia de su primo, que éste no podía hacer valer más que por medio de silencios y bajando los ojos, porque su única justificación posible hubiera sido la falta de caridad cristiana. Hans Castorp era muy consciente de ello y se aprovechaba. También comprendía perfectamente el sentido de aquella falta de entusiasmo desde el punto de vista militar. Pero, si a él mismo le animaban tanto y le hacían tan feliz aquellas visitas, hasta el punto de considerarlas obligadas, ¿no hacía bien en vencer la callada resistencia de su primo? Consultó con él si podían enviar o llevar flores al joven Fritz Rotbein, al tratarse de un enfermo del sexo masculino. Hans Castorp lo deseaba ardientemente; pensaba que, en tales casos, el protocolo imponía regalar flores, y la elección de las hortensias, de color malva y agradable forma, le había parecido muy acertada, con lo cual decidió que la gravedad del estado de Rotbein compensaba la cuestión del sexo, y que tampoco hacía falta que fuese su cumpleaños para regalarle flores, puesto que los moribundos merecen siempre todo el mimo y las atenciones que uno recibe el día de su cumpleaños. Así pues, volvió a la atmósfera cargada de olores y vapores de la floristería en compañía de su primo, y después se presentó en la habitación de Rotbein con un fragante ramo recién humedecido de rosas, claveles y alhelíes, conducido por Alfreda Schildknecht, que había anunciado a los jóvenes.

El enfermo, de apenas veinte años, aunque ya un poco calvo y con los cabellos grises, consumido y amarillento como la cera, con grandes manos, gran nariz y grandes orejas, se mostró extraordinariamente agradecido por aquel consuelo y aquella distracción. De hecho, hasta lloró un poco por debilidad al saludar a los dos primos y al recibir el ramo; luego, a propósito de éste comenzó a hablar, con una voz muy apagada, del comercio de flores en Europa y de su creciente auge, de la formidable exportación de los floricultores de Niza y Cannes y de los numerosos vagones cargados y paquetes postales que salían cada día de aquellas ciudades hacia todas partes, para los mercados al por mayor de París y Berlín, y para aprovisionar Rusia. Resultó que era comerciante, y que ésos habían sido sus intereses desde siempre. Su padre, un fabricante de juguetes de Coburgo, le había enviado a Inglaterra para aprender el oficio —murmuró—, y era allí donde había enfermado. Lamentablemente, al principio habían diagnosticado su enfermedad como una fiebre tifoidea, imponiéndole por consiguiente la dieta líquida recomendable en estos casos, si bien, en el suyo, no había hecho sino debilitarle en extremo. Al llegar al Berghof, le habían permitido comer en condiciones, y así lo había hecho: con el sudor de su frente, se había sentado en la cama esforzándose en alimentarse. Por desgracia, ya era demasiado tarde, su destino ya estaba echado y era inútil que le enviasen lengua y anguilas ahumadas de su casa; su cuerpo ya no toleraba nada. Su padre estaba en camino desde Coburgo, Behrens le había enviado un telegrama, pues se iba a llevar a cabo una operación decisiva, la resección de las costillas, por intentar algo, pues las probabilidades de éxito eran mínimas. Rotbein les informó de esto con fría objetividad e igualmente se refirió a la operación en términos económicos; mientras viviese, consideraría las cosas desde esa perspectiva de comerciante. El precio de la operación, murmuró, incluyendo la anestesia de la médula espinal, ascendía a mil francos, pues afectaba a todo el tórax, había que extirparle siete u ocho costillas, y la cuestión era si semejante inversión realmente produciría algún beneficio. Behrens le animaba, pero el porqué de su interés en la intervención era obvio, mientras él no lo veía nada claro y, en el fondo, tampoco se sabía si no haría mejor en morir tranquilamente con todas las costillas en su sitio.

Era difícil aconsejarle. Los primos estimaron que había que confiar en las excepcionales habilidades de cirujano del doctor Behrens. Los tres estuvieron de acuerdo en dejar que decidiese Rotbein padre cuando llegara. Cuando se despidieron, el joven Fritz lloró otro poco y, a pesar de que sólo lo hizo por debilidad, sus lágrimas formaban un tremendo contraste con la seca objetividad de su manera de pensar y hablar. Rogó a los jóvenes que repitiesen la visita y éstos no dudaron en prometérselo, pero ya no tuvieron ocasión, pues, como el fabricante de juguetes llegó esa misma noche, al día siguiente por la mañana se intentó la operación, después de la cual el joven Fritz ya no se encontró en estado de ver a nadie. Dos días después, Hans Castorp, al pasar por la habitación de Rotbein con Joachim, vio cómo hacían limpieza general en ella. La hermana Alfreda ya había abandonado el Berghof con su maletita porque la habían llamado urgentemente de otro sanatorio para que cuidase a otro moribundo; así pues, con el cordón de sus gafas detrás de la oreja, se había marchado suspirando, pues aquel nuevo agonizante era la única perspectiva que se abría ante ella.

Una habitación «abandonada», una habitación libre que era desinfectada, con la doble puerta abierta de par en par y los muebles amontonados unos sobre otros, a la vista de todo el que pasara por el pasillo hacia el comedor, era un espectáculo significativo pero, entretanto, tan familiar que ya casi no impresionaba, sobre todo cuando uno mismo, en su día, también se había instalado en una habitación que había quedado «libre» y había sido desinfectada en las mismas condiciones, haciendo de ella su propia casa. A veces se sabía quién había ocupado ese número, y entonces la visión del cuarto vacío dejaba mal sabor de boca: así sucedió aquel día, y también una semana más tarde, cuando Hans Castorp vio la habitación de la pequeña Gerngross en el mismo estado. En este último caso, su mente no quería creer lo que veían sus ojos. Estaba de pie en el pasillo, pensativo y consternado, cuando apareció por allí el doctor Behrens.

—Estaba por aquí, mirando... —dijo Hans Castorp—. Buenos días, doctor. La pequeña Leila...

—Sí —contestó Behrens, y se encogió de hombros. Después de un silencio durante el cual aquel gesto adquirió su significado pleno, añadió—: ¿Así que aún le dio tiempo de hacerle la corte como mandan los cánones antes de que cayera el telón? Me agrada ver que se preocupa un poco por mis pobres pajaritos moribundos en sus jaulas, usted que está relativamente fuerte. Es un hermoso gesto. No, no... déjese de que «es lo correcto», es un gesto muy simpático por su parte. ¿Quiere que le presente a otros si se ofrece la ocasión? Tengo toda clase de mirlos dando sus últimos trinos, si le interesa. Precisamente, en este momento iba a visitar a «la señora Desbordante». ¿Quiere acompañarme? Le presentaré como un compañero de infortunio compasivo, así sin más...

Hans Castorp dijo que el doctor le había leído el pensamiento y que esto era justo lo que deseaba proponerle. Agradecía mucho su permiso y con gusto se unía a él. Pero ¿quién era esa «señora Desbordante»? ¿Qué significaba este mote?

—Literalmente eso, que está que se desborda —dijo el consejero—. De una manera textual y sin metáfora. Deje que se lo cuente ella misma.

Al cabo de pocos pasos se hallaron ante la habitación de la «señora Desbordante»; el doctor entró por la doble puerta y rogó a Hans Castorp que esperase. Una risa y unas palabras ahogadas por una respiración corta, aunque claras y alegres, resonaron en la habitación a la entrada de Behrens y dejaron de oírse cuando se cerró la puerta. Sin embargo, cuando, unos minutos más tarde, se permitió entrar al visitante compasivo, la risa resonó de nuevo y Behrens presentó a Hans Castorp a la joven rubia de ojos azules que le miraba con curiosidad desde la cama. Estaba medio sentada, con una almohada en la espalda, muy agitada, y reía sin cesar con una risa cascabelina y agudísima, llena de hipidos porque se quedaba sin aire pero excitada y todavía más divertida a la vista de esta dificultad. También se rio de las palabras con que el doctor presentó al visitante y, cuando Behrens se marchó, le gritó varias veces, haciéndole signos con la mano:

—¡Hasta la vista! ¡Muchas gracias y hasta pronto!

Y luego continuó riendo, suspiró ruidosamente y se llevó las manos al pecho, agitado bajo el camisón de batista, y no encontró la forma de mantener las piernas quietas. Era la señora Zimmermann.

Hans Castorp la conocía de vista. Durante algunas semanas, se había sentado a la mesa de la señora Salomon y del niño comilón, y siempre se la había visto riendo a carcajadas. Luego había desaparecido sin que Hans Castorp hubiese vuelto a acordarse de ella. «Se habrá marchado», pensó en su momento. Y ahora la encontraba aquí, bajo el extraño sobrenombre de «señora Desbordante», cuya explicación esperaba.

—¡Ja, ja, ja! —era todo lo que lograba decir, con el pecho agitadísimo—. Es un hombre terriblemente gracioso ese Behrens. Siéntese, señor Kasten, señor Carsten... o como se llame. Tiene usted un nombre tan gracioso... ¡Ji, ji, ji! ¡Perdóneme! Siéntese en esa silla, a mis pies, pero permítame que me ría, ¡ja, ja, ja! —Suspiró con la boca abierta, y luego gorjeó de nuevo—. No lo puedo evitar.

Era casi bonita, tenía unos rasgos bien definidos, quizá demasiado marcados pero agradables, y un poquito de papada. Sin embargo, sus labios eran azulados y también la punta de la nariz tenía ese color, un inconfundible síntoma de insufi-

ciencia respiratoria. Sus manos, que eran de una delgadez lin-
fática y se veían realzadas por los puños de encaje del camisón,
eran tan incapaces de estarse quietas como los pies. Tenía un
cuello de jovencita, con hoyuelos encima de las tiernas clavículas, y el pecho, agitado por la risa y por los angustiados y
constantes jadeos, parecía delicado y joven bajo la blanca tela.
Hans Castorp decidió llevarle o enviarle lindas flores también
a ella, frescas y fragantes flores importadas por los floricultores
de Niza o Cannes. Con cierta desazón, se unió a la descon-
trolada algazara de la señora Zimmermann.

—¿Y dice que visita usted a los que tienen fiebre alta?
—preguntó—. ¡Qué divertido y amable es eso! ¡Ja, ja, ja! Yo
no soy una enferma grave, es decir, no lo era en absoluto hasta
hace poco tiempo, ni mucho menos... Hasta que, recientemente, esta historia... Escuche, verá cómo no ha oído usted
nada más divertido en toda su vida...

E, intentando respirar, contó lo que había ocurrido.

Había llegado allí un poco enferma, o bastante enferma,
a pesar de todo; si no, no hubiera ido al sanatorio; o tal vez
no estaba más que ligeramente enferma, es decir, más ligera
que gravemente enferma. El neumotórax, ese logro de la cirugía, todavía reciente pero muy rápidamente extendido, le
había sido practicado con éxito. La intervención había dado
un excelente resultado, el estado de la señora Zimmermann
había mejorado muchísimo, y su marido —pues estaba casada,
aunque sin hijos— podía contar con su regreso en tres o cuatro
meses. Entonces, para divertirse, ella había realizado una excursión a Zurich; sólo se había marchado por diversión, así
de sencillo. Y se había divertido, en efecto, con toda su alma;
pero entonces se había dado cuenta de que, durante el viaje,
tendrían que «rehincharle los pulmones», así que había
acudido a un médico del lugar. Un joven encantador y muy
divertido... ¡Ja, ja, ja! Pero ¿qué había ocurrido? ¡La habían
hinchado demasiado! No se podía expresar con otra palabra,
pues ésta lo decía todo. Seguro que tenía las mejores inten-

ciones, pero no debía de entender mucho y... ¡Se le había ido la mano! Resumiendo: había vuelto al sanatorio «a punto de estallar», es decir, otra vez con dificultades respiratorias y el corazón en fibrilación. —¡Ja, ja, ja...!—. Nada más llegar, Behrens la envió a la cama de inmediato y comenzó a jurar y despotricar. Entonces sí que estaba gravemente enferma — no con mucha fiebre, después de todo, pero enferma sin solución.

—Bueno, ¡qué cara más graciosa pone usted! —Y al decir eso señalaba con el dedo a Hans Castorp y se reía tanto que incluso la frente comenzó a ponérsele azul—. Aunque el más gracioso de todos —añadió— es Behrens, con esos arrebatos de rabia y esas barbaridades que dice.

Al enterarse de que ahora estaba demasiado llena de oxígeno, se había echado a reír, pero Behrens, sin cumplidos ni consideraciones, había exclamado: «¡Pero, señora, ahora su vida está en el aire!».

—¿Se lo imagina? —dijo la señora Zimmermann entre nuevas carcajadas—. ¡Qué hombre! ¡Ja, ja, ja! Perdóneme...

Cabía preguntarse qué era exactamente lo que le hacía tanta gracia de aquellas palabras del doctor. Si era simplemente la «barbaridad», o si es que no creía al doctor, o si aun creyéndole —¡cómo no iba a hacerlo!— le parecía terriblemente cómica su situación, es decir, el peligro de muerte que estaba corriendo. Hans Castorp tenía la impresión de que se trataba de esto último y de que ella se desternillaba de risa, cacareaba y gorjeaba por pura inconsciencia, porque era una cabeza de chorlito (valga la metáfora). Y eso le parecía despreciable. No obstante, le envió flores como a los demás, pero no volvió a ver a la desbordante señora Zimmermann. Pues, tras unos días en que sólo fue mantenida con vida con oxígeno, murió en los brazos de su marido, previamente avisado por un telegrama. «Una pobre loca», añadió el doctor Behrens al dar la noticia a Hans Castorp.

Claro que, ya antes de eso, el compasivo y decidido Hans

Castorp, ayudado por el doctor Behrens y por el personal del sanatorio, había entablado nuevas relaciones con los enfermos graves, y de nuevo el buen Joachim tuvo que acompañarle.

Hans Castorp le llevó a la habitación del hijo de *Tous-les-deux*, el segundo, el que le quedaba, pues hacía ya tiempo que la habitación del otro se había limpiado y desinfectado con H_2CO. Luego fueron a ver a Teddy, el joven que había llegado recientemente, porque su caso era demasiado grave para permanecer en el *Fridericianum*, donde había sido primeramente internado. Luego fueron a ver a un empleado de una compañía de seguros germanorrusa, Anton Karlovich Ferge, un hombre dulce y resignado. Y luego fueron a la habitación de la desdichada y, sin embargo, tan coqueta señora Von Mallinckrodt, quien también fue obsequiada con flores y a quien más de una vez dio de comer la enfermera en presencia de Hans Castorp y Joachim... Al final adquirieron fama de buenos samaritanos, de hermanos de la caridad.

Un día Settembrini abordó a Hans Castorp y le espetó:

—¡*Sapristi*, ingeniero! Oigo decir cosas extraordinarias de usted. ¿Se ha consagrado a la caridad? ¿Intenta justificarse por las buenas obras?

—No vale la pena hablar de ello, señor Settembrini. No vale la pena; mi primo y yo...

—¡Deje en paz a su primo! Es con usted con quien tenemos que tratar, aunque se hable de los dos. El teniente es un hombre respetable pero sencillo, y su espíritu no corre ningún peligro que pudiera inquietar a los educadores. No querrá usted hacerme creer que es él quien lleva la iniciativa. El más destacado de los dos, pero también el que corre mayores peligros, es usted. Usted es un niño mimado por la vida y hay que vigilarle. Por otra parte, fue usted quien me permitió que me ocupase de su persona.

—Seguramente, señor Settembrini, se lo permití una vez por todas. Es muy amable. «Un niño mimado por la vida» es una expresión que me agrada. ¡Lo que no se le ocurra a un literato! No sé si debo sentirme orgulloso de ese título, pero suena bien, he de reconocerlo. Pues sí, me ocupo un poco de esos «hijos de la muerte». Eso es sin duda lo que quiere decir. En el tiempo que me sobra, sin faltar por ello a ninguna cura de reposo, me intereso un poco por los enfermos graves, por los que no están aquí para divertirse, ¿me entiende? Por los que no están aquí de frivolidad en frivolidad, sino que se mueren.

—Sin embargo, está escrito: «Dejad que los muertos entierren a sus muertos» —dijo el italiano.

Hans Castorp alzó los brazos y puso cara de decir que también estaban escritas muchas otras cosas, de manera que era difícil discernir e inspirarse en las mejores. Indudablemente, el «charlatán» había tocado un tema espinoso. Era de esperar. Pues, aunque Hans Castorp siempre estaba dispuesto a escucharle, a creer que era útil escucharle aunque fuera con toda suerte de reservas y sin compromiso, y a sufrir, a título de experimento, aquella influencia, estaba muy lejos de que ningún principio pedagógico le llevase a renunciar una labor que, a pesar de la señora Gerngross y de su manera de hablar del «pequeño *flirt*» de su pobre hija, a pesar de la sequedad del pobre Rotbein y de las enloquecidas carcajadas de la «señora Desbordante», seguía pareciéndole obligada, aunque todavía no supiera bien para qué fin y con qué alcance.

El hijo de *Tous-les-deux* se llamaba Lauro. Había recibido flores, unas violetas de Niza, de fragante aroma a tierra, de «parte de dos compañeros de sufrimiento, junto con sus más sinceros deseos de curación», y como el anónimo se había convertido ya en una pura fórmula y todo el mundo sabía de quién procedían aquellos presentes, la propia *Tous-les-deux*, aquella madre mexicana, pálida y siempre vestida de negro, se acercó a los primos cuando los encontró en el pasillo, les dio las gracias y les invitó con sonoras palabras, y principalmente por medio de gestos llenos de patetismo, a que acudiesen a recibir las gracias directamente de su hijo («*de son seul et dernier fils qui allait mourir aussi*»). La visita se realizó inmediatamente. Lauro resultó ser un joven de una sorprendente belleza, de ojos ardientes, nariz aguileña, cuyas aletas palpitaban, y labios preciosos, sobre los cuales comenzaba a aparecer un bigotito negro. Sin embargo, se mostró tan fanfarrón y teatrero, que los visitantes –tanto Hans Castorp como Joachim Ziemssen– se sintieron aliviados cuando la puerta de su habitación se cerró tras ellos. Porque, mientras la *Tous-les-deux*, envuelta en su chal de cachemir, el velo negro anudado bajo la barbilla, con la estrecha frente surcada de arrugas, las enormes bolsas bajo unos ojos tan negros como la pena y las piernas torcidas, iba y venía por la habitación, torcía la boca con gesto de dolor y se acercaba de vez en cuando a los jóvenes sentados al lado de la cama, repitiendo como un loro su trágica sentencia: «*Tous les deux, vous comprenez, messieurs... Premièrement l'un et maintenant l'autre*», el bello Lauro se deshacía –igualmente en francés – en grandilocuentes discursos de una arrogancia insufrible, cuyo contenido era, en resumen, que esperaba morir «*comme un héros, à l'espagnole*», como había hecho su hermano, «*de même que son fier jeune frère Fernando*», que también había muerto como un héroe español; Lauro gesticulaba, se abría el camisón para ofrecer su amarillo pecho a los golpes de la muerte, y continuó representando su papel hasta que un acceso de tos, que hizo subir a sus labios una ligera espuma rosada, ahogó sus fanfarronadas y dio señal a los primos de que era el momento de retirarse sigilosamente.

No volvieron a hablar de la visita a Lauro e, incluso en su fuero interno, se abstuvieron de juzgar su actitud. Los dos se encontraban mucho más a gusto en la habitación de Anton Karlovich Ferge, de San Petersburgo, quien, con su gran bigote y su nuez muy saliente, guardaba cama con gesto bonachón tratando de reponerse muy lenta y dificultosamente del intento de practicarle el neumotórax, que había estado a punto de costarle la vida. Había sufrido un fuerte shock, un shock pleural, conocido contratiempo durante ese tipo de intervenciones quirúrgicas tan de moda. En su caso, además, el shock se había producido bajo una forma sumamente grave: con insuficiencia respiratoria y una pérdida de la consecuencia harto preocupante; había sido tan fuerte, que los cirujanos no habían tenido más remedio que interrumpir la operación y aplazarla hasta nueva orden.

Los ojos grises y bonachones de Ferge se abrían de par en par y su rostro palidecía cada vez que hablaba de aquella experiencia, que debía de haber sido espantosa para él.

—¡Sin anestesia, señores! De acuerdo, un servidor no la toleraría, está contraindicado en su caso... En fin, se hace uno a la idea y, como hombre razonable que es, se resigna a su suerte. Pero la anestesia local no penetra lo suficiente, señores, no hace más que insensibilizar la superficie de la carne, y no siente cómo le abren, aunque sólo como una especie de presión. Yo estoy en la mesa del quirófano, con la cabeza tapada para no ver nada, el ayudante a mi derecha, la enfermera jefe a mi izquierda. Siento como si me aplastasen y me despachurrasen... abrían la carne y la enrollaban hacia fuera con ayuda de pinzas. Y de pronto oigo al doctor Behrens que exclama: «¡Listo!», y en ese momento, señores, comienza a palpar la pleura con un instrumento sin punta (es importante que no tenga punta para que no se haga el agujero demasiado pronto), tanteando en busca del lugar apropiado para hacer la abertura e introducir el oxígeno; y mientras lo hace, mientras pasea su instrumento a lo largo de mi pleura, señores... ¡Ay, señores! Sentí que me iba al otro barrio, me puse tan malo que no puedo ni describirlo. La pleura, señores, no se puede tocar, no quiere que la toquen; es que no quiere de ninguna manera, es tabú, está protegida, aislada por la carne, es inaccesible porque la naturaleza nos ha hecho así. Y, en cambio, el doctor la había descubierto y la estaba palpando. ¡Ay, señores! ¡Qué malo me puse! ¡Espantoso, espantoso, señores! ¡Jamás hubiera podido imaginar que se pudiera experimentar una sensación tan horrible, una sensación de mil demonios, aquí sobre la Tierra, en un sitio distinto del infierno! Me desmayé, primero lo vi todo verde, luego marrón y luego violeta. Además, empezó a oler a rayos, pues el shock pleural agudizó mi sentido del olfato. Señores, no se pueden figurar cómo apestaba aquello a ácido sulfhídrico... ¡Así debe de apestar el infierno! Al mismo tiempo, me oía reír con los ojos en blanco, pero no como se ríe un hombre, no; era la risa más desmesurada y repugnante que he oído en toda mi vida; pues esa palpación de la pleura, señores, es la forma más infame, exagerada e inhumana de hacerle cosquillas a un hombre. En eso y en nada más consiste esa condenada y vergonzosa tortura. ¡Éso es un shock pleural! ¡Dios quiera que no lo experimenten ustedes jamás!

Con frecuencia, y siempre lívido de espanto, Anton Karlovich Ferge volvía sobre aquella «barrabasada» de operación y manifestaba verdadero horror ante la posibilidad de que tuviera que repetirse. Por otra parte, desde el principio, se había mostrado como un hombre sencillo, ajeno a todas las cosas «elevadas», con el cual no valía andarse con pretensiones intelectuales o sentimentales de ninguna clase como tampoco él exigía nada a nadie. Sentada esta base, no dejaba de ser interesante lo que contaba de su vida de representante de una compañía de seguros contra incendios. Desde San Petersburgo, había realizado largos viajes a través de toda Rusia; visitaba las fábricas aseguradas, y su misión era investigar las que se hallaban en una situación financiera difícil, pues las estadísticas demostraban que las fábricas cuyos negocios van mal se incendian con mayor frecuencia. Por eso le habían encargado examinar de cerca las empresas y dar cuenta de sus investigaciones a la compañía, a fin de que, por medio de un seguro más fuerte o por medio de primas, se pudiesen prevenir pérdidas considerables. Hablaba de viajes en trineo por el inmenso imperio en pleno invierno, en plena noche, con un frío espantoso, envuelto en pieles de cordero. Y contaba cómo, al despertar, veía brillar los ojos de los lobos por encima de la nieve, como si fueran estrellas. Solía llevar un cajón de provisiones congeladas, sopa de col y pan blanco, que descongelaba cuando paraba en algún sitio para cambiar de caballos, y entonces el pan era tan tierno como recién hecho. Y ¡qué problema si, a mitad del viaje, llegaba el deshielo! La sopa de col que transportaba en forma de cubitos de hielo gigantes, se fundía y se derramaba.

Una y otra vez, Ferge interrumpía su relato para suspirar y añadir que todo eso sería muy bonito si no tuvieran que repetirle el neumotórax. No sabía hablar de cosas más elevadas, pero eran hechos interesantes y se le escuchaba con gusto, sobre todo Hans Castorp, que veía fundamental informarse sobre el Imperio ruso y sus formas de vida, de samovares, trineos, cosacos y de esas iglesias de madera con campanarios en forma de cebolla que parecían sacadas de un cuento. Rogaba a Ferge que le hablase de los habitantes de su país, de su exotismo nórdico, tan patente en la peculiar forma de sus ojos, de la sangre asiática que corría por sus venas, de sus pómulos salientes y sus ojos mongoloides; y escuchaba entonces con gran atención, con verdadero interés antropológico. Pidió incluso que Ferge le dijese los nombres en ruso, y aquella lengua oriental sin aristas, rápida, desdibujada, aquella lengua bárbara de infinito atractivo brotaba de debajo de sus simpáticos bigotes, salía de su simpática nuez y agradaba tanto más a Hans Castorp (¡así es la juventud!) cuanto que se trataba de un terreno prohibido por su pedagogo.

Con frecuencia iban los primos a pasar un cuarto de hora en la habitación de Anton Karlovich Ferge. Otras veces visitaban al joven Teddy, el del *Fridericianum*, un elegante adolescente de catorce años, rubio y refinado, que contaba con una enfermera particular y llevaba un pijama de seda blanco que se ajustaba con cordones. Era huérfano y rico, según él mismo había contado. Mientras esperaba ser sometido a una operación de cierta gravedad —iban a tratar de extirparle las partes necrosadas del pulmón—, cuando se sentía mejor abandonaba la cama durante una hora y, vestido con un elegante traje de sport, tomaba parte en la tertulia del salón. A las señoras les gustaba estar con él, y a él escuchar sus charlas, como por ejemplo, las que versaban en torno al abogado Einhuf, a la señorita de los pantalones de punto y a Fränzchen Oberdank. Luego volvía a la cama. De esta manera, el joven Teddy vivía al día, entre la gente elegante, dando a entender que ya no esperaba nada más de la vida.

En la número 50 estaba la señora Mallinckrodt, cuyo nombre de pila era Natalia; una mujer de ojos negros, coqueta y siempre muy arreglada con pendientes de oro, que luego era una especie de Job femenino sobre quien Dios había hecho caer toda clase de males. Su organismo parecía saturado de toxinas, de modo que contraía todas las enfermedades imaginables, ya fuera sucesivamente o a un mismo tiempo. La piel era uno de sus peores tormentos, pues grandes extensiones de ella padecían un eccema que le causaba unos picores insufribles y le dejaba algunas zonas en carne viva, especialmente los labios, hasta el punto de que apenas podía meterse una cuchara en la boca. Una tras otra la aquejaban diversas inflamaciones de los órganos internos, de la pleura, los riñones, los pulmones, el periostio e incluso del cerebro —consecuencia de lo cual sufría mareos en los que perdía el conocimiento—, y una debilidad cardíaca, originada por el dolor y la fiebre, le producía una enorme ansiedad y traía consigo, por ejemplo, que, al comer, apenas podía tragar los alimentos y éstos se le quedaban atragantados en la parte superior del esófago. La pobre señora Mallinckrodt se encontraba en una situación espantosa y, además, estaba sola en el mundo, dado que, después de abandonar a su marido e hijos por otro hombre —o, mejor dicho, por un muchacho— que a su vez la había abandonado, como ella misma contó a los dos primos, se había quedado sin hogar, aunque no le faltaban recursos porque su marido le enviaba una pensión. Ella aprovechaba este gesto de generosidad, o de amor persistente a pesar de todo lo sucedido, sin orgullecerse de ello, pues no se tenía en consideración a sí misma, y comprendiendo que no era más que una pobre pecadora sin dignidad, soportaba aquellas calamidades dignas de Job que invadían su cuerpo moreno con una paciencia y una entereza sorprendentes, con la capacidad de resistencia propia de su raza y su sexo, y aun se preocupaba de arreglarse con coquetería hasta la venda que debía llevar alrededor de la cabeza por alguna terrible razón para que le favoreciese como si fuera parte de un tocado. Cambiaba de joyas constantemente, y si por la mañana lucía corales, por la noche aparecía adornada con perlas.

Entusiasmada por el envío de flores de Hans Castorp, que interpretó más como galantería que como obra de caridad, invitó a los dos jóvenes a tomar el té junto a su cama, ese té que ella misma tenía que beber en una especie de biberón que sostenía con los dedos cubiertos de ópalos, amatistas y esmeraldas hasta los nudillos e incluso en los pulgares. No tardó en contar su historia a los primos, mientras los pendientes se balanceaban en sus orejas. Les habló de su marido, un hombre muy respetable pero aburrido, y de sus hijos, igualmente decentísimos pero aburridos, que se parecían en todo al padre y hacia los cuales jamás había experimentado un verdadero amor. Les habló también del joven con el que se había fugado y alabó su poética ternura. Sin embargo, los padres del muchacho habían sabido alejarle de ella por medio de la astucia y de la fuerza, y luego tal vez el propio muchacho había sentido repugnancia por la enfermedad que entonces había estallado en sus múltiples formas.

—¿A ustedes también les resulto repugnante, señores? —preguntó con coquetería, y la fuerza de su femineidad triunfó sobre el eccema que cubría la mitad de su cara.

Hans Castorp no pudo sino despreciar a aquel muchacho que había sentido repugnancia hacia ella, y manifestó este sentimiento encogiéndose de hombros. Por lo que a él se refería, la cobardía del poético adolescente le incitó a hacer justo lo contrario que él, y a veces aprovechaba la ocasión para prestar pequeños servicios de enfermero a la desafortunada señora Mallinckrodt que no exigían una preparación especial, como por ejemplo: darle la comida a cucharaditas, ayudarla a beber con su biberón cuando se atragantaba o ayudarla a cambiar de posición en la cama, pues, además de todos los males mencionados, la herida de una operación le hacía muy doloroso permanecer tumbada. Hans Castorp se dedicaba a estos cuidados antes de bajar al comedor o al regresar del paseo, después de insistir a Joachim en que continuase su camino él solo y haberle dicho que iba a echar un vistazo a la habitación número 50.

Entonces le invadía un agradable sentimiento de plenitud, una alegría que, en parte, estaba motivada por los buenos frutos y el alcance que estaba teniendo su labor, pero en la que también entraba en juego el placer furtivo que le proporcionaba el irreprochable carácter cristiano de esta actividad tan piadosa, dulce y loable, respecto a la cual, además, ni desde una postura militar ni desde una postura humanista-pedagógica se podía objetar nada de fundamento.

Pero no hemos hablado aún de Karen Karstedt y, sin embargo, Hans Castorp y Joachim le dedicaban una especial atención. Era una enferma particular y externa del doctor Behrens que éste había recomendado a los caritativos primos. Llevaba cuatro años allí, carecía totalmente de recursos y dependía de unos parientes despiadados que ya se la habían llevado una vez alegando que estaba destinada a morir de todas maneras. Con todo, gracias a la intervención del consejero, le habían permitido volver. Vivía en Dorf, en una pensión barata; era muy delgada, tenía diecinueve años, cabellos lisos y grasientos, unos ojos que, con gran timidez, se esforzaban en ocultar un brillo que respondía al rubor febril de las mejillas, y una voz peculiarmente tomada pero agradable. Tosía casi sin descanso, y solía llevar vendadas las puntas de la mayoría de los dedos porque, a causa de la enfermedad, se le formaban unas llagas horribles.

Al oír los ruegos del doctor, los primos se volcaron en la joven, como los dos buenos muchachos que eran. Todo comenzó con el consabido envío de flores; después hicieron una visita a la desventurada Karen en su mínimo balconcito de Dorf; luego organizaron algunas excursiones los tres juntos: iban a ver algún concurso de patinaje o alguna carrera de *bobsleigh*. La temporada de deportes de alta montaña estaba en su apogeo y se estaba celebrando una semana de fiestas y campeonatos. Luego se multiplicaron las actividades, aquellas diversiones y espectáculos a los que los primos no habían prestado ninguna atención hasta entonces. Joachim, de hecho, era hostil a todas las diversiones de allí arriba. No estaba allí para vivir la vida y pasarlo bien durante su estancia; estaba allí única y exclusivamente para curarse lo antes posible y así verse en condiciones de incorporarse al servicio activo en el mundo de allá abajo, al verdadero cumplimiento del deber, no a aquel sucedáneo que era el cumplimiento —a rajatabla, eso sí— del tratamiento. Le estaba prohibido participar activamente en los deportes de invierno y, debido a esta prohibición, no le gustaba hacer de espectador. Hans Castorp, por otra parte, se sentía tan fuerte e íntimamente hermanado con «los de aquí arriba» que estaba muy lejos de sentir el más mínimo interés por la vida de aquellas otras gentes que consideraban aquel lugar como un campo de deportes.

No obstante, su caritativa dedicación a la pobre señorita Karstedt trajo consigo algunos cambios... y Joachim no podía hacer ninguna objeción si no quería pasar por mal cristiano. Fueron, pues, a recoger a la enferma a su modesto alojamiento de Dorf y, aprovechando un espléndido día de frío y sol, atravesaron el barrio inglés —llamado así porque allí estaba el «Hotel d'Inglaterre»—, con sus tiendas de lujo, hasta llegar a la calle principal, en la que reinaba un alegre bullicio de trineos haciendo sonar sus campanillas, ricos turistas y vividores de todo el mundo, huéspedes del Casino y de otros grandes hoteles, vestidos con ropa de sport a la última moda, de paños buenísimos y carísimos, con la cabeza descubierta y las caras bronceadas por el sol invernal y el reflejo de la nieve; y bajaron hasta el campo de patinaje: la pradera –ahora cubierta por una gruesa capa de hielo– que, en verano, hacía las veces de campo de fútbol y que estaba situada en la parte más baja del valle, no lejos del Casino. Se oía música. La orquesta del Casino daba un concierto en el pabellón de madera, a la entrada del campo de patinaje, de forma rectangular, detrás del cual las montañas nevadas se dibujaban contra el oscuro azul del cielo.

Entraron, abriéndose paso a través del público que rodeaba el campo por los tres lados que no eran el del pabellón de música, y buscaron sitio entre las filas de asientos escalonados. Los patinadores, vestidos con ajustadas ropas negras, de punto, y chaquetas cortas con bordes de piel, se deslizaban prodigiosamente sobre el hielo, saltando, girando y haciendo piruetas. Una pareja de virtuosos –profesionales fuera de concurso– desencadenó una verdadera tempestad de aplausos y palmas al compás de la música.

Luego se disputaba el premio de velocidad. Seis jóvenes, de nacionalidades diferentes, con las manos a la espalda, algunos con un pañuelo entre los dientes, dieron seis vueltas al vasto rectángulo. El sonido de una campana se mezcló con la música. En ocasiones la multitud les jaleaba para animarlos, otras veces aplaudía.

La muchedumbre que rodeaba a los tres enfermos –los primos y su protegida– era de lo más variopinta: entre ella había ingleses, con gorras escocesas y dientes blanquísimos, que hablaban en francés con señoras muy perfumadas y vestidas de pies a cabeza con prendas de lana multicolores; algunas de ellas incluso con pantalones; había americanos de cabeza pequeña, cabello engominado, pipa entre los labios y abrigo de piel vuelta; había rusos barbudos y elegantes, de aspecto adinerado y bárbaro; había holandeses de rasgos malayos –un peculiar resultado de la mezcla colonial–, alemanes, suizos y una gran cantidad de gente de procedencia indeterminable que hablaba francés y que bien podía ser de los Balcanes o de algún país oriental; aquel exótico mundo que tanto atraía a Hans Castorp pero que Joachim rechazaba por considerarlo de carácter débil y ambiguo.

Luego hubo concursos y juegos para los niños, que salieron a la pista entre risas y trastadas, tropezando, con un patín en un pie y una bota de esquiar en el otro o arrastrando a una amiguita sentada sobre una pala de quitar la nieve. Uno de los juegos consistía en llevar una vela encendida hasta la otra punta del campo sin que se apagase; otro era una carrera de obstáculos; en un tercero se trataba de sacar patatas de una tinaja llena de agua con ayuda de una cucharita de estaño. Los mayores les aplaudían y vitoreaban. Se señalaban unos a otros quiénes eran los niños más ricos, más famosos o más graciosos: la hijita de un multimillonario holandés o el hijo de un príncipe prusiano, un niño de doce años que se llamaba igual que una célebre marca de champán. La pobre Karen también jaleaba y tosía. Aplaudía sin parar, a pesar de sus dedos en carne viva. Estaba enormemente agradecida.

Otro día la llevaron a las carreras de *bobsleigh*. La pista no estaba lejos del Berghof ni de donde se hospedaba Karen. La pista descendía desde el Schatzalp y terminaba en Davos Dorf, entre las colonias de la ladera oeste. Allí había un pequeño pabellón de control adonde avisaban por teléfono cada vez que un trineo salía de arriba. De uno en uno y a bastante distancia, los trineos, conducidos por hombres y mujeres con trajes blancos de lana y bandas con los colores de toda suerte de países sobre el pecho, bajaban sorteando las curvas entre las altas paredes de hielo que bordeaban la pista y relucían al sol con un brillo metálico. Se veían sus caras rojas por el esfuerzo y salpicadas de nieve. Las caídas de los trineos que chocaban contra el muro de nieve, volcaban y arrojaban al suelo a su tripulación, eran fotografiadas por el público.

También aquí sonaba la música. Los espectadores se sentaban en pequeñas tribunas o se apelotonaban en un estrecho sendero que se había abierto en paralelo a la pista. Abarrotadas estaban igualmente las pasarelas de madera que cruzaban por encima de ésta y desde las cuales los espectadores veían pasar los trineos por debajo de sus pies. Los cadáveres del sanatorio bajaban por ese mismo camino, también pasaban a toda velocidad bajo el puente, describían las mismas curvas, siempre hacia abajo, hacia el valle, hacia el valle, pensó Hans Castorp, e incluso lo dijo en voz alta.

Como disfrutaba tanto con esas cosas, una tarde llevaron a Karen Karstedt al cinematógrafo de Davos Platz. Aquella atmósfera viciada que les molestaba físicamente a los tres, acostumbrados a respirar siempre el aire más puro, que les oprimía los pulmones e incluso les mareaba un poco, estaba, sin embargo, llena de vida: cientos de imágenes, de fugacísimos momentos, centelleaban, se sucedían, permanecían trémulos en el aire y se apresuraban a desaparecer sobre la pantalla, ante sus doloridos ojos, al compás de una sencilla música que interpretaba aquella infinita sucesión de fragmentos de presente como una línea que narraba un pasado y que, a pesar de lo limitado de sus recursos, lograba recrear una muy amplia gama de sentimientos y ambientes, desde la solemnidad y la pompa hasta la pasión, el desenfreno o la más sugerente sensualidad.

Lo que veían era una trepidante historia de amor y crímenes que —sin otro sonido que el de la música— se desarrollaba en la corte de un país de Oriente en la que no faltaba de nada: emoción, lujo deslumbrante, bellas mujeres semidesnudas, un tirano soberbio, un pueblo oprimido lleno de furor religioso, crueldad a raudales, codicia, sed de sangre y —cuando el primer plano lo ocupaban los músculos del brazo del verdugo– un realismo casi excesivo; en resumen: todos los elementos necesarios para satisfacer los deseos inconfesados del público internacional. Settembrini, como hombre de juicio, sin duda habría condenado severamente una representación tan poco humanista y, en nombre de su ironía serena y clásica, habría criticado el abuso que se hacía de la técnica para dar vida a unas imágenes que rebajaban la dignidad humana de semejante manera. Eso pensaba Hans Castorp y así se lo dijo en voz baja a su primo. En cambio, la señora Stöhr, que también estaba allí, sentada no lejos de ellos, parecía totalmente cautivada por la historia, y su cara coloradota e ignorante estaba desencajada de gusto.

Por otra parte, los demás espectadores tenían la misma cara. No obstante, cuando la última imagen de la última secuencia se desvaneció, volvió a hacerse la luz en la sala y el escenario de todas aquellas visiones se reveló como una simple pantalla en blanco, el público no pudo aplaudir. Allí no había nadie a quien agradecerle la brillante actuación, a quien hacer salir a escena a saludar con una gran ovación. Los actores que se habían reunido para aquel espectáculo se habían esfumado desde hacía tiempo; no se habían visto más que las sombras de sus hazañas: los millones de imágenes y brevísimas instantáneas en que se habían descompuesto sus acciones para poder captarlas y reproducirlas después cuantas veces se quisiera a una velocidad vertiginosa que, como por arte de magia, las transformaría de nuevo en tiempo, en decurso. El silencio de la multitud después de aquella ilusión era un tanto apático, un tanto incómodo. Las manos que no podían aplaudir se encontraban impotentes ante la nada. La gente se frotaba los ojos, mirando fijamente hacia el vacío, sentía vergüenza con tanta luz y anhelaba volver a la oscuridad para mirar de nuevo, para ver de nuevo cómo aquellas cosas pasadas volvían a hacerse presentes desde el principio ilustradas por la música.

El tirano moría asesinado de una puñalada, lanzando un

aullido desgarrador... y mudo. Luego se vieron imágenes de todo el mundo: el presidente de la República francesa, con sombrero de copa, devolviendo un saludo desde un coche descubierto; se vio al virrey de las Indias en la boda de un rajá; el príncipe heredero alemán en el patio de un cuartel de Potsdam. Se vieron imágenes de la vida cotidiana en una aldea de Nuevo Mecklemburgo; una pelea de gallos en Borneo, vieron nativos desnudos que tocaban flautas nasales; vieron una cacería de elefantes salvajes; vieron una ceremonia en la corte del rey de Siam; vieron una calle de burdeles de Japón donde las *geishas* esperaban a sus clientes detrás de rejas de madera; vieron grandes samoyedos arrastrando trineos por las estepas nevadas del norte de Asia; peregrinos rusos rezando en Hebrón e incluso un delincuente persa azotado por los ministros de la justicia. El público asistía a todo ello: el espacio quedaba aniquilado, el tiempo detenido, el «allí» y el «antaño» se habían convertido en un «aquí» y un «ahora» lleno de movimiento y de acción y con acompañamiento musical. De pronto, una joven marroquí, con un vestido de seda a rayas y cargada de alhajas, sortijas y dijes, con el abultado pecho medio desnudo, se acercaba a uno en su tamaño natural; las aletas de su nariz eran anchas, en sus ojos brillaba una fuerza casi animal, se movía: reía enseñando unos dientes muy blancos, protegía sus ojos del sol con una mano cuyas uñas parecían más claras que la carne y saludaba al público con la otra. La gente miraba turbada la cara de aquella seductora sombra que parecía ver y que no veía, a la cual no llegaban las miradas, cuyo saludo y cuya sonrisa no pertenecían al presente sino al «allí» y al «antaño» y, por lo tanto, no esperaba una respuesta.

Como hemos dicho, esto despertaba un sentimiento de impotencia que se entremezclaba con el placer. Luego, el fantasma se desvaneció. Una viva claridad invadió la pantalla y se proyectó la palabra «Fin». La representación había terminado y la sala empezó a vaciarse en silencio, mientras que un nuevo público se apretujaba a la entrada deseando disfrutar de una nueva repetición de aquel ciclo.

Animados por la señora Stöhr, que se unió a ellos, los primos se prestaron a darle una última alegría a la pobre Karen, que juntaba las manos con agradecimiento, y fueron todos juntos al café del Casino. Allí también había música. Una pequeña orquesta con frac rojo tocaba bajo la dirección del primer violín, un checo o húngaro que, separado del grupo, tocaba con apasionadas contorsiones, de pie entre las parejas que bailaban.

Las mesas estaban llenas de gente elegante que tomaba bebidas exóticas. Los primos pidieron naranjada para ellos y para su protegida, pues el ambiente estaba muy cargado y deseaban refrescarse. La señora Stöhr pidió un licor dulce. Aseguró que, a aquella hora, todavía no reinaba toda la animación que había por las noches. Un poco más tarde, el baile se animaba enormemente. Acudían numerosos pacientes de diversos sanatorios y también enfermos que, deseosos de vivir la vida, se hospedaban en los hoteles o en el mismo Casino; muchos más de los que había ahora... De hecho, para alguno había sido «su último baile», había vaciado el cáliz de la vida hasta la última gota y había sufrido el último vómito de sangre *in dulci jubilo*.

Lo que la profunda ignorancia de la señora Stöhr hizo con aquel «*dulci jubilo*» fue verdaderamente extraordinario; tomó la primera palabra del vocabulario italiano-musical de su marido, pronunciándola, por ende, «*dolce*», y mejor no averiguar a qué sonó la segunda. Cuando oyeron aquel disparate que pretendía ser latín, ambos se agarraron a la pajita del refresco como a un salvavidas, pero la señora Stöhr no se dio por aludida. Más bien todo lo contrario: entre bromas e indirectas —siempre enseñando sus dientes de conejo— trataba de averiguar qué relación tenían en realidad los tres jóvenes, pues sólo veía claro el interés que podía tener en ello la pobre Karen, que debía de estar encantada de que la acompañasen a su agradable paseo dos apuestos caballeros a la vez. Lo que no acababa de entender era qué ganaban con ello los dos primos, aunque, a pesar de su estupidez e ignorancia, su intuición femenina la ayudó a hacerse una idea, si bien una muy incompleta y frívola. Adivinó y dio a entender con sus bromas que el verdadero caballero salvador de doncellas en apuros era Hans Castorp, mientras que el joven Ziemssen se limitaba a la función de escudero, y que Hans Castorp, cuyos sentimientos hacia madame Chauchat ella conocía, sólo cortejaba a la pobrecita señorita Karstedt como premio de consolación, pues seguramente no sabía cómo acercarse a la otra. Una idea completamente típica de la señora Stöhr, carente de toda profundidad moral, insuficiente desde todo punto y de lo más vulgar, a la que Hans Castorp sólo respondió con una mirada cansina y desdeñosa cuando ella la verbalizó en su peculiar tono impertinente.

Y es que, en el fondo, la relación con la pobre Karen sí era para él una especie de sucedáneo, una vía de escape, al igual que el resto de su labor caritativa. Por otra parte, aquellas buenas acciones también constituían un fin en sí mismas, y la satisfacción que sentía al dar de comer a la inválida señora Mallinckrodt, al escuchar cómo Ferge le describía el infernal shock pleural, o a la pobre Karen aplaudir de alegría y agradecimiento, con sus deditos cubiertos de vendajes, era auténtica y pura, aunque indirecta. Aquella satisfacción nacía de una necesidad de enriquecer su espíritu en un sentido opuesto al que representaba Settembrini desde su postura de pedagogo, pero poseía el suficiente valor –en opinión de Hans Castorp– para aplicarle el término de *placet experiri*.

La casita en que vivía Karen Karstedt no quedaba lejos del arroyo y la vía de tren, al borde del camino que conducía a Dorf, de modo que los primos podían recogerla fácilmente después de la comida para que les acompañase en su obligado paseo.

Si tomaban, pues, esta dirección hacia Davos Dorf para llegar luego al camino principal, veían de frente el pequeño

Schiahorn; luego, a la derecha, tres picos que se llamaban las Torres Verdes, pero que ahora también estaban cubiertos por una espesa capa de nieve resplandeciente y, más hacia la derecha, la cima del Dorfberg. Más o menos hacia la cuarta parte de la altura de la abrupta ladera de éste se veía un cementerio: el cementerio de Davos Dorf, que estaba rodeado por un muro y desde el cual se debía de disfrutar de una hermosa vista —del lago, probablemente—, con lo cual se antojaba un buen destino para un paseo. En efecto, una bella mañana fueron hasta allí los tres juntos. En aquella época, todas las mañanas eran espléndidas, soleadas, sin viento, de un azul profundo, un frío agradable y una blancura deslumbrante. Los primos —el uno con la cara roja como un ladrillo, el otro bronceado— iban a cuerpo, pues el abrigo les habría estorbado con tanto sol. El joven Ziemssen llevaba un traje de sport y zapatos con suela de goma; Hans Castorp iba calzado de la misma manera, pero llevaba pantalón largo, pues no era lo bastante aficionado a los ejercicios físicos como para decidirse a llevar pantalón corto. Era entre primeros y mediados de febrero del año nuevo. Desde que Hans Castorp estaba allí arriba había cambiado la última cifra del año. Ya era otro año, el siguiente. Una de las grandes agujas del reloj universal había avanzado una unidad de tiempo, no la aguja grande, la que marcaba los milenios —pues muy pocos vivirían para presenciar tal cambio—, ni siquiera la que marcaba los siglos o la que marcaba los decenios. No. Sin embargo, a pesar de que Hans Castorp no llevase todavía un año entero allí sino poco más de medio, la aguja que marcaba los años se había movido hacía poco y, de momento, seguía quieta, como las de algunos relojes muy grandes que sólo se mueven cada cinco minutos. Hasta que volviera a hacerlo, la aguja de los meses habría de avanzar diez veces, unas cuantas más de las que había avanzado desde que él llegara. Febrero ya no contaba; pues un mes empezado era un mes, igual que un billete cambiado es un billete gastado.

Un buen día, pues, los tres compañeros se dirigieron al cementerio de la ladera del Dorfberg. Recogemos este paseo para ser rigurosamente fieles a los hechos. La iniciativa fue de Hans Castorp, y Joachim, que de entrada hizo algunas objeciones por deferencia hacia la pobre Karen, finalmente se dejó convencer y reconoció que hubiera sido inútil tratar de engañarla como a la cobardona de la señora Stöhr, y sobreprotegerla ante todo lo que hiciese pensar en la muerte. Karen Karstedt todavía no era presa de las falsas ilusiones que se hacen los enfermos en su etapa terminal, sabía bien a qué atenerse y cuál era el significado de la necrosis de la punta de sus dedos. Sabía también que sus desalmados parientes no querrían ni oír hablar del lujo de un traslado del féretro a su ciudad natal, y que, después del *exitus*, le asignarían un modesto lugar allá arriba. Después de todo, se podía pensar que aquel paseo, desde el punto de vista moral, era incluso más conveniente para ella que muchas otras distracciones, como por ejemplo las carreras de *bobsleigh* o el cinematógrafo, sin contar –además– que el hecho de hacer una visita a «los de más arriba», si se veía el cementerio como algo más que el destino neutral de un paseo turístico con una bonita vista, venía a ser un decoroso gesto de camaradería.

Subieron lentamente en fila india, pues el sendero abierto en la nieve no les permitía ir uno al lado del otro. Dejaron atrás y bajo sus pies las villas más elevadas del valle, construidas casi sobre la montaña, y, mientras subían, vieron desplegarse y abrirse ante sus ojos aquel paisaje familiar que les ofrecía una panorámica de su esplendor invernal. Se extendía hacia el noroeste, en dirección a la entrada del valle y, como esperaban, pudieron contemplar el óvalo del lago, cuyas orillas, rodeadas de bosques, estaban heladas y cubiertas de nieve. Más allá de la ribera más alejada, los planos inclinados que formaban las montañas parecían cruzarse a la altura del suelo y, por encima de ellas, asomaban cumbres desconocidas, picos blancos recortados sobre el cielo azul. Contemplaron el paisaje, de pie, ante el portón de piedra que daba acceso al cementerio; luego entraron retirando la verja de hierro apoyada en éste.

También en el interior del cementerio habían abierto senderos en la nieve, y ellos pasaron entre las pequeñas montañas blancas en que estaban ahora convertidas las tumbas, lechos bien dispuestos, colocados de un modo regular, y rodeados por una vallita, con cruces de piedra o de metal, y pequeños monumentos con pequeños medallones e inscripciones. No se oía ni se veía a nadie. La calma, el apartamiento, el silencio del lugar parecían profundos e íntimos en muchos sentidos: en alguna parte del jardín había un angelito o geniecillo de piedra que llevaba un gorro de nieve ladeado y se sellaba los labios con un dedo: el genio del lugar, es decir, el genio del silencio; de un silencio que ha de entenderse como el contrario absoluto, el polo opuesto de la palabra, como la supresión de la palabra, y no como un silencio vacío de contenido o de sentido. Para los dos varones, aquélla hubiera sido sin duda una ocasión para descubrirse si hubiesen llevado sombrero. Pero ya iban descubiertos –también Hans Castorp iba ahora así– y se limitaron, por tanto, a andar con una actitud respetuosa, apoyándose despacio en la planta de los pies y haciendo pequeñas reverencias a derecha e izquierda, en fila india detrás de Karen Karstedt, que los guiaba.

El cementerio era de forma irregular, se extendía como un estrecho rectángulo hacia el sur, luego se prolongaba hacia los lados en forma igualmente rectangular. Era evidente que había sido ampliado varias veces y que le habían sido añadidas partes de los campos vecinos. Con todo, parecía que de nuevo estaba lleno, tanto a lo largo de los muros como en los sectores interiores, no tan apreciados. Era difícil ver si quedaba espacio para «alguien más» en algún sitio. Los tres compañeros pasearon largo rato por los estrechos senderos, con mucha discreción, entre las tumbas, deteniéndose para descifrar un nombre, una fecha de nacimiento o de muerte. Las lápidas y las cruces no eran fastuosas y denotaban que no se había gastado mucho en ellas. En lo que se refiere a las inscripciones, había nombres de diversos orígenes: había ingleses, rusos, generalmente eslavos; había también alemanes, portugueses y otros. Las fechas de las lápidas, en cambio, presentaban una característica conmovedora: el intervalo que separaba una de otra era, en su conjunto, de una brevedad sorprendente, pues el número de años transcurridos entre el nacimiento y el *exitus* de la persona se elevaba a un promedio de veinte años, no mucho más; eran todo jóvenes los que poblaban aquel recinto, un pueblo nómada que había venido de todas las partes del mundo y allí había regresado a la forma de existencia horizontal.

En alguna parte, entre la multitud de monumentos, en la zona interior del jardín, había un pequeño rectángulo de tierra calva, más o menos de la longitud de un hombre echado; un hueco entre dos tumbas adornadas con coronas perennes. Involuntariamente los tres jóvenes se detuvieron ante él. Permanecieron de pie, la muchacha delante de sus compañeros, y leyeron los delicados datos de las lápidas; Hans Castorp, en una actitud relajada, con los brazos cruzados, la boca entreabierta y los ojos entornados; el joven Ziemssen, muy tieso, hasta un poco inclinado hacia atrás. En ese momento, los primos, poseídos simultáneamente por la curiosidad, miraron a Karen Karstedt a la cara. Ella se dio cuenta a pesar de su discreción; permaneció quieta, de pie, turbada y sumisa, con la cabeza un poco ladeada, y sonrió con un gesto afectado, frunciendo los labios al tiempo que parpadeaba muy deprisa varias veces.

Noche de Walpurgis

Al cabo de pocos días habrían pasado ya siete meses desde que el joven Castorp llegara allí arriba, mientras que su primo Joachim, que ya había pasado cinco cuando él llegó, tenía ahora doce meses a sus espaldas: un año en cifras redondas, entero en el sentido cósmico, pues, desde que la pequeña y potente locomotora le depositara allí, la tierra había recorrido su órbita solar completa y había vuelto al punto donde se hallaba entonces. Era Carnaval, la víspera del martes, y Hans Castorp preguntó cómo se pasaba allí esta fiesta.

—¡Magnífico! —respondió Settembrini, con quien los primos se habían encontrado en su paseo matinal—. ¡Espléndido! Es tan divertido como en el Prater, ya lo verá, ingeniero. Nos ponemos en fila para sacar a bailar a las bellas damas. —Y siguió contándoles con ágil lengua, acompañando sus bromas con graciosos movimientos de los brazos, la cabeza y los hombros—. ¿Qué esperaban...? Incluso en las *maisons de santé* se celebran esos bailes para locos e idiotas. Al menos, por lo que he leído. ¿Por qué no iban a celebrarse también aquí? El programa comprende las danzas macabras más variadas, como pueden ustedes suponer. Desgraciadamente, algunos de los invitados del año pasado no podrán estar presentes, pues la fiesta termina a las nueve y media.

—¿Cómo dice...? ¡Ja, ja, ja... qué bueno! —rio Hans Castorp—. Es usted un bromista... A las nueve y media, ¿has oído? Claro, es demasiado pronto para que «algunos de los invitados» del año pasado puedan acudir a la fiesta... aún no es la hora de los fantasmas... ¡Es macabro! Se refiere, por supuesto, a los que en el intervalo han dicho definitivamente adiós a la carne. ¿Comprendes el juego de palabras? Me muero de curiosidad por verlo. Me parece muy bien que celebremos aquí las fiestas de esa manera y que marquemos las fechas igual que allá abajo, con cesuras bien claras, para que no vivamos en una monotonía indiferenciada; sería un caos. Hemos celebrado la Navidad, el Año Nuevo, y ahora, como es lógico, viene el Carnaval. Luego llegará el Domingo de Ramos (¿hay palmas aquí arriba?), la Semana Santa, el Corpus, que cae seis semanas después, y luego ya viene el día más largo del año, el solsticio de verano, y nos encaminaremos hacia el otoño...

—¡Alto, alto, alto! —exclamó Settembrini, elevando los ojos al cielo y apretándose las sienes con las palmas de las manos—. ¡Cállese! Le prohíbo que se desboque de esa manera.

—Perdone, lo que quería decir era que... Por cierto, al final Behrens se ha decidido a ponerme inyecciones para limpiar mi organismo, pues continúo teniendo 37,4, 37,5, 37,6 y hasta 37,7. De eso ya no me libro. Soy y seguiré siendo un hombre delicado de salud de por vida. Claro que no estoy aquí para pasar un período muy largo. Radamante nunca ha fijado un plazo preciso, pero dice que sería insensato interrumpir la cura prematuramente después de tantos meses y de haber invertido aquí tanto tiempo, por así decirlo. ¿De qué servirá el que me fijase un plazo? No significaría nada, pues cuando dice, por ejemplo, «medio añito», calcula muy aproximadamente y hay que contar con que será más. Fíjese en mi primo: debía estar listo a principios de mes, es decir, curado, pero la última vez Behrens le impuso cuatro meses más hasta la curación completa. Bueno, y después ¿qué vendrá? El solsticio de verano, decía sin intención de molestarle, y luego nos dirigiremos hacia el invierno. Pero, por el momento, cierto es que sólo estamos en Carnaval. Ya le he dicho que me parece muy bien que celebremos cada fecha ordenadamente, como marca el calendario. La señora Stöhr decía que en la garita del portero venden cornetas de juguete.

Así era. Desde el primer desayuno del martes de Carnaval, que llegó enseguida, antes de que nadie se hubiese hecho a la idea todavía, se oyeron en el comedor toda suerte de pitidos y zumbidos producidos por instrumentos de viento de juguete. Durante la comida se lanzaron serpentinas desde la mesa de Gänser, de Rasmussen y de la Kleefeld, y algunos internos, como por ejemplo Marusja, la de los ojillos redondos, llevaban gorros de papel comprados igualmente al portero cojo. Por la noche reinó un auténtico ambiente de fiesta en el comedor y en los salones... De momento, sólo nosotros sabemos cómo terminó y qué trajo consigo esa velada de Carnaval gracias al valiente espíritu emprendedor de Hans Castorp. Pero no dejemos que esta información sobre el desenlace precipite nuestro sereno relato: rendiremos al tiempo el honor que le corresponde y no adelantaremos nada; de hecho, incluso ralentizaremos la narración de los acontecimientos porque compartimos los escrúpulos que, durante tanto tiempo, habían llevado a Hans Castorp a retrasar tales acontecimientos.

Por la tarde, todo el mundo fue a Davos Platz para ver el ajetreo del Carnaval en las calles. La gente paseaba disfrazada, pierrots y arlequines inundaban el pueblo con carracas en la mano, y no fueron pocas las batallas de confeti entre los paseantes y los internos del sanatorio, también disfrazados para la ocasión.

Los internos, que luego se reunieron en torno a las siete mesas para cenar, estaban animadísimos y decididos a conservar aquel espíritu festivo público dentro de su círculo privado. Los gorros de papel, las carracas y las trompetas que vendía el portero habían tenido un éxito enorme, y el procurador Paravant tomó la iniciativa para ingeniarse un disfraz más completo: se puso un quimono de señora y una coleta postiza que, según las múltiples voces que celebraron la feliz ocurrencia en el comedor, debía de pertenecer a la señora del cónsul general Wurmbrandt, y —con una plancha de la ropa— se alisó los bigotes hacia abajo de manera que parecía un auténtico chino. La administración tampoco había querido ser menos. Las mesas habían sido adornadas con farolillos, redondas lunas de papel de colores con una vela encendida en el interior, de forma que Settembrini, al entrar en el comedor y pasar junto a la mesa de Hans Castorp, recitó unos versos alusivos a tan festiva iluminación:

¡Mira, mira, cuántas luces de colores!
Muestra de alegre compaña de señoras y señores.

murmuró con una fina sonrisa, contoneándose hacia su sitio, donde fue recibido con un bombardeo muy peculiar: bolitas llenas de un fragante líquido que se rompían al choque y bañaban en perfume a las víctimas.

En resumen: reinaba la mayor animación. Se oían risotadas, serpentinas colgadas de las lámparas se mecían con las corrientes de aire, en las salsas de los guisos nadaban copos de confeti, y pronto se vio a la enana pasar a toda prisa con el primer cubo con hielo y la primera botella de champán. Tras verlo hacer al abogado Einhuf, no se reparaba en mezclar el borgoña y el champán, y cuando, al terminar de cenar, se apagaron las lámparas y quedaron sólo los farolillos, iluminando el comedor como una noche italiana, el ambiente carnavalesco fue total, y en la mesa de Hans Castorp estalló la algazara cuando Settembrini hizo circular un papel –lo entregó a Marusja, que estaba sentada a su lado y llevaba una gorra de yóquey de papel de seda verde– en el que había escrito con lápiz:

En la montaña reina esta noche la magia del desvarío,
y si algún fuego fatuo se brinda a mostraros
  el camino
más vale que no confiéis demasiado en él...

El doctor Blumenkohl, que volvía a encontrarse muy mal, con aquella mueca en la cara –o mejor dicho: en los labios– tan característica en él, murmuró para sí algunas palabras de las que se podía deducir de dónde procedían esos versos. Hans Castorp, por su parte, se creyó obligado a seguir el juego y dar una respuesta que no podía menos que estar a la altura. Buscó un lápiz por sus bolsillos, pero no lo encontró, y tampoco pudieron dejarle uno ni Joachim ni la institutriz. Sus ojos irritados pidieron auxilio mirando hacia el este, hacia el rincón izquierdo del comedor, y se vio cómo aquel repentino propósito degeneraba en una asociación de ideas tan lejanas, que se puso pálido e incluso olvidó por completo su intención inicial.

Tenía, además, otras razones para palidecer. Madame Chauchat, que estaba allí, frente a él, se había arreglado para el Carnaval. Llevaba un vestido nuevo, al menos uno que Hans Castorp no le había visto puesto nunca, de seda ligera y oscura, casi negra, que no brillaba más que de vez en cuando con un suave reflejo dorado, un vestido con un cuello redondo casi infantil, tan cerrado que sólo dejaba al descubierto el cuello y el nacimiento de las clavículas y, por detrás, las vértebras de la nuca, ligeramente salientes bajo los cabellos cuando Clavdia inclinaba la cabeza. Sin embargo, dejaba los brazos al aire, desde los hombros; aquellos brazos que eran a la vez frágiles y carnosos y también frescos —o así se los imaginaba— y cuya extraordinaria blancura se destacaba sobre la sedosa oscuridad del vestido de una manera tan seductora que Hans Castorp cerró los ojos y murmuró interiormente: «¡Dios mío!». Jamás había visto un vestido como aquél. Había visto vestidos de fiesta, conocía los escotes admitidos en tales solemnidades, los escotes «reglamentarios», que eran mucho más grandes que ése pero ni mucho menos causaban un efecto tan espectacular.

Aquello demostraba lo equivocado que estaba Hans Castorp al suponer que el atractivo, el irracional atractivo de aquellos brazos que había visto una vez a través de la fina gasa quizá sería menor sin tan sugerente «transfiguración» —como la había denominado entonces—. ¡Error! ¡Fatal ilusión! La desnudez completa, exagerada y deslumbrante de aquellos maravillosos miembros de un organismo enfermo e infectado constituía un acontecimiento mucho más emocionante que la transfiguración de antes, un fenómeno ante el cual no se podía reaccionar sino bajando la cabeza y exclamando sin voz: «¡Dios mío!».

Poco después, llegó otra notita con el siguiente contenido:

¿QUÉ MÁS SE PUEDE PERDER?
TODO HERMOSAS JOVENCITAS,
Y TODO APUESTOS MUCHACHOS
CON GRANDES EXPECTATIVAS...

—¡Bravo, bravo! —aplaudió el comedor en pleno.

Ya estaban sirviendo el café, en pequeñas cafeteras de barro, y también los licores. A la señora Stöhr, por ejemplo, le gustaban los licores dulces más que nada en este mundo.

Luego, las mesas comenzaron a disolverse; la gente se levantaba y circulaba por el comedor. Se visitaban unos a otros y se cambiaban de sitio. Una parte de los internos había pasado ya a los salones, mientras otros permanecían sentados haciendo honor al surtido de licores disponible. Settembrini, con su taza de café en la mano y un palillo entre los labios, se abrió sitio en el extremo de la mesa entre Hans Castorp y la institutriz.

—¡Montañas del Harz! —dijo—. ¡Tierras de brujas y de montes con nombres como «Cicuta» y «Miseria»! ¿Le prometí demasiado, ingeniero? ¡Esto es una feria! Pero espere, todavía no hemos llegado al clímax, y ni mucho menos al final de la noche. Según se rumorea, todavía veremos otros disfraces. Algunas personas han desaparecido de escena, lo cual nos invita a esperar muchas sorpresas. Ya verá.

En efecto, nuevos disfraces hicieron su aparición. Mujeres vestidas de hombre, grotescas a causa de sus opulentas curvas, con falsas barbas pintadas con un corcho de botella quemado; hombres disfrazados de mujer que tropezaban con las faldas, como el estudiante Rasmussen, que apareció luciendo un fastuoso vestido negro con lentejuelas de azabache y un provocativo escote —también en la espalda— que refrescaba dándose aire con un abanico de papel. Apareció también un mendigo, con las rodillas dobladas, apoyado en la muleta. Otro se había hecho un disfraz de pierrot con sábanas y un sombrero de mujer; como llevaba la cara empolvada, los ojos habían adquirido un aspecto extraño, antinatural, y también se había pintado los labios de un rojo sangre. Era el joven de la uña del meñique larga. Un griego de la mesa de los rusos ordinarios –que, por cierto, tenía unas bonitas piernas– se paseaba en calzones de punto de color lila con una mantilla, una gola de papel y un bastón a modo de cetro disfrazado de Grande de España o de príncipe de cuento.

Todos estos disfraces habían sido improvisados después de la cena. La Stöhr no aguantó más tiempo sentada en su sitio. Desapareció un momento y no tardó en regresar disfrazada de criada, con un delantal, la falda recogida, las mangas arremangadas y las cintas de su gorro de papel anudadas bajo la barbilla, armada con un recogedor y una escoba, que comenzó a meter entre las piernas de quienes seguían sentados.

La vieja Baubo vuelve sola...

recitó Settembrini al verla, y cerró el pareado con voz clara y plástica. Ella le oyó, le llamó «gallito italiano» y le dijo que se guardase sus «bromitas» para sí, tuteándole en nombre de la libertad que proclama el Carnaval, pues ya durante la cena se había adoptado excepcionalmente ese tratamiento. El italiano se disponía a contestar cuando, de pronto, estalló un estrépito de risas procedentes del vestíbulo que le interrumpieron y atrajeron la atención de todos.

Seguidos de los internos que acudían desde los salones, hicieron su entrada triunfal dos extraños personajes que, sin duda, acababan de disfrazarse. Uno iba vestido de enfermera, pero su vestido negro estaba cubierto de bandas blancas transversales, unas cortas y otras más largas, imitando la disposición de la escala del termómetro. Llevaba un dedo índice delante de la pálida boca y, en la mano derecha, mostraba una tabla de temperaturas. La otra figura iba vestida de azul, con los labios y las cejas pintados de azul, la cara y el cuello manchados del mismo color; con un gorro de lana azul, por supuesto, y una especie de sobretodo de loneta azul, de una sola pieza, atado en los tobillos con cintas e inflado en el centro del cuerpo formando una gran panza. Eran la señora Iltis y el señor Albin. Al cuello llevaban sendos carteles de cartón en los que se podía leer: LA ENFERMERA MUDA Y ENRIQUE EL AZUL. Y, haciendo eses, apoyados uno en el otro, desfilaron por el comedor.

La salva de aplausos fue atronadora. «¡Bravo! ¡Bravo!», se escuchaba entre silbidos de entusiasmo. La señora Stöhr, con su escoba bajo el brazo y las manos sobre las rodillas, reía a carcajadas sin freno y sin compostura alguna, aprovechándose tal vez de su temporal papel de criada. Únicamente Settembrini seguía impertérrito. Sus labios se transformaron en una escueta línea horizontal bajo el bigote graciosamente rizado mientras lanzaba una rápida mirada a la pareja objeto de los aplausos.

Entre los que habían entrado procedentes del salón como comparsas del «Azul» y la «Muda», se encontraba también Clavdia Chauchat. Con Tamara, la de los cabellos lanudos, su compañero de mesa, el joven del pecho hundido, y un tal Buligin, que iba vestido de etiqueta, pasó por delante de la mesa de Hans Castorp y se dirigió en diagonal hacia la mesa del joven Gänser y de la Kleefeld, donde se detuvo, con las manos a la espalda, riendo y charlando mientras sus otros compañeros seguían a las máscaras alegóricas y abandonaban el comedor de nuevo. Madame Chauchat llevaba un gorro de carnaval, pero no era un gorro comprado, sino uno de esos que se hacen para los chiquillos doblando en tres picos una hoja de papel blanco. Lo llevaba atravesado y le favorecía mucho. Su vestido de seda, de un dorado oscuro, dejaba asomar los pies; la falda tenía vuelo en la parte inferior. No diremos nada más de los brazos. Estaban desnudos hasta los hombros...

—¡Mírala bien! —oyó Hans Castorp a lo lejos de labios de

Settembrini, mientras acompañaba con los ojos a la joven, que continuó su camino hacia la puerta de cristales y salió del comedor–. Es Lilith.

–¿Quién? –preguntó Hans Castorp.

El literato sonrió complacido. Luego dijo:

–La primera mujer de Adán. Ve con cuidado...

Aparte de ellos, el único que permanecía aún sentado al extremo de la mesa era el doctor Blumenkohl. Los demás, incluido Joachim, habían pasado al salón. Hans Castorp dijo:

–Eres pura poesía esta noche. ¿Quién es, pues, esa «Lili»? ¿Adán se casó dos veces? No tenía ni idea...

–La leyenda hebraica sostiene que sí. Lilith se convirtió en un fantasma nocturno; es peligrosa, sobre todo para los jóvenes, a causa de sus preciosos cabellos.

–¡Qué horror! ¡Un fantasma nocturno con preciosos cabellos! Eso te espanta, ¿no? Entonces vas y enciendes la luz eléctrica para devolver a los jóvenes al buen camino, ¿no es cierto? –dijo Hans Castorp fantaseando, pues ya había bebido bastantes copas.

–Escuche, ingeniero, déjelo estar –ordenó Settembrini, con las cejas arqueadas–. Y haga el favor de volver a la fórmula que se usa en el Occidente civilizado, al «usted». Ni siquiera es consciente de los peligros que corre...

–¿Por qué? ¡Es Carnaval! Por esta noche está permitido...

–Sí, para disfrutar de un placer inmoral. El «tú» entre desconocidos, es decir, entre personas que deberían tratarse normalmente de «usted», es una salvajada repugnante, un jugueteo con el estado primitivo, un juego libertino que rechazo profundamente porque, en el fondo, atenta sin escrúpulos ni vergüenza contra la civilización y la humanidad. Citaba sencillamente un pasaje de una obra maestra de vuestra literatura nacional. No hablaba más que en un lenguaje poético...

–Yo también, yo también. Hablo, en cierta manera, en un lenguaje poético, porque me parece que el momento lo requiere: por eso hablo así. No pretendo que me sea natural y fácil tratarte de «tú». Todo lo contrario, tengo que hacer un esfuerzo para superarme, tengo que obligarme a hacerlo, pero lo hago con gusto, me sacrifico encantado y de todo corazón...

–¿De todo corazón?

–De todo corazón, sí. Puedes creerme. Ya hace mucho que estamos juntos aquí arriba. Unos siete meses, los puedes contar... Para la mentalidad que reina aquí no es demasiado, pero para nuestras ideas de allá abajo, cuando pienso en ello, es un largo espacio de tiempo. Ya ves, hemos pasado ese tiempo juntos porque la vida nos ha reunido aquí, y nos hemos visto casi diariamente, manteniendo conversaciones interesantes, con frecuencia sobre asuntos de los cuales allá abajo no hubiera comprendido ni una sola palabra. Aquí, en cambio, me he defendido perfectamente; aquí me parecían importantes y me tocaban siempre muy de cerca, por lo que siempre me he implicado al máximo en nuestras discusiones. O mejor dicho, cuando tú me explicabas las cosas en calidad de *homo humanus*, pues yo no tenía experiencia y no podía decir nada; lo único que podía hacer era mostrar un interés extraordinario hacia todo lo que decías. Gracias a ti he comprendido y he aprendido muchas cosas. Dejemos aparte a Carducci, pero tomemos, por ejemplo, la relación entre la República y el bello estilo, o el tiempo y el progreso de la humanidad: si no existiese el tiempo no podría haber progreso, y el mundo no sería más que un cenagal sin vida, un agua pútrida y estancada. ¿Qué sabría yo de eso de no haber sido por ti? Te llamo simplemente «tú» y no te doy otro nombre porque entonces no sabría cómo hablarte. Estás aquí sentado y te digo sencillamente «tú», eso basta. Tú no eres un hombre cualquiera, que lleva un nombre, eres un representante, señor Settembrini, un embajador aquí y ahora, eso es lo que eres –afirmó Hans Castorp, dando una palmada sobre el mantel–. Y quiero darte las gracias de una vez –prosiguió, y chocó su copa llena de champán mezclado con borgoña contra la tacita de café de Settembrini–. Quiero darte las gracias por haberte ocupado tan cariñosamente de mí durante estos siete meses, por haberme tendido la mano, a mí, joven *mulus*, abrumado por tantas impresiones nuevas; por haber intentado ejercer sobre mí una influencia correctiva durante mis ejercicios y experimentos completamente *sine pecunia*, sirviéndote en parte de anécdotas y en parte de conceptos abstractos. Tengo la sensación de que ha llegado el momento de darte las gracias por todo eso y pedirte perdón por haber sido un mal discípulo, un «niño mimado por la vida», como tú dices. Cuando dijiste eso me conmoví profundamente, y cada vez que pienso en ello me siento de nuevo conmovido. Un niño mimado es lo que he sido sin duda también para ti, con tu vena pedagógica, de la que me hablaste desde el primer día. Naturalmente, ésa es una de las cosas que he aprendido gracias a ti: la relación entre el humanismo y la pedagogía. Si tuviese más tiempo encontraría muchas más. ¡Perdóname, pues, y recuerda sólo lo bueno de éste tu alumno! ¡A tu salud, señor Settembrini, a tu salud! Vacío mi vaso en honor de tus literarios esfuerzos en aras de la erradicación del sufrimiento humano –concluyó e, inclinándose hacia atrás, apuró el champán mezclado con vino; luego se puso en pie y dijo–: Ahora, vamos a unirnos a los demás.

–Pero bueno, ingeniero, ¿qué le ha dado de repente? –dijo el italiano, con los ojos llenos de sorpresa, poniéndose también en pie–. Esto me suena a despedida en toda regla...

–¿Despedida? No, ¿por qué? –dijo Hans Castorp, escapando por la tangente.

Y no escapó sólo de palabra, sino también de hecho, pues se dio media vuelta y se dirigió a la institutriz, la señorita Engelhart, que precisamente venía a buscarle. En el salón de música, el doctor Behrens en persona estaba preparando un ponche de Carnaval, invitación de la casa, según dijo la señorita. Los señores debían acudir inmediatamente si deseaban tomar un vaso. Así pues, se pusieron en camino.

En efecto, junto a la mesa redonda central, cubierta con un mantel blanco, estaba el doctor, rodeado de internos que le tendían pequeños vasos con asa, y, con un cacillo, iba sirviendo la humeante bebida de un enorme bol. Él también había dado un toque carnavalesco a su habitual indumentaria, pues, además de la bata de médico que vestía siempre −porque su actividad no tenía descanso−, llevaba un gorro turco auténtico, de un color rojo carmín, con una borla negra que le colgaba junto a la oreja; la bata y el gorro eran disfraz suficiente para un tipo como él. Bastaban para llevar hasta el extremo de la extravagancia su apariencia, ya muy peculiar de por sí. La larga bata blanca exageraba la estatura del doctor; si se imaginaba su cuello completamente estirado, pasando por alto su postura encorvada, parecía de una estatura casi sobrenatural, con la peculiaridad añadida de que la cabeza, coronada por el intenso color del fez, resultaba −en proporción− muy muy pequeña. Tampoco su rostro se había antojado nunca tan extraño como aquella noche −al menos a Hans Castorp−: aquel rostro azulado y sobreexcitado con aquella nariz chata, aquellos ojos azules siempre lagrimeando bajo unas cejas de un rubio casi blanco y bigotito asimétrico sobre la boca torcida... Echándose ligeramente hacia atrás a causa del humo serpenteante que emanaba el bol, escanciaba con destreza vasitos y más vasitos de aquel líquido tostado −un ponche dulce a base de aguardiente de arroz−, y se deshacía en las campechanas bromas que caracterizaban su discurso y que eran acogidas con alborozo por cuantos rodeaban la mesa.

−El señor Urian preside −explicó en voz baja Settembrini, señalando con la mano al doctor. Luego alguien le apartó de Hans Castorp.

También el doctor Krokovski estaba presente. Bajito, regordete y decidido, con su bata de loneta negra echada sobre los hombros, como una capa de disfraz, sostenía su vaso a la altura de los ojos y charlaba alegremente con un grupo de pacientes de ambos sexos, también disfrazados. Comenzó a sonar la música. La mujer con cara de tapir, acompañada al piano por el hombre de Mannheim, tocó al violín el *Largo* de Händel y luego una sonata de Grieg de corte nacionalista, una pieza de salón. Recibieron un complaciente aplauso, incluso desde las dos mesas de bridge, que se habían abierto y en torno a las cuales se sentaban internos disfrazados y no disfrazados, eso sí: bien provistos de botellas metidas en hielo. Las puertas estaban abiertas. También había gente en el vestíbulo. Uno de los grupos, junto a la mesa redonda donde estaba el ponche, escuchaba al doctor Behrens, que explicaba un juego de sociedad. Dibujaba con los ojos cerrados, de pie e inclinado hacia la mesa pero con la cabeza hacia atrás para que todos pudiesen ver que, efectivamente, tenía los ojos cerrados. En el dorso de una tarjeta de visita, con lápiz, dibujaba una figura a ciegas. Sin ayuda de los ojos, su enorme mano iba trazando los contornos de un cerdito: un cerdito de perfil; era un tanto tosco y más esquemático que realista, pero no cabía duda de que el resultado de aquel malabarismo con el lápiz era un cerdito. Era muy difícil, pero él demostraba una gran habilidad. El ojito cayó justo en el lugar correcto –tal vez un poco cerca del hocico, pero más o menos donde correspondía–; lo mismo sucedió con la orejita puntiaguda en lo alto de la cabeza, con las patitas que parecían colgar de la panza bien redondita y, como colofón, el rabito, un encantador tirabuzón, perfectamente unido al final del lomo, redondito como todo lo demás. Todos exclamaron «¡Oooh!» ante la obra terminada y se lanzaron entusiasmados a pintar cerditos con los ojos cerrados, con la ambición de igualar al maestro. Muy pocos habrían sido capaces de hacerlo siquiera con los ojos abiertos, así que para qué hablar del resultado con ellos cerrados. ¡Qué desastre! Los dibujos no tenían ninguna coherencia: el ojito quedaba fuera de la cabeza, las patitas dentro de la barriga, que no se cerraba ni por casualidad, o el rabito caía totalmente alejado del contrahecho animal, como un arabesco independiente, una rosquilla flotando en el aire. Todos se morían de risa. La atención de las mesas de bridge dejó de centrarse en el juego, y los jugadores se iban acercando con las cartas en la mano, abiertas en abanico. Los que estaban al lado del que le tocaba dibujar vigilaban sus ojos para cerciorarse de que no hacía trampa y miraba, o se reían y resoplaban mientras el dibujante «ciego» multiplicaba los errores, y cuánta no sería su algarabía cuando éste abría los ojos y contemplaba su disparatada creación. Una engañosa confianza en sí mismos invitaba a todos a aceptar el reto. La tarjeta, a pesar de ser bastante grande, quedó cubierta de dibujos por todas partes, con incontables cerditos fallidos superpuestos unos sobre otros. El doctor sacrificó una segunda tarjeta que sacó de su cartera, sobre la cual el procurador Paravant, tras unos momentos de meditación, intentó dibujar el cerdito de un solo trazo... con el único resultado de que su fracaso sobrepasó a todos los anteriores. El motivo decorativo que salió de un lápiz no sólo no se parecía a un cerdito, sino que parecía cualquier otra cosa, todo menos un cerdito. Los aplausos, vítores y felicitaciones fueron sonados. Trajeron las tarjetas de los menús al comedor con el fin de que pudieran dibujar varias personas a la vez, señoras y caballeros; y cada concursante tenía sus vigilantes y sus espectadores, a su vez ansiosos por apoderarse del lápiz. Había sólo tres lápices que la gente se arrancaba de las manos. Y eran de los internos. En lo que se refiere al doctor Behrens, una vez vio el éxito del juego, desapareció con su ayudante.

Hans Castorp miraba por encima de Joachim a uno de los dibujantes y se apoyaba con el codo en el hombro de su primo; sujetándose la barbilla con una mano y con la otra en la cadera. Charlaba y reía. Y también quería dibujar; pidió en voz alta y consiguió un lápiz, un trozo tan pequeño que apenas podía sostenerlo entre el índice y el pulgar. Protestó contra aquella «colilla de lápiz» con la cara elevada hacia el techo. Protestó en voz alta y maldijo semejante precariedad de medios mientras con mano rápida dibujaba un engendro sin parangón, primero sobre la tarjeta y luego, como no acertara ni con ésta, extendiéndose al mantel.

—¡No ha valido! —exclamó en medio de las risas que suscitó su actuación—. ¡Con esta birria no se puede dibujar! ¡Al diablo! —Y arrojó el trozo de lápiz culpable de su fracaso dentro del bol de ponche—. ¿Quién tiene un lápiz decente? ¿Quién quiere prestarme uno? He de intentarlo otra vez. ¡Un lápiz, un lápiz! ¿Quién tiene un lápiz? —exclamó volviéndose hacia todos los lados, con la mano izquierda apoyada en la mesa y agitando la derecha. Nadie tenía. Entonces se volvió hacia el interior del salón, hacia Clavdia Chauchat, quien (como él muy bien sabía) estaba de pie junto a la puerta del saloncito y desde allí observaba sonriente la agitación en torno a la mesa del ponche.

A sus espaldas oyó unas palabras extranjeras muy biensonantes.

—*Eh! Ingegnere! Aspetti! Che cosa fa? Ingegnere! Un po' di ragione, sa! Ma è matto questo ragazzo!*

Pero esta vez su propia voz ahogó a la de su «mentor», y se vio a Settembrini abandonar el salón con ese gesto tan típico de los italianos cuyo significado es tan difícil describir en una palabra —a saber: levantando un brazo y agitándolo, con la mano abierta, por encima de la cabeza— y que, esta vez, iba acompañado de un prolongado «¡Eeeh!». Hans Castorp, en cambio, ya estaba de pie junto a la puerta, mirando de muy cerca el epicanto azul-gris-verde de aquellos ojos que asomaban como dos chispitas por encima de unos pómulos muy marcados, y decía:

—¿No tendrás un lápiz, por casualidad?

Estaba pálido como la muerte, tan pálido como aquella mañana en que, manchado de sangre, regresó de su paseo en solitario y entró a la conferencia del doctor Krokovski. El cataclismo que aquello supuso para el sistema de nervios y vasos de su rostro dio lugar a que la piel, sin sangre, se quedase blanca y helada, la nariz pareciera más puntiaguda y las cuencas de los ojos adquirieran el tono plomizo propio de un cadáver. Sin embargo, el nervio simpático hacía latir el corazón de Hans Castorp de tal manera que ya no podía hablarse de un latido controlado, y los escalofríos recorrían su cuerpo por efecto de la contracción de todos los bulbos raquídeos de todos los pelos de su cuerpo, erizados y tiesos como alfileres.

La mujer del tricornio de papel le miró de arriba abajo con una sonrisa que no revelaba un ápice de compasión ni de preocupación ante aquella cara desencajada. Este sexo no conoce compasión ni inquietud alguna ante los estragos que causa la pasión, un elemento que –por lo visto– le es mucho más familiar que al hombre, al cual, por naturaleza, le resulta ajena y desconcertante, cosa que la mujer siempre constata con una satisfacción burlona y maligna. Por otra parte, de haber recibido alguna muestra de compasión o preocupación, la habría agradecido.

–¿Yo? –contestó la bella de los brazos desnudos a aquel «tú»–. A lo mejor... –Y, a pesar de todo, en su sonrisa y en su voz se notaba un poco de esa emoción que se produce cuando, después de una larga relación silenciosa, se pronuncia la primera palabra, una emoción maliciosa que, de algún modo, concentra todo ese pasado en el momento presente–. Eres muy ambicioso... Eres... muy... ansioso... –continuó diciendo con aquel acento extranjero, con su exótica «r», su exótica «e», demasiado abierta; y su voz, ligeramente velada, agradablemente ronca, apoyaba el acento sobre la última sílaba de la palabra «ambicioso», lo cual terminaba de hacerla parecer exótica. Metió la mano en su bolsito de cuero en busca del objeto y, de debajo de un pañuelo, sacó un minúsculo lapicero de plata, delgado y frágil, un pequeño artículo de fantasía que apenas podía servir para escribir en serio. Aquel otro lápiz de antaño, el primero, había sido más útil y resistente–. Voilà –dijo ella, y le puso el pequeño lapicero ante los ojos, sosteniéndolo de una punta y haciéndolo girar lentamente entre el dedo pulgar y el índice.

Dado que ella hizo como si se lo ofreciese y se lo negase al mismo tiempo, él también se dispuso a cogerlo antes de que ella se lo diera, es decir, elevó la mano hasta la altura del lápiz, con los dedos preparados para asirlo, pero sin llegar a hacerlo del todo; desde el fondo de las plomizas cuencas de cadáver, sus ojos pasaban alternativamente del objeto al rostro tártaro de Clavdia. Sus labios, sin sangre, permanecían entreabiertos, inmóviles, y no se movieron cuando dijo:

—¿Lo ves? Ya sabía yo que tenías un lápiz.

—*Prenez garde, il est un peu fragile* —dijo ella—. *C'est à visser, tu sais.*

Las cabezas de ambos se inclinaron sobre el lapicero, y ella le enseñó el sencillo mecanismo que consistía en hacer girar una ruedecita para que saliera la delgada mina de plomo, puntiaguda como un alfiler, probablemente dura y con aspecto de no marcar apenas.

Permanecían inclinados el uno hacia el otro. Él se había vestido para la cena, llevaba el cuello alto y almidonado y, por lo tanto, podía apoyar la barbilla en él.

—Pequeño, pero ya tiene dueño —dijo él, con la frente muy próxima a la de ella, hablando hacia el lápiz y sin mover los labios (y claro, las consonantes labiales, no se oyeron).

—Mira, qué ingenioso... —rio ella brevemente, abandonándole el lápiz. (Dios sabe de dónde había sacado el ingenio, pues era evidente que no tenía una sola gota de sangre en la cabeza)—. Anda ve, date prisa... dibuja, dibuja... dibuja bien y dibuja mejor que los demás...

Haciéndose la graciosa ella también, simuló querer alejarle.

—No, tú todavía no has dibujado. Tienes que probar tú también —dijo él dando un paso hacia atrás (y, de nuevo, no se oyeron las consonantes labiales).

—¿Yo? —repitió ella, con un gesto de sorpresa que parecía

referirse a otra proposición distinta de aquélla. Sonreía, ligeramente turbada, y continuaba de pie, inmóvil, pero luego siguió el movimiento de retroceso de Hans Castorp, que ejercía un extraño magnetismo sobre ella, y dio unos pasos hacia la mesa del ponche.

Allí, sin embargo, se veía que el juego ya había perdido interés, que estaba próximo a expirar. Algunos aún dibujaban, pero ya no tenían espectadores. Las tarjetas estaban llenas de garabatos, todo el mundo había dado fe de su inutilidad, y la mesa estaba casi abandonada, tras una desbandada general. Cuando los internos se dieron cuenta de que los médicos se habían marchado, alguien sugirió bailar. Al punto, retiraron la mesa. Colocaron centinelas en las puertas de la sala de lectura y el salón de música, con la orden de hacer una señal si, por casualidad, volvían a asomar por allí el «viejo» –a saber, Krokovski– o la enfermera jefe. Un joven eslavo se lanzó con decisión al teclado del pequeño piano de nogal. Las primeras parejas empezaron a girar en el interior del círculo de sillones y sillas en los que se habían sentado los espectadores.

Hans Castorp se despidió con la mano de la mesa que se llevaban justo delante de él: «¡Adiós, mesa!». Con la barbilla señaló dos asientos libres que había en el saloncito, en un resguardado rincón junto a la cortina. No dijo nada, tal vez porque la música le parecía demasiado ruidosa. Acercó un sillón para madame Chauchat –un sillón «estilo imperio», con bordes de madera y funda de terciopelo, que antes le había señalado mediante gestos– y, para él, se hizo con una butaca de mimbre con los brazos en forma de caracol que no paraba de crujir y gañir y en la que se acomodó a su lado: inclinado hacia ella, con los codos sobre los brazos de la butaca, el lapicero en la mano y los pies encogidos bajo el asiento. Madame Chauchat, por su parte, estaba demasiado hundida en el blando asiento de terciopelo; las rodillas le quedaban muy elevadas, pero a pesar de ello, cruzó las piernas y empezó a balancear el pie que quedaba en el aire, de modo que, por encima del zapato de charol, bajo la seda igualmente negra de la media, se dibujaba el tobillo. Ante ellos había otras personas sentadas que se levantaban para bailar y cedían el puesto a los que estaban cansados. Era un continuo ir y venir.

—Llevas un vestido nuevo —dijo él para tener el derecho de mirarla, y oyó cómo ella contestaba:

—¿Un vestido nuevo? ¿Estás al corriente de mi guardarropa?

—¿Tengo razón o no?

—Sí. Me lo ha hecho Lukacek, en Davos Dorf. Trabaja mucho para las señoras de aquí. ¿Te gusta?

—Mucho —respondió, envolviéndola una vez más en su mirada, antes de bajar los ojos—. ¿Quieres bailar? —añadió.

—¿Tú querrías? —preguntó ella sonriendo y arqueando las cejas. Y él contestó:

—Querría si tú quisieras.

—Eso es menos valiente de lo que creía que eras. —Y al ver que él se echaba a reír con desdén, añadió—: Tu primo ya se ha marchado.

—Sí, es mi primo —confirmó él, aunque no hacía ninguna falta—. Acaba de retirarse. Se habrá ido a dormir.

—*C'est un jeune homme très étroit, tres honnête, très Allemand.*

—*Étroit? Honnête?* —repitió él—. Comprendo el francés mucho mejor de lo que lo hablo. Me parece que quieres decir que es un pedante. ¿Crees que somos unos pedantes, *nous les allemands*?

—*Nous causons de votre cousin. Mais c'est vrai,* todos sois un poco *bourgeois. Vouz aimez l'ordre mieux que la liberté, toute l'Europe le sait.*

—*Aimer... aimer... Qu'est-ce que c'est? Ça manque de définition, ce mot-là.* Unos la tienen, otros la aman, *comme nous disons proverbialment* —afirmó Hans Castorp. Y continuó diciendo—: Últimamente he reflexionado mucho sobre la libertad. Es decir: he oído esta palabra con tanta frecuencia que me ha hecho reflexionar. *Je te le dirai en français,* lo que pienso. *Ce que toute l'Europe nomme la liberté, est peut-être une chose assez pédant et assez bourgeoise en comparaison de notre besoin d'ordre, c'est ça!*

—*Tiens! C'est amusant. C'est ton cousin à qui tu penses en comparaison de notre besoin d'ordre, c'est ça!*

—No, *c'est vraiment une bonne âme*, una naturaleza sencilla que no se ve amenazada por nada, *tu sais. Mais il n'est pas bourgeois, il est militaire.*

—¿Que no se ve amenazada por nada? —repitió ella con esfuerzo—. *Tu veux dire: une nature tout à fait ferme, sûre d'elle-même? Mais il est sérieusement malade, ton pauvre cousin.*

—¿Quién te lo ha dicho?

—Aquí estamos bien informados los unos sobre los otros.

—¿Te lo ha dicho el doctor Behrens?

—*Peut-être en me faisant voir ses tableaux.*

—*C'est-à-dire: en faisant ton portrait?*

—*Pourquoi pas? Tu l'as trouvé réussi, mon portrait?*

—*Mais oui, extrêmement. Behrens a tres exactament rendu ta peau, oh vraiment très fidèlement. J'aimerais beaucoup être portraitiste, moi aussi, pour avoir l'ocassion d'étudier ta peau comme lui.*

—*Parlez allemand, s'il vous plait!*

—¡Ay!, hablo en alemán incluso cuando hablo francés. *C'et une sorte d'étude artistique et médicale; en un mot; il s'agit des lettres humaines, tu comprends.* ¿Qué decides? ¿Quieres bailar o no?

—No, bailar es de chiquillos. *En cachette des médecins. Aussitôt que Behrens reviendra, tout le monde va se précipiter sur les chaises. Ce sera fort ridicule.*

—¿Tanto respeto le tienes?

—¿A quién? —preguntó ella, con una entonación extranjera.

—A Behrens.

—*Mais va donc avec ton Behrens!* De todas formas, aquí no hay sitio para bailar. *Et puis sur le tapis...* Vamos a mirar cómo bailan los demás.

–Sí, es mucho mejor –aprobó él, y, sentado junto a ella, con el rostro pálido, los ojos azules y pensativos de su abuelo, se puso a mirar cómo brincaban los enfermos disfrazados en el salón, y al otro lado, en la biblioteca. La «enfermera muda» bailaba con «Enrique el Azul», y la señora Salomon –disfrazada de hombre, con frac y chaleco blanco, una enorme chorrera, bigote pintado y un monóculo– giraba sobre sus altos tacones de charol, que asomaban por debajo del largo pantalón de hombre, con el pierrot, cuyos labios, de color rojo sangre, se destacaban exageradamente en la cara empolvada, y cuyos ojos parecían los de un conejo albino. El griego, con su mantilla de príncipe, elevaba sus piernas de áureas proporciones, enfundadas en el calzón lila, en torno a Rasmussen, con su espectacular escote y sus lentejuelas de azabache. El procurador, con su quimono, la señora Wurmbrandt y el joven Gänser bailaban juntos, los tres entrelazados, y la señora Stöhr bailaba con su escoba, que apretaba contra su corazón, acariciando el cepillo como si fuese la cabellera erizada de una imaginaria pareja.

–Eso es lo que haremos –repitió Hans Castorp maquinalmente. Hablaban bajo y el piano ahogaba sus voces–. Nos quedaremos aquí sentados y miraremos el baile como si estuviéramos soñando. Para mí es como un sueño, *comme un rêve singulièrement profond, car il faut dormir très profondément pour rêver comme cela... Je veux dire: C'est un rêve bien connu, rêve de tout temps, long, éternel; oui, être assis près de toi comme à présent, voilà l'éternité.*

–*Poète* –dijo ella–. *Bourgeois, humaniste et poète. Voilà l'allemand au complet, comme il faut!*

–*Je crains que nous ne soyons pas du tout et nullement comme il faut* –replicó él–. *Sous aucun égard. Nous sommes, peut-être, des* niños mimados por la vida, *tout simplement.*

–*Joli mot. Dis-moi, donc... Il n'aurait pas été difficile de rêver ce rêve-là plus tôt. C'est un peu tard que monsieur se résout à adresser la parole à son humble servante.*

–*Pourquoi des paroles?* –dijo él–. *Pourquoi parler? Parler, dis-*

courir, c'est une chose bien républicaine, je le concède. Mais je doute que ce soit poétique au même degré. Un de nos pensionnaires, qui est un peu devenu mon ami, monsieur Settembrini...

—Il vient de te lancer quelques paroles.

—Eh, bien, c'est un gran parleur sans doute, il aime même beaucoup à réciter de beaux vers, mais, est-ce un poète, cet homme-là?

—Je regrette sincèrement de n'avoir jamais eu le plaisir de faire la connaissance de ce chevalier.

—Je le crois bien.

—Ah! Tu le crois.

—Comment? C'etait une phrase tout à fait indifferent, ce que j'ai dit là. Moi, tu le remarques bien, je ne parle guère le français. Pourtant, avec toi je prefère cette langue à la mienne, car pour moi, parler français, c'est parler, en quelque manière, sans responsabilité, ou comme nous parlons, en rêve. Tu comprends?

—À peu près.

—Ça suffit... Parler —continuó diciendo Hans Castorp—, *pauvre affaire! Dans l'éternité, on ne parle point. Dans l'éternité, tu sais, on fait comme en dessinant un petit cochon: on penche la tête en arrière et on ferme les yeux.*

—Pas mal, ça! Tu est chez toi dans l'éternité, sans aucun doute, tu la connais à fond. Il faut avouer que tu es un petit rêveur assez curieux.

—Et puis —dijo Hans Castorp— *si je t'avais parlé plus tôt, il m'aurait fallu te dire «vous»!*

—Eh, bien, est-ce que tu as l'intention de me tutoyer pour toujours?

—Mais oui. Je t'ai tutoyée de tout temps et je tutoierai éternellement.

—C'est un peu fort, par exemple. En tout cas tu n'auras pas trop longtemps l'occasion de me dire «tu». Je vais partir.

Esta palabra tardó algún tiempo en penetrar en su conciencia. Entonces Hans Castorp se sobresaltó, mirando alrededor con aire extraviado, como un hombre que despierta de repente de su feliz sueño. La conversación se desarrollaba con bastante lentitud, pues Hans Castorp hablaba el francés con poca fluidez y titubeando mientras buscaba las palabras. El piano, que había permanecido callado un instante, sonaba de nuevo, esta vez bajo las manos del hombre de Mannheim, que sustituía al joven eslavo y había cogido una partitura. La señorita Engelhart estaba sentada a su lado y le pasaba las páginas. El baile había decaído. Numerosos enfermos parecían haber optado ya por la posición horizontal. No quedaba nadie sentado delante de ellos. En la sala de lectura jugaban a las cartas.

—¿Qué vas a hacer? –preguntó Hans Castorp desencantado.

—Me marcho –contestó ella sonriente, como sorprendida por la rigidez de Hans Castorp.

—No puede ser. Es una broma...

—Nada de eso. Lo digo en serio. Me marcho.

—¿Cuándo?

—Mañana. *Après dîner.*

Un gran cataclismo sacudió todo el cuerpo de Hans Castorp. Luego añadió:

—¿Adónde vas?

—Muy lejos de aquí.

—¿Al Daguestán?

—*Tu n'es pas mal instruit. Peut-être, pour le moment...*

—Entonces ¿estás curada?

—*Quant à ça... non.* Pero Behrens cree que, por el momento, tampoco voy a mejorar mucho aquí. *C'est pourquoi je vais risquer un petit changement d'air.*

—¿Eso quiere decir que vas a volver?

—Tal vez. Pero no sé cuándo. *Quant à moi, tu sais, j'aime la liberté avant tout et notamment celle de choisir mon domicile. Tu ne comprends guère ce que c'est: être obsédé d'indépendance. C'est ma race, peut-être.*

—*Et ton mari au Daghestan te l'accorde, ta liberté?*

—*C'est la maladie qui me la rend. Me voilà à cet endroit pour la troisième fois. J'ai passé un an ici, cette fois. Possible que je revienne. Mais alors tu seras bien loin depuis longtemps.*

—¿Así lo crees, Clavdia?

—*Mon prénom aussi! Vraiment tu les prends bien au sérieux coutumes du carnaval!*

—¿Sabes también hasta qué punto estoy enfermo?

—*Oui, non: comme on sait ces choses ici. Tu as une petite tache humide, là dedans et un peu le fièvre, n'est-ce pas?*

—*Trente-sept et huit ou neuf l'après-midi* —dijo Hans Castorp—. *¿Y tú?*

—*Oh, mon cas, tu sais, c'est un peu plus compliqué... pas tout-à-fait simple.*

—*Il y a quelque chose dans cette branche de lettres humaines dite la médicine* —dijo Hans Castorp— *qu'on appelle bouchement tuberculeux des vases de lymphe.*

—*Ah! Tu as mouchardé, mon cher, on le voit bien.*

—*Et toi...* ¡Perdóname! ¡Permíteme que te pregunte algo directamente y en alemán! El día en que me levanté de la mesa para ir a la consulta, hace seis meses... Tú te volviste, ¿recuerdas?

—*Quelle question! Il y a six mois!*

—¿Sabías adónde iba?

—*Certes, c'était tout à fait par hasard...*

—¿Te lo había dicho Behrens?

—*Toujours ce Behrens!*

—*Oh, il représenté ta peau d'une façon tellement exacte... D'ailleurs, c'est un veuf aux joues ardentes et qui possède un service à café très remarquable... Je crois bien qu'il connaisse ton corps non seulement comme médecin, mais aussi comme adepte d'une autre discipline de lettres humaines.*

—*Tu as décidément raison de dire que tu parles en rêve, mon ami.*

—*Soit... Laisse-moi rêver de nouveau après m'avoir révellé si cruellement par cette cloche d'alarme de ton départ. Sept mois sous tes yeux… Et à présent, où en réalité j'ai fait ta connaissance, tu me parles de départ!*

—Je te répète que nous aurions pu causer plut tôt.

—¿Lo hubieras deseado?

—Moi? Tu ne m'échapperas pas, mon petit. Il s'agit de tes intérêts, à toi. Est-ce que tu étais trop timide pour t'approcher d'une femme à qui tu parles en rêve maintenant, ou est-ce qu'il y avait quelqu'un qui t'en a empêché?

—Je te l'ai dit. Je ne voulais pas te dire «vous».

—Farceur. Réponds donc, ce monsieur beau parleur, cet italien-là qui a quitté la soirée, qu'est-ce qu'il t'a lancé tantôt?

—Je n'en ai entendu absolument rien. Je me soucie très peu de ce monsieur, quand mes yeux te voient. Mais tu oublies… Il n'aurait pas été si facile du tout de faire la connaissance dans le monde. Il y avait encore mon cousin avec qui j'étais lié et que incliné très peu à s'amuser ici: Il ne pense à rien qu'à son retour dans les plaines, pour se faire soldat.

—Pauvre diable! Il est, en effet, plus malade qu'il ne sait. Ton ami italien, du reste, ne va pas trop bien non plus.

—Il le dit lui-même. Mais mon cousin… Est-ce vrai? Tu m'effraies.

—Fort possible qu'il va mourir, s'il essaye d'être soldat dans les plaines.

—Qu'il va mourir. La mort. Terrible mot, n'est-ce pas? Mais c'est étrange, il ne m'impressionne, pas tellement aujourd'hui, ce mot. C'était une façon de parler bien conventionelle, lorsque je disais «Tu m'effraies». L'idée de la mort ne m'effraie pas. Elle me laisse tranquille. Je n'ai pas pitié ni de mon bon Joachim ni de moi-même, en entendant qu'il va peut-être mourir. Si c'est vrai, son état ressemble beaucoup au mien et je le trouve pas particulièrement imposant. Il est moribond, et moi, je suis amoureux, eh bien! Tu as parlé à mon cousin à l'atelier de photographie intime, dans l'antichambre, tu te souviens?

—Je me souviens un peu.

—Donc ce jour-là Behrens a fait ton portrait transparent!

—Mais oui.

—Mon Dieu! Et l'as-tu sur toi?

—Non, je l'ai dans ma chambre.

—Ah, dans ta chambre. Quant au mien, je l'ai toujours dans mon portefeuille. Veux-tu que je te le fasse voir?

—Mille remerciements. Ma curiosité n'est pas invincible. Ce sera un aspect très innocent.

—Moi, j'ai vu ton portrait extérieur. J'aimerais beaucoup mieux voir ton portrait intérieur qui est enfermé dans ta chambre... Laisse-moi demander autre chose! Parfois un monsieur russe qui loge en ville vient te voir. Qui est-ce? Dans quel but vient-il, cet homme?

—Tu es joliment fort en espionnage, je l'avoue. Eh bien, je réponds. Oui, c'est un compatriote souffrant, un ami. J'ai fait sa connaissance à une autre station balnéaire, il y a quelques années déjà. Nos rélations? Les voilà: nous prenons notre thé ensemble, nous
fumons deux ou trois papiros, et nous bavardons, nous philosophons, nous parlons de l'homme, de Dieu, de la vie, de la morale, de mille choses. Voilà mon compte rendu. Es-tu satisfait?

—De la morale aussi! Et qu'est-ce que vous avez trouvé en fait de morale, par exemple?

—La morale? Cela t'intéresse? Eh bien, il nous semble qu'il faudrait chercher la morale non dans la vertu, c'est-à-dire dans la raison, la discipline, les bonnes moeurs, l'honnêteté; mais plutôt dans le contraire, je veux dire: dans le péché, en s'abandonnant au danger, à ce qui est nuisible, à ce qui nous consume. Il nous semble qu'il est plus moral de se perdre et même de se laisser dépérir que de se conserver. Les grands moralistes n'étaient point des vertueux mais des aventuriers dans le mal, des vicieux, des grands pêcheurs qui nous enseignent à nous incliner chrétiennement devant la misère. Tout ça doit te déplaire beaucoup, n'est-ce pas?

Él guardó silencio. Aún estaba sentado como al principio, con las piernas cruzadas bajo la butaca, que no paraba de crujir, inclinado hacia madame Chauchat, con su gorro de papel, y con el lapicero que ella le había dado entre los dedos.

Los ojos azules de Hans Castorp contemplaban el salón, que se había ido quedando vacío. Los internos se habían dispersado. El piano, en el rincón de enfrente de ellos, no sonaba más que muy bajito, sólo tocaba retazos de música; el enfermo de Mannheim tocaba con una sola mano, y a su lado estaba sentada la institutriz, hojeando una partitura que tenía sobre las rodillas. Cuando la conversación entre Hans Castorp y Clavdia Chauchat expiró, también el pianista cesó de tocar, dejando caer sobre sus rodillas la mano que había acariciado el teclado, mientras la señorita Engelhart continuaba mirando la partitura. Las cuatro únicas personas que habían quedado de la fiesta del Carnaval estaban sentadas, inmóviles. El silencio duró unos minutos. Lentamente, las cabezas de la pareja del piano parecieron inclinarse por su propio peso, más y más; la del joven de Mannheim hacia el teclado, la de la señorita Engelhart hacia la partitura. Por fin, los dos a un tiempo, como si se hubieran puesto secretamente de acuerdo, se pusieron en pie y, sin ruido, evitando volverse hacia el otro lado del saloncito, que seguía ocupado, con la cabeza baja y los brazos colgantes, el joven de Mannheim y la institutriz se alejaron juntos a través de la sala de lectura.

—*Tout le monde se retire* —dijo nadame Chauchat—. *C'étaient les derniers; il se fait tard. Eh, bien, la fête de carnaval est finie.* —Y levantó los brazos para quitarse el tricornio de papel de sus cabellos rojizos, peinados con una recogida alrededor de la cabeza como una corona—. *Vous connaissez les conséquences, monsieur.*

Hans Castorp, sin embargo, con los ojos cerrados, protestó sin cambiar de posición:

—*Jamais, Clavdia. Jamais je te dirai «vous», jamais de la vie ni de la mort,* si se puede decir de este modo… se debería poder. *Cette forme de s'adresser à une personne, qui est celle de l'Occident cultivé et de la civilisation humanitaire, me semble fort bourgeoise et pédante. Pourquoi, au fond, de la forme? La forme, c'est la pédanterie elle-même! Tout ce que vous avez fixé à l'égard de la* morale, toi et ton compatriote souffrante, tu veux sérieusement que ça me surprenne? Pour quel sot me prends-tu? Dis donc, qu'est-ce que tu penses de moi?

—C'est un sujet qui ne donne pas beaucoup à penser. Tu es un petit bonhomme convenable, de bonne famille, d'une tenue appétissante, disciple docile de ses précepteurs et qui retournera bientôt dans les plaines, pour oublier complètement qu'il a jamais parlé en rêve et pour aider à rendre son pays grand et puissant par son travail honnête sur le chantier. Voilà la photographie intime, faite sans appareil. Tu la trouves exacte, j'espère?

—Il y manque quelques détails que Behrens y a trouvés.

—Ah, les médecins en trouvent toujours, ils s'y connaissent...

—Tu parles comme monsieur Settembrini. Et ma fièvre? D'où vient-elle?

—Allons, donc, c'est un incident sans conséquence qui passera vite.

—Non, Clavdia, tu sais bien que ce tu dis là, n'est pas vrai, et tu le dis sans conviction, j'en suis sûr. La fièvre de mon corps et le battement de mon coeur harassé et le frissonnement des mes membres, c'est le contraire d'un incident, car ce n'est rien d'autre —y su rostro pálido, de labios temblorosos, se inclinó hacia el de madame Chauchat—, rien d'autre que mon amour pour toi, oui, cet amour que m'a saisi à l'instant où mes yeux t'ont vue, ou, plutôt, que j'ai reconnu quand je t'ai reconnue toi, et c'était, lui, évidemment qui m'a mené à cet endroit...

—Quelle folie!

—Oh, l'amour n'est rien s'il n'est pas de la folie, une chose insensée, défendue et une aventure dans le mal. Autrement c'est une banalité agréable, pour en faire de petites chansons paisibles dans les plaines. Mais quant à ce que je t'ai reconnue et que j'ai reconnu amour pour toi; oui, c'est vrai, je t'ai déjà connue, anciennement, toi et tes yeux merveilleusement obliques et ta bouche et ta voix, avec laquelle tu parles; une fois déjà, lorsque j'étais collégien, je t'ai demandé ton crayon, pour faire enfin ta connaissance mondaine parce que je t'aimais irraisonnablement, et c'est de là, sans doute, c'est de

*mon ancien amour pour toi, que ces marques me restent, que Behrens
a trouvées dans mon corps, et qui indiquent que jadis aussi j'étais
malade...*

Sus dientes rechinaron. Había sacado un pie de debajo
de la infame butaca que no paraba de crujir mientras fantaseaba
y, al moverlo hacia delante, como con la otra rodilla casi
tocaba al suelo, parecía arrodillado ante ella, con la cabeza inclinada y temblando con todo su cuerpo.

—*Je t'aime* —balbuceó—, *je t'ai aimée de tout temps, car tu es
le Toi de ma vie, mon rêve, mon sort, mon envié, mon éternel désir...*

—*Allons, allons!* —dijo ella—. *Si tes precepteurs te voyaient...*

Pero él meneó la cabeza desesperado, mirando a la alfombra, y contestó:

—*Je m'en ficherais, je me fiche de tous ces Carducci et de la Ré-
publique éloquente et du progrès humain dans le temps, car je t'aime!*

Ella le acarició dulcemente la cabeza, con los cabellos cortados al rape en la nuca.

—*Petit bourgeois* —dijo—. *Joli bourgeois à la petite tâche humide.
Est-ce vrai que tu m'aimes tant?*

Y, hechizado por este contacto, ya completamente de
rodillas, con la cabeza echada hacia atrás y los ojos cerrados,
él continuó hablando:

—*Oh, l'amour, tu sais... Le corps, l'amour, la mort, ces trois
ne font qu'un. Car le corps, c'est la maladie et la volupté et c'est lui
qui fait la mort; oui, ils sont charnels, tous deux, l'amour et la mort,
et voilà leur terreur et leur grande magie! Mais la mort, tu comprends,
c'est d'une chose mal famée, impudente, qui fait rougir de honte; et
d'autre part c'est une puissance très solennelle et très majestueuse (beaucoup plus haute que la vie riante gagnant de la monnaie et farcissant
sa panse; beaucoup plus vénérable que le progrès qui lavarde par le
temps), parce qu'elle est l'histoire et la noblesse et la pitié et l'éternel
et le sacré qui nous fait tirer le chapeau et marcher sur la pointe des
pieds... Or, de même le corps, lui aussi, et l'amour du corps, sont
une affaire indécente et fâcheuse et le corps rougit et pâlit à sa surface
par frayeur et honte de lui-même. Mais aussi il est une grande gloire*

adorable, image miraculeuse de la vie organique, sainte merveille de la forme et de la beauté, et l'amour pour lui, pour le corps humain, c'est de même un interêt extrêmement humanitaire et une puissance plus éducative que toute la pédagogie du monde...! Oh, enchantante beauté organique qui ne se compose ni de teinture à l'huile ni de pierre, mais de matière vivante et corruptible, pleine du secret fébrile de la vie et de la pourriture! Regarde la symétrie merveilleuse de l'édifice humain, les épaules et les hanches et les mamelons fleurissants de part et d'autre sur la poitrine, et les côtes arrangées par paires, et le nombril au milieu dans la mollesse du ventre, et le sexe obscur entre les cuisses! Regarde les omoplates se remuer sous la peau soyeuse du dos, et l'échine qui descend vers la luxuriance double et fraîche des fesses et les grandes branches des vases et des nerfs qui passent du tronc aux remeaux par les aisselles, et comme la structure des bras correspond à celle des jambes. Oh, les douces régions de la jointure intérieure au coude et du jarret avec leur abondance de délicatesses organiques sous leurs coussins de chair! Quelle fête immense de les caresser ces endroits délicieux du corps humain! Fête à mourir sans plainte après! Oui, mon Dieu, laisse-moi sentir l'odeur de la peau de ta rotule, sous laquelle l'ingénieuse capsule articulaire sécrète son huile glissante! Laisse-moi toucher dévotement de ma bouche l'arteria femoralis qui bat au front de la cuisse et qui se divise plus bas en les deux artères du tibia! Laisse-moi ressentir l'exhalation de tes pores et tâter ton duvet, image humaine d'eau et d'albumine, destinée pour l'anatomie du tombeau, et laisse-moi périr, més lèvres aux tiennes!

No abrió los ojos después de haber hablado. Permaneció tal y como estaba: con la cabeza inclinada, las manos, que sostenían el pequeño lapicero de plata, extendidas delante de él, arrodillado y sin parar de temblar y estremecerse. Ella dijo:

—*Tu es, en effet, un galant qui sait solliciter d'une manière profonde, à l'allemande.*

Y le puso el gorro de papel.

—*Adieu, mon prince Carnaval! Vous aurez une mauvaise ligne de fièvre ce soir, je vous le prédis.*

Dicho esto, se levantó de su sillón, cruzó la alfombra para dirigirse a la puerta, vaciló un momento en el umbral y, dando media vuelta, con uno de los desnudos brazos levantado y la mano en el picaporte, dijo en voz baja y por encima del hombro:

—*N'oubliez pas de me rendre mon crayon.*

Y salió.

6

CAMBIOS

¿Qué es el tiempo? Un misterio omnipotente y sin realidad propia. Es una condición del mundo de los fenómenos, un movimiento mezclado y unido a la existencia de los cuerpos en el espacio y a su movimiento. Pero ¿acaso no habría tiempo si no hubiese movimiento? ¿Habría movimiento si no hubiese tiempo? ¡Es inútil preguntar! ¿Es el tiempo una función del espacio? ¿O es lo contrario? ¿Son ambos una misma cosa? ¡Es inútil continuar preguntando! El tiempo es activo, posee una naturaleza verbal, es «productivo». ¿Y qué produce? Produce el cambio. El *ahora* no es el *entonces*, el *aquí* no es el *allí*, pues entre ambas cosas existe siempre el movimiento. Pero como el movimiento por el cual se mide el tiempo es circular y se cierra sobre sí mismo, ese movimiento y ese cambio se podrían calificar perfectamente de reposo e inmovilidad. El *entonces* se repite sin cesar en el *ahora*, y el *allá* se repite en el *aquí*. Y como, por otra parte, a pesar de los más desesperados esfuerzos, no se ha podido representar un tiempo finito ni un espacio limitado, se ha decidido «imaginar» que el tiempo y el espacio son eternos e infinitos, pensando –al parecer– que, dentro de la imposibilidad de hacerse una idea, esto es un poco más fácil. Sin embargo, al establecer el postulado de lo eterno y lo infinito, ¿no se destruye lógica y matemáticamente todo lo limitado y finito? ¿No queda todo reducido a cero? ¿Puede haber sucesión en lo eterno? ¿Puede haber coexistencia en lo finito? ¿Cómo armonizar esta «solución de compromiso» respecto a lo eterno y lo infinito con conceptos como distancia, movimiento y cambio... e incluso con la mera presencia de cuerpos limitados en el universo? ¡Es inútil preguntar!

Estas cuestiones y otras semejantes rondaban la cabeza de Hans Castorp, que desde su llegada allí arriba, se había mostrado más que dispuesto a tales disquisiciones y sutilezas, movido por un ansia peligrosa pero inmensa, que había pagado muy cara desde entonces y que tal vez había sido lo que le había sensibilizado y animado a lanzarse a tan temerarias elucubraciones. Se hacía preguntas a sí mismo, luego se las hacía al buen Joachim y luego al valle cubierto por un espeso manto de nieve desde tiempos inmemoriales; pero ya sabía que no podía esperar contestación alguna a sus preguntas. Por eso se preguntaba a sí mismo, porque no encontraba ninguna respuesta. Respecto a Joachim, era casi imposible despertar en él ningún interés hacia semejantes temas, pues –como Hans Castorp ya había dicho en francés cierta noche– no pensaba más que en ser soldado en el mundo de allá abajo, y con esa esperanza, una esperanza que a veces parecía cercana a cumplirse y otras se alejaba, dejándole a solas con su desconsuelo, había entablado una encarnizada lucha contra la enfermedad que últimamente se mostraba deseoso de zanjar de una vez por todas. Sí, el buen Joachim, el comedido y paciente Joachim, siempre tan cumplidor y respetuoso con la disciplina y el deber, estaba a punto de sublevarse, y se rebelaba contra la «escala Gaffky», el sistema mediante el cual, en el laboratorio del sótano que luego no era tal sótano, se medía y se registraba el grado de infección del paciente: el índice de Gaffky determinaba si la concentración de bacilos en el esputo era muy alta o muy baja, y de eso dependía todo. Esta cifra expresaba sin lugar a error las posibilidades de curación del enfermo; el número de meses o años que tendría que pasar todavía allí arriba y que podían abarcar desde la mera visita de cortesía de seis meses hasta la sentencia «de por vida», un intervalo que, por otra parte, era una medida de tiempo que casi no decía nada.

Contra esta escala Gaffky, pues, se sublevó Joachim, y renegó abiertamente de toda fe en su autoridad; no ante sus superiores, pero sí ante su primo e incluso en la mesa.

—¡Estoy harto! No estoy dispuesto a dejarme engañar por más tiempo —dijo en alta voz, y le subió la sangre al bronceado rostro—. Hace quince días tenía un 2 en la escala Gaffky, una bagatela, las más halagüeñas perspectivas, y hoy resulta que tengo un 9, o sea, estoy casi saturado de bacilos, y ni pensar en marcharme. ¡No hay quien se aclare! ¡Es insufrible! Dicen que allá arriba, en Schatzalp, hay un hombre, un campesino griego, venido de Arcadia, un caso desesperado: tisis galopante; el *exitus* puede producirse de un momento a otro... y, en cambio, no ha tenido nunca bacilos en la saliva. Por el contrario, aquel capitán belga tan gordo que se marchó curado cuando yo llegué tenía un 10 en la escala Gaffky, era un puro foco de bacilos y, sin embargo, no tenía más que una pequeña caverna. ¡Al diablo con Gaffky! Me vuelvo a casa, aunque me haya de costar la vida.

Así habló Joachim, y todos quedaron penosamente impresionados al ver a aquel joven tan pacífico y comedido en semejante estado de rabia.

Hans Castorp, al oír que Joachim amenazaba con abandonarlo todo y volver al mundo de allá abajo, no pudo evitar acordarse de unas palabras que había oído pronunciar en francés por una tercera persona; pero guardó silencio. Pues, ¿cómo iba a poner de ejemplo su propia paciencia, como hacía la señora Stöhr, quien exhortaba a Joachim a no rebelarse de aquella manera, a resignarse con toda humildad y a tomar como modelo la constancia de que ella, Carolina, daba pruebas permaneciendo en aquel lugar en vez de reanudar sus tareas de ama de casa en Cannstadt, a fin, algún día, de poder devolver a su marido una esposa completa y definitivamente curada? No, Hans Castorp no se atrevía a hacerlo, pues desde el Carnaval tenía mala conciencia respecto a Joachim. Es decir: su conciencia le decía que Joachim debía de ver en aquellos hechos de los que nunca hablaban pero que su primo sin duda alguna conocía, algo semejante a una traición, a una deserción y a una infidelidad... para más señas, con relación a unos lindos ojos castaños, a una risa demasiado fácil y a cierto perfume de azahar cuyos fatales efectos sufría cinco veces al día y, a pesar de todo, bajaba severa y púdicamente los ojos hacia su plato. Sí, incluso en la resistencia muda que Joachim oponía a sus especulaciones y divagaciones sobre el tiempo, Hans Castorp creía ver algo de ese rigor militar que contenía un reproche contra su conciencia.

En lo que se refiere al valle invernal, cubierto por una espesa capa de nieve, al que Hans Castorp –recostado cómodamente en su tumbona– también había dirigido preguntas trascendentales, toda la respuesta que obtuvo de sus picachos, cumbres, laderas y bosques de color rojizo, verde o marrón fue un silencio eterno; y en ese silencio eterno rodeado del silencioso fluir del tiempo de los hombres permaneció, a veces resplandeciente bajo un límpido cielo azul, otras envuelto en un denso manto de niebla, otras teñido de púrpura a la caída del sol, otras convertido en mil reflejos de diamante bajo la magia de la luna... pero siempre nevado desde hacía seis meses, tan increíble como fugazmente transcurridos; y todos los habitantes del Berghof afirmaban que ya no podían ni ver la nieve, que les daba hasta asco, que ya habían tenido de sobra en el verano y que tanta masa de nieve a diario: montañas de nieve, paredes de nieve, colchones de nieve en todas partes, superaban a cualquiera y eran mortales para el ánimo y el espíritu. Y se ponían gafas con cristales de colores, verdes, amarillas o rojas, supuestamente para protegerse los ojos pero, en realidad, para proteger su corazón.

¿Era posible que ya hiciera seis meses que el valle y las montañas estaban cubiertos de nieve? ¡Ya hacía siete! El tiempo pasa mientras contamos nuestra historia, *nuestro* propio tiempo, el que dedicamos a la narración, pero también el tiempo remoto de Hans Castorp y sus compañeros de infortunio, allá arriba en la nieve, y el tiempo produce cambios. Todo iba transcurriendo como Hans Castorp –para gran indignación de Settembrini– había predicho con rápidas palabras el día de Carnaval, mientras regresaban paseando de Davos Platz. No se avecinaba aún el solsticio de verano, pero la Pascua ya había pasado por el valle blanco, abril avanzaba y Pentecostés comenzaba a destacarse en el horizonte. Pronto estallaría la primavera y la nieve se fundiría; aunque no toda, pues en las cúspides del sur, en los barrancos y en la cadena de Rätikon, al norte, quedaría intacta, por no hablar de la que caería durante los meses de verano a pesar de que se derritiera enseguida. Sin embargo, esa «revolución» del año que es la primavera prometía novedades decisivas a corto plazo, pues desde aquella noche de Carnaval en la que Hans Castorp pidiera prestado un lápiz a madame Chauchat, se lo devolviera más tarde y, por expreso deseo, recibiera de ella otra cosa a cambio –un recuerdo que ahora llevaba siempre en el bolsillo–, habían transcurrido ya seis semanas, el doble de lo que originariamente tenía planeado pasar allí arriba.

Seis semanas habían transcurrido, en efecto, desde el día en que Hans Castorp hablara por fin con Clavdia Chauchat y subiera a su cuarto con tanto retraso en comparación con el disciplinado Joachim; seis semanas desde el día siguiente, en el que se había producido la partida de madame Chauchat, su provisional marcha hacia el Daguestán, muy lejos, en el este profundo, más allá del Cáucaso. Era una partida provisional, temporal, pues ella tenía intención de regresar... No sabía cuándo, pero estaba segura de que desearía o se vería obligada a regresar; así se lo había asegurado a Hans Castorp directa y expresamente, no en aquella conversación en una lengua extranjera que recogimos para nuestro relato, sino, por consiguiente, en ese intervalo de tiempo que omitimos intencionadamente, interrumpiendo el flujo del tiempo de la narración para dejar que imperase el tiempo absoluto y nada más que ése.

En cualquier caso, el joven Castorp había oído esas afirmaciones y esas palabras de consuelo antes de volver a la habitación número 34; pues al día siguiente no había cambiado palabra alguna con madame Chauchat; apenas la había visto, solamente dos veces, de lejos: una durante la comida, vestida con una falda de paño azul y una chaqueta de lana blanca, al entrar en el comedor por última vez, dando el consabido portazo y caminando hacia su sitio con sus encantadores andares de gata —entonces, a Hans Castorp le había dado un vuelco el corazón y, de no haber sido porque la señorita Engelhart le vigilaba constantemente, hubiera ocultado el rostro entre las manos—. Luego la había visto a las tres de la tarde, en el momento de su partida, a la que no había asistido en persona, pero que había observado desde una ventana del pasillo que daba al camino de acceso al sanatorio.

El proceso se había desarrollado de la misma manera que Hans Castorp había visto varias veces desde que estaba allí arriba: el trineo o el coche se detenían al principio de la cuesta, el cochero y el mozo cargaban y sujetaban el equipaje; internos del sanatorio, los amigos del que —curado o no— emprendía el regreso al mundo de allá abajo para vivir o morir, o simplemente curiosos que hacían novillos de la cura de reposo para presenciar el acontecimiento, se reunían junto a la puerta, acudía un señor de la administración, vestido de levita, algunas veces incluso los propios médicos, y entonces salía el que se marchaba, con una sonrisa radiante, quizá saludando con amable superioridad a los que le rodeaban y se quedaban en el sanatorio.

Sólo que esa vez era madame Chauchat la que había salido, sonriendo, cargada de flores, envuelta en un largo abrigo de viaje, muy grueso y forrado de piel y con un gran sombrero; escoltada por el señor Buligin, su compatriota, el del pecho hundido, que hacía una parte del viaje con ella. Como todos los que se marchaban, también ella parecía agradablemente excitada ante la mera perspectiva de un cambio de vida, con independencia de que uno abandonase el lugar con autorización del médico o de que interrumpiera la estancia por pura desesperación, hastiado, bajo su propia responsabilidad y con la conciencia intranquila.

Madame Chauchat tenía las mejillas encendidas, hablaba sin cesar, probablemente en ruso, mientras le envolvían las rodillas con una manta de piel. No sólo habían salido a despedirla sus compatriotas o sus compañeros de mesa, sino también otros internos y personal del Berghof. El doctor Krokovski enseñaba sus dientes amarillentos por entre la barba al sonreír, y le había regalado más flores. La vieja tía le había traído confitura —«confiturita», como ella decía—, o sea mermelada rusa; también estaba allí la institutriz; y también el hombre de Mannheim, que había permanecido a cierta distancia, espiando con gesto sombrío... y una de sus afligidas miradas había recorrido el edificio, y descubierto a Hans Castorp asomado a la ventana del pasillo, deteniéndose un momento en él. El doctor Behrens no había aparecido; seguro que había tenido ocasión de decir adiós a la viajera en privado... Luego, en medio de las despedidas y las voces de todos, los caballos se habían puesto en marcha, y los ojos achinados de madame Chauchat, a su vez —justo en el momento en que el movimiento del trineo le había hecho caer hacia atrás en su asiento—, habían recorrido sonriendo la fachada del Berghof y se habían detenido en el rostro de Hans Castorp durante una fracción de segundo.

Pálido, el joven abandonado, se había dirigido de inmediato a su habitación para asomarse a la terraza y, desde arriba, ver una vez más el trineo que se deslizaba por el camino de Dorf tocando la campanilla. Luego se había arrojado sobre una silla y había sacado del bolsillo interior de su chaqueta el recuerdo que le había dado su amada, la prenda, que esta vez no consistía en unas virutitas de lapicero rojo, sino en una pequeña placa de cristal que había que mirar a contraluz para poder distinguir algo... el retrato interior de Clavdia, un retrato sin cara que, en cambio, mostraba la delicada osamenta de su tronco, sutilmente enmarcada por el fantasma de la carne, y los órganos de la cavidad torácica...

¡Cuántas veces habría contemplado y besado aquel retrato en el tiempo que había transcurrido entretanto, trayendo consigo tantos cambios! Por ejemplo, había traído consigo su adaptación a la vida en ausencia —lejos, muy, muy lejos— de Clavdia Chauchat; y, además, mucho más deprisa de lo que se hubiese podido creer: el tiempo allí arriba era de una naturaleza muy particular y estaba especialmente organizado para traer consigo la costumbre, aunque fuera la costumbre de no acostumbrarse. Ya no había que esperar el portazo al principio de cada una de las cinco formidables comidas, allí ya no existía; los portazos de madame Chauchat retumbaban ahora en otro lugar, a una distancia insondable; aquellos portazos que eran una muestra de su forma de ser, un rasgo de su carácter, y estaban mezclados y ligados a su enfermedad de un modo similar a como el tiempo está mezclado y ligado a los cuerpos en el espacio; tal vez era eso su enfermedad, nada más que eso... No obstante, aunque invisible y ausente, para Hans Castorp era invisible pero presente; ella era el genio de aquel lugar, al que había reconocido y poseído en una hora terrible y de una nefasta dulzura —en una hora a la que no podía aplicarse ninguna cancioncilla sentimental de ésas que se cantan allá abajo—, y cuya imagen espectral guardaba junto a su perdidamente enamorado corazón desde hacía nueve meses.

Muchos habían sido los disparates que, aquella noche memorable, habían pronunciado sus temblorosos labios en una lengua extranjera y también en la suya propia, casi sin aliento y casi sin conciencia: proposiciones, ofrecimientos descabellados, proyectos y propósitos a los que había sido negada toda aprobación; había querido acompañar al genio más allá del Cáucaso, seguirle en su viaje, esperarle en el lugar que el capricho del genio eligiese como próximo domicilio, para no separarse nunca más de él... y otras muchas locuras. Y lo único que le había quedado al ingenuo joven de aquella hora de delirante aventura era la sombra de un retrato sin rostro y la posibilidad —cercana al umbral de lo probable— de que madame Chauchat volviese para una cuarta estancia en el sanatorio, antes o después, según dispusiera esa enfermedad que, al mismo tiempo, le daba la libertad. Pero, sucediera eso antes o después, Hans Castorp «ya estaría muy lejos desde haría tiempo» —así lo había dicho ella al despedirse—, y el sentido despectivo de tal profecía le hubiese resultado aún mucho más insoportable si no se hubiese consolado con la idea de que ciertas profecías sólo se hacen para que no se cumplan; son más bien como una especie de conjuro. Los profetas de esta clase se burlan del porvenir prediciéndole lo que va a ocurrir para que luego el porvenir se avergüence de realizarlo al pie de la letra. Y si el genio, durante la conversación que recogimos anteriormente y más allá de ella, le había llamado *«joli bourgeois au petit endroit humide»*, lo cual venía a significar lo mismo que la expresión de Settembrini «niño mimado por la vida», cabía preguntarse qué elemento de aquella combinación tendría más peso al final; el de «burgués» o el de la vida... Además, el genio no había tenido en cuenta que, si él mismo había ido y venido numerosas veces, Hans Castorp también podía volver en el momento oportuno; aunque, en realidad, el único objeto de su permanencia allí arriba era no tener necesidad de volver: ésta, como en muchos otros casos, era la razón de su estancia en el sanatorio.

Una de las burlonas profecías de aquella velada de Carnaval se había cumplido: a Hans Castorp le subió la fiebre y la curva de su temperatura registró un fuerte desequilibrio; primero alcanzó un afilado pico —que el joven anotó con solemne satisfacción—, después bajó un poco y se mantuvo, con muy ligeras oscilaciones, como una especie de meseta sobre el nivel habitual. Era una fiebre anormal cuyo grado y persistencia, según el doctor Behrens, no era proporcional a los síntomas locales.

—Está mucho más intoxicado de lo que parecía, amigo mío —le dijo—. ¡Habrá que recurrir a las inyecciones! Le sentarán bien. Dentro de tres o cuatro meses estará como pez en el agua, si funciona el tratamiento que le voy a mandar.

Así pues, a partir de entonces, Hans Castorp tuvo que presentarse en el laboratorio dos veces por semana, el miércoles y el sábado, después del paseo matinal, para que le pusiesen la inyección. Los dos médicos se encargaban de ello indistintamente, pero el doctor Behrens lo hacía como un virtuoso, de un solo golpe, vaciando la jeringa en el mismo momento del pinchazo. No se preocupaba mucho, por otra parte, del sitio en que clavaba la aguja, con lo cual, algunas veces, el dolor era muy fuerte y la zona donde había pinchado permanecía entumecida y ardiendo durante un buen rato. Además, la inyección afectaba al estado general del organismo, alteraba el sistema nervioso como si se hubiese realizado un gran esfuerzo físico, y eso era precisamente lo que demostraba la eficacia del remedio, que se manifestaba también en que, al principio, hacía subir la temperatura. Así lo había predicho el doctor Behrens y así ocurrió y sin nada de particular. El procedimiento era muy rápido, una vez le tocaba el turno al paciente; en un momento, el contraveneno corría bajo la piel, inyectado en la nalga o en el brazo. Sin embargo, algunas veces, cuando el doctor Behrens se encontraba de humor y el tabaco no se le había subido a la cabeza volviéndole taciturno y melancólico, entablaba una breve conversación con Hans Castorp, que éste procuraba dirigir más o menos del siguiente modo:

—Conservo un agradable recuerdo de la tarde que fuimos a tomar café a su casa el año pasado, en otoño, por una feliz casualidad. Ayer precisamente... o quizá hace más días, se lo recordaba a mi primo.

—Gaffky 7 —dijo el consejero—. Último resultado. Ese muchacho no se limpia de la infección y no se termina de limpiar de ninguna manera. Y, a pesar de eso, nunca me había insistido y machacado tanto como en estos últimos días con que quiere volver allá abajo a blandir el sable. ¡Qué muchacho! Me reprocha los cinco trimestres de nada que ha pasado aquí, ¡como si hubiesen sido siglos! Quiere marcharse, cueste lo que cueste. ¿También se lo dice a usted? Debería usted echarle un buen sermón, bien serio. Se va usted a quedar sin primo como se le vuelvan a llenar los pulmones de esa dulce niebla de allá abajo antes de tiempo, sobre todo como le entre ahí, a la derecha, en la zona superior. Es cierto que para ir por ahí dando sablazos no hace falta tener mucho cerebro, pero usted que es el más sensato de los dos, un civil, un hombre de formación burguesa, debería ponerle la cabeza en su sitio antes de que haga alguna locura.

—Eso es lo que hago, doctor —contestó Hans Castorp, sin dejar que la conversación se saliera del tema—. Eso es lo que hago cuando se impacienta, y creo que llegará a entrar en razón. Claro que los ejemplos que se ven por aquí no son los mejores precisamente... Ésa es la mala influencia. Se está marchando gente todo el tiempo; se marchan al mundo de allá abajo, a su propio riesgo, sin haber sido dados de alta... y su marcha parece más una fiesta que una verdadera despedida, y eso resulta muy tentador para los más débiles de carácter. Por ejemplo, recientemente... A ver, ¿quién se ha marchado recientemente? Una señora de la mesa de los rusos distinguidos, madame Chauchat. Dicen que se ha marchado al Daguestán. ¡Dios mío, al Daguestán! No conozco el clima, tal vez sea menos desfavorable que el de mi tierra, allá en el norte, a la orilla del mar; pero, desde luego, comparado con esto es un país llano, por más que los mapas muestren zonas montañosas... no soy un gran experto en geografía. ¿Cómo pretende esa gente vivir allá abajo sin estar curada, en un mundo que carece de las condiciones fundamentales y donde se desconocen por completo nuestras normas y nuestro modo de vida: nuestra necesidad de reposo y de control sistemático de nuestra temperatura? Por otra parte, ella piensa volver, según me dijo incidentalmente. Pero ¿cómo ha surgido hablar de ella? ¡Ah, sí! Por aquel día que le encontramos en el jardín, ¿se acuerda, doctor? Mejor dicho, fue usted quien nos encontró, pues nosotros estábamos sentados en un banco fumando... mejor dicho, quien fumaba era yo, porque mi primo no fuma, por extraño que parezca. Usted también venía fumando e intercambiamos cigarros de nuestras marcas preferidas, ya lo recuerdo... Me gustó mucho su cigarro del Brasil, pero estaba usted en lo cierto cuando dijo que con ese tabaco hay que andarse con mucho cuidado, como con un potrillo joven, recuerdo que dijo; si no, le puede pasar a uno lo que a usted aquella noche de los dos habanos en que estuvo a punto de marcharse al otro barrio... Como el incidente acabó bien, podemos reírnos. He encargado más María Mancini a Bremen, algunos centenares; decididamente, prefiero esta marca, me convence en todos los aspectos. Claro que el porte y la aduana los encarecen mucho, así que, como me prescriba usted muchos meses más de estancia aquí arriba, voy a acabar fumando cualquier tabaco local; de hecho, se ven cigarros con muy buena pinta en los escaparates. Ah, y luego nos enseñó usted sus cuadros, lo recuerdo como si fuese hoy, porque me causaron una gratísima impresión... por no decir que me quedé literalmente perplejo al ver su dominio del óleo, yo nunca sería capaz de pintar así. ¿No vimos también el retrato de madame Chauchat? La piel estaba logradísima, magistral. Lo digo sinceramente, quedé entusiasmado. En aquel momento apenas conocía a la modelo, sólo de vista y de nombre. Luego, muy poco tiempo antes de su partida, la conocí personalmente.

—¡No me diga! —exclamó el doctor Behrens. Y (valga la breve referencia al pasado) era justo lo mismo que había contestado cuando Hans Castorp, antes de su primera consulta, le anunció que tenía un poco de fiebre. Eso fue todo lo que dijo.

—Sí, sí. La conocí personalmente —insistió Hans Castorp—. Sé por experiencia que no es muy fácil entablar relaciones personales aquí arriba, pero entre ella y yo aún logró establecerse cierto trato en el último momento; una conversación...

Hans Castorp dio un respingo. Acababan de ponerle la inyección.

—¡Ay! Ha debido de pincharme en algún nervio importante, doctor. Sí, sí, me duele horriblemente. Gracias, un poco de masaje me alivia... Pues, como le decía, entablamos una conversación...

—¡Vaya! ¿Y qué? —exclamó el doctor Behrens.

Había hecho la pregunta asintiendo con la cabeza, como quien espera una contestación llena de elogios y ya adelanta el elogio en la pregunta.

—Supongo que mi francés dejó un poco que desear —respondió un tanto remiso Hans Castorp—. Claro que, ¿de dónde voy yo a saber francés? A pesar de todo, logramos entendernos de un modo bastante aceptable.

—Le creo. Bueno, ¿y qué más? —añadió—. ¿Encantadora, verdad?

Hans Castorp se abrochaba el cuello de la camisa, de pie, con las piernas y los codos separados, mirando al techo.

—Nada de particular —dijo—. Dos personas, o incluso dos familias, viven en un mismo sanatorio durante semanas, bajo el mismo techo, completamente distanciadas. Un buen día se conocen de verdad, congenian y se aprecian sinceramente, y resulta que uno de ellos está a punto de marcharse. Imagino que estas tristes coincidencias ocurren con frecuencia aquí arriba. Y en estos casos, uno desearía al menos mantener cierto contacto, saber el uno del otro, aunque no sea más que por correspondencia. Sin embargo, madame Chauchat...

—¡No me diga que ella no quiere! —dijo el doctor, riendo jovialmente.

—No, no quiso saber nada de eso. ¿A usted tampoco le escribe?

—¡Jamás! —contestó Behrens—. Ni se le pasa por la cabeza.

Para empezar, por pereza, y luego, ¿en qué me iba a escribir? Yo no leo ruso. Lo chapurreo en caso de necesidad, pero no sé leer ni una sola palabra. Usted tampoco, ¿verdad? Y en cuanto al francés y al alemán, nuestra gatita los maúlla un poco, deliciosamente, sin duda, pero si tuviera que escribirlos se vería en un aprieto. ¡La ortografía, querido amigo! En fin, hemos de consolarnos con eso, muchacho. Ella vuelve de vez en cuando. Es cuestión de estética, de temperamento, como ya le he dicho. Hay quien se va y luego tiene que volver, y quien se queda directamente durante un tiempo lo bastante largo como para no tener necesidad de volver jamás. Eso sí: como su primo se marche ahora, y no deje de decírselo bien claro, es muy posible que usted todavía siga aquí para presenciar su solemne regreso...

—Pero, doctor, ¿cuánto tiempo cree que yo...?

—¿Usted? ¡Él! Creo que no permanecerá allá abajo más tiempo del que ha estado aquí arriba. Estoy plenamente convencido de ello, y sería usted muy amable si se lo transmitiese de mi parte.

En esos términos solían desarrollarse las conversaciones con el doctor, astutamente dirigidas por Hans Castorp, a pesar de que el resultado fuese nimio y ambiguo. Pues en lo que se refería al tiempo que tendría que permanecer allí arriba para ver la vuelta de alguno de los enfermos que se habían marchado antes de recibir el alta, la contestación había sido ambigua, y en lo que se refería a la joven señora ausente, no se había obtenido nada. Hans Castorp no sabría nada de ella mientras les separase el misterio del espacio y el tiempo; ella no le escribiría, y él tampoco tendría ocasión de hacerlo. Aunque, pensándolo bien, ¿acaso podría ella comportarse de otro modo? ¿No había sido una muestra de pedantería burguesa por su parte pensar que tenían alguna obligación de escribirse, cuando algún tiempo antes opinaba que ni siquiera era necesario ni deseable que se hablaran? Después de todo, ¿había «hablado» con ella en el sentido que se da a esta palabra en el Occidente civilizado, en aquella noche de Carnaval, sentado a su lado? ¿No lo había hecho como en sueños en una lengua extranjera y del modo menos civilizado posible? ¿Para qué escribir entonces en papel de cartas o en tarjetas postales, como se hacía en el mundo de allá abajo, para dar cuenta de los diversos resultados de los exámenes médicos? ¿No tenía Clavdia todos los motivos para sentirse dispensada de escribir en virtud de la libertad que le concedía la enfermedad? Hablar, escribir... aquello era obviamente un asunto humanista y republicano; asunto de maese Brunetto Latini, el que había escrito aquel libro sobre las virtudes y los vicios para educar a los florentinos, el que les había enseñado a hablar y a gobernar su República según las reglas de la política...

Eso llevó a Hans Castorp a pensar en Lodovico Settembrini, y se ruborizó como se había ruborizado en otro tiempo cuando el literato había entrado de improviso en su habitación mientras él estaba en cama, encendiendo la luz de golpe. A Settembrini también le hubiera podido plantear sus trascendentales preguntas acerca de los grandes misterios del universo, aunque sólo como un reto intelectual, sin ninguna esperanza de obtener respuestas del humanista, cuyos intereses se centraban en la esfera de lo terrenal. Por otra parte, desde aquella velada de Carnaval en la que Settembrini había terminado saliendo del saloncito del piano presa de la ofuscación, la relación entre Hans Castorp y el italiano se había enfriado y reinaba entre ellos un distanciamiento que se debía tanto a la mala conciencia del primero como al profundo disgusto ante el fracaso de la pedagogía del segundo, y como consecuencia del cual ambos pasaron semanas sin mediar palabra y evitándose.

¿Seguiría siendo Hans Castorp «un niño mimado por la vida» a los ojos de Settembrini? No; sin duda era una causa perdida para aquel que buscaba la moral en la razón y la virtud. Hans Castorp, a su vez, se mostraba impenitente frente a Settembrini, fruncía el ceño y apretaba los labios cuando se encontraban, mientras los ojos negros y brillantes del italiano se posaban sobre él con una especie de reproche mudo. No obstante, aquella tozudez infantil desapareció de inmediato cuando el humanista le dirigió la palabra por primera vez después de unas semanas, aunque sólo fuera de pasada y a través de un juego de alusiones mitológicas tan sutiles que se requería un buen conocimiento de la cultura occidental para comprenderlas. Fue después de cenar, al cruzarse ambos en el umbral de la puerta de cristales, que ahora había dejado de dar portazos. Adelantando al joven y sin ninguna intención de detenerse junto a él, Settembrini le espetó:

—Qué, ingeniero... ¿cómo le ha sentado la granada?

Hans Castorp sonrió cortésmente sin entender la pregunta.

—¿Qué quiere decir, señor Settembrini? ¿Qué granada? Me parece que no hemos comido granadas. Nunca he... Sí, una vez tomé granadina con sifón. Era demasiado dulce.

El italiano, que había pasado de largo, volvió la cabeza y replicó:

—Algunos dioses y mortales han visitado el mundo de las sombras y encontrado el camino de regreso. Sin embargo, los habitantes de los infiernos saben que quien come del fruto de su reino queda presa de su hechizo para siempre.

Y continuó su camino, enfundado en su eterno pantalón a cuadros claros, dejando atrás a Hans Castorp, a quien pretendía «apabullar» con tan reveladora alegoría y quien, en cierto modo, estaba apabullado a pesar de que, con una mezcla de humor y fastidio ante el atrevimiento del italiano, farfulló:

—¡Latini, Carducci y *tutti quanti*, dejadme en paz!

Al mismo tiempo, le había hecho mucha ilusión que Settembrini volviese a hablarle, pues al margen del trofeo que había conseguido aquella noche, de aquel macabro hechizo del que ahora era presa su corazón, sentía un gran aprecio hacia Settembrini, concedía una gran importancia a su presencia como amigo y mentor, y la mera idea de que éste le rechazara y le considerase un caso perdido para siempre le hubiera resultado mucho más dura y terrible que aquella sensación típica del alumno que sabe que va a repetir curso y, a la vista de que su aplicación ya no cuenta, se permite disfrutar a gusto de las ventajas de la vergüenza, como hacía el señor Albin... Sin embargo, no se atrevía a tomar él la iniciativa y dirigir la palabra a Settembrini, quien dejó pasar varias semanas más antes de acercarse y reanudar el trato con su díscolo pupilo.

Esto sucedió cuando las olas de ese insondable mar de monotonía que es el tiempo trajeron consigo la Pascua, que, al igual que las demás etapas y fechas señaladas del calendario, se celebraba en el Berghof guardando rigurosamente todas las tradiciones con el fin de no perder por completo la noción del tiempo y establecer ciertas subdivisiones dentro de su monótono fluir. En el primer desayuno, cada interno encontró un ramito de violetas junto a su cubierto; en el segundo desayuno, todos fueron obsequiados con un huevo de Pascua; al mediodía, la mesa apareció festivamente adornada con conejitos de azúcar y chocolate.

—¿Ha viajado alguna vez por mar, teniente, o usted, ingeniero? —preguntó Settembrini cuando, después de la comida, con el palillo entre los dientes, se acercó a la mesita de los primos en el vestíbulo. Como la mayoría de los internos, ese día habían abreviado la cura de reposo de la tarde en un cuarto de hora para instalarse ante una taza de café y una copa de licor—. Estos conejitos de Pascua y estos huevos teñidos me recuerdan la vida a bordo de los grandes transatlánticos: esos viajes de semanas y semanas ante un horizonte vacío, por el desierto de agua y sal, en circunstancias cuyas mil comodidades sólo nos hacen olvidar el horror ante tanta inmensidad de manera superficial, pues en lo más hondo de nuestro espíritu nos sigue carcomiendo la angustia... Sí, esto me recuerda a la devoción con que se guardan las fiestas de la tierra firme a bordo de esas arcas. Las fiestas son la memoria del otro mundo, el recuerdo sentimental del tiempo que marca el calendario... En tierra firme, hoy es el día de Pascua, ¿no es cierto? Allá abajo se celebra el cumpleaños del rey, y nosotros también lo celebramos lo mejor posible; también somos hombres, al fin y al cabo... ¿No es así?

Los primos asintieron. En efecto, así era. Hans Castorp, emocionado por el hecho de que Settembrini le hubiese dirigido la palabra y para lavar su mala conciencia, se deshizo en cumplidos relacionados con tal observación —dijo que era inteligentísima, interesantísima y sumamente poética— y puso todo su empeño en secundar al italiano.

Ciertamente, como el señor Settembrini había descrito de una forma tan plástica, las comodidades a bordo de un gran transatlántico hacían olvidar las circunstancias y el carácter peligroso del viaje; y —si se le permitía desarrollar esa idea por su propia cuenta— cabría decir que todas aquellas comodidades, aquel perfecto confort, encerraban incluso cierta frivolidad, cierta provocación... algo similar a lo que los antiguos (¡hasta los antiguos se remontó con tal de complacer a su interlocutor!) llamaban *hybris*: la desmesura del hombre que piensa: «¡Soy el rey de Babilonia!». Aunque, por otra parte, el lujo a bordo de un transatlántico también constituía un gran triunfo del espíritu y la dignidad del hombre; pues, al ser capaz de trasladar y conservar orgullosamente todos aquellos lujos y comodidades en medio de la espuma del océano, el hombre revelaba su superioridad frente a los elementos, su dominio sobre las fuerzas de la naturaleza, y eso significa también una victoria de la civilización humana sobre el caos, si se le permitía valerse de tal expresión.

Settembrini le escuchaba con atención, con las piernas y los brazos cruzados, acariciando graciosamente sus bigotes de puntas rizadas con el palillo.

—Es importante subrayar eso —dijo—. El hombre no puede hacer ninguna afirmación de carácter general sin traicionarse por entero, sin implicar en ello involuntariamente todo su «yo», sin representar el tema fundamental y el problema esencial de su vida a través de alguna metáfora. Esto es lo que acaba de pasarle, ingeniero. Lo que ha dicho, en efecto, nacía del fondo de su personalidad, como también expresaba, de un modo poético, el estado en que se encuentra ahora mismo esa personalidad, el cual, por cierto, continúa siendo un estado experimental...

—*Placet experiri* —dijo Hans Castorp, pronunciando la «c» a la italiana y asintiendo con la cabeza muy sonriente.

—*Sicuro*, suponiendo que se trate de la respetable pasión por el conocimiento del mundo y no de la frivolidad. Ha hablado de *hybris*. Se ha servido usted de esa expresión. Sin embargo, la *hybris* de la razón contra las fuerzas oscuras representa el grado más alto de lo humano, y atrae la venganza de los dioses envidiosos y, *per esempio*, la lujosa arca que surcaba el océano se va a pique, y eso constituye un noble final. También la hazaña de Prometeo fue fruto de la *hybris*, y su castigo, encadenado a la roca escita, es a nuestros ojos el más sagrado de los martirios. Pero ¿qué es de esa otra *hybris*, de la perdición que se encuentra por adentrarse en el perverso mundo de la sinrazón, de las fuerzas enemigas del género humano? ¿Acaso tiene algo de noble? ¿Puede haber honor en tal conducta? ¿Sí o no?

Hans Castorp se limitó a remover con la cucharilla en su taza, a pesar de que ya no le quedaba café.

—Ay, ingeniero, ingeniero... —dijo el italiano meneando la cabeza y quedándose después pensativo, con la mirada perdida en el vacío—. ¿No teme usted el torbellino del segundo círculo del infierno, el que arrastra y sacude a los pecadores de la carne, a los desgraciados que han sacrificado la razón en aras de la lujuria? *Gran Dio!* Cuando me imagino cómo dará usted vueltas y más vueltas en el infierno, estoy a punto de caer redondo de preocupación, como un cuerpo muerto...

Se echaron a reír, contentos de oír bromear y decir cosas poéticas a Settembrini. No obstante, éste añadió:

—En la noche de Carnaval, mientras bebíamos vino usted se despidió de mí, por así decirlo, ¿lo recuerda, ingeniero? Sí, fue como una despedida. Pues bien, hoy me toca a mí. Aquí donde me ven, señores míos, vengo a decirles «adiós». Me voy de esta casa.

Los dos primos manifestaron la más viva sorpresa.

—¡No puede ser! ¡Será una broma! —exclamó Hans Castorp, como ya exclamara en otra ocasión. Estaba casi tan asustado como entonces. Pero Settembrini, al igual que antaño, contestó:

—Nada de eso, tal como lo oyen. Además, esta noticia no debe pillarle por sorpresa. Ya le expliqué que en el momento en que se desvaneciese mi esperanza de poder volver al mundo del trabajo dentro de un plazo más o menos previsible, estaba decidido a levantar el campamento para establecerme definitivamente en el pueblo. ¿Qué quieren que haga? Ese momento ha llegado. No puedo curarme, mi suerte está echada. Puedo prolongar mi vida, pero sólo aquí arriba. El veredicto, el veredicto definitivo es «cadena perpetua». El doctor Behrens me lo ha dicho con el buen humor que le caracteriza. Pues bien, yo actúo en consecuencia. He alquilado una habitación y estoy encargándome del traslado de mis modestos bienes terrenales y mi material de trabajo literario... Ni siquiera está lejos de aquí, en Dorf. Seguro que nos encontramos, no les perderé de vista; sin embargo, como compañero de esta casa, tengo el honor de despedirme de ustedes.

Tal fue la noticia que anunció Settembrini el domingo de Pascua. Los primos se mostraron muy sorprendidos. Después hablaron larga y repetidamente con el literato acerca de su decisión, de cómo seguiría el tratamiento por su propia cuenta, del traslado y de la continuación de la vasta labor enciclopédica que había emprendido: esa panorámica de todas las obras maestras de la literatura desde el punto de vista de los conflictos provocados por el sufrimiento y su eliminación. Finalmente, también hablaron de cómo se instalaría en casa de un «vendedor de especias», como decía Settembrini. Este comerciante tenía alquilado el piso superior de su negocio a un modisto, natural de Bohemia, quien, a su vez, lo realquilaba. Pero tales conversaciones ya habían quedado atrás. El tiempo avanzaba y había traído consigo muchos cambios. Settembrini ya no vivía en el Sanatorio Internacional Berghof, sino, desde hacía algunas semanas, en casa de Lukacek, el célebre sastre para señoras. No se había marchado en trineo, sino a pie, envuelto en un abrigo amarillo y corto con los puños y el cuello forrados de piel, y acompañado por un mozo de cuerda que se llevó los bienes terrenales y el material literario del italiano en una carretilla. Settembrini se había alejado agitando el bastón en el aire tras pellizcar la mejilla de una de las sirvientas con los nudillos al salir por el portón del sanatorio.

Como decíamos, el mes de abril ya había quedado sumido en la sombra del pasado en su mayor parte —en tres cuartas partes para ser exactos—, pero aún reinaba el invierno más crudo: apenas hacía una temperatura de nueve grados por las mañanas en las habitaciones, y si se dejaba el tintero en la terraza la tinta se congelaba durante la noche, formando un bloque de carbón. Con todo, la primavera se aproximaba, se la sentía llegar. Durante el día, cuando hacía sol, un ligero y dulce presentimiento flotaba en el aire; el deshielo estaba muy próximo y a él estaban ligados los continuos cambios en el Berghof; cambios que ni siquiera la autoridad, la mismísima palabra del doctor Behrens —que trataba de luchar contra el prejuicio popular acerca del deshielo en todas las consultas, todas las comidas y todas las posibles ocasiones— conseguía impedir.

¿Acaso estaban allí arriba para dedicarse a los deportes de invierno, o eran enfermos, pacientes? —les preguntaba—. ¿Para qué diablos tenían necesidad de nieve, de nieve helada? ¿Desfavorable la estación del deshielo? ¡Era la más favorable de todas! Estaba demostrado que en esta época del año la proporción de enfermos que guardaban cama disminuía en todo el valle. En cualquier parte del mundo, las condiciones climatológicas para los enfermos de tuberculosis eran menos favorables que aquí. Por poco sentido común que se tuviese, merecía la pena tener paciencia y sacar partido del efecto fortalecedor del clima de aquel lugar. Después, ya estaba uno inmunizado contra cualquier inclemencia en cualquier parte del mundo... eso sí: a condición de que estuviese completamente curado. Mas el doctor Behrens hablaba en vano: los prejuicios acerca del deshielo estaban profundamente arraigados; la estación de alta montaña se vaciaba; debía de ser que la proximidad de la primavera empezaba a alterar la sangre a todos, volviéndolos inquietos y ávidos de cambios. En cualquier caso, también en el Berghof aumentaba de manera preocupante el número de personas que decidían marcharse «a su propio riesgo», sin el alta del médico.

Así, por ejemplo, la señora Salomon, de Amsterdam, con lo que le gustaban los exámenes médicos y las ocasiones para mostrar su ropa blanca de finas puntillas que le brindaban, abandonó el sanatorio saltándose todas las reglas, sin hacer caso de nada, y no porque se sintiese mejor, sino porque se sentía cada vez peor. Su llegada allí arriba databa de muchísimo antes que la de Hans Castorp; hacía más de un año que había llegado con una afección muy ligera, para la cual le habían recomendado una estancia de tres meses. Pasados cuatro meses, los médicos habían considerado que «en cuatro semanas estaría completamente restablecida», pero seis semanas más tarde aún no se podía hablar de curación. Tenía que permanecer allí al menos cuatro meses más. Y así había sido; después de todo, aquello tampoco era una cárcel ni una mina siberiana. La señora Salomon se había quedado en el sanatorio y había podido lucir su mejor ropa interior. Sin embargo, como en la última consulta, a la vista de que se acercaba el deshielo, se le había impuesto un nuevo plazo de cinco meses al detectarle un silbido en la parte superior izquierda del pulmón y un sonido ronco inconfundible bajo el hombro izquierdo, con lo cual había perdido la paciencia y, protestando y maldiciendo a Davos Dorf, a Davos Platz, al famoso aire puro de la alta montaña, al Sanatorio Internacional Berghof y a los médicos, había emprendido el regreso a su casa, a Amsterdam, a aquella ciudad húmeda y desapaciblemente ventosa.

¿Era esto razonable? El doctor Behrens se encogió de hombros y elevó los brazos para luego dejarlos caer ruidosamente contra los muslos. A más tardar en otoño —dijo—, la señora Salomon estaría de vuelta, y esta vez para siempre. ¿Tendría razón? Ya lo veremos, pues aún seguiremos vinculados a este lugar de recreo por un largo período de tiempo terrenal. Claro que el caso Salomon no era el único. El paso del tiempo traía cambios, siempre lo había hecho... aunque menos bruscos, nunca de un modo tan llamativo. El comedor presentaba grandes ausencias, había huecos en todas las mesas, tanto en la de los rusos distinguidos como en la de los rusos ordinarios, tanto en las mesas situadas en paralelo a la terraza como en las perpendiculares. No se podía, sin embargo, llegar a una conclusión definitiva sobre el número de internos del sanatorio, pues no habían dejado de registrarse nuevos ingresos; las habitaciones continuaban ocupadas, aunque solía tratarse de enfermos que, dado su estado terminal, carecían de libertad de movimientos.

En el comedor, como decíamos, faltaba más de una persona gracias a que aún poseían libertad para marcharse, aunque también se hacían patentes otras ausencias mucho más profundas, mucho más definitivas, como el doctor Blumen-kohl, que había muerto. Aquel típico gesto de asco de su rostro se había ido agudizando cada vez más; luego se había visto obligado a guardar cama permanentemente y, finalmente, había fallecido. Nadie podía decir con exactitud cuándo; el asunto se había solucionado con toda la discreción y el respeto habituales. Un hueco. La señora Stöhr se sentaba ahora junto a un hueco, y ese hueco le daba miedo. Por eso se trasladó al otro lado de la mesa, al lado del joven Ziemssen, al antiguo sitio de la señorita Robinson, que había sido dada de alta, enfrente de la institutriz vecina de Hans Castorp, que permanecía en su puesto. Por el momento, estaba completamente sola en aquel lado de la mesa, pues los otros tres sitios habían quedado libres. El estudiante Rasmussen, que había ido adelgazando y consumiéndose de día en día, guardaba cama y se decía que estaba moribundo. La tía abuela, su nieta, y Marusja, la del exuberante pecho, se habían marchado de viaje, y decimos «marchado de viaje» como decía todo el mundo, porque su próximo regreso era obvio: a lo sumo en otoño estarían de vuelta en el sanatorio. ¿Podía llamarse a eso una partida? Muy pronto llegaría el solsticio de verano, después de Pentecostés, que estaba ya muy próximo, y una vez llegado el día más largo del año los días ya empezarían a menguar y se aproximaría de nuevo el invierno: en una palabra, la tía abuela y Marusja prácticamente estaban de vuelta, y esto era muy oportuno, pues Marusja no estaba curada, ni mucho menos; la institutriz había oído hablar de ciertas úlceras de origen tuberculoso que Marusja, la de los ojos castaños y la risa demasiado fácil, tenía en su generoso pecho y que ya habían sido operadas varias veces. Cuando la institutriz habló de ello, Hans Castorp lanzó una rápida mirada a Joachim, que inclinaba su rostro pecoso sobre el plato.

La vivaracha tía abuela había ofrecido a sus compañeros de mesa —es decir, los primos, la institutriz y la señora Stöhr— una cena de despedida en el restaurante, un pequeño festín en el que se había servido caviar, champán y licores, y durante el cual Joachim se había mostrado muy callado, apenas había pronunciado cuatro palabras y con voz ahogada, de manera que la tía abuela, con la cariñosa amabilidad que le era propia, había intentado darle ánimos e incluso le había tuteado, haciendo caso omiso de las normas de la «civilización»:

—No te preocupes, hombre, no te lleves un disgusto; come, bebe, y charla, no tardaremos en volver. Bebamos, comamos y charlemos todos juntos sin pensar en cosas tristes. Dios hará llegar el otoño antes de que nos demos cuenta. Como ves, no tienes ningún motivo para estar triste.

A la mañana siguiente distribuyó vistosos paquetes con «confitura» de recuerdo a casi todos los asistentes del comedor, y luego emprendió el viaje con las dos jóvenes.

¿Y Joachim, qué era de él? ¿Se sentía liberado y aliviado desde entonces, o su alma continuaba sufriendo el terrible dolor de la ausencia por ver vacío aquel lado de la mesa? ¿No tendría que ver su desacostumbrada y subversiva impaciencia, su amenaza de marcharse de allí a su propio riesgo como los médicos siguieran tomándole el pelo, con la partida de Marusja? ¿O era al contrario, y no terminaba de decidirse a abandonar el sanatorio sino que prestaba oídos a las maravillas que contaba el doctor Behrens de los efectos del deshielo porque, en el fondo, sabía que Marusja sólo se había ido «de viaje» una temporada y que volvería en cuanto pasasen cinco meses, es decir: cinco de las unidades mínimas en que se medía el tiempo allí arriba? ¡Ay! De algún modo, ambas cosas eran ciertas, todas aquellas razones le influían en la misma medida. Hans Castorp se lo imaginaba, aunque jamás dijo nada del asunto a Joachim, pues guardaba el tácito voto de silencio con el mismo rigor con que Joachim evitaba mencionar el nombre de otra bella ausente.

¿Quién se sentaba, en cambio, desde hacía poco, a la mesa de Settembrini, justo en el sitio del italiano, en compañía de aquellos holandeses cuyo apetito era tan voraz que cada uno de ellos pedía tres huevos fritos antes de la sopa, además de los cinco platos habituales? Era Anton Karlovich Ferge, el mismo que había vivido la infernal aventura del shock pleural. En efecto, el señor Ferge había abandonado la cama, y su estado había mejorado hasta tal punto incluso sin el neumotórax, que pasaba la mayor parte del día levantado y vestido, y bajaba sistemáticamente al comedor, con aquellos espesos bigotes y aquella nuez saliente que le daban un aire tan simpático y bonachón. Los primos a veces charlaban con él en el comedor o el vestíbulo, y daban algunos de los paseos obligatorios en su compañía, llenos de afecto hacia aquel buen hombre que todo lo toleraba con buen ánimo y que confesaba no entender nada de las cosas elevadas y que, una vez asumidas estas limitaciones, contaba cosas muy amenas acerca de la fabricación del caucho o de las lejanas comarcas del Imperio ruso, de Georgia o de Samara, mientras los tres caminaban a través de la niebla, por encima de la fangosa nieve derretida.

Pues ahora los caminos se hallaban verdaderamente impracticables, estaban en pleno deshielo y las nieblas se espesaban. El doctor Behrens decía que no era niebla, sino nubes, pero eso, en opinión de Hans Castorp, era mera cuestión de terminología. La primavera había entablado una dura batalla contra el invierno que, con cien recaídas en el frío y la nieve, se prolongó durante varios meses, hasta junio. Desde marzo, cuando hacía sol, apenas se podía soportar el calor en la terraza y en la tumbona, por más que uno se pusiese su ropa más ligera y abriese la sombrilla; y había señoras que, convencidas de que ya había llegado el verano, se vestían de muselina incluso para el primer desayuno. En cierta medida las disculpaba lo peculiar que era allí arriba el clima, que, al mezclar fenómenos meteorológicos de las distintas estaciones, invitaba a la confusión; pero, por otro lado, en esta precipitación suya también había una buena parte de estrechez de miras y falta de imaginación: una buena parte de esa estupidez característica de quienes sólo viven el momento presente y son incapaces de pensar que todo puede cambiar otra vez; y, sobre todo, denotaba una tremenda sed de cambios y una febril impaciencia por que el tiempo pasara lo más deprisa posible, por «engullir el tiempo», si cabe expresarlo así. El calendario decía: marzo; y marzo era primavera, casi verano, así que se imponía sacar los vestidos de muselina para lucirlos antes de la llegada del otoño. Y, en efecto, al poco llegó una especie de otoño. El mes de abril trajo consigo días grises, fríos y húmedos: la incesante lluvia se trocó en nieve, en una nieve nueva y revoltosa. Los dedos se helaban en la terraza, hubo que recurrir de nuevo a las dos mantas de pelo de camello y casi al saco de pieles. La administración decidió encender la calefacción, y todo el mundo se lamentaba de que «le estaban estafando y dejando sin primavera».

A finales de mes, todo estaba cubierto por una espesa capa de nieve, pero luego vino el foehn: previsto y presentido por los internos veteranos y más sensibles. La señora Stöhr, la señorita Levy (la del cutis de marfil) y la viuda Hessenfeld —las tres a la vez— comenzaron a sentir sus efectos aun antes de que asomase la más pequeña nubecilla sobre la cima de la montaña de granito del sur del valle. La señora Hessenfeld se echaba a llorar por menos de nada, la señorita Levy hubo de meterse en cama y la Stöhr, enseñando sus dientes de conejo, expresaba cada hora el temor de que se cumpliese lo que la superstición achacaba a este viento: que favorecía y podía producir una trombosis.

Ahora hacía un calor espantoso, volvieron a apagar la calefacción central; por las noches se dejaba abierta la puerta de la terraza y, a pesar de todo, por las mañanas el termómetro marcaba once grados en la habitación. La nieve se iba fundiendo como por encanto, se volvió traslúcida y porosa, empezó a clarear por todos los sitios; los montones se derrumbaban y parecían hundirse en la tierra. Todo rezumaba, todo goteaba, todo se deshacía en el bosque; y poco a poco desaparecieron las paredes de nieve que bordeaban los caminos y las mullidas alfombras blancas de las praderas, aunque habían permanecido allí demasiado tiempo para hacerlo enseguida. Durante los obligados paseos por el valle se veían fenómenos curiosos, gratas sorpresas primaverales y espectáculos encantadores. De repente se descubría una hermosa zona de prados y, al fondo, la cima del Schwarzhorn, todavía cubierta de nieve y con el glaciar de la Scaletta a la derecha, igualmente nevado; como nevado seguía también el campo de labranza, con su cosechadora, aunque este manto de nieve ya era muy fino y quebradizo, e incluso se veía hecho jirones aquí y allá, dejando a la vista pequeños montículos de tierra áspera y oscura, perforado por incontables briznas de hierba seca. Sin embargo, los paseantes se dieron cuenta de que la capa de nieve de aquel prado era muy particular: a lo lejos, hacia la linde del bosque, parecía más espesa; de cerca, ante los ojos de quienes la examinaban llenos de curiosidad, lo que cubría aquella hierba descolorida y raquítica tras tantos meses de invierno no eran más que pequeñas notas, como pinceladas, como flores blancas... Las miraron en detalle, se agacharon asombrados y... ¡no era nieve, eran flores! Flores de nieve, nieve de flores... pequeños cálices de color blanco azulado, de tallo corto... Eran flores de azafrán, millones de flores recién brotadas en el suelo fangoso del prado, tantas y tan apretadas que se confundían fácilmente con la nieve, ya que, además, no había transición entre flores y nieve.

Se rieron de su equivocación, rieron de puro gozo ante aquel milagro que se había realizado ante sus ojos, ante aquel bellísimo fenómeno de adaptación de la vida orgánica que tímidamente se atrevía a surgir de nuevo. Cogieron flores, examinaron con detenimiento las delicadas formas de los cálices, se prendieron una en el ojal y se llevaron un ramo a casa para ponerlas en agua en sus habitaciones, pues el período en que el valle había permanecido helado, rígido y sin vida orgánica, había sido largo... largo, aunque se había hecho corto.

Pero la nieve de flores fue cubierta por nieve de verdad, y pasó lo mismo con las soldanelas azules, y con las prímulas amarillas y rojas que siguieron. Sí, la primavera luchaba a brazo partido para triunfar sobre el invierno. Diez veces fue vencida antes de arraigar definitivamente allá arriba... hasta la siguiente irrupción del invierno, con sus tempestades blancas, su viento helado y su calefacción central. A principios de mayo (pues en tanto nosotros hablábamos de las flores de nieve había llegado el mes de mayo) era un verdadero tormento escribir en la terraza, aunque no fuese más que una tarjeta postal, ya que reinaba una humedad digna del mes de noviembre con la que acababan doliendo los dedos, y los pocos árboles de la región que no eran de hoja perenne se veían tan desnudos como los de nuestro mundo en enero. Llovió sin parar durante días, una semana entera, persistió la lluvia y, de no haber sido por la espléndida tumbona, hubiera resultado terriblemente duro pasarse horas y horas al aire libre, envueltos en aquel denso vapor de nubes, con la cara húmeda y el rostro entumecido. Sin embargo, en realidad se trataba de una lluvia de primavera, y cuanto más duraba más se revelaba como tal. Se llevó por delante casi toda la nieve; ya no se veía nada blanco, todo lo más de un color hielo sucio, y los prados comenzaron a reverdecer por fin.

¡Qué maravilla para la vista aquel verdor de los pastos después del blanco infinito! Había, además, otro verde que aún superaba en delicadeza y encantadora dulzura al de la hierba nueva. Eran los haces de agujas recién nacidas de los alerces. Hans Castorp, en sus obligados paseos, no podía evitar acariciarlos con la mano o frotar sus mejillas contra ellos, pues su frescura y su tierna suavidad eran irresistibles.

—Dan ganas de hacerse botánico —dijo el joven a su compañero—; ciertamente, se despierta el interés por esa ciencia por el mero placer que supone el despertar de la naturaleza después de un invierno aquí arriba. Eso que ves en la ladera de la montaña es genciana, y esto de aquí es un tipo de violeta que no conozco. Y aquí tenemos ranúnculos... Son todas muy parecidas dentro de la familia de las ranunculáceas, una planta preciosa, hermafrodita, por cierto. Mira, aquí hay un grupo de estambres y algunos ovarios, un androceo y un gineceo, según creo recordar. Me parece que acabaré comprándome algún libro de botánica para informarme un poco mejor sobre ese campo de la vida y de la ciencia. ¡Qué maravilla cómo se llena de colores la vida en primavera!

—En junio será mucho más bello —anunció Joachim—. La flora de estos prados es célebre. Pero no creo que me espere a verlo. ¿Es fruto de la influencia de Krokovski ese deseo tuyo de estudiar botánica?

¿De Krokovski? ¿Qué quería decir? Ah, claro, se refería a que el doctor Krokovski, en una de sus conferencias, había hablado de botánica. ¡Ah, sin duda se equivocarían todos los que pensaran que uno de los cambios que había traído consigo el paso del tiempo era la suspensión de las conferencias del doctor Krokovski. Seguía ofreciendo una cada quince días, igual que antes; vestido de levita, aunque no con sandalias —eso era sólo en verano—, si bien no tardaría en ponérselas de nuevo: un lunes de cada dos, en el comedor, igual que antes, igual que aquel día en que Hans Castorp, con el traje manchado de sangre, había llegado con retraso. Durante nueve meses, el doctor había analizado el tema del amor y la enfermedad, nunca en gran profundidad sino en pequeñas dosis, en charlas de media hora o de tres cuartos, desplegando sus conocimientos científicos y filosóficos, y todos los internos del Berghof tenían la impresión de que no terminaría nunca, de que podía continuar así hasta el fin de los tiempos. Sus conferencias eran como *Las mil y una noches*, pero cada quince días; cada una enlazaba de algún modo con el hilo de la anterior y así sucesivamente, como los cuentos que cuenta Sherezade para entretener al curioso sultán y así salvar su vida una noche más. En su prolijidad sin límites, el tema del doctor Krokovski recordaba a la empresa en la que colaboraba Settembrini, la Enciclopedia del Sufrimiento; y como en un proyecto semejante cabía hablar de todo, a nadie le extrañará que el conferenciante recientemente hablara incluso de botánica, para ser exactos: de setas... Tal vez había cambiado un poco de tema; ahora hablaba más bien del amor y de la muerte, lo cual daba lugar a ciertas reflexiones con delicados matices poéticos y, en parte, también despiadadamente científicos. En aquel contexto, pues, el erudito, con su acento típico del este, arrastrando las erres, había llegado a hablar de botánica, es decir, de setas, de esas exuberantes y fantásticas criaturas de la sombra, de naturaleza carnosa, muy próximas al reino animal, dado que, en su composición, se incluían productos del metabolismo animal, proteínas, glicógeno... o sea, almidón animal. Y el doctor Krokovski había hablado de un hongo, famoso desde la Antigüedad clásica a causa de su forma y de las propiedades que se le atribuían, un hongo cuyo nombre latino contenía el epíteto de *impudicus* y cuya forma hacía pensar en el amor, pero cuyo olor recordaba a la muerte. Porque, curiosamente, era un olor cadavérico lo que el *impudicus* desprendía cuando de su cabeza en forma de campana rezumaba el líquido verdoso y viscoso que contenía las esporas. No obstante, los desconocedores de la materia seguían atribuyendo a ese hongo una virtud afrodisíaca.

En fin, aquello había sido un poco violento para las señoras, según opinaba el procurador Paravant, que, gracias al apoyo moral que suponía para él la propaganda del doctor Behrens, aún permanecía allí arriba durante el deshielo. La señora Stöhr, que también se mantenía bastante firme y resistía a toda tentación de «marcharse de allí por las buenas», manifestó en la mesa que Krokovski había sido un poco «obscuro» al referirse a su famoso hongo de la Antigüedad. («Obscuro», había dicho la pobre en lugar de «obsceno», una nueva muestra de aquel afán de dárselas de culta que no hacía sino poner en evidencia su incultura y restarle dignidad a su enfermedad.) Pero lo que había extrañado a Hans Castorp era que Joachim hubiese hecho alusión al doctor Krokovski y a su botánica, pues entre ellos jamás hablaban de Krokovski, como tampoco de madame Chauchat o de Marusja. Ni le mencionaban, preferían ignorar su persona y sus actividades guardando silencio acerca de ellas. Y, sin embargo, esta vez Joachim se había referido al ayudante del doctor en un tono malhumorado, con el mismo mal humor con el que acababa de decir que no estaba dispuesto a esperar a ver las flores de la pradera. Parecía que el buen Joachim, poco a poco, iba perdiendo su equilibrio, pues su voz vibraba de excitación, y ya no se mostraba reflexivo y apacible como antes. ¿Sería que le faltaba el perfume de azahar? ¿Sería que aquellas inexplicables variaciones de la escala Gaffky le llevaban a la desesperación? ¿Sería que no lograba decidirse entre esperar el otoño allí arriba o marcharse bajo su propia responsabilidad?

En realidad, era otra cosa lo que hacía temblar la voz de Joachim y le daba aquel tono casi sarcástico al referirse a la conferencia sobre botánica. De esa «otra cosa» Hans Castorp no sabía nada, o mejor dicho: no sabía que Joachim la sabía, porque él, el visitante de paso en el Berghof, el «niño mimado por la vida» para mayor preocupación de los pedagogos, sabía perfectamente de qué se trataba. En una palabra: Joachim había descubierto algo de su primo, le había sorprendido sin querer en flagrante delito, en un acto de traición similar a la que había cometido la noche de Carnaval, en una nueva infidelidad, agravada ahora por el hecho de que se repetía constantemente.

Parte del monótono ritmo con que transcurría el tiempo allí arriba, de la minuciosa subdivisión de la jornada normal, que siempre era igual, siempre idéntica a sí misma hasta el punto de que era imposible diferenciar una de otra, hasta el punto de que era imposible imaginar cómo iba el tiempo a traer cambios consigo cuando todo era una especie de eternidad estática; parte de aquel invariable orden del día era —como se recordará— la ronda que hacía el doctor Krokovski de tres y media a cuatro de la tarde por todas las habitaciones, es decir, por las terrazas, de tumbona en tumbona. ¡Cuántas veces se habría repetido esa jornada normal del Berghof desde el día ya lejano en que Hans Castorp, en su posición horizontal, se había irritado porque el ayudante daba un rodeo y no le tomaba en consideración como enfermo! Desde hacía ya mucho tiempo, el visitante se había convertido en camarada. De hecho, el doctor Krokovski solía llamarle así durante su breve visita y, aunque aquella palabra militar que Krokovski pronunciaba a su peculiar manera, con una erre casi gutural, chirriaba en sus oídos —según había dicho Hans Castorp en contra de la opinión de Joachim— era muy acorde, en cierto modo, con el carácter enérgico, viril y desenfadado y cordial de aquel hombre cuyo aspecto, en cambio, con aquel rostro tan pálido y siempre de negro, resultaba un tanto engañoso e incluso sospechoso.

—Bien, camarada. ¿Cómo va eso? —decía el doctor Krokovski, procedente de la terraza del grosero matrimonio ruso y acercándose a la tumbona de Hans Castorp.

Y el enfermo, con las manos cruzadas sobre el pecho, respondía a aquel abominable apelativo con una sonrisa amable y atormentada, mirando los dientes amarillos que aparecían entre la barba negra del jovial doctor.

—¿Hemos dormido bien? —continuaba preguntando el doctor—. ¿Le ha descendido la fiebre? ¿Le ha subido? ¡Bueno, no tiene importancia! ¡Eso se arreglará antes del día de la boda! ¡Hala! ¡Rompo filas! —Y con esas palabras, que igualmente sonaban horribles, pues, con su erre casi gutural, parecía que decía «Jompo filas», continuaba su camino, pasando al departamento de Joachim. No era más que una rápida visita de inspección, un control puramente rutinario.

Ahora bien, cierto es que, a veces, el doctor Krokovski —macizo y ancho de espaldas, siempre sonriendo con un aire viril— se detenía un momento a charlar con el «camarada»... de la lluvia, del buen tiempo, de quién había llegado o se había ido, del estado de ánimo del enfermo, de si estaba de buen o de mal humor, de su situación personal y de sus expectativas, hasta que decía: «¡Jompo filas!», y continuaba su camino.

Y Hans Castorp, con las manos juntas detrás de la cabeza —para cambiar de postura—, sonreía también y contestaba a todo, con una penetrante sensación de estupor, pero le contestaba. Hablaban a media voz y, a pesar de que la mampara de cristal no separase por completo los compartimientos, Joachim no podía oír la conversación del otro lado; por otra parte, tampoco lo intentaba. Oía cómo su primo se levantaba de la silla y entraba en la habitación acompañado del doctor Krokovski, sin duda para enseñarle su cuadro de temperaturas, y allí debía de continuar la conversación por algún tiempo, a juzgar por el retraso con que el ayudante entraba luego, por el pasillo, en la habitación de Joachim.

¿De qué hablaban los camaradas? Joachim no lo preguntaba, pero si alguno de nosotros no sigue su ejemplo y lo pregunta, cabe responderle para empezar que eran muchísimos los temas y motivos de intercambio intelectual entre dos hombres y «camaradas» que compartían una visión del mundo básicamente idealista y de los cuales uno, a través de sus investigaciones, había llegado a ver la materia como el fruto del pecado original del espíritu, como una fatal excrecencia de éste, mientras que el otro caballero, en calidad de médico, estaba acostumbrado a teorizar sobre el carácter secundario de la enfermedad orgánica. ¡Cuántas ideas no tendrían que cambiar y discutir en relación con la materia considerada como una vergonzante degeneración de lo inmaterial, sobre la vida como impudicia de la materia, sobre la enfermedad como forma desmesurada de la vida! Aludiendo al ciclo de conferencias del doctor, podían hablar del amor como fuerza patógena, de la naturaleza metafísica de las taras, de ciertas lesiones «frescas» y «antiguas», de los venenos que se disuelven en la sangre y de los filtros de amor, de la interpretación del inconsciente, de las ventajas del análisis psíquico y de la transformación del síntoma. ¡Qué podemos decir!; por nuestra parte, no son más que propuestas y conjeturas en respuesta a una eventual pregunta acerca de lo que hablaban el doctor Krokovski y el joven Hans Castorp.

Por otra parte, ahora ya no hablaban de nada, sus charlas habían quedado atrás, sólo habían durado unas semanas. El doctor Krokovski ya no permanecía mucho tiempo con ese enfermo. Ahora su visita se limitaba a: «¿Y bien, camarada?» y «¡Jompo filas!».

Claro que, a cambio, Joachim había hecho otro descubrimiento: justo el que consideraba como una traición por parte de Hans Castorp; y había sido de un modo totalmente involuntario, sin haber hecho nada que hubiera podido suponer una mínima mancha en su honor de oficial. ¡De eso no quepa duda! Un miércoles, durante la primera cura de reposo, le llamaron del sótano (que no era tal sótano) para que el masajista le pesara, y fue entonces cuando se llevó la sorpresa. Bajaba la escalera, aquella escalera con suelo de linóleo que conducía a la puerta de la sala de consultas por un lado y, por el otro, a los dos laboratorios; a la izquierda estaba el de radioscopia orgánica y, a la derecha, volviendo el recodo, un escalón más bajo, y con la tarjeta de visita de Krokovski clavada con chinchetas en la puerta el gabinete de análisis psíquico. A media altura de la escalera, Joachim se detuvo al ver salir a Hans Castorp –que venía de ponerse la inyección– del gabinete de consultas. Cerró la puerta por la que había salido con las dos manos y, sin mirar en torno suyo, se dirigió hacia la derecha, hacia la puerta de la tarjeta de visita clavada con chinchetas. Llamó a esta puerta, inclinándose levemente para acercar el oído a sus dedos. Y cuando se oyó una voz de barítono que, con su típica erre casi gutural y su peculiar forma de pronunciar las vocales, decía «¡Entre!», Joachim vio cómo su primo desaparecía en la penumbra de aquella cueva donde el doctor Krokovski llevaba a cabo su «disección psíquica».

Un nuevo personaje

Los días eran largos, los más largos del año en términos puramente objetivos y de acuerdo con las horas de sol, pues el hecho de que pudieran hacerse cortos no tenía nada que ver con su duración astronómica, ni por lo que respecta a cada uno de forma aislada ni a toda la serie, tan monótona como fugaz. El equinoccio de primavera había quedado atrás hacía tres meses, había llegado el solsticio de verano. Sin embargo, allí arriba, el año natural obedecía al calendario con cierto retraso: era ahora, en realidad, en estos días, cuando por fin reinaba un tiempo primaveral, una primavera aún fresca, ligera, sabrosa, carente de la pesadez del verano, con un resplandeciente cielo azul plateado y praderas tan cuajadas de flores multicolores como en los dibujos de un niño.

Hans Castorp encontró en las montañas las mismas flores que Joachim había colocado amablemente en su habitación a su llegada para darle la bienvenida: aquileas y campanillas, ahora eran las primeras y entonces habían sido las últimas de la temporada; un signo, para él, de que el año cerraba su ciclo. Toda suerte de formas —estrellas, cálices, campanas...—, un prodigio de la vida orgánica, brotaban ahora entre la hierba nueva, de color esmeralda de los prados y las laderas de la montaña, llenando el aire soleado de olores y colores: macizos de glicinias y pensamientos silvestres, belloritas, margaritas, prímulas rojas y amarillas, mucho más grandes y hermosas de las que Hans Castorp creía haber visto nunca en el mundo de allá abajo, en la medida en que se había fijado en ellas; a ellas se sumaban las graciosas soldanelas, con esas campánulas que parecían rematadas en un volante, azules, púrpuras o rosadas, las flores típicas de aquella región.

Cogía de todas aquellas bellísimas flores y llevaba a su habitación ramos enteros, no sólo con fines decorativos, sino también más serios, pues se había propuesto un riguroso estudio de la botánica. Para ello se había hecho con un manual, una pequeña pala para extraer las plantas con raíz, un herbario, una potente lupa, y con todo esto se instalaba nuestro joven en la terraza, ya vestido de verano con uno de los trajes que había traído en la maleta desde el principio: un nuevo signo de que se había cumplido el ciclo del año.

Tenía flores frescas en agua en varios vasos diseminados por la habitación y en la mesita situada al lado de la excelente tumbona de la terraza. Flores medio marchitas, pero todavía con algo de jugo, se hallaban esparcidas por la balaustrada de la terraza o por el suelo, mientras que otras, cuidadosamente dispuestas entre dos hojas de papel secante que absorbían su humedad y prensadas con piedras, esperaban a que, una vez secas, Hans Castorp pudiese pegarlas en su herbario con papel engomado. El joven estaba recostado con las rodillas dobladas −y además con una pierna cruzada sobre la otra−, y el libro abierto boca abajo sobre su pecho formando una especie de tejadillo. Mantenía la lupa ante sus ingenuos ojos azules y tras ella una flor, cuya corola había seccionado parcialmente con el cortaplumas a fin de estudiar de cerca el cáliz que, a través del grueso cristal de aumento, se veía como un extraño globo carnoso. Ahí estaban las anteras, las terminaciones de los estambres que contenían el polen amarillo, y el nudoso estigma que comunicaba con el ovario; y, si se le practicaba un corte longitudinal, incluso podía observarse el delicado canal a través del cual penetraban hasta el primordio seminal los granos de polen, impregnados de una sustancia azucarada.

Hans Castorp contaba, examinaba y comparaba; estudiaba la estructura y posición de las hojas y los pétalos, del cáliz y la corola, de los órganos masculinos y femeninos; se aseguraba de que cuanto veía correspondía a las ilustraciones o a los esquemas de los libros; comprobaba con satisfacción la exactitud científica en la estructura de las plantas que conocía, e intentaba luego, con la ayuda del manual de Lineo, clasificar las plantas que no conocía en función de su sección, grupo, especie, familia y género. Como disponía de mucho tiempo, realizó notables progresos en su labor de clasificación botánica partiendo de la morfología comparada. Debajo de cada planta que pegaba en el herbario, anotaba con bella caligrafía el nombre en latín que la ciencia humanista le había otorgado, añadía las características principales y enseñaba el resultado al buen Joachim, quien no podía menos que sorprenderse.

Por las noches contemplaba las estrellas. Sentía gran interés por el ciclo anual que ahora se cerraba. Había vivido ya veinte años y nunca, hasta entonces, se había preocupado de esas cosas. Si nosotros, sin querer, nos hemos servido de expresiones como el «equinoccio de primavera», ha sido para reproducir su manera de pensar y sus nuevas aficiones, pues tales eran los términos que desde hacía tiempo gustaba de utilizar y que dejaban atónito a su primo.

—El Sol está a punto de entrar en el signo de Cáncer —decía durante un paseo—. ¿Sabes? Es el primer signo zodiacal del verano, ¿sabes de qué te hablo? Luego pasará por Leo y Virgo, hacia el equinoccio de otoño a finales de septiembre, cuando el Sol coincide de nuevo con el ecuador del cielo, como ocurrió recientemente en marzo, al entrar en el signo de Aries.

—Creo que no te sigo... —dijo Joachim malhumorado—. ¿El signo de Aries? ¿Qué es eso del Zodíaco?

—Sí, el Zodíaco, las constelaciones que ya estudiaban los antiguos: Escorpio, Sagitario, Capricornio, Acuario... ¿Cómo es posible que no sientas interés? Son doce, eso, al menos, ya lo debes de saber. Hay tres por estación, signos ascendentes y signos descendentes en la eclíptica, la línea que describe el Sol a través de las constelaciones a lo largo del año. ¡Grandioso! Imagínate, ya aparecen pintados en las paredes de un templo egipcio; y en un templo de Afrodita, no lejos de Tebas. Los caldeos también los conocían... Sí, no pongas esa cara, los caldeos, aquel antiguo pueblo de magos, de origen arábigo-semita, muy versados en astrología y en las artes adivinatorias. Bien, pues ya ellos estudiaron el cinturón celeste en el que se mueven los planetas y lo dividieron en esas doce constelaciones, en la dodecatemoria tal como la conocemos ahora. ¡Es grandioso! ¡Así es la humanidad!

—Ya hablas de «la humanidad», como Settembrini.

–Sí, como él, o tal vez de un modo un poco distinto. Hay que aceptarla como es y, desde luego, reconocer que hay en ella algo grandioso. Me identifico plenamente con los caldeos cuando me tumbo a mirar los planetas que ellos ya conocían, y eso que no los conocían todos, a pesar de lo inteligentes que eran. Por otra parte, yo tampoco puedo ver los que ellos desconocían. Urano no se ha descubierto hasta hace poco, gracias al telescopio, hace ciento veinte años.

–¿Y eso es «hace poco»?

–Sí, es poco en comparación con los tres mil años transcurridos desde los tiempos de la civilización caldea. Aunque cuando estoy así tumbado y miro los planetas, esos tres mil años también se convierten en algo reciente, en «hace poco», y me siento muy cercano a los caldeos, que también los vieron y les dedicaron su poesía... y en eso consiste la humanidad.

–De acuerdo. Veo que juzgas en términos muy amplios.

–Tú dices «juzgar en términos amplios» y yo digo «sentirse cercano», como quieras. Ahora bien, cuando el Sol haya entrado en la constelación de Libra, dentro de unos tres meses, los días se habrán acortado de nuevo de manera que el día y la noche sean iguales. Luego seguirán disminuyendo hasta la Navidad, ya lo sabes. Pero ¿se te ha ocurrido pensar que, mientras el Sol atraviesa los signos de invierno, Capricornio, Acuario y Piscis, los días vuelven a alargarse? Porque entonces se acerca otra vez el equinoccio de primavera, por tercermilésima vez desde tiempos de los caldeos, y así, los días se alargan y se alargan hasta cerrar el ciclo del año, hasta que vuelve a comenzar el verano.

–Naturalmente.

–Pues no. Es una paradoja digna del pícaro Till Eulenspiegel. En invierno, los días se alargan y en cuanto llega el más largo del año, el veintiuno de junio, el principio del verano, se invierte el proceso, y los días se van acortando a medida que se avanza hacia el invierno. Te parece muy natural, pero al margen de que nos parezca obvio, en algunos momentos también puede producir horror, un vértigo terrible, porque no encontramos nada a lo que agarrarnos. Pensar que el inicio del invierno en realidad es el inicio de la primavera, y que cuando empieza el verano, en realidad empieza el otoño... ¡Parece una broma pesada de Eulenspiegel! Nos engañan como a unos ilusos; no hacemos sino girar en círculo con la esperanza de alcanzar una meta que, después de todo, ya es el punto de inflexión hacia otra cosa... Un punto de inflexión en un círculo sin salida... Porque todo son puntos de inflexión en el círculo, ninguno de ellos posee extensión, la curvatura del círculo no se puede medir, no existe el movimiento direccional, no existe la duración en ninguno de los puntos, y la eternidad no consiste en una línea que siempre apunta hacia delante, hacia delante, sino en un carrusel... ¡Un carrusel!

—¡Basta!

—La fiesta del solsticio... —dijo Hans Castorp—. El solsticio de verano... Las hogueras de San Juan, los corros, los bailes en torno al fuego... Nunca lo he visto, pero parece que es así como los hombres primitivos celebraban esa primera noche del verano con la que ya comienza el otoño, ese mediodía y ese clímax del ciclo anual que inmediatamente empieza a descender. Bailan y giran y están alegres. ¿De qué se alegran en su primitiva sencillez? ¿Tú te lo explicas? ¿Por qué están tan contentos? ¿Porque a partir de ahí se emprende el descenso hacia la oscuridad, o tal vez porque ahí culmina el ascenso de todos los días anteriores, porque es el punto de inflexión inevitable, el solsticio de verano, el clímax del año, el momento de máximo orgullo a pesar del dolor que implica? Los hombres primitivos festejaban y danzaban alrededor de las hogueras movidos por un orgullo lleno de melancolía y una melancolía llena de orgullo; por una especie de desesperación positiva, si quieres darle ese nombre; lo hacen en honor de la paradoja del círculo y de esa eternidad sin duración y sin direccionalidad en la que todo vuelve y se repite una y otra vez.

—Yo no digo nada —murmuró Joachim—, haz el favor de no enredarme en tus elucubraciones. Desde luego, te ocupas de cuestiones muy abstractas cuando permaneces tumbado en la terraza por las noches.

—Sí, no negaré que tú empleas mucho mejor el tiempo con tu gramática rusa. Ya debes de dominar esta lengua con suma fluidez. Te vendrá muy bien si algún día hay guerra, ¡de la cual Dios nos libre!

—¿Dios nos libre? Hablas como un civil. La guerra es necesaria. Sin guerras, el mundo no tardaría en corromperse, como dijo Moltke.

—Sí, ciertamente parece que el mundo tiende a eso. Lo admito —replicó Hans Castorp, y estaba a punto de retomar el tema de los caldeos, que a pesar de ser semitas y, por lo tanto, casi judíos, también habían guerreado y conquistado Babilonia, cuando los dos primos se dieron cuenta de que dos caballeros que paseaban delante de ellos, intrigados por tal conversación, habían interrumpido su propia charla para volverse a mirarles.

Esto sucedía en la carretera principal, entre el Casino y el hotel Beldevere, volviendo de Davos Dorf. El valle lucía sus mejores galas, de colores amables, luminosos y alegres. El aire era delicioso. Una sinfonía de alegres aromas de flores campestres inundaba el ambiente, purísimo, seco y soleado.

Reconocieron a Lodovico Settembrini, que iba acompañado por un desconocido; aunque parecía que él no les había reconocido, o que no deseaba encontrarse con ellos, pues volvió rápidamente la cabeza y de nuevo se enfrascó en la conversación con el compañero, gesticulando e intentando incluso apretar el paso. En cambio, cuando los primos pasaron por su derecha y le saludaron con una alegre reverencia, fingió una agradable sorpresa, se deshizo en «sapristis» y «será posibles», y entonces hizo ademán de caminar más despacio para dejar pasar a los primos y, de nuevo, no detenerse a hablar con ellos; gesto que ellos no entendieron, es decir, ni siquiera captaron porque no les parecía nada lógico. Al contrario, sinceramente contentos de verle de nuevo después de una larga separación, se detuvieron a su lado, le estrecharon la mano y le preguntaron por su salud al tiempo que miraban cortésmente a su acompañante en espera de ser presentados. De esta manera, le obligaron a hacer lo que él parecía querer evitar pero que ellos consideraban lo más natural e indicado del mundo, es decir, las mutuas presentaciones, que finalmente tuvieron lugar medio en marcha, entre bromas y gestos de Settembrini, quien, al echar a andar sin apartarse, obligó a los demás a darse la mano por delante de él.

Resultó que el nuevo personaje, que tendría la edad de Settembrini, era su vecino, el segundo realquilado del sastre Lukacek, un caballero llamado Naphta, según entendieron los dos jóvenes. Era un hombre de baja estatura, delgado, sin barba y tan sumamente feo que casi dolía mirarle. Los primos no daban crédito a sus ojos. Todo en él era hiriente: la nariz curva que dominaba su rostro, la boca, de labios delgados y apretados, las gruesas lentes de sus gafas —de montura muy ligera, por otra parte— que ocultaban sus ojos de un gris claro; incluso el silencio que guardaba y del que se podía deducir que también su palabra sería cortante y certera. No llevaba sombrero, como era costumbre allí arriba, aunque sí un elegante traje de franela azul marino con rayas blancas muy bien cortado, discreto pero a la moda, como pudieron comprobar los dos primos, que, con gran disimulo, le miraron de arriba abajo y, a su vez, sintieron que también el pequeño señor Naphta les miraba de arriba abajo —y, además, con ojos más rápidos y más críticos—. Si Lodovico Settembrini no hubiese sabido llevar con tanta gracia y dignidad su ajadísima levita y su célebre pantalón a cuadros, su persona hubiese desentonado enormemente entre aquellos caballeros tan distinguidos. Pero no era así en modo alguno, sobre todo porque el pantalón a cuadros estaba recién planchado y, a primera vista, parecía casi nuevo... «Sin duda, obra de su nuevo patrón», pensaron los dos jóvenes.

Si el horroroso Naphta, por la calidad y la elegancia de su atuendo se encontraba más próximo a los primos que su vecino, no sólo le aproximaba a este último su edad más avanzada, sino otra cosa que se distinguía fácilmente en el rostro de las dos parejas: los jóvenes estaban tostados por el sol, mientras que los otros dos estaban pálidos. El rostro de Joachim se había bronceado todavía más durante el invierno y el de Hans Castorp se veía colorado y brillante bajo su cabello rubio, mientras que la luz solar no había ejercido acción alguna en la palidez latina de Settembrini, a la que el negro bigote confería un aspecto noble, y su compañero, a pesar de tener los cabellos rubios –de un rubio ceniciento, como metálico y descolorido, y los peinaba hacia atrás, dejando al descubierto una incipiente calvicie– tenía igualmente el cutis blanco y mate de las razas morenas. Dos de los cuatro llevaban bastón, Hans Castorp y Settembrini, pues Joachim prescindía de él porque no era uso entre los militares; Naphta, inmediatamente después de la presentación, cruzó las manos detrás de la espalda. Tenía unas manos menudas y delicadas, como también sus pies eran pequeños, proporcionados a su estatura. A nadie le llamaba la atención que pareciese resfriado y que tosiese leve y repentinamente.

Settembrini supo disimular elegantemente la contrariedad o el disgusto que le había causado encontrarse con los jóvenes. Por el contrario, hizo gala de su simpatía habitual y presentó a los tres compañeros entre bromas e ironías, designando por ejemplo a Naphta con el sobrenombre de *princeps scholasticorum*. Luego añadió que «la alegría tenía su esplendorosa corte en el seno de su pecho» –como dijera el gran poeta Aretino– como efecto de la primavera, de esa primavera que él tanto celebraba. Los primos ya debían de saber que había muchas cosas allí arriba que no le gustaban nada, hasta el punto de que varias veces había manifestado deseos de marcharse. Ahora bien, la primavera de la alta montaña no tenía parangón y era capaz de reconciliar pasajeramente a cualquiera con los horrores de aquel lugar. Carecía de todos esos elementos turbadores y excitantes de la primavera de allá abajo. No había esa sensación de que todo bullía en su interior. No había fragantes vapores ni húmedas exuberancias, sino claridad, sequedad, serenidad y una gracia sencilla, austera. Eso coincidía plenamente con sus gustos, y era magnífico.

Caminaban de cuatro en fondo en la medida que lo permitía la anchura del camino, pues cuando encontraban a otros paseantes, Settembrini —que iba a la derecha— tenía que apartarse del camino, o la alineación se rompía, porque alguno se quedaba atrás; Naphta, por ejemplo, que iba a la izquierda, o Hans Castorp, que iba entre el humanista y su primo Joachim. Naphta lanzaba una risa breve, con una voz un tanto ronca por el resfriado que, al hablar, recordaba al sonido de un plato roto cuando se le golpea con los nudillos. Señalando al italiano con un gesto de la cabeza, dijo en un tono pesante:

—Escuchen al volteriano, al racionalista. Alaba la naturaleza porque ni siquiera en su momento de máximo esplendor nos aturde con vapores místicos, sino que conserva una sequedad clásica. ¿Cómo se decía humedad en latín?

—*Humor* —exclamó Settembrini por encima de su hombro izquierdo—. El *humor*, según las consideraciones de nuestro profesor sobre la naturaleza, consiste en pensar en las llagas de Cristo cuando se contemplan las prímulas rojas, como le pasaba a santa Catalina de Siena.

Naphta respondió:

—Eso es más bien ingenio que humor. Con todo, no deja de indicar que se atribuye un espíritu a la naturaleza.

—La naturaleza —dijo Settembrini, bajando la voz y ya no por encima del hombro sino para sus adentros— no necesita vuestro espíritu en absoluto. Ella es espíritu en sí misma.

—¿No le aburre a usted esta concepción monista?

—¡Ah!, de modo que reconoce que se establece una dicotomía, un antagonismo entre Dios y la naturaleza por mero placer.

—Me interesa oírle hablar de placer para referirse a lo que yo llamo pasión y espíritu.

—No olvide que usted, que emplea palabras tan altisonantes para necesidades tan frívolas, me tacha a veces de charlatán.

—Bueno, usted insiste en que el espíritu implica frivolidad. Pero el espíritu es dual por su propia esencia, eso es indiscutible. La dualidad, la antítesis, constituye el principio motor, apasionado, dialéctico y genial de todo. El hecho de ver el mundo como una dicotomía irresoluble, eso ya es el espíritu. Todo monismo es tedioso. *Solet Aristoteles quarere pugnam.*

—¿Aristóteles? Aristóteles transfiere la realidad de las ideas generales a los individuos. Eso es panteísmo.

—¡No, señor! Si concedemos a los individuos un carácter sustancial, si transferimos la esencia de las cosas de lo general a lo individual, como hicieron santo Tomás y san Buenaventura, herederos del pensamiento aristotélico, habremos disuelto todo lazo de unión entre el mundo y las ideas más elevadas; el mundo quedará, pues, al margen de lo divino y Dios será trascendental. Eso es la Edad Media clásica, caballero.

—¡La Edad Media clásica! ¡Vaya combinación de palabras más extravagante!

—Perdone, pero utilizo el concepto de «clásico» en su sentido más propio, es decir, para designar el momento en que una idea alcanza su máximo grado de perfección. La Antigüedad no siempre fue clásica. Percibo en usted cierta reticencia hacia la flexibilidad en las categorías, hacia lo absoluto. Se niega a aceptar la existencia de un espíritu absoluto. Quiere que el espíritu sea equivalente al progreso democrático.

—Espero que al menos estemos de acuerdo en que el espíritu, por absoluto que sea, nunca podrá ser abogado de la reacción.

—¡Sin embargo, siempre es abogado de la libertad!

—¿Cómo que «sin embargo»? La libertad es la ley del amor humano, no el nihilismo ni el resentimiento.

—Cosas que, al parecer, a usted le asustan.

Settembrini se llevó las manos a la cabeza. La polémica quedó en suspenso. Joachim, sorprendido, miraba a uno y a otro, mientras Hans Castorp, con las cejas arqueadas, miraba fijamente al suelo. Naphta había hablado en un tono cortante y categórico, a pesar de que era él quien había defendido la libertad en un sentido más amplio. Lo más desagradable era su manera de decir «¡No, señor!», marcando mucho las nasales y torciendo la boca a continuación. Settembrini le había replicado en parte con gran serenidad, si bien había puesto especial pasión en sus palabras, por ejemplo, a la hora de llamar al acuerdo sobre determinados principios fundamentales. Mientras Naphta guardaba silencio, comenzó a informar a los primos acerca de este nuevo conocimiento, a la vista de la necesidad de conocerlo mejor que semejante discusión había suscitado. Naphta le dejó hablar sin prestarles ninguna atención.

Era catedrático de lenguas clásicas en el *Fridericianum*, enseñaba en los cursos superiores, explicó Settembrini, poniendo de relieve, lo más pomposamente posible, la elevada posición de su acompañante, como suele hacerse en Italia. El destino de Naphta era semejante al suyo. Su estado de salud le había obligado a instalarse en la alta montaña hacía cinco años, había tenido que convencerse de que necesitaba permanecer allí una temporada muy larga y había abandonado su sanatorio para establecerse en una habitación privada en casa de Lukacek, el sastre modista. De este modo, el instituto de enseñanza de Davos había ganado un excelente latinista, seminarista en tiempos (según dijo con cierta vaguedad), que contribuía notablemente a darle renombre y categoría... En una palabra, Settembrini puso por las nubes al feísimo Naphta, a pesar de que hacía un momento había entablado con él una discusión abstracta muy cercana a la querella, que además iba a reanudarse sin tardanza.

En efecto, Settembrini pasó luego a dar explicaciones a Naphta acerca de los dos primos, de las cuales dedujeron que ya le había hablado de ellos antes. Aquél era el joven ingeniero «de las tres semanas», al que el doctor Behrens le había encontrado una «zona tierna», y aquel otro era la esperanza del ejército prusiano, el teniente Ziemssen. Y habló de la impaciencia de Joachim y sus planes de viaje con el fin de añadir que se juzgaría mal al ingeniero si no se le creyera igual de impaciente por reincorporarse a su trabajo.

Naphta hizo una mueca y dijo:

—Los caballeros cuentan con un portavoz muy elocuente. Me guardo mucho de poner en duda la fidelidad con que ha traducido sus deseos y sentimientos. Trabajo, trabajo... ¡Por favor! No duden que dentro de un momento me tachará de misántropo, de *inimicus humanae naturae*, si me atrevo a evocar una época en la que su charlatanería no hubiese producido ningún efecto, a saber: los tiempos en que se tenía por más elevado justo lo contrario de su ideal. Bernardo de Claraval, por ejemplo, enseñaba un camino hacia la perfección a través de unos grados que Settembrini no puede ni imaginar. ¿Quieren saber cuáles son? El estadio inferior era para él «el molino», el segundo «los campos», y el tercero y más valioso (¡tápese los oídos, amigo Settembrini!) era «la cama». El molino es el símbolo de la vida mundana, una buena metáfora. El campo designa el alma del hombre laico, cultivada por el sacerdote y el director espiritual. Ese grado es ya más digno. Sin embargo, la cama...

—¡Basta! ¡Ya lo sabemos! —exclamó Settembrini—. ¡Señores, ahora les demostrará el uso y el fin de la alcoba!

—No le creía tan pudoroso, Lodovico, sobre todo viéndole guiñar el ojo a las jovencitas... ¿Dónde está la inocencia pagana? La cama es el lugar donde el amante se une a la amada, y se considera el símbolo del retiro contemplativo del mundo y de la criatura con objeto de encontrarse con Dios.

—*Puf! Andate, andate!* —exclamó el italiano casi sollozando.

Todos se echaron a reír. Settembrini, en cambio, añadió muy digno:

—Deje, deje. Yo soy europeo, un occidental. Esos estadios de que habla obedecen a una clasificación puramente oriental. Oriente aborrece la acción. Lao Tsé enseña que el no-hacer es lo más provechoso de todo cuanto existe entre el cielo y la tierra. Si todos los hombres prescindieran de actuar, reinarían sobre la Tierra el descanso y la felicidad completos. ¡Ahí tiene su encuentro con la divinidad!

—Lo que no se le ocurra a usted... ¿Y la mística occidental? ¿Y el quietismo, que cuenta entre sus adeptos a Fenelón y enseña que toda acción es un error porque querer ser activo es ofender a Dios, que es el único que debe obrar? Cito la doctrina de Miguel de Molinos. Parece, pues, que la posibilidad espiritual de encontrar la salvación en el reposo está universalmente difundida entre los hombres.

En ese momento intervino Hans Castorp. Con la osadía propia de la ignorancia, se mezcló en la conversación e hizo las siguientes observaciones, mirando al vacío:

—¡Retiro, vida contemplativa! Ésas son palabras llenas de sentido que se oyen con gusto. Aquí arriba vivimos en un aislamiento bastante considerable, hay que reconocerlo. Estamos a cinco mil pies de altura y, mientras reposamos en nuestras extraordinarias tumbonas, contemplamos el mundo y sus criaturas desde arriba y hacemos nuestras reflexiones. Pensándolo bien y a decir verdad, la cama, en mi caso la tumbona, entiéndame, me ha ayudado a perfeccionarme y a reflexionar sobre muchísimas más cosas que todos los años que había pasado antes allá abajo, en el «molino». Eso no se puede negar.

Settembrini le miró con sus ojos negros, que brillaban de un modo triste.

—¡Ingeniero! —exclamó espantado—. ¡Ingeniero!

Cogió a Hans Castorp por el brazo y le retuvo un momento como para convencerle en privado, a espaldas de los otros.

—¡Cuántas veces le he dicho que cada cual debe saber bien quién es y pensar como le corresponde! El pilar del hombre occidental, a pesar de todas las doctrinas del mundo, es la razón, el análisis, la acción y el progreso, no la cama en la que reposa el monje que no hace nada.

Naphta les había estado escuchando y, volviéndose ligeramente hacia ellos, dijo:

—¿El monje? ¡Pero si fueron los monjes quienes cultivaron todo el suelo europeo! Gracias a ellos, Alemania, Francia e Italia ya no son bosques salvajes ni ciénagas inútiles, sino que producen trigo, frutas y vinos. Los monjes, señor mío, han trabajado siempre a base de bien.

—*Ebbè*, lo que yo decía.

—Permítame. El trabajo del religioso no era un fin en sí mismo, es decir, una forma de anestesia, ni buscaba hacer progresar el mundo u obtener ventajas económicas. Era un ejercicio puramente ascético, una parte de la disciplina de la penitencia, un remedio. Constituía una defensa frente a las tentaciones de la carne, mataba la sensualidad. Tenía, por consiguiente (permítame decirlo así), un carácter absolutamente asocial. Era el egoísmo religioso más puro.

—Le quedo muy agradecido por sus explicaciones y me alegro sinceramente de ver realizada la bendición del trabajo, incluso en contra de la voluntad del hombre.

—En efecto, en contra de su voluntad. En eso radica la diferencia entre lo útil y lo humanamente natural.

—Observo contrariado que vuelve usted a caer en el dualismo.

—Lamento su censura, pero es necesario discernir y separar y ordenar las cosas, y depurar la idea de *homo Dei* de todos los elementos que la contaminan. Por ejemplo, vosotros, los italianos, habéis inventado la banca y el oficio de los cambistas. ¡Que Dios os lo perdone! Los ingleses, en cambio, han inventado la doctrina económica de la sociedad, y eso jamás podrá perdonárselo el genio del hombre.

—¡Oh!, también los grandes pensadores economicistas de esas islas estaban inspirados por el genio de la humanidad. ¿Quería decir algo, ingeniero?

Hans Castorp aseguró que no, aunque luego, mientras Naphta y Settembrini le escuchaban con cierta tensión, dijo:

—Entonces, señor Naphta, debe agradarle el oficio de mi primo, y comprenderá su impaciencia por ejercerlo... En cuanto a mí, soy un civil incurable, mi primo me lo reprocha con bastante frecuencia. Ni siquiera he hecho el servicio militar y soy un hijo de la paz en todos los sentidos; a veces incluso he pensado que hubiera podido llegar a ser eclesiástico; pregúnteselo a mi primo, pues a menudo le he hablado de ello. Pero dejando de lado mis inclinaciones personales (aunque tal vez no haya necesidad de que me aparte de ellas completamente), comprendo muy bien y siento gran afinidad con ciertos aspectos de la vida militar. En verdad es una profesión endiabladamente seria: «ascética» (hace un momento, usted mismo ha tenido la amabilidad de servirse de esta expresión), en la que uno siempre debe contar con que habrá de enfrentarse cara a cara con la muerte, lo cual viene a ser igual que en la vida eclesiástica (¿o cuál es su fin en último término?). De ahí proceden los conceptos de decoro, jerarquía y obediencia de la vida militar... el «honor español», si me permiten el término; y, en el fondo, no importa si uno lleva un cuello alto de uniforme o una gola almidonada; lo importante es lo que simboliza: el ascetismo, como ha dicho usted tan acertadamente... No sé si consigo expresarme con la suficiente claridad para hacerles comprender los pensamientos que...

—Claro, claro —dijo Naphta, y lanzó una mirada a Settembrini, que hacía girar su bastón y contemplaba el cielo.

—Por lo tanto —continuó diciendo Hans Castorp—, opino que las inclinaciones de mi primo Ziemssen deben de serles a ustedes muy afines, después de todo lo que han dicho. No me refiero a la idea de «la Iglesia y el Estado», o a asociaciones semejantes con las que los amantes del orden, o simplemente los ingenuos, justifican a veces ese estrecho parentesco. Quiero decir que la profesión de militar (y, entonces hablamos de «servicio militar»), se ejerce sin ningún ánimo de lucro y no guarda ninguna relación con la «doctrina económica» de la sociedad, como usted decía también. Será por eso que los ingleses tienen tan pocos soldados... unos pocos para la India y otros pocos en el país para los desfiles...

—Déjelo, ingeniero —interrumpió Settembrini—. La vida militar (y lo digo sin ánimo de ofender al teniente) es moralmente indiscutible porque es puramente formal, porque carece de contenido propio. El soldado por excelencia es el mercenario que se enrola a favor de la causa que sea. En una palabra: ha habido soldados de la Contrarreforma española, soldados del ejército revolucionario, soldados napoleónicos, garibaldinos y hay soldados prusianos. Hay que hablar del soldado cuando se sabe por qué causa se bate.

—No es menos cierto que el mero hecho de batirse constituye una característica básica de su existencia, atengámonos a eso —replicó Naphta—. Es posible que eso no baste, según ustedes, para convertir este estamento en «moralmente discutible», pero lo coloca en una esfera que está reñida por completo con la afirmación burguesa de la vida.

—Lo que usted gusta llamar «afirmación burguesa de la vida» —replicó Settembrini, como si sólo hablara con la parte delantera de los labios, al tiempo que las comisuras de su boca se tensaban bajo la curva de los bigotes, y estiró el cuello de golpe para luego ladear la cabeza con un gesto muy peculiar— estará siempre dispuesto a defender, bajo cualquier forma, las ideas de la razón, la moral y su legítima influencia sobre las jóvenes almas volubles.

Se hizo el silencio. Los jóvenes miraban cohibidos al suelo. Después de dar unos pasos, Settembrini (cuya cabeza y cuello habían vuelto a su posición normal) dijo:

—No se sorprendan. Este caballero y yo discutimos con

frecuencia, aunque siempre como buenos amigos y sobre la base de muchas ideas comunes.

La tensión se relajó. Fue un gesto caballeresco y muy humano por parte de Settembrini. No obstante, Joachim, que también tenía las mejores intenciones y pretendía reanudar la conversación en un tono distendido, tomó la palabra de una manera harto forzada, como si algo le obligase a hacerlo en contra de su voluntad:

—Da la casualidad de que mi primo y yo hablábamos de la guerra mientras paseábamos detrás de ustedes.

—Eso me pareció oír —respondió Naphta—. Oí esa palabra y me volví. ¿Hablaban de política? ¿Comentaban el panorama mundial?

—¡Oh, no! —respondió Hans Castorp riendo—. En la profesión de mi primo no conviene en absoluto preocuparse por la política, y en lo que se refiere a mí, renuncio voluntariamente porque no entiendo nada del tema. Desde que estoy aquí arriba no he visto un periódico ni de lejos...

Settembrini, como ya hiciera en otra ocasión, le reprochó tal indiferencia. Se mostró enteramente al tanto de los acontecimientos importantes e incluso expresó su aprobación, pues, a su juicio, las cosas adquirían un cariz favorable para la civilización. El ambiente general en Europa estaba dominado por ideas pacifistas, por planes de desarme. El ideal democrático progresaba. Aseguró que sabía por fuentes fidedignas que los jóvenes turcos ultimaban sus preparativos para llevar a cabo un gran cambio. Turquía convertida en un estado nacional y constitucional... ¡Qué triunfo de la humanidad!

—¡La liberalización del islam! —se burló Naphta—. ¡Qué bueno! El fanatismo ilustrado. ¡Fantástico! Por otra parte, eso le afecta a usted —añadió volviéndose hacia Joachim—. Si Abdul Hamid cae, la influencia de su ejército en Turquía habrá terminado y aparecerá Inglaterra como protector... Le aconsejo que tome muy en serio las explicaciones e informaciones de nuestro Settembrini —dijo a los primos en un tono que les sonó bastante impertinente, pues daba a entender que los primos podían no tomar en serio a Settembrini—. Está muy bien enterado de las cuestiones nacionales y revolucionarias. En su país se mantienen excelentes relaciones con el comité inglés de los Balcanes. Pero ¿qué será de los acuerdos de Reval, Lodovico, si triunfan sus turcos progresistas? Eduardo VII no querrá dejar el paso de los Dardanelos a los rusos, y si Austria opta por una política activa en los Balcanes a pesar de todo...

—¡Usted y sus profecías catastrofistas! —exclamó Settembrini—. El zar Nicolás ama la paz. Gracias a él se celebraron las conferencias de La Haya, que siempre constituirán hechos morales de primer orden.

—Claro, después de su pequeño fracaso en Oriente, Rusia tenía que concederse un respiro...

—¡Qué dice, hombre! No tiene derecho a burlarse del deseo de perfeccionamiento social de la humanidad. El pueblo que no secundara tales esfuerzos sin duda se expondría al rechazo moral.

—¿De qué serviría la política si no diese ocasión de comprometerse moralmente a unos y otros?

—¿Acaso es partidario del pangermanismo?

Naphta encogió los hombros —hombros que no estaban del todo al mismo nivel, pues además de feo era un poco contrahecho— y no se dignó contestar. Settembrini terminó diciendo:

—En cualquier caso, lo que acaba de decir es cínico. Usted no quiere ver más que una estratagema política en los generosos esfuerzos que la democracia realiza para imponerse en un plano internacional...

—¿No pretenderá que vea en ellos un gesto de idealismo o incluso de religiosidad? Son los últimos y débiles coletazos del instinto de conservación que le queda a un sistema mundial ya condenado. La catástrofe llegará, tiene que llegar, se avecina por todos los caminos y en todas las formas. ¡Piense en la política británica! La necesidad de Inglaterra de proteger sus colonias de la India es legítima. Pero ¿y las consecuencias? El rey Eduardo sabe tan bien como usted y como yo que los gobernantes de San Petersburgo tienen que resarcirse de su derrota en Manchuria y que les urge evitar la revolución más que nada en este mundo. Y sin embargo, fomenta el afán de expansión de los rusos hacia Europa, despierta de nuevo las viejas rivalidades entre San Petersburgo y Viena.

–¡Ah, Viena! ¡Probablemente se preocupa de ese obstáculo al progreso del mundo porque ve en ese imperio en decadencia del que Viena es capital la momia del Sacro Imperio romano-germánico!

–Lo que yo veo es que usted es rusófilo, supongo que por la afinidad entre el humanismo y el césaro-papismo.

–Señor mío, la democracia puede esperar mucho más del Kremlin que del Hofburg, y esto es una vergüenza para el país de Lutero y Gutenberg...

–Y, con toda probabilidad, también es una tontería. Claro que esa tontería es, a la vez, un instrumento de la fatalidad...

–¡Hombre, por Dios! ¡Déjese usted de fatalidad! La razón humana sólo necesita saberse más fuerte que la fatalidad, ¡y lo es!

–No se puede desear más que el propio destino. Y la Europa capitalista quiere alcanzar el suyo.

–Se cree en la proximidad de la guerra cuando no se la abomina lo bastante.

–Su rechazo, lógicamente, es inmediato, siempre y cuando no se remonte usted a los orígenes del Estado mismo.

–El Estado nacional es el principio de ese mundo que usted se empeña en identificar con lo demoníaco. Pero convierta a todas las naciones en libres e iguales, proteja a los pequeños y a los más débiles de la opresión, haga justicia y ponga fronteras nacionales...

–La frontera del Brenner, ya lo sé. La eliminación de Austria. Me gustaría saber cómo se puede solucionar eso sin una guerra...

—Y a mí me gustaría saber si acaso he condenado yo alguna vez una guerra nacionalista...

—¿Lo he oído bien?

—No, aquí he de apoyar al señor Settembrini —intervino Hans Castorp, que había seguido la discusión mirando alternativamente a ambos con la cabeza ladeada—. Mi primo y yo hemos tenido ocasión de hablar de esos temas y otros similares con el señor Settembrini, es decir, le hemos oído desarrollar y precisar sus opiniones. Puedo, por tanto, confirmar (y mi primo lo recordará) que el señor Settembrini nos ha hablado más de una vez, con gran entusiasmo, del principio del movimiento, de la rebelión y del perfeccionamiento del mundo, principio que, en el fondo, no es precisamente pacífico, en mi opinión... Y también nos ha dicho que este principio todavía debe superar grandes retos antes de imponerse en todas partes y hacer realidad la bienaventurada República universal. Resumo sus palabras, pues naturalmente las suyas fueron mucho más plásticas y literarias que las mías, eso huelga decirlo. Lo que sí sé y lo que recuerdo literalmente porque, siendo como soy un civil empedernido, de entrada me asustó un poco, es que, según dijo, ese día no llegaría a pasitos de paloma sino sobre las alas del águila (esa imagen de las alas de águila fue lo que me asustó), y que Viena tendría que recibir un buen golpe si se quería abrir el camino a la felicidad. Así que, en efecto, no se puede decir que el señor Settembrini condene la guerra en general. ¿Tengo razón, señor Settembrini?

—Más o menos... —concedió el italiano, volviendo la cabeza y balanceando su bastón.

—¡Eso sí que es terrible! —dijo Naphta, sonriendo con un gesto muy feo—. Ser acusado de tendencias bélicas por su propio discípulo. *Assument pennas ut aquilae.*

—Voltaire mismo aprobó la guerra civilizadora y recomendó la guerra contra los turcos a Federico II.

—¡Y él, en lugar de eso, se alió con ellos! ¡Qué risa! Y luego lo de la República universal... En fin, prefiero no preguntar qué será del principio del movimiento y la rebelión si llegan a hacerse realidad esa felicidad y esa unión universal. En ese momento, la rebelión se convertiría en un crimen...

—Usted sabe perfectamente, y estos caballeros también, que se trata del progreso de la humanidad, concebido como un proceso infinito...

—Pero todo movimiento es circular —opinó Hans Castorp—. Tanto en el espacio como en el tiempo. Así lo demuestran las leyes de la conservación de la masa y las de la periodicidad. Mi primo y yo hablábamos de ello hace un instante. ¿Acaso se puede hablar del progreso cuando nos hallamos ante un movimiento cerrado, cíclico, sin una dirección duradera? Cuando me tumbo en la terraza por las noches y miro el Zodíaco, es decir, la mitad que nos es visible, y pienso en los sabios pueblos de la Antigüedad...

—Haría usted mucho mejor dejando de soñar y de romperse la cabeza, ingeniero —le interrumpió Settembrini—, y confiando en los instintos propios de su edad y su raza, que deben incitarle a la acción. También debería vincular su formación científica con la idea de progreso. Ya conoce cómo, en un inconmensurable período de tiempo, la vida se desarrolla desde la célula hasta el ser humano. No puede poner en duda, pues, que el hombre aún tiene abiertas ante él infinitas posibilidades de perfeccionamiento. Ahora bien, si quiere limitarse a las matemáticas, deberá asumir que su movimiento circular conduce de perfección en perfección y recrearse en la doctrina de nuestro siglo XVIII, según la cual el hombre es bueno, feliz y perfecto por naturaleza, pero se ha malogrado y corrompido por los errores de la sociedad; y sólo podrá recuperar, sólo recuperará su bondad, felicidad y perfección perdidas por medio de una labor de revisión crítica de la estructura de la sociedad...

—El señor Settembrini —intervino Naphta— se olvida de mencionar que el idilio rousseauniano es una burda adaptación racionalista de la doctrina cristiana del hombre primitivo que no conocía el pecado ni la idea de estado, de su origen divino y su unión íntima con Dios, unión que debía recuperar. Sin embargo, ese nuevo reino de Dios, recuperado tras la disolución de todas las formas mundanas, se encuentra en el punto en que convergen la tierra y el cielo, lo sensible y lo suprasensible. La salvación es trascendente, y en lo que respecta a su República universal capitalista, mi querido profesor, me extraña mucho que hable usted de «instinto» al referirse a ella. Lo instintivo está directamente relacionado con lo nacional, y Dios mismo ha dotado a los hombres del instinto natural que incita a los pueblos a escindirse y formar diferentes estados. La guerra...

—La guerra —exclamó Settembrini—, incluso la guerra, señor mío, se ha llevado a cabo en nombre del progreso, como no me podrán negar si se remontan a ciertos acontecimientos de su época preferida: me refiero a las Cruzadas. Aquellas guerras civilizadoras favorecieron muy notablemente las relaciones políticas y comerciales entre los pueblos y reunieron al mundo occidental bajo el signo de un ideal.

—Consiente usted demasiado en aras de los ideales. Tanto más cortésmente me permito corregirle, pues las Cruzadas, al margen del impulso que dieron al comercio, no trajeron consigo una unión y un equilibrio internacional, sino todo lo contrario; enseñaron a los pueblos a diferenciarse entre sí, y fomentaron el desarrollo de la idea de Estado nacional.

—Eso es muy acertado en lo que se refiere a las relaciones de los pueblos con el clero. Sí, en aquellos tiempos el sentimiento de honor del Estado nacional comenzó a hacerse fuerte frente al abuso del poder...

—Y, sin embargo, lo que usted llama abuso del poder no es más que la idea de unión de los hombres bajo el signo del espíritu.

—Ya conocemos lo que implica ese espíritu y no queremos saber nada de él.

—Es lógico que, con su manía nacionalista, sientan ustedes horror hacia el imparable cosmopolitismo de la Iglesia. ¡Pero me gustaría saber cómo pretende conciliar esa idea con su radical rechazo de la guerra! Su anacrónico culto al Estado debería convertirle en defensor de un concepto positivo del Derecho, y como tal...

—¿Estamos hablando de Derecho? Pues sepa usted que al derecho de gentes subyace la idea de derecho natural y de una razón humana universal...

—¡Bah! Su derecho de gentes no es más que una interpretación deformada del *ius divinum* basándose en Rousseau, que no tiene nada que ver con la naturaleza ni con la razón, sino que se basa únicamente en la revelación...

—¡No discutamos por cuestiones de terminología, profesor! Llame *ius divinum*, si quiere, lo que yo honro con el nombre de derecho natural y derecho de gentes. Lo esencial es que, por encima de los derechos positivos de los Estados nacionales, se eleva un derecho superior y general que permite resolver difíciles conflictos de interés por medio de tribunales de arbitraje.

—¡Por medio de tribunales de arbitraje! ¡Qué espanto de expresión! Resolver conflictos a través de un tribunal burgués que juzga sobre cuestiones de la vida, investiga la supuesta voluntad de Dios y determina la historia. Bien, eso correspondería a sus «pasitos de paloma». ¿Y qué hay entonces de las alas del águila?

—La moral burguesa...

—¡Ay, señor! ¡La moral burguesa no sabe lo que quiere! Clama por que se combata la disminución de la natalidad, exige que se reduzcan los gastos de crianza y educación, así como de la formación profesional. Y, sin embargo, el hombre se ahoga entre la masa, y el mercado del trabajo está tan saturado que la lucha por el pan de cada día supera a todos los horrores de todas las guerras pasadas. ¡Espacios abiertos y ciudades jardín! ¡Mejora de la especie! Pero ¿para qué necesita ser mejor si el progreso y la civilización aspiran a eliminar la guerra? La guerra sería el remedio contra todo ello: sería la solución para esa mejora de la especie e incluso para combatir la crisis de la natalidad.

—Está bromeando... No puede usted hablar en serio. Nuestra conversación se desvía y lo hace en el momento oportuno. Hemos llegado —dijo Settembrini y, con el bastón, señaló a los primos la casita ante cuya verja de entrada se detuvieron.

Estaba situada a la entrada de Dorf, al borde del camino, del que sólo la separaba un estrecho jardincillo. Una parra silvestre rodeaba la puerta de la casa y extendía uno de sus retorcidos brazos a lo largo del muro hacia la ventana derecha del entresuelo, donde se hallaba el escaparate de una pequeña tienda de comestibles. La planta baja pertenecía al comerciante de especias. La habitación de Naphta se encontraba en el primer piso, al igual que la sastrería, y Settembrini ocupaba la buhardilla, una especie de estudio muy tranquilo.

Manifestando de pronto una amabilidad sorprendente, Naphta expresó la esperanza de que seguirían viéndose.

—Vengan a visitarnos —dijo—. De hecho, diría vengan a verme, si el doctor Settembrini, aquí presente, no tuviese derechos más antiguos sobre su amistad. Vengan cuando quieran, siempre que les apetezca charlar un rato. Me gustan los cambios de impresiones con la juventud; será que aún conservo cierta tradición pedagógica... Si nuestro maestro *ex cathedra* —y señaló a Settembrini— pretende sostener que toda la disposición y la vocación pedagógicas son exclusivas del humanismo burgués, alguien tendrá que contradecirle. ¡Hasta pronto!

Settembrini empezó a poner trabas. Dijo que los días que aún pasaría el teniente allí arriba estaban contados, y que el ingeniero querría descansar el doble de lo habitual con el fin de unirse a él lo antes posible en el mundo de allá abajo.

Los jóvenes dieron razón a ambos, primero a uno y después al otro. Habían respondido a la invitación de Naphta con sendas reverencias y, a continuación, corroboraron las reservas de Settembrini con un movimiento de hombros y de cabeza. De este modo, las dos posibilidades quedaron abiertas.

—¿Cómo le ha llamado? —preguntó Joachim cuando los dos primos subían por el serpenteante camino que conducía al Berghof.

—Yo he entendido «maestro *ex cathedra*» —dijo Hans Castorp—, y precisamente estaba dándole vueltas. Debe de ser alguna gracia, pues se ve que ambos se han puesto apodos. Settembrini llamó a Naphta «*princeps scholasticorum*». Tampoco está mal. Los escolásticos eran los eruditos de la Edad Media, filósofos dogmáticos, si así lo quieres. Hum... han dicho muchas cosas de la Edad Media; me ha recordado que, el primer día, Settembrini dijo que nuestra vida aquí arriba tenía mucho de medieval. Fue en relación con Adriática von Mylendonk, a causa de su nombre. ¿Qué te ha parecido?

—¿El tipo bajito? No me ha gustado demasiado. Aunque ha dicho cosas que sí me han gustado. Por supuesto que los tribunales de arbitraje son una estratagema de cobardes. Es él mismo quien me desagrada. ¿De qué sirve que diga cosas tan acertadas si es un tipo tan sospechoso? Y no me negarás que es sospechoso. Ya sólo la historia de la «cohabitación» era más que dudosa. ¡Y además tiene nariz de judío! Fíjate bien. Sólo los semitas suelen ser tan bajitos y débiles. ¿De verdad tienes intención de visitar a ese hombre?

—Naturalmente que iremos a verle —afirmó Hans Castorp—. Y en cuanto a su físico, tú juzgas como un soldado. Sin embargo, los caldeos tenían el mismo tipo de nariz y eran endiabladamente sabios, y no sólo en el terreno de las ciencias ocultas. Naphta también tiene algo de ocultista, me parece un hombre interesantísimo. No quiero decir que, sólo con el encuentro de hoy, sepa adónde quiere ir a parar, pero si le vemos con cierta frecuencia tal vez lo averigüemos, y creo muy posible que así sea en la próxima ocasión y que aprendamos algo gracias a él.

—¡Lo dirás por ti, que cada día aprendes más cosas aquí arriba, entre la biología y la botánica y la naturaleza circular del tiempo! El «tiempo» te ha interesado desde el primer día. Sin embargo, estamos aquí para curarnos, no para hacernos más sabios; para mejorar nuestra salud, para recuperarla del todo y que puedan devolvernos la libertad de una vez y darnos el alta para regresar allá abajo.

—«¡En las montañas vive la libertad!» —canturreó Hans Castorp, citando una conocida tonada—. Defíneme la libertad —continuó diciendo—. Naphta y Settembrini lo discutían hace un momento y no han logrado ponerse de acuerdo. «La libertad es la ley del amor al prójimo», ha dicho Settembrini, y eso me ha hecho pensar en su abuelo el *carbonaro*. Pero por valiente que fuese el *carbonaro* y por valiente que sea nuestro Settembrini...

—Sí, se ha incomodado cuando ha salido el tema del valor personal.

—... creo que tiene miedo de muchas cosas que el pequeño Naphta no teme en absoluto, ¿sabes lo que te quiero decir? Y que sus conceptos de libertad y de valor son un tanto endebles. ¿Crees que tendría el valor de *se perdre ou même de se laisser dépérir*?

—¿A qué viene ahora hablar en francés?

—Como el ambiente es tan cosmopolita... No sé quién encontraría más adeptos, si Settembrini con su República universal burguesa, o Naphta con su cosmópolis jerarquizada. No he perdido detalle, como ves, y aun así, no he conseguido comprenderlo todo; por el contrario, me ha parecido que todo lo que han dicho daba pie a una gran confusión.

—Eso siempre pasa. Hablar y exponer opiniones siempre tiene como resultado la confusión. Te lo digo yo: lo importante no son las opiniones que alguien tiene, sino si es un hombre íntegro. Lo mejor es no tener ninguna opinión y cumplir con el deber.

—Sí, tú puedes decir eso porque eres un mercenario y llevas una vida puramente formal. Mi caso es muy distinto, yo soy un civil y, en cierta manera, responsable de mí mismo. Y me pone nervioso ver semejante confusión, en la que uno predica la República universal y reniega de la guerra por principio y a la vez es tan patriota que reclama ante todo la frontera del Brenner, mientras el otro considera el Estado como una obra de Satanás y se espanta ante la idea de la unión de los pueblos y un momento después defiende el derecho del instinto natural y se burla de las conferencias de paz. Tenemos que volver a verle si pretendemos sacar algo en claro de todo ello. Dices que no estamos aquí para hacernos más sabios, sino para curarnos. Tienen que poder conciliarse ambas cosas, querido primo, y si no lo crees así caes en el dualismo, y eso es siempre un gran error, tenlo en cuenta.

DEL REINO DE DIOS Y DE LA SALVACIÓN

Hans Castorp se encontraba en la terraza, clasificando una planta que, desde que había comenzado el verano astronómico y los días se hacían más cortos, florecía en numerosos lugares; era la aquilea o *aquilegia*, una variedad de ranunculácea que crecía en forma de arbusto, de largos tallos, con flores azules o violetas, aunque también rojo oscuro, y hojas lobuladas bastante grandes. La planta crecía abundantemente por todas partes, pero sobre todo en aquel rincón tranquilo en el que la había visto por primera vez hacía un año; en aquel barranco apartado de todo y cubierto de boscaje, acunado por el rumor de un torrente, con su empinado sendero y el banco en el que había terminado su paseo de antaño —aquel paseo a la aventura que tan mal le había sentado—, adonde volvía de vez en cuando.

No parecía tan lejos cuando caminaba hasta allí con mayor calma que la vez anterior. Subiendo un poco por el lado de la montaña donde estaba la meta de las carreras de trineos, en Davos Dorf, el pintoresco rincón quedaba a veinte minutos por el camino del bosque, cuyos puentes de madera cruzaban por encima de la pista de *bobsleigh* que bajaba desde el Schatzalp (eso sí, siempre que uno no diera rodeos, se arrancase a cantar arias de ópera y luego tuviera que detenerse a tomar aliento al borde del colapso); así pues, cuando Joachim se veía obligado a quedarse en el sanatorio cumpliendo con el deber de reposar, para acudir a la consulta del médico, o para hacerse una radiografía, un análisis de sangre, ponerse una inyección o pesarse, si hacía buen tiempo, Hans Castorp aprovechaba el rato después del segundo desayuno, a veces después del primero, en ocasiones incluso las horas entre el té y la cena, para visitar aquel su lugar favorito y sentarse en el banco en el que antaño había sufrido una hemorragia nasal, escuchar el rumor del torrente con la cabeza ladeada y contemplar el paisaje y aquellas miles de aquileas azules que florecían de nuevo, cubriendo todo el suelo como una densa alfombra.

¿Iba allí sólo para eso? No, también lo hacía para estar solo, para recordar, para recapitular las impresiones y aventuras de tantos meses y para reflexionar sobre todas esas cosas. Eran muchas y muy diversas, difíciles de ordenar, pues todas ellas le parecían interrelacionadas y se le mezclaban unas con otras, de manera que lo más tangible apenas podía separarse de lo que sólo había sido pensado, soñado o imaginado. Ahora bien, todas aquellas impresiones y vivencias eran de naturaleza excitante, hasta tal punto que su corazón, especialmente sensible desde el día de su llegada, se desbocaba o se paraba de golpe cuando las recordaba. ¿O acaso no bastaba ya para hacer estremecer hasta ese punto su sensible corazón con pensar objetivamente que la aquilea que veía allí arriba —allí donde en aquel momento de extrema debilidad física se le había aparecido Pribislav Hippe— no «seguía floreciendo» sino que «volvía a florecer», y que las «tres semanas» pronto se habrían convertido en un año entero?

Por otro lado, ya no le sangraba la nariz al sentarse en su banco junto al riachuelo silvestre; eso había pasado. Su aclimatación, cuyas dificultades predijera Joachim desde el principio, en efecto había sido difícil, pero estaba muy avanzada; después de once meses se podía considerar terminada, y no cabía esperar nada nuevo en ese terreno. Las reacciones químicas de su estómago se habían normalizado y adaptado, los María Mancini habían recobrado todo su sabor y hacía tiempo que los nervios de sus resecas mucosas percibían de nuevo el aroma de aquel preciado producto que, con una especial forma de devoción, continuaba mandando traer de Bremen, a pesar de que en los escaparates de aquel centro de turismo internacional también se ofrecían cigarros muy apetecibles. ¿No serían los María Mancini una especie de vínculo entre él, que ahora vivía alejado de todo, y el mundo de allá abajo, su antigua patria? ¿No contribuían a conservar ese vínculo de una manera más eficaz que las tarjetas postales que Hans Castorp enviaba de vez en cuando a sus tíos y que se habían ido espaciando en la misma medida en que, acogiéndose a la mentalidad del lugar, había desarrollado un nuevo concepto de tiempo y contaba todo en unidades mucho mayores? Solía enviar tarjetas postales, que siempre gustan más, con lindas vistas de los valles bajo la nieve o en versión estival; además, así contaba con poco espacio, el necesario para informar en un tono más o menos llano acerca de los resultados del correspondiente examen médico mensual o general, por ejemplo: que las exploraciones tanto acústicas como ópticas atestiguaban una mejoría indiscutible, pero que el enfermo aún no se encontraba limpio del todo, y que la ligera elevación de la temperatura que todavía sufría era consecuencia de pequeñas lesiones que persistían pero que desaparecerían por completo con un poco más de paciencia, evitando así toda posibilidad de tener que volver allí más adelante. Tenía la certeza de que no esperaban de él manifestaciones epistolares más extensas, pues no se dirigía a destinatarios humanistas y amantes de la palabra. Las respuestas que recibía tampoco eran más expresivas. Por lo general, acompañaban envíos de dinero que correspondían a las rentas de su patrimonio y que, en la moneda suiza, se hacían tan considerables que sus recursos no se habían agotado todavía cuando ya recibía una nueva suma. Estas respuestas a sus postales consistían en unas líneas escritas a máquina, firmadas por James Tienappel, que le transmitían recuerdos y deseos de pronta mejoría de parte del tío abuelo y a veces también del primo Peter, el que estaba en la Marina.

Hans Castorp comunicó a los suyos que, hacía poco, el doctor Behrens había dejado de ponerle inyecciones. No le sentaban bien, pues le causaban dolores de cabeza, falta de apetito, pérdidas de peso y fatiga, o de entrada le habían hecho subir la temperatura y luego ésta ya no había descendido. La fiebre se mantenía de forma subjetiva en una sensación de calor seco en la cara colorada, recordándole que, para un hijo de las tierras llanas y el clima húmedo, la aclimatación no sólo consistía en acostumbrarse a no acostumbrarse... ni siquiera el mismo Radamante había llegado a hacerlo, siempre tenía las mejillas azules. «Algunos no se acostumbran nunca», había dicho Joachim desde el principio, y ése parecía ser el caso de Hans Castorp, pues tampoco el temblor de la cabeza que había comenzado a molestarle poco después de su llegada había cesado, sino que se manifestaba inevitablemente mientras caminaba o hablaba; incluso allí en su refugio particular del bosque, todo cubierto de flores azules, en aquel lugar de reflexión sobre el complejo entramado de aventuras vividas durante el año. Así pues, se había acostumbrado a utilizar casi siempre el cuello alto con corbata de lazo para apoyar en él la barbilla, igual que su abuelo, y, cada vez que se lo ponía, le venían a la memoria los cuellos almidonados de los antiguos, aquella forma de transición de la golilla española, el brillo dorado de la jofaina bautismal del abuelo, el venerable y reconfortante sonido de la palabra «tatara-tatarabuelo», y tantas otras semejanzas del mismo tipo, las cuales, por otra parte, le llamaban a reflexionar y reconsiderar su compleja circunstancia vital.

Pribislav Hippe ya no se le aparecía en carne y hueso como sucediera once meses atrás. La aclimatación de Hans Castorp había terminado, ya no tenía alucinaciones, ahora no estaba tendido e inmóvil sobre el banco mientras su «yo» se alejaba de su cuerpo y flotaba por regiones lejanas. Ya no ocurrían tales incidentes. La limpidez y la viveza de ese recuerdo, cuando lo evocaba, se mantenía en los límites normales y sanos; y al tiempo que evocaba ese recuerdo, Hans Castorp sacaba del bolsillo aquella particular prenda de cristal que le habían regalado una noche y que guardaba en la cartera dentro de un sobre, bien apretado contra su corazón. Era una plaquita que, sosteniéndola horizontalmente, parecía un espejo negro y sin transparencia, pero que, elevada hacia la luz del cielo, se iluminaba y revelaba el retrato interior de un ser humano: la imagen transparente del cuerpo, el armazón de las costillas, la forma del corazón, el arco del diafragma y las bolsas del pulmón; además, los huesos del brazo y la clavícula, y todo ello envuelto en el aura fantasmal de aquella carne que Hans Castorp, en contra de todo principio racional, había probado la semana de Carnaval. No era extraño que su sensible corazón se detuviese o se acelerase cuando contemplaba aquella prenda, y continuaba luego evocándolo y reviviéndolo «todo», apoyado en el rústico respaldo del banco, con los brazos cruzados y la cabeza inclinada sobre el hombro, acunado por el murmullo del torrente y rodeado de aquileas en flor.

Se le aparecía entonces la forma superior de la vida orgánica, la del hombre, como le sucediera cierta noche de hielo y estrellas mientras estudiaba sus libros de biología y embriología; y lo que había aprendido y comprendido en ellos le llevaba a plantearse determinadas cuestiones y diferenciaciones a las que el buen Joachim tal vez no se veía obligado a enfrentarse, pero ante las cuales él, en calidad de civil, comenzaba a sentirse responsable, si bien jamás habían llamado su atención antes y, probablemente, tampoco lo habrían hecho después en el mundo de allá abajo. Sin embargo, sí la llamaban allí arriba, en aquel lugar apartado de todo desde el cual se contemplaba el mundo y a sus criaturas para luego reflexionar sobre todo desde una distancia de cinco mil pies de altura (y cabe añadir que, sin duda, también tenía algo que ver en ello el estado febril de su cuerpo a consecuencia de la infección, patente en el ardor y la tirantez de su rostro).

Pensaba entonces en Settembrini el «charlatán» apasionado por la pedagogía, cuyo padre había nacido en Grecia, que entendía la misión suprema del hombre en términos de política, rebelión y bello estilo, y consagraba la lanza del ciudadano sobre el altar de la humanidad. Pensaba en el camarada Krokovski y en las prácticas a las que se sometía con él en su cámara oscura desde hacía algún tiempo. Pensaba en la doble naturaleza del análisis, intentando averiguar en qué medida podía ser favorable para la acción y el progreso, y en qué medida guardaba relación con la muerte y la sospechosa anatomía de la tumba. Evocaba las imágenes de los dos abuelos, el rebelde abuelo de Settembrini y su solemne abuelo prusiano, que iban vestidos de negro riguroso pero por razones diferentes, y los comparaba en dignidad. Reflexionaba sobre conceptos tan complejos como la forma y la libertad, el espíritu y el cuerpo, el honor y la vergüenza, el tiempo y la eternidad... y por un instante, le asaltaba un vértigo atroz ante la idea de que la aquilea volviera a florecer y que estuviera a punto de cerrarse el ciclo del año.

Tenía una palabra singular para definir aquellos momentos de sesuda reflexión en su pintoresco lugar de retiro: lo llamaba «gobernar», sirviéndose de una palabra de su infancia, una expresión que utilizaba en sus juegos, para designar una distracción que le encantaba a pesar de estar unida al terror, al vértigo y a toda clase de sobresaltos de su corazón, y de hacer aumentar el calor de su rostro. No obstante, no le parecía fuera de lugar que el esfuerzo que dicha actividad exigía le obligase a apoyar la barbilla en el cuello alto de la camisa, pues tal postura armonizaba perfectamente con la dignidad interior que le otorgaba la acción de «gobernar» ante aquel ser de naturaleza superior que se le aparecía.

Homo Dei. Así había llamado el contrahecho Naphta a la criatura superior al defenderla frente a la doctrina social inglesa. ¿Cómo no iba a querer Hans Castorp —en aras de su responsabilidad como civil y de su interés en el gobierno— hacer una visita, acompañado por su primo Joachim, a aquel misterioso hombrecillo? Settembrini no lo veía con buenos ojos, eso era obvio. Hans Castorp era lo bastante listo y sensible para darse cuenta. Ya el primer encuentro había contrariado al humanista; era evidente que había hecho todo lo posible por eludirlo y, por prudencia pedagógica, había querido evitar a los jóvenes, en particular a Hans Castorp —como él mismo astutamente se decía—, el encuentro con Naphta, por más que él mismo frecuentase su compañía y discutiese con él a menudo. ¡Así son los educadores! Ellos mismos se conceden lo que creen interesante, estimando que ya tienen «edad» para hacerse cargo de todo, pero en cambio lo prohíben a los jóvenes y tratan de convencerles de que no están «en edad» de hacer lo mismo. Afortunadamente, no correspondía en modo alguno al «charlatán» el prohibir nada a Hans Castorp y, por otra parte, tampoco había intentado hacerlo. El discípulo sólo tenía que hacer como que no se había dado cuenta de nada y fingir ingenuidad para que nada le impidiese corresponder amablemente a la invitación del pequeño Naphta, a la que, en efecto, había acudido con Joachim —que le había acompañado de buena o de mala gana— unos días después de su primer encuentro, un domingo por la tarde después de la cura principal.

Del Berghof hasta la casa de la parra había sólo unos minutos de camino. Entraron y, dejando a su derecha la puerta de acceso a la tienda de comestibles, subieron por la estrecha escalera que les condujo ante la puerta del primer piso, junto a cuyo timbre había una pequeña placa con el nombre de Lukacek, sastre modista. Les abrió la puerta un muchacho vestido con una especie de librea, con levita a rayas y polainas, un criado muy jovencito de cabellos cortados al rape y mejillas coloradas. Preguntaron por el profesor Naphta y, como no llevaban tarjetas de visita, dijeron sus nombres, que el criado fue a anunciar al señor Naphta (él no mencionó su categoría). La puerta del cuarto situado enfrente de la entrada estaba abierta y permitía ver la sastrería, donde Lukacek, a pesar de ser domingo, estaba sentado ante una mesa, con las piernas dobladas, y cosía. Era pálido y calvo. De una nariz curva y demasiado grande le caían unos bigotes negros que daban una expresión amarga a su boca.

—Buenos días —dijo Hans Castorp.

—*Grütsi* —contestó el sastre a la manera dialectal, a pesar de que el dialecto suizo no armonizaba con su nombre ni con su aspecto, y sonaba un tanto extraño e incluso falso.

—¿Trabajando afanosamente? —continuó Hans Castorp asintiendo con la cabeza—. ¡Pero si es domingo!

—Corre prisa —contestó lacónico Lukacek, sin dejar de coser.

—Parece una prenda muy elegante... —conjeturó Hans Castorp—, que tal vez alguien necesita urgentemente para una fiesta...

El sastre dejó pasar un rato antes de responder, cortó el hilo con los dientes y enhebró de nuevo la aguja. Luego asintió con la cabeza.

—Seguro que es muy bonita. ¿Le va a poner mangas? —preguntó Hans Castorp.

—Sí, mangas. Es para una vieja —respondió Lukacek con un acento de Bohemia muy marcado.

La vuelta del joven criado interrumpió esta conversación en el umbral de la puerta. El señor Naphta rogaba a los señores que entrasen, dijo el criado, y abrió una puerta situada dos o tres pasos hacia la derecha, para lo cual tuvo que levantar la gruesa cortina que la cubría.

Los visitantes fueron recibidos por Naphta, que les esperaba en zapatillas, de pie sobre una alfombra verde musgo.

Los dos primos quedaron sorprendidos ante el lujo de aquel gabinete con dos ventanas, pues el aspecto humilde de la casa, la escalera y el inhóspito pasillo hacían esperar cualquier cosa menos aquello, y el contraste otorgaba a la elegancia de la decoración de la habitación de Naphta un aire irreal, como sacado de un cuento, que de por sí no tenía y que, en otras circunstancias, no hubiera llamado la atención de Hans Castorp y, menos aún, de Joachim Ziemssen.

En cualquier caso, era un gabinete distinguido, casi ostentoso, y a pesar del escritorio y las librerías, no parecía un cuarto de trabajo. Había demasiada seda; seda de color rojo vino o púrpura: de seda eran las cortinas que ocultaban las puertas de madera mala, así como las galerías de las ventanas e incluso la tapicería del tresillo que había en el lado más estrecho de la estancia, frente a una segunda puerta, arrimado a una pared que casi cubría por completo un fino tapiz. Eran barrocos sillones de brazos almohadillados, agrupados en torno a una mesita redonda con incrustaciones de metal, detrás de la cual había un canapé del mismo estilo, cubierto de cojines de plumas, también de seda. Las librerías, que ocupaban las paredes junto a ambas puertas, eran de caoba tallada, igual que la mesa —o, mejor dicho, que el secreter de tapa corredera, situado entre las dos ventanas—, y tenían vitrinas cuyo interior quedaba oculto por tensas cortinillas de seda verde. En el rincón de la izquierda del tresillo, en cambio, se veía una obra de arte, una gran talla de madera policromada colocada sobre un pedestal formado con tela roja, una escultura estremecedora, una *Pietà* de rasgos tan primitivos como expresivos que rayaba en lo grotesco: una Virgen con la cabeza cubierta con una toca, el ceño fruncido y la boca desencajada de dolor; sobre sus rodillas, un Cristo yacente de tamaño harto desproporcionado y formas exageradas que ponían de manifiesto el desconocimiento de la anatomía por parte del autor; con la cabeza colgando, coronada de espinas, el rostro y el cuerpo salpicados de sangre y gruesos coágulos rezumando de la herida del costado, las palmas de las manos y los pies. Aquella peculiar escultura confería un carácter muy especial a la habitación tapizada de sedas. Era obvio que también el papel pintado, visible por encima de las librerías y a los lados de las ventanas, había sido elegido por el inquilino, pues el verde de sus listas verticales hacía juego con la gruesa alfombra que cubría el suelo, originariamente rojo. Lo que no tenía remedio era el techo de la estancia, que era bajo, carecía de estucados y estaba lleno de grietas. A pesar de todo, colgaba de él un farol veneciano. Las ventanas estaban veladas con estores de color crema que llegaban hasta el suelo.

—Venimos a charlar con usted un rato —dijo Hans Castorp, mientras sus ojos se fijaban más en la terrible figura religiosa del rincón de la habitación que en quien habitaba aquel sorprendente estudio, el cual apreció mucho que los dos primos hubieran cumplido su palabra de visitarle. Naphta quiso conducirlos a los sillones tapizados de seda haciendo gestos con su pequeña mano derecha, pero Hans Castorp, fascinado, fue directamente hacia el grupo escultórico y se detuvo delante de él, con las manos en las caderas y la cabeza ladeada.

—¿Qué es esto? —preguntó en voz baja—. Es terriblemente bueno... Jamás había visto semejante expresión de sufrimiento. Es antiguo, ¿verdad?

—Siglo catorce —contestó Naphta—. Probablemente de origen renano. ¿Le impresiona?

—Enormemente —dijo Hans Castorp—. Es imposible que no produzca una profunda impresión en quien lo contemple. Jamás hubiera podido imaginar algo tan feo, perdóneme, y al mismo tiempo tan bello.

—Los productos de un mundo espiritual y expresivo —contestó Naphta— siempre son feos de pura belleza y bellos de pura fealdad. Ésa es la regla. Se trata de una belleza espiritual, no de una belleza carnal, que es absolutamente estúpida. Por otra parte, también es una belleza abstracta —añadió—. La belleza del cuerpo es abstracta. Sólo posee realidad la belleza interior, la belleza de la expresión religiosa.

—Ésa es una diferenciación y una apreciación sumamente acertada —dijo Hans Castorp—. ¿Siglo catorce? —repitió para sus adentros—. Mil trescientos y pico. Sí, en efecto corresponde a la Edad Media tal como aparece en los libros; en cierto modo, reconozco la imagen que me había forjado de la Edad Media últimamente. Antes no sabía nada, pues pertenezco al mundo del progreso técnico; si es que puede decirse que sé algo de alguna cosa. Sin embargo, aquí arriba, he tenido varias ocasiones de imaginar y reflexionar sobre la Edad Media. La doctrina económica social no existía en aquellos tiempos, eso es evidente. ¿Cómo se llamaba el escultor?

Naphta se encogió de hombros.

—¿Qué importa? —dijo—. No hace falta preguntarlo, como tampoco se lo preguntaba nadie en la época en que esta imagen vio la luz. El autor no es un individuo con nombre y apellidos, es una obra anónima y creada en común. Se remonta a una Edad Media muy tardía, época gótica, *signum mortificationis*. Ya no encontrará en ella esa tendencia a atenuar y a embellecer tan propia de las representaciones del Crucificado de la época romana; nada de coronas de rey, nada de majestuoso triunfo sobre el mundo y el martirio de la muerte. Todo aquí revela de manera radical el sufrimiento y la debilidad de la carne. Hasta el gótico no se manifiesta el ascetismo y el pesimismo en el arte. Sin duda desconocerá usted el tratado de Inocencio III, *De miseria humanae conditionis*, una obra literaria rebosante de ingenio. Data de finales del siglo doce, aunque las primeras manifestaciones que ilustran su pensamiento son obras como ésta.

—Señor Naphta —dijo Hans Castorp, después de lanzar un suspiro—, me interesa cada una de sus palabras. ¿*Signum mor-*

tificationis ha dicho usted? Tomaré nota de esto. Y antes dijo que era una obra «anónima y creada en común», lo cual también me parece muy digno de reflexión. Por desgracia, tiene usted razón al suponer que desconozco la obra de ese papa, pues imagino que Inocencio III era un papa. ¿Lo he comprendido bien? ¿Ha dicho que ese escrito era a la vez ascético e ingenioso? He de confesar que nunca había creído que esas dos cosas pudieran ir juntas, pero, ahora que lo pienso, lo comprendo. Por supuesto, las consideraciones sobre la miseria humana dan pie a ingeniosas bromas a costa de la carne. ¿Se puede encontrar esa obra en las librerías? Tal vez sería capaz de leerla si repasara mis conocimientos de latín.

—Yo tengo ese libro —contestó Naphta, señalando una de las librerías con la cabeza—. Está a su disposición. Pero ¿por qué no nos sentamos? También puede contemplar la *Pietà* desde el sofá. Aquí llega ya nuestra pequeña merienda...

Era el joven criado, que traía el té acompañado de una hermosa cestilla de plata en la que había un brazo de gitano cortado en rebanadas. Pero ¿quién entraba detrás de él, por la puerta abierta, con paso alado y fina sonrisa, entre exclamaciones de *sapperlot* y *accidenti*? Era el señor Settembrini, que vivía en el piso superior y bajaba con la intención de unirse a los caballeros. Dijo que había visto llegar a los primos por su pequeña ventana y se había apresurado a terminar la página de la enciclopedia que estaba redactando para presentarse de visita él también. Era lo más natural del mundo. Su vieja amistad con los internos del Berghof le autorizaba a unirse a ellos y, además, era obvio que, a pesar de las hondas divergencias de opinión, sus relaciones con Naphta eran muy estrechas. En efecto, Naphta le dio la bienvenida sin mostrarse sorprendido en absoluto, lo cual, sin embargo, no impidió que Hans Castorp interpretase su llegada de una manera ambigua. Por una parte, le pareció que Settembrini había acudido para no dejarlos a él y a Joachim —o, en el fondo, a él— a solas con el pequeño y feo Naphta, para crear una especie de contrapeso pedagógico; por otra parte, era evidente que aprovechaba con mucho gusto cualquier ocasión de abandonar su buhardilla unos instantes y entretenerse en la refinada habitación tapizada de sedas de Naphta, tomando un té tan bien servido. Settembrini se frotó las manos amarillentas y de meñiques peludos antes de servirse y, sin disimular su apetito pero alabando al anfitrión y reconociendo su deleite, se dio a comer rebanadas de brazo de gitano, surcadas por una espiral de chocolate.

La conversación continuó en torno a la *Pietà*, porque Hans Castorp permanecía aferrado a ella con la mirada y con la palabra mientras se volvía hacia Settembrini, como para obligarle a establecer un contacto crítico con aquella obra de arte, si bien ya la cara de asco con que el humanista se volvió hacia dicho objeto —pues se había sentado de espaldas a aquel rincón de la habitación— puso de manifiesto lo poco que le gustaba. Demasiado cortés para decir todo lo que pensaba, se limitó a criticar ciertos defectos en las proporciones y las formas de los cuerpos, así como la falta de fidelidad a la realidad, que estaba muy lejos de resultarle conmovedora porque no era fruto de la impericia del artista en una etapa aún temprana, sino de la mala fe, de un principio profundamente hostil a la naturaleza; opinión que Naphta suscribió con malicia. Por supuesto que no podía hablarse de ausencia de destreza técnica. Lo que reflejaba la escultura era cómo el espíritu se emancipaba, con pleno conocimiento de causa, de lo natural, y cómo ese desprecio de la naturaleza como postura casi religiosa se anunciaba a través de la negativa a someterse a sus dictados. Sin embargo, cuando Settembrini afirmó que tal forma de despreciar la naturaleza y su estudio iba en contra de la propia naturaleza humana y comenzó a despotricar contra el absurdo culto a la deformidad en que habían caído la Edad Media y las épocas que la habían imitado para ensalzar, en cambio, el gran legado de Grecia y Roma —el Clasicismo: la forma, la belleza, la razón y la noble serenidad de la naturaleza, elementos cuya principal función era apoyar la causa del hombre–, Hans Castorp decidió intervenir y preguntó cómo debía interpretarse, entonces, la postura de Plotino, quien, como era bien sabido, se había avergonzado del cuerpo, o la de Voltaire, quien se había rebelado contra el escándalo que, ante el tribunal de la razón, suponía el terremoto de Lisboa. ¿Absurdo? Sin duda, también aquel pensamiento tenía algo de absurdo, aunque, pensándolo mejor –en su modesta opinión–, lo absurdo bien podía definirse como «lo que honraba al espíritu»; y, en el fondo, el absurdo rechazo del naturalismo que caracterizaba al arte gótico era igual de honroso que la postura de Plotino y Voltaire, en la medida en que expresaba la misma voluntad de emanciparse del destino y del hecho objetivo, el mismo orgullo rebelde que se niega a doblegarse ante el poder estúpido, a saber: la naturaleza...

Naphta soltó aquella risa que recordaba a un plato haciéndose añicos y que terminó con un acceso de tos.

Settembrini dijo con aire digno:

–Usted perjudica a nuestro anfitrión haciendo gala de tanto ingenio y le expresa muy mal su agradecimiento por este exquisito pastel. Pero ¿acaso sabe qué es el agradecimiento? Yo entiendo que el agradecimiento consiste en hacer buen uso de los regalos que se reciben...

Como Hans Castorp se ruborizó, el italiano añadió con conciliadora amabilidad:

–Ya sabemos que es usted un bromista, ingeniero. Su manera de burlarse gentilmente del bien me da la clara sensación de que lo ama. Sabe perfectamente que la sublevación del espíritu contra lo natural sólo puede considerarse honrosa cuando persigue la dignidad y la belleza del hombre; no cuando trae consigo su deshonra y su humillación, aunque sea de forma inintencionada. Como también sabrá de las atrocidades inhumanas y de la feroz intolerancia que caracterizaron a la época de que procede el artefacto ése que tengo a mis espaldas. Piense simplemente en la figura del inquisidor, en un personaje tan sanguinario como, por ejemplo, un Konrad von Marburg, y en su infame odio clerical contra todo cuanto se opusiera al imperio de lo sobrenatural. Estará usted muy lejos de considerar la espada y la hoguera como instrumentos del amor al prójimo.

—Y, en cambio —replicó Naphta—, fue el amor al prójimo lo que puso en marcha la maquinaria con la cual la Convención Nacional limpió el mundo de «malos ciudadanos». Todos los castigos de la Iglesia, incluso la hoguera, incluso la excomunión, fueron impuestos para salvar el alma de condenarse eternamente, cosa que no puede decirse de la furia destructora de los jacobinos. Me permito subrayar que toda justicia inquisitorial y de sangre que no sea fruto de la fe en un más allá es una bestialidad sin sentido. Y, en cuanto a la pérdida de la dignidad humana, su historia coincide exactamente con la del espíritu burgués. Todo lo que enseñaron el Renacimiento y la Ilustración, así como las ciencias naturales y las doctrinas económicas del siglo diecinueve, pero absolutamente todo, ha contribuido de alguna manera a esta pérdida, comenzando por la nueva astronomía, que hace de lo que fuera el centro del universo (del ilustre escenario en el que Dios y Satanás se disputaron el ansiado poder sobre las criaturas) un planeta cualquiera, pequeño e insignificante, y que con ello pone fin, provisionalmente, a la grandiosa visión del hombre como centro del universo; visión en la cual, por otra parte, se basaba la astrología.

—¿Provisionalmente?

La propia expresión de Settembrini al hacer esta pregunta recordaba a la de un inquisidor que espera que el acusado diga algo comprometedor que permita condenarle definitivamente.

—Sin duda alguna. Durante unos cuantos siglos —confirmó fríamente Naphta—. Si los signos no nos engañan, también el valor de la escolástica será restituido; el proceso ya está en marcha. Ptolomeo habrá de triunfar sobre Copérnico. La tesis heliocentrista encuentra cada vez mayor resistencia del espíritu y es muy posible que sus efectos terminen conduciendo a esa meta. La filosofía obligará a la ciencia a devolver a la Tierra al lugar de honor en el que la colocaba el dogma religioso.

—¿Cómo? ¿Qué dice? ¿Resistencia del espíritu? ¿Obligada por la filosofía? ¿De qué meta me habla? ¿Qué clase de voluntarismo se expresa en sus palabras? ¿Dónde queda la investigación sin prejuicios? ¿Y el conocimiento puro? ¿Dónde queda, señor mío, la verdad, que está tan íntimamente ligada a la libertad y a sus mártires, a quienes usted pretende convertir en ofensores de la Tierra, cuando en realidad contribuyen a su eterna gloria?

Settembrini tenía una manera muy enérgica de preguntar. Estaba sentado muy erguido y parecía que sus palabras de hombre de honor caían como truenos sobre el pequeño Naphta; al final, elevaba tanto la voz que se adivinaba lo seguro que estaba de la respuesta de su adversario, que no podía ser sino un avergonzado silencio. Había estado sosteniendo entre los dedos un pedazo de pastel mientras hablaba, pero luego lo dejó sobre el plato, pues, tras plantear esas preguntas, no quiso comérselo.

Naphta contestó con una calma inquietante:

—Querido amigo, el conocimiento puro no existe. La legitimidad de la teoría del conocimiento de la Iglesia, que puede resumirse con las palabras de san Agustín «Creo para poder conocer», es absolutamente indiscutible. La fe es el órgano del conocimiento, el intelecto es secundario. Su ciencia sin prejuicios es un mito. Siempre hay una fe, una concepción del mundo, una idea; en resumen: siempre hay una voluntad, y lo que tiene que hacer la razón es interpretarla y demostrarla. Siempre y en todos los casos se acaba llegando al *quod erat demostrandum*. De hecho, el mero concepto de «demostración» encierra un fuerte componente voluntarista desde el punto de vista psicológico. Los grandes escolásticos de los siglos doce y trece estaban de acuerdo en su convicción de que, en filosofía, nada puede ser verdadero si es falso ante la teología. Dejemos de lado la teología, si lo prefiere. Ahora bien, una humanidad que no reconociera que no puede ser verdadero en la ciencia natural lo que es falso a los ojos del filósofo no sería una humanidad. Los argumentos del Santo Oficio contra Galileo se reducían a que sus principios eran filosóficamente absurdos. No puede haber argumentación más rotunda.

—¡Eh, eh, un momento!, los argumentos de nuestro pobre gran Galileo han demostrado ser más que convincentes. ¡No; hablemos seriamente, *professore*! Conteste, delante de estos dos jóvenes tan atentos, a la siguiente pregunta: ¿Cree en una verdad objetiva, en la verdad científica que la ley más alta de toda moral nos impone buscar y cuyos triunfos sobre la autoridad constituyen la gloriosa historia del espíritu humano?

Hans Castorp y Joachim se volvieron hacia Naphta, el primero más deprisa que el segundo. Naphta contestó:

—Tal triunfo no es posible, pues la autoridad es el hombre mismo: su interés, su dignidad, su felicidad... y entre esta autoridad y la verdad no puede haber conflicto. Se solapan.

—Según eso, la verdad será...

—Es verdadero lo que es beneficioso para el hombre. En el hombre está comprendida la naturaleza entera, sólo él fue creado auténticamente en toda la naturaleza, y toda la naturaleza fue creada sólo para él. El hombre es la medida de todas las cosas y su felicidad es el criterio de la verdad. Un conocimiento teórico que careciese de referencia práctica a la idea de felicidad del hombre estaría tan sumamente desprovisto de interés que no se le podría conceder el valor de ser verdadero y tendría que ser rechazado. Durante los siglos de hegemonía del cristianismo primó indiscutidamente la idea de que las ciencias naturales no tenían relevancia alguna para el hombre. Lactancio, a quien Constantino el Grande escogió como preceptor de sus hijos, preguntó abiertamente qué felicidad le garantizaría a él el hecho de saber dónde están las fuentes del Nilo o de conocer las conjeturas que los físicos hacían sobre el cielo.

¡Respóndale usted a eso! Si la filosofía platónica se ha preferido a cualquier otra es porque no tenía por objeto el conocimiento de la naturaleza, sino el conocimiento de Dios. Puedo asegurarle que la humanidad va en camino de volver a ese punto de vista y darse cuenta de que la misión de la verdadera ciencia no es perseguir descubrimientos inútiles, sino eliminar de base lo que resulta perjudicial o sencillamente insignificante para la idea, en una palabra: dar pruebas de instinto, mesura y buen criterio. Es pueril creer que la Iglesia ha querido defender las tinieblas frente a la luz. La Iglesia ha hecho muy bien en condenar un afán de conocimiento de las cosas «sin prejuicios», es decir: un conocimiento que prescinde de las referencias a lo espiritual y del objetivo de alcanzar la felicidad; y lo que ha sumido y sume al hombre en las tinieblas es, por el contrario, esa ciencia natural «sin prejuicios» y apartada de la filosofía.

—Basta con trasladar ese pragmatismo que enseña usted al terreno político —replicó Settembrini—, para ver con toda claridad lo pernicioso que es. De acuerdo, es bueno, verdadero y justo lo que es beneficioso para el Estado. Su felicidad, su dignidad, su poder... ése es su criterio moral. ¡Estupendo! Esto abre la puerta a todos los crímenes; en cambio, la verdad humana, la justicia individual y la democracia... ¡Quién sabe dónde quedan!

—Le invito a que piense con un poco de lógica —contestó Naphta—. Puede ser que Ptolomeo y la escolástica tengan razón, y que el mundo sea finito en cuanto al espacio y al tiempo. De ser así, la divinidad es trascendente, la oposición entre Dios y el mundo se mantiene, y, por lo tanto, también el hombre es un ser dual. El problema de su alma consistiría en el conflicto entre lo físico y lo metafísico, y todo lo social quedaría en un plano muy secundario. Ésta es la única forma de individualismo que me parece sostenible. O, por otro lado, puede ser que sus astrónomos renacentistas encontraran la verdad y que el universo sea infinito. En este caso, no hay ningún mundo suprasensible, no hay dualismo alguno. El más allá estaría integrado en el mundo real; la oposición entre Dios y la naturaleza se disolvería y, entonces, la individualidad humana dejaría de ser el lugar donde se enfrentan dos principios opuestos para convertirse en una unidad armoniosa. Por consiguiente, el conflicto interior del hombre tan sólo consistiría en el conflicto entre los intereses del individuo y los de la colectividad, lo que dictaría la ley moral sería el criterio de utilidad para el Estado, una idea enteramente pagana. Una cosa o la otra.

—¡Protesto! —exclamó Settembrini, estirando el brazo para tender la taza de té a su anfitrión—. Protesto contra esa insinuación de que el Estado moderno implica una especie de subyugación demoníaca del individuo. Protesto por tercera vez contra esa insultante disyuntiva entre el espíritu prusiano y la reacción gótica ante la cual pretende usted ponernos. La democracia no tiene otro sentido que el de consolidar un correctivo individualista frente a cualquier forma de absolutismo del Estado. La verdad y la justicia son las joyas de la corona de la moral individual y, en caso de conflicto con los intereses del Estado, incluso pueden adquirir la apariencia de fuerzas hostiles a él cuando, en realidad, persiguen algo más alto... ¡Digámoslo de una vez! El bien supraterrenal del Estado. ¡Decir que el Renacimiento es el origen de la idolatría del Estado! ¡Menuda lógica de tres al cuarto! Las conquistas, y mire que utilizo esta palabra en su sentido etimológico, las grandes conquistas del Renacimiento y la Ilustración, señor mío, se llaman individualidad, derechos humanos, libertad.

Los oyentes respiraron aliviados, pues habían contenido el aliento durante la gran réplica de Settembrini. Hans Castorp no pudo contenerse y dio un golpe con la mano sobre la mesa, aunque procuró hacerlo con disimulo. «¡Extraordinario!», dijo para sus adentros; y también Joachim se mostró muy satisfecho, a pesar de que el espíritu prusiano no hubiese salido muy bien parado. Los dos se volvieron hacia el contrincante que acababa de ser vencido, y Hans Castorp estaba tan impaciente que apoyó el codo en la mesa y la barbilla en el puño –igual que ante aquel reto de antaño de dibujar cerditos con los ojos cerrados– para mirar a Naphta a la cara desde muy cerca.

Éste permanecía callado y alerta, con las delgadas manos apoyadas en las rodillas. Un momento después, dijo:

–Intentaba introducir un poco de lógica en nuestra conversación y usted me responde con grandes términos. Claro que sabía que el Renacimiento dio a luz a lo que llamamos liberalismo, individualismo y humanismo burgués. Pero sus «sentidos etimológicos», eso me deja indiferente, pues la heroica edad de las conquistas, de sus ideales, ha quedado atrás hace mucho tiempo; esos ideales están muertos o, cuando menos, agonizantes, y los que han de darles el golpe de gracia ya están a las puertas. Usted se define, si no me equivoco, como un revolucionario. Pero si cree que el resultado de las revoluciones futuras será la libertad, se equivoca. El principio de la libertad ya se ha hecho realidad y se ha superado a lo largo de quinientos años. Una pedagogía que, aún en nuestros días, se considere hija de la Ilustración y fundamente sus recursos educativos en la crítica, la liberación y el culto al «yo», o en la eliminación de determinadas formas de vida que obedecen a criterios absolutos, una pedagogía semejante tal vez logre ciertos éxitos retóricos momentáneos, pero su carácter atrasado, obsoleto, es patente al entendido por encima de todo. Todas las instituciones educativas verdaderamente eficaces han sabido desde siempre lo que en realidad importa en la pedagogía: autoridad absoluta, disciplina de hierro, sacrificio, negación del «Yo» y violación de la individualidad. En último término, es muestra de un profundo desconocimiento de la juventud el creer que siente placer en la libertad. El placer más profundo de la juventud es la obediencia.

Joachim se puso firme. Hans Castorp se ruborizó. El señor Settembrini, inquieto, se retorcía los hermosos bigotes.

–No –prosiguió Naphta–, no son la liberación y expansión

del yo lo que constituye el secreto y la exigencia de nuestro tiempo. Lo que necesita, lo que está pidiendo, lo que tendrá es... el terror.

Había pronunciado esta última palabra más bajo que las anteriores, sin mover un solo músculo; únicamente los cristales de sus gafas habían lanzado un fugaz destello. Sus tres oyentes se estremecieron, hasta Settembrini, que inmediatamente volvió a recuperar la compostura sonriendo.

—¿Y se me permite saber —preguntó— quién o qué, según usted...?, ya ve que esto es una verdadera interrogante para mí, ni siquiera sé cómo he de preguntar... ¿quién o qué supone usted que encarnará ese... repito la palabra muy a mi pesar... terror?

Naphta permanecía callado, a la expectativa, con los ojos brillantes. Dijo entonces:

—Estoy a su disposición. No creo equivocarme al suponer que estamos de acuerdo en admitir un estado original e ideal de la humanidad, un estado sin organización social y sin violencia, un estado de unión directa de la criatura con Dios en el que no existían el poder ni la servidumbre, no existían la ley ni el castigo, ni la injusticia, ni la unión carnal, ni la diferencia de clases, ni el trabajo ni la propiedad; tan sólo la igualdad, la fraternidad y la perfección moral.

—Muy bien. Estoy de acuerdo —declaró Settembrini—. Estoy de acuerdo excepto en el punto de la unión carnal que, con toda evidencia, tuvo que producirse en algún momento, puesto que el hombre es un ser vertebrado altamente desarrollado y no es diferente de otros seres...

—Como quiera. Me limito a constatar que estamos básicamente de acuerdo en lo que se refiere a ese estado original y paradisíaco en que la humanidad vivió sin necesidad de justicia y en unión directa con Dios, estado que el pecado original comprometió. Creo que todavía podemos ir juntos un trecho más si entendemos el origen del Estado como un contrato social cerrado que, en respuesta a ese pecado, se establece para guardar al hombre de la injusticia, y si vemos también ahí el origen del poder soberano.

—*Benissimo* —exclamó Settembrini—. El contrato social... Eso es la Ilustración, Rousseau. No hubiera creído que...

—Permítame. Aquí se separan nuestros caminos. El hecho de que, originariamente, la totalidad del poder y la soberanía se encontrasen en manos del pueblo y de que éste transfiriese al Estado, al príncipe, su derecho a establecer y a hacer cumplir unas leyes, así como todo su poder, dio pie a la escuela que usted tanto defiende sobre todo, el derecho revolucionario del pueblo frente a la realeza. Nosotros, por el contrario...

«¿Nosotros? —se preguntó Hans Castorp intrigado—. ¿Quiénes somos "nosotros"? Más tarde he de preguntar a Settembrini a quién se refiere Naphta con la expresión "nosotros".»

—En cuanto a nosotros —continuó Naphta—, tal vez no menos revolucionarios que ustedes, hemos optado, desde siempre, por defender, en primera instancia, la supremacía de la Iglesia sobre el Estado. Pues, si el Estado no llevase escrito en la frente que no es divino sino humano, bastaría con referirse a ese mismo hecho histórico de que está cimentado en la voluntad del pueblo y no en el mandato divino, como es el caso de la Iglesia, para demostrar que, si no es directamente un producto del mal, al menos sí lo es de la miseria y de las carencias que trae consigo el pecado.

—El Estado, señor mío...

—Ya sé lo que piensa del Estado nacional. «El amor a la patria y la infinita sed de gloria pasan por encima de todo.» Ya lo dijo Virgilio. Usted lo rectifica un poco añadiéndole un matiz de individualismo liberal, la esencia de su relación con el Estado sigue siendo la misma en todo. No parece haberle afectado en nada la idea de que el alma de ese Estado sea el dinero. ¿O pretende discutírmelo? La Antigüedad era capitalista porque creía en el Estado. La Edad Media cristiana reconoció perfectamente el capitalismo inmanente al Estado laico. «El dinero será emperador» es una profecía del siglo once. ¿Niega usted que esto se haya hecho realidad literalmente y que, con ello, la vida se haya convertido en algo demoníaco sin remisión?

—Querido amigo, usted tiene la palabra. Estoy impaciente por que nos revele de una vez quién será el gran desconocido que encarnará el terror.

—Curiosidad más bien temeraria para el portavoz de una clase social que representa una forma de libertad que ha llevado el mundo a la decadencia. Puede usted ahorrarse la réplica, pues conozco bien la ideología política de la burguesía. Su objetivo es el imperio democrático, la elevación del principio del Estado nacional hasta un nivel universal: el Estado universal. ¿Y quién será el emperador de ese imperio? Ya lo conocemos. Su utopía es espantosa y, sin embargo, en este punto estamos de acuerdo, ya que, de algún modo, su República universal capitalista es trascendente, su Estado universal viene a ser la trascendencia del Estado laico; y estamos de acuerdo al creer que a un estado original perfecto de la humanidad le corresponde un estado final perfecto en el horizonte. Desde los días de san Gregorio Magno, fundador del Estado de Dios, la Iglesia ha considerado su deber conducir de nuevo al hombre a esa soberanía de Dios. El Papa no quiso hacerse con el poder para él mismo, sino que su dictadura, en calidad de representante de Dios en la tierra, no era más que el medio y el camino para alcanzar la salvación final, una forma de transición entre Estado pagano y el reino de los Cielos. Usted ha hablado a esos jóvenes de ciertas atrocidades cometidas por la Iglesia, de su intolerancia y sus terribles castigos, y ahí no ha estado nada acertado, pues es obvio que el fervor religioso bien entendido nunca puede ser pacifista; y fue el papa Gregorio quien dijo: «Maldito sea el hombre que contenga su espada ante la sangre». Ya sabemos que el poder es malo. Pero, para que ese reino llegue, la dicotomía entre el bien y el mal, entre el más allá y el mundo en que vivimos, entre el espíritu y el poder, debe ser eliminada temporalmente en un principio que reúna el ascetismo y el poder. Eso es lo que yo llamo la necesidad del terror.

—Pero ¿quién lo encarnará? ¿Quién será?

—¿Me lo pregunta? ¿Acaso escapa a su escuela de Manchester la existencia de una doctrina social que signifique la victoria del hombre sobre el economismo y cuyos principios y objetivos coincidan exactamente con los del reino cristiano de Dios? Los padres de la Iglesia califican «mío» y «tuyo» de palabras funestas, y la propiedad privada de usurpación y robo. Han condenado la propiedad porque, según el derecho natural y divino, la tierra pertenece a todos los hombres y, por consiguiente, produce sus frutos para beneficio general de todos. Han enseñado que sólo la codicia, fruto del pecado original, invoca los derechos de posesión y ha creado la propiedad privada. Han sido lo bastante humanos y enemigos del mercantilismo para considerar la actividad económica en general como un peligro para la salvación del alma, es decir: para la humanidad. Han odiado el dinero y los negocios monetarios y han dicho de la riqueza capitalista que alimenta las llamas del infierno. El principio fundamental de la doctrina económica, a saber, que el precio es el resultado del equilibrio entre la oferta y la demanda, ha sido profundamente despreciado por ellos, como también han condenado el hecho de aprovecharse de la coyuntura para explotar con cinismo la miseria del prójimo. Y aún hay una forma de explotación más criminal a sus ojos: la explotación del tiempo, ese delito que consiste en cobrar una prima por el mero transcurso del tiempo, es decir: los intereses, y abusar así, para ventaja de unos y a costa de otros, de una institución divina y universal para todos como es el tiempo.

—*Benissimo* —exclamó Hans Castorp que, en su entusiasmo, adoptó directamente la expresión de aprobación de Settembrini—. El tiempo... una institución divina y universal... ¡Qué pensamiento tan crucial!

—En efecto —continuó Naphta—. El espíritu de esos hombres considera repugnante la idea de un aumento automático del dinero, han calificado de usura todos los negocios relacionados con la especulación o los intereses del capital y han declarado que todo rico era o bien un ladrón o el heredero de un ladrón. Han ido aún más lejos. Han llegado a sostener, como santo Tomás de Aquino, que el comercio en general, el mero negocio, o sea: la compra y la venta que proporciona un beneficio sin transformación ni mejora alguna del objeto de tales operaciones, es un oficio vergonzante. No se inclinaban a valorar el trabajo como tal, pues no es más que un asunto ético y no religioso, y se realiza en servicio de la vida y no en servicio de Dios. Así pues, en cuestiones que únicamente afectaban a la vida y a la economía, exigían que una actividad productiva fuese entendida como condición de toda ventaja económica y la medida de la honorabilidad. Eran honrosas a sus ojos las labores del campesino y del artesano, pero no la actividad del comerciante ni del industrial, pues querían que la producción se adaptase siempre a las necesidades y sentían horror por la producción a gran escala. Todos esos principios y esa escala de valores económicos han resucitado, después de siglos de marginación, en el moderno movimiento del comunismo. Coinciden por completo, hasta en la concepción de la soberanía, que reivindica el trabajo internacional frente al imperio del comercio y la especulación internacionales: el proletariado mundial, que ahora opone la humanidad y los criterios del Estado de Dios a la degeneración burguesa y al capitalismo. La dictadura del proletariado, esa condición de la salvación política y económica de nuestro tiempo, no tiene el sentido de una soberanía por la soberanía misma y de validez eterna, sino el de una solución provisional del conflicto entre el espíritu y el poder bajo el signo de la cruz, el sentido de una superación del mundo terrenal a través del poder sobre el mundo, el sentido de una transición, de la trascendencia, el sentido del reino de Dios. El proletariado ha hecho suya la doctrina de san Gregorio Magno, en él se ha renovado su fervor religioso y, como también dijera el santo, no podrá apartar sus manos de la sangre. Su misión es instituir el terror en aras del bien del mundo y de alcanzar la salvación última: la vida en Dios sin Estado ni clases sociales.

Tal fue el radical discurso de Naphta. El grupo permaneció en silencio. Los jóvenes miraron a Settembrini. Era él quien debía reaccionar. Y dijo:

—¡Sorprendente! Ciertamente debo admitir que estoy conmocionado, no esperaba nada parecido. *Roma locuta*. ¡De qué manera! ¡Y de qué manera se ha expresado! Aquí mismo, ante nuestros ojos, acaba de dar un salto mortal hierático, si me permiten la expresión, y si ven una contradicción en este epíteto, es obvio que también queda «provisionalmente resuelta». ¡Ah, sí! Lo repito: es sorprendente. ¿Cree, profesor, que se le puede poner alguna objeción, aunque sólo sea desde el punto de vista de la lógica? Para empezar, ha tratado de hacernos comprender un individualismo cristiano basado en la dualidad entre Dios y el mundo, para luego demostrarnos su primacía sobre toda moral determinada por la política. Pocos minutos después proclamaba el socialismo hasta el extremo de la dictadura y del terror. ¿Cómo puede compaginar esas cosas?

—Las contradicciones —dijo Naphta— pueden conciliarse. Sólo las mediocridades y las medias verdades son imposibles de conciliar. El individualismo que defiende usted, como ya he dicho antes, es una de esas medias tintas, un compromiso, una concesión. Mejora algo la moral pagana del Estado con un matiz cristiano, con un poco de «derecho del individuo», con un poco de eso que llama libertad. Eso es todo. Por el contrario, un individualismo que parte de la importancia cósmica, de la importancia astrológica del alma del individuo, que entiende lo humano no como un conflicto entre el yo y la sociedad, sino como un conflicto entre el yo y Dios, entre la carne y el espíritu, un individualismo semejante, verdadero, es perfectamente compatible con la más estrecha idea de comunidad.

—Un individualismo anónimo y colectivo... —dijo Hans Castorp.

Settembrini le miró con los ojos como platos.

—Cállese, ingeniero —ordenó con una severidad que había que atribuir al nerviosismo y la tensión a que se encontraba expuesto—. Instrúyase, pero no produzca. Eso es una respuesta —añadió, volviéndose de nuevo hacia Naphta—. Me consuela poco, pero es una respuesta. Analicemos todas sus consecuencias... Con la industria, el comunismo cristiano reniega de la técnica, las máquinas y el progreso. Al rechazar lo que usted llama la actividad comercial, el dinero y los negocios monetarios a los que la Antigüedad concedió una categoría muy superior a la agricultura y la artesanía, también está negando la libertad. Pues salta a la vista que, por ese camino, como sucediera en la Edad Media, todas las relaciones privadas y públicas estarían estrechamente vinculadas a la tierra, a la posesión de tierras; y también... me cuesta decirlo: la individualidad. Si la tierra, el suelo, es lo único que proporciona el alimento, también será lo único que conceda la libertad. Los artesanos y campesinos, por honorables que puedan ser, no poseen suelo y, por tanto, son siervos de quienes sí lo poseen. En efecto, hasta muy avanzada la Edad Media, la gran masa de la población, incluso en las ciudades, se componía de siervos. En el curso de nuestra conversación ha dejado caer usted ciertos comentarios sobre la dignidad humana. Sin embargo, defiende una moral económica que comprende directamente la servidumbre y la falta de dignidad de la persona.

—Se podría discutir sobre la dignidad y la falta de dignidad —replicó Naphta—. Aunque, para comenzar, me daré por satisfecho si estos mis argumentos le llevan a ver la libertad no como un bello gesto, sino como un problema. Usted constata que la moral económica cristiana, con toda su belleza y su humanidad, implica la servidumbre. Yo, por mi parte, me doy cuenta de que la causa de la libertad, la causa de las unidades, por formularlo de un modo más concreto, aun siendo como es siempre una causa altamente moral, está vinculada históricamente a la degeneración más inhumana de la moral económica, a todos los horrores del comercio y la especulación modernos, al demoníaco imperio del dinero, del negocio por encima de todo.

—He de destacar que no se escuda usted en las dudas y antinomias, sino que se confiesa claro y convencido partidario de la más oscura de las reacciones.

—El primer paso hacia la verdadera libertad y la verdadera humanidad es vencer ese vacilante temor a la idea de «reacción».

—Bueno, basta ya —exclamó Settembrini con una voz algo temblorosa, apartando su taza y su plato, que, por cierto, estaban vacíos, y levantándose del sofá tapizado de seda—. Es suficiente por hoy, es suficiente para un día, según me parece. Profesor, le damos las gracias por su deliciosa merienda y por esta conversación tan espiritual. Mis amigos del Berghof deben ir a su cura de reposo, y yo desearía enseñarles mi buhardilla antes de que se marchen. ¡Vengan, señores! *Addio, padre!*

Ahora había llamado a Naphta «padre». Hans Castorp tomó nota de ello arqueando las cejas. Los primos dejaron que Settembrini tomase la iniciativa en las despedidas y decidiese por ellos, sin preguntar a Naphta si quería unirse al grupo. Los jóvenes también dijeron adiós muy agradecidos y fueron invitados a volver. En tanto se marchaban con el italiano, Naphta prestó a Hans Castorp la obra *De miseria humana conditionis*, un volumen encuadernado en cartón, harto polvoriento y mohoso. El avinagrado Lukacek seguía sentado ante la mesa, cosiendo el vestido con mangas destinado a la vieja, cuando pasaron por delante de su puerta en dirección a la escalera que conducía a la buhardilla. En realidad, no llegaba a ser un piso entero. Era un simple desván, con las vigas desnudas, y en él se respiraban una desahogada atmósfera de granero y un olor a madera caliente. No obstante, aquel desván tenía dos departamentos y en ellos se alojaba el capitalista republicano: servían de estudio y de dormitorio al brillante humanista consagrado a la *Sociología del sufrimiento*.

Con desenfado, se los mostró a sus jóvenes amigos y calificó su pequeño apartamento de acogedor e íntimo, a fin de sugerirles las palabras exactas de que podían servirse para elogiarlo, lo cual, en efecto, hicieron de común acuerdo.

Era ciertamente encantador —opinaron ambos—, muy acogedor e íntimo, tal como había dicho el italiano. Lanzaron una mirada al mínimo dormitorio, ubicado en la parte abuhardillada y que constaba de una cama muy estrecha y corta, con una alfombrita hecha de retazos a los pies, y luego pasaron de nuevo al gabinete de trabajo, que estaba amueblado con parquedad y, a la vez, con un orden que denotaba un gran rigor, cuando no incluso frialdad. Cuatro sillas pesadas y anticuadas, con asiento de enea, se alineaban simétricamente a ambos lados de la puerta, y también el canapé estaba pegado a la pared, de manera que quedaba huérfana en medio de la habitación la mesa redonda, cubierta con un tapete verde, sobre la que había una frasca de agua tapada con un vaso, quizá de adorno o quizá para beber realmente pero, en cualquier caso, de lo más austero.

En un pequeño estante se veía una hilera de libros, encuadernados o en rústica, apoyados unos en otros y algo ladeados; delante del ventanuco abierto, un atril plegable, ligero y de patas altas, y en el suelo una alfombra de grueso fieltro, con el tamaño justo para colocar los pies y apoyarse en el atril. Allí mismo se situó Hans Castorp a modo de prueba —en el mismísimo lugar de trabajo de Settembrini, allí donde éste trataba la literatura desde la perspectiva del sufrimiento humano—, apoyó los codos en el tablero inclinado y manifestó que, desde luego, aquel también era un rincón acogedor e íntimo. Así se imaginaba él al padre de Lodovico en Padua, de pie en su atril, con aquella nariz larga y fina... y se enteró de que, efectivamente, aquel era el atril del difunto erudito, como también habían sido suyas las sillas de enea, la mesa e incluso la frasca de agua, es más: las sillas de enea habían pertenecido ya al abuelo *carbonaro* y amueblado su despacho de abogado en Milán. Era impresionante. La fisonomía de las sillas adquiría ahora un aspecto político y revolucionario a los ojos de los jóvenes; Joachim abandonó la silla en la que se había sentado inocentemente, la miró con desconfianza y no se volvió a sentar.

Hans Castorp, en cambio, de pie delante del pupitre del abuelo Settembrini, pensaba en el nieto que ahora aunaba el humanismo del padre con la política del abuelo en la literatura. Luego, los tres se marcharon. El escritor se había ofrecido a acompañar a los primos hasta el sanatorio.

Permanecieron en silencio durante un trecho del camino, pero aquel silencio hablaba de Naphta, y Hans Castorp no tenía más que esperar, estaba seguro de que Settembrini acabaría hablando de su compañero y sabía que les había acompañado con ese objeto. No se equivocaba. Después de un suspiro que, al mismo tiempo le sirvió para tomar aliento, el italiano comenzó diciendo:

—Señores, desearía prevenirles...

Como hizo una pausa, Hans Castorp preguntó con fingida sorpresa:

—¿De qué? —Y también hubiese podido preguntar: «¿De quién?». Pero prefirió esa fórmula impersonal para hacerse el inocente, si bien incluso Joachim se dio perfecta cuenta de la estratagema.

—Del individuo que acabamos de visitar —contestó Settembrini— y a quien tuve que presentarles contra mi voluntad y mis intenciones. Ustedes saben que fue fruto de la casualidad, y que no pude evitarlo, pero me siento responsable y esa responsabilidad me pesa. Mi deber es, cuando menos, advertirles de los peligros que corren sus jóvenes espíritus al tratar con este hombre y rogarles que mantengan dicho trato dentro de los límites de lo sensato. La lógica es su forma, pero su esencia es la confusión.

Hans Castorp admitió que era verdad y que, en efecto, él no se había sentido del todo cómodo con Naphta, pues sus palabras a veces eran un poco extrañas; casi parecía haber dicho que el Sol giraba alrededor de la Tierra. No obstante, ¿cómo iban ellos a imaginar que era imprudente relacionarse con un amigo del señor Settembrini? Él mismo acababa de decir que habían conocido a Naphta por mediación suya, que él mismo solía pasear en su compañía e iba a tomar el té a su casa. Todo eso demostraba, entonces, que...

—Seguramente, ingeniero, seguramente. —Y la voz de Settembrini sonaba dulce y resignada a pesar de que la traicionaba un ligero temblor—. No le falta a usted razón al hacerme esas objeciones. Con gusto le daré las explicaciones que desee. Vivo bajo el mismo techo que ese caballero y es difícil no coincidir con él, una palabra trae otra y se traba amistad. Naphta es un hombre con la cabeza muy bien amueblada, algo poco frecuente. Le gusta hablar y debatir, y yo también soy así. Que me condene quien quiera, pero yo no dejo pasar ninguna ocasión de batirme en duelo de ideas cuando encuentro un contrincante a mi altura. No tengo a nadie en millas y millas a la redonda... En una palabra, es cierto: voy a su casa, él viene a la mía y paseamos juntos y discutimos. Peleamos a muerte, casi a diario, pero reconozco que el atractivo de nuestra relación se halla precisamente en el tremendo choque de nuestras ideas. Necesito esa fricción. Las convicciones no perviven si no tienen ocasión de luchar, y yo, por mi parte, tengo sólidas convicciones. En cambio ustedes, ¿cómo podrían decir lo mismo de las suyas? ¿Usted, teniente, o usted, ingeniero? Ustedes están desarmados ante semejante despliegue de trampas intelectuales, están expuestos al peligro de sufrir en su espíritu y en su alma las terribles consecuencias de esa rabulística medio fanática y medio perversa.

Hans Castorp lo admitió: sin duda, su primo y él eran susceptibles de ser influenciados por alguien así. Settembrini tenía su razón al hablar de los niños mimados por la vida, lo comprendía. Sin embargo, a eso se podía oponer la máxima de Petrarca, el señor Settembrini sabía a cuál se refería; y, de todos modos, era interesante oír lo que el señor Naphta había expuesto. Había que ser justo: su opinión sobre el tiempo comunista, por cuyo transcurso nadie podía cobrar una prima, había sido verdaderamente notable, y también le habían interesado muchísimo ciertas observaciones sobre la pedagogía que, sin duda, nunca habría oído de no haber sido por Naphta...

Settembrini frunció los labios, y Hans Castorp se apresuró a añadir que él se abstenía de tomar partido y que simplemente había considerado interesante lo que Naphta había dicho sobre el placer más profundo de la juventud.

—Explíqueme una cosa de una vez por todas –continuó diciendo–. Ese señor Naphta, digo «ese señor» para subrayar que no simpatizo precisamente con él, sino que, por el contrario, siento grandes reservas hacia su persona...

—¡Y hace pero que muy bien! —exclamó Settembrini, agradecido.

—Ese señor Naphta ha hablado mucho en contra del dinero, del alma del Estado, y de la propiedad privada que, según él, es una forma de robo; en resumen, se ha mostrado contrario a la riqueza capitalista, de la que ha dicho, según creo haber entendido, que alimenta el fuego del infierno, y ha alabado con sumo entusiasmo la condena de la usura en la Edad Media. Y, al mismo tiempo, él mismo... Perdóneme, pero me parece que ese hombre tiene que ser... Bueno, es una verdadera sorpresa entrar en su casa. Toda esa seda...

—Sí, sí –dijo Settembrini sonriendo–, sus gustos son muy característicos.

—... esos preciosos muebles antiguos —recordó Hans Castorp en voz alta–, la *Pietà* del siglo catorce..., la lámpara veneciana..., el joven criado de librea..., el abundante brazo de chocolate..., tiene que ser un hombre muy...

—El señor Naphta —contestó Settembrini— es tan poco capitalista como yo.

—¿Cómo puede ser eso, señor Settembrini? —preguntó Hans Castorp—. Eso merece una explicación.

—Ésos no dejan que los suyos mueran de hambre.

—¿«Ésos»?

—Esos padres.

—¿Padres? ¿Qué padres?

—¡Sí, ingeniero, me refiero a los jesuitas!

Reinó un momento de silencio. Los primos manifestaron la más viva sorpresa y Hans Castorp exclamó:

—¡Será posible...! ¡Qué diablos! ¿Ese hombre... es un jesuita?

—Lo ha adivinado —murmuró Settembrini con cierta ironía.

—No, no, jamás lo hubiera imaginado... ¿Por eso le ha llamado «padre»?

—Era una pequeña exageración de cortesía —replicó Settembrini—; el señor Naphta no es «padre» propiamente dicho; la enfermedad no le permitió alcanzar ese grado. Pero llegó a hacer el noviciado y a pronunciar los primeros votos. La enfermedad le obligó a interrumpir sus estudios de teología. Luego pasó unos años como prefecto en una casa de la orden, es decir, sirvió como preceptor lego o supervisor de los jóvenes novicios. Una labor muy acorde con sus inclinaciones pedagógicas. Aquí puede hacer algo similar enseñando latín en el *Fridericianum*. Vive aquí arriba desde hace cinco años y no se sabe cuándo podrá abandonar este lugar, si es que lo hace alguna vez. Pero es miembro de la orden y, aunque estuviese unido a ella por un lazo todavía más débil, no le faltaría nada. Ya les he comentado que de por él es pobre, quiero decir que no posee nada. Naturalmente, ésas son las normas. La orden, sin embargo, dispone de riquezas inmensas y cuida bien de los suyos, como han podido ver.

—¡Demonios! —murmuró Hans Castorp—. ¡Y yo que no sabía nada y que me he creído que todavía hay gente que vive así! ¡Un jesuita! ¡Claro! Pero dígame una cosa: si está tan bien respaldado y mantenido por su gente, ¿por qué diablos vive ahí? No quiero decir nada de su alojamiento, señor Settembrini, entiéndame. Usted está muy bien instalado en casa de Lukacek, está tan a gusto en su buhardilla, tan acogedora y con tanta intimidad. Pero me refiero a que, si Naphta dispone de semejantes recursos, ¿por qué no vive en una casa mejor, con más presencia, con una entrada en condiciones y habitaciones espaciosas, en un edificio distinguido? No deja de resultar bastante misterioso y extravagante; instalado en ese agujero, con esas sedas por todas partes...

Settembrini se encogió de hombros.

—Debe de ser una cuestión de tacto y de gusto lo que ha determinado su elección. Supongo que tranquiliza su conciencia anticapitalista vivir en las habitaciones de un pobre, así no tiene que plantearse cómo vive en ellas. Y también debe de ser cuestión de discreción. No se debe alardear de lo bien cubiertas que tiene uno las espaldas... ¡por el demonio! Más vale ocultarse tras una fachada poco aparente y desplegar sus eclesiásticos gustos por el lujo y las sedas de puertas adentro...

—¡Es curiosísimo! —exclamó Hans Castorp—. Es una experiencia absolutamente nueva y emocionante para mí, lo confieso. Debemos estarle muy agradecidos por habérnoslo presentado, señor Settembrini. Creo que volveré a verle con frecuencia, puede estar seguro de ello. Una relación así amplía el horizonte de una manera insospechada y le abre a uno los ojos a un mundo cuya existencia ni siquiera imaginaba. ¡Un auténtico jesuita! Por cierto, cuando digo «auténtico» me viene a la cabeza otra cosa que quería preguntarle: ¿es muy ortodoxo? Ya sé que usted piensa que no hay ortodoxia posible cuando se tienen las espaldas cubiertas por el diablo. Pero lo que quería preguntar era lo siguiente: ¿Es ortodoxo su pensamiento como jesuita? Eso es lo que me intriga, porque ha dicho una serie de cosas, ya sabe a las que me refiero, sobre el comunismo moderno y sobre el fervor del proletariado, el cual no debe contener sus manos a la hora de derramar sangre, que... en fin, unas cosas que hacen que su abuelo el revolucionario parezca un corderito a su lado, y perdóneme usted la expresión. ¿Es posible que piense de ese modo? ¿Lo aprobarían sus superiores? ¿Es eso compatible con la doctrina romana a favor de la cual se supone que intriga la orden de los jesuitas en el mundo entero, según tengo entendido? ¿No es... cómo se dice... herético, heterodoxo, incorrecto? Me asaltan las dudas respecto a Naphta y me gustaría saber lo que piensa usted.

Settembrini sonrió.

—Es muy sencillo. El señor Naphta es, en efecto y en primera instancia, jesuita; un jesuita convencido en todos los aspectos. Pero, en segundo lugar, es un hombre de talento, de lo contrario no buscaría yo su compañía; y como tal, busca nuevas combinaciones, adaptaciones, relaciones entre las cosas y variaciones acordes con la época. Usted ha visto que yo mismo me he sorprendido muchísimo con sus teorías. Nunca se había expresado tan abiertamente estando conmigo. Me he servido del estímulo que constituía la presencia de ustedes dos para incitarle a decir su última palabra sobre ciertos temas. Y ha sido bastante chocante, espeluznante incluso...

—Sí, sí. Pero ¿por qué no llegó a ser sacerdote? Tiene edad suficiente.

—¿No le he dicho que fue la enfermedad lo que se lo impidió en su momento?

—Ya, pero ¿no cree usted que si, en primer lugar, es jesuita y, en segundo, un hombre de talento que hace «combinaciones de ideas»... no cree que esa segunda cualidad, añadida, tiene algo que ver con la enfermedad?

—¿Qué insinúa?

—No, no, señor Settembrini. Lo único que quiero decir es que tiene una lesión, un foco húmedo que le impidió ser sacerdote; pero sus «combinaciones» también se lo habrían impedido y, por consiguiente, en cierto modo las «combinaciones de ideas» y la lesión pulmonar guardan una relación. A su manera, también es un «niño mimado por la vida», un *joli jésuite* con una *petite tache humide*.

Habían llegado al sanatorio. Antes de separarse se detuvieron un rato en la explanada de delante del edificio, formando un pequeño grupo, mientras los pacientes que vagaban en torno a la puerta les contemplaban.

Settembrini dijo:

—Una vez más, mis jóvenes amigos, les prevengo. No puedo impedir que cultiven una amistad que acaban de hacer si se sienten movidos por la curiosidad. Ahora bien, escúdense en la desconfianza y guarden bien su corazón y su alma, no dejen nunca de oponer una resistencia crítica a ese hombre. Se lo definiré en una sola palabra: ¡es un voluptuoso!

Los rostros de los primos cambiaron de expresión. Luego Hans Castorp preguntó:

—¿Un qué...? ¿Qué dice usted? ¡Si es un religioso! Por lo que sé, para ordenarse se pronuncian ciertos votos y, además, un hombre tan delgaducho y frágil...

—Qué necio es usted, ingeniero —contestó Settembrini—. Eso no tiene nada que ver con el cuerpo, y en lo que se refiere a los votos, siempre hay excepciones. Yo hablaba en un sentido más amplio y espiritual que confiaba en que usted captaría. ¿Se acuerda del día en que fui a verle a su habitación? Ha pasado mucho tiempo. Usted guardaba cama porque acababa de ingresar como paciente.

—Por supuesto... Entró al caer la tarde y encendió la luz de golpe. Parece que fuera ayer...

—Bien. Aquel día, como gracias a Dios todavía hacemos a menudo, llegamos a hablar de asuntos elevados. Creo que hablamos de la muerte y de la vida, de la dignidad de la muerte por ser ésta una condición y una parte integrante de la vida; y así como del carácter grotesco que adquiere cuando el espíritu comete el espantoso error de concebirla como un principio aislado. Señores míos —continuó Settembrini, acercándose a los dos jóvenes con gesto amenazador: estirando hacia ellos el pulgar y el corazón de la mano izquierda, a modo de tenedor, y meneando el índice de la derecha—. ¡Tengan presente que el espíritu es soberano, que su voluntad es libre y que determina el universo moral! Si cae en la dualidad y concibe la muerte como elemento aislado, dicha voluntad del espíritu la convierte también en una fuerza propia, una fuerza real, de hecho, como se dice en latín: *actu*, ya me entienden; una fuerza opuesta a la vida, un principio negativo; la convierte en la mayor perversidad y su reino es el reino de la voluptuosidad. Me preguntarán: ¿por qué de la voluptuosidad? Y yo les contesto: porque la muerte desata y libera, porque la muerte es liberación, pero no liberación del mal, sino liberación maligna. Libera del peso de las costumbres y de la moral, libera de la disciplina y del decoro, libera todo en aras del placer. Si les prevengo contra ese hombre que conocen ustedes por mí aunque contra mi voluntad, si les exhorto a que, cuando conversen con él, se mantengan críticos y con el corazón frío, es porque todos sus pensamientos son de naturaleza voluptuosa, ya que se escudan en la idea de la muerte. Y la muerte es un poder de los más perversos, como ya le dije en cierta ocasión, ingeniero, y recuerdo perfectamente mis palabras, pues siempre recuerdo las expresiones acertadas y contundentes que he tenido ocasión de formular. Es una fuerza que atenta contra la civilización, el progreso, el trabajo y la vida, y considero el más noble deber de los educadores el proteger a los jóvenes de su mefítico aliento.

No había nadie que hablase tan bien, con tanta claridad y tanta elegancia como Settembrini. Hans Castorp y Joachim Ziemssen le dieron cordialmente las gracias por sus palabras, se despidieron de él y subieron por la cuesta del Berghof, mientras el italiano se dirigía de nuevo hacia su pupitre, un piso por encima del lujoso estudio de Naphta.

Hemos referido el transcurso de la primera visita de los primos en casa de Naphta. A ésta siguieron otras dos o tres —una de ellas incluso en ausencia de Settembrini—; y también esas visitas alimentaban las reflexiones de Hans Castorp cuando ese ser superior llamado *homo Dei* se le aparecía en sus ensoñaciones en el florido rincón azul al que se retiraba y en el que «gobernaba».

CÓLERA. UN MOMENTO REALMENTE PENOSO

Así pues, llegó el mes de agosto y entre sus primeros días se esfumó el aniversario de la llegada de nuestro héroe al mundo de allá arriba. Era una alegría que ya hubiese pasado, pues el joven Hans Castorp había visto cómo se aproximaba con cierta inquietud. Solía sucederle a todo el mundo. No gustaban los aniversarios de llegada, no les prestaban atención ni los internos que cumplían su primer año ni los que llevaban allí ya varios; y, mientras que no se dejaba pasar ni la más nimia ocasión de celebrar algo y brindar por algo, mientras que aquellas fechas señaladas que marcaban el ritmo y el gran pulso del año, a las que se sumaba el mayor número posible de eventos personales y coyunturales —cumpleaños, consultas generales, despedidas (con alta médica o sin ella) y toda suerte de efemérides—, se festejaban con dulces y descorchando botellas de champán en el comedor, los aniversarios de llegada eran ignorados en silencio, se dejaban pasar sin más, se hacía como que se olvidaban, confiando en que los demás tampoco tuvieran muy presente de qué fecha se trataba.

Por supuesto que se daba importancia a la subdivisión del tiempo; se observaba el calendario, el ciclo de las estaciones, el retorno de cosas externas. Ahora bien, medir y contar el tiempo individual —el tiempo, que para cada uno de los de allí arriba era algo estrechamente unido al espacio— era cosa de los principiantes y de los que estaban de paso; los veteranos vivían al margen de toda medida, en la eternidad de cada día, en el día eternamente repetido; y cada uno, con gran sensibilidad, daba por supuesto que los demás cultivaban el mismo deseo que él. Se hubiera considerado una brutal falta de tacto recordarle a alguien que llevaba tres años allí. Tales cosas no sucedían jamás. La misma señora Stöhr, con todas sus salidas de tono, mostraba gran educación y delicadeza en este sentido, nunca hubiese cometido tal incorrección. Era evidente que en ella se unían la enfermedad, el estado febril y una ignorancia supina. Por ejemplo, hacía poco, en la mesa, había hablado de la «afectación» de sus pulmones, y, otro día que la conversación versaba sobre conocimientos de historia, había soltado que las fechas históricas, por desgracia, eran su «anillo de Polícrates», lo cual también había dejado a sus vecinos un tanto estupefactos. Sin embargo, era impensable que fuese a recordarle al joven Ziemssen que en febrero era el aniversario de su llegada, a pesar de que ella, probablemente, se hubiese acordado. Porque su cabeza de chorlito estaba llena de fechas y de cosas inútiles, y le gustaba hacer las cuentas del tiempo que llevaban allí los demás; pero la costumbre del lugar la mantenía callada.

Así ocurrió también en el aniversario de la llegada de Hans Castorp. Cierto es que, durante la comida, había intentado guiñarle un ojo en señal de complicidad una vez, pero como se había encontrado con una cara inexpresiva, se había apresurado a batirse en retirada. Joachim también había guardado silencio, a pesar de que recordaba perfectamente el día en que había ido a la estación de Davos Dorf a recibir a su primo que venía a visitarle. Claro que Joachim, parco en palabras por naturaleza —muy distinto de Hans Castorp, o al menos del Hans Castorp que había salido a la luz allí arriba, por no hablar de los humanistas y charlatanes que habían tenido ocasión de conocer—, cultivaba últimamente un mutismo muy particular y llamativo, y no se expresaba más que con monosílabos, aunque su rostro lo decía todo. Era evidente que él asociaba a la de la estación de Dorf otras imágenes muy distintas de las llegadas y la espera de visitantes... Mantenía una activa correspondencia con el mundo de allá abajo. Ciertas decisiones iban madurando en su interior. Ciertas disposiciones que había iniciado tocaban a su fin.

El mes de julio había sido cálido y alegre. Sin embargo, a principios del nuevo mes, el tiempo se tornó desapacible, reinaban la humedad, la niebla y el aguanieve; luego llegaron las nevadas propiamente dichas y este tiempo, interrumpido por algún bello día de verano, duró hasta pasado el mes, hasta bien entrado septiembre. Al principio, las habitaciones conservaban el calor del período estival que había precedido; el termómetro marcaba diez grados, lo cual se consideraba bastante agradable. Pero pronto fue haciendo más y más frío, y todo el mundo se puso muy contento de ver caer la nieve sobre el valle, ya que sólo esto —la baja temperatura no hubiera tenido consecuencia alguna— decidió a la administración a encender la calefacción, primero en el comedor y luego en las habitaciones; y así, cuando uno entraba en su cuarto después de hacer la cura en la terraza y desembarazarse de las dos gruesas mantas, podía poner las manos húmedas y rígidas sobre los radiadores calientes, cuyo vaho seco, por otra parte, aumentaba aún más el ardor de las mejillas.

¿Acaso había llegado ya el invierno? Los sentidos no podían evitar esa impresión, y todos se lamentaban de que «les habían dejado sin verano», cuando, en el fondo, cada cual era responsable de que el verano se hubiera escapado de sus manos por desperdiciar el tiempo alegremente, tanto en un sentido externo como interno, movido por las circunstancias, naturales o artificiales. La razón aseguraba que todavía vendrían hermosos días de otoño; que incluso vendría una serie entera de ellos, y que serían de un esplendor tan maravilloso que hasta se les podría honrar con el nombre de veraniegos (siempre que no se tuviera en cuenta que el sol ahora estaba mucho más bajo y que, por lo tanto, se ponía mucho antes). En cualquier caso, los efectos de ese paisaje invernal sobre el estado de ánimo eran más fuertes que todos los consuelos. Había quien se colocaba delante de la puerta cerrada de la terraza y contemplaba con repugnancia aquellos torbellinos de nieve. Era Joachim; y con voz angustiada, dijo:

—¿Ya está aquí otra vez?

Hans Castorp contestó detrás de él:

—Sería demasiado pronto, esto no puede ser definitivo... Aunque, en realidad, tiene un aspecto espantosamente definitivo. Si el invierno es sinónimo de oscuridad, nieve, frío y radiadores calientes, entonces ha llegado, no se puede negar. Y, pensando que acabamos de salir del invierno, que apenas ha pasado el deshielo (al menos a nosotros nos parece que acabamos de salir de la primavera), uno se puede sentir descorazonado por momentos, lo admito. Eso puede afectar a nuestra alegría de vivir. Deja que te explique. Quiero decir que el mundo suele estar organizado en función de las necesidades del hombre y de lo que más fomenta su alegría de vivir, admitámoslo. No quiero llegar tan lejos como para afirmar que el orden natural, por ejemplo, el tamaño de la Tierra, el tiempo que invierte en girar sobre sí misma y alrededor del Sol, el ciclo de los días y de las estaciones; el ritmo cósmico, si así lo prefieres, está calculado en función de nuestras necesidades, pues eso sería tan arrogante como estúpido, sería una visión teleológica, como dicen los filósofos. Sin embargo, no deja de ser cierto también que nuestras necesidades, gracias a Dios, están en armonía con los fenómenos generales y fundamentales de la naturaleza. Y digo gracias a Dios porque es verdaderamente una ocasión para alabar a Dios, pues cuando allá abajo llegan el verano o el invierno, ya han pasado hace tanto tiempo el invierno y el verano anteriores que vuelven a ser bienvenidos, y en eso se basa la alegría con que los vivimos. Aquí arriba, en cambio, ese orden y esa armonía están trastocados, en primer lugar porque aquí no hay estaciones reales, como tú mismo señalaste un día, sino únicamente días de verano y días de invierno, juntos y revueltos, y, en segundo lugar, porque el tiempo que transcurre aquí no es tiempo, con lo cual el invierno que llega no es un invierno nuevo, es el mismo de siempre, y esto explica el desagrado con que miras por la ventana.

—Muchas gracias —dijo Joachim—, y ahora que me lo has explicado, estás tan satisfecho que, creo yo, incluso estás contento del hecho en sí, a pesar de que... ¡Pues no! —añadió Joachim—. ¡Se acabó! ¡Es una canallada! ¡Todo esto es una tremenda y asquerosa canallada! Y si tú, por tu parte... Yo...

Y salió de la habitación con paso firme, incluso dio un portazo, y si los signos no engañaban, sus bellos y dulces ojos se habían llenado de lágrimas.

Su primo quedó muy contrito. No había tomado demasiado en serio ciertas decisiones de su primo, en tanto éste las había presentado en forma de amenazas verbales. No obstante, ahora que Joachim ya no decía nada si no era a través de la expresión de su rostro y se comportaba como acababa de hacerlo, Hans Castorp sintió miedo porque comprendía que aquel Joachim era el militar capaz de entrar en acción; palideció de miedo... miedo por ambos, por él mismo y por su primo. «*Fort possible qu'il aille mourir*», pensó, y como, sin duda, ésta era una verdad de tercera mano, comenzó a atormentarle también una vieja sospecha jamás confirmada al tiempo que barruntaba: «¿Será posible que me deje solo aquí arriba, a mí, que no vine más que para visitarle? —Y siguió—: Sería aberrante y espantoso... Sería tan aberrante y espantoso que siento cómo se me hiela el rostro y se me desboca el corazón, pues si me quedo solo aquí arriba, y es lo que ocurrirá si se marcha, ya que está totalmente descartado que yo le acompañe... y si eso pasa... Ahora creo que se me ha parado el corazón... Si me quedo, entonces será para siempre, pues yo solo jamás lograré encontrar el camino de regreso al mundo de allá abajo...».

Hasta aquí las estremecedoras conjeturas de Hans Castorp. Esa misma tarde habrían de confirmarse sus temores para el futuro; Joachim expuso abiertamente sus intenciones; la suerte estaba echada, había llegado la hora de la decisión.

Después del té, bajaron al sótano que no era un sótano para el examen médico mensual. Corrían los primeros días de septiembre. Al entrar en la consulta, con aquel aire enrarecido que la caracterizaba, encontraron al doctor Krokovski sentado en su sitio, en el escritorio, mientras el doctor Behrens, más azulado que otras veces, estaba apoyado en la pared con los brazos cruzados y sostenía en una mano el estetoscopio, con el que se golpeaba el hombro. Bostezó mirando al techo.

—Muy buenas, muchachos —dijo en un tono apagado, como en general se mostró bastante deprimido, melancólico y hastiado de todo.

Probablemente había estado fumando. Aunque quizá también tuviera que ver en su estado de ánimo un disgusto del que ya habían oído hablar los primos, incidencias internas del sanatorio de naturaleza harto conocida: una tal Ammy Nölting —una joven que había ingresado en el Berghof por primera vez hacía dos otoños y recibido el alta médica nueve meses más tarde, en agosto, que había vuelto antes de finales de septiembre porque «no se encontraba bien» en su casa, que había sido dada de alta por segunda vez, completamente restablecida en apariencia, y devuelta al mundo de allá abajo en febrero, pero que desde mediados de julio volvía a ocupar su lugar en la mesa de la señora Iltis— había sido sorprendida en su habitación, a la una de la madrugada, en compañía de un enfermo llamado Polypraxios, el mismo joven griego cuyas espléndidas piernas habían causado sensación la noche de Carnaval, un joven químico hijo de un industrial que poseía varias fábricas de pinturas en El Pireo; sorprendida, para más señas, por una amiga enloquecida por los celos que había entrado en la habitación de Ammy por el mismo camino que Polypraxios, es decir, a través de las terrazas, y que, desgarrada por el dolor y la cólera ante tal descubrimiento, se había puesto a chillar como si la estuviesen matando, revolucionando al sanatorio en pleno y, como vulgarmente se dice, dando la campanada. Behrens se había visto obligado a poner de patitas en la calle a los tres, al ateniense, a la Nölting y a la amiga que se había dejado llevar por la pasión, olvidando su propio sentido del decoro, y acababa de discutir tan desagradable asunto con su ayudante, con quien tanto Ammy como su delatora habían reconocido que seguían un tratamiento particular.

También durante la consulta siguió hablando del asunto en un tono de melancolía y resignación, pues era un virtuoso tan consumado que era capaz de auscultar a un paciente, hablar de otra cosa y dictar los resultados de su examen a su ayudante al mismo tiempo.

—Sí, sí, *gentlemen*, esa condenada libido —dijo—. A ustedes estas historias todavía les hacen gracia, a ustedes qué les importa... Vesicular. Pero un director de un sanatorio como yo llega a estar más que harto... Sordo. Créanme. ¿Qué quieren que haga si la tisis está ligada a cierta concupiscencia...? Ligeramente ronco... No he sido yo quien lo ha dispuesto así, pero en cuanto me descuido, parece que tengo un hotelito en las montañas en vez de un sanatorio. Soplo puntual bajo la axila izquierda. Contamos con el análisis, con la confesión... ¡Bien, gracias! ¡Cuanto más se confiesa esa panda de gamberros, más lasciva se vuelve! Yo abogo por las matemáticas. Mejor. Aquí ha desaparecido el ruido. Las matemáticas son el mejor remedio contra la concupiscencia. El procurador Paravant, por ejemplo, que sufría grandes tentaciones, se dio a las matemáticas, está ahora a vueltas con la cuadratura del círculo y se ha tranquilizado muchísimo. Claro que la mayoría de la gente es demasiado idiota o demasiado perezosa para eso, ¡que Dios se lo perdone...! Vesicular. Ya lo ven, sé perfectamente que aquí arriba los jóvenes se disipan y descarrían con suma facilidad; en tiempos intenté intervenir contra tales escarceos. Y lo que me pasó fue que vino el novio o el hermano de la que fuera y me preguntó a la cara qué hacía yo metiendo las narices donde nadie me llamaba. Desde entonces, me limito a ser médico... Ligero estertor a la derecha, en la parte superior.

Había terminado de examinar a Joachim; el médico guardó el estetoscopio en el bolsillo de la bata y se frotó los ojos con su enorme mano izquierda, como tenía por costumbre hacer cuando «se desmoronaba» y le asaltaba la melancolía. Medio maquinalmente y bostezando de desgana entremedias, recitó su pequeño sermón:

—En fin, Ziemssen, no se desanime. El caso es que todavía no está el asunto de libro, se oye algún ruido aquí y allá, y con el amigo Gaffky aún no tiene saldadas las cuentas; la escala le marca últimamente un número más que antes; anda usted en seis... Pero, bueno, tampoco es como para rasgarse las vestiduras. Cuando llegó aquí estaba mucho más enfermo, se lo puedo constatar por escrito, y si usted se queda otros cinco o seis *menses*... ¿Sabe que antiguamente se decía «menses», como en latín, en lugar de «meses»? En realidad suena mucho más cadencioso. He decidido no volver a decir meses, sino *menses*...

—Doctor Behrens... —comenzó Joachim, que permanecía de pie con el torso desnudo en una actitud rígida, sacando pecho, con los tacones juntos y el rostro tan cubierto de manchas como el día en que Hans Castorp había notado por primera vez, en determinadas circunstancias, que ésta era la manera de palidecer del rostro bronceado de su primo.

—Si usted cumple —se adelantó Behrens—, si cumple otro medio añito de servicio aquí arriba, saldrá hecho un hombre, podrá tomar Constantinopla al asalto y marcará tan bien el paso que le harán generalísimo en la región de la Marca...

Cualquiera sabe lo que hubiera podido llegar a decir en su consternación si la actitud imperturbable de Joachim, su inquebrantable voluntad de hablar y de hacerlo con valor, no le hubiese hecho perder el hilo.

—Doctor Behrens —dijo el joven—, me permito comunicarle, señor, que he decidido viajar.

—¿Qué me dice? ¿Se quiere hacer viajante? Yo pensaba que tenía usted la intención de ser oficial cuando estuviese curado.

—Me refiero a emprender el viaje ahora, doctor. Tengo que incorporarme a mi regimiento.

—¿Aunque le diga que con toda certeza podré darle el alta dentro de seis meses pero que no puedo dejarle marchar antes de esos seis meses?

La postura de Joachim era cada vez más militar; metió el estómago y dijo, en un tono seco y tenso:

—Llevo aquí arriba más de año y medio, doctor. No puedo esperar más. Al principio, dijo tres meses. Luego me fue alargando el tratamiento en intervalos de tres y seis meses, y resulta que todavía no estoy curado.

—¿Acaso es culpa mía?

—No, doctor Behrens. Pero yo no puedo esperar más. Si no quiero perder la ocasión de incorporarme a filas, no puedo esperar aquí arriba a estar completamente curado. Tengo que marcharme ahora. Todavía necesitaré un poco de tiempo para equiparme y hacer otros preparativos.

—¿Obra usted con el consentimiento de su familia?

—Mi madre está de acuerdo. Todo está arreglado. Ingreso el primero de octubre como suboficial en el 76.

—¿Asumiendo todos los riesgos? —preguntó Behrens, mirándole con los ojos inyectados en sangre.

—Sí, doctor Behrens —contestó Joachim, temblándole los labios.

—Entonces, está bien, Ziemssen.

El rostro del consejero cambió de expresión, la tensión se relajó y, de ahí en adelante, se mostró tan campechano como de costumbre:

—Está bien, Ziemssen. ¡Rompan filas! ¡Vaya usted con Dios! Ya veo que sabe lo que quiere, decide por su cuenta; así pues, desde este momento, es asunto suyo y no mío. Se marcha bajo su propia responsabilidad. Usted se lo guisa y usted se lo come. No tiene ninguna garantía, yo no respondo de nada. Aunque, Dios lo quiera, a lo mejor todo sale bien. Va a ejercer una profesión al aire libre. Es posible que le siente bien y que salga adelante.

—¡A sus órdenes!

—¿Y usted qué, joven civil? ¿También quiere formar parte de la expedición?

Era el turno de Hans Castorp. Estaba tan pálido como un año atrás, en aquella consulta a consecuencia de la cual había ingresado como paciente. Estaba en el mismo sitio que aquel día, y de nuevo podía verse con claridad cómo los latidos de su corazón golpeaban sus costillas. Dijo:

—Yo me atendré a su opinión, doctor.

—¿A mi opinión? ¡Qué bien!

Behrens le cogió por el brazo y empezó a auscultarle y darle golpecitos. No dictó nada a su ayudante. Todo fue bastante rápido. Cuando hubo terminado, dijo:

—Puede emprender el viaje.

Hans Castorp balbuceó:

—Eso significa... ¿Cómo puede ser...? ¿Estoy curado, entonces?

—Sí, está curado. La pequeña lesión de la parte superior izquierda ya no merece mención. La fiebre que presenta no depende de eso. No sabría decirle de dónde proviene. Supongo que no tiene mucha importancia. Si quiere, puede marcharse.

—Pero... Doctor... ¿No lo dirá usted en serio?

—¿Que no hablo en serio? ¿Qué dice? ¿Qué se ha creído? Me gustaría saber lo que piensa de mí. ¿Por quién me toma? ¿Por el dueño de un hotelito?

Era un verdadero ataque de ira. El color azul del rostro

del doctor se había tornado violeta por la sangre que le hervía en las venas; el pliegue de su labio superior se había acentuado notoriamente bajo el pequeño bigote de tal manera que se le veían los caninos superiores; meneaba la cabeza como un toro y sus ojos se inundaron de lágrimas y de sangre.

—¡No se lo consiento! —gritó—. ¡Para empezar, yo aquí no soy dueño de nada! ¡Soy un empleado! ¡Soy médico! Médico y nada más, ¿entiende? ¡No soy un alcahuete! No soy un *signor Amoroso* de Toledo en la bella *Napoli*, ¿se entera? ¡Estoy al servicio de la humanidad que sufre! Y si se han formado otra idea de mi persona, ya pueden irse los dos con viento fresco, al diablo o adonde quieran. ¡Buen viaje!

A grandes zancadas, salió de la habitación por la puerta que comunicaba con la sala de radioscopia, y dio un portazo.

Los dos primos se volvieron hacia el doctor Krokovski en busca de ayuda, pero éste se mostró plenamente enfrascado en sus papeles. Se dieron prisa en vestirse y, ya en la escalera, Hans Castorp dijo:

—¡Qué horror! ¿Le habías visto así alguna vez?

—Así, nunca; hasta ahora, no. Los altos mandos suelen tener ataques de este tipo alguna vez. Lo único que cabe hacer es aguantar el chaparrón sin perder la sangre fría. Naturalmente, ya estaba excitado por el asunto de Polypraxios y la Nölting. ¿Te has fijado —continuó diciendo Joachim, y se notaba que la alegría de haber triunfado le henchía hasta el punto de oprimirle el pecho—, te has dado cuenta de cómo ha cedido y capitulado al comprender que yo hablaba en serio? No hay como mostrarse enérgico y no dejarse apabullar. Ahora tengo permiso, por así decirlo. Él mismo ha comentado que es muy probable que salga adelante; así que dentro de ocho días nos marchamos... Dentro de tres semanas vestiré el uniforme —rectificó, dejando a Hans Castorp al margen y limitando sus exultantes proyectos a su propia persona.

Hans Castorp permanecía en silencio. No dijo nada sobre el «permiso» de Joachim ni sobre el suyo, del cual, desde luego, habría habido cosas que decir también. Se preparó para la cura de reposo, se puso el termómetro en la boca, se envolvió en las dos mantas de pelo de camello con movimientos rápidos y seguros, con absoluta maestría, de acuerdo con aquella práctica sagrada para los de allí arriba y de la que no se tenía ni la más mínima noción en el mundo de abajo, y luego permaneció inmóvil sobre la excelente tumbona, convertido en un impecable rodillo humano en la gélida humedad de aquella tarde de un otoño que comenzaba.

Las nubes, cargadas de lluvia, flotaban muy bajas: la bandera con el emblema del sanatorio del jardín había sido arriada. Sobre las ramas de los abetos se veían restos de nieve. Un ligero rumor de conversaciones subió desde la sala de reposo del primer piso —en la que poco antes había resonado la voz del señor Albin— hasta los oídos del joven, que cumplía con su obligación de descansar y cuyos dedos y rostro rápidamente se entumecieron por el frío y la humedad. Se había acostumbrado a vivir así, y agradecía a aquel modo de vida —desde hacía mucho tiempo, el único modo de vida imaginable para él— el placer de poder permanecer felizmente echado, al abrigo de todo, reflexionando sobre lo humano y lo divino.

Estaba decidido: Joachim se marchaba. Radamante le había dado permiso, no de manera ortodoxa, es decir, en forma de alta médica, sino dejando la decisión en sus manos, a la vista y como reconocimiento de su valor. Descendería por el ferrocarril de vía estrecha hasta Landquart, después seguiría hasta Romanshorn y luego, dejando atrás el gran lago de infinita profundidad sobre el que cabalgaba el caballero del célebre poema, cruzaría toda Alemania para regresar a su casa. Viviría, en el mundo de allí, entre hombres que ignoraban por completo el modo en que había que vivir, que no sabían nada del termómetro, del arte de empaquetarse, del saco de pieles, de los tres paseos diarios, de... era difícil decir, era difícil de enumerar todo lo que ignoraban por completo en el mundo de allá abajo; pero la idea de que Joachim, después de haber vivido allí arriba más de un año y medio, debiera vivir entre los ignorantes –idea que no concernía más que a Joachim, pues él, Hans Castorp, sólo podía considerarla desde lejos y, en cierto modo, a título de mera hipótesis– le turbaba de tal manera que cerró los ojos e hizo un gesto de rechazo con la mano. «Imposible, imposible», musitó.

Puesto que aquello era imposible, ¿continuaría viviendo allí él solo, sin Joachim? Sí. ¿Cuánto tiempo? Hasta que Behrens le diese de alta en serio, no como ese día. Claro que, en primer lugar, ésa era una fecha muy difícil de determinar y que, como en su día describiera Joachim haciendo un simbólico gesto con la mano, flotaba más allá del horizonte conocido; y, en segundo lugar, ¿quién decía que la llegada de aquella fecha implicase que lo imposible se hubiera tornado posible? Más plausible se antojaba lo contrario. En tal medida, tenía que reconocer honestamente que ahora se le estaba tendiendo una mano, ahora que lo imposible no era quizá tan imposible como lo sería más tarde. La partida de Joachim le ofrecía un apoyo y una guía para devolverle al mundo de allá abajo, un camino que, él solo, no encontraría jamás. ¡Cuánto le recomendaría la pedagogía humanista agarrarse a esa mano y aceptar esa guía si el pedagogo humanista se enterase de semejante oportunidad! Pero Settembrini no era más que un representante de cosas y de fuerzas interesantes que, sin embargo, no eran las únicas que existían en el mundo, que no tenían una vigencia absoluta; y lo mismo ocurría con Joachim. Era militar, por supuesto. Se marchaba justo cuando Marusja, la del exuberante pecho, estaba a punto de volver –todo el mundo sabía que volvía el primero de octubre–, mientras que a él, al civil Hans Castorp, la partida le parecía imposible porque –y he aquí la verdadera razón– debía esperar a Clavdia Chauchat, de cuyo regreso no se tenía aún ni la más remota noticia.

«No es ésa mi manera de entenderlo», había dicho Joachim cuando Radamante le había hablado de deserción, pues sin duda esta idea del consternado doctor era una inmensa tontería a los ojos del joven militar.

En su caso, sin embargo, al ser un civil, la situación era muy distinta. Para él (¡sí, sin ninguna duda, era así! Si se había echado en la terraza aquel día de frío y humedad había sido para llegar a esa conclusión decisiva), sí que hubiese sido una verdadera deserción aprovechar la coyuntura y marcharse ino-pinadamente, o casi inopinadamente al mundo de allá abajo; una deserción ante las responsabilidades que había asumido cuando se le había aparecido la imagen de ese ser superior lla-mado *homo Dei*; habría sido una traición a los deberes de su «gobierno», deberes muy duros y agotadores que incluso ex-cedían los límites de sus propias fuerzas pero, a la vez, le re-sultaban terriblemente placenteros, a los cuales se entregaba allí, en su terraza, así como en su rincón secreto, rodeado de flores azules.

Se sacó el termómetro de la boca tan violentamente como sólo había hecho en otra ocasión: la primera vez que había uti-lizado el bello instrumento que le había vendido la enfermera jefe, y lo miró con la misma avidez. El mercurio había subido sensiblemente, marcaba 37,8, casi 37,9.

Hans Castorp se arrancó las mantas, se puso en pie, dio unos pasos rápidos por la habitación hasta la puerta que daba al pasillo, y volvió a salir a la terraza. Luego, de nuevo en po-sición horizontal, llamó en voz baja a Joachim y le preguntó por su temperatura.

—Ya no me la tomo —contestó Joachim.

—Pues bien, yo tengo *tempus* —dijo Hans Castorp, imitando una de las múltiples expresiones disparatadas de la señora Stöhr.

Joachim permaneció en silencio detrás de su mampara de cristal.

Tampoco dijo nada más tarde, ni en todo aquel día, ni du-rante el siguiente. No quiso informarse de los proyectos ni delas decisiones de su primo, pues, dada la brevedad del plazo, éstas habrían de revelarse por sí mismas: a través de sus actos o de la ausencia de actos. Y así fue, concretamente de la segunda manera. Parecía haber optado por el quietismo, según el cual toda forma de acción es ofender a Dios, que es el único a quien corresponde actuar. En cualquier caso, la actividad de Hans Castorp en aquellos días se limitó a una visita a Behrens, una entrevista de la que Joachim ya sabía y cuyo transcurso y resultado no le costaba imaginar. Su primo habría afirmado que concedía mucha más importancia a las numerosas ocasiones anteriores en que el doctor le había aconsejado esperar a curarse por completo para no verse obligado a volver que a las palabras que había pronunciado a la ligera en un momento de mal humor; que tenía 37,8 y que no podía considerarse limpio del todo, y que era preciso no interpretar las palabras pronunciadas el otro día por el consejero como una expulsión que éste no tenía intención de formular; que, tras una serena reflexión y en consciente desacuerdo con su primo, había decidido permanecer allí y esperar su curación completa. A lo cual el consejero seguramente habría respondido: «perfecto... muy bien», y «mal no le puede sentar», «eso es lo que yo llamo un muchacho sensato», y «me di cuenta enseguida de que usted tenía más talento para la enfermedad que ese desertor empeñado en irse a la guerra», y otras cosas por el estilo.

Tal debía de haber sido el contenido de la conversación, según las conjeturas más o menos precisas de Joachim, de manera que no dijo nada sino que se limitó a comprobar en silencio que Hans Castorp no se unía a sus preparativos de viaje. Por otra parte, el buen Joachim estaba absorbido por sus propias preocupaciones. Verdaderamente, no tenía ocasión de pensar en la suerte de su primo una vez se quedase solo. Una violenta tempestad agitaba su pecho, como puede comprenderse. Era un alivio no tener que tomarse la temperatura y que se le hubiese roto el termómetro –por lo visto, se le había caído al suelo sin querer–; de habérsela tomado, quizá hubiese observado unos resultados sorprendentes, con lo excitado que estaba, a veces congestionado y ardiendo, otras pálido de alegría e impaciencia. Ya no soportaba estar tumbado. Durante todo el día, Hans Castorp le oía ir y venir por su habitación; cuatro veces diarias para ser exactos, en todas aquellas horas en las que en el Berghof reinaba la posición horizontal.

¡Un año y medio! ¡Y ahora volver al mundo de allá abajo, a casa, al regimiento, aunque no fuese más que con un permiso recibido a regañadientes! Aquello no era una bagatela desde ningún punto de vista. Hans Castorp lo comprendía al oír a su primo ir y venir sin descanso. Joachim había vivido allí dieciocho meses, había recorrido el ciclo completo del año y luego otra mitad más, se había acostumbrado, adaptado plenamente a aquel orden, a aquella especie de eternidad cotidiana que había experimentado durante siete veces setenta días, en todas las estaciones, y ¡ahora volvía a su casa, al extranjero, al mundo de los ignorantes! ¡Cuántas dificultades de aclimatación le esperarían allá abajo! No era de extrañar que la gran agitación de Joachim no sólo comprendiese alegría, sino también angustia, sufrimiento por la separación de las cosas que ya le eran familiares. Por no hablar de Marusja...

A pesar de todo, predominaba la alegría. El buen Joachim estaba exultante de contento y no podía ocultarlo. No hablaba más que de sí mismo y se desentendía totalmente del futuro de su primo. Decía que ahora todo iba a ser nuevo y estimulante para él: la vida, él mismo, el tiempo... cada día, cada hora. Disfrutaría de nuevo de un tiempo tangible, de lentos e importantes años de juventud. Habló de su madre, la tía Ziemssen, hermanastra de la madre de Hans Castorp, que tenía los ojos tan dulces y negros como Joachim y a quien no había visto durante su estancia en la alta montaña porque, convencida de que volvería al mes siguiente o a los seis meses —como también él lo había estado—, nunca se había decidido a visitar a su hijo. Joachim, con una gran sonrisa de entusiasmo, hablaba de la jura de bandera que muy pronto realizaría, pues el solemne juramento de fidelidad a la patria y al ejército se realizaba, en efecto, ante la bandera.

—¡Vamos! —dijo Hans Castorp—. ¿En serio...? ¿Ante un palo de madera? ¿Ante un pedazo de tela?

—Sí, sí, así es. Y en la artillería se presta juramento al cañón mismo, a modo de símbolo.

—¡Ésas sí que son costumbres románticas! —observó el civil—. Sentimentales y fanáticas, me atrevería a decir.

Joachim asintió con la cabeza muy contento y orgulloso.

Se deshacía en preparativos. Pagó su última factura a la administración y comenzó a hacer el equipaje varios días antes de la fecha que él mismo se había fijado. Embaló los trajes de verano y de invierno y mandó al portero que le hiciese una funda de tela de saco para las pieles y mantas de pelo de camello, pues tal vez podrían serle útiles en las grandes maniobras. Luego comenzó a despedirse de todo el mundo. Visitó a Naphta y a Settembrini, solo, pues su primo no se unió a él y ni siquiera preguntó qué había dicho el italiano sobre la próxima partida de Joachim y la resistencia a partir de Hans Castorp. Poco le importaba a éste que hubiese dicho: «Vaya, vaya...», o «Ahí lo tenemos...», o las dos cosas, o «*Poveretto*».

Después llegó la víspera de la partida, día en que Joachim cumplió el programa a rajatabla por última vez —las cuatro curas, los tres paseos—, y en que se despidió de los médicos y la enfermera jefe. Luego llegó la mañana del gran día. Joachim acudió al desayuno con los ojos brillantes y las manos frías, pues no había podido dormir en toda la noche; apenas probó bocado y, cuando la camarera enana anunció que el equipaje ya estaba cargado en el coche, saltó de la silla para decir adiós a sus compañeros de mesa. La señora Stöhr se despidió de él con lágrimas en los ojos, lágrimas de cocodrilo de una ignorante, pues nada más darle la espalda a Joachim le hizo un gesto de lo más ordinario a la institutriz, girando la mano abierta hacia uno y otro lado y con una mueca grotesca que expresaba sus serias dudas respecto a la salud del joven y a su permiso para abandonar el sanatorio. Hans Castorp la vio mientras apuraba su taza, ya de pie para seguir a su primo. Llegó el momento de repartir propinas y corresponder a la cortesía de los representantes de la administración en el vestíbulo. Como siempre, algunos pacientes acudieron a presenciar la partida: allí estaban la señora Iltis, la del «esterilete», la señorita Levy, la del cutis de marfil, y el fogoso Popov con su novia. Agitaron sus pañuelos cuando el coche comenzó a bajar la cuesta con el freno de las ruedas traseras echado. Joachim había recibido un ramo de rosas de despedida. Llevaba sombrero; Hans Castorp, no.

La mañana se presentaba espléndida, era el primer día de sol después de muchos de mal tiempo. El Schiahorn, las Torres Verdes, la cima del Dorfberg, tan emblemáticos, tan eternos, se veían en todo su esplendor, y los ojos de Joachim reposaban sobre ellos.

Casi era una lástima, observó Hans Castorp, que el tiempo fuese tan bueno precisamente el día de la marcha. No dejaba de ser como una ironía del tiempo, pues una impresión final desapacible hacía más fácil la separación. A esto respondió Joachim que él no necesitaba nada que le hiciese más fácil la separación, que era un tiempo espléndido para realizar la instrucción y que un tiempo así le iría muy bien allá abajo. No hablaron mucho más. Tal y como se planteaba la situación para cada cual y la relación entre ambos, pocas cosas tenían que decirse. Además, el portero cojo del Berghof iba sentado en el pescante, al lado del cochero. Con un fuerte traqueteo que les hizo botar sobre los duros asientos, el coche dejó atrás el riachuelo y la estrecha vía del tren, y siguió el camino irregularmente urbanizado que corría en paralelo a los raíles; luego se detuvo en la plaza empedrada, delante de la estación de Davos Dorf, que en realidad no era más que un apeadero.

Hans Castorp reconoció todo aquello con espanto. Desde su llegada, una tarde a la hora del crepúsculo, trece meses atrás, no había vuelto a ver la estación.

—Aquí fue donde llegué... —comentó por decir algo, y Joachim se limitó a contestar:

—Sí, aquí fue. —Y pagó al cochero.

El eficiente portero cojo se ocupó de todo, del billete y del equipaje. Los dos primos estaban de pie el uno al lado del otro en el andén, junto al trenecillo que subía hasta allí, enfrente del compartimiento tapizado de gris en que Joachim había reservado su sitio colocando su manta de viaje, su abrigo y sus rosas en el asiento.

—Pues nada, ve a prestar tu romántico juramento —dijo Hans Castorp, y Joachim contestó:

—Es lo que pienso hacer.

¿Y qué más? Cambiaron los últimos saludos, saludos para los de arriba, recuerdos a los de abajo. Luego Hans Castorp se puso a hacer dibujos sobre el asfalto con la punta de su bastón. Cuando oyó gritar «¡Viajeros al tren!», se sobresaltó, miró a Joachim y éste le miró a él. Se dieron la mano. Hans Castorp esbozó una sonrisa vaga; los ojos de su primo, serios y tristes, le miraban fijamente.

—¡Hans! —dijo.

¡Por Dios bendito! ¿Había algo en el mundo más penoso que eso? ¡Llamaba a Hans Castorp por su nombre de pila! No le decía «oye, tú» o «primo», como habían hecho siempre; ahora, de pronto, rompía con todo aquel rígido formalismo y, con una confianza absolutamente bochornosa, le llamaba por su nombre de pila.

—¡Hans! —dijo, y con angustiada prisa estrechó la mano de su primo, quien no dejó de darse cuenta de que el cuello de Joachim (excitado por el insomnio, ansioso de partir y conmocionado por todo en general) temblaba, al igual que le ocurría a él cuando «gobernaba»—. ¡Hans! —dijo, con tono arrebatado—, ¡sígueme pronto!

Luego entró en el vagón. La portezuela se cerró de golpe, se oyó un silbido, los vagones entrechocaron, la pequeña locomotora se puso en marcha y el tren partió.

El viajero saludaba con el sombrero por la ventanilla. El otro, el que quedaba atrás, con la mano. Con el corazón encogido, todavía permaneció allí largo rato, solo. Luego comenzó a subir lentamente el camino por el que Joachim le había conducido al Berghof aquel otro día, ya lejano.

ASALTO RECHAZADO

La rueda giraba. Las agujas del reloj avanzaban. El satirión y la aquilea se habían marchitado, y también el clavel silvestre. De nuevo aparecían entre la hierba húmeda las azules estrellas de la genciana y el cólquico, pálido y venoso, y por encima de los bosques se veía un resplandor rojizo.

Había pasado el equinoccio de otoño. Faltaba muy poco para Todos los Santos y, a los ojos de los grandes devoradores de tiempo, ya estaban a la vuelta de la esquina el Adviento, el día más corto del año y las Navidades. Pero aún se sucedían bellos días de octubre, días como aquel en que los primos habían visto los óleos del doctor Behrens.

Desde la marcha de Joachim, Hans Castorp ya no se sentaba a la mesa de la Stöhr, que en tiempos compartiera con el doctor Blumenkohl, que se había muerto, y con Marusja, que siempre escondía su risa demasiado fácil tras su pañuelito perfumado de azahar. Ahora la ocupaban nuevos pacientes, perfectos desconocidos para él. A nuestro amigo, en cambio, que había cumplido ya dos meses y medio de su segundo año, la administración le había asignado un nuevo sitio en una mesa vecina, perpendicular a la otra, más cerca de la puerta de la izquierda de la galería, entre su antigua mesa y la de los rusos distinguidos, concretamente: en la mesa de Settembrini. Sí, Hans Castorp ocupaba ahora el puesto que había dejado huérfano el humanista, en un extremo de la mesa, frente al sitio reservado para el médico, pues en cada una de las siete mesas del comedor se dejaba siempre libre una cabecera por si deseaban sentarse el doctor o su ayudante.

En la otra parte de la mesa, a la izquierda del sitio de honor del médico, se sentaba −sobre numerosos almohadones− el jorobado, fotógrafo aficionado, cuyo rostro, a consecuencia de su aislamiento lingüístico, tenía la expresión de un sordo; al lado de éste, la vieja solterona de la Transilvania, la cual, como ya comentara Settembrini horrorizado, acaparaba la atención de todo el mundo hablando sin cesar de su cuñado, a pesar de que nadie sabía ni quería saber nada sobre tal individuo. A ciertas horas del día se la veía hacer ejercicios respiratorios para mejorar la capacidad de su pecho, plano como una tabla, de pie en la terraza de su cuarto, con un bastón de puño de plata −que también llevaba en los paseos obligatorios− colocado en horizontal sobre los hombros y sujeto con los brazos. Enfrente de ella se sentaba un checo al que llamaban señor Wenzel porque nadie era capaz de pronunciar su apellido. En su día, Settembrini había intentado articular alguna vez la serie de consonantes imposibles de que se componía aquel nombre, no para conseguir nada, sino para demostrar su impotencia lingüística de latino ante aquel revoltijo salvaje de sonidos. A pesar de estar orondo como un hipopótamo y de destacar por su enorme apetito incluso entre las gentes de allí arriba, el checo llevaba cuatro años anunciando que se iba a morir. Algunas noches, después de la cena, tocaba canciones de su tierra en una mandolina adornada con cintas y hablaba de la plantación de remolacha que poseía y de las muchachas tan guapas que trabajaban en ella. Al lado de Hans Castorp se hallaba el matrimonio Magnus, los cerveceros de Halle. Un halo de melancolía envolvía a aquella pareja, ya que ambos perdían sustancias cuya asimilación es esencial: el señor Magnus no asimilaba la glucosa, la señora Magnus, las proteínas. La pálida señora Magnus, en particular, parecía no tener ya ni la menor esperanza; una vacuidad de espíritu se desprendía de ella como el vaho de una bodega y —casi más que la inculta señora Stöhr— parecía representar esa síntesis de la enfermedad y la estupidez que tanto había desconcertado a Hans Castorp, desconcierto que luego le había valido el reproche de Settembrini. El señor Magnus era de carácter más vivo y locuaz, aunque cierto comentario suyo sobre la función de la literatura había sacado de quicio al italiano; además, tenía tendencia a encolerizarse y discutía frecuentemente con el señor Wenzel, ya fuera por cuestiones políticas o por otras cosas, pues le irritaban las aspiraciones nacionalistas del bohemio, que, además, se proclamaba partidario del antialcoholismo y condenaba moralmente la profesión del cervecero, mientras que éste, con la cara colorada, defendía las indiscutibles propiedades beneficiosas para la salud de la bebida a la que tan íntimamente ligados se hallaban sus intereses. En tales circunstancias, Settembrini intervenía con alguna broma que los reconciliase de nuevo; pero eso era antes, pues Hans Castorp, en su lugar, se veía menos hábil y, desde luego, sin la autoridad suficiente para reemplazarle.

Sólo tenía tratos personales con dos de sus compañeros de mesa: uno era A. C. Ferge, de San Petersburgo, su vecino de la izquierda, el sufrido moribundo recuperado que, bajo su simpático bigote pelirrojo, hablaba de la fabricación del caucho y de remotas comarcas, del Círculo Polar y del invierno perpetuo en el Cabo Norte, y que a veces daba algún breve paseo en su compañía. El otro, que se unía a ellos como tercer paseante en cuanto tenía ocasión y que se sentaba en el extremo opuesto de la mesa, al lado del jorobado mexicano, era el joven de Mannheim, el hombre del cabello ralo y los dientes cariados, llamado Wehsal, Ferdinand Wehsal, comerciante de profesión, aquel hombre cuyos ojos, ardientes de un oscuro deseo, siempre habían estado clavados en la grácil madame Chauchat, y quien desde el Carnaval, buscaba la amistad de Hans Castorp.

Lo hacía con insistencia, casi rebajándose, con una abnegación servil que tenía, por su carácter interesado, algo de repugnante y espantoso, pues él advertía el sentido ambiguo, pero se esforzaba en responder de manera humana. Con la mirada tranquila, pues sabía que el menor gesto bastaría para intimidar a aquel pobre desgraciado, toleraba el servilismo de Wehsal, quien aprovechaba cualquier ocasión para hacerle una reverencia y tener algún detalle con él; toleraba incluso que a veces le llevase el abrigo mientras paseaban —y Wehsal lo llevaba colgado del brazo con una extraña devoción—; y toleraba, en último término, la conversación del hombre de Mannheim, cuyo discurso era enormemente sombrío. Wehsal estaba obsesionado con plantear cuestiones como si era razonable y tenía algún sentido declarar su amor a una mujer que, en cambio, no quería saber nada de él. «¿Qué opinan los señores de una declaración de amor sin ninguna esperanza?» Él, por su parte, le daba gran importancia, afirmando que a ello estaba ligada una felicidad indescriptible. Pues, en efecto, el acto de la confesión despertaba cierto asco y comportaba una fuerte humillación; sin embargo, también suponía un momento de total cercanía con el objeto amado, en tanto que arrastraba a éste a la esfera de la confianza total, de la propia pasión, y si con ello, obviamente, se ponía fin a todo, no era menos cierto que el placer desesperado de ese momento único compensaba mil veces tal pérdida sin remisión; ya que la confesión es un acto de violencia, y cuanto más grande es la resistencia que se le opone, mayor es el placer que proporciona.

Al oír esto, el gesto de Hans Castorp se había ensombrecido, refrenando las confidencias de Wehsal, si bien éste se había echado atrás porque estaba presente el buen Ferge —quien, como él mismo solía subrayar, no estaba hecho para los asuntos elevados y complejos– y no tanto por la cara de inmisericorde guardián de la moral de nuestro héroe. Porque, siendo fieles a nuestra intención de no presentar a Hans Castorp como una persona mejor ni peor de lo que es, hemos de aportar aquí el dato de que, una noche, estando a solas con el pobre Wehsal, éste le había rogado y suplicado con lánguidas palabras que, por Dios, le contase algo más de lo que había vivido y experimentado aquella célebre noche de Carnaval; y Hans Castorp, muy sereno, había tenido la bondad de corresponder a sus súplicas, sin que tal escena en voz baja –en contra de lo que el lector pudiera pensar– albergase ni un ápice de vulgar frivolidad. No obstante, también tenemos nuestras razones para omitir tal conversación, limitándonos a añadir que Wehsal, a partir de entonces, llevó el abrigo del amable Hans Castorp con doble devoción.

Hasta aquí los detalles sobre los nuevos compañeros de mesa de Hans Castorp. El sitio de su derecha estaba vacío, pues sólo había sido ocupado pasajeramente por un visitante, como lo fuera él mismo al principio; por un pariente, un invitado, un mensajero del mundo de allá abajo; en una palabra, por James Tienappel, el tío de Hans.

Era una sensación muy extraña ver, de repente, sentado al lado de uno, a un representante y enviado del mundo de allá abajo, cuyo buen traje inglés aún estaba impregnado de la atmósfera del pasado, de una vida anterior, de cuanto había quedado atrás para siempre, de aquella «tierra» que, a los ojos de los de arriba, se encontraba en lo más hondo de las profundidades. Pero no se había podido evitar. Desde hacía tiempo, Hans Castorp esperaba aquel «asalto», e incluso sabía de antemano quién sería la persona encargada de llevarlo a cabo, cosa que, por otra parte, no era difícil de adivinar, pues Peter, el primo que estaba en la Marina, no podía ser, y ya sabemos que el tío abuelo Tienappel siempre decía que ni diez caballos lograrían arrastrarle hasta esas comarcas cuya presión atmosférica le inspiraba toda clase de temores. No, el encargado de la investigación acerca del desaparecido Hans tenía que ser James Tienappel. Hans Castorp incluso le había esperado antes. Desde el momento en que Joachim había regresado a su casa y dado cuenta de la situación en el círculo de la familia, el «asalto» era inevitable e inminente, de modo que Hans Castorp no se sorprendió lo más mínimo cuando, a los catorce días justos de la partida de Joachim, el portero le entregó un telegrama que, como ya había imaginado, contenía la noticia de la próxima llegada de James Tienappel. Éste tenía que arreglar unos asuntos en Suiza y, con tal motivo, aprovechaba para realizar una pequeña excursión hasta las alturas en que habitaba Hans. Anunciaba su llegada para dos días después.

«Bueno –pensó Hans Castorp–. Perfecto. –Y añadió para sus adentros algo así como–: ¡Por mí, que venga quien quiera! –Y luego, como si se lo dijese a su visitante, prosiguió–: Si tú supieras...» En resumen, recibió la noticia con enorme tranquilidad, la transmitió al doctor Behrens y a la administración, hizo que le reservasen una habitación –la de Joachim todavía estaba disponible–, y a los dos días, a la hora en que él mismo había llegado, o sea, a las ocho de la tarde (ya era de noche), se marchó en el mismo carricoche en que había acompañado a Joachim a la estación de Davos Dorf, a fin de recoger a aquel mensajero del mundo de allá abajo que venía a investigar la situación.

Hans Castorp, a cuerpo, sin sombrero, con su cara colorada, ya estaba en el andén cuando el tren entró en la estación; se acercó a la ventanilla del compartimiento en que viajaba su pariente y le invitó a descender, pues ya había llegado. El cónsul Tienappel –James era vicecónsul y el viejo Tienappel también solía delegar en él muchas de las funciones que su cargo honorífico traía consigo–, tiritando y envuelto en su abrigo de invierno –pues, en efecto, la noche de octubre era muy fría y faltaba poco para que helase, es más: seguro que por la mañana helaría– descendió del tren, se mostró felizmente sorprendido, según expresó con las fórmulas un tanto frías y siempre muy corteses propias de un caballero del noroeste de Alemania, saludó a su sobrino insistiendo en la satisfacción que sentía al encontrarle con tan buen aspecto, vio que el portero cojo ya se había encargado del equipaje por él y, una vez fuera de la estación, se instaló junto a Hans Castorp en el duro asiento del carricoche.

Bajo un cielo de estrellas se pusieron en camino, y Hans Castorp, con la cabeza inclinada hacia atrás, iba señalándole las constelaciones a su tío-primo con el dedo índice, le explicaba con las palabras y gestos tal o cual configuración de brillantes estrellas y citaba los nombres de los planetas, mientras su acompañante, más atento a la persona que iba a su lado que al universo estelar, se decía para sí que, después de todo, aquello tampoco era tan disparatado y que era muy posible ponerse a hablar del cosmos en lugar de otros asuntos harto más urgentes. ¿Desde cuándo conocía tan bien el mundo de ahí arriba?, preguntó a Hans Castorp. A lo cual éste contestó que había adquirido esos conocimientos a lo largo de las veladas de primavera, verano, otoño e invierno que había pasado haciendo su cura de reposo en la terraza.

—¿Cómo? ¿Salís a tumbaros a la terraza por las noches?

¡Claro que sí! Y el cónsul también lo haría.

—Claro, desde luego —dijo James Tienappel con amabilidad, aunque un poco intimidado.

Su sobrino y pupilo hablaba en un tono pausado y monótono. Estaba allí, sentado junto a él, sin abrigo y sin sombrero a pesar del frío de aquella noche de otoño.

—¿No tienes frío? —le preguntó James, pues él mismo temblaba bajo el grueso paño de su abrigo, y sus palabras sonaban torpes a la vez que precipitadas, lo cual revelaba que le castañeteaban ligeramente los dientes.

—Aquí no tenemos frío —respondió Hans Castorp, tranquilo y seco.

El cónsul no se cansaba de mirarle de reojo. Hans Castorp no preguntaba por ninguno de los parientes ni de los amigos de allá abajo. Sin inmutarse apenas, dio las gracias por los saludos que James le transmitió —incluso de parte de Joachim, que ya estaba en su regimiento, exultante de felicidad y orgullo— y no se interesó por nada más relacionado con su tierra. Inquietado por algo que no sabía precisar, tal vez por su sobrino o por su propio estado físico, James miraba a su alrededor sin distinguir casi nada del paisaje del alto valle, y respiraba profundamente un aire que le pareció maravilloso. Claro que era maravilloso, contestó su compañero, por algo era famoso en el mundo entero; aquel aire poseía poderes casi mágicos. A pesar de que aceleraba el metabolismo general, el cuerpo asimilaba las proteínas. Aquel aire era capaz de curar todas las enfermedades latentes en el cuerpo del hombre, aunque comenzaba por hacerlas brotar, provocaba una especie de revolución orgánica que desembocaba en una eufórica explosión de la enfermedad, por así decirlo.

—¿Cómo? ¿Eufórica?

Exactamente. ¿No había notado nunca que la aparición de una enfermedad traía consigo una especie de euforia, que acentuaba hasta lo lascivo la sensación de tener un cuerpo? «Sí, sí, comprendo», se había apresurado a contestar el tío, boquiabierto, y luego anunció que podría quedarse allí ocho días, es decir, una semana; o sea, siete días, o tal vez sólo seis. Como podía comprobar, Hans se había restablecido por completo gracias a aquella estancia en el sanatorio que se había prolongado mucho más de lo previsto, y suponía que se uniría a él para así regresar juntos.

—Bueno, bueno, tampoco hace falta precipitarse... —dijo Hans Castorp.

Desde luego, el tío James hablaba como todos los de allá abajo. Pero no tenía más que echar un vistazo y aclimatarse un poco allí arriba y sus ideas cambiarían por sí mismas. Se trataba de alcanzar una curación definitiva, lo definitivo era lo importante, y no hacía mucho que el doctor Behrens le había aconsejado otros seis meses. Al oír esto, el tío le llamó «criatura» y le preguntó si estaba loco.

—¿Estás loco de remate? —preguntó—. Estas vacaciones ya han durado dieciséis meses, ¿y piensas todavía en otros seis? ¡Por Dios Santo! ¿Quién dispone de todo ese tiempo?

Hans Castorp rio tranquila y brevemente, alzando la cabeza hacia las estrellas. ¡Ah, el tiempo! Antes de opinar sobre este punto en concreto, sobre el tiempo humano, James debería comenzar por revisar los conceptos que había traído consigo de allá abajo.

En interés de Hans, al día siguiente hablaría muy seriamente con el doctor, prometió Tienappel.

—Hazlo —dijo Castorp—, te gustará. Es un personaje interesante, enérgico y melancólico a la vez. —Luego señaló las luces del sanatorio Schatzalp y de paso le habló de los cadáveres que se enviaban en trineo ladera abajo.

Cenaron juntos en el restaurante del Berghof, después de que Hans Castorp hubiera conducido a su invitado a la antigua habitación de Joachim para que pudiese asearse un poco. La habitación había sido desinfectada con H_2CO —dijo Hans Castorp— tan a fondo como si, en lugar de una partida repentina, un *exodus*, se hubiese producido un *exitus*. El tío preguntó qué significaban tales expresiones.

—Argot —dijo el sobrino—, es nuestra manera de hablar aquí. Joachim ha desertado; ha desertado para unirse a su bandera, pues este tipo de casos también existen. Pero date prisa para que todavía nos sirvan comida caliente.

Ya así acudieron a sentarse, uno frente al otro en el comedor, muy agradable gracias a la calefacción. La enana les sirvió con presteza, y James encargó una botella de borgoña, que fue servida dentro de una cestita. Brindaron y dejaron que el dulce ardor del vino fluyera por sus venas. El más joven habló de la vida de allí arriba a lo largo de las estaciones, de determinadas personas del comedor, de las operaciones de neumotórax, cuyo proceso explicó citando el caso del buen Ferge y extendiéndose sobre su horrible shock pleural, incluidos los tres síncopes diferentes en los que el señor Ferge pretendía haber caído: las alucinaciones del olfato que el shock había desencadenado y el ataque de risa que le había sacudido al desmayarse. Hans Castorp llevaba toda la iniciativa en la conversación. James comía y bebía mucho, como tenía por costumbre, y con un apetito que el cambio de aire y el viaje habían aguzado aún más. Sin embargo, a veces se detenía, se quedaba inmóvil, con la boca llena, olvidándose de masticar, con el cuchillo y el tenedor apoyados en el borde del plato, y miraba fijamente a Hans Castorp; lo hacía sin darse cuenta, y tampoco parecía que éste lo advirtiese. En las sienes del cónsul Tienappel, cubiertas de finos cabellos rubios, se dibujaban las venas hinchadas.

No hablaron de los acontecimientos de su país, ni de asuntos familiares y personales, ni de la ciudad, ni de negocios, ni de la casa Tunder & Wilms, astilleros, construcción de máquinas y forja, donde continuaban esperando la llegada del joven ingeniero en prácticas, lo cual indudablemente estaba muy lejos de ser la única preocupación de la empresa, y hasta cabía preguntarse si sería cierto que aún le esperaban. James Tienappel había hecho alusión a todos aquellos asuntos en el coche, y también más tarde, por supuesto; sin embargo, sus alusiones habían caído en saco roto, habían chocado contra el infranqueable muro que constituía la serena e inquebrantable indiferencia que Hans Castorp no intentaba disimular, aquella especie de coraza que le hacía parecer inaccesible, o más bien por encima de todo, que recordaba a su insensibilidad al frío de la noche de otoño, resumida en las palabras: «Aquí arriba no tenemos frío». Y tal vez era por eso por lo que su tío, de vez en cuando, se le quedaba mirando tan fijamente. También habló de la superiora, de los médicos y las conferencias del doctor Krokovski... Daba la casualidad de que James iba a tener ocasión de asistir a una de ellas si permanecía ocho días.

¿Quién había dicho al sobrino que el tío estaría dispuesto a asistir a la conferencia? Nadie. Pero lo daba por hecho, con una seguridad tan rotunda que se veía claramente que el solo pensamiento de que lo hiciese le habría parecido imposible, y James trató de evitar toda sospecha por medio de un «Claro, claro». Tal era la fuerza que, de un modo inexplicable pero ineludible, impulsaba al señor Tienappel, sin él darse cuenta, a mirar a su sobrino-primo, en aquel momento con la boca abierta, pues tenía la vía respiratoria de la nariz completamente obstruida, a pesar de que no estaba resfriado. Oía a Hans hablar de la enfermedad, que allí arriba constituía el interés profesional de todos, y de cómo ciertas personas eran especialmente propensas a contraerla. Fue puesto al corriente del caso del propio Hans Castorp, nada grave, pero lento en la curación; del efecto que producían los bacilos sobre las células de los conductos respiratorios y sobre los alvéolos del pulmón; de la formación de los nudos tuberculosos y de la secreción de toxinas que se disolvían en la sangre; de la descomposición de células y la calcificación de determinados puntos, y de que, en aquel momento, la cuestión estaba en saber si el proceso se detendría en una petrificación calcárea y en una cicatrización conjuntiva, o si se desarrollarían más focos de infección y se abrirían cavernas cada vez más profundas hasta que se destruyera todo el órgano. James Tienappel oyó hablar de la furiosa y fulminante rapidez de aquellos procesos que, en unos meses, incluso en unas semanas, conducían al *exitus*; oyó hablar de la neumotomía, operación que el consejero realizaba de un modo magistral, de la resección del pulmón que, al día siguiente o al otro, practicarían a una enferma gravísima que acababa de ingresar: una escocesa, en otro tiempo bellísima, que padecía una *gangraena pulmonum*, gangrena pulmonar, con lo cual estaba invadida por una podredumbre de color negruzco-verdoso y tenía que respirar ácido fénico gasificado durante todo el día para no perder la razón a causa del asco que sentía de sí misma... y, de pronto, ocurrió que al cónsul, para su gran sorpresa y su enorme vergüenza, le entró un ataque de risa. Soltó la carcajada, se serenó un instante y logró contenerse —obviamente, espantado ante su propia reacción—, tosió y se esforzó en hacer como si no hubiera pasado nada, cosa que, para su tranquilidad —tranquilidad que, por otra parte, era nuevo motivo de intranquilidad—, no fue nada difícil, pues Hans Castorp ni se había inmutado ante el incidente, y era imposible que no se hubiese dado cuenta; más bien lo había pasado por alto, no por una cuestión de tacto, de cortesía, de respeto hacia el afectado, sino por pura indiferencia, por pura indolencia y por una pasividad rayana en lo escalofriante, como si, desde hiciera mucho tiempo, hubiese olvidado por completo que, ante tales incidentes, lo normal era sorprenderse. Pero sea porque el cónsul quiso convertir aquel inoportuno ataque de risa, una vez pasado, en algo racional y justificado, sea por cualquier otro motivo, de pronto inició una conversación «entre hombres» y, con las venas de las sienes hinchadas, comenzó a hablar de cierta cantante de cabaret, una «*chansonette*», como se las llamaba allí, que rondaba por el barrio de Sankt Pauli, y cuyos arrolladores encantos, que iba pintando muy plásticamente a su sobrino, mantenían en vilo al mundo masculino de la ciudad de Hamburgo. Se le trababa un poco la lengua mientras iba contando esas historias, pero no tenía por qué inquietarse, pues era obvio que la impenetrable indolencia de su interlocutor también se extendía a esos fenómenos. Sin embargo, poco a poco comenzó a sentir tan claramente la inmensa fatiga del viaje que, a las diez y media, propuso dar por terminada la velada, y no le hizo ninguna gracia encontrarse en el vestíbulo con el doctor Krokovski, de quien habían hablado varias veces y que le fue presentado por su sobrino.

En respuesta a las palabras enérgicas a la vez que desenfadadas que el doctor le dirigió, el cónsul no supo contestar más que «Claro, claro...», y se sintió aliviado cuando Hans Castorp le anunció que iría a buscarle a las ocho de la mañana para el desayuno y se marchó de la habitación desinfectada de Joachim a través de la galería, con lo cual el vapuleado James pudo dejarse caer por fin sobre la cama del desertor con su «puro de buenas noches» entre los labios. Faltó poco para que provocase un incendio, pues por dos veces se quedó dormido con él encendido.

James Tienappel, a quien Hans Castorp llamaba «tío James» o simplemente «James», era un hombre de elevada estatura, de unos cuarenta años, que siempre vestía trajes de paño inglés y una ropa blanca refinadísima; tenía el cabello, que empezaba a clarearle, de un color amarillo canario, los ojos azules y muy juntos, un bigotito pajizo muy recortado y en parte afeitado, y unas manos de manicura impecable. Esposo y padre desde hacía unos años, sin que por ello hubiese tenido que abandonar su espaciosa villa del Harvestehuder Weg, casado con una joven de su clase que era tan civilizada y fina como él, que incluso hablaba en el mismo tono quedo, seco y perfectamente cortés, era allá abajo, a pesar de su elegancia, un hombre de negocios muy enérgico, circunspecto y fríamente realista. En otros ambientes, en cambio, donde reinaban otras costumbres, o cuando estaba de viaje, por ejemplo, por el sur de Alemania, sus maneras resultaban un tanto forzadas y mostraba una excesiva disposición a la complacencia y la abnegación (comportamiento que no reflejaba inseguridad respecto a su propia cultura sino, muy al contrario, la plena conciencia de que procedía de un mundo muy cerrado, y también el deseo de disimular de algún modo sus rígidos modales aristocráticos con el fin de no llamar la atención ni siquiera en círculos o situaciones que le parecían inconcebibles). Se apresuraba a decir: «Claro, claro...», para que nadie pudiese pensar que era un hombre refinado pero corto de entendederas. Al llegar allí con una misión precisa y concreta, con la intención y el encargo de normalizar rápidamente la situación, de «descongelar» a su joven pariente —como él decía— y devolverlo al redil, era perfectamente consciente de estar operando en territorio extraño y, desde el primer instante, tenía la sensación de que le acogía como invitado un mundo de usos y costumbres muy particulares, el cual, no sólo no quedaba a la zaga del suyo propio a la hora de calificarlo de cerrado y orgulloso de sí mismo, sino que incluso lo superaba; y esto daba lugar a un conflicto inmediato entre su energía de frío hombre de negocios y su buena educación, a un conflicto muy grave, pues la fuerza del nuevo entorno se le antojaba realmente abrumadora.

Eso era precisamente lo que Hans Castorp había previsto cuando, para sus adentros, había contestado al telegrama del cónsul con un despreocupado «¡Por mí, que venga quien quiera!»; ahora bien, esto no significaba que hubiese aprovechado esa fuerza de carácter del mundo de allá arriba en contra de su tío intencionadamente. Para eso, hacía demasiado tiempo que formaba parte de ese entorno, y no fue él quien se valió de su fuerza contra el agresor, sino lo contrario, de manera que todo ocurrió con la más sencilla naturalidad, desde el instante en que, al hablar con su sobrino, el cónsul tuvo un primer presentimiento, aún vago, de los pocos visos de éxito de su empresa, hasta el desenlace y el final, acompañado por una sonrisa melancólica que Hans Castorp no pudo evitar.

La primera mañana, después del desayuno, durante el cual el veterano presentó al recién llegado a los compañeros de mesa, Tienappel se enteró por boca del doctor Behrens –que entró en el comedor, todo lo corpulento y estrafalario que era, remando con los brazos y seguido de su pálido ayudante siempre vestido de negro, para recorrer las mesas con su pregunta retórica de todas las mañanas «¿Se ha dormido bien?»– se enteró, decimos, no sólo de que había tenido una excelente idea al venir a prestar un poco de compañía a su solitario sobrino, sino también de que había hecho muy bien desde el punto de vista de su interés personal, porque era evidente que estaba totalmente anémico. –¿Anémico él, Tienappel?–

«Vamos, ¡y de qué manera!», dijo Behrens, y bajó el párpado inferior del cónsul con el dedo índice. «¡Anémico perdido!», aseguró. Sería muy inteligente por parte del señor tío instalarse allí cómodamente durante unas semanas, echándose a reposar en la terraza y siguiendo el ejemplo de su sobrino en todo. En su estado, lo más sensato era vivir durante un tiempo como si padeciese una ligera *tuberculosis pulmonum*, enfermedad que, por otra parte, siempre estaba latente. «Claro, claro...», se apresuró a responder el cónsul, y se quedó un rato con la boca abierta, mirando cómo el doctor se alejaba remando con los brazos y sacando la cabeza, mientras su sobrino permanecía de pie a su lado en actitud dejada, como si estuviese por encima de todo.

Luego dieron el paseo obligado hasta el banco del riachuelo, y después James Tienappel hizo su primera sesión de reposo, guiado por Hans Castorp, quien, además de la manta de viaje que había traído el tío, le prestó una de sus mantas de pelo de camello —él mismo, a la vista de tan buen tiempo, tendría suficiente con una— y le instruyó paso por paso en el arte de envolverse en las mantas, tal y como él había sido instruido en su día. Es más, después de envolver al cónsul hasta convertirlo en una momia perfecta, volvió a desempaquetarlo por completo para que repitiese la tradicional operación él solito, guiado y corregido por su maestro; luego también le enseñó a fijar la sombrilla al brazo de la tumbona y a orientarla en función del sol.

El cónsul bromeaba. El espíritu del mundo de allá abajo todavía era muy fuerte en él y se burlaba de todo lo que aprendía, como también se había burlado del paseo reglamentario después del desayuno. Sin embargo, cuando vio la plácida sonrisa con que su sobrino acogía sus bromas —sonrisa que denotaba lo poco que comprendía la mentalidad de su tío y en la que se reflejaba toda la fuerza aplastante de las costumbres de aquel mundo tan cerrado de allá arriba—, tuvo miedo, miedo a que su energía de frío hombre de negocios no estuviese a la altura, así que decidió que había llegado la hora de tener una conversación decisiva con el doctor Behrens acerca de la salud de su sobrino, lo antes posible, esa misma tarde... mientras aún le quedase algo de la iniciativa, de las fuerzas que él mismo había traído consigo desde su mundo de allá abajo, pues se daba cuenta de que empezaban a flaquearle, de que el espíritu del lugar y su buena educación formaban una peligrosísima alianza contra ellas.

Por otra parte, tenía la sensación de que no hubiera hecho ninguna falta que el doctor le recomendara sumarse a las prácticas rutinarias de los enfermos con la excusa de curarse de su propia anemia: era obvio que lo haría, dado que, según parecía, allí no había ninguna alternativa, y un hombre bien educado como él era incapaz de distinguir, de entrada, basándose en la calma e impenetrable firmeza del comportamiento de Hans Castorp, hasta qué punto tal ausencia de alternativas era ciertamente mera apariencia y hasta qué punto correspondía con la realidad.

Nada parecía más natural que el hecho de que la primera cura de reposo estuviera seguida del copioso desayuno al cual, a su vez, seguía como lo más natural del mundo el paseo hasta Davos Platz... Después, Hans Castorp «embaló» de nuevo a su tío. Le embaló, ésa es la palabra. Así pues, bajo el sol de otoño, en una tumbona cuya comodidad era absolutamente indiscutible, incluso digna de ser celebrada, le dejó reposar como él mismo lo hacía hasta que el gong anunció a los internos la hora de la comida, la cual fue tan copiosa, exquisita y demás, que la sesión de reposo general que le siguió demostró ser no sólo una simple costumbre formal, sino una verdadera necesidad para el cuerpo que se practicaba por convicción. Y el día siguió su curso hasta la pantagruélica cena, seguida de la pequeña tertulia nocturna en el salón, en torno a los peculiares instrumentos ópticos. No había nada que objetar a aquel orden del día que se imponía con tanta naturalidad y con una lógica tan convincente; y tampoco habría habido objeción posible si las facultades críticas del cónsul no se hubieran visto disminuidas por un estado que él no quería llegar a llamar malestar, pero que se componía de fatiga y excitación, así como de extrañas sensaciones de calor y frío al mismo tiempo.

Para concertar la temida y ansiada entrevista con el doctor Behrens, se puso en marcha la habitual cadena de mandos: Hans Castorp se lo había dicho primero al masajista y éste había transmitido el mensaje a la enfermera jefe, a la que el cónsul Tienappel conoció personalmente en las circunstancias siguientes: ella apareció de pronto en su terraza, donde le encontró echado, y sus singulares maneras pusieron a dura prueba la buena educación del cónsul, convertido en una pobre momia indefensa bajo sus mantas. Fue informado de que se rogaba a su señoría que tuviese paciencia durante unos días, pues el consejero estaba muy ocupado: operaciones, consultas generales, etcétera... La humanidad que sufre tenía preferencia, según los principios cristianos, y como se suponía que él estaba sano, allí arriba tenía que acostumbrarse a no ser el primero, sino a esperar su turno. Otra cosa era si deseaba acudir a la consulta, lo cual a ella, Adriática, no le sorprendía en absoluto, pues bastaba con mirarle bien a los ojos... A ver... ¡Uf! Tenía unos ojos turbios y como temblorosos, y tal y como se le veía allí tumbado, se notaba claramente que su organismo no terminaba de estar en perfecto orden, que no estaba limpio del todo... ya sabía el caballero a qué se refería. ¿Deseaba entonces pedir hora para una consulta médica, o para una entrevista de carácter personal? El caballero momificado dijo que para una entrevista personal, y la respuesta fue que entonces debía esperar su turno. El doctor disponía de muy poco tiempo para conversaciones privadas.

En definitiva, todo ocurría de una manera muy distinta a la que James había imaginado, y aquella conversación con la enfermera jefe supuso un embate importante para su equilibrio interior. Demasiado civilizado para ser descortés y decirle a su sobrino, cuya calma imperturbable daba a entender que estaba plenamente de acuerdo con todos los procedimientos seguidos allí arriba, lo espantosa que le parecía aquella mujer, se atrevió a expresar con suma discreción que la enfermera jefe era sin duda una dama muy original, lo cual Hans Castorp admitió con la boca pequeña después de lanzar al aire una vaga mirada interrogante. A su vez preguntó a su tío si la Mylendonk le había vendido un termómetro.

–¿A mí? No. ¿Es que se dedica a eso? –preguntó el tío.

Pero lo terrible, como se leía claramente en el rostro de su sobrino, era que tampoco le habría extrañado lo más mínimo si la respuesta hubiese sido afirmativa. «Aquí arriba no tenemos frío», se podía leer también en aquel rostro. Sin embargo, el cónsul tenía frío, tenía frío todo el tiempo, a pesar de que la cabeza le ardía, y pensó que, si la enfermera jefe efectivamente le hubiese ofrecido un termómetro, él lo habría rechazado, aunque después de todo habría hecho mal, porque era sabido que una persona civilizada no podía usar el termómetro de otra, por ejemplo, de su sobrino.

Así pasaron algunos días, cuatro o cinco. La vida del enviado del mundo de allá abajo marchaba sobre ruedas, sobre los raíles en que le habían colocado y de los cuales parecía imposible salirse. El cónsul también hacía sus experimentos y vivía nuevas experiencias... No queremos seguir espiándole. Un día que estaba en la habitación de Hans Castorp, tomó de encima de la cómoda una pequeña placa de cristal negro que, entre otros objetos personales con que el ocupante del cuarto había decorado su pulcro hogar, estaba en un pequeño soporte tallado y que, expuesta a la luz, resultó ser el negativo de una fotografía.

–¿Qué es esto? –preguntó el tío, mientras lo miraba.

¡Cómo no iba a preguntar! Un retrato sin cabeza, el esqueleto de un torso humano envuelto en una nebulosa de carne... por cierto, un torso femenino, según se veía...

—¿Eso? Un recuerdo —contestó Hans Castorp.

El tío dijo entonces:

—Oh, perdona. —Y volvió a colocar la plaquita sobre el soporte, apartándose con rapidez.

Éste no es más que un ejemplo de sus experimentos e impresiones de aquellos cuatro o cinco días. También asistió a una conferencia del doctor Krokovski, ya que era inconcebible no hacerlo estando allí. Respecto a la entrevista personal con Behrens que había solicitado, al sexto día le fue concedida. Así se lo notificaron y, después del desayuno, bajó al sótano decidido a cambiar con aquel hombre unas palabras bien firmes sobre su sobrino y el tiempo que estaba perdiendo aquí arriba.

Cuando subió, preguntó con voz dulcificada:

—¿Habías oído alguna vez algo semejante?

Era evidente que Hans Castorp ya había oído cosas semejantes y no iba a sorprenderse de nada, de manera que el cónsul prefirió no seguir hablando y respondió con un simple: «Nada, nada» a la apática pregunta de cómo que le había sido formulada por su sobrino; eso sí, a partir de aquel instante, adquirió una nueva costumbre: la de mirar hacia arriba pero de reojo, con el ceño fruncido y los labios apretados, para luego volver bruscamente la cabeza y fijar su mirada en la dirección opuesta.

¿Habría seguido la conversación con Behrens un curso diferente del que el cónsul había previsto? ¿Se habría hablado no sólo de Hans Castorp, sino también de él mismo, de James Tienappel, de manera que la conversación había perdido su carácter de entrevista personal? El comportamiento del cónsul lo hacía suponer. Se mostraba muy excitado, hablaba mucho, reía sin motivo y, en broma, le daba puñetazos en el costado a su sobrino exclamando: «¿Qué hay, viejo amigo?». De vez en cuando, su mirada se clavaba en un sitio, y luego, bruscamente, en otro; sin embargo, sus ojos también sabían fijarse en direcciones más concretas, tanto en el comedor como durante los paseos obligatorios o durante la tertulia nocturna.

Al principio, el cónsul no había concedido especial atención a una tal señora Redisch, esposa de un industrial polaco, que se sentaba a la mesa de la señora Salomon, ausente por el momento, y del niño comilón de las gafas redondas. Y, de hecho, no era más que una interna como todas las demás —morena y regordeta, para más señas—, no tan joven, con bastantes canas pero con una papada muy sugerente y vivos ojos castaños. De ninguna de las maneras hubiese podido compararse a la educada y refinada esposa del cónsul Tienappel en el mundo de allá abajo. Sin embargo, el domingo por la noche, después de cenar, en el vestíbulo, el cónsul había descubierto, gracias a un vestido negro de lentejuelas muy escotado, que los pechos de la señora Redisch —hermosos pechos de mujer de una blancura mate— iban muy comprimidos dentro de aquel traje, dejando a la vista una amplia panorámica del canal que se formaba entre ambos, y tal descubrimiento había conmocionado y entusiasmado hasta el fondo de su alma a aquel hombre tan refinado y maduro, como si fuese algo absolutamente nuevo, insospechado y nunca visto. Buscó y consiguió trabar relación con la señora Redisch; pasó largo rato charlando con ella, primero de pie, luego sentados, y fue a acostarse canturreando.

Al día siguiente, la señora Redisch ya no llevaba el vestido negro de lentejuelas sino que iba bien tapada; pero el cónsul sabía lo que sabía y se mantuvo fiel a sus impresiones de la noche anterior. Intentaba encontrarse con la dama en los paseos para ir charlando a su lado, inclinándose hacia ella con particular gentileza y encanto. Bebía a su salud en la mesa, gesto al cual ella respondía con una sonrisa que mostraba las brillantes fundas de oro que recubrían algunos de sus dientes, y en una conversación con su sobrino declaró que verdaderamente le parecía una «mujer divina»... y después se puso a canturrear. Hans Castorp asistía a tales acontecimientos con indiferente serenidad, como aceptando lo inevitable. Sin embargo, aquello no parecía consolidar precisamente la autoridad de su pariente mayor que él y, desde luego, armonizaba muy mal con la misión del cónsul.

Dio la casualidad de que, en la misma comida durante la cual la señora Redisch le saludó con su copa levantada –y, además, dos veces: al llegar el plato de pescado y luego cuando sirvieron el sorbete–, el doctor Behrens estaba sentado a la mesa de Hans Castorp y de su invitado. (Como ya sabemos, cada día comía en una de las siete mesas, y en todas ellas le reservaban un cubierto en la cabecera.) Allí estaba, pues, aquel día, con sus enormes manos juntas sobre el plato y con su peculiar bigotito asimétrico, entre Wehsal y el mexicano jorobadito, al que hablaba en español –pues sabía muchísimos idiomas, incluso turco y húngaro–, y sus ojos azules, siempre llorosos y surcados por infinitas venillas, vieron cómo el cónsul Tienappel saludaba a la señora Redisch alzando su copa de burdeos. Más tarde, durante la comida, el doctor pronunció una pequeña conferencia, animado a ello por James, quien, desde el otro extremo de la mesa, le preguntó qué le sucedía al cuerpo al descomponerse. Y añadió que, como el consejero habría estudiado cuanto se refería al cuerpo, como ésta era su especialidad y él era, en cierto modo, un príncipe del cuerpo, por así decirlo, podía contar en detalle lo que pasaba cuando el cuerpo se descomponía.

–Lo principal es que el vientre estalla –contestó el doctor, apoyando los codos en la mesa y la cabeza sobre las manos juntas–. Uno yace ahí, en su ataúd, entre la viruta y el serrín, y entonces los gases empiezan a inflarle y a inflarle, ¿me entiende?, como hacen los chiquillos gamberros con las ranas cuando las llenan de aire con una cañita, y al final acaba uno como un globo y, claro, el vientre no resiste tanta tensión y estalla. ¡Pardiez, menuda liberación! Se queda uno como Judas Iscariote cuando se cayó del árbol, se sacude toda la hojarasca de encima. Bueno, y después de eso ya vuelve a estar presentable. Si le dieran permiso, podría ir a hacer una visita a sus parientes vivos y no les causaría mala impresión. A eso se le llama «echar la peste». Vamos, que si se volviera a salir a pasear por el mundo, aun llegaría a ser un hombre respetable, como los ciudadanos de Palermo que tienen colgados en Porta Nuova, en las catacumbas del convento de los Capuchinos. Ahí están, todos secos y elegantes, y todo el mundo les profesa gran respeto. Lo fundamental es «echar la peste» antes de nada.

—Claro, claro —dijo el cónsul—. Le agradezco infinitamente sus explicaciones. —A la mañana siguiente, había desaparecido.

Escapó en el primer tren que le llevó de regreso al mundo de allá abajo. Naturalmente, lo había dejado todo arreglado. ¿Quién puede suponer lo contrario? Había pagado la cuenta, así como una consulta médica que había tenido lugar con toda discreción, sin decir una palabra de ello a su sobrino; y había preparado sus dos maletas —debió de hacerlo esa noche o de madrugada—, de modo que, cuando Hans Castorp entró en su habitación a la hora del primer desayuno, la encontró vacía.

Con los brazos en jarras dijo:

—Vaya, vaya... —Y una sonrisa melancólica se dibujó en su semblante—. Ahí lo tienes —dijo, meneando la cabeza. Había puesto pies en polvorosa. A toda prisa, en secreto, como si hubiese tenido que aprovechar la determinación del momento antes de pensárselo dos veces, había metido sus cosas en las maletas y se había marchado. Solo, sin el sobrino, sin cumplir su honrosa misión, simplemente feliz por haber logrado escapar sano y salvo. «Ahí tienes al buen tío James, el perfecto caballero burgués huyendo hacia la bandera del mundo de allá abajo. Pues nada, buen viaje», pensó.

Hans Castorp actuó de manera que nadie se diese cuenta de que él era el primer sorprendido ante la súbita partida de su pariente y visitante; sobre todo, que no se diese cuenta el portero cojo que había acompañado al cónsul a la estación.

Recibió una tarjeta postal del lago de Constanza que le

informaba de que el tío James había recibido un telegrama en el que se reclamaba urgentemente su presencia allá abajo por asuntos de negocios. No había querido molestar a su sobrino. Una clara mentira para salir del paso. Le deseaba una feliz estancia durante el tiempo que le quedase. ¿Sería una broma? En tal caso, era una broma bastante forzada, se dijo Hans Castorp, pues no creía que el tío estuviese para muchas bromas cuando se había marchado tan precipitadamente; sin duda, pensaba con horror que después de una semana de permanecer allí arriba, cuando volviese al mundo de allá abajo, habría de pasar bastante tiempo con la sensación de que era un error, de que era antinatural e incluso ilegítimo no dar un paseo inmediatamente después del desayuno y no tumbarse a reposar al aire libre, envuelto en varias mantas como mandaban los cánones, sino, en lugar de eso, tener que ir al despacho. Y esa espantosa idea había sido la causa inmediata de su huida.

Así terminó el intento de recuperar a Hans Castorp para la causa del mundo de allá abajo. El joven no se esforzó por ocultar que aquel fracaso completo, que ya había previsto, era de una importancia decisiva para sus relaciones con las gentes de las tierras llanas. Significaba que, en el mundo de allá abajo, renunciaban definitivamente a él encogiéndose de hombros; para él, sin embargo, representaba la culminación de la libertad, ante cuya perspectiva su corazón había dejado de estremecerse.

OPERATIONES SPIRITUALES

Leo Naphta era natural de una pequeña aldea situada en las cercanías de la frontera de la Galitzia y la Volinia. Su padre, de quien hablaba con respeto —sin duda, porque era consciente de hallarse lo bastante alejado de aquellos orígenes como para poder juzgarlos con benevolencia— había sido *shohet*, matarife según el rito judío, oficio muy diferente del que ejercía el carnicero cristiano, que era comerciante y artesano. No así el padre de Leo, que tenía un cargo de funcionario prácticamente equivalente al de un sacerdote. Elegido por el rabino por su destreza y su devoción, autorizado por él para degollar el ganado según la ley de Moisés y de conformidad con los preceptos del Talmud, Elia Naphta, cuyos ojos azules –según el retrato de su hijo– brillaban con el resplandor de las estrellas y rebosaban serenidad y espiritualidad, tenía él mismo algo de sacerdotal, una solemnidad que recordaba cómo, en los tiempos antiguos, degollar el ganado había sido misión del sacerdote.

Cuando Leo, o Leib, como le llamaban de niño, veía a su padre cumplir las funciones rituales con la ayuda de un corpulento asistente, un joven judío y verdadero atleta al lado del cual el frágil Elías, con su barba rubia, parecía todavía más frágil y más delicado; cuando le veía blandir su gran cuchillo consagrado contra el animal, atado pero no aturdido, y propinarle un profundo corte en la zona de las cervicales, mientras el ayudante recogía la sangre que fluía a borbotones en cubetas que se llenaban de inmediato, el muchacho contemplaba aquel espectáculo con esa mirada infantil que ve más allá de las apariencias sensibles y penetra hasta la esencia de las cosas, una mirada muy característica del hijo de Elías, el sacerdote de los ojos de estrellas. Sabía que los carniceros cristianos tenían que aturdir a los animales con un golpe de maza o de hacha antes de matarlos, y que esta práctica tenía por objeto evitar la crueldad y el sufrimiento de los animales, mientras que su padre, además de ser mucho más delicado y sabio que aquellos ganapanes y de que sus ojos brillasen con una luz que no poseía ninguno de ellos, obraba según la ley, degollando al animal aún consciente y dejando que se desangrase hasta morir. El joven Leib sentía que el método de aquellos burdos *goyim* daba muestra de una bondad profana y entendida a la ligera que no honraba lo sagrado en la misma medida que la solemne ausencia de piedad del acto que practicaba su padre, con lo cual, en la mente del muchacho, la idea de piedad religiosa estaba estrechamente ligada a la idea de crueldad, del mismo modo en que asociaba la vista y el olor de la sangre manando a borbotones con la idea de lo sagrado y lo espiritual. Pues veía claramente que su padre no había elegido su sangrienta profesión por gusto hacia la brutalidad —como pudiera ser el caso de los gordos carniceros cristianos o incluso de su propio ayudante, el atlético judío—, sino por una inclinación de naturaleza espiritual y, dada la fragilidad de su cuerpo, movido por una fuerza más relacionada con el brillo de estrellas de sus ojos.

En realidad, Elia Naphta había sido un soñador y un pensador; no sólo un estudioso de la Torá, sino también un crítico de las Escrituras, cuya interpretación discutía con el rabino, y con frecuencia terminaba peleándose con él. En su comarca —y no sólo entre sus correligionarios— era considerado una persona especial, alguien que sabía muchas más cosas que la mayoría, en parte por su naturaleza espiritual pero en parte también de una manera un tanto oscura que, sea como fuere, excedía los límites del orden normal. Había en él algo extraño, sectario, como si fuera un Elegido, un *Baal-Schem* o un *Zaddik* —es decir, un taumaturgo—, por cuanto, según se decía, una vez había curado realmente a una mujer aquejada de una terrible erupción cutánea, y otra vez a un joven que padecía convulsiones, en ambos casos a base de sangre y de recitar determinados versículos. No obstante, aquella aureola de Elegido con ciertos poderes oscuros de la que formaba parte el olor de la sangre, ligado a su forma de ganarse la vida, hubo de convertirse en su perdición. Elia Naphta sufrió una muerte espantosa a manos de una turba, enloquecida por el misterioso asesinato de dos niños cristianos: fue hallado crucificado, sujeto con clavos a la puerta de su casa en llamas, después de lo cual, su mujer, a pesar de estar enferma de tisis y de tener que guardar cama, había tenido que huir del país con el pequeño Leib y otros cuatro hermanos, todos gritando y gimiendo y alzando los brazos al cielo.

No del todo sin recursos gracias a la previsión de Elia, la familia pudo encontrar asilo en una pequeña ciudad del Vorarlberg, donde la señora Naphta obtuvo un empleo en una fábrica de hilados, que desempeñó durante todo el tiempo que se lo permitieron sus fuerzas, mientras sus hijos más pequeños iban a la escuela pública. Pero si el nivel intelectual de aquella escuela fue bastante para satisfacer el temperamento y las necesidades de los hermanos y hermanas de Leo, a éste, el mayor, no le sucedió lo mismo. Había heredado de su madre el germen de la tisis; su padre, además de una complexión sumamente menuda, le había dejado una inteligencia excepcional, unas dotes intelectuales que no tardaron en aliarse con sus instintos más ambiciosos y con el profundo anhelo de una forma de vida más aristocrática para llevarle a buscar fervientemente cómo ascender y dejar atrás sus orígenes.

Además de la escuela, el adolescente, que contaría unos catorce o quince años por entonces, había devorado indiscriminadamente cuantos libros había podido conseguir para alimentar su mente y su espíritu, sediento de conocimientos. Pensaba y formulaba preguntas ante las cuales su madre enferma no podía sino echar atrás la cabeza y alzar al cielo sus dos delgadas manos. Por su carácter y sus contestaciones en las clases de religión, llamó la atención del rabino del cantón, un hombre piadoso y sabio que decidió darle clases particulares y así satisfacer su sed de conocimientos enseñándole hebreo, griego y latín, para cultivar su faceta más conceptual, e iniciándole en las matemáticas para fomentar su pensamiento lógico. No obstante, la dedicación de aquel buen hombre habría de verse mal recompensada, pues, a medida que pasaba el tiempo, se daba cuenta de que había albergado en su seno a una serpiente. Como ya sucediera entre el padre, Elia Naphta, y su rabino, maestro y alumno chocaron de forma irremediable; entre ellos surgieron diferencias religiosas y filosóficas cada día más irreconciliables, y el apacible erudito sufría lo indecible ante el espíritu de contradicción, rebelde, contestatario y desconfiado, así como ante la inmisericorde dialéctica, del joven Leo. Se añadió a eso que esta hiriente agudeza de ingenio y este espíritu rebelde de Leo terminaron por adoptar un cariz revolucionario: la amistad con el hijo de un diputado socialista del Reichsrat y con aquel mismo demagogo le llevó a meterse en política y a orientar su pasión por la lógica en la dirección de la crítica a la sociedad; Leo pronunciaba discursos que ponían los pelos de punta al buen rabino, quien apreciaba mucho la lealtad personal, y que pusieron el punto final a la relación entre maestro y alumno. En resumen, llegaron a un punto en que el rabino echó de su despacho al joven Naphta; para colmo, justo en la época en que su madre, Rahel Naphta, yacía al borde de la muerte.

En aquella época, poco después del fallecimiento de su madre, Leo trabó conocimiento con el padre Unterpertinger. El joven de dieciséis años se encontraba sentado en un banco del parque de Margarethenkopf, en una pequeña colina al oeste de la pequeña ciudad a orillas del Ill, desde donde se disfrutaba de una espléndida vista sobre el valle del Rin. Allí estaba, pues, sumido en amargos y tristes pensamientos sobre su destino, sobre su futuro, cuando un profesor del internado de los jesuitas Stella Matutina que paseaba por el parque se sentó a su lado, se quitó el sombrero, cruzó las piernas bajo su sotana de cura seglar y, tras pasar un rato leyendo su breviario, entabló una conversación que se desarrolló con gran viveza y que habría de cambiar el destino del joven Leo. El jesuita, un hombre de mundo y de excelente educación, apasionado pedagogo, conocedor de la naturaleza humana y pescador de almas, escuchó con atención las primeras frases sarcásticas y agudamente articuladas con las que el pobre muchacho judío contestaba a sus preguntas. De ellas se desprendía una espiritualidad tan acentuada como torturada y, más allá de eso, unos conocimientos y una capacidad de pensamiento cuya elegancia rayaba en lo perverso y que, a la vista del aspecto desastrado del joven, resultaba tanto más sorprendente. Hablaron de Karl Marx, de quien Leo Naphta había estudiado *El Capital* en una edición popular, y de allí pasaron a Hegel, al que también había leído bastante o en cualquier caso lo suficiente para poder formular algunas observaciones impresionantes. Ya fuera por una predilección general por la paradoja, ya por el deseo de mostrarse cortés, Naphta consideró a Hegel un pensador «católico», y cuando el jesuita le preguntó sonriendo sobre qué podía fundar semejante juicio, puesto que Hegel, en su calidad de filósofo del Estado prusiano, debía ser considerado como esencial y específicamente protestante, él contestó que la propia expresión «filósofo del Estado» confirmaba que hablar del catolicismo de Hegel estaba plenamente justificado en un sentido religioso, aunque no lo estuviera desde el punto de vista dogmático-confesional. Porque (esta conjunción le gustaba especialmente a Naphta; adquiría en sus labios un matiz implacable, demoledor, y sus ojillos brillaban tras los cristales de sus gafas cada vez que podía insertarla en una de sus frases) el concepto de lo político estaba psicológicamente unido al concepto de catolicismo, ambos formaban una misma categoría que comprendía todo lo objetivo, lo activo, todo lo relacionado con la acción y la realización directa, con su repercusión en el mundo real. A esta categoría se opondría la postura protestante, pietista, surgida de la mística. En el pensamiento jesuítico, añadió, se hacía patente la naturaleza pedagógica y política del catolicismo, ya que esta orden había considerado desde siempre que el arte de la política y la educación eran jurisdicción suya. Y, como colofón, citó a Goethe, quien, aun teniendo sus raíces en el pietismo y siendo un claro representante del protestantismo, su pensamiento contenía un fuerte elemento católico, que se evidenciaba en su realismo y en su doctrina de acción. Goethe había defendido la práctica de la confesión y, en su educador, se había mostrado muy próximo a los jesuitas.

Dijera Naphta tales cosas porque así las creía realmente, porque le parecían ingeniosas o porque quería complacer a su interlocutor ya que él no era más que un pobre diablo obligado a adular y calcular con precisión lo que podía servirle o perjudicarle, el caso fue que el padre Unterpertinger se interesó, más que por la sinceridad de sus palabras, por la inteligencia que denotaban, la conversación fue entrando en otros detalles, el jesuita no tardó en enterarse de la situación personal en que vivía Leo y el encuentro terminó con una invitación de Unterpertinger para que fuese a verle al internado.

De esta manera pudo Naphta acceder al entorno de la Stella Matutina, cuyo ambiente científico y elevado nivel social había anhelado desde hacía mucho tiempo, aunque sólo fuese en su imaginación. Además, gracias a aquel giro que había dado su vida, pudo contar con un nuevo maestro y protector, mucho mejor dispuesto que el anterior a valorar y estimular sus dotes naturales, un maestro cuya bondad —una bondad fría— era fruto de su amplia experiencia de la vida y de cuyo círculo el joven deseaba fervientemente entrar a formar parte. Como muchos judíos inteligentes y talentosos, Naphta tenía un instinto revolucionario y, al mismo tiempo, aristocrático; era socialista y, al mismo tiempo, albergaba el sueño de llevar una vida rodeada de distinción, refinamiento y reconocimiento. Las primeras palabras que le había inspirado la presencia de un teólogo católico, aunque él las hubiese concebido y formulado como un análisis comparativo, en el fondo habían supuesto una declaración de amor hacia la Iglesia romana, que él veía como una fuerza noble a la par que espiritual, es decir: antimaterial, opuesta a la realidad puramente objetiva, opuesta a lo mundano y, por consiguiente, revolucionaria. Y aquella declaración de amor era sincera y nacía de lo más hondo de su ser; pues, como él mismo manifestara, el judaísmo, por su orientación hacia lo terrenal y objetivo, por su inclinación hacia el socialismo y por su visión política de la espiritualidad, se encontraba infinitamente más cerca de la esfera de pensamiento católico que del protestantismo en su subjetividad mística e individualista, y, por lo tanto, constituía un paso espiritual mucho más fácil la conversión de un judío al catolicismo que la de un protestante.

Enemistado con el pastor de la comunidad religiosa en la que había nacido, huérfano y abandonado y, además, ansioso de respirar un aire más puro y conocer aquellas formas de vida que sus dotes intelectuales reclamaban, Naphta, que había llegado a la mayoría de edad hacía algún tiempo, estaba tan impaciente por franquear el umbral de la nueva confesión que su «descubridor» no necesitó esfuerzo alguno para ganar aquella mente excepcional para la causa de su religión. Antes incluso de recibir el sacramento del bautismo, Naphta había encontrado asilo provisional en la institución de los jesuitas, que cubría sus necesidades espirituales y materiales, por mediación del padre Unterpertinger. Se trasladó allí y, con la conciencia absolutamente tranquila y la insensibilidad de quien se sabe perteneciente a la aristocracia intelectual, abandonó a sus hermanos a la beneficencia y al destino que su propia mediocridad les deparaba.

Las tierras de la Stella Matutina eran muy extensas, así como sus instalaciones, que podían acoger a cuatrocientos internos. El complejo incluía bosques y prados, media docena de campos de juego, un sector destinado a la agricultura y establos para cientos de cabezas de ganado. La institución de los jesuitas era, a un mismo tiempo, internado, granja modelo, academia de deportes, escuela de eruditos y templo de las musas, pues constantemente celebraban allí obras de teatro y conciertos. La vida era señorial y monacal a la vez. La disciplina y elegancia, su alegría discreta, su espiritualidad, su pulcritud y su minuciosa organización de la jornada para aprovechar al máximo el tiempo halagaban los instintos más profundos de Leo. Era infinitamente feliz. Disfrutaba de los excelentes manjares que allí se servían en un espacioso refectorio donde –al igual que en los pasillos– se respetaba estrictamente el voto de silencio y donde la única voz era la del joven prefecto que leía en alto a los comensales desde una tarima. Su afán por el estudio era ardiente y, a pesar de su debilidad física, hacía toda clase de esfuerzos para estar a la altura en los juegos deportivos de la tarde. La devoción con que oía la primera misa cada mañana y tomaba parte en la misa mayor de los domingos complacía mucho a los padres-pedagogos jesuitas. También su comportamiento y sus maneras eran absolutamente satisfactorios. Los días de fiesta, por la tarde, tras tomar un vino con bizcocho, salía a pasear vestido con el uniforme gris y verde de la institución, con cuello alto, pantalón con una franja vertical en los lados y bonete.

Sentía un profundo agradecimiento ante las consideraciones que tenían los jesuitas en lo que se refería a su origen, su reciente conversión al catolicismo y su situación personal en general. Nadie parecía saber que ocupaba una plaza gratuita en el internado. Las reglas de la casa desviaban la atención de sus compañeros del hecho de que no tuviese familia ni patria. A nadie le estaba permitido recibir paquetes de comida o golosinas, y los que llegaban a pesar de las órdenes se repartían entre todos, y también Leo disfrutaba de una parte. El cosmopolitismo de la institución impedía que la raza del joven judío llamase la atención. Allí estudiaban jóvenes extranjeros, sudamericanos de origen portugués que parecían más «judíos» que él, con lo cual se perdía toda noción de diferencia. El príncipe etíope que había ingresado al mismo tiempo que Naphta era de un tipo parecido y, además, tenía un porte muy distinguido.

En la clase de retórica, Leo manifestó el deseo de estudiar teología para pertenecer a la orden algún día si era digno de ello. A partir de aquel momento, fue trasladado del «segundo pensionado», donde el régimen era algo más modesto, al «primer pensionado». Ahora era atendido por criados que le servían en la mesa, y su habitación se hallaba entre la de un conde de Silesia, Von Harbuval und Chamaré, y la del marqués di Rangoni-Santacroce, de Módena. Obtuvo un brillante éxito en los exámenes y, fiel a sus propósitos, cambió el internado por la casa de novicios de la localidad vecina de Tisis, con objeto de llevar una vida de humildad y servicio al prójimo, disciplina religiosa y obediencia en silencio que habría de procurarle el placer espiritual que en otros tiempos encontrara en determinado fanatismo.

Sin embargo, su salud fue debilitándose. Aunque no tan directamente por la dureza de su vida de novicio, en la que no faltaba el esfuerzo físico, como por su excitación interior. La agudeza y la sofisticación de los procedimientos pedagógicos a los que estaba sometido era muy acorde con sus capacidades personales, pero también las estimulaba en un grado extremo. Todas aquellas operaciones mentales a las que dedicaba el día entero y aun parte de la noche, todos aquellos ejercicios espirituales, exámenes de conciencia, reflexiones, consideraciones y elucubraciones le llevaban a enredarse con una terrible pasión en mil contradicciones, dificultades y paradojas. Naphta era la desesperación —al mismo tiempo que la gran esperanza— de su director espiritual, a quien su furor dialéctico y su retorcimiento innato traían diariamente por la calle de la amargura.

«*Ad haec quid tu?*», preguntaba, y los ojillos le brillaban tras los cristales de las gafas... Al pobre sacerdote no le quedaba más remedio que exhortarle a la plegaria para que consiguiese la paz de espíritu que tanto necesitaba: «*Ut in aliquem gradum quietis in anima perveniat*». Sin embargo, aquella «paz», cuando la alcanzaba, consistía en un embotamiento completo de la individualidad, reducía ésta a la categoría de mero instrumento; era la paz de quien está muerto intelectualmente, cuyos escalofriantes signos externos podía estudiar el joven Naphta en algunos de los rostros de mirada vacía que le rodeaban, pero a la que él nunca conseguiría llegar, a no ser a través del máximo deterioro físico.

La grandeza de espíritu de sus superiores se reflejaba en el hecho de que estos escrúpulos y conflictos no afectaban en absoluto a la estima de que Naphta gozaba entre ellos.

El padre provincial mismo le convocó a finales de su segundo año de noviciado, habló con él y accedió a admitirle en el seno de la orden; así pues, el joven seminarista, que ya había recibido cuatro ordenaciones menores —ostiariado, acolitado, lectorado y exorcistado— y realizado los primeros votos, entrando con ello a formar parte de la orden definitivamente, fue enviado a Falkenburg, en Holanda, para comenzar sus estudios superiores de teología.

Tenía entonces veinte años, y tres más tarde, a consecuencia de un clima nocivo y de sus enormes esfuerzos intelectuales, su enfermedad heredada había avanzado tanto que su permanencia allí ponía en peligro su vida. Un fuerte vómito de sangre alarmó a sus superiores y, después de pasar semanas entre la vida y la muerte, apenas restablecido, fue devuelto a la institución en que había sido educado, donde le proporcionaron un empleo como prefecto, supervisor de los internos y profesor de humanidades y filosofía. Este tipo de servicio a la orden, por otro lado, era obligatorio como parte de la trayectoria habitual, pero, después de unos años, se volvía al colegio para continuar los estudios teológicos y terminarlos en otros siete años. Naphta no habría de dar este paso. Continuaba enfermo; el médico y los superiores juzgaron que aquel tipo de trabajo, en aquel lugar, al aire libre, con los alumnos y realizando algunas labores agrícolas, le convenía por el momento. Recibió la primera de las órdenes superiores y obtuvo el derecho a cantar la Epístola en la misa del domingo, derecho que, por otra parte, nunca ejerció, en primer lugar, porque carecía de toda aptitud musical, y, en segundo, porque su voz débil y quebradiza no hubiese sido nada adecuada de todas maneras. No fue más allá del subdiaconado —no llegó al diaconado ni a ser ordenado sacerdote— y, como los vómitos de sangre se repetían y la fiebre no terminaba de remitir, la orden había asumido los costes de un tratamiento prolongado; Naphta había elegido instalarse en Davos y allí vivía desde hacía casi seis años. Su estancia en la alta montaña ya no podía llamarse tratamiento, era una condición indispensable para salvar su vida, menos penosa gracias a su actividad de profesor de latín en el liceo de Davos, especial para enfermos...

Todas esas cosas y otros muchos detalles más fueron revelados a Hans Castorp por boca del mismo Naphta durante sus visitas a la suntuosa «celda» –solo, o bien acompañado de sus vecinos de mesa, Ferge y Wehsal, a quienes había presentado a Naphta– o cuando se encontraban paseando y regresaban juntos hasta Dorf. Iba recopilando esos datos al azar, a veces en forma de retazos, otras como relatos coherentes, y no sólo él por su parte los encontraba muy curiosos, sino que incitaba a Ferge y a Wehsal a considerarlos así también. Ferge, obviamente, decía que las cosas elevadas no eran para él (ya conocemos que lo único que le había llevado más allá de las contingencias humanas más elementales había sido la experiencia del shock pleural). El segundo, en cambio, mostraba una visible simpatía moral por la feliz suerte que había corrido un hombre oprimido en sus orígenes, la cual, para no colmarle luego de excesiva felicidad, parecía haberse agotado hasta el punto de abandonarle a merced de la enfermedad común a todos ellos.

Hans Castorp, sin embargo, lamentaba profundamente que la suerte hubiese dejado de sonreír a Naphta y pensaba con orgullo y preocupación en Joachim, en el hombre de honor que, con un esfuerzo heroico, había desgarrado las resistentes redes de la verborrea de Radamante para huir hacia su bandera; y, de hecho, se imaginaba a su primo agarrado al asta levantando los tres dedos de la mano derecha para prestar juramento de fidelidad. También Naphta había jurado fidelidad a una bandera, también él había sido acogido bajo la protección de una bandera, como él mismo decía cuando hablaba a Hans Castorp de las reglas de su orden; cierto es que, con sus ideas y particulares combinaciones intelectuales, le era menos fiel que Joachim a la suya.

En cambio, él, Hans Castorp, cuando escuchaba con atención al ex jesuita –o al futuro jesuita–, se sentía reforzado en su opinión de civil, de hijo de la paz, de que ambos debían de sentir simpatía e identificarse con la profesión y la posición del otro. Ambas eran, de algún modo, castas militares, muy similares en todos los aspectos: en el ascetismo, en la importancia de la jerarquía, en la obediencia y la rigurosa idea de honor, un honor «a la española». Esto último era especialmente patente en la orden de Naphta, que efectivamente era de origen español y cuyo «reglamento» espiritual, equivalente al que Federico de Prusia impondría más adelante a su infantería, en su origen había sido redactado en lengua española, lo cual llevaba a Naphta a utilizar con frecuencia expresiones españolas en sus relatos y explicaciones. Así pues, hablaba de *dos banderas* en torno a las cuales los ejércitos se reunían para la gran batalla: la batalla entre el Infierno y la Iglesia, ésta en la región de Jerusalén, a las órdenes de Jesús, el *capitán general* de todos los justos, y aquélla en la llanura de Babilonia, donde el *caudillo* a la cabeza de las tropas era Lucifer...

¿No era acaso la institución Stella Matutina una verdadera escuela de cadetes cuyos alumnos, agrupados en «divisiones», debían observar –por su propio honor– un comportamiento medio eclesiástico medio militar? ¿No se aunaban en ella los símbolos de la golilla española y el cuello rígido del uniforme militar? ¡Con qué claridad –pensaba Hans Castorp– se daban en la carrera que Naphta desgraciadamente había tenido que abandonar a causa de su enfermedad la idea de honor y el deseo de destacarse de la masa por dar muestra de él que tan esencial papel desempeñaban en la profesión de Joachim! Oyendo a éste, su orden no se componía sino de oficiales extraordinariamente ambiciosos, con la única motivación de distinguirse en el servicio (*Insignes esse*, se decía en latín). Según la doctrina y el reglamento de su fundador y primer general, Ignacio de Loyola, rendían un servicio mucho mayor y más glorioso que cuantos obraban únicamente guiados por la razón. Además, su obra se realizaba *ex supererogatione*, más allá del deber, pues no sólo ejercían resistencia a la sublevación de la carne —*rebellioni carnis*—, lo cual, en suma, venía a ser lo mismo que hace todo hombre en su sano juicio, sino que incluso combatían tendencias a la sensualidad, al amor propio y al amor a la vida, en cosas que sí se permitían a los demás. Porque combatir al enemigo activamente —*agere contra*—, es decir: atacar, era más honroso que limitarse a defenderse —*resistere*—. «Debilitar y destrozar al enemigo», decía el reglamento de la Compañía de Jesús, y, una vez más, su autor, Ignacio de Loyola, coincidía con el capitán general de Joachim y con Federico de Prusia, en su regla de oro de la guerra: «¡Atacar! ¡Atacar! ¡No dar tregua al enemigo! *Attaquez donc toujours!*».

Con todo, el principal elemento común entre el universo de Naphta y el de Joachim era su relación con el derramamiento de sangre y el axioma de que no había que refrenarse en ello: aquí se revelaban como dos mundos, órdenes y condiciones sumamente similares, y para un hijo de la paz resultaba muy interesante oír hablar a Naphta de monjes guerreros de la Edad Media, que, ascetas hasta el agotamiento y, al mismo tiempo, ávidos de conquistar el poder espiritual, no reparaban en derramar cuanta sangre fuera necesaria en aras de la venida del Estado de Dios, del reino de lo sobrenatural sobre la tierra; de templarios luchadores que juzgaban más meritoria la muerte en la batalla contra los infieles que la muerte en su cama, y que estimaban que matar o morir por Cristo no era un crimen, sino la gloria suprema. ¡Menos mal que Settembrini no oía tales cosas! Seguro que el «charlatán» habría pronunciado un insufrible discurso en defensa de la paz; sin embargo, en su propio programa había lugar para la guerra civilizadora, la santa guerra nacional contra Viena, y Naphta se aprovechaba de esa pasión y debilidad de su adversario para castigarlo con su sarcasmo y su desprecio. Al menos, mientras el italiano expresara su fervor por tales ideas, Naphta haría gala de su cosmopolitismo cristiano, diría que todos los países eran su patria porque, al mismo tiempo, ninguno lo era, y repetiría en un tono hiriente las palabras de un general de su orden llamado Nickel, según el cual el amor a la patria era «una peste y la más segura muerte del amor cristiano».

Naturalmente, cuando Naphta decía que el patriotismo era una peste lo hacía en nombre del ascetismo; y ¡qué no entendería él por ascetismo, qué no iría en contra de tal principio en su opinión! No sólo el amor a la familia y al país sino también el amor a la salud y a la vida; ese amor era precisamente lo que reprochaba al humanista cuando éste predicaba la paz y la felicidad; le acusaba, en tono belicoso, de amar la carne –*amor carnalis*–, de amar las comodidades personales –*amor commodorum corporis*–, y le decía a la cara que conceder la menor importancia a la vida y a la salud eran una muestra de irreligiosidad burguesa de la peor índole. Así sucedió durante la fuerte discusión sobre la salud y la enfermedad que se entabló un día, ya muy cerca de la Navidad, durante un paseo por la nieve hasta Davos Platz, en la que volvieron a salir a la luz estas divergencias y en la que tomaron parte Settembrini, Naphta, Hans Castorp, Ferge y Wehsal; todos un poco febriles, aturdidos y a la vez excitados de tanto hablar y caminar con aquel frío glacial de las alturas; todos presa de escalofríos, tanto los que tuvieron un papel activo en la disputa –a saber, Naphta y Settembrini– como los que se mantuvieron pasivos o se limitaron a hacer breves intervenciones; todos fervientemente entusiasmados hasta el punto de que, olvidándose de todo, se detenían con frecuencia formando un grupo que gesticulaba, se robaba la palabra y obstruía el paso sin atender a los demás paseantes, que tenían que dar un rodeo para seguir su camino y que también se paraban con ellos, les escuchaban un rato y se quedaban atónitos ante sus sofisticadísimos argumentos.

El punto de partida de la discusión había sido Karen Karstedt, la pobre Karen de los dedos en carne viva, que había muerto hacía poco. Hans Castorp no se había enterado de su repentino empeoramiento ni de su *exitus*; de lo contrario, habría asistido de buen grado a su entierro en calidad de compañero, y más aún porque le gustaban los funerales en general. No obstante, la discreción habitual en el lugar había hecho que se enterase demasiado tarde del deceso de Karen, cuando ésta ya descansaba en el jardín del geniecillo del silencio, para siempre en posición horizontal. *Requiem aeternam...* Hans Castorp dedicó algunas palabras amistosas a su memoria, lo cual llevó a Settembrini a hacer una broma sobre la actividad caritativa de Hans, sobre sus visitas a Leila Gerngross, al industrial Rotbein, a la señora Zimmermann, la «señora Desbordante», al presuntuoso hijo de *Tous-les-deux* y a la desgraciada Natalie von Mallinckrodt, además de burlarse de las costosas flores con las que el ingeniero había dado muestra de su devoción a toda aquella ridícula panda de moribundos. Hans Castorp le respondió que, en efecto, los receptores de sus atenciones, a excepción –por el momento– de la señora Mallinckrodt y del joven Teddy, habían muerto, y Settembrini preguntó si acaso tal circunstancia les hacía más respetables.

–¿No hay una cosa –contestó Hans Castorp– que se llama el respeto cristiano ante la miseria humana?

Y antes de que Settembrini tuviese tiempo de replicar, Naphta comenzó a hablar de los excesos de caridad cristiana que habían caracterizado la Edad Media, de sorprendentes casos de fanatismo y exaltación en los cuidados tributados a enfermos; de hijas de reyes que habían besado las llagas purulentas de los leprosos, contraído voluntariamente la lepra, llamando rosas a las úlceras que se formaban sobre sus cuerpos, bebido agua en la que se habían lavado el pus los enfermos y afirmado luego que nada en el mundo les había sabido mejor.

Settembrini fingió sentir deseos de vomitar. Más que lo físicamente repugnante de aquellas imágenes, le revolvía el estómago la monstruosa deformación del concepto de la caridad activa de que daban muestra. Y se irguió, de nuevo en una actitud de serena dignidad, para hablar de las formas modernas de la caridad humanitaria, de la victoria alcanzada sobre aquellas horribles enfermedades contagiosas gracias a la higiene, las reformas sociales y ciertos grandes descubrimientos de la medicina.

Sin embargo —contestó Naphta—, esos adelantos tan respetables desde el punto de vista burgués hubieran sido de muy poca utilidad en los siglos que acababa de evocar, ni a los enfermos y miserables ni a los sanos y felices que se habían mostrado caritativos con ellos, si bien no tanto por compasión como para alcanzar la salvación de su alma. Pues una reforma social efectiva hubiera privado a los unos del principal medio para hacer penitencia y a los otros de su estado sagrado. Así pues, mantener la pobreza y la enfermedad había interesado a ambas partes, y tal concepción de las cosas podía considerarse sostenible en la medida en que también pudiera sostenerse un punto de vista estrictamente religioso.

Un punto de vista bastante sórdido... —exclamó Settembrini— y una postura cuya ingenuidad no se rebajaba a rebatir siquiera. Porque tanto la idea de la «pobreza sagrada» como lo que había dicho el ingeniero sobre el «respeto cristiano hacia la miseria humana» era una falacia, estaba basado en una pura ilusión, en una visión equivocada de la piedad, en una trampa psicológica. La compasión que el hombre sano manifiesta hacia los enfermos y que eleva hasta convertirla en respeto porque no puede imaginar cómo hubiese podido soportar él tales sufrimientos, esa compasión es muy exagerada, no tiene nada que ver con el enfermo en realidad, es el resultado de un error de razonamiento, de una absurda figuración, en la medida en que el hombre sano imagina que el enfermo vive y siente de la misma manera que él, que el enfermo es sencillamente un hombre sano que ha de soportar el tormento de la enfermedad; y eso es un craso error. El enfermo es un enfermo, con el carácter particular y la sensibilidad alterada que implica la enfermedad; la enfermedad altera al hombre de forma que éste pueda convivir con ella, y en virtud de tal convivencia se da en el enfermo cierta insensibilización al dolor, una pérdida de facultades o incluso de la conciencia y toda suerte de fenómenos de adaptación que la propia naturaleza produce para conseguir un alivio tanto físico como espiritual y que el hombre sano, en su ingenuidad, se olvida de tener en cuenta. El mejor ejemplo estaba en la pandilla de tuberculosos alocados de allí arriba, en su ligereza, su estupidez y frivolidad, en su falta de voluntad de recobrar la salud. En una palabra, si el hombre sano que da muestra de esa compasión respetuosa estuviese enfermo, se daría cuenta de que la enfermedad, desde luego, es un estado excepcional del cuerpo, aunque en modo alguno un estado honorable, y de que la había tomado demasiado en serio.

En este punto, Anton Karlovich Ferge protestó en defensa del shock pleural frente a tales difamaciones y tal falta de consideración. ¿Cómo que se había tomado demasiado en serio su shock pleural? ¡Pues sólo faltaba!

Su nuez saliente y su simpático bigote subían y bajaban de excitación, y él no estaba dispuesto a consentir que se infravalorase lo mucho que había sufrido. Él no era más que un hombre sencillo, representante de una compañía de seguros, y todas las cosas elevadas le eran ajenas; hasta esa conversación le superaba con creces. Ahora bien, si Settembrini pretendía incluir el shock pleural −aquel infierno de cosquillas, con aquel insoportable hedor a azufre y los tres síncopes en los que cada vez había visto todo de un color diferente− en los fenómenos que había citado, él se veía obligado a protestar y a decir mil veces que no. En su caso no podía hablarse de sensibilidad disminuida, de beneficiosa pérdida de la conciencia ni de un error de la imaginación; aquello era la barrabasada más grande y repugnante que podía existir bajo el sol, y quien no la hubiese vivido no tenía ni idea del horror que...

—Bueno, bueno —dijo Settembrini—. El ataque del señor Ferge va ganando grandeza a medida que pasa el tiempo, y pronto acabará flotando sobre su cabeza como una aureola.

Él por su parte, no tenía en demasiada estima a los enfermos que se creían con derecho a ser admirados. Él mismo estaba enfermo y bastante grave y, sin poner en ello la menor afectación, más bien se sentía inclinado a avergonzarse. Por otra parte, hablaba de una manera impersonal, filosófica, y lo que había señalado sobre las diferencias en la naturaleza y las sensaciones del enfermo y del hombre sano estaba perfectamente fundamentado; bastaba pensar en las enfermedades mentales, en las alucinaciones, por ejemplo. Si a uno de sus compañeros allí presentes, ya fuese el ingeniero o el señor Wehsal, esa noche, en el crepúsculo, se le apareciera en un rincón de su habitación su padre muerto mirándole y hablándole, eso sí sería para el caballero una tremenda aberración, una experiencia que le dejaría conmocionado y trastornado hasta tal punto que, antes de perder la razón, se apresuraría a escapar de la habitación e iniciar un tratamiento psiquiátrico. ¿No estaba en lo cierto? Pero la broma consistía precisamente en que eso no podía ocurrir de ningún modo a ninguno de los presentes, puesto que estaban en su sano juicio. Si tal cosa les ocurriese, ya no estarían sanos, sino enfermos, y ya no reaccionarían como un hombre sano, es decir, huyendo espantados, sino que verían aquella aparición como algo completamente normal y entablarían una conversación con ella, como de hecho hacen los que sufren alucinaciones; y creer que la alucinación constituía un motivo de espanto para quienes la tenían era un error de enfoque que cometía la persona sana.

Settembrini describió al padre difunto aparecido en el rincón de la habitación de una manera muy cómica y plástica.

Todos se echaron a reír, incluso Ferge, a pesar de que estaba dolido por el poco aprecio que se manifestaba por su infernal aventura. El humanista, por su parte, sacó partido de aquella animación para seguir comentando y defendiendo la poca estima que en su opinión merecían los alucinados y, en general, todos los *pazzi*. Opinaba que esas personas se tomaban demasiadas libertades y que a menudo ellas mismas podrían contener su demencia perfectamente, como él había podido observar durante alguna visita a un hospital de enfermos mentales. Pues cuando un desconocido o un médico aparecían por la puerta, el alucinado solía dejar de hacer muecas, hablar solo y gesticular, y se comportaba con normalidad durante todo el tiempo que se sentía observado para luego volver a desvariar a sus anchas. La demencia era, pues, en muchos casos, una muestra de abandono y, en ese sentido, servía a las naturalezas débiles de refugio y escudo contra una gran pena o contra una desgracia que no se creían capaces de soportar estando cuerdos. Claro que ahí todo el mundo podía considerarse con derecho a renunciar a la cordura, aunque él, Settembrini, se la había devuelto a muchos, al menos pasajeramente, con sólo mirarles fijamente y oponer a sus desvaríos una actitud de absoluta frialdad racional.

Naphta rio sarcásticamente, mientras que Hans Castorp aseveró que creía enteramente posible lo que Settembrini había contado. Cuando imaginaba a Settembrini sonriendo bajo sus bigotes y mirando a los ojos del enfermo mental, llamando a la razón con gesto implacable, comprendía perfectamente que el pobre diablo concentrase todas sus fuerzas e hiciese honor a la cordura, por más que la aparición del señor Settembrini se le antojase como un acontecimiento harto desagradable.

Sin embargo, Naphta también había visitado algún sanatorio mental y recordaba haber estado en el pabellón de los «casos extremos» de uno de ellos y haber contemplado escenas ante las cuales, ¡Dios mío!, la fría mirada racional y la sana influencia del señor Settembrini no habrían servido de nada: escenas dantescas, grotescas imágenes de la angustia y el tormento, locos completamente desnudos encogidos en las tinas de agua donde tenían que mantenerlos, adoptando todas las posturas imaginables de espanto y estupor; algunos chillando de dolor, otros, con los brazos en alto y la boca abierta, riendo desaforadamente con unas carcajadas en las que se mezclaban todos los elementos del infierno...

–¡Ajá! –exclamó Ferge, y se tomó la libertad de recordar su propio ataque de risa, las carcajadas que había lanzado durante el célebre shock pleural.

En resumen, la implacable pedagogía del señor Settembrini habría fracasado por completo ante la escena del pabellón de los «casos extremos», en tanto que el sobrecogimiento y la piedad religiosa hubieran constituido una reacción mucho más humana que aquella arrogante defensa de la razón a toda costa con que nuestro brillantísimo Caballero del Sol y representante del mismísimo rey Salomón pretendía combatir la locura.

Hans Castorp no tuvo tiempo de reflexionar sobre los títulos con que Naphta acababa de nombrar a Settembrini. Se propuso fugazmente documentarse sobre ellos en cuanto tuviera ocasión; por el momento, la conversación seguía absorbiendo toda su atención, pues Naphta juzgaba con dureza las tendencias generales que incitaban al humanista a conceder, por principio, todos los honores a la salud y, en cambio, desestimar e incluso despreciar la enfermedad, una curiosa y casi loable muestra de menosprecio hacia la propia persona, teniendo en cuenta que el mismo Settembrini estaba enfermo. Su actitud, la cual no dejaba de estar cimentada sobre un error por digna que pudiera parecer, era consecuencia de un respeto y una devoción hacia el cuerpo que sólo se justificaría considerando a éste en su estado original, muy cercano a Dios, y no en un estado de degradación –statu degradationis–, como era el caso de la enfermedad. Porque el cuerpo, creado inmortal, había caído en la degradación y en lo repugnante, en lo corruptible y mortal por culpa del envilecimiento de la naturaleza como consecuencia del pecado original, se había convertido en la cárcel, la mazmorra del alma y sólo servía para despertar el sentimiento de vergüenza y confusión –*pudoris et confusionis sensum*–, en palabras de san Ignacio.

Hans Castorp apuntó entonces que también el humanista Plotino hablaba de ese sentimiento, pero Settembrini, haciendo un gesto con la mano como quien arroja algo hacia atrás por encima del hombro, le rogó que hiciese el favor de no confundir los conceptos y se limitase a escuchar con atención.

Entretanto, Naphta abordó el tema del respeto que en la Edad Media cristiana había hacia la miseria del cuerpo, de la aprobación con que la religión había visto los sufrimientos de la carne, ya que las úlceras del cuerpo no sólo hacían patente su corruptibilidad, sino que reflejaban la venenosa corrupción del alma de una manera edificante y satisfactoria para el espíritu, mientras que la belleza del cuerpo era un fenómeno engañoso y ofensivo para la conciencia, que era preciso rechazar humillándose profundamente ante la enfermedad. *Quis me liberabit de corpore mortis hujus?* ¿Quién me liberará de este cuerpo de muerte? Aquí hablaba la voz misma del espíritu, la voz eterna de la verdadera humanidad.

No, no; aquélla era una voz nocturna –como objetó Settembrini exaltado–, la voz de un mundo en el que el sol de la razón y la humanidad no había salido todavía. Es más, aunque su cuerpo estuviese envenenado y enfermo, él había logrado mantener su espíritu lo bastante sano y libre de funestos contagios como para batirse con el clericucho de Naphta en defensa del cuerpo y mofarse de las supuestamente elevadas cuestiones del alma. Se atrevía a afirmar incluso que el cuerpo humano era el verdadero templo de Dios, a lo que Naphta contestó que ese tejido que llamamos cuerpo no era sino el velo que separaba al hombre de la eternidad, con lo cual Settembrini protestó de nuevo y le prohibió terminantemente que utilizase la palabra «humanidad» en ese sentido... y así sucesivamente.

Con la cara aterida de frío, sin sombrero y con botas de goma, unas veces haciendo crujir bajo sus pies la nieve endurecida y cubierta de ceniza que hacía más alta la acera, otras hundiéndolos en la abundante y blanda nieve de la calle —Settembrini, enfundado en un chaquetón de invierno cuyo cuello y puños de piel de castor estaban raídos por el uso pero que él llevaba con gran elegancia; Naphta, con un abrigo negro de cuello muy subido, largo hasta los pies y enteramente forrado de piel, aunque ésta no se veía por fuera— discutían todos esos principios con el más apasionado entusiasmo; y ocurría con frecuencia que ya no se dirigían el uno al otro, sino a Hans Castorp, a quien el que tenía la palabra exponía y defendía sus argumentos señalando a su adversario con la cabeza o con el dedo pulgar. Hans Castorp iba entre los dos, volvía la cabeza a un lado, luego a otro, aprobaba ahora a éste, luego a aquél, o se detenía echando el cuerpo hacia atrás, un poco ladeado, y gesticulaba con la mano cubierta por un guante para hacer alguna observación personal —obviamente, harto fútil—, mientras que Ferge y Wehsal iban girando en torno a ellos tres, les adelantaban, se quedaban atrás o caminaban a su lado hasta que algún paseante rompía la fila.

Los comentarios de éstos motivaron que la conversación se orientase hacia cuestiones más concretas y, despertando un creciente interés por parte de todos, entró en los problemas de la incineración, el castigo corporal, la tortura y la pena de muerte. Fue Ferdinand Wehsal quien sacó a colación el tema del castigo físico, y Hans Castorp pensó que semejante comentario era muy propio de él. No sorprendió a nadie que Settembrini recurriese a sus más efectivas palabras para arremeter, en nombre de la dignidad humana, contra un procedimiento tan salvaje, ya fuera con supuestos fines pedagógicos o penales; y tampoco fue ninguna sorpresa, aunque sí chocó la siniestra desvergüenza con que lo hizo, que Naphta se declarase partidario de los azotes. Según él, era absurdo hablar de dignidad humana, pues la verdadera dignidad estaba en el espíritu, no en el cuerpo, y como el alma humana sentía una fuerte inclinación a extraer toda su alegría de vivir del cuerpo, los dolores que se provocaban a éste constituían un medio muy recomendable para acabar con el placer de los sentidos y, en cierta manera, recuperar el espíritu como fuente del placer y así devolverle su poder. Era un reproche infantil considerar el castigo corporal de los azotes como algo particularmente humillante. Santa Isabel de Hungría había sido flagelada hasta sangrar por su confesor, Konrad von Marburgo; según la leyenda, «su alma ascendía hasta el tercer coro celestial», y ella misma había azotado a una pobre anciana que tenía demasiado sueño para confesarse. ¿Acaso era posible calificar de inhumanas o bárbaras las autoflagelaciones que practicaban los miembros de ciertas órdenes o sectas, o incluso personas corrientes, a fin de fortalecer en su interior el principio del espíritu? Considerar un progreso la prohibición legal de los castigos corporales en los países que se juzgaban noblemente civilizados era una idea cuya firmeza la hacía parecer todavía más cómica.

—Al menos hay que admitir sin lugar a dudas —dijo Hans Castorp— que, dentro de esta oposición entre el cuerpo y el espíritu, el cuerpo encarna el principio malo y diabólico... encarna... carne... ¡Ja, ja, ja! ¡Qué gracia...! En la medida en que el cuerpo, por naturaleza, es naturaleza... ¡Ja, ja, ja! ¡Eso también es muy bueno: naturaleza por naturaleza...! Y en la medida en que la naturaleza, en oposición al espíritu, a la razón, es declaradamente mala, místicamente mala, si es que uno puede arriesgarse a formularlo así, basándose en su formación y sus conocimientos. Partiendo de esta base, es lógico tratar el cuerpo en consecuencia, es decir, aplicarle unos medios de castigo que también pueden considerarse místicamente malos, y me atrevo a expresarlo así por segunda vez. Tal vez si el señor Settembrini hubiese tenido a su lado a una santa Isabel, cuando la debilidad de su cuerpo le impidió ir a aquel congreso sobre el progreso de Barcelona...

Todos rieron y, como el humanista intentó protestar, Hans Castorp se apresuró a narrar las palizas que él mismo había recibido en tiempos... En su colegio eran frecuentes tales castigos, y en las aulas de los cursos inferiores solía haber fustas, aunque los maestros, por cierta consideración social, jamás le hubiesen puesto la mano encima; un día, sin embargo, había recibido una paliza que un condiscípulo más fuerte le había propinado con una vara en los muslos y las pantorrillas, cubiertas nada más que por las medias, que le había producido un dolor espantoso, infame, inolvidable, casi místico, y entre vergonzantes hipidos se había echado a llorar como una magdalena, a llorar de rabia ante tan humillante suplicio...

—Con perdón... ¡Ja, ja, ja! No se tome a mal este juego con el significado de su apellido, señor Wehsal.

Mientras el señor Settembrini ocultaba el rostro entre las manos, enfundadas en unos guantes de cuero muy usados, Naphta preguntó con su sangre fría de hombre de Estado cómo se podría dominar a los criminales rebeldes si no era recurriendo a los palos y los golpes, que, desde luego, estaban sumamente indicados en una cárcel. Una cárcel humanitaria era una especie de compromiso estético, una solución a medias nada satisfactoria; y el señor Settembrini, por mucho que fuese un orador enamorado de las bellas frases, en el fondo no entendía absolutamente nada de la belleza. En el terreno de la pedagogía, según Naphta, el concepto de dignidad humana que defendían quienes pretendían suprimir el castigo corporal, estaba basado en el individualismo liberal de la época del humanismo burgués, que venía a ser una forma de absolutismo ilustrado del Yo muy próxima a extinguirse y a dar paso a nuevos conceptos sociales menos flácidos: a conceptos de obligación y sometimiento, de obediencia e imposición de la obediencia, en los cuales no faltaría la sagrada crueldad y que incluso harían ver con otros ojos el maltrato de los cadáveres.

—Claro, por eso se dice «obedecer y callarse como un muerto» —apuntó Settembrini con sarcasmo; y Naphta le replicó que, si Dios nuestro Señor había entregado nuestro cuerpo a la horrible vergüenza de la corruptibilidad como castigo por el pecado, a fin de cuentas tampoco constituía ningún crimen de lesa majestad el que dicho cuerpo recibiese unos cuantos palos alguna vez... Y de ahí, la conversación derivó hacia el tema de la incineración.

Settembrini estaba a favor. Era una forma de evitar esa vergüenza para el hombre. La humanidad sentía el deseo de hacerlo, tanto por motivos puramente prácticos como espirituales. Y luego contó que estaba colaborando en los preparativos de un congreso internacional sobre la incineración cuya sede probablemente sería Suecia. Se planeaba exponer allí un modelo de crematorio y columbario diseñados de acuerdo a las más modernas investigaciones, y se esperaba que tuviese una gran repercusión en todos los aspectos. ¡Qué procedimiento más anticuado el de enterrar a los muertos, dadas las condiciones de la vida moderna! ¡La expansión de las ciudades! ¡Relegar los cementerios que tanto espacio ocupan a la periferia! ¡El elevado precio del suelo! ¡El carácter prosaico de los cortejos fúnebres al tener que recurrir a los modernos medios de transporte! Settembrini tenía argumentos convincentes y sensatos para todas estas cuestiones. Ridiculizó la figura del viudo inconsolable que peregrinaba cada día hasta la tumba de su difunta amada para «dialogar» con ella. Para tal idilio, ante todo, tendría que disponer del bien más precioso de la vida, a saber: de tiempo en cantidad abundante; por otra parte, la propia mecanización de las operaciones de los cementerios municipales modernos ya se encargaría de poner fin a ese sentimentalismo tan siniestro. Abogaba por la cremación del cadáver, ¡qué idea tan pura, higiénica y digna, casi heroica en comparación con la ignominia de sufrir la descomposición y asimilación por organismos inferiores! Incluso el espíritu se sentía algo más conforme con aquel nuevo procedimiento que respondía mucho mejor a la necesidad humana de durar. Lo que el fuego destruía eran aquellas partes del cuerpo que ya en vida habían estado expuestas a cambios y a los procesos químicos del organismo; en cambio, aquellas que tomaban una parte menor en tales procesos y que apenas variaban a lo largo de la vida adulta eran las que más resistencia oponían al fuego y formaban la ceniza, que los familiares podían conservar, los restos mortales eternos del difunto.

—Muy bonito —dijo Naphta—. ¡Oh, muy bonito! ¡Las cenizas, los restos mortales eternos del hombre!

—Naphta —observó el italiano— pretende que la humanidad conserve una postura irracional respecto a los hechos biológicos, defiende la concepción religiosa primitiva según la cual la muerte es un fantasma espantoso que produce escalofríos, un fenómeno tan misterioso que es imposible mirarlo con los ojos de la razón. ¡Qué barbarie! El horror ante la muerte se remonta a tiempos de una civilización inferior, en los que imperaba la muerte violenta, de manera que el hombre había asociado en su mente el carácter horripilante que ésta, en efecto, poseía a la idea de la muerte en general. Sin embargo, gracias al desarrollo de la ciencia y a la consolidación de la seguridad personal, la muerte natural se convierte en la norma, y la idea del descanso eterno tras haberse agotado sus fuerzas de un modo normal ya no es para el hombre trabajador de nuestro tiempo algo horroroso en absoluto, sino algo normal y deseable. No, la muerte no es ni un fantasma ni un misterio, es un fenómeno sencillo, racional, fisiológicamente necesario y deseable, y detenerse en su contemplación más de lo conveniente sería como robarle a la vida. Por eso también entra en el proyecto del crematorio modelo y su columbario que, junto a la «sala de la muerte», se construya una «sala de la vida» en la que la arquitectura, la pintura, la escultura, la música y la poesía unidas dirijan la atención de los familiares y allegados de los difuntos hacia los dones de la vida y no hacia la experiencia de la muerte, hacia la inercia del dolor o hacia un duelo pasivo...

—¡Sí, que distraigan su atención lo antes posible! —dijo burlonamente Naphta—. No vaya a ir demasiado lejos en el culto a la muerte, demasiado lejos en la devoción por un hecho tan sencillo, sin el cual, por otra parte, no habría arquitectura, ni pintura, ni escultura, ni música, ni siquiera poesía.

—Deserta para unirse a su bandera... —dijo Hans Castorp como en sueños.

—Lo ininteligible de su observación, ingeniero —le respondió Settembrini—, deja traslucir, sin embargo, su carácter censurable. La experiencia de la muerte tiene que ser, en último término, una experiencia de la vida; de lo contrario, no es más que una fantasmagoría.

—¿Se colocarán en la «sala de la vida» símbolos obscenos como en los sarcófagos antiguos? —preguntó Hans Castorp con toda seriedad.

—En cualquier caso, los sentidos tendrán de qué alimentarse —aseguró Naphta—. Seguro que no faltan estatuas y cuadros de estilo clasicista en los que se exhiba bien ese cuerpo pecador salvado de la descomposición; no sería nada raro, a la vista de que se considera algo tan delicado que ya ni siquiera puede soportar unos cuantos azotes...

Aquí intervino Wehsal y llevó la conversación hacia las torturas; otro comentario muy propio de alguien como él. ¿Qué pensaban los señores de la tortura? Él, Ferdinand, siempre que sus viajes de negocios le habían llevado a algún centro histórico importante, había aprovechado para visitar aquellos lugares secretos en los que antaño se practicaba esa forma de explorar la conciencia de los hombres. Conocía las cámaras de tortura de Nuremberg y de Ratisbona, pues, con fines formativos, las había recorrido con detenimiento. Desde luego, allí se había maltratado terriblemente al cuerpo en nombre del alma, y además con toda suerte de recursos ingeniosos. Y sin que se oyera un solo grito: les metían una pera entera en la boca a los torturados; el famoso método de la pera, que ya de por sí debía de ser espantoso... y, a partir de eso, ya no se oía nada pasara lo que pasara...

—*Porcheria...* —farfulló Settembrini.

Ferge dijo que, con todos los respetos hacia la técnica de la pera y de la tortura en completo silencio, ni en aquellos tiempos se había inventado algo tan horrible como la palpación de la pleura.

¡Y eso que había sido para curarle!

Un alma obstinada en el error y una vulneración de la justicia también podían justificar plenamente la ausencia de misericordia en determinados momentos. En segundo lugar, la tortura sólo había sido el resultado del progreso racional.

Obviamente, Naphta no debía de estar en su sano juicio.

Pero no, sabía muy bien lo que decía. Settembrini era un humanista, y estaba claro que, en aquel instante, no tenía muy presente la historia del ejercicio de la justicia durante la Edad Media. De hecho, tal historia daba fe de un proceso de progresiva racionalización en el que, poco a poco, los criterios racionales habían eliminado a Dios de la jurisprudencia. El juicio de Dios había caído en desuso porque la gente se dio cuenta de que quien triunfaba era el más fuerte, fuera eso justo o no. Esta observación la había hecho gente como Settembrini, críticos, escépticos, etcétera, y el resultado había sido que, en lugar de los ingenuos procedimientos judiciales de antes, se instituyeran los procesos de la Inquisición, que ya no confiaban en la intervención de Dios en favor de la verdad, sino que apuntaban a obtener la confesión de la verdad por parte del condenado. No había condena sin confesión. Hoy todavía persiste esa opinión entre el pueblo, ese instinto está profundamente arraigado. Por evidentes que fuesen las pruebas, la condena no se consideraba legítima si faltaba la confesión. ¿Cómo obtenerla? ¿Cómo determinar la verdad más allá de lo meramente aparente, más allá de la mera sospecha? ¿Cómo penetrar en la mente, en el corazón de un hombre que ocultaba la verdad, que se negaba a revelarla? Si el espíritu se mostraba reacio a hacerlo, no quedaba más remedio que dirigirse al cuerpo, al que era mucho más fácil acceder. La tortura como medio de obtener la indispensable confesión constituía una exigencia de la razón. Ahora bien, era la gente como el señor Settembrini la que había reclamado e introducido tal recurso para obtener la confesión; por consiguiente, también era la autora de la tortura.

El humanista rogó a los caballeros allí presentes que no creyesen nada de aquello. Eran bromas diabólicas. En el supuesto de que todo hubiese sido como Naphta pretendía, de que la razón hubiera inventado de verdad aquel horror, como mucho se demostraría lo necesitada de apoyo e ilustración que había estado siempre dicha razón, y lo poco fundados que estaban los temores de quienes adoraban el instinto natural y pensaban que alguna vez pudiera darse en el mundo un exceso de racionalidad. Claro que su honorable contrincante andaba totalmente descaminado. Aquella abominable forma de hacer justicia no podía ser fruto del pensamiento racional por el simple hecho de que su principal pilar era la fe en la existencia del infierno. No había más que echar un vistazo a los museos y cámaras de tortura para convencerse de que aquellas horripilantes maneras de descoyuntar, desgarrar, perforar o abrasar el cuerpo sólo podían haber nacido de una imaginación cegada por unas imágenes harto infantiles, del deseo de imitar fielmente lo que creían que sucedía en aquel lugar de eterno castigo, en el *más allá*. Para colmo, aun se creía estar ayudando al malhechor. Se daba por hecho que su alma en pena anhelaba la confesión y que únicamente su cuerpo, como principio del mal, se oponía a este deseo. De manera que se estaba convencido de llevar a cabo una labor caritativa al destrozar la carne por medio de la tortura. Extravío de ascetas...

Alguien preguntó si habían cometido el mismo error los antiguos romanos...

¿Los romanos? *Ma che!*

Sin embargo, ellos también habían practicado la tortura como una forma de hacer justicia.

Espinosa cuestión... Hans Castorp, muy seguro de sí mismo y como si fuera su especialidad tomar las riendas de una conversación semejante, tomó la iniciativa de responder e introdujo el tema de la pena de muerte. La tortura había sido abolida, aunque los jueces de instrucción continuasen disponiendo de medios para «ablandar» a sus acusados. Sin embargo, la pena de muerte parecía inmortal, imprescindible. Los pueblos más civilizados la conservaban. Los franceses habían sufrido grandes fracasos con sus deportaciones. Parece que no sabían qué hacer en la práctica con ciertos seres de apariencia humana, salvo cortarles la cabeza.

—No son «seres de apariencia humana» —rectificó Settembrini—. Se trata de hombres como usted, ingeniero, y como yo mismo, sólo que privados de voluntad y víctimas de una sociedad mal organizada.

Y habló de un criminal peligrosísimo, asesino múltiple, que reunía todas las características del tipo que los fiscales en sus acusaciones acostumbraban a describir como «animalizado», como «bestia de apariencia humana». Pues bien, aquel hombre había cubierto de versos las paredes de su celda. Y no eran versos nada malos, eran incluso mejores que los que hacían los fiscales el día que se sentían inspirados.

—Eso vierte una luz muy especial sobre el arte —contestó Naphta—. Pero al margen de eso, no es nada digno de mención.

Hans Castorp creía que Naphta se declararía partidario de la pena de muerte. En su opinión, Naphta era tan revolucionario como Settembrini, aunque lo era en un sentido conservador. Era, pues, un revolucionario del pensamiento conservador.

—El universo —observó Settembrini sonriendo, muy seguro de sí mismo— superará esta revolución de la reacción antihumana.

Naphta prefería considerar sospechoso al arte antes que reconocer que el arte era capaz de restituir la dignidad humana hasta en el más degenerado de los hombres. Era imposible ganarse a la juventud en busca de luz ante semejante fanatismo. Acababa de formarse una liga internacional cuyo objeto era la abolición de la pena de muerte en todos los países civilizados. Settembrini tenía el honor de ser uno de sus miembros. No se había elegido todavía la sede de su primer congreso, pero la humanidad podía contar con que los oradores que acudirían a él harían valer argumentos muy sólidos. Mencionó algunos, entre los cuales debía citarse el de la posibilidad, siempre presente, de que se cometiese un error judicial, el cual convertía la pena de muerte en un asesinato legal y hacía desaparecer la esperanza de que el criminal llegara a enmendarse alguna vez. Citó incluso el principio de «la venganza me pertenece», y expuso que, si al Estado le importaba más la mejora del hombre que la violencia, no podía devolver el mal por el mal; luego, tras rebatir el concepto de «culpa» sobre la base de un determinismo científico, se declaró en contra del propio concepto de «castigo».

Después de eso, «la juventud en busca de luz» pudo ver cómo Naphta echaba por tierra sus argumentos uno por uno. Se burló de la reticencia a derramar sangre y del respeto hacia la vida humana que manifestaba el filántropo; afirmó que el culto a la vida individual procedía de las épocas burguesas más triviales y filisteas y que, en cuanto en cualquier circunstancia medianamente relacionada con las pasiones entrase en juego cualquier idea que excediese los límites del concepto de «seguridad», cualquier elemento suprapersonal y, por tanto, supraindividual —y ésta era la única situación digna de la persona o, en un sentido más elevado, la situación normal—, la vida individual no sólo quedaría expuesta sin miramientos a esa idea superior, sino que ni siquiera el propio individuo vacilaría en arriesgarla. Afirmó que la filantropía de su señor adversario apuntaba a arrebatar a la vida todos sus elementos de verdadero peso y verdadera seriedad, partía de la castración de la vida, por más que dijera basarse en el determinismo científico. Sin embargo, lo cierto era que el determinismo no sólo no eliminaba el concepto de culpa, sino que lo reforzaba y lo hacía aún más terrible.

No estaba mal. ¿Acaso pretendía que la desdichada víctima de la sociedad se sintiera realmente culpable y marchase al cadalso por su propia voluntad?

¡Por supuesto! El criminal era tan consciente de su culpa como de sí mismo. Pues cada cual era como era y no podía ni quería ser diferente; en eso precisamente consiste la culpa. Naphta trasladaba la idea de culpa y de merecido castigo del terreno empírico al metafísico. En las acciones de cada uno, en su actuación, reinaba el determinismo, eso era evidente: ahí no había libertad posible; en el ser de cada uno, en cambio, sí que la había. El hombre era como había querido ser y como seguiría queriendo ser hasta su aniquilación; si mataba porque «se moría de deseos de matar», tampoco era un precio tan alto que le costase la vida. Pagaba, pues, con ella el haber experimentado el placer más profundo.

—¿El placer más profundo?

—El más profundo.

Todos se mordieron los labios. Hans Castorp carraspeó, Wehsal torció el gesto. Settembrini observó con sutileza:

—Ya veo que hay una manera de generalizar la cuestión que le da un matiz personal. ¿Es que tiene usted ganas de matar?

—Eso no le incumbe. Pero si lo hubiese hecho me reiría a la cara de una postura humanitaria tan ignorante que estuviera dispuesta a costear mi sustento hasta el fin de mis días. No tiene ningún sentido que el asesino sobreviva al asesinado. Ambos (a solas, en la más estrictica intimidad, en unas circunstancias que sólo pueden repetirse si dos personas viven una misma experiencia dos veces), el uno como sujeto activo, el otro pasivo, comparten un secreto que los une para siempre. Sus destinos son inseparables.

Settembrini confesó con frialdad que era absolutamente incapaz de comprender tal misticismo de la muerte y del asesinato, y que tampoco lo lamentaba. No tenía nada en contra de las cualidades religiosas del señor Naphta, las cuales sin duda sobrepasaban a las suyas propias, pero quería subrayar que no sentía ninguna envidia de él. Un fortísimo deseo de pureza le obligaba a mantenerse alejado de un mundo en el que ese respeto ante la miseria humana del que, hacía un momento, hablaba el joven caballero amante de la experimentación allí presente no sólo imperaba en un sentido físico, sino también espiritual; en resumen: un mundo en el que la virtud, la razón y la salud no importaban nada, en tanto que los vicios y la enfermedad disfrutaban de la más alta consideración.

Naphta confirmó que, de hecho, la virtud y la salud no constituían estados espirituales, religiosos. Se había ganado mucho —afirmó— al demostrarse que la religión no tenía absolutamente nada en común con la razón y con la moral. Porque, en el fondo, no tenía nada que ver con la vida. La vida estaba basada en condiciones y categorías que, en parte, pertenecían a la teoría del conocimiento, y en parte al terreno de la moral. Las primeras se llamaban tiempo, espacio, causalidad; las segundas, moral y razón. Todas esas cosas no sólo eran ajenas e indiferentes al ser religioso, sino incluso enteramente opuestas, pues eran precisamente ellas las que constituían la vida, la supuesta salud; es decir: el ideal de vida burguesa y filistea en su grado máximo, respecto al cual la esfera religiosa se definía como el polo absolutamente opuesto, como un polo opuesto absolutamente genial. Él, Naphta, por otra parte, no quería negar radicalmente la posibilidad de que también la esfera de la vida diera nacimiento al genio. Existía una forma de vida burguesa cuyo monumental sentido de la probidad y cuya majestad filistea eran indiscutibles, siempre que se estuviera de acuerdo en que su prototipo —el buen burgués rollizo, dignamente erguido, sacando pecho y con las manos a la espalda— era la viva imagen de la irreligiosidad.

Hans Castorp levantó el dedo índice como se hace en la escuela para pedir permiso. Dijo que no quería manifestarse en contra de ninguno, pero veía claramente que allí se estaba hablando del progreso, del progreso humano, o sea, en cierto modo de política y de la república de las Bellas Letras y de la civilización de los hombres educados; y, entonces, él opinaba que la diferencia —o, si el señor Naphta prefería: la oposición— entre la vida y la religión en el fondo se remontaba a la dicotomía entre el tiempo y la eternidad. Porque el progreso sólo podía existir en el tiempo; en la eternidad no tenía lugar, como tampoco la política o la elocuencia. En la eternidad, por así decirlo, uno se ponía en manos de Dios y cerraba los ojos. Y ésa sería la diferencia entre la religión y la moral, expresada de una forma algo confusa.

Settembrini respondió que su ingenua manera de expresarse le parecía menos reprobable que su temor a herir las opiniones ajenas y su tendencia a hacer concesiones al diablo.

En tiempos, ellos mismos —Hans Castorp y Settembrini— habían discutido sobre el diablo. *O Satana, o ribellione!* ¿A qué diablo había hecho sus concesiones entonces? ¿Al de la rebelión, el trabajo y la crítica, o bien al otro? Ésa sí era una situación peligrosa: vivir con un diablo a la izquierda y otro a la derecha... ¿Cómo diablos pensaba salir de ahí? Naphta puntualizó que Settembrini no estaba planteando los términos correctamente. Lo decisivo en su visión del mundo era que hacía de Dios y del Diablo dos figuras o dos principios distintos, y que colocaba la «vida» —exactamente igual que en la Edad Media— entre ambos como el objeto por el que ambos luchaban. Sin embargo, en realidad eran una misma fuerza, y era ésta la que, como principio religioso que ambos representaban, se oponía a la vida, a la vida burguesa, a la ética, a la razón y a la virtud.

—¡Menuda mezcolanza más repugnante! *Che guazzabuglio propio stomachevole!* —exclamó Settembrini—. El bien y el mal, la santidad y el crimen, ¡todo revuelto! ¡Sin criterio, sin voluntad! ¡Sin la capacidad de rechazar lo que es rechazable! —¿Sabía el señor Naphta dónde estaba cayendo al confundir a Dios y al Diablo en presencia de aquellos jóvenes y al negar el principio ético en nombre de aquella abominable fusión de ambos? Negaba el *valor*, cualquier escala de valores... ¡Era espantoso! Así que, según él, no existirían ni el Bien ni el Mal, sino únicamente un universo sin organización moral. Tampoco existiría el individuo en su dignidad crítica, sino sólo un colectivo que lo engulliría y neutralizaría todo. ¡Una especie de desintegración mística en la comunidad! El individuo...

¡Era exquisito que el señor Settembrini se considerase un individualista una vez más! Pero para ser individualista había que conocer la diferencia entre la moralidad y la felicidad, lo cual no era precisamente el caso de dicho caballero monista e iluminado. Cuando se era tan estúpido como para considerar la vida un fin en sí mismo, sin plantearse siquiera que pudiese tener un sentido o una finalidad superiores, lo que reinaba era una ética social, una moralidad propia de los animales vertebrados, pero no un verdadero individualismo, pues éste sólo podía darse en el ámbito religioso y místico, en eso que él había llamado «universo sin organización moral». ¿Qué se proponía, pues, la moral del señor Settembrini? Era una moral ligada a la vida, es decir, puramente utilitaria; no había nada heroico en ella, casi inspiraba lástima. Servía para llegar a viejo, ser feliz y rico y estar sano... y nada más. ¡Y esa aburguesada doctrina de la razón y del trabajo era considerada como una ética! Él, Naphta, por su parte, volvía a permitirse tacharla de mezquina concepción burguesa de la vida.

Settembrini trató de mostrarse comedido, pero su voz vibraba llena de pasión cuando dijo que era insoportable oír al señor Naphta hablando sin cesar de esa visión burguesa de la vida, Dios sabía por qué, con un tono de aristócrata desdeñoso, como si *lo contrario* –y estaba bien claro qué era *lo contrario* en la vida– fuese más distinguido.

¡Nuevos conceptos y nuevas polémicas! Entraban ahora en el tema de la distinción, en la cuestión de la aristocracia. Hans Castorp, sobreexcitado y agotado por el frío y por tan acalorada discusión, dudando ya de si sus propios comentarios serían inteligibles u osadamente disparatados por los efectos de la fiebre, confesó, con los labios helados, que desde siempre había imaginado que la muerte llevaría una golilla española bien almidonada, o al menos, una especie de uniforme con cuello rígido, y en cambio, se representaba la vida con un cuello como los de las camisas modernas... Pero él mismo se asustó ante lo onírico y enloquecido de sus palabras, que estaban completamente fuera de lugar. Se disculpó asegurando que no era eso lo que quería decir. Ahora bien, ¿no era cierto que había ciertas personas a las que uno no se podía imaginar muertas porque eran muy vulgares? Lo que quería decir era que parecían tan exclusivamente hechas para la vida que daban la sensación de que jamás podrían morir, de que no eran dignas de recibir la solemne bendición de la muerte.

Settembrini dijo que tenía la esperanza de que Hans Castorp sólo les hubiese regalado semejante genialidad para que le contradijesen. El joven le hallaría siempre dispuesto a socorrerle cuando se viese presa de semejantes ocurrencias. «Hechas para la vida», ¿lo había dicho así? ¡Y aun se servía de esa palabra en un sentido peyorativo! «¡Dignas de la vida...!», debería decir, y todos los conceptos casarían en un orden bello y verdadero. «Digno de la vida»: qué sencilla y qué apropiada resultaba, a partir de ahí, la asociación de ideas; qué cerca estaba de lo «digno de la vida», lo «digno del amor», de ser amado, tanto que cabía afirmar que sólo lo que era digno de la vida era digno de ser amado. Ambas cosas juntas, en cambio, constituían lo que solía llamarse «lo noble».

Hans Castorp respondió que era una idea brillantísima y sumamente interesante. Aseguró que el señor Settembrini le había conquistado de inmediato con aquella teoría tan plástica. Porque cada uno podía decir lo que quisiera —y se podía decir de todo al respecto, por ejemplo, que la enfermedad era una especie de «grado más alto» de la vida y que, por lo tanto, tenía un fuerte elemento de solemnidad—, pero una cosa era cierta: la enfermedad acentuaba la conciencia del cuerpo, remitía al hombre a su propio cuerpo y lo dejaba enteramente a merced de éste; así pues, al rebajar al hombre a esa categoría de mero cuerpo, perjudicaba a su dignidad hasta el punto de acabar con ella. La enfermedad era, por lo tanto, inhumana.

—La enfermedad es perfectamente humana —replicó de inmediato Naphta—, pues ser hombre es sinónimo de estar enfermo. En efecto, el hombre es esencialmente un enfermo, pues es el propio hecho de estar enfermo lo que hace de él un hombre; y quien desee curarle, llevarle a hacer las paces con la naturaleza, «regresar a la naturaleza», cuando, en realidad, no ha sido nunca natural —todos esos profetas de la regeneración del cuerpo, los alimentos crudos, la vida naturista y los baños de sal, en cierto modo herederos del pensamiento de Rousseau—, no busca otra cosa que deshumanizarlo y animalizarlo. ¿Humanidad? ¿Nobleza? Lo que distingue al hombre de todas las demás formas de vida orgánica es el espíritu, esa esencia tan sumamente desvinculada de la naturaleza y que se siente tan opuesta a ella. Es, pues, en el espíritu y en la enfermedad donde radican la dignidad del hombre y su nobleza. En una palabra, el hombre es tanto más humano cuanto más enfermo está; y el genio de la enfermedad es más humano que el genio de la salud.

Era sorprendente que alguien que se las daba de filántropo cerrase los ojos ante verdades tan fundamentales respecto a la esencia del ser humano. El señor Settembrini no hacía más que hablar del progreso. ¡Como si el progreso, suponiendo que existiese, no fuese fruto de la enfermedad y únicamente de la enfermedad, es decir: del genio, que como tal no era sino una manifestación de la enfermedad! ¡Como si los sanos no hubiesen vivido siempre de los grandes logros de la enfermedad! Habían existido hombres que se habían adentrado consciente y voluntariamente en el terreno de la enfermedad y la locura con el fin de hacer descubrimientos que después sirviesen a la salud de la humanidad; conocimientos cuya posesión y aplicación, tras aquel heroico sacrificio para alcanzarlos, había dejado de estar supeditada a la enfermedad y la locura. Eso sí que era como morir en la cruz...

«Bueno... –pensó Hans Castorp–. Aquí tenemos al jesuita heterodoxo con sus particulares combinaciones de ideas y su exégesis de la muerte en la cruz. ¡No me extraña que no hayas llegado a ser sacerdote, *joli jésuite à la petite tache humide*!» Luego, en su imaginación, se volvió hacia Settembrini y le alentó: «¡Ahora ruge tú, león!».

Y éste, efectivamente, «rugió» declarando que cuanto Naphta acababa de sostener eran viles trucos de rábula, charlatanerías y disparates para sembrar la confusión.

–¡Dígalo –gritó a su adversario–, dígalo bajo su responsabilidad de educador, dígalo abiertamente delante de estos jóvenes en formación, atrévase a decir que el espíritu es... enfermedad!

»¡De esta manera usted los anima, los atrae a la fe! ¡Atrévase a decir, por otra parte, que la enfermedad y la muerte son nobles, y que la salud y la vida son cosas vulgares! Es el método más seguro para animar a los jóvenes pupilos a servir a la humanidad! *Davvero, è criminoso!*

Y, como el más valiente caballero, emprendió la defensa de la nobleza de la salud y de la vida, nobleza que les era dada por la naturaleza y que no había de temer hallarse falta de espíritu. «¡La forma!», proclamaba Settembrini, y Naphta le respondía en tono enfático: «¡El *logos*!». Y el primero, que no quería saber nada del *logos*, clamaba «¡La razón!», y el defensor del *logos* replicaba: «¡La pasión!». Todo era muy confuso. «¡El objeto!», decía el uno; y el otro se oponía: «¡El Yo!». Finalmente, se llegó a hablar del «arte», por una parte, y de la «crítica», por otra; y siempre volvían a salir a colación «la naturaleza» y «el espíritu», y la cuestión de cuál de los dos era el principio más noble, así como el «problema de la aristocracia».

Sin embargo, nada se ordenaba ni se aclaraba, pues todo eran contradicciones y paradojas irresolubles. Los duelistas se contradecían mutuamente y a sí mismos. Settembrini, que tantas veces había defendido la crítica, ahora se manifestaba contrario a ella y presentaba el arte como principio noble; mientras que Naphta, que más de una vez se había alzado en defensor del «instinto natural» en contra de Settembrini (quien había dicho de la naturaleza que era una «fuerza estúpida», un simple hecho y una especie de destino ciego, ante el cual la razón y el orgullo humanos no debían arredrarse), ahora se ponía de parte del espíritu y de la «enfermedad», pues sólo en ellos creía poder encontrar nobleza y humanidad; y, a su vez, Settembrini abogaba en favor de la naturaleza y su sana nobleza, sin acordarse de que en tiempos lo había hecho para emanciparse de ella.

No menos enredada estaba la discusión sobre el objeto y el Yo: aquí la confusión, que además siempre giraba en torno a lo mismo, era total, hasta el punto que ya nadie podía saber cuál de los dos era en realidad el religioso o el lego. Naphta prohibía a Settembrini, en términos severos, calificarse de «individualista», puesto que negaba la oposición entre Dios y la naturaleza y sólo veía el problema del hombre, el conflicto interno de la individualidad, como una cuestión de intereses particulares frente a unos intereses generales, con lo cual suscribía una moralidad burguesa y vinculada a la vida en la cual se concebía la vida como un fin en sí mismo, desde una perspectiva utilitarista totalmente carente de heroísmo, y la ley moral al servicio del Estado. Naphta, en cambio, muy consciente de que el problema del hombre radicaba en el conflicto entre lo sensible y lo suprasensible, representaba el verdadero individualismo, el individualismo místico, y era el verdadero defensor de la libertad y del Yo.

Claro que, si era así —se preguntaba Hans Castorp—, ¿cómo podía compaginarse con los principios de «anonimato y comunidad», por citar una primera contradicción a título de ejemplo? ¿Dónde habían quedado aquellas ideas tan brillantes sobre el catolicismo de Hegel, sobre la estrecha relación entre los conceptos de «política» y «catolicismo» y sobre la categoría de lo objetivo que ambos formaban que había expuesto en su conversación con el padre Unterpertinger? ¿No habían sido el arte de la política y la educación el terreno principal de la actividad de la orden a que pertenecía Naphta? ¡Y qué clase de educación! No cabía duda de que Settembrini era un pedagogo entusiasta, entusiasta hasta llegar a ser un auténtico incordio, pero en lo que respectaba a la objetividad ascética y la renuncia al propio Yo, sus principios no podían rivalizar con los de Naphta en modo alguno. ¡Obediencia ciega! ¡Disciplina de hierro! ¡Violación de la individualidad! ¡Terror! Todo aquello tendría su aspecto honroso, pero apenas contaba con la dignidad crítica del individuo. Era el reglamento militar de Federico de Prusia y de Ignacio de Loyola, devoto y estricto hasta derramar sangre por sus principios; y ahí entraba en juego la cuestión de cómo Naphta podía defender un concepto de absoluto tan radical cuando había confesado que no creía ni en el conocimiento puro ni en ninguna ciencia sin condiciones prefijadas, en una palabra: si no creía en la verdad, en aquella verdad objetiva y científica que, según Lodovico Settembrini, era la ley suprema de toda moral humana. En este caso era Settembrini quien daba muestra de devoción y rigor, en tanto que resultaba inconsistente e incluso frívolo por parte de Naphta afirmar que la verdad estaba en el hombre y que era lo que a éste más le convenía. ¿Acaso esta definición de la verdad en función de los intereses del hombre no reflejaba una visión del mundo muy burguesa, filistea y utilitarista en el peor de los sentidos? No había en ella demasiada objetividad de hierro, sino mucha más libertad y subjetividad de las que Leo Naphta estaba dispuesto a reconocer... y, al mismo tiempo, aquello era una forma de *política* en un sentido muy parecido al que proclamaba la frase de Settembrini: «la libertad es la ley del amor al prójimo». Eso implicaba, obviamente, vincular la libertad al hombre, al igual que Naphta vinculaba al hombre la verdad. Era una postura claramente más devota que libre, y ésta era una diferenciación que empezaba a correr peligro ante esas nuevas definiciones. ¡Ay, ese señor Settembrini! No en vano era literato, es decir: nieto de un político e hijo de un humanista. Se entregaba a la crítica y a la maravillosa emancipación de la humanidad, y luego piropeaba a las muchachas por la calle, mientras que el pequeño y mordaz Naphta debía guardar rigurosos votos. Y, por otra parte, el libre pensamiento de éste rayaba en el libertinaje; sin embargo, aquél era un fanático de la virtud, por así decirlo. Settembrini tenía miedo del «espíritu absoluto» y quería identificar el espíritu con el progreso democrático a toda costa, horrorizado por el libertinaje religioso del implacable Naphta, que mezclaba los conceptos de Dios y el Diablo, la santidad y el crimen, el genio y la enfermedad, y no agotaba ninguna escala de valores, ningún juicio de la razón y ninguna forma de voluntad. ¿Quién era, pues, libre; quién devoto? ¿Qué determinaba el verdadero estado, o la verdadera situación del hombre? ¿La anulación de la individualidad dentro de la comunidad, que lo engullía y neutralizaba todo, lo cual obedecía a un principio libertino y ascético a la vez, o bien la «individualidad crítica» en la que entraban en conflicto la frivolidad y el austero rigor burgués? ¡Ay! Los principios y argumentos se oponían constantemente, se acumulaban las contradicciones internas, y resultaba tan sumamente difícil para la mente de un civil asumir la responsabilidad no sólo de decantarse por alguno de los polos de la oposición, sino también de reconocer las respectivas tesis por separado y sin contaminaciones, que la tentación de lanzarse de cabeza al «universo sin organización moral» de Naphta era muy fuerte. Todo guardaba relación con todo en aquel complejísimo entramado, reinaba la más tremenda confusión, y Hans Castorp tenía la sensación de que también los adversarios se habrían mostrado menos encarnizados en su querella si esa confusión no hubiese pesado sobre su propia alma.

Habían subido juntos hasta el Berghof, luego los tres internos habían vuelto a acompañar a los dos que no vivían allí hasta su casita, y todavía permanecieron largo tiempo de pie sobre la nieve, mientras Naphta y Settembrini discutían como buenos pedagogos —como Hans Castorp bien sabía— en aras de la formación de aquella «juventud deseosa de ilustración». Para Ferge, todo aquello era demasiado elevado, como dio a entender repetidas veces, y Wehsal manifestó poco interés desde que se dejó de hablar de azotes y de torturas. Hans Castorp, con la cabeza ladeada, abría pequeños surcos en la nieve con su bastón y reflexionaba sobre aquella confusión tan tremenda.

Por fin se separaron. No podían quedarse allí de pie eternamente, y la conversación era interminable. Los tres habitantes del Berghof regresaron al sanatorio y los dos pedagogos rivales tuvieron que entrar juntos en la casita, el uno en dirección a su suntuosa celda tapizada de sedas, el otro para subir a su modesto estudio en el desván, con su atril y su frasca de agua. Hans Castorp se instaló en la terraza, mientras en sus oídos aún retumbaban el rumor de las voces y el fragor de las armas de aquellos dos ejércitos que, avanzando desde Jerusalén y Babilonia respectivamente, bajo las «dos banderas» opuestas, habían emprendido tan enloquecida batalla.

NIEVE

Cinco veces al día, los ocupantes de las siete mesas manifestaban su unánime descontento a causa del mal tiempo que estaba trayendo aquel invierno. Todo el mundo opinaba que aquel invierno no se estaba portando, ni mucho menos, como correspondía a todo invierno de la alta montaña que se preciara, y que no estaba proporcionando aquellas condiciones meteorológicas tan especiales y beneficiosas para la salud a las que el lugar debía su fama en tan alto grado como prometían los prospectos del sanatorio, como bien conocían de otros años los veteranos y como habían esperado encontrar los novatos. El sol brillaba por su ausencia la mayoría de los días, y sin sol, aquel factor esencial en la curación de los enfermos, ésta se veía fatalmente retrasada...

Pensara lo que pensase el señor Settembrini acerca de la sinceridad con que los internos de la alta montaña se esforzaban por curarse y deseaban su pronto regreso al mundo de allá abajo, ellos, en cualquier caso, reclamaban lo que se les debía, aquello a lo que tenían derecho por el dinero que pagaban —o por el que pagaban sus padres o esposos— y refunfuñaban durante las comidas, en el ascensor y en la tertulia del vestíbulo. También la dirección del sanatorio comprendía perfectamente que era su deber compensarles de algún modo. Se adquirió un nuevo aparato de «sol artificial», puesto que los dos con que ya se contaba no bastaban para atender las demandas de todos los que querían broncearse artificialmente, lo cual favorecía mucho a las jovencitas y a las menos jovencitas y daba a los hombres un magnífico aspecto de deportistas conquistadores aunque se pasasen el día en posición horizontal. Es más: el bronceado les proporcionaba ventajas reales: por más que estuvieran al tanto del origen artificial de aquel toque de virilidad, las mujeres eran lo bastante tontas o lo bastante astutas para creerse la ilusión que captaban sus sentidos y dejarse seducir por ella.

—¡Dios mío! —decía la señora Schönfeld, una enferma de cabellos rojos y ojos enrojecidos, procedente de Berlín—. ¡Dios mío! —le decía en el vestíbulo a un caballero patilargo y de pecho hundido que, en su tarjeta de visita, redactada en francés, se presentaba como *Aviateur diplômé et Enseigne de la marine Allemande*, tenía un neumotórax y acudía a comer de esmoquin pero luego se lo quitaba para la cena, asegurando que ése era el uso en la Marina—. ¡Dios mío! —decía ella, mirando al marino con ojos golosos—. ¡Qué bronceado más espléndido luce este hombre con el sol artificial! ¡Qué diablillo, se diría que es un cazador de águilas!

—Vaya con cuidado, ondina —le dijo él al oído en el ascensor, y a ella se le puso la carne de gallina—. ¡Usted me pagará sus miradas seductoras! —Y, a través de las terrazas, pasando por las mamparas de vidrio traslúcido, el diablillo del cazador de águilas encontró el camino hasta el cuarto de la ondina.

A pesar de todo, el sol artificial no compensaba la falta de luz de aquel invierno. Dos o tres bellos días de sol por mes —días en los que el cielo resplandecía por encima de las cimas blancas con un profundo azul aterciopelado, otorgando a todo un brillo diamantino, calentando deliciosamente la nuca de los paseantes e iluminando los rostros de un modo especial, como si acabaran de nacer de un espeso velo de niebla gris—, dos o tres días en varias semanas eran demasiado poco para los ánimos de aquellos cuyo destino justificaba la excepcional necesidad de consuelo, aquellos que habían hecho un pacto interior con la naturaleza en el que renunciaban a las alegrías y desgracias de la vida en el mundo de allá abajo a cambio de otra vida, marcada por la apatía y la inercia pero muy, muy fácil y placentera, tan libre de preocupaciones que hasta anulaba el sentido del tiempo y, además, muy conveniente en todos los aspectos. Servía de mucho que el doctor Behrens recordase a todos que, por mal tiempo que hiciese, la vida en el Berghof estaba muy lejos de parecerse a una cárcel o a una mina siberiana, y que los beneficios del aire de aquellas cumbres —tan enrarecido, tan ligero, prácticamente éter por así decirlo, sin apenas sustancias terrestres, malas o buenas—, aunque no hiciera sol, eran enormes para los enfermos en comparación con los humos y gases que respiraban allá abajo. El malhumor y las protestas eran generalizados, las amenazas de abandonar el lugar estaban a la orden del día y, de hecho, se dieron algunas partidas a pesar del ejemplo que brindaba el reciente y lamentable regreso de la señora Salomon, cuyo caso no había sido grave al principio, a pesar de que mejorase con lentitud, pero se había convertido en incurable a consecuencia de las corrientes de aire y la humedad de Amsterdam...

Mas, en lugar del sol, llegó la nieve, nieve en cantidades tan formidables como Hans Castorp no había visto en su vida. El invierno anterior no había dejado mucho que desear en este sentido, pero en comparación con el nuevo, parecía que no había cundido nada. Las masas de nieve eran monstruosas, desmesuradas, e impregnaban los ánimos de una especial conciencia de hallarse en un mundo absolutamente excéntrico, como mágico. Nevaba día tras día y durante noches enteras: nevaba suavemente o a raudales, pero no dejaba de nevar. Los escasos senderos practicables parecían desfiladeros entre murallas de nieve más altas que un hombre, auténticas paredes de alabastro, muy hermosas con sus brillos irisados, que servían a los internos del Berghof para escribir y hacer dibujos en ellas y así transmitir toda suerte de noticias, bromas y alusiones picantes. Pero incluso entre aquellas murallas de cristal se caminaba sobre una capa de nieve de un espesor bastante considerable, y eso que se había cavado muchísimo, y uno se daba cuenta de ello porque, de vez en cuando, se hundía hasta la rodilla en alguna zona más blanda y había que tener mucho cuidado para no romperse una pierna. Los bancos habían desaparecido, se los había tragado la nieve. Si acaso, asomaba aún algún pedazo de respaldo. Abajo, en la aldea, el nivel de las calles se había modificado de un modo tan extraño que las tiendas de las plantas bajas se habían convertido en sótanos a los que se descendía desde la «nueva» acera por los escalones esculpidos en la nieve.

Y sobre las masas ya amontonadas continuaba nevando, día tras día y noche tras noche con una temperatura media de diez o quince grados bajo cero que, al no hacer viento y ser el aire tan seco, apenas se notaban: bien podrían haber sido dos grados o incluso cinco sobre cero. Por la mañana reinaba una profunda oscuridad y se desayunaba con la luz artificial de las arañas del comedor, con sus divertidos globos de cristal que parecían grandes lunas amarillas. Afuera reinaba la sombría nada, un mundo envuelto en esponjoso algodón que se apretaba contra los cristales de las ventanas, todo embalado en un denso manto de niebla y vapor de nieve. La montaña invisible; todo lo más se distinguía algún macizo de abetos del bosque cercano, los contornos de algunos árboles cargados de nieve que enseguida volvían a desdibujarse entre la bruma; de cuando en cuando, alguno descargaba sus ramas del excesivo peso y una nube de polvo blanco se elevaba sobre el fondo gris cuando la nieve estallaba contra el suelo. A las diez, aparecía el sol por encima de la montaña, como un débil fulgor, como un pálido fantasma, un mortecino reflejo del mundo sensible en medio de aquel paisaje enajenado, convertido en una inmensa nada blanca. Todo parecía haberse disuelto en aquella delicadísima blancura en la que no quedaba ninguna línea que los ojos hubieran podido seguir para guiarse. Los contornos de las montañas quedaban borrosos, se transformaban en niebla, se perdían en el aire como el humo. Las grandes superficies nevadas que se alzaban a lo lejos –superpuestas, solapadas unas con otras– bajo una pálida luz parecían conducir la mirada hacia una esfera inmaterial. Luego, una nube iluminada, una pequeña fumata de nieve permanecía largo tiempo flotando, sin cambiar de forma, ante la inmensa pared de roca de la montaña.

A mediodía, el sol hacía esfuerzos por abrirse camino entre la niebla, como si quisiera disolverla en el azul. Pero estaba lejos de conseguirlo, a pesar de que, por unos momentos, llegaba a verse un trocito de cielo azul, y esa pincelada de luz bastaba para hacer brillar con reflejos de mil diamantes el paisaje mágicamente transfigurado por la aventura de la nieve. A aquella hora solía dejar de nevar, como para permitir una vista de conjunto del resultado obtenido aquel día; es más: se diría que los pocos días de sol, en los que la tempestad se calmaba y el ardor directo del cielo intentaba fundir las deliciosas capas de nieve virgen que mullían la superficie de la masa de nieve de todo el invierno, también servían a tal propósito. El mundo presentaba un aspecto mágico, infantil y cómico. Todos aquellos almohadones blancos tan gordos y esponjosos, como recién sacudidos, sobre las ramas de los árboles, los montículos del suelo, bajo los que habían quedado escondidos arbustos y rocas, todo aquel paisaje sepultado y agazapado bajo un blanco colchón, embozado hasta los ojos como un personaje de teatro, hacían que la realidad pareciese el País de los Gnomos, una jocosa estampa sacada de un cuento de hadas. Mas, si aquel escenario en el que tan difícil resultaba moverse se antojaba cómico y fantástico, el fondo que se veía en lontananza, las estatuas de gigantes que eran los Alpes nevados, evocaban lo sublime y lo sagrado.

Por las tardes, de dos a cuatro, Hans Castorp se tumbaba en su terraza, muy bien empaquetado en las mantas, la nuca apoyada contra el respaldo de su excelente tumbona, ni demasiado alta ni demasiada baja, y contemplaba el bosque y la montaña por encima de la almohadillada nieve de la balaustrada. El bosque de abetos, de un verde casi negro, ahora cubierto de nieve, ocultaba las laderas; entre los árboles, el suelo era una gruesa alfombra de nieve. Por encima se elevaba la cresta rocosa, de un gris blancuzco, con imponentes bloques de nieve sembrados aquí y allá en los que asomaban algunos picachos más oscuros, y, más lejos todavía muy difuminado, el perfil dentado de la cordillera. Nevaba en silencio. Todo se iba borrando. La mirada, perdida en aquella nada de algodón, se tornaba somnolienta. Un suave escalofrío acompañaba al instante de quedarse dormido, pero luego no había sueño más puro que aquel sueño helado, sueño sin sueños, libre de cualquier reminiscencia del peso de la vida, ya que respirar el aire enrarecido, inconsistente y sin olor de allá arriba resultaba tan fácil al organismo como la ausencia de respiración de los muertos. Cuando se despertaba, la montaña había desaparecido por completo en la bruma de nieve, y sólo algunos fragmentos —una cima, una arista rocosa— reaparecían alternadamente durante unos minutos para luego ocultarse de nuevo. Aquel silencioso juego de fantasmas resultaba muy divertido. Había que estar muy atento para seguir el rastro de tan secreto baile de fantasmas enmascarados. Salvaje y grandioso, como si naciera de la bruma, emergía un muro rocoso del que, sin embargo, no se veían ni la cumbre ni la base. Y, en cuanto se le perdía de vista un minuto, se había esfumado.

A veces se desencadenaban tempestades de nieve que impedían hasta salir a la terraza, porque los blancos torbellinos la invadían y sepultaban los muebles. Sí, sí: también tempestades había en aquel alto valle. El aire inmaterial de allá arriba se convertía en un torbellino, y era tal el aluvión de copos enloquecidos que no se veía a un paso de distancia. Ráfagas de viento de una fuerza que cortaba la respiración azotaban la nieve y la hacían levantarse girando en el aire, como un tornado que nacía en el fondo del valle y llegaba hasta el cielo, siempre girando y girando en una desaforada danza. Aquello ya no era una nevada, era un caos de oscuridad blanca, una monstruosa locura. Una fenomenal aberración de una región que de por sí ya estaba fuera de los límites de la mesura y en la cual el único que parecía saber orientarse era el gorrión alpino, que de repente poblaba el cielo.

A pesar de todo, Hans Castorp amaba aquella vida en la nieve. Pensaba que, en muchos aspectos, se parecía a la vida en la playa, pues la monotonía sempiterna del paisaje era común a las dos esferas; la nieve, aquella espesa y a la vez finísima nieve en polvo desempeñaba allí arriba el mismo papel que, allá abajo, la arena de amarillenta blancura; su contacto no manchaba: uno se sacudía de los zapatos y de la ropa aquel polvo blanco y frío como se sacudía allá abajo la arena hecha de piedra y conchas del fondo del mar sin que dejase rastro alguno. Caminar por la nieve era igual de fatigoso que un paseo por las dunas, a menos que el calor del sol hubiese derretido un poco la superficie y luego se hubiese endurecido por la noche; entonces se podía andar sobre ella más ligera y placenteramente que sobre un suelo de parquet, tan ligera y placenteramente como sobre la arena lisa, firme, limpia y mullida de la orilla del mar.

Aquel año, no obstante, eran tales las nevadas y las masas de nieve que, salvo a los esquiadores, se hacía harto dificultoso moverse al aire libre. Las máquinas quitanieves trabajaban a destajo, aunque apenas podían mantener limpios los senderos más frecuentados y la carretera de la estación, de manera que los escasos caminos practicables –que, además, rápidamente se convertían en un callejón sin salida– estaban muy frecuentados, tanto por gente sana como enferma, tanto por lugareños como por turistas de los hoteles internacionales. Los peatones tropezaban con los que iban en trineo, y sus conductores, señoras y caballeros, echados hacia atrás y con las piernas estiradas, lanzaban gritos de advertencia cuyo tono denotaba lo importantes que se creían, bajando a toda velocidad por la ladera de la montaña, cimbreándose y haciendo eses sobre aquellos trineos tan pequeños que parecían para niños; todo para, una vez alcanzada la meta, remontar el camino arrastrando su juguete de moda de una cuerda.

Hans Castorp estaba harto de esos paseos. Acariciaba dos deseos: el más fuerte era estar solo con sus pensamientos y aquellos ensueños a los que denominaba «gobernar», deseo que hubiera podido satisfacer, aunque de un modo superficial, en su terraza. El segundo deseo estaba unido al primero, a saber: entrar en un contacto más libre y a la vez más íntimo con las montañas cubiertas por la nieve que tanto le atraía; y ese deseo no podía hacerse realidad mientras fuese un peatón indefenso y sin alas en los pies, pues al punto se habría hundido hasta el pecho en la nieve, caso de haber intentado avanzar más allá de los límites de los senderos abiertos con la quitanieves, límites a los que no se tardaba en llegar.

Así pues, un buen día, Hans Castorp decidió comprarse unos esquíes para aquel segundo invierno que pasaba allí arriba, y aprender a esquiar en la medida que la necesidad se lo exigía. No era un hombre deportista, no lo había sido nunca, y no estaba en buena forma física; y, además, tampoco fingía, a diferencia de numerosos internos del Berghof que, para estar más a tono con el lugar y seguir la moda, se disfrazaban de la manera más estúpida, sobre todo las mujeres, por ejemplo Herminie Kleefeld, quien, a pesar de tener la punta de la nariz y los labios constantemente amoratados a consecuencia de su dificultad respiratoria, gustaba presentarse en el comedor, al mediodía, vestida con pantalones de lana, los cuales le permitían repantigarse en un sillón de mimbre del vestíbulo, después de comer... con las rodillas separadas y en una postura de lo más frívola. Si Hans Castorp hubiese pedido permiso al doctor Behrens para llevar a cabo su extravagante plan, es muy probable que la respuesta hubiese sido negativa. El deporte estaba absolutamente prohibido a la comunidad de enfermos, en el Berghof y en todos los centros de la misma índole, pues aquel aire que en apariencia penetraba tan fácilmente en los pulmones imponía al músculo del corazón un esfuerzo extraordinario; en lo que se refería a Hans Castorp en concreto, aquella acertada observación suya de que se había «acostumbrado a no acostumbrarse» seguía siendo plenamente cierta, y las décimas de fiebre que Radamante atribuía a una pequeña mancha húmeda seguían sin remitir. De no ser así, ¿qué se le había perdido allí arriba? Su deseo y su plan eran, pues, contradictorios e ilícitos. Pero tratemos de entenderle bien. Lo que le movía no era la ambición de igualar a aquellos imbéciles, fanáticos del aire libre y deportistas por coquetería, que, si la moda lo hubiese exigido, se habrían entregado con el mismo fervor a jugar a las cartas en un cuchitril sin ventilación. Se sentía miembro de otra comunidad totalmente distinta, mucho más cerrada que la que formaban los turistas; y, desde una perspectiva nueva y más amplia, una extraña concepción de la dignidad y del sentido del deber a la que había llegado hacía poco le decía interiormente que él no había nacido para tomarse la vida a la ligera y, menos aún, andar por ahí retozando en la nieve como un descerebrado. No pensaba hacer escapadas, tenía la intención de ser prudente, y Radamante hubiera podido permitirle de buen grado lo que quería. Pero como preveía que se lo iba a prohibir a pesar de todo por no faltar al reglamento del sanatorio, Hans Castorp decidió obrar a espaldas del doctor.

Cuando se presentó la ocasión, comentó su propósito a Settembrini, y éste estuvo a punto de abrazarle de alegría.

—Sí, sí, cómo no, ingeniero. ¡Hágalo, por amor de Dios! No consulte a nadie y hágalo. ¡Es su ángel de la guarda quien se lo ha sugerido! ¡Hágalo inmediatamente, antes de que se enfríe ese deseo tan maravilloso! Iré con usted, le acompañaré a la tienda ahora mismo para comprar esos benditos enseres. Me gustaría poder acompañarle a la montaña, correr con usted con esquíes alados, como Mercurio, pero no debo... Bueno... «deber»... Lo haría si fuera cuestión de «deber o no», el problema es que no «puedo» hacerlo, soy un caso perdido. Usted, en cambio..., mal no le puede sentar, desde luego que no, si es usted prudente y no abusa. Vamos, y aunque eso le hiciese un poco de daño, no dejará de ser su ángel de la guarda quien... No digo más. ¡Qué excelente idea! ¡Dos años aquí arriba y todavía es capaz de tener ideas así de brillantes! ¡Ay!

Usted está hecho de muy buena pasta, no tiene motivos para dudar de sí mismo. ¡Bravo, bravo! Búrlese de su príncipe de las sombras. Cómprese los esquíes, diga que los envíen a mi casa o a casa de Lukacek, o a la pequeña tienda de ultramarinos. Ya vendrá a buscarlos para practicar un poco y deslizarse por la nieve.

Y así lo hizo. En presencia de Settembrini, que se las dio de gran entendido aunque no entendía absolutamente nada de deporte, Hans Castorp compró –en una tienda especializada de la calle principal– un estupendo par de esquíes de madera de fresno, barnizados en marrón claro, con magníficas fijaciones de cuero y puntas curvadas hacia arriba; y también un par de bastones con punta de hierro. No quiso que nadie se los llevase, él mismo los cargó al hombro hasta casa de Settembrini, donde no tardó en llegar a un acuerdo con el tendero a condición de que se los guardase sistemáticamente. Como había observado a los esquiadores muy a menudo, sabía bastante bien lo que tenía que hacer, de modo que empezó por su cuenta, lejos de las zonas más frecuentadas por otros deportistas, en una ladera muy despejada de árboles a poca distancia de la parte trasera del sanatorio Berghof, y a diario se le veía subir y bajar patosamente; de vez en cuando, Settembrini acudía a verle desde cierta distancia y, apoyado en su bastón, con las piernas cruzadas en graciosa postura, celebraba los progresos del joven con exclamaciones de «¡Bravo, bravo!». Todo iba bien hasta un día en que Hans Castorp se dirigía por uno de los senderos hacia Dorf para dejar los esquíes en casa del tendero, y se encontró con Behrens. El doctor no le reconoció, a pesar de que era pleno día y de que el nervioso principiante estuvo a punto de darse de bruces con él. Behrens se envolvió en una nube de humo de su cigarro y pasó de largo.

Hans Castorp comprendió que uno no tarda en adquirir la destreza que su interior anhela. No aspiraba a convertirse en un virtuoso. Sin cansarse ni sofocarse, aprendió lo básico en el espacio de unos pocos días. Se esmeraba en mantener los pies bien juntos y dejar surcos paralelos en la nieve; probaba a ayudarse del bastón para salir en la dirección deseada, aprendía a tomar impulso con los brazos en cruz para pasar por encima de los pequeños obstáculos y elevaciones del terreno –como un barco que se hunde y vuelve a emerger sobre la cresta de las olas en medio de una tempestad–, y en su vigésimo intento de frenar en plena carrera al estilo del célebre Telemark –adelantando una pierna y flexionando la otra para cargar el peso– ya no terminó rodando por tierra. Poco a poco fue ampliando su repertorio de ejercicios. Un día, Settembrini le vio desaparecer a toda velocidad en medio de una nube de polvo blanco; haciendo bocina con las manos, le gritó que fuese prudente y se marchó a su casa, con una gran satisfacción en su corazón de pedagogo.

¡Qué hermoso era estar en las montañas en pleno invierno! Pero no porque reinase en ellas una dulce calma, sino hermoso como lo era la naturaleza salvaje del mar del Norte azotado por el fuerte viento de poniente... y, aunque aquí no se oía el fragor de las olas, pues todo era silencio, un silencio sepulcral, el paisaje despertaba en ambos casos un sentimiento de profundo y devoto respeto.

Los largos esquíes de Hans Castorp le llevaban en muchas direcciones: a lo largo de la ladera izquierda hacia Clavadel, o a la derecha hacia los picos de Frauenkirch y Glaris, detrás de las cuales se dibujaba como un fantasma entre la niebla la sombra del macizo de Amselfluh; o también hacia el valle de Dischma, o, subiendo por la parte trasera del Berghof, hasta el Seehorn, un pico cubierto de bosque del que ahora no asomaba más que la cima nevada; o hasta el bosque de Drusatcha, al fondo del cual se vislumbraba la pálida sombra de la cadena montañosa del Rätikon, toda cubierta de nieve. También se montaba con su esquíes de madera en el funicular que subía hasta Schatzalp, y allá arriba, a dos mil metros de altura, se paseaba tranquilamente por las empinadas laderas de brillante polvo de nieve, las cuales, en los días despejados, ofrecían una vista panorámica sublime sobre el paisaje de sus aventuras.

Se alegraba enormemente por aquella adquisición que le había permitido el acceso a tantos lugares antes inaccesibles y con lo cual vencía casi todos los obstáculos. Ahora podía sumirse en la soledad que tanto había deseado, la soledad más profunda que nadie pudiera imaginar, una soledad que hacía nacer en su corazón unos sentimientos totalmente desconocidos y nuevos para el hombre. Por ejemplo, a un lado, tras una hilera de abetos, se abría un precipicio de neblina y vapor de nieve; al otro, se alzaba una pared de roca, toda cubierta por formidables masas de nieve —ciclópeas, curvas y gibosas— que formaban múltiples cavernas y saledizos. Cuando se detenía para no oírse a sí mismo, el silencio era absoluto y perfecto: una ausencia total de sonidos como jamás había existido y jamás podría existir en ningún otro sitio. Ni un solo soplo de aire rozaba los árboles, ni siquiera el más sutil del mundo; no había ni un solo murmullo, ni un solo canto de pájaro. Era el silencio puro, el silencio eterno lo que escuchaba Hans Castorp cuando permanecía de pie muy quieto, apoyado en su bastón, con la boca abierta y la cabeza ladeada sobre el hombro; y, dulcemente, la nieve seguía cayendo y cayendo, sin el menor ruido.

No, aquel mundo, en su silencio insondable no tenía nada de hospitalario; acogía al visitante a su propia cuenta y riesgo; en realidad no le acogía, sencillamente toleraba su intromisión, su presencia, de una manera un tanto inquietante, como si no respondiera de nada; y lo que de él se desprendía era una atmósfera de amenaza ante lo absoluto, ante lo más elemental, ante algo que no llegaba a ser hostil sino que era la pura imagen de la indiferencia, de una indiferencia mortal. El hijo de la civilización, ajeno a aquella naturaleza salvaje por su educación y sus orígenes, era más sensible a su grandeza que sus rudos vástagos, aquellos que dependen de ella desde la infancia y que viven con ella en un plano de prosaica familiaridad. Éstos apenas conocen el temor religioso con que el otro se detiene a contemplarla con los ojos abiertos de par en par, un temor que influye profundamente en su relación con ella y mantiene su alma en una especie de estremecimiento religioso, de excitación y temor continuo.

Hans Castorp, con su chaqueta de pelo de camello de manga larga, sus polainas y sus esquíes de lujo, comprendía que era muy temerario por su parte espiar así a aquel silencio original de la naturaleza salvaje, aquella quietud sepulcral del invierno; y la sensación de alivio que experimentaba a su regreso, al volver a ver los primeros asentamientos humanos tras el denso velo de niebla, le hacía tomar conciencia del terror secreto y sagrado que había estado dominando su corazón durante todo el tiempo que había pasado allí solo.

También en Sylt había permanecido al borde del imponente acantilado —el civilizado Hans Castorp, con su pantalón blanco, elegante, seguro de sí mismo y lleno de respeto— igual que ante la jaula de un león que, con las fauces abiertas, mostrara sus terribles colmillos tras los barrotes. Luego se había bañado bajo la atenta mirada del guardacostas, que tocaba el silbato para advertir del peligro en cuanto algún imprudente bañista osaba adentrarse más allá de la primera ola o acercarse demasiado al monstruo de agua que allí acechaba, pues incluso el último coletazo de la espuma de sus olas hubiese sido como un feroz zarpazo. Allí había conocido el joven la fascinación de acariciar —sólo con la punta de los dedos— ciertas fuerzas cuyo abrazo le hubiese arrastrado a la muerte. Lo que, sin embargo, no había conocido entonces era la tendencia a acercarse tanto al abismo de esa naturaleza mortífera que dicho abrazo llegara a convertirse en una amenaza real; él, que era un débil hijo de la civilización —por bien equipado que estuviese—, no se había aventurado nunca a mirar al monstruo tan de cerca o, cuando menos, a no huir de él hasta que tal cercanía no rozaba el límite crítico y el peligro ya no era recibir un simple zarpazo de una ola moribunda, sino la furia de la ola entera y ser engullido por las fauces del mar.

En una palabra: allí arriba, Hans Castorp se mostraba muy valiente... si por valor ante la fuerza de los elementos entendemos no un arrojo inconsciente en su relación con ellos, sino una devoción plenamente consciente y un dominio del terror a la muerte motivado por la simpatía hacia ellos.

¿Simpatía? En efecto. El débil pecho de hombre civilizado de Hans Castorp albergaba una profunda simpatía hacia los elementos, y este sentimiento, a su vez, guardaba una estrecha relación con aquel nuevo concepto de dignidad que había surgido en su interior a la vista de los frívolos turistas que aprovechaban la nieve para retozar por ahí con sus trineos, el cual había despertado en él el deseo de buscar una soledad mayor, más profunda y menos confortable que la de su terraza del sanatorio.

Desde allí había contemplado las cumbres sumidas en la niebla, la danza enloquecida de las tempestades de nieve, y, en el fondo de su alma, había sentido vergüenza de no ser más que un mero espectador bien guarecido en un bastión de comodidades. Por eso —y no por dárselas de deportista, ni por cultivar su cuerpo alegremente— había aprendido a esquiar. Si no se sentía seguro allá arriba, ante la grandeza y el silencio sepulcral de aquel paisaje —y, desde luego, nuestro hijo de la civilización no se sentía nada seguro—, al menos su espíritu y sus sentidos habían experimentado con creces la sensación del abismo. Tampoco podía decirse que una conversación con Naphta y Settembrini fuese terreno menos peligroso, pues también llevaba más allá de los senderos practicables y hacia las fauces de otros monstruos; y si se podía hablar de simpatía hacia el estado salvaje de la naturaleza invernal por parte de Hans Castorp, era porque, a pesar de su devoto terror, sentía que aquel paisaje era el entorno más adecuado para madurar sus complejos entramados de ideas, que aquél era el lugar indicado para alguien que, sin saber bien cómo, se veía agobiado por el peso de «gobernar» pensamientos relativos al Estado y a la condición del *homo Dei*.

Allí no había nadie para prevenir del peligro al imprudente tocando el silbato, a menos que ese hombre hubiese sido Settembrini, cuando había gritado a Hans Castorp que fuese prudente haciendo bocina con las manos. Pero el joven, lleno de simpatía y valor, y había hecho caso omiso de la advertencia que resonaba a su espalda, de la misma manera que había hecho caso omiso de la que escuchara cierta noche de Carnaval: «*Eh, Ingegnere, un po' di ragione, sa!*». «Mira que eres pesado con tu *ragione* y tu *ribellione,* demonio de pedagogo —había pensado entonces—. Por otra parte, te quiero mucho. Eres un charlatán y un fanfarrón, pero estás lleno de buenas intenciones, las mejores intenciones, y te prefiero mil veces a ese jesuita canijo e implacable, a ese terrorista, defensor de la tortura y el castigo físico, con esas gafas que echan chispas, y eso que casi siempre tiene razón cuando discutís; cuando, en calidad de pedagogos, os disputáis mi pobre alma como hacían Dios y el diablo con el hombre en la Edad Media.»

Ayudándose de su bastón y con las piernas cubiertas de polvo de nieve ascendió hasta una altura en la que se extendían grandes terrazas blancas, como una extraña escalera que no se sabía adónde conducía; daba la sensación de que a ninguna parte: su final se confundía con el cielo, que era tan blanco como ella y tampoco se sabía dónde terminaba; no se veía ninguna cima, ningún contorno de las montañas: Hans Castorp se adentraba en la nada envuelta en niebla, y como el mundo y el valle habitado por los hombres no tardaron en desaparecer de su vista y tampoco llegaba a sus oídos ningún ruido, antes de que se diera cuenta se encontró sumido —es más: perdido— en una soledad más profunda de lo que jamás hubiese podido soñar, tanto que le inspiró miedo, que es la condición previa del valor. «*Praeterit figura hujus mundi*», la apariencia de este mundo pasa, dijo para sus adentros en un latín que no era el de un espíritu humanista. Era una expresión que había aprendido de Naphta. Se detuvo y miró a su alrededor. No se veía nada por ninguna parte, excepto algunos minúsculos copos de nieve que caían desde la blancura del cielo hacia la blancura de la tierra; reinaba un silencio absolutamente grandioso y absolutamente vacío. Mientras su mirada chocaba constantemente contra aquel vacío blanco que le cegaba, sintió cómo la subida hacía palpitar su corazón, ese músculo cuya forma animal y cuyo mecanismo había visto una vez —quizá pecando de audaz— entre los crepitantes relámpagos del gabinete de radioscopia. Y se sintió poseído por una emoción, por una simpatía inmediata y ferviente hacia su corazón, hacia el corazón del hombre que latía en medio de ninguna parte, en medio del vacío blanco, a solas con sus interrogantes y sus enigmas.

Siguió subiendo, más alto, hacia el cielo. A veces, hundía el extremo superior de su bastón en la nieve y veía cómo de la profundidad del agujero brotaba una luz azul que desaparecía en cuanto retiraba el bastón. Esto le divertía. Podía pasar largo rato quieto, recreando una y otra vez aquella ilusión óptica. Era una extraña y delicada luz de las montañas y de las profundidades, de un color azul verdoso, clara como el hielo y, sin embargo, sombría y misteriosamente atractiva. Le hacía pensar en el color y en la luz de ciertos ojos, de ciertos ojos achinados que habían sabido ver su destino, y que Settembrini, desde su postura humanista, había calificado de hendiduras tártaras y de «ojos de lobo estepario»; ciertos ojos que había contemplado en otro tiempo y que luego había vuelto a encontrar sin poder evitarlo: los ojos de Hippe y de Clavdia Chauchat. «Con mucho gusto —se dijo a media voz rompiendo el silencio que le rodeaba—. Pero no lo rompas. *Il est à visser, tu sais.*» Y en su cabeza oyó que alguien, detrás de él, le gritaba que fuese prudente.

A su derecha, a cierta distancia, un bosque se abría paso entre la bruma. Se dirigió hacia allí para tener un objetivo terrestre ante sus ojos, en lugar de toda aquella blancura trascendental y, de pronto, resbaló porque no se dio cuenta de que había un desnivel en el suelo. La ausencia de formas visibles le había impedido tomar conciencia del terreno que pisaba. No se veía nada: todo se fundía con el blanco. Notó cómo algunos obstáculos completamente insospechados frenaban el golpe. Se abandonó a la caída, sin poder distinguir el grado de inclinación de la pendiente.

El bosque que había atraído su vista quedaba al otro lado del barranco en el cual se había caído sin querer. Su fondo, cubierto de una nieve blanda, estaba inclinado hacia la parte de la montaña, como pudo comprobar tras unos metros de caída en esa dirección. Sólo había una posibilidad: hacia abajo; las vertientes que enmarcaban el barranco se veían cada vez más pronunciadas y más altas, aquello era como un embudo que condujese al interior de la montaña. Luego, las puntas de sus esquíes volvieron a tomar la cuesta arriba, el terreno subía, y pronto desapareció también la pared lateral. El descenso sin rumbo de Hans Castorp apuntaba de nuevo hacia el cielo a través de la falda de una montaña.

Vio el bosque de abetos a un lado a sus espaldas, más abajo, tomó esa dirección y descendió velozmente hasta los pinos cargados de nieve que, alineados a modo de cuña, formaban un peculiar ejército que se adelantaba, por campo abierto, al resto de árboles escondidos entre la niebla. Bajo sus ramas se sentó a descansar y fumar un cigarrillo, aún con el alma en un puño, angustiado por aquel silencio tan profundo y aquella soledad tan peligrosa, pero orgulloso de haberla conquistado y muy animado al sentir que la dignidad mostrada le hacía merecedor de aquel paisaje.

Serían las tres de la tarde. Se había puesto en camino inmediatamente después de la comida, decidido a saltarse una parte de la cura de reposo principal y la merienda, y con la intención de estar de vuelta antes de la noche. Se sintió feliz al pensar que todavía tenía por delante unas cuantas horas para pasear libremente por aquellos grandiosos parajes. Llevaba un poco de chocolate en el bolsillo del pantalón y una botellita de oporto en el de la chaqueta.

Apenas podía distinguir dónde estaba el sol, pues la niebla era espesísima en torno suyo. Detrás de él, al pie del valle y del ángulo montañoso que ya no se veía, las nubes se iban oscureciendo y la niebla avanzaba cada vez más baja. Parecía que iba a nevar —más nieve, como si no hubiera bastante todavía— y que esta vez iba a ser una verdadera tempestad. En efecto, los pequeños copos silenciosos eran cada vez más abundantes.

Hans Castorp salió ligeramente de debajo del árbol para recoger algunos sobre la manga de su chaqueta, y los contempló con los ojos expertos de un naturalista aficionado. Parecían minúsculas motitas informes, pero más de una vez había tenido otras semejantes bajo su excelente lupa y sabía perfectamente de qué preciosos y sofisticados cristales estaban hechas: formaban estrellas, alhajas y broches de diamantes que ni el joyero más experto hubiera podido componer. Sí, aquel ligero y esponjoso polvo blanco que formaba pesadas masas sobre los árboles, las montañas y todo el valle y sobre el cual se deslizaban sus esquíes era, en verdad, muy diferente de la arena de las playas de su tierra a la que recordaba. Obviamente, la nieve no estaba formada por simples granitos de piedra, sino por miríadas de partículas de agua cristalizada —es decir, partículas de aquella sustancia inorgánica de la que habían surgido el plasma vital, las plantas y el cuerpo del hombre—, y entre esas miríadas de estrellas mágicas, en su esplendor secreto, inaccesible al ojo humano, no había ninguna semejante a la otra. Qué infinita creatividad reinaba a la hora de encontrar variaciones y sutilísimas reinvenciones del mismo esquema de base: el hexágono de lados iguales y ángulos iguales; sin embargo, en sí mismo cada uno de los cristales de nieve presentaba unas proporciones absolutamente perfectas y una regularidad que helaba la sangre... he aquí que esto era lo siniestro, lo que se contradecía con los principios de lo orgánico y de la vida: eran demasiado regulares, ninguna sustancia organizada como ser vivo mostraba jamás un grado de regularidad tan alto, la vida sentía horror ante la perfección absoluta, le parecía mortal, el propio misterio de la muerte; y Hans Castorp creía comprender por qué los arquitectos que habían construido los grandes templos de la Antigüedad habían introducido expresamente (y en secreto) ciertas asimetrías en la disposición de sus columnas.

Se puso en pie, se deslizó sobre los esquíes, descendió sobre la espesa capa de nieve en paralelo a la linde del bosque, en dirección a la niebla, dejándose llevar, subiendo y resbalando a placer sin una meta concreta, a través de aquel inmenso terreno muerto cuya superficie ondulada, con escasa vegetación –a saber, pequeñas coníferas en forma de arbustos de oscuras puntas que rompían la uniformidad del blanco aquí y allá– y cuya línea del horizonte, hecha de suaves curvas, guardaban un enorme parecido con un paisaje de dunas. Hans Castorp asentía con la cabeza muy satisfecho cuando se detenía y tomaba conciencia de aquella semejanza, y soportaba con agrado el calor que sentía en la cara, los temblores de brazos y piernas y la extraña y embriagadora mezcla de excitación y agotamiento que experimentaba, pues todo aquello le traía a la memoria las mismas sensaciones que le producía el aire del mar, que también estaba saturado de sustancias estimulantes y relajantes. Tomaba conciencia, con gran satisfacción, de la independencia alada, de la libertad de movimiento de que gozaba allí arriba. No se abría ante él ningún camino que tuviese que seguir por obligación, tampoco tenía ninguno detrás de él para llevarle de vuelta al punto de partida. Al principio, había visto algunos postes, marcas para orientarse en la nieve, pero no había tardado en emanciparse de aquella tutela, porque todo aquello le hacía pensar en el guardacostas del silbato y no se le antojaba apropiado en su íntima relación con la salvaje grandeza del invierno.

Detrás de las colinas rocosas cubiertas de nieve que fue dejando a derecha e izquierda, se extendía una pendiente, después una llanura y luego la alta montaña cuyas gargantas y desfiladeros parecían muy accesibles y tentadores bajo su mullido manto blanco. Es más, la lejanía y las alturas, los parajes solitarios que se abrían continuamente ejercían una atracción muy fuerte en el corazón de Hans Castorp, y, aun corriendo peligro de que se le hiciese tarde, continuaba adentrándose en aquel mundo de silencio salvaje, en lo desconocido, en lo peligroso, sin preocuparse de que la tensión y la angustia que latían en su interior pudieran transformarse en verdadero miedo, sobre todo a la vista de que la oscuridad estaba cayendo prematura y rápidamente, extendiéndose sobre la comarca como un denso velo gris. Aquel miedo le hizo comprender que, hasta aquel momento, se había esforzado de manera inconfesada en perder hasta el sentido de la orientación, en olvidar en qué dirección se encontraban el valle y la aldea... y, de hecho, lo había conseguido por completo. Por otra parte, podía decirse a sí mismo que si daba media vuelta de inmediato y descendía siempre, lograría llegar enseguida al valle, aunque el Berghof no quedase cerca. En tal caso, llegaría demasiado pronto, no habría aprovechado todo su tiempo; claro que, si le sorprendía la tempestad de nieve, le sería harto difícil encontrar el camino de regreso. Así pues, se negaba a emprender la huida antes de lo necesario, por más que le paralizase el miedo, un sincero temor a los elementos. Eso no era obrar como un deportista, pues el deportista sólo entabla la lucha con los elementos mientras se considera dueño y señor de ellos; obra con prudencia y demuestra su sensatez al ceder. Lo que movía a Hans Castorp, sin embargo, sólo se podía designar con una palabra: «reto». Y por reprobable que sea lo que denota esta palabra, aun cuando —mejor dicho: sobre todo cuando— el sentimiento de soberbia desmesurada que le corresponde está ligado a un temor sincero tan grande, poniéndonos en su lugar podemos entender que lo más profundo del alma de una persona joven, un hombre, además, que ha pasado años viviendo como nuestro protagonista, se va creando un poso —como diría Hans Castorp el ingeniero—, se van «acumulando» muchas cosas que, un buen día, hacen explosión en la forma de un «¡Vamos!» o en un «¡Ahora verás!» llenos de amarga impaciencia; en una palabra: se traducen en un reto y en una rotunda negativa a ser prudentes. Ése era el estado en que iba deslizándose sobre sus esquíes por aquella ladera. Subió luego a la colina aledaña, en la cual, a alguna distancia, se veía una cabaña de madera o un cobertizo o pajar con el tejado sujeto con pedazos de rocas, orientada hacia la siguiente montaña, cuya espalda estaba poblada por un inhóspito bosque de pinos y tras la cual se perdían en la niebla otras muchas cumbres. La pared de roca, salpicada de árboles, que se alzaba delante de él le resultaba demasiado escarpada, pero por la parte derecha parecía medianamente sencillo rodearla y dejarla atrás para ver qué panorama se presentaba al otro lado, y éste fue, pues, el terreno que Hans Castorp decidió explorar tras recorrer un hermoso trecho de la pendiente, bastante profunda, que descendía, de derecha a izquierda, desde el campo donde estaba la cabaña.

Acababa apenas de reanudar la subida, cuando —como era de esperar— estallaron de golpe la tormenta y la nevada; en pocas palabras: se le echó encima la tormenta de nieve que tanto tiempo llevaba amenazando, si es que puede hablarse de «amenaza» para referirse a los elementos ciegos y desconocedores de la naturaleza humana que, de por sí, no tienen intención alguna de aniquilarnos (lo cual, con todo, no deja de ser un consuelo), pues les es terriblemente indiferente lo que se llevan por delante.

«¡Bueno! —pensó Hans Castorp, y se detuvo cuando el primer golpe de viento levantó un espeso torbellino de nieve que llegó hasta él—. ¡Menudo viento! ¡Te hiela hasta la médula!»

Y, en efecto, era un viento abominable: para empezar, hacía patente el espantoso frío que reinaba —unos veinte grados bajo cero—, únicamente soportables cuando el aire estaba desprovisto de humedad y en calma, como era habitual; sin embargo, en cuanto el viento lo agitaba, aquel frío cortaba la carne como un cuchillo, y cuando soplaba como lo estaba haciendo —pues aquel primer latigazo de viento sobre la nieve no había sido más que un preámbulo— ni siete abrigos de piel hubieran bastado para proteger los huesos de un mortal escalofrío de horror... Y Hans Castorp no llevaba siete abrigos de piel, sino tan sólo un chaleco de lana que, en otras circunstancias, le había bastado, y que al menor rayo de sol incluso le había sobrado. Además, la ventisca le daba de lado y por la espalda, de manera que no tenía opción de darse la vuelta y recibirla en plena cara; y como tal reflexión se unía a su soberbia obstinación y al «¡Ahora verás!», el insensato seguía intentando avanzar entre los desangelados abetos a fin de llegar al otro lado de la montaña como se había propuesto.

Huelga decir que era todo menos un placer, pues no se veía nada de la danza de copos que lo invadían todo como un densísimo enjambre enloquecido y, en cambio, parecían no caer nunca al suelo; las ráfagas de viento abrasaban las orejas y producían un terrible dolor, paralizaban los miembros y entumecían las manos hasta el punto de que ya no se sabía si se llevaba el bastón agarrado o no. La nieve se colaba por el cuello del chaquetón de Hans Castorp y luego se derretía calándole toda la espalda, se acumulaba sobre sus hombros y le había cubierto ya todo el lado derecho; tenía la sensación de que iba a convertirse en un muñeco de nieve con su bastón en la mano. Y aquel horror de los horrores todavía se producía en unas condiciones relativamente favorables: volverse atrás sólo podría ser peor; sin embargo, el camino de regreso al hogar se había convertido en una tarea que, por difícil que fuera, debía emprender sin dilación.

Así pues, se detuvo, se encogió de hombros con gesto de rabia y dio la vuelta sobre los esquíes. El viento de cara le cortó la respiración de golpe, de manera que hubo de repetir el complicado proceso de darse media vuelta para recobrar el aliento antes de hacer frente al enemigo implacable, esta segunda vez algo mejor preparado. Agachando la cabeza y conteniendo prudentemente la respiración, consiguió ponerse en camino en la dirección opuesta, sorprendido —a pesar de que contaba con lo peor— por las dificultades para avanzar, debidas principalmente a que no veía nada en absoluto y no conseguía respirar. A cada momento se veía obligado a detenerse, primero para respirar de espaldas al viento, y luego porque, con la cabeza baja y los ojos guiñados, no veía nada en aquellas tinieblas blancas y debía ir con cuidado para no chocar contra los árboles o tropezar con algún obstáculo. Los copos en masa le golpeaban el rostro y se fundían sobre su cara, de manera que su piel se iba cubriendo de una capa de hielo; se le metían en la boca y se derretían con un sabor débilmente acuoso; volaban contra sus párpados, que se cerraban convulsivamente: inundaban sus ojos y le impedían la visión, aunque, por otra parte, daba lo mismo, porque el campo visual estaba oculto tras una densa cortina de copos y el blanco era tan cegador que el sentido de la vista quedaba anulado. Cuando se esforzaba por ver algo, todo lo que encontraba era el torbellino de la nada blanca. De vez en cuando emergían de ella fantasmales arbustos, sombras del mundo de los fenómenos: un grupo de pinos enanos, la vaga silueta de la cabaña ante la cual acababa de pasar...

La dejó tras él y trató de localizar el camino de regreso al otro lado de la llanura en la que la había encontrado. Pero no había camino; mantener una dirección, la dirección aproximada en que debían de quedar su casa y el valle, era más una cuestión de suerte que de inteligencia, porque como mucho conseguía verse una mano, pero ya no las puntas de los esquíes; y, aunque se hubiese visto mejor, no hubiese dejado de ser extraordinariamente difícil avanzar con tantos otros contratiempos: el rostro cubierto de hielo, el viento de cara que le cortaba la respiración, que le impedía tanto inspirar como espirar, y que le obligaba constantemente a volverse de espaldas para recobrar el aliento. ¿Quién podía así? En lo que se refiere a Hans Castorp —y no hubiese sido distinto en el caso de alguien más fuerte que él— se detenía, jadeaba, parpadeaba con fuerza para sacudirse el agua de las pestañas, se daba golpes para romper la coraza de hielo que se había formado sobre el lado por el que le daba el viento, y pensaba que constituía una verdadera locura continuar en tales condiciones.

Aun así, Hans Castorp continuaba avanzando a pesar de todo, mejor dicho: más que avanzar, cambiaba de lugar. Ahora bien, cabía cuestionarse si se movía en la buena dirección o si aquello no tenía sentido y hubiese sido algo menos descaminado quedarse quieto donde estaba —lo cual, por otro lado, tampoco parecía posible—; de hecho, toda probabilidad teórica de que estuviese avanzando realmente estaba en su contra y, en la práctica, Hans Castorp pronto tuvo la sensación de que el suelo que pisaba ya no era el que debería estar pisando, es decir: aquella amplia zona llana a la que tanto esfuerzo le había costado volver, escalando por la pendiente, y que tenía que atravesar para llegar al bosque. El recorrido en llano había sido demasiado corto, ahora iba de nuevo cuesta arriba. La furiosa ventisca que soplaba del sudoeste de la región, de la entrada del valle, debía de haberle desplazado del camino. Llevaba, entonces, mucho tiempo avanzando en falso y agotándose para nada. A ciegas, envuelto en el torbellino de la noche blanca, no hacía más que adentrarse más y más en aquel vacío amenazador e indiferente a sus cuitas.

—¡Vaya, hombre! —murmuró entre dientes, y se detuvo. Ése fue todo el patetismo con que se expresó, a pesar de que, por un instante, tuvo la sensación de que una mano de hielo intentaba agarrarle el corazón, que le dio un vuelco y comenzó a latir a toda velocidad, igual que el día en que Radamante había descubierto una mancha húmeda en uno de sus pulmones.

Comprendía que no tenía derecho a dramatizar, dado que era él mismo quien se había impuesto aquel reto y que cuanto la situación tenía de preocupante era entera responsabilidad suya. «No está mal», se dijo, y sintió que los músculos de la cara ya no respondían a las órdenes de su cerebro y no eran capaces de expresar nada, ni temor, ni cólera, ni desprecio, pues estaban congelados. «¿Qué hacer ahora? ¿Descender por aquí, en diagonal, y orientarme por instinto, ir siempre en contra del viento sin más?»

—Es más fácil decirlo que hacerlo... —se dijo con voz quebrada y sin resuello pero hablando después de todo, al mismo tiempo que se ponía en marcha—. Algo tengo que hacer; no puedo sentarme y esperar, pues no tardaría en sepultarme esa masa de incontables hexagonitos perfectos de agua cristalizada, y si viniese a buscarme Settembrini con su silbato me encontraría aquí acurrucado, con los ojos vidriosos y el gorro de esquí ladeado sobre la cabeza. —Se dio cuenta de que hablaba consigo mismo, y además en un tono bastante extraño. Se prohibió, pues, hablar, pero volvió a hacerlo enseguida, a media voz, aunque sus labios eran tan pesados que renunció a moverlos y a pronunciar las consonantes labiales, lo cual le recordó una situación anterior en la que le había ocurrido lo mismo—. Cállate y trata de salir de aquí —se dijo, y añadió—: Me parece que desvarías y que estás perdiendo la cabeza. Y, en cierto sentido, eso es grave.

Pero el hecho de que aquello fuese grave desde el punto de vista de las probabilidades que tenía de escapar constituía una simple comprobación crítica que parecía proceder de otra persona, de alguien ajeno aunque preocupado por su situación. Él, por naturaleza, estaba muy tentado de dejarse llevar por aquel estado de confusión que quería apoderarse de él a medida que aumentaba su agotamiento, aunque tomó conciencia y se detuvo a reflexionar sobre ello.

«Es fruto de la percepción alterada de quien se encuentra atrapado en medio de una tormenta de nieve en la alta montaña y no puede encontrar el camino de regreso —pensaba dificultosamente y, casi sin respiración, pronunciaba frases sin sentido, evitando expresiones más claras por pura discreción—. La gente que oye contarlo a posteriori se imagina que es espantoso, pero olvida que la enfermedad, y mi estado es, en cierta manera, una enfermedad, altera al hombre para que sea capaz de convivir con ella. Para ello se produce una disminución de la sensibilidad, creando una completa insensibilidad a ciertos estímulos, una especie de anestesia del cuerpo, una medida de alivio de la propia naturaleza, eso es... Pero hay que luchar contra esos efectos, pues tienen un doble fondo, son sumamente engañosos; todo depende de cómo se interpreten. Son positivos y beneficiosos cuando la batalla está perdida sin remisión, pero son perjudiciales y muy peligrosos mientras todavía cabe la posibilidad de regresar a casa, como me pasa a mí, que no estoy dispuesto, ni mucho menos, con un corazón que aún palpita furiosamente, a dejarme sepultar por esa estúpida masa de cristalitos hexagonales perfectos...»

Ciertamente, estaba ya muy afectado y luchaba contra un principio de alteración de la percepción de una manera semiconsciente y febril. No tuvo tanto miedo como hubiese sido normal estando sano, al darse cuenta de que se había desviado de nuevo del camino en llano, esta vez probablemente en dirección contraria: hacia donde la meseta emprendía el descenso. Pues se deslizaba cuesta abajo, con el viento en contra pero dándole de lado, y, aunque eso no era lo que debía hacer, comprendió que, por el momento, era lo más cómodo.

«Ya lo arreglaremos —se dijo—, ya encontraré la buena dirección un poco más abajo.»

Y eso fue lo que hizo o lo que creyó hacer, o lo que no estaba del todo seguro de haber hecho, o —lo cual es más preocupante— lo que comenzaba a serle indiferente hacer o no hacer. Tal era el efecto de dicha alteración de la sensibilidad, contra la cual sólo luchaba débilmente. Aquella mezcla de fatiga y excitación que constituía el estado normal y constante de un mero visitante del sanatorio cuya aclimatación al lugar consistía en no aclimatarse, había llegado a tal extremo en ambos sentidos que ya no podía pensarse en combatir sus terribles efectos mediante una actuación racional. Presa de vértigo, casi tambaleándose, temblaba de embriaguez y de excitación, con un temblor similar al que le había sacudido después de cierta conversación con Naphta y Settembrini, pero infinitamente más fuerte; y así fue que, a pesar del estupor que le causaba y lo poco digno que le parecía acabar sepultado bajo miríadas de hexágonos perfectos, justificaba su desidia a la hora de emprender la lucha contra la progresiva anestesia de sus facultades remitiéndose a ciertas reminiscencias de la borrachera mental que le había provocado aquella conversación; y, en su interior, barruntaba una idea —cuerda o descabellada— que venía a expresar lo siguiente: el sentido del deber que le impedía ofrecer resistencia a aquella sospechosa pérdida de la sensibilidad no era más que el mero sentido de la ética, es decir: una visión burguesa, filistea, de la vida de lo más mezquino e irreligioso. El deseo y la tentación de tumbarse en el suelo a descansar asaltaban su espíritu bajo la forma de una ilusión un tanto peculiar, pues se imaginaba en la misma situación que un árabe durante una tormenta de arena en el desierto, cuyo recurso era echarse al suelo, boca abajo, y taparse la cabeza con la chilaba. Y el único argumento de peso para no hacer eso mismo que se le ocurrió fue que no llevaba chilaba y no podía taparse la cabeza con el chaleco de lana, a pesar de que ya no era ningún niño y de que sabía bien, por varias fuentes, cómo era la muerte por congelación.

Después de un descenso a una velocidad media y un tramo más bien llano, comenzó a subir una nueva pendiente, además bastante pronunciada. No tenía por qué estar en el camino equivocado, pues el que conducía al valle también debía de ir cuesta arriba en algunas zonas, y, en cuanto al viento, debía de haber cambiado caprichosamente, pues ahora Hans Castorp lo tenía otra vez a la espalda, y eso constituía una ventaja de por sí. ¿Era la fuerza de la tempestad lo que le hacía ir inclinado hacia delante o la mullida pendiente blanca y envuelta en un torbellino de copos, que ejercía tal atracción sobre su cuerpo que éste se doblase hacia ella? No tenía más que abandonarse a esa fuerza si quería ser arrastrado por ella... y la tentación era grande, tan grande como la que los libros calificaban de «típico peligro», peligro que, por supuesto, no restaba poder alguno a la tentación como tal. Caer en ella era afirmar los derechos individuales, pues la tentación se oponía a toda ordenación dentro de los parámetros de lo comúnmente conocido, se oponía a ser identificada con ninguno de ellos, reivindicaba el carácter único y sin parangón de su urgencia... Ahora bien, por otro lado, no se podía negar que esta concepción venía inspirada por parte de alguien muy concreto: cierto personaje vestido de negro riguroso, con blanquísima golilla española, cuyo pensamiento y cuyos principios iban de la mano de toda suerte de elementos siniestros, muy cercanos al pensamiento jesuítico y claramente contrarios al humanista, toda suerte de argumentos a favor de la tortura y del sometimiento a través de la violencia... un auténtico horror a los ojos de Settembrini, quien, en cambio, por comparación, resultaba ridículo con sus grandilocuentes reivindicaciones de la *ragione*...

Sin embargo, Hans Castorp conservó la sensatez y resistió a la tentación de dejarse llevar. No veía nada, luchaba y avanzaba; con éxito o no, pero hacía cuanto podía y al menos cambiaba de lugar a pesar de las potentes fuerzas con que la tormenta de nieve apresaba sus miembros cada vez más. Cuando la subida le resultó demasiado escarpada, se dirigió hacia un lado, sin darse mucha cuenta, y así siguió durante algún tiempo. Abrir sus párpados entumecidos para mirar constituía un esfuerzo cuya inutilidad ya había experimentado, con lo cual no se animaba a repetirlo. Sin embargo, de vez en cuando atisbaba alguna cosa: un grupo de pinos, un riachuelo o un barranco cuya negrura se dibujaba entre los rebordes de nieve; y cuando, para variar, comenzó de nuevo el descenso, divisó delante de él, a cierta distancia, como flotando en el aire entre un remolino de velos blancos, una construcción humana.

¡Qué gran consuelo aquella imagen! Había luchado valientemente y, a pesar de tantas adversidades, había conseguido alcanzar un lugar en el que incluso se hacía patente la mano del hombre, señal de que el valle habitado estaba cerca. Tal vez viviera alguien allí, tal vez se podría entrar en la casa y, bajo su techo, esperar el fin de la tormenta, y en caso de necesidad procurarse un compañero o un guía, en el caso de que hubiera caído realmente la noche en el intervalo. Se dirigió hacia aquella visión casi quimérica y que por momentos desaparecía por completo en la oscuridad de la tormenta. Todavía le faltaba una subida agotadora con el viento en contra, y, una vez allí, constató con indignación, sorpresa, espanto y sensación de vértigo que era la cabaña ya conocida, aquel cobertizo con el tejado sujeto con piedras que, después de un sinfín de vueltas y a costa de los más ímprobos esfuerzos, había vuelto a encontrar.

¡Qué diablo! Terribles juramentos salieron de los labios paralizados de Hans Castorp —sin consonantes labiales, obviamente—. Para orientarse dio la vuelta a la cabaña, ayudándose de su bastón, y comprobó que había llegado a ella por detrás y que, por consiguiente, había pasado una hora larga —según sus cálculos— haciendo el imbécil de la manera más rematada. Pero así era como caía uno, así lo describían los libros. Uno no hacía más que dar vueltas, se agotaba en el intento convencido de que servía de algún provecho, y en realidad describía un enorme círculo totalmente absurdo que se cerraba sobre sí mismo, igual que el ciclo del año con sus engañosas estaciones. Y así sucedía que uno caminaba y caminaba y no encontraba el camino de regreso jamás. Hans Castorp tomó conciencia de aquel fenómeno al que –valga la expresión– tantas vueltas le había dado él en su cabeza, y se dio una palmada en el muslo, de rabia y de asombro, al comprobar con qué exactitud se revelaba lo general, lo abstracto, en su caso concreto, individual y presente.

La cabaña solitaria era inaccesible, la puerta estaba cerrada, no se podía entrar por ningún lado. Hans Castorp decidió, sin embargo, permanecer allí provisionalmente, pues el alero del tejado daba la ilusión de cobijo, y la cabaña misma, por el lado orientado hacia la montaña, donde Hans Castorp se refugió, ofrecía una cierta protección real contra el viento si uno apoyaba el hombro contra la pared, pues a causa de la longitud de los esquíes no era posible pegar la espalda a ella. Se quedó, pues, allí de pie, apoyado de lado, con el bastón de esquí clavado en la nieve, las manos en los bolsillos, el cuello del chaquetón subido y con la pierna de fuera estirada para compensar el peso, y, con los ojos cerrados, apoyó su embarullada cabeza contra la pared de madera para no mirar más que de vez en cuando, por encima del hombro y, a su vez, por encima del barranco, hacia la ladera de la montaña que quedaba enfrente y que a veces aparecía, borrosa, a través del velo de copos blancos.

Su postura era relativamente cómoda. «Si fuera necesario podría permanecer aquí toda la noche –pensó–, mientras cambie alternativamente de pie, me vuelva del otro lado y, naturalmente, me mueva un poco en los intervalos, lo cual es indispensable. El que mi cuerpo esté aterido no quiere decir nada; he acumulado calor interior gracias al ejercicio que he hecho y, por lo tanto, mi excursión no ha sido completamente inútil, por más que me haya perdido y haya dado vueltas en torno a la cabaña... "Perdido", ¿qué expresión es ésa? No hace falta decir eso, no corresponde a lo que me ha ocurrido, me he servido de ella de un modo completamente arbitrario, porque todavía no tengo la cabeza despejada... y, sin embargo, en cierto sentido, es una palabra muy acertada... Menos mal que tengo dónde aguantar todo esto, pues esta tormenta, este huracán de nieve, este torbellino monstruoso puede durar perfectamente hasta mañana por la mañana... O aunque sólo dure hasta esta noche, ya sería un problema bastante grave, pues el peligro de perderse durante la noche es tan grande como en medio de la tormenta... Debe de haberse hecho de noche, las seis, calculo yo, pues he perdido mucho tiempo dando vueltas. ¿Qué hora será?»

Buscó el reloj, aunque con los dedos entumecidos no le fue muy fácil sacarlo al tacto... Aquel reloj de bolsillo de oro, con sus iniciales grabadas en la tapa, que cumplía religiosamente con su deber y emitía un vivo tictac-tictac en medio de aquella soledad salvaje, igual que su corazón, que el conmovedor corazón del hombre en el interior del pecho, rodeado del calor del cuerpo...

Eran las cuatro y media. ¡Qué diablo! ¡Pero si casi era la misma hora que cuando había estallado la tormenta! ¿Podía creer que sólo había transcurrido un cuarto de hora?

«Con lo largo que se me ha hecho... –pensó–. Eso de perderse es muy aburrido, según parece. Pero a las cinco o cinco y media ya es completamente de noche, esto es un hecho indiscutible. ¿Amainará lo bastante pronto para evitar que me pierda otra vez? Entretanto, podría dar un traguito de oporto para recuperar fuerzas.»

Si había llevado aquella bebida «para señoras» era únicamente porque la encontraba con facilidad en el Berghof, en botellas planas que vendían a los excursionistas (obviamente, sin contar con excursionistas que se saltasen las normas, se perdiesen en la montaña, en medio de la nieve y del frío, y esperasen la noche en tales circunstancias). Si Hans Castorp hubiese estado más lúcido, tal vez se habría dicho que, pensando en las posibilidades de regreso, era casi lo peor que podía tomarse. Y, en realidad, se lo dijo, pero ya después de haber bebido algunos sorbos, que le hicieron un efecto semejante al de la cerveza de Kulmbach la noche de su primer día allí, aquella noche en la que sus descerebrados comentarios sobre las veintiocho salsas de pescado de su compañera de mesa y otros disparates similares habían suscitado los reproches de Settembrini: del señor Lodovico, el pedagogo, capaz de devolver la cordura incluso a los dementes con sólo mirarles fríamente y cuyo agradable silbato escuchaba Hans Castorp en la lontananza, como signo de que el facundo educador estaba avanzando a grandes zancadas para liberar de tan demencial situación a aquel su pupilo favorito que tantos quebraderos de cabeza le causaba, aquel «niño mimado por la vida...», y llevarlo de vuelta a casa. Pero aquello, naturalmente, era absurdo y sólo era efecto de la cerveza de Kulmbach que se había bebido sin darse cuenta. Para empezar, porque Settembrini no tenía ningún silbato; si acaso, le habría ido mejor tocar el organillo, uno de esos organillos que se apoyan en una pata de madera que llevan los charlatanes de las plazas de los pueblos, siempre repitiendo la misma cantinela... y a la vez clavaría sus ojos de humanista a quienes le escuchasen desde las casas; en segundo lugar, porque no sabía nada y no tenía conciencia de lo que estaba sucediendo, sino que estaría en su buhardilla, con su frasca de agua, encima de la suntuosa celda de Naphta, en casa del sastre Lukacek; y, además, no tenía ningún derecho y ninguna opción a entrometerse, como no los había tenido tampoco aquella célebre noche de Carnaval en que Hans Castorp se encontraba en una posición igual de demencial y terrible, a saber: devolverle a la enferma Clavdia Chauchat el lápiz... el lápiz de Prisbilav Hippe... Y ¿por qué decía «posición»? Haciendo justicia al significado más puro del término, una posición es algo que uno «adopta», y estar allí de pie, mal apoyado, no era «adoptar una posición». Para posiciones, la horizontal: ésa era la que correspondía a un miembro veterano de la comunidad que habitaba en el mundo de allá arriba. ¿No estaba acostumbrado a tumbarse al aire libre de día o de noche, por mucho que nevase y mucho frío que hiciese? Y se estaba dejando caer cuando volvió en sí, cuando la razón le agarró del cuello del chaquetón —por así decirlo—, y le hizo ver que también aquel disparatado silogismo sobre la «posición» era mera consecuencia de la cerveza de Kulmbach, de su inconsciente inclinación a tumbarse y dormir, inclinación que, en todos los libros, figuraba como un «típico peligro» y que ahora intentaba confundirle con sofismas y juegos de palabras.

«He cometido una torpeza —reconoció—. El oporto no era nada indicado; esos tragos se me han subido a la cabeza y la siento muy pesada; por así decirlo, se me cae sobre el pecho, y mis pensamientos no son más que disparates e ingeniosidades fuera de lugar de las que no debo fiarme... No sólo es absurdo el planteamiento, sino cuanto yo desarrollo a partir de ahí a modo de crítica, y eso es lo terrible. ¿Cómo voy a devolverle a Clavdia Chauchat el lápiz de Pribislav Hippe? ¿En francés se dice *"son crayon"* porque *"crayon"* es masculino, y da igual si el poseedor también lo es o no, pero entonces no se sabe si es "suyo de él" o "suyo de ella", aunque tampoco se le puede devolver "a ella" lo que es "de él"... Pero ¡qué galimatías! ¡Cómo puedo perder el tiempo con cosas así! Mucho más urgente es, por ejemplo, que la pierna izquierda, sobre la que cargo el peso, me recuerda de un modo muy peculiar a la pata de madera del organillo de Settembrini, que él iría empujando con la rodilla a lo largo de la calle para acercarle su sombrero de terciopelo a una muchacha que quería echarle una moneda desde una ventana... Y, a la vez, hay algo, una especie de fuerza que, literalmente, tira de mí para que me tumbe en la nieve. Lo único que puedo hacer para contrarrestarla es moverme. Tengo que moverme, como castigo por haberme bebido la cerveza de Kulmbach y para que se me desentumezca la pierna de madera.»

Se dio impulso con el hombro para separarse de la pared. Pero apenas se hubo alejado de ella, apenas hubo dado un paso, el viento le asestó un golpe como con una guadaña y le empujó de nuevo hacia la pared. Sin duda, aquél era el lugar indicado para él y con el que debía conformarse por el momento; lo que sí tenía era libertad de darse la vuelta, apoyarse sobre el hombro izquierdo, cargar el peso sobre la pierna derecha y mover un poco la otra para reanimarla.

«Con un tiempo semejante —pensó— no se debe salir de casa. Una cosa es distraerse un poco y otra muy distinta salir en busca de aventuras y exponerse al viento huracanado. Quédate aquí y reclina la cabeza, ya que tan pesada la sientes. La pared es sólida, es de planchas de madera e incluso parece que desprende cierto calor, en la medida en que puede hablarse de calor aquí... el discreto calor natural de la madera, aunque tal vez es una sensación subjetiva... ¡Ay, los árboles! ¡Ay, ese vivo calor de los vivos! ¡Qué bien huele...!»

Veía un parque, situado bajo el balcón en el cual debía de encontrarse él: un parque muy grande, verde y exuberante, con árboles muy frondosos, olmos, plátanos, hayas y abedules, cuyas hojas brillantes mostraban toda suerte de matices y tonalidades y cuyas copas se agitaban con un suave murmullo. Soplaba una brisa deliciosa, húmeda y fragante, con tantos árboles. Se produjo una fugaz tormenta, pero la claridad iluminaba la lluvia. Hasta lo más alto del cielo se veían las infinitas gotitas de agua flotando en el aire. ¡Qué belleza! ¡Ay, el aliento del hogar, el aroma y el esplendor del mundo de allá abajo, después de tanto tiempo sin ellos! ¡Qué bien olía! El aire traía mil cantos de pájaros, mil silbidos, trinos, gorjeos y sollozos de una dulcísima gracia, aunque no se veía ni un solo pájaro. Hans Castorp sonrió y respiró agradecido. Todo era cada vez más bello. Un arco iris se extendía en diagonal por encima del paisaje, un arco completo y nítido, grandioso, de un brillo fastuoso, con todos aquellos colores restallantes que se derramaban sobre el verde intenso y reluciente de la naturaleza. Era como escuchar música, como un sonido de arpas acompañado de flautas y violines. El azul y el violeta, sobre todo, se fundían maravillosamente uno en el otro. Como por arte de magia, todo se amalgamaba, se desplegaba y se transformaba dentro de la armonía más bella. Hans Castorp recordó un día, hacía ya unos cuantos años, en que había escuchado a un cantante famoso en el mundo entero, un tenor italiano cuya garganta había regalado al corazón de los hombres un arte y una fuerza de una bondad infinitas. El tenor había mantenido largo rato una nota aguda, muy bella desde el principio. Aun así, paulatinamente, muy poco a poco, aquel sonido apasionado se había abierto como el cáliz de una flor, cada vez más envolvente y más brillante. Uno por uno fueron cayendo todos los velos que, sin que nadie los percibiese, lo envolvían... hasta el último de todos... no, aún había otro más, y cuando ya se creía desvelada la luz más pura y suprema, aún se desprendía otro último velo, que tampoco habría de ser el último... hasta llegar a tal culminación del esplendor y la luminosidad que de entre el público salieron a su encuentro otros tonos, como un peculiar contrapunto: las voces ahogadas de quienes se estremecían de entusiasmo, y la suya propia, pues el joven Hans Castorp no pudo evitar prorrumpir en sollozos. Eso mismo sucedía ahora con el paisaje, que se transformaba, se abría a la luz en la más bella transfiguración. El azul lo invadía todo... Iban cayendo uno tras otro los límpidos velos de lluvia y aparecía el mar, un mar del sur: azul, de un azul infinitamente profundo, salpicado de infinitos destellos de plata; una bahía maravillosa, abierta por un lado que se perdía de vista y, hasta la mitad, rodeada de montañas azuladas que se difuminaban progresivamente, con numerosas islas en las que se veían palmeras o casitas blancas entre bosques de cipreses. ¡Oh, oh, basta! No merecía todo aquello. ¡Qué bendición, aquella luz, aquella profunda pureza del cielo, aquella frescura del agua bajo los rayos del sol! Hans Castorp no había visto jamás aquel paisaje ni nada semejante. Apenas había viajado al sur durante sus vacaciones. Conocía el mar salvaje, el pálido mar del Norte, al que se sentía ligado por una especie de sentimentalismo infantil, pero nunca había llegado hasta el Mediterráneo, hasta Nápoles, Sicilia o Grecia, por ejemplo. Sin embargo, *se acordaba*. Sí, por extraño que pueda parecer, se regocijaba en «reconocer» todo aquello. «¡Sí, sí, así es!», exclamó una voz en él, como si desde siempre hubiese llevado en su corazón aquella imagen de la felicidad, del sol y del azul —en secreto, negándosela incluso a sí mismo—: y aquel «siempre» quedaba lejos, infinitamente lejos, tanto como el mar abierto a su izquierda, allí donde se fundía con el cielo en un suavísimo violeta.

El horizonte quedaba bastante alto, el fondo de la bahía parecía estar en pendiente, de lo cual se deducía que Hans Castorp debía estar viendo el golfo desde arriba, desde cierta altura. A lo largo de la costa se extendían las montañas, cubiertas de bosque, como una especie de promontorio que llegaba hasta el mar; formaban un semicírculo desde el centro del paisaje hasta donde él estaba y aún se prolongaban más allá; ése era el lugar donde se encontraba: en lo alto del acantilado, sentado en unos escalones de piedra calentados por el sol; desde allí veía la caída hasta la orilla —grandes bloques de roca escalonados, cubiertos de musgo y de maleza—, donde se formaban calas de azules aguas, pequeños puertos y lagunas de orillas pedregosas y rodeadas de cañaverales. Y aquel terreno soleado, aquella parte accesible de la costa y aquellos amables rincones entre las rocas estaban poblados y llenos de gente; como también el mar estaba surcado por numerosas barcas que iban y venían desde allí hasta las islas: por doquier se veían hombres, hijos del mar y del sol, en movimiento o reposando; hombres inteligentes y alegres, bellos y jóvenes... un placer para la vista... El corazón de Hans Castorp se abrió como no lo había hecho nunca, tan profundamente y tan lleno de amor que casi le dolía.

Algunos jóvenes hacían galopar a sus caballos, sujetándolos por el cabestro y corriendo junto a ellos entre relinchos y requiebros, o conduciéndolos atados con una larga cuerda; o cabalgaban hasta el agua, sin silla, golpeando los flancos del animal con los talones desnudos... y bajo la dorada piel de sus espaldas se adivinaba el juego de los músculos al sol, y las voces con que se comunicaban con otros —o con los caballos— sonaban, por algún motivo, como un lenguaje mágico. En una de las caletas, que parecía un lago de montaña con aguas de espejo, había unas muchachas bailando. Una de ellas, una que llevaba el cabello recogido en un moño y era especialmente atractiva, estaba sentada con los pies en un hueco de las rocas y tocaba una flauta pastoril, pero no miraba sus dedos sino a lo lejos: hacia sus compañeras que, con largas túnicas de mucho vuelo, se entregaban a la danza —solas, sonriendo con los brazos en cruz, o por parejas, con las cabecitas dulcemente apoyadas—, en tanto que otras hermanas permanecían sentadas o de pie, abrazadas, o charlaban tranquilamente mientras las contemplaban desde detrás de la flautista, la cual, por la postura de los brazos, parecía una figura blanca y alargada, de elegantes contornos redondeados. En otro sitio se veía a unos jóvenes practicando el tiro con arco. Resultaba muy agradable y edificante ver cómo los de más edad enseñaban a los más jóvenes e inexpertos, de rizadas cabezas, a tensar y a apoyar el arco y a apuntar bien a la diana, y cómo luego los sujetaban entre risas cuando el rebote de la flecha les hacía tambalearse y caer hacia atrás. Otros pescaban. Tumbados boca abajo y balanceando una pierna en el aire, mantenían una cuerda dentro del agua al tiempo que volvían la cabeza hacia su compañero, que pescaba sentado, medio recostado, y había lanzado el anzuelo mucho más lejos. Otros se afanaban en llevar hasta el mar una barca de casco bastante profundo, con mástil y vela, y empujaban, tiraban o sujetaban. En los rompeolas había niños jugando y chillando de gozo. Una joven, tumbada en el suelo pero mirando hacia arriba y hacia atrás, se estiraba el vestido —de flores— con una mano para que no se le viese en exceso el escote mientras, con la otra, intentaba coger una fruta con hojas que el joven de estrechas caderas que estaba de pie junto a ella, a la altura de su cabeza, le ofrecía con el brazo recto y luego, juguetón, le impedía alcanzar. Algunos se recostaban en las pequeñas cavidades de las rocas, otros jugueteaban en la orilla, dudando entre zambullirse o no, con los brazos cruzados sobre el pecho y las manos sobre los hombros, comprobando la temperatura del agua con el dedo gordo del pie. Había parejas paseando por la orilla, y la boca de él siempre iba muy cerca de la oreja de ella, musitando, sin duda, algo muy agradable. Algunas cabras de pelo largo brincaban de roca en roca bajo la atenta mirada de un joven pastor de rizos castaños, subido a otra roca más alta, con una mano en la cadera, una larga vara en la otra y un gracioso sombrero de ala ancha, vuelta hacia arriba en la parte del cogote.

«¡Es maravilloso! —pensó Hans Castorp—. ¡Completamente prodigioso y fascinante! ¡Qué guapos, qué sanos, qué inteligentes y felices! No sólo son bellos externamente, sino también en su interior inteligentes y amables. Eso es lo que me conmueve y me enamora por completo de ellos: su espíritu y su esencia, quiero decir, el espíritu con el que viven y conviven.» Se refería a aquella cordialidad y aquella igualdad en el trato y aquella cortesía natural que mostraban los hijos del sol: el respeto desenfadado, disimulado tras una sonrisa y en todo momento, de un modo casi imperceptible, fruto de un vínculo espiritual compartido por todos, de una idea interiorizada y arraigada en lo más profundo de su ser... Eso sí, siempre con cierta parsimonia. Por ejemplo, en una roca redonda y cubierta de musgo, estaba sentada una joven madre —vestida con una túnica marrón, desabrochada en uno de los hombros– dando de mamar a su hijo. Los que pasaban junto a ella la saludaban de una manera particular, que resumía todo lo que tan significativamente ocultaba el comportamiento general de aquellos hombres: los jóvenes se volvían hacia la madre, cruzando los brazos sobre el pecho con un gesto rápido y protocolario e inclinando la cabeza con una sonrisa; las muchachas, con una genuflexión poco marcada, semejante al gesto del que pasa por delante de un altar. Sin embargo, al mismo tiempo, le hacían cordiales, alegres y vivos gestos con la cabeza, y aquella mezcla de devoción ritual y de alegre cordialidad, así como la lenta dulzura con la que la madre levantaba la vista de su pequeño, a quien ayudaba a mamar apretándose el pecho con el dedo índice, para devolver el saludo con una sonrisa a quienes tanto respeto le mostraban, terminaron de entusiasmar a Hans Castorp. No se cansaba de mirar y se preguntaba angustiado si acaso tenía derecho a hacerlo, si el hecho de espiar a aquellos felices y civilizados hijos del sol no constituía una intromisión terrible y merecedora del peor de los castigos por su parte: un extranjero feo, desgarbado y carente de nobleza.

No parecía que así fuera. Un bello muchacho, cuyo espeso cabello peinado hacia un lado formaba una pequeña visera sobre la frente y le caía sobre la sien, estaba sentado justo debajo de Hans Castorp, con los brazos cruzados sobre el pecho, apartado de sus compañeros, no triste o enfadado, sino sencillamente al margen de los demás. El adolescente le vio, alzó la mirada hacia él, y sus ojos pasaron de él a las escenas de la playa, y luego volvieron a espiar al espía. Sin embargo, de pronto, su mirada pasó de largo por encima de su cabeza y se quedó fija en la lejanía, y por un instante se borró de su rostro –muy bello, de facciones bien dibujadas, aún medio infantiles– aquella sonrisa beatífica de cortés respeto fraternal que caracterizaba a todos; es más: sin llegar a fruncir el ceño, su gesto adquirió una gravedad como si fuese una estatua de piedra, inexpresiva, impenetrable, cerrada y misteriosa, como muerta, ante la cual el ya desasosegado Hans Castorp fue invadido por el espanto, pues presentía algo de su oscuro significado.

También él volvió la cabeza... Potentes columnas, sin base, hechas de bloques cilíndricos y en las hendiduras de las cuales crecía el musgo, se elevaban detrás de él; eran las columnas del pórtico de un templo, sobre cuyos escalones se hallaba sentado. Con el corazón palpitante se puso en pie, bajó por un lado y se adentró por el camino a que abría paso el pórtico, continuando su marcha por una vía empedrada que pronto le condujo a nuevos propileos. Los atravesó y llegó ante el templo enorme, de piedra gris verdosa que evidenciaba el paso de siglos y siglos, con una escalinata empinadísima y un ancho frontispicio, apoyado en los capiteles de unas columnas muy gruesas y casi achatadas –aunque se hacían más finas en la parte alta–, en las que a veces se veía algún bloque un poco desencajado y saliente. Con gran esfuerzo, ayudándose de las manos y jadeando, pues la angustia oprimía su corazón cada vez más, logró trepar hasta arriba, a un auténtico bosque de columnas. Era una sala muy profunda y el joven caminaba por ella como entre los troncos del bosque de hayas que se alzaba junto a su pálido mar, evitando pasar por el centro. Pero siempre terminaba desembocando en él, y se encontró en un lugar donde las hileras de columnas se separaban ante un grupo de estatuas: dos figuras de mujer talladas en piedra, sobre un pedestal, al parecer madre e hija, sentada la de más edad, más digna, muy dulce y divina, pero con unas cejas de gesto triste sobre sus ojos vacíos y sin vida, envuelta en una túnica de incontables pliegues, cubiertos con un velo sus cabellos ondulados con el clásico peinado de matrona; la otra, de pie, maternalmente abrazada por la primera, con redonda carita de doncella, los brazos y las manos juntos y ocultos entre los pliegues del vestido.

Por algún oscuro motivo, la pesadumbre, la angustia y los peores presentimientos se hicieron todavía más fuertes en el corazón de Hans Castorp. Apenas se atrevía y, sin embargo, no tenía más remedio que rodear aquellas figuras para franquear, tras ellas, la segunda doble hilera de columnas; la puerta de bronce del santuario estaba abierta, y al pobre muchacho casi se le quebraron las rodillas ante el espectáculo que descubrió: dos mujeres de cabellos grises, desgreñadas, medio desnudas, de colgantes senos de bruja y pezones largos como dedos, se entregaban a las más horripilantes acciones ante las llamas del brasero. Sobre una crátera descuartizaban a un niño; en medio de un silencio salvaje, lo descuartizaban con sus propias manos –Hans Castorp veía los finos cabellos rubios manchados de sangre– y devoraban los pedazos haciendo crujir los frágiles huesecitos dentro de sus bocas, mientras la sangre rezumaba entre sus crueles labios. Un escalofrío de terror paralizó a Hans Castorp. Quiso taparse los ojos con las manos y no pudo. Quiso huir y no pudo. Ellas ya le habían visto mientras cometían su abominable acto, y agitaron sus puños ensangrentados tras él y le insultaron, sin voz pero con la mayor obscenidad imaginable, y además en el dialecto de la tierra de Hans Castorp. Sintió asco, el asco más terrible que había sentido jamás. Quiso huir desesperadamente de aquel lugar, pero cayó de lado junto a una columna, y justo en esa postura, con aquellas espeluznantes palabras aún resonando en sus oídos, se encontró apretado contra la cabaña, caído en la nieve, con la cabeza apoyada y las piernas, con los esquíes puestos, estiradas delante de él.

Sin embargo, no se despertó del todo: parpadeó, satisfecho de haberse desembarazado de aquellas atroces arpías, pero no sabía muy bien –ni tampoco le preocupaba mucho– si estaba apoyado en una columna del templo o contra la pared de una cabaña; y siguió soñando, ya no en imágenes, sino hilando pensamientos, no por ello de una manera menos descabellada y confusa.

«Ya me parecía que debía de tratarse de un sueño –murmuró para sus adentros–. Un sueño a la vez encantador y espantoso. En el fondo, lo sabía desde el principio y todo han sido imaginaciones mías: el parque y la feliz humedad del aire... y cuanto ha seguido, tanto lo bello como lo horrible, ya lo sabía por adelantado. Pero ¿cómo se puede saber y recrear en la mente una cosa semejante, algo tan maravilloso y espantoso? ¿De dónde habré sacado yo la imagen de esa bella bahía sembrada de islas, y luego el recinto del templo hacia el cual me han dirigido las miradas del guapo adolescente que se hallaba apartado de sus amigos? No se sueña únicamente con la propia alma, creo yo; los sueños son anónimos y colectivos, aunque cada cual sueña a su propia manera. El alma superior de la que cada uno no es más que una partícula sueña a veces a través de uno, a su manera particular, cosas que sueña en secreto una y otra vez: con su juventud, con su esperanza, con su felicidad, con su paz... y con su sacrificio de sangre. Heme aquí apoyado en mi columna, y todavía tengo en el cuerpo los verdaderos vestigios de mi sueño, el escalofrío de horror que he experimentado ante la escena sangrienta... y también la dicha del corazón de antes, la dicha que sentí ante la felicidad y la serena devoción con que vive la humanidad blanca. Me corresponde, lo afirmo, me corresponde por derecho el encontrarme tendido aquí y soñar tales cosas. He aprendido mucho entre las gentes de aquí arriba, mucho sobre la razón y la sinrazón. Me he perdido en las montañas más peligrosas con Naphta y Settembrini. Sé todo cuanto atañe al hombre. He llegado a conocer su carne y su sangre, he devuelto a la enferma Clavdia Chauchat el lápiz de Pribislav Hippe. Mas, quien llega a conocer el cuerpo llega a conocer la vida y llega a conocer la muerte. Y eso no es todo, a lo más un principio, si se mira desde el punto de vista pedagógico. Hay que tener en cuenta la otra cara de la moneda, el polo opuesto. Pues, todo interés hacia la muerte y la enfermedad no es más que una forma del interés que se siente por la vida, como lo demuestra una disciplina humanista como es la medicina, que siempre se dirige a la vida y a la enfermedad en un latín tan cortés y que no es más que una variedad de ese interés fundamental y ferviente que suscribo plenamente y que me atrevo a llamar por su nombre: el "niño mimado por la vida", el hombre, su condición y el Estado en que se organiza... Los conozco bastante bien: he aprendido mucho entre esas gentes de aquí arriba, he llegado a estar muy por encima del mundo de allá abajo, hasta el punto de haber perdido casi el aliento; y lo veo todo bastante bien desde la base de mi columna... He soñado sobre la condición del hombre y su comunidad feliz, inteligente y respetuosa, detrás de la cual, en el templo, se desarrolla esa escena sangrienta tan horripilante... ¿Eran realmente tan corteses y encantadores aquellos hijos del sol, teniendo en cuenta semejante horror de fondo? Si así fuera, implicaría extraer de ello una conclusión harto sutil y galante. Deseo con toda mi alma quedarme con ellos y no con Naphta... como tampoco con Settembrini; los dos son unos charlatanes. El uno es lascivo y perverso, y el otro no hace más que tocar su pequeño silbato para llamar a la razón y se cree que así puede devolver la cordura incluso a los locos. ¡Qué mal gusto! Ésa es una visión de la vida vilmente filistea, una concepción ética vacía, irreligiosa; eso está claro. Ahora bien, tampoco quiero, ni mucho menos, pasarme al bando del pequeño Naphta, a su religión, que no es más que un *guazzabuglio* de Dios y del Diablo, del Bien y del Mal, lo ideal para el individuo que se tire de cabeza a fin de fundirse místicamente con lo universal. ¡Vaya pareja de pedagogos! Sus discusiones y sus desacuerdos en sí no son más que un *guazzabuglio* y un caótico fragor de una batalla que nunca podría aturdir a nadie con una mente libre y un corazón piadoso. ¡Y esa discusión sobre el problema de la aristocracia! Vida o muerte, enfermedad o salud, espíritu y naturaleza... ¿Acaso son contrarios? Ésta es la cuestión. ¿Acaso son cuestiones de interés? No, no son cuestiones, como tampoco cuestionarse su nobleza es cuestionable. La excentricidad de la muerte forma parte de la vida misma; si no, la vida no sería vida; y en medio de ambas tenemos la condición del *homo Dei*, en medio de la razón y la excentricidad; del mismo modo que su Estado se encuentra entre la comunidad mística y el individualismo inconsistente. Eso es lo que veo desde mi columna. Desde esta condición, el hombre debe tratar consigo mismo de un modo refinado, galante y amablemente cortés, pues sólo él es noble, las contradicciones no lo son. El hombre es dueño de las contradicciones, éstas existen gracias a él y, por consiguiente, es más noble que ellas. Más noble que la muerte, demasiado noble para ella: he ahí la libertad de su mente. Más noble que la vida, demasiado noble para ella: he ahí la piedad de su corazón. He compuesto un sueño poético sobre el hombre. Quiero acordarme. Quiero ser bueno. ¡No quiero conceder a la muerte ningún poder sobre mis pensamientos! Pues en eso consisten la bondad y la caridad, y en nada más. La muerte es un gran poder. En su presencia, uno se descubre y camina sigilosamente, de puntillas. La muerte viste la golilla almidonada del pasado, y nosotros nos vestimos de negro riguroso en su honor. La razón se ve ridícula ante la muerte, pues no es nada más que virtud, mientras que la muerte es libertad, excentricidad, ausencia de forma y placer. Placer, dice mi sueño, no amor... La muerte y el amor no casan bien... es una mala asociación, una asociación de mal gusto, equivocada. El amor es lo único que hace frente a la muerte; sólo el amor, no la virtud, es más fuerte que ella. Sólo el amor, no la virtud, inspira buenos pensamientos. También la forma está hecha únicamente de amor y de bondad, la forma y la moral de una comunidad inteligente y amable, y de un bello Estado humano (a la vista del trasfondo de la escena sangrienta). ¡Oh, así es como se explica con claridad lo soñado, así está bien "gobernado"! Pensaré en ello. Quiero conservar en mi corazón la fidelidad a la muerte, pero quiero acordarme bien de que la fidelidad a la muerte y al pasado no es más que maldad, oscura lascivia y rechazo de lo humano cuando determina nuestro pensamiento y nuestra conducta. En nombre de la bondad y del amor el hombre no debe dejar que la muerte reine sobre sus pensamientos. Y pensando esto, yo, Hans Castorp, el niño mimado de la vida, me despierto...

»Pues así ha terminado mi sueño y me ha llevado a la meta. Llevaba mucho tiempo buscando esa palabra: en el lugar en que se me apareció Hippe, en mi terraza y en todas partes. Esa búsqueda me llevó luego a las montañas cubiertas de nieve. Ahora la he encontrado. Mi sueño me la ha revelado claramente, para que no se me olvide nunca. Sí, estoy entusiasmado y siento su calor. Mi corazón late con fuerza y sabe por qué. No sólo late por razones físicas, no late por la misma razón por la cual continúan creciendo las uñas de los cadáveres; late de manera humana, y porque en verdad se siente feliz. Esa palabra de mis sueños sí es un bálsamo, mejor que el oporto y la cerveza, y corre por mis venas en forma de amor y de vida, para que no me entregue a mis ensoñaciones y a mi soñar, lo cual, como ahora sé, pone en grave peligro mi aún corta vida... ¡Vamos, vamos! ¡Abre los ojos! ¡Ésos son tus miembros, tus piernas, ahí, en la nieve! ¡Muévelas y ponte en pie! ¡Mira...! ¡Hace buen tiempo!»

Qué difícil era liberarse ahora de las cadenas que rodeaban su cuerpo e intentaban mantenerle en el suelo... pero el impulso que había tomado era más fuerte. Hans Castorp se apoyó en un codo, encogió enérgicamente las rodillas, se enderezó, se apoyó y se puso de pie. Dio unas cuantas patadas a la nieve, se golpeó los brazos y el pecho, sacudió los hombros y, con tanta excitación como interés, comenzó a mirar hacia todos lados y, finalmente, hacia el cielo, donde un azul pálido se abría camino entre ligeros jirones de nube de un blanco grisáceo que se retiraban poco a poco, desvelando un gajito de luna. Incipiente crepúsculo. ¡Nada de tempestades, nada de nieve! La pared rocosa de enfrente con su escarpada ladera cubierta de pinos se veía con total claridad y estaba muy tranquila. Hasta media altura se veía en sombra, la otra mitad delicadamente iluminada de rosa. ¿Qué era aquello y qué significaba para el mundo? ¿Era por la mañana? ¿Había pasado Hans Castorp la noche en la nieve, sin morir de frío como describían los libros? Ninguno de sus miembros estaba congelado, ninguno se quebraba con un ruido seco, mientras daba patadas al suelo y se sacudía —y lo hacía sin vacilar— y trataba de estudiar la situación. Cierto es que tenía las orejas, las puntas de los dedos y los dedos de los pies entumecidos, pero nada más, y eso ya le había ocurrido con frecuencia tras permanecer echado en la terraza. Consiguió sacar el reloj. Funcionaba. No se había parado como solía suceder cuando olvidaba darle cuerda. Aún no marcaba las cinco, ni mucho menos. Faltaban doce o trece minutos. ¡Increíble! ¿Era posible que no hubiese permanecido allí, tumbado en la nieve, más que diez minutos o poco más, y que, en tan poco tiempo, hubiese inventado tantas imágenes hermosas y espantosas y pergeñado tan audaces ideas, y que la monstruosa masa de hexagonitos perfectos se hubiera disipado con la misma rapidez con que había irrumpido? Además, había tenido una suerte extraordinaria, que hacía posible su regreso, pues por dos veces sus sueños y sus fantasías habían adoptado un cariz que había hecho estremecer todo su cuerpo, primero de espanto, luego de alegría. Parecía que la vida quería bien a aquel «niño mimado» terriblemente extraviado...

Fuese esto cierto o no, y fuese de día o de noche (y, sin duda, seguía siendo media tarde), ya no había nada en el entorno ni en el estado personal de Hans Castorp que le impidiese a Hans Castorp regresar al sanatorio, y eso fue lo que hizo. Sin rodeos y a grandes zancadas, prácticamente siguiendo la línea recta, descendió hacia el valle, donde ya brillaban algunas luces cuando llegó, a pesar de que la claridad que aún conservaba la nieve hubiese sido más que suficiente. Descendió por el Brämenbühl, a lo largo del Mattenwald, y llegó a las cinco y media a Dorf, donde dejó sus esquíes en la tienda y descansó un rato en la buhardilla de Settembrini, al que dio cuenta de la tormenta de nieve que le había sorprendido sin querer. El humanista se mostró muy alarmado. Se llevó las manos a la cabeza, riñó enérgicamente al imprudente joven que se había expuesto a tal peligro y se apresuró a encender su infiernillo de alcohol para preparar café a su agotado amigo, un café cuya fuerza no impidió a Hans Castorp dar una cabezada, sentado en una silla.

El ambiente civilizado del Berghof le envolvía dulcemente una hora más tarde. En la cena mostró un gran apetito. Lo que había soñado empezó a desvanecerse en su mente. Aquella misma noche ya no comprendía muy bien las reflexiones que había hecho.

COMO UN SOLDADO Y COMO UN VALIENTE

Hans Castorp no había dejado de recibir breves noticias de su primo. Primero buenas, rebosantes de orgullo; luego, menos favorables; finalmente, noticias que disimulaban mal algo muy triste. La serie de tarjetas postales comenzó con el mensaje que daba cuenta de la llegada de Joachim al regimiento y de la romántica ceremonia en la que él —como luego describiera Hans Castorp en la tarjeta postal que le envió en respuesta— había hecho voto de pobreza, de castidad y de obediencia. Las que siguieron traían siempre felices novedades: las etapas de una carrera brillante y favorecida, más fácil aún gracias a una verdadera pasión por la profesión y a la simpatía de los jefes, eran descritas y acompañadas de saludos y buenos deseos.

Como Joachim había estudiado algunos semestres en la universidad, había sido dispensado de los cursos en la escuela militar y había podido saltarse el escalafón más bajo. Ascendido a suboficial en Año Nuevo, envió una fotografía en la que mostraba sus galones. Todos sus lacónicos mensajes reflejaban su entusiasmo por aquel código basado fundamentalmente en el más riguroso respeto de una jerarquía que, sin embargo, encajaba los distintos tipos humanos de un modo tan exacto como, a veces, cómico. Contaba, por ejemplo, anécdotas sobre el trato que recibía por parte de su sargento, un tipo gruñón y fanático que no sabía en qué rebuscados y románticos términos dirigirse a un joven y todavía inexperto subordinado en el que, por otra parte, ya veía a su futuro superior y que, de hecho, ya frecuentaba el casino de oficiales. Era muy gracioso, casi extravagante. Luego llegó la noticia del próximo examen de oficial de Joachim. A principios de abril, fue nombrado teniente.

No había hombre más feliz que él; nadie cuya forma de vida armonizase tan bien con su carácter y sus deseos. Con recatado placer relató a su primo la primera vez que había salido a pasear con sus recién estrenadas galas y cómo, al pasar por delante del ayuntamiento, el guarda de la puerta se había puesto firme y le había saludado con la mano desde lejos. Y otras veces hablaba de las pequeñas contrariedades y satisfacciones del servicio, de sus excelentes camaradas, de la fidelidad no exenta de picardía de su asistente, de incidentes cómicos durante la instrucción o las maniobras, de cómo pasaban revista y de los banquetes a los que asistían. Incidentalmente, hablaba también de actos sociales, visitas, cenas de gala, bailes. De su salud, jamás.

Hasta que llegó el buen tiempo. Anunció, entonces, que se encontraba en cama, que por desgracia había tenido que darse de baja: gripe, una cuestión de días.

A principios de junio se reincorporó al servicio, pero a mediados de mes estaba de nuevo «fastidiado», se lamentaba amargamente de su «mala suerte» y reflejaba el temor de no poder estar en su puesto para las grandes maniobras que se llevarían a cabo a principios de agosto y en las que tanta ilusión le hacía participar. ¡Vanas preocupaciones! En julio rebosó salud durante semanas, hasta que las malditas oscilaciones de su temperatura habían hecho necesario acudir a una consulta médica de cuyo resultado dependía todo.

Hans Castorp permaneció largo tiempo sin noticias acerca de su resultado, y cuando las recibió no fue a través de Joachim –bien porque él no estuviese en estado de hacerlo o porque se sintiese avergonzado–; fue la madre de éste, la señora Ziemssen, quien envió un telegrama anunciando que Joachim había pedido una licencia de algunas semanas, como le habían ordenado los médicos. Recomendada alta montaña. Stop. Partida inmediata, Stop. Reserva de dos habitaciones. Stop. Respuesta pagada. Stop. Firmado: tía Luise.

A finales de julio, Hans Castorp recibió este telegrama, que leyó fugazmente en la terraza y luego releyó incontables veces, meneando suavemente la cabeza, y no sólo la cabeza, sino también todo el tronco, y dijo entre dientes:

–Vaya, vaya... Mira por dónde... ¡Joachim vuelve! –Y, de pronto, sintió una gran alegría.

Aunque de inmediato se calmó y pensó: «¡Hum, mala noticia! Y eso que también se podría decir: ¡menuda sorpresa! ¡Diablos, qué deprisa ha ido! ¿Ya está maduro para volver al hogar? La madre viene con él –y dijo "la madre", no "tía Luise"; su concepto de familia y de las relaciones de parentesco había cambiado sin él darse cuenta, le concedía ahora tan poca importancia que se veía como un completo extraño–. Eso es muy significativo. Y justo antes de esas grandes maniobras que con tanta ilusión esperaba el buen muchacho. Desde luego, es una hermosa canallada, una terrible ironía del destino... ¡Qué fatalidad tan prosaica! El cuerpo triunfa, no quiere lo mismo que el espíritu, y se impone a éste, dejando en ridículo a los presuntuosos que postulan que el cuerpo está sometido al alma. Parece que no saben lo que dicen, pues, si tuviesen razón, uno no sabría qué pensar del alma en un caso como éste. *Sapienti sat*, ya sé yo lo que quiero decir. Porque la cuestión que planteo no es otra que en qué medida constituye un error concebirlos como polos opuestos, en qué medida no forman los dos parte de una misma cosa y actúan de manera complementaria. Pero ésta es una idea que, por suerte para ellos, no se les ocurrirá nunca a esos presuntuosos maestros. Mi buen Joachim, ¿quién puede reprocharte tu excesivo celo? Tus intenciones son sinceras, pero ¿de qué te sirve la sinceridad si el cuerpo y el alma hacen causa común contra tus deseos? ¿No podría ser también que, de algún modo, no hayas olvidado el frescor de cierto perfume, cierto exuberante pecho y cierta risa demasiado fácil... como los que te esperan en la mesa de la señora Stöhr?

»¡Joachim vuelve! —se dijo de nuevo, y se estremeció de alegría—. Llega en mal estado, eso es evidente, pero volveremos a estar los dos juntos y no viviré tan solo aquí arriba. Eso está bien. Es verdad que no será todo exactamente igual que antes. Su cuarto está ocupado. Ahora se aloja en él miss MacDonald, parece que la estoy oyendo toser con esa tos ahogada suya... y seguro que tiene la fotografía de su hijo pequeño junto a ella en la mesita, o en la mano. Pero está en estado terminal, así que si la habitación no está reservada para después, podrán volver a dársela a Joachim... Otra le asignarán en el entretanto. La 28 está libre, que yo sepa. Voy a la administración enseguida, y sobre todo a ver a Behrens. Es toda una noticia... Triste desde ciertos puntos de vista, afortunada desde otros, pero en todo caso ¡una noticia muy importante! Aunque antes de "jomper filas", voy a esperar al doctor Krokovski, que debe de estar a punto de pasar por aquí, pues como veo son ya las tres y media. Así le pregunto si opina que, incluso en este caso, el comportamiento del cuerpo puede considerarse secundario.»

Se dirigió a la administración antes de la hora del té. La habitación que había dicho y que estaba en el mismo pasillo que la suya, estaba disponible y tampoco era problema alojar a la señora Ziemssen. Se apresuró en ir a ver a Behrens. Le encontró en el laboratorio, con un puro en la mano y un tubo de ensayo con un contenido de color sospechoso en la otra.

—¿Sabe usted, doctor...? —comenzó diciendo Hans Castorp.

—Sí, que vamos de mal en peor —contestó el especialista—. Aquí tiene a Rosenheim, de Utrecht —dijo, y señaló el tubo con el cigarro—, Gaffky 10. Pues va y se me presenta el señor Schmitz, ése que dirige una fábrica, protestando y refunfuñando que Rosenheim ha tosido sangre en el paseo... con Gaffky 10. Debería echarle un buen rapapolvo. Pero si le digo cualquier cosa le dará un ataque, porque es tremendamente susceptible, y ocupa tres habitaciones con toda su familia. No puedo ponerle de patitas en la calle, pues tendría que vérmelas con la dirección general. Ya ve en qué conflictos se ve uno enredado a cada momento, por mucho que intente seguir su camino en paz y sin complicaciones.

—¡Qué contrariedad! —dijo Hans Castorp en el tono comprensivo de los veteranos y expertos en asuntos semejantes—. Conozco a esos señores. Schmitz es un hombre correctísimo y muy rígido, mientras que Rosenheim es bastante dejado. Aunque tal vez tengan ciertas diferencias más allá del campo de la higiene, al menos así me lo parece. Los dos, Schmitz y Rosenheim, son amigos de la señora Pérez, de Barcelona, de la mesa de la Kleefeld, yo creo que ése es el quid de la cuestión. Le aconsejaría que hiciese mención de la norma del sanatorio al respecto de una manera general y, por lo demás, que haga la vista gorda.

—¡Y tan gorda! ¡Si estoy a punto de sufrir una blefaritis de tanto hacer la vista gorda! ¿Y usted a qué ha venido?

Hans Castorp le comunicó la triste y, al mismo tiempo, afortunada noticia.

El consejero no se sorprendió en absoluto. No lo hubiera hecho en ningún caso, aunque menos todavía en éste, dado que Hans Castorp le había mantenido al corriente (a petición del doctor o por iniciativa propia) del estado de Joachim, así como de que ya había guardado cama en mayo.

—Vaya, vaya... —dijo Behrens—. No me diga... ¿Qué le había dicho yo a usted? ¿Qué les dije textualmente a los dos, y no diez veces sino cien? ¡Ahí lo tiene! ¡Nueve meses ha podido hacer su santa voluntad y disfrutar de su paraíso! Pero en un paraíso en el que, si no se está curado, no hay salvación posible; eso es lo que nuestro desertor no quiso creer al viejo Behrens. Siempre hay que creer al viejo Behrens; si no, le toca pagar el pato y entra en razón demasiado tarde. Al menos ha llegado a teniente; eso sí, ahí no digo nada. Pero ¿para qué? Dios mira el fondo de nuestro corazón, no le importa el rango ni la posición, todos estamos desnudos ante él, desde el general hasta el hombre sencillo... —Y se puso de mal humor, se frotó los ojos con su enorme mano, cuyos dedos sostenían el cigarro, y rogó a Hans Castorp que no le entretuviese por más tiempo esta vez. Lo del cuarto para Ziemssen no sería difícil, así que, en cuanto apareciese, su primo debía meterle en la cama sin demora. En cuanto a él, Behrens, nunca reprochaba nada a nadie, abría sus brazos paternalmente y estaba dispuesto a sacrificar a su mejor ternera en honor del hijo pródigo.

Hans Castorp envió un telegrama a su tía. Contó a todo el mundo que su primo iba a volver, y todos los que conocían a Joachim recibieron la noticia con pesadumbre y alegría, ambas cosas a la vez y ambas sinceras, pues el carácter discreto y caballeroso de Joachim se había ganado la simpatía general, y más de uno pensaba, aunque nunca lo hubiese dicho, que Joachim era el mejor de todos los de allí arriba. No nos referimos a nadie en particular, pero creemos que más de uno experimentó una cierta satisfacción al enterarse de que Joachim volvía de su vida de militar a la vida en horizontal y de que, con toda su caballerosidad, volvería a ser uno «de los nuestros». Bien sabido es que la señora Stöhr ya se lo había temido desde el principio; y confirmó sus temores con su habitual ordinariez, la misma de la que había hecho gala al marcharse el joven, y esta vez no se esforzó en disimular. «Malo, malo...», dijo con un gesto muy característico. Ella ya se había dado cuenta enseguida de que la cosa pintaba mal, y tenía la esperanza de que Ziemssen, con su testarudez, no lo hubiese puesto «ultramal» (en su ordinariez sin parangón, hasta se inventó el superlativo «ultramal»). Valía más ser constante, como ella, a pesar de que también tenía intereses vitales en el mundo de allá abajo, en Cannstadt: un marido y dos hijos. Porque ella sabía dominarse...

Ni Joachim ni la señora Ziemssen enviaron más noticias. Hans Castorp permaneció en la ignorancia acerca de la hora y el día de su llegada; y por esa razón no fue a esperarles a la estación. Sin embargo, tres días después de enviar su telegrama, se presentaron allí sencillamente, y el teniente Joachim apareció de pronto, con una sonrisa nerviosa junto a la tumbona donde su primo cumplía con su deber de reposar.

Acababa de comenzar la cura de reposo de la noche. Llegaron en el mismo tren que también había traído a Hans Castorp hacía años, años en los que el tiempo no había transcurrido deprisa ni despacio: simplemente, no había transcurrido; muy ricos en acontecimientos y, sin embargo, nulos e inconscientes; la estación también era la misma, exactamente la misma: uno de los primeros días de agosto. Como hemos dicho, Joachim entró muy contento —es más: dada la situación, mostraba una alegría prácticamente compulsiva— en la habitación de Hans Castorp, o más exactamente: salió de la habitación, que había recorrido a paso gimnástico, a la terraza y saludó riendo a su primo, con la respiración muy corta y jadeante. De nuevo había realizado el largo viaje a través de varios países, pasando junto a aquel lago semejante a un mar; luego había subido por tortuosos senderos, y ahora estaba allí, como si no se hubiese marchado nunca, saludando a su primo, que se había incorporado un poco de su posición horizontal entre exclamaciones de «¡Hola! ¡Hola!» y «¡Hombre! ¿Qué tal?».

Tenía buen color, bien por la vida al aire libre que había llevado, bien como consecuencia del viaje. Sin preguntar siquiera por su habitación, había corrido directamente a la número 34 para saludar al compañero de los viejos tiempos, que ahora volvían, en tanto su madre se ocupaba en arreglarse un poco. Tenían intención de bajar a cenar en diez minutos, naturalmente en el restaurante. Hans Castorp aún podía tomar algo más con ellos, al menos un poco de vino. Y Joachim arrastró a su primo a la número 28, donde se repitió la misma escena de la noche de la llegada de Hans, pero justo al revés: Joachim, sin parar de hablar de un modo febril, se lavó las manos en el reluciente lavamanos, y Hans Castorp le contempló sorprendido y, en cierto modo, decepcionado al verle vestido de paisano. Su condición de oficial en nada se reflejaba en su manera de vestir. Durante todo el tiempo, le había imaginado de uniforme, con sus galones, y, en cambio, allí estaba con su traje gris, como un hombre cualquiera.

Joachim se rio y le dijo que era un ingenuo. ¡Ah, no, el uniforme se había quedado allá abajo! Hans Castorp debía saber que el uniforme era algo especial. No se iba de uniforme a cualquier parte.

—Vaya, gracias... —dijo Hans Castorp.

Joachim parecía no tener conciencia del sentido ofensivo que podía darse a su explicación. Preguntó por las personas y los acontecimientos del Berghof, no sólo sin arrogancia ninguna, sino con todo el cariño propio del que regresa después de mucho tiempo. Luego apareció la señora Ziemssen por la puerta que comunicaba su cuarto con el de su hijo, saludó a su sobrino en el tono que muchas personas adoptan en circunstancias similares, es decir, como si estuviese felizmente sorprendida de encontrarle allí, aunque con una expresión que el cansancio y la preocupación —sin duda, relacionadas con el estado de Joachim— tornaban melancólica; y los tres juntos bajaron al restaurante.

Louise Ziemssen tenía los mismos bellos ojos negros y dulces de Joachim. Llevaba el cabello, igualmente negro pero ya entrecano, recogido y sujeto por una redecilla casi invisible, un peinado que armonizaba muy bien con su manera de ser, reflexiva, amablemente comedida, siempre discreta y dulce, y que le otorgaba una agradable dignidad a pesar de su evidente sencillez de espíritu.

Estaba claro —lo cual tampoco sorprendió a Hans Castorp— que ella no comprendía e incluso reprobaba la excitación de Joachim, su respiración acelerada y su palabra precipitada, fenómenos que probablemente se contradecían con su manera de ser y su comportamiento durante el viaje y, de hecho, estaban reñidos con su situación. Aquella vuelta a la alta montaña le parecía triste y ella creía que su comportamiento debía ser consecuente con ello. No podía compartir, no concebía las emociones de Joachim, aquel torbellino de emociones del regreso que, en un momento así, barría con cuanto encontraba a su paso y que, al reencontrarse también con el aire de allá arriba —aquel aire tan ligero, tan vacío y tan embriagador—, crecía todavía más.

«Mi pobre muchacho», pensaba al ver cómo su pobre muchacho, junto con su primo, se abandonaba a una alegría exultante, evocaba mil recuerdos, hacía mil preguntas y se reía a carcajadas de las respuestas, echándose hacia atrás en la silla. Más de una vez dijo: «¡Pero, hijos míos!». Y lo que luego añadió pretendía expresar su contento, pero se oyó en un tono de extrañeza y casi de censura: «Joachim, hace mucho tiempo que no te veía así. Se diría que teníamos que venir aquí para que volvieras a ser el mismo del día de tu nombramiento». Obviamente, la algazara de Joachim remitió de inmediato. Su buen humor cambió por completo, recobró la conciencia de su estado, enmudeció, ni siquiera probó el postre, a pesar de que era un suflé de chocolate con nata montada realmente exquisito —al contrario que Hans Castorp, quien le hizo los honores sin importarle haber cenado opíparamente una hora antes— y terminó por no levantar los ojos, sin duda porque los tenía llenos de lágrimas.

Por supuesto, no había sido ésa la intención de la señora Ziemssen. Había querido poner un poco de seriedad y moderación por respeto a las conveniencias, ignorando que todo lo moderado y comedido era ajeno a aquel lugar, y que allí sólo cabía elegir entre los dos extremos. Cuando vio a su hijo tan abatido, también ella estuvo a punto de echarse a llorar y agradeció a su sobrino los esfuerzos que hizo para animar de nuevo a aquella alma en pena en que se había convertido Joachim.

Bueno, en lo que se refería al «personal de a bordo» –decía Hans Castorp–, Joachim iba a encontrar algunos cambios y novedades, aunque, por lo demás, las cosas habían seguido el curso ordinario durante su ausencia. La tía abuela y acompañante, por ejemplo, habían vuelto hacía mucho. Dichas señoras estaban sentadas, como siempre, a la mesa de la señora Stöhr. Marusja reía mucho y con todo su corazón.

Joachim guardaba silencio. Sin embargo, esas palabras recordaron a la señora Ziemssen un encuentro y unos saludos que estaba encargada de transmitir. El encuentro con una señora bastante simpática, a pesar de que viajase sola y de que la línea de sus cejas fuese demasiado recta. La habían encontrado en Munich, donde habían pasado un día entre dos trayectos nocturnos en el tren, y ella se había acercado a su mesa en el restaurante para saludar a Joachim. Una antigua compañera del sanatorio... Y tía Louise rogó a Joachim que le recordase el nombre de la señora.

–Madame Chauchat –dijo Joachim en voz baja–. Ahora se encuentra en un balneario de Allgäu y se propone pasar el otoño en España. Es probable que en invierno vuelva aquí. Me ha dado muchos recuerdos.

Hans Castorp, que ya no era un niño, supo controlar los nervios vasculares que hubiesen podido hacer enrojecer o palidecer su rostro. Y dijo:

–¡Anda! ¿Madame Chauchat? ¡Fíjate quién aparece desde allende el Cáucaso! ¿Y dices que ahora quiere ir a España?

La dama había citado un lugar de los Pirineos.

–Una hermosa mujer, o al menos encantadora. Una voz

agradable y movimientos agradables. Aunque unos modales muy libres y despreocupados –dijo la señora Ziemssen–. Nos dirigió la palabra con total naturalidad, como a viejos amigos, nos preguntó y charló con nosotros, a pesar de que Joachim, según me ha dicho, en realidad no tenía ningún trato con ella. ¡Muy chocante!

–Así son el Oriente y la enfermedad –respondió Hans Castorp. Aquellas cosas no podían juzgarse según los baremos del comportamiento civilizado humanista. Sería un error. ¡Y precisamente madame Chauchat tenía intención de ir a España! En fin... España estaba igual de lejos que el Cáucaso del centro humanista... ¡pero en la dirección opuesta! No hacia el extremo más laxo, sino hacia el más rígido; España no era ausencia de forma, sino exceso de forma; la muerte considerada como forma, por así decirlo... Allí la muerte no era sinónimo de liberación, sino de rigor absoluto... Negro riguroso, honor y sangre, la Inquisición, la gola almidonada, Ignacio de Loyola, El Escorial... Sería interesante saber qué opinaba madame Chauchat de España. Sin duda, perdería la costumbre de dar portazos y tal vez aun surgiría cierto equilibrio humano entre aquellos dos modelos de excentricidad radicalmente opuestos. Aunque si el Oriente llegaba a España, el resultado también podía ser de auténtica pesadilla...

No, no se había puesto colorado ni había palidecido; pero la impresión que aquellas noticias inesperadas de madame Chauchat le habían producido se traducía en palabras que no tenían más respuesta que un silencio cargado de apuro. Joachim se mostró menos espantado; ya conocía de antes las extravagantes sutilezas de su primo. Los ojos de la señora Ziemssen, en cambio, reflejaban un terrible estupor; estaba tan escandalizada como si su sobrino hubiese dicho las más groseras obscenidades, y aprovechó un momento de silencio, sumamente embarazoso, para dar por finalizada la sobremesa, intentando, con muchísimo tacto, correr un tupido velo sobre todo el asunto. Antes de separarse, Hans Castorp les informó de las instrucciones del doctor Behrens: Joachim debía permanecer en la cama hasta que le viera en la consulta, o al menos todo el día siguiente. Luego ya se vería. A continuación los tres parientes, cada uno por su lado, se fueron a dormir a sus habitaciones abiertas a la frescura de aquella noche de verano de la alta montaña, cada uno con sus pensamientos. Hans Castorp entregado a la feliz perspectiva del regreso de madame Chauchat seis meses más adelante.

Así pues, el pobre Joachim había regresado a su «hogar» para realizar la pequeña cura complementaria recomendada. Esa expresión de «pequeña cura complementaria» era, al parecer, la expresión típica del mundo de allá abajo, y allí arriba la conservaban. El doctor Behrens también la utilizó, a pesar de que ya le impuso a Joachim, de entrada, cuatro semanas de reposo en la cama; eran necesarias para recuperarse un poco de lo que traía, para ayudarle a aclimatarse y para normalizar un poco los saltos de su temperatura. Por otra parte, se las arregló para no fijar una duración precisa a aquella pequeña cura complementaria. La señora Ziemssen, que era una mujer sensata, paciente y consciente de la situación, comentó al doctor –lejos de Joachim, naturalmente– que no contaba con que le diesen de alta antes del otoño, de octubre por ejemplo, y él le dio la razón en la medida en que aseguró que, para entonces, Joachim al menos se encontraría algo mejor. Cabe destacar que Behrens produjo una impresión excelente a la señora Ziemssen. Él era muy galante, le decía «señora mía» mirándola con gesto de caballero andante, con aquellos ojos siempre enrojecidos y llorosos, y utilizaba una jerga estudiantil tan pintoresca que ella, con todo lo triste y preocupada que estaba, terminaba riéndose. «Sé que mi hijo está en las mejores manos», dijo y, así pues, regresó a Hamburgo a los ocho días de su llegada, puesto que su hijo no necesitaba ningún cuidado especial de su parte y, además, ya tenía allí arriba un pariente para hacerle compañía.

–Alégrate, para el otoño volverás a marcharte –dijo Hans

Castorp, sentado a la cabecera de la cama de su primo en la habitación número 28–. El viejo se ha comprometido hasta cierto punto. Puedes fiarte de él y contar con ello. Octubre es una buena época. Hay quienes se van a España en esas fechas, y tú volverás al lado de tu bandera para destacar por tus brillantes proezas.

Su ocupación diaria era la de consolar a Joachim, sobre todo porque al estar allí arriba se estaba perdiendo las grandes maniobras que comenzaban en aquellos días de agosto, pues eso era lo que más desconsolaba a Joachim y le hacía expresarse casi con desprecio hacia sí mismo contra la maldita debilidad que le había hecho sucumbir en el último momento.

–*Rebellio carnis* –dijo Hans Castorp–. ¡Qué se le va a hacer! Ni el más valiente de los oficiales puede luchar contra eso, y el propio san Antonio habla de ello. Por Dios, hay maniobras todos los años, y tú ya conoces cómo transcurre el tiempo aquí arriba. No se le puede llamar tiempo, no has estado ausente un plazo tan largo como para que no te amoldes a la rutina enseguida, y pronto habrá pasado tu pequeña cura complementaria.

Sin embargo, durante sus meses en el mundo de allá abajo, Joachim había recuperado el sentido del tiempo de un modo demasiado sensible para no temer las cuatro semanas que le esperaban. Pero todos le ayudaban a superarlas, y la simpatía que inspiraba su carácter dulce e íntegro se tradujo en numerosas visitas. Acudió a verle Settembrini, le compadeció, se mostró encantador, y como siempre había llamado a Joachim «teniente», ahora decidió ascenderle a «*capitano*»... También Naphta visitó al enfermo, y todos los viejos amigos del sanatorio fueron pasando por su habitación, aprovechando el cuarto de hora de libertad que les permitía el reglamento para sentarse junto a su cama a repetir la expresión «pequeña cura complementaria» y a pedir que les contase sus aventuras en el ejército: las señoras Stöhr, Levy, Iltis y Kleefeld, y los señores Ferge, Wehsal y otros. Algunos incluso le llevaron flores. Cuando hubieron pasado las cuatro semanas se levantó, pues la fiebre había descendido lo suficiente para que pudiese ir y venir, y le fue asignado un sitio en el comedor, de nuevo al lado de su primo, entre éste y la esposa del cervecero, la señora Magnus, en la cabecera de la mesa, el mismo que habían ocupado durante unos días el tío James y, más tarde, la señora Ziemssen.

Así pues, los dos jóvenes volvieron a compartir sus días allá arriba como antaño; es más, para que todo fuera exactamente igual que antes, cuando miss Macdonald exhaló su último suspiro, con la fotografía de su hijito entre las manos, Joachim recuperó su antigua habitación junto a la de Hans Castorp; naturalmente, después de que ésta fuese desinfectada a conciencia con H_2CO. En realidad, y desde un punto de vista afectivo, esta vez era Joachim quien vivía al lado de Hans Castorp y no al contrario. Ahora era el joven civil quien se consideraba veterano residente del Berghof y su primo quien compartía sus costumbres durante un breve tiempo, en calidad de visitante. Pues Joachim ponía todo su empeño en mantener la ilusión de que se iría en octubre, a pesar de que ciertas partes de su sistema nervioso central insistían en no comportarse dentro de los parámetros que imponía la norma humanista e impedían que su piel compensase la reacción a la enfermedad con un aumento de la temperatura.

También reanudaron sus visitas a Settembrini y a Naphta, así como sus paseos con aquellos dos hombres unidos por su antagonismo; cuando A. C. Ferge y Ferdinand Wehsal tomaban parte, lo cual ocurría con frecuencia, eran seis, y entonces los dos grandes duelistas continuaban sus incesantes peleas intelectuales, de las cuales no podríamos dar cuenta de una manera explícita sin perdernos en un desesperante laberinto de contradicciones, exactamente como hacían ellos todos los días ante un público bastante numeroso; ahora bien, Hans Castorp se inclinaba a pensar que, en el fondo, el principal objeto de aquellos debates dialécticos era su pobre alma.

Se había enterado por Naphta de que Settembrini era francmasón, lo cual le había causado una impresión tan fuerte como la del día en que el italiano le contó que Naphta pertenecía y era mantenido por la orden de los jesuitas. De nuevo experimentó una enorme sorpresa al enterarse de que era cierto que aún existía dicha logia, y rogó con insistencia al «terrorista» que le hablara sobre el origen y la naturaleza de aquella curiosa institución que, en unos años, celebraría su segundo centenario. Así pues, si Settembrini hablaba de los principios espirituales de Naphta —a sus espaldas— en un tono tremendista y patético, como si estuviese mentando al mismo demonio, tampoco Naphta reparaba en mofarse —igualmente a espaldas de su vecino— del ideario que éste representaba, dando a entender que era retrógrado y más que pasado de moda: todo aquello no era más que una forma de ilustración burguesa, una forma de librepensamiento pasada de fecha que, en realidad, no era sino una pura fantasmagoría, por mucho que se aferrase a la grotesca ilusión de que estaba llena de ardor revolucionario. Decía:

—Qué quiere usted, ya su abuelo era *carbonaro*, es decir: carbonero. A él le debe esa fe de carbonero en la razón, la libertad, el progreso de la humanidad y todo ese baúl de los recuerdos rebosante de virtudes burguesas acordes con los más bellos ideales clásicos. Como bien puede usted ver, lo que trae la confusión al mundo es la desproporción entre la rapidez del espíritu y la terrible pesadez, la lentitud, la resistencia y la inercia de la materia. Hay que reconocer que esta desproporción ya bastaría para disculpar la falta de interés por lo real que manifiesta el espíritu, pues lo que suele suceder es que los principios que hacen fermentar las revoluciones del mundo real le asquean desde hace tiempo. En efecto, el espíritu muerto les da más asco que cualquiera de esos fósiles y reliquias que, al menos, no tienen ninguna pretensión de estar vivos y hacer valer su espíritu. Esos fósiles, vestigios de realidades de otro tiempo que el espíritu ha dejado tan atrás que incluso se niega a asociarlas al concepto de lo real, se perpetúan por inercia; y ese peso muerto impide fatalmente que las ideas anticuadas siquiera tomen conciencia de hasta qué punto lo están. Me expreso en términos generales, pero usted puede aplicar estas generalidades a cierto liberalismo humanitario que siempre cree defender una postura heroica ante el despotismo y la autoridad. Eso sin hablar de las catástrofes por medio de las cuales querría demostrar que está vivo después de todo, de esos triunfos efectistas y, por supuesto, también trasnochados que prepara y que sueña poder festejar algún día. Sólo con pensar en ello, el espíritu vivo podría morir de aburrimiento si no supiese que, en verdad, él sigue siendo el único que logrará salir victorioso y lograr algún beneficio de tales catástrofes; él, que sabrá aunar elementos del pasado y elementos de un futuro aún muy lejano en aras de una auténtica revolución... Por cierto, ¿cómo está su primo, Hans Castorp? Ya sabe que siento mucha simpatía hacia él.

—Gracias, señor Naphta. Creo que todo el mundo siente gran simpatía hacia él, es obvio que es un excelente muchacho. Settembrini también le quiere mucho, a pesar de que, naturalmente, no puede menos que desaprobar la exaltación terrorista que, en cierto modo, implica la profesión de Joachim. Y ahora me entero de que pertenece a una logia masónica... ¡Fíjese usted! Me deja usted de una pieza, he de confesarlo. Eso me hace ver toda su persona bajo una luz nueva... así me explico muchas cosas. ¿Colocará también los pies en ángulo recto y dará un sentido especial a sus apretones de manos algunas veces? Nunca me había dado cuenta...

—Creo que nuestro buen «amigo del número tres» debe de haber pasado la edad de tales niñerías. Presumo que los ritos de las logias han perdido lamentablemente su ceremonial al adaptarse al prosaico espíritu burgués de nuestros días. Sin duda se avergonzaría del ritual de antaño, porque le parecería de una pompa muy poco cívica, y no sin motivo, pues, en definitiva, estaría realmente fuera de lugar disfrazar de misterio el republicanismo ateo. No sé por medio de qué truculencias se habrá puesto a prueba la constancia del señor Settembrini... si le conducirían por laberínticos pasillos y le harían esperar en oscuras bóvedas con los ojos vendados hasta permitirle abrirlos en presencia de la logia entera, en una sala iluminada con luz indirecta. No sé si le habrán catequizado solemnemente, amenazando su pecho desnudo con espadas ante la calavera y las tres velas dispuestas en triángulo... Pregúnteselo a él mismo, pero temo que no se muestre muy locuaz, pues, aunque todo eso se hubiese desarrollado de una manera más burguesa, habrá tenido que prestar juramento de silencio de todas formas.

—¿Juramento? ¿De silencio? Entonces es cierto que...

—Seguramente. De silencio y obediencia.

—¿De obediencia también? Oiga, profesor, entonces me parece que no tiene ninguna razón para tachar de terrorista y exaltada la profesión de mi primo. ¡Silencio y obediencia! Jamás hubiera creído que un hombre tan liberal como Settembrini pudiera someterse a condiciones y juramentos tan españoles. Creo percibir cierto matiz militar y jesuítico en la francmasonería.

—Y tiene usted mucha razón —contestó Naphta—. Ha dado usted en el clavo. La idea de asociación en sí misma es inseparable de la idea de absoluto, sus mismas raíces entroncan con ella; por consiguiente, tiene algo de terrorista, es decir, antiliberal. Descarga la conciencia individual y, en nombre de un fin absoluto, santifica todos los medios, incluso los más sangrientos, incluso el crimen. Hay razones para suponer que, en las logias masónicas, la unión de los hermanos se sellaba simbólicamente con sangre. Una hermandad nunca es contemplativa, sino, por naturaleza, organizadora en un sentido absoluto. Usted ignora, sin duda, que el fundador de la secta de los Iluminados, que durante algún tiempo, prácticamente se fundió con la francmasonería, fue un antiguo miembro de la Compañía de Jesús.

—Claro, claro, todo esto es totalmente nuevo para mí...

—Adam Weishaupt organizó su hermandad humanitaria secreta siguiendo exactamente el modelo de la orden de los jesuitas. Él mismo era francmasón y los hermanos más distinguidos de la logia de aquella época pertenecían a los Iluminados. Hablo de la segunda mitad del siglo dieciocho, que Settembrini no dudará en caracterizar como una época de decadencia. Sin embargo, en realidad, fue la época de mayor florecimiento, como sucedió con todas las asociaciones secretas; fue la época en que la francmasonería realmente estuvo animada por una vida superior, por una vida de la que más tarde volvió a ser despojada por parte del sector al que claramente habría pertenecido nuestro amigo y defensor del humanismo, que eran quienes reprochaban a la organización su cercanía al pensamiento jesuítico y el oscurantismo.

—¿Y había motivos para ello?

—Sí, si usted quiere. Su trivial manera de entender el librepensamiento tenía sus razones. Era el tiempo en el que nuestros padres se esforzaban en dar vida a la asociación con los principios católicos y jerárquicos, y en el que prosperó una logia de jesuitas masones en Clermont, en Francia. También era el tiempo en el que caló en las logias el espíritu de los Rosa-Cruz, una cofradía muy singular en la que, resumiendo para que usted se haga una idea, se mezclaron objetivos puramente racionalistas, progresistas, políticos y sociales, con un culto singular a las ciencias ocultas del Oriente, a la sabiduría hindú y árabe, y al conocimiento de las ciencias de la magia. Por aquel entonces se llevó a cabo la reforma y reorganización de muchas logias francmasónicas en aras de una observación estricta de sus leyes, desde una postura sumamente irracional y secretista, ligada a la magia y a la alquimia, de la cual surgieron los grados superiores de la masonería, que se conocen como grados escoceses: órdenes de caballeros que se añadieron a la antigua jerarquía militar de aprendices, oficiales y maestros; altos grados dentro de los maestros, de un carácter casi sacerdotal, muy ligados a los misterios de la Rosa-Cruz. En cierto modo, se trataba de una vuelta a ciertas órdenes de caballeros de la Edad Media, a la de los Templarios en particular, quienes, ante el patriarca de Jerusalén, prestaban juramento de pobreza, de castidad y de obediencia. Hoy todavía, los más altos grados dentro de la jerarquía masónica llevan el título de «príncipe de Jerusalén».

—¡Todo eso es nuevo para mí, señor Naphta! ¡Totalmente nuevo! Usted me descubre nuevos aspectos de nuestro buen Settembrini... «Príncipe de Jerusalén»... no está mal. Debería llamarle así en broma cuando tenga ocasión. El otro día él le llamó a usted «doctor angelicus». Eso exige una venganza...

—¡Oh!, hay una gran cantidad de títulos similares para los grandes maestros y templarios de la estricta observancia, hasta treinta y tres. Tenemos, por ejemplo, el de Maestro Perfecto, el de Caballero del Oriente, el de Sumo Sacerdote... el grado treinta y uno es: Príncipe Augusto del Misterio Real. Observe que todos esos nombres revelan ciertas relaciones con el misticismo oriental. El resurgimiento de los Templarios no significa más que la reanudación de tales relaciones, la irrupción de fermentos irracionales en un mundo de ideas progresistas, racionales y pragmáticas. A eso se debe que la francmasonería ganara un nuevo atractivo y un nuevo esplendor en aquella época. Atrajo a muchos individuos que estaban cansados del racionalismo del período, de su ilustración y su educación en nombre del ideal de humanidad, y que se sentían ávidos de una savia de vida más potente. El éxito de la orden fue tal que los filisteos se quejaron de que apartaba a los hombres de la felicidad conyugal y de la dignidad de las mujeres.

—Bueno, profesor, si es así, comprendo que Settembrini no recuerde con gusto aquella época de florecimiento de su orden.

—No, no la recuerda con gusto; no recuerda con gusto que hubo un tiempo en que su orden se atrajo toda la antipatía que el liberalismo, el ateísmo y la razón enciclopédica sienten de ordinario hacia el complejo Iglesia-Catolicismo-monjes-Edad Media. Ya ha oído usted que se acusaba a los francmasones de oscurantismo...

—¿Por qué? Me gustaría que me explicase en mayor detalle por qué.

—Pues se lo voy a explicar. La observancia estricta era sinónimo de profundización y ampliación de las tradiciones de la orden, situando su origen histórico en el mundo de los misterios, en lo que se acostumbraba a llamar las tinieblas de la Edad Media. Los maestros de los grados superiores de las logias estaban iniciados en las *physica mystica*, conocían las artes mágicas de la naturaleza y eran, en suma, grandes alquimistas...

—Ahora sí que tengo que hacer un gran esfuerzo para recordar lo que era exactamente la alquimia. La alquimia, ¿no era aquello de hacer oro, la piedra filosofal, *aurum potabile*?

—Sí... Bueno, popularmente hablando. Sin embargo, en términos un poco más eruditos, esa palabra significa depuración, transmutación, transustanciación, y además, hacia una forma más elevada; en resumen: mejora; por consiguiente, el *lapis philosophorum*, el producto híbrido, masculino-femenino, del azufre y del mercurio, la *res bina*, la *prima materia* bisexuada, no eran nada más ni nada menos que el principio de la transmutación, del desarrollo hacia una forma superior por mediación de agentes exteriores; una pedagogía mágica, si usted quiere.

Hans Castorp permaneció en silencio. De reojo, sin levantar la cabeza, miró al cielo.

—Uno de los principales símbolos de la transmutación alquimista —continuó diciendo Naphta— era la cripta.

—¿La tumba?

—Sí, el lugar de la descomposición. Es el símbolo del hermetismo por excelencia. La tumba no es otra cosa que el vaso, la retorta de cristal que se guarda como algo precioso y en la que la materia es sometida a su última metamorfosis, a su máxima depuración.

—«Hermetismo» es una buena palabra, señor Naphta. «Hermético», siempre me ha gustado. Es una auténtica palabra mágica que evoca un amplio abanico de símbolos. Perdóneme, pero no puedo dejar de pensar en los tarros de conservas que nuestra ama de llaves de Hamburgo (se llama Schalleen, sin señora ni señorita, simplemente Schalleen) guarda en la despensa, todos alineados en las estanterías; tarros herméticamente cerrados con fruta, carne y de todo. Allí están durante meses y años, y cuando se abre uno, según las necesidades, el contenido está fresco e intacto; el paso de meses y años no influye en absoluto en la pureza del alimento, sigue fresco como el primer día. Cierto es que eso no es cuestión de alquimia ni de purificación, sino sencillamente de conservación; de aquí el nombre de conserva. Con todo, lo que hay de mágico en ello es que esa conserva escape al paso del tiempo; ha permanecido herméticamente cerrada al tiempo, el tiempo ha pasado de largo, pero no ha pasado por ella; la conserva ha permanecido fuera del tiempo, ahí sobre su estantería. En fin, dejemos los tarros de conservas. No ha sido una idea de gran provecho. Perdóneme. Creo que quería usted explicarme más detalladamente...

—Sólo si usted quiere. Para hablar de un tema como el que nos atañe, es necesario que el alumno se muestre sediento de saber y no tema a lo que pueda conocer. La tumba siempre ha sido el símbolo principal de la iniciación en la hermandad. El aprendiz, el neófito que desea acceder al conocimiento, debe demostrar su valor ante los horrores de la tumba. Las costumbres de la orden exigen que, a título de prueba, sea conducido al fondo de una tumba y permanezca allí hasta que la mano de un hermano desconocido acuda a sacarle. De ahí ese laberinto de pasillos y bóvedas sombrías que el novicio debe atravesar, el paño negro que recubre hasta las salas donde se reúne la logia de la observancia estricta, el culto al ataúd, que desempeña un papel tan importante en el ritual de la iniciación y de la reunión. El camino del misterio y de la purificación está rodeado de peligros. Conduce a través de la angustia mortal, a través del reino de la podredumbre; y el aprendiz, el neófito, es la juventud sedienta de conocer las heridas, el dolor de la vida, ansiosa por despertar en su interior una sensibilidad casi demoníaca, guiada por hombres enmascarados que no son más que sombras misteriosas.

—Se lo agradezco mucho, profesor Naphta. Muchísimo. En eso consiste, pues, la pedagogía hermética. No puede hacerme daño alguno el informarme de esas cosas.

—Tanto menos si tenemos en cuenta que éste es el camino hacia el objetivo último, hacia el conocimiento absoluto de lo suprasensible. La observancia de la alquimia masónica ha conducido a ese objetivo a muchos espíritus nobles e inquietos en las últimas décadas, no hace falta que se los enumere, pues ya habrá comprendido usted que los grados escoceses de los que le hablaba vienen a ser un equivalente de la jerarquía eclesiástica, que la sabiduría alquimista del maestro francmasón se hace patente dentro del misterio de la metamorfosis, y que las normas secretas mediante las cuales la logia guía a sus seguidores se encuentran tan claramente en los sacramentos como los juegos simbólicos del ceremonial de la hermandad masónica en el simbolismo litúrgico y arquitectónico de nuestra Santa Iglesia católica.

—¡Ah!

—Espere, eso no es todo. Ya me he permitido observar que la idea de que la francmasonería se remonta a aquellas honorables logias que se formaron en los gremios de artesanos no es sino una interpretación histórica que no le hace justicia del todo. Al menos, la observancia estricta le confirió unos fundamentos humanos mucho más profundos. El misterio de las logias tiene algo en común con ciertos misterios de nuestra Iglesia, hay una clara relación con la solemnidad y el secreto con que se celebran ciertos ritos, con cierta desmesura en la experiencia de lo sagrado, como la que se daba entre los hombres de tiempos muy remotos... En lo que respecta a la Iglesia, tengo en mente la Sagrada Cena, el sacramento de comer de la carne y beber de la sangre de Cristo; hablando de la logia, en cambio...

—Un momento, un momento, permítame una observación al margen. En esa vida dentro de una comunidad cerrada, como es la de mi primo, también se celebran banquetes. Con frecuencia me ha hablado de ellos en sus cartas. Ahí, naturalmente, aunque se emborrachen un poco, nunca se exceden los límites de la decencia, nunca se va tan lejos como en los banquetes de las fraternidades estudiantiles...

—Hablando de la logia, en cambio, estos sacramentos corresponden al culto de la tumba y del ataúd, sobre el cual he llamado su atención hace un momento. En esos dos casos, nos encontramos ante símbolos de lo último y lo supremo; elementos de una religiosidad primigenia y orgiástica, de sacrificios nocturnos y desenfreno en nombre del morir y del devenir, de la metamorfosis y de la resurrección... Recordará usted que los misterios de Isis, así como los de Eleusis, eran celebrados por la noche y en oscuras cavernas. Han existido y existen muchas reminiscencias egipcias en la masonería, y entre estas logias había muchas sociedades secretas que se daban el nombre de hermandades eleusinas. Y celebraban fiestas, las fiestas de misterios eleusinos y los secretos afrodisíacos, en las que por fin las mujeres intervenían también (por ejemplo, la fiesta de rosas, a la cual hacen alusión las tres rosas azules del escapulario del masón), y que, según parece, terminaban en bacanales.

—Pero... pero, profesor Naphta, ¿qué es lo que oigo? ¿La francmasonería es todo eso? Y es a todo eso a lo que nuestro amigo Settembrini, un espíritu tan claro...

—¡Sería usted injusto con él! No, Settembrini no sabe absolutamente nada de todo eso. ¿No le he dicho ya que hombres como él despojaron la logia de todos los elementos de esa vida superior? ¡Se ha humanizado, se ha modernizado! ¡Por Dios! Se ha apartado de tales extravíos para servir a la utilidad, a la razón y al progreso, a la lucha contra los príncipes y la clerigalla, en una palabra: a un concepto social de la felicidad. Ahora en las logias vuelve a hablarse de la naturaleza, de la virtud, de la mesura y de la patria. Supongo que incluso se habla de negocios. En una palabra: es el espíritu mezquino burgués en forma de hermandad.

—¡Qué lástima! ¡Qué lástima por la fiesta de las rosas! Preguntaré a Settembrini si realmente no sabe nada de ella.

—¡Nuestro honorable «caballero de la escuadra»! —exclamó irónicamente Naphta—. Tenga en cuenta que no le resultó nada fácil que le admitiesen a construir con ellos el templo de la humanidad, pues es más pobre que una rata, y además de una cultura superior, de una cultura humanista; se requiere pertenecer a una clase lo bastante adinerada para poder pagar los derechos de ingreso y las cuotas anuales, que no son poco, precisamente. ¡Cultura y fortuna, ahí tiene al burgués! ¡Ahí tiene usted los fundamentos de la República liberal universal!

—Ya lo veo —rio Hans Castorp—, ahí la tenemos más clara que el agua.

—Sin embargo —añadió Naphta, después de un silencio—, le aconsejo que no tome demasiado a la ligera a ese hombre y a su causa; le recomendaría incluso, ya que ahora estamos hablando de estas cuestiones, que se mantuviera usted en guardia. Porque pasado de moda no es forzosamente sinónimo de inocente. El que algo sea limitado no quiere decir que también sea inofensivo. Esa gente ha echado mucha agua en el vino que antaño era ardiente, pero la propia idea de la hermandad sigue siendo lo bastante fuerte como para soportar el ser diluida; conserva el poso de un misterio fecundo; y es tan evidente que las logias ejercen una influencia en la marcha del mundo, como el hecho de que en ese amable señor Settembrini se ocultan potencias de las que él es partidario y emisario...

—¿Emisario?

—Sí, un proselitista, un pescador de almas.

«¿De qué serás emisario tú?», pensó Hans Castorp, y luego dijo en voz alta:

—Le doy las gracias, profesor Naphta. Le agradezco sinceramente su consejo. ¿Sabe lo que voy a hacer? Voy a subir al piso de arriba, si es que eso puede considerarse un piso, a tirarle un poco de la lengua a ese masón disfrazado. Un aprendiz tiene que estar sediento de saber y no temer a lo que pueda conocer. Naturalmente... también es preciso que sea prudente. Para tratar con esos emisarios hay que andarse con mucha cautela.

Sin temor alguno podía continuar instruyéndose por el propio Settembrini, pues éste no tenía nada que reprochar a Naphta en cuanto a su discreción, y por otra parte no parecía muy interesado en mantener en secreto sus relaciones con aquella armoniosa sociedad. La *Revista della Massoneria Italiana* estaba abierta sobre la mesa, Hans Castorp simplemente no se había fijado en ella hasta aquel momento. Y cuando, una vez informado por Naphta, dirigió la conversación hacia el tema del arte imperial, como si la relación de Settembrini con la francmasonería fuese un hecho que él jamás hubiera puesto en duda, no encontró más que una ligera reserva por parte de éste. Sin duda, había puntos en los cuales el literato no quería profundizar y respecto a los cuales permanecía con la boca cerrada. Seguramente se veía obligado por alguno de aquellos juramentos terroristas de los que Naphta le había hablado: secretos que se referían a los usos externos y a su propia posición en el seno de aquella extraña organización. Por lo demás, habló incluso mucho y ofreció al curioso alumno un detallado panorama del gran alcance de su liga, que estaba representada en todo el mundo por más de veinte mil logias y ciento cincuenta grandes logias, y que se extendía hasta civilizaciones como las de Haití o la república africana de Liberia. Citó también toda clase de nombres de celebridades que habían sido francmasones, o en la actualidad lo eran. Mencionó a Voltaire, Lafayette y Napoleón, Franklin y Washington, Mazzini y Garibaldi, y, entre los contemporáneos, al rey de Inglaterra en persona y, además, a numerosas personalidades que intervenían en los asuntos de Estado, a miembros de los gobiernos y de los parlamentos europeos.

Hans Castorp manifestó respeto, pero ninguna sorpresa. Ocurría lo mismo, dijo, con las hermandades estudiantiles. Aquellas sociedades eran vinculantes para toda la vida y sabían situar en buenos cargos a sus miembros, de modo que resultaba difícil abrirse camino en la administración o en la esfera pública si no se pertenecía a ninguna de ellas. Por lo tanto, Settembrini no demostraba gran habilidad citando nombres célebres como argumento de la importancia a las logias: por lo contrario, había que admitir que, si tantos francmasones ocupaban puestos importantes, eso no demostraba más que el poder de la logia, que sin duda movía muchos más hilos en el mundo de lo que Settembrini quería reconocer abiertamente.

Settembrini sonrió. Incluso se abanicó con el cuadernillo de la *Massoneria* que tenía en la mano. ¿Creía el joven haberle tendido una trampa? —preguntó—. ¿Acaso pretendía arrastrar a hacer confidencias imprudentes sobre la naturaleza política, sobre el espíritu esencialmente político de la logia?

—¡Inútil maniobra, ingeniero! Reconocemos sin reservas nuestra vinculación con la política, con total sinceridad. Hacemos muy poco caso del odio que algunos idiotas (por cierto, instalados en su país, ingeniero, y en casi ningún otro sitio) sienten hacia ese nombre y hacia ese título. El filántropo no puede admitir diferencia entre la política y la no-política. No existe la no-política, todo es política.

—¿Así de sencillo?

—Ya sé que hay gentes que creen oportuno llamar la atención sobre la naturaleza apolítica que tenía la francmasonería en sus orígenes. No obstante, esa gente juega con las palabras y traza fronteras que ya es hora de rechazar en tanto son ilusorias y absurdas. Para empezar, al menos las logias españolas han tenido una orientación política desde el principio...

—Me lo imagino...

—Usted no se imagina nada, ingeniero. No se crea capaz de imaginar muchas cosas por usted mismo. Esfuércese más bien en asimilar y sacar provecho de lo que intento enseñarle, se lo ruego en su propio interés, en el de su país y en el de Europa. *Secundo*: la postura masónica no ha sido nunca apolítica, no ha podido serlo jamás y, si ha creído serlo, se ha equivocado sobre su propia naturaleza. ¿Qué somos? Albañiles y artesanos que trabajan en una construcción. Todos perseguimos un único objetivo, la ley fundamental de la fraternidad es conseguir la mejor parte del todo. ¿Cuál es esa mejor parte? ¿Qué es lo que construimos? Una estructura social en armonía con el arte, el perfeccionamiento de la humanidad, la nueva Jerusalén. ¿Qué tiene que ver aquí la cuestión de la política o la no-política? El problema social, el problema de la vida en sociedad, es en sí mismo político, enteramente político, única y exclusivamente político. Quien se consagra a ese problema (y el que se zafase de él no merecería ser llamado hombre) se consagra a la política, a la política interior tanto como a la exterior, y comprende que el arte de francmasón es el arte de gobernar...

—De gobernar...

—... y que la francmasonería de los Iluminados llegó a conocer el grado de regente.

—Muy bien, señor Settembrini. El arte de gobernar, el grado de regente, eso me gusta. Pero dígame una cosa: ¿son ustedes cristianos, se comportan como tales unos con los otros en su logia?

—*Perchè!*

—Perdone, plantearé la pregunta de otro modo, bajo una forma más general y más sencilla: ¿Creen ustedes en Dios?

—Le contestaré. ¿Por qué me hace usted esa pregunta?

—No he pretendido tentarle antes, pero hay una historia bíblica en la que alguien tienta al Señor presentándole una moneda romana, y recibe la contestación de que hay que dar al César lo que es del César y a Dios lo que es de Dios. Me parece que esta manera de distinguir nos da la diferencia entre la política y la no-política. Si hay un Dios, se tiene que poder hacer esa diferencia. ¿Creen los francmasones en Dios?

—Me he comprometido a contestarle. Usted habla de una unidad que se intenta crear con enorme esfuerzo, pero que, para gran dolor de los hombres de buena voluntad, no existe. Si un día se hiciera realidad (y repito que en esa gran obra se trabaja con callada diligencia), su confesión religiosa sería, sin duda alguna, una sola y estaría concebida en los siguientes términos: *Écrasez l'infame!*

—¿De un modo tajante? ¡Pero eso sería la intolerancia!

—Dudo que esté usted a la altura de discutir el problema de la tolerancia, ingeniero. Procure recordar que la tolerancia se convierte en un crimen cuando se tiene tolerancia con el mal.

—¿Dios sería, por lo tanto, el mal?

—El mal es la metafísica. Sólo sirve para adormecer la energía que debemos consagrar a la construcción del templo de la sociedad. De esta manera el Gran Oriente de Francia nos ha dado ejemplo, eliminando el nombre de Dios de todos sus actos desde hace mucho tiempo. Nosotros, los italianos, la hemos seguido...

—¡Qué pensamiento más católico!

—¿Qué dice?

—Me parece que esa idea de eliminar a Dios es rabiosamente católica.

—¿Qué quiere usted decir?

–Nada de particular interés, señor Settembrini. No haga mucho caso de lo que yo digo. Durante un instante he tenido la impresión de que el ateísmo era enormemente católico, y de que se elimina a Dios para poder ser mejores católicos.

Si el señor Settembrini se quedó callado después de oír tales palabras, que conste que sólo lo hizo con fines pedagógicos. Después de un silencio prudencial, contestó:

–Ingeniero, lejos de mí el desear engañarle o herirle en su protestantismo. Hemos hablado de tolerancia... Es superfluo poner de relieve que, respecto al protestantismo, siento mucho más que tolerancia, siento una profunda admiración por su papel histórico en la lucha contra la mordaza que imponía a la conciencia el pensamiento católico. La invención de la imprenta y la Reforma son y serán siempre las dos mayores aportaciones de la Europa Central a la humanidad. Eso ni se plantea. Pero después de lo que acaba usted de decir, dudo que me comprenda exactamente si le señalo que eso no es más que una cara de la cuestión y que hay otra. El protestantismo contiene elementos que... La propia persona del Reformador contenía elementos que... Pienso en los elementos de quietismo y de contemplación hipnótica, que no son europeos, que son ajenos y enemigos de la ley de la vida en este nuestro continente activo. ¡Fíjese usted bien en ese Lutero! ¡Contemple los retratos que conservamos de él, los de su juventud y los de su edad madura! ¿Qué nos dice ese cráneo? ¿Qué nos dicen esos pómulos, esa extraña posición de los ojos? ¡Amigo mío, es Asia! No me sorprendería absolutamente nada que hubiese habido en él un elemento véndico-eslavo-sármata; y, si la personalidad tan fuerte y poderosa (¿quién iba a dudar de que lo era?) de aquel hombre no hubiese hecho inclinarse fatalmente esa balanza que en tan peligroso equilibrio se encontraban en su país, si no hubiese depositado un peso tan tremendo en su lado oriental, como consecuencia del cual el platillo occidental aún se balancea en el aire, entonces...

Desde su atril de humanista junto a la ventana, ante el cual había permanecido en pie hasta aquel momento, Settembrini se aproximó a la mesa camilla sobre la que estaba la frasca de agua y fue acercándose a su discípulo, que estaba sentado en la cama, contra la pared, con los codos sobre las rodillas y la barbilla apoyada en la mano.

—*Caro!* —dijo Settembrini—. *Caro amico!* Llegará el momento de tomar decisiones, decisiones de un alcance inapreciable para la felicidad y el futuro de Europa, y estará en manos de vuestro país tomarlas; y deberá hacerlo desde el fondo de su alma. Situado entre Oriente y Occidente, tendrá que elegir definitivamente y con plena conciencia entre las dos esferas que se disputan su naturaleza; tendrá que decantarse por una de ellas. Usted es joven, tomará parte en esa decisión, será llamado a influir en esa decisión. Bendigamos, pues, el destino que le ha guiado hasta estas espantosas regiones pero que, al mismo tiempo, me da ocasión de ejercer una influencia sobre su maleable juventud por medio de mi palabra, que no es del todo inexperta ni del todo impotente, y hacerle tomar conciencia de la responsabilidad que usted..., que su país asume ante los ojos de la civilización...

Hans Castorp continuaba sentado, con la barbilla apoyada en el puño. Miraba hacia fuera por el ventanuco, y en sus ojos azules de hombre sencillo se podía leer cierta rebeldía. Permaneció en silencio.

—No dice usted nada —comentó Settembrini, conmovido—. Usted y su país dejan que se cierna sobre esas cosas un silencio tan oscuro que no permite calcular su profundidad. Ustedes no aman la palabra o no saben servirse de ella, o la glorifican de un modo muy poco amable; y el mundo articulado no sabe y no consigue averiguar qué pasa por su cabeza. Eso es peligroso. El lenguaje en sí mismo es civilización. Toda palabra, incluso la más contradictoria, es vinculante. Sin embargo, el mutismo aísla. Se sospecha que intentaréis romper vuestra soledad por medio de actos. Haréis marchar a vuestro primo Giacomo –Settembrini tenía costumbre de llamar Giacomo a Joachim porque le resultaba más cómodo–, usted hará salir de su silencio a su primo Giacomo y «él, con fuertes golpes, derribará a dos y los demás huirán...».

Como Hans Castorp se echó a reír, Settembrini también sonrió, satisfecho del efecto producido por sus plásticas palabras, al menos por el momento.

–¡Está bien, riamos! –dijo–. Siempre me encontrará dispuesto a hacer una broma; «la risa es un destello del alma», dijo un pensador griego. De esta manera nos hemos desviado de nuestro asunto hacia cosas que, lo reconozco, están relacionadas con las dificultades a las que han de enfrentarse nuestras labores preparatorias para la realización de una liga universal masónica, dificultades que, en concreto, nos pone la Europa protestante...

Settembrini continuó hablando con entusiasmo de la idea de esa liga universal que había nacido en Hungría y cuya deseada realización estaría destinada a conferir a la francmasonería un poder decisivo en el mundo. Enseñó a Hans Castorp algunas cartas que había recibido de altos dignatarios extranjeros de la liga –por ejemplo, una carta escrita de puño y letra por un gran maestro suizo, el hermano Quartier la Tente, del grado 33–, y comenzó a exponerle el proyecto de convertir el esperanto en la lengua común de la liga. Su entusiasmo le llevó a entrar en el terreno de la alta política, estudió la situación en Europa y sopesó las probabilidades del triunfo del pensamiento republicano revolucionario en su propio país, en España y en Portugal. También pretendía mantener correspondencia con personas de los más altos grados de la gran logia de dicho reino. Sin duda, allá en el sur las cosas se encaminaban hacia un período decisivo. ¡Que Hans Castorp se acordase de él cuando viera precipitarse los acontecimientos en el mundo de allá abajo! El joven prometió hacerlo.

Cabe observar aquí que estas conversaciones sobre la masonería que se habían desarrollado entre el discípulo y cada uno de los dos mentores por separado habían tenido lugar antes del regreso de Joachim. La discusión a la que llegamos ahora se desarrolló ya a su regreso y en su presencia; para ser exactos, nueve semanas después de su llegada, a principios de octubre, y Hans Castorp conservó el recuerdo de aquella reunión bajo un sol de otoño, tomando un refresco delante del casino de Davos Platz, porque aquel día Joachim despertó en él una preocupación que no confesó a nadie, por una serie de detalles y síntomas que generalmente no son objeto de preocupación —a saber, dolores de garganta y afonía—, molestias inofensivas que, sin embargo, Hans Castorp interpretó de un modo muy especial: a la luz que, por así decirlo, creyó percibir en el fondo de la mirada de Joachim, de aquellos ojos que siempre habían sido dulces y grandes, pero que justo aquel día, aquel mismo día y no antes, se habían tornado aún más grandes y más profundos y, por alguna razón, presentaban una expresión soñadora y —es necesario añadir la palabra clave— amenazadora, además de esa luz interior tan especial que no estaría bien caracterizada si dijésemos de ella que no gustó a Hans Castorp; al contrario, le gustó incluso mucho, lo cual no quita que le inspirase preocupación. En resumen, no es posible hablar de tales sensaciones sino de una manera confusa, como corresponde a su carácter igualmente confuso.

En lo que se refiere a la conversación, a la controversia de aquel día —naturalmente, controversia entre Naphta y Settembrini—, giró en torno a un tema aparte, sin guardar más que una ligera vinculación con las habituales discusiones sobre la francmasonería. Además de los primos, estuvieron presentes Ferge y Wehsal, y todos se mostraron muy interesados, a pesar de no hallarse todos a la altura de los asuntos tratados en ella; Ferge, en concreto, dijo abiertamente que él no entendía de esas cosas. Con todo, una discusión que se mantiene con una pasión como si a uno le fuese la vida en ella y, al mismo tiempo, con un ingenio y una agudeza como si todo ello no fuese más que un elegante duelo deportivo –y esas dos peculiaridades se daban en todas las discusiones entre Naphta y Settembrini– siempre es digna de ser escuchada con interés, incluso por parte de quienes no captan muy bien ni los argumentos ni su alcance. De hecho, incluso gente que no tenía nada que ver con ellos y simplemente estaba sentada a su lado escuchaba aquel intercambio de opiniones arqueando las cejas, fascinada por la pasión y la brillante agilidad de los contrincantes.

Esto ocurrió, como ya se ha dicho, delante del Casino, una tarde después del té. Los cuatro internos del Berghof habían quedado allí con Settembrini y, como por casualidad, Naphta se había unido a ellos. Estaban sentados alrededor de una mesita de hierro sobre la que se veían diversos licores, aperitivos, anís y vermut diluidos con un poco de agua. Naphta, que solía merendar allí, pidió vino y tarta. Joachim humedecía con frecuencia su dolorida garganta con limonada natural, que tomaba muy cargada y muy ácida porque así contraía los tejidos y le aliviaba. Settembrini bebía simple agua azucarada; aunque la sorbía con una pajita y con tan refinado deleite que parecía que estuviese degustando el más exquisito de los refrescos.

Dijo en broma:

–¿Qué he oído, ingeniero? ¿Qué rumor ha llegado hasta mis oídos? ¿Vuelve su «Beatrice»? ¿La estrella que le guía a través de las nueve esferas giratorias del paraíso? ¡Espero que, a pesar de eso, no desprecie usted del todo la mano amiga de su Virgilio! Nuestro eclesiástico, aquí presente, le confirmará que el universo del medievo no queda completo si a la mística franciscana le falta el polo opuesto, el conocimiento tomista.

Todos rieron al oír semejante despliegue de pedantería y miraron a Hans Castorp, que también se reía y levantó su copa de vermut a la salud de «su Virgilio». Parece imposible de creer el reñido debate intelectual al que dieron pie, durante la hora siguiente, aquellas palabras de Settembrini que, aunque muy rebuscadas, en el fondo eran inofensivas. Pero Naphta, para quien, obviamente, constituían toda una provocación, devolvió el ataque de inmediato y arremetió contra el poeta latino, al que Settembrini, como todos sabían, adoraba e incluso consideraba superior a Homero; y si Naphta había manifestado más de una vez un profundo desprecio por la poesía latina en general, aquí aprovechó la nueva ocasión que se le ofrecía para insertar un comentario malicioso:

–Desde luego, el gran Dante fue harto benevolente al celebrar con tanta solemnidad a semejante poeta de tres al cuarto y al convertirle en un personaje tan importante de su obra, por mucho que el señor Lodovico insista en hacer una interpretación masónica del papel de Virgilio en Dante. Porque, ¡vamos!, vale bien poco ese cortesano laureado, ese vil adulador de la casa julia, ese literato cosmopolita y farragoso orador sin un ápice de creatividad, cuya alma, si es que la tenía, debía de ser de segunda mano, y que en realidad no fue un poeta sino un francés con pelucón empolvado... En la época de Augusto, eso sí...

Settembrini estaba seguro de que su honorable contrincante poseía sobrados medios y razones para conciliar su desprecio hacia la cultura romana con su trabajo de profesor de latín. No obstante, creía necesario llamar la atención de Naphta sobre el hecho de que tales juicios entraban en una contradicción aún mayor con su propia época favorita, en la que no sólo no se había despreciado a Virgilio, sino que se le había hecho justicia de un modo bastante ingenuo, considerándole un sabio y casi un mago.

Naphta le respondió que recurrir a la ingenuidad de ciertas épocas de la cultura occidental era inútil; una ingenuidad que extraía su fuerza creadora de la demonización de lo que había superado. Por otra parte, los doctores de la joven Iglesia no se cansaban de advertir sobre las mentiras de los filósofos y poetas de la Antigüedad, y en particular sobre el peligro de dejarse engañar por la voluptuosa elocuencia de Virgilio. El momento presente, en el que de nuevo tocaba a su fin una etapa de la historia y alboreaba un nuevo período proletario, era sin duda muy adecuado para tomar conciencia de tales peligros. Así pues, como respuesta a todo ello, el señor Lodovico podía tener la certeza de que él, en tanto orador, se dedicaba a aquella actividad burguesa a la que había tenido la bondad de aludir con toda la *reservatio mentalis* imaginable, y era la ironía lo que caracterizaba aquella su labor educativa en un sentido clásico-retórico; una educación, por otro lado, a la que un temperamento sanguíneo daría unos decenios de vida en el mejor de los casos.

—¡Pero los habéis estudiado! —exclamó Settembrini—. ¡Habéis estudiado a todos esos poetas y filósofos antiguos hasta sudar tinta, como también habéis intentado apropiaros de su valioso legado y de los materiales de los monumentos antiguos para construir vuestras casas de oración! Pues erais muy conscientes de que no seríais capaces de producir una forma de arte nueva sólo con la fuerza de vuestro espíritu proletario, y esperabais vencer a la Antigüedad con sus propias armas. ¡Eso es lo que pasa siempre! Vuestra recién estrenada juventud tendrá necesariamente que formarse y refinarse estudiando todo eso que vosotros quisierais poder despreciar y obligar a despreciar a los demás, pues sin cultura no podéis imponeros a la humanidad y sólo existe una cultura: la que llamáis cultura burguesa y que, en el fondo, no es más que la cultura humana. ¡Y aún os atrevéis a calcular por decenios el tiempo de vida que queda a los ideales educativos humanistas!

Sólo la cortesía impedía a Settembrini acompañar sus palabras con una risa tan despreocupada como sarcástica. Una Europa que supiera conservar su patrimonio cultural eterno sabría perfectamente cómo superar ese apocalipsis proletario con el que soñaban algunos para alcanzar un presente en el que imperase la razón clásica.

—Es justo ese presente —respondió Naphta en un tono hiriente— lo que parece usted ignorar. Pues lo que, en efecto, está a la orden del día es poner en tela de juicio lo que el señor Settembrini da por sentado como algo positivo; el presente es cuestionarse si esa tradición mediterránea clásica y humanista es realmente el reflejo de la esencia del hombre y, por lo tanto, un patrimonio eterno, o si, por el contrario, no es más que una forma de pensamiento típica de una época concreta, del liberalismo burgués para ser exactos, que como tal puede morir con ella. Eso debe decirlo la historia; entretanto, el señor Settembrini haría bien en no dar por seguro que la balanza terminará inclinándose a favor de su conservadurismo latino.

Desde luego, constituía una tremenda insolencia por parte del pequeño Naphta llamar conservador a Settembrini, declarado defensor del progreso. Así lo interpretaron todos, y con especial amargura —como es de suponer— el afectado, que se retorcía los bigotes con gran excitación buscando una réplica y dejando así que su enemigo tomase ventaja para arremeter de nuevo contra los ideales de la cultura clásica, contra el espíritu literario y retórico de la enseñanza y de la educación en Europa y contra su manía con la gramática y los formalismos, que no servía más que a los intereses de la clase burguesa gobernante, ya que al pueblo le inspiraba risa desde hacía mucho tiempo. Es más, los humanistas no se daban cuenta de hasta qué punto el pueblo se burlaba de sus títulos de doctor, de su gran imperio cultural, su educación popular estelar, ese instrumento de la dictadura de la clase burguesa con pretensiones de divulgar el saber a un nivel accesible para todos. El pueblo sabía, desde hacía mucho tiempo, dónde ir a buscar la cultura y la educación que necesitaba en su lucha contra el apolillado imperio burgués, y desde luego no era en sus instituciones paternalistas y absolutistas; todo el mundo sabía que el sistema educativo en general, tomado directamente del de las escuelas catedralicias de la Edad Media, resultaba anacrónico y trasnochado hasta lo ridículo, que ya nadie debía su formación o educación a la escuela, y que una forma de enseñanza abierta, libre, apoyada en conferencias públicas, exposiciones, sesiones de cine, etcétera, era muy superior en eficacia a cualquier escuela en el sentido tradicional.

En esa mezcla de revolución y oscurantismo que Naphta ofrecía a sus oyentes –le respondió Settembrini–, predominaba la parte oscurantista de una manera muy poco apetecible. La satisfacción que le inspiraba aquel afán de ilustrar al pueblo se veía no poco mermada por el temor a que, en realidad, tal deseo no obedeciese sino a una tendencia instintiva a mantener al pueblo y al mundo en las tinieblas del analfabetismo.

Naphta sonrió. ¿Analfabetismo? Sin duda creían haber pronunciado una palabra espantosa, cual si hubieran mostrado la cabeza de la Gorgona; convencidos de que todo el mundo iba a palidecer y quedarse de piedra al verla. Él, Naphta, lamentaba tener que decepcionar a su contrincante al decirle que el horror de los humanistas ante la idea del analfabetismo sencillamente le divertía. Había que ser un literato del Renacimiento, un preciosista seguidor de Marino, un hombre del *Secento*, un fanático del *estilo culto* para atribuir a las disciplinas de la lectura y de la escritura una importancia pedagógica tan exagerada como para imaginarse que allí donde faltasen reinarían las tinieblas del espíritu. ¿Recordaba Settembrini que el más grande poeta de la Edad Media, Wolfram von Eschenbach, había sido analfabeto? En aquella época, se hubiera considerado vergonzoso en Alemania enviar a la escuela a un muchacho que no quisiese ser sacerdote, y aquel desprecio aristocrático y popular hacia las artes literarias siempre había sido una manifestación de nobleza verdadera; porque el literato, ese buen hijo del humanismo y de la burguesía, sabría leer y escribir, cosa que no sabían o sólo hacían muy mal los nobles, los guerreros y el pueblo, pero fuera de eso no valía para nada ni comprendía nada, no era más que un charlatán que hablaba en latín, dominaba el lenguaje y dejaba la vida en manos de la gente honrada... y por eso mismo adornaba también la política con un montón de hojarasca, de retórica y de bella literatura, sobre lo que en el lenguaje partidista se denominaba radicalismo y democracia... etcétera, etcétera, etcétera.

Settembrini, al oír esto, se lanzó al ataque: Con excesiva temeridad exponía su adversario su adhesión a la fogosa barbarie de ciertas épocas, burlándose del amor a la forma literaria, sin la cual, por otra parte, nunca hubiese sido posible ni imaginable la humanidad. ¡No hubiese sido posible nunca! ¿Nobleza? Únicamente el que odia al género humano puede bautizar con ese nombre la ausencia del verbo, el materialismo brutal y mudo. Únicamente es noble una particular forma de lujo: la *generosità*, que consiste en conceder a la forma un valor humano propio, independiente de su contenido (el culto a la palabra como un arte por el arte mismo, esa herencia de la civilización grecolatina que los humanistas, los *uomini letterati*, habían devuelto al menos a la Romania y que había sido la fuente de todo idealismo, en un sentido más amplio y sustancial, incluso del idealismo político). «¡Sí señor! Lo que usted desearía envilecer al separar la palabra de la vida no es otra cosa que una unidad superior en la corona de la belleza, y no me asusta el bando en que luchará la noble juventud en una batalla que decida entre la literatura y la barbarie.»

Hans Castorp, quien había seguido la conversación bastante distraído porque su atención la atraía la persona del guerrero y representante de la verdadera nobleza allí presente, o, mejor dicho: la nueva expresión de sus ojos se sobresaltó de repente porque se sintió aludido por las últimas palabras de Settembrini, y puso la misma cara de aquel día en que el italiano quiso obligarle solemnemente a elegir entre Oriente y Occidente, una cara de total escepticismo y espanto, y guardó silencio. Los dos contrincantes lo llevaban todo al extremo, como, sin duda, era indispensable si se quería discutir, y se peleaban encarnizadamente sobre los supuestos más radicales; él pensaba que aquello que se podía denominar «lo humano» tenía que hallarse en algún punto intermedio entre aquellas exageraciones insoportables, entre el humanismo grandilocuente y la barbarie analfabeta. No obstante, prefirió no decir nada que pudiera molestar a aquellos dos genios de la disputa y, con fuertes reservas, vio cómo seguían azuzándose el uno al otro y buscando tres pies al gato... Todo ello a raíz del comentario de Settembrini acerca de Virgilio.

Settembrini defendía siempre la palabra, la blandía como una espada y la hacía triunfar. Se alzó como defensor del genio literario, glorificó la historia de la escritura, que comenzó en el instante en que el primer hombre grabó algunas palabras sobre una piedra para inmortalizar su saber y su manera de sentir. Habló del dios egipcio Thot, que en realidad era el mismo que el Hermes Trismegisto de la mitología griega y a quien consideraba el inventor de la escritura, el patrón de todas las bibliotecas del mundo y el inspirador de toda actividad intelectual. En sentido figurado, se arrodilló ante ese Trismegisto, ante Hermes el humanista, el gran maestro de la palestra, a quien la humanidad debía el precioso don de la palabra y de la retórica y el discurso dialéctico, lo cual llevó a Hans Castorp a hacer la siguiente observación:

Entonces, ese dios nacido en Egipto había sido también un político y, a una escala superior, había desempeñado el mismo papel que Brunetto Latini, el que había educado a los florentinos y les había enseñado el arte de la palabra, así como el de gobernar la República según las reglas de la política. A lo que Naphta respondió que Settembrini desfiguraba un poco las cosas y que había hecho un retrato demasiado favorecedor de Thot-Trismegisto. En realidad era un dios de la luna y de las actividades intelectuales a quien se representaba en forma de babuino con una luna creciente sobre la cabeza; y el nombre de Hermes designaba a un dios de la muerte y de los muertos, al guardián y el guía de las almas, al que, ya en los últimos períodos de la Antigüedad, se había convertido en un mago de capacidades excepcionales y, en la Edad Media cabalística, en el padre de la alquimia hermética.

¿Qué? ¿Qué? Hans Castorp ya no entendía nada y todo estaba revuelto en su mente: la muerte, envuelta en su manto azul, encarnaba a un orador humanista, y luego resultaba que, si se miraba de cerca al dios de la literatura pedagógica, al filántropo, era un babuino con el signo de la noche y de la magia sobre la frente... Hans Castorp hizo un gesto de rechazo con la mano y luego se tapó los ojos. Sin embargo, incluso en la oscuridad en que se había refugiado, retumbaba la voz de Settembrini, que continuaba defendiendo la literatura. No solamente la grandeza contemplativa sino también la grandeza activa había estado siempre unida a ella —dijo el italiano—, y mencionó a Alejandro, a César, a Napoleón; mencionó a Federico de Prusia y a otros héroes, incluso a Lassalle y a Moltke. No se retractó de sus opiniones ni siquiera cuando Naphta trajo a colación la civilización china, donde reinaba la más ridícula idolatría del alfabeto, donde se llegaba a ser general con sólo saber trazar con tinta cuarenta mil ideogramas, un planteamiento muy acorde con el espíritu humanista. Naphta sabía perfectamente que la cuestión central no era simplemente dibujar con tinta china sino la idea de la literatura como impulso esencial de la humanidad, de su espíritu... que no era otro que el espíritu humano en sí mismo, el milagro de la unión del análisis y la forma. Era ese espíritu lo que despertaba la capacidad de comprender todo lo relacionado con el hombre, lo que se esforzaba en combatir los prejuicios estúpidos y en aniquilarlos, lo que purificaba, ennoblecía y mejoraba al género humano. Al crear el extremo refinamiento moral y la sensibilidad más sutil, iniciaba a los hombres, lejos de todo fanatismo, en la justicia y en la tolerancia y, a la vez, en la visión crítica del mundo. El efecto purificador de la literatura, la destrucción de las pasiones a través del conocimiento y de la palabra, la literatura considerada como camino hacia la comprensión, hacia el perdón y hacia el amor, el poder liberador del lenguaje, el espíritu literario como el fenómeno más noble del espíritu humano en general, el poeta como hombre perfecto, como santo... Éste era el tono de exaltación de la apología de la literatura de Settembrini. Pero, ¡ay!, su contrincante no quiso ser menos y supo interrumpir aquel canto de alabanza con objeciones cáusticas y brillantes, decantándose por el bando de la conservación y de la vida frente al espíritu de la descomposición que se ocultaba detrás de aquella charlatanería seráfica. Esa fusión milagrosa entre los análisis y la forma de la que con tanto entusiasmo hablaba Settembrini no era más que un espejismo, una falacia, pues la fuerza que el espíritu literario se vanagloriaba de conciliar con el principio del análisis y la discriminación crítica no era más que una forma aparente y engañosa, no era una forma auténtica, natural, sostenible, no era una forma viva. El supuesto reformador de la humanidad podía hablar de purificación y santificación, pero tales procesos no hacían más que despojar a la vida de su vigor, de su sangre; es más: el espíritu y el afán teórico profanaban la vida, pues quien quisiera destruir las pasiones en realidad deseaba la nada, la nada pura... «pura» porque éste es el único calificativo que se podría añadir a la nada. Claro que ahí precisamente Settembrini, el literato, mostraba de un modo consecuente lo que era, es decir, un defensor del progreso, del liberalismo y de la revolución burguesa. Pues el progreso era puro nihilismo, y el ciudadano liberal era propiamente un hombre de la nada y del demonio; de hecho, incluso negaba a Dios, el absoluto en un sentido conservador y positivo, prestando su adhesión a su antítesis absoluta, a lo demoníaco, y creyendo, para colmo, que su fatídico pacifismo era una postura piadosa. Y de piadosa no tenía nada, sino que era un verdadero crimen contra la vida, ante cuyo tribunal de la santa Vehma merecía ser llevado... Etcétera.

Así era Naphta capaz de darle la vuelta a todo, de convertir un canto de alabanza en algo demoníaco y de mostrarse a sí mismo como la perfecta encarnación del rigor y el conservadurismo en el amor, con lo cual, al final, era del todo imposible distinguir dónde estaba Dios y dónde el diablo, la muerte o la vida.

Nadie dudará de nuestra palabra si decimos que su rival supo estar a la altura y le dio una respuesta brillantísima, la cual, a su vez, recibió una réplica igual de brillante, que también fue refutada, y así sucesivamente. La conversación se prolongó un buen rato más en torno a temas ya aludidos, pero Hans Castorp había dejado de escuchar, porque Joachim había dicho que tenía la clara sensación de haberse resfriado y que no sabía bien qué hacer, puesto que los resfriados no eran «de recibo» allí arriba. Los duelistas no habían prestado atención alguna a este comentario, pero Hans Castorp, como hemos dicho, estaba muy atento a todo lo que hacía y decía su primo, y se retiró con Joachim a la mitad de una réplica confiando en que el resto del público, compuesto por Ferge y Wehsal, ya daría un impulso pedagógico suficiente a la continuación del debate.

Durante el camino, Hans Castorp y Joachim coincidieron en que, en materia de resfriados y de problemas de garganta, había que respetar el escalafón del sanatorio, es decir, encargar al practicante que avisase a la enfermera jefe, tras lo cual se lograría algún tipo de atención en beneficio del enfermo. Así lo hicieron e hicieron bien. Esa misma noche, después de la cena, llamaron a la puerta de la habitación de Joachim, justo en un momento en que Hans Castorp también estaba allí por casualidad, y apareció la enfermera Adriática preguntando con voz chillona qué deseaba y qué síntomas tenía el joven oficial.

—¿Dolor de garganta? ¿Ronquera? —repitió la enfermera—. Pero, criatura, ¿cómo me dice esas cosas?

Y comenzó a mirar al enfermo con ojos penetrantes, sin

que las miradas de ambos se encontrasen jamás, lo cual no era culpa de Joachim, pues era ella quien no fijaba la vista porque se le iban los ojos. ¿Por qué lo intentaba, entonces, una y otra vez, si la experiencia le había demostrado ya que era incapaz de conseguirlo? Con ayuda de una especie de calzador de metal que sacó de uno de sus bolsillos, inspeccionó la garganta del paciente, mientras Hans Castorp acercaba la lámpara de la mesilla de noche para alumbrar la zona. Sobre la punta de los pies, la enfermera jefe examinó la garganta de Joachim, al tiempo que le preguntaba:

—Dígame, criatura. ¿Se ha atragantado usted alguna vez?

¿Qué se podía contestar a eso? Durante el reconocimiento médico no había manera de hablar, y tampoco cuando terminó supo qué contestar Joachim. Por supuesto, a lo largo de su vida se habría atragantado alguna vez al comer o beber, pero eso le pasaba a todo el mundo, y seguramente no era lo que había querido saber ella al hacerle tal pregunta. No recordaba que le hubiese ocurrido recientemente.

—Está bien —dijo ella. No había sido más que una idea que le había venido a la cabeza. Pues sí, se había resfriado, añadió la enfermera jefe.

Los primos se sorprendieron, puesto que la palabra «resfriado» era motivo de anatema en aquel lugar. Para examinar su garganta más detenidamente haría falta, tal vez, el laringoscopio del doctor Behrens. Al marcharse, la enfermera le dejó unas pastillas de formamint, compresas y gutapercha para aplicarse fomentos durante la noche. Y Joachim usó ambas cosas, se creyó incluso muy aliviado gracias a aquellas aplicaciones y continuó con el tratamiento, pues su ronquera no cedía, sino que se agudizó en los días siguientes, a pesar de que, algunas veces, el dolor desaparecía casi por completo.

Por otra parte, su resfriado había sido puramente imaginario. El resultado del diagnóstico fue el habitual: el mismo que, junto con los datos del examen que le hizo el doctor

Behrens, retenía allí arriba al buen Joachim, tan amante del honor, haciendo una pequeña cura complementaria antes de regresar de nuevo a cumplir con su deber para con la bandera. El plazo de octubre quedó atrás como si nadie lo hubiera advertido. Nadie habló de ello, ni el doctor, ni los primos entre sí. Dejaron pasar aquella fecha sin decir ni una palabra al respecto, con los ojos bajos. Según lo que Behrens dictó a su ayudante durante la consulta mensual y según lo que mostraba la placa fotográfica, era evidente que abandonar el sanatorio a su propio riesgo hubiese sido una locura; esta vez sí que se trataba de perseverar, con una disciplina de hierro, en las obligaciones que se le habían impuesto allí, hasta recuperar una salud a prueba de todo, la necesaria para reanudar el servicio en el mundo de allá abajo y cumplir su juramento de oficial.

Tal era la decisión sobre la cual se había llegado a un perfecto acuerdo tácito. Aunque, en realidad, ninguno de los dos estaba del todo seguro de que el otro creyese sinceramente aquellos argumentos, y, cuando el uno bajaba la vista para no mirar al otro, lo hacía porque dudaba; y esto sucedía siempre que sus ojos se cruzaban. Y se cruzaban con frecuencia después de cierta conversación sobre literatura, durante la cual Hans Castorp había descubierto por primera vez aquella luz nueva en el fondo de los ojos de Joachim, y también aquella expresión singularmente «amenazadora». Por ejemplo, ocurrió una vez en la mesa, cuando su primo, siempre afónico, se atragantó violentamente y casi no podía recuperar el aliento. Así pues, mientras Joachim jadeaba intentando taparse con la servilleta y la señora Magnus, su vecina, le daba golpecitos en la espalda como se hace habitualmente en esos casos, sus miradas se encontraron de un modo que espeluznó a Hans Castorp mucho más que el incidente en sí, que naturalmente podía ocurrirle a cualquiera. Luego Joachim cerró los ojos y, ocultando la cara en la servilleta, abandonó la mesa y el comedor para acabar de toser afuera.

Sonriente, aunque ligeramente pálido, volvió al cabo de diez minutos, se excusó ante sus compañeros por las molestias que les había ocasionado y, como antes, siguió disfrutando de la pantagruélica comida y se olvidó del incidente por completo.

Sin embargo, cuando algunos días más tarde volvió a suceder lo mismo, esta vez en el copioso desayuno en lugar de en la cena, y, por cierto, sin que las miradas se cruzasen —al menos no las de los primos, pues Hans Castorp hizo como que continuaba comiendo sin darse cuenta de nada, inclinado sobre su plato—, no pudieron evitar comentarlo fugazmente tras levantarse de la mesa, y Joachim maldijo a la bruja de la Mylendonk que parecía haberle echado mal de ojo con aquella pregunta estúpida, de manera que ahora no podía evitar caer en ella. ¡Maldita señora con aquel extraño maleficio!

—Sí, seguro que es sugestión —dijo Hans Castorp—; es curioso comprobarlo, por desagradable que te resulte.

Una vez nombrado, pues, el origen del mal, Joachim supo defenderse de la brujería, estaba muy alerta en la mesa y consiguió no atragantarse más que las personas libres de tan odioso hechizo. No volvió a ocurrirle hasta nueve o diez días más tarde, con lo cual no fue digno de mención.

Sin embargo, Radamante le llamó a la consulta fuera del horario y de su turno habitual. La enfermera jefe debía de haberle denunciado y sin duda había hecho bien, pues ya que se contaba con un laringoscopio y la persistente ronquera degeneraba por momentos en una verdadera afonía, además de que el dolor reaparecía cuando Joachim se olvidaba de ablandar su garganta mediante algún procedimiento para activar la producción de saliva, había razones suficientes para sacar del armario aquel instrumento tan ingeniosamente diseñado... Sin contar que, si Joachim ya no se atragantaba más que lo normal, era gracias a las precauciones que tomaba al comer y que siempre le retrasaban con relación a sus vecinos de mesa.

El doctor Behrens, por lo tanto, examinó con gran cuidado la garganta de Joachim —colocando y recolocando el espéculo para ver todo bien y desde todos los posibles ángulos—, después de lo cual el enfermo, a ruegos de Hans Castorp, acudió inmediatamente a la terraza de éste para darle cuenta de la visita. Había sido muy desagradable, le había hecho muchas cosquillas —según dijo entre susurros, puesto que era la hora de la cura principal y había que guardar el silencio obligatorio— y, para colmo, Behrens le había soltado una serie de cosas sobre no sé qué estado de irritación, que era necesario tratar diariamente con unos toques. Al día siguiente comenzaría el tratamiento, así que debía preparar la medicación. Irritación y toques en la garganta, ése era el resultado.

Hans Castorp, con la cabeza llena de asociaciones de ideas que iban muy lejos y que se referían a personas muy lejanas, como por ejemplo al conserje cojo y a cierta señora que se había quejado de dolor de oído durante toda la semana y a la cual luego se había podido tranquilizar completamente porque no tenía nada, hubiera querido hacer muchas más preguntas, pero no se decidió a articularlas. Se propuso hacerlas al doctor en persona. En espera de eso, delante de Joachim se limitó a manifestar su satisfacción por que se fuese a controlar aquella molestia y por que el doctor se hubiese hecho cargo del asunto. Era un gran especialista y sabría encontrarle remedio. Joachim hizo un gesto de aprobación sin mirar a su primo y, volviéndole la espalda, se marchó a su terraza.

¿Qué le pasaría al buen Joachim, tan amante del honor? Durante aquellos últimos días, su mirada se había tornado insegura y huidiza. Hacía poco, la enfermera jefe Mylendonk había fracasado en su tentativa de penetrar su mirada dulce y sombría; pero si lo hubiese intentado de nuevo no se sabe lo que habría ocurrido. Fuera lo que fuese, él evitaba tales encuentros, y cuando se producían (Hans Castorp le miraba con frecuencia) uno mismo sentía cierto desasosiego. Hans Castorp se quedaba en su habitación angustiado, agitado por la tentación de ir a preguntar al doctor inmediatamente. Pero no era posible, pues Joachim le hubiera oído levantarse, así que era necesario postergar el encuentro y tratar de hablar con Behrens por la tarde.

No había manera. ¡Era muy extraño! No consiguió ver al doctor ni aquella tarde ni durante los dos días siguientes. Naturalmente, Joachim le estorbaba un poco, puesto que no debía darse cuenta de nada, pero esto no bastaba para explicar por qué Hans Castorp no lograba encontrarse y hacer hablar a Radamante. Le buscaba y preguntaba por él por todo el sanatorio, le enviaban adonde podría encontrarle con seguridad, y luego no daba con él jamás. Behrens acudió al comedor un día, pero estaba sentado muy lejos, a la mesa de los rusos ordinarios, y se escabulló antes de los postres. A veces, Hans Castorp creyó haberle atrapado; le veía en la escalera o en los pasillos, hablando con Krokovski, con la enfermera jefe, con algún enfermo, y se ponía al acecho. Pero no hacía más que volver la vista y Behrens ya había desaparecido.

Al cuarto día consiguió su propósito. Le vio desde la terraza, estaba en el jardín dando instrucciones al jardinero. Hans Castorp se desembarazó rápidamente de las mantas y bajó corriendo. El doctor se dirigía a sus habitaciones con sus típicos andares encorvados y como si remase con los brazos. Hans Castorp echó a correr e incluso se tomó la libertad de llamarle, pero no sirvió de nada. Finalmente, sin aliento, consiguió llegar hasta él.

—¿Qué tripa se le ha roto? —le espetó Behrens, con los ojos llorosos—. ¿Hace falta que le envíe un ejemplar extra del reglamento de esta casa? Que yo sepa, es la hora de la cura de reposo. Ni su temperatura ni sus radiografías le conceden ningún derecho particular para dárselas de gran señor. Va a haber que instalar por aquí un buen espantapájaros que amenace con una horquilla de cardar el heno a los que se tomen la libertad de rondar por el jardín entre las dos y las cuatro. ¿Qué demonios quiere?

—Señor consejero imperial Behrens, ¡tengo que hablar con usted un momento!

—Ya me he dado cuenta de que se le ha metido en la cabeza desde hace algún tiempo. Me ronda y me persigue usted como si fuese la mujer de sus sueños. ¿Qué quiere de mí?

—Se trata de mi primo, doctor... Perdone mi atrevimiento. Ahora le están dando toques en la garganta... Estoy convencido de que todo eso es muy adecuado para lo que tiene... Porque no tiene nada serio, ¿verdad? Eso es lo que quería preguntarle.

—Siempre pretende que nada sea serio, Castorp; así es usted. Mire que le gusta reflexionar sobre asuntos bien serios... pero usted los trata como si no lo fuesen en absoluto, y con ello, encima, cree que complace a Dios y a los hombres. Usted, en el fondo, es un cobarde y un hipócrita redomado, y el calificativo de «civil» con el que le trata su primo me parece, en el mejor de los casos, un eufemismo.

—Todo eso es posible, doctor Behrens. No me cabe duda de que las debilidades de mi carácter son evidentes. Pues de eso se trata precisamente, de que en estos momentos no cabe ni hablar de ellas, porque... lo único que quería pedirle desde hace tres días es que...

—¡Que le dore la píldora! Quiere importunarme y hartarme para que le afirme en su condenada mojigatería y para que así pueda usted dormir con la conciencia tranquila, mientras que los demás se mantienen en guardia y capean el temporal...

—Doctor Behrens, es usted muy severo conmigo. Yo desearía, por el contrario...

—Ya, ya. La severidad no es precisamente su fuerte. Su primo, en cambio, es un tipo muy diferente, de otro temple. Él sabe a qué atenerse. Lo sabe, ya me entiende usted. No se agarra a los faldones de la gente para que le digan palabritas de consuelo y hacerse falsas ilusiones. Él sabía lo que hacía y a lo que se exponía, y es un hombre que sabe comportarse como tal y callarse la boca, una actitud muy viril y, desgraciadamente, muy poco frecuente en pusilánimes bípedos como usted. Pero una cosa le digo, Castorp: como me haga una escena, se me ponga a gritar y se abandone a sus sentimientos de civil, le pongo de patitas en la calle. Aquí los hombres quieren estar entre hombres, ya me entiende.

Hans Castorp guardó silencio. Ahora, también su rostro se llenaba de manchas cuando perdía el color. Estaba demasiado bronceado para palidecer del todo. Finalmente, con los labios temblorosos, alcanzó a decir:

—Muchas gracias, doctor Behrens. Ahora ya sé a qué atenerme, pues supongo que usted no me hablaría en un tono tan..., ¿cómo decirlo...?, tan solemne si el caso de Joachim no fuese grave. Por otra parte, no soy dado a las escenas ni a los gritos, usted me conoce mal. Y si se trata de mostrarse discreto, sabré mantenerme en mi puesto; creo que puedo asegurárselo.

—Hans Castorp, ¿está usted muy apegado a su primo? —preguntó el consejero, cogiendo, de pronto, la mano del joven y mirándole con sus lacrimosos ojos azules, de pestañas blanquecinas.

—¿Qué quiere que le diga, doctor? Un pariente tan próximo, un amigo tan bueno y mi compañero aquí arriba...

Hans Castorp sollozó muy brevemente y apoyó la punta de un pie en el suelo, volviendo el talón hacia fuera.

El doctor se apresuró a soltarle la mano.

—Bueno, pues entonces sea amable con él durante estas seis u ocho semanas —dijo—. Abandónese usted a su falta de seriedad natural; sin duda, eso será lo más agradable para el enfermo. Y además, yo también estoy aquí, precisamente para arreglar el asunto lo más digna y menos penosamente posible.

—¿*Larynx*? ¿No es verdad? —dijo Hans Castorp, meneando la cabeza en gesto de asentimiento.

—*Laryngea* —confirmó Behrens—. Es fulminante. Y la mucosa de la tráquea también está ya en muy mal estado.

Es posible que las voces de mando en el regimiento hayan dado lugar a un *locus minoris resistentiae* allí. Pero siempre hay que contar con diversificaciones semejantes. Pocas probabilidades, amigo mío. A decir verdad, ninguna. Aunque, por supuesto, se intentarán todos los tratamientos útiles y costosos que tenemos.

—La madre... —dijo Hans Castorp.

—Más tarde, más tarde. No corre tanta prisa. Hágalo con tacto y con gusto, para que vaya haciéndose a la idea poco a poco. Y ahora, lárguese adonde le corresponde. Podría darse cuenta y le sería muy penoso saber que se habla así de él a sus espaldas.

Joachim acudía a diario a que le diesen toques en la garganta. Era un bello otoño; a menudo, las curas le hacían llegar tarde al comedor; vestido con pantalón blanco de franela y chaqueta azul, siempre correcto y marcial, saludaba brevemente, de un modo discreto y viril, se excusaba por su impuntualidad y ocupaba su sitio para tomar la comida especial que le preparaban, pues ya no toleraba las comidas normales por peligro de atragantarse. Le servían sopas, purés y papillas. Sus compañeros de mesa comprendieron la situación rápidamente. Respondían a su saludo con especial cortesía y cordialidad, llamándole expresamente «teniente». En su ausencia interrogaban a Hans Castorp; incluso acudían de otras mesas para preguntar por él. La señora Stöhr lo hizo retorciéndose las manos y manifestando cuánto lo lamentaba con su habitual grosería. Hans Castorp, sin embargo, sólo les contestaba con monosílabos, reconocía la importancia de aquel empeoramiento, pero hasta cierto punto negaba su extrema gravedad; lo hacía por una cuestión de honor, con la convicción de que no podía dejar en la estacada a Joachim.

Paseaban juntos, recorrían tres veces al día la distancia prescrita, dentro de los límites que el doctor había marcado a Joachim para que no se fatigase en exceso. Hans Castorp iba a la izquierda de su primo. Antes daba igual cómo se colocasen, pero ahora Hans Castorp prefería mantenerse a su izquierda. No hablaban mucho, pronunciaban las palabras que la vida cotidiana del Berghof llevaba a sus labios y nada más. No hay nada que decir sobre el tema que ambos callaban, sobre todo entre personas educadas en una cortesía tan rígida y adusta, que sólo se llamaban por su nombre de pila en contadas ocasiones. Sin embargo, a veces Hans Castorp sentía que una imperiosa necesidad de desahogarse y compartir lo que sentía hervía e iba a hacer estallar su pecho de civil. Pero era imposible. Aquella ola de angustia que con tanto ímpetu se había levantado en su interior se amansaba de nuevo... y no decía nada.

Joachim iba a su lado, con la cabeza baja. Miraba al suelo, como si quisiera contemplar la tierra. Era muy extraño: paseaba por allí, tan digno y correcto, saludaba con su gesto caballeresco de siempre a los que pasaban, mantenía el porte y la corrección de siempre... y, sin embargo, pertenecía a la tierra. Al fin y al cabo, todos pertenecemos a ella tarde o temprano. Pero ¡tan joven, y con tan buen carácter y tanta voluntad de servir a la bandera! ¡Es amargo pertenecerle por tan poco tiempo! Y es más amargo y más incomprensible para un Hans Castorp que lo sabe y que camina a su lado en silencio que para el propio hombre que ya pertenece a la tierra, cuya discreta conciencia, en el fondo, es de índole académica, no posee para él ningún carácter de realidad y, en último término, no es tanto asunto suyo como de los demás. En efecto, nuestra muerte es más un asunto de los que habrán de sobrevivirnos que propiamente nuestro; pues un ingenioso sabio formuló una vez un pensamiento que tal vez no citemos con exactitud pero que es, en cualquier caso, absolutamente acertado y válido desde un punto de vista espiritual: «Mientras existimos nosotros, no existe la muerte, y, cuando existe la muerte, no existimos nosotros»; por consiguiente, no hay ninguna relación real entre la muerte y nosotros; la muerte es algo que no nos atañe absolutamente en nada, que todo lo más atañe al mundo y a la naturaleza, y por eso todos los seres la contemplan con gran tranquilidad, con indiferencia, con una inocencia egoísta y sin ninguna responsabilidad.

Hans Castorp halló mucho de esa inocencia y de esa ausencia de responsabilidad en el comportamiento de Joachim durante aquellas semanas, comprendió que su primo «sabía», pero que no por ello le era difícil guardar el silencio y la compostura, porque la relación que tenía en su interior con esa conciencia era sólo lejana y teórica, o porque, en la medida en que podía considerarla desde una perspectiva práctica, su sano sentido del decoro le impedía exteriorizarla, al igual que sucede en muchas otras cuestiones fisiológicas muy poco decorosas de las que la vida tiene conciencia y que la condicionan pero no le impiden guardar las formas.

Así pues, paseaban y callaban sobre todos esos asuntos indecorosos de la naturaleza. Tampoco se oían ya aquellos lamentos y protestas en que se deshacía Joachim al llegar por estar perdiéndose las maniobras y la vida en el ejército en general.

Pero ¿por qué ahora, en lugar de eso y por más que no fuera culpa suya, reaparecía en sus dulces ojos tan a menudo aquella expresión de sombría timidez, de una inseguridad que, probablemente, hubiera dado la victoria a la enfermera jefe de haber corrido el riesgo de enfrentarse a él? ¿Era porque sabía que sus mejillas se iban hundiendo y que sus ojos parecían cada vez más grandes? Pues era cada vez más evidente, mucho más que cuando había regresado del mundo de allá abajo, y su piel morena iba adquiriendo un tono amarillento y un aspecto correoso. Era como si sus circunstancias le diesen motivos para sentir vergüenza y desprecio de sí mismo, lo cual, como decía el señor Albin, no tenía otra ventaja que la de gozar las infinitas ventajas de la deshonra. ¿Ante qué y ante quién bajaba los ojos y rehuía la mirada, antes tan franca? Qué extraño es ese pudor ante la vida que siente la criatura que se refugia en un rincón para morir, convencida de que no puede esperar de la naturaleza que le rodea ningún respeto ni ninguna piedad hacia su dolor y su muerte; y convencida con razón, puesto que las alegres bandadas de pájaros no sólo no respetan a sus compañeros enfermos, sino que los expulsan a picotazos de entre los sanos con gran rabia y desprecio. Pero eso es lo que sucede en el cruel mundo de la naturaleza, y el corazón de Hans Castorp se llenaba de un amor y una compasión tremendamente humanos cuando veía aquel pudor instintivo en los ojos del pobre Joachim. Caminaba siempre a su izquierda, lo hacía adrede, y, como Joachim comenzaba a andar con inseguridad, le sostenía un poco, por ejemplo, para subir la pequeña cuesta de algún prado; es más, luego olvidaba retirar su brazo del hombro de su primo hasta que éste se sacudía con cierta irritación y decía:

—¡Pero bueno! ¿Quieres dejarme? ¡Se diría que somos dos borrachos, al andar de esta manera!

Sin embargo, llegó un momento en el que la mirada sombría de Joachim se le ofreció a Hans Castorp bajo otro aspecto todavía distinto, y fue cuando el enfermo recibió la orden de guardar cama permanentemente: a principios de noviembre, cuando el manto de nieve ya era muy espeso. En efecto, para entonces le resultaba ya muy difícil ingerir incluso los purés y las papillas, porque se atragantaba a cada cucharada. El paso a una dieta exclusivamente líquida era inevitable, y Behrens ordenó un reposo continuo en la cama para ahorrar fuerzas.

Fue, como decíamos, la víspera del día en que Joachim se metió definitivamente en la cama, el último día que estuvo en pie, cuando Hans Castorp le encontró... le encontró charlando con Marusja, con aquella Marusja de risa demasiado fácil, con la Marusja del pañuelito perfumado con esencia de naranja y el pecho tan hermoso y exuberante. Fue después de la cena, durante la reunión de todas las noches en el vestíbulo. Hans Castorp se había entretenido en el salón de música, salió para buscar a Joachim y le encontró delante de la chimenea de baldosas, junto a Marusja, que estaba sentada en una mecedora. La mano izquierda de Joachim reposaba sobre el respaldo y lo mantenía inclinado hacia atrás, de manera que Marusja, con sus ojos oscuros y redondos, podía mirarle a la cara, que él inclinaba hacia ella mientras le hablaba en voz baja y a trompicones; ella, de vez en cuando, se estremecía ligeramente y movía los hombros, excitada y a la vez condescendiente.

Hans Castorp se apresuró a retirarse de nuevo, dándose perfecta cuenta de que otros miembros de la tertulia —como solía suceder— contemplaban la escena con gesto divertido sin que Joachim les viera, o sin que les hiciese ningún caso. Aquella visión: Joachim confiándose sin reserva a la exuberante Marusja, con quien había compartido mesa durante tanto tiempo sin cambiar una sola palabra, ante cuya persona y cuya presencia había bajado los ojos sistemáticamente, con una expresión severa, razonable y pudorosa, a pesar de que su rostro palideciese y se llenase de manchas cuando alguien hablaba de ella, trastornó a Hans Castorp mucho más que todos los signos de debilidad que había observado en su pobre primo en las semanas anteriores.

«¡Ahora sí que está perdido!», pensó, y se sentó en silencio en el salón de música, para dejar que Joachim se concediese algunos momentos de felicidad en aquella última noche en el vestíbulo.

A partir de entonces, Joachim adoptó la posición horizontal para no dejarla más, y Hans Castorp se lo anunció a Louise Ziemssen escribiéndole desde su excelente tumbona que a sus ocasionales noticias debía añadir ahora que Joachim guardaba cama y que, sin que él hubiese dicho nada, se podía leer en sus ojos el deseo de ver a su madre cerca de él; y que el doctor Behrens apoyaba expresamente aquel deseo no verbalizado. No fue, por tanto, nada raro que la señora Ziemssen recurriese a los medios de comunicación más rápidos para reunirse con su hijo. Tres días después del envío de aquella carta, alarmante a pesar de su considerada discreción, llegó la madre. Hans Castorp fue a buscarla en trineo a la estación de Dorf, en medio de una tormenta de nieve; mientras esperaba de pie en el andén, se esforzó en poner el gesto adecuado antes de la llegada del tren para no asustar inmediatamente a la madre, pero también para que una primera mirada alegre no la engañase acerca de la gravedad del asunto.

¡Cuántas veces habían tenido lugar tales encuentros, cuántas veces el que descendía del tren se había echado en brazos del que le recibía tratando de leer en sus ojos ansiosa y temerosamente! La señora Ziemssen daba la impresión de haber venido desde Hamburgo a pie. Con el rostro ardiente, estrechó la mano de Hans Castorp contra su pecho y, mirando a su alrededor con cierta desconfianza, le hizo algunas preguntas apresuradas, como furtivas, que él supo esquivar dándole las gracias por haber venido tan pronto. ¡Qué contento se iba a poner Joachim! Sí, desgraciadamente había tenido que acostarse hasta nueva orden; esto se debía a la dieta líquida que, naturalmente, influía en su tono general y le debilitaba. Claro que, en caso de necesidad, aún había otros recursos, por ejemplo, la alimentación artificial. Ya lo vería ella misma.

Y, en efecto, lo vio; como también lo vio Hans Castorp, de pie junto a ella. Hasta aquel instante, los cambios que se habían producido en Joachim durante las últimas semanas no habían sido tan manifiestos para él; los jóvenes no suelen tener demasiada vista para tales cosas. Sin embargo, ahora, al lado de la madre, que venía de lejos, de fuera, en cierto modo, le contemplaba con los mismos ojos de ella, como si no le hubiese visto desde hacía tiempo; y comprendió con toda claridad lo que la madre también comprendía y lo que, sin duda alguna, Joachim sabía mejor que nadie: que se estaba muriendo.

Joachim mantenía la mano de la señora Ziemssen en la

suya, una mano tan amarillenta y marchita como su rostro, en el cual, dada su tremenda demacración, destacaban muchísimo sus orejas de soplillo, que si en sus años felices se le habían antojado un pequeño defecto, ahora parecían casi deformes; un rostro que, al margen y a pesar de este detalle, más bien se había tornado más viril y más hermoso con las huellas que había dejado en él el sufrimiento y con la expresión de seriedad y entereza —casi se diría: orgullo— con que lo sobrellevaba (si bien hay que reconocer que el bigotillo negro hacía que sus labios pareciesen demasiado carnosos en contraste con las mejillas hundidas y grisáceas). Dos surcos se habían abierto en la piel amarillenta de su frente, entre los ojos, los cuales, aunque profundamente hundidos en sus cuencas, eran más bellos y más grandes que nunca y a los cuales Hans Castorp podía mirar sin sentir desazón. Pues desde que Joachim se hallaba en cama había desaparecido de ellos toda turbación, toda inquietud y toda inseguridad, y sólo aquella luz percibida en otro tiempo era visible en sus serenas y oscuras profundidades... y, por supuesto, también aquella «amenaza». No sonrió al estrechar la mano de su madre, al saludarla y darle la bienvenida entre susurros. Tampoco había sonreído al entrar ella, y aquella inmovilidad, aquella impasibilidad de su rostro lo decía todo.

Louise Ziemssen era una mujer valiente. No se dejó arrastrar por el dolor al ver a su abnegado hijo. Conteniéndose con entereza —y parecía que aquella redecilla casi invisible con que se recogía el cabello era como un símbolo de su carácter—, flemática y enérgica como se dice que es la gente de su tierra, se hizo cargo de los cuidados de Joachim, movida, al verle, por un maternal espíritu de lucha y convencida de que, si existía alguna posibilidad de salvación, lo único que lo conseguiría sería su fuerza y sus atenciones. Y no fue en modo alguno por su propia comodidad, sino por respeto a las conveniencias, por lo que, unos días más tarde, consintió en que se contratase a una enfermera para cuidar al enfermo. Fue la hermana Berta, en realidad Alfreda Schildknecht, la que se presentó con su maleta negra junto a la cabecera de Joachim; pero la celosa energía de la señora Ziemssen no le dejaba mucho que hacer durante el día ni durante la noche, y la hermana Berta disponía de mucho tiempo para salir a curiosear al pasillo con el cordón de sus gafas detrás de la oreja.

La enfermera protestante era un alma prosaica. A solas con Hans Castorp y con el enfermo, que no dormía nada y estaba tumbado boca arriba, con los ojos entreabiertos, fue capaz de decir:

—No, desde luego, nunca hubiese dicho que acabaría cuidando a uno de estos dos jóvenes caballeros en su lecho de muerte.

Hans Castorp, espantado, le mostró el puño con cara de furia, pero ella apenas comprendió qué significaba aquel gesto, pues ni se le pasaba por la cabeza —y con razón— la idea de que lo correcto pudiera ser guardar a Joachim de saber la gravedad de su estado, siendo ella, como era, una mujer demasiado pragmática para imaginar que nadie fuera capaz de engañarse y hacerse ilusiones —tanto menos la persona más allegada al enfermo— sobre el carácter y las perspectivas del caso.

—Tenga —decía ella, vertiendo unas gotas de agua de Colonia en un pañuelo y manteniéndolo bajo la nariz de Joachim—, alíviese todavía un poco, señor teniente.

Y, ciertamente, a esas alturas hubiese sido muy poco razonable querer engañar al buen Joachim, a menos que no fuese para animarle un poco, como intentaba hacer la señora Ziemssen cuando hablaba de la curación de su hijo en voz alta y emocionada. Pues dos cosas estaban claras, y uno no podía equivocarse. Primera: que Joachim avanzaba hacia la muerte con plena conciencia, y segunda: que lo hacía en paz y satisfecho de sí mismo. Únicamente en la última semana, a finales de noviembre, en la que se le manifestó una insuficiencia cardíaca, empezó a dejarse llevar, durante horas enteras, por falsas ilusiones respecto a su estado, y hablaba entonces de su próximo regreso al regimiento y de cómo tomaría parte en las grandes maniobras que aún creía en curso. Ése fue también el momento en que el doctor Behrens renunció a dar esperanzas a sus parientes y declaró que el fin era cuestión de horas.

Ese autoengaño crédulo en el que caen incluso los hombres en el momento en que el proceso de destrucción física toca a su fin es un fenómeno sistemático y amargo; es sistemático porque va más allá de la persona, es más fuerte que toda conciencia individual, al igual que la tentación de abandonarse al sueño que seduce a quien está a punto de morir de frío, o que la desorientación del que se pierde y no hace más que caminar en círculos sobre sus propios pasos. Hans Castorp, a quien la pena y el desgarro de su corazón no impedían considerar tal fenómeno con objetividad, hacía consideraciones a este respecto —torpemente expresadas pero muy lúcidas— cuando daba cuenta del estado de su primo a Naphta y Settembrini, y se ganó la censura de este último al decir que, obviamente, la opinión común de que la credulidad filosófica y la confianza en el bien eran muestra de salud, mientras que el pesimismo y la visión negativa del mundo serían un signo de enfermedad, reposaba sobre un error; si no fuese así, el estado terminal no podría despertar aquel terrible optimismo, en comparación con el cual el ánimo taciturno anterior parecía una manifestación de una vida sana y vigorosa. A Dios gracias, también podía comunicar a sus compasivos amigos que, a pesar de lo desesperado de la situación, Radamante albergaba la esperanza de que, aun cuando Joachim era muy joven, podría tener un *exitus* dulce y sin sufrimiento.

—Un idílico asunto del corazón, señora mía —decía, estrechando la mano de Louise Ziemssen entre aquellas manos tan grandes que parecían dos palas, y mirándola con sus ojos lacrimosos y siempre enrojecidos–. Me alegro, me alegro mucho de que, a pesar de todo, esto vaya tomando un curso cordial, si puede decirse así, y que no lleguen a producirse el edema de la glotis u otras humillantes complicaciones; se evitará mucho tormento. El corazón cede rápidamente, tanto mejor para él y tanto mejor para nosotros que podemos cumplir con nuestro deber con nuestras inyecciones de alcanfor, sin peligro de exponerle a mayores sufrimientos. Dormirá mucho y tendrá sueños agradables, eso es lo que creo poder prometerle; y si al final no consigue dormir del todo, cuando menos tendrá una muerte rápida y sin dolores, le será completamente indiferente, confíe en mí. En el fondo, suele ser así casi siempre. Conozco la muerte, soy uno de sus viejos empleados; créame, se la sobreestima. Le puedo asegurar que apenas se siente nada. Pues todas las cosas desagradables que en ciertas circunstancias preceden al instante en cuestión no pueden considerarse como parte de la muerte; son cosas de la vida, exclusivas de la vida, y pueden conducir a la vida y a la curación. Sin embargo, de la muerte nadie que volviese de ella podría decir que vale la pena, pues no se tiene vivencia alguna de la muerte. Salimos de las tinieblas y entramos en las tinieblas. Entre esos dos instantes hay muchas experiencias, vivencias, pero no vivimos ni el principio ni el fin, ni el nacimiento ni la muerte; ninguno de los dos tiene carácter subjetivo; en tanto procesos, caen enteramente en el terreno de lo objetivo. Así es.

Tales eran las palabras de consuelo del doctor Behrens. Esperamos que hiciese algún bien a la sensata señora Ziemssen. Por otra parte, sus afirmaciones se iban confirmando con bastante exactitud. Joachim, debilitado, durmió muchas horas durante sus últimos días; y también soñó todo lo que para él era agradable de soñar: suponemos que vio en sueños el mundo de allá abajo y la vida militar; y cuando despertaba y le preguntaban cómo se encontraba, siempre contestaba, aunque de manera confusa, que se sentía bien y feliz... a pesar de que ya apenas tenía pulso y casi no notaba el pinchazo de la jeringa. Su cuerpo se había vuelto insensible, le hubiesen podido quemar y pellizcar y el buen Joachim ni siquiera se habría inmutado.

No obstante, desde la llegada de su madre aún se operaron grandes cambios en él. Como le resultaba muy difícil afeitarse y había dejado de hacerlo hacía ocho o diez días, ahora su cara estaba enmarcada por una barba negra, una barba de guerrero, como la que se dejan crecer los soldados en campaña, la cual, en opinión de todos, le otorgaba una belleza muy viril. Sí, de repente, el joven Joachim se había convertido en hombre maduro gracias a aquella barba, aunque sin duda no sólo por eso. Vivía deprisa, como el mecanismo de reloj que se acelera; franqueaba al galope las edades que no le sería concedido alcanzar en el tiempo, y en el curso de las últimas veinticuatro horas se convirtió en un anciano. La debilidad de su corazón hizo que se le hinchara la cara con un gesto de gran tensión, lo cual llevó a Hans Castorp a pensar que morir había de ser, cuando menos, un enorme esfuerzo, si bien Joachim, gracias a sus frecuentes pérdidas de conciencia, no parecía darse cuenta. Esta hinchazón afectaba sobre todo a la zona de los labios, y la sequedad o entumecimiento del interior de la boca se debía también a que Joachim balbucease como un viejo, cosa que le irritaba muchísimo. De no ser por eso, decía balbuceando, no habría tenido ningún problema; ahora bien, aquello constituía una contrariedad infame.

Lo que quería decir con «ningún problema» no estaba muy claro. La tendencia a la ambigüedad propia de su estado se hacía especialmente patente. Decía cosas con doble sentido; parecía saber y no saber, y una vez, como azotado por el desaliento, afirmó meneando la cabeza y con una cierta consternación, que «jamás había sentido tan mal cuerpo».

Luego su actitud se hizo distante, huraña, inabordable e incluso descortés; ya no se creía nada de lo que le decían para animarle y consolarle, ni contestaba; miraba al vacío con un aire ausente. Para ser exactos, después que hubo rezado con él el joven sacerdote que Louise Ziemssen mandó llamar —el cual, para gran disgusto de Hans Castorp, no llevaba gola almidonada sino un alzacuello común y corriente—, su comportamiento adquirió una rigidez militar tan extrema que ya no expresaba sus deseos más que en forma de lacónicas órdenes.

A las seis de la tarde empezó a hacer un extraño movimiento compulsivo: con la mano derecha, en cuya muñeca llevaba una fina esclava de oro, se frotaba la zona de la cadera, elevando un poco la mano y luego arrastrándola hacia él sobre la colcha, como si quisiera recoger y amontonar algo.

A las siete murió. Alfreda Schildknecht se encontraba en el comedor, y únicamente estaban con él su madre y su primo. Joachim se había hundido en la cama y ordenó escuetamente que le alzasen. Mientras la señora Ziemssen cumplía dicha orden pasando el brazo por la espalda de su hijo, éste dijo atropelladamente que tenía que redactar y enviar de inmediato una solicitud de prolongación de su permiso, y al tiempo que lo decía se produjo el «fugaz tránsito», observado por Hans Castorp con recogimiento, a la luz de la lamparilla de la cabecera, velada con un paño rojo. Sus ojos se quedaron en blanco, la inconsciente tensión de sus facciones desapareció, la penosa hinchazón de los labios remitió al instante, y el mudo rostro de nuestro Joachim recobró la belleza de su viril juventud. Y así terminó todo.

Como Louise Ziemssen se había apartado llorando, fue Hans Castorp quien, con la yema del anular, cerró los párpados del que ya no respiraba ni se movía, y quien unió suavemente sus manos sobre la colcha. Luego también Hans Castorp lloró, dejó que por sus mejillas resbalasen lágrimas como las que ardían en los ojos de aquel oficial de la Marina inglesa fallecido mucho antes; ese líquido claro que tanto y tan amargamente se derrama en todo el mundo... hasta el punto de que el mundo recibe el nombre poético de valle de lágrimas; ese fluido alcalino y salado que producen las glándulas como consecuencia del estímulo que el dolor, ya sea físico o espiritual, supone para nuestro cuerpo. Sabía que dicho líquido contenía, igualmente, algo de mucina y de albúmina.

Llegó el doctor Behrens, avisado por la hermana Berta. Ya había estado allí media hora antes para administrar al moribundo una inyección de alcanfor; no había estado ausente más que en el momento del «fugaz tránsito».

—Ya pasó —fue todo lo que dijo, separando su estetoscopio del pecho silencioso de Joachim. Y estrechó las manos de los dos parientes, inclinando la cabeza. Aún permaneció un rato con ellos junto a la cama de Joachim, contemplando el rostro inmóvil del difunto, con su barba de guerrero.

—¡Qué muchacho! ¡Qué loco! —dijo por encima del hombro, señalando con la cabeza al que ya descansaba en paz—. Se empeñó en forzar las cosas, ¿saben ustedes? Seguro que su servicio, allá abajo, no fue más que esfuerzos y violencia; cumpliría su servicio febrilmente, ¡contra viento y marea! El campo del honor, ¿comprenden ustedes? Escapó de aquí para ir al campo del honor. Pero para él el honor ha sido la muerte, y la muerte... Si quieren, pueden darle la vuelta, la muerte le habrá dicho ahora «¡Es un honor!». ¡Qué loco! ¡Qué muchacho!

Y se marchó, alto y chepudo, con su nuca saliente.

El traslado de Joachim a su ciudad natal estaba decidido de antemano, y el Berghof se encargaba de cuanto era necesario o parecía conveniente. La madre y el primo no tuvieron que preocuparse de nada.

Al día siguiente, amortajado con su camisa de seda de gala, reposando entre las flores esparcidas sobre la cama, de una claridad mate y nívea, Joachim parecía aún más bello que en el momento de su deceso. Todo rastro de tensión había desaparecido de su rostro, que al enfriarse había adquirido el gesto de quietud más puro. Sus cabellos negros y ligeramente rizados caían sobre una frente inmóvil y amarillenta, que parecía hecha de un material noble y delicado, entre la cera y el mármol, y entre la barba, también rizada, los carnosos labios se curvaban con gesto orgulloso. «¡Cuánto le hubiera favorecido un casco antiguo a esa cabeza!», comentaron muchos de los que fueron a despedirse de él.

La señora Stöhr lloró entusiasmada al volver a ver a Joachim como era antes.

—¡Un héroe, un héroe! —exclamó repetidas veces, y propuso que, en sus funerales, tocasen la sinfonía «Erótica» de Beethoven.

—¡Cállese, por el amor de Dios! —bufó Settembrini a su lado.

Él y Naphta coincidieron con ella en la habitación, y el italiano se mostró visiblemente afectado. Extendía ambas manos hacia Joachim, exhortando a los presentes a condolerse. «*Un giovanetto tanto simpatico, tanto stimabile!*», exclamó repetidas veces.

Naphta, conservando su actitud de recogimiento y sin mirar al italiano, no pudo evitar atacarle en voz baja y con tremendo sarcasmo:

—Me complace ver que, además de tener sentido de la libertad y del progreso, también es usted sensible a las cosas serias.

Settembrini recibió la puya sin replicar. Tal vez sentía que Naphta se encontraba en una posición superior a la suya; tal vez fuera aquella superioridad momentánea de su oponente, que él trataba de compensar con el dolor que sentía, lo que le hizo guardar silencio... Como cuando Leo Naphta, aprovechándose de las coyunturales ventajas de su posición, observó en tono cortante y sentencioso:

—El error de los literatos es creer que sólo el espíritu hace decente al hombre. Más bien es al contrario. Sólo existe la decencia donde no hay espíritu.

«¡Bueno...!—pensó Hans Castorp—. Ha hablado nuestro oráculo particular... Si además aprieta los labios después de formular su sentencia, llega a intimidar durante unos instantes...»

Por la tarde llegó el ataúd de metal. El hombre que lo trajo dio a entender que él era el único responsable de colocar a Joachim dentro de aquel suntuoso féretro decorado con anillos y cabezas de león. Era un miembro de la casa de pompas fúnebres que tenía contratada el sanatorio, iba vestido de negro, con una especie de levita corta y una alianza que parecía haber hecho cuerpo con su rolliza mano plebeya. Uno se veía tentado a pensar que de aquella levita se desprendía un olor a cadáver, lo cual no era más que un puro prejuicio. Sin embargo, aquel hombre, como todo buen especialista, insistió en que todo su trabajo debía realizarse con la máxima discreción y que a las miradas de los vivos sólo convenía exponer cuadros piadosos y edificantes; idea que despertó la desconfianza de Hans Castorp y que no estaba dispuesto a aceptar. Apoyó el argumento de que la señora Ziemssen debía retirarse, pero él no se dejó engatusar y permaneció en la habitación. Cogió el cuerpo por debajo de las axilas y ayudó a llevarlo desde la cama al ataúd, solemnemente elevado entre los cirios que el Berghof había proporcionado para la ocasión, como también ayudó a colocar los restos mortales de Joachim sobre la sábana y el almohadón festoneado.

Sin embargo, al día siguiente se produjo un fenómeno que decidió a Hans Castorp a renunciar, a despegarse interiormente de la forma, a dejar la situación en manos del profesional, del triste guardián de la piedad. Y lo que sucedió fue que Joachim, cuya expresión había sido tan seria y tan digna hasta aquel momento, había comenzado a sonreír entre su barba de guerrero, y Hans Castorp no se engañaba y sabía que aquella sonrisa encerraba una tendencia a degenerar; y entonces sintió de todo corazón el deseo de que todo terminara cuanto antes. Y, Dios mío, qué alivio tan grande, cuando vinieron a buscarle, cuando el ataúd fue cerrado y sujeto con tornillos. Venciendo su rigidez innata, Hans Castorp, en signo de despedida, rozó delicadamente con los labios la frente helada de su Joachim de otros tiempos y, a pesar de toda su desconfianza respecto al hombre de negro, abandonó dócilmente la habitación con Louise Ziemssen.

Dejamos caer el telón por penúltima vez. No obstante, mientras baja con suave rumor, acompañamos mentalmente a Hans Castorp, que ahora se ha quedado solo en su alta montaña, e imaginamos la escena en un húmedo cementerio del mundo de allá abajo, de allá lejos, donde, por un instante, se enciende y vuelve a apagarse el resplandor de una espada, se escuchan voces de mando y tres salvas, tres románticas salvas de honor retumban sobre el sepulcro, abrazado por la maleza, del soldado Joachim Ziemssen.

7

UN PASEO A LA ORILLA DEL MAR

¿Puede narrarse el tiempo, el tiempo en sí mismo, por sí mismo y como tal? No, eso sería en verdad una empresa absurda. Una narración en la que se dijera: «El tiempo transcurría, se esfumaba, el tiempo fluía» y así sucesivamente... Ningún hombre en su sano juicio consideraría algo así como un relato. Sería, poco más o menos, como si se pretendiese mantener febrilmente una única nota, o un único acorde durante una hora y eso se hiciera pasar por música. La narración se parece a la música en que se desarrolla en el tiempo, «llena el tiempo de elementos con sentido», lo «subdivide» y con ello crea la sensación de que «pasa algo», por citar, con la piedad melancólica que se concede a las palabras de los difuntos, las expresiones que solía utilizar el buen Joachim: palabras que se llevó el viento hace ya mucho... de hecho, no sabemos si el lector es claramente consciente del tiempo a que se remontan. El tiempo es el elemento de la narración, como también es el elemento de la vida; está indisolublemente unido a ella, como a los cuerpos en el espacio. El tiempo es también un elemento de la música, que como tal mide y estructura el tiempo, lo convierte en algo precioso que se nos hace muy breve, en lo que, como ya se ha dicho, se asemeja a la narración, que igualmente (y a diferencia de la obra plástica, que se hace patente de una manera inmediata y sólo está unida al tiempo en tanto que es un cuerpo) no es más que una sucesión de elementos en el tiempo, pues es imposible presentarla de otro modo que no sea en forma de desarrollo y necesita recurrir al tiempo, incluso aunque intentase estar completa y cerrada en cada instante.

Éstas son cosas evidentes. Pero no es menos obvio que existe una diferencia entre la narración y la música. El elemento temporal de la música no es más que un fragmento del tiempo humano y terrenal en el que ésta se vierte para exaltar y ennoblecer al hombre hasta un punto indescriptible. Por el contrario, la narración comprende dos tipos diferentes de tiempo. En primer lugar, su propio tiempo, el tiempo musical y real que determina su desarrollo y su existencia; en segundo, el tiempo de su contenido, que se presenta siempre en perspectiva, pudiendo ser la perspectiva tan sumamente distinta en cada caso que el tiempo imaginario de la narración puede desde coincidir por completo con su tiempo musical hasta estar a años luz de distancia uno del otro.

Una pieza musical titulada «Vals de los cinco minutos» dura cinco minutos. En eso y en nada más consiste su relación con el tiempo. Sin embargo, una narración que recogiese la acción desarrollada a lo largo de cinco minutos podría durar, a su vez —si describiese hasta el último detalle de dichos cinco minutos—, mil veces más; y al leerla se nos podría hacer corta, aunque fuese muy larga en relación con el tiempo de lo narrado o imaginado.

Por otra parte, también es muy posible lo contrario: que la duración de los acontecimientos narrados sea infinitamente mayor que la duración propia del relato que los presenta en extracto; decimos «en extracto» para subrayar el elemento ilusorio, o, hablando sin rodeos, el elemento enfermizo que se manifiesta en la narración es la medida en que, en tales casos, la narración se sirve de una especie de magia hermética y de perspectiva temporal sobrehumana para evocar determinadas circunstancias anormales y rayanas en lo suprasensible de la experiencia real. Se conocen, por ejemplo, anotaciones de fumadores de opio que, en el breve período bajo los efectos del estupefaciente, han vivido sueños que se extienden sobre diez, treinta o sesenta años, y que incluso rebasan todos los límites posibles de una experiencia humana del tiempo; sueños, por consiguiente, en los que el contenido rebasa con creces su propia duración y en los que se experimenta una increíble compresión de la experiencia del tiempo, una aceleración de imágenes tal que, como dice un consumidor de hachís, se tiene la sensación de que «el cerebro del hombre drogado funciona como un reloj al que se le dispara un resorte».

Similar a estos sueños enajenados es el tratamiento del tiempo que puede hacer la narración, así «trata el tiempo». Ahora bien, si puede «tratarlo», está claro que el tiempo, que constituye un elemento del relato, igualmente puede convertirse en su objeto; y si sería ir demasiado lejos afirmar que se puede «narrar el tiempo», después de todo, no constituye una empresa tan absurda como nos había parecido de entrada el querer evocar el tiempo en la narración, de manera que podría atribuirse un doble sentido, muy relacionado con el soñar, al término de «novela de nuestro tiempo».

Sólo hemos planteado la cuestión de si es posible narrar el tiempo para reconocer que ésa era precisamente nuestra intención en la historia en curso. Y aunque, de paso, nos hemos preguntado si los lectores reunidos en torno a nosotros todavía tienen conciencia del tiempo que ha transcurrido desde que el buen Joachim —entretanto fallecido— hizo aquel comentario sobre la música y sobre el tiempo en una conversación con su primo (comentario que, por otra parte, denotaba ciertos efectos de la alquimia sobre su espíritu, puesto que las observaciones de este tipo no eran nada propias de su carácter recto y discreto), no nos hubiera contrariado en modo alguno el enterarnos de que el lector ya no lo veía muy claro. No nos hubiera contrariado, es más: incluso nos hubiera satisfecho, por la sencilla razón de que lo que nos interesa es que se participe de los sentimientos de nuestro héroe, y el mismo Hans Castorp ya tampoco estaba muy seguro sobre ello desde hacía bastante tiempo. Eso forma parte de su novela, de esa «novela de nuestro tiempo», entiéndase en un sentido como en otro.

¿Cuánto tiempo había vivido Joachim en realidad con Hans Castorp hasta su partida? ¿Cuánto tiempo había vivido con él en general? ¿Cuándo, ateniéndose al calendario, había tenido lugar aquella primera partida en contra de los deseos del doctor? ¿Cuánto tiempo había estado Joachim ausente? ¿Cuándo había vuelto, y cuánto llevaba Hans Castorp allí hasta que volvió Joachim y luego quedó al margen del tiempo al fallecer? ¿Cuánto tiempo, dejado de lado Joachim, había estado ausente madame Chauchat? ¿Desde cuándo se encontraba de nuevo allí arriba, pues estaba otra vez en el sanatorio? Y ¿cuánto tiempo terrenal había vivido Hans Castorp en el Berghof hasta que ella volvió?

Lo único que hubiese podido hacer Hans Castorp ante todas estas preguntas –suponiendo que se hubiesen formulado, cosa que, por otra parte, nadie hizo, él mismo tampoco, pues debía de tener miedo a plantearlas– habría sido darse golpecitos con las yemas de los dedos sobre la frente; no habría sabido qué responder, un fenómeno tan inquietante como aquella incapacidad para decir a Settembrini la edad que tenía, algo que le había sucedido la noche de su llegada y que ahora se había agravado, pues decididamente ya no tenía noción de su propia edad.

Esto puede parecer extraño, pero está muy lejos de ser sorprendente o increíble, pues, en determinadas condiciones, puede ocurrirle a cualquiera de nosotros. Si tales condiciones se hiciesen realidad, nada podría impedirnos perder toda conciencia del paso del tiempo y, por consiguiente, de nuestra edad. Este fenómeno es muy posible, dado que no poseemos ningún órgano interior para percibir el tiempo y, por lo tanto, somos incapaces de determinarlo por nosotros mismos desde un punto de vista absoluto, o siquiera medianamente fiable, sin ayuda de referencias exteriores. Por ejemplo, unos mineros que quedaron atrapados bajo tierra, privados de toda posibilidad de observar la sucesión del día y la noche, calcularon, cuando se consiguió salvarlos, que el tiempo que habían pasado en la oscuridad, debatiéndose entre la esperanza y la desesperación, habían sido tres días. En realidad habían permanecido allí enterrados diez días. Uno pensaría más bien que, sumidos en la angustia, el tiempo se les debía haber hecho largo; sin embargo, tenían la sensación de que se había reducido a menos de la tercera parte de su duración objetiva. Parece, pues, que en circunstancias anormales en las que el hombre se ve impotente, se tiende más a percibir el tiempo de forma abreviada que a sobrestimarlo.

Seguramente nadie duda de que Hans Castorp, de haberlo querido, no hubiese tenido ninguna dificultad real para salir de esa incertidumbre por medio del cálculo, al igual que podría hacerlo el lector si la confusión y los recuerdos borrosos fuesen contrarios a su sano juicio. En lo que se refiere a Hans Castorp, tal vez no se sentía muy satisfecho, pero tampoco hacía ningún esfuerzo por poner fin a aquella confusión y a aquella vaguedad acerca de los años que había cumplido allí arriba; el recelo que le impedía hacerlo era un recelo de su conciencia... aunque ¡qué mayor inconsciencia que desentenderse del tiempo!

No sabemos si tener en cuenta, en su favor, que las circunstancias favorecían notablemente su falta de buena voluntad, por no hablar de mala voluntad. Cuando volvió madame Chauchat (y todo fue muy diferente de lo que había imaginado Hans Castorp, pero ya hablaremos de ello en su momento), el Adviento había pasado una vez más, y ya estaba próximo el día más corto del año, el principio del invierno, en términos astronómicos. Pero, en realidad, si se prescindía de las divisiones teóricas y sólo se tenían en cuenta la nieve y el frío, el invierno reinaba desde tiempos inmemoriales; en el fondo, aquel invierno no había sido más que interrumpido pasajeramente por algunos ardientes días de verano, con un cielo tan azul que casi rozaba el negro; días de verano, por otro lado, como también los había de vez en cuando en pleno invierno, sin contar la nieve, que, a su vez, también podía caer algún día de pleno verano. Cuántas veces había hablado Hans Castorp con el difunto Joachim de esa confusión que mezclaba las estaciones del calendario, las confundía, despojaba al año de su organización, y así podía suceder que se le hiciese a uno corto pero monótono, o también largo pero fugaz, de manera que, como dijera una vez Joachim asqueado, allí arriba parecía no existir el tiempo.

Lo que en realidad estaba emborronado y desorganizado en aquella gran confusión eran los conceptos o la conciencia de valores temporales como «todavía» o «otra vez», y esto constituía una de las experiencias más desconcertantes y endemoniadas que se puedan imaginar, además de una experiencia por la que Hans Castorp se había visto seducido, en detrimento de su moral, desde su primer día allí arriba, concretamente en las cinco formidables comidas en el comedor de las siete mesas y las curiosas lámparas, donde por primera vez le había asaltado aquella especie de vértigo, aún bastante inocuo en comparación con cuanto habría de venir después.

Desde entonces, aquella percepción alterada y consiguiente confusión de los conceptos había adquirido proporciones mucho más grandes. El tiempo mismo, por más que su percepción subjetiva sea débil o nula, tiene una realidad objetiva en la medida en que recoge una actividad y produce cambios. Ésta es una cuestión para filósofos expertos, y sólo fue la desmesura propia de la juventud lo que llevó a Hans Castorp en su día a meterse en sutilezas tales como si el tarro de conservas cerrado herméticamente está al margen del tiempo allá en su estante. Pero nosotros sabemos que el tiempo deja su huella incluso sobre el que duerme. Un médico certificó una vez el caso de una niña de doce años que cayó dormida un buen día, durmió durante trece años y se despertó hecha una mujer, pues se había desarrollado en el intervalo. ¿Cómo iba a ser de otra manera? El muerto está muerto y ha trascendido el tiempo de este mundo; en la eternidad tiene mucho tiempo, mejor dicho: no tiene absolutamente nada de tiempo, en un sentido personal. Eso no impide que sus uñas y sus cabellos sigan creciendo y que, en suma… Pero preferimos no recordar la expresión de que antaño se sirvió Joachim y ante la que Hans Castorp, como hombre del mundo de allá abajo, se escandalizó. También sus cabellos y sus uñas crecían, y crecían deprisa, pues con frecuencia se veía instalado en uno de los sillones de la barbería de la calle principal de Dorf, envuelto en un mandil blanco, para que le recortasen el cabello porque le había crecido demasiado en torno a las orejas. Como se dice vulgarmente: se pasaba la vida allí; o mejor dicho, cuando estaba sentado allí, charlando con el complaciente barbero, que cumplía con su labor después de que el tiempo hubiese realizado la suya —o también de pie junto a la puerta del balcón y se arreglaba las uñas con unas tijeritas y una lima sacadas de un bonito estuche de terciopelo—, se sentía presa de una especie de horror repentino en el que se mezclaba un singular placer, presa del vértigo; un vértigo que implicaba no sólo mareo y desorientación en el espacio, sino también desorientación respecto a la realidad y a la ilusión, la desorientación resultante de no distinguir el «todavía» del «otra vez», conceptos que al mezclarse y emborronarse traen consigo la eliminación del tiempo, el imperio atemporal del «siempre y para siempre».

Con frecuencia hemos afirmado que no queríamos presentar a nuestro héroe como mejor —aunque tampoco peor— de lo que era, y no vamos, por tanto, a omitir ahora que a menudo, o al menos a veces, se esforzaba en compensar su reprobable tendencia a caer en ciertas tentaciones místicas, provocadas incluso consciente e intencionadamente, por medio de actividades que perseguían justo lo contrario. Podía permanecer sentado, con su reloj en la mano, su reloj de bolsillo de oro, plano y liso, abrir la tapa con sus iniciales grabadas y mirar la esfera de porcelana adornada con dos hileras de cifras árabes en negro y rojo, sobre la cual se separaban una de la otra para llegar a juntarse otra vez las dos agujas de oro, finamente cinceladas, y donde el finísimo segundero recorría su pequeña esfera particular con un tictac presuroso. La delicada aguja seguía su camino a saltitos, sin prestar atención a las cifras por las que iba pasando; las tocaba, las rebasaba, las dejaba atrás y las alcanzaba de nuevo. Era insensible a cualquier posible meta, a las divisiones y a las marcas que intentan estructurar el tiempo. Tendría que haberse detenido un instante en el 60, o al menos señalar de alguna manera que algo acababa de tocar a su fin. Pero, al verla franquear velozmente aquella cifra igual que cualquier otro trazo no cifrado, se comprendía que las cifras y las subdivisiones eran ajenas a ella, estaban marcadas porque sí, pues la aguja no hacía más que avanzar y avanzar... Hans Castorp, pues, volvía a guardarse el reloj en el bolsillo y dejaba que el tiempo corriera su propia suerte.

¿Cómo hacer comprender a las respetables gentes del mundo de allá abajo las transformaciones que se operaban en la vida y en la persona del joven aventurero? La escala de esos conceptos que se desdibujaban en su mente iba creciendo. Si, siendo poco escrupuloso, ya no era fácil distinguir el «hoy» del «ayer», del «anteayer» o del «anteanteayer», pues cada día se parecía al presente como una gota de agua a otra, era natural sentirse tentado y más que capaz de confundir también ese «hoy» presente con el presente de un mes o de un año atrás, y de dejar perder todos ellos en la nebulosa del «siempre». No obstante, en tanto se conservaba cierta conciencia de categorías como «todavía», «otra vez», o «en el futuro», uno podía sentirse tentado de ampliar el sentido de los términos relativos de «ayer» y «mañana», a través de los cuales el «hoy» se define por diferenciación del pasado y del futuro, y aplicarlos a unidades de tiempo más largas.

No sería difícil concebir seres que habitasen, por ejemplo, en planetas más pequeños que el nuestro, y se rigiesen por un tiempo en miniatura, en cuya «breve» vida los saltitos de nuestro segundero equivaliesen a la lentitud acompasada de la aguja que marca las horas enteras. Pero igualmente podríamos imaginar otros seres cuyo espacio se hallase ligado a un tiempo a mucha mayor escala, de manera que conceptos convencionales como «hace un instante» o «falta poco», como «ayer» o como «mañana» se viviesen desde una perspectiva tremendamente amplia. Esto no solamente sería posible, sino legítimo, normal y respetable desde el punto de vista de un relativismo tolerante y haciendo valer el proverbio: «A cada país sus costumbres». Pero ¿qué pensar de un ser humano, un común mortal –y, además, de una edad en la que un día, una semana, un mes o un semestre aún deberían desempeñar un papel importante y traer consigo mil cambios y progresos–, qué pensar de un hombre que un buen día adquiriese la fatal costumbre, o al menos cayese de vez en cuando en la tentación de decir «ayer» y «mañana» en lugar de decir «hace un año» o «el año próximo»? No cabe duda de que, en tal caso, se podría hablar de «enajenación» y «confusión de los conceptos esenciales», y de que la más honda preocupación por su estado estaría justificada.

Existen en el mundo unas circunstancias, una serie de condiciones del paisaje (si es que puede hablarse de «paisaje» en el caso que vamos a tratar) bajo las cuales resultaría natural y justificada –al menos estando ocioso– dicha confusión y neutralización de las distancias espaciotemporales, dicha tentación de caer en su peligroso hechizo. Nos referimos a un paseo a la orilla del mar, una situación que Hans Castorp siempre rememoraba con el más profundo cariño, pues, como ya sabemos, la vida entre la nieve le recordaba a menudo y muy gratamente los paisajes de dunas de su tierra. Esperamos que la experiencia y los recuerdos del lector nos sirvan de base para evocar ahora esa maravillosa sensación de estar perdido del mundo. Caminas y caminas... y por ese camino nunca llegarás a casa a tiempo, porque habrás perdido el tiempo, como te habrás perdido en el tiempo.

¡Oh, mar! Estamos lejos de ti mientras narramos, pero te dedicamos nuestros pensamientos y nuestro amor al evocarte y en voz alta para que estés presente en nuestra historia, como lo has estado siempre y como lo estarás siempre, en secreto. ¡Desierto arrullado por el mar, bajo el gris pálido del cielo, lleno de áspera humedad, cuyo sabor a sal perdura en nuestros labios! Caminamos sobre un suelo que se hunde ligeramente, salpicado de algas y pequeñas conchas, los oídos ensordecidos por el viento, ese viento grandioso, generoso y suave que recorre el espacio libremente, sin trabas ni rodeos, y que aturde dulcemente nuestra mente; caminamos, caminamos y vemos las lenguas de espuma del mar que avanza y se retira de nuevo y nos moja los pies. El oleaje hierve, luminoso y brusco, las olas se atropellan entre murmullos al romper en la orilla, aquí y allá y en los bancos de arena de alta mar; y ese fragor del mar confuso y cadencioso y omnipresente cierra nuestros oídos a cualquier voz que venga de este mundo. Profunda satisfacción... Olvido consciente... ¡Cerremos los ojos al abrigo de la eternidad! No, ¡mira! Allá lejos, en la lontananza verde grisácea salpicada de espuma que se pierde en el horizonte haciéndose cada vez más pequeña se divisa una vela... ¿Allá lejos? ¿Qué significa «allá lejos»? ¿Cómo de lejos? ¿Cómo de cerca? No lo sabes. El vértigo te impide juzgarlo. Para decir a qué distancia está ese barco de la orilla tendrías que saber cuál es su tamaño. ¿Es pequeño y está cerca o es grande y está lejos? Nuestra mirada se pierde en la incertidumbre, pues no tenemos órganos ni sentidos que nos proporcionen referencias sobre el espacio... Caminamos, caminamos. ¿Desde cuándo? ¿Hasta dónde? ¿Qué sabemos? Nada cambia a nuestro paso; el «allá lejos» es igual que el «aquí»; «ahora» igual que «antes» y que «después», el tiempo se ahoga en la monotonía infinita del espacio, el movimiento de un punto al otro ya no es movimiento... y donde no hay movimiento no hay tiempo.

Los doctores de la Edad Media postulaban que el tiempo era una mera ilusión, que su transcurso, en tanto relación de causa y efecto, sólo era resultado de la propia naturaleza de nuestros sentidos, y que la verdadera esencia de las cosas era un presente inmutable. ¿Habría estado paseando a la orilla del mar el primer doctor que concibió semejante pensamiento, paladeando aún la leve amargura de la eternidad? En cualquier caso, repetimos que aquí nos referimos a unas circunstancias muy excepcionales, a una libertad que sólo proporciona el estar de vacaciones, a fantasías de la vida ociosa de las que el espíritu recto se cansa tan deprisa como el hombre fornido de reposar sobre la arena caliente. Ejercer la crítica sobre los medios y las formas del conocimiento humano o poner en duda su validez sería absurdo, ingenuo y contestatario si otro sentido a tal actitud no estuviese unido además del deseo de imponer a la razón unos límites que no puede franquear sin pecar de alejarse de sus verdaderas obligaciones. No podemos menos que expresar nuestro agradecimiento a un hombre como el señor Settembrini por haberle dicho al joven cuyo destino nos preocupa, y a quien en más de una ocasión tachó de «niño mimado por la vida», que la metafísica, desde un punto de vista pedagógico, es decididamente «el mal». Y honramos la memoria de un muerto que nos es muy querido al decir que el sentido, el fin y el objetivo del principio crítico no puede ni debe ser más que una sola cosa: la idea del deber y el deber de vivir.

Es más: si la cordura ha marcado límites a la razón por medio de la crítica, en esa misma frontera ha izado la bandera de la vida, proclamando que es un deber casi militar del hombre el rendir sus servicios a tal bandera. ¿Habrá que excusar, pues, al joven Hans Castorp y admitir que el hecho de que cierto charlatán melancólico considerase que el «exceso de celo» de su primo, el militar, había conducido a un desenlace fatal había fomentado su gusto por perder el tiempo irresponsablemente y su peligroso coqueteo con la eternidad?

Mynheer Peeperkorn

Mynheer Peeperkorn, un caballero holandés de mediana
edad, residía desde hacía algún tiempo en el Berghof, que
con razón se anunciaba con el epíteto de «internacional». El
ligero exotismo de Peeperkorn —era un holandés de las colonias, oriundo de Java, dedicado al cultivo de café— no nos
decidía a incorporarle en la narración. Pieter Peeperkorn (así
se llamaba a sí mismo, por ejemplo, cuando decía: «Ahora
Pieter Peeperkorn va a entonarse un poco con un dedito de
aguardiente») no sería por sí mismo suficiente para decidir-
nos a introducirle a última hora en nuestra historia, pues,
Dios mío, ¡qué gran variedad de colores y de matices había
en la sociedad de aquella excelente institución de cuya dirección médica se encargaba el doctor Behrens, políglota
y amante de las frases hechas! No bastaba con que recientemente hubiese pasado una temporada allí una princesa
egipcia —la misma que en su día regalara al doctor aquel peculiar juego de café y la caja de puros con una Esfinge, una
mujer muy llamativa, con los dedos amarillentos de nicotina
y el cabello corto que, excepto en las comidas principales,
a las que se presentaba vestida a la moda de París, solía llevar
chaquetas de hombre y pantalones planchados con raya y,
por otra parte, no quería saber nada del género masculino
sino que bebía los vientos por una judía rumana (que luego
tenía un apellido tan común como Landaver), mientras que,
por amor a su alteza real, el procurador Paravant descuidaba
sus matemáticas y estaba a punto de convertirse en un bu-
fón—; no bastaba, como decíamos, con ella sola, pues entre
su pequeño séquito se encontraba un eunuco negro, un
hombre débil y enfermo que, a pesar de su condición, de la
que Karoline Stöhr se burlaba a menudo, parecía amar la vida más que nadie y se mostró desconsolado a la vista de la

imagen que ofreció su interior cuando le hicieron la radiografía de rigor.

Comparado con tales personajes, Mynheer Peeperkorn podía parecer casi un hombre gris. Y aunque este fragmento de nuestro relato podría llevar, como otro de los anteriores, el título de «Un nuevo personaje», no hay razón para temer que, a estas alturas, entre en escena un nuevo elemento que siembre la confusión espiritual y pedagógica. No, Mynheer Peeperkorn no era nadie que pudiera introducir ninguna perturbación intelectual en el mundo. Su caso era completamente distinto, como vamos a ver enseguida. El que su persona causase, sin embargo, un estado de confusión extrema en nuestro héroe es algo que se comprenderá en cuanto se lea lo que sigue.

Mynheer Peeperkorn llegó a la estación de Dorf en el mismo tren nocturno que madame Chauchat, y en el mismo trineo que ella se dirigió también al Berghof, donde cenó en el restaurante en su compañía. Mas no fue solamente el que hubiesen llegado al mismo tiempo, sino que habían llegado juntos −coincidencia que, sumada, por ejemplo, al hecho de que Mynheer fuese a ocupar un sitio en la mesa de los rusos distinguidos, al lado de la joven señora y enfrente del sitio del doctor, justo el lugar en que, en su día, el profesor Popov había dado muestra de un comportamiento tan ambiguo como desvergonzado− lo que trastornó por completo al bueno de Hans Castorp, que no había previsto nada semejante.

El consejero, a su manera, le había anunciado el día y la hora del regreso de Clavdia.

−En fin, Castorp, viejo amigo −le había dicho−. La paciencia y la fidelidad serán recompensadas. Pasado mañana tendremos a la gatita de nuevo entre nosotros. Me lo anuncia por telegrama.

Sin embargo, no le había dado a entender nada de que madame Chauchat fuese a venir acompañada, tal vez porque él tampoco sabía que ella y Peeperkorn iban a llegar juntos y formar una pareja. Al menos hizo ver que se sorprendía cuando, el día de la llegada, Hans Castorp le hizo algunas preguntas pidiéndole explicaciones.

—¿Qué voy a saber yo dónde ha pescado a ese tipo? —exclamó—. Supongo que se harían amigos durante algún viaje; en los Pirineos, tal vez. Me temo que va a tener que tragarse usted su desengaño, como Celadón... No hay nada que hacer. ¡Inseparables! Parece que traen hasta un fondo de gastos común. El caballero es inmensamente rico, según he oído. El rey del café, jubilado. Tiene un criado malayo y vive en la máxima opulencia. Por otra parte, no ha venido aquí para divertirse, pues además de una afección de las mucosas por los efectos del alcohol, creo que padece unas fiebres tropicales muy graves, fiebre intermitente, ¿sabe usted? Persistente, reacia a todo. Deberá usted tener paciencia con él.

—¡Vaya por Dios! —dijo Hans Castorp en voz alta, y luego pensó para sí: «¿Y tú, cómo te sientes? A ti también te afecta el asunto de alguna manera, si pensamos en el pasado y si no me engañan ciertos detalles. ¡Vaya con el viudo de mejillas azules, con sus óleos tan... plásticos! Percibo en tus palabras cierto regodeo en la desgracia ajena y, sin embargo, somos compañeros de infortunio con relación a Peeperkorn»—. Decididamente, es un tipo curioso, de una fisonomía muy original —dijo evocando con un gesto al interesado—. Robusto pero débil, ésa es la impresión que produce; al menos la que me ha producido a mí al verlo a la hora del desayuno. Robusto y al mismo tiempo débil; creo que son necesarios ambos adjetivos para definirle, por contradictorios que parezcan. Pues es alto y ancho de espaldas, y cuando se planta en algún lado con las piernas separadas y las manos en los bolsillos del pantalón (por cierto, lleva unos bolsillos cortados en vertical, según he podido observar, y no laterales como los míos y los de usted y, en general, como los de las clases superiores de la sociedad), cuando se le ve así, cuadrado, de pie, hablando con esa resonancia gutural tan típica de los holandeses, no cabe duda de que resulta muy vigoroso. Pero tiene la barba rala, larga pero rala, hasta el punto de que uno cree posible contar los pelos, y los ojos pequeños y muy claros, casi incoloros, e intenta abrirlos mucho, lo cual no le sirve para nada y además le ha producido esas arrugas de la frente tan marcadas que ascienden a lo largo de sus sienes y luego le atraviesan horizontalmente la frente, una frente alta y colorada, ¿sabe?, enmarcada por un cabello blanco largo pero también escaso. Eso sí, sus ojos no dejan de ser pequeños y descoloridos por mucho que los abra... Y el chaleco tan subido le da un aspecto sacerdotal, a pesar de que la levita sea de cuadros. Ésa es la impresión que me ha producido esta mañana.

—Ya veo que le ha mirado usted bien de arriba abajo —respondió el doctor Behrens— y que ha calado muy bien a nuestro hombre, lo cual me parece muy razonable, ya que no va usted a tener más remedio que acostumbrarse a su presencia.

—Sí, sin duda eso es lo que haremos —dijo Hans Castorp.

Le habíamos encomendado la tarea de realizar una semblanza aproximada de este nuevo interno tan inesperado, y hay que reconocer que lo ha hecho bastante bien; de hecho, tampoco nosotros lo hubiésemos hecho mucho mejor. Además, su ángulo de observación era muy favorable: sabemos que, durante la ausencia de Clavdia, había ocupado un nuevo sitio en el comedor muy cerca de la mesa de los rusos distinguidos, y como su mesa era paralela a ésta —con la diferencia de que la otra estaba un poco más cerca de la puerta de la galería— y como Hans Castorp, al igual que Peeperkorn, ocupaba la cabecera más próxima al interior de la sala, en cierta manera se encontraban colocados el uno al lado del otro, Hans Castorp un poco más atrás que el holandés, lo cual facilitaba su discreta observación, mientras veía a madame Chauchat de medio perfil. Convendría, sin embargo, completar su acertado retrato añadiendo que Peeperkorn llevaba el bigote afeitado, que su nariz era grande y carnosa, que su boca era igualmente grande y de labios irregulares, como si no hiciesen juego entre sí.

Además, sus manos eran bastante anchas aunque con uñas terminadas en punta, y las movía mucho al hablar —hablaba sin cesar, si bien Hans Castorp no terminaba de comprender el contenido de lo que decía—, haciendo gestos que mantenían la atención de sus oyentes, gestos sutilmente matizados, refinados, tan claros y precisos como los de un director de orquesta; curvaba el índice para formar un círculo con el pulgar, o, con la mano abierta —aquella mano ancha pero de uñas puntiagudas—, protectora, tranquilizadora, reclamaba la atención para, acto seguido, decepcionar aquellas expectativas tan brillantemente preparadas con una sarta de palabras ininteligibles, o, si no decepcionar, al menos convertir en agradable sorpresa, pues la fuerza, la delicadeza y la entidad propia de aquella preparación compensaban con creces las palabras que faltaban incluso a posteriori, y producían un efecto satisfactorio, seductor y enriquecedor por sí mismo. De hecho, algunas veces ni siquiera llegaba a decir nada, apoyaba suavemente la mano sobre el antebrazo de su vecino de la izquierda, un joven erudito búlgaro, o sobre el de madame Chauchat, a su derecha; levantaba luego esa misma mano ligeramente en diagonal, como pidiendo un instante de silencio y atención para lo que iba a decir y, con las cejas arqueadas de manera que las arrugas que salían en ángulo recto desde su frente hacia los extremos exteriores de sus ojos se le marcaban como a una máscara exótica, miraba fijamente el mantel junto al vecino o vecina que tenía atrapado, mientras sus gruesos labios desgarrados parecían a punto de formular algo de suma importancia. Sin embargo, al cabo de un instante, resoplaba, renunciaba a hablar y, con un nuevo gesto, parecía querer decir «en fin, dejémoslo...» sin haber llegado a pronunciar palabra; luego tomaba un sorbo de café, siempre extrafuerte, que mandaba preparar en su propia cafetera.

Tras beberse el café procedía del siguiente modo: con un movimiento de la mano, interrumpía la conversación y obtenía el silencio, igual que el director de orquesta pone fin al caos de instrumentos mientras los músicos afinan y pide concentración a toda la orquesta antes de atacar la obertura. Como su cabezota aureolada de mechones blancos, sus ojos descoloridos, las formidables arrugas de su frente, su larga barba y su boca doliente acompañaban a sus gestos, el efecto era irresistible: todos callaban, le miraban sonriendo, esperaban y algunos le sonreían asintiendo con la cabeza alentándole a seguir. Entonces, decía en voz baja:

—Señores y señoras... Bien. Todo va bien... ¡Punto redondo! Tengan ustedes a bien, sin embargo, considerar y no perder de vista un solo momento que... Pero sobre este asunto, ¡chitón...! Lo que me incumbe manifestar es, al menos, eso: ante todo y en primer lugar que tenemos el deber... el deber inexorable... repito y recalco esta expresión... que el deber inviolable que aquí se nos plantea... No, no, señoras y señores, ¡no es así! No es así... qué error sería por parte de ustedes pensar que yo... ¡Punto redondo, señoras y señores! Todo listo y zanjado. Ya veo que estamos de acuerdo en ello, así que: ¡vayamos al grano!

Y en realidad no había dicho nada. Pero su cabeza parecía tan imponente, el juego de su fisonomía y sus gestos era tan resuelto, tan impresionante y tan expresivo que todos, incluso Hans Castorp —que le escuchaba con disimulo—, creían haber oído cosas infinitamente importantes o, en la medida en que se daban cuenta de que aquellas palabras carecían de contenido y no iban a ninguna parte, al menos no lo echaban en falta. Cabe preguntarse cuál hubiera sido la impresión de un sordo. Tal vez se habría sentido desolado al juzgar equivocadamente el contenido de lo expresado en función de la espléndida expresividad del orador, y se habría imaginado que su afección le impedía disfrutar de algo precioso. Estas personas suelen tender a la desconfianza y la amargura. En cambio, un joven chino que estaba sentado en el otro extremo de la mesa, que sabía muy poco alemán y no había entendido nada pero sí visto todo aquel teatro, dio muestra de una enorme satisfacción, exclamando: «*Very well*», e incluso llegó a aplaudir.

Y Mynheer Peeperkorn llegó «al grano hecho». Se irguió, sacó pecho, se abrochó la levita a cuadros sobre el chaleco cerrado, y su blanca cabeza cobró entonces un aspecto regio. Hizo seña a una camarera —era la enana— y ésta, a pesar de que estaba ocupada, obedeció inmediatamente a su decidido gesto y se presentó ante él con el jarro de la leche y la cafetera en la mano. Tampoco ella pudo evitar sonreírle, con su cara grande y envejecida, y asentir con la cabeza, fascinada por su mirada pálida bajo aquella frente surcada de arrugas, por su mano en alto, con el índice curvado hasta formar un círculo con el pulgar y los otros tres dedos estirados, coronados por las uñas puntiagudas como lanzas.

—Hija mía —dijo—. Bien. Todo va bien hasta ahora. Usted es pequeña, ¿qué me importa eso? ¡Todo lo contrario! Para mí es algo positivo y doy gracias a Dios de que sea usted como es, y de que gracias a su pequeña estatura tan característica... ¡Bueno, dejemos eso! Lo que deseo de usted es igualmente muy pequeño, pequeño y característico. Antes de nada, ¿cómo se llama usted?

Ella murmuró, sonriendo, su nombre: Emerencia.

—¡Fantástico! —exclamó Peeperkorn apoyándose en el respaldo de la silla y alargando los brazos hacia la enana. Lo había dicho en un tono que casi parecía sugerir: «¿Para qué ha venido?»—. ¡Todo es perfecto! —Luego añadió muy serio, casi con severidad—: ¡Hija mía, eso rebasa todas mis expectativas! ¡Emerencia! Usted lo pronuncia con modestia, pero ese nombre..., y unido a su persona..., en una palabra, eso abre las más bellas perspectivas. Merece la pena detenerse un instante y expresar los deseos del corazón y... de forma cariñosa..., entiéndame usted bien, querida mía... de forma cariñosa podría llamarla a usted Rencia, aunque también Emmy sería un bonito apodo... Bueno, de momento me voy a quedar con Emmy, así que Emmy, hijita, toma nota: quiero un poco de pan, querida... pero ¡alto! ¡Que no haya malentendidos! Veo en tu rostro, tan grande en comparación con tu cuerpo, el peligro de que esto suceda... No, no, Rencita mía, pan de horno no, ya tenemos de sobra y de diversos tipos. Quiero decir pan líquido, ángel mío, destilado. Pan divino, transparente, mi pequeñita Emmy... para entonarme un poquito. No sé si conoce usted bien el sentido de esta palabra... «para alegrarme el corazón», podría decir también si no corriera el riesgo de que se me entendiese en un sentido frívolo... Arregla-do, Rencia. ¡Listo y zanjado! Porque yo me refiero al deber, a la sagrada obligación que tenemos de... al sentido del honor que me lleva a regocijarme de todo corazón en tu pequeño característico tamaño y una ginebra, querida. Para entonarme un poco... *Shiedam*, mi querida Emerencianita. ¡Date prisa y tráemela!

–Una ginebra de marca –repitió la enana, que dio una vuelta sobre sí misma con la intención de desembarazarse cuanto antes de la cafetera y la jarra de la leche, que abandonó en la mesa de Hans Castorp, justo al lado de su cubierto, porque no quería molestar al señor Peeperkorn. Se marchó luego a toda prisa, y el encargo fue rápidamente cumplido. El vasito estaba tan lleno que el «pan transparente» se derramaba por todas partes y mojaba la pequeña bandeja.

Peeperkorn tomó el vaso entre el pulgar y el corazón y lo puso al trasluz.

–Así pues –declaró–, Pieter Peeperkorn va a entonarse un poco con un dedito de aguardiente. –Y se bebió el licor de un trago, después de paladearlo un momento. Luego añadió–: Ahora os veo a todos con ojos más felices. –Cogió la mano de madame Chauchat y se la llevó a los labios; luego volvió a dejarla sobre el mantel, manteniéndola aún un rato bajo la suya.

Un hombre singular, sin duda, todo un personaje, pero muy difícil de penetrar. La sociedad del Berghof se interesaba vivamente por él. Se rumoreaba que acababa de retirarse del comercio de ultramarinos y que había reunido una enorme fortuna. Se hablaba de una suntuosa casa en La Haya y de una villa en Scheveningen. La señora Stöhr le llamaba un «magnético del dinero» —«magnate», quería decir la muy borrica— y lanzaba indirectas respecto a un collar de perlas que llevaba madame Chauchat desde que había regresado y que, en opinión de Karoline, difícilmente podía ser considerado muestra de la galantería de su transcaucásico esposo, sino que más bien debía de proceder del «fondo común». Al mismo tiempo, guiñaba los ojos y señalaba a Hans Castorp con un movimiento de cabeza, haciendo una cómica mueca de dolor, pues ni la enfermedad ni el sufrimiento habían conseguido refinarla lo más mínimo.

Y, todo lo contrario, se aprovechaba de su situación para dar rienda suelta a sus groserías. Hans Castorp supo mantener el tipo como un valiente. Corrigió la metedura de pata de la Stöhr e incluso se permitió hacer un chiste. «No se dice así, señora, se dice "magnate"... aunque lo de "magnético" no está nada mal, pues es obvio que Peeperkorn ejerce un gran poder de atracción...» Contestó igualmente con una indiferencia bastante bien fingida a la señorita Engelhart, la institutriz, cuando, un poco ruborizada y sonriendo sin mirarle, le preguntó si le gustaba el nuevo interno.

Dijo que Mynheer Peeperkorn era una «personalidad borrosa», una verdadera personalidad, pero borrosa. La exactitud de esta apreciación demostraba su objetividad y, por consiguiente, la tranquilidad de su espíritu. Aquello hizo perder toda la ventaja que tenía la institutriz sobre el joven. Respecto a Ferdinand Wehsal y su torturada alusión a las inesperadas circunstancias en que había regresado madame Chauchat, Hans Castorp demostró que ciertas miradas valen más que mil palabras. «¡Qué lástima das!», decía aquella mirada al pobre infeliz de Mannheim; no era posible interpretarla de otro modo, y Wehsal captó perfectamente el mensaje, lo asumió e incluso asintió con la cabeza enseñando sus dientes cariados;

eso sí, a partir de aquel incidente, renunció a llevar el abrigo de Hans Castorp durante los paseos con Naphta, Settembrini y Ferge.

Ya lo llevaría él mismo, ¡por Dios!, y hasta prefería que fuese así, pues si se lo había cedido de vez en cuando a aquel pobre diablo sólo había sido por amabilidad. Pero no nos engañemos: en realidad, Hans Castorp estaba profundamente dolido por aquellas circunstancias tan imprevistas que echaban por tierra todos sus preparativos e ilusiones para el momento en que volviese a ver al amado objeto de su aventura de la noche de Carnaval. A decir verdad, hacían completamente inútiles tales preparativos, y eso era para él lo más humillante.

Las intenciones de Hans Castorp habían sido muy delicadas y muy sensatas, y se encontraba muy lejos de dejarse llevar por un torpe apresuramiento. Jamás había pensado, por ejemplo, en ir a esperar a Clavdia a la estación... ¡Menos mal que ni se le había ocurrido hacerlo! De hecho, hasta dudaba de si una mujer a quien la enfermedad concedía tantas libertades querría hacerse cargo de lo sucedido en una noche ya muy lejana en el tiempo, en el ensueño de las máscaras de Carnaval y en un idioma extranjero, o preferiría que ni le recordasen el asunto. ¡No, nada de indiscreciones, nada de torpezas! Aun admitiendo que sus relaciones con la enferma de los ojos achinados hubiesen rebasado los límites de la razón y la moral occidentales, no convenía faltar a las reglas de la civilización más elevada y, por el momento, fingir incluso el olvido. Un saludo de caballero, de una mesa a otra, era lo propio para comenzar, ¡y nada más! Más tarde, cuando se presentase la ocasión, un acercamiento de pura cortesía, para informarse, en un tono ligero, sobre la salud de la enferma; luego, otro día... Ya se produciría, en el momento adecuado, el reencuentro propiamente dicho, y sería como la recompensa a aquel dominio de sí mismo tan caballeresco.

No obstante, como ya se ha dicho, todos esos sutiles planes comenzaron a tambalearse ahora que no tenían ninguna razón de ser y, por lo tanto, tampoco ningún mérito. La presencia de Mynheer Peeperkorn excluía cualquier posible táctica para salir de aquella extremada e ímproba discreción. La noche de la llegada, Hans Castorp había visto desde su terraza el trineo que iba subiendo al paso por la carretera, en cuyo pescante iba sentado el criado malayo, un hombrecito amarillo con un cuello de piel encima del abrigo y sombrero hongo, y en el que también iba el extranjero con el sombrero puesto, al lado de Clavdia. Aquella noche Hans Castorp durmió muy poco. Por la mañana no le fue difícil averiguar el nombre de aquel nuevo compañero tan perturbador, además de la noticia de que los dos habían ocupado unas lujosas habitaciones contiguas en el primer piso. Luego había llegado la hora del primer desayuno y, desde su sitio, muy pálido, había esperado el característico portazo de la cristalera del comedor. Pero el portazo no se produjo. La entrada de Clavdia fue silenciosa, pues Mynheer Peeperkorn había cerrado la puerta detrás de ella.

Alto, ancho de hombros, la frente despejada, su mayestática cabeza enmarcada por una especie de aureola de cabellos blancos, había seguido a su compañera de viaje, que, con sus célebres andares felinos y estirando el cuello, se dirigía a su mesa.

¡Era ella! ¡No había cambiado! Contrariamente a su propósito y abandonándose a sus sentimientos, Hans Castorp la envolvió en una mirada que revelaba su insomnio. Era su cabellera de un rubio rojizo, peinada sin grandes artificios, una sencilla trenza recogida alrededor de la cabeza, eran sus «ojos de lobo estepario», la curva de su nuca, sus labios, que parecían más cariñosos de lo que eran a causa de aquellos pómulos salientes que daban la sensación de que sus mejillas estaban graciosamente hundidas.

¡Clavdia!, pensó temblando, y clavó la mirada en el compañero no esperado, echando la cabeza hacia atrás con gesto desafiante y burlón ante aquel rostro que parecía una máscara grandiosa, poniendo todo su empeño en burlarse del poder del actual propietario de un bien que determinadas circunstancias del pasado hacían más que dudoso. O, mejor dicho, unas circunstancias del pasado muy determinadas, no un supuesto pasado oscuro y nebuloso relacionado con los retratos al óleo de cierto aficionado como el que le había inquietado a él en su día... Madame Chauchat había conservado también su manera de comportarse, sonreír de cara a la sala antes de sentarse, de presentarse en cierto modo a todos los presentes, y Peeperkorn la dejó realizar su pequeña ceremonia, de pie detrás de ella, para sentarse luego a su lado en la cabecera de la mesa.

El saludo de caballero de una mesa a otra se fue al traste. Mientras se «presentaba ante el público», los ojos de Clavdia habían resbalado sobre la persona de Hans Castorp como sobre todas las demás para acabar perdiéndose al fondo del comedor. El siguiente encuentro en el comedor transcurrió de la misma manera; y cuantas más comidas pasaban sin que sus ojos se encontrasen –salvo en aquel fugaz instante en que madame Chauchat se daba la vuelta y recorría la sala con una mirada ciega e indiferente–, menos adecuado parecía el saludo de caballero. Durante la breve reunión de la noche, los compañeros de viaje permanecieron en el saloncito, sentados en el sofá uno al lado del otro y rodeados por sus vecinos de mesa; Peeperkorn, cuyo mayestático rostro, muy colorado, se destacaba sobre la blancura resplandeciente de sus cabellos y de su barba, vaciaba la botella de vino tinto que había pedido durante la cena, pues solía beberse botella y media o incluso dos botellas de vino tinto en cada una de las principales comidas, por no hablar del «pan líquido» con que comenzaba su desayuno.

Obviamente, aquel hombre de aires principescos sentía una necesidad desmesurada de «entonarse». Con ese fin recurría también al café extrafuerte, que tomaba varias veces al día, no sólo por la mañana temprano, sino también por la tarde: en una taza muy grande y no después de la comida, sino al mismo tiempo que el vino. Según se enteró Hans Castorp, ambas cosas, al margen de su efecto estimulante y su agradable sabor, eran buenas para la fiebre, excelentes contra la fiebre intermitente que, al segundo día, le retuvo algunas horas en su habitación y en la cama. Fiebre cuartana se llamaba eso, según dijo el doctor Behrens, porque el holandés la padecía aproximadamente cada cuatro días. Primero le castañeteaban los dientes, luego tenía sensación de estar ardiendo y luego rompía a sudar. Además, parece ser que su enfermedad también tenía como consecuencia la hinchazón del bazo.

Vingt-et-un

Así pasó cierto tiempo. Fueron semanas, al menos tres o cuatro semanas, según nuestros cálculos, pues no podemos fiarnos en modo alguno de la opinión y del sentido del tiempo de Hans Castorp. Los días pasaban sin más, sin aportar nuevos cambios, despertando en nuestro héroe una rabia contenida a la vista de ciertos imprevistos que le imponían una discreción que no tenía precio; ante aquel «imprevisto» que se llamaba a sí mismo Pieter Peeperkorn cada vez que se tomaba un dedo de aguardiente; ante la perturbadora presencia de aquel hombre tan pintoresco, imponente e inclasificable, aquel auténtico «incordio», en un sentido mucho más hiriente que Settembrini en otro tiempo. Profundas arrugas de descontento y de irritación se dibujaban verticalmente en el ceño de Hans Castorp, y bajo ese ceño fruncido contemplaba a la bella dama cinco veces al día, feliz de poder contemplarla a pesar de todo; y lleno de desprecio hacia la mayestática presencia de alguien que no sospechaba lo oscuro que era el pasado de su compañera.

Una noche, sin embargo, como ocurre muchas veces sin ninguna causa que lo explique, la tertulia en el vestíbulo y los salones estuvo más animada que de ordinario. Había habido un pequeño concierto de violín –melodías cíngaras ejecutadas con brío por un estudiante húngaro–, tras el cual el doctor Behrens, que había acudido junto con el doctor Krokovski, había obligado a uno de los internos a tocar la melodía del «Coro de peregrinos» del *Tannhäuser* en el registro grave del piano mientras él mismo pasaba un cepillo sobre los agudos del instrumento, parodiando así las figuras del violín. A todo el mundo le hizo mucha gracia. En medio de los aplausos, meneando la cabeza con gesto benevolente aunque, en el fondo, harto complacido con su genial actuación, el doctor abandonó de nuevo el salón. Pero la reunión se prolongó, algunos siguieron haciendo música pero sin exigir excesiva atención por parte de los demás, se formaron partidas de dominó, y de bridge, y se encargaron bebidas a las camareras. Unos se divertían con los curiosos juguetes ópticos expuestos en el salón y otros simplemente charlaban. Los habituales de la mesa de los rusos distinguidos se habían mezclado con los grupos del vestíbulo y del salón de música. Se vio a Mynheer Peeperkorn en distintos lugares; era imposible no verle, pues su mayestática cabeza sobresalía por encima de cuantas le rodeaban, su poderosa presencia se imponía en todas partes, y los que tal vez se habían visto atraídos por el rumor de que era muy rico, ahora sólo se sentían atraídos por su arrolladora personalidad. Le rodeaban sonrientes, asentían con la cabeza, le animaban, fascinados por su mirada pálida bajo los formidables pliegues de la frente, intrigados por su discurso gracias a la maestría con que movía las manos, uñas puntiagudas, y sin experimentar la más mínima decepción por lo ininteligible, incoherente y gratuito de sus palabras.

Si buscamos a Hans Castorp en esta circunstancia, le encontraremos en el salón de lectura y de correspondencia donde antaño (ese «antaño» es un concepto vago: narrador, lector y protagonista ya no están muy seguros de su grado de la lejanía), le fueran hechas importantes confidencias sobre la organización del progreso de la humanidad. Allí se estaba más tranquilo;

sólo algunas personas compartían el espacio con él. Un enfermo que escribía en uno de los pupitres dobles, bajo una lámpara eléctrica, y una dama con quevedos que hojeaba un volumen ilustrado en la biblioteca. Hans Castorp estaba sentado cerca del paso al salón, dando la espalda a la cortina, con un periódico en la mano; estaba sentado en una silla estilo renacimiento con funda de felpa, con un respaldo alto y recto y sin brazos. El joven sostenía su periódico como si leyera, pero no lo leía, sino que, con la cabeza ladeada, escuchaba la música que llegaba hasta allí a través del rumor de las conversaciones; si bien su ceño fruncido denotaba que tampoco estaba concentrado en eso y que sus pensamientos iban por derroteros bastante menos musicales. Seguían los espinosos caminos de la decepción que le habían causado unos acontecimientos que se burlaban de un joven paciente al final de una larga espera; amargos caminos llenos de rabia contenida en los que poco faltaba para que acabase estampando el periódico sobre aquella silla tan incómoda que estaba allí por casualidad, abandonar la reunión por aquella misma puerta y sumirse en la soledad glacial de su terraza, una soledad compartida... con su María Mancini.

—¿Y su primo, *monsieur*? —preguntó una voz detrás de él, por encima de su cabeza.

Era una voz que acariciaba sus oídos, predestinados a encontrar infinitamente agradable aquel timbre velado y un poco ronco —y entiéndase «agradable» en su grado extremo—; era la misma voz que, mucho tiempo atrás, había dicho: «Con mucho gusto, pero no lo rompas». Era una voz irresistible, una voz fatal, y, si no se equivocaba, había preguntado por el desafortunado Joachim.

Dejó caer el periódico lentamente y levantó un poco la cabeza, de manera que ésta quedó apoyada sobre la coronilla contra el respaldo recto. Hasta entornó los ojos, aunque los abrió enseguida para mirar de reojo y hacia arriba, en la dirección que le permitía la posición de su cabeza, no importa hacia dónde, hacia el vacío. ¡Pobre muchacho! Se hubiera dicho que su expresión era casi la de un visionario o la de un sonámbulo. Deseó que la voz repitiese la pregunta, pero no fue así. Ni siquiera estaba seguro de si seguía de pie detrás de él cuando, después de un rato, con un extraño retraso y a media voz, respondió:

—Murió. Fue a incorporarse a su regimiento en el mundo de allá abajo y murió.

Él mismo se dio cuenta de que la primera palabra real que cambiaban era la palabra «muerte». Notó al mismo tiempo que, como ella no estaba del todo familiarizada con su lengua, utilizaba expresiones demasiado sencillas, y por tanto ligeras, para expresar su pésame, cuando dijo detrás de él:

—¡Ay! ¡Qué lástima! ¿Completamente muerto y enterrado? ¿Desde cuándo?

—Desde hace ya algún tiempo. Su madre se lo llevó al mundo de allá abajo. Le había crecido una barba de guerrero. Y se dispararon tres salvas de honor sobre su tumba.

—Se las merecía. Siempre fue un valiente. Era más valiente que otros, o que algunos otros.

—Sí, era valiente. Radamante siempre hablaba de su exceso de celo. Pero su cuerpo iba por otro lado. *Rebellio carnis*, dicen los jesuitas. Siempre se había preocupado mucho por su cuerpo, en un sentido honroso. Pero su cuerpo permitió que penetrase en él algo deshonroso y se burló de su exceso de celo. Por otra parte, es más moral perderse por las propias acciones que guardarse de todo.

—Veo que continuamos siendo un filósofo que no sirve para nada. ¿Quién es Radamante?

—Behrens. Settembrini le llama así.

—Ah, Settembrini... Aquel italiano que... No me era simpático. Me parecía muy poco humano. —Pronunció la palabra «humano» acentuando y alargando la última vocal como con desidia y en tono soñador—. ¿Ya no está aquí? ¡Qué tonta soy! No sé lo que es Radamante.

—Cosas de humanistas. Settembrini ya no vive aquí. Hemos filosofado mucho en estos últimos tiempos, él, Naphta y yo.

—¿Quién es Naphta?

—Su antagonista.

—Si es su antagonista me gustaría conocerlo. Pero ¿no le había dicho yo que su primo moriría si intentaba ser soldado allá abajo?

—Sí, tú lo sabías.

—¿Cómo se atreve?

Silencio prolongado. Hans Castorp no rectificó. Esperó, con la coronilla apoyada contra el respaldo, con su mirada perdida de visionario, a que la voz se dejase oír de nuevo, si es que todavía se hallaba detrás de él, temiendo que la música que llegaba vagamente desde la habitación contigua hubiese apagado el ruido de sus pasos. Al fin oyó de nuevo:

—¿Y *monsieur* no bajó siquiera al entierro de su primo?

Él contestó:

—No. Le dije adiós aquí, antes de que tapasen el ataúd, porque comenzaba a sonreír. No puedes imaginarte lo fría que estaba su frente.

—¡Otra vez! Pero ¿qué manera es ésa de hablar a una dama a la que apenas conoce?

—¿Debo hablar como humanista en lugar de como ser humano? —Sin querer, él también pronunció esa palabra de una manera arrastrada y soñolienta, como quien se estira y bosteza.

—*Quelle blague!* ¿Y ha permanecido usted aquí todo ese tiempo?

—Sí, estaba esperando.

—¿A quién?

—A ti.

Por encima de su cabeza sonó una risa, al mismo tiempo que la palabra «loco».

—¡A mí! ¡Será que no le han dejado marchar!

—¡Qué va! Behrens estuvo a punto de darme el alta un día, en un acceso de cólera, pero no hubiese sido más que un alta en falso, pues, además de las viejas cicatrices de otro tiempo, de mi época de colegial, ¿sabes?, Behrens ha descubierto un punto tierno, una mancha, y que me produce fiebre.

—¿Sigue con fiebre?

—Sí, todavía. Casi siempre. De forma intermitente. Aunque no es fiebre intermitente, claro.

—*Des allusions?*

Él permaneció en silencio, frunció el ceño, confiriendo un aire sombrío a su mirada de visionario y, al cabo de un rato, preguntó:

—Y tú, ¿dónde has estado?

Una mano dio un golpe sobre el respaldo de la silla.

—*Mais c'est un sauvage!* ¿Dónde he estado? En todas partes. En Moscú —la voz dijo «Moscú» con una entonación lánguida y arrastrada similar a la que había empleado al pronunciar la palabra «humano»—, en Bakú, y también en algunos balnearios alemanes, en España...

—¡Oh, en España! ¿Cómo es España?

—Según se mire..., se viaja mal. Las gentes son medio moras. Castilla es muy seca y dura. El Kremlin es mucho más bonito que ese castillo o convento que hay al pie de una montaña...

—¿El Escorial?

—Eso, el castillo del rey Felipe. Un castillo «inhumanóo». Me gustó mucho más el baile popular de Cataluña, la sardana, acompañada de la tenora. Yo también bailé. Todos se dan la mano y se baila en corro, en la plaza llena de gente. Es encantador, «es humanóo». Me compré un pequeño bonete azul, del estilo de los que llevan allí todos los hombres y muchachos del pueblo; se parece mucho a un fez, una boina. Me la pongo para la cura de reposo y en otras ocasiones. *Monsieur* dirá si me queda bien.

—¿Qué *monsieur?*

—El que está sentado aquí, en esta silla.

—Creía que se refería a Mynheer Peeperkorn.

—Ése ya ha opinado. Dice que me favorece muchísimo.

—¿Eso ha dicho? ¿Ha llegado a decirlo? ¿Ha conseguido terminar una frase de manera que se le entienda?

—¡Vaya, parece que estamos de mal humor! Que queremos ser malos, mordaces. Intentamos burlarnos de personas que son más grandes y mejores y más «humanáas» que nosotros mismos, como si uno... *Avec son ami bavard de la Méditerranée, son maître grand parleur...* Pues no voy a permitir que se diga que mis amigos...

—¿Todavía conservas mi retrato interior? —interrumpió él en tono sombrío.

Ella rio.

—Tendría que buscarlo.

—Yo llevo el tuyo siempre conmigo. Tengo un pequeño soporte sobre mi cómoda, donde, por las noches...

No le dio tiempo a acabar la frase. Peeperkorn estaba de pie delante de él. El holandés buscaba a su compañera de viaje, había atravesado la cortina y se encontraba ahora justo delante de la silla de quien hablaba con ella. Estaba allí como una torre, tan cerca de los pies de Hans Castorp que éste, a pesar de su sonambulismo, comprendió que no podía menos que ponerse en pie y mostrarse educado. Le costó trabajo levantarse en el poco espacio que quedaba entre los dos, tuvo que hacerlo medio de lado, con lo cual los tres personajes quedaron formando un triángulo con la silla en el centro.

Madame Chauchat cumplió con las reglas del Occidente civilizado haciendo las presentaciones. Un amigo de antaño, dijo al hablar de Hans Castorp, un amigo de su anterior estancia allí. La presencia de Peeperkorn no necesitaba mayores explicaciones. Simplemente dijo su nombre, y el holandés —cuyos descoloridos ojos, enmarcados por los incontables surcos de su frente y sus sienes, se fijaron en el joven— le tendió una mano ancha y pecosa. «Una mano de capitán —pensó Hans Castorp—, si no fuera por las uñas terminadas en punta.»

Por primera vez sufría el efecto inmediato de la vigorosa personalidad de Peeperkorn («Personalidad»: siempre se pensaba en esta palabra ante su presencia; al verle, uno comprendía de pronto lo que era una auténtica personalidad, es más: quedaba plenamente convencido de que una personalidad no podía tener un aspecto diferente), y aquel sexagenario, ancho de espaldas, con la cara roja enmarcada por mechones blancos, con aquella boca desgarrada y aquella barba que pendía larga y rala sobre el chaleco cerrado de eclesiástico, parecía aplastar bajo su peso al frágil joven. Por otra parte, Peeperkorn era la amabilidad en persona.

—Caballero... —dijo—. Encantado. No, permítame... ¡Encantadísimo! Le conozco a usted esta noche, conozco a un joven que inspira confianza, y lo hago con toda conciencia, señor mío, me siento enteramente implicado en ello. Me es usted simpático. Yo..., ¡haga el favor! ¡Punto redondo! Me cae bien.

Como para contradecirle... Sus gestos eran demasiado perentorios. Hans Castorp le era simpático. Y Peeperkorn extrajo sus propias conclusiones de ello, manifestándolas por medio de alusiones que su compañera de viaje tuvo la bondad de completar.

—Hijo mío —añadió—, todo va bien. Pero ¿qué cree usted...? Pero, entiéndame bien, se lo ruego... La vida es corta y nuestra capacidad de responder a sus exigencias... De esta manera... Se trata de hechos, hijo mío. Leyes. Cuestiones i-ne-xo-ra-bles. En una palabra, hijo mío, va bien y listo. —Y mantuvo un gesto expresivo, que invitaba a tomar una decisión pero declinaba toda responsabilidad en caso de que, a pesar de sus buenas intenciones, estuviese cometiendo una falta grave.

Madame Chauchat, al parecer, era experta en adivinar sus deseos. Así pues, dijo:

—¿Por qué no? Podemos quedarnos todos juntos un rato

más, jugar a algo y pedir una botella de vino. ¿Qué espera usted? —dijo volviéndose hacia Hans Castorp—. ¡Muévase! No nos vamos a quedar aquí los tres, necesitamos más compañía. ¿Quién queda en el salón? ¡Invite a los que encuentre! Busque a algunos amigos por las terrazas. Invitaremos al doctor Ting Fu a nuestra mesa.

Peeperkorn se frotó las manos.

—¡Absolutamente! —dijo—. ¡Excelente, perfecto! ¡Dese prisa, joven! ¡Obedezca! Formaremos un círculo. Jugaremos y comeremos y beberemos. Sentiremos que nosotros... ¡Absolutamente, joven!

Hans Castorp se metió en el ascensor y subió hasta el segundo piso. Llamó a la puerta de A. K. Ferge, quien, por su parte, fue a buscar a Ferdinand Wehsal y al señor Albin, a sus respectivas tumbonas, en la sala de reposo de abajo. En el vestíbulo encontraron también al procurador Paravant y al matrimonio Magnus y, en el salón, a la señora Stöhr y a Herminie Kleefeld.

Se dispuso una amplia mesa de juego bajo la lámpara central y a su alrededor sillas y pequeñas mesitas auxiliares. Mynheer saludaba a cada uno de los invitados que iba llegando con una mirada pálida y cortés, enmarcada por los arabescos que formaban las arrugas de su frente. Se sentaron doce a la mesa —Hans Castorp entre el mayestático anfitrión y Clavdia Chauchat—, fueron a buscar cartas y fichas (pues se habían puesto de acuerdo en jugar una partida de *vingt-et-un*) y, con su arrolladora personalidad, Peeperkorn encargó a la camarera enana, a la que había llamado, vino para todos, un Chablis de 1906, tres botellas para empezar, y algunos dulces, todo lo que encontrase en materia de frutas secas y confitadas.

La manera en que se frotó las manos al ver todas aquellas cosas ricas que sirvieron demostraba su viva satisfacción, y también trataba de explicarla con palabras que nunca llegaban a formar una frase completa y coherente pero que, si de dar muestra de su desbordante temperamento se trataba, cumplieron a la perfección con su cometido. Ponía sus dos manos sobre los antebrazos de sus vecinas, levantaba el índice puntiagudo, reclamaba y obtenía, con un éxito completo, la atención de todos hacia el espléndido color dorado del vino en las copas, hacia el arrope que rezumaban las uvas pasas y hacia una especie de rosquillas saladas y con semillas de amapola que calificó de divinas, saliendo al paso con un gesto de lo más rotundo a cualquier objeción que aún hubiese podido formularse ante una palabra tan representativa. Fue el primero en encargarse de la banca, pero pronto se la cedió al señor Albin, pues, según parece que quiso decir, la concentración en el juego le impedía disfrutar libremente de las circunstancias.

La suerte, visiblemente, le importaba muy poco. En aquella partida no se jugaban nada, según su opinión. A propuesta suya se había fijado la apuesta mínima en cincuenta céntimos, pero esto era mucho para la mayoría de los jugadores. Tanto el procurador Paravant como la señora Stöhr se ruborizaban o palidecían a cada momento, y sobre todo ésta se veía presa de terribles luchas interiores cuando se planteaba la cuestión de si, con dieciocho, todavía debía pedir carta. Chillaba cuando Albin, con su frialdad habitual, le enviaba una carta demasiado alta que, de pronto, echaba por tierra todos sus audaces cálculos, y Peeperkorn reía de buena gana al oírla.

—¡Chille, chille, señora! —decía—. Es un sonido agudo, lleno de vida, y que viene del fondo de... Beba, reanime usted de nuevo su corazón.

Y le servía vino, servía también a sus vecinos y se servía a sí mismo. Encargó otras tres botellas y brindó con Wehsal y con la consumida señora Magnus, pues eran los que más menesterosos de ánimos le parecían. El vino, que, en efecto, era maravilloso, no tardó en colorear los rostros, a excepción del doctor Ting Fu, que siguió siendo amarillo y sobre el que destacaban sus ojillos de color negro azabache..., por cierto, dicho caballero tenía una suerte en el juego que rayaba en lo insultante. Los demás no querían ser menos. El procurador Paravant, con la mirada turbia, tentó a la suerte apostando diez francos a una carta de apertura que no prometía mucho, palideciendo, pidió otra y se quedó con el fondo de la banca, porque el señor Albin, convencido de que tenía un as, había hecho doblar todas las apuestas. Eran emociones que no se limitaban a la persona que las experimentaba en carne propia. Todo el círculo tomaba parte en ellas, e incluso a Albin, que rivalizaba en fría circunspección con los *croupiers* del casino de Montecarlo −que pretendía haber frecuentado mucho−, le costaba dominar su excitación. Hans Castorp también jugaba fuerte, al igual que la Kleefeld y madame Chauchat. Del «veintiuno» se pasó a las «*tren*», se jugó al «ferrocarril» y a la peligrosa «*différence*». Allí se vieron muestras de alegría y de desesperación, arrebatos de cólera y crisis de risas histéricas, provocados por la excitación que la caprichosa suerte ejercía sobre los nervios, y todas esas manifestaciones eran auténticas, serias; no habrían podido ser diferentes aun siendo la vida misma lo que estuviese en juego.

Sin embargo, no eran sólo el juego y el vino lo que provocaba en todos ellos aquel estado de alta tensión, aquel ardor en la cara, aquella dilatación de las pupilas brillantes o lo que hubiese podido llamarse el esfuerzo colectivo de toda aquella pequeña comunidad, el estado de alerta máxima, de concentración extrema; era sobre todo la influencia del fortísimo carácter que se encontraba entre los asistentes, de la gran «personalidad» de Mynheer Peeperkorn, que los lideraba y dirigía con los magníficos gestos de sus manos y que hacía sentir a todos la fascinación del momento por medio de las expresiones de su rostro, de su mirada pálida bajo los espectaculares surcos de su frente, de su palabra y de sus espléndidas pantomimas.

Pero ¿qué decía en realidad? No eran más que cosas muy

confusas, tanto más ininteligibles a medida que iba bebiendo. Sin embargo, todos estaban pendientes de sus labios, le miraban fijamente, sonreían con las cejas arqueadas, atentos al círculo que formaban su pulgar y su índice y por encima del cual los otros dedos apuntaban al cielo como lanzas, mientras su rostro de príncipe parecía hablar por sí mismo, y sin ofrecer resistencia se rendían ante él con un fervor que superaba enormemente el grado de pasión de los que muchos se creían capaces. Aquella entregada devoción era superior a las fuerzas de algunos. Al menos, la señora Magnus se sintió indispuesta. Estuvo a punto de desmayarse, pero se negó en redondo a retirarse a su habitación y se contentó con echarse sobre una *chaise-longue*, con un paño mojado sobre la frente; después de haber descansado un poco, enseguida volvió a unirse al círculo.

Peeperkorn achacó aquel desfallecimiento a una alimentación insuficiente. Así lo expuso, con palabras de una incoherencia tremenda, con el índice en alto: Había que comer, comer en condiciones para estar a la altura; eso es lo que dio a entender, y pidió un tentempié para sus amigos: carne, fiambres, lengua ahumada, pechuga de pato, asado, embutidos y jamón, platos y platos de sabrosas viandas adornadas con rizos de mantequilla, rabanitos y ramos de perejil formando flores.

A pesar de que todos hiciesen gran honor a esos platos después de una cena cuya contundencia y exquisitez estaba fuera de toda duda, Mynheer Peeperkorn, después de algunos bocados, afirmó que todo aquello no eran más que «bagatelas», y lo dijo con una rabia que demostraba lo imprevisible e inquietante de su temperamento de gran señor. Se puso furioso cuando alguien se atrevió a defender aquella comida. Su mayestática cabeza se hizo aún más grande, y dio un puñetazo en la mesa insistiendo en que todo aquello no era más que «porquerías», ante lo cual todos callaron cohibidos, ya que, después de todo, en calidad de anfitrión tenía derecho a juzgar como quisiese aquello a lo que invitaba.

Por otra parte, por extraño que pueda parecer, la cólera armonizaba perfectamente con los rasgos de Peeperkorn, como Hans Castorp tuvo que reconocer. No le desfiguraba en modo alguno, no le rebajaba; aunque incomprensible —pues nadie hubiera osado asociarla a las grandes cantidades de alcohol que había ingerido—, resultaba tan regia y grandiosa que todos los presentes agacharon la cabeza y se guardaron de volver a tocar un solo pedacito de aquellos fiambres. Fue madame Chauchat quien se encargó de calmar a su compañero de viaje. Acarició su ancha mano de capitán, la cual, después del puñetazo, había permanecido inmóvil sobre la mesa, y le dijo con voz mimosa que no había ningún problema en encargar otra cosa, un plato caliente, si él quería y si aún estaba abierta la cocina a aquellas horas.

—Está bien, hija mía —dijo.

Y conservando sin ningún esfuerzo su dignidad, pasó del arrebato de cólera a un estado más moderado, besando la mano de Clavdia. Quería unas tortillas para él y para todos, una buena tortilla a las finas hierbas para cada uno, esperando que esto sí fuese suficiente para las exigencias de su paladar. Y, junto con el encargo, envió a la cocina un billete de cien francos para decidir al personal a ponerse a trabajar de inmediato a pesar de lo avanzado de la hora.

Por otra parte, ya había recobrado plenamente el buen humor cuando aparecieron las humeantes tortillas, esponjosas, amarillas y salpicadas de motitas verdes, inundando la estancia con un delicioso olor a huevos y mantequilla. Todos hicieron los honores al plato al mismo tiempo que Peeperkorn, quien no dejaba de vigilarlos y, entre palabras inconexas y poderosos gestos, casi imponía a cada uno el recrearse en aquellos dones de Dios con todo su corazón y con una entrega absoluta. Mandó que sirviesen ginebra holandesa, una ronda, y obligó a los presentes a tomarse aquel líquido transparente, que emanaba un saludable aroma a trigo con un delicado toque de enebro, con una devoción llena de tensión.

Hans Castorp fumaba. Madame Chauchat también fumaba, cigarrillos de boquilla que sacaba de una petaca lacada, adornada con una *troika*, que para su comodidad había puesto sobre la mesa, y Peeperkorn no censuraba a sus vecinos por entregarse a aquel placer, a pesar de que él no fumaba nunca. Por lo que se llegaba a comprender de lo que decía, el consumo del tabaco despertaba, según él, placeres demasiado refinados a los que uno no podía entregarse sino a costa de la majestad de los dones sencillos de la vida, de esos dones y exigencias que nuestra sensibilidad apenas conseguía satisfacer.

—Joven —decía a Hans Castorp, hechizándole con su mirada y sus poderosos gestos—. Joven... ¡lo sencillo... lo sagrado! En fin, ya me entiende. Una botella de vino, una tortilla humeante, un aguardiente de trigo puro y transparente; si conseguimos esto y lo disfrutamos..., si lo consumimos, satisfacemos verdaderamente al... Absolutamente, señor. ¡Punto redondo! He conocido gente... hombres y mujeres, cocainómanos, fumadores de hachís y morfinómanos. En fin, querido... ¡Perfecto! No debemos juzgar a nadie. Sin embargo, esa gente había fracasado absolutamente ante lo que es sencillo y grande, ante lo que nos viene de Dios... ¡Punto redondo, amigo mío! Condenado, despreciado... No habían sabido hacerle justicia a... Sí, joven, ¿cómo se llama usted? Lo sabía pero lo he olvidado... La cocaína, el opio, el vicio... lo pecaminoso no es eso. El pecado que no tiene perdón es...

Se interrumpió. Ancho y alto, vuelto hacia su vecino, permaneció sumido en un silencio poderosamente expresivo que obligaba a comprender, con el índice en alto y la boca como desgarrada bajo el labio superior afeitado y colorado, con ligeros rasguños de la navaja, con los impresionantes surcos de su frente profundamente acentuados, enmarcados por blancas guedejas de pelo, abriendo mucho sus ojos carentes de color, en los que Hans Castorp creyó ver una sombra de espanto ante la mera idea de aquel crimen, de aquel gran pecado, aquella debilidad imperdonable a la que había aludido y en cuyo horror obligaba a penetrar, lo ordenaba en silencio, con todo el poder de fascinación que emanaba de su oscura naturaleza de soberano...

Un espanto real —pensó Hans Castorp—, pero también una especie de terror personal, poseía a aquel hombre de aire principesco. Miedo... pero no un miedo leve e insignificante, sino algo cercano al pánico era lo que creyó atisbar Hans Castorp en el fondo de su ser en aquel instante, y el joven era demasiado respetuoso por naturaleza —a pesar de todas las razones que podía tener para albergar sentimientos hostiles contra el mayestático compañero de viaje de madame Chauchat— para no sentirse conmocionado al percibir tal cosa.

Bajó los ojos y asintió con la cabeza para dar a su augusto vecino la satisfacción de saberse comprendido.

—Es muy cierto —dijo—. Puede ser un pecado, y un signo de debilidad el complacerse con los refinamientos sin haber probado los dones de la vida más sencillos, naturales, grandes y sagrados. Ésa es su opinión, si he entendido bien, Mynheer Peeperkorn, y aunque semejante idea no se me habría ocurrido nunca, la suscribo con plena convicción desde el momento en que usted llama mi atención sobre ella. Por otra parte, no creo que sea nada frecuente rendir todo el honor que se debe a esos dones tan sanos y sencillos de la vida. La mayoría de los hombres son en verdad demasiado débiles, demasiado irresponsables o están demasiado quemados en su interior para entregarse a ellos como merecen. Creo que debe de ser así.

El coloso holandés parecía estar muy satisfecho.

—Joven —dijo—. ¡Perfecto! ¿Me permite usted...? Ni una palabra más. Le ruego que beba conmigo, que apure su copa hasta el fondo entrelazando nuestros brazos. Eso no quiere decir que le proponga que nos tuteemos fraternalmente..., es decir, estaba a punto de hacerlo, pero recapacito y me parece que sería demasiado precipitado. Muy probablemente, le daré permiso dentro de muy poco... Cuente con ello. Aunque si usted desea y persiste en...

Hans Castorp se declaró de acuerdo con el aplazamiento que Peeperkorn acababa de proponer.

—Bien, amigo mío; bien, camarada. Debilidad..., bien. Bien, pero... espantoso. Demasiado irresponsables..., muy bien. Los dones..., no está bien. ¡Las exigencias! Exigencias sagradas, femeninas, que la vida impone al honor y a la fuerza viril.

Hans Castorp se dio cuenta, de pronto, de que Peeperkorn estaba completamente borracho. Pero tampoco su embriaguez era ni vil ni humillante; no era un estado deshonroso. Se confundía con la majestad de su naturaleza en un fenómeno grandioso que infundía respeto. Baco mismo —pensó Hans Castorp—, cuando estaba borracho, se apoyaba en sus compañeros, que le seguían entusiasmados, sin perder por ello su naturaleza divina y, a lo sumo, lo único importante era saber quién estaba borracho, si una gran personalidad o un simple tejedor. El joven puso todo su empeño en mostrar el mayor respeto a aquel impresionante compañero de viaje, cuyos gestos ahora eran flácidos y cuya lengua parecía de trapo.

—Hermano, deja que te tutee —dijo Peeperkorn, echando hacia atrás su fornido cuerpo, presa de una embriaguez rebosante de libertad y orgullo, estirado el brazo sobre la mesa y golpeándola con el puño sin fuerza—, deja que te tutee, te tutearé dentro de poco..., dentro de poco, cuando la cordura... Bien. ¡Punto redondo! La vida, joven, es una mujer tumbada, con los pechos llenos y prietos, con un gran vientre liso y blanco entre las caderas robustas, con los brazos frágiles, los muslos carnosos y los ojos entornados, que, en su provocación magnífica y burlona, exige nuestro más alto valor, toda la fuerza de nuestro deseo masculino que le haga frente o que se rinda vencido..., vencido, joven, ¿comprende lo que esto significaría? La derrota del sentimiento ante la vida, ésa es la debilidad para la cual no hay perdón, no hay piedad, no hay dignidad, sino que se maldice despiadada y sardónicamente. ¡Punto redondo, joven! Asunto zanjado... Vergonzante y deshonroso son calificativos débiles para indicar esa ruina y esa quiebra, para ese espantoso ridículo. Es lo último, la desesperación infernal, el fin del mundo.

Mientras hablaba, el holandés había ido echando su imponente cuerpo cada vez más hacia atrás, al tiempo que su cabeza se inclinaba sobre el pecho como si fuera a dormirse. Sin embargo, al decir esta última palabra, tomó impulso y dejó caer el puño sobre la mesa con un terrible golpe de manera que el débil Hans Castorp, ya nervioso por el juego y el vino, se estremeció y contempló al coloso holandés con un respeto lleno de espanto.

«¡Fin del mundo!» ¡Qué bien le sentaban esas palabras! Hans Castorp no recordaba haberlas oído pronunciar más que durante la clase de religión, y no era casualidad, pensó, ¿a qué hombre entre cuantos conocía podía corresponderle mencionar una palabra tan terrible? ¿Quién estaba a la altura de ella? El pequeño Naphta, sin duda, hubiera podido hacerlo en determinado momento. Pero hubiese sido una usurpación y mera charlatanería, mientras que, en boca de Peeperkorn, esa palabra terrible cobraba todo su poder, fulminante y atronador como las trompetas del juicio final, alcanzaba toda su grandeza bíblica.

«¡Dios mío, qué personalidad la de este hombre! —pensó por enésima vez—. ¡Encuentro una personalidad de esta talla, y resulta ser el compañero de viaje de Clavdia!» Él mismo, bastante achispado, hacía girar su copa de vino sobre la mesa, tenía la otra mano en el bolsillo de la chaqueta y guiñaba un ojo a causa del humo del cigarrillo que sujetaba en la comisura de los labios. ¿No debía guardar silencio después de haber escuchado palabras tan fulminantes por parte de una auténtica personalidad? ¿Para qué hacer oír de nuevo su débil voz? Sin embargo, acostumbrado a la dialéctica por sus educadores demócratas —pues ambos poseían una naturaleza democrática, por más que uno de ellos lo negase—, no pudo resistirse a contestar con un comentario ingenuo, y dijo:

—Sus observaciones, Mynheer Peeperkorn —¡Menuda expresión: «observaciones»! ¡Como si evocar el fin del mundo pudiera ser una «observación»!—, sus observaciones me llevan de nuevo a lo que decíamos antes acerca del vicio y el pecado, a saber: que éste consiste en despreciar los dones de la vida más sencillos..., o, como usted decía: sagrados..., o, como digo yo: clásicos..., los dones de la vida realmente importantes y elementales, por así decirlo, en aras de otros dones mucho más sofisticados, artificiales, de los refinamientos a los que nos «abandonamos», como decía hace un momento uno de nosotros, mientras que, ante esos otros grandes dones, lo suyo es «rendirles honores» y mostrar «devoción». No obstante, en este punto me parece que se puede formular una disculpa... (discúlpeme, pero siento una inclinación natural hacia las disculpas, aunque las disculpas no tengan importancia, lo comprendo perfectamente)..., pues en eso mismo radica la disculpa que se le puede encontrar al pecado, en la medida en que éste es consecuencia de la «debilidad», como usted la ha llamado. Ha dicho cosas tan relevantes sobre el horror de la debilidad que me ha conmocionado profundamente. Ahora bien, yo creo que quien tiende al pecado no es insensible a tales horrores, sino todo lo contrario, les hace justicia en tanto el fracaso del sentimiento ante los dones clásicos de la vida le empuja al pecado, el cual, por consiguiente, no encierra ni tiene por qué encerrar un desprecio de la vida, dado que puede interpretarse igualmente como una forma de honrarla, teniendo en cuenta que lo que hemos denominado refinamientos, después de todo, son medios para alcanzar la embriaguez y un estado superior del espíritu... *stimulantia*, como se dice en latín: ayudas o recursos para aumentar el poder de nuestros sentidos, con lo cual también persiguen y actúan en aras de la vida, del amor al

sentimiento, del anhelo de sentir que subyace a la debilidad...
Quiero decir...

Pero ¿qué estaba diciendo? ¿No constituía una impertinencia democrática eso de decir «uno de nosotros» para referirse a una gran personalidad y a él? ¿Procedería el valor para cometer semejante insolencia de aquellos hechos oscuros del pasado que afectaban a los actuales derechos de propiedad sobre cierto bien? ¿Qué mosca le había picado para aventurarse en un análisis del «vicio»? Lo mejor que podía hacer era buscar una escapatoria, pues era evidente que había destapado la caja de los truenos.

Mientras Hans Castorp hablaba, Mynheer Peeperkorn había permanecido recostado en el respaldo de la silla, con la cabeza inclinada sobre el pecho, de manera que no se sabía si realmente había tomado nota de las palabras del joven. Sin embargo, poco a poco, mientras Hans Castorp se embrollaba progresivamente, él comenzó a erguirse, a hacerse más y más alto, imponente como un coloso, al tiempo que su mayestática cabeza se hinchaba y enrojecía, los arabescos que formaban las arrugas de su frente se ponían tensos y sus ojillos se dilataban cargados de pálidas amenazas. ¿Qué estaba pasando? Iba a darle un ataque de cólera, comparado con el cual el que acababa de tener hacía un momento no era más que un ligero mal humor. El labio inferior de Mynheer Peeperkorn se comprimía con una expresión de furor terrible contra el labio superior, de tal manera que las comisuras de la boca se curvaban hacia abajo y la barbilla se le adelantaba; su brazo derecho comenzó a levantarse lentamente, despegándose de la mesa hasta la altura de la cabeza y luego aún más arriba, con el puño cerrado, tomando un tremendo impulso para destruir, de un solo golpe, a aquel charlatán demócrata que, asustado y al mismo tiempo extrañamente regocijado ante aquella viva imagen de la cólera de un rey, apenas podía ocultar su temor y su deseo de huir de allí. Entonces Hans Castorp se adelantó a decir:

—Sin duda me he expresado mal. Todo eso es una cuestión de gradaciones y nada más. No puede llamarse pecado o vicio a algo de una categoría tan elevada. El vicio jamás ha sido algo grande. Los refinamientos no son algo grande. No obstante, desde tiempos inmemoriales, el hombre ávido de sentir ha recurrido a un medio, a una sustancia que le embriaga y le entusiasma y que, de hecho, incluso forma parte de los dones clásicos de la vida, de esos dones sencillos y sagrados y, en consecuencia, no viciosos ni pecaminosos; un remedio de categoría, si se me permite expresarlo así: el vino, un regalo de los dioses a los hombres, como ya afirmaban los antiguos pueblos humanistas, el invento filantrópico de un dios que incluso se relaciona con el nacimiento de la civilización, si se me permite recordarlo. ¿No se dice que, gracias al arte de plantar las viñas y exprimir los racimos, el hombre salió de su estado salvaje y conquistó la civilización? Incluso en nuestros días, los pueblos que producen buen vino se consideran más civilizados que aquellos que no tienen viñas. ¿No es esto digno de mención? Porque viene a decir que la civilización no tiene tanto que ver con la razón y con la cordura perfectamente articulada, sino con el entusiasmo, la embriaguez y el placer de los sentidos. ¿No es esto, si me permite preguntárselo, lo que usted piensa sobre este asunto?

¡Qué astuto era ese Hans Castorp! O, como había dicho Settembrini, con su finura de escritor, un «humorista». Imprudente e incluso impertinente en sus relaciones con las grandes personalidades, pero no menos astuto cuando se trataba de salir del atolladero. En primer lugar, había sabido improvisar en una situación de máximo peligro y salvar el honor de la embriaguez con bastante elegancia; además, como de pasada, había sacado el tema de la «civilización», la cual, desde luego, brillaba por su ausencia en la furibunda actitud de Mynheer Peeperkorn; y finalmente, había logrado desarmar y dejar fuera de lugar la actitud de rabia haciendo al basilisco una pregunta a la cual era imposible responder con el puño en alto.

El holandés, en efecto, cedió en su postura de dios iracundo a punto de hacer estallar el diluvio universal sobre la tierra; su brazo fue bajando lentamente hasta la mesa y su cabeza se deshinchó: «¡Tienes suerte!», podía leerse en su mirada, que ya había perdido parte de su brillo amenazador. La tempestad se disipaba, y, para acabarla de amainar, intervino madame Chauchat llamando la atención de su compañero de viaje sobre los demás invitados, que comenzaban a dar muestras de cansancio.

—Querido amigo, se olvida usted de sus invitados —dijo en francés—. Usted sólo hace caso a ese señor, con quien sin duda tiene importantes asuntos que tratar. Pero durante este tiempo, la partida prácticamente ha terminado y temo que nos sobrevenga el aburrimiento. ¿Quiere usted que levantemos la sesión?

Peeperkorn se volvió inmediatamente hacia los invitados. Era cierto: la desmoralización, el sueño y el aturdimiento se habían apoderado de ellos; cada cual se dedicaba a una cosa distinta, como los escolares cuando no están bajo la vigilancia del maestro. Algunos parecían a punto de dormirse. De inmediato, Peeperkorn tomó las riendas que había abandonado.

—¡Señores míos! —exclamó con el índice levantado, y aquel dedo terminado en punta era como una espada que diese la señal o como una bandera; su llamada: «¡Cobarde el que no me siga!», en cambio, se asemejaba más al grito de un caudillo que quiere detener una incipiente derrota. Su intervención les hizo reaccionar al instante. Todo el mundo se recompuso, los rostros apagados volvieron a sonreír y asintieron con la cabeza en respuesta a la mirada de los pálidos ojos (enmarcados por los incontables surcos de la frente) de su colosal anfitrión. Los tenía como hechizados y de nuevo les exhortaba a cumplir con su deber, uniendo las yemas del índice y del pulgar hasta formar un círculo y estirando los demás dedos como tres afiladas lanzas. Abrió luego su mano de capitán con un gesto protector, y de sus labios, dolorosamente desgarrados, comenzaron a brotar palabras cuyo carácter ininteligible surtió el máximo efecto sobre las mentes de sus acólitos gracias a sus temperamentales gestos.

—Señoras y señores: ¡Perfecto! La carne, señoras y señores, es... ¡Punto redondo! No, permítanme: «débil», así lo dicen las Escrituras... «Débil», es decir, inclinada a eludir... Pero apelo a su... Bueno, sin más a-pe-lo... Y ustedes me responderán: el sueño. Bien, señoras y señores, perfecto, excelente. Amo y rindo honores al sueño. Venero su voluptuosa profundidad, dulce y placentera. El sueño se encuentra entre... ¿cómo decía usted, joven? Entre los dones clásicos de la vida, entre los primeros, claramente entre los primeros... entre los principales. ¿Quieren ustedes hacer el favor de recordar? Getsemaní. «Se llevó con él a Pedro y a los hijos de Zebedeo. Y les dijo: "Permaneced aquí y velad conmigo".» ¿Se acuerdan ustedes? «Y vino junto a ellos y les encontró dormidos, y dijo a Pedro: "¿No podéis, pues, velar una hora conmigo?".» ¡Intenso, señoras y señores, impresionante, emocionante! «Y vino, pero los encontró dormidos, y sus ojos se hallaban llenos de sueño. Y Él les dijo: "¡Ah, queréis dormir y reposar! Ha llegado la hora...".» ¡Señoras y señores, conmovedor, desgarrador!

En efecto, todos estaban avergonzados y conmocionados hasta el fondo de su alma. Mynheer Peeperkorn había juntado las manos sobre el pecho, por encima de la rala barba, y había ladeado la cabeza. Su pálida mirada casi se había borrado, al oír de sus labios desgarrados aquella expresión de desolación y angustia mortal.

La señora Stöhr sollozó; la señora Magnus lanzó un profundo suspiro y el procurador Paravant, en calidad de representante y portavoz del grupo, se vio obligado a susurrar unas palabras que confirmasen al honorable huésped la adhesión de todos. Debía de haber habido un malentendido. Todo el mundo estaba alegre y despierto, encantado de estar allí y dispuesto a seguirle en lo que fuese de todo corazón. Era una velada de fiesta tan bella, tan extraordinaria... Todos se daban perfecta cuenta de ello y, por el momento, nadie pensaba ni remotamente en entregarse a ese don de la vida que es el sueño. Mynheer Peeperkorn podía contar con sus invitados, con el grupo entero y con cada uno en particular.

—¡Perfecto, excelente! —exclamó Peeperkorn, y se puso de pie. Separó de nuevo las manos y las alzó, con las palmas hacia fuera, como para iniciar una plegaria pagana. Su majestático rostro, contraído en una mueca de dolor como la de una escultura gótica, resplandecía ahora de gozo; e incluso le había salido un pícaro hoyuelo en la mejilla. «El pecado sería...», dijo, y pidió la carta de vinos, se puso el monóculo cuya patilla de carey le quedaba ajustada a la frente y pidió champán: tres botellas de Mumm & Co., Cordon rouge, muy seco; y, para acompañar, *petits fours*, unos deliciosos dulces en forma de conitos, de fina masa hojaldrada rellena de chocolate o crema de pistacho, con cobertura de azúcar de distintos colores y servidos en una blonda de papel.

La señora Stöhr se chupaba los dedos. El señor Albin, con auténtica maestría, liberó el corcho de la primera botella de su jaula de alambre, y lo hizo saltar hasta el techo con el ruido de una pistola de juguete, después de lo cual envolvió la botella en una servilleta para escanciar el champán como mandan los cánones de la elegancia. La delicada espuma manchó el mantel de la mesita auxiliar. Todos chocaron sus copas, que vaciaron de un solo trago, sintiendo en el estómago el electrizante cosquilleo de las burbujas frías y perfumadas. Los ojos comenzaron a brillar. El juego se había interrumpido sin que nadie juzgase necesario retirar las cartas ni el dinero. Todos se abandonaron al placer de holgar e iniciaron una charla sin sentido, cuyo contenido era fruto de la sensibilidad exacerbada de cada uno que tal vez revelaba las más bellas promesas en un estado primigenio, si bien su lengua de trapo no alcanzaba a articularlas y todo ello degeneraba en una especie de galimatías en parte indiscreto y en parte ininteligible que hubiera causado una vergüenza tremenda a cualquier persona cuerda, pero que dentro del grupo se consideraba perfectamente aceptable, pues todos estaban sumidos en el mismo estado de irresponsabilidad. Incluso la señora Magnus tenía las orejas coloradas y aseguraba que se sentía llena de vida, afirmación que no parecía hacerle mucha gracia al señor Magnus. Herminie Kleefeld apoyaba la espalda en el hombro del señor Albin y le tendía la copa para que se la llenase de vino. Peeperkorn dirigía la bacanal con parsimoniosos gestos, vigilaba que nunca faltasen provisiones. Después del champán mandó traer café, un moka muy fuerte, que de nuevo acompañó con «pan líquido» y con licores dulces —*abricot brandy*, *chartreuse*, crema de vainilla y marrasquino— para las señoras. Después aún hubo una ronda de cerveza con filetes de arenque en salazón, y finalmente té, tanto té chino como manzanilla para los que preferían abandonar el champán y los licores y emprenderla otra vez con un buen vino; como hizo el propio Peeperkorn, quien, después de medianoche, pidió un tinto local con una ingenua aguja para compartirlo con Hans Castorp y madame Chauchat y apuró una copa tras otra con verdadera sed.

A la una todavía duraba la fiesta, prolongada en parte por la enorme pesadez que traen consigo las borracheras, en parte por el particular atractivo de pasar una noche en vela, y en parte también por influencia del carismático Peeperkorn y su espeluznante evocación de la parábola de san Pedro y sus discípulos, de cuya debilidad de la carne no quería dar muestra ninguno de los allí presentes. En este sentido, las mujeres parecían más resistentes, pues mientras los caballeros, coloradotes o pálidos, estiraban las piernas, hinchaban los carrillos y se limitaban a beber y beber, de un modo completamente maquinal, ellas se mostraban más activas. Herminie Kleefeld, con los codos desnudos apoyados sobre la mesa y las mejillas en las manos, reía, mostrando las fundas de oro de sus dientes al doctor Ting-Fu, que también se reía como un conejo, mientras la señora Stöhr, con la cabeza coquetamente girada y hablando por encima del hombro, que, a su vez, adelantaba con gesto seductor, se esforzaba en hacer volver a la vida al procurador Paravant. La señora Magnus había acabado sentándose sobre las rodillas del señor Albin y le tiraba de las orejas, lo cual, curiosamente, era observado por el señor Magnus con cara de alivio. Anton Karlovich Ferge fue invitado a contar la historia de su horrible shock pleural, pero se embrollaba de tal manera que no lo consiguió, confesando a cambio que estaba arruinado, lo cual decidió a los demás a darse de nuevo a la bebida. De pronto, Wehsal rompió a llorar amargamente por alguna pena secreta que no fue capaz de explicar con palabras a sus compañeros y luego se volvió a entonar un poco gracias al coñac y al café que éstos le ofrecieron; por otra parte, su pecho tembloroso y su barbilla deformada por los pucheros, chorreando lágrimas, despertaron el interés de Peeperkorn, que levantó el dedo índice y abrió mucho los ojos reclamando la atención general sobre su estado.

—Pero, hombre... —dijo—. Pero, bueno, si... Permítame... ¡Por Dios! Sécale la barbilla, hija mía. ¡Toma mi servilleta! O mejor no, déjale. Él mismo renuncia a hacerlo. Señoras y señores... ¡Sagrado...! Sagrado en todos los sentidos, tanto en el cristiano como en el pagano. Un fenómeno tan esencial... Sumamente... no... no... esto es...

Estas palabras venían a ser una glosa del inicial «¡Pero, hombre!», así como el despliegue de gestos —un tanto burlones al final— que las acompañaron. Tenía una manera especial de unir el índice y el pulgar formando un círculo, manteniendo la mano en alto por encima de la oreja y apartando la cabeza hacia un lado, en una pose teatral que despertaba los mismos sentimientos que haría surgir un anciano sacerdote de un culto desconocido que, de pronto, se arremangara la túnica y comenzase a bailar alrededor del altar. Luego, repantigado en su silla de nuevo, rodeando con el brazo la silla vecina, obligó a todos –para su estupor– a concentrarse en recrear vivamente la ilusión de la mañana, de una fría y oscura mañana de invierno en la que el resplandor amarillento de nuestra lamparilla de noche se reflejase en los cristales de la ventana, entre las ramas desnudas, envueltas en el velo de niebla del amanecer, gélido e hiriente como el graznido de un cuervo... La fuerza de aquella imagen cotidiana que evocaba era tan grande que todos se sintieron escalofriados, sobre todo cuando sugirió que, a esa hora temprana, lo mejor era exprimirse una esponja de agua helada por la nuca, una sensación que calificó de sagrada.

Aquello no fue más que una digresión, un ejemplo didáctico para llamar la atención sobre ciertas cosas de la vida, un impromptu fantasioso que introdujo a modo de interludio para volver a concentrar todas sus acciones, intereses y sentimientos en la noche de fiesta. Se mostró enamorado de todas y cada una de las féminas que le rodeaban, sin discriminación de ningún tipo. Le hizo tales cumplidos a la camarera enana, que su cara, desmesuradamente grande y aviejada, se transformó en una mueca risueña; deleitó los oídos de la Stöhr de tal manera que la vulgar señora casi se descoyunta el hombro de tanto adelantarlo con gesto seductor y casi enloquece por completo en sus coqueteos; logró que la Kleefeld le diese un beso en su gran boca desgarrada e incluso encontró alguna gentileza que dedicarle a la pobre señora Magnus... y todo ello sin que se viese afectada en lo más mínimo su tierna entrega a su compañera de viaje, a quien a menudo besaba la mano con verdadera devoción caballeresca.

–El vino... –decía–. Las mujeres... Eso es..., en el fondo... Permítanme... El fin del mundo... Getsemaní...

Hacia las dos de la madrugada corrió la noticia de que el «viejo» –es decir, el doctor Behrens– se acercaba a marchas forzadas a los salones. Entonces estalló el pánico entre los ya agotados internos. Derribando sillas y cubos de hielo en su estampida, se dieron a la fuga por la biblioteca.

Peeperkorn, poseído por su terrible cólera de soberano al ver que su celebración de la vida se dispersaba bruscamente, dio un puñetazo en la mesa y trató de «esclavos cobardes» a todos los que huían, pero Hans Castorp y madame Chauchat consiguieron amansarle hasta cierto grado, haciéndole ver que la fiesta había durado unas seis horas y que en algún momento debía terminar de todas formas; y aludiendo también a la bendición del sueño reparador para convencerle de que se dejase llevar a la cama.

—¡Sostenme, hija mía! ¡Sostenme tú del otro lado, joven! —dijo a madame Chauchat y a Hans Castorp. Sostuvieron, pues, su pesado cuerpo, cuando se levantó de la silla, y le ofrecieron el brazo, y colgado de ambos comenzó a andar a grandes zancadas, haciendo eses con su poderosa cabeza ladeada sobre uno de los hombros y arrastrando a quienes trataban de conducirle a su habitación ya hacia un lado, ya hacia el otro.

Sin duda, el hacer que lo sostuvieran de aquella manera era un lujo de soberano que se permitía, pues en caso necesario, bien habría podido andar solo, pero despreciaba ese esfuerzo que, todo lo más, significaría que quería disimular ante el público su magna borrachera, de la cual no sólo no se avergonzaba, sino que estaba orgulloso, se complacía en ella y se divertía como un rey empujando y haciendo dar tumbos a derecha e izquierda a sus dos servidores. Mientras andaba, dijo:

—Hijos míos... Qué disparate... Naturalmente, nada de eso... Si este instante... Deberíais verlo... ¡Ridículo...!

—¡Ridículo! —confirmó Hans Castorp—. ¡Sin duda alguna! Abandonarse libremente en su honor también es una manera de honrar el don clásico de la vida. Sin embargo, seriamente... Yo, por mi parte, tengo mi opinión, si bien soy perfectamente consciente de que se me concede un honor excepcional al poder acompañar a la cama a una gran personalidad, aun cuando el grado de embriaguez que me posee no tiene ni punto de comparación con...

—¡Ya está bien, pequeño charlatán! —dijo Peeperkorn y, tambaleándose, le lanzó contra la barandilla de la escalera, arrastrando consigo a madame Chauchat.

Evidentemente, el rumor de que el doctor Behrens se acercaba había sido una falsa alarma. Tal vez la enana, ya cansada, había hecho circular el rumor para poner fin a la velada de una vez. Al darse cuenta de esto, Peeperkorn se detuvo y quiso volver atrás para continuar bebiendo; pero Hans Castorp y Clavdia le disuadieron, y él se dejó arrastrar de nuevo hacia su cuarto.

El criado malayo, un hombrecito con corbata blanca y zapatillas de seda negra, esperaba a su señor en el pasillo, delante de la puerta de la habitación, y le acogió con un solemne saludo, poniendo una mano sobre el pecho.

—¡Daos un beso! —ordenó Peeperkorn—. Joven, dale un beso en la frente a esa encantadora mujer para cerrar la velada —dijo a Hans Castorp—. No creo que ponga usted inconvenientes, y ella se lo devolverá. Hacedlo a mi salud y con mi permiso.

Pero Hans Castorp se negó.

—No, majestad —dijo—. Perdóneme, pero eso no puede ser.

Peeperkorn, apoyado en su criado, abrió mucho los ojos, arrugó la frente y quiso saber por qué.

—Porque yo no puedo cambiar besos en la frente con su compañera de usted —dijo Hans Castorp—. ¡Buenas noches! No. Eso sería un disparate mayúsculo desde todo punto.

Y como madame Chauchat también se dirigía hacia la puerta de su habitación, Peeperkorn dejó que el joven rebelde se marchase, aunque le siguió con la mirada durante un momento, por encima de su hombro y del hombro del malayo, con las cejas arqueadas y la frente surcada de profundas arrugas, sorprendido ante aquella insubordinación que su naturaleza de soberano no estaba acostumbrada a soportar.

MYNHEER PEEPERKORN (CONTINUACIÓN)

Mynheer Peeperkorn residió en el sanatorio Berghof durante todo aquel invierno –durante los meses que restaban– y hasta la primavera, de modo que al final aún pudo hacerse una memorable excursión, en grupo (también tomaron parte en ella Naphta y Settembrini), al valle del Flüela, hasta la cascada... ¿Al final? ¿Es que Peeperkorn no se quedó más tiempo? –No, no permaneció más tiempo–. ¿Se marchó? –Sí y no–. ¿Sí y no? ¡Por favor, basta de misterios! Sabremos cómo afrontar la noticia. También el teniente Ziemssen abandonó este mundo, por no hablar de otros tantos, menos honorables, a quienes arrastró consigo la danza de la muerte. ¿De modo que el inclasificable holandés murió de sus malignas fiebres tropicales? –No, no murió de fiebre, pero ¿por qué tanta impaciencia? Es condición de la vida y de la narración que las cosas vayan transcurriendo unas tras otras, y conviene respetar las formas del conocimiento humano que debemos a Dios. Rindamos al tiempo, cuando menos, los honores que la naturaleza de nuestra historia nos permite rendirle. Por otra parte, tampoco hay mucho más que contar, habremos terminado en dos patadas –como se dice vulgarmente– o, si esto resulta demasiado brusco, trataremos de avanzar con mayor sigilo.

Una pequeña aguja mide nuestro tiempo, se mueve a pasitos, como si marcase los segundos, cuando, en realidad, Dios sabe qué marca cada vez que cumple su ciclo completo y, a sangre fría, sigue avanzando sin detenerse. Ya llevamos años aquí arriba, eso es seguro, y sentimos vértigo, todo nos da vueltas en una especie de sueño vicioso sin necesidad de opio ni hachís, y el censor de la moral nos va a condenar... y, sin embargo, hacemos frente a este terrible estado de obnubilación con intencionada lucidez y agudeza lógica. No es casualidad —y el lector habrá de reconocerlo— que hayamos buscado la compañía de mentes preclaras como las de Naphta y Settembrini en lugar de rodearnos de dudosos Peeperkorns, por ejemplo, lo cual nos lleva a establecer una comparación en la cual, en cierto sentido —y en concreto a la hora de decidir quién poseía la personalidad más fuerte— la balanza se inclinaba de manera inevitable a favor de este personaje tardíamente aparecido en escena; como también se inclinaba a su favor Hans Castorp cuando, tumbado en su terraza, reconocía para sus adentros que Pieter Peeperkorn dejaba pequeños a aquellos dos retorcidos pedagogos que se disputaban su pobre alma, con lo cual se sentía tentado de calificarles con la misma palabra que, en su mayestática embriaguez, le había lanzado éste a él: «pequeños charlatanes», y consideraba una feliz circunstancia el que la pedagogía hermética le hubiese brindado la oportunidad de entrar en contacto con una auténtica personalidad como era el holandés.

El hecho de que dicha «gran personalidad» fuese el compañero de viaje de Clavdia Chauchat y, por consiguiente, también constituyese un gran obstáculo era una cuestión aparte que no influía a Hans Castorp en sus valoraciones. Insistimos: el mero hecho de que Peeperkorn y la dama a la que Hans Castorp pidiera prestado el lápiz cierta noche de Carnaval viajasen juntos y con un «fondo común» no interfería en absoluto con la sincera —si bien, a veces, también un tanto temeraria— estimación que el joven sentía hacia él. Hans Castorp no era así, aunque contamos con que algunos de nuestros lectores puedan escandalizarse ante semejante falta de temperamento, prefiriendo que hubiese odiado y evitado a Peeperkorn y que, en su fuero interno, sólo le hubiese considerado un viejo chiflado y un borrachuzo, en vez de visitarle cuando se hallaba presa de sus fiebres intermitentes y sentarse a la cabecera de su cama a «charlar» con él —expresión que, naturalmente, sólo puede aplicarse a las nimias palabras de Hans Castorp, no a las mayestáticas manifestaciones de Peeperkorn–, y exponerse a los efectos de esa gran personalidad con la curiosidad de un aventurero que quiere instruirse. Ahora bien, esto lo hacía, y así lo consignamos, con indiferencia ante el peligro de que su comportamiento pudiera recordarle a alguien a Ferdinand Wehsal llevándole el abrigo a Hans Castorp. Esto no tiene nada que ver. Nuestro héroe no tenía nada que ver con el «señor Suplicio». Las profundidades de la miseria espiritual no iban con él. Sencillamente, no era ningún «héroe», es decir: no permitía que la mujer determinase su manera de relacionarse con el sexo masculino. Fieles a nuestro principio de no hacerle ni mejor ni peor de lo que era, hacemos constar que se oponía sin más –no consciente ni expresamente, sino de un modo ingenuo– a dejarse llevar por sentimientos novelescos que le hubiesen impedido hacer justicia a su propio sexo y, por ende, también vivir ciertas experiencias harto provechosas para su formación en este ámbito. Eso puede no gustar a las mujeres; de hecho, creemos que madame Chauchat, sin quererlo, se enfadó con él por eso. Las observaciones irónicas que hizo y que nosotros repetiremos a su debido tiempo, lo hacen suponer así. Aunque tal vez es posible que ése fuera el rasgo de su carácter que le convertía en objeto de las constantes disputas de los pedagogos.

Peeperkorn estaba enfermo en cama con frecuencia. No extrañará a nadie saber que se encontrase mal justo al día siguiente de aquella primera velada de juego y champán. Casi todos los invitados a la fiesta se habían sentido igualmente indispuestos y fatigados, sin exceptuar a Hans Castorp, que sufría un fuerte dolor de cabeza pero que no por ello dejó de ir a visitar a su anfitrión de la noche anterior. Se hizo anunciar a Peeperkorn por el criado malayo, a quien encontró en el pasillo del primer piso, y fue invitado a pasar.

Entró, pues, en el dormitorio del holandés, atravesando el salón que lo separaba de la habitación de madame Chauchat, y pudo comprobar que aquella habitación se diferenciaba de los habituales cuartos del Berghof tanto por sus dimensiones como por la elegancia de su decoración. Había sillones tapizados de seda y mesas de patas curvas. Una mullida alfombra cubría el suelo, y tampoco las camas eran como las higiénicas camas de sanatorio corrientes, sino –se diría– magníficas, de cerezo barnizado con adornos de cobre y con un pequeño dosel sin cortinas, una especie de pequeño baldaquino que unía las dos camas de la habitación.

Peeperkorn estaba tumbado en una de ellas. Sobre el edredón de seda roja se veían libros, cartas y periódicos, y estaba leyendo *Der Telegraaf* con los lentes sobre la nariz. Sobre una silla, al lado de la cama, había una bandeja con un servicio de café; en la mesita y entre algunos medicamentos destacaba una botella de vino tinto medio vacía; era el ingenuo vino de aguja de la noche anterior.

Con discreta sorpresa, Hans Castorp se dio cuenta de que el holandés no llevaba un camisón blanco, sino uno de lana de mangas anchas, con botones en los puños y sin cuello, que se pegaba a los anchos hombros y al poderoso pecho del añoso caballero. Aquella indumentaria daba a su mayestática cabeza un aspecto todavía más distinguido, alejado de lo burgués, un aire en parte popular y obrero, en parte intemporal, eterno como un busto clásico.

–¡Absolutamente, joven! –dijo, cogiendo su binóculo de carey de la patilla y quitándoselo–. Le ruego... ¡Nada de eso, al contrario!

Hans Castorp se sentó cerca de él y disimuló su admirada compasión (¿no era acaso verdadera admiración lo que, en justicia, se imponía que sintiese?) con una charla amistosa y animada que Peeperkorn secundaba con la grandiosa incoherencia y los desmesurados gestos que le caracterizaban. El holandés no tenía buen aspecto; estaba amarillo, muy desmejorado y con gesto de sufrimiento. Por la mañana había tenido un violento acceso de fiebre y la fatiga resultante se sumaba a la resaca.

—Ayer fuimos un poco lejos —dijo—. No, permítame...
¡Demasiado lejos! Usted todavía... Bueno, eso no tiene importancia... Pero a mi edad y en un estado tan delicado... ¡Hija mía! —Y, con una severidad tierna, pero decidida, se volvió hacia madame Chauchat, que acababa de entrar por el salón—. Todo va bien, pero repito que hubiese sido mejor ir con cuidado, que deberías haberme impedido...

En su rostro y su voz se percibía la sombra de uno de sus estallidos de cólera real. Pero bastaba cón imaginar la tempestad que hubiese estallado si de verdad se le hubiese impedido beber para captar lo injusto y absurdo de su reproche. Sin duda, tales recriminaciones injustas van unidas a la grandeza. Su compañera de viaje no le hizo ningún caso y saludó a Hans Castorp, que se había puesto en pie; no le tendió la mano pero, con una sonrisa, le invitó a que se sentase, a que en modo alguno interrumpiese su agradable *tête-à-tête* con Mynheer Peeperkorn. Luego comenzó a ir y venir por el cuarto, ocupada en mil cosas, dio orden al criado de que se llevase la bandeja del café, desapareció un momento y volvió de puntillas para participar un instante en la conversación, sin sentarse; o, si queremos reflejar la vaga impresión de Hans Castorp, para vigilar un poco a los caballeros.

Naturalmente, ella podía volver al Berghof acompañada de una personalidad de gran talla, pero, desde el momento en que aquel que tanto tiempo la había esperado allí arriba mostraba a dicha personalidad —de hombre a hombre— todo el respeto que merecía, manifestaba desasosiego e incluso cierta irritación con sus comentarios de «pero no se moleste» y «pero no faltaba más». Hans Castorp sonrió, ladeando un poco la cabeza para disimular su sonrisa, y sintió que le invadía una inmensa dicha.

Peeperkorn sirvió unas copas de vino de la botella que tenía sobre la mesita de noche. En tales condiciones, dijo el holandés, lo mejor era retomar las cosas donde habían quedado la noche anterior, y aquel vino espumoso suplía maravillosamente al agua carbonatada. Brindó con Hans Castorp, mientras éste, al tiempo que bebía, miraba cómo su mano de capitán –aquella mano pecosa, de puntiagudas uñas, aprisionada en el puño por el botón del camisón de lana– levantaba la copa, cómo sus labios anchos y desgarrados tocaban el borde y cómo el vino iba resbalando por aquella garganta en parte de obrero y en parte de estatua. Luego hablaron del medicamento que había sobre la mesita de noche, un jarabe oscuro del que Peeperkorn tomó una cucharada, que madame Chauchat le había ofrecido después de recordarle que era la hora. Era un antipirético que contenía principalmente quinina. Peeperkorn le dio a probar un poco a su visitante para que apreciase el gusto característico, el sabor fuerte y amargo de aquel preparado, y elogió la quinina, que no sólo era beneficiosa porque destruía los gérmenes y ejercía una influencia saludable sobre el sistema térmico del cuerpo, sino que también debía apreciarse como tónico: reducía la eliminación de proteínas, favorecía la asimilación de los nutrientes y, en general, era un auténtico bálsamo que curaba, entonaba y reanimaba; aunque también era un estupefaciente. A base de jarabe podía uno coger una pequeña cogorza... bromeó el holandés, haciendo el mismo gesto grandioso con la mano a la altura de la cabeza y recordando de nuevo a un sacerdote pagano realizando su peculiar danza.

Sí, desde luego, aquella corteza febrífuga era una maravilla. Por otra parte, todavía no hacía tres siglos que la farmacopea de nuestro continente la conocía, y no hacía ni siquiera cien años que la química había descubierto –o, en cierta medida, analizado– el alcaloide al que en realidad debía sus virtudes: la quinina; porque la química no podía afirmar haber encontrado la fórmula completa de su composición, ni tampoco ser capaz de producirla artificialmente. Nuestra farmacopea hacía bien en no presumir de sus conocimientos, pues lo mismo que con la quinina sucedía en muchos otros casos: sabía algunas cosas acerca de la dinámica y de los efectos de determinadas sustancias, si bien la pregunta concreta sobre las causas u orígenes de dichos efectos la ponía en un aprieto en más de una ocasión. El joven podía dedicarse a estudiar la toxicología, pero nadie podría decirle nada acerca de las propiedades elementales que determinaban los efectos de aquellas sustancias consideradas tóxicas. Por ejemplo, ahí están los venenos de las serpientes, sobre los cuales no se sabe más que lo siguiente: que esas sustancias animales forman parte de las cadenas de proteínas, que se componen de diferentes proteínas y, sin embargo, sólo producen su fulminante efecto cuando están combinadas de una manera determinada... es decir, justo de esa manera que aún no se ha sabido determinar; que cuando entraban en el sistema circulatorio producían unos efectos sobre los cuales no cabía sino sorprenderse, dado que nadie acostumbra a asociar las proteínas con el veneno. No obstante, dijo también Peeperkorn al mismo tiempo que alzaba una mano —con el índice y el pulgar formando un anillo y los otros tres dedos rectos como tres lanzas— y la mantenía a la altura de la frente, surcada por infinitas arrugas y aureolada por blancas guedejas, en el mundo de la química todas las sustancias encerraban a la vez la vida y la muerte. Todas podían ser bálsamos y venenos al mismo tiempo. La farmacopea y la toxicología eran, en el fondo, una misma disciplina; los venenos podían traer consigo la curación, en tanto lo que se consideraba un elixir de la vida, en ciertas circunstancias, podía matar de un golpe en un segundo.

Peeperkorn hablaba de los venenos y los bálsamos con un dominio impresionante y una coherencia totalmente inusual en él, y Hans Castorp le escuchaba, asintiendo con la cabeza ladeada, absorto no tanto por el contenido del discurso, que parecía interesar mucho a Peeperkorn, como por el callado estudio de los efectos de aquella gran personalidad que, en último término, le parecían tan inexplicables como los del veneno de las serpientes.

En el mundo de la química, lo esencial era la dinámica

–decía Peeperkorn–; todo lo demás estaba subordinado a ella. También la quinina era un veneno curativo, de los más potentes, incluso. Cuatro gramos de quinina podían producir sordera, vértigo, cortaban la respiración, alteraban la visión como la atropina, embriagaban como el alcohol... y los obreros que trabajaban en las fábricas de quinina tenían los ojos irritados, los labios hinchados y sufrían erupciones en la piel. Y comenzó a hablar de la quinina y de los quinos de las selvas vírgenes de la Cordillera, donde crecían a tres mil metros de altura. Se había traído esa corteza a España muy tardíamente, bajo el nombre de «polvos de los padres jesuitas»; esa corteza cuyas virtudes conocían los indígenas de Sudamérica desde los tiempos más remotos. Luego describió las formidables plantaciones de quina que el gobierno holandés poseía en Java, y los millones de libras de corteza roja y semejante a la canela que se facturaban cada año en los barcos hacia Amsterdam o Londres...

Las cortezas en general, el tejido que formaba la corteza de árboles y arbustos, desde la epidermis hasta el cámbium, tenían algo especial, casi siempre tenían propiedades dinámicas extraordinarias, ya fuera para bien o para mal... En eso, los pueblos de color estaban mucho más avanzados que nosotros en el conocimiento de las drogas. En algunas islas, al este de Nueva Guinea, los jóvenes preparaban un filtro de amor con la corteza de un determinado árbol, probablemente un árbol venenoso, como el *antiaris toxicaria* de Java, que, al igual que el manzanillo emponzoña el aire con sus emanaciones aturdiendo mortalmente a los hombres y a los animales. Machacaban la corteza de ese árbol, mezclaban el polvo así obtenido con nuez de coco, envolvían esa mezcla en una hoja y la cocían. Luego salpicaban el jugo sobre la cara de la mujer amada que no les correspondía mientras dormía, y ella se enamoraba locamente de quien le hubiese salpicado. A veces era la corteza de la raíz lo que poseía el poder, como en el caso de una especie de liana del archipiélago malayo, llamada *strychnos tieuté*, a la que los indígenas añadían veneno de serpiente para preparar el *upas radscha*, una droga que, introducida en la sangre, por ejemplo por medio de una flecha, producía una muerte instantánea, sin que nadie pudiera decir cómo. Sólo se sabía que, por su comportamiento dinámico, el *upas* era similar a la estricnina... Peeperkorn –que había terminado por sentarse a la cama y de vez en cuando, con su temblorosa mano de capitán, elevaba el vaso de vino hasta sus labios desgarrados para beber a grandes sorbos– habló también del *strychnos* de la costa de Coromandel, de cuyas bayas de color naranja –la nuez vómica– se extraía el alcaloide más dinámico de todos: la estricnina; en voz baja y con las cejas arqueadas, habló de las ramas cenicientas frente al follaje extraordinariamente brillante y las flores de un amarillo verdoso de aquel árbol, de tal manera que el joven Hans Castorp se formó de él una imagen triste a la par que estridente hasta la histeria, y toda aquella conversación se le antojó un tanto siniestra.

Entonces, también intervino en la conversación madame Chauchat, subrayando que no le hacía ningún bien, que Mynheer Peeperkorn se fatigaba y así volvería a subirle la fiebre; que, lamentando muchísimo interrumpir su charla, se veía obligada a pedir al joven Hans Castorp que diese por terminada su visita de aquel día. Así lo hizo, naturalmente, pero aún tendría numerosas ocasiones de repetir la escena durante las fiebres cuartanas que sufrió Peeperkorn en los meses siguientes, en los que con frecuencia se vio a Hans Castorp sentado junto a la cama del mayestático holandés mientras madame Chauchat les vigilaba discretamente o tomaba parte en la conversación. E incluso los días en que Peeperkorn no tenía fiebre, Hans Castorp pasaba unas horas con él y con su compañera de viaje, elegantemente adornada con un collar de perlas.

Cuando el holandés no estaba en la cama, reunía en torno suyo, después de la comida, un pequeño y selecto círculo de internos del Berghof, para jugar, beber y dedicarse a toda suerte de diversiones, bien en el salón —como la primera noche— o en el restaurante, y Hans Castorp ocupaba su sitio habitual entre la bella dama de relajadas costumbres y el coloso de Java.

Incluso daban paseos juntos al aire libre, uniéndose a ellos los señores Ferge y Wehsal, y luego Settembrini y Naphta, los eternos adversarios en el duelo intelectual, con quienes se encontraron un día y a quienes Hans Castorp se sintió verdaderamente satisfecho de poder presentar a Peeperkorn, así como a Clavdia Chauchat, sin preocuparle en absoluto si aquellas presentaciones y aquella relación serían agradables o no a los ingeniosos duelistas, y con la secreta convicción de que, como tenían necesidad de un objetivo pedagógico, preferirían acoger bien a unos compañeros indeseables que renunciar a discutir delante de él.

En efecto, no se equivocaba respecto al presentimiento de que los miembros de su variopinto círculo de amigos se acostumbrarían a no acostumbrarse los unos a los otros. Como era de esperar, eran muchas las tensiones, las diferencias e incluso ciertas hostilidades inconfesadas entre ellos; de hecho, nosotros mismos nos maravillamos de cómo un héroe tan insignificante lograba agruparlos a todos a su alrededor... Tal vez lo explique aquel carácter suyo tan afable y un tanto pícaro, para el que todo era «digno de ser escuchado» y que podía calificarse de sociable (sociable incluso en el sentido de que no sólo reunía a su alrededor a las personas y personalidades más dispares, sino que también las unía, hasta cierto punto, entre ellas).

¡Singulares relaciones! Nos sentimos tentados de mostrar por un instante el complejísimo entramado que formaban, tal y como el propio Hans Castorp lo veía con ojos de pícaro y contento de vivir durante aquellos paseos. Estaba, por ejemplo, el desgraciado Wehsal, que deseaba ardientemente a madame Chauchat y se rebajaba adulando a Peeperkorn y a Hans Castorp; al primero, por ser el presente soberano, y al segundo, en consideración a su pasado. También estaba Clavdia Chauchat, la enferma viajera de felinos andares, la sierva de Peeperkorn –y, además, sierva por plena convicción–, un poco inquieta y secretamente ofendida al ver a su caballero de cierta lejana noche de Carnaval intimando con su actual dueño y señor. ¿No recordaba tal irritación a la que le producía también el trato con Settembrini, con aquel gran charlatán humanista que tan antipático le era y al que consideraba presuntuoso e inhumano, con aquel amigo y educador del joven Hans Castorp a quien tanto le hubiera gustado pedir explicaciones sobre lo que cierta noche –y en aquel idioma mediterráneo suyo del que ella no comprendía ni palabra, tan poco como él de la lengua de ella por más que la despreciase con aire de suficiencia– le había dicho a aquel muchacho alemán tan sumamente correcto, a aquel lindo burgués de buena familia con su manchita húmeda en el pulmón cuando se disponía a acercarse a ella?

Hans Castorp, perdidamente enamorado –como se dice vulgarmente–, tan perdidamente como se ama cuando se trata de un amor prohibido e irracional en el que quedan totalmente fuera de lugar las ligeras cancioncillas románticas que tararean los enamorados del mundo de allá abajo, profundamente enamorado y, por ende, dependiente, sumiso, sufriente y servil, era, después de todo, lo bastante fuerte para mostrar cierta picardía dentro de su esclavitud y saber muy bien qué valor podía llegar a tener y debía mantener su entregada devoción por la bella enferma de felinos andares y seductores ojos tártaros: un valor sobre el cual –como se decía Hans Castorp a pesar de su humillante sumisión a la dama– tal vez pudiera despertar su atención la manera en que se comportaba con ella Settembrini, aquella actitud que no hacía más que fomentar la suspicacia de madame Chauchat y era todo lo hostil que permitían las normas de la cortesía humanista.

Sin embargo, lo peor –aunque ventajoso a los ojos de Hans

Castorp– era que ella tampoco encontraba una verdadera compensación en sus relaciones con Leo Naphta, en las que había depositado grandes esperanzas. Cierto es que no encontraba en él aquel rechazo de base que mostraba hacia ella el señor Lodovico, y que con Naphta le resultaba más fácil entablar conversación: a veces, Clavdia y el mordaz hombrecillo mantenían una conversación aparte; hablaban de libros o de problemas de filosofía política, respecto a los cuales compartían una postura extremista; y Hans Castorp lo veía con buenos ojos. Con todo, madame Chauchat no dejaba de percibir que aquel advenedizo –siempre muy cauteloso, como todos los advenedizos– marcaba cierta distancia aristocrática en el trato con ella; en el fondo, su radicalismo español tenía muy poco que ver con el concepto de «lo humanóo» de aquella mujer de relajadas costumbres que iba por el mundo dando portazos, y a esto se sumaba, como colofón, una ligera hostilidad difícilmente explicable por parte de ambos pedagogos, Settembrini y Naphta, que no escapaba a su intuición femenina (como tampoco a su enamorado caballero de la noche de Carnaval) y cuyo origen se remontaba a la relación que estos dos guardaban con el joven, con Hans Castorp: era el rechazo de la mujer por parte del pedagogo porque la mujer representaba el elemento perturbador que apartaba al discípulo de su camino; era una enemistad tan inconfesada como elemental en la que ambos educadores se unían porque veían cómo sus tremendas discrepancias en otros ámbitos se canalizaban aquí contra un adversario común.

¿No había también algo de aquella hostilidad en la actitud que adoptaban los dos pedagogos respecto a Mynheer Peeperkorn? Así creía percibirlo Hans Castorp, quien –con cierta malicia– lo había esperado y que, en general, había ansiado juntar a aquel mayestático orador de incomprensible discurso con sus dos «consejeros de gobierno», como solía llamar en broma a Naphta y Settembrini, y estudiar los efectos de la confrontación. Mynheer no era tan impresionante al aire libre como en un espacio cerrado. El sombrero de fieltro de ala ancha que llevaba calado hasta la frente y que ocultaba sus largos mechones blancos y los profundos surcos de su frente empequeñecía sus facciones, como si todo su rostro se encogiese e incluso su gran nariz coloradota perdiese majestad.

También resultaba mucho más imponente viéndole de pie, quieto, que caminando. Tenía la costumbre de cargar todo el peso de su voluminoso cuerpo e incluso inclinar la cabeza hacia el lado del pie que avanzaba mínimamente a cada paso, con lo cual sus andares parecían mucho más los de un anciano bonachón que los de un gran rey; además, no solía andar erguido, sino un poco encorvado. Con todo, aun así sacaba una buena cabeza a Lodovico y, por supuesto, al pequeño Naphta... Mas no era ése el único motivo por el que –como Hans Castorp había imaginado a priori– su presencia ejercía tanta, tantísima presión sobre los dos políticos.

Era una particular forma de hacer presión, de minimizar y menoscabar a los otros por comparación con él, perceptible tanto por parte del avezado observador como de los implicados, ya se tratase de los dos pedagogos, invencibles con la palabra pero de cuerpos enclenques, ya del coloso holandés, incapaz de articular una frase coherente.

Peeperkorn trataba a Naphta y a Settembrini con una corrección y atención extremas, con un respeto que Hans Castorp hubiera calificado de irónico si no hubiese sido plenamente consciente de que tal actitud era incompatible con la idea de grandeza. Los reyes no conocen la ironía, ni siquiera en tanto recurso retórico clásico, y mucho menos en un sentido más complejo. Era más bien una burla a la vez sutil y grandiosa lo que, oculto –o tal vez no tan oculto– bajo una apariencia de seriedad un tanto exagerada, caracterizaba la conducta del holandés respecto a los amigos de Hans Castorp.

–Sí, sí –decía, por ejemplo, amenazándolos con el dedo y apartando la cabeza al tiempo que sonreía con aire burlón–.

Son... Son... Señoras y señores, llamo especialmente su atención sobre... *Cerebrum*... cerebral. ¡Ya me entienden...! No... No..., perfectamente, extraordinario, esto quiere decir..., aquí se demuestra claramente...

Los otros se vengaban intercambiando miradas que, a continuación, elevaban desesperadamente hacia el cielo y que después buscaban los ojos de Hans Castorp, quien, a su vez, procuraba no darse por aludido.

En una ocasión, Settembrini pidió cuentas a su discípulo directamente y manifestó así su inquietud de pedagogo:

—¡En nombre de Dios, ingeniero! ¡Pero si es un viejo estúpido! ¿Qué ve usted de extraordinario en él? ¿En qué puede serle útil? ¡No me cabe en la cabeza! Lo entendería, sin que ello implicase que me pareciera loable, si usted se limitase a tolerarle, si, por mediación suya, buscase la compañía de la que por el momento es su amante. Pero es imposible no darse cuenta de que usted se interesa por él tanto como por ella. Explíquemelo, se lo ruego...

Hans Castorp se echó a reír.

—¡Por supuesto! —dijo—. Perfecto... El caso es que... Permítame... ¡Bien! —Y trataba de remedar también los gestos de Peeperkorn—. Sí,.., sí... —Y seguía riendo—. A usted le parece estúpido, señor Settembrini; de todos modos, está muy poco claro lo que, a sus ojos, es todavía peor que estúpido. ¡Ah, la estupidez! ¡Hay tantas clases distintas de estupidez! Y seguro que la inteligencia no es la mejor de ellas... Me parece que he dicho algo importante... una máxima... ¿Le gusta?

—Mucho. Espero con impaciencia la publicación de su primer volumen de aforismos. Tal vez esté aún a tiempo de rogarle que tenga usted en cuenta ciertas consideraciones, que ya comentamos en su día, sobre el peligro que la paradoja encierra para el hombre.

—No dejaré de hacerlo, señor Settembrini. No, no crea que mis palabras iban buscando la paradoja. Sencillamente, quería decirle que a veces es muy difícil discernir la estupidez de la inteligencia. Es tan difícil separarlas, están a un paso tan pequeño la una de la otra, ¿verdad? Ya sé que usted odia el *guazzabuglio* místico y se atiene al juicio, a las valoraciones racionales, y en esto le doy toda la razón. Sin embargo, distinguir la estupidez de la inteligencia a veces constituye un auténtico misterio; y a veces también tenemos derecho a interesarnos por los misterios, siempre que sea con el sincero deseo de profundizar en ellos en la medida de lo posible. Voy a hacerle una pregunta: ¿Puede negar que Peeperkorn nos tiene a todos «en el bote», a todos nosotros? Me expreso de un modo vulgar pero, según veo, no puede negarlo. Nos tiene en el bote y de alguna manera, eso le da derecho a burlarse de nosotros. ¿Por qué? ¿Hasta qué punto? Sin duda, no es por privilegio de su inteligencia. Admito que no puede decirse que sea inteligente. Lo suyo es más bien la confusión, el sentimiento... sí, el sentimiento es justo «su fuerte», si me disculpa una expresión tan coloquial. Y digo entonces: no nos conquista por su inteligencia, no nos conquista por motivos intelectuales... Usted lo impediría y, de veras, no es el caso en modo alguno. Aunque tampoco es el elemento físico lo que nos cautiva. No son sus hombros de capitán, no es esa fuerza muscular bruta que podría derribarnos a todos de un puñetazo. A él ni se le ocurre pensar en que sería capaz de eso; y, si alguna vez lo piensa, bastan cuatro palabras educadas para calmarle... No se trata, por lo tanto, de una cuestión física. Sin embargo, es evidente que su físico tiene algo que ver en todo ello, no en el sentido de la fuerza muscular, sino en otro... en un sentido místico; pues en cuanto entra en juego el elemento físico, todo se vuelve místico... y lo físico se torna espiritual, y a la inversa, y ya no pueden diferenciarse; como tampoco pueden diferenciarse la inteligencia de la estupidez, pero ahí está su efecto, su fuerza dinámica... y nos vemos seducidos por ella. Y para definir eso sólo tenemos una palabra: «personalidad». Y creo que así se utiliza de la manera adecuada, pues todos somos personas... personas jurídicas o personas en un sentido moral... ¡Y qué personalidades! Pero aquí no nos referimos a eso. Hablamos de personalidad entendida como un misterio que va más allá de la inteligencia y la estupidez y por el que existe todo el derecho a interesarse, en parte con el fin de profundizar en él en la medida de lo posible, en parte para aprender algo de él en la medida en que no es posible acceder a sus profundidades. Y ya que usted se rige por la escala de valores, yo diría que la personalidad, después de todo, es un valor positivo, más positivo que la estupidez y la inteligencia, positivo en grado sumo, absolutamente positivo, en resumen: un valor vital que, por lo tanto, justifica plenamente que uno se interese por él de vez en cuando. Creo que esto es lo que debía responder a lo que usted decía de la estupidez.

Hacía tiempo que Hans Castorp no se turbaba ni vacilaba cuando exponía sus ideas, ya no se «quedaba atascado». Pronunció, pues, su réplica hasta el final, hizo su correspondiente inflexión de la voz para poner el punto que cerraba la frase y recorrió su camino como un hombre, aunque no pudo evitar ruborizarse y, en el fondo, sentía un poco de miedo ante el silencio crítico que, como él bien sabía, habría de seguir a su parlamento para que le diese tiempo a avergonzarse. Settembrini prolongó aquel silencio y luego dijo:

—Insiste usted en que no va buscando la paradoja. Pero sabe perfectamente que no me gusta verle adentrarse en los misterios. Haciendo de la personalidad un misterio corre el peligro de caer en la idolatría. Usted venera a una máscara. Usted ve mística donde no hay más que mistificación, una de esas formas vacías y engañosas por medio de las cuales el demonio del cuerpo gusta burlarse de nosotros. ¿Nunca ha frecuentado a gente del teatro? ¿No conoce a ninguno de esos actores cuya cabeza parece reunir rasgos de Julio César, Goethe y Beethoven pero que, en cuanto abren la boca, demuestran ser los más míseros botarates sobre la faz de la tierra?

—De acuerdo. Un espejismo —dijo Hans Castorp—. Pero no es sólo un espejismo, no es una mera ilusión, pues dado que esos hombres son actores, también tienen que tener talento, y el talento es superior a la inteligencia y a la estupidez, y es un valor vital por sí mismo. Mynheer Peeperkorn también tiene talento, por mucho que usted diga, y gracias a su talento nos tiene a todos en el bote. Ponga, por ejemplo, en un rincón de una sala a Naphta pronunciando una conferencia sobre san Gregorio Magno y el Estado de Dios, sumamente interesante; ponga en el extremo opuesto a Peeperkorn, con esa boca suya tan rara, como desgarrada, y esa frente surcada de arrugas, y que no diga más que sus típicos «¡Desde luego! Permítame... ¡Punto redondo!». Ya verá cómo el público se agolpa en torno a Peeperkorn, todo el mundo; Naphta, en cambio, se quedará solo con su inteligencia y su Estado de Dios, aunque se exprese con tal claridad que sus palabras nos calen hasta los huesos, como dice Behrens.

—¡Avergüéncese de adorar el éxito de esa manera! —le amonestó Settembrini—. *Mundus vult decipi*. No pretendo que siga ciegamente a Naphta. Es un intrigante muy peligroso. Ahora bien, no puedo sino inclinarme a su favor en presencia de ese teatro imaginario que usted ha descrito y que parece aplaudir de un modo más que censurable. ¡Desprecie usted la claridad, la precisión y la lógica, la palabra humana bien articulada y coherente! Desprecie todo eso por qué sé yo qué fuegos de artificio, a vueltas con la evocación y el sentimiento... y estará perdido sin remisión...

—Pues yo le aseguro que Peeperkorn es capaz de hablar de un modo muy coherente cuando entra en materia —dijo Hans Castorp—. Hace poco me estuvo hablando de las propiedades dinámicas de las drogas y de los árboles venenosos que hay en Asia. Era tan interesante que casi me resultó siniestro..., pues lo interesante siempre tiene algo de siniestro. Y, nuevamente, lo que decía no era en realidad tan interesante por sí mismo sino por el efecto de su personalidad, por su forma de contarlo: eso era lo que lo hacía interesante a la vez que siniestro...

—Naturalmente, ya conocemos su debilidad por el continente asiático. En efecto, yo no puedo competir con semejantes maravillas —respondió Settembrini con tanta amargura que Hans Castorp se apresuró a subrayar que lo muchísimo que le habían aportado las enseñanzas de Settembrini era de un orden completamente distinto, y que a nadie podía siquiera ocurrírsele hacer comparaciones que no harían justicia a ninguna de las partes.

No obstante, el italiano no hizo ningún aprecio de tales cumplidos y continuó diciendo:

—De todos modos, ingeniero, me permitirá que admire su objetividad y su serenidad de espíritu. Casi raya en lo grotesco, no me diga que no, tal y como está la situación... Al fin y al cabo, ese grandullón le ha robado a su Beatrice... Llamo a las cosas por su nombre... ¿Y usted...? ¡Es inaudito!

—Diferencias de temperamento, señor Settembrini. Diferencias relacionadas con el concepto de caballerosidad y con el ardor de la sangre. Naturalmente, usted, como hombre del sur, habría recurrido al veneno o al puñal, y en todo caso daría al asunto un carácter mundano y apasionado; en una palabra, usted se comportaría como un gallo. Lo cual, sin duda, sería muy viril y galante. Yo, en cambio, soy muy distinto. Yo no soy viril en el sentido de no ver en el rival más que a otro macho enamorado de la misma mujer; en realidad, tal vez no soy nada viril, o al menos no lo soy de esa manera que, a pesar mío, llamo «mundana», no sé por qué. Me pregunto de todo corazón si realmente tengo algo que reprocharle. ¿Me ha ofendido conscientemente en algo? Una ofensa debe hacerse con intención; de lo contrario, ya no es ofensa. Respecto al «hecho ofensivo» tendría que dirigirme a la mujer, y para eso no tengo ningún derecho... Tanto menos, pues, respecto a Peeperkorn. Pues, en primer lugar, es una personalidad, lo cual ya de por sí es algo que importa mucho a las mujeres; y en segundo lugar, no es un civil como yo, es una especie de militar, como mi primo, es decir: un hombre que tiene pundonor, es decir: un concepto del sentimiento, de la vida... Estoy diciendo tonterías, pero prefiero desvariar un poco y expresar las cosas difíciles a medias que limitarme a apelar a los lugares comunes sin un ápice de polémica. Tal vez obedezca esto a algún rasgo militar en mi carácter, si me permite decirlo así...

–Dígalo, dígalo –asintió Settembrini–. En todo caso, sería un rasgo digno de alabanza. El valor de conocerse y expresarse es literatura, el ideal de humanidad...

Y, en aquella ocasión, se separaron sin añadir más. Settembrini había conferido a la discusión un desenlace conciliador, y tenía excelentes razones para hacerlo. Su posición en aquel juego no era, ni mucho menos, lo bastante invulnerable como para poder permitirse llevar el rigor demasiado lejos; una conversación sobre los celos era un terreno algo resbaladizo para él: al llegar a determinado punto, habría tenido que responder que, a la vista de su vocación de pedagogo, su postura respecto a lo viril no tenía nada de mundano ni de pasional, con lo cual el poderoso Peeperkorn le molestaba e interfería en sus propósitos tanto como Naphta y como madame Chauchat; por último, tampoco podía esperar sustraer a su discípulo de los efectos de una personalidad y una superioridad natural a las que él mismo –como tampoco su antagonista en el terreno intelectual– no era capaz de resistirse.

Cuando mejor parados salían era cuando se adentraban en dicho terreno intelectual, llamando la atención de los transeúntes con uno de aquellos debates tan elegantes como apasionados, académicos pero con un tono tan natural como si versasen sobre temas de la más candente actualidad; debates que se desarrollaban casi exclusivamente entre ellos dos y durante los cuales la «gran personalidad» allí presente quedaba –por así decirlo– neutralizada, ya que sólo alcanzaba a glosarlo de vez en cuando con alguna de sus burlonas incoherencias y a abrir mucho los ojos de asombro. A pesar de todo, incluso en tales circunstancias ejercía presión sobre los demás, su sombra pesaba sobre la conversación y parecía restarle brillantez, de algún modo la desvirtuaba, contrarrestaba su nervio con una extraña fuerza —perceptible para todos aunque sin duda inconsciente, o sabe Dios hasta qué grado consciente por su parte— que no favorecía a ninguna de las causas del debate y ante la cual éste quedaba desposeído de su importancia; es más —y conste que nos resistimos a decirlo—, adquiría un carácter gratuito. Dicho de otra manera: aquel duelo de ingenio a vida o muerte entre Naphta y Settembrini aparecía constantemente —aunque de un modo subcutáneo y vago, como en secreto— en relación con la «gran personalidad» que tenía al lado y cuyo magnetismo, por así decirlo, lo desactivaba. No se podía describir de otro modo aquel misterioso fenómeno, tan fastidioso para los protagonistas del duelo. Lo único que cabía añadir era que, de no haber estado allí Pieter Peeperkorn, la discusión habría obligado a tomar partido, con mucha mayor rotundidad, por uno de los dos bandos, por ejemplo cuando Leo Naphta defendió el carácter revolucionario por naturaleza de la Iglesia en contra de la opinión de Settembrini, para quien dicha potencia histórica sólo contribuía a salvaguardar la más oscura reacción y conservadurismo, y para quien todo el amor por la vida y por el futuro, necesario para la renovación y el cambio, estaba directamente ligado a los principios opuestos —principios de iluminismo, ciencia y progreso—, heredados de una época de glorioso renacimiento de la cultura de la Antigüedad clásica; un credo que proclamaba con las más refinadas palabras y gestos.

Con mordaces y frías palabras, Naphta se esforzó entonces en demostrar —y, en efecto, lo demostró con una evidencia cegadora—, que la Iglesia, encarnación del principio del ascetismo religioso, estaba sustancialmente muy lejos de defender y apoyar lo que tenía afán de persistir, es decir: la cultura mundana y los principios jurídicos del Estado; por el contrario, la Iglesia había suscrito desde siempre el principio revolucionario más radical; todo aquello que se habían empeñado en conservar los tibios, los cobardes y los reaccionarios —a saber, el Estado y la familia, el arte y la ciencia mundanos— había sido, consciente o inconscientemente, contrario a la Iglesia desde siempre, pues la tendencia natural y el inquebrantable objetivo de ésta era la supresión de todas las formas de orden mundano existentes, así como la reestructuración de la sociedad de acuerdo con el modelo del Estado de Dios ideal, comunista.

Settembrini tomó la palabra de inmediato y, ¡cielos!, supo hacer un buen uso de ella. Semejante confusión de la idea revolucionaria demoníaca con la sublevación general de todos los malos instintos era deplorable. El espíritu innovador de la Iglesia había consistido, durante siglos, en que la Inquisición persiguiera, aniquilara y ahogara en el humo de la hoguera todo pensamiento impulsor de la vida; hoy en día, hacía que sus emisarios la calificasen de revolucionaria alegando que su objetivo era instaurar la libertad, la cultura y la democracia a través de la dictadura de la plebe y de la barbarie. Antes de que, de hecho, se diese una estremecedora consecuencia contradictoria, una consecuente contradicción...

Naphta objetó que su contrincante no dejaba de caer en contradicciones análogas. Aunque se creyera demócrata, manifestaba bien poca simpatía hacia el pueblo; por el contrario, daba muestras de una arrogancia aristocrática harto censurable al calificar de «plebe» al proletariado universal llamado provisionalmente a establecer la dictadura. Sin embargo, cuando verdaderamente se comportaba como demócrata era en su postura respecto a la Iglesia, que, como había que reconocer con orgullo, era el poder más noble de toda la historia de la humanidad; noble en un sentido último y supremo, en el sentido espiritual. Pues el espíritu ascético —si era posible servirse de un pleonasmo semejante—, el espíritu de la negación y la aniquilación del mundo constituía la nobleza por excelencia, era el principio aristocrático en su estado más puro, y jamás podía ser popular. De ahí que la Iglesia, en el fondo, hubiese sido siempre impopular. Por poco que Settembrini investigase en la literatura sobre la cultura en la Edad Media, descubriría la violenta antipatía que el pueblo —el pueblo en el sentido más amplio— sentía respecto al clero. Bastaba pensar, por ejemplo, en ciertos monjes que, nacidos de la imaginación de poetas populares, oponían al ideal ascético vino, mujeres y cantos de un modo de lo más luterano. Después de todo, todos los instintos del heroísmo profano, el espíritu guerrero y toda la lírica cortesana habían entrado en conflicto, más o menos abierto, con la idea religiosa y, por ende, con la jerarquía. Y todas esas cosas representaban el «mundo terrenal» y la «plebe» frente a la nobleza de espíritu que encarnaba la Iglesia.

Settembrini agradeció a su contrincante que le refrescara la memoria. Desde luego, la figura del monje Ilsan, en el *Jardín de las rosas*, era muy sugerente en comparación con aquel aristocratismo fúnebre que tanto ensalzaba Naphta; y, si bien quien ahora tenía la palabra no era especial partidario del gran reformador alemán al que se acababa de hacer mención, no era menos cierto que siempre estaría dispuesto a romper una lanza en favor del individualismo democrático subyacente a su doctrina y en contra de cualquier forma de feudalismo espiritual sediento de adueñarse de las mentes individuales.

—¡Eh, eh, un momento! —exclamó, de pronto, Naphta. ¿Acaso insinuaba su interlocutor que la Iglesia era muy poco democrática, que no tenía sentido del valor del individuo? ¿Y qué tenía entonces que decir ante la tan humana ausencia de prejuicios del derecho canónico, que nunca había exigido sino la pertenencia a la comunidad de la Iglesia y la fidelidad al dogma, mientras que el derecho romano había hecho depender la legalidad de la posesión de la ciudadanía, y mientras que el derecho germánico la había unido a la nacionalidad y a la libertad personal? La Iglesia había prescindido de todas las limitaciones sociales y estatales, concediendo a los esclavos, a los prisioneros de guerra y a los siervos el derecho de sucesión y la capacidad de testar.

—Seguro que ese derecho —observó Settembrini mordazmente— se mantuvo con vistas al diezmo cobrado por la Iglesia sobre cada herencia...

Luego aludió a la demagogia del clero, que calificó de condescendencia por parte de quienes sólo ansiaban el poder de invocar al infierno cuando —como era comprensible— el cielo no quería saber nada de ellos; y afirmó que lo que parecía importar a la Iglesia era la cantidad de almas conquistadas y no tanto su calidad, lo cual permitía concluir que carecía por completo de nobleza espiritual.

¿La Iglesia falta de nobleza? Naphta llamó entonces la atención de Settembrini sobre el inflexible aristocratismo en el que se basaba la idea de la culpa hereditaria, de la transmisión de una falta grave a los descendientes del verdadero culpable, los cuales, en términos democráticos, eran del todo inocentes: por ejemplo, el oprobio y la negación de los derechos que pesaba sobre los hijos naturales durante toda su vida. Entonces, el italiano le rogó que no insistiese en eso, en primer lugar porque su sensibilidad humana se sublevaba contra tal estado de cosas; además, porque estaba cansado de las tretas de su adversario a la hora de defender el infame y diabólico culto a la nada, esa nada que pretendía ser llamada «espíritu» y convertir la impopularidad confesada del principio ascético en algo legítimo y sagrado.

En ese momento, Naphta pidió permiso para echarse a reír a carcajadas. ¡Hablar del nihilismo de la Iglesia! ¡Hablar de nihilismo en relación al sistema de gobierno más realista de la historia de la humanidad! ¿No se había dado cuenta, el señor Settembrini, de ese soplo de ironía humana con que la Iglesia hacía incesantes concesiones a la carne, con que se mostraba sabiamente flexible en cuanto a las últimas consecuencias de dicho principio y con que siempre se guiaba por el espíritu, sin juzgar a la naturaleza con excesivo rigor? ¿Es que tampoco había oído hablar de un concepto tan solemne como el de la «indulgencia», que se extendía incluso a un sacramento, al del matrimonio, el cual no era en modo alguno un bien positivo, como los otros sacramentos, sino una mera forma de defensa contra el pecado, concedida para moderar los apetitos de los sentidos y la lujuria, con objeto de preservar el principio ascético, el ideal de castidad, sin tener que castigar a la carne con una dureza contraria a la política?

El señor Settembrini no pudo resistirse a protestar contra un concepto de la «política» tan abominable, contra aquel gesto de indulgencia y sabiduría tan presuntuoso que se atribuía el espíritu —o lo que él entendía por tal— frente a ese otro elemento supuestamente pecaminoso que supuestamente había que tratar «de manera política», cuando en realidad no tenía necesidad alguna de su indulgencia envenenada. Settembrini protestó contra la maldita dualidad de un concepto ontológico que poblaba el universo de demonios, tanto la vida como su oscuro contrario, el espíritu: porque si la vida era mala, también éste, en tanto su contrario absoluto, tenía que serlo necesariamente. Y defendió la naturaleza inocente de la voluptuosidad —lo cual recordó a Hans Castorp el pequeño desván del humanista con su pupitre, sus sillas de enea y su frasca de agua—; mientras Naphta porfiaba que no había voluptuosidad sin pecado, y que la naturaleza tenía motivos para sentir, cuando menos, mala conciencia ante el espíritu, definiendo luego la política de la Iglesia y la indulgencia del espíritu como una forma de «amor», a fin de refutar el nihilismo del principio ascético. Hans Castorp pensó que la palabra «amor» no casaba en absoluto con la persona de un hombrecillo tan radical como Naphta.

Así siguieron discutiendo y discutiendo... ya conocemos el juego, y Hans Castorp también lo conocía. Lo hemos escuchado con él unos instantes para observar, por ejemplo, cómo un duelo peripatético como éste perdía su fuerza a la sombra de la gran personalidad allí presente, y cómo esta presencia terminaba «desactivando» secretamente toda la energía del enfrentamiento: como si alguna extraña fuerza neutralizara las chispas que saltaban entre Naphta y Settembrini, trayendo a nuestra mente la descorazonadora sensación que nos invade cuando necesitamos un enchufe y no le llega la corriente eléctrica. Pues bien, así era... no se percibía el chisporroteo de la electricidad entre los dos polos, no saltaba la chispa, no fluía la corriente. Aquella presencia que el espíritu creía neutralizar producía justo el efecto contrario: era ella la que neutralizaba toda la fuerza del espíritu. Hans Castorp tomó conciencia de ello con tanta curiosidad como asombro.

¡Revolución y conservación...! Las miradas se fijaban en Peeperkorn. Le veían andar a zancadas, menos majestuoso que cuando estaba quieto, con paso vacilante y el sombrero calado hasta la frente; veían sus gruesos labios desgarrados y, señalando con la cabeza a los encarnizados duelistas, le oían decir con cierta guasa:

—¡Sí, sí, sí! *Cerebrum*, cerebral, ya me entienden... Perfecto. Por otra parte, es evidente...

Y eso bastaba para provocar el «apagón». Entonces buscaban otro tema más apasionante. La emprendían con el «problema aristocrático», el pueblo y la nobleza... Nada. La chispa no saltaba. Como por arte de magia, la conversación adquiría un carácter personal. Hans Castorp veía al compañero de viaje de Clavdia tendido en su cama, bajo la colcha de seda roja, con aquel camisón de punto sin cuello que le daba un aspecto de proletario y a la vez casi de emperador romano... y, con un desganado temblor, se apagaba la fuerza de la disputa. Negación y culto a la nada por una parte, afirmación eterna y amor del espíritu hacia la vida, por la otra. ¿Dónde quedaban todo el nervio, las chispas y la corriente eléctrica cuando miraban a Peeperkorn, lo cual era inevitable a causa de una especie de atracción secreta? No se sabe. Desaparecían y, como decía el propio Hans Castorp, aquello era sencillamente un misterio. Para su colección de aforismos podía anotar, pues, que un misterio es algo que se define con las palabras más sencillas... o que no se llega a definir.

Por definir este misterio andante a pesar de todo, lo único que se puede decir —eso sí, esto con especial acierto— era que, al ver a Pieter Peeperkorn, con su imponente cara de rey, surcada de arrugas, y su boca desgarrada con gesto de amargura, parecían hacerse patentes ambas características del misterio: era muy sencillo de explicar y a la vez inexplicable. Sí, eso sucedía ante la presencia de aquel viejo estúpido, aquella majestuosa fuerza de la naturaleza que anulaba a todas las demás. Anulaba la fuerza de todas las contradicciones, pero no mediante la confusión o la tergiversación, como hacía Naphta; no era ambiguo como éste sino al contrario, de una manera positiva.

Mynheer Peeperkorn, aquel misterio personificado que caminaba dando tumbos y que, obviamente, no sólo estaba por encima de la oposición entre la estupidez y la inteligencia, sino por encima de muchas otras, de todas aquellas que Settembrini y Naphta evocaban para obtener la alta tensión necesaria para alcanzar sus objetivos pedagógicos.

Aquella gran personalidad, según parecía, no tenía ninguna inclinación pedagógica, y, sin embargo, ¡qué hallazgo constituía para alguien que viajaba con objeto de educarse! Era extraño observar a aquel indefinible rey mientras los otros duelistas hablaban del matrimonio y del pecado, del sacramento de la indulgencia, del pecado o la inocencia de la voluptuosidad. Inclinaba la cabeza ladeada sobre el pecho, sus labios se entreabrían en gesto doliente, la nariz se dilataba, los surcos de su frente se hacían más profundos, y sus ojos se agrandaban con una pálida mirada de sufrimiento. ¡Era la viva imagen de la amargura! Y, en ese mismo instante, aquel rostro de mártir se tornaba voluptuoso. La inclinación oblicua de la cabeza se hacía maliciosa, los labios todavía abiertos se curvaban en una sonrisa impúdica y en su mejilla aparecía el hoyuelo de sibarita, ya observado en otras ocasiones. Allí estaban, de pronto, el sacerdote pagano que bailaba, y mientras señalaba burlonamente con la cabeza hacia el sector intelectual del grupo, se le oía decir:

—Vaya, vaya, vaya... ¡Perfecto! Eso es, efectivamente... esto es... vaya... el sacramento de la voluptuosidad, entiéndame...

Sin embargo, como ya hemos dicho, cuando mejor parados salían los amigos y «desactivados» maestros de Hans Castorp era cuando podían discutir. Ahí se encontraban en su elemento, mientras la «gran personalidad» no estaba en el suyo, de modo que no cabía ninguna duda acerca del papel que le correspondía en aquella escena. Las tornas cambiaban cuando no se trataba de cuestiones de ingenio, agilidad de palabra y brillantez intelectual, sino de cosas terrenales y prácticas, en resumen: de cuestiones y cosas que ponían de relieve la particular naturaleza del coloso holandés. En ese terreno, los duelistas tenían la batalla perdida, se sumían en la sombra, se volvían invisibles, y Peeperkorn tomaba el cetro, determinaba, decidía, ordenaba, delegaba... ¿Es acaso de extrañar que buscase el camino hacia ese su terreno, escapando de la logomaquia? Sin duda sufría mientras ésta se prolongaba, o al menos cuando se prolongaba demasiado. Pero no sufría por vanidad; Hans Castorp estaba seguro de ello. La vanidad carece de grandeza, y la grandeza, por tanto, no puede ser vanidosa. No, la necesidad de realidades palpables de Peeperkorn era debida a otras razones, a su «miedo» —dicho en términos muy poco sutiles—, a aquel sentido del deber y del honor que Hans Castorp había intentado explicarle a Settembrini y al que había querido asociar con cierta mentalidad militar.

—Señores míos —decía el holandés, elevando su mano de capitán, con sus dedos como lanzas, con gesto imperial—. ¡Bien, señores! Perfecto, muy notable. El ascetismo, la indulgencia, la voluptuosidad... Yo desearía... ¡Desde luego! Muy importante. Muy discutible. Pero, permítanme, temo que incurramos en un grave... Nos estamos apartando... Señores míos, nos estamos apartando de lo más sagrado de una manera harto irresponsable... —Y respiraba profundamente—. Este aire, señores míos, este aire que anuncia el foehn y que respiramos hoy nos inunda con su delicado y relajante aroma primaveral, cargado de presentimientos y recuerdos... y no deberíamos inspirarlo para luego espirarlo sin más en forma de... Se lo ruego, no deberíamos hacer eso. Es una ofensa. A él sólo deberíamos consagrar nuestra suma y más sincera... ¡Punto redondo, señores! Y sólo en honor de sus virtudes debería nuestro pecho... Un momento. Me interrumpo en honor de este... —Se detuvo para inclinarse un poco hacia atrás, la sombra de su sombrero sobre los ojos, y todos siguieron su ejemplo—. Llamo su atención hacia las alturas, ahí, en lo más alto del cielo, hacia ese punto negro que da vueltas allá arriba, bajo ese extraordinario azul que tiende al negro... Es un ave de presa, un ave de presa. Señores... y tú, hija mía, ¡es un águila! Hagan el favor de atender... ¡Miren! No es un buharro ni un buitre. Si ustedes fueran tan hipermétropes como yo a medida que... Sí, seguramente, hija mía, a medida que yo me... Mis cabellos son blancos, es cierto... Entonces verían, igual que yo, la forma redondeada de las alas. Un águila, señores, un águila imperial. Se cierne sobre nosotros, sin mover las alas, a una altura prodigiosa, y seguro que sus majestuosos y penetrantes ojos enmarcados por ese ceño imponente, miran hacia... El águila, señores, el ave de Júpiter, el rey dentro de su especie, ¡el león de los aires! Tiene un manto de plumas y un pico de acero de punta curvada, garras implacables, como garfios replegados hacia dentro, las delanteras se cierran sobre la larga de atrás, como un cepo. ¡Miren, así! —E intentó representar las garras del águila con su mano de capitán, de puntiagudas uñas—. ¡Compadre!, ¿qué miras desde ahí arriba? —dijo elevando los ojos hacia el águila—. Vacíale los ojos con tu pico de acero, desgárrale el vientre a la criatura de Dios... ¡Perfecto! ¡Punto redondo! ¡Que tus garras se enreden en sus entrañas y que de tu pico rezume la sangre...!

Estaba entusiasmado, y todo el interés de los paseantes por las discusiones entre Naphta y Settembrini había desaparecido como si lo hubiese barrido el viento. Por otra parte, la aparición del águila continuó ejerciendo una secreta influencia sobre las decisiones e iniciativas, capitaneadas por Peeperkorn, que siguieron, a saber: la vuelta del paseo con una parada para comer y beber, totalmente a deshora pero con un apetito estimulado por el recuerdo de la imagen del águila; un espléndido festín –también espléndidamente regado–, de los que Peeperkorn gustaba organizar dentro o fuera del Berghof, donde se prestase, en Davos Platz o Dorf o en algún mesón en Glaris o en Klosters si habían ido allí de excursión en el tren de vía estrecha. A las órdenes del coloso holandés, el grupo entero se deleitaba con manjares clásicos: café con nata, pan de leña, suculento queso sobre exquisita mantequilla de los Alpes, que también estaba riquísima con castañas asadas y vino tinto de Valteli... todo en gran abundancia.

Peeperkorn acompañaba aquellas meriendas improvisadas con vehementes gestos sin contenido real, e invitaba a hablar a Anton Karlovich Ferge; a aquel valiente mártir ajeno a todo asunto elevado pero que sabía contar muy bien cómo se fabricaban las botas de caucho en Rusia. Se mezclaba la masa de caucho con azufre y otras sustancias, y entonces se «vulcanizaba» a una temperatura de cien grados. También contaba cosas muy interesantes del círculo polar, pues sus viajes de negocios le habían llevado hasta las regiones árticas, del sol de medianoche y del invierno eterno del Cabo Norte. Allí, afirmaba por debajo de sus simpáticos bigotes, el barco de vapor le había parecido minúsculo en comparación con las formidables rocas y la superficie de color gris acero del mar. Y el cielo se llenaba de jirones de luz amarilla: era la aurora boreal. Y todo aquello le había parecido fantasmal a Anton Karlovich, toda aquella escena, incluyéndole a él mismo.

Hasta aquí nuestro relato acerca del señor Ferge, el único del grupo que quedaba fuera de aquella complejísima red de relaciones entre unos y otros. En cuanto a éstos, aún hemos de referir dos breves momentos, dos increíbles conversaciones a solas que, en aquella época, tuvo nuestro poco heroico héroe con Clavdia Chauchat y con su compañero de viaje respectivamente: con la primera, en el vestíbulo, una noche en que el «obstáculo entre ambos» guardaba cama con fiebre; con el segundo, una tarde después de comer, junto a la cama de éste...

Aquella noche, el vestíbulo se hallaba sumido en la penumbra. La tertulia habitual había sido breve y muy poco animada, y los internos se habían retirado temprano a sus terrazas para la cura de reposo nocturna... a menos que hubiesen faltado a las normas del sanatorio y descendido al mundo para darse al juego y al baile. Una lámpara solitaria brillaba en el techo, y los salones vecinos también se encontraban casi a oscuras. Pero Hans Castorp sabía que madame Chauchat, que había cenado sola, todavía no había subido al primer piso, que permanecía en el salón de lectura, y por eso él también se había resistido a subir y había preferido quedarse sentado al fondo del vestíbulo, separado de la parte central por un biombo blanco con marco de madera. Estaba sentado delante de la estufa alicatada, en una mecedora como aquella en la que se balanceaba Marusja la noche en que Joachim tuvo su única conversación con ella, y fumaba un cigarrillo, dado que a aquella hora le estaba permitido a todo el mundo.

Ella se acercó. Hans Castorp oyó sus pasos y el roce de su vestido detrás de él. Madame estaba a su lado, abanicándose con una carta, que sostenía por una punta, y dijo con su voz de Pribislav:

—No está el portero. Deme un sello.

Aquella noche llevaba un vestido de seda oscura y ligera, con escote redondo y amplias mangas tres cuartos abrochadas con gemelos. A él le encantó. Iba adornada con su collar de perlas, que brillaba en la penumbra con un pálido resplandor. Él levantó la vista hacia su rostro de tártaro y dijo:

—¿Un sello? No tengo ninguno.

—¿Cómo es eso? *Tant pis pour vous.* ¿No puede ser útil a una mujer? —dijo ella frunciendo los labios, y se encogió de hombros–. Me decepciona. Debería ser un poco más previsor y ordenado. Y yo que imaginaba que llevaría en la cartera un surtido de sellos de todo tipo, hasta clasificados por tarifas...

–Pues no. ¿Para qué? –contestó él–. Nunca escribo cartas. ¿A quién iba a escribir? A lo sumo compro alguna tarjeta postal ya franqueada. ¿A quién iba a escribirle una carta? No tengo a nadie. Ya no tengo relación alguna con el mundo de allá abajo. He perdido todo contacto. En nuestro cancionero popular hay un verso que dice: «Estoy perdido para el mundo...». Ése es mi caso.

–Bueno. Deme al menos un cigarrillo, hombre perdido para el mundo –dijo ella, sentándose enfrente de él ante la chimenea, en el banco cubierto con un almohadón, cruzando las piernas y tendiendo la mano–. Parece que de eso sí tiene. –Y con gesto desenfadado, sin darle siquiera las gracias, cogió un cigarrillo de la petaca de plata que él le ofrecía y lo encendió con el mechero que él acababa de encender.

Aquel desenfadado «deme al menos» y el hecho de aceptar voluptuosamente el cigarrillo sin dar las gracias demostraban la mujer mimada que era, además de poner de manifiesto el sentido de pertenencia a una misma comunidad humana –o, como hubiera dicho ella, «humanáa»–, una comunidad en la que uno tenía pleno derecho a dar y tomar de los demás lo que quisiera y con una naturalidad tan dulce como salvaje. Hans Castorp dijo:

–Sí, claro, de eso siempre estoy bien provisto. ¿Cómo podría uno vivir sin tabaco? Es una verdadera pasión. Pero he de confesar que no soy un hombre apasionado, aunque sí tengo pasiones... pasiones flemáticas.

–Eso me tranquiliza completamente –dijo ella, soltando el humo de su cigarrillo–, me tranquiliza oír que no es un hombre apasionado. Si fuese apasionado, no podría ser lo que es. La pasión significa vivir por amor a la vida. Y ya sabemos que usted vive por las meras experiencias que la vida pueda proporcionarle. La pasión es el olvido de uno mismo y usted no tiene otra preocupación que la de enriquecer su espíritu. *C'est ça*. Ni se le pasa por la cabeza que ésa es una abominable forma de egoísmo, y que, un buen día, se convertirá usted en un enemigo de la humanidad.

—¡Vamos, vamos! ¿Enemigo de la humanidad, así de repente? ¿Qué dices, Clavdia? ¿En qué cosas concretas y personales estás pensando al decir que no me importa la vida, sino sólo enriquecer mi experiencia? Vosotras las mujeres soléis dar estas lecciones de moralidad a la ligera. ¡Ay, la moral! Eso es más bien un tema de discusión para Naphta y Settembrini. Es un asunto tan complejo y confuso... Ni uno mismo es capaz de saber si vive por amor a la vida misma o por amor a su propia persona, nadie lo sabe. Quiero decir que no hay un límite preciso entre una cosa y otra. Hay sacrificios egoístas y egoísmos desinteresados... Creo que eso pasa en todo, incluso en el amor. Sin duda es inmoral el que yo pueda no conceder importancia a lo que tú dices sobre la moral y que, ante todo, me sienta feliz porque estemos juntos como sólo lo habíamos estado una vez en tiempos y ninguna desde tu regreso. Y que pueda decirte lo bien que te sientan esas mangas con los puños ceñidos y esa seda tan fina con tanto vuelo que envuelve tus brazos... esos brazos que yo conozco...

—Me marcho.

—¡No, te lo ruego! Tendré en cuenta las circunstancias y las personalidades.

—Eso es lo menos que se puede esperar de un hombre sin pasión.

—¿Lo ves? Te burlas de mí y me regañas cuando yo... Y te quieres marchar cuando...

—Le ruego que sea más explícito si pretende que le entienda.

—¿Es que no me vas a ayudar tú con tu habilidad para completar las frases inacabadas? Diría que es injusto, si no comprendiese que la justicia no tiene nada que ver con eso.

—Ah, no. La justicia es una pasión flemática muy diferente

de los celos, con los que las personas flemáticas no hacen más que ponerse en ridículo.

—¿Lo ves...? ¡Ridículo! ¡Concédeme, pues, ser flemático! Te lo suplico. ¿Cómo podría seguir viviendo sin esa flema? ¿Cómo habría podido, por ejemplo, soportar la espera?

—¿Cómo?

—El tiempo que te he estado esperando...

—*Voyons, mon ami*. No quiero insistir más en la forma con que usted se empeña en tratarme... Ya se cansará; después de todo, tampoco soy una mujer susceptible, una burguesa escandalizada...

—No, porque estás enferma. La enfermedad te concede la libertad. Te hace... ¡un momento! Se me ha ocurrido una palabra que jamás había usado... ¡Te hace genial!

—Ya hablaremos de la genialidad en otra ocasión. No es eso lo que quería decir. Le exijo una cosa. No pretenderá hacerme creer que yo le animé a que me esperase, si es que me ha esperado; y tampoco que le autorizara a hacerlo... Haga el favor de confirmarme ahora mismo que fue justo al contrario...

—Con mucho gusto, Clavdia. Por supuesto. Tú no dijiste que te esperase. He esperado porque yo he querido. Comprendo perfectamente que des importancia a eso.

—Incluso sus concesiones tienen algo de impertinentes... Usted es un hombre impertinente. Dios sabe por qué. No sólo en sus relaciones conmigo, sino también en otras circunstancias. Incluso su admiración, su sumisión, tienen algo de impertinentes. ¿Cree que no me doy cuenta? Ni siquiera debería dirigirle la palabra, por el mero hecho de hablarme de espera. Es una tremenda falta de responsabilidad por su parte seguir todavía aquí arriba. Desde hace mucho tiempo debería haberse reincorporado a su trabajo, *sur le chantier* o donde sea...

—Eso que dices no es nada genial sino sumamente conservador, Clavdia. Pero no es más que una manera de hablar. Al igual que Settembrini, no puedes pensar eso de verdad.

Cuando habláis así, no puedo tomarlo en serio. No me marcharé sin el alta médica como mi pobre primo, quien, como tú misma predijiste, murió después de intentar cumplir con su deber en el mundo de allá abajo. Él sabía perfectamente que iba a morir, pero prefirió hacerlo antes que continuar aquí y seguir guardando reposo. Bueno, por algo era soldado. Yo, en cambio, soy un civil, y para mí sería como una deserción a mi bandera el comportarme como él y querer a toda costa, a pesar de la prohibición de Radamante, servir allá abajo a la causa del progreso y realizar una tarea útil. Sería la mayor de las ingratitudes y la mayor infidelidad para con la enfermedad y el genio, y también para con mi amor por ti, del que llevo las antiguas cicatrices y las heridas recientes, y para con tus brazos, esos brazos que conozco, aunque tenga que reconocer que sólo los he conocido en sueños, en un sueño genial que, por supuesto, para ti no implica ninguna consecuencia, ninguna obligación, ninguna limitación de tu libertad...

Ella se echó a reír con el cigarrillo en los labios; entornó sus ojos de lobo estepario y, apoyada contra la *boiserie*, con las manos sobre el asiento y una pierna cruzada sobre la otra, balanceó el pie que quedaba en el aire, calzado con zapatos de charol negro.

—*Quelle générosité! Oh là, là, vraiment*, así he imaginado siempre a un *homme de génie*. ¡Mi pobre muchacho!

—Déjalo, Clavdia. No he nacido para ser un *homme de génie* ni una gran personalidad. Eso es evidente, Dios mío. Sin embargo, el azar (llamémoslo azar) me trajo a este mundo de las alturas, a esta región genial... En una palabra, tú no sabes nada de la existencia de la pedagogía y la alquimia herméticas, de la transustanciación de la materia en una especie superior... lo cual también viene a ser una forma de ascensión a un mundo más alto, entiéndeme bien. Ahora bien, naturalmente, para que una materia sea susceptible de ser conducida y empujada hacia un nivel superior por el efecto de una fuerza externa es necesario que posea de antemano ciertas cualidades. Lo que había en mí, lo sé muy bien, es que, desde hace tiempo, estaba familiarizado con la enfermedad y con la muerte ya que, siendo todavía niño, hice la locura de pedirte prestado un lápiz... Igual que aquella noche de Carnaval aquí arriba. Pero el amor irracional es genial, porque la muerte es el principio genial, la *res bina*, el *lapis philosophorum*, y también es el principio pedagógico, porque el amor a ese principio conduce al amor por la vida y por el hombre. Tuve esa revelación en mi terraza y estoy muy satisfecho de podértelo decir. Hay dos caminos que llevan a la vida. Uno es el camino ordinario, directo y honorable. El otro es peligroso, es el camino de la muerte, y éste es el camino genial.

—Eres un filósofo loco —dijo ella—. No pretendo afirmar que comprenda todos tus retorcidos pensamientos alemanes, pero todo eso que dices me parece humano, y no me cabe duda de que eres un buen muchacho. Por otra parte, te comportas como un perfecto filósofo, hay que reconocerlo...

—Demasiado filósofo para tu gusto. ¿No es cierto, Clavdia?

—¡No seas impertinente! ¡Me aburre! Esperar ha sido una tontería, y yo no te había dado permiso. Pero ¿no me guardarás rencor por haber esperado en vano?

—En fin, es un poco duro, Clavdia, incluso para un hombre de temperamento flemático. Duro para mí y duro por tu parte el que hayas vuelto acompañada de él, pues naturalmente tú sabías por Behrens que yo estaba aquí esperándote. Pero ya te he dicho que consideraba nuestra noche como una noche de sueño y que reconocía tu libertad. Y, después de todo, no he esperado en vano, ya que estás aquí de nuevo, estamos sentados uno junto al otro como aquel día, oigo tu maravilloso timbre de voz, desde hace tiempo familiar a mis oídos, y bajo esa fina seda de tu vestido se hallan tus brazos, que también conozco... Aunque allá arriba, en su cuarto, tu compañero de viaje esté en cama con fiebre, el gran Peeperkorn, el que te ha regalado esas perlas...

—Y del que te has hecho amigo con tal de enriquecer tu experiencia.

—¡No debes guardarme rencor, Clavdia! Settembrini me regaña por la misma razón, pero no es más que un prejuicio social. Aprendo mucho con la compañía de ese hombre, es una gran personalidad. Cierto es que ya tiene sus años. Comprendo, sin embargo, que, como mujer, le ames infinitamente. ¿Le amas mucho?

—Con todo el respeto hacia tu filosofía, mi pequeño alemán —dijo ella, acariciándole los cabellos—, no me parecería humano hablarte de mi amor hacia él.

—¿Por qué no, Clavdia? Creo que la humanidad comienza allí donde la gente sin genio imagina que acaba. Hablemos, pues, tranquilamente de él. ¿Le amas con pasión?

Ella se inclinó para arrojar el cigarrillo en la chimenea y luego permaneció sentada con los brazos cruzados.

—Él me ama —dijo— y su amor hace que me sienta orgullosa y agradecida y que me entregue a él. Has de comprenderlo, de lo contrario, no serías digno de la amistad que te concede... Su amor me ha obligado a seguirle y a servirle. ¿Era posible otra cosa? ¡Juzga tú mismo! ¿Crees posible resistirse a sus sentimientos?

—Es imposible —confirmó Hans Castorp—. Es absolutamente imposible. ¿Cómo podría una mujer enfrentarse a sus sentimientos, a su miedo a los sentimientos, y abandonarle a su suerte en Getsemaní...?

—No eres tonto —dijo ella, y sus ojos achinados se quedaron fijos, con aire soñador—. Eres inteligente. Miedo a los sentimientos...

—No hace falta ser muy inteligente para darse cuenta de que debes seguirle, a pesar de que su amor infunda miedo, o mejor dicho: precisamente porque infunde un miedo terrible.

—*C'est exact...* ¡Miedo! Me preocupo muchísimo por él, es tan difícil...

Madame Chauchat había cogido la mano de Hans Castorp y jugueteaba inconscientemente con sus falanges. De pronto, levantó la vista frunciendo el ceño y preguntó:

—¿No cometemos una vileza hablando de él de esta manera?

—Por supuesto que no, Clavdia. Ni mucho menos. Es humano. Te encanta esta palabra, la pronuncias con un acento muy seductor; siempre la he escuchado con gran interés pronunciada por tus labios. A mi primo Joachim no le gustaba por razones militares. Decía que denotaba indolencia, falta de rigor; y si se entendiera como una expresión de tolerancia sin límites, de *guazzabuglio*, también yo tendría mis reservas, lo reconozco. Sin embargo, cuando tiene el sentido de libertad, de genio y de bondad, es maravillosa, y podemos apelar a ella en aras de nuestra conversación sobre Peeperkorn y sobre las preocupaciones y dificultades que te causa. Nacen naturalmente de su sentido del honor, de su miedo a no estar a la altura de esos sentimientos que le hacen amar las fuentes clásicas de la vida y de todo lo que implica placer. Podemos hablar con todo el respeto del mundo, pues en él todo es grandioso y regio, y no nos rebajamos ni le rebajamos a él hablando de todo ello desde un punto de vista humano.

—No se trata de nosotros —dijo ella, que de nuevo había cruzado los brazos—. No sería mujer si no fuera capaz de asumir incluso la humillación por un hombre, por una gran personalidad, como tú dices, para quien una misma es objeto de los sentimientos y también objeto del miedo que va ligado a esos sentimientos...

—Ciertamente, Clavdia. Lo has expresado muy bien. Entonces, también la humillación acaba por ser grande, por tener categoría; y entonces la mujer, desde lo alto de su humildad, puede hablar a los que no conocen esa categoría regia con tanto desprecio como tú lo hacías hace un momento al hablar de los sellos, en ese tono con el que has dicho: «Debería ser un poco más previsor y ordenado».

—¿Tan susceptible eres? Dejémoslo. A paseo la susceptibilidad. ¿Estás conforme? Yo también me he mostrado susceptible a veces, lo reconozco, ya que esta noche estamos aquí sentados, uno al lado del otro. Me irritaba tu flema y que te entendieras tan bien con él en tu afán egoísta de enriquecer tus experiencias. Y, sin embargo, me alegro de que sea así y te agradezco que le hayas demostrado respeto... Tu comportamiento ha demostrado una enorme integridad, y, aunque fuese acompañada de cierta impertinencia, al final ha repercutido a tu favor.

—Eres muy buena conmigo.

Ella le miró.

—Creo que eres incorregible. Una cosa te digo: eres un muchacho muy listo. No sé si un hombre de genio, pero no me cabe duda de que eres muy listo. En fin, eso se puede tolerar. Eso permite hasta que seamos amigos. ¿Quieres que seamos buenos amigos y que formemos una alianza *a su favor*, del mismo modo en que se hacen alianzas *en contra* de alguien? ¿Me das la mano? A menudo tengo miedo... A veces tengo miedo de estar sola con él, de estar sola interiormente, *tu sais*... Él da tanto miedo... En ciertas ocasiones tengo miedo de que él acabe mal... ¡Me dan escalofríos! ¡Me gustaría tanto tener una buena persona a mi lado! En fin, si quieres saberlo, es tal vez por eso por lo que he vuelto aquí con él...

Se hallaban sentados, uno frente al otro, él en la mecedora, ella en el banco. Sus rodillas se tocaban. Clavdia estrechaba la mano de Hans Castorp al pronunciar estas palabras y la mantenía muy cerca de su rostro.

Él dijo:

—¿Por mí? ¡Oh, qué bonito es eso! ¡Oh, Clavdia! ¡Eso es extraordinario! ¿Has vuelto aquí con él porque estaba yo? ¿Y pretendes hacerme creer que ha sido una estupidez esperarte? ¿Que he esperado sin tu permiso y en vano? Sería la mayor torpeza imaginable no apreciar el ofrecimiento de tu amistad, de una amistad contigo por él...

Entonces ella le besó en la boca. Fue un beso ruso, de los que se dan en ese país, tan vasto como apasionado, en las festividades cristianas más solemnes, como signo de consagración del amor. Claro que, como quienes se lo dieron fueron un joven «muy listo» y una encantadora mujer de andares felinos, al tiempo que lo narramos nos viene inevitablemente a la cabeza el modo tan inspirado –si bien bastante cuestionable– en que el doctor Krokovski hablaba del amor en términos ligeramente ambiguos, con lo cual nadie estaba del todo seguro de si era un sentimiento piadoso o más bien carnal y pasional. ¿Somos ambiguos nosotros al hablar ahora del beso ruso, o lo son Hans Castorp y Clavdia Chauchat al dárselo? Ahora bien, ¿qué diría el lector si nos negásemos a llegar al fondo de la cuestión? En nuestra opinión, merecería entrar en el análisis, pero –repitiendo las palabras del propio Hans Castorp– sería «la mayor torpeza imaginable» e incluso un acto casi insultante hacia la vida intentar diferenciar «rigurosamente» entre lo piadoso y lo pasional al hablar del amor. ¿Qué significa «rigurosamente»? ¿Qué es «ambiguo», «equívoco»? No ocultamos que nos reímos de estas diferenciaciones. ¿No es algo grande y bueno que la lengua no posea más que una única palabra para todo lo que puede comprender ese «amor», desde el sentimiento más piadoso hasta el más carnal y visceral? Es la perfecta univocidad dentro de la ambigüedad, pues el amor no puede dejar de ser material aun en su máximo grado de piedad, como tampoco puede dejar de ser una forma de piedad aun en su carnalidad más extrema; el amor siempre es amor, ya se manifieste como amor por la vida misma o como pasión desenfrenada, el amor es sinónimo de simpatía por cuanto tiene vida orgánica, el conmovedor y voluptuoso abrazo de lo que nace abocado a convertirse en polvo; la caridad está, sin duda, tanto en la pasión más admirable como en la más desaforada. ¿Ambigüedad? ¡Dejemos que sea ambiguo el significado del amor, por Dios! Esa ambigüedad es vida y es humanidad, y sería muestra de una falta de inteligencia terrible preocuparse por esa ambigüedad.

Así pues, mientras los labios de Hans Castorp y madame Chauchat se unían en un beso ruso, dejamos a oscuras nuestro pequeño escenario para pasar a un nuevo cuadro. Pues ahora vamos a referir la segunda de las dos conversaciones de las que prometimos dar cuenta, y, una vez dadas de nuevo las luces, bajo el resplandor mortecino de un día de primavera que toca a su fin en la época del deshielo, vemos a nuestro héroe en una situación que para él ya se ha convertido en habitual, a saber: sentado a la cabecera de la cama del gran Peeperkorn, charlando respetuosa y afablemente con él.

Después del té de las cuatro, servido en el comedor y al que madame Chauchat había acudido sola —como a las tres comidas anteriores— para ir de compras por Platz inmediatamente después, Hans Castorp había mandado anunciar su visita a Peeperkorn, en parte con el fin de presentar sus respetos, en parte para recrearse en su compañía —en resumen, por motivos tan ambiguos como la vida misma—. Peeperkorn dejó el *Der Telegraaf*, puso las lentes sobre el periódico y tendió su mano de capitán al visitante, mientras sus labios desgarrados se movían confusamente con una expresión dolorosa. Como de costumbre, tenía a su alcance vino tinto y café. El servicio de café estaba colocado sobre una silla junto a la cama, ligeramente salpicada de marrón. Peeperkorn acababa de tomar su café de la tarde, muy caliente, con azúcar y nata, y estaba sudando. Su rostro, enmarcado por los largos mechones blancos, se había enrojecido, y pequeñas gotas de sudor perlaban su frente y su labio superior.

—Estoy sudando un poco —dijo—. Sea bienvenido, joven. Siéntese. Es un signo de debilidad cuando, tras dar un sorbo a una bebida caliente, se rompe a... ¿Podría usted alcanzarme...? Precisamente... El pañuelo... Muchas gracias.

El enrojecimiento de su rostro había ido desapareciendo poco a poco, dando paso a una palidez amarillenta, a esa palidez que solía presentar la piel del coloso holandés después de un ataque de fiebre. Aquella tarde, la fiebre cuartana había sido muy fuerte en sus tres fases –la fase fría, la fase ardiente y la fase húmeda–, y los ojillos sin color de Peeperkorn tenían una mirada fatigada bajo los arabescos de su frente de ídolo. Dijo entonces:

–Desde luego, joven..., la palabra «loable» me parece... Absolutamente... Es usted muy amable al no olvidarse de un anciano enfermo y al...

–¿Visitarle? –preguntó Hans Castorp–. De ninguna manera, Mynheer Peeperkorn. Soy yo quien debo darle las gracias por permitirme sentarme un instante cerca de usted. Estas visitas son mucho más enriquecedoras para mí que para usted, vengo por razones puramente egoístas. Pero ¡qué definición más descaminada hace usted de su persona! «Un anciano enfermo»... Nadie adivinaría que se refiere a usted. ¿No es ésa una imagen completamente falsa?

–Bueno, bueno... –respondió Peeperkorn, y cerró los ojos durante unos segundos, con su majestuosa cabeza reposando sobre la almohada, la barbilla en alto, sus largos dedos de uñas alargadas sobre el pecho de rey que se dibujaba bajo el camisón de punto–. Está bien, joven; tiene buenas intenciones, estoy convencido de ello. ¡Qué agradable tarde pasamos ayer en aquel lugar tan acogedor...! He olvidado el nombre... donde tomamos aquel delicioso salami con huevos revueltos y aquel vinillo del país...

–¡Fue magnífico! –confirmó Hans Castorp–. Disfrutamos de un placer casi prohibido; el cocinero jefe del Berghof se habría ofendido, y con razón, de habernos visto... ¡Menuda merienda! Era salami auténtico y del mejor; el señor Settembrini estaba emocionado, se le saltaban las lágrimas de gozo mientras comía. Es un patriota, como usted ya debe de saber, un patriota demócrata. Ha consagrado su pica de ciudadano burgués en el altar de la humanidad para que el salami no tenga que pagar aduana al pasar la frontera del Brenner.

—Esto no tiene importancia —declaró Peeperkorn—, es un hombre de modales caballerescos y un alegre orador; un caballero, a pesar de que evidentemente no goza de los recursos para cambiar de traje con frecuencia.

—Desde luego que no —dijo Hans Castorp—. ¡Carece por completo de recursos! Le conozco desde hace mucho tiempo y nos une una vieja amistad. Se ha interesado por mí de una manera que nunca podré agradecerle bastante, puesto que él siempre ha pensado que yo era un «niño mimado por la vida» (es una expresión que usamos entre nosotros y cuyo significado no está muy claro a los demás), y se esfuerza por ejercer sobre mí una influencia provechosa. Eso sí, jamás le he visto con otro traje; lleva ese pantalón a cuadros y esa levita raída tanto en invierno como en verano. Por otra parte, lo lleva con una dignidad verdaderamente notable, como un auténtico caballero; aquí le doy toda la razón a usted. Su manera de vestir esa ropa tan ajada constituye un triunfo sobre la pobreza, y prefiero mil veces esa pobreza a la elegancia del pequeño Naphta, que nunca me ha inspirado confianza. Es un tipo diabólico y sus recursos son de una procedencia más que sospechosa, estoy bastante informado sobre su situación.

—¡Un caballero y un excelente orador! —replicó Peeperkorn, sin comentar nada acerca de Naphta—. Pero permítame una objeción, aunque ya sé que es prejuiciosa: mi compañera de viaje no le aprecia mucho, como ya habrá usted advertido. Habla de él sin ninguna simpatía, probablemente porque la actitud que él muestra respecto a ella también denota ciertos prejuicios. Ni una palabra más, joven. En lo que se refiere a Settembrini y a sus sentimientos de amistad hacia él, estoy muy lejos de querer... ¡Punto redondo! Ni se me ocurre afirmar de la gentileza que ha de profesar un caballero hacia una dama... Perfecto, querido amigo, no tengo ningún reproche que hacerle. Claro que eso también tiene ciertos límites, cierta reserva, cierta re-cu-sa-ción que hace que la actitud de madame hacia él sea humanamente...

—Comprensible. Que la justifica. Perdóneme, Mynheer Peeperkorn, que termine su frase. Me atrevo porque soy consciente de estar enteramente de acuerdo con usted. Sobre todo considerando que las mujeres... no se sonría al oírme hablar de las mujeres de este modo a mi edad..., adoptan una determinada actitud hacia el hombre en función de la actitud que el hombre adopta hacia ellas. Esto no tiene nada de extraño. Las mujeres, permítame que lo exprese así, son criaturas que reaccionan sin iniciativa propia, son inactivas, pasivas... Déjeme que desarrolle este punto de vista de un modo un poco más completo. En los asuntos amorosos, la mujer se considera, por lo que he podido observar, primeramente como un objeto; deja que se le aproximen, no elige libremente, no se convierte en el sujeto del amor hasta que no ha elegido el hombre, e incluso en ese momento su libertad de elección está muy restringida y disminuida por el mero hecho de haber sido ella el objeto elegido; suponiendo que el hombre no sea un alma atormentada hasta la enajenación, aunque tampoco eso influye tanto. Seguramente, todo lo que estoy diciendo no son más que lugares comunes, pero cuando uno es joven todo parece nuevo, muy nuevo y sorprendente. Si preguntamos a una mujer: «¿Le amas?», ella nos contesta abriendo mucho los ojos, o también bajándolos: «¡Él me ama tanto!». Imagine una respuesta semejante en boca de uno de nosotros... y perdone que me ponga en el mismo nivel que usted. Tal vez haya hombres que deberían contestar de esta manera, pero serían tipos totalmente ridículos, héroes de pacotilla en el amor, dicho de un modo epigramático. Me gustaría saber cómo se considera a sí misma la mujer que contesta de este modo. ¿Piensa que debe al hombre una sumisión sin límites, a ese hombre que concede la gracia de su amor a una criatura tan inferior, o acaso ve en el amor que el hombre siente por su persona un signo inequívoco de su grandeza? Eso me he preguntado unas cuantas veces durante mis horas de reposo.

—Verdades eternas, hechos clásicos. Sus modestas palabras,

joven, se acercan a unas circunstancias casi sagradas —respondió Peeperkorn—. El hombre se embriaga con su deseo, y la mujer pide y espera ser embriagada por el deseo del hombre. De ahí que nosotros nos veamos obligados a estar a la altura del sentimiento, de ahí la espantosa vergüenza de no poder estarlo, de la impotencia para despertar el deseo de la mujer. ¿Quiere compartir una copa de vino conmigo? Yo voy a tomar una... Tengo sed. Hoy he perdido mucho líquido.

—Muchas gracias, Mynheer Peeperkorn. Lo cierto es que no tengo costumbre de beber a estas horas, pero lo haré a su salud con mucho gusto.

—Pues bien, coja la copa, no hay más que una. Yo beberé del vaso de agua. No creo que ofenda a este vinillo por beberlo en un recipiente tan humilde.

Y, ayudado por el joven, escanció el vino con su mano de capitán, algo temblorosa, y luego apuró el vaso de un trago, como si hubiera sido agua.

—¡Cómo me entona! —dijo—. ¿No bebe más? Entonces, permítame que yo tome otro vaso...

Derramó un poco de vino al servirse de nuevo, y la sábana quedó manchada de rojo.

—Repito —dijo con el dedo en alto como una lanza mientras el vaso de vino temblaba en su otra mano—. Repito: de ahí nuestro deber para con el sentimiento. Nuestros sentimientos son la fuerza viril que despierta a la vida. La vida duerme. Quiere ser despertada para desposarse en la embriaguez con el divino sentimiento. Porque el sentimiento, joven, es divino. El hombre es divino en la medida en que es capaz de sentir. Es el sentimiento de Dios. Dios le ha creado para sentir a través de él. El hombre no es más que el órgano mediante el cual Dios se desposa con la vida, despierta y embriagada. Si el hombre no está a la altura del sentimiento, cae en la blasfemia; es la derrota de la fuerza viril de Dios, constituye una catástrofe cósmica, un horror inimaginable...

Y apuró el vaso.

—Permítame que le retire el vaso, Mynheer Peeperkorn —dijo Hans Castorp—. Sus razonamientos son harto reveladores para mí. Usted viene a desarrollar una teoría teológica según la cual atribuye al hombre una función religiosa de un altísimo honor, aunque tal vez un poco unilateral. Su opinión, si me permite la intervención, da muestra de un rigorismo un tanto opresivo, ¡perdóneme! Todo rigor religioso resulta un tanto opresivo para los hombres de una categoría más modesta. No deseo desviarle de la conversación, pero desearía volver a hablar de esos «prejuicios» que, según usted, manifiesta Settembrini hacia madame, su compañera de viaje. Conozco al señor Settembrini desde hace mucho tiempo, desde hace muchos días y muchos años. Y puedo asegurarle que sus prejuicios, en la medida en que realmente existen, no tienen, en modo alguno, un carácter mezquino ni burgués. Sería ridículo pensar semejante cosa. No puede tratarse más que de prejuicios en un sentido más elevado, y, por consiguiente, de carácter impersonal; de principios pedagógicos generales en relación con los cuales el señor Settembrini reconoce que soy un «niño mimado por la vida»... Pero eso nos llevaría demasiado lejos. Sería una cuestión demasiado amplia y compleja para poder resumirse en dos palabras...

—¿Ama usted a madame? —preguntó de pronto Mynheer Peeperkorn, y volvió hacia su visitante su rostro regio, de labios desgarrados, con gesto doliente, ojos sin color e infinitas arrugas en la frente.

Hans Castorp se estremeció. Luego balbuceó:

—Si yo..., es decir... Naturalmente, admiro mucho a madame Chauchat ya sólo en su calidad de...

—¡Por favor! —dijo Peeperkorn, haciendo un gesto con la mano que denotaba el rechazo de esta respuesta—. Déjeme repetir que estoy muy lejos de reprochar a ese caballero italiano haber faltado a las reglas de la cortesía. No hago ese reproche a nadie ni contra nadie... Pero me llama la atención... En estos momentos incluso me alegra... ¡Bien, joven! Estupendo. Fantástico. Lo celebro, no cabe duda alguna; supone una enorme satisfacción para mí. Sin embargo, me digo... En una palabra, me digo: usted conoce a madame desde hace más tiempo que yo. Usted ya compartió su anterior estancia en estos lugares. Además, es una mujer llena de encantos y yo no soy más que un anciano enfermo... Como estoy indispuesto, esta tarde se ha marchado sola para hacer unas compras en el pueblo. No es una desgracia. Eso no es ninguna desgracia... Ni mucho menos. Claro que tampoco me cabe duda de que... ¿Debo atribuir a la influencia de esos principios pedagógicos del señor Settembrini a los que usted aludía el hecho de que usted, movido por el impulso caballeresco...?

—Literalmente, Mynheer Peeperkorn. ¡Oh, no! De ninguna manera. Yo obro enteramente por iniciativa propia. Por el contrario, el señor Settembrini, en una ocasión, incluso... Oh, veo manchas de vino en su sábana, Mynheer Peeperkorn. ¿No deberíamos...? En casa teníamos la costumbre de echar un poco de sal mientras aún están húmedas...

—Eso no tiene importancia —dijo Peeperkorn, sin quitar ojo de encima a su visitante.

El rostro de Hans Castorp cambió de color.

—Aquí arriba, las cosas son distintas al resto del mundo —dijo con una sonrisa falsa—. El espíritu que aquí reina, por así decirlo, no es nada convencional. El enfermo, hombre o mujer, es quien tiene la prioridad. Los preceptos de la caballería, por el contrario, pasan a segundo plano. Usted está pasajeramente indispuesto, Mynheer Peeperkorn; indispuesto por completo. Su compañera de viaje, en cambio, se encuentra relativamente bien. Creo obrar de entero acuerdo a los deseos de madame al venir a hacerle compañía durante su ausencia, en lugar de sustituir a usted... en la medida en que se puede hablar de tal sustitución, claro está... je, je, je... y acompañarla a ella en sus compras por el pueblo. ¿Cómo iba yo a pensar siquiera en imponerle a madame mis servicios de caballero?

No tengo título ni mandato para hacerlo. Y puedo decir que tengo un gran sentido del derecho. En una palabra, yo creo que mi actitud es correcta, que responde a la situación general, y sobre todo a los sinceros sentimientos que me ligan a usted, Mynheer Peeperkorn. Creo haber dado una contestación satisfactoria a su pregunta, pues sin duda usted me había hecho una pregunta.

—Una respuesta muy agradable —contestó Peeperkorn—. Escucho sus modestas palabras con un placer inesperado, joven. Sabe usted cómo salvar todos los obstáculos y dar a las cosas una forma amable. Ahora bien, ¿satisfacción? Pues no. Su respuesta no me satisface del todo. Perdone que le cause una decepción. Eso del «rigor», querido amigo... hace un momento ha utilizado usted esa palabra al hablar de ciertos conceptos formulados por mí. También sus palabras encierran un cierto rigor, una severidad forzada que, me parece, no armoniza con su temperamento, aunque ya lo conozco por su comportamiento en determinadas ocasiones. Ahora lo veo de nuevo. Es la misma compostura forzada que muestra usted hacia madame durante nuestras charlas y nuestros paseos... una actitud que no comparte usted con nadie más... y esto debe explicármelo. Es un deber, es una obligación, joven. No me equivoco. Mis observaciones se han confirmado muchas veces, y es muy probable que tampoco se le haya escapado a los demás, con la diferencia de que esos otros observadores tal vez sepan darle una explicación a semejante fenómeno.

A pesar de que se hallaba agotado por una fiebre tan maligna, aquella tarde Mynheer Peeperkorn hablaba de un modo excepcionalmente preciso y coherente. Estaba sentado en la cama, mostrando sus formidables hombros, con su magnífica cabeza vuelta hacia su visitante, con un brazo estirado por encima de las sábanas; y su mano de capitán llena de pecas saliendo enérgica de la manga de lana, formaba un círculo con los dedos índice y pulgar mientras su boca iba articulando las palabras con una fluidez tan extraordinaria que el mismo Settembrini hubiera podido envidiarla.

–Usted se sonríe –continuó diciendo–, menea la cabeza y hace guiños con los ojos. Parece que se devana los sesos en vano, valga la expresión. Por otro lado, es obvio que comprende lo que quiero decir y de qué estamos hablando. No pretendo afirmar que usted no dirija la palabra a madame o que evite contestarle cuando la conversación lo exige. Pero repito que lo hace de un modo forzado, mejor dicho, que procura evitar algo, escabullirse de algo... concretamente, evitar una determinada forma de tratamiento. Fijándose en ustedes, da la sensación de que hubiesen hecho una apuesta, un pacto secreto según el cual le estuviese a usted prohibido dirigirse a ella con la forma «usted». Usted, en consecuencia, evita sistemáticamente y sin concesiones dirigirse a ella en directo. Nunca le dice «usted...».

–Pero Mynheer Peeperkorn... ¿Un pacto secreto, yo?

–Permítame que llame su atención sobre un hecho del cual se habrá dado cuenta: acaba usted de palidecer hasta las cejas.

Hans Castorp no levantó los ojos. Con la cabeza gacha, contemplaba con gran atención las manchas de vino de la sábana.

«Esto tenía que llegar algún día –pensaba–. Es lo que él quería. Creo que yo mismo he hecho todo cuanto estaba en mi poder para llegar a este momento. Ahora me doy cuenta. ¿Será verdad que me he quedado pálido? Es muy posible, pues ha llegado la hora de la verdad, para bien o para mal. Cualquiera sabe lo que va a ocurrir. ¿Puedo mentir? Podría, pero no quiero. Por lo pronto, seguiré contemplando esta mancha de sangre, esta mancha de vino.»

También el otro permanecía callado. El silencio duró dos o tres minutos, lo cual les permitió tomar conciencia de lo sumamente largas que pueden parecer esas minúsculas unidades en determinadas circunstancias. Fue Pieter Peeperkorn quien reanudó la conversación.

—Fue en la noche en que tuve el honor de conocerle —comenzó en un tono cantarín, modulando luego la voz para hacer una pausa, como si fuera la primera frase de una larga historia—. Habíamos celebrado una pequeña fiesta, habíamos disfrutado de rica comida y bebida y, muy animados, relajados y atrevidos a todo, nos dirigíamos del brazo a nuestros respectivos lechos, a una hora muy avanzada de la noche. Fue entonces cuando, aquí mismo, delante de mi puerta, al despedirnos, se me ocurrió la idea de invitarle a besar la frente de la dama que le había presentado a usted como a un buen amigo de otros tiempos, dejando al buen criterio de ésta la decisión de devolverle el beso de buenas noches en mi presencia. Usted rechazó rotundamente mi proposición, la rechazó alegando que le parecía absurdo intercambiar besos en la frente con mi compañera de viaje. No negará que eso fue una excusa incompleta que, a su vez, precisaba una explicación; una explicación que hoy todavía me debe. ¿Está dispuesto a pagar esa deuda ahora?

«Vaya, conque también se dio cuenta de eso... —pensó Hans Castorp, y se dedicó a contemplar la mancha de vino con mucha más atención y a rascarla con la punta de la uña del dedo pulgar—. En el fondo, aquel día yo ya quise que se diese cuenta y que también lo tuviese en cuenta para el futuro, ¿por qué iba a decir eso si no? Pero ¿ahora qué? El corazón me late con bastante fuerza. ¿Asistiremos a un acceso de cólera real de primer orden? Quizá debería estar atento a su puño, quizá me esté amenazando... Decididamente, es una situación muy singular y más que comprometida.»

De pronto sintió que la mano de Peeperkorn le agarraba la muñeca derecha.

«Ahora me agarra la muñeca derecha —pensó—. ¡Vamos, qué ridiculez! Yo aquí todo apurado y con las orejas gachas. ¿Acaso le he faltado en algo? De ninguna manera. Quien tendría derecho a quejarse primero es el marido de madame, el del Daguestán. Luego otros, y después yo. Él no tiene ningún derecho, según creo. Entonces ¿por qué me palpita el corazón así? Ya es hora de que me ponga en pie y que le mire a la cara, a esa cara de rey, con franqueza, aunque con respeto.»

Así lo hizo. La cara del rey estaba amarilla, los ojos lanzaban una mirada pálida bajo los surcos de su frente, la expresión de sus labios desgarrados denotaba una gran amargura.

El gran anciano y el insignificante joven leyeron el uno en los ojos del otro. Finalmente, Peeperkorn dijo con dulzura:

—¿Fue usted el amante de Clavdia Chauchat durante la anterior estancia de ella aquí?

Hans Castorp agachó la cabeza de nuevo, pero enseguida la volvió a levantar y, después de respirar profundamente, dijo:

—Mynheer Peeperkorn, nada me disgustaría más que mentirle a usted, y me esfuerzo en encontrar el modo de no hacerlo. No es fácil. Exageraría si confirmase su suposición y mentiría si la negase por completo. Ésa es la verdad. Pasé mucho tiempo, muchísimo, en este lugar con Clavdia, perdóneme: con su actual compañera de viaje, sin que nadie nos presentase. Nuestra relación no tenía nada que ver con el trato social, al menos mi relación con ella, cuyo origen, voy a expresarlo así, se remonta a otro mundo, ahora oscuro. En mis pensamientos, siempre he tratado a Clavdia de «tú», al igual que he hecho en la realidad. La noche en que me liberé de ciertos lazos pedagógicos de los que hablábamos hace un momento y en que me acerqué a ella, con un pretexto que también se remontaba a otro tiempo, era una noche de máscaras, una noche de Carnaval, una noche sin responsabilidades, una noche en la que imperaba el «tú» y en el curso de la cual ese «tú» adquirió todo su sentido, de una manera apenas consciente y como en un sueño. Además, era la víspera de la partida de Clavdia.

—«Todo su sentido» —repitió Peeperkorn—. Qué acertadamente...

Soltó a Hans Castorp y comenzó a pasarse sus manos de capitán por la cara, por los ojos, las mejillas y la barbilla. Luego las juntó sobre la sábana manchada de vino y ladeó la cabeza hacia la izquierda, hacia el lado contrario a Hans Castorp, como si le volviera la cara a él.

—Le he contestado lo más exactamente posible, Mynheer Peeperkorn —dijo Hans Castorp—, y he puesto todo mi empeño en no decir demasiado ni demasiado poco. Lo más importante para mí es dejarle claro que es usted completamente libre de tener en cuenta o no aquella noche dedicada al «tú» y a las despedidas, que era una noche fuera de todo orden y casi fuera del calendario, fuera de programa, por así decirlo, una noche extra que no cuenta, como el veintinueve de febrero... y que, por lo tanto, no habría más que media mentira si hubiese respondido que no a su pregunta.

Peeperkorn no contestó.

—He preferido decirle la verdad —dijo Hans Castorp, después de una pausa—, aun exponiéndome a perder su favor, lo cual, sinceramente, hubiese sido para mí una pérdida sensible, incluso un golpe, un duro golpe que se hubiera podido comparar al que constituyó para mí la llegada de madame Chauchat cuando no lo hizo sola, sino como su compañera de viaje. He corrido ese riesgo porque ése era mi deseo desde hace tiempo, el deseo de que todo se aclarase entre nosotros; entre usted, hacia quien siento el más profundo respeto, y yo, y eso me parece más bello y humano..., usted mismo sabe cómo pronuncia Clavdia esa palabra, con su voz maravillosamente velada y acentuando la sílaba final..., que el silencio o el disimulo; y, desde este punto de vista, he experimentado un gran alivio cuando usted ha planteado el asunto hace un momento.

No hubo respuesta.

—Una cosa más, Mynheer Peeperkorn, hay algo más que me hace desear decirle la verdad; es la experiencia personal de lo desazonador que resulta no saber, depender únicamente de suposiciones y medias verdades. Ahora ya sabe con quién vivió..., vivió y celebró Clavdia un veintinueve de febrero, antes de establecerse entre ustedes la presente situación de derecho positivo, la cual sería una locura no respetar. Por mi parte, jamás he podido averiguarlo, aunque soy consciente de que todo el que se encuentra en la situación de plantearse algo semejante debe contar con que ya se han dado antes tales procesos, tales precedentes; y aunque, por otra parte, sabía que el doctor Behrens, quien, como tal vez sepa usted, es aficionado a la pintura, hizo un excelente retrato de madame que sin duda hubo de requerir muchas sesiones de posado y en el que la piel está plasmada con una plasticidad que, dicho aquí, entre nosotros, se presta a las más serias sospechas. ¡Cuánto tormento y cuántos quebraderos de cabeza me produjo aquel descubrimiento... y me sigue produciendo hoy!

—¿La ama todavía? —preguntó Peeperkorn, sin cambiar de posición y volviendo la cabeza en sentido contrario.

La habitación se iba sumiendo en la penumbra.

—Perdóneme, Mynheer Peeperkorn —contestó Hans Castorp—, pero mis sentimientos hacia usted, sentimientos de profundo respeto y admiración, me harían parecer poco educado al hablar de mis sentimientos respecto a su compañera de viaje.

—¿Y ella le corresponde? —preguntó Peeperkorn a media voz—. ¿Le corresponde todavía?

—No he dicho que me haya correspondido alguna vez. Lo creo poco probable. Antes tratábamos este asunto desde una perspectiva teórica, cuando hablábamos de las reacciones de la naturaleza femenina. No hay mucho que amar en mí. ¿Qué importancia tengo? Juzgue usted mismo. Si por casualidad pude vivir un..., un veintinueve de febrero, no se debe sino a la facilidad con que la mujer se deja llevar por la elección del hombre... Desearía añadir a esto que tengo la impresión de sobrestimarme y de faltar al buen gusto hablando de mí mismo como de un «hombre»... Ahora bien, no cabe duda de que Clavdia es toda una mujer.

—Ella se dejó llevar por sus sentimientos —murmuró Peeperkorn con sus labios desgarrados.

—Como ha hecho en el caso de usted, aquí con mayor entrega —dijo Hans Castorp—; y como, con toda probabilidad, debió de hacer ya en otros casos. Cuando uno se encuentra en una situación semejante ha de contar con...

—¡Alto! —dijo Peeperkorn, con la cabeza vuelta pero alargando la mano hacia su interlocutor—. ¿No es mezquino hablar de ella de esta manera?

—No lo creo, Mynheer Peeperkorn. No lo creo. Hablamos de cosas humanas, tomando la palabra «humano» como símbolo de libertad, de «genialidad». Disculpe esa palabra un poco rebuscada, pero he recurrido a ella porque tenía necesidad.

—Bien, continúe —ordenó Peeperkorn en voz baja.

También Hans Castorp hablaba con voz queda, sentado en el borde de su silla, inclinado hacia el mayestático anciano.

—Porque ella es una criatura genial·—dijo—, y ese marido allende el Cáucaso..., pues sabrá usted que madame tiene un marido allende el Cáucaso..., le concede esa libertad genial, bien sea porque es un necio o porque es muy inteligente, no conozco a ese buen hombre. De todos modos, hace bien en concederle esa libertad, pues es fruto de la propia enfermedad, del principio genial de la enfermedad, y todo el que se halle en su misma situación hará bien en seguir su ejemplo y no lamentarse ni del pasado ni del futuro.

—¿Usted no se lamenta? —preguntó Peeperkorn, y volvió la cara hacia él.

Parecía muy pálido en la penumbra; sus ojos parecían no tener color ni brillo y, bajo su frente de ídolo, la gran boca desgarrada estaba entreabierta como la de una máscara trágica.

—No pensaba —respondió modestamente Hans Castorp— que mi persona contase. Lo que me esforzaba en conseguir era que no se lamentase usted y que no me negase su favor a causa de los acontecimientos pasados.

—Al margen de eso —dijo Peeperkorn—, he debido de causarle a usted un inmenso daño sin saberlo.

—Si esto es una pregunta —respondió Hans Castorp—, aunque le responda que sí, eso no significa en ningún caso que no aprecie la inmensa fortuna de haberle conocido, pues tal fortuna se halla inseparablemente unida a esa dolorosa decepción de la que habla.

—Se lo agradezco, joven. Aprecio la delicadeza de sus modestas palabras. Claro que, si hacemos abstracción de esta relación entre nosotros dos...

—Eso es difícil —dijo Hans Castorp—; yo no puedo hacer abstracción, y no debo hacerlo si pretendo responder a su pregunta sin pretensiones de ningún tipo. El hecho de que Clavdia haya vuelto acompañada de una personalidad de la grandeza que usted posee no podía menos de agravar y aumentar el horror que representaba para mí el mero hecho de que hubiese vuelto en compañía de otro hombre. Me hizo mucho daño y me lo sigue haciendo, no lo niego, y con toda intención me he atenido, en la medida de lo posible, al aspecto positivo de la situación, a mi sincera veneración hacia usted, Mynheer Peeperkorn, lo cual, por otra parte, causa cierta contrariedad a su compañera de viaje, pues a las mujeres no les gusta nada que sus amantes se lleven bien entre ellos.

—En efecto —dijo Peeperkorn, y disimuló una sonrisa pasándose la mano por la boca y la barbilla, como si temiese que madame Chauchat le viese sonreír.

También Hans Castorp sonrió discretamente, y luego ambos asintieron con la cabeza en señal de completo acuerdo.

—Esta pequeña venganza —continuó diciendo Hans Castorp— me correspondía en cierta manera, pues algún derecho a quejarme había de tener después de todo, no de Clavdia ni de usted, Mynheer Peeperkorn, sino de mi vida y mi destino. Y puesto que tengo el honor de gozar de su confianza, y esta hora del crepúsculo es tan especial, quiero hablarle un poco de este tema, aunque sea indirectamente.

—Con mucho gusto —dijo Peeperkorn cortésmente.

Hans Castorp prosiguió:

—Llevo aquí arriba mucho tiempo, muchos años, no sé exactamente cuánto, pero sé que son varios años de mi vida. Por eso he hablado de «vida» y, en el momento oportuno, me referiré al «destino». Mi primo, a quien vine a hacer una corta visita, un militar lleno de valientes y honorables intenciones que luego no le sirvieron de nada, murió, me fue arrebatado aquí arriba y aquí arriba sigo yo. Yo no era militar, tenía una profesión civil, como usted quizá ya sabe, una profesión sólida y digna que, según dicen, contribuye a la solidaridad internacional, aunque nunca sentí mucha vocación por ella, se lo confieso, y eso por razones de las que sólo diré que son bastante oscuras; son oscuras como los orígenes de mis sentimientos hacia su compañera de viaje..., y me refiero a ella así expresamente para poner de relieve que no tengo intención alguna de quebrantar el derecho positivo de usted..., los orígenes de mis sentimientos por Clavdia Chauchat y de mi especial relación con ella, una relación donde sólo cabe el «tú» y de la que no he renegado jamás, desde que vi por primera vez sus ojos y éstos me hechizaron, ¿comprende? Por amor a ella y desafiando a Settembrini, me sometí al principio irracional, al principio genial de la enfermedad, al cual, a decir verdad, estaba sujeto desde siempre; y así pues, quedé aquí arriba, no sé exactamente desde cuándo, pues lo he olvidado todo y he roto con todo, con mis parientes y mi profesión en el mundo de allá abajo y con todas mis esperanzas. Cuando Clavdia se marchó, yo decidí esperarla, nunca dejé de esperarla aquí arriba, y de ese modo me perdí para el mundo y podría decirse que es como si hubiese muerto. En esto pensaba cuando hablaba del «destino», y por eso me he permitido insinuar que tenía derecho a quejarme de mi situación actual. Leí una vez una historia... no, no la leí, la vi una vez en el teatro... la historia de un hombre, un militar como mi primo, que se enamora de una encantadora gitana, una bellísima mujer que lleva una flor detrás de la oreja, una mujer fatal y salvaje, y la ama hasta tal punto que reniega de todo y lo sacrifica todo, deserta, se hace contrabandista y pierde el honor desde todos los puntos de vista. Después de todo esto, ella se cansa de él y le deja por un torero, una gran personalidad con una espléndida voz de barítono. La obra termina con que el soldadito, pálido como la muerte y con la camisa abierta, la apuñala frente a la plaza, crimen al que ella misma le había conducido. Es una historia que no tiene nada que ver. Pero ¿por qué se me ha ocurrido ahora, después de todo?

Al pronunciar Hans Castorp la palabra «apuñalar», Mynheer Peeperkorn había cambiado ligeramente de posición, había retrocedido hacia un lado, volviendo bruscamente el rostro hacia su visitante, y le había mirado a los ojos con aire intrigado. Luego se apoyó en el codo y dijo:

—Joven, he escuchado sus palabras y ahora estoy al corriente de todo. Permítame que le ofrezca yo ahora mis leales explicaciones. Si mis cabellos no fuesen blancos y no me hallase presa de una fiebre maligna, estaría dispuesto a batirme en duelo con usted, de hombre a hombre, arma en mano, para resarcirle del daño que le he causado sin saberlo y al mismo tiempo por el que le ha causado mi compañera de viaje, del cual también me hago cargo. Perfecto, caballero. Usted me vería dispuesto a ello. Ahora bien, dada la situación, permítame que le haga otra proposición. Es la siguiente: recuerdo que, en un momento de exaltación, al comienzo de nuestras relaciones..., y lo recuerdo a pesar de que entonces había hecho buen honor a la botella..., en un instante en que quedé agradablemente impresionado por su carácter, estuve a punto de proponerle que nos tuteásemos fraternalmente, pero comprendí de inmediato que era un tanto prematuro. Pues bien, hoy me remito a aquel momento y declaro que el plazo que habíamos calculado se ha cumplido. Joven, somos hermanos. Usted ha hablado de un tuteo «en todo su sentido». El nuestro también ha de tener todo el sentido, el sentido de una fraternidad en los sentimientos. Le ofrezco la satisfacción que la enfermedad y la edad me impiden darle con las armas bajo otra forma, se la ofrezco bajo la forma de un pacto fraternal, de una alianza, como se hace a veces contra alguien, contra el mundo o contra una tercera persona, pero que nosotros cerraremos en aras de un sentimiento común hacia alguien. Tome su copa, joven, yo me serviré de mi vaso de agua, que al fin y al cabo tampoco hace de menos a este vinillo...

Con su mano de capitán, ligeramente temblorosa, llenó el vaso y la copa, ayudado por un Hans Castorp tan respetuoso como conmovido.

–Tenga. Cruce el brazo conmigo y bebamos así –propuso Peeperkorn–. Apura esa copa. Perfecto, joven. ¡Punto redondo! Aquí tienes mi mano. ¿Estás contento?

–Naturalmente, esa palabra es poco para expresar cómo me siento, Mynheer Peeperkorn –dijo Hans Castorp, a quien le había costado apurar la copa de un solo trago, mientras se limpiaba las rodillas con el pañuelo, pues había derramado un poco de vino–. Me siento infinitamente feliz y no comprendo cómo he podido ser honrado con tal favor. Francamente, es como un sueño. Es un inmenso honor para mí, no sé cómo puedo haberlo merecido..., a lo sumo, de una manera pasiva..., si yo no he hecho nada... No ha de extrañarle que, al principio, me parezca un poco osado servirme de esa nueva fórmula; me resultará violento, sobre todo en presencia de Clavdia, que, como mujer, quizá no esté de acuerdo con estas resoluciones nuestras.

–Déjalo en mis manos –contestó Peeperkorn–. ¡No es más que cuestión de práctica y costumbre. Y ahora, joven, vete. ¡Márchate, hijo mío! Ya es de noche, nuestra amiga puede regresar de un momento a otro y tal vez vale más que no nos vea juntos ahora.

—Te saludo, Mynheer Peeperkorn —dijo Hans Castorp, y se puso de pie—. Ve usted que venzo mi justificado reparo y ya empiezo a practicar con tan osada forma de tratamiento. Es cierto, se ha hecho de noche. Imagino que, si Settembrini entrase en este momento, encendería la luz para que la razón y los sanos valores de la sociedad entrasen con él; es su punto débil. Hasta mañana. Me voy de aquí feliz y orgulloso como nunca hubiera imaginado. Ahora pasarás al menos tres días sin fiebre, durante los cuales podrá usted estar a la altura de cualquier circunstancia. Me alegro como si fuese tú. ¡Buenas noches!

MYNHEER PEEPERKORN (FINAL)

Una cascada es siempre un destino muy sugerente para ir de excursión, y es difícil explicar por qué Hans Castorp, que siempre había sentido gran predilección por los saltos de agua, no había visitado todavía la pintoresca y famosa catarata del valle del Flüela. Mientras vivía Joachim, tenía la disculpa de que éste, con su gran sentido del deber y su austera convicción de que no estaban allí arriba para divertirse sino para curarse, había limitado su horizonte al entorno más cercano al Berghof. Y también después de la muerte de su primo, la relación de Hans Castorp con el paisaje que le rodeaba —con excepción de sus escapadas sobre los esquíes— se había mantenido dentro de los límites de una monotonía que, por contraste con la riqueza de experiencias interiores sobre las que tenía que «gobernar», no carecía de cierto atractivo, consciente incluso. No obstante, apoyó con entusiasmo el plan que se propuso un día en su círculo más íntimo, entre aquellos siete amigos (contándole a él) de emprender una excursión en coche a aquel paraje tan recomendado.

Era el mes de mayo, el mes de la felicidad según dicen las ingenuas canciones del mundo de allá abajo; un mes bastante fresco y desapacible en la alta montaña, aunque al menos el deshielo podía darse por terminado. Cierto es que, en los últimos días, había nevado en abundancia, pero los gruesos copos se habían derretido, sin dejar tras de sí otra cosa que humedad; las masas blancas del invierno se habían deshecho, convertidas en agua, disueltas en el aire... sólo quedaban pequeños jirones aislados, y el verdor que irrumpía ahora por todas partes despertaba los ánimos y las ganas de aventura.

Al mismo tiempo, las actividades en común del grupo se habían visto afectadas durante semanas por la enfermedad de su jefe, el gran Pieter Peeperkorn, cuya fiebre maligna traída de los trópicos se resistía tanto a los efectos del extraordinario clima de allá arriba como a los antídotos de un médico tan excelente como el doctor Behrens. Se había visto obligado a guardar cama con frecuencia, no sólo en los días que le asaltaba fatalmente la fiebre. Además, sufría problemas de bazo y de hígado, como dijo el doctor, llamando aparte a los más allegados del paciente; tampoco debía de tener muy en orden el estómago, y Behrens no ocultó el riesgo de caer en un agotamiento crónico que incluso una naturaleza tan fuerte como la de Peeperkorn corría en semejantes circunstancias.

Durante aquellas semanas, Mynheer Peeperkorn sólo había podido celebrar uno de sus festines nocturnos, y los paseos en grupo quedaron reducidos a uno solo y muy corto.

Por otra parte —dicho entre nosotros—, aquel relajamiento temporal de los lazos entre el grupo en cierto modo supuso un alivio para Hans Castorp, que se sentía muy cohibido después de haberse hermanado con el compañero de madame Chauchat; cuando hablaba con él en público, pasaba los mismos «apuros» y tenía que recurrir a los mismos circunloquios «forzados» para evitar cierta forma de tratamiento fruto de un «pacto secreto» que cuando hablaba con Clavdia: si no podía omitir del todo el pronombre, hacía virguerías con tal de no dirigirse a él directamente... quizá por el mismo dilema

—o justo por lo contrario— que pesaba sobre su trato con Clavdia en presencia de terceros, aunque fuese únicamente de su gran maestro Peeperkorn, cuya fraternal amistad y confianza había convertido ahora el dilema del tuteo en doblemente problemático para el joven alemán.

Como hemos dicho, un buen día surgió el plan de hacer una excursión a la cascada del Flüela. Peeperkorn en persona había fijado el itinerario y se sentía con fuerzas para llevarlo a cabo. Era el tercer día desde su último acceso de fiebre cuartana, y Mynheer manifestó que tenía que aprovecharlo. No había acudido a las primeras comidas, sino que, como hacía con frecuencia en los últimos tiempos, había pedido que se las sirviesen arriba para tomarlas en su salón, en compañía de madame Chauchat. Sin embargo, ya a la hora del primer desayuno, el portero cojo había transmitido a Hans Castorp la orden de encontrarse dispuesto para el paseo una hora después de la comida, y de comunicar esta orden, a su vez, a los señores Ferge y Wehsal, además de mandar avisar a Settembrini y Naphta de que pasarían a buscarles. También recibió la orden de encargar dos coches para las tres de la tarde.

A esa hora, pues, se encontraron ante la puerta del Berghof Hans Castorp, Ferge y Wehsal, y esperaron allí a «sus majestades» acariciando a los caballos, que, con sus torpes belfos negros y húmedos, cogían los terrones de azúcar que les ofrecían en el hueco de la mano. Los compañeros de viaje aparecieron con un pequeño retraso. Peeperkorn, cuya cabeza de rey parecía un poco más afilada, saludó agitando su sombrero redondo de ala ancha, de pie junto a madame Chauchat y vestido con una gabardina larga un tanto raída, y sus labios farfullaron un saludo general inidentificable. Luego cambió un apretón de manos con cada uno de los tres hombres, que acudieron al encuentro de la pareja hasta el pie de las escaleras.

—Joven —dijo Mynheer a Hans Castorp, poniéndole la mano izquierda sobre el hombro—. ¿Cómo estás, hijo mío?

—Muy bien, mil gracias. Espero que también sea así por la parte contraria —se las ingenió a responder éste.

El sol brillaba. Era un día espléndido y luminoso, si bien todos seguían llevando abrigo de entretiempo, pues era probable que sintieran frío en el coche. Madame Chauchat vestía un cálido abrigo con cinturón, de mullido paño con grandes cuadros, e incluso una pequeña estola de piel sobre los hombros. El ala de su sombrerito de fieltro, sujeto bajo la barbilla mediante un velo verde aceituna, quedaba doblado hacia un lado de la cara y le sentaba tan maravillosamente que a la mayoría de los presentes les dolía mirarla... excepto a Ferge, el único que no estaba enamorado de ella. Esta neutralidad tuvo como consecuencia que, a la hora de distribuirse en los coches hasta que se sumasen los dos amigos que faltaban, le fuera asignado el asiento de enfrente de madame y Mynheer, en el primer coche, de espaldas a la marcha, en tanto Hans Castorp, tras captar la sonrisa burlona de Clavdia, hubo de ocupar el segundo junto con Ferdinand Wehsal. El escuálido criado malayo también tomó parte en la excursión. Había aparecido detrás de sus señores con una cesta muy voluminosa, de la cual asomaban dos botellas y que colocó bajo el asiento del primer coche. En el momento en que él se instaló en el pescante, con los brazos cruzados, al lado del cochero, los caballos recibieron la señal de partida y, frenando para compensar la pendiente, los dos coches emprendieron la serpenteante bajada hacia el pueblo.

Wehsal también había visto la sonrisa de madame Chauchat y, enseñando sus dientes cariados, comentó a su compañero de viaje:

—¿Se ha fijado cómo se burla de usted porque se ha visto obligado a compartir coche sólo conmigo? Ya, ya... Quien sufre el daño, aún ha de contar con el escarnio... ¿Tanto le fastidia y le asquea sentarse a mi lado?

—Por Dios, Wehsal, compórtese. No se humille así —le reprendió Hans Castorp—. Las mujeres sonríen por cualquier cosa, por el mero placer de sonreír. ¿Por qué se rebaja usted siempre de ese modo? Usted, como todo el mundo, tiene sus virtudes y defectos. Por ejemplo, toca muy bien *El sueño de una noche de verano*... eso no está al alcance de cualquiera. Debería usted volver a tocarlo un día de éstos.

—Ya... —contestó aquella pobre víctima del terrible «suplicio» del amor—. Eso lo dice por decir, desde su condición de superioridad, y ni siquiera es consciente de la impertinencia que encierran sus palabras de consuelo, ni de que así no hace sino humillarme más todavía. ¡Qué fácil le resulta hablar y consolar desde sus alturas privilegiadas! Porque ahora se encuentra en una situación bastante ridícula, pero en su día fue usted el afortunado y estuvo en el séptimo cielo... ¡Ay, Señor! Y pudo sentir sus brazos rodeándole el cuello y todo eso... ¡Ay, Señor! Me quema la garganta y el corazón pensarlo... y usted, con plena conciencia de la gracia que le fue concedida, me mira a mí, que me torturo, como un gusano...

—No me gusta nada todo eso que está diciendo, Wehsal. Incluso me repugna. ¿Para qué se lo voy a ocultar, ya que me acusa de impertinente? De hecho, le reitero que es repugnante, a la vista de que hace usted todo lo posible por resultarlo y se rebaja a usted mismo constantemente. ¿De veras está tan fatalmente enamorado de ella?

—¡Perdidamente! —respondió Wehsal, meneando la cabeza—. No se puede ni expresar lo que me hacen padecer la sed y el deseo que siento de ella; ojalá pudiera decir que eso será mi muerte, pero no mata aunque tampoco deje vivir. Durante su ausencia me sentía mejor, se me fue de la cabeza poco a poco. Pero desde que ha regresado y la veo cada día delante de mí, estoy tan desesperado que me muerdo los brazos, gesticulo en el vacío y no sé qué hacer. No debería existir un tormento así, pero no me atrevo a desear que no exista..., pues quien lo vive no puede desear que no exista porque para ello tendría que desear no vivir, que no existiera tampoco su vida, a la que está estrechamente ligado... y eso es imposible.

¿De qué serviría morir? Después... ¡encantado! En sus brazos... ¡con mucho gusto! Pero antes es estúpido, pues la vida es el deseo, y el deseo es la vida, y la vida no puede volverse contra sí misma... ¡Es un condenado círculo vicioso! Claro que, cuando digo «condenado», sólo es una manera de hablar, lo digo como si fuese otra persona, pues yo mismo no puedo pensar eso. Hay muchas formas de tortura, Castorp, y quien sufre una tortura sólo quiere verse libre de ella, a toda costa, a cualquier precio. Sin embargo, uno no puede liberarse de la tortura del deseo carnal más que a condición de satisfacerlo, no hay otro modo, no hay otro camino. Cuando uno no experimenta esto, no lo comprende y ni siquiera le preocupa; pero cuando lo experimenta, comprende a Cristo y se le llenan los ojos de lágrimas. ¡Dios del cielo! ¡Qué cosa más singular que la carne desee la carne hasta ese punto, tan sólo porque no es su carne sino que pertenece a otra alma! ¡Qué extraño y, bien pensado, qué futilidad! Se podría decir entonces: si la carne no desea más que eso, ¡séale concedido en el nombre de Dios! ¿Acaso quiero matarla? ¿Derramar su sangre? ¡Sólo quiero acariciarla! Castorp, mi querido Castorp, perdóneme que gimotee de esta manera, pero ¿no podría ella concederme ese deseo? Yo lo veo como algo sublime, no soy un animal; a mi manera y a pesar de todo, yo también soy un hombre. El deseo carnal puede despertar en muchas ocasiones, no está ligado, fijo, a una persona concreta, y por eso lo llamamos deseo animal; pero cuando se ha fijado sobre una persona con un rostro y con un nombre, nuestros labios hablan de amor. No es únicamente su torso lo que yo deseo, o la muñeca de carne que es su cuerpo, porque si su rostro fuese otro, o tan sólo un poco diferente, tal vez dejaría de desear todo su cuerpo; y eso demuestra que es su alma lo que yo amo con toda mi alma, porque el amor a un rostro es el amor del alma...

—Pero ¿qué le pasa, Wehsal? ¡Está usted fuera de sí y dice unas cosas terribles!

—Aunque, por otra parte, y ésta es precisamente mi desgracia... —continuó diciendo aquel pobre hombre—, la desgracia es que ella tenga un alma, que sea un ser humano provisto de cuerpo y alma, ya que su alma no quiere saber nada de la mía, y su cuerpo no quiere saber nada del mío. ¡Qué tristeza y qué miseria! Por eso mi deseo está condenado a la vergüenza y mi cuerpo se tortura eternamente. ¿Por qué no quieren saber nada de mí ni su cuerpo ni su alma? ¿Acaso no soy un hombre? Un hombre repugnante, ¿no es un hombre? Soy un hombre en el más alto sentido de la palabra, se lo juro. Sería capaz de realizar proezas sin precedentes si ella me abriera el reino de las delicias de sus brazos, que son tan hermosos porque forman parte del rostro de su alma. Le daría todos los placeres del mundo, Castorp, si no se tratase más que de cuerpos y no de almas, si no existiese esa alma suya, maldita, que no quiere saber nada de mí, pero sin la cual quizá yo no desearía todo su cuerpo. Éste es el condenado círculo vicioso, y por eso me torturo eternamente...

—Chis, Wehsal, hable más bajo. El cochero le está oyendo. Disimula y no vuelve la cabeza, pero en su espalda veo que nos escucha.

—Nos oye y nos escucha. ¡Ahí lo tiene, Castorp! ¡Ahí tiene otra vez lo peculiar y la clave del asunto! Si hablase de palingenesia, o de... hidrostática, él no comprendería nada, no escucharía siquiera y no le interesaría en absoluto. Porque ésas no son cosas populares. Pero resulta que lo más elevado, lo más importante y el más espantoso secreto, el enigma de la carne y el alma es, al mismo tiempo, el asunto más popular de todos y todo el mundo lo entiende y puede reírse de quien vive el día como una tortura de la carne y la noche como un infierno de vergüenza. ¡Ay, Castorp, mi querido Castorp, déjeme gemir un poco por esas horribles noches! Cada noche sueño con ella. ¡Y qué no soñaré que la garganta y hasta el estómago me queman cuando pienso en ello! Y el sueño siempre termina con que ella me abofetea, a veces aun me escupe a la cara; me escupe con el rostro de su alma desencajado por el asco, y en ese momento me despierto bañado en sudor, en placer y en vergüenza...

—Vamos, Wehsal, procure calmarse y tratemos de guardar silencio hasta que lleguemos a la casita de nuestros amigos y suba alguno a nuestro coche. ¡Se lo ruego, se lo ordeno! No quiero ofenderle y admito que se encuentra usted en una situación terrible, pero en nuestro país se cuenta el cuento de un hombre que fue castigado de modo que al hablar le salían serpientes y sapos por la boca, y cada palabra era un sapo o una serpiente. En el libro no dice cómo pudo salir del apuro, pero yo supongo que fue cerrando la boca.

—Pero hablar es una necesidad humana —se lamentó Wehsal—, es una necesidad del hombre, mi querido Castorp; es necesario hablar y aliviar el corazón cuando uno vive un tormento como el mío.

—Incluso es un *derecho* del hombre, Wehsal, si usted quiere. Pero, en mi opinión, hay derechos de los que es mucho más sensato no hacer uso.

Permanecieron callados, como Hans Castorp había decidido, y llegaron muy pronto a la casita de la parra en la entrada y la tienda de comestibles. Naphta y Settembrini estaban ya en la calle, éste enfundado en su raída chaqueta de piel y aquél con un gabán de entretiempo de color crema totalmente acolchado que le daba un aire un tanto presuntuoso. Se saludaron unos a otros con la mano mientras los coches daban la vuelta, y los nuevos se incorporaron a los coches: Naphta subió al primero, sentándose al lado de Ferge, y Settembrini —que estaba de muy buen humor y hacía alegres bromas— se unió a Castorp y a Wehsal. Éste le cedió el sitio, y Settembrini lo ocupó con gracioso desenfado, como un caballero que fuese de paseo por el *corso*.

Settembrini comenzó a alabar los encantos del paseo, lo agradable que era ir bien sentado contemplando cómo cambiaba el paisaje; se mostró cariñoso y paternal con Hans

Castorp e incluso dio un cachetito en la mejilla al pobre Wehsal, invitándole a olvidar su antipático yo y deleitarse en el luminoso mundo que les rodeaba y que él iba señalando con su mano derecha, enfundada en un guante de cuero muy usado.

El viaje no podía ser mejor. Los caballos, cuatro magníficos ejemplares estrellados, bien alimentados y lustrosos, trotaban al compás por una excelente carretera en la que aún no se levantaba el polvo al pasar. En algunos puntos al borde del camino se veían pequeños montones de rocas desprendidas entre las cuales ya crecían hierba y algunas flores; iban quedando atrás postes de telégrafo y bosques que se extendían a lo largo de las laderas de la montaña; la carretera describía graciosas curvas que mantenían despierta la curiosidad, y a lo lejos seguían recortándose sobre el cielo las cimas nevadas bajo los rayos del sol. Pronto perdieron de vista el paisaje familiar del valle, y el cambio de escenario supuso para todos un agradable estímulo. Se detuvieron en la linde de un bosque. Desde allí seguirían a pie hasta su destino, hasta aquel lugar pintoresco que, aunque de un modo inconsciente, sus sentidos ya habían percibido hacía tiempo, al principio muy levemente y cada vez con más fuerza: desde que se detuviesen los coches, todos habían oído un suave murmullo que a veces se perdía, una especie de zumbido, de rumor, sobre el cual se llamaron la atención unos a otros... ¡Escuchad!

—Desde aquí —dijo Settembrini, que ya había ido hasta aquel lugar en otras ocasiones—, el ruido parece bastante tímido, pero cuando se llega al lugar en cuestión, sobre todo en esta época, es brutal. Prepárense, pues no podremos oír ni nuestras propias voces.

Así pues, se adentraron en el bosque por un sendero cubierto de húmedas agujas de pino caídas. El primero, Peeperkorn, apoyado en el brazo de su compañera, con el sombrero negro de ala ancha calado hasta la frente y andando a tumbos; después iba Hans Castorp, sin sombrero, al igual que los demás caballeros, con las manos en los bolsillos, la cabeza ladeada y silbando para sí. Le seguían Naphta y Settembrini, después Ferge y Wehsal y, por último, el criado malayo con la cesta de la comida. Todos hablaban del bosque.

Aquel bosque no era como los demás; presentaba un aspecto pintoresco, singular, exótico y se diría que hasta siniestro. Estaba todo cubierto, invadido por una especie de liquen musgoso cuyas largas barbas, de un color indefinido y feo, se agarraban a las ramas y lo envolvían todo en una extraña telaraña babosa. Apenas se veían las agujas de los pinos, todo eran largas guirnaldas musgosas... árboles grotescos, víctimas de un terrible encantamiento; una imagen enfermiza. Aquel bosque estaba enfermo, infestado por aquel parásito lujurioso que amenazaba con asfixiarlo, según opinaron los excursionistas, en tanto avanzaban por el sendero, con el ruido de la cascada retumbando en sus oídos y acercándose cada vez más... un murmullo, un rumor que habría de tornarse estruendo y hacer realidad la predicción de Settembrini.

Al doblar un recodo, apareció la garganta rocosa y cubierta de boscaje, atravesada por un puente, en la que caía la cascada. En cuanto pudo verse, también el ruido pareció aumentar hasta el límite de lo soportable; era un estrépito infernal. Las masas de agua caían verticalmente, en una sola cascada, de una anchura considerable, desde una altura de siete u ocho metros y se estrellaba contra las rocas en forma de espuma blanquísima. El agua caía con un ruido ensordecedor que parecía amalgamar todos los ruidos ensordecedores y sonoridades del mundo: truenos, latigazos, bramidos, alaridos, estallidos y crujidos, cadenas, campanas, platillos de orquesta... casi hacía perder el sentido. Los excursionistas se habían acercado hasta el borde de la resbalosa garganta y, con la cara salpicada de vapor de espuma y respirando la humedad del aire, envueltos en el vapor del agua, con los oídos saturados dentro de aquella inmensa campana bajo la que estaban atrapados, cambiando miradas y meneando la cabeza con una tímida sonrisa, contemplaron aquel imponente espectáculo de la naturaleza, aquella catástrofe perpetua de agua y de ruido, cuyo enloquecido y desmesurado estruendo les adormecía, les daba miedo y les provocaba extrañas ilusiones acústicas. Creían oír gritos de amenaza, trompetas y violentas voces de hombres a sus espaldas, por encima de ellos, por todas partes.

Agrupados detrás de Mynheer Peeperkorn —madame Chauchat entre los cinco caballeros—, miraron con él hacia el fondo de aquel abismo de espuma. No distinguían el rostro de Peeperkorn, pero vieron cómo descubría su cabeza cana y cómo inspiraba profundamente para llenar sus pulmones de aquel aire fresco. Se comunicaban entre sí por medio de signos y miradas, pues las palabras, aunque las pronunciasen al oído, se ahogaban por completo en el estruendo del agua. Los labios articulaban frases de sorpresa y admiración que, en cambio, carecían de sonido.

Hans Castorp, Settembrini y Ferge convinieron, por señas, subir hasta lo alto de la garganta y contemplar la catarata desde arriba. No era tan complicado: una empinada hilera de escalones bastante estrechos, tallados en la roca, permitía el acceso a una especie de piso superior del bosque; por allí subieron en fila india, pasaron al puente colgante y, apoyados en la barandilla, saludaron con la mano a los que se habían quedado abajo. Luego atravesaron el puente del todo, descendieron por el otro lado con cierta dificultad y reaparecieron ante los ojos de sus compañeros.

Los siguientes gestos que se hicieron atañían a la merienda. Casi todos estaban de acuerdo en alejarse un poco de aquella zona tan ruidosa para disfrutar del rico tentempié al aire libre con mayor sosiego y no sordos y mudos. Sin embargo, se dieron cuenta de que Peeperkorn no opinaba lo mismo. Meneó la cabeza, y con el dedo índice señaló repetidamente el suelo que estaban pisando, mientras sus labios desgarrados articulaban con esfuerzo «¡Aquí!». ¿Había, acaso, otra opción? En semejantes cuestiones de soberanía, era obvio que él tenía el mando y todo el poder de decidir. La fuerza de su personalidad habría terminado imponiendo sus deseos, incluso cuando él no hubiese sido, como siempre, el organizador y promotor de la excursión. Las grandes personalidades siempre son tiránicas, autocráticas y siempre lo serán. Mynheer deseaba merendar mirando a la cascada, en pleno fragor del agua; ése era su capricho de rey, y quien no quisiera verse privado de la comida, tenía que quedarse allí.

La mayoría de ellos estaban descontentos. Settembrini, que vio desaparecer toda posibilidad de relación humana, de charla o de debate democrático y bien articulado, se llevó las manos a la cabeza en señal de desesperada resignación. El malayo se apresuró a cumplir las órdenes de su señor. Trajo dos sillas plegables, que dispuso junto a la roca, para Mynheer y madame. Luego extendió a sus pies un mantel y comenzó a sacar el contenido de la cesta: tazas y copas, termos de café, pasteles y vino. Todos acudieron a merendar. Los que no tenían silla se repartieron entre las rocas o en la balaustrada paralela a la escalinata y comieron en silencio, con el infernal ruido de fondo, la taza de café caliente en la mano y el plato de pasteles sobre las rodillas.

Peeperkorn, con el cuello del abrigo subido y dejando el sombrero en el suelo, bebía oporto en una copa de plata que vació repetidas veces. De pronto, arrancó a hablar. ¡Qué hombre! Era imposible que oyese siquiera su propia voz, con lo cual era evidente que los demás no entenderían una sola sílaba de su discurso. Él, sin embargo, elevaba el dedo índice, extendía el brazo izquierdo —pues sostenía la copa en la mano derecha— y todos veían cómo su rostro de rey se movía, articulando palabras; cómo de su boca salían palabras sin sonido, cual si las pronunciase en el vacío.

Todos pensaban que pronto se cansaría de aquel inútil esfuerzo que ellos contemplaban con una sonrisa de compromiso, pero él siguió hablando sin importarle en absoluto el estruendo, llamando la atención de todos mediante imperiosos gestos con la mano izquierda y clavando sus ojillos sin color, muy abiertos bajo las mayestáticas arrugas de su frente, ya en uno ya en otro de sus súbitos, de manera que quien recibía una de aquellas miradas se veía, a su vez, obligado a hacer gestos de aprobación con la cabeza, o a hacer pantalla con la mano detrás de la oreja, abriendo la boca al mismo tiempo, como si eso fuese a remediar lo desesperado de la situación. ¡Incluso llegó a ponerse en pie! Con la copa en la mano, envuelto en el abrigo que le llegaba casi hasta los pies, con la cabeza descubierta y su amplia frente de ídolo aureolada por las llamas blancas de sus cabellos, se apoyaba en la roca y movía la cara, a la altura de la cual levantaba la mano con gesto dogmático –índice y pulgar formando un círculo y los otros tres dedos estirados como tres lanzas– para acompañar su brindis mudo e ininteligible con un signo de significado inequívoco. Se le entendía por sus gestos, y en sus labios se leían ciertas palabras que todos estaban harto acostumbrados a oír: «perfecto» y «punto redondo», nada más. Se le vio inclinar la cabeza hacia un lado, una mueca de profunda amargura desgarraba sus labios y era la viva imagen del dolor. Acto seguido, afloró en su mejilla el pícaro hoyuelo de sibarita, hizo un movimiento que sugería un danzante recogiéndose el manto y de nuevo volvió a encarnar la sagrada inmoralidad de un sacerdote pagano. Finalmente, alzó su copa, describió con ella un círculo ante los ojos de los invitados y la apuró en dos o tres sorbos. Luego, extendiendo el brazo, se la entregó al malayo, quien la recogió inclinándose con una mano sobre el pecho. Después, Peeperkorn hizo gesto de levantar la sesión.

Todos le hicieron una reverencia para darle las gracias y se dispusieron a obedecer sus órdenes. Los que estaban sentados en el suelo se pusieron inmediatamente de pie, y los que estaban en la balaustrada saltaron al suelo. El enjuto malayo recogió la vajilla y los restos de la merienda. En el mismo orden de marcha en que habían venido regresaron por el húmedo sendero, a través del bosque de coníferas transfigurado por los líquenes, dirigiéndose al camino principal, donde esperaban los coches.

Esta vez, Hans Castorp tomó asiento en el que iban Mynheer y su compañera. Se sentó enfrente de la pareja, al lado del buen Ferge, el que siempre decía no estar hecho para las cosas elevadas. Apenas se habló durante el regreso. Mynheer pasó todo el viaje con las manos sobre la manta que envolvía sus piernas y las de Clavdia, con la boca abierta. Settembrini y Naphta descendieron del coche antes de cruzar la vía del tren y el riachuelo. Wehsal se quedó solo en el segundo coche para subir por el serpenteante camino hasta la entrada del Berghof, donde se despidieron todos.

¿Qué extraño sentido interno, del que nada sabía su alma, haría que el sueño de Hans Castorp aquella noche fuese especialmente ligero, de manera que hasta la más mínima alteración de la calma absoluta que solía reinar en el Berghof, hasta un puntual rumor de pasos, apenas perceptible, bastase para despertarle por completo, dando un respingo? De hecho, se había despertado bastante antes de que llamasen a su puerta, lo cual ocurrió poco después de las dos de la madrugada. Contestó al instante, perfectamente despierto, con toda su energía y su presencia de ánimo. Era la voz aguda e insegura de una enfermera que le rogaba, de parte de madame Chauchat, que bajase de inmediato al primer piso. Él anunció que así lo haría, saltó de la cama, se vistió en un momento, se retiró el cabello de la frente con la mano y bajó sin prisa pero sin demora, no tan preocupado por qué habría sucedido a aquella hora sino por cómo había sido.

Encontró la puerta del salón de Peeperkorn abierta, así como la del dormitorio, en el que estaba encendida la luz. Los dos médicos, la enfermera Mylendonk, madame Chauchat y el criado malayo estaban allí. Éste no iba vestido como de costumbre, sino con una especie de traje típico, un blusón de rayas anchas, de mangas amplias y largas, una especie de falda en vez de pantalones y un bonete de paño amarillo. Llevaba, además, unos amuletos sobre el pecho. Se mantenía inmóvil con los brazos cruzados, a la izquierda de la cabecera de la cama, en la que yacía Peeperkorn boca arriba y con los brazos estirados. Hans Castorp, muy pálido, contempló la escena. Madame Chauchat le volvía la espalda. Estaba sentada en un sillón bajo, a los pies de la cama, con el codo apoyado sobre la colcha y la barbilla en la mano, y contemplaba el rostro de su compañero de viaje.

—Buenas, muchacho —dijo Behrens, que había estado hablando a media voz con el doctor Krokovski y la enfermera jefe, y meneaba la cabeza con aire melancólico, frunciendo el labio y el bigotito. Llevaba su bata de médico, con el estetoscopio asomando en el bolsillo, una camisa sin cuello y zapatillas bordadas—. No hay nada que hacer —susurró—. ¡Trabajo fino! Acérquese, acérquese. Véalo con sus ojos de experto y reconocerá que ha previsto todo minuciosamente para que no hubiese intervención médica posible.

Hans Castorp se acercó a la cama de puntillas. Los ojos del malayo vigilaban cada uno de sus movimientos y le seguían sin girar la cabeza, con lo cual se le veía el blanco de los ojos. Mirando de reojo él también, comprobó que madame Chauchat no le prestaba ninguna atención y permaneció de pie, en su característica postura, descansando el peso sobre una pierna, con las manos juntas sobre el vientre, la cabeza ladeada, sumido en una contemplación respetuosa y pensativa. Peeperkorn yacía bajo la colcha de seda roja, vestido con su camisón de punto, como tantas veces le había visto Hans Castorp. Sus manos estaban hinchadas y habían adquirido un color azulado, casi negro; lo mismo ocurría en ciertos puntos de su rostro. Esto le desfiguraba sensiblemente, si bien sus rasgos de rey no habían cambiado mucho. Los surcos de su amplia frente de ídolo, aureolada de mechones blancos —cuatro o cinco rizos que salían en horizontal y le caían en ángulo recto sobre ambas sienes, hundidas por la tensión de toda una vida–, se destacaban intensamente incluso con los párpados cerrados. Los labios, con su desgarrada mueca de amargura, estaban entreabiertos. Su tono azulado denotaba una parada repentina, un fallo brusco y violento, como un relámpago, de sus funciones vitales.

Hans Castorp permaneció un instante en actitud de recogimiento, preguntándose lo sucedido. No se atrevía a cambiar de postura, esperando que fuera la «viuda» quien le dirigiese la palabra. Como no lo hacía, prefirió no molestarla y se volvió hacia el grupo que estaba a su espalda. El doctor Behrens hizo un gesto con la cabeza señalando hacia el salón. Hans Castorp le siguió.

–*Suicidium?* –preguntó en voz baja y en tono entendido.

–¿No me diga? –exclamó Behrens, con gesto despectivo, y añadió–: ¡Y de qué categoría! En grado superlativo. ¿Ha visto alguna vez un objeto como éste? –preguntó al tiempo que se sacaba del bolsillo de la bata un estuche de forma irregular del que, a su vez, extrajo un pequeño objeto que presentó al joven–. Yo nunca había visto nada igual, pero vale la pena observarlo. Siempre se aprende algo nuevo. Es un capricho de lo más ingenioso. Se lo he quitado de la mano. ¡Cuidado! Si le cae una gota sobre la piel, se quemará.

Hans Castorp tomó entre sus dedos aquel objeto misterioso. Estaba hecho de acero, marfil, oro y caucho, y tenía un aspecto muy extraño. Se veían dos puntas de aguja, ganchudas y muy afiladas, de acero, un cuerpo medio de marfil con incrustaciones de oro, ligeramente abombado y con algún tipo de mecanismo retráctil en el interior que permitía entrar y salir un poco a las agujas; terminaba en una especie de pera de caucho semirrígido de color negro. Mediría unas pocas pulgadas.

–¿Qué es eso? –preguntó Hans Castorp.

–Esto –contestó el doctor Behrens– es una jeringa automática. O, desde otro punto de vista, un mecanismo que reproduce la mordedura de la serpiente de cascabel. ¿Comprende? Veo que sí... –añadió al ver que Hans Castorp seguía examinando el extraño instrumento con gesto consternado–. Aquí están los dientes. No son macizos del todo, en el interior hay un pequeño capilar, un canal muy fino cuyo comienzo puede ver claramente aquí, en la parte de delante, un poco por encima de las puntas. Por supuesto, esos pequeños tubos también están abiertos por el otro extremo y comunican con la pera de caucho que está unida al cuerpo medio de marfil. En el momento de la mordedura los dientes se contraen ligeramente, es fácil de comprender, y ejercen una ligera presión sobre el depósito que los alimenta, de modo que, en el mismo instante en que las puntas penetran en la carne, el veneno se infiltra en la sangre. Parece muy sencillo cuando se tiene el objeto ante los ojos, pero primero se le tenía que ocurrir a alguien. Es probable que lo fabricaran según sus propias indicaciones.

–Seguramente –convino Hans Castorp.

–La dosis no puede haber sido muy grande –prosiguió el doctor–. La cantidad ha tenido que ser sustituida por...

–El dinamismo... –completó Hans Castorp.

–Ahí lo tiene. Ya averiguaremos de qué veneno se trata. Cabe esperar el resultado del análisis con cierta curiosidad, sin duda nos brindará la ocasión de aprender cosas nuevas. ¿Se apuesta algo a que ese exótico personaje de ahí al lado, el sirviente malayo, podrá informarnos en detalle? Supongo que será una combinación de venenos animales y vegetales, lo mejor de lo mejor, pues el efecto ha tenido que ser fulminante. Todo indica que la pócima le cortó la respiración de inmediato. Ya sabe: muerte súbita por asfixia, probablemente sin ningún esfuerzo ni dolor.

–¡Dios lo quiera así! –dijo Hans Castorp, piadosamente, y devolvió el inquietante instrumento al doctor con un suspiro y regresó al dormitorio.

Allí sólo quedaban el malayo y madame Chauchat. Esta vez, Clavdia levantó la cabeza hacia el joven cuando se acercó de nuevo a la cama.

—Usted tenía derecho a que se le llamase —le dijo.

—Ha sido muy amable —respondió—, tiene razón. Nos tuteábamos. Me avergüenzo hasta el fondo del alma de que me costara hacerlo delante de la gente y de haberlo evitado con estúpidos rodeos. ¿Estuvo usted a su lado durante sus últimos instantes?

—El criado me avisó cuando todo había terminado.

—Era un gran hombre —manifestó Hans Castorp— que experimentaba el desfallecimiento del sentimiento ante la vida como una catástrofe cósmica, como una vergüenza a los ojos de Dios. Porque él se consideraba el órgano a través del cual Dios se desposa con el mundo, tal vez deba usted saberlo. Una locura digna de un rey... Cuando uno está tan impresionado tiene valor de servirse de expresiones que pueden sonar groseras e impías, pero que son más solemnes que las habituales palabras de duelo.

—*C'est une abdication* —dijo ella—. ¿Estaba él al corriente de nuestra locura?

—No pude ocultárselo, Clavdia. Lo adivinó cuando me negué a besarla a usted en la frente delante de él. Su presencia en este momento es más simbólica que real, ¿me permite que lo haga ahora?

Con un movimiento breve, ella elevó su frente hacia él con los ojos cerrados. Hans Castorp la rozó con los labios. Los ojos castaños del malayo vigilaban la escena de reojo, sin mover la cabeza, mostrando el blanco de las córneas.

Anestesia de los sentidos

Una vez más oímos la voz del doctor Behrens. ¡A ver qué dice! Quizá sea la última vez que le oigamos. También esta historia habrá de tocar a su fin en algún momento; ya ha durado el máximo de lo que podía durar... o, mejor dicho: la rueda de su tiempo interno ha comenzado a girar y girar, y ya no parece haber modo de detenerla, parece que también su tiempo musical se está agotando y que tal vez no volvamos a tener ocasión de escuchar las exaltadas frases hechas de Radamante. Decía, pues, a Hans Castorp:

—Castorp, viejo amigo, usted se aburre. Todos los días le veo con gesto mohíno, lleva el hastío escrito en la frente. Parece usted un alma en pena. Claro, con el despliegue de emociones fuertes al que está acostumbrado, en cuanto no se le ofrece una nueva sensación de primer orden cada día, se me enfurruña y no soporta las épocas de vacas flacas. ¿Tengo razón o no?

Hans Castorp guardó silencio, actitud que daba fe de que, en efecto, en su interior reinaba la oscuridad.

—Tengo razón, como siempre —se contestó a sí mismo Behrens—. Y antes de que propague por aquí el veneno del descontento, díscolo muchacho, verá que está totalmente dejado de la mano de Dios y olvidado de los hombres, que las autoridades tienen un ojo puesto en usted, que no le han perdido de vista, querido mío, y que buscan cómo divertirle sin descanso ni reposo. Vamos, bromas aparte, amigo mío. Se me ha ocurrido una idea. ¡Y Dios sabe cuántas noches de insomnio he pasado hasta que se me ha ocurrido! Hasta se podría hablar de una iluminación: el hecho es que yo espero mucho de mi idea, es decir, espero nada menos que su curación definitiva y su marcha triunfal en una fecha más próxima de lo que imagina. ¡No abra los ojos de esa manera, hombre! —continuó diciendo, después de una pausa muy medida, a pesar de que, en realidad, Hans Castorp no había abierto los ojos, sino que le miraba con aire soñoliento y distraído—. Usted no puede ni sospechar lo que el viejo Behrens le está diciendo. He aquí mi opinión: hay algo en usted que no funciona, su fina capacidad de percepción ya lo habrá registrado también. No funciona a la vista de que sus síntomas de enfermedad, de intoxicación, hace tiempo que no concuerdan con su estado general, indiscutiblemente mejorado...

Esto, claro está, no se me ocurrió ayer. Aquí tenemos su última radiografía. Aproximemos este objeto mágico a la luz. Como ve, ni el más pesimista y agorero de los hombres podría descubrir nada, aquí no hay nada que ver. Algunos focos se han reabsorbido del todo, el foco tuberculoso se ha reducido y delimitado netamente, lo cual, como usted que ha estudiado tanto sabrá, constituye un indicio de curación. Este estado de cosas no explica la irregularidad de su temperatura, muchacho. Así, pues, el médico se ve obligado a buscar otras causas.

El movimiento de cabeza de Hans Castorp expresó una curiosidad fruto de la mera cortesía.

–Pensará usted, Castorp, que el viejo Behrens tendrá que reconocer que el tratamiento ha fracasado. Pero, en tal caso, estaría en un error de principiante y demostraría no estar a la altura de la situación ni del viejo Behrens. Su tratamiento no ha fracasado, pero es posible que haya sido demasiado unilateral. He considerado esta posibilidad al ver que sus síntomas no remiten exclusivamente a la tuberculosis, y lo deduzco del hecho de que, en efecto, al día de hoy no hay otra manera de explicárselo. Sus trastornos deben de tener otro origen. En mi opinión, va a tener usted una infección: cocos. Estoy plenamente convencido –repitió el doctor tras registrar el leve movimiento de cabeza por parte de Hans Castorp–, tiene usted estreptococos..., pero no hace falta que se horrorice de entrada...

(Cierto es que tampoco podía hablarse de horror; la cara de Hans Castorp expresaba más bien una especie de agradecimiento irónico, ya sea por la perspicacia que se le atribuía, ya por la nueva dignidad que el consejero le confería con esta nueva hipótesis.)

–¡Que no cunda el pánico ahora! –añadió el doctor–. Estreptococos los tiene cualquiera, no son nada del otro mundo. No se me vaya a creer ahora un ser especial... Hace tiempo que sabemos que se pueden tener estreptococos en la sangre y no manifestarse ningún síntoma visible de infección. Éste es un hecho que muchos de nuestros colegas ignoran todavía, a saber: que puede haber tubérculos en la sangre sin que ello tenga ninguna consecuencia para el organismo. Incluso estamos próximos a suponer que la tuberculosis podría ser en realidad una enfermedad de la sangre.

A Hans Castorp le pareció muy interesante.

–Por consiguiente, cuando hablo de estreptococos, no ha de imaginar usted el típico cuadro de una enfermedad grave. El análisis bacteriológico de la sangre demostrará si es verdad que esos pequeños cuerpos se han afincado en usted. Sin embargo, únicamente el tratamiento mediante una vacuna contra los estreptococos nos demostrará si éste es el origen de su estado febril. He aquí el camino que convendrá seguir, amigo mío, y, como ya le he dicho, espero el resultado más espectacular. Con todo lo pesada que puede ser la curación de la tuberculosis, las enfermedades de este otro tipo se combaten enseguida hoy en día; y si reacciona a esas inyecciones, dentro de seis semanas estará sano como una manzana. ¿Qué dice? ¿Está bien alerta el viejo Behrens?

–Por ahora no es más que una hipótesis... –contestó Hans Castorp sin entusiasmo.

–¡Una hipótesis demostrable, una hipótesis muy prometedora! –exclamó el doctor–. Ya verá lo prometedora que es cuando asista al nacimiento de esos pequeños cocos en nuestros cultivos. Mañana por la tarde, Castorp, le sacaremos sangre como hacían en tiempos los barberos de pueblo. Sólo esto ya constituye un placer en sí mismo y no puede sino ejercer un efecto sobre el cuerpo y el alma...

Hans Castorp se manifestó dispuesto a esta diversión y dio las gracias al doctor por la atención que le dedicaba. Con la cabeza ladeada, le siguió con la vista mientras se alejaba. El médico jefe había tenido el acierto de intervenir en el momento crítico. Radamante había sabido interpretar muy bien la expresión de la cara y el estado anímico del paciente, y su nuevo experimento estaba destinado –él no lo había ocultado— a ayudar a Hans Castorp a salir de aquel punto muerto a que había llegado desde hacía algún tiempo, como podía leerse en su rostro, que recordaba claramente al que había tenido el difunto Joachim cuando empezó a barruntar ciertas decisiones temerarias y rebeldes.

Todavía hay más que decir. Hans Castorp tenía la sensación de que no sólo había llegado a un punto muerto él como persona, sino todo el mundo de allá arriba, el «todo» parecía paralizado, inerte; mejor dicho, le resultaba difícil diferenciar lo ordinario de lo extraordinario allá arriba. Después del excéntrico final de su relación con cierta gran personalidad, después del revuelo que tan terrible desenlace había producido en el sanatorio, después de que Clavdia Chauchat abandonara de nuevo la comunidad de los de allí arriba, después del adiós que habían cambiado a la trágica sombra de la abdicación de un gran rey por respeto hacia el difunto... desde aquel momento, al joven Castorp le parecía que algo fallaba en aquella vida y en aquel mundo; se le antojaba que todo iba cada vez peor, y se había apoderado de él una ansiedad creciente, como si un demonio se hubiese adueñado del poder, un demonio muy peligroso y burlón que, desde hacía tiempo, venía desempeñando un papel bastante importante y que ahora acababa de proclamar abiertamente su autoridad ilimitada, inspirando un terror lleno de misterio e incitándole a pensar en la huida; un demonio que tenía el nombre de «anestesia de los sentidos».

El lector juzgará que quien narra esta historia está cargando las tintas e incluso peca de romántico al asociar el término de «anestesia de los sentidos» con el de lo demoníaco y atribuirle el efecto de un terror místico. Sin embargo, quien escribe esta historia no está inventándose nada, sino que se atiene rigurosamente a la vivencia personal de su ingenuo protagonista, cuyo conocimiento le es dado de un modo que, evidentemente, escapa al análisis y, en resumidas cuentas, demuestra que, en determinadas circunstancias, la anestesia de los sentidos puede adquirir tal carácter y despertar tales sentimientos. Hans Castorp miró a su alrededor... Todo cuanto veía era siniestro, maligno; y sabía muy bien lo que veía: era la vida sin tiempo, la vida sin preocupaciones y sin esperanzas, la vida como una especie de frívolo ajetreo sin rumbo, estancado... la vida muerta.

Era una vida llena de actividad y la gente se dedicaba a toda suerte de menesteres, si bien, de vez en cuando, alguno de ellos se convertía en una moda furiosa a la que todos se entregaban con auténtico fanatismo. Así, por ejemplo, la afición a la fotografía había desempeñado siempre un papel fundamental entre los habitantes del Berghof; sin embargo, ya en dos ocasiones —pues quien llevara el tiempo suficiente allá arriba podía constatar el retorno periódico de este tipo de epidemias—, esta pasión se había convertido, durante semanas y meses, en una locura colectiva, con lo cual no quedaba interno que no anduviese disparando fotografías aquí y allí, inclinado con gesto de suma concentración sobre su cámara, apoyada en el estómago, y la exhibición de los consiguientes resultados a las horas de las comidas no tenía fin. De repente, revelar los propios negativos se convirtió en una cuestión de honor. El laboratorio que había a disposición de los internos no alcanzaba, ni mucho menos, a cubrir las demandas. Se cubrían, entonces, las ventanas y las puertas de las terrazas con cortinas negras; y cada cual trajinaba en su cuarto con los líquidos químicos a la luz de la bombilla roja... hasta que un día estalló un incendio y el estudiante búlgaro de la mesa de los rusos distinguidos estuvo a punto de arder vivo; tras lo cual la dirección del sanatorio prohibió tal actividad. Pronto pasaron de moda las fotografías corrientes; el último grito fueron las fotografías con flash de magnesio y en color, siguiendo la técnica de los Lumière. Abundaron, pues, hasta la saciedad, los retratos de personas que, bruscamente sorprendidas por el fogonazo de la cámara, salían con los ojos fijos y el rostro pálido y desencajado, como cadáveres de asesinados a los que hubiesen incorporado con los ojos abiertos para ser inmortalizados en la foto. Hans Castorp, por su parte, conservaba una plaquita de cristal enmarcada en cartulina en la que, al mantenerla a contraluz, se le veía en una pradera de color verde veneno, rodeado de ranúnculos de un amarillo metálico –luciendo uno en el ojal–, y con la cara de color cobre, a un lado la señora Stöhr y al otro la ebúrnea señorita Levy, la primera con un suéter azul cielo, la segunda con uno rojo sangre.

Muy popular era también la afición a coleccionar sellos, la cual, cultivada siempre por algunos pocos, de vez en cuando se extendía como una fiebre entre todo el sanatorio. El Berghof en pleno pegaba, intercambiaba y trapicheaba con sus sellos en todo momento y lugar. La gente se suscribía a revistas filatélicas, se carteaba con tiendas especializadas –nacionales o internacionales–, con asociaciones de aficionados o aficionados privados, e incluso quienes apenas alcanzaban a costearse la estancia de meses y años en aquel sanatorio de lujo realizaban enormes dispendios con tal de conseguir piezas raras.

Esta epidemia duraba hasta que era sustituida por otra y la moda exigía, por ejemplo, que se acumulasen y devorasen grandes cantidades de chocolate de las marcas más variadas. Todo el mundo aparecía entonces con los labios marrones y a la hora de la comida hacía remilgos a los exquisitos manjares de la cocina del sanatorio, pues tenía el estómago empachado y atiborrado de Milka-nut, de Chocolat à la crème d'amandes, de Marquis-Napolitains o de lenguas de gato espolvoreadas de oro.

Dibujar cerditos con los ojos cerrados, aquel juego iniciado por la más alta autoridad del sanatorio en cierta noche de Carnaval y, desde entonces, muy practicado, había dado pie a diversos rompecabezas de figuras geométricas que periódicamente absorbían a los internos e incluso los últimos pensamientos y energías de los moribundos. Durante semanas, una compleja figura que se componía de no menos de ocho círculos, grandes y pequeños, y diversos triángulos, inscritos unos dentro de otros, mantuvo obsesionado a todo el Berghof. El juego consistía en dibujar el sofisticado conjunto de un solo trazo; el culmen de la destreza, sin embargo, era hacerlo con los ojos vendados; proeza que, exceptuando algunos pequeños fallos estéticos, sólo consiguió el procurador Paravant, principal adepto –o adicto– de este tipo de desafíos a la inteligencia.

Ya sabemos que hacía tiempo que se había dado a las matemáticas; lo sabemos por boca del propio doctor Behrens, como también conocimos, en su día, la motivación de tal entrega, de cuyos beneficiosos efectos a la hora de enfriar las más ardientes pasiones y sosegar el aguijón de la carne hemos oído contar maravillas. De hecho, es muy probable que, si se hubiera seguido su ejemplo de forma generalizada, ciertas medidas de disciplina tomadas recientemente habrían sido superfluas.

Estas medidas consistieron en cerrar los pasos de las terrazas, entre la balaustrada y las mamparas de cristal esmerilado de cada habitación, por medio de pequeñas puertas que el masajista, entre sonrisas, cerraba cada noche. Desde entonces estaban muy solicitadas las habitaciones del primer piso que daban a la galería, porque, saltando por encima de la barandilla hasta la pérgola de cristal que sobresalía debajo de ella, se podía acceder de terraza en terraza evitando las puertas. Para el procurador, en cambio, la nueva medida de disciplina nunca hubiese sido necesaria. La peligrosa excitación que había producido en Paravant la presencia de una tal Fátima, una princesa egipcia, había sido dominada hacía tiempo, y ésta había sido también la última manifestación de desenfreno de sus sentidos.

Con fervor redoblado se había arrojado, desde entonces, a los brazos de la diosa de ojos claros cuyos poderes para sosegar almas enfebrecidas habían sido tan celebrados por el doctor; y el problema que ahora ocupaba sus días y le quitaba el sueño en sus noches, al que se consagraba con toda su dedicación, con todo el afán que, en su época en activo —antes de su prolongada estancia en el sanatorio, que amenazaba con convertirse en permanente—, había puesto en los juicios de pobres pecadores, no era otro que la cuadratura del círculo.

Aquel funcionario apartado de su camino había adquirido, en el curso de sus estudios, la convicción de que las pruebas por las cuales la ciencia demostraba la imposibilidad de esta construcción no eran sólidas, y que la divina Providencia le había alejado, a él, Paravant, del mundo de los vivos de allá abajo y le había transportado allá arriba porque le había elegido para hacer realidad en la tierra aquel trascendente objetivo. Se pasaba el día haciendo cálculos y dibujando círculos con ayuda del compás, llenaba montañas de papel de figuras geométricas, letras, números, signos algebraicos... y su rostro bronceado, en apariencia el de un hombre sano como una manzana, adquiría la expresión maníaca y febril de un visionario. Su conversación giraba única y exclusivamente en torno al número π, esa imposible fracción cuyas primeras doscientas decimales había obtenido en tiempos un pequeño genio del cálculo mental llamado Zacarías Dase; ahora bien, su esfuerzo había resultado gratuito, pues ni siquiera dos mil decimales habrían bastado para aproximarse lo suficiente a la cifra exacta e inalcanzable como para considerarla aceptable.

Todo el mundo procuraba escaparse de aquel torturado pensador, pues, cuando conseguía cazar a alguien, lo abrumaba con su ardiente discurso matemático con el fin de despertar su sensibilidad humana ante la vergüenza que constituía para el espíritu humano la irremediable irracionalidad de aquella proporción mística. La inutilidad de la eterna multiplicación del diámetro por π para hallar la circunferencia, o del cuadrado del radio por π para calcular el área del círculo provocaba en el procurador Paravant tan terribles dudas que se planteaba que la humanidad tal vez no había hecho más que complicar muchísimo la solución del problema desde los tiempos de Arquímedes, y que tal solución, en realidad, era muy simple. ¿Cómo no iba a ser posible rectificar la línea que formaba el círculo o, a la inversa, convertir la recta en curva?

A veces Paravant se creía muy cerca de una revelación. Se le veía con frecuencia, a altas horas de la noche, sentado a su mesa en el comedor vacío y mal iluminado, disponiendo un pedazo de cordel en forma de círculo con sumo cuidado para luego estirarlo de un brusco golpe y convertirlo en una recta, y, acto seguido, empezar de nuevo a devanarse los sesos. De vez en cuando, el doctor Behrens se acercaba a él, le echaba una mano y le reforzaba en su desaforada pasión por las matemáticas. Una vez, el sufrido matemático acudió a Hans Castorp con sus desazonados teoremas... Una vez y muchas más, pues encontró en él una gran comprensión, una fuerte simpatía hacia el misterio del círculo. Paravant explicaba al joven el enigmático número π enseñándole un dibujo en el que, con ímprobo esfuerzo y absoluta precisión, había trazado un arco entre dos polígonos de incontables y pequeñísimos lados, uno interior y otro exterior, que se aproximaban a la línea en la medida de lo humanamente posible sin llegar a coincidir del todo con ella jamás. El resto, esa curvatura que escapaba a la racionalización y al cálculo como por arte de magia... «¡Eso era π!», decía el procurador con la mandíbula temblorosa. Hans Castorp, por receptivo que se mostrase, no experimentaba tanta fascinación por π como su interlocutor. Le dijo a Paravant que era un imposible, que no debía tomar tan a pecho aquel pasatiempo; y luego le habló de los infinitos puntos de inflexión carentes de duración de los que constaba el círculo, desde su inexistente principio hasta su inexistente fin, así como de la soberbia melancolía que impregnaba esa eternidad sin tiempo que se cerraba constantemente sobre sí misma; y lo hizo con una religiosidad tan serena que, durante algún tiempo, se observó un efecto beneficioso sobre el procurador.

Por otra parte, la naturaleza del buen Hans Castorp le convertía en el confidente ideal de más de uno de sus compañeros que eran presa de alguna fijación y sufrían por no encontrar comprensión en los demás internos, que se tomaban la vida a la ligera. Por ejemplo, había un escultor retirado natural de una provincia austríaca, un hombre mayor de bigote blanco, nariz ganchuda y ojos azules, que había concebido un plan financiero –y lo había recogido por escrito, con bella caligrafía y subrayando con acuarela sepia los párrafos más importantes– que consistía en lo siguiente:

Cada persona abonada a alguna revista o diario debería estar obligada a entregar, el primer día de cada mes, una cantidad correspondiente a cuarenta gramos de papel viejo por día, lo cual sumaría al año unos 14.000 gramos y, en veinte años, más de 288 kilos; valorando el kilo a 20 pfennig, esto representaría un importe de 57,60 marcos alemanes. En veinte años cinco millones de abonados proporcionarían, pues, la suma formidable de 288 millones de marcos, de los cuales las dos terceras partes serían deducidas del precio de sus nuevos abonos, mientras que el resto, otra tercera parte, a saber: 100 millones de marcos, se dedicaría a obras humanitarias, a financiar sanatorios populares para enfermos del pulmón, ayudar a personas con talento pero carente de recursos y otras cosas similares. El plan había sido elaborado de un modo tan completo que su autor había llegado a desarrollar tablas para anotar las cantidades mensuales de papel entregado y, a su vez, calcular el precio que habría de pagar por él la empresa encargada de su recogida, e incluso a diseñar un modelo de recibo –con agujeros en el margen– para clasificar y no perder la cuenta de los ingresos. El proyecto estaba justificado y fundamentado desde todos los puntos de vista posibles. El inconsciente desperdicio y destrucción de todo ese papel de periódico que la gente ignorante echaba a las cloacas o al fuego representaba una alta traición para nuestros bosques, para la economía nacional. Ahorrar y economizar papel era ahorrar y economizar celulosa, preservar los bosques, ahorrar y preservar el material humano requerido para la fabricación de la celulosa y del papel y, a fin de cuentas, ahorrar capital. Como el papel de periódico usado podía adquirir después el cuádruple de su valor con la producción de cartón para embalajes, se podía convertir en objeto de impuestos de carácter fiscal de altos beneficios para el Estado y la comunidad, de modo que los lectores de periódicos también podrían desgravar sus contribuciones. En una palabra, el proyecto era excelente, irrefutable, y si se antojaba un tanto siniestro por su carácter gratuito o, si cabe, oscuro y absurdo, sólo era por el extraño fanatismo con el que el antaño artista defendía y perseguía una idea económica —y, concretamente, esta única idea en exclusiva— en cuya realización no ponía el más mínimo empeño, pues, en el fondo, no parecía tomarla nada en serio. Hans Castorp escuchaba a nuestro hombre con la cabeza ladeada, asentía cuando su interlocutor elogiaba su panacea con palabras de ferviente entusiasmo y analizaba la naturaleza del desprecio y el recelo que le impedían tomar partido a favor del inventor frente al resto de insensatos derrochadores de papel.

Algunos internos del Berghof decidieron, otro día, ponerse a hablar en esperanto, ese galimatías artificial. Hans Castorp les miraba con gesto sombrío, aunque se decía a sí mismo que, con todo, había desvaríos mucho peores. Desde hacía poco, un grupo de ingleses había puesto de moda un juego de sociedad que consistía simplemente en que uno preguntaba a su vecino: *Did you ever see the devil with a night-cap on?* Y el otro contestaba: *No! I never saw the devil with a night-cap on,* después de lo cual hacía la misma pregunta al siguiente, y así sucesivamente, uno tras otro, en círculo. ¡Era espantoso!

Ahora bien, lo que más espeluznaba a Hans Castorp era

la gente que hacía solitarios, que uno encontraba por todas partes y a todas horas en el Berghof. Pues la pasión por este pasatiempo se había apoderado últimamente de los internos hasta el punto de convertir el sanatorio —literalmente— en un antro de perdición por las cartas; y el joven tenía tanto mayor motivo para espeluznarse ante semejante vicio cuanto que él mismo había caído víctima de la epidemia durante un tiempo. El culpable había sido el solitario llamado El Once y que consistía en echar primero tres montones de tres cartas cada uno, boca abajo, y otras dos cartas descubiertas aparte —once en total—; luego había que ir formando parejas que sumasen once destapando poco a poco las cartas de los tres montones y ayudándose con las del mazo sobrante; también podía iniciarse la escalera sobre alguna de las figuras, si se destapaba, y el juego terminaba cuando uno se descartaba felizmente de sus tres montones iniciales. Parece mentira que un procedimiento tan simple pudiera absorberle a uno como un fatal hechizo. Sin embargo, Hans Castorp, como tantos otros, no pudo evitar caer en él y probar suerte, con el ceño fruncido y gesto de extrema concentración, pues una actividad semejante siempre está ligada a la máxima seriedad. A merced de los caprichos del comodín, fascinado por la suerte, que podía cambiar como el viento y sonreírle nada más empezar, permitiéndole agrupar enseguida rey-reina y *valet* y así continuar descartándose antes de destapar el tercer montón (un triunfo fortuito que, de inmediato, aguijoneaba a iniciar el juego una vez más); o que, por el contrario, podía volverle la espalda e impedirle formar ninguna pareja, cubriendo una y otra vez las nueve cartas de los montones, o bloqueando los movimientos en el último instante, Hans Castorp hacía solitarios en todas partes y a todas horas, por las noches, bajo las estrellas, por las mañanas, en pijama, en la mesa e incluso en sueños. Le horrorizaba, y aun así lo hacía. Y de este modo fue como le encontró Settembrini un día que acudió a visitarle... a «incordiarle», como hiciera en tiempos.

–*Accidente!* –dijo el visitante–. ¿Qué hace usted echándose las cartas, ingeniero?

–No es eso precisamente. Es un solitario, me enfrento al azar en su sentido abstracto. Me intriga enormemente cómo puede cambiar a su entero capricho, a veces rendirse ante uno por completo y luego negarle el triunfo del modo más rotundo. Esta mañana, al levantarme, me ha salido el juego tres veces seguidas, una de ellas en dos series, todo un récord. Pero ¿creerá usted que ahora llevo treinta y dos intentos y no logro pasar de la mitad?

Settembrini le miró con sus negros ojos entristecidos, como ya había hecho con frecuencia a lo largo de los años.

–De todos modos, me parece usted preocupado –dijo–. Creo que no podré encontrar aquí un consuelo para mis preocupaciones ni un bálsamo para el dilema interior que me atormenta.

–¿Dilema? –repitió Hans Castorp, y tiró una carta.

–La situación mundial me inquieta –suspiró el francmasón–. El acuerdo balcánico se va a llevar a cabo, ingeniero; todas mis informaciones así lo indican. Rusia trabaja febrilmente y la cumbre de la alianza está dirigida contra la monarquía austrohúngara, sin cuya destrucción no puede realizarse ningún punto del programa ruso. ¿Comprende mis escrúpulos? Odio a Viena con todo mi corazón, como usted sabe. Pero ¿es ésa una razón para conceder el apoyo de mi alma al despotismo sármata cuando está a punto de hacer saltar por los aires nuestro nobilísimo continente? Por otro lado, una colaboración diplomática, de mi país con Austria, aunque sólo fuese ocasional, me dolería tanto como el deshonor. Éstos son los escrúpulos de conciencia que...

–Siete y cuatro –dijo Hans Castorp–. Ocho y tres. *Valet*, dama, rey. ¡Ya me sale el solitario! Me trae suerte, señor Settembrini.

El italiano guardó silencio. Hans Castorp sintió cómo se posaban sobre él sus ojos negros, la mirada profundamente entristecida de la razón y el sentido moral, aunque continuó todavía un rato echando cartas, antes de apoyar la mejilla en la mano y elevar los ojos hacia su mentor –que se hallaba en pie delante de él– con la rebelde expresión de falsa inocencia de un niño que ha cometido una travesura.

–Sus ojos –dijo Settembrini– se esfuerzan en vano en ocultar que usted sabe perfectamente adónde ha llegado.

–*Placet experiri* –fue la impertinente contestación de Hans Castorp, y el señor Settembrini le abandonó. Después de haberse quedado solo, el joven permaneció todavía algún tiempo con la mejilla apoyada en la mano, sentado ante la mesa, en medio de la habitación blanca, sin echar más cartas y, en el fondo de su alma, conmocionado ante aquel estado desnaturalizado, enajenado en que veía que había caído el mundo, ante la sonrisa del demonio, de aquel dios con cabeza de babuino, bajo cuyo insensato y desenfrenado poder se hallaba; un estado que podía definirse como «anestesia de los sentidos».

Nombre terrible y apocalíptico, idóneo para despertar un terror secreto. Hans Castorp siguió sentado y se frotó la frente y la región del corazón con las palmas de las manos. Tenía miedo. Le parecía que «todo aquello» no podía acabar bien, que terminaría con una catástrofe, con una sublevación de la paciente naturaleza, con una gran tempestad que barrería con todo, que rompería el maleficio que pesaba sobre el mundo, que arrastraría la vida más allá de aquel «punto muerto», y que el período de la pesadilla iría seguido de un terrible juicio final. Sentía ganas de huir, ya lo hemos dicho; y constituía, pues, una suerte que la autoridad tuviese un ojo puesto en él, «un ojo fijo en él», como también hemos dicho ya, que supiese leer la verdad en su rostro y se encargase de distraerle con nuevas y fructíferas hipótesis. Con un tono de jovialidad, la autoridad suprema había declarado que estaba sobre la pista de las verdaderas causas de la temperatura irregular de Hans Castorp, causas que tendrían fácil remedio y prometían una pronta curación y un legítimo regreso al mundo de allá abajo.

El corazón del joven latía desbocado, azotado por múltiples sensaciones, cuando tendió su brazo para la extracción de sangre. Guiñando los ojos y palideciendo ligeramente, admiró el maravilloso color rubí de su sangre mientras iba llenando el recipiente transparente. El doctor Behrens en persona, asistido por el doctor Krokovski y por una enfermera, realizó aquella pequeña operación cuyo alcance, sin embargo, era tan grande. Luego pasó una serie de días muy intrigado por saber qué revelaría aquella sangre a los ojos de la ciencia, una vez extraída de su cuerpo.

De entrada, el doctor dijo que aún no se había desarrollado ningún cultivo. Por desgracia, seguía sin descubrir nada, dijo más tarde. No obstante, llegó una mañana, a la hora del desayuno, en que el doctor se acercó a Hans Castorp, que ahora se sentaba a la mesa de los rusos distinguidos, en el sitio que antaño ocupara cierta personalidad a la que había llegado a tutear, y le anunció, entre farragosas felicitaciones, que finalmente había descubierto estreptococos en uno de los cultivos preparados. A partir de ahí, era una cuestión de cálculo de probabilidades establecer si los fenómenos de intoxicación que revelaba su cuerpo se debían a la pequeña tuberculosis, que, sin duda, existía, o a los estreptococos que habían sido descubiertos en una modesta proporción. Él, por su parte, Behrens, tenía que analizar las cosas más detenidamente. El cultivo todavía no había alcanzado su pleno desarrollo. Se lo enseñó en el laboratorio. Era una especie de gelatina roja sobre la cual se distinguían unos puntitos grises. Aquello eran los «cocos». (Claro que cocos había en el cuerpo de cualquiera, igual que tubérculos en la sangre, y de no haber presentado los síntomas aquel descubrimiento no habría tenido especial importancia.)

Fuera del cuerpo de Hans Castorp, bajo la mirada de la ciencia, la sangre coagulada del joven continuaba evolucionando. Una mañana, el doctor informó, con sus típicas frases hechas, que no solamente se habían desarrollado bacterias en uno de los cultivos, sino en todos, y que se reproducían en grandes cantidades. No estaba muy seguro de que todas fuesen estreptococos, pero era más que probable que la infección procediera de ellos; a pesar de todo, seguía sin saberse con exactitud en qué medida había que tener en cuenta la tuberculosis, que, desde luego, había padecido en su día y de la cual no se hallaba completamente curado. ¿Qué conclusión se debía sacar de todo eso? ¡Una autovacuna de estreptococos! ¿El pronóstico? Extraordinariamente favorable, dado que el intento no comprendía ningún riesgo, y no podía hacerle ningún daño. El suero se extraería de la propia sangre de Hans Castorp, de manera que la inyección no introduciría en su cuerpo ningún elemento infeccioso que no se encontrase ya en él. En el peor de los casos, el tratamiento podía resultar inútil. No hacerle ningún efecto... Y el que el paciente tuviese que permanecer allí arriba más tiempo no podía considerarse nada grave, ni mucho menos.

Por supuesto que no, Hans Castorp no podía decir eso. Se sometió al tratamiento, a pesar de que lo consideraba ridículo y deshonroso. Una vacuna hecha con su propia sangre le parecía una diversión de muy mal gusto, una especie de ignominioso incesto consigo mismo, estéril e inútil. Eso era lo que pensaba en su ignorante hipocondría... y no se equivocó más que en lo que se refería a la inutilidad del tratamiento (eso sí, en este punto plenamente y sin reservas). Porque la diversión duró semanas. Algunas veces daba la sensación de que le hacía daño, de que aquello era un error; otras, en cambio, parecía que le resultaba provechoso, lo cual también probó ser un error. El resultado fue cero, aunque no se llegó a expresar así del todo. El intento se quedó en nada, y Hans Castorp continuó haciendo solitarios cara a cara con el demonio, cuyo absoluto poder sobre su espíritu no podría sino tener un fin violento.

¿Qué adquisición e innovación en el Berghof iba a liberar a nuestro viejo amigo de la manía de las cartas para arrojarle en brazos de otra pasión más noble aunque, en suma, no menos extraña? Estamos a punto de contarlo, excitados por la secreta fascinación que ejerce el objeto en sí y sinceramente ansiosos por compartirla.

Se trataba de algo que venía a enriquecer la colección de artefactos destinados a amenizar la tertulia en los salones que la junta directiva del tan recomendable sanatorio había decidido adquirir después de incesantes reflexiones y a un coste que preferimos no calcular pero que bien podemos calificar de harto sustancioso.

¿Era otro ingenioso juguete como la linterna mágica, el calidoscopio en forma de anteojo o el tambor cinematográfico? Sí y no. En primer lugar, porque no era un aparato de óptica lo que los internos encontraron una noche en el salón del piano y lo que aplaudieron —unos con las manos por encima de la cabeza, otros discretamente inclinados con ellas a la altura del regazo—, sino un aparato acústico. Además, su categoría, clase y valor no tenían ni punto de comparación con aquellas simples atracciones. La nueva adquisición no era ningún juguete infantil y monótono del que se cansarían y al que no volverían a prestar atención a las tres semanas de verlo allí. Era un cuerno de la abundancia que ofrecía un placer artístico inagotable, ya fuera de índole alegre o melancólica. Era un aparato de música. Un gramófono.

Nos preocupa seriamente que esta palabra pueda malinterpretarse en un sentido indigno y trasnochado y que se asocie con otro aparato más que anticuado, una forma anterior a la que ahora vemos hecha realidad ante nosotros, y no se haga justicia a esta —insistimos— nueva realidad, desarrollada y perfeccionada en grado sumo gracias a los incansables avances de una técnica orientada a recrear el placer de los sentidos. ¡Ay, amigos míos! La nueva adquisición del Berghof no tenía nada que ver con aquellos aparatos de música de manubrio de las tabernas de antaño, que funcionaban con rollos perforados y tenían una gran bocina de latón de la que salía un soniquete mecánico y sin matices, únicamente soportable por oídos embrutecidos. Nada en absoluto tenía que ver con aquella máquina tosca y antediluviana el nuevo aparato, una especie de baulito de madera negra lacada, un poco más profundo que ancho, que reposaba con serena grandeza sobre una mesilla hecha a propósito, enchufado a la corriente eléctrica con un cable forrado de seda. Al abrir la tapa, graciosamente curvada, cuyo interior permitía fijarla de manera automática a modo de pantalla gracias a unos pequeños soportes laterales de metal que salían del fondo de la caja, se veía el plato, forrado de fieltro verde, con el borde de níquel y el pivote central –también de níquel– en el que se había de encajar el disco de baquelita. En la parte delantera, en uno de los lados, se veía también un pequeño indicador, similar a un reloj, para ajustar las revoluciones; a la izquierda, la palanca para poner en marcha o parar el plato; de la parte de atrás, del lado izquierdo, salía el brazo articulado de níquel en la punta del cual se fijaba la aguja a la cajita de resonancia, plana y redonda, provista de unos tornillos para dicho fin. En la parte delantera, había una doble puerta cuyos pequeños batientes se podían abrir para dejar a la vista una rejilla de madera negra, hecha de finos listones orientados en diagonal... y eso era todo.

–Es el último modelo –dijo el doctor Behrens, que había entrado al mismo tiempo que los internos–. Última adquisición, hijos míos. De primera calidad, no se fabrica nada mejor.

Pronunció estas palabras en un tono muy cómico, como hubiera hecho un vendedor ignorante anunciando sus productos.

–No es un aparato ni una máquina –continuó diciendo mientras sacaba una pequeña aguja de una cajita de metal de colores que tenía sobre la mesa y la fijaba–. Es un instrumento, es un Stradivarius, un Guarneri, posee cualidades de resonancia y vibración de un gran refinamiento. Es de marca Polyhymnia, como pueden ver en la inscripción del interior de la tapa. Fabricado en Alemania, ¿saben? En estas cosas somos los mejores con diferencia. El más puro espíritu musical en versión moderna y mecánica. El alma alemana *up to date*. Y ahí tienen la discoteca –añadió señalando un armarito de pared lleno de gruesos álbumes–. Dejo en sus manos este mágico instrumento para que lo disfruten a placer, aunque les recomiendo que lo cuiden bien. ¿Quieren que escuchemos uno para probar?

Los enfermos le rogaron encarecidamente que estrenase el gramófono, y Behrens escogió uno de aquellos álbumes mágicos que, aun mudos, prometían grandes placeres, pasó las pesadas hojas, extrajo finalmente un disco de una de las fundas de cartón –con una gran ventana circular en el centro para que se viesen los títulos de su etiqueta– y lo puso. Accionó el mecanismo para que el plato empezase a girar, esperó un par de segundos hasta que adquirió la velocidad adecuada y, con mucho cuidado, colocó la punta de la aguja en el borde del disco. Primero se oyó un ligero crepitar. Bajó la tapa y, en ese mismo momento, comenzó a sonar a través de la portezuela abierta del gramófono, a través de la rejilla –no: por todo el cuerpo del aparato–, una algazara de instrumentos, una melodía alegre y pegadiza, los primeros compases de una animada obertura de Offenbach.

Todos escuchaban sonriendo, con la boca abierta. No podían dar crédito a sus oídos de lo puras y naturales que sonaban las coloraturas del viento madera. Un violín, un solo violín inició el preludio de un modo admirable. Se distinguía el golpe del arco, el *vibrato* de las cuerdas, el suave paso de un registro a otro. Luego entró la melodía, el vals «*¡Ay, la he perdido!*». La armonía de la orquesta acompañó discretamente la dulce melodía, y fue una delicia oír cómo luego el tutti repitió el motivo. Naturalmente, no era como si una orquesta de verdad estuviese tocando en la habitación. A pesar de que la sonoridad no se veía afectada, era como si la perspectiva del sonido estuviese acortada. Se hubiese dicho —si es posible comparar un fenómeno acústico con un fenómeno visual— que era como mirar un cuadro contemplado a través de unos gemelos puestos al revés, de manera que parecía alejado y empequeñecido, sin perder nada de la claridad de su dibujo o la luminosidad de los colores. La pieza musical, rebosante de viveza y talento, fue reproducida con absoluta brillantez. El final era una pura turbulencia, un galope que comenzaba con un cómico titubeo para desembocar en un impertinente cancán que evocaba enaguas revueltas, rodillas en alto y sombreros de copa agitándose en el aire, y cuyo apoteósico final se prolongaba constantemente con nuevas vueltas cada vez más efectistas. Luego el mecanismo se detuvo automáticamente. Todos aplaudieron entusiasmados.

Reclamaron más y así les fue concedido: del cofrecillo mágico surgió entonces una voz humana, una voz masculina, dulce y potente, con acompañamiento de orquesta. Era un célebre barítono italiano, y ahora no podía hablarse ya de perspectivas alteradas y sensación de lejanía. El magnífico órgano resonaba en todo su alcance natural, con toda su fuerza, y si uno se iba a alguna de las habitaciones vecinas y dejaba de ver el aparato, habría creído que el artista estaba cantando allí mismo, en el salón, partitura en mano. Cantaba un aria de ópera en su lengua: «*Eh, il barbiere. Di qualità, di qualità! Figaro qua, Figaro là, Figaro, Figaro, Figaro!*». El público se echó a reír a carcajadas al escuchar el *parlando* en falsete, por el contraste entre aquel vozarrón tan potente y aquella prodigiosa destreza en la articulación. Los más entendidos aun pudieron seguir y admirar su dominio del fraseo y su técnica respiratoria. Maestro de la irresistible seducción de la ópera, gran virtuoso educado en el estilo italiano, el barítono mantuvo la penúltima nota con un imponente alarde de bravura, y los allí presentes le imaginaron perfectamente: adelantándose hacia el patio de butacas, con una mano en alto, creando tal tensión que todos prorrumpieron en «¡Vivas!» y «¡Bravos!» antes de que llegase a la tónica y terminase el aria. ¡Qué maravilla!

Todavía escucharon más piezas. Un corno de caza ejecutó, con una limpieza notable, un ciclo de variaciones sobre una canción popular. Una soprano les deleitó con el *staccato* y los trinos de una melodía de *La Traviata*, con la frescura y la precisión más encantadoras. El fantasma de un violinista de renombre mundial −pues se hubiera dicho que se ocultaba detrás de unos velos− tocó una romanza de Rubinstein acompañado por un piano que sonaba tan seco como una espineta. Del cofrecillo maravilloso brotaron tañidos de campana, espectaculares *glissandi* de arpa, brillantes trompetas y redobles de timbales. Finalmente, pusieron discos de baile. Allí había incluso música de importación a la última moda, de exótico regusto a cabaret del puerto: tangos... destinados a convertir el vals vienés en un baile de tiempos de nuestros abuelos. Dos parejas que conocían los pasos se estrenaron sobre la alfombra. Behrens se había retirado tras recomendar que no utilizasen cada aguja más de una vez y que tratasen los discos con sumo cuidado, «como si fueran huevos crudos». Hans Castorp decidió hacerse cargo del aparato.

¿Por qué precisamente él? Fue algo espontáneo. En tono suave y con pocas palabras se había acercado a quienes, una vez se marchó el doctor, quisieron ocuparse de cambiar las agujas y los discos, así como de conectar o interrumpir la corriente. «¡Déjenme a mí!», había dicho el joven apartando a los demás, y éstos le habían cedido el puesto, en primer lugar porque tenía cara de entender de esas cosas «desde siempre», y, en segundo, porque les era mucho más cómodo dejar que otro les sirviese el placer en bandeja sin tener que tomar ellos mismos parte activa en la fuente del placer... en tanto no les resultase aburrido.

El caso de Hans Castorp era distinto. Cuando el doctor Behrens había presentado la nueva adquisición, se había mantenido muy tranquilo en un rincón de la habitación, sin reír, sin aplaudir, pero siguiendo cada pieza de música con la máxima atención y, como hacía a veces cuando se ponía nervioso, retorciéndose una ceja con dos dedos. Con cierta agitación, había cambiado de lugar varias veces mientras nadie le veía; había ido hasta la biblioteca para escuchar desde más lejos y, más tarde, con las manos a la espalda y expresión absorta, había terminado por quedarse de pie junto a Behrens, con los ojos fijos en el cofrecillo mágico, observando su fácil manejo. Una vocecilla decía en su interior: «¡Alto, alto! ¡Atención! ¡Qué acontecimiento! ¡Esto está hecho para mí!». Le asaltó el más claro presentimiento de que había encontrado una nueva pasión, de que era presa de un nuevo hechizo, de un nuevo amor. Se sintió exactamente igual que cualquier jovenzuelo del mundo de allá abajo cuando le hiere la flecha de Cupido al contemplar por vez primera a una muchacha. Y, por supuesto, también los celos le asaltaron de inmediato. ¿Propiedad común? La curiosidad frívola no tiene ningún derecho ni ningún poder para poseer nada. «¡Déjenme a mí!», entre dientes, y a todo el mundo le había parecido bien.

Bailaron un poco más al son de las ligeras melodías que él quiso poner; reclamaron una pieza de canto, un dueto de ópera, la «Barcarola» de *Los Cuentos de Hoffmann*, que encantó a la audiencia, y cuando Hans Castorp cerró la tapa, todos se marcharon a reposar en sus respectivas terrazas, ligeramente excitados, charlando. Eso era justo lo que él esperaba. Abandonaron el salón y nadie se preocupó de recoger nada: allí quedaron tiradas las cajas de agujas, los álbumes y los discos. ¡Así era el carácter frívolo y desordenado de los habitantes del Berghof! Hans Castorp fingió seguirles, pero les dio esquinazo en la escalera, volvió al salón, cerró todas las puertas y permaneció allí gran parte de la noche, fascinado por su nuevo descubrimiento.

Pronto se familiarizó con él y, sin que nadie le molestase, examinó la discoteca, el contenido de aquellos pesados álbumes. Había doce, de dos tamaños, con doce discos cada uno; y como muchos de ellos estaban grabados por las dos caras —no solamente porque algunas piezas abarcaban el disco entero, sino también porque numerosos discos incluían dos obras distintas—, el acervo de posibilidades y nuevas promesas de deleite para sus oídos se le antojó, de entrada, tan inmenso como inabarcable. Hans Castorp llegaría a escuchar unos veinticinco discos, sirviéndose de agujas con sordina para no molestar a los demás y que no le oyeran en mitad de la noche, pero aquello no era ni la octava parte de cuanto se le ofrecía. Por el momento, se conformó con recorrer los títulos y, de vez en cuando, probar alguno de aquellos discos negros, mudos hasta que se colocaban en el aparato y comenzaban a sonar. A simple vista, aquellos discos de baquelita no se distinguían unos de otros más que por sus etiquetas de colores. Todos mostraban incontables círculos concéntricos, y, sin embargo, el fino trazo de aquellas líneas contenía toda la música imaginable, las más felices inspiraciones de todos los estilos de aquel arte, en interpretaciones de primera categoría.

Había, por ejemplo, una gran cantidad de oberturas y movimientos sueltos pertenecientes al sublime universo de la sinfonía, tocados por orquestas de renombre y con expresa mención del director. Había también una larga serie de canciones con acompañamiento de piano, interpretadas por cantantes de ópera mundialmente conocidos; y entre ellas se encontraban tanto muchos *lieder*, canciones artísticas propiamente dichas, fruto de la sublime inspiración de un compositor con nombre y apellidos, como canciones populares tradicionales, como también un género híbrido: las canciones que —sin hacer de menos a semejante término— podríamos llamar «canciones populares artificiales» o «de salón», es decir, piezas de nueva composición, no procedentes de los cancioneros, pero enteramente en el estilo popular. Había sobre todo una que Hans

Castorp conocía desde niño y que ahora habría de adquirir un significado especial para él (y de la que ya hablaremos llegado el momento). ¿Qué más había? Mejor dicho: ¿qué no había en aquella colección?

¡El número de óperas era infinito! Un coro internacional de cantantes célebres, con discreto acompañamiento de orquesta, ofrecía todo un tesoro de arias, duetos y escenas de grupo enteras de diferentes épocas y estilos del teatro musical: de la estética italiana, tan colorista, apasionada y amante de los grandes efectos, de la ópera alemana, siempre ligada a sus raíces legendarias, poblada de duendes y demonios, de la Gran Ópera Francesa y de la Ópera Cómica. ¿Era eso todo? ¡Ni mucho menos! Venía después la serie de música de cámara, cuartetos y tríos, solos de violín, violoncelo, flauta o piano, por no hablar de la música ligera: simples cuplés sin más pretensiones que la diversión e interpretados por orquestillas y agrupaciones anónimas, discos menos delicados que podían ponerse con una aguja más gruesa.

Hans Castorp inspeccionó todo aquello, lo clasificó y escuchó pequeñas muestras que le transportaron a un mundo sonoro más allá de la realidad. Se fue a dormir excitadísimo y a una hora tan avanzada como la de aquella primera fiesta en la que Pieter Peeperkorn y él ya estuvieron a punto de tutearse, y desde las dos hasta las siete de la mañana estuvo soñando con el cofrecillo mágico. En sus sueños veía el disco que giraba y giraba en torno a su eje, tan deprisa que se tornaba invisible, silencioso, con un movimiento que no consistía únicamente en un girar vertiginoso, sino que, al mismo tiempo, experimentaba una especie de oscilación lateral muy singular, como si el propio aparato respirase, transmitiendo la elástica vibración al brazo articulado al que iban incorporados el cabezal y la aguja; un movimiento perfectamente acorde con los gestos y la articulación del *vibrato* y *portamento* de los instrumentos de cuerda y de la voz humana. Ahora bien, tanto en sueños como despierto, seguía resultando un absoluto misterio cómo era posible que una simple aguja, recorriendo aquella línea más fina que un cabello sobre una caja de resonancia, con la única ayuda de la pequeña membrana del cabezal, pudiera reproducir las complejas sonoridades de todos aquellos instrumentos que inundaban la imaginación del durmiente.

Al día siguiente, muy temprano, incluso antes del desayuno, ya estaba de nuevo en el salón y, sentado en un sillón, con las manos juntas, escuchó primero cómo del cofrecillo salía la voz de un magnífico barítono acompañado por un arpa: «Si miro en torno mío, entre estas nobles gentes...». El arpa tenía un sonido perfectamente natural, era un arpa auténtica, no velada o «en perspectiva», la que resonaba en el gramófono acompañando a la voz humana que respiraba y articulaba sus frases como si estuviera allí mismo. ¡Era increíble! Y no había placer más estremecedor que el dueto de una ópera italiana moderna que puso a continuación, como si la tiernísima intimidad entre aquel tenor tan famoso, representado en muchos de los álbumes de la discoteca del sanatorio, y la dulce y cristalina voz del soprano... como si su «*Da mi il braccio, mia piccina*» y la sencilla y apresurada melodía que ella le respondió...

Hans Castorp se sobresaltó cuando oyó la puerta que se abría detrás de él. Era el doctor Behrens. Con su bata blanca y el estetoscopio asomando por un bolsillo, permaneció un momento quieto con la mano en el picaporte y saludó con la cabeza al embelesado paciente. Éste contestó con otro gesto por encima del hombro, después de lo cual la cara del jefe, con sus mejillas azuladas y su asimétrico bigotito, desapareció detrás de la puerta, que se cerró de inmediato, permitiendo a Hans Castorp volver a su mundo de fantasía, con la pareja de enamorados de la ópera.

Más tarde, a lo largo del día, después de comer o en la tertulia de la noche, tuvo público —un público cambiante— mientras se ocupaba de sus discos, teniendo en cuenta que él no era considerado «oyente» sino el responsable de proporcionar aquel nuevo placer a los demás. Él, por su parte, se inclinaba por esta visión, y los habitantes del Berghof la confirmaban, puesto que desde el principio habían consentido encantados en «dejarle a él» que administrase y custodiase el recién adquirido bien común. A la gente no le costaba nada, pues, al margen del entusiasmo superficial que pudieran manifestar cuando el divino tenor de turno se deshacía y se derretía en coloraturas, cantilenas y arrebatos de pasión artística, aquel entusiasmo carecía de amor, y a todos les venía muy bien que asumiese la responsabilidad otro, si así lo quería. Era Hans Castorp quien se ocupaba del orden y cuidado de la discoteca, quien se encargaba de anotar el contenido de cada álbum en el interior de la tapa, de manera que se pudiera encontrar con facilidad la obra deseada, y era él quien manejaba el instrumento. Pronto se le vio hacerlo con gestos expertos, preciosos y delicados. Porque, ¿qué habrían hecho los otros? Habrían estropeado los discos utilizando agujas usadas, dejándolos tirados por las sillas sin guardar en sus fundas; se habrían puesto a jugar con el aparato, poniendo una pieza clásica a 110 revoluciones, o colocando la aguja en el cero para que produjese un gemido histérico y ahogado. De hecho, todo eso ya había pasado. Estaban enfermos, pero eso no quitaba que fuesen «unos bestias». Así pues, al cabo de algún tiempo, Hans Castorp sencillamente confiscó la llave del armario que contenía los discos y las agujas, de manera que, si alguien quería utilizar el gramófono, tenía que llamarle.

El mejor momento era la última hora de la noche, después de la tertulia habitual, cuando todos se retiraban. Entonces se quedaba solo en el salón, o hacía como que se iba y luego regresaba en secreto, y se ponía a escuchar música hasta muy entrada la madrugada. No le preocupaba perturbar el sueño del sanatorio, pues la música de sus fantasmas sonaba muy bajito y las vibraciones producían un efecto sorprendente junto al aparato, pero eran muy débiles y prácticamente imperceptibles al alejarse de él, una mera ilusión, como los fantasmas. Hans Castorp se quedaba a solas con las maravillas del cofrecito, con las divinas ilusiones de aquel pequeño ataúd tallado en madera de violín, de aquel pequeño templo negro y mate, ante cuyas puertecillas abiertas se sentaba, con las manos juntas, la cabeza inclinada sobre el hombro y la boca abierta, dejando que la magia de la música le inundase de placer.

No veía a los cantantes que oía, pues sus cuerpos estaban en América, en Milán, en Viena o en San Petersburgo, daba igual porque él disfrutaba de lo mejor de ellos mismos: de su voz; y apreciaba aquella depuración, aquella abstracción, que seguía siendo lo bastante sensible como para permitirle establecer una gran cercanía personal con los intérpretes –salvando todos los impedimentos técnicos– y, sobre todo, cuando se trataba de compatriotas, alemanes, controlar todos los aspectos de sus ejecuciones. Podía, por ejemplo, reconocer exactamente la pronunciación particular, el acento y la procedencia del artista; el carácter de la voz le informaba sobre la calidad humana de cada uno, y la manera en que aprovechaban, desaprovechaban o abusaban de las posibilidades expresivas de determinado recurso le indicaban su grado de inteligencia. Hans Castorp se enfadaba cuando un cantante no estaba a la altura. Se mordía los labios de rabia y vergüenza ajena cuando cometía errores de técnica; se le ponían los pelos de punta cuando, al oír uno de sus discos habituales, a la cantante se le iba algún agudo y hacía un gallo, lo cual es bastante común en las delicadas voces femeninas. Pero lo soportaba todo porque el amor es sinónimo de sufrimiento.

Algunas veces se inclinaba sobre el aparato, que giraba y giraba como si respirase, se inclinaba como para oler un ramo de flores, dejando que el aroma embriagase sus sentidos; otras, se quedaba de pie frente al cofrecillo, paladeando las mieles del director de orquesta que alza la mano y, con un gesto de máxima precisión, da la entrada a la trompeta. Dentro de la colección, tenía discos preferidos, ciertas piezas vocales o instrumentales que jamás se cansaba de escuchar. Así pues, debemos hacer mención de ellas.

Un grupito de discos recogía las apoteósicas escenas finales de la ópera que un gran genio de la melodía, un gran compatriota de Settembrini, el maestro del teatro musical italiano por antonomasia, había compuesto a mediados del siglo anterior por encargo de un príncipe oriental con motivo de la solemne inauguración de una gran obra de ingeniería que habría de unir a los pueblos y contribuir al progreso de la humanidad. Hans Castorp sabía más o menos de qué trataba el argumento. Conocía, en sus grandes líneas, la suerte de Radamés, de Amneris y de Aída, que, desde el cofrecillo mágico, cantaban para él en italiano; y comprendía, por lo tanto, lo que decían el incomparable tenor, la majestuosa contralto, con aquel espléndido cambio de timbre en el registro medio, y la soprano de voz cascabelina. En realidad, no comprendía el texto, pero le bastaba con alguna palabra suelta, gracias a que conocía el contexto y se identificaba con cada situación hasta el punto de que, cuanto más escuchaba aquellos cuatro o cinco discos, dicha identificación se iba transformando en verdadero enamoramiento.

Al principio, Radamés y Amneris se peleaban: la princesa mandaba conducir ante ella al prisionero, a quien amaba y deseaba ardientemente salvar, a pesar de que él había traicionado a su patria y a su honor por amor a una esclava bárbara, aun cuando porfiaba que «en lo más hondo del corazón el honor había quedado intacto». Sin embargo, aquella integridad moral a pesar de su grave falta no le servía de nada, pues su crimen manifiesto le entregaba al tribunal de los dioses, que era ajeno a todos los sentimientos humanos y sin duda no tendría ninguna consideración ni ninguna piedad hacia él a menos que se decidiese, en el último momento, a renegar de su amor por la esclava y lanzarse a los brazos de la princesa-contralto, la cual, al menos por su maravillosa voz, lo merecía plenamente. Amneris trata de convencer al tenor, en cuya cadenciosa voz se mezcla la amargura de un destino trágico y de la renuncia a la vida, pues sigue firme en su decisión y repite una y otra vez: «¡No puedo!» y «¡En vano!», mientras ella le ruega desesperada que deje a la esclava porque su vida está en juego. «¡No puedo!»... «¡Escucha una vez más; renuncia a ella!»... «¡En vano!» Una mortal ceguera y el más ardiente amor se amalgamaban en un dúo de una belleza extraordinaria, pero que no dejaba ningún resquicio abierto a la esperanza. Los gritos de dolor de Amneris se solapaban con el escalofriante veredicto del tribunal sagrado, que resonaban desde las profundidades y que el infortunado Radamés no podía revocar.

—¡Radamés, Radamés! —cantaba con voz implacable el gran sacerdote, recordándole su criminal traición con una crudeza terrible.

—¡Justifícate! —ordenaban los sacerdotes en coro.

Y como el gran sacerdote observaba que Radamés callaba, el tribunal entero, con la más siniestra unanimidad, le declaraba culpable de alta traición.

—¡Radamés, Radamés! —repetía el gran sacerdote—. Has abandonado el campo antes de la batalla.

—¡Justifícate! —ordenaban los sacerdotes en coro.

—Mirad cómo calla —repetía por segunda vez el juez, claramente en contra del culpable, y entonces todas las voces se unían para cantar el veredicto: «¡Traición!».

—¡Radamés, Radamés —decía por tercera vez el despiadado acusador—. Has traicionado tu juramento a la patria, al honor y al rey.

—¡Justifícate! —contrapunteaba el coro—. ¡Traición! —reconocía definitivamente el tribunal entero, lleno de horror, al ver que Radamés no respondía.

Ante semejante silencio, ya no se podía evitar la tragedia, y el coro, cuyas voces, de registros muy cercanos, formaban una especie de bloque demoledor, anunciaba que la suerte de

Radamés estaba echada, que el traidor iba a recibir su merecido, que el condenado moriría a los pies del templo de la iracunda divinidad y que para ello sería enterrado vivo.

La indignación de Amneris ante tan inmisericorde cerrazón por parte de los sacerdotes tenía que imaginársela cada uno, porque en el disco ya no cabía más música y Hans Castorp tuvo que levantarse a cambiarlo, cosa que hizo con gestos silenciosos y precisos, con los ojos bajos, y, cuando se hubo sentado de nuevo, lo que oyó fue ya la última escena: el dúo final de Radamés y Aída, cantando en el fondo de su tumba subterránea, mientras los sacerdotes fanáticos y crueles celebraban sus ritos en el templo, sobre sus cabezas, abriendo los brazos y entonando una pesante letanía.

—*Tu, in questa tomba!* —exclamaba la voz irresistible, a la vez dulce y heroica, de Radamés, horrorizado y exultante... Sí, ella se había unido a él, por fin su amada, por cuyo amor había perdido la vida y el honor; ella le esperaba allí para morir con él, para ser enterrada en vida con él, y eran esas melodías, interrumpidas por el sordo rumor de la ceremonia que se desarrollaba encima de sus cabezas, que ellos entonaban alternada o conjuntamente, las que en realidad habían conmovido hasta el fondo del alma a nuestro solitario y nocturno melómano, tanto por la situación en sí como por la expresividad de la música. Aquellas voces hablaban del cielo, pero el propio canto era divino y estaba interpretado divinamente. La línea melódica que entonaban Radamés y Aída, primero por separado y después los dos juntos repetidas veces —aquella gloriosa curva, tan sencilla en el fondo, entre la tónica y su dominante, aquel giro ascendente desde la tónica hasta la sensible, largamente retardada y que sólo resolvía en la octava de un modo fugaz, pues enseguida se transformaba en el quinto grado—, se antojaba a nuestro oyente lo más excelso y admirable que le había sucedido en toda su vida. No obstante, no se habría sentido tan entusiasmado por la música si no hubiese existido también el contexto del drama de los héroes, que sensibilizaba su alma en aras de la dulzura de la música. ¡Era tan bello que Aída se hubiese unido a Radamés, condenado a muerte, para compartir con él su trágico destino por toda la eternidad! Con razón protestaba el condenado contra el sacrificio de una vida tan encantadora como la de Aída, pero su dulce desesperación —«*No, no!, troppo sei bella*»— encerraba también la inmensa dicha que experimentaba por aquella unión *in extremis* con su amada, a quien no creía que volvería a ver jamás. Hans Castorp no necesitaba hacer ningún esfuerzo de imaginación para identificarse por completo con aquella dicha y aquella devota entrega.

Pues lo que sentía, vivía y disfrutaba, en última instancia, mientras —con las manos juntas— miraba cómo brotaba todo aquel universo sonoro por entre la rejilla del altavoz del cofrecillo mágico, era el triunfo del ideal que representaba la música, el arte, el espíritu humano, la suma e irrevocable sublimación que la música operaba sobre la vulgar fealdad de lo real.

Bastaba con imaginar la escena: dos amantes, enterrados en vida, iban a morir allí juntos, o lo que es mucho peor, uno después del otro, con los pulmones llenos del aire viciado de la tumba, de hambre... y luego sus cuerpos se descompondrían y no quedarían bajo la losa de su sepulcro más que dos esqueletos a los que les sería totalmente indiferente yacer juntos o en soledad. Ésa era la cruda realidad de la situación... Una realidad propia que no contaba en absoluto para el idealismo del corazón y que el espíritu de la belleza y de la música relegaba a la sombra con el más excelso triunfo. Para las almas musicales de Aída y Radamés no existía la realidad objetiva. Sus voces al unísono se elevaban por encima de ella hacia aquella maravillosa disonancia en espera de la armonía de la octava, convencidos de que, en ese momento, se les abría el cielo y la luz de la eternidad se derramaba sobre sus anhelos. La fuerza y el consuelo de aquella sublimación hacía un bien infinito a nuestro joven melómano y contribuía no poco a que esta escena fuese una de las predilectas de su programa personal de conciertos en el salón.

Hans Castorp solía relajarse después de tan intensos momentos de éxtasis escuchando otra pieza, breve pero de una gran fuerza evocadora; mucho más serena que la anterior en cuanto a su contenido. Era un idilio, pero un idilio muy refinado, pintado y compuesto en el estilo sutil a la vez que sofisticado de la música más moderna: era una obra puramente instrumental, un preludio sinfónico de origen francés, con un aparato orquestal relativamente reducido para los gustos de la época, pero impregnado por las últimas tendencias de la composición contemporánea y sumamente logrado a la hora de cautivar al oyente y sumirle en un mágico ensueño.

Y lo que soñaba Hans Castorp al oír aquella pieza era lo siguiente: estaba tumbado boca arriba en un prado soleado y cuajado de margaritas de todos los colores. Tenía una pierna flexionada y la otra cruzada por encima (cabe señalar que, como buen fauno, tenía patas de macho cabrío). Para su propio placer, pues la soledad del prado era completa, sus dedos tocaban una pequeña flauta de madera, una especie de clarinete o de caramillo del que salían apacibles sonidos nasales, notas sueltas, como azarosas y, sin embargo, en una armonía perfecta; y aquellas felices notas se elevaban hacia el cielo azul, bajo el que brillaban al sol los finos ramajes de algunos abedules y fresnos suavemente mecidos por el viento. Sin embargo, aquel sonido despreocupado y contemplativo, apenas melódico no era una voz solitaria por mucho tiempo. El zumbido de los insectos al calor del aire estival, sobre la hierba, el sol mismo, la suave brisa, el balanceo de las ramas, el brillo de las hojas, toda la paz dulcemente agitada del verano, se convertían en una amalgama de sonoridades que formaba sorprendentes armonías con su inocente caramillo. Algunas veces aquel particular acompañamiento sinfónico se difuminaba, pero el personaje de las patas de macho cabrío continuaba tocando y despertaba de nuevo la magia colorista de los sonidos de la naturaleza, la cual, tras una segunda interrupción, superándose a sí misma, desplegaba por fin todo un abanico de voces instrumentales cada vez más agudas, una tras otra, en rapidísima sucesión, todas las voces imaginables, hasta alcanzar una armonía maravillosa y completamente saturada que no simbolizaba otra cosa que la eternidad. El joven fauno se sentía muy feliz en su prado soleado. Allí no había ningún «¡Justifícate!», ninguna responsabilidad, ningún tribunal eclesiástico o militar, ningún juicio a un hombre que había olvidado el honor y se había perdido para el mundo. Reinaban el olvido, la bienaventurada quietud, el estado inocente de la ausencia del tiempo. Era la desidia en el mejor de los sentidos, con la conciencia tranquila, el sueño de una apoteósica negación de todo imperativo occidental de la acción... Y la tranquilidad que infundía aquel precioso disco a nuestro melómano nocturno lo convertía en uno de los más valiosos para él.

Había aún una tercera obra... En realidad, eran varios discos que formaban una *suite*, un conjunto, pues el aria de tenor que contenía ya ocupaba por sí sola una cara entera. Era otro fragmento de una ópera, esta vez francesa, que Hans Castorp conocía muy bien, pues la había visto en el teatro varias veces y había aludido a ella durante cierta conversación –que se diría incluso decisiva– desarrollada una tarde de excursión en coche...

Era el segundo acto, ambientado en una taberna española, un mesón muy amplio, decorado con telas en un supuesto estilo árabe. La voz cálida pero un poco áspera y, sin dudá, muy temperamental de Carmen decía que quería bailar delante del sargento y se empezaban a oír las castañuelas. Pero en ese mismo instante, sonaban a cierta distancia cornetas y clarines. Era una llamada militar que sobresaltaba al mancebo. «¡Espera un poco!», exclamaba, aguzando el oído. Y Carmen preguntaba: «¿Por qué?». «¿No oyes? –respondía él, sorprendido–. Son las cornetas del cuartel que tocan a retreta. De partir se acerca la hora...», decía en pomposo lenguaje operístico. Pero la gitana no le entendía, o posiblemente no quería entenderle. Tanto mejor, decía ella haciéndose la tonta; para bailar no necesitaban castañuelas, el cielo les enviaría la música. ¡La-la-ra-la! Él estaba fuera de sí. El dolor de su decepción se borraba ante sus esfuerzos por hacer comprender a aquella mujer de qué se trataba, que no había amor que pudiera eludir aquella señal. ¿Cómo era posible que no comprendiese algo tan fundamental y absoluto? «Tengo que volver al cuartel», exclamaba él, desesperado ante la cerrazón de la mujer. ¡Pero había que oír la respuesta de Carmen! Estaba furiosa, indignada hasta el fondo de su alma: su voz reflejaba un enorme despecho... o así lo fingía. «¿Al cuartel?» ¿Y qué valía su corazón, ese corazón tan tierno y tan bueno que, en un momento de debilidad, se había prestado a divertirle con su baile? Con un gesto de burla despiadada, ella se llevaba la mano a la boca remedando la corneta. «¡Ta-ra-rá!» ¡Aquel imbécil quería irse! «¡Bueno, pues vete!» Ella le tendía su sable, su casco y sus enseres. «¡Vete, vete, muchacho, vuelve a tu cuartel!» Él imploraba piedad. Pero ella seguía burlándose, inmisericorde. ¡Por Dios, iba a llegar tarde! «Pues bien, vete, es lógico, esa corneta te llama al orden; es muy natural que me abandones a mí, a Carmen, en el momento en que iba a bailar.»

¡Qué angustiosa situación! Ella no lo comprendía. ¡La mujer, la gitana, no quería comprender! No quería, eso era evidente, y en sus sarcasmos había algo que rebasaba el elemento personal, una hostilidad profunda contra el principio mismo que, encarnado en la corneta, llamaba al joven soldado enamorado; un principio sobre el que ella habría deseado triunfar más que nada en la vida. El medio para conseguirlo era muy sencillo: afirmaba que si él se iba dejaría de amarle. Y eso era justo lo que el sargento José no podía soportar. Le rogaba que le dejase hablar. Ella no quería. Entonces la obligaba a que le escuchase; era un momento de un dramatismo tremendo. La sonoridad de la orquesta anunciaba el fatal desenlace y ya se introducía un motivo sombrío y amenazante que, como Hans Castorp sabía, se prolongaría a lo largo de toda la ópera hasta la catástrofe final, además de introducir el aria del tenor del disco siguiente:

«La flor que me diste...», cantaba José que era una maravilla oírle. A veces Hans Castorp ponía ese disco por separado, fuera de su contexto, y siempre lo escuchaba con profunda atención. El texto de aquella aria en sí no valía gran cosa, pero la expresión de súplica que recreaba la música era absolutamente conmovedora. El sargento José hablaba de la flor que Carmen le había arrojado al encontrarse por primera vez y que había sido su más preciado tesoro cuando le habían arrestado por culpa de ella. Admitía que, en algunos momentos, había maldecido su suerte por haber conocido a Carmen, pero de inmediato se arrepentía de aquella blasfemia y rogaba a Dios de rodillas que le concediese volverla a ver. «Volverte a ver...», y cantaba en el tono agudo en el que antes había entonado «En la noche te veía».

¡Ay! Volverla a ver... y entonces la orquesta desplegaba toda la magia de sus instrumentos, todo su poder para evocar el dolor, la nostalgia, la ternura, la dulce desesperación del soldado... Y él la imaginaba ante sus ojos, con toda su fatal hermosura, y sentía con perfecta claridad que estaba «perdido» (y la música subrayaba aquel «perdido» con una apoyatura de tono entero que parecía un suspiro sobrecogedor), perdido sin remisión. «Amor mío, mi dicha entera», cantaba José desesperado, con una melodía que se repetía y que la orquesta retomaba sollozando: un giro que ascendía dos tonos desde la tónica y, desde allí, se lanzaba apasionadamente a la quinta inferior. «Con sólo mirarte, tuyo es mi corazón», insistía él en un exceso de ternura que casi rayaba en el mal gusto, repitiendo el mismo giro de antes pero hacia una cadencia rota, sobre el sexto grado, para añadir: «Y seré tuyo por siempre». Luego daba un salto vertiginoso hasta una décima por debajo y, estremecido, confesaba: «¡Carmen, te amo!», mientras una nueva disonancia −que sólo resolvía de manera fugaz para volver a la tensión− retardaba dolorosamente la cadencia final.

−Ay, ay... −decía Hans Castorp lleno de pesadumbre, y volvía a poner el final en el que todos felicitaban al joven José dado que su duelo con el oficial le impedía toda posibilidad de volver al ejército y le obligaba a desertar, como Carmen, para su estupor, ya le exigiera en otro tiempo.

> *Síguenos a las cimas rocosas,*
> *donde los vientos soplan más fuertes,*
> *pero más puros...*

cantaba el coro. El texto se entendía bastante bien.

> *El cielo abierto, la vida errante;*
> *por patria el universo, por ley la voluntad,*
> *y por encima de todo la embriaguez*
> *de la Libertad, ¡la Libertad!*

−Ay, ay... −decía de nuevo Hans Castorp, y pasaba a una cuarta pieza que también le era muy querida.

No es culpa ni responsabilidad nuestra que también esa obra fuese francesa y que también se caracterizase por el elemento militar. Era una pieza suelta, un solo de canto, una plegaria del *Fausto* de Gounod. Había un personaje, un tipo muy simpático que se llamaba Valentín, pero que Hans Castorp, para sus adentros, había bautizado de otro modo, con un nombre mucho más familiar y representativo para él, identificando a aquella persona con la voz que salía del cofrecito mágico, si bien ésta era bastante más bella que la real. Era una potente y cálida voz de barítono, y su canto se dividía en tres partes: dos estrofas muy semejantes una a la otra, de carácter recogido, casi del estilo de un coral protestante, y una estrofa central de tono caballeresco: pícara, guerrera, desenfadada y, a pesar de todo, impregnada de una profunda devoción; y éste era el elemento francés-militar propiamente dicho. El barítono invisible cantaba: «Ahora que he de abandonar mi amada patria...», y con este motivo elevaba una plegaria al Señor de los Cielos para que, durante aquella ausencia, protegiese a su querida hermana. Se marchaba a la guerra; el ritmo cambiaba y se tornaba agitado, y atrás quedaban sus preocupaciones y sus penas porque no pensaba sino en lanzarse al fragor de la batalla como buen caballero: osado, entregado y muy francés. «Pero si Dios me llama a su lado —cantaba—, desde allá arriba velaré por ti.» Aquel «ti» se refería a la hermana, pero conmovía a Hans Castorp hasta el fondo del alma, y la emoción no le abandonaba hasta el final de la pieza, en que el valiente Valentín, acompañado por los potentes acordes del coral, cantaba:

Señor de los Cielos, escucha mis plegarias
y toma bajo tu protección a Margarita.

Aquel disco no presentaba mayor interés. Hemos creído nuestro deber comentarlo brevemente porque Hans Castorp sentía por él una gran predilección, y también porque, más adelante, aún habrá de desempeñar una función especial en circunstancias bastante extrañas. Así pues, llegamos al quinto y último disco favorito, una obra que no tiene nada de francés, sino que es puramente alemana, y que tampoco tiene nada de operístico, porque es un *lied*, uno de esos *lieder* que son, a la vez, obra maestra de la composición y encarnación del más genuino espíritu popular... ¿Para qué dar tantos rodeos? Se trataba, sencillamente, de *El tilo* de Schubert, de esa melodía tan conocida: «Junto al pozo, ante el portón...».

Estaba interpretada por un tenor con acompañamiento de piano, un joven de gran delicadeza y buen gusto, que sabía tratar un tema como aquél, sencillo al tiempo que sublime, con mucha inteligencia, sensibilidad musical y justeza en la expresión. Como todos sabemos, la canción artística es bastante diferente que la maravillosa canción que se canta entre el pueblo y que aprenden los niños. En este caso, está simplificada, y se cantan las estrofas de ocho versos enteras sobre la melodía principal, en tanto en el original de Schubert, esta línea —eso sí, de carácter popular— ya modula al modo menor en el tercer verso de la estrofa para reconducir, con un bellísimo giro, al modo mayor en el quinto y, desde ahí, perderse por las regiones remotas que evoca el dramatismo de la metáfora del «gélido viento» del texto y no volver hasta los cuatro versos finales de la tercera estrofa, que se repiten para consolidar de nuevo la melodía y el carácter inicial de la pieza. El verdadero punto de inflexión de la melodía —es decir su segunda mitad, la que deshace la modulación y vuelve del modo menor al mayor— aparece, pues, tres veces: la última para dar paso a la reexposición del comienzo, sobre los versos «y en algunos momentos...». El giro mágico, que no queremos estropear por hablar demasiado de él, coincide respectivamente con los versos «El nombre de mi amor», «Como si me llamasen» y «Lejos de aquel lugar», y la voz nítida y cálida, bien articulada y comedida en los efectos dramáticos, del tenor del disco de Hans Castorp la cantaba cada una de las tres veces con una sensibilidad hacia su belleza tan inteligente que hacía estremecerse al oyente de un modo indescriptible, sobre todo porque el artista sabía intensificar su efecto gracias a unos agudos dulcísimos en los versos «Me empujan hacia allí» y «Aquí hallarás la paz». Sin embargo, en la tercera vuelta, ejecutaba el verso que se repetía: «Hallarías la paz», la primera vez en un fuerte bien saturado y la segunda en octava alta, con enorme suavidad.

Hasta aquí lo que teníamos que decir de este *lied* y su interpretación. Podemos considerar con cierta satisfacción que, hasta ahora, hemos logrado ofrecer a nuestros lectores una idea bastante aproximada del entusiasmo que sentía Hans

Castorp por las grandes favoritas de sus conciertos nocturnos. Ahora bien, hacerles comprender lo que esta última, el *lied* del «viejo tilo», significaba para él es —sin duda— una empresa harto delicada que requiere el máximo tacto si se busca la identificación con aquella pasión suya y no un desencanto total.

Partiremos, pues, de la siguiente base: Un objeto que atañe al espíritu, es decir, un objeto que tiene un significado, es «significativo» precisamente porque remite más allá de sí mismo, porque es expresión y exponente de algo que tiene un alcance espiritual más universal, de todo un mundo de sentimientos e ideas que han hallado en él un símbolo más o menos perfecto, en función de lo cual se valora su grado de significación. Al mismo tiempo, el amor que se experimenta hacia tal objeto es, en sí mismo, «significativo». Nos informa sobre quien lo experimenta; define su relación con ese universal, con ese mundo que el objeto simboliza y que, consciente o inconscientemente, es amado a través de él.

¿Querrán creer nuestros lectores que nuestro sencillo héroe, después de tantos años de desarrollo hermético y pedagógico, había logrado penetrar lo suficiente en el mundo del espíritu para tomar conciencia de la «significación» de su amor y del objeto de éste? Afirmamos y explicaremos que así era. Aquel *lied* significaba mucho para él, todo un mundo, un mundo que sin duda debía amar, pues de otro modo no se habría sentido atraído por el objeto que lo simboliza. Sabemos muy bien lo que decimos cuando —tal vez de una forma un poco oscura— añadimos que su destino habría sido diferente si su alma no hubiese sido particularmente sensible a los encantos de la esfera sentimental, y, en general, a la actitud espiritual que con tan misterioso fervor resumía aquel *lied*. Por otra parte, ese destino le había traído sensaciones, aventuras y descubrimientos, le había planteado problemas de «gobierno» gracias a los cuales había madurado con un agudo sentido crítico respecto a aquel mundo, respecto al símbolo de aquel mundo —digno, sin embargo, de toda su admiración—, y respecto a aquel amor hacia el que le obligaba a poner en tela de juicio las tres cosas.

Sin embargo, sólo quien no entendiese nada en las cosas del amor pensaría que tales dudas pueden ir en detrimento suyo. Al contrario, constituyen su verdadera enjundia. Añaden al amor el acicate de la pasión, de manera que se podría definir la pasión como un amor que duda. ¿En qué consistían, pues, los escrúpulos de conciencia de Hans Castorp en relación con la legitimidad de su amor hacia aquel *lied* encantador y hacia el mundo que representaba? ¿Qué mundo se escondía, pues, tras aquel *lied* que, según presentía su conciencia, incitaba a un amor prohibido?

Era la muerte.

¡Pero esto es una locura! ¿Una canción tan maravillosa? ¡Una obra maestra, nacida en las más sagradas profundidades del espíritu popular, un tesoro inestimable, el modelo de todos los fervores, el encanto personificado! ¡Qué vil calumnia!

Bueno, bueno, bueno... esto es lo que diría cualquier persona de buena fe. Y, sin embargo, tras aquel adorable producto acechaba la muerte. Existían ciertos lazos entre ambas, lazos que uno podía incluso amar, aunque con conocimiento de causa, sabiendo que tal amor era hasta cierto punto ilícito. Es posible que su naturaleza primera estuviese muy lejos de esta simpatía, de esta vinculación a la muerte, que naciera de un instinto muy vital, muy popular; no obstante, la simpatía espiritual que se sentía hacia ella era sinónimo de simpatía hacia la muerte. Por cándida que fuese, por dulce y sensual que fuese su comienzo: el resultado de su desarrollo era la oscuridad.

¿Cómo se le ocurrían semejantes cosas?, se preguntará el lector. Pues Hans Castorp no se habría dejado convencer de lo contrario. La oscuridad como resultado. Resultados oscuros. Espíritu inquisidor y misantropía, negro riguroso y golilla almidonada al estilo español, lujuria en lugar de amor... ¿Podía eso ser resultado de tan candorosa devoción?

En verdad, el literato Settembrini no era precisamente hombre en quien Hans Castorp tuviese una confianza absoluta, pero él recordaba las enseñanzas que su preclaro mentor le había dado en otro tiempo, al principio de su formación hermética, sobre la inclinación al *retroceso*, a la «regresión» espiritual hacia cierto mundo, y juzgó oportuno aplicar cuidadosamente aquella teoría a su objeto. Settembrini había calificado esa tendencia regresiva de «enfermedad»; la propia visión del mundo y el período entero que representaba tal regresión era, desde su perspectiva pedagógica, «enfermizo». Pero ¿cómo era posible? ¿Qué tenían de «enfermo» la adorable canción nostálgica de Hans Castorp, la esfera sentimental a la que pertenecía y el amor hacia ella? ¡Nada en absoluto! Eran lo más gozoso y sano del mundo. Sin embargo, se trataba de un fruto que, aun hallándose fresco y esplendoroso —o *todavía* fresco y esplendoroso— en aquel mismo instante, poseía una extraordinaria tendencia a la descomposición y a la podredumbre; y aun siendo la mayor delicia para el alma, siempre que se probase en el momento oportuno, a partir de ahí difundía la podredumbre y la perdición entre los hombres que quisieran probarlo. Era un fruto de la vida engendrado por la muerte y que producía la muerte. Era un milagro del alma, tal vez el más alto desde el punto de vista de la belleza desprovista de conciencia y bendecido por ella; no obstante, por razones de peso, era contemplado con desconfianza por quien amase la vida en su sentido orgánico y tuviese conciencia de su responsabilidad para con el mundo que le rodeaba. Era un objeto al que, escuchando la voz de la conciencia, convenía renunciar.

Sí, renuncia y dominio de uno mismo, esa podía ser la naturaleza del triunfo sobre aquella forma de amor, sobre aquel encantamiento de los sentidos de oscuras consecuencias.

Los pensamientos de Hans Castorp, o los pensamientos en potencia, todavía en forma de presentimiento, volaban alto mientras permanecía sentado en el salón, en plena noche y plena soledad, ante el pequeño ataúd mágico... volaban más alto de lo que alcanzaba su entendimiento, eran pensamientos que, por medio de la alquimia, alcanzaban un nivel superior. ¡Qué ingente poder el de aquella magia del alma! Todos éramos hijos suyos y podíamos realizar grandes cosas en el mundo con sólo servirla. Ya no había necesidad de tener más genio, sino sólo más talento que el autor de la canción del tilo, para, como gran mago del alma, otorgarle proporciones gigantescas y someter el mundo entero a su poder. Posiblemente, incluso podían erigirse sobre ella reinos terrenales –demasiado terrenales–, reinos poco sensibles y muy amantes del progreso y, en último término, nada nostálgicos, en los que el mágico *lied* degeneraría en simple música de gramófono. Sin embargo, el mejor de sus hijos sería siempre aquel que se consumiera y muriera en su intento de superación de la vida, en sus labios la nueva palabra del amor, que aún no habría aprendido a pronunciar. Merecía la pena morir por ella, por aquella canción mágica. Pero quien moría por ella, en realidad, ya no moría por ella y sólo se convertía en héroe porque, en el fondo, moría por algo nuevo, por la nueva palabra del amor y del futuro que presentía su corazón...

Éstos eran, pues, los discos preferidos de Hans Castorp.

CUESTIONES HARTO CUESTIONABLES

En el curso de los años, las conferencias del doctor Krokovski habían dado un giro en una dirección inesperada. Sus investigaciones en torno a la «dirección de los sentimientos» y el mundo de los sueños siempre habían estado marcadas por un carácter enormemente oscuro y enigmático. Sin embargo, desde hacía algún tiempo, de un modo desapercibido por su público, se habían orientado hacia los misterios de la magia, y sus conferencias bisemanales –principal atracción del sanatorio y orgullo del prospecto en que éste se anunciaba–, esas conferencias que pronunciaba con su peculiar acento gangoso en el comedor, vestido con levita y sandalias, tras una mesa cubierta para la ocasión con un tapete, ante el absorto público del Berghof, ya no versaban sobre la actividad amorosa reprimida ni sobre la retrotransformación de la enfermedad en sentimiento consciente; trataban de los grandes misterios del hipnotismo y del sonambulismo, de los fenómenos de la telepatía, el sueño revelador y de la segunda vista, de los milagros de la histeria... y sus comentarios ampliaban el horizonte filosófico hasta el punto de que, de repente, los oyentes se veían confrontados con enigmas de tal categoría como las relaciones entre la materia y el espíritu, es más: como el misterio de la vida misma, que a veces parecía más fácil de descifrar por el camino de lo más siniestro, de la enfermedad, que por el de la salud.

Decimos esto porque estimamos que es nuestro deber hacer que se avergüencen aquellas mentes frívolas que hubieran podido pensar que el doctor Krokovski sólo se había interesado por el mundo de los fenómenos ocultos para evitar la monotonía en sus conferencias, es decir, por motivos puramente personales. Eso decían las malas lenguas. Cierto es que ahora, en aquellas conferencias de los lunes, los caballeros se limpiaban las orejas para oír mejor con mucha mayor fruición que antes, y que la señorita Levy parecía, mucho más que antes, una muñeca de cera con un mecanismo de relojería en el pecho. No obstante, tales efectos eran tan legítimos como el desarrollo que habían seguido las propias ideas del erudito Krokovski, desarrollo que no sólo podía defender por ser enteramente coherente, sino necesario y vinculante. Su campo de investigación siempre había sido ese oscuro y vastísimo territorio del alma humana que denominamos «subconsciente», aunque en realidad haríamos mejor en llamarlo «supraconsciencia», en tanto esa esfera suele proporcionarnos unos conocimientos que rebasan en mucho el saber consciente del individuo y sugieren la idea de que podría existir alguna relación o vínculo entre estas regiones tan profundas y oscuras del alma individual y un alma universal y omnisciente.

El mundo del subconsciente –«oculto» en el sentido más amplio de esta palabra– muy pronto demuestra estar también «oculto» en un sentido más estricto y constituye una de las fuentes de las que surgen aquellos fenómenos que denominamos con ese mismo calificativo. Pero eso no es todo. Quien considere el síntoma orgánico de la enfermedad como el resultado de la represión e histerización de determinados afectos de la esfera consciente del alma, reconoce la fuerza creadora de lo psíquico en el dominio de lo material, un poder que, entonces, habría que considerar como la segunda fuente de los fenómenos mágicos. El idealista de lo patológico, por no decir «idealista patológico», habrá llegado así al punto de partida de los razonamientos que conducen directamente al problema del ser en general, es decir, al problema de las relaciones entre el espíritu y la materia. El materialista, hijo de una filosofía de la pura fuerza, se obstinaría en explicar el espíritu como un producto alumbrado por la materia. El idealista, por el contrario, partiendo del principio de la histeria creadora, se inclinará y no tardará en resolver el problema de la primacía en el sentido exactamente opuesto. En suma, ésta no es otra que la vieja discusión sobre si surgió antes la gallina o el huevo, este eterno interrogante tan extraordinariamente embrollado por la doble realidad de que no se puede imaginar un huevo que no fuera puesto por una gallina, ni una gallina que no naciera de un huevo.

Tales eran las cuestiones que el doctor Krokovski trataba últimamente en sus conferencias. Había llegado a ellas a través de un desarrollo orgánico, lógico y legítimo de sus argumentos: no nos cansaremos de insistir en ello y, por añadidura, diremos también que ya se había aventurado por aquellos derroteros mucho antes de que la aparición de Ellen Brand en escena hiciese que todo pasara a un estado empírico y experimental.

¿Quién era Ellen Brand? Por poco olvidamos que nuestros lectores lo desconocen, si bien a nosotros, naturalmente, nos es muy familiar el nombre. ¿Quién era? A primera vista, casi nadie. Una encantadora muchacha de diecinueve años a la que llamaban Elly, de cabello rubio como la paja, danesa pero ni siquiera de Copenhague, sino de la pequeña localidad de Odense, en la isla de Fionia, donde su padre se dedicaba al comercio de mantequilla. También ella llevaba ya varios años trabajando como funcionaria en la filial que un banco de la capital tenía en su ciudad, llevando gruesos libros de cuentas, sentada en un taburete y con su manguito de escribiente en el brazo derecho... y fue allí donde comenzó a tener fiebre. El caso no era grave; de hecho, sólo se sospechaba que pudiera estar enferma, aunque se veía que Elly era una muchacha delicada: anémica. Por otra parte, era muy simpática, y a todo el mundo le hubiera gustado posar la mano sobre aquellos cabellos tan rubios, cosa que el doctor Behrens hacía realmente cuando hablaba con ella en el comedor. La envolvía una especie de halo de frescura nórdica, de castidad cristalina, infantil y virginal completamente encantadora; como encantadora era la mirada infantil, franca e ingenua, de sus ojos azules, y encantadora su forma de hablar, con una voz aguda y refinada, un alemán con ligeros errores y los típicos defectos de pronunciación que cometen los nórdicos. Sus rasgos no tenían nada de particular. Tal vez la barbilla estaba demasiado hundida. Se sentaba en la mesa de Herminie Kleefeld, quien la protegía como una madre.

Así pues, aquella encantadora doncella nórdica, Elly, amable empleada de un banco de provincias que iba en bicicleta, encerraba facetas que nadie hubiera siquiera imaginado al verla por primera vez —ni por segunda—, tan dulce y cándida, pero que comenzaron a manifestarse a las pocas semanas de su estancia allí arriba y cuyo esclarecimiento se convirtió en misión del doctor Krokovski.

Durante ciertos juegos de sociedad de la tertulia nocturna, la muchachita despertó la atención del erudito investigador. Se había puesto de moda jugar a toda suerte de adivinanzas, o también a buscar objetos que los demás habían escondido guiándose por las pistas que proporcionaba el piano, que tocaba fuerte cuando todos chillaban «¡Caliente, caliente!» o muy suave cuando el jugador iba por mal camino y se burlaban «¡Frío, frío!». El juego siguiente consistía en hacer salir de la habitación a una persona y acordar entre los demás una serie de tareas más o menos complicadas –por ejemplo, cambiar las sortijas de dos personas; invitar a alguien a bailar con tres reverencias; tomar un libro determinado de la biblioteca para entregarlo luego a una persona determinada, etcétera–, que luego aquélla tenía que ir adivinando y realizando, también con las pistas del piano. Señalamos expresamente que este tipo de juegos eran nuevos en el Berghof. No se llegó a saber nunca de quién había partido la iniciativa. De Elly no, eso es seguro. No obstante, la moda no se había extendido hasta que no llegó ella.

Los que tomaban parte en los juegos –casi todos viejos conocidos, entre ellos también Hans Castorp– se mostraban más o menos hábiles o a veces completamente negados. La destreza de Elly Brand, en cambio, resultó ser extraordinaria, sorprendente... si cabe, excesiva. La facilidad con que encontraba los objetos escondidos se había tolerado con aplausos y risas de admiración, pero cuando se vio que adivinaba a la primera las tareas acordadas a sus espaldas, la reacción de los presentes fue el silencio absoluto. Cualesquiera que fuesen las acciones que debía realizar, las llevaba a cabo directamente, nada más entrar, con una sonrisa, sin vacilar una sola vez y sin necesidad alguna de las pistas del piano. Por ejemplo: iba al comedor, cogía un poco de sal, la echaba sobre la cabeza del procurador Paravant, le tomaba luego de la mano y le conducía al piano, donde ella tocaba la melodía de la canción *A mi ventana llega un pajarillo* con el dedo índice, le conducía de vuelta a su sitio, le hacía una reverencia, cogía un taburete y se sentaba a sus pies: exactamente como se había acordado en secreto y tras largas maquinaciones.

¡Había estado escuchando!

Ella se ruborizó. Al ver cómo se turbaba, todos se sintieron muy aliviados y comenzaron a reñirla en coro. Ella insistía en que no les había espiado desde detrás de la puerta. «¡No, no! ¿Cómo iba a hacer eso?» Ella escuchaba desde dentro de la habitación, no podía evitarlo. ¿No podía evitarlo? ¿Desde dentro?

—Una vocecilla me lo dice —explicó. Una voz le decía lo que tenía que hacer, muy bajito, pero bien claro.

Aquello parecía una confesión. Elly, en cierto modo, era consciente de haber hecho trampa. Debía haber dicho de entrada que no podía participar en aquel juego de adivinar porque había una vocecilla que le indicaba todo. Un concurso pierde todo su sentido cuando uno de los participantes cuenta con una ventaja sobrenatural respecto a los demás. Así pues, en términos deportivos, Elly estaba «descalificada», eso sí, por unos motivos que daban escalofríos a más de uno.

Varias voces a la vez clamaron por el doctor Krokovski. Corrieron a buscarle y allí se presentó de inmediato: corpulento con una sonrisa jovial... todo en él invitaba a la confianza. Le habían contado atropelladamente que se acababa de dar un caso rarísimo, que había aparecido una vidente, ¡una doncella que oía voces!

—Vamos, vamos, calma, amigos míos. Vamos a ver. —Estaba en su terreno, un terreno pantanoso para todos los demás, pero en el cual él se movía con seguridad.

Hizo varias preguntas y le fueron contando lo sucedido.

—Bueno, bueno... ¡Qué cosas! ¿Conque eso es lo que le pasa, hija mía? —Y, como hacía todo el mundo, puso la mano sobre la rubia cabeza de la muchacha.

Existían muchas razones para sentir curiosidad, pero ningún motivo para asustarse. Clavó sus ojos oscuros y exóticos en el azul claro de los de Ellen Brand, mientras la acariciaba dulcemente con la mano, desde la cabeza hasta el hombro y luego el brazo. Ella sostuvo aquella mirada íntima cada vez entregada, es decir: cada vez más intimidada, puesto que su cabeza se iba inclinando hacia el pecho y hacia el hombro. Cuando sus ojos empezaron a ponerse vidriosos, el doctor Krokovski hizo un suave gesto con la mano delante de la carita de Elly, declaró que todo marchaba perfectamente, y envió a todo el grupo, que estaba muy excitado, a su cura de reposo, a excepción de la muchacha, con quien todavía quería «charlar» un rato.

¡Charlar! Ya se imaginaban lo que iba a pasar. Nadie se sintió tranquilo cuando el jovial Krokovski pronunció aquella palabra. Todos se estremecieron, incluido Hans Castorp, el cual, una vez bien instalado en su excelente tumbona, recordó cómo, cuando Elly llevaba a cabo sus inquietantes proezas y después, cuando explicaba lo que le sucedía, había creído que el suelo se movía bajo sus pies y había sentido un repentino malestar, una ligera náusea, como si se mareara en un barco. Nunca había vivido un terremoto, pero se dijo que debían de producirse sensaciones de horror similares... Eso, al margen de la curiosidad que le inspiraban los oscuros poderes de Ellen Brand; una curiosidad que traía de la mano la conciencia de que nunca sería satisfecha del todo, la conciencia de que aquel terreno en el que se adentraba a tientas era inaccesible al intelecto; y de ahí también la duda de si no sería una curiosidad gratuita y pecaminosa, lo cual, por otra parte, no quitaba que fuese lo que era: curiosidad.

Hans Castorp, como todo el mundo, había oído muchas cosas sobre los fenómenos ocultos o sobrenaturales. En su momento, hicimos alusión a una tía abuela suya, cuya melancólica historia le habían contado. Sin embargo, jamás había estado cerca de ese mundo personalmente, jamás había realizado ningún tipo de experimento en ese campo, y su rechazo hacia tales experiencias —un rechazo estético, un rechazo fruto de su orgullo humano, de su buen gusto, si se nos permite utilizar conceptos tan pretenciosos como éstos en relación con un héroe con tan pocas pretensiones como Hans Castorp— igualaba a la curiosidad que despertaban en él. Presentía claramente que las experiencias de aquella índole, comoquiera que se produjesen, tenían que ser de mal gusto, incomprensibles e indignas del hombre. Al mismo tiempo, ardía de impaciencia por vivirlas. Comprendía que el hecho de que pudieran ser «gratuitas o pecaminosas», que planteaba una alternativa terrible de por sí, en realidad no era una alternativa, sino que ambas cosas se solapaban, pues la imposibilidad de acceso a través del intelecto venía a ser una expresión de la prohibición en términos extramorales. La idea de *placet experiri* que había aprendido de una persona que, sin duda, habría desaprobado tales tentativas en los términos más rotundos, estaba, en cambio, firmemente arraigada en Hans Castorp, y su sentido de la moral era tan fuerte como —en el fondo, desde siempre— era su curiosidad: la curiosidad de quien viaja para formarse; una curiosidad que, habiendo atisbado ya una vez el gran misterio de la personalidad del individuo, tal vez no estaba tan lejos del terreno que ahora se había abierto ante sus ojos, y que daba fe de una peculiar forma de valor militar en tanto no cedía ante lo prohibido cuando lo veía aparecer. Hans Castorp decidió, pues, mantenerse alerta y no alejarse demasiado si veía nuevas aventuras con Ellen Brand en el horizonte.

El doctor Krokovski había prohibido terminantemente que se realizasen experimentos de aficionados en relación con los poderes ocultos de la señorita Brand. Tenía recluida a la muchacha para la ciencia, la veía en sesiones privadas en su caverna analítica, la hipnotizaba —según se rumoreaba— y trataba de desarrollar y disciplinar sus posibles poderes latentes y explorar su vida psíquica anterior. Esto mismo intentaba hacer también Herminie Kleefeld, amiga y maternal protectora de la muchacha, la cual, bajo promesa de guardar el secreto, se enteraba de no pocas cosas que luego, haciendo prometer otro tanto, difundía por todo el Berghof, portero en su garita incluido. Se enteró, por ejemplo, de que la persona —o lo que fuera— que había revelado a la muchacha las órdenes que debía cumplir en el juego de las adivinanzas, se llamaba Holger. Era un adolescente, un espíritu al que conocía bien, un ser etéreo y de otro mundo, una especie de ángel guardián de la pequeña Ellen. ¿Había sido él quien le había comunicado la idea de echarle sal en la cabeza a Paravant? Sí, sus labios invisibles se lo habían susurrado dulcemente al oído haciéndole cosquillas e incitándola a sonreír, y le habían revelado el secreto.

Sin duda, debía de haber sido muy agradable que Holger le susurrase las lecciones en la escuela, cuando no las había estudiado. A esa pregunta, Ellen no había contestado. Tal vez Holger tenía prohibido eso, dijo más adelante. No podía intervenir en cosas tan serias, y además él tampoco solía saberse bien la lección.

Luego se supo también que Ellen, desde su tierna infancia aunque de manera muy distanciada, había tenido apariciones, visibles e invisibles —¿qué significaba «apariciones invisibles»?—; por ejemplo: a los dieciséis años, una tarde después de comer, estaba ella sola en el salón de la casa de sus padres, sentada ante una mesa camilla, haciendo labor; a su lado, sobre la alfombra, estaba echada la perrita de su padre, Freia, un dogo. La mesa estaba cubierta con un *foulard* de colores, uno de esos chales turcos que las viejas doblan en triángulo y se echan por los hombros; justo así, en diagonal, con los picos colgando un poco por fuera, estaba colocado. De pronto, Ellen vio que la punta que colgaba enfrente de ella se había enrollado: despacio, en silencio y con mucho cuidado, se había enrollado sólo hasta la mitad de la mesa, de manera que formaba un rodillo bastante largo. Mientras esto ocurría, Freia se había sobresaltado, poniéndose a gruñir sentada con las patas delanteras muy tiesas y todo el pelo erizado. Luego se había ido aullando al cuarto de al lado, se había escondido debajo del sofá y no había consentido en volver a entrar en el salón durante un año entero.

—¿Fue Holger quien enrolló el chal? —había preguntado la Kleefeld, pero Ellen Brand no lo sabía.

¿Y qué pensó cuando se produjo? —Como era imposible explicarlo, Ellen no había pensado nada de particular—. ¿Se lo había contado a sus padres? No. ¡Qué raro! Aunque no hubiese pensado más en ello, Ellen había comprendido que, tanto en aquel caso como en otros análogos, debía mantener el silencio y guardar el secreto púdicamente. ¿Le había resultado difícil guardar el secreto? No, nada difícil. Otras veces, en cambio, le había costado más guardar silencio. Por ejemplo, cuando le había pasado lo que sigue:

Hacía un año, también en casa de sus padres, en Odense, había salido muy temprano de su habitación, que estaba en la planta baja, y había querido atravesar el vestíbulo y subir la escalera para ir al comedor y preparar el café, como tenía por costumbre hacer antes de que se levantasen sus padres. Había llegado ya al primer rellano de la escalera cuando, allí mismo, al borde del escalón, ve a su hermana mayor, que estaba casada y vivía en Norteamérica, a su hermana mayor en carne y hueso. Llevaba un vestido blanco y, cosa extraña, una corona de nenúfares en la cabeza: tenía los brazos cruzados sobre el pecho y las manos sobre los hombros, y le hacía gesto de asentir con la cabeza.

—¡Cómo, Sophie! ¿Eres tú? —había exclamado Ellen, petrificada, en parte muy contenta y en parte asustada.

Sophie había asentido de nuevo con gesto amable y luego se había esfumado. Literalmente, se había vuelto transparente y se había disuelto en el aire: en un instante, aún se la veía, y, al punto, no era ya más que un soplo de aire caliente..., y luego ya no estaba: Ellen podía seguir subiendo por la escalera.

Poco tiempo después se enteró de que, a aquella misma hora, su hermana Sophie había muerto en New Jersey, de una afección cardíaca.

—Vaya, vaya —dijo Hans Castorp cuando la Kleefeld se lo contó—, eso tiene cierto sentido, se puede justificar. La aparición aquí, la muerte allí; después de todo, existe cierta relación entre las dos cosas.

Y consintió en tomar parte en una sesión de espiritismo, con una *ouija* improvisada y el clásico vaso boca abajo, que se había decidido organizar en secreto y rompiendo las celosas prohibiciones del doctor Krokovski.

Sólo algunas personas fueron admitidas a la sesión, cuyo escenario sería la habitación de Herminie Kleefeld. Además de ésta, estarían presentes Hans Castorp y la pequeña Brand, las señoras Stöhr y Levy, el señor Albin, el checo Wenzel y el doctor Ting Fu.

Así pues, por la noche, después de dar las diez, se reunieron allí discretamente y fueron inspeccionando entre cuchicheos los preparativos que Herminie había hecho. En una mesita redonda de mediana altura, colocada en medio de la habitación, había una copa boca abajo; en círculo a su alrededor, en el borde de la mesa, convenientemente espaciadas, había dispuesto veinticinco pequeñas fichas de hueso, procedentes de otro juego de mesa, sobre las que había pintado con tinta china las veinticinco letras del alfabeto, una en cada ficha.

Herminie Kleefeld comenzó sirviendo el té, que fue aceptado con agradecimiento, pues a pesar de lo inofensivo y pueril de la idea, las señoras Stöhr y Levy se quejaban de tener los pies y las manos helados y sufrir palpitaciones. Cuando se hubo entrado en calor, se sentaron en torno de la mesita y, con una luz rosa y tamizada de fondo —pues la Kleefeld, para crear el ambiente adecuado, había apagado la lámpara del techo y sólo había dejado encendida la de la mesilla de noche, envuelta en un velo—, todos apoyaron un dedo de la mano derecha en el borde de la copa de cristal. Así eran las reglas de la *ouija*. Todos esperaban el instante en que la copa comenzara a moverse.

Esto podía producirse fácilmente, pues la superficie de la mesa era lisa, el borde de la copa estaba bien pulido, y la presión que ejercían los temblorosos dedos de los allí presentes, al estar repartida de manera irregular –más vertical en un punto, más lateral en otro–, debía de permitir que, al cabo de un buen rato, la copa abandonase el centro de la mesa. Al desplazarse por ella, iría señalando distintas letras del círculo exterior, y, si con estas letras podían formarse palabras con sentido, los presentes se verían confrontados con un fenómeno de una naturaleza tan compleja que casi se diría turbia, una extraña amalgama de elementos conscientes, semiconscientes y totalmente inconscientes, del impulso intencionado de algunos –reconocido o no– y el acuerdo secreto entre determinados niveles oscuros de la consciencia colectiva, de una cooperación subterránea por parte de todos en aras de unos resultados aparentemente ajenos en los cuales entrarían en juego, con mayor o menor peso, los poderes ocultos de cada cual; obviamente, los de la encantadora Elly habrían de marcar la pauta.

En el fondo, todos sabían eso de antemano, y Hans Castorp, como solía sucederle, se fue de la lengua y lo dijo abiertamente mientras esperaban sobrecogidos con el dedo en el borde de la copa. De hecho, si las señoras tenían palpitaciones y los pies y las manos heladas y los caballeros mostraban una especie de euforia más que forzada, era porque lo sabían; porque eran perfectamente conscientes de haberse reunido allí en el silencio de la noche para aventurarse en un oscuro juego con las fuerzas de su espíritu, para explorar –con tanta curiosidad como temor– ciertas regiones desconocidas de su propio yo; como también eran conscientes de estar esperando que se manifestase de algún modo esa realidad aparente, o sólo semi-real, que llamamos mágica. El señor Albin se ofreció como portavoz del grupo para dialogar con los espíritus que acudiesen a su llamada, pues ya había asistido a otras sesiones de espiritismo similares.

Pasaron más de veinte minutos. Había desaparecido la tensión inicial y ya no tenían nada que cuchichear. Se tenían que sujetar el codo con la mano izquierda. Wenzel estaba a punto de dormirse. Ellen Brand, con el dedo ligeramente apoyado en la copa, clavaba sus grandes y cándidos ojos infantiles en el resplandor de la lamparita rosa, más allá de los objetos cotidianos que les rodeaban.

De pronto, la copa se volcó, se volvió a poner de pie y se escapó de las manos de quienes esperaban ansiosos en torno a la mesa. Apenas podían seguirla con el dedo. Se deslizó hasta el borde de la mesa, recorrió una parte, volvió luego en línea recta al centro, traqueteó de nuevo y se quedó quieta.

El susto que se llevaron todos encerraba parte de alegría y parte de horror. Con voz llorosa, la señora Stöhr declaró que prefería no seguir adelante, pero se le hizo ver que tenía que haberse decidido antes y que ahora ya no tenía más remedio que continuar. Empezaba el juego. Se estipuló que, para decir sí o no, la copa no tendría necesidad de señalar las correspondientes letras, sino que bastaría con que diese uno o dos golpes.

—¿Se halla presente un espíritu? —preguntó el señor Albin con gesto muy serio, mirando al vacío por encima de las cabezas de sus compañeros. Hubo un momento de duda. Luego, la copa traqueteó y contestó «sí».

—¿Cómo te llamas? —preguntó el señor Albin en un tono casi brusco y dando aún más energía a su pregunta con un movimiento de cabeza.

La copa comenzó a deslizarse. Sin vacilar, en zigzag, recorrió diferentes fichas, volviendo, ocasionalmente, al centro de la mesa. Tocó la «H», la «O», la «L»... entonces pareció agotada, pero reanudó la marcha y tocó la «G», la «E» y la «R». ¡Lo que se imaginaban! Era Holger en persona, el espíritu de Holger, el que se había enterado de la adivinanza de la sal, pero no había querido mezclarse en asuntos de deberes escolares. Estaba allí, su presencia se palpaba en el ambiente, revoloteaba en torno a nuestro pequeño círculo. ¿Qué iban a hacer con él? Parecían un grupo de colegiales, de repente no sabían cómo comportarse. Entre cuchicheos, tapándose la boca con la mano, comenzaron a establecer lo que sería correcto averiguar de él. El señor Albin decidió preguntarle cuál había sido la situación personal y la profesión de Holger en vida. Hizo la pregunta severamente, con el ceño fruncido.

La copa guardó un instante de silencio. Luego, oscilando y traqueteando, se dirigió hacia la «P», se alejó y señaló la «O». ¿Qué iba a decir? La impaciencia era grande. El doctor Ting Fu comentó entre risitas que se temía que Holger hubiera sido policía; a la señora Stöhr le entró un ataque de risa histérica que no interrumpió el movimiento de la copa, la cual se deslizó tortuosamente hasta la «E» y tocó después la «T» y la «A». Había formado la palabra «poeta».

¡Qué diablos! ¿Holger había sido poeta? Innecesariamente, y como por orgullo, la copa dio un golpe y lo confirmó.

—¿Un poeta lírico? —preguntó la Kleefeld con cierta torpeza, en la que Hans Castorp no pudo evitar reparar.

Pero Holger no parecía dispuesto a dar detalles. No contestó. Se limitó a repetir lo anterior una vez más, rápidamente, esta vez sin titubear.

Bien, bien, de modo que poeta. La pueril turbación de los presentes fue en aumento... una extraña forma de turbación, consecuencia de la manifestación de ciertas esferas incontroladas de su yo pero que, a su vez, remitía de nuevo a lo externo y real por la mojigatería que impregnaba las circunstancias en que se habían producido tales manifestaciones.

Se quiso saber entonces si Holger era feliz en ese estado. La copa formó la palabra «sosegado». ¡Ah! Sí, sí, resignado. A nadie se le hubiese ocurrido, pero como la copa había formado aquella palabra, a todos le pareció muy plausible y muy bien dicho. ¿Cuánto tiempo llevaba Holger en tal estado de sosiego? De nuevo dijo algo en lo que nadie hubiese pensado nunca, una especie de acertijo, de metáfora misteriosa:

«F - U - G - A - Z - E - T - E - R - N - I - D - A - D».
¡Pues qué bien! Fugaz eternidad. A lo mejor había dicho «Fugacidad eterna»... En cualquier caso, era un enigma, un singular aforismo de un poeta de otro mundo que a Hans Castorp se le antojó brillantísimo. Claro, la eternidad fugaz era la forma de tiempo en que Holger se encontraba en su elemento, y lo decía así, a modo de acertijo, porque se le habría olvidado cómo manejar las palabras y los valores de medida de los humanos. ¿Qué más querían saber...? La Levy confesó su deseo de preguntar cuál era o cuál había sido el aspecto de Holger. ¿Era guapo?

–Pregúntelo usted misma –le espetó el señor Albin, considerando que una curiosidad de este género ofendía su dignidad. Ella, tuteándole, preguntó si el espíritu de Holger tenía rizos rubios.

«Bellos rizos castaños, castaños», contestó la copa, repitiendo expresamente «castaños». Todos se alborozaron como niños. Las damas no dudaron en mostrarse enamoradas y en enviarle besos con la mano, mejor dicho, enviarlos hacia el techo. El doctor Ting Fu, riendo socarronamente, dijo que «mister» Holger debía de ser bastante vanidoso.

¡Cómo se enfadó la copa en ese momento! Se puso a zigzaguear por la mesa como loca, se agitó furiosa, se volcó y rodó hasta el regazo de la señora Stöhr, que se quedó mirándola con los brazos en alto y pálida de horror. Con todo el mimo del mundo, volvieron a colocarla en el centro de la mesa, entre mil disculpas abochornadas. El chino recibió una buena reprimenda. ¿Cómo se había atrevido a decirle algo así? ¡Eso era lo que pasaba por ser tan impertinente! ¿Qué iban a hacer si Holger se había enfadado y se había marchado, o si ahora se negaba a pronunciar palabra? Volvieron a disculparse encarecidamente con la copa. ¿Consentiría en recitarles un poema? ¿No había sido poeta antes de sumirse en el sosiego de la eternidad fugaz? ¡Qué curiosidad sentían todos por conocer un poema compuesto por él! Se lo suplicaban de todo corazón.

Y hete aquí que la copa accedió: «Sí».

Sin duda, había sido un golpe amable, conciliador. Entonces el espíritu de Holger comenzó a componer: sin parar, sin reflexionar, por medio de aquel aparatoso procedimiento, Dios sabe durante cuánto tiempo. Parecía que no iba a callar jamás. Era un poema verdaderamente extraño, una especie de gran metáfora onírica que iba creciendo a la vez que los presentes la repetían admirados, un discurso mágico que se desbordaba como el mar, que era el motivo en torno al cual giraba: «Largos velos de neblina del mar a lo largo de la estrecha playa de la anchurosa bahía de una isla con una escarpada costa de dunas... Mirad cómo la verde inmensidad se disuelve en lo eterno, allá donde el sol de verano se resiste a ponerse, bajo un turbio velo de bruma carmesí y una luz lechosa, mortecina. No hay palabras para describir cómo y cuándo el inquieto reflejo plateado del agua se tornó resplandor de nácar, en un innombrable resplandor de piedra lunar irisado y blanco y de mil colores que lo inunda todo... Secretamente, como ha surgido, se desvanece la magia luminosa. El mar se duerme. Pero queda todavía el suave rastro de la muerte del sol. Hasta en lo más profundo de la noche no reinará oscuridad. Una claridad espectral reina en el bosque de pinos, sobre las dunas, y hace resplandecer la arena blanca de las profundidades como si fuese nieve. ¡Engañoso bosque de invierno sumido en el silencio, atravesado por el pesante vuelo de un búho! ¡Sé nuestro refugio! ¡Qué mullido está el suelo, qué suave y sublime la noche! Lentamente respira el mar allá abajo, murmura en sueños. ¿Deseas volver a verlo? Acércate a las pálidas laderas de nieve de las dunas y asciende por esa frescura blanda que se te mete en los zapatos. Ásperos son los matorrales que cubren la escarpada ladera hasta la laya rocosa, y los jirones del día que muere siguen flotando como fantasmas en el horizonte que se pierde... ¡Siéntate allá arriba, en la arena! ¡Qué frescor mortal, qué dulzura de seda, fina y blanca como harina! Resbala en tu mano, forma un delgado chorro incoloro y luego un montoncito en el suelo. Es la huida silenciosa a través del estrecho paso del reloj, del inmisericorde y frágil instrumento que orna la celda del eremita. Un libro abierto, una calavera, y en su ligero armazón, la doble burbuja de cristal por la que cae un poco de esa arena robada a la eternidad como tiempo que corre en secreto y con sagrado horror...».

De esta manera, en sus improvisaciones «líricas», el espíritu de Holger volaba de una metáfora a otra y, si desde el mar de su patria había llegado a la celda del eremita y el reloj de arena, luego pasó a otras muchas cosas, humanas y divinas, que fue deletreando con la copa, con audaces palabras que el grupo apenas tenía tiempo de aplaudir con ardiente entusiasmo, pues al punto comenzaba de nuevo el zigzag enloquecido por la mesa y de una imagen nacían ciento y aquello parecía no tener fin... Después de una hora, la «improvisación lírica» continuaba sin visos de agotarse, pasando por el dolor del parto y el primer beso de los amantes hasta la corona de espinas y la severa bondad de Dios Padre para adentrarse en las profundidades del alma de la criatura, perderse en tiempos y lugares remotísimos allende el espacio sideral —una vez incluso con mención expresa de los caldeos y del Zodíaco—, y, sin duda, habría podido prolongarse eternamente de no ser porque los exhaustos mortales que habían invocado al buen Holger retiraron sus dedos de la copa y, con los más emotivos agradecimientos, le explicaron que era suficiente por aquella noche, que había sido una experiencia absolutamente maravillosa y una verdadera lástima que nadie hubiese podido recoger por escrito el poema, pues se iba a olvidar —de hecho, la mayor parte ya se les había olvidado del todo—, como sucede con los sueños. La siguiente vez invitarían sin falta a un secretario y se encargarían de que todo quedase escrito, bien inmortalizado sobre el papel; sin embargo, por el momento y antes de que Holger volviese al sosiego de su fugaz eternidad, se le suplicaba que tuviese a bien contestar a algunas preguntas concretas más, no se sabía todavía a cuáles, y se le rogaba que manifestase si, en principio, estaría dispuesto a hacerlo.

«Sí», fue la respuesta.

No obstante, de nuevo resultó que nadie sabía qué preguntar. Era como en los cuentos, cuando el hada o el enano permiten que el protagonista formule un deseo y corre el peligro de perder tan preciosa oportunidad pidiendo una tontería. Deseaban saber muchas cosas y elegir la pregunta adecuada suponía asumir una gran responsabilidad. Como nadie se decidía, Hans Castorp, con el dedo apoyado en la copa y la mejilla izquierda apoyada en el puño, dijo que deseaba saber cuánto tiempo duraría su estancia allí arriba, en lugar de las tres semanas previstas al principio.

De acuerdo, si nadie encontraba nada mejor que preguntar, el espíritu podía responder a eso. Después de un breve titubeo, la copa comenzó a deslizarse. Deletreó algo bastante extraño que parecía no guardar relación con la pregunta y que nadie supo cómo interpretar. Formó la sílaba «cru» y luego «za», y luego sugirió algo de la habitación de Castorp, de manera que, como mucho, se podía inferir que era una orden dada al que había hecho la pregunta. ¿Que cruzara su habitación? ¿Cruzar la número 34? ¿Qué significaba aquello? Mientras elucubraban qué podría ser, un tremendo puñetazo hizo temblar la puerta.

Todos quedaron petrificados. ¿Sería el doctor Krokovski, para interrumpir aquella sesión prohibida? Se miraron confundidos esperando ver aparecer al médico de un momento a otro. Pero en el mismo instante, un segundo golpe resonó en el centro de la mesa, otro puñetazo, como para hacerles comprender que el golpe no había sido en el exterior, sino en el interior de la habitación.

¡Había sido una broma pesada del señor Albin! Éste lo negó bajo palabra de honor, y, en cualquier caso, todos estaban seguros de que él no había sido el autor de los puñetazos. ¿Había sido Holger? Miraron a Elly, cuya actitud tranquila había llamado la atención a todo el mundo. Estaba sentada, apoyada contra el respaldo, con las manos relajadas, la punta de los dedos sobre el borde de la mesa, la cabeza inclinada sobre el hombro, las cejas arqueadas, la boca ligeramente contraída por una sonrisa que encerraba algo oscuro y a la vez inocente, y sus azules ojos infantiles clavados en el vacío en el rincón de la habitación. La llamaron pero parecía no dar señales de vida. En ese mismo instante, la lámpara de la mesilla de noche se apagó.

¿Se apagó? La señora Stöhr comenzó a chillar, pues había oído el ruido del interruptor. La luz no se había apagado, la había apagado una mano extraña. ¿Era la mano de Holger? ¡Con lo dulce, disciplinado y poético que se había mostrado hasta aquel momento! Ahora, en cambio, daba muestras de picardía y desvergüenza. ¿Quién podía asegurar que una mano que daba puñetazos en la puerta y en los muebles y que tenía la insolencia de apagar la luz, no pudiese también agarrar a alguien por el cuello? A oscuras, todos pedían cerillas o una linterna. La señora Levy comenzó a gritar que alguien le había tirado del pelo. En su desaforado terror, la señora Stöhr no se avergonzó de rogar a Dios en voz alta. Gimió e imploró al Señor que se apiadase de ella, a pesar de que hubiesen estado tentando al diablo.

Fue el doctor Ting Fu quien tuvo la sensata idea de encender la luz del techo, de manera que la habitación entera quedó iluminada de inmediato. Mientras comprobaban que la lámpara de la mesita de noche no se había apagado por casualidad, sino que, en efecto, alguien la había apagado, y que para encenderla bastaba con repetir el mismo gesto de dar la vuelta al interruptor que había hecho la supuesta mano fantasma, Hans Castorp, a título individual y sin decir ni una palabra al respecto, se llevó una sorpresa que interpretó como un detalle especial que las fuerzas oscuras allí presentes habían tenido para con él. Sobre sus rodillas había aparecido de pronto un pequeño objeto, aquel *souvenir* que en tiempos asustara a su tío al encontrarlo en su habitación: la diapositiva que mostraba el retrato interior de Clavdia Chauchat y que él, Hans Castorp, desde luego, no había llevado allí.

Sin mencionar a nadie este fenómeno, la guardó en su cartera. Todos estaban pendientes de Ellen Brand, que continuaba sentada en su sitio en la actitud que ya hemos descrito. El señor Albin le sopló en la carita e imitó el gesto de la mano con el que el doctor Krokovski la había despertado la otra vez. De inmediato, ella recobró los sentidos y, sin saber exactamente por qué, lloró un poco.

La acariciaron, la consolaron, la besaron en la frente y la enviaron a dormir. La señorita Levy se declaró dispuesta a pasar la noche con la señora Stöhr porque la pobre mujer estaba tan asustada que no se atrevía a meterse en la cama. Hans Castorp, con su diapositiva en el bolsillo, no hizo objeción alguna cuando los caballeros propusieron terminar aquella velada de tantas emociones tomando una copa de coñac en la habitación del señor Albin, pues él opinaba que los incidentes de ese género ejercían, no sobre el corazón o el espíritu, sino sobre los nervios del estómago, un efecto tan prolongado como el mareo de un viaje por mar, que luego causa vértigos y náuscas en tierra firme durante horas enteras.

Por el momento, su curiosidad estaba satisfecha. El poema de Holger no le había parecido malo, pero había visto tan claramente que, como ya presintiera, todo aquello era de un mal gusto terrible e impenetrable para la razón, que pensó que aquellas pocas chispas del fuego del infierno le bastaban para los restos, idea que Settembrini apoyó con toda convicción cuando Hans Castorp le puso al corriente de la experiencia.

—¡No faltaba más que eso! —exclamó el italiano llevándose las manos a la cabeza—. ¡Por Dios, por Dios! —Y añadió que la pequeña Elly era una tramposa redomada.

Su discípulo no se pronunció ni a su favor ni en su contra.

Dijo, encogiéndose de hombros, que como no estaba absolutamente claro qué era lo real, la realidad, tampoco se podía saber qué era un engaño. Tal vez no hubiese una frontera definida. Tal vez había transiciones entre una cosa y otra, grados diferentes de realidad en el seno de una naturaleza muda y neutral, grados de realidad que se resistían a una valoración que, obviamente, entrañaba un juicio moral.

¿Qué pensaba Settembrini de la palabra «fantasmagoría», de ese concepto en que se funden elementos oníricos con elementos de la realidad y constituyen un estado híbrido que tal vez no resulte tan extraño en la naturaleza como lo es para nuestra prosaica manera de ver la vida? El misterio de la vida es realmente insondable; no era, pues, nada extraño que a veces surgiesen fantasmagorías que... y así siguió hablando nuestro héroe, amablemente conciliador y relajado.

Settembrini le hizo un buen lavado de cerebro y consiguió que Hans Castorp recapacitase y más o menos le prometiese que no volvería a participar jamás en semejantes ignominias.

—¡Respete al hombre que hay en usted, ingeniero! Confíe en el raciocinio humano, y rechace de pleno todas esas chifladuras, toda esa basura. ¿Fantasmagoría? ¿Misterio de la vida? *Caro mio!* Donde flaquea el valor moral de tomar decisiones y discernir, por ejemplo, entre la verdad y el engaño, ahí termina la vida en general, la capacidad de emitir un juicio, de valorar, de mejorar a través de los actos... y ahí comienza el espantoso proceso de descomposición del escepticismo moral. El hombre es la medida de las cosas. Tiene un derecho inalienable a discernir entre el bien y el mal, entre la verdad y el engaño, y ¡ay, de quien osa malinterpretar la fe en ese derecho creador! ¡Más vale que lo arrojen al fondo de un pozo con una rueda de molino atada al cuello!

Hans Castorp asintió con la cabeza y, en efecto, al principio se mantuvo apartado de aquel tipo de experimentos. Supo que el doctor Krokovski, en su caverna particular del sótano que en realidad no era un sótano, organizaba sesiones con Ellen Brand, a las que admitía a algunos privilegiados internos del Berghof. No obstante, rehusó con indiferencia la invitación que se le hizo, lo cual, naturalmente, no le impidió enterarse de ciertas cosas por boca de los asistentes y del mismo doctor Krokovski. Entre los éxitos de los experimentos se contaban, por ejemplo, nuevas manifestaciones de fuerza, similares a las de la noche del espiritismo en la habitación de la Kleefeld; cuando la pequeña Elly entraba en un estado sonambúlico a través de la hipnosis, que el doctor Krokovski practicaba de manera científica, sistemática y con todas las garantías de autenticidad en cuanto a sus resultados, se oían golpes en la mesa y las paredes, se apagaban las lámparas por sí solas y se producían diversos fenómenos de esta índole o incluso algo más complejos. Estaba demostrado que un acompañamiento musical facilitaba aquellos experimentos, de modo que, aquellas noches, trasladaban el gramófono al sótano para su uso privado dentro del círculo mágico. Como era el checo Wenzel quien se encargaba del manejo del aparato, un buen músico que seguro que no rompería ni estropearía nada, a Hans Castorp no le importaba dejarlo en sus manos. Para tales fines, hizo una selección especial de piezas musicales con toda suerte de danzas, oberturas y aires ligeros, dado que las exigencias estéticas de Elly no eran demasiado elevadas.

Hans Castorp oyó contar que, con aquella música de fondo, todos habían visto cómo volaba por el cuarto un pañuelo: él solo —mejor dicho: como si lo moviera una mano invisible, escondida debajo—, o cómo la papelera del doctor se elevaba por los aires y subía hasta el techo, cómo el péndulo del reloj se detenía y volvía a ponerse en marcha, movido por «alguien-nadie», cómo se levantaba la campanilla de la mesa y tocaba, y otras tantas naderías fantasmagóricas parecidas. El erudito director de los experimentos tenía la feliz ventaja de poder dar a aquellos fenómenos un nombre griego de carácter científico que los hacía parecer harto más decentes. Como explicaba en sus conferencias y conversaciones, eran fenómenos «telequinéticos»: casos de movimiento a distancia, que pertenecían a un orden de fenómenos bautizado por la ciencia con el nombre de «materialización» y cuya investigación constituía el verdadero fin de todos aquellos experimentos con Ellen Brand.

En el lenguaje de Krokovski, se trataba de proyecciones biopsíquicas de complejos subconscientes en la esfera objetiva, de procesos que remitían a la constitución de médium, al estado de sonambulismo, y que podían considerarse imágenes oníricas objetivadas en la medida en que se hacía patente en ellas una propiedad ideoplástica de la naturaleza, una propiedad que manifestaba el pensamiento en determinadas circunstancias y que consistía en atraer la materia y hacerse objetivo a través de ella, es decir: materializarse. Esta materia se desprendía del cuerpo del médium y, fuera de él, adquiría pasajeramente forma de órganos biológicos vivos, por ejemplo, manos como las que realizaban aquellos actos insignificantes pero sorprendentes que ocurrían en el laboratorio de Krokovski. En determinadas circunstancias, estos miembros eran incluso visibles y palpables, pues su huella podía conservarse en escayola o parafina. Sin embargo, en otros casos se iba todavía más lejos. Llegaban a materializarse ante los ojos de quienes realizaban tales experimentos cabezas, rostros humanos y fantasmas de cuerpo entero, y establecían cierto contacto con ellos... y aquí las teorías del doctor Krokovski comenzaban a salirse de madre y a adquirir un carácter tan dudoso y ambiguo como en tiempos fueran sus afirmaciones acerca del «amor». Porque entonces ya no se trataba únicamente de elementos subjetivos del médium y sus colaboradores pasivos que se materializaban dentro de unos límites clara y científicamente abarcables; aquí entraban en juego —al menos en parte— otras subjetividades, otros «yoes» de otros sujetos externos y ajenos al médium, posiblemente —aunque esto no llegara a reconocerse del todo— de seres que no estaban vivos y aprovechaban el momento para retornar a la materia y manifestarse a quienes los invocaban... En resumen: espíritus de difuntos.

Éstos eran, en última instancia, los resultados a los que pretendía llegar el camarada Krokovski en sus experimentos e investigaciones. Siempre tan sonriente y campechano, invitando a la confianza, en realidad no perseguía otro objetivo que ése, siendo como era un experto conocedor de los terrenos más pantanosos y sospechosos del submundo de la conciencia humana, un excelente guía, por lo tanto, para adentrarse en tales territorios... incluso para sujetos reticentes y llenos de escrúpulos. El éxito parecía sonreírle gracias a las extraordinarias dotes de Ellen Brand, dotes que él procuraba potenciar. En sus sesiones en el sótano se habían dado casos de manos materializadas que habían tocado a algunos de los presentes. La trascendencia materializada había propinado un espléndido bofetón al procurador Paravant, que se había hecho cargo de él con tal entusiasmo científico que incluso había puesto la otra mejilla, olvidando por completo su condición de caballero, jurista de renombre y persona de edad respetable, dignidades todas ellas que habrían exigido una reacción totalmente distinta de haber procedido el bofetón de mano humana.

A. K. Ferge, el sufrido ruso que no había nacido para las cosas elevadas, había estrechado la mano de uno de esos espíritus con la suya propia, y había tenido ocasión de comprobar que era una mano perfecta, casi normal, que luego, en cambio, se le había escapado de una manera que no sabía cómo describir. Hizo falta bastante tiempo, casi dos meses y medio, a razón de dos sesiones por semana, antes de que otra mano del Más Allá, iluminada por la luz de una lamparilla velada con un paño rojo −la mano de un joven, según parecía− se mostrase a los ojos de todos tanteando la mesa y dejando su huella en una fuente de barro llena de harina. Sin embargo, tan sólo ocho días más tarde, un grupo que venía de una sesión con el doctor Krokovski −compuesto por el señor Albin, la Stöhr y el matrimonio Magnus− se presentó a medianoche en la terraza de

Hans Castorp, que dormitaba envuelto en sus mantas y en su habitual estado febril, para contarle todos a la vez, excitadísimos y entusiasmadísimos, que Holger, el espíritu guardián de Elly, se acababa de manifestar, que su cabeza había aparecido por encima de los hombros de la sonámbula y que, en efecto, tenía «bellos rizos castaños, castaños» y una sonrisa dulce y melancólica inolvidable.

«¿Cómo podía ser compatible aquella melancolía y aquella dulzura –pensó Hans Castorp– con las bromas pueriles de otras veces, por ejemplo: el bofetón de Paravant, que había sido cualquier cosa menos melancólico? Se veía que, en tan misterioso terreno, no se podía contar con que todo comportamiento fuese perfectamente lógico. Tal vez el espíritu era como el duende de la canción y le gustaba hacerse de rogar...»

Los admiradores de Holger no parecían plantearse siquiera esas cosas. Lo que querían era convencer a Hans Castorp de que cambiase de opinión. Ahora que todo iba tan bien, no podía perderse la siguiente sesión, pues Elly, en su trance, había prometido hacer aparecer al espíritu que el grupo quisiera.

¿Al que quisiera? Hans Castorp seguía teniendo sus reservas. No obstante, el hecho de que pudiese ser «el espíritu que quisiera», le intrigó hasta el punto de que, en los tres días siguientes, cambió de opinión. A decir verdad, no fueron necesarios tres días, sino tan sólo tres minutos. Tomó la decisión en la soledad de la noche, en el salón de música, donde por enésima vez puso en el gramófono el disco en el que aparecía su querido personaje de Valentín para escuchar la plegaria del valiente soldado que se despedía porque marchaba al campo de batalla y cantaba:

> *Pero si Dios me llama a su lado,*
> *desde allá arriba velaré por ti,*
> *¡oh, Margarita!*

Como le ocurría cada vez que escuchaba aquella música, Hans Castorp se emocionó profundamente y pensó: «Tanto si es pecado como si no, sería muy emocionante y una aventura muy especial. Si es cierto que está ahí, no creo que me lo tome a mal, conociéndole...». Y recordó entonces el «Por mí, como tú quieras» que le había contestado una tarde en el laboratorio de radioscopia cuando él había creído necesario pedirle permiso para compartir la visión de ciertas intimidades.

A la mañana siguiente, anunció que tomaría parte en la sesión de la noche, y media hora después de la cena se unió a los demás, que se dirigían al sótano charlando relajadamente, acostumbrados a lo sobrenatural. El grupo estaba compuesto exclusivamente por veteranos o pacientes fijos del sanatorio, como el doctor Ting Fu y el checo Wenzel, a los que encontró en la escalera. Luego, en el gabinete del doctor Krokovski, vio que también estaban Ferge y Wehsal, el procurador Paravant, las señoras Levy, Stöhr y Kleefeld, el matrimonio Magnus y, naturalmente, la médium Elly Brand.

La muchacha nórdica ya estaba bajo la custodia del doctor cuando Hans Castorp entró en la habitación. Les esperaba al pie de las escaleras, antes de llegar al segundo tramo, que conducía a las habitaciones de Krokovski. Éste, con su bata negra, rodeaba los hombros de la joven con el brazo, con gesto paternal, y ambos saludaban al público invitado a medida que iba llegando. Por parte de todos, estos saludos daban muestra de una cordialidad enormemente desenfadada, casi eufórica. Era evidente que todos querían imponer un ambiente libre de rigideces y formalidades. Todos hablaban a la vez, en voz alta, bromeaban y se daban codazos amistosos, como para dejar bien claro lo relajados que estaban. El doctor Krokovski no paraba de sonreír, mostrando sus dientes amarillentos entre la barba mientras repetía su célebre: «¡Jompan filas! No se me queden en el pasillo...»; y sonrió más todavía al dar la bienvenida a Hans Castorp, que no parecía muy convencido. «¡Valor, amigo mío! —parecía querer decir el gesto que hizo al echar la cabeza hacia atrás mientras estrechaba la mano del joven–. ¿Cómo me viene con las orejas gachas? ¡Aquí no hay lugar para la mojigatería ni la beatería, sólo para la serenidad viril de quien se embarca sin prejuicios en la investigación!» A pesar de toda aquella pantomima, Hans Castorp no se sintió más tranquilo en absoluto. Para hacernos una idea de su estado, podemos recordar cómo se sintió la primera vez que entró en el laboratorio de radioscopia, la tarde de su primera consulta, pero esta asociación es muy insuficiente. Más bien se diría que reinaba en su interior una mezcla de nerviosismo y soberbia, curiosidad, desprecio y devoción, un cúmulo de sentimientos muy particular que le trajo irremediablemente a la memoria la noche en que, animado por algunos compañeros y un poco achispado, había visitado por primera vez una casa de citas en el barrio de Sankt Pauli.

Como ya estaban todos reunidos, el doctor Krokovski se retiró con dos ayudantes –esta vez, la señora Magnus y la señorita Levy, la del cutis de marfil– a la habitación contigua para examinar a la médium, mientras Hans Castorp, con los otros nueve invitados, esperaba en la consulta de Krokovski a que terminase aquel ritual inútil que, sin embargo, se repetía antes de cada sesión, por puro rigor científico. El lugar le era familiar desde hacía tiempo, por ciertas sesiones de «disección espiritual» a las que él mismo se había sometido durante cierto tiempo, a espaldas de su primo Joachim. Era el típico gabinete de un médico, con su escritorio, el sillón para las visitas al fondo a la izquierda, junto a la ventana, su biblioteca personal repartida a ambos lados de la puerta, la camilla de hule colocada en la parte derecha, en diagonal y separada de la zona del escritorio por un biombo de varios paneles, la vitrina con el instrumental médico en ese mismo rincón, un busto de Hipócrates en el otro, y un aguafuerte, una copia de la *Anatomía* de Rembrandt, encima de la estufa de gas, en la pared de la derecha. Ahora, sin embargo, se podían observar algunas modificaciones. La mesa redonda de caoba rodeada de sillones que ocupaba siempre el centro de la habitación, bajo la araña del techo y sobre una alfombra roja que cubría casi todo el piso, había sido retirada contra el rincón izquierdo, donde estaba el busto de escayola; un poco apartada también, contra la estufa –que despedía un calor seco–, había otra mesita con un tapete ligero y sobre ella una lamparilla velada con un pañito rojo; en el techo, a su vez, pendía una bombilla envuelta en un paño rojo y luego en otro de tul negro. Sobre esta mesita o junto a ella se hallaban otros objetos clásicos en este tipo de experimentos: una campanilla, en realidad dos diferentes, una argolla, un timbre como los de los hoteles, un plato con harina y una papelera. Una docena de sillas y sillones rodeaban la mesita formando un semicírculo, desde un extremo de la camilla hasta el centro de la habitación, justo bajo la araña. Al lado del último asiento, más o menos a mitad de camino hacia la puerta que comunicaba con la otra habitación, habían colocado el gramófono. El álbum de discos de música ligera estaba sobre una silla. Tal era la disposición de la escena. Las lamparillas rojas no se habían encendido todavía. La araña del techo difundía una luz clara, como si fuera de día, la ventana, con el escritorio delante dándole la parte más estrecha, quedaba oculta tras una cortina oscura, ante la cual había sido puesto un transparente color crema, un estor.

Al cabo de diez minutos, el doctor Krokovski salió del gabinete acompañado de las tres mujeres. El aspecto de la pequeña Elly había cambiado. Llevaba una especie de camisón de crepé blanco, ceñido a la cintura con un cordón, y los delgados brazos desnudos. Por la forma en que sus pechos de doncella se marcaban blandamente bajo la tela podía deducirse que no llevaba mucha más ropa debajo del camisón.

Todos la saludaron entusiasmados: «¡Hola, Elly! ¡Estás encantadora! ¡Pareces un hada! ¡Mucha suerte, angelito!».

Ella sonrió a todos, consciente de que aquel atuendo le favorecía mucho.

—Inspección previa negativa —anunció el doctor Krokovski—. ¡Manos a la «obra»! —añadió innecesariamente con su peculiar erre gutural.

Hans Castorp, a quien aquel discurso introductorio no había hecho demasiada gracia, se disponía a elegir asiento entre los que charlaban, hacían bromitas y se daban palmadas en el hombro, cuando el doctor Krokovski se dirigió personalmente a él:

—Como esta noche ha venido usted en calidad de invitado, de primerizo —«pjimejizo» fue lo que dijo en realidad—, quiero concederle un honor especial. Le encomiendo el control de la médium. Ahora le explico lo que tiene que hacer.

Y rogó al joven que se aproximase a uno de los extremos del semicírculo, el que quedaba cerca de la camilla y el biombo, donde Elly, con la cara más vuelta hacia la puerta de entrada que hacia los presentes, estaba sentada en un sillón de mimbre. El doctor se sentó en otro igual justo enfrente de ella y le cogió las manos, apretando las rodillas de la muchacha entre las suyas.

—Imíteme —ordenó, y mandó sentarse en su sitio a Hans Castorp—. Verá que así la tiene totalmente sujeta. Aunque es innecesario, contará con una ayudante. Señojita Kleefeld, ¿podjía usted...?

Así pues, ésta se unió al grupo, cogiendo los frágiles puños de Elly entre sus manos.

Hans Castorp no pudo evitar mirar a la cara, tan próxima a la suya, a la muchacha prodigio que tenía literalmente aprisionada. Sus ojos se encontraron, pero Elly enseguida apartó la vista, manifestando un pudor que la situación explicaba perfectamente; al mismo tiempo, sonreía de una manera algo afectada, con los labios un poco apretados, igual que la noche de la sesión de espiritismo. Aquel gesto trajo a la mente de Hans Castorp otro recuerdo más lejano. Así había sonreído también Karen Karstedt cuando, paseando por el cementerio de Davos Dorf con él y con Joachim, se había detenido ante la sepultura todavía libre...

Todos se habían sentado en el semicírculo. Eran trece en total, sin contar al checo Wenzel, que se encargaba exclusivamente del manejo del gramófono Polyhymnia, y que, tras preparar el aparato, se sentó en un taburete de espaldas a los demás. También tenía consigo su guitarra.

El doctor Krokovski se había sentado bajo la araña, donde terminaba la hilera de sillones, después de encender las dos lamparillas envueltas en tul rojo y apagar la luz blanca del techo.

Ahora reinaba una suave penumbra rojiza, y los rincones más apartados desaparecían por completo a la mirada. En realidad, sólo estaban iluminados la mesita y cuanto la rodeaba inmediatamente. Luego, los ojos fueron habituándose a aquella luz, a la que se sumaba el parpadeo de las llamitas de la estufa.

El doctor dedicó unas palabras a la iluminación, disculpando su insuficiencia desde el punto de vista científico. No fueran a creerse los allí presentes que aquella penumbra tenía como único fin crear ambiente y favorecer la satisfacción. Había sido imposible conseguir más luz; por otra parte, la naturaleza de los fenómenos que se proponían estudiar allí tenía la peculiaridad de que no se manifestaban, no eran patentes bajo la luz blanca. Era una condición indispensable con la que tenían que contar. A Hans Castorp le pareció muy aceptable. La oscuridad le hacía bien, suavizaba la extrañeza de la situación. Para justificar esta oscuridad, recordó también la que reinaba en la sala de radioscopia en la que había tenido que lavar sus ojos de la luz del día para poder «ver».

—La médium —prosiguió el doctor Krokovski, dirigiéndose obviamente a Hans Castorp— ya no tiene necesidad de que el doctor la duerma.

Como el joven veía, ella entraba en trance por sí misma, y, una vez en ese estado, su espíritu guardián, el famoso

Holger, hablaba a través de ella, de modo que era a él y no a Elly a quien debía dirigirse la palabra. Además, constituía un error que incluso podía llevar al fracaso creer que era necesario concentrarse con toda la voluntad y la fuerza del pensamiento en el fenómeno que se esperaba. Por el contrario, lo más indicado era un ambiente distendido y una charla animada. Recomendó sobre todo a Hans Castorp que no descontrolase en ningún momento las piernas y las manos de la médium.

—¡Que se forme la cadena! —ordenó para finalizar el doctor Krokovski; y así lo hicieron todos, riendo porque a veces no era fácil encontrar la mano del vecino en la oscuridad.

El doctor Ting Fu, vecino de Herminie Kleefeld, puso la mano derecha sobre la espalda de ésta y tendió la izquierda a Wehsal, que estaba al otro lado. Junto al doctor se sentaban el señor y la señora Magnus, a los que seguía Ferge, quien, si Hans Castorp no se equivocaba, tenía la mano de la señorita Levy en su derecha, y así seguía la cadena.

—¡Música! —ordenó el doctor Krokovski.

Y el checo, de espaldas al doctor y a sus compañeros, puso en marcha el aparato y colocó la aguja.

—¡Charlemos! —ordenó de nuevo el doctor, mientras se oían los primeros compases de una obertura de Millöcker.

Dócilmente, todo el mundo se esforzó en iniciar una conversación en la que, en el fondo, no se hablaba de nada: de la blancura de la nieve, de la última comida, de si había llegado alguien o se había marchado alguien, curado o no..., una conversación que, medio ahogada por la música, se detenía y se reanudaba siempre de un modo artificial. Así pasaron unos minutos.

El disco todavía no había terminado cuando Elly sufrió un violento sobresalto. Empezó a temblar, suspiró, se inclinó hacia delante, de manera que su frente tocó la de Hans Castorp; al mismo tiempo, sus brazos comenzaron a moverse y, como él la sujetaba, los brazos de ambos parecían una extraña máquina cuyas palancas enlazadas transmitían el movimiento rítmicamente.

—¡Trance! —anunció en tono experto Herminie Kleefeld.

La música enmudeció. La conversación quedó interrumpida. En el súbito silencio se oyó la voz de barítono del doctor que hacía la pregunta siguiente:

—¿Está aquí presente Holger?

Elly se estremeció de nuevo. Temblaba en su sillón. Luego Hans Castorp sintió que las dos manos de la médium apretaban con fuerza las suyas.

—Ellen me aprieta las manos —anunció Hans Castorp.

—Es Holger —rectificó el doctor Krokovski—. Es él quien le aprieta las manos. Entonces, está presente. Te saludamos, Holger. ¡Te damos la bienvenida de todo corazón, compañero! La última vez que estuviste entre nosotros nos prometiste que traerías al difunto que te nombráramos, ya fuera un hermano o una hermana, y que le harías aparecer a nuestros ojos mortales. ¿Estás dispuesto a cumplir hoy tu promesa? ¿Te sientes capaz?

De nuevo Elly se estremeció. Gimió y titubeó antes de contestar. Lentamente, se llevó las manos a la frente —y, por tanto, también las de Hans Castorp— y las mantuvo un momento inmóviles. Luego murmuró al oído de Hans Castorp un ardiente «sí».

El aliento de aquella palabra en el oído causó a nuestro amigo ese escalofriante cosquilleo en la epidermis que vulgarmente se llama «carne de gallina» cuyo origen le explicó un día el doctor Behrens. Hablamos de cosquilleo para distinguir la sensación puramente física de la reacción emocional. No podía decirse que sintiera espanto. Lo que pensaba en ese momento era: «¡Cielos, qué confianzas!». Sin embargo, al mismo tiempo se sentía emocionado, conmocionado incluso, una extraña mezcla de ambas cosas, producida por la engañosa circunstancia de que una muchacha, con las manos entre las suyas, pronunciase a su oído un «sí» tan apasionado.

—Él ha dicho «sí» —informó Hans Castorp, avergonzado.

—Está bien, Holger —dijo el doctor Krokovski—. Confiamos en que harás cuanto esté en tu mano como nos prometiste. Ahora vamos a nombrar al espíritu que deseamos ver manifestarse. Camaradas, decid un nombre. ¿Quién de vosotros tiene algún deseo especial? ¿A quién debe hacer aparecer nuestro buen amigo Holger?

Reinó el silencio. Cada cual esperaba que hablase otro. Cierto es que todos habían estado pensando, durante los días anteriores, a quién les gustaría volver a ver, pero el regreso de un difunto —mejor dicho: desear que regrese— es algo muy complejo y delicado. En el fondo, y dicho abiertamente, es algo imposible de desear, es inviable; es un error, pues, bien pensado, el mero hecho de desearlo es tan imposible como la cosa misma, como se demostraría si la naturaleza hiciera posible lo imposible; y el dolor que sentimos ante la pérdida de un ser querido tal vez no es sólo dolor por la imposibilidad de que vuelva a la vida sino más bien porque ni siquiera nos es dado desear que lo haga.

Eso era lo que sentían todos en secreto; no obstante, por más que no se tratase de una vuelta a la vida real y seria, sino de una especie de puesta en escena sentimental, durante la cual, todo lo que sucedería sería que verían la imagen del difunto, y no había peligro de ningún tipo, todos tenían miedo de la cara en la que habían pensado y con gusto cedían al vecino su derecho a pedir un deseo como aquél. Hans Castorp creyó oír en su interior aquellas generosas y cordiales palabras de antaño: «Por mí..., si quieres», pero se contuvo, y estaba ya a punto de dejar elegir a otro cuando, en el último momento, tras un largo rato de tensión, dijo con voz angustiada, sin mirar a la cara al organizador de la sesión:

—Desearía ver a mi difunto primo Joachim Ziemssen.

Fue una liberación para todos. De todos los presentes, los únicos que no habían conocido personalmente a quien se iba a invocar eran el doctor Ting Fu, el checo Wenzel y la propia médium. Los demás manifestaron su aprobación en voz alta, muy contentos, e incluso el doctor Krokovski hizo un gesto de satisfacción, a pesar de que sus relaciones con Joachim siempre habían sido bastante frías, pues éste se había mostrado muy reticente al análisis.

—Muy bien —dijo el doctor—. ¿Lo oyes, Holger? En vida, no conociste al que nosotros hemos nombrado. ¿Podrás reconocerle en el Más Allá y estás dispuesto a traerlo ante nosotros?

Gran expectación. La médium titubeaba, gemía y suspiraba. Parecía buscar y luchar. Inclinándose hacia un lado y luego hacia el otro, murmuraba palabras ininteligibles, unas veces al oído de Castorp, otras al de la Kleefeld. Finalmente, Hans Castorp sintió que le apretaba las manos, lo cual significaba «sí», y dio cuenta de ello a los demás.

—Muy bien —manifestó el doctor Krokovski—. Ve a buscarlo, Holger. ¡Música! ¡Charlemos! —E insistió, una vez más, en que era mucho mejor no concentrarse en el deseo, sino mantener un ambiente distendido y relajado.

Las horas que siguieron fueron las más extrañas que nuestro héroe había vivido hasta entonces y, aunque llegará un momento en nuestra historia en que le perdamos de vista, hemos de suponer que, en efecto, también debieron de ser las más extrañas que vivió jamás.

Fueron horas, más de dos —lo decimos de entrada—, incluyendo un breve descanso en la «búsqueda» de Holger —o mejor dicho, de la joven Elly—, que fue tan larga y laboriosa que faltó poco para que el grupo renunciase a obtener un resultado; al margen de que, en más de una ocasión, estuvieran tentados de interrumpirla sin más por pura compasión hacia la médium, pues era obvio que le resultaba terriblemente dura y casi superior a sus delicadas fuerzas. Los hombres, cuando no huimos de la vida, de lo humano, conocemos este desazonante sentimiento de compasión —que, por otra parte, nadie quiere reconocer y sin duda está totalmente fuera de lugar–, estas horribles ganas de gritar «¡Basta!» aun cuando sabemos que es imposible y que se ha de llegar al final como sea, por una situación muy concreta: el lector habrá comprendido que hablamos de nuestra condición de esposos y padres, del parto, al que la lucha de Elly se parecía de una manera tan sorprendente e indiscutible que lo reconocieron incluso aquellos que nunca habían visto nada semejante, como era el caso del joven Hans Castorp, quien, como tampoco había huido de la vida, conoció allí aquel acto tan místico y tan físico al mismo tiempo. ¡Y qué parto fue a conocer! ¡Con qué fines y en qué circunstancias! Porque las características y detalles de aquel paritorio en la penumbra rojiza no podían calificarse sino de escandalosas, tanto por lo que respectaba a la joven parturienta, con su ligero camisón y sus bracitos desnudos, como por cuanto la rodeaba, la constante música de gramófono, siempre de tono desenfadado y alegre, la charla artificial de los presentes en el semicírculo y las voces dándole ánimos: «¡Vamos, Holger! ¡Valor! ¡Un pequeño esfuerzo y lo conseguirás!».

Y no dejemos de lado tampoco la figura del «esposo» –si podemos considerar como tal a Hans Castorp, que era quien había formulado el deseo–, el esposo que sujetaba las rodillas de la «madre» entre las suyas, las manos de la mujer entre las suyas, unas manos tan húmedas como habían estado las de la pequeña Leila, y que tenía que apretar a cada momento para que no se le escapasen.

A su espalda, la estufa de gas irradiaba mucho calor.

¿Misticismo y devoción? ¡Nada de eso! Lo que acontecía en la penumbra rojiza –a la que los ojos se habían acostumbrado ya hasta el punto de dominar casi toda la habitación– era de lo más sórdido. La música y los gritos recordaban más a los métodos que emplea el ejército de salvación para arengar a los fieles, o así lo creyó Hans Castorp, a pesar de que tampoco había asistido nunca a uno de sus exaltados servicios religiosos. Si había algo de místico o de misterioso, algo que pudiera inspirar devoción en aquella escena no era nada fantasmagórico, sino precisamente aquella cercanía de lo orgánico, de lo físico a que ya hemos aludido. Semejantes a las contracciones del parto, los esfuerzos de Elly eran como espasmos que la asaltaban después de otros momentos de calma, en los que se derrumbaba en su sillón en un estado de inconsciencia que el doctor Krokovski calificaba de «trance profundo». Luego se sobresaltaba de nuevo, gemía, luchaba con sus vigilantes, murmuraba palabras ardientes y desprovistas de sentido a sus oídos, parecía querer expulsar algo que llevara dentro, hacía rechinar los dientes y una vez incluso mordió una de las mangas de Hans Castorp.

Así pasó más de una hora. Luego, el director de la sesión estimó que, en interés de todos, debían hacer un descanso. El checo Wenzel, que para relajar el ambiente había apagado el gramófono y se había puesto a tocar la guitarra, dejó también el instrumento. Todos se soltaron las manos. El doctor Krokovski se dirigió hacia la pared para encender la luz del techo. Surgió entonces la claridad blanca, cegadora, y todos guiñaron los ojos –acostumbrados a la noche– con gesto estúpido. Elly estaba medio dormida, muy inclinada hacia delante, con la cara casi sobre las rodillas. Rebullía inquieta, con gestos que parecían familiares a los demás, pero que Hans Castorp observó con atención y sorpresa. Luego, después de algunos espasmos más, recobró la consciencia; también ella guiñó los ojos con gesto atolondrado al ver la luz y sonrió.

Sonreía con un gesto encantador pero retraído. La compasión que había inspirado antes se antojaba ahora innecesaria. No parecía agotada. Tal vez no se acordaba de nada. Se había sentado en el sillón de las visitas, de espaldas al escritorio de Krokovski, cerca de la ventana, entre la parte más ancha de la mesa y el biombo que ocultaba la camilla; había girado un poco el sillón para poder apoyar el codo en la mesa y mirar hacia la sala. Permaneció así todo el descanso, que duró unos quince minutos, en silencio absoluto, mientras todos la miraban conmovidos o asentían con la cabeza dándole ánimos.

Fue un auténtico descanso: relajado y marcado por la satisfacción ante el trabajo ya realizado. Los hombres sacaron sus pitilleras. Fumaron con gusto mientras, de pie en pequeños grupos, comentaban el carácter de la sesión. Estaban aún muy lejos de desesperarse y pensar que no iban a obtener resultados. Había signos que indicaban claramente que no había motivos para desanimarse. Los que habían estado sentados en el extremo del semicírculo próximo al doctor coincidían en que habían percibido varias veces y con claridad ese soplo de aire frío que se desprende de la persona-médium en determinada dirección cuando se producen fenómenos de este tipo. Otros pretendían haber visto fenómenos luminosos, manchas blancas, como destellos móviles de fuerzas que se habían manifestado delante del biombo. Holger les había dado su palabra y no debían dudar de que la cumpliría. En resumen, había que seguir intentándolo. ¡Ánimo!

El doctor Krokovski dio la señal para reanudar la sesión. Condujo a Elly de vuelta a su sillón de tortura, acariciándole los cabellos. Los demás retomaron sus asientos. Hans Castorp pidió ser reemplazado en su puesto de control, pero el doctor Krokovski se opuso. Dijo que concedía una gran importancia a que aquel que había formulado el deseo tuviese todas las garantías y pudiera constatar de forma sensible que cualquier posible manipulación del médium quedaba descartada. Se apagó la luz y volvió a reinar la penumbra rojiza. La música volvió a sonar. Tras unos minutos, Elly se sobresaltó violentamente y quiso agitar los brazos; esta vez fue Hans Castorp quien anunció el «trance». El escandaloso parto se reanudaba...

Los acordes de la guitarra o las ligeras melodías del gramófono resonaban en la habitación, a cuya penumbra rojiza se habían vuelto a acostumbrar los ojos. Entonces ocurrió algo:

¡Qué lucha más horrible! Aquel parto parecía no querer producirse... ¿cómo iba a hacerlo? ¡Era una locura! Maternidad... ¿Cómo? Liberación... ¿De qué? «¡Ayudadme! ¡Ayudadme!», gemía la niña, en tanto sus gemidos corrían el peligro de caer en lo que los expertos tocólogos denominan «eclampsia». Clamó por que el doctor le impusiese las manos. Así lo hizo éste entre cordiales palabras de aliento. El magnetismo —si es que se dio— le devolvió las fuerzas para seguir luchando. Fue Hans Castorp quien propuso algo nuevo: una sugerencia, un deseo, una idea que le rondaba la cabeza desde el principio y que, a lo mejor, debía haber formulado mucho antes. Elly se encontraba en estado de trance profundo. Wenzel se disponía a cambiar de disco cuando nuestro amigo, en tono decidido, dijo que deseaba hacer una sugerencia, un detalle de poca importancia que, sin embargo, podría ser muy útil. Tenían allí, o más exactamente, en la discoteca del salón, un fragmento del *Fausto*, de Gounod, la «Plegaria de Valentín»... para barítono y orquesta... Era muy sugerente. Opinaba que se debía intentar con aquella pieza.

—¿Y eso por qué? —preguntó el doctor a través de la penumbra rojiza.

—Por el ambiente... Es cuestión de sensibilidad —respondió el joven—. El espíritu de esta obra es muy particular, muy especial. —En su modesta opinión, era posible que aquella música favoreciese el resultado.

—¿Está aquí el disco? —preguntó el doctor.

No, no estaba allí, pero Hans Castorp podía ir a buscarlo.

El doctor rechazó de pleno semejante propuesta. ¿Cómo pretendía Hans Castorp ir y volver y reanudar la sesión como si tal cosa? Eso era imposible. Se estropearía todo, habría que volver a empezar. También el rigor científico prohibía estas interrupciones al capricho. La puerta estaba cerrada. Él, el doctor, guardaba la llave en el bolsillo. En resumen, si no se podía disponer de aquel disco... No había terminado de decirlo cuando se oyó al checo Wenzel:

—¡El disco está aquí!

—¿Aquí? —preguntó Hans Castorp.

Sí. *Fausto*: «Plegaria de Valentín». Estaba casualmente en el álbum de música ligera y no en su sitio habitual: en el álbum verde, el número II. Por casualidad, por puro azar, por algún feliz descuido, estaba allí, entre todas aquellas piezas diversas. No había más que ponerlo en el gramófono.

¿Qué dijo Hans Castorp? Nada. Fue el doctor quien habló: «Tanto mejor», y algunas voces repitieron sus palabras. La aguja rechinó, cerraron la tapa y una voz masculina comenzó a cantar al son de los acordes del coral:

Ahora que he de abandonar mi amada patria...

Nadie hablaba. Todos escuchaban. Apenas hubo comenzado el canto, los esfuerzos de Elly cambiaron de carácter. Se había sobresaltado, temblaba, gemía, jadeaba y se llevaba de nuevo las manos húmedas a la frente. El disco giraba. Llegó la estrofa intermedia en que el ritmo cambia y evoca el fragor de la batalla y el peligro, con aquel carácter osado y entregado tan típicamente francés. Llegó el final, la reexposición apoyada por la potente sonoridad de la orquesta:

Señor del Cielo, escucha mis plegarias...

Hans Castorp sujetaba como podía a Elly, que se había quedado totalmente rígida, jadeaba intentando respirar, con la garganta seca, se dejó caer de nuevo en el sillón, suspiró profundamente y se quedó inmóvil. Preocupado, se inclinó hacia ella cuando oyó a la señora Stöhr que decía con voz llorosa:

–¡Ziem... ssen!

Hans Castorp no se movió. Sintió un regusto amargo en la boca y oyó otra voz, grave y fría, que contestaba:

–Hace rato que le estoy viendo.

El disco se había terminado, el último acorde se había extinguido. Pero nadie paraba el gramófono. Rascando el vacío, la aguja seguía colocada en el centro del disco. Entonces Hans

Castorp levantó la cabeza y, sin necesidad de buscar, sus ojos tomaron la dirección correcta.

Había una persona más en la habitación. Apartado del grupo, al fondo, allá donde los últimos destellos de la luz roja casi se perdían en la noche y los ojos no alcanzaban a ver, en el sillón del doctor, colocado mirando al grupo, entre la parte ancha del escritorio y el biombo, donde Elly había descansado durante la pausa, estaba sentado Joachim.

Era Joachim, con las mejillas grisáceas y hundidas y la barba de guerrero de sus últimos días, aquella barba que resaltaba sus labios gruesos y de gesto orgulloso. Se apoyaba en el respaldo y cruzaba una pierna sobre la otra. Aunque llevaba la cabeza cubierta, en su rostro demacrado se distinguía la huella del sufrimiento, aquella expresión de seriedad y rigor tan viril y que tanto le había embellecido. Dos profundos surcos se marcaban en su frente, entre los ojos, hundidos en las huesudas cuencas, pero eso no disminuía la dulzura de su mirada, la dulzura de aquellos bellos ojos grandes y oscuros que, con amable gesto interrogante, se dirigían a Hans Castorp, a él sólo. También el pequeño defecto que tanto le preocupara en tiempos, las orejas de soplillo, era reconocible bajo el extraño casco que llevaba, un casco que nadie había visto nunca y que nadie supo cómo interpretar. El primo Joachim no iba vestido de paisano, se veía que tenía el sable apoyado en la pierna que cruzaba, la empuñadura en la mano, y se vislumbraba una cartuchera en su cinturón. Sin embargo, tampoco era un verdadero uniforme lo que llevaba. No se podía apreciar ningún galón, ninguna banda de color, nada brillante; tenía un cuello de guerrera y bolsillos laterales y, en alguna parte, bastante cerca del cinturón, había algo parecido a una cruz. Los pies resultaban muy grandes, y las piernas, muy delgadas, estaban enfundadas en una especie de polainas más propias de un gimnasta que de un militar. ¿Y el casco? Más bien parecía que Joachim se hubiese puesto en la cabeza una cacerola de campaña, atada bajo la barbilla.

Con todo, seguía otorgándole un favorecedor aspecto de guerrero, como si fuera un guerrero de otra época o un lansquenete.

Hans Castorp notaba la respiración de Ellen Brand sobre sus manos. A su lado, percibió también la de Herminie Kleefeld, una respiración acelerada. No se oía nada más que la aguja rascando el disco y que nadie detenía. Hans Castorp no se volvió hacia ninguno de sus compañeros, no quería verlos ni saber nada de ellos. Inclinado hacia delante, a través de la penumbra roja, por encima de sus manos, miraba fijamente al espíritu sentado en el sillón. Por un momento creyó que se le revolvía el estómago. Se le hizo un nudo en la garganta y se sintió convulsionado por cuatro o cinco sollozos.

—¡Perdóname! —murmuró, y sus ojos se llenaron de lágrimas, de manera que ya no pudo ver nada más.

Oyó cómo murmuraban: «¡Dígale algo!».

Oyó que la voz de barítono del doctor Krokovski pronunciaba serena y solemnemente su nombre para reiterar la invitación, pero en lugar de contestar retiró las manos de la carita de Elly y se puso en pie.

El doctor Krokovski pronunció su nombre de nuevo, esta vez en un severo tono de amenaza. Pero Hans Castorp, que ya estaba junto a la puerta de entrada, giró el interruptor con un breve gesto y la luz blanca inundó la habitación.

Elly Brand había sufrido un shock. Temblaba entre los brazos de Herminie Kleefeld. El sillón estaba vacío.

Hans Castorp se dirigió hacia Krokovski, hecho un basilisco, y se detuvo muy cerca de él. Quiso hablar, pero de su garganta no logró salir ninguna palabra. Con un brusco movimiento de cabeza, tendió la mano abierta al doctor.

Cuando hubo recibido la llave, meneó la cabeza varias veces con gesto agresivo, como si amenazara al doctor, dio media vuelta y salió de la habitación.

Con el paso de los años, empezó a apoderarse del sanatorio
Berghof un nuevo espíritu cuyo origen directo, según presentía
Hans Castorp, era aquel demonio cuyo perverso nombre
mencionamos anteriormente. Con la curiosidad exenta de
responsabilidades del viajero que no tiene más preocupación
que la de instruirse, había estudiado a aquel demonio; es más:
había hallado en sí mismo una disposición más que sospechosa
a contribuir a aquel fatídico culto que todo su entorno le pro-
fesaba. Por su carácter flemático, era poco dado a entregarse
fervientemente a aquel nuevo demonio que, al igual que el
anterior, en el fondo siempre había estado presente de forma
embrionaria. Sin embargo, por sus gestos, su comportamiento
y sus palabras, se dio cuenta —con horror— de que también él,
en cuanto se descuidaba, daba muestra de haber contraído
aquella horrible infección de la que nadie había logrado escapar.

¿Qué pasaba? ¿Qué era lo que flotaba en el ambiente?
Agresividad. Irritabilidad generalizada. Una desazón sin
nombre. Una tendencia colectiva a los comentarios venenosos,
a los arrebatos de ira, a la violencia casi física. Cada día
estallaban grandes discusiones, gritos sin objeto ni medida
entre individuos o entre grupos enteros; y lo característico
era que quienes, en principio, no tenían nada que ver en la
correspondiente disputa, en lugar de rechazar la conducta de
los implicados y mediar entre ellos para apaciguarles, tomaban
partido a favor de uno o de otro y se mezclaban también en
la vorágine. Unos palidecían, otros temblaban de excitación.
Sus ojos echaban chispas y sus bocas se torcían con gesto apasionado. Se envidiaba a los que tenían más derecho a gritar
por ser los protagonistas de la pelea. El visceral deseo de
imitarlos atormentaba el alma y el cuerpo, y aquel que no
tenía la suficiente fuerza de voluntad para refugiarse en la
soledad era irremisiblemente arrastrado por el torbellino.

Cada día eran más frecuentes en el Berghof los conflictos banales y las acusaciones recíprocas en presencia de las autoridades del sanatorio, que se esforzaban por conciliar los ánimos pero, a su vez, padecían también una terrible tendencia a caer en la grosería y ponerse a gritar. Así pues, aunque uno saliera de allí en su sano juicio, nunca sabía en qué estado de desenfreno podía regresar. Por ejemplo, una paciente que se sentaba a la mesa de los rusos distinguidos, una joven natural de Minsk, muy elegante y sólo ligeramente enferma –se le habían prescrito tres meses nada más–, bajó un día al pueblo para hacer unas compras en la camisería francesa y se peleó tan violentamente con la vendedora que regresó al sanatorio presa de una gran excitación y sufrió una hemoptisis terrible que la convirtió en una enferma incurable. Tuvieron que avisar a su marido y notificarle que ya no podría abandonar el sanatorio jamás.

Éste es un ejemplo de lo que pasaba. Contra nuestra voluntad, daremos cuenta de otros. Tal vez algunos de nuestros lectores se acuerden de aquel colegial –o excolegial– con gafas de la mesa de la señora Salomon, de aquel tímido joven que tenía la costumbre de transformar toda la comida en una especie de pasta y engullirla inclinado sobre el plato, limpiándose las gafas con la servilleta de vez en cuando. Eso era todo lo que hacía: engullir y limpiarse las gafas con la servilleta, y su persona jamás había parecido digna de mayor mención. Una mañana, en cambio, durante el primer desayuno, de repente y –por así decirlo– sin motivo aparente, estalló de rabia con tal virulencia que el comedor entero se estremeció y terminó levantándose de la mesa. Empezó a oírse mucho barullo en la zona donde él se sentaba... y, en efecto, el muchacho, pálido de ira, gritaba como un energúmeno a la camarera enana, que permanecía de pie junto a él:

–¡Usted miente! –berreaba–. ¡Este té está frío! ¡El té que me ha traído está helado! ¡Pruébelo antes de mentir! ¡No lo quiero! ¡Esto es agua de fregar templada y no hay quien se lo beba! ¿Cómo se atreve a servirme un té helado? ¿Cómo ha podido ocurrírsele traerme semejante brebaje? ¡No me lo pienso tomar! ¡No, no y no!

Y comenzó a dar puñetazos sobre la mesa, haciendo temblar toda la vajilla.

—¡Quiero té caliente, té hirviendo! ¡Tengo derecho ante Dios y los hombres! ¡Que me muera ahora mismo antes que beber un solo sorbo de esa porquería! ¡Maldita enana! —le gritó, e hizo un gesto brusco, como si se liberase de todo, presa de una locura frenética. Levantó el puño contra Emerenciana y, literalmente, le enseñó los dientes, echando espuma por la boca. Luego continuó aporreando la mesa y gritando: «¡Quiero!», «¡No quiero!».

Como describimos antes, el comedor en pleno acabó implicándose de algún modo en el altercado. Muchos se pusieron de parte del furibundo colegial. Algunos habían saltado de sus sillas, como impulsados por un resorte, y le miraban con el puño levantado, los ojos inyectados en sangre y regañando los dientes igual que él. Otros permanecían sentados, lívidos y temblorosos, con los ojos bajos. Así continuaron largo rato, incluso después de que el muchacho, agotado, volviera a sentarse ante una nueva taza de té que ni siquiera llegó a probar.

¿Qué estaba ocurriendo allí?

Ingresó en la comunidad del Berghof un hombre, un ex comerciante de unos treinta años de edad, que tenía fiebre desde hacía mucho tiempo y que había pasado años de sanatorio en sanatorio. Este hombre odiaba a los judíos, era un antisemita feroz; lo era por principio, casi por deporte.

Aquel odio recalcitrante era el orgullo y el sentido de su vida. Había sido comerciante, y ya no lo era; ya no era nada en el mundo más que enemigo de los judíos. Estaba gravemente enfermo, y, al toser, se oía que tenía los pulmones muy afectados, pues parecía que estornudaba por dentro, se oía en su interior un peculiarísimo chirrido, muy corto, siniestro.

Pero no era judío, y eso era enormemente positivo para él. Se llamaba Wiedemann, tenía apellido cristiano, no era un apellido impuro. Estaba abonado a una revista titulada *La Antorcha Aria* y hacía comentarios como el siguiente:

—Llego al sanatorio X, en B… Estoy a punto de instalarme en la sala de reposo y ¿qué es lo que me encuentro a mi izquierda, en una tumbona? ¡A un tal señor Hersch! ¿Y a mi derecha? ¡A un tal señor Wolf! Naturalmente, me marché enseguida…

«Lo que nos faltaba…», pensó Hans Castorp con antipatía.

Wiedemann tenía una mirada miope y recelosa. Parecía literalmente que llevara una borla colgando de la punta de la nariz, que sus ojos estaban fijos en ella y que ya no veía más allá. Su horrible prejuicio se había convertido en una verdadera manía persecutoria que le llevaba a rastrear cualquier posible elemento no ario oculto o disimulado entre sus compañeros, desenmascararlo y ponerlo en la picota. Todo eran puyas, preguntas insidiosas y comentarios emponzoñados. En resumen, no vivía para otra cosa que para despotricar de todo aquel que no gozaba del único privilegio con que contaba él.

El estado de ánimo del Berghof que acabamos de describir agravó extraordinariamente la manía de aquel hombre; y, como era inevitable que allí arriba coincidiese con alguna persona afectada por la «tara» de la que él, el ario Wiedemann, estaba libre, la animadversión del uno sumada a la irritabilidad generalizada provocó una escena lamentable, que Hans Castorp hubo de presenciar y que nos servirá como nuevo ejemplo de lo que estamos describiendo.

En el sanatorio había allí otro hombre, respecto a cuyos orígenes nada había que desenmascarar, pues eran evidentes. Se apellidaba Sonnenschein y, como para el ario no podía existir nombre más repugnante, la persona de Sonnenschein se convirtió, desde el primer día, en aquella molesta borla pegada a la nariz de Wiedemann, quien lo miraba y lo remiraba con sus recelosos ojillos miopes y lo golpeaba con la mano, no tanto para deshacerse de él como para que se balancease y así le resultara tanto más irritante.

Sonnenschein, también comerciante, estaba asimismo gravemente enfermo y también mostraba una susceptibilidad enfermiza. Era un hombre amable, nada tonto, incluso bromista, y, a su vez, no tardó en odiar a Wiedemann con toda su alma por sus constantes ironías y puyas. Una tarde, todo el sanatorio acudió corriendo al vestíbulo porque Wiedemann y Sonnenschein habían llegado a las manos y se tiraban de los pelos con una violencia desenfrenada, como animales.

Era un espectáculo patético y estremecedor. Se pegaban como chiquillos, pero con la desesperación de los adultos que se ven rebajados hasta un grado tan extremo. Se arañaban la cara, se agarraban por la nariz y por el cuello, se golpeaban uno contra otro, se enzarzaban y se retorcían por el suelo presas de una rabia inimaginable, se escupían, se daban patadas, puñetazos y cabezazos, y echaban espuma por la boca.

Los empleados de la oficina, que habían acudido de inmediato, tuvieron que hacer grandes esfuerzos para separarlos. Wiedemann sangraba y babeaba, su rostro reflejaba la estupidez de la cólera, y podía observarse en él el curioso fenómeno de los cabellos erizados. Hans Castorp nunca lo había visto y hasta entonces no creía que fuese posible. Los cabellos de Wiedemann estaban completamente de punta sobre su cabeza, todos tiesos; y en ese estado se alejó corriendo, mientras se llevaban a Sonnenschein —con una brecha en la coronilla: una mancha de sangre entre los rizos negros que la rodeaban, y un ojo convertido en un puro cardenal— a curar a la oficina, donde se derrumbó en una silla y rompió a llorar amargamente.

Esto fue lo que pasó entre Wiedemann y Sonnenschein. Todos los que lo presenciaron estuvieron temblando durante horas. En comparación con un hecho tan miserable, es para nosotros casi una alegría poder narrar un verdadero «asunto de honor» que tuvo lugar en aquella misma época y que, dada la solemnidad y el formalismo con que fue tratado, en todo caso merece tal nombre por lo ridículo de su naturaleza. Hans Castorp no asistió a las diferentes fases de dicho asunto, pero se informó de su dramático transcurso a través de las actas que fueron difundidas en copias, no sólo en el Berghof, en el pueblo de Davos y en todo el cantón, sino también en el extranjero e incluso en América.

Fue un asunto entre polacos, un conflicto de honores mancillados que estalló en el seno del círculo polaco que se había formado recientemente en el Berghof, una pequeña colonia que prácticamente había tomado la mesa de los rusos distinguidos. (Hans Castorp, advirtámoslo de paso, ya no se sentaba allí, sino que, con el tiempo, se trasladó a la de Herminie Kleefeld, luego a la de la señora Salomon y finalmente a la de la señorita Levy.) Era un grupo tan refinado y elegante que, al verles, sólo cabía arquear las cejas y prepararse mentalmente para cualquier cosa; lo formaban: el matrimonio Von Zutavski, una señorita que cultivaba un trato harto amistoso con uno de los caballeros y muchos caballeros sueltos que se llamaban Cieszynski, Rosinski, Michael Lodygovski, Leo de Asarapetian, etcétera. Parece ser que, una tarde, tomando champán en el restaurante del Berghof, un tal Japoll, en presencia de otros dos caballeros, había hecho ciertos comentarios referentes a la esposa de Zutavski y a la amiga de Lodygovski, una tal señorita Krylov, de una índole que no es de recibo reproducir aquí. A partir de eso, se levantaron actas, denuncias y toda suerte de formalidades que recogían lo sucedido y fueron distribuidas por todas partes.

Hans Castorp pudo leer:

Declaración traducida del original polaco. —El 27 de marzo de 19... el Sr. D. Stanislav von Zutavski se dirige al Dr. D. Antoni Cieszynski y al Sr. D. Stefan Rosinski para rogarles que vayan a visitar en su nombre al Sr. D. Kasimir Japoll y le pidan una reparación conforme al código de honor por las «graves ofensas y difamaciones» a su señora esposa, Jadviga von

Zutavski, en que el Sr. D. Kasimir incurre en una conversación con el Sr. D. Janusz Teofil Lenart y el Sr. D. Leo von Asarapetian...

Cuando el señor Von Zutavski tuvo conocimiento directo de la conversación mencionada, que había tenido lugar a finales de noviembre, inmediatamente dio los pasos necesarios para cerciorarse por completo de la naturaleza de la supuesta ofensa de que había sido objeto. El día anterior, 27 de marzo de 19..., la difamación y la ofensa fueron demostradas por boca del señor Leo von Asarapetian, testigo directo de la conversación durante la que se pronunciaron las palabras ofensivas y las insinuaciones en cuestión. El señor Stanislav von Zutawski juzgó entonces oportuno dirigirse a los abajo firmantes sin pérdida de tiempo, concediéndoles mandato para iniciar un procedimiento contra el señor Kasimir Japoll de conformidad con las leyes del honor.

Los abajo firmantes hacen, pues, la siguiente declaración:

1.º En virtud del acta levantada por una de las partes el 9 de abril de 19..., redactada en Lemberg por el Sr. D. Zdzislav Zygulski y el Sr. D. Tadeusz Kadyj en el caso del Sr. D. Ladislav Goduleczny contra el Sr. D. Kasimir Japoll, y ateniéndose a la declaración del tribunal de honor de 18 de junio de 19..., redactada en Lemberg respecto a dicho asunto, se hace constar que, «a consecuencia de las reiteradas faltas a las exigencias del honor», el Sr. D. Kasimir Japoll no puede ser considerado como un caballero.

2.º Los abajo firmantes deducen de los hechos consignados las conclusiones pertinentes y constatan que el Sr. D. Kasimir Japoll está absolutamente incapacitado para conceder una reparación por sus actos.

3.º Los abajo firmantes estiman que no es admisible iniciar ni intervenir en un procedimiento de honor contra un hombre que se encuentra fuera del alcance de dicho término.

A la vista de este estado de cosas, los abajo firmantes llaman la atención del Sr. D. Stanislav von Zutavski sobre el hecho de que es inútil iniciar un procedimiento de honor contra el Sr. D. Kasimir Japoll, y le aconsejan emprender la vía judicial a fin de impedir que una persona que ya no está en situación de conceder reparaciones, como es el caso del Sr. D. Kasimir Japoll, le cause nuevos perjuicios.

Fechado y firmado:

DR. D. ANTONI CIESZYNSKI

D. STEFAN VON ROSINSKI

Hans Castorp también pudo leer lo siguiente:

Acta de los testigos del incidente entre los Sres. D. Stanislav von Zutavski y D. Michael Lodygovski, de una parte, y D. Kasimir Japoll y D. Janusz Teofil Lenart, por otra, sobre el incidente que se produjo en el bar americano del Casino de D..., el 2 de abril de 19..., entre las siete y media y las ocho menos cuarto de la tarde.

Considerando que el Sr. D. Stanislav von Zutavski, en virtud de la declaración de sus representantes los Sres. D. Antoni Cieszynski y D. Stefan von Rosinski en el caso del Sr. D. Kasimir Japoll, del 28 de marzo de 19..., después de una madura reflexión, ha llegado al convencimiento de que la denuncia a los tribunales contra el Sr. D. Kasimir Japoll no puede constituir una reparación suficiente por la grave ofensa de difamación cometida contra su esposa Jadviga;

Considerando que hay razones para temer que, llegado el momento, el Sr. D. Kasimir Japoll no comparezca ante la justicia y que las denuncias contra él, en su calidad de súbdito austríaco, sean no sólo difíciles, sino imposibles;

Considerando, además, que una condena judicial del Sr. D. Kasimir Japoll no puede borrar la ofensa por la que el Sr. D. Kasimir Japoll ha querido mancillar con sus calumnias el nombre y la casa del Sr. D. Stanislav von Zutavski y de su esposa Jadviga...

El Sr. D. Stanislav von Zutavski elige la vía más directa y, en virtud de las circunstancias dadas, la más oportuna, habiéndose enterado indirectamente de que el Sr. D. Kasimir Japoll se proponía acudir al lugar más abajo indicado...

Así, pues, el 2 de abril de 19..., entre las siete y media y las ocho menos cuarto de la tarde, en presencia de su esposa Jadviga y de los Sres. D. Michael Lodygovski y D. Ignaz Mellin, el Sr. D. Stanislav von Zutavski ha abofeteado varias veces al Sr. D. Kasimir Japoll, que iba acompañado del Sr. D. Janusz Teofil Lenart y de dos mujeres desconocidas, cuando se encontraba consumiendo bebidas alcohólicas en el bar americano del Casino.

Inmediatamente después, el Sr. D. Michael Lodygovski ha abofeteado al Sr. D. Kasimir Japoll, alegando como causa las graves ofensas que éste había hecho a la señorita Krylov y a él.

Acto seguido, el Sr. D. Michael Lodygovski ha abofeteado al Sr. D. Janusz Teofil Lenart por el daño causado a los Sres. Von Zutawski, después de lo cual, sin perder un instante, el señor Stanislav von Zutavski ha vuelto a abofetear repetidas veces al Sr. D. Janusz Teofil Lenart por haber mancillado el honor de su esposa y el de la Srta. Krylov con sus calumnias.

Los señores Kasimir Japoll y D. Janusz Teofil Lenart han desempeñado un papel totalmente pasivo durante todos estos incidentes.

Fechado y firmado:

MICHAEL LODYGOVSKI

IGNAZ V. MELLIN

El extraño estado de hipersensibilidad en que se encontraba impidió a Hans Castorp reírse de aquella avalancha de bofetadas oficiales, como sin duda hubiese hecho en otro tiempo. Tembló conmocionado mientras leía sobre todo aquello, y la corrección inatacable de los unos frente a la pueril ignominia de los otros, pues así se deducía de los documentos, le impresionó profundamente a pesar de lo escueto de la exposición. Lo mismo ocurrió al resto de la gente. Todos estudiaban apasionadamente el asunto de honor polaco y lo comentaban con igual pasión, apretando los dientes.

Una réplica del señor Kasimir Japoll enfrió un poco los ánimos. Japoll afirmaba que Zutavski ya sabía de antemano que él, Japoll, había sido despojado de su honor por un patán en otro tiempo, en Lemberg, con lo cual todas las gestiones que Zutavski había hecho no habían sido más que pura comedia, en tanto era consciente de que no podía batirse en duelo. Por otra parte, Zutavski había renunciado a denunciarle por razones que todo el mundo y él mismo conocía perfectamente, a saber, que gracias a su esposa Jadviga contaba con una de las más surtidas colecciones de cuernos, cosa que Japoll hubiese hecho constar ante la justicia; además, la comparecencia de la señorita Krylov ante el juez habría sido todo menos honrosa. Por otra parte, sólo se había hecho alusión a la incapacitación para batirse en un duelo de honor que le afectaba a él mismo, Japoll, y no, en cambio, a que otro de los testigos, Lenart, se encontraba en la misma situación, de lo cual se infería que Zutavski se había escudado en dicho argumento para no correr peligro. Respecto al papel que Asarapetian había desempeñado en todo el asunto, prefería no hablar. En lo referente a la escena del bar del Casino, convenía señalar que Japoll era un hombre de constitución débil, a pesar de que tuviese réplicas vivas e ingeniosas. Zutavski, acompañado de sus amigos y de su esposa, que era una mujer extraordinariamente vigorosa, se encontraba en una situación de evidente superioridad, mientras que las señoritas que les acompañaban a Lenart y a él eran sin duda muy simpáticas, pero cobardes como gallinas. Para evitar, pues, una espantosa pelea, había rogado a Lenart que permaneciese tranquilo y había decidido soportar en nombre de Dios el ligero contacto físico con Zutavski y Lodygovski, pues al fin y al cabo no había sido muy doloroso y los presentes no habían vacilado a la hora de interpretarlos como amistosas bromas.

Así se defendió Japoll, quien, naturalmente, tampoco tenía mucho que defender. Sus observaciones no pudieron borrar el soberbio contraste entre el honor y la cobardía más que de un modo superficial, pues no poseía los medios técnicos con que contaba el partido de Zutavski y no pudo distribuir más que algunas copias a máquina. En cambio, las actas que acabamos de consignar fueron repartidas a todo el mundo por lejos que estuviera..., por ejemplo, a Naphta y a Settembrini. Hans Castorp vio esos documentos en manos de sus amigos y observó, con sorpresa, que también ellos los estudiaban detenidamente y con gesto indignado.

Esperaba que, ya que él no había sido capaz, al menos Settembrini haría algunas bromas, pero la epidemia reinante había contagiado incluso al juicioso francmasón y le quitaba las ganas de reír, haciéndole sensible a las bofetadas ajenas. Además, Settembrini, siendo como era un gran amante de la vida, estaba muy desanimado a la vista del lento pero constante empeoramiento de su salud, que maldecía y del que se avergonzaba, despreciándose a sí mismo porque se veía obligado a guardar cama con mucha frecuencia.

Naphta, el vecino y adversario de Settembrini, tampoco gozaba de buena salud. En su organismo avanzaba aquella enfermedad que había sido la causa física —o quizá el pretexto— de la interrupción de su carrera en la Orden, y las beneficiosas propiedades del aire que respiraba allí arriba no lograban atajar el mal. También él tenía que guardar cama con frecuencia. Aquella voz que sonaba como un plato roto era ahora más evidente, y ahora que tenía fiebre hablaba todavía más y en un tono todavía más mordaz e hiriente que antes. Aquella voluntad de resistencia a la enfermedad y a la muerte en nombre de los ideales que tanto dolía a Settembrini ver quebrada y derrotada por las fuerzas de una naturaleza infame debía de resultar totalmente ajena al pequeño Naphta, y su manera de reaccionar al deterioro físico no era fruto del dolor y de la tristeza, sino de una agresividad y una susceptibilidad sin parangón, de un ansia desaforada de sembrar la discordia, el recelo y la confusión, lo cual no contribuía sino a agudizar la melancolía del otro hasta grados extremos y, por consiguiente, a que sus discusiones intelectuales fuesen cada día más encarnizadas. Naturalmente, Hans Castorp sólo podía hablar de las que había presenciado, y tenía la sensación de que su asistencia en calidad de objeto de la pedagogía de los duelistas era necesaria para contener el tono de sus controversias. Pues si bien disgustaba mucho a Settembrini que el joven considerase dignas de ser escuchadas las maldades que decía Naphta, le consolaba que también reconociese que a menudo excedían toda medida y todos los límites de un juicio sano.

Aquel enfermo no tenía la fuerza ni la buena voluntad de elevarse por encima de la enfermedad, y veía al mundo entero bajo el signo del mal. Para horror y estupor de Settembrini —que hubiera deseado expulsar a su discípulo de la habitación o taparle los oídos para que no escuchara semejantes dislates—, Naphta afirmaba que la materia era una sustancia de una calidad demasiado mala para que el espíritu se encarnase en ella. Sostener tal cosa era una aberración. ¿Cuál era el resultado? ¡Una farsa! El verdadero resultado de la tan celebrada Revolución francesa era el Estado burgués capitalista, ¡menudo negocio! Y aún se aspiraba a perfeccionarlo y convertir esa abominación en universal... Y eso de que la República universal traería consigo la felicidad estaba por ver... ¿El progreso? ¡Dios mío! Eso era como el típico caso del enfermo que cambia de postura sin cesar porque espera encontrar alivio con la nueva. El deseo inconfesado y, a la vez, secretamente extendido de ver estallar una guerra era la expresión de ese estado. ¡Ya vendría la guerra! Y sería bueno, a pesar de que traería consigo cosas muy diferentes de las que esperaban sus autores. Naphta despreciaba el Estado burgués, tan preocupado de su seguridad.

Aprovechó la ocasión para expresar su punto de vista un día de otoño, mientras paseaban por la carretera y comenzaba a caer una lluvia fina, de manera que todo el mundo abrió el paraguas al mismo tiempo: eso era para él un signo de cobardía y de debilidad general: el trivial resultado de la civilización. Un accidente y un presagio fatídico como el naufragio del *Titanic* se interpretaba en términos atávicos, pero no dejaba de ser también un acicate: con un enorme revuelo se clamaba, entonces, por una mayor seguridad en los medios de transporte. En general, se manifestaba la mayor indignación en cuanto parecía amenazada la «seguridad». Era lamentable, y esa debilidad concordaba muy bien con la salvaje e infame crueldad del campo de batalla económico que constituía el Estado burgués. ¡Guerra, guerra! Él, Naphta, estaba enteramente a favor, y, en comparación con aquella postura cobarde y flácida, la sed de guerra generalizada le parecía hasta honrosa.

Ahora bien, en cuanto Settembrini introducía en la conversación la palabra «justicia» y recomendaba ese elevado principio como medida preventiva contra las catástrofes políticas interiores y exteriores, Naphta, que un momento antes había porfiado que el espíritu era demasiado bueno para poder encarnarse jamás en una forma terrenal, ponía en duda ese mismo espíritu y hacía por denigrarlo. ¡La justicia! ¿Acaso era la justicia una idea digna de admiración? ¿Era un principio divino, un principio superior? Dios y la naturaleza concedían peligrosas ventajas a los unos y deparaban a los otros una suerte fácil y banal. ¿Y el hombre provisto de voluntad? A sus ojos, la justicia era, por una parte, una debilidad que constituía un lastre y, por otra, una especie de fanfarria que impelía al hombre a realizar actos irreflexivos. Así pues, dado que el hombre, para mantenerse dentro de la norma moral y social, siempre tenía que suplir la «justicia» entendida en esta segunda variante por la «otra justicia» de la primera, el carácter inmediato y el radicalismo de la idea se perdían por completo. Además, siempre se era «justo» con una de las posturas, nunca con ambas. Lo demás no era otra cosa que puro liberalismo. La justicia era un concepto vacío de la retórica burguesa; y para llegar a la acción era preciso saber de qué justicia se hablaba: de la que abogaba por conceder a cada cual lo que era suyo o de la que quería imponer lo mismo para todo el mundo.

Hemos elegido al azar un ejemplo de entre ciento para demostrar cómo Naphta intentaba sembrar la confusión a toda costa. No obstante, era todavía mucho peor cuanto hablaban de ciencia, en la que no creía. No creía porque, en su opinión, el hombre era absolutamente libre de creer o no creer en ella. La fe en la ciencia era una fe como otra cualquiera, pero más estúpida y más perjudicial, y la palabra «ciencia» en sí era expresión del realismo más estúpido, basándose en el cual se pretendía hacer valer y proclamar como real el reflejo de los objetos en el intelecto humano y forjar a partir de ahí el dogmatismo más hueco e insostenible del que nunca se hubiera creído capaz a la humanidad. ¿No era ya una contradicción interna totalmente ridícula la mera idea de un mundo sensible con entidad y realidad propia? La ciencia moderna en tanto dogma, sin embargo, se cimenta única y exclusivamente en la condición metafísica de que las formas de conocimiento de nuestra organización en parámetros de tiempo, espacio y causalidad, dentro de los cuales se desarrolla el mundo de los fenómenos, constituyan relaciones reales que existen con independencia de nuestro conocimiento. Esa afirmación monista era la impertinencia más insultante que se podía decir sobre el espíritu. El espacio, el tiempo y la causalidad venían a decir en el lenguaje monista: evolución; y éste era el dogma central de la pseudorreligión de los librepensadores y los ateos, al que se remitían para invalidar lo que proclama el Primer Libro de Moisés, como si su conocimiento ilustrado pudiera sustituir al que consideraban una simple fábula para el pueblo ignorante y crédulo... como si Haeckel hubiese estado presente el día de la Creación... ¡Empirismo! ¿Qué tenía de «exacto» el éter?

¿Acaso estaba demostrada la existencia del átomo, esa broma matemática tan divertida de la «partícula mínima indivisible»? ¿Acaso se basaba en la experiencia la doctrina de lo infinito del espacio y el tiempo? De hecho, bastaba con pensar con un poco de lógica para llegar a resultados y experiencias sumamente divertidos en relación con el dogma de la supuesta infinitud y la realidad del espacio y del tiempo, para llegar: a la nada. Es decir, a la conclusión de que el realismo no es sino puro nihilismo. ¿Por qué? Por la sencilla razón de que la relación de cualquier medida con el infinito es igual a cero. No hay medida posible en el infinito, ni duración ni cambio posible en la eternidad. En un espacio infinito, puesto que la distancia sería matemáticamente igual a cero, no se pueden concebir siquiera dos puntos situados uno al lado del otro; ¿cómo iba a ser posible, entonces, la existencia de cuerpos? ¡Y para qué hablar de movimiento! Él, Naphta, mencionaba esto para contrarrestar la desvergüenza con que la ciencia materialista pretendía hacer pasar su charlatanería astronómica y sus mentecateces sobre el «universo» por un conocimiento absoluto. ¡Qué pena de humanidad, que había dejado que un vil despliegue de fútiles números despertase en ella un sentimiento de banalidad, despojándola del *pathos* de la importancia de su condición humana! Porque aún era tolerable que la razón y el conocimiento humano se mantuvieran dentro de los límites de lo material y, dentro de esta esfera, considerasen reales sus experiencias de lo objetivo-subjetivo. Ahora bien, en cuanto se adentraban en los eternos misterios y empezaban a desarrollar una supuesta cosmología, o cosmogonía, su soberbio desatino se convertía en una auténtica monstruosidad. ¡Qué disparatada blasfemia era, en el fondo, calcular la «distancia» entre una estrella cualquiera y la Tierra en trillones de años luz e imaginar que semejante fanfarronada numérica permite al hombre comprender la esencia de la eternidad y del infinito; cuando el infinito no tiene nada que ver con las distancias espaciales, ni la eternidad con la duración o con las distancias temporales, sino que, muy lejos de ser conceptos científicos, infinitud y eternidad significarían más bien la anulación de eso que llamamos naturaleza! Desde luego, prefería mil veces la ingenuidad de un niño que cree que las estrellas son agujeritos de la tela del cielo a través de los cuales traspasa la luz eterna, a la palabrería descerebrada, hueca y blasfema de la ciencia monista al tratar del «cosmos».

Settembrini le preguntó si él, por su parte, también creía eso de las estrellas, a lo que Naphta contestó que se reservaba su derecho a la humildad y la libertad de ser escéptico. De ahí se podía deducir una vez más la idea que tenía de «libertad» y adónde pretendía llegar con ella. ¡Cómo temía Settembrini que Hans Castorp encontrase todo aquello «digno de oírse», como siempre decía el joven!

Naphta, con toda su mala intención, buscaba las ocasiones que podían poner de relieve la debilidad del progreso en su intento de dominar la naturaleza. Por ejemplo, los aviadores, decía, solían ser tipos patibularios, pero sobre todo, muy supersticiosos. Llevaban amuletos, un cuervo, a bordo, escupían tres veces a un lado y a otro o se ponían los guantes de otros pilotos que habían tenido buena suerte. ¿Cómo era posible conciliar una superstición tan primitiva con la visión del mundo en la que se apoyaba su profesión? Aquella contradicción le divertía enormemente, le producía una gran satisfacción y no reparaba en desarrollarla durante horas... Pero los ejemplos de la agresividad de Naphta son tantos que mejor será centrarnos en algo muy concreto que sí merece ser contado.

Una tarde de febrero, los amigos se pusieron de acuerdo para ir de excursión a Monstein, a una hora y media en trineo de su residencia habitual. El grupo estaba compuesto por Naphta, Settembrini, Hans Castorp, Ferge y Wehsal. Se marcharon en dos trineos, tirados por un caballo cada uno: Hans Castorp con el humanista, Naphta con Ferge y Wehsal (este último sentado al lado del cochero). Salieron a las tres de la tarde, todos muy bien abrigados, desde la casita de Davos Dorf, y, arrullados por el agradable tintineo de los cascabeles de los caballos que rompía el silencio helado del paisaje, emprendieron el camino hacia el sur, a lo largo de la ladera derecha, pasando por el Frauenkirch y por Glaris. Pronto salió a su encuentro un cielo totalmente cubierto, y sólo se veía una fina línea azul blanquecino muy a lo lejos, por encima de la cadena del Rätikon. El frío era intenso; las montañas, pura niebla. El camino por el que iban, un estrecho pasillo sin protección entre la montaña y el abismo, ascendía en pronunciadísima pendiente hasta el bosque de abetos. Avanzaban poco a poco. A menudo se cruzaban con otra gente en trineo, que tenía que pararse y descender para dejarles paso. Cuando llegaban a una curva, tenían que tocar la campanilla para avisar; los trineos de dos caballos, enganchados uno detrás de otro, tenían preferencia de paso y había que tener mucho cuidado al apartarse. Cerca ya de su destino se abría una bonita vista de la parte rocosa de Zügen. Los excursionistas salieron de entre sus mantas y descendieron en la pequeña hostería de Monstein, curiosamente llamada «Kurhaus», casino, y avanzaron unos pasos para poder contemplar el Stulsergrat al sureste. Aquel muro inmenso de tres mil metros de altura estaba todo envuelto en un denso velo de niebla. Sólo se veía, en alguna parte, una puntita que emergía de entre la niebla y casi tocaba el cielo: como si ya no fuera de este mundo, lejana como el Walhalla, sagrada, inaccesible. Hans Castorp quedó fascinado y trató de hacer extensiva su fascinación a los demás. Fue él quien, con un profundo sentimiento de humildad, pronunció la palabra «inaccesible», lo cual dio pie a que Settembrini le replicase que, naturalmente, se había accedido a aquel pico en numerosas ocasiones. Podía decirse que la palabra «inaccesible» ya no existía, pues no quedaba lugar en la Tierra donde el hombre no hubiese puesto el pie. Naphta apuntó que eso era una pequeña exageración y una fanfarronada. Y citó, por ejemplo, el Everest, que hasta la fecha se resistía a la curiosidad de los escaladores y no ofrecía visos de dejarse conquistar por nadie. El humanista se molestó. Los excursionistas regresaron al Kurhaus, ante el cual vieron algunos otros trineos junto a los suyos.

En el primer piso se alquilaban habitaciones. Allí estaba también el comedor, bien caldeado y de estilo rústico. Los excursionistas encargaron un tentempié a la servicial hostelera: café, miel, pan blanco y bizcocho de pera, la especialidad del lugar. Enviaron vino a los cocheros. A las otras mesas se sentaban huéspedes suizos y holandeses.

Estamos tentados de decir que, al entrar en calor con el café humeante y delicioso, la conversación entre nuestros amigos se había tornado más elevada, pero sería inexacto. En realidad, la conversación consistía en un monólogo de Naphta, quien, después de unas palabras pronunciadas para todos, abordó un tema que desarrolló de una forma muy peculiar y, desde luego, muy poco considerada, pues el ex jesuita, en amable tono pedagógico, se dirigió única y exclusivamente a Hans Castorp, dando la espalda a Settembrini —que estaba sentado a su lado— e ignorando por completo a los otros dos caballeros.

Hubiese sido difícil concretar cuál era el tema de su improvisación, que Hans Castorp iba acompañando con suaves movimientos de cabeza, a veces más y a veces menos convencido. Sin duda no había un tema único ni unívoco, sino que giraba, a grandes rasgos, en torno al concepto de lo espiritual, tocando una serie de problemas con el fin de demostrar la ambigüedad de los fenómenos espirituales de la vida, la pluralidad de matices de la idea de naturaleza y, en consecuencia, la escasa solidez de los «grandes conceptos» basados en ella en tanto argumentos de debate.

En cualquier caso, lo único que estaba claro era que su discurso trataba del problema de la libertad y que lo hacía buscando sembrar la confusión. Habló, entre otras cosas, del Romanticismo y de la fascinante dualidad de aquel movimiento europeo de principios del siglo XIX, ante el que los conceptos de reacción y revolución se desvanecieron, en la medida en que no se fusionaron en una idea más elevada. Porque, obviamente, era ridículo asociar la idea de lo revolucionario tan sólo con la de progreso y de victoriosa Ilustración. El Romanticismo europeo había sido un movimiento liberalizador: anticlasicista, antiacadémico, dirigido contra el antiguo gusto francés y contra la vieja escuela de la razón, a cuyos defensores —en palabras literales de Naphta— los románticos tachaban de rancios conservadores con peluca empolvada.

A continuación, Naphta sacó a colación el tema de las guerras de liberación, de la exaltada doctrina de Fichte, de aquel clamoroso movimiento popular alemán contra la tiranía intolerable en la que, por desgracia, se había encarnado la libertad, mejor dicho: los ideales de la Revolución. No dejaba de ser divertido: un levantamiento para derrocar la tiranía revolucionaria en favor de la reaccionaria dominación de los príncipes..., y, para colmo, je, je, je..., en nombre de la libertad...

Ahí Naphta invitaba a su joven oyente a tomar nota de la diferencia, o mejor dicho: de la oposición entre la libertad externa y la libertad interior, y a plantearse una pregunta tan delicada como era cuál de las dos privaciones de la libertad podía ser más compatible..., o menos compatible, je, je, je..., con el honor de una nación.

Después de todo, la libertad era un concepto más romántico que ilustrado, pues tenía en común con el Romanticismo la vinculación indisoluble entre el deseo de expansión del hombre y el apasionado culto al yo individual. El deseo de libertad individualista había traído consigo el culto histórico-romántico de lo nacional, que, en el fondo, era un culto belicoso y al que el liberalismo humanista calificaba de siniestro, aun cuando el propio liberalismo humanista también proclamaba el individualismo; eso sí: entendido justo al revés. El individualismo, pues, tenía en común con el

Romanticismo y con la Edad Media su convicción de que el ser individual posee una importancia infinita, cósmica; convicción en la que se fundamentan la doctrina de la inmortalidad del alma, el geocentrismo y la astrología. Por otra parte, el individualismo guardaba una relación con el humanismo liberal, el cual tendía a la anarquía y, en todo caso, se oponía a que el amado individuo fuese sacrificado por los intereses de la sociedad. Eso era el individualismo: tanto lo uno como lo otro.

Una cosa había que reconocer: el *pathos* de la libertad había traído al mundo a los más acérrimos enemigos de la libertad y a los más brillantes caballeros defensores del pasado y la reacción en la batalla contra el progreso impío y destructor. Y Naphta citó a Arndt, gran detractor de la industrialización que había glorificado a la nobleza; citó a Görres, autor de la *Mística cristiana*. ¿Acaso la mística no tenía que ver con la libertad? ¿No había sido antidogmática, antiescolástica y antisacerdotal? Y aquí se imponía considerar la jerarquía como una forma de poder en favor de la libertad, pues constituía un muro de contención frente al poder ilimitado de la monarquía. La mística de finales de la Edad Media conservaba un carácter liberal en tanto era precursora de la Reforma... aunque la Reforma..., je, je, je..., también había sido un tupido entramado de libertad y reacción medieval...

El acto de Lutero... En fin, tenía de bueno que había demostrado abiertamente la naturaleza ambigua del acto mismo, del acto de manifestar una postura. ¿Acaso sabía el joven oyente de Naphta lo que era un acto? Un acto era el asesinato del consejero de Estado Kotzebue, cometido por el estudiante Sand. Y, ¿qué había inducido a Sand a semejante acto, qué le había puesto —en términos criminalísticos— «el arma en la mano»? El entusiasmo por la libertad, evidentemente. Sin embargo, bien mirado, no había sido eso, sino más bien el fanatismo moral y el odio a la frivolidad de la nobleza frente al pueblo que sufría. Por otra parte, es cierto que Kotzebue había servido en Rusia y había servido a la Santa Alianza..., un hecho que, de nuevo, resulta harto cuestionable si tenemos en cuenta que entre sus más íntimos amigos había muchos jesuitas. En resumen, fuese lo que fuera un acto, no era el medio adecuado para dar fe de sí mismo, como tampoco contribuía nunca a esclarecer las cuestiones espirituales...

—¿Se me permite saber cuándo terminará este galimatías? —preguntó Settembrini en tono mordaz. Llevaba rato tamborileando con los dedos sobre la mesa y retorciéndose el bigote. ¡Ya estaba bien! Su paciencia se había agotado. Se había erguido en su silla, más que eso: muy pálido, todo su cuerpo estaba en tensión en la silla, sólo sus muslos rozaban aún el asiento; y en ese estado, con sus ojos negros echando chispas, se enfrentó a su enemigo, que se volvió hacia él con fingido asombro.

—¿Qué ha pretendido usted decir? —fue la pregunta con que contestó Naphta.

—He pretendido... —dijo el italiano, tragando saliva—, he pretendido hacerle saber que estoy dispuesto a impedir que siga usted confundiendo a la juventud indefensa con sus ambigüedades.

—Caballero, le exijo que mida sus palabras.

—Caballero, no hay necesidad de tal exigencia. Tengo la costumbre de hacerlo, y las que he pronunciado responden exactamente a las circunstancias. Digo que su manera de confundir, seducir y malear a la juventud, ya de por sí bastante maleable, constituye una *infamia*, y las palabras no son suficientes para castigarla...

Cuando pronunció la palabra «infamia», Settembrini dio un golpe sobre la mesa, empujó su silla hacia atrás y se puso de pie, gesto que imitaron sus compañeros. Los de las otras mesas les miraron, aguzando el oído para enterarse de qué pasaba. En realidad, eran sólo los de una mesa; los suizos ya se habían marchado, y eran los holandeses quienes escuchaban aquel duelo verbal con gesto atónito.

Nuestros amigos estaban, pues, todos de pie: a un lado Hans Castorp y los dos duelistas; enfrente, Ferge y Wehsal. Los cinco estaban pálidos, con los ojos abiertos como platos y los labios temblorosos. ¿No hubiera sido lo normal que los tres caballeros imparciales intentasen mediar entre los otros dos con alguna broma que relajase aquella tensión y reconduje se la situación hacia un desenlace feliz? Pues no lo hicieron, ni lo intentaron. Su estado de irritación interior se lo impidió. Siguieron de pie, temblando, y sin querer apretaron los puños. Incluso el bueno de A. K. Ferge, quien, ajeno a todo asunto elevado —como él mismo había dicho tantas veces—, había renunciado de entrada a sopesar el alcance de la pelea, estaba plenamente convencido de que era un asunto muy serio en el cual, incluyéndole a él, no cabía sino dejar que las cosas siguieran su curso. Su simpático bigote subía y bajaba violentamente.

Reinaba el silencio, y por eso se podía oír el rechinar de dientes de Naphta. Para Hans Castorp, fue una experiencia similar a la de los cabellos erizados de Wiedemann. Creía que era sólo una manera de hablar y que, en realidad, no se producía jamás. Sin embargo, ahora, era cierto que oía rechinar sus dientes en medio del silencio. Era un ruido terriblemente desagradable, salvaje, pero que, a pesar de todo, daba muestra de un tremendo dominio de sí mismo, pues no se puso a gritar sino que dijo en voz baja, con una suave risa medio ahogada:

—¿Infamia? ¿Castigar? ¿La virtud personificada se rebela? ¿Tanto hemos desquiciado al pedagogo guardián de la civilización que desenvaina la espada? Para empezar, diría que un éxito..., un éxito fácil, añadió con desprecio, pues poco ha hecho falta para poner en pie de guerra al pacífico guardián de la virtud... Y el resto aún está por venir, caballero. El «castigo» también. Espero que sus principios cívicos no le impidan saber lo que me debe, porque, de no ser así, me vería obligado a poner a prueba tales principios, por medios que...

Y al ver que Settembrini se erguía, añadió:

—¡Ah, veo que no será necesario! Yo soy un obstáculo en su camino, y usted en el mío; arreglaremos, pues, esta pequeña diferencia en el lugar conveniente. Por el momento, una sola cosa más: en su mojigato temor por el estado de la Revolución jacobina entendido como concepto escolástico, usted considera un crimen contra la pedagogía mi manera de hacer dudar a la juventud, de desposeer a todas las categorías e ideas de su dignidad académica y de su apariencia de virtud. Ese temor está bien justificado, pues su ideal de humanidad ya no va a ninguna parte; eso se lo aseguro, a ninguna. Incluso ahora ya no es más que una reliquia de otro tiempo, un recuerdo clasicista obsoleto, una entelequia absurda que sólo incita al bostezo y con la que la nueva revolución, nuestra revolución, caballero, intenta romper. Cuando nosotros, como educadores, sembramos la duda, una duda mucho más profunda de lo que su modesta ilustración podría soñar jamás, sabemos perfectamente lo que hacemos. Sólo del escepticismo más radical, del caos moral nacerá lo absoluto, el terror sagrado que necesita nuestro tiempo. Esto se lo digo para justificarme y para instruirle a usted, caballero. Lo demás se decidirá en otra parte. Ya tendrá noticias mías.

—Y usted recibirá respuesta, caballero —le gritó Settembrini, pues Naphta ya había abandonado la mesa y se dirigía precipitadamente hacia el perchero para recoger su abrigo.

Luego, el francmasón se dejó caer pesadamente en la silla y se llevó ambas manos al corazón.

—Distruttore! Cane arrabbiato! Bisogna ammazzarlo! —dijo casi sin aliento.

Los otros seguían de pie en torno a la mesa. El bigote de Ferge seguía subiendo y bajando. Wehsal tenía la boca abierta. Hans Castorp tuvo que apoyar la barbilla en el cuello de la camisa a la manera de su abuelo, pues le temblaba la cabeza. Todos, sin exceptuar a Settembrini, pensaban que era una ventaja que hubiesen alquilado dos trineos y no uno común. Al menos el regreso iba a ser más fácil. Pero ¿y después?

—Le ha retado en duelo —dijo Hans Castorp, con el corazón en un puño.

—En efecto —contestó Settembrini.

—¿Acepta usted? —preguntó Wehsal.

—¿Y me lo pregunta? —respondió Settembrini, y se le quedó mirando fijamente por un instante—. Señores míos, lamento el desenlace de nuestra excursión, pero todo caballero debe contar con incidentes semejantes en la vida. Desapruebo el duelo desde la perspectiva teórica y desearía ceñirme a la justicia legal; sin embargo, en la práctica es otra cosa, y hay situaciones que..., confrontaciones que... En una palabra, estoy a disposición de ese caballero. Me resultará útil la esgrima que practiqué durante mi juventud, y algunas horas de ejercicio devolverán la agilidad a mi muñeca. ¡Vamos! Supongo que ese caballero ya habrá dado orden de que enganchen los caballos.

Durante el regreso, y aun después, Hans Castorp tuvo momentos en que le invadía el vértigo al pensar en la monstruosidad que se avecinaba, sobre todo cuando se enteró de que Naphta no quería saber nada de floretes ni de espadas e insistía en que fuese un duelo a pistola; además, tenía derecho a elegir las armas, pues, según el código de honor, él era el ofendido. Momentos en los que el joven —digámoslo así— conseguía liberar su espíritu de aquella maraña enfermiza que le tenía enajenado y se decía que era una locura que era preciso evitar.

—¡Si hubiese una verdadera ofensa! —exclamó en una conversación con Settembrini, Ferge y Wehsal, a quien Naphta había elegido como padrino ya en el viaje de vuelta de la excursión, y que se encargaba de las negociaciones entre las partes—. ¡Una ofensa de carácter burgués y social! Si se hubiese manchado el honorable nombre del otro, si se tratase de una mujer o de cualquier otra fatalidad análoga y palpable de la vida que no tuviera otra solución... De acuerdo, en estos casos siempre queda el duelo como último recurso, y cuando se ha reparado el honor ofendido y se puede decir: «los adversarios murieron reconciliados», entonces incluso cabe pensar que el duelo es una buena institución, una sana opción para los casos complicados. Pero ¿qué ha hecho? No pretendo, en modo alguno, ponerme de su parte, sólo pregunto: ¿en qué le ha ofendido? Ha echado por tierra ciertas categorías, como él mismo ha dicho, ha despojado ciertos conceptos de su dignidad académica. Usted se ha sentido ofendido por eso, admitamos que con razón...

—¿Admitamos? —repitió Settembrini, y se le quedó mirando fijamente.

—¡Con razón, con razón! De acuerdo, le ha ofendido. Pero no le ha insultado. Hay una diferencia, permítame. Se trata de cosas abstractas, intelectuales. Con temas intelectuales, se puede ofender pero nunca insultar. Es un axioma que todo tribunal de honor admitiría, puedo asegurárselo. Por lo tanto, lo que usted le dijo de la «infamia» y del «castigo» tampoco es un insulto, pues lo dijo en un sentido metafórico, intelectual, y eso no tiene nada que ver con la esfera personal, que es donde existe la posibilidad del insulto. El pensamiento jamás puede ser un asunto personal, esto es lo que completa y desvela el significado del axioma, y por eso...

—Se equivoca, amigo mío —contestó Settembrini con los ojos cerrados—. Se equivoca en primer lugar al sostener que el pensamiento no puede entenderse con carácter personal. No debería pensar eso. —Y sonrió con un gesto tan refinado como doliente—. Pero se equivoca fundamentalmente en la apreciación de que el espíritu, en general, no es lo bastante importante para provocar conflictos y pasiones tan fuertes como esas otras que trae consigo la vida misma y que no pueden solucionarse sino mediante las armas. *All' incontro!* Lo abstracto, lo depurado, lo ideal es, al mismo tiempo, lo absoluto y, por lo tanto, lo realmente importante e intocable; y por eso alberga muchas más posibilidades de despertar el odio y la enemistad irreconciliable que la vida social. ¿Y aún lé extraña que pueda llevar al enfrentamiento físico, al duelo, a la situación realmente radical: la lucha a muerte, mucho más directa e implacablemente que cualquier conflicto de ese otro ámbito? El duelo no es una «institución» como cualquier otra. Es lo último, es la vuelta al estado originario de la naturaleza, apenas atenuado por un código caballeresco muy superficial. Lo esencial de esta situación sigue siendo su elemento netamente primitivo: el cuerpo a cuerpo; y todos debemos estar dispuestos para esa situación, por alejados que nos sintamos de la naturaleza. Puede verse en ella en cualquier momento. Quien no es capaz de defender un ideal con su vida y con su sangre, no es digno de llamarse hombre, y hay que ser un hombre por espiritualista que se sea.

Hans Castorp había recibido una buena respuesta. ¿Qué podía contestar? Permaneció callado, meditabundo. Las palabras de Settembrini parecían serenas y lógicas; sin embargo, un poco extrañas y poco naturales en su boca. Sus pensamientos ya no eran sus pensamientos, como tampoco había sido él quien había tenido la idea del singular enfrentamiento, era una idea del «terrorista», del pequeño Naphta. Sus pensamientos eran la expresión de aquella fatídica epidemia, de aquel demonio que había convertido el sano juicio de Settembrini en su esclavo y su instrumento. ¿Cómo iba a ser posible que lo espiritual, porque era intangible, condujera de manera irrevocable a lo animal, a un desenlace por medio de la lucha física? Hans Castorp se resistía a creerlo; o lo intentaba... para darse cuenta —con honor— de que no era capaz. Aún se estremecía al recordar la escena entre Wiedemann y Sonnenschein, enzarzados en una lucha bestial y desesperada, y comprendía que al final de todas las cosas sólo quedaba el cuerpo, las uñas y los dientes. Sí, sí, había que batirse, pues así al menos se podía atenuar aquel estado originario de la naturaleza por medio de un código caballeresco. Hans Castorp se ofreció como padrino de Settembrini.

Su ofrecimiento no fue aceptado. «No, eso no podía ser», le dijeron; primero Settembrini —con una sonrisa tan dulce como doliente—, y luego Ferge y Wehsal, que no supieron cómo justificarse pero coincidieron en que Hans Castorp no podía participar dentro de esa categoría. Quizá podía asistir como árbitro, como testigo imparcial (pues también la presencia de un mediador neutral forma parte de ese código caballeresco que busca atenuar el elemento animal). Incluso Naphta estuvo de acuerdo en ello, y así se lo hizo saber a los demás por mediación de su representante, Wehsal; y Hans Castorp se declaró satisfecho. Testigo o árbitro, fuese lo que fuese, alguna posibilidad tendría de influir sobre las modalidades del combate, lo cual, además, parecía urgente.

Naphta estaba fuera de sí y sus proposiciones rebasaban toda medida. Reclamó cinco pasos de distancia y tres balas de recambio en caso de necesidad. La misma noche del incidente comunicó esta locura por medio de Wehsal, que había asumido su papel con gran diligencia —en parte a petición de Naphta y, sin duda, en parte por gusto— e insistía en el cumplimiento de tan aberrantes condiciones. Settembrini no tuvo nada que objetar, pero Ferge, que sería su padrino, y el árbitro Hans Castorp se indignaron; el joven incluso se encaró con el mísero Wehsal: ¿No le daba vergüenza decir tales insensateces, cuando se trataba de un duelo puramente abstracto que no se basaba en ninguna injuria real? ¡Bastante horribles eran ya las pistolas para entrar en tan abominables detalles! Eso ya no era cuestión de caballerosidad; como si pretendía que se disparasen directamente, a través de un pañuelo... Claro, como no le iban a disparar a él, era muy fácil hablar de balas y de pasos... Wehsal se encogió de hombros, dando a entender que la situación era la que era y él no podía hacer nada, gesto que, en cierto modo, desarmó a Hans Castorp, que tendía a olvidar este hecho. A pesar de todo, en las reñidas negociaciones del día siguiente, consiguió reducir el número de balas a una y solucionar la cuestión de la distancia estableciendo que los duelistas se colocarían a quince pasos y tendrían derecho a avanzar cinco antes de disparar. Claro que Naphta sólo accedió a esto último con la condición de que no se realizase ningún intento de reconciliación. Por otra parte, no tenían pistolas.

El señor Albin, además del pequeño revólver con que se divertía asustando a las mujeres, poseía un par de pistolas de reglamento, de origen belga, que guardaba en un estuche: dos Browning automáticas con empuñadura de madera, que ocultaba el cargador, y un brillante cañón de acero azulado en cuyo extremo se veía el pequeño y nítido visor. Hans Castorp las había visto una vez en la habitación del fanfarrón y, en contra de sus convicciones, por pura ingenuidad, se ofreció a pedírselas prestadas. Así lo hizo, sin ocultar la finalidad del préstamo, aunque apeló a la discreción del caballero bajo secreta palabra de honor (palabra que, para su gran alivio, le fue dada sin problemas). El señor Albin se prestó incluso a enseñarle a cargarlas y ambos realizaron unos cuantos disparos de prueba al aire libre.

Todo aquello llevó su tiempo, de modo que pasaron dos días y tres noches hasta la fecha señalada. El lugar del duelo había sido propuesto por Hans Castorp: aquel rincón pintoresco, que en verano se cubría de florecillas azules, al que se retiraba para «gobernar» en sus ensoñaciones. Allí habría de formalizarse la reparación después del enfrentamiento, al amanecer del tercer día. Hasta la víspera, a última hora de la noche, Hans Castorp –que estaba tremendamente nervioso– no cayó en la cuenta de que era necesaria la presencia de un médico en el campo del honor.

Inmediatamente, fue a consultar con Ferge y constataron lo difícil que iba a resultarles esto: Radamante había pertenecido a una fraternidad estudiantil en su juventud, pero no era de recibo pedirle ayuda al director del sanatorio para un asunto fuera de la ley como aquél, para colmo, entre dos caballeros que estaban enfermos. No podían albergar demasiadas esperanzas de encontrar un médico dispuesto a atender a dos enfermos terminales que insistían en batirse en duelo. En cuanto a Krokovski, no estaban en absoluto convencidos de que aquel erudito investigador fuese capaz de curar siquiera una herida.

Wehsal, a quien acudieron a continuación, dijo que Naphta ya había hecho constar expresamente que no quería ningún médico. No iba al campo del honor para que le curasen y le vendasen, sino para batirse, y muy seriamente. Lo que ocurriera después le era completamente indiferente y ya se arreglaría. Esto parecía un mal augurio, si bien Hans Castorp se esforzó en interpretarlo como si Naphta hubiera querido decir que ninguno de los dos necesitaría un médico. ¿No había dicho también Settembrini, a través de Ferge, que dejasen de preocuparse por esa cuestión, que a él no le interesaba en absoluto? Después de todo, tal vez no era tan descabellado pensar que ambos contrincantes tenían el propósito de no llegar al derramamiento de sangre. Habían pasado dos noches desde el altercado, y pasaría aún una tercera. El tiempo aclara las ideas, enfría el calor del momento; no hay estado de ánimo que se mantenga inalterado durante horas y horas. A la mañana siguiente, pistola en mano, ninguno de los contrincantes sería el mismo de la tarde de su disputa. A lo sumo, actuarían mecánicamente, movidos por el sentido del honor, pero ya no por la libre voluntad de aquel momento en que habían reaccionado presas de la pasión y de la convicción; cabía, pues, esperar que aquella pasión de otro tiempo no se impondría a un presente en el que ya no tenía vigor.

Hans Castorp no se equivocaba en sus reflexiones; tenía razón, pero, por desgracia, en un sentido que ni en sueños hubiera podido imaginar. De hecho, tenía toda la razón por lo que se refería a Settembrini. No obstante, si hubiese sospechado en qué dirección habrían de cambiar las intenciones de Leo Naphta justo en el último momento, ni siquiera el estado de excitación y la irritabilidad generalizada que había dado pie a todo aquello habría impedido que hiciese algo para detener el proceso.

A las siete de la mañana el sol aún estaba muy lejos del horizonte, pero entre la neblina que envolvía las montañas empezaba a clarear cuando Hans Castorp, después de una noche agitada, abandonó el Berghof para dirigirse al lugar señalado. Las criadas que limpiaban el vestíbulo le miraron sorprendidas. La puerta ya se hallaba abierta; sin duda Ferge y Wehsal se habían marchado ya, juntos o por separado. El uno para ir a buscar a Settembrini, el otro para acompañar a Naphta. Hans Castorp iba solo, ya que su condición de árbitro no le permitía unirse a ninguno de los bandos.

Andaba mecánicamente, sólo le movía su sentido del honor, la fuerza de las circunstancias. Tenía que asistir al duelo, era obvio. Jamás hubiera podido mantenerse al margen y esperar el resultado en la cama, en primer lugar porque... –prefirió no desarrollar este primer punto–, y en segundo lugar porque no podía permitir que aquello siguiese su curso. Gracias a Dios, todavía no había ocurrido nada grave y era preciso evitar que ocurriese. Incluso había indicios de que así sería. Habían tenido que levantarse con luz artificial y dirigirse al lugar convenido al alba, sin desayunar; así lo habían convenido. Seguro que después, gracias a su intervención –barruntaba Hans Castorp–, todo terminaba bien... No sabía cómo exactamente y prefería no hacer conjeturas al respecto, pues la experiencia le había enseñado que todo –hasta el hecho más nimio– transcurre siempre de un modo distinto al que uno tenía pensado.

A pesar de todo, aquélla era la mañana más desagradable que recordaba en toda su vida. Débil y fatigado por la falta de sueño, no podía evitar que le castañeteasen los dientes y empezaba a desconfiar de su optimismo y de sus propios argumentos en favor del final feliz. Todo revuelto, venían a su mente el episodio de la señora de Minsk que se había peleado en una tienda, el ataque de rabia del colegial comilón, Wiedemann y Sonnenschein, el vaivén de bofetadas de los polacos... No podía imaginar que, en su presencia, dos hombres disparasen el uno contra el otro y muriesen cubiertos de sangre. Sin embargo, cuando recordó lo que había ocurrido de hecho entre Wiedemann y Sonnenschein, en su presencia, desconfió de sí mismo y del mundo entero, y se estremeció aun dentro de su abrigo de pieles. Al mismo tiempo y a pesar de todo eso, la sensación de patetismo y el innegable carácter extraordinario de la situación –sumados a lo estimulante y tonificante del aire frío de la mañana– exaltaban sus ánimos y le insuflaban nuevas energías.

Presa de todos estos sentimientos y sensaciones encontrados, fue subiendo por la montaña a la luz del amanecer, cada vez más clara, y llegó al final de la pista de *bobsleigh* en Dorf, donde tomó el escarpado sendero a través del bosque nevado, cruzó el puentecillo de madera por encima de la pista y siguió un camino entre los árboles que no había abierto una pala quitanieves sino las pisadas de otros hombres. Como andaba deprisa, pronto alcanzó a Settembrini y a Ferge, que llevaba la caja de las pistolas bien sujeta bajo el impermeable. Hans Castorp no dudó en unirse a ellos, y apenas había llegado a su lado cuando vio también a Naphta y Wehsal que marchaban delante, a poca distancia.

–Hace fresco esta mañana, al menos dieciocho grados –dijo con buena intención, pero él mismo se asustó de la frivolidad de sus palabras, y añadió–: Señores, estoy convencido de que...

Los otros permanecieron en silencio. Ferge movía el bigote arriba y abajo. Al cabo de un rato, Settembrini se detuvo, cogió la mano de Hans Castorp y le dijo:

–Amigo mío, yo no mataré. No lo haré. Me expondré a su bala, es todo lo que el honor puede exigirme. Pero no mataré, confíe en mí.

Soltó la mano de Hans Castorp y siguió andando. Éste,

que estaba profundamente emocionado, dijo después de unos pasos:

—Es un gran acto de generosidad por su parte, señor Settembrini; aunque... Si el otro bando, por su parte...

Settembrini se limitó a menear la cabeza. Y como Hans Castorp pensaba que, si uno no disparaba, el otro tampoco se decidiría a hacerlo, confió en que todo saldría bien y que sus suposiciones comenzarían a confirmarse. Sintió un gran alivio.

Cruzaron la pasarela que atravesaba la garganta por la que, en verano, descendía el torrente, ahora helado y mudo, que tanto contribuía a hacer de aquel entorno un paisaje de postal. Naphta y Wehsal, quienes parecían hundirse y emerger de nuevo al caminar sobre la nieve, pasaron junto al banco —cubierto por completo por un grueso colchón blanco— en el que Hans Castorp, mucho tiempo atrás, asaltado por vivos recuerdos de su adolescencia, había tenido que descansar mientras se le cortaba una repentina hemorragia nasal. Naphta iba fumando un cigarrillo, y Hans Castorp se preguntó si él también tenía ganas de fumar; como sintió que no le apetecía en absoluto en semejantes circunstancias, dedujo que tanto menos debía de apetecerle a Naphta, que sólo fumaba por afectación. Con la sensación de placer y bienestar que siempre le invadía en la intimidad de aquel paraje, miró a su alrededor y pensó que era igual de hermoso todo blanco y cubierto de hielo que cuando florecía y se inundaba de florecillas azules. Sobre el tronco y las ramas del abeto que crecía inclinado sobre la ladera de la montaña se veían mullidos almohadones de nieve.

—Buenos días, señores —dijo en tono cordial, con el deseo de crear desde el principio un clima amistoso que ayudase a disipar el mal que les acechaba.

No tuvo éxito, porque ninguno de los dos le contestó. Los saludos que le devolvieron consistieron en sendas reverencias mudas, tan envaradas que apenas las percibió. Sin embargo, siguió resuelto a dar buen fin a su acercamiento, al calor que le había infundido, acelerando su respiración, el ascenso por la montaña a paso ligero y al relente de aquella mañana invernal; e hizo un nuevo intento:

—Señores, estoy convencido de que...

—Ya desarrollará sus convicciones en otra ocasión —le interrumpió Naphta, fríamente—. Las armas, por favor —añadió con la misma actitud arrogante.

Y Hans Castorp tuvo que ver cómo Ferge sacaba las pistolas del estuche; cómo Wehsal cogía una para Naphta y Ferge entregaba la otra a Settembrini.

Luego Ferge, en voz baja, explicó que había que delimitar el terreno y se puso a medir y marcar las distancias: trazó la línea exterior en la nieve, con el tacón del zapato, y marcó las dos interiores con su bastón y con el de Settembrini.

¿Qué hacía el bueno de Ferge? Hans Castorp no podía dar crédito a sus ojos. Ferge había medido las distancias a grandes zancadas —con lo alto que era—, de modo que al menos los quince pasos de rigor abarcaban una buena distancia; claro que luego había que contar con las condenadas barreras interiores, que ya no quedaban tan lejos. Sin duda, lo hacía con las mejores intenciones, pero ¿qué extraña locura le había obnubilado como para afanarse así en algo tan siniestro?

Naphta había arrojado su abrigo sobre la nieve de modo que quedaba a la vista el forro de visón; con la pistola en la mano, se situó en uno de los límites exteriores, mientras Ferge continuaba ocupado en trazar otras líneas de demarcación.

Cuando hubo terminado, Settembrini se colocó en su sitio, en posición, con su ajado chaquetón de piel desabrochado. Hans Castorp, como si despertara de golpe de una pesadilla, intervino apresuradamente una vez más.

—Caballeros —dijo angustiado—, no se precipiten. Es mi deber, a pesar de todo...

—¡Cállese! —gritó Naphta—. ¡Den la señal!

Nadie daba la señal. No se habían puesto de acuerdo sobre quién debía hacerlo. Era obvio que había que gritar «¡Ya!», pero no habían pensado —o, en cualquier caso, no habían hablado antes— que es al árbitro a quien corresponde hacerlo. Hans Castorp permaneció mudo y nadie tomó la palabra por él.

—Comencemos —declaró Naphta—. ¡Avance usted primero y dispare! —gritó a su adversario, y él mismo comenzó a avanzar también con el brazo estirado, apuntando a Settembrini a la altura del pecho. Settembrini hizo lo mismo, y al tercer paso (el otro ya había llegado a la barrera sin disparar) levantó la pistola y apretó el gatillo.

La detonación produjo un eco múltiple. Las montañas se transmitían la reverberación unas a otras, el eco invadió el valle entero, y Hans Castorp pensó que habría sembrado el terror ente sus habitantes.

—¡Ha disparado al aire! —dijo Naphta, intentando dominarse y bajando el arma.

Settembrini contestó:

—Yo disparo adonde quiero.

—¡Tiene que disparar otra vez!

—No pienso hacerlo. Ahora le corresponde a usted.

Settembrini miraba hacia el cielo y se había puesto ligeramente de perfil. Era conmovedor verle. Se notaba que había oído decir que no convenía ofrecer directamente el pecho al adversario y estaba siguiendo este consejo.

—¡Cobarde! —gritó Naphta, y con aquel grito tan humano reconocía que hace falta más valor para disparar que para exponerse a morir de un disparo; levantó la pistola en una posición que ya no guardaba relación alguna con el duelo y se pegó un tiro en la cabeza.

¡Qué espectáculo tan lamentable! Inolvidable. Se tambaleó y, al tiempo que el eco de la aberración que acababa de cometer resonaba y retumbaba de montaña en montaña, retrocedió unos pocos pasos, con el cuerpo muy inclinado hacia atrás, se giró por completo hacia el lado derecho y cayó de bruces sobre la nieve.

Todos quedaron petrificados durante unos segundos. Settembrini arrojó su arma lejos de sí y fue el primero en inclinarse sobre su adversario.

—*Infelice!* —exclamó—. *Che cosa fai, per l'amor di Dio!*

Hans Castorp le ayudó a volver el cuerpo. Vieron el agujero negro y rojo en la sien, y vieron el rostro de Naphta, que fue cubierto inmediatamente con un pañuelo de seda que asomaba del bolsillo de su chaqueta.

ESTALLA LA TEMPESTAD

Siete años vivió Hans Castorp entre la gente de allí arriba. No es una cifra redonda para amantes del sistema decimal, sino una cifra manejable a su manera, una extensión de tiempo mítica y pintoresca, más satisfactoria para el espíritu que, por ejemplo, una simple media docena. Se había sentado en las siete mesas del comedor, aproximadamente un año en cada una. Al final le habían asignado un sitio en la mesa de los rusos ordinarios, con dos armenios, dos irlandeses, un bucovino y un kurdo. Allí se sentaba, pues, con una barbita que se había dejado crecer, rubia como la paja y de forma bastante indefinida que no podemos considerar sino como una muestra de cierta indiferencia filosófica hacia su aspecto físico. Debemos incluso ir más lejos y asociar esta tendencia personal a la dejadez con una tendencia análoga que el mundo exterior manifestaba respecto a él. La autoridad del sanatorio había dejado de ingeniar nuevas diversiones para combatir su hastío.

Además de la pregunta matinal de si se había dormido bien —pregunta puramente retórica que era formulada a título colectivo—, el doctor Behrens no le dirigía la palabra con mucha frecuencia, y tampoco Adriática von Mylendonk —que, en la época a que nos referimos, lucía un orzuelo a punto de reventar– hablaba con él todos los días. Bien pensado, en realidad lo hacía muy raras veces o prácticamente nunca. Le dejaban en paz, como a un escolar al que el profesor deja de preguntar la lección porque va a repetir curso de todas maneras y que así goza de una libertad especial..., una forma de libertad orgiástica (nos permitimos añadir, preguntándonos si acaso puede existir una libertad de otra forma o de otra índole).

En cualquier caso, las autoridades ya no tenían necesidad de vigilar, porque estaban seguras de que en su pecho ya no germinaría ningún deseo de subversión, porque se había convertido en un veterano, un hombre definitivamente aclimatado que, desde hacía tiempo, ya no sabía adónde ir y ni siquiera era capaz de concebir un regreso al mundo de allá abajo. El mero hecho de sentarse a la mesa de los rusos ordinarios ponía de manifiesto una cierta despreocupación por su persona. Conste que con esto no pretendemos, en modo alguno, criticar dicha mesa. No había ninguna diferencia, ninguna ventaja ni desventaja tangible entre las siete. Si se nos permite expresarlo con cierta audacia, diremos que era una «democracia de mesas de honor»: en todas se servían las mismas comidas pantagruélicas; en todas, por turnos, se sentaba el propio Radamante, con las manos juntas sobre el plato; y todos los representantes de las diversas nacionalidades que las ocupaban eran honorables miembros de la comunidad humana, aunque no supiesen latín y aunque sus modales al comer no fuesen los más elegantes.

El tiempo, que no un tiempo como el que miden los relojes de las estaciones, cuyas agujas avanzan a grandes pasos de cinco en cinco minutos, sino más bien un tiempo como el de los pequeños relojes en los que no se ven moverse las agujas, o como la hierba, que ningún ojo ve crecer a pesar de que crece continuamente y llega un día en que esto resulta patente a cualquiera..., el tiempo –una línea compuesta de infinitos puntitos sin extensión (aunque Naphta, en paz descanse, seguro que habría preguntado cuándo comenzaban a formar una línea todos esos puntos sin extensión)– había seguido corriendo en secreto: invisible y, sin embargo, imparable, y había producido algunos cambios.

El pequeño Teddy, por no citar más que un ejemplo, un buen día dejó de ser pequeño (naturalmente, no fue «un buen día» sino a partir de algún momento que nadie habría sabido determinar con exactitud). Ya no lo sentaban en sus rodillas las señoras cuando bajaba al comedor en pijama porque lo había confundido con el traje de deporte. Sin que nadie reparase en ello, las tornas habían cambiado, y ahora era él quien las sentaba a ellas en sus rodillas, para gran diversión de todos, más que antes incluso. No podemos decir que estaba en la «flor» de la juventud, pero sí que se había convertido en un joven. Hans Castorp no se había dado cuenta, pero ahora lo advertía. Por otra parte, ni el tiempo ni el crecimiento fueron provechosos al joven Teddy, no estaba preparado para ello. Sus días estaban contados. A los veintiún años, murió de la enfermedad que se había hecho fuerte en él, y su habitación fue desinfectada como era lo habitual. Narramos esto sin alterarnos porque, en el fondo, no había gran diferencia entre su nuevo estado y su estado anterior.

Hubo casos de muerte más importantes, casos de muerte en el mundo de allá abajo que afectaban directamente a nuestro héroe, o que al menos en otro tiempo le hubiesen afectado. Nos referimos a la muerte del viejo cónsul Tienappel, tío abuelo y tutor de Hans Castorp, cuyo recuerdo casi se había borrado de su mente. Se había cuidado mucho de evitar las condiciones de presión atmosférica que no le convenían, dejando que fuese el tío James quien se aventurase a subir a la alta montaña para hacer el ridículo; sin embargo, finalmente no había podido escapar a una apoplejía, y una tarde llegó hasta la excelente tumbona de Hans Castorp la noticia de su fallecimiento, de una brevedad telegráfica, aunque redactada con suma discreción y tacto (discreción y tacto más bien respecto al difunto que respecto al destinatario de la noticia, quien, a continuación, compró papel de cartas con orla de luto y escribió a los tíos primos que él, huérfano de padre y madre, se consideraba ahora huérfano por tercera vez, y lamentaba tan triste noticia tanto más cuanto que le era imposible acudir a dar su último adiós al tío abuelo).

Sería exagerado decir que aquella pérdida le dolió; no obstante, los ojos de Hans Castorp presentaron aquellos días una expresión más pensativa que de costumbre. Aquella muerte significaba la ruptura de otro lazo, de otra de sus ataduras con el mundo de allá abajo; venía a culminar lo que Hans Castorp, con razón, llamaba libertad. En efecto, en esta última época a la que ahora nos referimos, había cortado toda relación con el mundo de allá abajo. No escribía cartas ni las recibía. Ya no encargaba María Mancinis. Había encontrado allí arriba una marca muy apreciable y le mostraba tanta fidelidad como a la antigua: un producto que hubiese ayudado a los exploradores del Polo a superar los momentos más penosos y que relajaba al fumador como si reposara a la orilla del mar. Era un cigarro fabricado con sumo cuidado, llamado Rutlischwur, un poco más compacto que el María Mancini, de color gris ratón y con una vitola azul, muy suave, que se quemaba conservando toda su forma, incluso los nervios de la hoja con que estaba liado; se convertía en una ceniza blanca como la nieve con tanta regularidad que habría podido cumplir las funciones de un reloj de arena..., o, de hecho, las cumplía si era necesario, pues también hacía tiempo que Hans Castorp ya no llevaba reloj. Ya no le funcionaba: un día se le había caído de la mesilla de noche, se había parado, y él no se había molestado en arreglarlo... por los mismos motivos por los cuales también había decidido prescindir de los calendarios, tanto de los almanaques para arrancar una hoja cada día como de los calendarios anuales que señalaban las fiestas de guardar: en aras de la «libertad», del «paseo por la playa», de la eternidad congelada, de aquella magia hermética a la que el joven, perdido para el mundo, se había mostrado susceptible y que había constituido la gran aventura de su alma; aquella aventura que reunía todas las aventuras de la alquimia de dicha materia sencilla.

Así vivía, echado en su excelente tumbona, y así llegó el momento, en pleno verano, en que el ciclo del año se cerró sobre sí mismo por séptima vez (él ya había perdido la cuenta).

Entonces estalló...

Pero el pudor y el recelo nos instan a no explayarnos sobre todo lo que estalló y sucedió. ¡Nada de farragosas explicaciones y exageradas hazañas! Nos limitaremos a decir en tono moderado que estalló la tempestad que todos conocemos; esa ensordecedora explosión de la fatídica amalgama entre la anestesia de los sentidos y la hipersensibilidad; una tempestad histórica —dicho con moderado respeto— que hizo tambalearse los cimientos de la tierra y que, para nosotros, sin embargo, es la tempestad que hace saltar por los aires la montaña mágica y despierta de golpe a nuestro bello durmiente. Totalmente desconcertado, se encuentra en el mundo de los despiertos y se frota los ojos como quien, a pesar de las muchas advertencias, ha pasado muchísimo tiempo sin leer los periódicos.

Su amigo y mentor oriundo de tierras mediterráneas había intentado compensarlo, esforzándose en informar a su díscolo pupilo de los acontecimientos a grandes rasgos, si bien nunca había encontrado gran interés por parte de éste, que se complacía en soñar y en «gobernar» las sombras espirituales de las cosas pero no prestaba ninguna atención a las cosas mismas..., concretamente, por una soberbia tendencia a confundir las sombras con las cosas y no ver en las cosas más que sombras, confusión por la cual tampoco se le puede reprender con demasiada severidad, puesto que se trata de una relación que sigue sin estar nada clara.

Ya no era como aquel día lejano en que Settembrini, después de encender la luz de repente, se había sentado a la cabecera de la cama de Hans Castorp con intención de influirle favorablemente con relación a los problemas de la vida y la muerte. Ahora era el joven quien iba a sentarse, con las manos sobre las rodillas, a la cabecera de la cama del humanista, en su pequeña y modesta buhardilla, o en el acogedor estudio contiguo, con las sillas del abuelo *carbonaro* y la frasca de agua; quien le hacía compañía y escuchaba atentamente sus consideraciones sobre la situación mundial, pues Settembrini ya no solía salir a la calle. El penoso final de Naphta, aquel acto de terrorismo de su desesperado adversario, había sido un duro golpe para el italiano, no lograba superarlo y sufría desde hacía tiempo una gran debilidad. Había interrumpido su colaboración en la *Patología Sociológica*, el diccionario de todas las obras de la literatura universal que versaban en torno al tema del sufrimiento humano; y la Liga Humanista que se lo había encargado esperaba en vano el correspondiente volumen de su enciclopedia. Settembrini se veía obligado a limitar su labor para la organización del progreso en el mundo a la propaganda oral, y para eso, precisamente, las cordiales visitas de Hans Castorp le ofrecían una oportunidad a la que, de no ser por el joven, también habría tenido que renunciar.

Hablaba con voz débil pero se extendía larga, agradablemente y de corazón sobre el perfeccionamiento social de la humanidad. Sus palabras eran suaves como los pasos de una paloma, pero, cuando hablaba de la unión de los pueblos liberados por la felicidad universal, se mezclaba en ellas –sin él tener conciencia– el rumor del batir de alas del águila; y esto era, sin duda, fruto de la fusión de la política, herencia del abuelo revolucionario, con la literatura, herencia humanista del padre, que se daba en el alma de Lodovico, del mismo modo en que se funden la política y el humanismo en los altos ideales de la civilización, en esa idea en que laten con la misma fuerza la dulzura de la paloma y el coraje del águila y que espera hacerse realidad algún día, en el amanecer de todos los pueblos, cuando se derrocase por fin el principio de la reacción para abrir el camino a la sagrada alianza de las democracias burguesas... En resumen, el discurso de Settembrini albergaba ciertas contradicciones internas: el italiano era claramente un humanista, si bien, justo por eso, demostraba también un espíritu belicista. En el duelo con Naphta, el extremista, se había comportado como un hombre; en el terreno de los grandes ideales, sin embargo, allí donde la humanidad se funde con sumo entusiasmo con la política para alcanzar la victoria y el imperio de la civilización, donde la pica del burgués se consagraba en el altar de la humanidad, no quedaba tan claro que él —o que el hombre en un sentido más impersonal y general— considerase correcto abstenerse de derramar la sangre que fuera necesaria; es más: su circunstancia personal contribuía a que, en la postura de Settembrini, primase cada vez más el coraje del águila sobre la dulzura de la paloma.

No era raro que viese las grandes constelaciones de potencias mundiales con sentimientos encontrados y con no pocos escrúpulos. Por ejemplo, hacía año y medio o dos, le había inquietado sobremanera la colaboración diplomática de su país con Austria para intervenir en Albania, pues, aunque le satisfacía por estar dirigida contra un país medio asiático, desconocedor del latín, contra el knut y las bastillas zaristas, también implicaba una fatal alianza con un país enemigo del suyo desde siempre y que él asociaba con el principio de reacción y opresión del pueblo a manos de la aristocracia.

El otoño anterior, el gran empréstito ruso emitido en Francia para la construcción de una red ferroviaria en Polonia había despertado en él sentimientos igualmente contradictorios: por un lado, Settembrini pertenecía al partido francófilo de su país, lo cual no debe sorprendernos si recordamos que su abuelo concedía la misma importancia a los días de la Revolución de julio que a los días de la Creación del mundo. Por otro lado, aquel convenio de la República con la Bizancio escita suscitaba en él una enorme reserva de carácter moral, una especie de angustia que luego, a pesar de todo, se convertía en esperanza cuando pensaba en la importancia estratégica de dicha red ferroviaria.

Fue entonces cuando tuvo lugar el asesinato del archiduque, que —excepto para los alemanes, que permanecían sumidos en su feliz ensoñación filosófica—, fue el anuncio de la gran tempestad, la señal definitiva para los que eran conscientes de cuanto habría de traer consigo, entre los cuales se hallaba Settembrini.

Hans Castorp le vio estremecerse como individuo ante tal acto de terrorismo, pero vio también cómo se henchía su pecho al pensar que, en el fondo, se trataba de un acto que liberaba a un pueblo y que iba dirigido contra el objeto de su odio... Acto que, a su vez, no pudo evitar juzgar con recelo en tanto era fruto de las intrigas moscovitas, pero que tampoco le impidió calificar de ofensa hecha a la humanidad y de crimen espantoso el ultimátum que la monarquía, tres semanas más tarde, dirigió a Serbia, a la vista de las terribles consecuencias que sabía que ello tendría y que, por tanto, esperaba con gran excitación...

En pocas palabras, los sentimientos de Settembrini en aquellos días formaban un entramado muy complejo; como lo era el conflicto político mundial, que veía aumentar a pasos agigantados, como una inmensa pelota de nieve, y hacia el cual trataba de sensibilizar a su joven pupilo sin, por otra parte, atreverse a explayarse abiertamente por una especie de compasión y cortesía para con la nacionalidad del joven. En los días de las primeras movilizaciones y de la primera declaración de guerra, Settembrini adquirió la costumbre de tender ambas manos a su visitante y estrecharlas fuertemente, lo cual conmovía el corazón de Hans Castorp aunque no hacía encenderse ninguna luz en su cabeza.

—Amigo mío —decía el italiano—, ¡la pólvora, la imprenta! Es incontestable que vosotros inventasteis eso. Pero si suponéis que nosotros marcharemos contra la revolución... *Caro*...

Durante los últimos días de espera, en los que los nervios de toda Europa permanecieron en una tensión verdaderamente insufrible, Hans Castorp no vio a Settembrini. Las atroces noticias de los periódicos llegaron entonces directamente desde el mundo de allá abajo hasta su terraza, recorriendo el sanatorio entero, inundando el comedor e incluso las habitaciones de los enfermos y moribundos con el angustioso olor a azufre que desprendían. Y ése es justo el instante en que el feliz durmiente se incorpora en la hierba lentamente, sin saber qué le ha sucedido, y se frota los ojos... Pero vamos a desarrollar en detalle esta imagen para hacer justicia al proceso interior que sufrió. Se vio liberado del hechizo, desencantado, libre..., no por nada que él mismo hubiese hecho —como hubo de reconocer avergonzado—, sino por el poder de una serie de fuerzas elementales que se liberaron en el mundo y que, secundariamente, le liberaron también a él. No obstante, aunque su insignificante destino individual se perdiese en la inmensidad del destino del mundo, ¿acaso esta liberación no era muestra de una bondad y una justicia de los dioses para con él, para con su persona concreta? ¿No parecía que la vida volvía a acoger en su seno a su «niño mimado» y perdido? Cierto es que no lo hacía abriéndole un camino de rosas, sino de esta forma tan drástica y tan terrible que, dado el caso, tal vez no significaría la vida misma, sino tres salvas de honor en su memoria, en la del joven pecador. Y así cayó de rodillas, con el rostro y las manos elevados hacia el cielo, un cielo sombrío y cargado de vapores de azufre, pero que había dejado de ser la bóveda cavernosa de la montaña del pecado.

En esta postura le encontró Settembrini (hablando en un sentido estrictamente metafórico, pues bien sabemos que la naturaleza fría y flemática de nuestro héroe excluía actitudes tan teatrales). En la fría realidad, el mentor le encontró haciendo las maletas, pues, desde el mismo instante en que despertó de su hechizo, Hans Castorp se vio arrastrado en el torbellino de partidas precipitadas para las que la tempestad había dado la señal. La «patria» hervía como un hormiguero, presa del pánico. El pequeño mundo de allí arriba se lanzaba en picado desde sus cinco mil pies de altura para llegar cuanto antes abajo, al país de sus desvelos; se agolpaban en las escalerillas del tren, que iba totalmente desbordado, sin equipaje si era preciso, dejando filas y filas de maletas huérfanas en la estación, en aquel pequeño apeadero en ebullición hasta cuyas alturas parecía llegar el calor húmedo de abajo..., y Hans Castorp se lanzó también.

Settembrini le encontró en medio de aquel tumulto y, con gran efusión, le tomó en sus brazos; literalmente: le besó como hacen en el sur (o como hacen los rusos), en las dos mejillas, ante lo cual nuestro nórdico viajero no pudo evitar sentirse enormemente turbado a pesar de la emoción. Aunque cuando en verdad estuvo a punto de perder el sentido fue cuando Settembrini, en el último momento, le llamó por su nombre: le llamó «Giovanni», y, además, rechazando la forma de tratamiento que se impone en el Occidente civilizado, es decir: ¡tuteándole!

—*È cosi in giù* —dijo—, *in giù finalmente! Addio, Giovanni mio!* Hubiese preferido verte partir en otras circunstancias, pero los dioses lo han dispuesto así y no de otro modo. Esperaba verte volver al trabajo y, en cambio, te marchas para luchar por los tuyos. Dios mío, al final te ha tocado a ti y no a nuestro teniente. Ironías de la vida... ¡Combate valientemente en la tierra a la que perteneces! ¡Nadie puede hacer más en estos momentos! ¡Perdóname si empleo el resto de mis fuerzas en empujar también a mi país a la lucha, del bando del espíritu y en aras de lo sagrado! *Addio!*

Hans Castorp asomó la cabeza entre otras diez que se agolpaban asomadas a la ventanilla. Saludó con la mano por encima de ellas. También Settembrini levantó la mano derecha mientras, muy delicadamente, se rozaba el lagrimal con la punta del anular de la izquierda.

¿Dónde estamos? ¿Qué es esto? ¿Adónde nos ha transportado el sueño? Crepúsculo. Lluvia y barro. Un cielo turbio en ascuas que retumba incesantemente bajo el azote de un trueno demoledor. Un silbido hiriente como un cuchillo desgarra el aire cargado de lluvia; aúllan las sirenas como perros del infierno, y su aullido estalla en un estrépito de fogonazos, chasquidos, crujidos, de cristales rotos y metales que chocan, de gritos y gemidos... y, en medio de todo, un tambor siguiendo el compás más deprisa, más deprisa, más deprisa... Hay allá abajo un bosque del que surgen enjambres de hombres grises que corren, caen y saltan. Una línea de colinas se extiende ante el incendio lejano, cuyos rojos resplandores a veces se condensan en violentas llamaradas. Nos rodea un campo de labranza, todo trillado, revuelto y reblandecido. Hay una carretera cubierta de ramas rotas, como un bosque, llena de barro; desde allí, en curva, sale un camino de campaña, muy irregular, que conduce a las colinas; troncos desnudos, sin ramas, se alzan entre la fría cortina de lluvia... Aquí hay un cartel... es inútil consultarlo: la penumbra nos impediría leer la indicación aunque el cartel siguiese entero y no lo hubiese partido y astillado una explosión... ¿Este u oeste? Estamos en el mundo de aquí abajo, en la guerra. Somos tímidas sombras, y no tenemos ninguna intención de hacer un petulante panegírico; sin embargo, movidos por el espíritu de la narración, hemos querido contemplar por última vez, antes de perderlo de vista para siempre, el rostro de uno de esos camaradas grises que corren, caen y salen en tropel del bosque al son del redoble del tambor: uno al que conocemos bien, con quien hemos compartido nuestro camino durante no pocos años, un ingenuo pecador con las mejores intenciones cuya voz hemos oído tantas veces...

Los han llamado al frente para dar el último empuje a una batalla que ya se prolonga durante todo el día y cuyo objeto es recuperar las posiciones en las colinas, ganadas por el enemigo dos días antes. Es un regimiento de voluntarios, de sangre joven —estudiantes en su mayor parte—, que no llevan mucho tiempo en el frente. Les movilizaron la tarde anterior, pasaron la noche en el tren y luego hubieron de recorrer a pie el resto del camino, un camino muy tortuoso, pues las carreteras están bloqueadas y tuvieron que atravesar campos y pantanos... durante siete horas, con el uniforme empapado y el macuto a la espalda: terrible. Si no querían perder sus botas tenían que agacharse a cada momento y tirar de ellas para que no quedasen hundidas en el barrizal. Necesitaron una hora para franquear el pequeño prado. Pero ahora por fin han llegado a su destino, su sangre joven lo ha superado todo, sus cuerpos, extenuados y a la vez excitados, mantenidos en tensión por sus últimas reservas de fuerzas, no reclaman ni el sueño perdido ni el alimento necesario. Arden sus rostros, mojados, salpicados de barro y enmarcados por la banda que sujeta el casco gris, calado hasta las cejas. Arden por el esfuerzo y por la visión de las pérdidas que han sufrido mientras atravesaban el bosque pantanoso. Porque el enemigo, que se ha dado cuenta de su avance, les ha cortado el paso con una cortina de proyectiles de metralla y granadas de gran calibre que, entre aullidos, estallidos y llamaradas, han azotado el campo y a cuantos se hallaban en él.

Es fundamental que avancen esos tres mil muchachos enfebrecidos, sus bayonetas tienen que reforzar el ataque a las trincheras enemigas que rodean ambos lados de las colinas, tienen que tomar los pueblos en llamas y apoyar el avance hasta un punto determinado, señalado en el mapa, de acuerdo con las órdenes que ha recibido y guarda en el bolsillo el jefe del pelotón. Han movilizado a tres mil para que queden dos mil al llegar a las colinas y las aldeas. Ésa es la única razón de que sean tantos. Son un único cuerpo, ideado de tal manera que, a pesar de las graves pérdidas, pueda actuar y vencer y celebrar la victoria y gritar «¡Hurra!» mil veces, sin tener en cuenta a aquellos que se escindieron, que se individualizaron al caer en el campo. Más de uno ha caído en el curso de aquella terrible marcha, demasiado joven o demasiado delicado para tanto esfuerzo. Empezaba a palidecer y a tambalearse, intentaba sacar fuerzas de flaqueza desesperadamente y al final se desplomaba sin remedio. Seguía aún un poco, arrastrándose como podía junto a la columna, pero fila tras fila le iba adelantando hasta dejarlo atrás definitivamente, tirado en un camino en el que no convenía estar. Luego habían llegado al bosque sacudido por el fuego graneado. A pesar de todo, aún quedan muchos: tres mil hombres bien pueden permitirse unas cuantas bajas sin dejar de ser un enjambre enorme. Ya invaden los campos convertidos en barro, la carretera, el camino de campaña... Y nosotros, la sombra al borde del camino, estamos entre ellos. Con gesto resuelto, van clavando el fusil en el suelo para ayudarse; el redoble del tambor, como un trueno de fondo, marca el paso; los silbidos no cesan, se lanzan a la carga hacia donde pueden, con gritos desgarrados y la sensación de tener los pies de plomo, ya que el barro de los campos queda adherido a sus gruesas botas.

Se echan al suelo esquivando la lluvia de metralla para, de inmediato, ponerse en pie de un salto y seguir corriendo, con salvajes gritos de valor juvenil, al saberse ilesos. Y les disparan y caen, agitando los brazos, heridos en la frente, en el corazón, en el vientre. Yacen con la cara hundida en el barro, inmóviles. Yacen boca arriba, con la espalda levantada del suelo por la mochila y la nuca empotrada en la tierra, braceando en el aire. Pero del bosque siempre surgen otros que se echan al suelo y se levantan de un salto y corren..., o avanzan en silencio, tropezando con los cuerpos de los caídos.

¡Ay, todos esos jóvenes con sus mochilas y sus bayonetas, con sus abrigos y botas cubiertos de barro! Tal vez una mente humanista quisiera evocar otras imágenes más bellas de la juventud: cabalgando y jugando con caballos en una playa, paseando por la arena con la amada, musitando palabras tiernas en su oído, o enseñando a disparar el arco a otro amigo... En lugar de eso, ahí están: tirados con la cara en el barro. El hecho de que se presten a ello con entusiasmo, a pesar del miedo infinito y de la indecible nostalgia de la madre, es algo sublime y vergonzoso al mismo tiempo, y nunca debería constituir un motivo para ponerles en tal situación.

¡Ahí está nuestro amigo! ¡Ahí está Hans Castorp! Le hemos reconocido desde lejos por la barbita que se dejó cuando se sentaba a la mesa de los rusos ordinarios. Está empapado hasta los huesos y su rostro arde, como los de todos. Corre con pies de plomo, empuñando su bayoneta. Mirad, acaba de pisar la mano de un camarada caído; sus botas con crampones hunden esa mano en el barro, cubierto de ramas rotas. Sin embargo, es él. ¿Cómo? ¡Está cantando! Canta sin saberlo, en una excitación embrutecedora, sin pensar en nada, a media voz:

> *Y grabé en su corteza*
> *el nombre de mi amor...*

Ha caído. No; se ha lanzado cuerpo a tierra porque le acechaba un perro infernal, un inmenso obús, un repugnante chorro de fuego salido del abismo. Está boca abajo, con la cara en el barro fresco y las piernas abiertas. El producto de una ciencia enloquecida, cargado del peor de los horrores, penetra oblicuamente en el suelo a treinta pasos de él, como el diablo en persona, y estalla con un espantoso alarde de fuerza, levantando una fuente de la altura de una casa... una fuente de tierra, fuego, hierro, plomo y humanidad en pedazos. Porque ahí había dos hombres, dos amigos que se habían arrojado al suelo juntos en el momento crucial y cuyos cuerpos ahora se habían mezclado para siempre y desaparecido para siempre.

¡Qué vergüenza estar a salvo en la sombra! ¡Dejémoslo! ¡No queremos contar eso! ¿Han herido a nuestro amigo? Por un instante ha creído estarlo. Un grueso terrón ha ido a chocar contra su pierna. Se levanta, se tambalea, avanza cojeando; los pies le pesan por el barro..., inconscientemente canturrea:

Sus ramas murmuraban,
como llamándome...

Y así, en el fragor de la batalla, bajo la lluvia del crepúsculo, le perdemos de vista.

¡Adiós, Hans Castorp, ingenuo niño mimado por la vida! Tu historia ha terminado. Hemos terminado de contarla. No ha sido breve ni larga; ha sido una historia hermética. La hemos narrado por ella misma, porque era digna de ser contada, no por ti, que eras un muchacho sencillo. Aunque, después de todo, es tu historia, tu peripecia; y si te ocurrió será porque algo había en ti, y no negamos la simpatía pedagógica que te hemos tomado mientras la contábamos... la misma que ahora nos mueve a secarnos muy suavemente el lagrimal con la puntita del dedo al pensar que nunca volveremos a verte ni a saber de ti en el futuro.

¡Adiós! ¡Adiós! ¡Vivirás o te quedarás en el camino! Tienes pocas perspectivas; esa danza terrible a la que te has visto arrastrado durará todavía unos cuantos años, y no queremos apostar muy alto por que logres escapar. Francamente, no nos importa demasiado dejar abierta esta pregunta. Las aventuras del cuerpo y del espíritu que te elevaron por encima de tu naturaleza simple permitieron que tu espíritu sobreviviese lo que no habrá de sobrevivir tu cuerpo. Hubo momentos en que la muerte y el desenfreno del cuerpo, entre presentimientos y reflexiones, hicieron brotar en ti un sueño de amor. ¿Será posible que de esta bacanal de la muerte, que también de esta abominable fiebre sin medida que incendia el cielo lluvioso del crepúsculo, surja alguna vez el amor?

FINIS OPERIS

Índice